錢基博集

中國文學史（下）

ZHONGGUO WENXUESHI

傅宏星／主編　曹毓英／校訂

華中師範大學出版社

新出圖證(鄂)字 10 號

圖書在版編目(CIP)數據

中國文學史(上下册)/錢基博著. 曹毓英校訂. —武漢:華中師範大學出版社,
2011.5
(錢基博集)
ISBN 978-7-5622-4852-1

Ⅰ.①中… Ⅱ.①錢…②曹… Ⅲ.①中國文學—文學史 Ⅳ.①I209
中國版本圖書館 CIP 數據核字(2010)第 045424 號

中國文學史(上下册)

錢基博著

傅宏星主編　曹毓英校訂

責任編輯:周利偉　夏興通　**責任校對:**郭志剛　**封面設計:**甘　英
出版發行:華中師範大學出版社
社址:湖北省武漢市珞喻路 152 號　**郵編:**430079
電話:027—67863426(發行部)　027—67861321(郵購)
傳真:027—67863291
網址:http://www.ccnupress.com　**電子信箱:**hscbs@public.wh.hb.cn
印刷:湖北恒泰印務有限公司　**督印:**章光瓊
字數:912 千字　**總印張:**58.25(上下册)　**插頁:**4
開本:787mm×980mm　1/16
版次:2011 年 5 月第 1 版　**印次:**2011 年 5 月第 1 次印刷
印數:1—2500　**總定價:**95.00 圓(上下册)

歡迎上網查詢、購書

第四章　南宋

第一節　汪藻附綦崇禮、孫覿等　洪邁附兄适、遵　李劉

東漢文章，不同西漢。南宋詩文，一衍北宋。所以東京爲西京之别出，而南宋衹北宋之附庸。南宋之文學，蘇氏之支與流裔也。蓋詞爲蘇詞，文爲蘇文；四六則蘇四六，獨詩淵源黄、陳以爲江西派爾。方高宗之南渡也，王言綸綍，江淮風動，而協贊中興，以文章隨蹕，涣然大號，而集宋人四六之大成者，蓋以汪藻爲首出云。

汪藻，字彦章，饒州德興人，崇寧二年進士。博極羣書，尤喜讀《左傳》、《漢書》；工四六。歷徽宗、欽宗兩朝，累官太常少卿。金人陷汴京，立宰相張邦昌爲楚帝，而俘徽欽二宗以北。邦昌知衆心之不附也，奉哲宗廢后孟氏曰元祐皇后，入居禁中，垂簾聽政；藻乃《爲后草手書告中外以康王即位》曰：

> 比以敵國興師，都城失守。祲纏宫闕，既二帝之蒙塵；誣及宗祊，謂三靈之改卜。衆恐中原之無統，姑令舊弼以臨朝。雖義形於

色而以死爲辭，然事迫於危而非權莫濟。内以拯黔首將亡之命，外以抒鄰國見逼之威；遂成九廟之安，坐免一城之酷。乃以衰癃之質，起於閒廢之中，迎置宫闈，進加位號；舉欽聖已行之典，成靖康欲復之心。永言運數之屯，坐視邦家之覆；撫躬獨在，流涕何從！

縉惟藝祖之開基，實自高穹之眷命。歷年二百，人不知兵；傳序九君，世無失德。雖舉族有北轅之釁，而敷天同左袒之心。乃眷賢王，越居近服；已徇羣情之請，俾膺神器之歸。繇康邸之舊藩，嗣我朝之大統。漢家之厄十世，宜光武之中興；獻公之子九人，惟重耳之尚在。兹爲天意，夫豈人謀。尚期中外之協心，共定安危之至計，庶臻小愒，共底丕平。用敷告於多方，其深明於吾意。

其中斡旋邦昌，妙在有意無意，輕描淡寫，曲盡情事。而勸進康王，則又大書特書，長言永歎，力占地步；使筆如舌，固已極辭令之妙。及康王即位，爲高宗，召試中書舍人，轉翰林學士，草《責張邦昌授昭化軍節度副使潭州安置制》曰：

以死償節者，臣子之宜。求生害仁者，聖人所嫉。儻或志存於軀命，則將義薄於君親。具官某身受國恩，位登宰輔。方宗社有非常之變，乃人臣思自盡之時；而不能抗虎狼强暴之威，徒欲爲雀鼠偷生之計，陷於大惡，所不忍言。雖天奪之明，坐愚至此；然君異於器，代匱可乎？宜大正於典刑，用肅清於名分。尚以本繇於迫脅，惻然姑示於矜容，出授散官，竄投荒服。其體好生之德，毋忘自訟之心。

前書辭婉而章，似乎情有可原；此制義正以嚴，又使喙無可置。同此一人，猶是一事，而予奪操之寸管，功罪可以異辭。然張邦昌就貶潭州，而謝高宗表，有曰："孔子從佛肸之召，蓋欲興周。紀信乘漢王之車，固將誑楚。"胡顔之厚，亦善斡旋，其黨顔博文之辭也。時高宗起李綱爲相，而綱以主戰，議不合，又中讒，落職鄂州居住，而羣情方嚮。藻《草制》曰：

朋奸罔上，有虞必去於驩兜；欺世盗名，孔子首誅於正卯。肆朕纂承之始，昧於考慎之宜，相靡有終，刑兹無赦。具官某空疏而不學，凶愎而寡謀，志輕天下而自謂無人，權輕朝廷而不知有上；靡顧國家之大計，但營市井之虚名。專殺尚威，傷列聖好生之德；

信狂喜佞，爲一時羣小之宗。比再被於延登，朕頗懷於虛佇。而果於修怨，奸以事君，庇己姻親，至擅刊夫詔令；括民財力，曾罔恤於基圖。念存體貌之恩，姑解鈞衡之任，雖居遠外，猶極優崇。謂上印以投閒，能闔門而訟過。乃傾家積，陰與賊通。伊舉錯之非常，於聽聞而實駭。宜鐫寵秩，移置偏州。昔漢棄京房，罪本由於不道；唐誅元載，惡蓋在於罔悛。往革乃心，毋忘予戒。

衆望所歸，豈得爲罪；而以羣情之愛戴，爲朋奸之佐驗；抹殺公論，歸重主斷，有筆如刀，當躬失色。先是綱相欽宗，主戰守；以金人來責言罷斥，而士民上書請起用，乃復綱尚書右丞。於是藻投啓賀曰：

伏審躬被策書，進居丞弼。精忠貫日，正二儀傾側之中；凜氣横秋，揮萬騎談笑之頃。國須賢立，天爲時生。恭以某官厚德鎮浮，英材經遠，得文武弛張之樞要，獨運胸中；明古今治亂之淵源，不專紙上。爰自踐揚之始，每勤獻納之忠，老成尚有於典刑，天下想聞其風采。昨屬殊鄰之擾，上貽當寧之憂，夕烽既徹於甘泉，清蹕將遊於汾水。

惟公夙夜，與國存亡，挺身六品之卑，抗議九重之邃，留家誓死，鑱血書詞；銷大變於胚胎，轉危機於呼吸。洎干戈之指闕，援桴鼓以登陴。義動三軍，人皆奮死；氣吞異類，寇輒請盟。身且九殞以一生，國則崇朝而再造。皆李晟子儀之功高矣，而未嘗定策；張良謝安之謀至矣，而初不臨戎；永惟元勳，敻絶前古。既名高而衆娼，乃讒就而身危。

士訟公冤，亟舉幡而集闕下；帝從民望，令免冑以見國人。洊經艱難，益見奇倚。方主上大明之今日，實邦家希闊之昌期，欲衆賢同建於事功，非雅望孰爲之師表。將萬世維持之是賴，何一時康濟之足言。藻久託餘光，欣聞盛事，雖無緣進旅退旅，陪賓客之後塵；豈不能大書特書，續山林之野史。巖廊多暇，歲律方春，願精寢餗之調，用副華夷之望。

所以推崇之者至矣。及草落職之制，乃有“朋奸罔上”云云；或以相詰。藻曰：“我前啓自值一翰林學士，而彼不我用，安得不醜詆之也！”以此頗爲士論所薄；然跌宕昭彰，獨超衆類，無不達之辭，有必顯之情。既而隨扈南渡，屬時多事，詔令類出其手。而金人大舉渡江，高宗航海播越，乃命藻草詔罪己曰：

禦敵者莫如自治，動民者必以至誠。朕自纘丕圖，即罹多故。昧綏懷之遠略，貽播越之深憂。雖眷我中原，漢祚必期於再復；而迫於强敵，商人幾至於五遷。兹緣仗衞之行，尤歷江山之阻。老弱扶攜於道路，飢疲蒙犯於風霜。徒從或苦繹騷，程頓不無煩費。所幸天人協相，川陸無虞，倣治古之時巡，即奥區而安處。言念連年之紛擾，坐令率土之流離。鄉閭遭焚劫之災，財力困供輸之役。肆夙宵而軫慮，如冰炭之交懷。嗟汝何辜，由吾不德！故每畏天而警戒，誓專克己以焦勞。欲睦鄰休戰，則卑辭厚禮以請和；欲省費恤民，則貶食損衣而從儉；苟可坐銷於氛祲，殆將無愛於髮膚。然邊陲歲駭，而師徒不免於屢興；餽餉日滋，而征斂未遑於全復。

惟八世祖宗之澤，豈汝能忘；顧一時社稷之憂，非予獲已。少俟寇攘之息，首圖蠲省之宜。況昨來蒙蔽之俗成，致今日陵夷之禍亟。雖朕意日求於民瘼，而人情終壅於上聞，主威非特於萬鈞，堂下自遥於千里。既真僞有難憑之患，則遐邇銜無告之冤。已敕輔臣，相與虚懷而聽納；亦令在位，各須忘勢以咨詢。真言者勿遣危疑，忠告者靡拘微隱。所期爾衆，咸體朕懷。於戲！王者宅中，夫豈甘心於遠狩？皇天助順，其將悔禍於交侵。惟我二三之臣，與夫億兆之衆，亟攘外侮，協濟中興。

詔命所被，無不悽憤激發，天下傳誦，以比陸贄。説者謂其措辭得體，足以感動人心，實爲辭命之極則，四六之宗匠；固不僅屬對精整，擅絶一時。其他制詔如《隆祐太后推贈曾祖制》、《滕康初任執政封贈曾祖制》、《吕好問除尚書右丞制》、《修職郎王倫改朝奉郎充大金通問使制》、《徽猷閣待制邢焕换授正任觀察使制》、《京東路轉運判官柴天因升轉運副使兼知青州制》、《姚平仲復吉州團練使所在出榜召赴行在制》、《陸藻李邴復舊職制》、《給事中王綯復朝散郎制》、《新除中書舍人孫覿可待制與郡制》、《武義大夫董植可落致仕制》、《蘇軾孫從事郎符改宣教郎制》、《譚世勣贈延康殿學士制》、《知懷州霍安國贈延康殿學士制》、《劉韐贈特進制》、《韓世忠起復檢校少師武成感德軍節度使制》、《降杜充觀文殿學士提舉江州太平觀制》、

《知淮寧府李彌大隆兩官制》、《謝克家范宗尹落職宮祠制》、《新除起復鎮潼軍節度使開府儀同三司充醴泉觀使孟忠厚辭免恩命乞許終喪制不允詔》、《新除淮南路宣撫使劉光世辭免恩命不允詔》，《復觀文殿學士知潭州吴敏乞辭免恩命不允詔》、章表如《車駕親征起居表》、《車駕巡幸起居太上皇表》、《己酉年冬至遥拜道君皇帝表》、《辛酉年正旦表》、《謝授新安郡侯表》、《代宰臣星變待罪表》、《代汪伯彦樞密辭免表》、《代宰臣星變放罪表》、《代王樞密謝知建康府表》、《代劉相公謝給展省先塋表》、《代汪樞密謝子自北歸不令入城降詔奬諭表》，箋啓如《上常州錢舍人啓》、《永州上宰相陳情啓》、《答黄解元》、《謝汪澥可成薦舉啓》、《謝胡司業薦舉啓》、《謝館職啓》、《除授謝舍人啓》、《徽州到任謝丞相啓》、《解鎮江任謝執政啓》、《爲人謝薛昂大資啓》、《賀何㮚中書啓》、《賀張丞相啓》、《賀朱丞相啓》、《賀秦丞相啓》、《賀秦丞相子狀元及第啓》；抒所欲言，明白洞達，無不意到筆隨，其源出於歐陽修、蘇軾，瀏亮頓挫，而不乖四六之體；然尚氣調而不貴綺錯，議論瀾翻，自是歐蘇一脈；而與西崑體之舉體華美、出於李商隱之唐四六者異趣。然而世論徒稱藻四六之感激頓挫，意到筆隨；而莫知其古文之跌宕昭彰，辭達理舉。

汪藻古文，制詔如《皇叔祖鄭州觀察使同知宗正司寺仲眗可承宣使制》、《中書舍人范宗尹御史中丞制》、《趙鼎除司諫吕祉除正言制》、《貴州刺史知順安軍徐沆轉團練使制》、《隨龍康益特轉團練使監御輦院制》、《王敏文潼川府路轉運副使制》、《陳起宗直徽猷閣都大提舉川陝路茶馬制》、《知興仁府鄧紹密右文殿修撰制》、《進士周義起劉宜孫充大金通問使屬官特授從事郎制》、《張昱轉兩官閤門祗候知慈州制》、《知東平府盧益落職宮觀制》、《新除兵部侍郎胡直孺辭免恩命乞除台嚴一州差遣不允詔》、《新除户部侍郎孟庾辭免恩命不允詔》、《守尚書左僕射同中書門下平章事吕頤浩辭免恩命不允詔》、《新除少保尚書左僕射同中書門下平章事吕頤浩辭免恩命不允詔》、《吕頤浩辭免少保恩命不允詔》、《王綯爲從弟投拜金人自劾不允詔》、《新除端明殿學士簽書樞密院事富直柔辭免恩命不允詔》，奏議如《行在越州條陳時政》、《撫州奏乞罷打造戰船等事》、《奏論諸將無功狀》，傳狀如《郭永傳》、《奉議公行狀》、《夫人陳氏行狀》，碑誌如《信州二堂碑》、《鎮江府金山神霄宫碑》、《贈端明殿學士程公神道碑》、《故徽猷閣待制致仕蘇公墓誌銘》、《尚書禮部侍郎致仕贈大中大夫衛公墓誌銘》、《左朝散大夫直徽猷閣劉君墓誌銘》、《朝請大夫直祕閣致仕吴君墓誌銘》、《左中大夫致仕吴公墓誌銘》、《户部尚書許公墓誌銘》、《贈少師傅公墓誌銘》、《贈通議大夫周公墓誌銘》、《贈少師謚僖簡莊公墓誌銘》、《贈左大中大夫致仕陳君墓誌銘》、《左朝請大夫主管台州崇道觀莊君墓誌銘》、《左朝奉郎知處州江君墓誌銘》、《朝散郎致仕王君墓誌銘》、《主簿胡君墓誌銘》、《判官程克一墓誌銘》、《贈朝請大夫劉君墓誌銘》、《奉議郎知舒州曾君墓誌銘》、《右中大夫右文殿修撰致仕趙公墓誌銘》、《承議郎通判潤州累贈朝議大夫趙君墓誌銘》、《徽猷閣待制致仕蔣公墓誌銘》、《贈特進顯謨閣直學士蔣公墓誌銘》、《右中大夫直寶文閣知衢州曾公墓誌銘》、《譚章墓誌銘》、《詹太和墓誌銘》、《安人汪氏墓誌銘》、《孺人晁氏墓誌銘》、《安人王氏墓誌銘》、《王夫人墓誌銘》、《吴國夫人陳氏墓誌銘》、《令人施氏墓誌銘》，記如《翠微堂記》、《鎮江府月觀記》、《永州玩鷗亭記》，咸可誦覽。大抵碑傳以逶迤爲提挈，不支不蔓，本末粲然，其體出歐陽修。他文以議論爲瀾翻，有識有筆，辭意曠如，其體原於蘇軾。抑揚爽朗，正復使人讀之激卬，諷味不已。豈特四六之獨出冠時，足以潤色偏安，協贊中興也哉？特其詩學蘇軾，樂易疏快，有氣調而無遠韻，不免膚滑爾。顧四六尤有名，而競爽一時者，莫如高密綦崇禮。

綦崇禮之四六文。先是徽宗之世，以進築順州，得枸杞宿根於土，其形獒伏，仙家以爲千載所化，馳獻闕廷。而徽宗生於壬戌，正符所屬之辰，尤以爲善祥。百寮欲以詰朝拜表，而羌無故實，諸公閣筆不知所措。自王安石制經義以頒庠序，而士不習爲詞章。天子幸太學，欲進一表而無能應者。崇禮方爲諸生，出稿袖間，無不驚服。至是已爲學官。有相薦者，延致東閣。從容屬聯，首曰："靈根夜吠，胎仙犬於千年；驛騎朝馳，薦聖人之萬壽。眷荒裔沉藏之久，實王師恢復之初。物豈無知，時各有待。"既進，徽宗動容，喧傳京師，名公咸自以不及也。及高宗駐蹕揚州，崇禮航海來朝，召試中書，文不加點，累官翰林學士。方當羽檄旁午，書詔填委之會，而播告之修，不匿厥指；如《賜新除鎮江府建康府淮南東路宣撫使韓世忠詔》曰：

> 朕惟時已戒寒，守當嚴備，循江流而振險，顧力散以難周；聯形勝以宿師，則勢專而易應。眷昇潤東西之府，據江淮南北之衝，走集所趨，舳艫交會；封疆之接，雞犬相聞；曾無數舍之遥，奚假

兩軍之重。乃命江東之戍，更涖池陽；遂因京口之屯，并臨建鄴。仍資威望，分控長淮。惟卿勇不顧身，忠無擇事。寬其分部，庶能展足以赴功；睦乃比鄰，尚克同心而濟務。念國家之至計，繄將相之協恭；勉就大勛，毋懷小忿。譬猶捕鹿，要爲犄角之圖；有若獻豣，皆獲公私之利。往體朕意，佇觀厥成。

獎其協恭，勖以立功，兵形地勢，不啻聚米畫沙，諸大將奔走承命。而吕頤浩以首相開督府訓辭，尤爲宏肆，有曰："盡長江表裏之封，悉歸經略；舉宿將王侯之貴，咸聽指呼。"其能布宣將略，張皇國勢類此。至草《秦檜罷右相制》曰："自初豫政，疑若獻忠。從其長，則未嘗争議於當然；私於朕，則每獨指言其不可。"又曰："念方委聽之專，更責寅恭之效。而乃憑恃其黨，排斥所憎。進用臣鄰，率面從而稱善，稽留命令，輒陰怵以交攻。"鬼蜮傾軋，情狀如睹。先是檜爲御史中丞，以抗議張邦昌爲帝；金人怒，縶以北。及南歸參政，高宗稱其樸忠過人；至是詞播中外，人始知檜之奸也。既而檜當國專政，欲甘心焉。蓋其博覽强記，以直道自任，才高而氣剛，沛然出之，不爲崖異之言，而氣格渾然天成。傳有《北海集》四十六卷，諸體寥寥，惟制誥表啓之四六最多，亦惟四六最工。然宋之四六，亦幾變矣：四六爲句，本以文從字順，便於宣讀；至宣和間，能者争名，恐無以大相過，則又習爲長句，全引古語，以爲奇倔，而一聯或至數十言，硬語盤空，誦者不以爲諧也。獨崇禮與汪藻，動宕開闔，而謹四六之體；不乖楊劉之律令，運以歐蘇之氣調，一出一入，所以爲能。崇禮，字叔厚，北海其自號也。

其次晉陵孫覿，字仲益，亦以四六黼黻南渡，管王喉舌，爲汪藻所推；累官尚書，以奉祠提舉鴻慶宫，遂以名集，傳有《鴻慶居士集》四十二卷。其中碑誌諛頌宦寺，排抑忠良，殆不知人間有羞惡是非之心；而四六鏗訇，則汪藻、綦崇禮以外，罕與抗行。《試詞科代高麗國王謝燕樂表》曰："玉帛萬國，干舞已格於七旬；簫韶九成，肉味遽忘於三月。"又曰："蕩蕩乎無能名，雖莫見宫牆之美；欣欣然有喜色，咸預聞管籥之音。"自中書舍人出知和州，而抵境拒不納，乃以啓答郡僚曰："雖文書銜袖，大人不以爲疑；然君命在門，將軍爲之不受。"既履任，鄰郡無爲軍不辦上供錢米，委取勘。覿漫不省，而事尋解。無爲守馳啓來謝。答曰："包茅不入，敢加問楚之師；輔車相依，自作全虞之計。"比事精當，屬辭警策，洪邁每誦舉之以爲四六名對，而融裁古語，尤妙渾成也。洪邁言："四六駢儷，於文章家爲至淺，然上自朝廷命令詔册，下而搢紳之間箋書祝疏，無所不用；屬辭比事，固宜警策精切。"特風氣所趨，好用成語；而不難閎肆，難短峭；不難排奡，難妥帖。有一聯四六用兩處古人語，而雅馴妥帖如己出者。紹興間，劉□□字美之，除工部侍郎兼直學士院；吉水丞湯尹字正子以啓賀曰："技巧工匠精其能，自元成之間鮮能及；號令文章焕可述，雖詩書所補何以加。"尹又《上丞相湯思退》曰："生民以來，未有盛於孔子；天下之士，豈復賢於周公。"後二語用韓愈《上宰相書》。王□□字履道，草《執政以邊功轉官制》曰："惟皇天付予，庶其在此；率寧人有指，敢弗于從。"前二語用韓愈《平淮西碑》。《賀王祕校及第啓》曰："得知千載，上賴古書；作吏一行，便廢此事。"前二語用陶淵明詩"得知千載事，上賴古人書"，剪去兩字，後二語用嵇康書"一行作吏，此事便廢"，而皆倒易二字。中書舍人張孝祥，字安國，出知撫州，移蘇州，《謝上表》曰："雖自西徂東，周爰執事；然以小易大，是誠何心。""雖""然"二字增，而兩州東西小大，乃甚的切。中書舍人洪邁知婺州，召至都下，而侍從未有虛位；孝宗除爲在京宫觀兼侍讀。太府少卿張抑，字子儀，以啓賀曰："珍臺閒館，冠皐伊之倫魁；廣厦細旃，論唐虞之聖道。"前二句，用揚雄賦全語；後二句，用王吉疏全語；皆西漢文章也。蔣子禮拜右相，王訶賀啓曰："早登黄閣，獨見明公之妙年；今得舊儒，何憂左轄之虛位。"上二句，用"扈聖登黄閣，明公獨妙年"，下二句用"左轄頻虛位，今年得舊儒"，皆杜甫詩也。四六有一聯而用四處古人語者，張栻，字欽夫，答一教官啓曰："識其大者，豈誦説云乎哉？何以告之，曰仁義而已矣。"而徽宗時，王履道《行少宰余深制》曰："仰惟前代，守文爲難；相我受命，非賢不乂。"又曰："蓋四方其訓，以無競維人；必三后協心，而同底於道。"時次蔡京、王黼爲三相也。四六有用古人全語而全不用其意者：《行葦》之詩云："仁及草木，牛羊勿踐履。"此盛世之事也。又《鴟鴞》之詩云："曰予未有室家，風雨所漂摇。"此謂鴟鴞之毁巢。王履道生長河洛，以金人之亂，避兵而南，思家園丘墓，而剪裁兩詩以撰青詞曰："萬里丘墳，草木牛羊之踐履；百年鄉社，室家風雨所漂摇。"運古入化，匪夷所思矣。如此之類，鎔鑄經營，而不以長句破格，不以硬語損諧，雖全引古語，而何害四六焉。凡此儒林揚休，傳誦當時者也。其後番陽洪适，與弟遵、邁，吉安周必大，相繼以四六有名；而洪邁尤自負四六爲其家學云。

洪适，字景伯；遵，字景嚴；邁，字景盧。父皓，亦工四六，以徽猷閣待制奉高宗命使金，而遭徽宗之喪，泣血撰文以祭，有曰：“故宫爲禾黍，改館徒饋於太牢；新廟游衣冠，招魂漫歌於楚些。雖置河東之賦，莫止江南之哀。遺民失望而痛心，孤臣久縶惟歐血。”金人誦之亦揮涕，而爲所拘留。适才十三歲，已任門户，督二弟遵、邁，刻意問學，而承母沈以奉祖母。沈，無錫之所自出也；既而母卒，遂奉喪以依舅氏焉。

洪适四六。時金人以河南歸宋，因擬宰相賀表，有曰：“宣王復文武之土，光啓中興；齊人歸鄆讙之田，不失舊物。”舅氏沈松年以宿學官博士，誦而奇之曰：“此博學宏詞之選也!”紹興十二年，與弟遵同中博學宏詞科。高宗詢知爲皓子，曰：“父効命出疆，而二子自力，此忠義之報也。”适以啓謝宰相曰：“驟掇虚名，敢自希於雙璧；尚遺季弟，終有慝於三珠。”後三年，邁亦中選；於是三洪名滿江東，兄弟競爽。而适於孝宗朝，累官尚書右僕射同中書門下平章事，遵至翰林學士承旨，邁至端明殿學士。殁皆有謚，适謚文惠，遵文安，邁文敏。而邁尤以博洽受知孝宗，謂其文備衆體。遵有《小隱集》，不傳。邁有《野處類稿》二卷，有詩無文。獨适有《盤洲集》八十卷行於世；其中詩古文條暢而出以樂易，四六警切而務爲疏宕，其體一出蘇軾。而邁撰《容齋隨筆》，有“吾家四六”之記，稱：“乾道初年，張魏公以右相都督江淮；議者謂兩淮保障不可恃，公往視之。會詔歸朝，未至而免。文惠公當制，詞曰：‘棘門如兒戲耳，庸謹秋防；衮衣以公歸兮，庶聞辰告。’所謂兒戲者，指邊將也，而議者乃以爲詆魏公。其尾句曰：‘《春秋》責備賢者，慨功業之惟艱；天子加禮大臣，固始終之不替。’所以悵惜之意至矣。《王太寶致仕詞》曰：‘閔勞以事，聖主隆待下之仁；歸絜其身，君子盡衣錦之美。’太寶有遺泄之疾，或以爲有譏，而實不然。罷相後起帥浙東，《謝生日時詞啓》曰：‘五十當貴，適買臣治越之年；八千爲秋，辱莊子大椿之壽。’時正五十歲，而生日在秋也。紹興壬戌詞科，《代樞密使謝賜玉帶表》，文安公曰：‘有璞於此必使琢，恍驚制作之工；匪伊垂之則有餘，允謂便蕃之賜。’主司喜焉，擢爲第一。乙丑《代謝賜御書周易尚書表》。予曰：‘八卦之説謂之索，奉以周旋；百篇之義莫得聞，坦然明白。’尾句曰：‘但驚奎壁之輝，從天而下；莫測龜龍之妙，行地無疆。’亦忝此選。《代福州謝曆日表》曰：‘神祇祖考，既安樂於太平；歲月日時，又明章於庶證。’正用《詩·鳧鷖序》：‘太平之君子，能持盈守成，神祇祖考安樂之也。’《洪範》：庶證‘歲月日時無易，百穀用成，乂用明，俊民用章’。皆上下聯文，未增一字。《淵聖乾龍①節疏》曰：‘應天而行，早得尊於《大有》；象日之動，偶蒙難於《明夷》。’《易·大有》卦‘柔得尊位，應乎天而時行’。《左傳》叔孫豹筮遇《明夷》，象日之動，故曰：‘君子于行。’《彖辭》云：‘内文明而外柔順，以蒙大難。’亦用本文。……葉子昂參知政事，爲諫議大夫林安宅擊罷，已而置獄治，林責居筠，葉召拜左揆，予草制曰：‘既從有北之投，亟下居東之召。有欲爲王留者，孰明去就之忠；無以我公歸兮，大慰瞻儀之望。’本意用‘公歸’之句，指邦人而言也，故云‘瞻儀’；而御史單時疑之，謂人君而稱臣爲我公，蓋不詳味詞理耳。《賜宰臣辭免提舉聖政書成轉官詔》曰：‘爲天子父尊之至，永惟傳序之恩；問聖人德何以加，莫越重華之孝。’《葉資政召命詔》曰：‘見晛曰消，顧何傷於日月；得時則駕，宜亟會於風雲。’《賜史大觀文以新蜀帥改越辭免詔》曰：‘王陽爲孝子，敢煩益部之行；莊助留侍中，姑奉會稽之計。’吴璘在興元修塞壞渠爲田，奬諭詔曰：‘刻石立作三犀牛，重見離堆之利；復陂誰云兩黄鵠，詎煩鴻卻之謡。’用老杜《石犀行》云：‘秦時蜀太守，刻石立作三犀牛。’及翟方進壞鴻卻陂，童謡云‘反乎覆，陂當復，誰云者，兩黄鵠’等語也。劉共甫自潭帥除翰林學士，答詔曰：‘不見賈生，玆趣長沙之召；既還陸贄，宜膺内相之除。’《批執政辭經修哲宗寶訓轉官詞》曰：‘念疊矩重規，當賢聖之君七作；而立經陳紀，在謨訓之文百篇。’哲廟正爲第七主，而寶訓百卷也。《答蔣丞相辭免詔》曰：‘永惟萬事之統，知非艱而行惟艱；有不二心之臣，帥以正則罔不正。’《禮部爲宰臣以顯仁皇后小祥請吉服奏》曰：‘練而慨然，理應順變；期可已矣，懼或過中。’又曰：‘漢中天二百而興，益隆大業；舜至孝五十而慕，獨耀前徽。’時高宗聖壽五十四也。辛巳《親征詔》曰：‘惟天惟祖宗，方共扶於基緒；有民有社稷，敢自佚於晏安。’又曰：‘歲星臨於吴分，定成淝水之勳；鬬士倍於晉師，可決韓原之勝。’是時歲星在楚，故云。《檄書》曰：‘爲劉氏左袒，飽聞思漢之忠；徯湯后東征，

① “龍”原誤作“隆”，玆改正。

必慰戴商之望。'又曰：'侯王寧有種乎？人皆可致；富貴是所欲也，時不再來。'《修聖政轉官詞》曰：'念五馬浮江之後①，光啓中興；述六龍御天以來，式時猷訓。'《汪觀文復官詞》曰：'作雷雨之解而宥罪，在法當原；如日月之食而及更，於明何損。'《步帥陳敏制》曰：'亞夫持重，小棘門霸上之將軍；不識將屯，冠長樂未央之衞尉。'《吴挺興州制》曰：'能得士心，吴起固西河之守；差强人意，廣平開東漢之興。'《起復知金州制》曰：'惟天不吊，壞萬里之長城；有子而賢，作三軍之元帥。'《蕭鷓巴詞》曰：'隨會在秦，晉國起六卿之懼；日磾仕漢，秺侯傳七葉之芳。'《姚平仲復官制》曰：'李廣數奇，應恨封侯之相；孟明一眚，終酬拜賜之師。'《追封皇四子邵王詞》曰：'舉漢武三王之策，方茂徽章；念周文十子之宗，獨留遺恨。'時已封建三王也。《趙忠簡謚制》曰：'見夷吾於江左，共知晉室之何憂；還德裕於崖州，豈待令狐之復夢。'《王彦贈官詞》曰：'申帶礪以丹書之誓，方休甲第之功臣；掛衣冠於神武之門，竟失戍營之校尉。'《向起贈官詞》曰：'馳至金城郡，方思充國之忠；生入玉門關，竟負班超之望。'《李師顔贈官制》曰：'青天上蜀道，久嚴分閫之權；黑水惟梁州，愴失安邊之傑。'《襄帥王宣贈官詞》曰：'黄河如帶，莫申劉氏之盟；漢水爲池，空墮羊公之淚。'王淪以太常少卿朔祭太廟，忘設象尊、犧尊，降官詞曰：'犧象不設，已廢司彝之供；餼羊空存，殊乖告朔之禮。'《潼川神加封詞》曰：'駕飛龍兮靈之旂，具嚴涣命；驅厲鬼兮山之左，終相此邦。'《青城山蠶叢氏封侯詞》曰：'想青神侯國之封，自今以始；雖白帝公孫之盛，於我何加。'《陽山龍母詞》曰：'居然生子，乘雲氣以爲龍；惟爾有神，時雨暘而利物。'《魏丞相贈父詞》曰：'大名之後必大，非此其身；和戎如樂之和，幸哉有子。'魏蓋以使金議和而致大用。《贈母詞》曰：'藏盟府之國功，不殊魏絳；成外家之宅相，重見陽元。'《封妻姜氏詞》曰：'筮仕於晉曰魏，方開門户之祥；娶妻必齊之姜，孰盛閨闈之美。'《虞丞相贈父詞》曰：'活千人有封，非其身者在其子；德百世必祀，畸於人者侔於天。'《周仁贈父詞》曰：'有子能賢，高舉而集吴地；受予顯服，會同而朝漢京。'用東方朔《非有先生傳》'高舉遠引，來集吴地'及《兩京賦》'春王三朝，

① "後"原訛作"役"，兹改正。

會同漢京’也。《獎諭吴挺詔》曰：‘閫外制將軍，方有成於東鄉；舟中皆敵國，應無慮於西河。’《梁丞相答詔》曰：‘一言可以興邦，念爲臣之不易；三宿而後出晝，勉爲王而留行。’餘不勝書。惟記從兄在泉幕，淮東使者，其僚壻也。發京狀薦之；爲作謝啓曰：‘襟袂相連，夙愧末親之孤陋；雲泥懸望，分無通貴之哀憐。’皆用杜詩。其下句人人知之，上句乃《贈李十五丈》云：‘孤陋忝末親，等級敢比肩，人生意氣合，相與襟袂連。’比事適著題，而與前《送韋書記詩》句，偶可整齊用之。附記於此，但以傳示子孫而已。”蓋父子兄弟，世擅四六；而比事屬辭，則事無泛用；古語新裁，斯語妙渾化；亦庶幾不乖四六之律令，而善運歐蘇之氣調者也，可以耀世美而徵家學焉。然有詞未以筦王命，而篇獨工於書記者，曰李劉。

李劉，字工甫，崇仁人。嘉定七年進士，累官寶章閣待制。生平無考。獨工四六；所著《類稿》、《續類稿》、《梅亭四六》，皆不傳，獨《四六標準》四十卷，乃其門人羅逢吉所編，以劉初年館宰相何異家，及在湖南、四川所作，彙爲一集，題曰《標準》，蓋門弟子尊師之詞也；凡一千九十六首，以類相從，分七十一目。其中言時政如《上史丞相》、《上曾樞密》，贄見如《上魏運使》、《上吴宣撫》，薦舉如《謝林提舉舉關陞》、《謝衛參帥特薦》、《代謝帥座》（契家子弟謝合光）、《代回危教授謝列薦》，舉科目如《謝劉閣學舉節操方正可備獻納科》、《代虞制參謝劉閣學舉科目》、《謝趙尚書舉可備著述科》，謝到任如《榮州到任謝桂制置》、《通判到任謝簽樞》，謝除授如《代江淮陳制幹除監丞謝丞相》、《除國子録謝執政》、《除國録謝葛祭酒》、《除成都漕謝李制置》，謝辟置如《謝董制置辟充成都撫幹》，舉自代如《謝李侍郎舉自代》，被召如《賀綿州高知府赴召》，宫觀如《賀瀘帥楊尚書進職奉祠》，雜謝如《謝魏侍郎爲先祖先父作墓誌》、《代袁子固謝縣宰寬假不杖責》、《回蹇學諭賀得粟九穗》，謝惠詩文如《謝監鎮陸子遹惠詩》、《謝朱新恩投書》、《謝周祕校惠梅詩》、《回劉進士惠詩及封事稿》、《回羅省元》，科舉如《回免舉士人謝啓》，生辰如《代胡侍郎謝朝士賀生日》、《謝潼川提刑謝太博賀生日》，宰相如《賀鄭參政除右相兼樞密使進光禄大夫》，參政如《賀宣參政》，樞密如《賀俞僉書》，中書如《賀太府俞大卿除中書舍人兼右司除户部侍郎兼知臨安》，臺諫如《賀董司諫》，制帥如《回趙副帥》，提舶如《回趙市舶》，漕司如《代回江西李運使》、《代回江西胡漕》，太守如《賀趙尚書知平江府》、《代回傳贛州》，教官如《代回王教授》，州官如《通潭州于節推》，宰如《回資官文知縣》；四十八首，爲一集之勝。自六代以來，箋啓即多駢偶；然其時文體皆然，非以是别爲一格也。至宋而歲時通候，仕宦遷除，吉凶慶吊，無一事不用啓，無一人不用啓；而其啓必以四六，遂於四六之内，别成專門。而劉所作，隸事精切，措語朗暢，衍歐蘇一脈，而謹四六之體；泯盡堆垛，捃摭之迹，而才華富有，辭意鏗訇，實集箋啓之大成，而極四六之能事。南渡而下，足當後勁。肆筆如舌，紆餘委備。尤善議論，瀾翻不竭。如《上史丞相》曰：

索長安之米，擬就辟書；伏光範之門，尚干賓謁。特有惓惓之意，未敢察察而言。輒以萬分，寫之四六。儀圖爱助，此周人待山甫之情；翕受敷施，亦虞舜舉臯陶之意。他無求者，公幸聽之。竊惟國家閒暇之時，當思文武長久之術。況外夷之雲擾，貴内治之日嚴；詎云行李之通，可緩包桑之慮？國虚難動，民困易摇，豈待謀國之數公，知諱用兵之兩字。然能應則乃可謂定，故欲翕者未始不張。今徒千里而畏人，未思四境之不治，一氣先竭，百爲弗開。羣材付之乍佞以乍賢，正論聽其自鳴而自息。耳目之受既狹，心腹之委亦偏。爲赤子，爲龍蛇，未始得敵情之實；以皮幣，以犬馬，但云量事力之宜。軍籍既隱於蔽蒙，將材又阨於媢嫉。舟師未練，馬政不修。鑿斯池，築斯城，豈可無九攻之具；鍛乃戈，厲乃予，孰能遏再鼓之衰？仰而思之，無非事者。上作而下不應，朝廷每有是言；外呼而内不聞，郡國亦爲此論。惟事事備，乃可無患；言人人殊，何以成功。周得上，漢得中，策將安决？蠡治内，種治外，責恐宜分。試考先朝立四總管之謀，及觀諸儒分三大鎮之説，皆欲取之人望，從而假以事權。一用孔明陸遜之規模，力行晁錯充國之論議。移江上之屯於淮上，實關表之粟如關中。使權守禦之方，漸講招懷之略。衆犬方狺，則養威持重，兩虎既傷，則取亂侮亡。是爲屈羣策以共圖，奚至無寸功之可論？與其待一朝之患，始出於兹；孰若折千里之衝，早爲之所？若任人而疑，疑人而任，則聞事不實，實事不聞。何怪草野之私言，動違槐棘之成算？日月逝矣，風雨萃之。無謂天變不足慮，人言不足從；庶幾君子有所恃，小人有所畏。

恭惟某官堪輿間氣，社稷世臣。砥柱不移，回平原黄河之決；終風且曀，洗咸池白日之光。力調更化琴瑟之絃，復享和戎金石之樂。如將道古今而譽德，亦可紀簡策以垂功。然太師維垣，輔隆興不滿一歲；今西平有子，相嘉定行且十年。此非門户之私榮，實負乾坤之重寄。用藥莫先於無病，止車當在於未奔。相亦惟終，邦其無斁。如某者，拙由地稟，狷不時宜。獨竊考治亂之原，知當謹幾微之會。貧賤不能以達志，憂患又從而熏心。昔在服中，欲上范文正之書而無路；今來闕下，願作石徂徠之頌而難言。薦之吾相者欲令主金耀之書，謀及乃心則姑願應銅梁之辟。等勤大播，盍進小忠?敢輸肺腑之微誠，盡告腹心之元老。一毫有補，萬坐亦甘。平津之招賢有三，惜難受汲生之戇；洛陽之太息者六，實欲全周勃之功。

曲盡時宰玩愒之情，當日因循之態，大聲疾呼，不乞相公之垂憐，而規相公以謀國，侃侃而陳，勝韓愈《三上宰相書》矣。又如《賀董司諫》曰：

進思補闕，仍侍邇英。責重寄隆，益可告嘉猷于后；謀從言聽，轉當下膏澤於民。朝野喧然，宗社幸甚。恭惟某官所養剛大，而道中庸。人方此重而彼輕，公獨以退而爲進。廷臣無出右者，天子居然器之。拔自州麾，徧儀朝著。亟拜拾遺之命，仍陪勸誦之聯。緝日月之光，良多啓沃；犯雷霆之怒，大有激揚。不賣直以取名，惟格王而正事。簡在中扆，遂升左垣。考司諫七品官之階，雖云序進；然大人一正君之事，正屬司存。

今目前無必至之憂，而天下有未形之患。戎心外狡，民力中乾。天文變怪而難諶，人才卑少而不競。民保於信而信屢爽，位守以仁而仁不流。吏惰且貪，兵虚仍脆。無非事者，請先大者之圖；彼何人斯，尤願辨之之早。自古建久安之勢，成長治之業，莫若杜羣枉之路，開衆正之門。國人曰賢，左右皆曰賢，無使淹滯之久；君心以正，遠近一以正，切防浸潤之行。閫内閫外，不容二心；宫中府中，當爲一體。舍豺問狸，則民不服；如鷹逐雀，則君自尊。察嫠婦之私憂，回倉公於驚走。庶淮南知憚於汲黯，而昌黎無惑於陽城。名節皎然，芬芳多矣。富貴乃吾所有，何足計哉；忠良得路

> 之難，切宜念此。某當獻嘉頌，願進苦辭，蓋有感平日之知，不敢作細人之愛。諸公不喜生語，柔則茹之；善人能受盡言，遐不謂矣。尚欲作石守道紀德之頌，幸勿還李師中落韻之詩。

頌不忘規，慨當以慷，不徒翩翩書記，直是炎炎大言。他如《賀宣參政》曰："今海内之事勢，若火未然；公主上之信臣，知風之自。夷情外狡，民力中乾。即戎七年而無休息之期，拓地千里而無堅凝之術。使能定未保其能應，則所憂將重於所欣。實賴同心同德之臣，亟合羣策羣力以禦。收草茅之公議而用之邦國，推槐棘之和氣而達之閭閻。"《賀俞簽書樞密》曰："春秋九世之讎，固將必報；匈奴百年之運，未有不亡。今犬羊交噬之已深，計蚌鷸相持之不久。下策莫危於浪戰，上兵實貴於伐謀。在帝王之萬舉萬全，固求耆定；然疆埸之一彼一此，正欠堅凝。幸而及閒暇之時，亟宜定修攘之計。取亂侮亡兼弱也，時則易然；同寅協恭和衷哉，政將焉往？"綜觀所作，不難在經史紛綸，隸事必精；而難在氣調磊落，脱口如生。不啻西漢賈董政事賢良之策疏，特託西崑楊劉四六駢儷之箋啓。跌宕昭彰，精能之至也，豈得以尋常酬應薄之哉。

第二節　朱熹　陸九淵　吕祖謙附陳亮　薛季宣　陳傅良　葉適附真德秀

南宋四六固是蘇格，散文尤有蘇氣，文出東坡，詩宗山谷。而論學，則尤排王安石而崇蘇軾。獨朱熹以爲蘇軾之學，禍甚王氏；而文則不爲蘇軾，爲曾鞏；詩不宗黄庭堅，宗魏晉選體；蓋翹然有以自異而不囿於風氣云。

朱熹，字元晦，以元爲四德之首，易爲仲晦；曾結草堂於建陽蘆峯之雲谷，扁以晦庵，又號雲谷老人，更署雲臺真逸；既又創竹林精舍，號滄洲病叟；晚因筮易，遇《遯》之《同人》，更名遯翁；小名沈郎，小字季延；婺源人。父松，官南劍尤溪縣尉，遂僑寓焉而生熹。生而穎悟；甫能言，父指天示之曰："天也。"即問曰："天之上何物？"而欲窮其源。十歲，讀《孟子》，至"聖人與我同類者"，喜不可言，即厲志聖賢之學。父松，師事豫章羅從彦，而與延平李侗遊，得聞將樂楊時所傳二程之學，日誦《大學》、《中庸》以用力於致知誠意。及其殁也，而熹才十四歲，遂託之友人籍溪胡憲、白水劉勉之、屏山劉子翬，且顧語曰："三人學有淵源，吾所敬畏。"遂受學焉。以十九歲，舉紹興十八年進士，銓試中等，授泉州同安縣主簿；將赴官，乃謁李侗於延平。

初，熹師劉子翬、胡憲。憲學於崇安胡安國，又好佛老，以安國之學爲論治道則可，而道未至，然於佛老亦未有見。子翬少年能爲舉業，及官莆田，接塔下一僧，能入定數日。老而歸家，讀儒書，以爲與佛合也，作《聖傳論》。子翬先卒，獨事憲爲最久，至是謁侗而誦其所聞。侗之接後學也，答問窮晝夜不倦，隨人淺深而誘之各不同，而要以反身自得而可以入於聖賢之域。於時，熹務爲儱侗宏闊之言，好同而惡異，喜大而恥於小。而侗不謂然，曰："吾儒之學，所以異於異端者，理一分殊也。理不患其不一，所難者分殊耳。若以理一而不察其分之殊，此學者所以流於疑似亂真之説，而不自知也。"顧熹不服。而侗爲人簡重訥言語，惟教以讀聖賢之書。久之，研誦而漸有會，乃大服，謁侗稱弟子。於是刻意治經，推見實理，著有《易本義》、《啟蒙》、《詩集傳》、《大學、中庸章句》、《或問》、《論語、孟子集注》，爲學者所宗。其爲學，大抵窮理以致其知，反躬以踐其實，而以居敬爲入德，以讀書爲窮理。

寧宗聞熹名久，及即位，召起煥章閣待制侍講，尋以直言忤旨，除提舉鴻慶宫。既而韓侂胄當國，誣熹僞學不軌，謫永州落職。飭毀所著書，科舉取士稍涉義理者，輒見黜落，六經、《語》、《孟》、《大學》、《中庸》之書，爲世大禁。於是謗議朋興，以學爲"僞"；蓋謂貪黷放肆，乃人真情，其廉潔好修者僞也。從遊之士，依阿巽懦者，更名他師，過門不入，甚至變易衣冠，狎遊市肆以自别其非道學。然熹講學不休。有勸以謝遣生徒者，熹應曰："禍福之來，命也，今爲避禍之説者，固出相愛，然得某壁立萬仞，豈不更爲吾道之光？其默足以容，某不上書自辨，便是默，不成屋下與朋友講習古書，説這道理，亦不敢也。"老而多病，氣痛腳弱，緟以泄瀉，已不自支。或勸晚起，曰："某自不能晚起，雖甚病，纔見光，亦要起尋思文字，纔稍晚，便覺似晏安鴆毒，便似箇懶惰底人，心裏不安；須是早起了，卻覺得心上鬆爽。"已而病甚，猶修書不輟。夜爲諸生講誦，孜孜不休。將卒之前三日，起改訂《大學·誠意章》注，年七十一。侂胄誅，贈熹寶謨閣直學士，謚曰文，尋贈太師，封徽國公，從祀孔子廟庭。

其弟子黄幹曰："道之正統，待其人而傳。由孔子而後，曾子、子思繼其微，至孟子而始著。由孟子而後，周、張、二程繼其絶。至朱子而始著。"蓋以熹傳周、張、二程之學，而爲道統之所繫焉。然道學之傳，始自程氏顥、頤兄弟受學周敦頤。敦頤言："文，所以載道也；輪轅飾而弗庸，徒飾也，況虚車乎？文辭，藝也，道德，實也，不知務道德而第以文辭爲能者，藝焉而已。噫，弊也久矣！"或問程顥"作文害道否？"曰："害也！凡爲文，不專意則不工；若專意，則志局於此，又安能與天地同其大也。《書》曰："'玩物喪志。'爲文，亦玩物也。"頤則曰："不求諸己而求諸外，以博聞强記，巧文麗辭爲工，其言鮮有至於道者。"蓋專心致知以求道之所爲明，而不屑屑於文，以爲徒雕琢其辭，末乎云爾。獨熹則以謂："意中了了，而言不足以發之，則亦不能傳於遠矣。故孔子曰：'辭達而已矣。'程子亦言：'《西銘》，吾得其意；但無子厚筆力，不能作耳。'正謂此。"以故頗致力於文章也。傳有《晦庵集》一百卷，《續集》十卷，《别集》十卷。

先是孝宗時，侍郎胡銓以詩人薦。熹曰："僕不能詩，平生僥幸多類此。"然熹用力於古詩者實深，而其下手則以擬古爲功夫，謂："向來初見擬古詩，將謂只是學古人之詩，元來卻是。如古人説'灼灼園中花'，自家也做一句如此；'遲遲澗畔松'，自家也做一句如此；'磊磊澗中石'，自家又也做一句如此；'人生天地間'，自家也做一句如此。意思語脈，皆要似他底，只换卻字，某後來依如此做得二三十首詩，便覺得長進。蓋意思、句語、血脈、勢向，皆是他底。亦嘗間考詩之原委，因知古今之詩，凡有三變：蓋自書傳所記虞夏以來，下及魏晋，自爲一等。自晋宋間顔謝以後，下及唐初，自爲一等。自沈宋以後定著律詩，下及今日，又爲一等。然自唐初以前，其爲詩者，固有高下，而法猶未變。至律詩出，而後詩之詞與法始皆大變，以至今日，益巧益密，而無復古人之風矣。嘗欲抄取經史諸書所載韻語，下及《文選》漢魏古詞，以盡乎郭景純、陶淵明之所作，自爲一編，而附於《三百篇》、《楚辭》之後，以爲詩之準則。又於其下二等之中，擇其近於古者，各爲一編，以爲之羽翼輔衛；其不合者，則悉去之，不使接於耳目而入於胸次，要使方寸之間，無一字世俗言語意思，則其爲詩，不期於高遠而自高遠矣。且以李杜言之，則如李之《古風》五十首，杜之《秦蜀紀行》、《遣興》、《出塞》、《潼關》、《石濠吏》、《夏日》、《夏夜》諸篇，律詩則如王維、韋應物輩，亦自有蕭散之趣；未至如今日之細散卑冗，無餘味也。坡公病李杜而推韋柳，蓋亦自悔其平時之作，而未能自拔者。但余詆江西而進宛陵，不能不駭俗聽耳。少時嘗讀梅詩，亦知愛之，而於一時諸公所稱道，如《河豚》等篇，有所未喻；至於寂寥短章，閒暇蕭散，猶有魏晉以前高風餘韻，而不極力於當世之軌轍者。夫古人之詩，本豈有意於平淡哉？但對今之狂怪雕鏤，神頭鬼面，則見其平；對今之肥膩腥臊，酸鹹苦澀，則見其淡耳。自有詩之初以及魏晉，作者非一，而其高處無不出此。淵明詩，人皆說平淡，據某看，他自豪放，但豪放得來不覺耳。古人詩中有句，今人詩更無句，只是一直說將去，這般詩，一日做百首也得。如陳簡齋詩'亂雲交翠壁，細雨溼青松'，'暖日熏楊柳，濃陰醉海棠'，他是甚麼句法。古人做詩，不十分著題，今人做詩，愈著題，愈不好。李、杜、韓、柳，初亦學選詩；然杜韓變多，而李柳變少；變不可學，而不變可學。故自其變者而學之，不若自其不變者而學之。"其意在宗魏晉選體以斥江西詩。

今誦其詩，矜鍊婉秀，而《游仙》詼詭，時出軼宕，似有得於柳宗元而參以郭璞。五言古如《擬古》八首、《丘子野表兄郊園五詠》、《古意》、《客舍聽雨》、《雨中示魏惇甫兼懷黄子厚》二首、《讀道書作》二首、《病中呈諸友》、《月夜述懷》、《春日即事》、《晚步》、《秋懷》、《垂澗藤》、《懸厓水》、《穿林徑》、《病告齋居作》、《感事有歎》、《山居即事用疊翠亭韻》、《秀野以喜無多屋宇幸不礙雲山爲韻賦詩率爾攀和》十首、《拜張魏公墓下》、《大雪馬上次敬夫韻》、《九月六日早發潭溪夜登雲谷翌旦賦此》，七言古如《伏蒙祕閣張丈寵顧下邑并以長篇爲貺降歎之餘牽勉繼韻》、《五禽言和王仲衡尚書》，五言律如《過黄塘嶺》、《冬日》二首、《登祝融峯用擇之韻》、《安仁曉行》，王言絶如《聞蟬》、《雜記草木》九首之《天門冬》、《紅蕉》二首、《九日山石佛院亂峯軒》二首，七言絶如《涉澗水作》、《入瑞嚴道間得四絶句呈彦集充父二兄》、《方廣睡覺次敬夫韻》、《武夷櫂歌十首呈諸同遊》、《夜》等詩，咸可誦覽。大抵七言不如五言，絶句勝於律體，秀潤而力祛縟藻，矜鍊而不爲馳驟，蓋所謂不作江西社裏人者。至《齋居感興》二十首，得意自以追陳子昂，而明李東陽《懷麓堂詩話》，謂："《感興》之作，蓋以經史事理播之吟詠，豈可以後世詩家者流例論哉。"然興寄不高遠，而未免墮理障，不足以方駕子昂《感遇》也。

古文則於韓、柳、歐、蘇、曾、王，無所不學，而長於詁經説理，明白醇實，而出以紆徐委備；不矜才氣，而波瀾老成，自然頓挫，獨有得於曾鞏者爲深。如《參伍以變錯綜其數説》、《定性説》、《觀心説》、《釋氏論》上、《開阡陌辨》、《語孟集義序》、《中庸集解序》、《詩集傳序》、《大學章句序》、《中庸章句序》、《跋朱喻二公法帖》、《記參政龔公陛辭奏稿後》、《書臨漳所刊四經後》、《書臨漳所刊四子後》、《跋俞巖起集》、《題趙清獻事實後》、《跋曾裘父贈屈待舉詩》、《跋曾仲恭文》、《跋鄭宣撫帖》、《再跋王荆公進鄴侯遺事奏稿》、《送黄子衡序》、《送陳宗之序》、《送張仲隆序》、《送夏醫序》、《林貫之字序》、《壬午應詔封事》、《甲寅擬上封事》、《癸未垂拱奏劄》一、《行宫便殿奏劄》二、《答梁丞相書》、《與史太保書》、《與周丞相書》、《與趙尚書書》、《與留丞相書》一、《與留丞相書》二、《甲申十月二十二日答汪尚書》、《答林正夫》、《答戴淵》、《答林巒》、《答吕侁》、《答蔡季通》第二首、《答汪太初》、《答王季和》第二首、《答卓周佐求薦》、《招舉人入白鹿咎目》、《漳州教授廳壁記》、《存齋記》、《隆興府學濂溪先生祠記》、《徽州休寧懸廳新安道院記》、《福州學經史閣記》，其尤可誦者也。

其他山水之記，隨景抒寫，學柳州之警秀而遜其韻味，以其工刻鏤而寡詠歎也。碑傳之作，因事冗蔓，同東坡之緩散而失於裁制，以其有鋪叙而無提挈也。特有寂寥短章，隨筆曲注，韻流簡外，足以追東坡小品之逸致者，如《記和静先生五事》、《偶讀漫記》之《釋氏有清草堂者》一則、《跋歐陽文忠公帖》、《題曹操帖》、《跋唐人暮雨牧牛圖》、《跋劉叔通詩卷》、《跋周益公楊誠齋送甘叔懷詩文卷後》，閒暇蕭散，不矜聲色而德意自遠。

自謂："未冠而讀南豐先生之文，愛其詞嚴而理正，居常誦習，以爲人之爲言必當如此，乃爲非苟作者。人做文章，若是子細看得一般文章熟，少間做文字，意思語脈，自是相似。讀得韓文熟，便做出韓文底文字。讀得蘇文熟，便做出蘇文底文字。若不曾子細看，少間，卻不得用。古人文章，大率只是平説而意自長，後人文章，務意多而酸澀；如《離騷》初無奇字，只恁説將去，後來如魯直恁地著力做，卻自不好。大率古人文章，皆是行正路；後來杜撰底，皆是行狹隘邪路去了。而今只是依正路底路脈做將去，少間，文章自會高人。試取孟韓子、馬班書，大議論處，熟讀之，及後歐、曾、老蘇文字亦當細考，乃見爲文用力處。今人多見出《莊子》題目，便用《莊子》

語；殊不知此正是千人一律文章。若出《莊子》題目，自家卻從別處做將來，方是出衆文字也。但恐亦當更考歐曾遺文，料簡刮磨，使其清明峻潔之中，自有雍容俯仰之態。劉侍讀文，氣平文緩，乃自經術中來；比之蘇公，誠有高古之趣；但亦覺詞多理寡，苦無甚發明耳。大抵古人文字，要當隨其所長取之，難以一時所見，遽定品目也。東坡文字明快。老蘇文雄渾，盡有好處。如歐公、曾南豐、韓昌黎之文，豈可不看？柳文雖不全好，亦當擇。合數家之文，擇之，無二百篇；下此則不須看，恐低了人手段。韓文高。曾文一字挨一字謹嚴，然太迫。

“歐公文，鋒刃利，文字好，議論亦好。歐公爲蔣穎叔輩所誣，既得辨明，謝表中自叙一段，只是自胸中流出，更無些窒礙，此文章之妙也。歐公文，亦多是修改到妙處。頃有人買得他《醉翁亭記》稿，初説‘滁州四面有山’凡四十字；末後改定，只曰‘環滁皆山也’五字而已。歐公之學，雖於道體猶有欠闕；然其用力於文字之間，而泝其波流以求聖賢之意，則於《易》，於《詩》，於《周禮》，於《春秋》，皆嘗反覆窮究以訂先儒之謬。而《本論》之篇，推明性善之説，以爲息邪距詖之本。《五代史記》，善善惡惡，如《唐六臣傳》之屬，又能深究國家所以廢興存亡之幾，而爲天下深切著明之永監者，固非一端。其他文説，雖或出於遊戲翰墨之餘，然亦隨事多所發明，而詞氣藹然，寬平深厚，精切的當，真韓公所謂仁義之人者。

“至於王氏、蘇氏，則皆以佛老爲聖人，既不純乎儒者之學矣。而王氏支離穿鑿，本不足以惑衆，徒以一時取合人主，假利勢以行之，至於已甚，故特爲諸老先生之所排詆。在今日，則勢窮禍極，故其失人人皆得見之。至若蘇氏之言，高者出入有無而曲成義理，下者指陳義理而切近人情，其知識才辨，謀爲氣概，又足以震耀而張皇之，使聽者欣然而不知倦，非王氏之比也。然語道學，則迷大本；論事實，則尚權謀；衒浮華，忘本實；貴通達，賤名檢；此其害天理、亂人心、妨道術、敗風教，亦豈出王氏下哉？但其身與其徒，皆不甚得志於時，無利勢以輔之，故其説雖行而不能甚久。凡此患害，人未盡見。使其行於當日亦如王氏，則其爲禍不但王氏而已。蓋王氏之學，雖談空虛而無精彩，雖急功利而少機變，其極也陋，如薛昂之徒而已。蔡京雖名推尊王氏，然其淫侈縱恣，所以敗亂天下者，不盡出於王氏也。若蘇氏，則其律身已不若荆公之嚴，其爲術要未忘功利，而詭祕過之。其徒如秦觀、李廌之流，皆浮誕佻輕，士類不齒，相與扇縱横捭闔之辨以持其説，而漠然不知禮義廉恥爲何事。雖其勢利未能有以動人，而世之樂放縱、惡拘檢者，已紛然向之。使其得志，則凡蔡京之所爲，未必不身爲之也。蘇氏以雄深敏妙之文，煽傾危變幻之習，上談性命，下述政理；學者始則以其文而悦之，以苟一朝之利，及其既久，則漸涵入骨髓，不復能自解免。壞人材，敗風俗，蓋不少矣！歐公文字，敷腴温潤。曾南豐之文，又更峻潔；雖議論淺近，然平正。到得東坡，便傷於巧，議論不正。老蘇尤甚。荆公之文，卻似南豐，但比南豐亦巧。荆公作《許氏世譜》，寫與歐公看。歐公一日因曝書見之，不記誰作，意以爲荆公；但又曰：'介甫不解做得恁地，恐是曾子固。'如退之、南豐之文，卻是布置。某舊看二家之文，復看坡文，覺得一段中欠了句，一句中欠了字。向嘗聞東坡作《韓文公廟碑》，一日思頗久，忽得兩句云：'匹夫而爲百世師，一言而爲天下法。'遂掃將去。黄門之文衰，遠不及也。

"歐陽公之文雖平淡，其中卻自美麗有好處，有不可及處；卻不是闒茸無意思。歐文如賓主相見，平心定氣説好話相似。坡公文，如説不辦後，對人鬧相似，都無恁地安詳。人有才性者，不可令讀東坡等文。有才性人，便須取入規矩，不然，蕩將去。然今人作文，皆不足爲文，大抵專務節字，更易新好生面辭話；至説義理處，又不肯分曉。觀前輩歐蘇諸公文，何嘗如此？聖人之言，坦易明白，因言以明道，正欲使天下後世由此求之；使聖人立言，要教人難曉，聖人之經定不作矣。學者玩味深思，何嘗如今人欲説又不敢分曉説，不知是甚所見，畢竟是自家所見不明，所以不敢深言。蘇子由有一段論人做文章自有合用底字，只是下不著。又如鄭齊叔云：'做文章自有穩底子，只是人思量不著。'横渠云：'發明道理，惟命字難。'要之做文字，下字實是難；不知聖人做出來底，也只是這幾字，如何鋪排得恁地安穩。然而人之文章，也只是三十歲以前，氣格都定；但有精與未精耳。"

觀其論諸家文章，洞見利病，宜其意到筆隨，理明而辭達。大抵醇實出曾鞏，疏快似蘇軾，而結筆稍弛，流韻不長，未若歐公之謹於布置，饒有風神也。然而《晦庵集》中，卻有一種文言雜俚，筆舌互用，而明白透快，警切聳動，别饒風致者。如《答陳膚仲》曰：

承以家務叢委，妨於學問爲憂，此固無可奈何者。然亦只此便是用功實地。但每事看得道理，不令容易放過，更於其間見得平日病痛，痛加剪除，則爲學之道，何以加此？若起一脱去之心，生一排遣之念，則理事便成兩截，讀書亦無用處矣。但得少閒隙時，不可閒坐説話，過了時日，須偷些小工夫，看些小文字，窮究聖賢所説底道理，乃可以培植本原，庶幾枝葉自然張皇耳。

又《諭學者》曰：

書不記，熟讀可記。義不精，細思可精。惟有志不立，直是無著力處。只如而今貪利禄而不貪道義，要作貴人而不要作好人，皆是志不立之病。直須反覆思量，究見病痛起處，勇猛奮躍，不復作此等人；一躍躍出，見得聖賢所説千言萬語，無一事不是實話，方始立得此志。就此積累工夫，迤邐向上去，大有事在。諸君勉旃，不是小事。

又《答應仁仲》曰：

《大學》、《中庸》，屢改，終未能到得無可改處。道理最是講論時説得透，才涉紙墨。便覺不能及其一二；縱説得出，亦無精彩。以此見聖賢心事，今只於紙上看，如何見得到底？每一念此，未嘗不撫卷慨然也。

又《答黄直卿》曰：

輅孫不知記得外公否？渠愛壁間獅子，今畫一本與之，可背起與看，勿令揉壞。此是陸探微畫，東坡集中有贊。願他似此獅子奮迅哮吼，令百獸腦裂也。

語録之文，不嫌雜俚，始於佛氏；而儒家之講道學者因之，取其樸實説理，明白易曉也。然如熹之透快處斬截，紆徐處妍媚，愈質實，愈標致者，所見亦罕矣。

至於貢舉之文，熹則以謂："王安石制經義以試士，一道德，同風俗，惟此乃使天下學者念茲在茲，不敢走作胡説，上下都有箇守也。然治經者必守家法，命題者必依章句，答義者必通貫經文，條舉衆説，而斷以己意。近年以來，習俗苟偷，學無宗主。治經者不復讀經文傳註，但取科舉中選之文，諷誦摹仿；擇取經中可爲試題之句，以意扭捏。而主司命題，又多爲新奇以求出於舉子之所不意，於所當斷而反連之，於所當連而反斷之，大抵務欲無理可解，無説可通，以觀其倉卒之間，趨附離合之巧。主司以此倡，舉子以此和，平居講習，專務裁剪經文，巧爲餖飣，明知不是經意，但取便於行文，轉相祖述，慢侮聖言。名爲治經，而實爲經學之賊；號爲作文，而實爲文字之妖，又不止於家法之不立而已也。今既各立家法，此弊勢當自革，而必使答義者通貫經文，條陳衆説，而斷以己意者。蓋今日經學之難，不在於治經，而在於作義；大抵不問題之小大長短，而必欲分爲兩段，仍分作兩句對偶破題，又須借用他語以暗貼題中之字，必極於工巧而後已。其後多者三二千言，别無他意，不過止是反復敷衍破題兩句之説而已。如此不惟不成經學，亦復不成文字。”於是命題之搭截餖飣，作文之分股破題，已具明清制義八比之雛形，而熹頗思有以振厲之也。然熹又曰：“學者之害，莫大於時文。此亦救弊之言。然論其極，則古文之與時文，其使學者棄本逐末，爲害等爾。但此等物如淫聲美色，不敢一識其趣，便使人不能忘，政當以爲通人之蔽。”蓋熹一生講學以闡周子、二程之説，詩文特其餘事；而於《大學》之正心誠意，致知格物，獨自以爲深造而有得也。

於時陸九淵講學江西，獨以心之所得者爲學，曰：“六經當註我，我何註六經。”提撕本心，不復以言語文字爲意。而吕祖謙、陳亮講學浙東，侈言經制，極論古今興亡之變，而不察此心存亡之端，亦各以其所學爲説。熹與諸人上下議論，獨以爲：“學者既學聖人，當以聖人之教爲主。今六經，《語》、《孟》、《中庸》、《大學》之書俱在，彼以了悟爲高者，既病其障礙而以爲不可讀；此以記覽爲重者，又病其狹小而以爲不足讀。則是聖人所以立言垂訓者，徒足以誤人而不足以開人，孔子不賢於堯舜，而達摩、遷、固賢於仲尼矣；毋乃悖之甚耶？然則海内學術之弊，不過兩説；江西頓悟，永康事功。若不極力争辯，此道無由得明。”大聲疾呼，不憚辭而闢之。而吕祖謙慮議論異同，欲會歸於一以定適從，乃約九淵與熹會於信之鵝湖寺。九淵因舉途中得詩曰：“墟墓興哀宗廟欽，斯人千古不磨心。涓流滴倒滄溟水，拳石崇成泰華岑。易簡功夫終久大，支離事業竟浮沉。”誦至此，熹色變；至“欲知自下升高處，真僞先須談只今。”熹於是大不懌也。論及教人，九淵之意，欲先發明人之本心，而後使之博覽；而熹之説，欲博學詳説而後返之約。九淵以熹爲支離，熹以九淵爲太簡；於是朱陸分途，而各以名家。然熹之守南康也，九淵訪之。熹與至白鹿洞，九淵爲講《論語》“君子喻於義，小人喻於利”一章。聽者至泣下，熹以爲切中學者隱微深痼之病云。

陸九淵，字子静，金谿人；乾道八年進士，累官將作監丞。光宗即位，差知荆門軍，卒於官，謚文安。其治學直指本心，喫緊做人，而不爲章句訓詁。以其道聚徒講習於貴溪之應天山，山形似象，學者稱象山先生。傳有《象山先生全集》三十六卷。其爲文章疏快而能達，意無扞格，頗出蘇軾。而制義之作，清空辨析，尤得蘇轍之法。然詁明經旨，密證心體，亦以發揮所學，而不徒爲干禄之文。如《好學近乎知》曰：

聖人之言，有若不待辨而明，自後世言之，則有不可不辨者。夫所謂知者，是其識之甚明，而無所不知者也。夫其識之甚明，而無所不知者，不可以多得也。然識之不明，豈無可以致明之道乎？有所不知，豈無可以致知之道乎？學也者，是所以致明致知之道也。向也不明，吾從而學之，學之不已，豈有不明者哉？向也不知，吾從而學之，學之不已，豈有不知者哉？學果可以致明而致知，則好學者，可不謂之近智乎？是所謂不待辨而明者也。然大道之不明，斯人之陷溺，古之所謂學者，後世莫之或知矣。

今自童子受一卷之書，亦可謂之學。雖學農圃技巧之業，亦不可不謂之學。人各隨其所欲能者而學之，俗各隨其所漸誘者而學之，均之爲學也。雖其學之也，有好有不好；其好之也，有篤有不篤；而當其篤好之也，均之爲好學也。今學農圃技巧之業者，姑不論。而如童子受書，如射御書數，專爲一藝者，亦姑不論。又如詭怪妖妄之人，學爲欺世誣人之事者，亦姑不論。而世蓋有人焉，氣庸質誣，溺於鄙陋之俗，習於庸猥之説，膠於卑淺零亂之見。而乃勉勉而學，孜孜而問，勤勤而思，汲汲而行，聞見愈雜，知識愈迷，東轅則恐背於西，南駕則恐違於北，執一則懼爲通者所笑，泛從則懼爲專者所非，進退無守，旁皇失據，是其好之愈篤，而自病愈深。若是而學，若是而好學，果可謂之近於智乎？此所謂自後世言之，則有不可不辨焉者也。

起立兩柱，竟分兩比，意翻空而易奇，文鞭辟以入裏，筆筆駛轉，層層推勘，借題發揮，以刺朱熹也。熹詔學者曰：“子思教人，尊德性，道問學。今子静所説，尊德性。而熹則致力於道問學。所以爲彼學者，持守可觀，而見理不細。熹自覺於義理上不亂説，卻於爲己爲人上不得力。今當反身用力，去短集長，庶不墮一邊耳。”九淵聞之曰：“元晦欲去兩短，合兩長。然吾以爲不可。既不知尊德性，焉有所謂道問學?”熹則曰：“務爲學而不觀書，此固子静之病。然近有從吕伯恭學者，廢經而治史，略王道而尊霸術；極論古今興替之變，而不察此心存亡之端，若只如此讀書，則又不若不讀之爲愈”云。

吕祖謙，字伯恭，自其祖尚書右丞好問南渡始居婺州，有中原文獻之傳。孝宗隆興間，舉進士，又中博學宏詞科，以召封勉孝宗留意聖學。奉詔選録宋文，斷自南渡以前，爲一百五十卷，賜名《皇宋文鑑》，謂其“採取精詳，有益治道”。官至著作郎，兼國史院編修官，卒謚曰成。其學以二程爲宗，而亦喜稱蘇軾，好議論古今成敗得失；於書無所不讀，其所講畫，將以開物成務。詔門人讀《左傳》，以次及諸史；而六經、《論》、《孟》，則恐學者徒託空言，而不以告也。朱熹數貽書砭切之，而祖謙不省。傳有《東萊集》三十六卷。其爲文博辨宏肆，朱熹病其不守約；然祖謙博覽羣書，學有根柢；而於《易》、《書》、《詩》、《春秋》，咸能究明古義而有述造；獨深於《春秋左氏傳》，據事發揮，指陳得失，有《春秋左氏傳説》二十卷，《續説》十二卷；而《左氏博議》八十六篇，自謂少年場屋所作，議論不及傳説之密，而辭氣鏗訇，與傳説之樸實説理如語録者異趣，讀之令人亹亹尋繹不倦。如《衛懿公好鶴》曰：

> 衛懿公以鶴亡其國。玩一禽之微，而失一國之心。人未嘗不撫卷而竊笑者。吾以爲懿公未易輕也。世徒見丹其頂，素其羽，二足而六翮者，謂之鶴耳；抑不知浮華之士，高自標致，而實無所有者，外貌雖人，其中亦何以異於鶴哉?
>
> 稷下之盛，列第相望，大冠長劍，褒衣博帶，談天雕龍之辨，風起泉湧，禹行舜趨者相摩於道；然擢筋之難，松柏之囚，曾無窺左足而先應者，是亦懿公之鶴也。鴻都之興，鳥迹蟲篆，自衒鬻者日至；受爵拜官，光寵赫然，若可以潤色皇猷。及黄巾之起，天下震動，未聞有畫一策，杖一戈，佐國家之急，是亦懿公之鶴也。永嘉之季，清言滿朝，一觴一詠，傲睨萬物，曠懷雅量，獨立風塵之表，神峰俊拔，珠璧相照；而五胡之亂，屠之不啻几上肉，是亦懿

公之鶴也。普通之際，朝談釋而暮言老，環坐聽講，迭問更難，國殆成俗；一旦侯景逼臺城，士大夫習於驕惰，至不能跨馬，束手就戮，莫敢枝梧，是亦懿公之鶴也。是數國者，平居暇日所尊用之人，玩其詞藻，望其威儀，接其議論，挹其風度，可嘉可仰，可慕可親，卒然臨之以患難，則異於懿公鶴者幾希，是獨可輕懿公也哉？所用非所養，所養非所用，使親者處其安，而使疏者處其危；使貴者受其利，而使賤者受其害；未有不蹈懿公之禍者也。

抑吾又有所深感焉，鶴之爲禽，載於《易》，播於《詩》，雜出騷人墨客之詠，其爲人之所貴重，非凡禽匹也。懿公乘之以軒，而舉國疾之，視如鴟鴞然；豈人之憎愛遽變於前耶？罪在於處非其據而已。以鶴之素爲人所貴，一非其據，已爲人疾惡如此，苟他禽而處非其據，則人疾惡之者復何如耶？吾於是乎有感。

又《宋華耦辭宴》曰：

君子之立論，待天下甚尊，期天下甚重，識雖在天下之先，而心常處一世之後。非自託於謙退也，降衷在天，秉彝在民，凡具耳目口鼻號爲人者，罔不備參贊化育之神，經緯幽明之用，吾其敢以淺心隘量大棄之於罷冗無能之地乎？《左氏》，世傳以爲魯史；則魯，其父母之邦也。其載華耦來聘，無故揚其先人之惡以辭宴，乃繫之曰“魯人以爲敏”。《左氏》之意，豈不以耦之辭令，魯人之所誇，而非君子之所貴乎？耦之言，少知禮義者皆知賤之，雖當時二三浮薄輩，忘相矜衒，然曲阜龜蒙七百里之封，寧無一人知其非者？今概稱“魯人以爲敏”。果哉《左氏》之論也，概稱“魯人以爲敏”，是謂魯國空無君子。抑不思所謂魯人者，誰非爾之僚友乎？誰非爾之姻戚乎？誰非爾之師長乎？一出言而盡致於庸鄙之域；倨傲暴慢之氣，勃然可掬，歸之以不孫不弟之名，吾意《左氏》不能解也。昔吾夫子亦嘗稱魯矣，曰“魯無君子，斯言取斯”；是夫子一言而待魯爲君子，《左氏》一言而待魯爲小人。人心之不同如是哉！

或謂：“《左氏》之言魯人，特蚩蚩之流耳；至於閎達博雅之君子，敢名之以魯人哉？”曰：“閎達博雅之君子，其材雖出人千百等；然履魯地，啜魯泉，食魯粟，豈不名之以魯人乎？一爲君子而背鄉里，蔑名教，不以魯人自命，是外父兄而恥與同類也，夫豈君子之所敢安哉？吾益見《左氏》之誤也。”

其爲文章長於比例，工於推勘，急言竭論，往復百折，而無艱難勞苦之態；能近取譬，尤巧設喻，波瀾頓挫，蓋原出蘇軾而能自變化，妙以東坡疏快之筆，能參西崑弘潤之氣，銜華而佩實，一時士流傾動。然朱熹則誚之曰：“向見吕伯恭愛與學者説《左傳》。某戒之曰：‘《語》、《孟》、六經，許多道理不説，恰限説這箇；縱那上有些零碎道理，濟得甚事？’伯恭不信，後來又説到《漢書》，若使其在，今又不知説到甚處，想益卑矣，宜爲陸子静所笑也。子静底是高，只是下面空疏無物事承當。伯恭底甚低，如何得似也。”

永康陳亮，字同甫，談兵善議論，與吕祖謙同郡切究，而不盡用其説。獨推朱熹“傑特宏深，負孔融李膺之氣，有霍光張昭之重”；顧不肯爲之下。《與熹書》曰：“亮雖不肖，然口説得，手去得，本非閉眉合眼，朦瞳精神以自附於道學者也。研窮義理之精微，辨析古今之同異，原心於秒忽，較禮於分寸，以積累爲功，以涵養爲正，睟面盎背，則亮於諸儒誠有愧焉。至於堂堂之陣，正正之旗，風雨雲雷，交發而并至，龍蛇虎豹，變而出没，推倒一世之智勇，開拓萬古之心胸，差有一日之長。”傳有《龍川集》三十卷。

其中自謂：“窮天地造化之初，考古今沿革之變，以推極皇帝王霸之道，而得漢、魏、晉、唐長短之繇，天人之際，昭昭然可察而知也。”然論學亦襲二程之緒餘，而故爲權譎；論政不出三蘇之窠臼，而益自誇大。頭出頭没於蘇程二氏門下，欲以兼綜，而未有真實見地以自名一家。及其發爲文章，有東坡之容易，異東坡之警發，早熟而老未成，暢達而語多膚，看似持之有故，其實按之無物；識力不到，氣調有餘，殆晚唐杜牧之流亞乎。亮上孝宗書曰：“今世之儒士，自謂正心誠意之學者，皆風痹不知痛癢之人也。”然永嘉薛季宣貽亮書曰：“以同甫天資之高，檢察之至，信如有見，必能自隱諸心。如曰未然，則凡平日上論古人，下觀當世，舉而措之於事者，無非小知謏聞之累，未可認以爲實。第於事物之上，習於心無適莫，則將天理自見，持之以久，會當知之。”則以正心誠意爲經世致用之本，而欲有以規亮矣。

薛季宣及其徒陳傅良、葉適，問學主於經世，與吕祖謙、陳亮同；而文章不爲蘇軾，則與吕祖謙、陳亮異。蓋南渡以來，尚蘇軾文，學者翕然誦習，而蜀中尤盛，語曰："蘇文熟，喫羊肉。蘇文生，喫菜羹。"及陳傅良爲舉子業，其所論著如《六經論》等文，所在流播，文體一變；而傅良之學，則出於薛季宣者也。

薛季宣，字士龍，號艮齋，永嘉人。六歲而孤，從伯父敷文閣待制宦遊，逮事過江諸賢，聞中興經理大略，喜從老校退卒語，志意犖犖。十七歲，從妻父荆南帥孫汝翼辟書寫機宜文字；事孝宗，累官大理寺正，知湖州，移常州。與朱熹、吕祖謙講學往來。熹談心性；祖謙重事功，而季宣欲以正心誠意之學，成輔世長民之功。其爲學於人無不友，必略短而取長；於書無不讀，必通今而據古。每以口耳之習，爲學者之戒。百氏羣籍，山經地志，斷章缺簡，研索不遺，過故墟廢都，環步移日以驗其蹟，參繹融洽。凡疆里卒乘，封國行河，久遠難分明者，聽其講畫，縷貫脈連，於古必有合，於事必可行。涖官所至，文武之職不同，隨所措施，而寓通經學古之意，於簿領期會之間。其後同郡陳傅良、葉適遞相祖述，蘄於經世致用，可見之行事；而永嘉之學，遂以異軍突起，則季宣爲之開山也。傳有《浪語集》三十五卷。南宋作者，詩多出西江①，生拗粗硬以爲傑；文好學東坡，疏快馳騁以肆辯。而季宣獨不爲風氣所囿。詩五言古流連光景，饒有理趣，能以朗麗出恬適，而悠遠雋永，超以象外，極似王維學陶之作；顧亦有警麗遒雋學鮑照者。七言古揮斥縱横，出以頓挫，時得杜陵之沉鬱，而不爲梅聖俞之促數，黄庭堅之槎枒。文則學古功深，辭賦力摹騷漢，而時臻瑰偉；祝告範製典誥，而特爲矜重；序跋依仿劉向劉歆，而能挈要領；序記亦擬司馬遷班固，而出以弘潤；至於書牘之文，剴切敷陳，通達事理，而辭氣重難，不如蘇軾之放言高論，孔子所謂"仁者其言也訒"。若陳亮之爲蘇軾，則不免"其言之不怍，則爲之難"也。

陳傅良，字君舉，温州瑞安人。自幼於學問心悟神解，而苦志自勉。興化劉朔以南省第一人來爲司户參軍，攝教官；得其程文，以爲絶出。年甚少也，而從遊者衆，講業於仙巖僧舍。薛季宣相見，問所安，傅良曰："毋不敬。"季宣曰："比參倚如何？"傅良釋然而歸心焉。先是永嘉許景衡、周行己，親見程頤，得其傳以授永嘉學者，爲儒宗。薛季宣稍後出，而加以經制；

① 實指"江西"，此爲倒文，與下文"東坡"相對。

自井田、王制、司馬法、八陣圖之屬，臨軍治民，蘄可施之實用。惟傅良從遊最久，造詣最深，以之研精經史，貫穿百氏，綜理當世之務，考覈舊聞，於治道可以興滯補弊，條畫本未，粲如也。既而入太學，與吕祖謙交。祖謙爲言《春秋左傳》經世之旨，及本朝文獻相承條序，博極羣書，而於《春秋左氏》尤究聖人制作之本意，成《春秋後傳》十二卷；則祖謙之所牖啓也。登乾道八年進士，歷孝宗、光宗、寧宗三朝，累官中書舍人侍講，同實録院修撰，直學士院，傳有《止齋先生文集》五十一卷。其爲詩文，用力於古者深。惟詩則格老而味不永，筆遒而語欠警，雖當行而未名家。其可誦者，亦復顧視清高氣深穩，不同江西派詩之獷俚拗蹇，蓋其原出於杜甫，而卓然有以自立於風氣之外者也。古文則密栗堅峭。如《民論》曰：

古者有畏民之君，是以無可畏之民。後之人君，狃於民之不足畏，而民之大可畏者始見於天下。嗟乎！民而至於見其可畏，其亦無及也夫！秦之先，蓋七國也。自孝公至於莊襄，亟耕力戰，薦食諸侯之境，歷七世而并於始皇之手。吁，亦艱矣！始皇惟知天下之難合，而其患在六國，故危其社稷，裂其土地，而守置之以絶内争之釁。中國不足慮，而所以爲吾憂者，猶有四夷也。於是郡桂林，城磧石，頸繫百粤而卻匈奴於千里之外。始皇之心，自以天下舉無可虞，足以安意肆志，拱視於崤函之上，而海内宴然者萬葉矣。而不知夫天下之大可畏者，伏於大澤之卒，隱於鉅鹿之盗，而其睥睨覘覦者，已滿於山之西、江之東也。一呼而起，氓隸雲合，雖邯鄲百萬之師建瓴而下，而關中之地已税駕於灞上之劉季矣。嗚呼！秦以七世而亡六国，而六國之民，以幾月而亡秦。以秦之强，不能當民之弱；天下真可畏者，果安在乎？人君不得已而用其民以從事於敵國，可不懼哉！

其他論説如《文章策》、《策問》十四首，序跋如《義役規約序》、《跋周伯壽畫貓》、《跋徐夫人手寫佛經》，奏議如《紹熙三年十月□日封事》、《繳奏給事中黄裳改除兵部侍郎第二狀》，書牘如《答林宗簡》、《與王亞夫運使》、《謝諸司列薦》、《與史丞相》，碑誌如《趙夫人墓誌銘》、《胡少賓墓誌銘》、《叔祖母韓氏墓誌銘》、《馮司理墓誌銘》、《張忠甫墓誌銘》、《章端叟墓誌銘》、《劉端木墓誌銘》、《林民達墓誌銘》、《胡彦功墓誌銘》、《新歸墓表》、《林懿仲墓誌銘》、《族叔祖元戚墓誌銘》、《洪君墓誌銘》，贈序如《周子名説》，祭文如《祭張南軒》、《祭薛常州先生》、《祭林安之》、《祭張簡之》、《祭鄭龍圖》、《祭朱處士》、《祭章端叟》、《祭張忠甫》、《祭沈叔阜》、《祭族八一叔》、《祭張國紀》、《祭鄭龍圖母夫人》、《祭梁丞相》、《祭蘇訓直》、《祭令人張氏》，波瀾老成，語無枝葉，一洗南渡後爲蘇文者浮誇爛漫之習；而詞必典則，氣能端凝，亦無講學家言冗沓膚俚之氣。内外制不拘屬對，務爲純厚明切，其原出於元稹；而隨職稱舉，誥訓周盡，用意婉篤，真三代誥命之遺，宋人之所罕也。

葉適，字正則，温州永嘉人。登淳熙五年進士，歷孝宗、光宗、寧宗三朝，累官寶謨閣待制，知建康府，兼沿江制置使。志意慷慨，與陳傅良切究當世之故，雅以經濟自負，而張皇永嘉之學，以謂："昔周行己首聞程吕氏微言，始放新經，黜舊疏；挈其儔倫，退而自求，視千載之已絶，儼然如醉忽醒，夢方覺也。頗益衰歇，而鄭伯熊出，明見天理，神暢氣洽，篤信固守，言與行應；而後知今人之心，可即於古人之心矣。故永嘉之學，必兢省以禦物欲者，周作於前，而鄭承於後也。薛季宣憤發昭曠，獨究體統，興王遠大之制，叔末寡陋之術，不隨毁譽，必摭故實；如有用我，必可措施。至陳傅良學而加密，民病某政，國厭某法，銖稱鎰數，各到根穴，而後知古人之治，可措於今人之治矣。故永嘉之學，必彌綸以通世變者，薛經其始，而陳緯其終也。"然陳傅良精密於事爲，未得其要領，猶爲偏而不全；未及適之發憤於弱勢，探源於紀綱之爲有本有末，得其大體。傳有《水心集》二十九卷。藻思英發，其爲詩文，原本唐人。文則偶必錯奇，得韓柳之意，不如歐蘇之條達疏暢，一往不返；詩亦疏不害妍，則李杜之遺，不如黄陳之生獷拗蹇，披猖失諧；似欲力復古調，不逐時賢後塵。

詩五言古如《馮公嶺》、《再過吴江贈僧了洪》、《靈巖》、《張氏東園送王恭父得殿字》、《宿石門》、《懷遠堂哀鞏仲至自羅浮行田宿華巖寺》、《端午思遠樓小集》、《題處州翔峯閣》、《讀王德甫文卷因送省試》、《林和叔見訪道舊感歎因以爲贈》、《上灘》，七言古如《贈訥相》、《送李郛》、《朱娘曲》、《露星亭》、《明覺寺》、《送蔣少韓》、《潘廣度》、《贈林秀才》、《許敬之用余言作松山草堂然游山之意未已也申以爲箴》、《寄柳祕校》、《魏華甫鶴山書院》、《題鄭大惠詩卷》、《孔鍊士話龍虎山之勝於其行因以送之》、

《虎長老修雙峯》、《趙振文在城北廂兩月無日不游馬塍作歌美之請知振文者同賦》、《贈祈雨妙闍黎》、《和汪提刑祈雨》、《王宗卿答春堂》，七言絶如《橘枝詞三首記永嘉風土》、《余泛舟不能具舫創爲隆篷加牖户焉》、《鋤荒》、《謍師常秉燭爲人説氣色戲成此絶寄題葉路分與君樓》、《送吕子陽》二絶之二、《再過雲庵》、《次王道夫舟中韻》三首之一、《因在秀州寄王道夫詩》三首之一二，無排迮刻絶之跡；麗而能朗，故不膩；疏不害妍，故不野；藻麗茂典之什，而有抑揚爽朗之致，如杜牧之學杜甫也。每曰："魏晉名家，多發興高遠之言，少驗物切近之實。及沈約、謝朓，永明體出，士争效之；初猶甚艱，或僅得一偶句，便已名世矣。夫束字十餘，五色彰施，而律吕相命，豈易工哉？故善爲詩者，取成於心，寄妍於物，融會一法，涵受萬象；豨苓桔梗，時而爲用，無不按節赴之，君尊臣卑，賓順主穆，如丸投區、矢破的，此唐人之精也。然遂謂如天機自動，不待雕琢，證此地位，則不其然。功猶未深，若便要放下，隨語成章，則必有退落；反不逮雕刻把握得住者。"亦可知其蘄向所在，功力所致矣！

文亦才華富有，筆勢放縱。論説如《取燕》一二三、《親征》、《實謀》、《治勢》、《紀綱》一二三四、《終論》一二三四五六七、《兵論》二，序跋如《丁少詹文集序》、《松廬集序》、《法明寺教藏序》、《胡尚書奏議序》、《題唐誥書》，書牘如《與趙丞相書》，贈序如《送劉茂實行》、《送盧日新序》，碑誌如《陳少南墓誌銘》、《林處士墓誌銘》、《陳君墓誌銘》、《故太碩人臧氏墓誌銘》、《厲君墓誌銘》、《郭府君墓誌銘》、《高夫人墓誌銘》、《陳彦羣墓誌銘》、《丁君墓誌銘》、《張令人墓誌銘》、《参議朝奉大夫宋公墓誌銘》，《丁少詹墓誌銘》、《姚君俞墓誌銘》、《宋鄒卿墓誌銘》、《承仕郎致仕黄君墓誌銘》、《夫人薛氏墓誌銘》、《高永州墓誌銘》、《朝散大夫主管沖佑觀鮑公墓誌銘》、《莊夫人墓誌銘》、《寳謨閣待制中書舍人陳公墓誌銘》、《朝請大夫司農少卿高公墓誌銘》、《夫人林氏墓誌銘》、《林正仲墓誌銘》、《夫人徐氏墓誌銘》、《蔡知閣墓誌銘》、《徐道暉墓誌銘》、《戴夫人墓誌銘》、《劉子怡墓誌銘》、《劉夫人墓誌銘》、《校書郎王公夷仲墓誌銘》、《華文閣待制知廬州錢公墓誌銘》、《陳彦伯墓誌銘》、《高令人墓誌銘》、《李仲舉墓誌銘》、《朝請大夫主管沖佑焕章侍郎陳公墓誌銘》、《太守少卿福建運判直寳謨閣李公墓誌銘》、《太常少卿直祕閣致仕薛公墓誌銘》、《國子監主簿周公墓誌銘》、《朝奉郎致仕俞公墓誌銘》、《文林郎前祕書省正字周君南仲墓誌銘》、《故吏部侍郎劉公墓誌銘》、《邵子文墓誌銘》、《虞夫人墓誌銘》、《故禮部尚書龍圖閣學士黄公墓誌銘》、《太學博士王君墓誌銘》、《直龍圖閣致仕沈公墓誌銘》、《宜人鄭氏墓誌銘》、《寶謨閣待制知隆興府徐公墓誌銘》、《中奉大夫尚書工部侍郎曾公墓誌銘》、《毛積夫墓誌銘》、《徐文淵墓誌銘》、《夫人陳氏墓誌銘》、《鄭景元墓誌銘》、《中大夫直敷文閣兩浙運副趙公墓誌銘》、《趙孺人墓誌銘》、《故知廣州敷文閣待制薛公墓誌銘》、《故朝奉大夫知峽州宋公墓誌銘》、《故大宗丞兼權度支郎官高公墓誌銘》、《舒彦升墓誌銘》、《鞏仲至墓誌銘》、《宣教郎夏君墓誌銘》、《故大理正知袁州羅公墓誌銘》、《夫人錢氏墓誌銘》、《滕季度墓誌銘》、《周鎮伯墓誌銘》、《故樞密參政汪公墓誌銘》、《陳同甫王道甫墓誌銘》、雜記如《司馬温公祠堂記》、《績溪縣新開塘記》、《醉樂亭記》、《晉元帝廟記》、《北村記》、《温州新修學記》、《寶婺觀記》、《宜興縣修學記》、《櫟齋藏書記》，隨筆曲注，情事都盡；而波有餘渟，筆無滯機。自稱："如人家觴客，雖或金銀器照座，然不免出於假借。惟自家羅列者，即僅瓷缶瓦杯，然都是自家本色。"惟胸中有物，故腕下有神。而碑誌之作，尤極鏗鏘鼓舞，如奔風逸足，和以鳴鸞，而俯仰於節奏之間，篇有餘態，事可考信。如《陳同甫王道甫墓誌銘》曰：

志復君之讎，大義也。欲挈諸夏、合南北，大慮也。必行其所知，不以得喪壯老二其守，大節也。春秋戰國之材，無是也。吾得二人焉：永康陳亮，平陽王自中。亮，字同甫。童紡時，周參政葵請爲上客；朝士白事，參政必指令揖同甫，因得交一時豪俊，盡其論議。隆興再約和，天下欣然幸復蘇息，獨同甫持不可。婺州方以解頭薦，著《中興五論》，奏入，不報。後十年，同甫在太學，睨場屋士餘十萬，用文墨少異雄其間，非人傑也，棄去之。更名同，復上書至再。天子始欲召見，幸臣恥不詣己，執政尤不樂，復不報。又十年，親至金陵視形勢，復上書："陛下試一聽臣，用其喜怒哀樂之權，鼓動天下。"上顧内禪決矣，終不報。繇是在庭交怒以爲恠狂。前此鄉人爲讌會，末胡椒特置同甫羹胾中，蓋村俚敬待異禮也。同坐者歸而暴死，疑食異味有毒，已入大理獄矣。民吕興、何北四毆吕天濟，且死，恨曰："陳上舍使殺我。"縣令王恬實其事。臺官諭監司選酷吏訊問，數歲，無所得，復取入大理。衆意必死，少卿鄭汝諧直其冤，得免。未幾，光宗策進士，擢第一。既知爲同甫，則大喜曰："朕親覽，果不謬。"授建康軍簽判。同甫雖據高第，憂患困折，精澤内耗，形體外離，未至官，病一夕卒，哀哉！葬家側龍窟馬鋪山，世所謂陳龍川也。

自中，字道甫。岸谷深厚，山止時行，所歷雖知名勝人，或官序高重，逆占其無憂當世意；直嬉笑視，不與爲賓主禮。一日，赴丞相坐；有餽鹿至，請賦之，韻得方字，摇膝朗唱曰："世間此物多謂馬，寶匣還宜出上方。"相慘愠，亟入復出，出入數四。客皇恐不自得。道甫神色不異，飲啖自若，以此甚不悦於流俗。乾道四年，議遣歸正人。伏麗正門爭論，且曰："今内空無賢，外虚無兵，當網羅英俊，廣募忠力，爲中原率。"坐斥徽州。每應試，皆陳實策，無一語類時文。或笑曰："此劄子也。"然竟亦得乙第。中書舍人王藺薦於上。藺，上所厚；得召對，上壯其貌，親其言，改官，爲籍田令。又使舉其所知，將用矣，以諫官蔣繼周疏罷。上徐悔，差通判郢州，遂知光化軍。還朝，光宗曰："壽皇以卿屬朕，姑爲郎相伴乎？"公謝："臣已累壽皇，不敢復累陛下。"固請知信州。復召，以王恬疏罷。知邵州，以謝原明罷。知興化軍，以高文虎罷。是其人之於二公，非有睚眦激發之憤，膚奏噆螫之苦也，相傳以嫉，望風而忌爾。然二公自料苟其人志不復君之讎，虚不足挈諸夏合南北，固不與并立矣，則進退離合之不相容，亦其勢也。然黨偏而方隅亂，説勝而白黑混，至使旁觀不敢平論，後世不能分别，又足悲夫。道甫既罷興化而死，始道甫樂仙壇山北之原，即其葬焉。

外戚擅事累世，必其危漢者，劉向耳。宦官擅事累世，必其亡唐者，劉蕡耳。以窮鄉素士，任百年復讎之責，余固謂止於二公而已。彼舅犯、先軫，識略猶不到；公子勝、新垣衍，奚繇知之？余固謂春秋戰國之材無是也。雖然，上求而用之者也，我待求而後用者也；不我用，則身藏景匿而人不能窺，必我用，則智運術展而衆不能間。若夫疾呼而後求、納説而後用者，固常多逆而少順，易忤而難合也。二公之自處，余則有憾矣。

同甫稱信州韓筋柳骨，筆硯當獨步，自謂不能及；又謂今日人材衆多，求如道甫彷佛，邈不可得；蓋亦指文墨少異者言之，猶前意也。今同甫書具在，芒彩爛然，透出紙外，學士爭誦惟恐後，則既傳而信矣。道甫乃獨無有，是信而不傳也。鮑叔、管仲，友也；鮑卑而管貴，美在叔也。王猛、薛强，友也；王顯而薛晦，過在强也。同甫得無以死後餘力引而齊之，使道甫亦傳而信乎？是以并誌二公，使兩家子弟刻於墓，若世出則碑陰叙焉。銘曰：

哦彼黍離，孰知我憂？竭命殫力，其爲宗周。

古人有合傳，而未有兩人墓而合誌者，自適創之矣。而排宕頓挫，振筆直書，感喟之意，溢於紙墨。莽莽蒼蒼，乃深得太史公發憤爲作之意，韓愈肆意有作之勢焉，抑亦文章之奇也。碑誌之作，陳傅良簡峻而體以潔，適則雄邁而勢以横；仿佛先漢，皆不安於爲蘇軾之文者也。朱熹不喜蘇軾之學，而亦頗詆蘇軾之文。顧有爲朱熹之學，而擅蘇軾之文者，浦城真德秀也。

真德秀，字希元。紡而穎悟，家貧無所得書，往往假之他人，及剽學里儒，爲舉子業。未幾，登第，爲世儒宗。自朱熹以僞學禁錮，理學之書，刮禁熸絶。德秀晚出，獨慨然以明道爲己任，講習服行，詔學者："且將朱文公《四書》涵泳；既深達其旨矣，然後以次及於《太極》、《西銘解》、《近思録》諸書，如此數年，則於義理之精微，不患無所見矣。又必合知行爲一致，講貫乎此，則必踐履乎此，而不墮於空虛無實之病。"於是道學絶而復續，則德秀之力也。歷仕寧宗、理宗兩朝，拜參知政事，卒謚文忠，傳有《西山先生真文忠公文集》五十一卷。其學修齊誠正，本朱熹而膚；其文洞爽軒闢，依蘇軾而達。奏議急言竭論，而紆徐委備以曲盡情事，固蘇文所長；碑誌綜事經物，而提挈頓挫而不冗，則尤蘇文所短也。

第三節　陳與義　吕本中　曾幾　陸游附樓鑰　楊萬里附范成大　永嘉四靈　嚴羽

南宋詩人，師法黄庭堅。庭堅於蘇軾爲轉手，而陳與義、吕本中、曾幾，又於庭堅爲轉手；三人之所以爲轉者不同，而欲化餖飣而成章，變捃摭以造語則一也。

陳與義，字去非，號簡齋，洛陽人。兒時已能作文致名譽。學詩於崔德符，問作詩之要，應曰："工拙所未論，且先免於俗。"登政和三年上舍甲科，嘗作《墨梅詩》，見知於徽宗。宋室南渡，詩人凋零；惟與義巍然名宿，又以"客子光陰詩卷裏，杏花消息雨聲中"爲高宗所賞，累擢至參知政事，傳有《簡齋集》十六卷，其中十四卷爲詩也。

自來論江西詩者，以杜甫爲一祖，而以與義繼黄庭堅、陳師道爲三宗。今誦其詩，創意造言，辭必己出，非同黄庭堅、陳師道之捃摭古人以誇奇騁博；而以簡嚴斂馳騁，以雄渾代生新，跌宕照彰，境更老成，亦與黄陳之以拗硬粗獷爲老境者異趣。自言："時至老杜極矣，蘇黄復振之而正統不墜。東坡賦才大，故解縱繩墨之外，而用之不窮。山谷措意深，故游泳玩味之餘，而索之益遠。要必識蘇黄之所不爲，然後可以涉老杜之涯涘。"則知取法乎上，直探杜甫，固不屑江西門裏討生活也。

五言古如《次韻謝文驤主簿見寄兼示劉宣教》、《題劉路宣義風月堂》、《書懷示友》十首之二四、《風雨》、《觀我齋再分韻得下字》、《次韻謝天寧老見貽》、《浴室觀雨以催詩走羣龍爲韻得走字》、《夏日》、《試院春晴》、《寄題兗州孫大夫絶塵亭》二首之二、《休日早起》、《早起》、《登城樓》、《遊董園》、《夏雨》、《美哉亭》、《十七夜詠月》、《獨立》、《與信道遊澗邊》、《詠西嶺梅花》、《遊東巖》、《雨晴徐步》、《瞑色》、《開壁置窗名曰遠軒》、《六月六日夜題長樂亭》，七言古如《寄若拙弟兼呈二十家叔》、《送祕典座勝侍者乞麥》、《食齏》、《秋雨》、《送王周士赴發運使屬官》，五言律如《宿資聖院閣》，五言絶如《出山》二首、《入山》二首、《與夏志宏孫信道張巨山同集澗邊以散髪巖岫爲韻賦四小詩》，七言古如《縱步至董氏園亭》二首之一、《夏夜》二首，咸可誦覽。大抵七言不如五言，古體勝於律體。而五古之作，尤工體物，融情入景，由質得研，神情傅合，麗而爲朗，旁參王維，上攀陶潛，而不僅爲杜之學陶。五言絶亦然。其表姪張嵲爲作墓誌云："公詩體物寓興，清邃超特，紆餘宏肆，高舉横厲，上下陶謝韋柳之間。"謝靈運滯悶而與義遒健，固爲擬非其類；然陶韋柳，則體氣相爲出入，其論亦非無見。《宋史》本傳采之，而《四庫提要》必一筆抹倒，謂"以陶謝韋柳擬之，殊爲不類"。亦知其一而未知其二三也。

摘句五言如"不肯兒事錢，但欲僕命騷"，"風霜要飽經，獨立晚更好”，“庭柏不受寒，依然照人緑，霧收晨光發，可玩不可掬”，“竟夜聞落木，雨歇窗如新。披衣有忙事，簷前看歸雲。初陽上林端，鴉背明紛紛”，“新晴草木麗，落日澹欲收。遠川如動摇，景氣明田疇”，“地曠多雄風，葉聲無時休”，“散坐青石牀，松意淡欲秋。薄雨青衆卉，深林耿微流”，“修竹恬變化，依然半窗影”，“疊雲帶餘憤，遠樹增新緑”，“水容淡春歸，草色帶雨濡”，“叢薄凝露氣，羣峯帶春昏”，“雨後衆厓碧，白處紛寒梅，遥遥迎客意，欲下山坡來”，“新晴遠村白，薄暮羣峯青”，“雪消衆緑淨，霧罷羣峯立”，“雨歇淡春曉，雲氣山腰立”，“是時雨初霽，衆緑帶微濕，曉澤澹不波，菰蒲覺風入”，“幽卧不知晴，檣梢見斜日。披衣起四望，天際山争出。光輝渚浦淨，意氣沙鷗逸”，“微陰拱衆木，静夜聞孤泉”，“暝色著川嶺，高低鬱輪囷。水光忽到樹，山勢欲傍人”，“月明蒼檜立，露下芭蕉舒”，“遠山雲迷嶺，近山淨如沐”，“東風所經過，林水一時緑。疏雨忽飛墜，聲在道邊木”，“列宿雨後明，流雲月邊速”，“茂林榴萼紅，細雨鷟黄濕”，“見客深藏舌，吟詩不負丞”，“雲氣昏城壁，鐘聲咽寺樓”，“疏疏一簾雨，淡淡滿枝花”，“兩鵲翻明月，孤松立快晴”，“晴雲秋更白，野水暮還明”，“古澤春光淡，高林露氣清”，“雨餘山欲近，春半水争流”，“雲物淡清曉，無風溪自閒”，“微雨洗春色，諸峯生晚寒”，“舉頭山圍天，濯足樹映潭”，其中體物寓興之句，清遒超逸，原本王維，而上下於陶、韋、柳之間，其迹不可没也。陳與義寓清新於沉鷙，吕本中以鍛鍊出妥帖。

吕本中，字居仁，吕祖謙之祖父也；世以别於祖謙，稱曰大東萊。南渡後，累官中書舍人。其論詩嘗作《江西宗派圖》，列陳師道以下二十五人，而歸宗於黄庭堅，蓋江西詩派之所由張也。其爲詩骨力堅卓，亦得法庭堅，妥帖自然過之，而才力富健不如，所以格較渾而語爲篤。五言古如《夜作呈諸公》、《贈汪莘叔野》、《贈信民》、《寄張益中》、《雨後月夜懷沈宗師承務》、《遣懷》三首、《春風》、《出門見明月》、《南山》、《同狼山印老早飯建隆遂登平山堂》、《學道》、《擬古》、《早出》、《兩鶴行》、《大雪不出寄陽翟寧陵》、《讀秦碑》、《寄晁以道》、《雜詩》三首之“飢蚊青而化”一首、《惡木》、《宿潁昌范氏水閣》、《登太室絶頂》、《术煎》、《浮梁道中見小松數寸與蓬蒿雜出余傷之作詩寄范四弟》、《離洪州渡西江至翠微寺紫清宫》、《貞女峽》、《寺居夜起》、《送周靈運入閩浙》、《永州西亭》、《與錢遜叔飲酒分韻得鳥字》、《夜涼早起尋李貽季陸慶長所惠詩有作》、《嚴州春曉》、《畜犬》、《曾吉父横碧軒》，七言古如《贈謝無逸山水圖歌》、《濟陰寄故人》、《晁叔用得古鏡二一以遺法一上人一求記於予因爲作歌》、《别離行》、《送晁季一罷官西歸》、《古劍歌》、《余病不能蔬食懼有五味口爽之責作詩自戒》、《夜坐》、《久雨路絶賓客稀少聞后土祠瓊花盛亦未一往也》、《和趙承之》、《正月十五日試院中烹茶因閲漢碑》、《印纍纍》、《陵城歌》、《畫馬圖》、《新鄭路中》、《將遊嵩少題石淙》、《李文若季敵訪余高安留連累日臨行贈之》、《送宋仲安往虔州》、《山水圖》、《浯溪》、《吴傅朋游絲書》，五言律如《小園》、《晚晴》、《廣陵》、《王氏郊居雨後至江上有懷諸子》、《大雪不出》、《寄崖德符》、《斷橋》、《與范益謙炳文叔儀步月》，七言律如《暮步至江上用寄璧上人韻寄范元實趙才仲及從叔知止兼率山伯同賦》、《春晚郊居》、《試院中呈工曹惠子澤教授張子實》、《孟明田舍》、《雪後》、《題筠州僧房》、《夜坐》，五言絶《如夢》、《春日》、《夜雨》、《自祁門至進賢路中懷舊》二絶，七言絶如《睡》、《游北李園三絶》之一、《正月十三日河堤上作》、《昨日晚歸戲成四絶》之一二、《廣陵道中寒食日二絶》之一、《秋日三首》之二、《木芙蓉》、《寄臨川親舊十首》之一三，卓爾可誦，不愧吐言天拔。然格老而氣不警遒，波峭而思欠沉鷙；特以視陳師道之拗而得蹇，樸而爲傖，捍搘餖飣，不成片段者，則警發之意多，而鍛鍊之功苦，轉覺後來居上矣。

摘句五言如“晴空落雁小，古木聚鴉稀”，“燕巢樓閣閒，鶯語花柳静”，“乾坤已新主，草木自秋聲”，“野鳥晴相唤，殘螢晚自飛”，“清風不時來，曉月仍半吐”，“荒林掛落日，古寺疊疏鐘”，“短檠仍有味，高枕自無緣”，“老樹春難到，深檐鳥或鳴”，“草暗黄沙盡，風吹白日愁”，“好詩能愈疾，濁酒不勝渾”，“斷雲吹雨過，漲水没橋流”，“湯熨徒增病，文章不療飢”，“橋斷客逾少，春深花已休”，“虚庭覺氣潤，遠視螢火濕”，“事隨新境轉，人與舊情疏”，“僧居隔長溪，屋古柱礎潤。不知市聲遠，但覺山色近”，七言如“樹陰不礙帆影過，雨氣卻隨潮信來”，“山似故人堪對飲，花如遺恨不重開”，“惟有雙叢庭下菊，殷勤還作去年花”，“古壇背日藏芳草，小樹留春放晚花”，“病去漸於文字懶，南來猶覺歲時公”，“江回夜雨千巖黑，霜著高林萬葉紅”，“千山不礙一月曉，北樹不見南枝春”，“殘花過雨飄零盡，好鳥穿林自在飛”，“低迷簾幕家家雨，淡蕩園林處處花”，“平生謬欲師古人，遇事始知吾不及。正須眼底去涇渭，便自胸中無戟級”，“平生萬事不如意，病後一身私自憐”，“忍窮有味知詩進，處事無心覺累輕”，“妻孥轉覺爲身累，歲月終難望汝留”，“往事高低半枕夢，故人南北數行書”，“溪山冷淡泥三尺，故舊飄零酒一杯”，“薄酒向人殊有味，長年於世已無求”，“山路雨餘新筍出，江城春晚雜花香”，“厨烟已逐鐘聲遠，樹色初隨塔影長”，“曉寒已淨千山瘴，宿霧先吞萬瓦霜”，“江横晚照鳧鷗亂，春到空山草木香”，“荒城日短溪山静，野寺人稀鸛鶴鳴”，“午枕久拚閒事業，夜窗新有静工夫”，“雨侵田水連溪白，春入山花帶蜜香”，雋語絡繹，亦復樸老清新。傳有《東萊先生詩集》二十卷。贛川曾幾題其集曰：“伏念與居仁皆生元豐甲子，又有連，雅相好也。紹興辛亥，幾避地柳州，居仁在桂林，是時年皆未五十；居仁之詩，已獨步海内，幾亦妄意學作詩。居仁一日寄近詩來；幾次其韻，因作書請問句律。居仁教我甚至，且曰：‘和章固佳，本中猶竊以爲少新意。’又曰：‘詩卷熟讀，治擇工夫已勝，而波瀾尚未闊。欲波濤之闊，須令規模宏放以涵養吾氣而後可。規模既大，波瀾自闊，少加治擇，功已倍於古矣。’”所以告於幾者是也。然觀本中之詩，規模欲放而未臻宏，波瀾頗峻而尚欠闊；儻“所謂治擇工夫已勝，而波瀾尚未闊”者乎？

曾幾，字吉父，贛縣人。未冠，從兄官鄆州，補試州學，爲第一。教授孫勰，亦贛縣人也，異時讀諸生程試，意不滿，輒曰：“吾江西人屬文不爾。”諸生不曉。及是持幾試卷，矜語諸生曰：“吾江西人之文也。”乃皆大服。已而入太學，屢中高等，以兄遺澤補將仕郎，試吏部銓中等，賜上舍出身，擢國子正，遷太學博士。時禁元祐學術以爲蘇黄之文者，程試文頹闒熟爛，博士弟士更相授受，少自激昂，輒擯不取曰：“此元祐體也!”幾獨憤歎。一日，得經義絶倫，而他場已用元祐體黜，幾争之不可。明日，會堂上，出其文誦之，一坐聳聽稱善，而持不下者亦奪氣，卒列高第焉。文體爲少變。南渡後，累官尚書禮部侍郎，中間以忤秦檜失職，寄居上饒茶山寺，因自號茶山居士，卒謚文清。幾貫通六經，尤長於《易》、《論語》。夙興，正衣冠讀《論語》一篇，迨老不廢。發於文章，雅正純粹，而詩獨遒健，傳有《茶山集》八卷。其詩原出黄庭堅，而語必己出，不好隸事，爲小異。初與吕本中、徐俯、韓駒唱酬。

韓駒，字子蒼，蜀仙井監人。其學出蘇軾，固自以爲蜀學也，而吕本中列之《江西宗派圖》，駒意不樂。傳有《陵陽集》四卷。其詩磨淬剪截，頗涉庭堅之格；而終身改竄不已，有已寫寄人數年，而追取更易一二字，其勤苦如此。

徐俯，字師川，則庭堅之甥也，亦列《江西宗派圖》，然意以自爲一家。庭堅賦《雪》詩，有句曰："卧聽疏疏還密密，起看整整復斜斜。"而俯詠《雪》，得句曰："積得重重那許重，飛時片片又何輕。"因誦庭堅之句曰："我則不敢容易道。"意謂庭堅草率，而己語爲工也。然曾幾嘗語人稱："徐師川擬荆公'細數落花因坐久，緩尋芳草得歸遲'，云'細落李花那可數，偶行芳草步行遲'。初不解其意，久乃得之，蓋師川專師陶淵明者也。淵明之詩，皆適然寓意而不留於物，如'悠然見南山'。東坡所以不知其決非'望南山'也！今云'細數落花'、'緩尋芳草'，留意甚矣，故易之。"蓋意在以琢鍊出自然也，豈以庭堅詩爲琢鍊者不自然，自然者不琢鍊，而思有以易之乎？

吕本中嘗推庭堅以詔人學詩曰："學詩當識活法。所謂活法者，規矩備具，而能出於規矩之外；變化不測，而亦不背於規矩也。是道也，蓋有定法而無定法，無定法而有定法；知是者，則可以與語活法矣。謝玄暉有言：'好詩流轉圓美如彈丸。'此真活法也。近世惟豫章黄公變前作之弊，而後學者知所趨向，畢精盡知，左規右矩，庶幾至於變化不測。"自來學江西而宗庭堅者，偭規背矩以爲變化，避熟就生以矜骨力，往往拗體破律，硬語盤空。庸知作《江西宗派圖》之吕本中，乃以"流轉圓美如彈丸"爲好詩。以活法爲法；蘄於規矩備具，而能出於規矩之外，變化不測，而亦不悖於規矩也乎？"彈丸"之語，以喻"流轉圓美"，更豈體拗語蹇之謂乎！本中又言："詩欲字字響。"本中及韓駒、徐俯先後死；獨幾巍然老壽，而詩名益高；後生歸仰，而尤袤、楊萬里、范成大、陸游，皆捧手執弟子禮焉，所謂南渡四大家也。而游新變代雄，獨爲圓潤，所謂"好詩流轉圓美如彈丸"矣。少以詩贄謁曾幾，幾謂曰："君之詩，淵源殆自吕紫微。恨不一識面。"

陸游，字務觀，越州山陰人。母夢秦觀而生，因以其字爲名，其名爲字。十二歲，即工詩文。二十九歲，應浙漕舉，而秦檜專國政，有孫塤以右文殿修撰就試，直欲首送，而游第一，塤次之。檜怒。明年，試禮部，又首列也，檜黜落。及檜死，始赴福州寧德簿，累遷樞密院編修官兼編類聖政所檢討官。

孝宗一日問宰相周必大曰："今代詩人有如唐李白者乎？"必大以游對。人呼爲小李白。史浩薦游善詞章，諳典故，召見，賜進士出身。久之，通判夔州。范成大帥蜀，辟游參議官。以文字交，不拘禮法，人譏頽放，因自號放翁，而樂蜀中風土，宿留十載。孝宗念其久外，召東歸，然未嘗一日忘蜀也。因題平生詩卷曰《劍南詩稿》，所以誌也。顧謂"劍南乃詩家事，不可施於文"。工騎射，好擊劍。而王炎先宣撫川陜，辟游幹辦公事。刺虎射麋，形之歌詠，而爲炎陳進取之策，以爲："經略中原，必自長安始。取長安，必自渭南始。當積粟屯兵，有釁則攻，無則守。"見其意於五言絶《謁漢昭烈惠陵及諸葛公祠宇》曰：

尚想忠武公，身任社稷重。整整渭上營，氣已無岐雍。

又七言絶如《感昔》曰：

五丈原頭秋色新，當時許國欲忘身。長安之西過萬里，北斗以南惟一人！

又《感事》曰：

雞犬相聞三萬里，遷都豈不有關中？廣陵南幸雄圖盡，淚眼山河夕照紅。

堂堂韓岳兩驍將，駕馭可使復中原。廟謨尚出王導下，顧用金陵爲北門。

渭上晝昏吹戰塵，横戈慷慨欲忘身。東歸卻作漁村老，自誤青春不怨人。

其他七言古如《樓上醉書》、《遊諸葛武侯書臺》，七言律如《憶昔》、《秋夜思南鄭軍中》，七言絶如《排悶》三首，皆東歸以後作。蓋惓惓於渭南而以示不忘中原之意，及其老也，而封渭南伯以酬其志，遂署文集曰《渭南》也。然朱熹每慮其能太高，迹太近，恐爲有力者牽挽，不得全晚節！游早求退，及寧宗即位，而韓侂胄以定策擅國，固邀之出，已歸四十五年矣，起游同修國史實録院同修撰，免奉朝請，尋兼祕書監。侂胄喜游之爲己起也，至出所愛四夫人擘阮琴起舞，游爲詞，有"飛上錦裀紅縐"之語。及侂胄有南園之賜，求游爲記。既而侂胄誅死，游亦以罪放。然文采風流，照耀一時。讀書自怡，飲食坐卧，必與書俱；每至欲起，書圍繞左右，轉身不得。有客造謁，不知所從入，入則不能出，相與大笑，名曰書巢。至八十五歲而死。傳有

《劍南詩稿》八十五卷，《渭南文集》五十卷。

游才氣超逸，少歷兵間，晚棲農畝，中間浮沉中外，在蜀之日爲多。其感激悲憤，愛國憂時之誠，一寓於詩；酒酣耳熱，跌蕩淋漓，至於漁舟樵徑，茶碗爐熏，或雨或晴，一草一木，莫不著爲歌詠以寄其意，多至萬首。傳者謂其得法曾幾，而原出吕本中。然游之於本中，未嘗奉手；而於曾幾，亦僅知己之感而已，未嘗有請業請益之事也。蓋吕本中、曾幾皆江西詩派之健者，以黄庭堅爲宗；而游之於庭堅，稱其書法，訪其游踪，具見詩稿文集，顧無一言及其詩。詩稿有《讀淵明詩》、《讀李杜詩》、《讀岑嘉州詩》、《讀王摩詰詩》、《讀樂天詩》、《讀韓致光詩》、《讀許渾詩》、《讀宛陵先生詩》、《讀林逋魏野二處士詩》，而無讀山谷詩之作；有《效香奩集體》、《效宛陵先生體》諸詩，而無效山谷體之詩；似在存而不論之列。固與吕本中之作《江西宗派圖》，而以庭堅爲宗者異趣也。自言："吾年十三四時，侍先少傅居城南山隱，偶見藤牀上有淵明詩，因取讀之，欣然會心。日且暮，家人呼食，讀詩方樂，至夜卒不就食。自少時絶好岑嘉州詩，以爲太白子美之後一人而已。十七八時，讀摩詰詩最熟。近世詩人，老而益嚴，蓋未有如東坡者也。學者或以易心讀之，何哉?"所以自道詩學蘄向之所在者，大略具此，而無一字及庭堅也。至玉局觀拜東坡先生畫像，賦五言古詩，而以"千古尊正統"屬之蘇軾；則不慊庭堅，意在言外。庭堅之詩，遒宕而務爲危仄，而游之詩，則遒宕而出以圓潤。觀其詠岑參曰："工夫刮造化，音節配韶護。"則欲以琢鍊出圓潤；詠蘇軾曰："氣力倒犀象，律吕諧鸞鳳。"則欲以律吕諧氣力。以清新爲琢鍊，此游與庭堅之所同。以生拗出遒宕，蓋庭堅與游之所異。吕本中、曾幾宗主庭堅以祀杜甫，而游則出入梅蘇以追杜甫；感激豪宕，岑參而亦兼李白；清新閒適，摩詰而參以香山；錯綜諸家而欲以自名一家，固非於江西門下討生活者也。今誦所作，有感激豪宕而出以沉鬱者，五言古如《風雲晝晦夜遂大雪》曰：

大風從北來，洶洶十萬軍。草木盡偃仆，道路暝不分。山澤氣上騰，天受之爲雲，山雲如馬牛，水雲如魚鼋。朝闇翳白日，暮重壓乾坤。高城岌欲動，我屋何足掀。兒怖牀下伏，婢恐堅閉門。老翁兩耳聵，無地著戚欣。夜艾不知雪，但覺手足皸。布衾冷似鐵，燒炕作微温。豈不思一飲？流塵暗空樽。已矣可奈何，凍死向孤村。

七言古如《醉後草書歌詩戲作》曰：

朱樓矯首隘八荒，緑酒一舉累百觴。洗我堆阜峥嵘之胸次，寫爲淋漓放縱之詞章。墨翻初若鬼神怒，字瘦忽作蛟螭僵。寶刀出匣揮雪刃，大舸破浪馳風檣，紙窮擲筆霹靂響，婦女驚走兒童藏。往時草檄諭西域，颯颯風動中書堂。一收朝迹忽十載，西掠三巴窮夜郎，山川荒絶風俗異，賴有美酒猶能狂。醉中自脱頭上帽①，緑髮未許侵微霜。人生得喪良細事，孰謂老大多悲傷。

又《冬夜聞雁有感》曰：

從軍昔戍南山邊，傳烽直照東駱谷。軍中罷戰壯士閒，細草平郊恣馳逐。洮州駿馬金絡頭，梁州毬場日打毬，玉杯傳酒和鹿血，女直降虜彈箜篌。大呼拔幟思野戰，殺氣當年赤浮面。南遊蜀道已低摧，猶據胡牀飛百箭。豈知蹭蹬還江邊，病臂不復能開弦。夜聞雁聲起太息，來時應過桑乾磧。

七言律如《月下醉題》曰：

黄鵠飛鳴未免飢，此身自笑欲何之？閉門種菜英雄老，彈鋏思魚富貴遲。生擬入山隨李廣，死當穿冢近要離。一樽强醉南樓月，感慨長吟恐過悲。

又《江樓醉中作》曰：

淋漓百榼宴江樓，秉燭揮毫氣尚遒。天上但聞星主酒，人間寧有地埋憂？生希李廣名飛將，死慕劉伶贈醉侯。戲語佳人頻一笑，錦城已是六年留。

又《遣興》曰：

勳業如今莫繫懷，閒單日日學僧齋。讒深只有天堪問，憂極渾無地可埋。看鏡已成雙白鬢，登山猶費幾青鞋。晚來詩興誰能那？雀噪空囷葉擁階。

七言絶如《寢疾示兒》曰：

死去元知萬事空，但悲不見九州同。王師北定中原日，家祭無忘告乃翁！

---

① “帽”爲“幘”之誤文。

其他五言古如《寄酬曾學士學宛陵先生體》、《送韓梓秀才十八韻》、《送陳德劭宮教赴行在二十韻》、《次韻張季長題龍洞》、《太息宿青山鋪作》二首、《長木夜行抵金堆市》、《壬辰十月十三日自閬中還興元遊三泉龍門十一月二日自興元適成都市復攜兒曹往遊賦詩》、《寶劍吟》、《觀大散關圖有感》、《長門怨》、《塞上曲》、《古意》、《雨中登安福寺塔》、《步出萬里橋門至江上》、《劍客行》、《別後寄季長》、《登黄州泊巴河游馬祈寺》、《婕妤怨》、《書悲》二首之一（"今日我復悲"起句）、《三江舟中大醉作》、《秋花歎》、《十月四日夜紀夢》、《感興》（"文章天所祕"起句）、《對酒》（"新酥鵝兒黄"起句）、《致齋監中夜與同官縱談鬼神效宛陵先生體》、《醉歌》（"讀書三萬卷"起句）、《雨夜書感》二首（"宦遊四十年"起句）、《自規》（"陸君拙自謀"起句）、《擬古》四首（"牛跡可使圓"起句）、《夜卧久不得寐復披衣起呼燈作草書數紙乃復酣枕明旦作此詩記之》、《鼠敗書》、《雜感》五首以"不愛入州府"爲韻之不字韻一首、《二感》（"貍奴睡被中"起句）、《寄太湖隱者》，七言古如《喜小兒輩到行在》、《无咎兄郡齋燕集有詩末章見及敬次元韻》、《夜宿陽山磯將曉大雨北風甚勁俄頃行三百餘里遂抵雁翅浦》、《往在都下時與鄒德章兵部同居百官宅無日不相從僕來佐豫章而德章亦謫高安感事述懷作歌奉寄》、《夜聞松聲有感》、《石首縣雨中繫舟戲作短歌》、《醉歌》（"老夫檣竿插蒼石"起句）、《風雨中望峽口諸山奇甚戲作短歌》、《山南行》、《木瓜鋪短歌》、《遊錦屏山謁少陵祠堂》、《東津》、《東山》、《三月十七日夜醉中作》、《護國天王院故神霄玉清萬壽宮也廢圮略盡而規模尚極壯麗過之有感》、《玻璃江》、《九月十六日夜夢駐軍河外遣使招降諸城覺而有作》、《成都行》、《聞虜亂有感》、《聞王嘉叟訃報有作》、《金錯刀行》、《胡無人》、《蜀酒歌》、《古藤杖歌》、《春愁曲》、《客話成都戲作》、《池上醉歌》（"我欲築化人中天之臺"起句）、《病酒新愈獨卧蘋風閣戲書》、《對酒歎》（"鏡雖明"起句）、《秋聲》（"人言悲秋難爲情"起句）、《觀小孤山圖》、《飲酒》（"陸生學道欠力量"起句）、《山中得長句戲呈周輔并簡朱縣丞》、《齋中夜坐有感》（"荒山爲城溪作濠"起句）、《春感》（"少時狂走西復東"起句）、《游圓覺乾明祥符三院至暮》、《題醉中所作草書詩卷後》、《松驥行》、《與青城道人飲酒作》、《出塞曲》、《和范舍人永康青城道中作》、《浣花女》、《贈宋道人》、《大雪歌戲賦》、《晚登子城》、《故蜀別苑在成都西南十五六里梅至多有兩大樹夭矯謂之梅龍予初至蜀嘗爲作詩復賦一首》、《大風登城》、《醉中下瞿唐峽中流觀石壁飛泉》、《懷成都十韻》、《長歌行》（“人生宦游亦不惡”起句）、《醉中懷江湖舊遊偶作短歌》、《雨後極涼料簡篋中舊書有感》、《十月二十六日夜夢行南鄭道中》、《城西接待院後竹下作》、《讀書》（“放翁白首歸刻曲”起句）、《寄仗錫平老借用其聽琴詩韻》、《草書歌》（“傾家釀酒三千石”起句）、《讀書》（“讀書四更燈欲盡”起句）、《後春愁曲》、《記夢》（“夜夢有客短褐袍”起句）、《山中夜歸戲作短歌》、《狂歌》（“少年雖狂猶有限”起句）、《書生歎》（“君不見城中小兒計不疏”起句）、《鹹齏十韻》、《坐客有談狄魚眼眶之美者感歎而作》、《衰病不復能劇飲而多不見察戲作此詩》、《或以予辭酒爲過復作長句》、《聞鼓角感懷》、《初冬風雨驟寒作短歌》、《書感》（“丈夫本願脱世羈”起句）、《估客樂》、《桐江行》、《次韻和楊伯子主簿見贈》、《鯉魚行》、《夜聞蟋蟀》、《醉卧道邊覺而有賦》、《登鵝鼻山至絶頂訪秦刻石且北訪大海》、《城南上原陳翁以賣花爲業爲賦一詩》、《壬子除夕》、《避世行》、《稽山農》、《僧廬山頭石》、《古別離》（“孤城窮巷秋寂寂”起句）、《賽神曲》、《書歎》（“夜深青燈耿窗扉”起句）、《董逃行》、《悲歌行》（“士如天龍馬爲友”起句）、《貧甚作短歌排悶》、《寒夜》（“陸子七十猶窮人”起句）、《對酒懷丹陽成都故人》、《悲歌行》（“有口但可讀《離騷》”起句）、《壯士吟次唐人韻》、《寄題李季章侍郎石林堂》、《讀老子次前韻》（“平生好大忽瑣細”起句）、《短歌行》（“冠一免”起句）、《屠希筆》、《寒夜吟》（“仕宦孰不願美官”起句）、《短歌行》（“富貴得意如登天”起句）、《二月二十四日夜大風異常》、《短歌行》（“上樽不解散牢愁”起句），五言律如《海中醉題時雷雨初霽》、《晚泊慈姥磯下》二首之一、《夜夢從數客雨中載酒出遊分韻得游字》、《江陵道中作》、《再過龍洞閣》、《沔陽夜行》、《南沮水道中》、《行綿州道中》、《五十》、《雙柏》、《宿沱江彌勒院》、《江樓》、《訪楊先輩不遇因至石室》、《遥夜》、《夜意》二首、《枕上》、《寒夜》（“小隱謝城市”起句）、《冒雨登擬峴臺觀江漲》、《五雲門晚歸衰病有感》三首之一（“衰與病相乘”起句）、《題跨湖橋下酒家》、《縱筆》（“山合水將窮”起句）、《山寺》（“信步得佳寺”起句）、《夜坐》二首（“萬螘披書卷”起句）、《儒生》（“儒生安義命”起句）、《七月十八夜枕上作》、《書感》（“投老羈孤久”起句）、《夜坐聞大風》、《衰疾》

（“衰疾憐新鬼”起句）、《遠遊》（“少年遊宦日”起句）、《初秋夜賦》之二（“炎熇猶未伏”起句）、《後死》，七律如《三月二十四日作》、《寄答綿州楊齊伯左司》、《吊李翰林墓》、《黄州》、《哀郢》二首之二、《夜抵葭萌惠照寺寓榻小閣》、《閬中作》二首、《驛亭小憩遣興》、《歸次漢中境上》、《書事》（“生長江湖狎釣船”起句）、《宿武連縣驛》、《即事》（“渭水岐山不出兵”起句）、《登荔枝樓》、《曉出城東》、《連日扶病領客殆不能支枕上懷故山偶成》、《獨坐》（“巾帽欹傾短髮稀”起句）、《讀胡仲基舊詩有感》、《離成都後卻寄公壽子友德稱》、《秋思》三首之一二（“大面山前秋笛清”起句）、《夜讀了翁遺文有感》、《西樓夕望》、《牛飲市小飲呈坐客》、《自警》（“乳烹物粥遽如許”起句）、《春殘》（“石鏡山前送落暉”起句）、《武擔東臺晚望》、《行武擔西南村落有感》、《次韻范文淵》、《過野人家有感》、《躬耕》（“莫信躬耕落蜀山”起句）、《晚興》（“老病愁趨畫戟門”起句）、《野外劇飲示座中》、《百歲》（“百歲紛紛易白頭”起句）、《和范待制秋興》之一三、《歲晚》（“歲晚城隅車馬稀”起句）、《城東馬上作》二首、《晚步江上》、《病酒述懷》（“閒處天教著放翁”起句）、《醉中出西門偶書》、《華髮》（“華髮蕭蕭老蜀關”起句）、《書歎》（“歷盡危塗井與參”起句）、《次韻季長見示》、《客愁》（“騎馬出門無所見”起句）、《倚樓》（“減盡朱顔白髮新”起句）、《寄王季夷》、《初春遣興》三首之二三（“大隱悠悠未棄官”起句）、《初發夷陵》、《南樓》、《將至金陵先寄獻劉留守》、《大雨中離三山宿天章寺》、《夜行宿湖頭寺》、《得京書或怪久不通問》、《遣興》（“小麥登場雨熟梅”起句）、《雨後獨登擬峴臺》、《秋思》（“黄落梧桐覆井牀”起句）、《别楊秀才》、《雨村醉歸》、《閒中頗有四方之志偶得長句》、《冬煖頗有春意追憶成都昔遊悵然有作》、《冬夜不寐至四鼓起作此詩》、《夜飲示坐中》、《獨孤生策字景略河中人工文善射喜擊劍死於忠涪間感涕賦詩》、《久雨小飲》、《有懷獨孤景略》、《雨夜》（“急雨如河瀉瓦溝”起句）、《秋興》二首（“白髮蕭蕭欲滿頭”起句）、《浪迹》（“浪迹人間四十年”起句）、《夜步庭下有感》、《幽居書事》二首之一（“莫歎人間苦不諧”起句）、《感憤》（“今皇神武是周宣”起句）、《蓬户》（“蓬户真堪設爵羅”起句）、《夏日小宴》、《醉中夜自村市歸》、《悲秋》（“病中支離不自持”起句）、《得所親廣州書》、《野飲》（“青山千載老英雄”起句）、《獨酌有懷南鄭》、《秋日泛鏡湖憩千秋觀》、《病中久廢遊覽悵然有感》、《新年》、《因王給事回使奉寄》、《燈下閱吏牘有感》、《縱筆》二首之二（“東都宮闕鬱嵯峨”起句）、《夜登千峯榭》（“夷甫諸人骨作塵”起句）、《登千峯榭》（“縱觀危欄縹緲中”起句）、《自嘲》（“貪禄忘歸祇自羞”起句）、《衰病》（“衰病龍鐘已要扶”起句）、《累日文符沓至悵然有感》三首之二三、《寓歎》（“江上霜風透皮袍”起句）、《寒夜移疾》二首、《到嚴十五晦朔郡醸不佳殊惘惘也》、《閉閣》（“閉閣孤城牓放傭”起句）、《感憤秋夜作》、《反感憤》、《閒中戲書》三首之三（“釣竿風月起滄洲”起句）、《舟中大醉偶賦長句》、《有感》（“温洛榮河感舊京”起句）、《幽居》三首之二三（“百頃菰蒲古澤中”起句）、《遣懷》（“秋風策策冷吹衣”起句）、《寓歎》（“荷戈常記壯遊時”起句）、《冬夜讀書忽聞雞唱》（“齷齪常談笑老生”起句）、《沽埭西酒小酌》、《遣興》（“勛業如今莫繫懷”起句）、《狂夫》（“狂夫與世本難諧”起句）、《春社有感》（“憔悴前朝白髮郎”起句）、《溪上作》二首（“落日溪邊杖白頭”起句）、《憂國》（“恩許還山已六年”起句）、《舟中戲書》（“平生萬事付之天”起句）、《蜀僧宗榮來乞詩三日不去作長句送之》、《老學庵》（“窮冬短景苦匆忙”起句）、《枕上偶成》（“放臣不復望修門”起句）、《憶昔》（“憶昔輕裝萬里行”起句）、《吴體寄張季長》、《對酒》（“老子不堪塵世勞”起句）、《春思》（“兀兀治聾酒未醒”起句）、《陳阜卿先生爲兩浙轉運司考試官得予文卷擢置第一追感平昔作長句》、《五鼓起坐待旦》、《元兒子》（“禄食無功我自知”起句）、《北望感懷》（“榮河温洛帝王州”起句）、《養生》（“受廛故里老爲氓”起句）、《觀畫山水》、《枕上作》二首之一（“蕭蕭白髮卧扁舟”起句）、《風雨》（“七十年來樂太平”起句）、《秋思》（“利欲驅人萬火牛”起句）、《自述》二首之一（“意望天公本自憐”起句）、《縱筆》四首之四（“未説無功爵位叨”起句）、《不寐》（“麗譙聽盡短長更”起句）、《遣懷》（“寛袂新裁大布裘”起句）、《冬夜對書卷有感》、《書感》（“老荷寬恩許退耕”起句）、《夢中作甲子十月二日夜》、《有所感》（“世事真成風馬牛”起句）、《自規》（“忿欲俱生一念中”起句）、《枕上作》（“一室幽幽夢不成”起句）、《衰疾》（“衰疾支離負聖時”起句）、《蜀漢》、《唐虞》、《秦皇酒瓮下垂釣偶賦》、《記夢》（“久住人間豈自期”起句）、《秋晚》（“雞聲喔喔頻催曉”起句）、《紹興辛未至丙子六年間予年方壯每遇重九多與一時名士登高於蕺山宇泰閣距開禧丁卯六十年追數同遊諸公無一人在賦詩識之》、《北窗》（“半世蟬嘶坐北窗”起句）、《遯迹》（“遯迹荒村慣忍貧”起句）、《寓歎》二首之二（“憶昔建炎南渡時”起句）、《感舊》（“莫惜山翁老欲僵”起句）、《梅村夜人家小憩》、《偶思蜀道有賦》，五言絶如《秋興》五首（“秋風吹我衣”起句），七言絶如《越王樓》二首、《夜坐》（“大風横吹斗柄折”起句）、《十一月三日過升仙橋作》、《過靈石三峯》二首、《灌園野興》（“玉門關外何妨死”起句）、《題四仙像之蓟子訓》一首、《文章》（“文章在眼每森然”起句）、《雜賦》十二首之六七（“昔人莽莽荒丘裏”起句）、《雜感》六首之一四（“自古文章與命仇”起句）、《感事》四首（“雞犬相聞三萬里”起句）、《白露前一日已如深秋有感》二首、《醉中信筆作》五首之四五（“老覺人間足畏途”起句）、《觀諸將除書》、《捫腹》，此原本杜甫，旁參李白岑參，而下概梅聖俞者也。

陸游詩有抑揚爽朗而出以閒適者，五言古如《舟中詠孟浩然耶溪泛舟詩“落景餘清暉，輕橈弄溪渚”之句因以爲韻賦詩》之景餘橈三韻曰：

維舟入谷口，信步造異境。隔籬雞犬聲，滿地梧楸影；瓦甑炊香稻，石泉及新井。人間苦逼仄，愛此須臾景。

老圃髮如霜，見客能廢鋤。與坐使之年，自云八十餘。老身六朝民，草舍數世居。力守遠祖言，一字不學書。

朝發雲根寺，暮宿烟際橋。冷螢濕不飛，潛魚驚自跳。菱船歌梟梟，荻蒲風蕭蕭。平明宿鳥起，我亦理歸橈。

七言律如《臨安春雨初霽》曰：

世味年來薄似紗，誰令騎馬客京華？小樓一夜聽春雨，深巷明朝賣杏花。矮紙斜行閒作草，晴窗細乳戲分茶。素衣莫起風塵歎，猶及清明可到家。

又《出游歸鞍上口占》曰：

渺渺烟波飛槳去，迢迢桑野策驢還。寄懷楚水吴山外，得意唐詩晉帖間。每惜好春如我老，誰能長日伴人閒？世間自是無兼得，勳業元非造物慳。

其他五言古如《朱子雲園中觀花》、《航海》、《金山觀日出》、《將離江陵》、《繫舟下牢溪游三游洞二十八韻》、《自興元赴官成都》、《初入西州境述懷》、《十月十四日夜月終夜如晝》、《醉書》（“似閒有俸錢”起句）、《寓居小庵偕衮丈戲作》、《登域望西崦》、《晚步》（“院荒有古意”起句）、《寺居夙興》、《遊學射山遇景道人》、《秋日登仙遊閣》、《大醉歸南禪弄影月下有作》、《白鶴館夜坐》、《南津勝因院亭子》、《登邛州譙門門三重其西偏有神仙張四郎畫像》、《幽居院》、《中溪》、《心太平庵》、《宿龍華山中梅花盛開月夜獨觀》、《中夜對月小酌》、《月夕》（“醉從東郭歸”起句）、《月夕》（“開户滿庭雪”起句）、《寓懷》（“脱粟未爲飢”起句）、《夜汲井水煮茶》、《盟雲》、《冬夜》（“百錢買菅席”起句）、《𦉐兒》、《與子坦子聿游明覺十二韻》、《春晚書齋壁》、《牧牛兒》、《讀何斯舉黄州秋居雜詠次其韻》十首之一七、《書志》（“著書汗馬牛”起句）、《閒適》二首（“飲酒不至狂”起句）、《秋夜讀書》（“門前客三千”起句）、《過鄰家》、《雜興十首以“貧堅志士節病長高人情”爲韻》之士病長三韻、《記東村父老言》、《小飯賞菊》、《若耶村老人》、《哺猿》、《山行》（“山光秀可餐”起句）、《齒落》、《感遇》六首（“仕宦五十年”起句）、《東齋雜書》十二首之三九、《雜興》四首（“鋤草春愈茂”起句）、《書戒》（“我幼事父師”起句）、《自詰》（“修行力量淺”起句）、《近村》（“家居每思出”起句）、《修居室賦詩自警》、《病戒》、《人壽至耄期》、《晚聞庭樹鵶鳴有感》、《閒行至西山民家》、《冬日齋中即事》六首、《聞吴中米價二十韻》、《夜坐戲作短歌》、《甕池》、《文章》（“文章本天成”起句），七言古如《題閻郎中溧水東皇園亭》、《閏二月二十日游西湖》、《醉中歌》、《上巳臨川道中》、《雨霽出游書事》、《岳池農家》、《木山》、《瑞草橋道中作》、《初春出游》、《八月十四夜三叉市對月》、《二月十六日賞海棠》、《步虚》四首、《吴娘曲》、《秋夜歌》、《雪晴游香山》、《東吴女兒曲》、《故山葛仙翁丹井有偃松夭矯寄題》、《示兒》（“舍東已種百本桑”起句）、《醉卧松下短歌》、《鏡湖女》、《病起游近村》、《三山卜居今三十有三年作詩以示後人》、《薪米偶不繼戲書》、《西湖春游》、《醉歌》（“不痴不聾不作翁”起句）、《對鏡》。

五言律如《溪行》二首（“篷弱鳴春雨”起句）、《幽居》（“翳翳桑麻巷”起句）、《秋風》（“秋風吹客檣”起句）、《白塔院》、《作雨不成終夜極涼井研道中》、《夜登小南門城上》、《月夜江瀆池納涼》、《睡起》、《峽州甘泉寺》、《撫州上元》、《一室》（“九萬笑鵬摶”起句）、《初夏夜賦》、《小壘》、《晨起》（“倦枕廉纖雨”起句）、《遊石帆玉笥石旗諸山》、《用短》（“用短定非癡”起句）、《泛舟》（“去去泛輕舠”起句）、《雨夕排悶》二首之二（“烟雨暗郊墟”起句）、《春晚雜興》六首之三六、《暮春》（“季子黄金盡”起句）、《露坐》（“星稀避月明”起句）、《泛舟至東村》（“野水如天遠”起句）、《野興》（“荷鋤通北澗”起句）、《晨起》（“雞已參差唱”起句）、《山園書觸目》、《秋晚寓歎》五首之二四（“野處仍多病”起句）、《九月十八日至山園是日頗有春意》、《遂初》、《壬戌正月十四日》、《衰疾》（“衰疾憐新鬼”起句）、《初秋》四首之二三（“藉草沾衣露”起句）、《初秋夜賦》之二（“北斗垂欲盡”起句）、《秋懷》四首之二（“苦雨無時止”起句）、《秋日次前輩新年韻》五首之五（“殘年垂九十”起句）、《小江》。七言律如《二月二十四日作》、《雨晴遊洞宮山天慶寺坐間復雨》、《望江道中》、《秋夜讀書每以二鼓盡爲節》、《寒食臨川道中》、《家園小酌》二首之一、《晚泊》、《初寒》（“船尾寒風不滿旗”起句）、《長木晚興》、《赴成都泛舟自三泉至益昌謀以明年下三峽》、《深居》（“作吏難堪簿領迷”起句）、《獨坐》（“巾帽欹傾短髮稀”起句）、《游修覺寺》、《湖上筍盛出戲作長句》、《東湖新竹》、《寓驛舍》、《月中歸驛舍》、《次韻周輔霧中作》、《平雲亭》、《客多福院晨起》、《秋夜懷吴中》、《將之榮州取道青城》、《喜雨》（“黄塵赤日欲忘生”起句）、《寓舍書懷》、《成都書事》二首之一、《明日午睡至暮復次前韻》、《對酒》（“扇邊生怕庾公塵”起句）、《卜居》二首（“歷盡人間行路難”起句）、《閒中偶題》二首、《感事》（“青鬢當時映緑衣”起句）、《十日夜月中馬上作》、《幽居》二首（“殊方漂泊向誰論”起句）、《自詠》（“華髮蕭蕭居士身”起句）、《訪昭覺老》、《晝卧》（“秋暑侵人氣力微”起句）、《夜行》（“紅藤拄杖扶衰病”起句），《暇日行城上同行追不能及》、《書寓舍壁》二首（“天與痴頑不解愁”起句）、《閒意》（“柴門雖設不曾開”起句）、《忠州醉歸舟中作》、《客懷》（“客懷耿耿向誰語”起句）、《寓館晚興》（“隨牒人間不自憐”起句）、《春晚》（“五十六翁身百憂”起句）、《新作山亭戲作》、《感秋》（“南山射虎漫豪雄”起句）、《泛舟》（“女牆鬣匕帶斜暉”起句）《莊器之作招隱閣》、《春夏雨暘調適喜而有作》、《秋夜》（“老病龍鐘不入城”起句）、《夜步》（“市人莫笑雪蒙頭”起句）、《作六十二翁吟》、《新霽城南舟中夜興》、《自詠》（“鈍似窗間十月蠅”起句）、《病起小飲》（“病起新霜滿鬢蓬”起句)、《冬夜讀書》(“莫笑燈檠二尺餘”起句)、《燈下閱吏牘有感》、《園中歸戲作》、《地僻》、《吏責》、《晚遊東園》、《自笑》、《秋光》(“年年最愛秋光好”起句)、《故山》二首、《寒食省九里大墓》、《自東涇度小嶺聞有地可卜庵》、《暮秋書事》(“暮秋風雨卷茆茨”起句)、《閉户》(“簞瓢虚道不堪憂”起句)、《山園》(“山園寂寂閉春風”起句)、《寄宇文成州》、《春日》(“節節足足雀噪簷”起句)、《閒趣》(“老子即今雙白鬢”起句)、《正月二十日晨起弄筆》、《新闢小園》六首之四五、《閒中》(“閒中高趣傲羲皇”起句)、《晨起》(“晨起梳頭拂面絲”起句)、《書室明暖終日婆娑戲作長句》二首之二、《閒中富貴》、《醉中自贈之明日自和》、《夏雨初霽題齋題》、《六月二十四日夜分夢范至能諸公請予賦詩記江湖之樂詩成而覺》、《浮生》(“浮生真是寄郵亭”起句)、《閒居自適》(“自書山翁懶是真”起句)、《秋雨初霽試筆》(“墨入紅絲點漆濃”起句)、《暮春》(“數間茅屋鏡湖濱”起句)、《七十三吟》、《春近山中即事》三首、《初春欲散步畏寒而歸》、《東窗小酌》二首之一、《夏日》四首之三(“吴中五月暑猶微”起句)、《秋思》四首之一二(“秋毫不受俗塵侵”起句)、《自遣》(“踽踽人間未死身”起句)、《新作火閤》二首之二、《祠禄滿不敢復請作口號》二首之一、《春日園中作》(“杏花開過尚輕寒”起句)、《寒食日九里平水道中》、《五月七日拜致仕敕口號》二首之二、《題庵壁》二首、《曉賦》(“八月江湖風露秋”起句)、《八月九日晚賦遊近山》(“羸病知難賦遠遊”起句)、《夢題驛壁》、《十二月二十七日夜》、《東園小飲》四首之一四(“少年萬里走塵埃”起句)、《龜堂晚興》、《五月十一日睡起》、《述懷》(“宦游輕用不貲身”起句)、《道室書事》、《立夏前二日作》、《西村》(“亂山深處小桃源”起句)、《題齋壁》(“鏡水西頭破茅屋”起句)、《偶作夜雨詩明日讀而自笑别賦一首》、《舍西晚眺示子聿》、《自頌》(“年少寧知道廢興”起句)、《秋曉書感》、《出遊暮歸戲作》、《縱筆》四首之四(“未説無功爵位叨”起句)、《枕上》(“呼兒初夜上門關”起句)、《冬日》(“室中恰受一蒲團”起句)、《野興》(“晨炊畬粟薦園蔬”起句)、《閒游》(“已破梅花一兩枝”起句)、《有道流過門與之語頗異口占贈之》、《連陰欲雪排悶》、《春晚雨中作》、《東窗遣興》、《閒遊》四首之三四(“過盡僧家到店家”起句)、《遣興》(“聒聒鳴鳩莫笑渠”起句)、《湖塘夜歸》、《睡起已亭午終日涼甚有賦》、《自扁門歸》、《舟中口占》（“養生妙理本平平”起句）、《出游》五首之三五（“山有藍輿步有舟”起句）、《貧中自戲》、《風雨夜坐》、《月夕幽居有感》、《舟中坐》（“一葉輕舟一破裘”起句）、《閉門》二首之二（“衰疾厭厭不易醫”起句）、《書歎》（“無能自號痴頑老”起句）、《寄子簾子聿》、《讀趙昌甫詩卷》、《小雨》（“赤日炎熇勢未回”起句）、《縱遊》（“人事元知不可諧”起句）、《戲遣老懷》（“本意歸來老故丘”起句）、《梅市暮歸三山》、《春晚》（“門巷蕭條老病侵”起句）、《舟行魯墟梅市之間感賦》、《閉户》（“乞身林下養衰殘”起句）、《出遊歸鞍上口占》、《幽居遣懷》三首之三（“習氣深知要刪除”起句）、《山房》（“擾擾人間歲月移”起句）、《草亭獨坐》（“掃地垂簾坐草亭”起句）、《春晴登小臺》、《魯墟舟中作》、《題蘇虞叟巖壑隱居》、《浴罷閒步門外而歸訪村老》（“强健如翁舉世稀”起句）、《書意》二首之二（“秋江蘸米喜新嘗”起句）、《秋夜齋中》（“木落烟深江上村”起句）、《書劍》（“書劍當年遍兩川”起句）、《梅村野人家小憩》、《書歎》二首之二（“尺椽不改結茅初”起句）、《書意》（“養得山林氣粗全”起句）、《晚興》（“並簷幽鳥語璁瓏”起句）。

五言絶如《夏日》三首之一（“微風過中庭”起句）、《夜歸》（“疏鐘度水來”起句）、《北窗偶題》四首之二（“曉晴林鵲喜”起句）、《柳橋晚眺》（“小浦聞魚躍”起句）、《日用》四首之一三（“舊好疏毛穎”起句）。七言絶如《看山》（“小葺茆茨紫翠間”起句）、《劍門道中遇微雨》、《迓益帥馬上作》、《秋夜池上作》、《高秋亭》、《花時遍游諸家園十絶》、《海棠》二首、《華亭院僧房》二首之二、《雜詠》四首之一（“青羊宫中竹暗天”起句）、《江上散步尋梅偶得三絶句》、《看梅歸馬上戲作》五首之一三五、《道上見梅花》、《梅花絶句》十首、《雪中尋梅》二首之二、《感舊絶句》七首之四五六（“十月新霜兔正肥”起句）、《夜意》二首之一（“幌外燈青見鼠行”起句）、《小舟航湖夜歸書觸目》三首之一二、《閏月三夜舍西觀新月》、《過杜浦橋》、《柯橋客亭》二首、《曉枕》、《馬上作》、《還舍》、《社日小飲》二首之二、《小舟自紅橋之南過吉澤歸三山》、《題剡溪瑩上人梅花小軸》、《起晚》、《欲出遇雨》、《春晚懷山南》四首、《山茶一樹自冬至清明後著花不已》、《齋中雜題》四首之一三、《東窗》、《梅花》六首之三（“一花兩花春信回”起句）、《園中偶題》四首之二（“春深無處不春風”起句）、《沈園》

二首、《閒中自咏》二首、《恩賜龜紫》二首、《秋日雜咏》八首、《客去》、《對酒戲作》二首、《夏初湖村雜題》八首、《春日絶句》八首之一三四五六、《雜興》十首之二四五六七九（“南山手自劚蒼苔”起句）、《昔感》五首之二五、《暮秋》六首之四、《出遊至僧舍及逆旅戲贈絶句》二首、《村居書事》六首之一四六、《東窗》四首（“九折危途寸步艱”起句）、《春遊》四首（“方舟衝破湖波緑”起句）、《初冬雜咏》八首之七八、《自法雲歸》、《春日雜興》十二首之六七九十一十二（“更事多來見物情”起句）、《窗下戲詠》三首之二三、《夏日》十二首之三四（“竹根斷作眠雲枕”起句）。此原本白居易，上參王維孟浩然，而下概梅聖俞蘇軾者也。時朱熹不慊於詩人之爲江西派者，獨稱“放翁詩，讀之爽然，近代惟見此人爲有詩人風致”。大抵其詩出入宛陵東坡，上溯香山以學少陵，而以蘇之諧暢，化梅之促數，而歸於曲達；以杜之沉鬱，參白之容易，而發其感激。

陸游詩雋語絡繹，不絶於篇。寫景，五言如“浪蹴半空白，天浮無盡青”，“月碎知流急，風高覺笛清”，“山形寒漸瘦，雪意暮方酣”，“荷空湖面闊，葉脱樹枝勁”，“江迮灘聲壯，雲停雪意酣”，“地瘦竹無葉，風乾茅有聲”，“侵雲千嶂合，披草一僧迎”，“市燈疏欲盡，樓月澹初生”，“拂天松蓋偃，入水山腳插”，“秋燈依壁暗，夜雨挾風豪”，“開户滿庭雪，徐看知月明。微風入叢竹，復作雪來聲”，“向人燈欲語，繞舍露如傾”，“四鄰悄無語，燈火正淒涼。山童亦睡熟，汲水自煎茗”，“霧收山淡碧，雲漏日微紅”，“孤燈如秋螢，清夜自開闔”，“春光向客淡，夜漏爲愁長”，“湖水緑於染，野花紅欲燃”，“藤絡將頽石，松號不斷風”，“風聲初捲野，雨氣已吞山”，“天闊三更月，篷低一尺窗”，“奇雲去人近，澹月傍簷低”，“葉凋山寺出，溪瘦石橋高”，“林深栗鼠健，屋老瓦松長”，“無情五更雨，便送一年春”，“木落山盡出，鐘鳴僧獨歸”，“亂雲俄捲盡，孤月卻徐行”，“閒雲不成雨，故傍碧山飛”，“幽禽窺户語，落日傍窗妍”，“螢孤無遠照，蟬斷有遺聲”，“悲蛩草根語，孤燐竹間流”，“暮雲如潑墨，春雪不成花”，“溪添半篙緑，山可一窗青”，“鴉翻半天黑，鷺起一川明”，“草生三徑緑，花發一窗紅”，“夕靄山常淡，山蕪路欲迷”，“山深雲滿屋，夜靜月當門”，“雲生半巖潤，麝過一林香”。

七言如“卷地黑風吹慘澹，半天朱閣插虛無”，“斷橋烟雨梅花瘦，絶磵風霜槲葉深”，“山晴更覺雲含態，風定閒看水弄姿”，“月明何與浮雲事，正向圓時故故生”，“老柏干霄如許壽，幽花泣露爲誰妍”，“溪鳥孤飛寒靄外，野人參語夕陽中”，“烟柳不遮樓角斷，風花時傍馬頭飛”，“月似有情迎馬見，鶯如相識向人鳴”，“妍日漸催春意動，好風時捲市聲來”，“山平水遠蒼茫外，地闢天開指顧中”，“丹楓斷岸秋來早，淡日孤村客到稀”，“雲如山壞長空黑，風似潮回萬木傾”，“谿橋煙淡偏宜晚，野寺花遲未覺春”，“目窮落日横千嶂，腸斷春風把一枝”，“月當三五初盈夜，河直西南欲落時”，“山川慘澹秋多感，燈火青熒夜少眠”，“木葉經霜渾欲盡，人家近水自相依”，“一窗蘿月禁春瘦，萬壑松風撼晝眠”，“遥看漁火兩三點，已過暮山千萬峯”，“未霜村舍秋先冷，無月江天夜自明”，“風遞鐘聲雲外寺，水摇燈影酒家樓”，“殘紅猶有數枝在，漲緑真成一倍深”，“浮雲盡斂出青嶂，孤月徐升行碧天”，“雨餘澗落雙虹白，雲合山餘一髪青”，“楊柳不遮春色斷，一枝紅杏出牆頭”，“水落纔餘半篙緑，霜高初染一林丹”，“庭空日暖花自舞，簾卷巢乾燕新乳”，“傍水斷雲含暮色，拂簷高竹借秋聲”，“月昏當户樹突兀，風惡滿天雲往來”，“牆頭楊柳知秋早，窗外芭蕉受雨多”，“傍水無家無好竹，卷簾是處是青山”，“楓葉欲丹先慘澹，菊叢半倒不支持”，“閒隨戲蝶忘形久，細聽啼鶯得意同”，“半顆鴉殘牆外杏，一枝鵲裊澗邊藤”，“草根螢墮久開闔，雲際月行時吐吞”，“乍飛乳燕低無力，自落來禽静有聲”，“幽禽葉底吟風久，殘雨枝間照日明”，“露濃雙鵲移枝宿，風急孤螢墮草明”，“山銜落日青横野，鴉起平沙黑蔽空”，“雨聲欲與夢相入，春意不隨人共衰”，“山禽乍暖殷勤語，野花無風自在香”，“林暖牆頭雙鵲語，水清池面小魚行”，“花睡柳眠春自懶，誰知我更懶於春”，“風高木葉危將脱，月上天河淡欲無”，“重簾不捲留香久，古硯微凹聚墨多”，“霜野草枯鷹欲下，江天雲濕雁相呼”，“曉樹好風鶯獨語，夜窗細雨燕相依”，“惜花委去常遮日，待燕歸來始下簾”，“燕低去地不盈尺，鵲喜傍簷時數聲”，“急雨聲酣戰叢竹，孤燈焰短伴殘書”，“白菡萏香初過雨，紅蜻蜓弱不禁風”，“雨聲已斷時聞滴，雲氣將歸别起峯”，“意行舍北三差路，閒看橋西一片秋”，“一溪水淺梅枝瘦，四野雲酣雪意驕”，“中庭日正花無影，曲沼風生水有紋”，“斷虹千尺卷殘雨，新月一鈎生暮天”，“地偏幽草爲誰緑，雨霽新花如許紅”，“北臨積水風來壯，東恨長林月上遲”，“天際掛虹初斷雨，雲頭翳日又成陰”，“天高月破殘雲出，野曠風驚蠹葉飛”，“夜静月驚林鵲起，水涼風颭露荷傾”，“東窗换紙明初日，南圃移花及小春”，“木槁不知年自往，雲閒已與世相忘”，“夜雨長深三尺水，曉寒留得一分花”，“小魚出水圓紋見，輕燕穿簾折勢成”，“簾櫳無影覺雲起，草樹有聲知雨來”，“月色横分窗一半，秋聲正在樹中間”，“寒雨似從心上滴，孤燈偏向枕邊明”，“楓葉欲殘看愈好，梅花未動意先香”，“取將月去闢娱客，攜得雲歸遠寄人”，“花氣襲人知驟暖，鵲聲穿樹喜新晴”，“倚天青嶂迎船出，撲馬紅塵轉眼空”，“花氣襲人渾欲醉，鳥聲唤客又成愁”，“澗深松老忘榮謝，天闊雲閒任卷舒”，“釣收鷺下虚舟立，橋斷僧尋别徑歸”，“緑葉忽低知鳥立，青萍微動覺魚行”，“鴨銜細雨橋陰出，蝶弄微風草際來”，“孤燈無焰穴鼠出，枯葉有聲鄰犬行”，“横林露塔猶遠見，暮靄籠山淡欲無”，“水生溪面大魚躍，風定草頭雙蝶飛”，“出谷鐘聲知過寺，隔林人語喜逢村”，“人家遠火林間見，船底微波枕上聞”，“山口正銜初出月，渡頭未散欲歸雲”，“南臨大澤風來遠，東限連山月出遲”，“静愛白雲歸遠岫，時邀明月下層巒”，“滿洞曉雲春釀雨，一池秋水夜涵星”，“尋深巧被閒雲到，破静時聞幽鳥啼”，“水邊更覺梅花瘦，雲外誰憐雁影孤”。

抒慨，五言如“安知花無情，不解替人愁”，“撫事驚年往，懷人有夢知”，“鄉遥歸夢短，酒落客愁濃”，“閲世易成古，刳心不復春”，“老態人未覺，孤愁心自知”，“畏客常稱疾，耽書不出門”，“心雖了是非，口不給唯諾”，“如今老且病，鬢禿牙齒落。仰天少吐氣，餓死實差樂”，“世事粗能識，吾生安用長”，“相法無侯骨，生年直酒星”，“處世已如客，傷春無復心”，“轉喉畏或觸，唾面敢自拭”，“馬以鳴當斥，龜緣久不靈”，“用可重九鼎，窮寧直一錢”，“生涯數畦菜，心事一溪雲”，“舊交故劍在，壯志短檠知”，“飯香貧始覺，睡味老偏知”，“醉嫌天地迮，老覺歲時公”。

七言如“幽居不負秋來睡，末路偏諳世上情”，“豈是天公無皂白，獨悲世俗異酸鹹”，“吾道將爲天下裂，此心難與俗人言”，“萬事可憐隨日出，一生常是伴人忙”，“自信前緣與人薄，每求寬地寄吾狂”，“癡頑直爲多更事，莫怪胸懷抵死寬”，“但恨見疑非節俠，豈忘小忍就功名”，“道廢尚書猶乞米，時來校尉亦封侯”，“老病已全惟欠死，貪嗔雖斷尚餘癡”，“青山是處可埋骨，白髮向人羞折腰”，“平生不可俗子眼，後世誰知吾輩心”，

“一樽何處無風月，自是人生苦欠閒”，“紛紛萬事反乎覆，落落一身淹此留”，“已因積毀成高卧，更借陽狂護散才”，“人情静處看方見，詩句窮來得最多”，“萬事看山差入眼，百年把酒獨關身”，“志士淒凉閒處老，名花零落雨中看”，“掃榻欲招貧與語，杜門聊以醉爲鄉”，“衰容病後如添歲，遥夜冬來抵過年”，“鏡明不爲人藏老，酒薄難供客散愁”，“薄俗更堪開眼看，老翁寧辦折腰趨”，“强顔懶復看人面，何地真堪著此身”，“世味老來無奈薄，土思病後不勝濃”，“人情正可付一笑，生世元知無百年”，“得閒要及身安日，到死應無睡足時”，“壯心自笑老猶在，狂態極知人不容”，“太阿匣藏不見用，孤憤書成空自哀”，“衰遲更覺歲時速，疏賤空先天下憂”，“壯心無復在千里，老氣尚能横九州”，“世事熟看無一可，古人不作與誰評”，“痴腹何由有鱗甲，俗情自未去皮毛”，“屈子所悲人盡醉，酈生常謂我非狂”，“絶世本來希獨立，刺天不復計羣飛”，“縱曠劫來俱有死，出青天外始無愁”，“神仙不死成何事，只向西風感慨多”，“寸心未與年俱老，萬事惟憑酒暫忘”，“顓愚酷信紙上語，老病猶先天下憂”，“天下可憂非一事，書生無地效孤忠”，“議論孰能忘忌諱，人才正要越拘攣”，“正令未死有幾日，那得殘年叢百憂”，“英雄到底是痴絶，富貴但能妨醉眠”，“吾心本自同天地，俗學何知溺粃糠”，“睡少始知愁有力，病深方歎藥無靈”，“髮無可白方爲老，酒不能賒始覺貧”，“此身幸已免虎口，有手但能持蟹螯”，“錢多孰謂可使鬼，人定何嘗能勝天”，“大事竟爲朋黨誤，遺民空歎歲時遒”，“萬事已隨春枕斷，故人何啻曉星疏”，“十事真成九敗意，一春知復幾銜杯”，“交情最向病中見，世事常於醉後齊”，“四海故人强半死，一襟清淚對誰傾”，“人生十事九堪歎，春色三分二已空”，“浩歌縱酒愁仍在，作意觀書睡已來”，“造物偶容窮不死，衆人共養老無能”，“欲尋共語人難得，卻是封侯印易求”，“舊交只有青山在，壯志旨因白髮休”，“上策莫如扃户坐，苦閒猶復取書看”，“方書無藥醫治老，風雨何心斷送春”，“大道豈容私學裂，專門常怪世儒非”，“每惜好春如我老，誰能長日伴人閒”，“古人亦自逢時少，吾輩何疑忤俗多”，“静覺此身猶外物，懶思與世永相忘”，“細看高人忘寵辱，始知吾輩可憐傷”，“只知閒味如茶永，不放羈愁似草長”，“安樂本因無事得，功名常忌有心求”，“門無客至惟風月，案有書存但《老》、《莊》”，“花如解笑還多事，石不能言最可人”，“一生憂患如山重，此日安閒抵蜜甜”，“太空不礙雲舒卷，高枕寧論夢短長”，“萬卷雖多當具眼，一言惟恕可銘膺”，“止足極知於道近，痴頑更喜與人疏”，“黨禍本從名輩出，弊端常向盛時生”，“欹枕舊遊來眼底，掩書餘味在胸中”，“閒知睡味甜如蜜，老覺羈懷淡似秋”，“此心少忍便無事，吾道力行方有功”，“無意詩方近平淡，绝交夢亦覺清閒”，“身遊與世相忘地，詩到令人不愛時”，“詩纔適意寧求好，醉即成眠不暇狂”，“花開款款寧爲晚，詩出遲遲卻是晴”，“正使老來無老伴，未妨閒處作閒人”，“是非無定言何益？窮達徐觀得孰多”，“客散茶甘留舌本，睡餘書味在胸中”，則尤練達人情，洞明世故，矜平躁釋，味之無窮。大抵托物抒興，因事見道，稱心而出，振筆以書；而不以餖飣成語，融裁古人爲功；此亦所以異於黄庭堅而不欲逐其後塵。

黄庭堅言：“老杜作詩，退之作文，無一字無來處。蓋後人讀書少，故謂韓杜自作此語耳。古之能爲文章者，真能陶冶萬物，雖取古人之陳言，入於翰墨，如靈丹一粒，點鐵成金者也。”此庭堅之所以告其外甥洪芻。而陸游則曰：“今人解杜詩，但尋出處；不知少陵之意，初不如是。且如《岳陽樓》詩：‘昔聞洞庭水，今上岳陽樓。吴楚東南坼，乾坤日夜浮。親朋無一字，老病有孤舟。戎馬關山北，憑軒涕泗流。’此豈可以出處求哉？縱使字字尋得出處，去少陵之意益遠矣。蓋後人元不知杜詩所以妙绝古今者在何處，但以一字亦有出處爲工。如《西崑酬唱集》中詩，何曾有一字無出處者，便以爲追配少陵可乎？且今人作詩，未嘗無出處；若爲之箋注，亦字字有出處，但不妨其爲惡詩耳。”不知所謂“今人作詩”者何指，儻亦可玩味耶？

陸游以詩名一代，而文章不甚著，有詩《與兒輩論李杜韓柳文章偶成》曰：“吏部儀曹體不同，拾遺供奉各家風。未言看到無同處，看得同時已有功。”則知用力於韓柳者深，然而不爲韓柳。議論疏快同蘇軾，而意盡則言止，差遜軾之瀾翻不竭。碑傳清省似歐陽修，而語宕則氣舒，差有修之情韻不匱。不大聲色，此所以爲宋人之文，而不同於韓柳。不極馳騁，此所以爲陸子之文，而亦異於軾轍。大抵古人之所難言者，而游抒之以容易；古人之所直言者，而游出之以深婉；於詩然，於文亦然。其詠《文章》一詩，有曰：“文章本天成，妙手偶得之。粹然無瑕疵，豈復須人爲？君看古彝器，巧拙兩無施；漢最近先秦，固已殊淳漓。胡部何爲者？豪竹雜衰絲。

后夔不復作，千載誰與期。”則固以隨時爲義，而不以學古爲高。自言：“某少之時，學文而不工；及其老，妄意於道，亦未敢爲得也。雖然，科舉之文，固亦尊王而賤霸，推明六藝而誦説古今，雖小出入，要其歸，亦何負於道哉。若言之而弗踐，區區於口耳而不自得於心，則非獨科舉之文爲無益也。近時頗有不利於場屋者，退而組織古語，剽裂奇字，大書深刻以眩世俗；考其實，更出科舉下遠甚，讀之使人面熱，果可言文章乎？故自科舉取士以來，如唐韓氏、柳氏，吾宋歐氏、王氏、蘇氏，以文章擅天下，莫非科舉之士也。此無他，徒以在場屋時，苦心耗力，凡陳言淺説之可病者，已知厭棄，如都市之玉工，珉玉雜治，積日既久，望而識之矣；一旦取荆山之璞，以爲黄琮蒼璧，萬乘之寶，珉其可復欺耶？今不利場屋，而名古之文者，往往未嘗識珉者也，安知玉哉？”乃至不以科舉之文爲非文；而組織古語，剽裂奇字，大書深刻以眩世俗而名古之文者，且呰之謂未嘗識珉焉。則其不以擬古剽竊爲文，意尤明白。而跋《前漢通用古字韻編》，則曰：“古人讀書多，故作文時偶用一二古字，初不以爲工；亦不自知孰爲古，孰爲今也。近時乃或鈔綴《史》、《漢》中字入文辭中，自謂工妙；不知有笑之者。偶見此書，爲之太息，書以爲後生戒。”不啻發聲徵色。故其自爲文，以自然省淨爲美，而祛擬古剽竊之病。

序跋如《容齋燕集詩序》、《雲安集序》、《持老語録序》、《師伯渾文集序》、《晁伯咎詩集序》、《徐大容樂府序》、《吕居仁集序》、《會稽志序》、《跋真廟賜馮侍中詩》、《跋武威先生語録》、《跋周茂叔通書》、《跋唐修撰手簡》、《跋歷代陵名》、《跋晁百谷字叙》、《陵陽先生詩草》、《跋東坡詩草》、《跋傅正議至樂庵記》、《跋李莊簡公家書》、《跋蘭亭樂毅論并趙岐王帖》、《跋劉凝之陳令舉騎牛圖》、《跋張監丞雲莊詩集》、《跋巴東集》、《跋吕侍講歲時雜記》、《跋范巨山家訓》、《跋張安國家問》、《跋居家雜議》、《跋朱新仲舍人自作墓誌》、《跋樂毅論》、《跋東方朔畫贊》、《跋王右丞集》、《跋韓晉公牛》、《跋畫橙》、《跋范元卿舍人書陳公實長短句後》、《跋韓幹馬》、《跋林和靖帖》、《跋松陵倡和集》、《跋花間集二首》、《跋韓晉公子母犢》、《跋韓立道所藏蘭亭序》、《跋曾文清公奏議稿》、《跋曾文清公詩稿》、《跋周侍郎奏稿》、《跋張魏公與劉察院帖》、《跋唐昭宗賜錢武肅鐵券文》、《跋司馬端衡畫傳燈圖》、《跋秦淮海詩》、《跋柳書蘇夫人墓誌》、《跋傅給事竹友詩稿》、《跋陳予所藏樂毅論》、《跋詹仲信所藏詩稿》、《跋陳伯予所藏蘭亭帖》、《跋程正伯所藏山谷帖》，辭賦如《禹廟賦》、《豐城劍賦》，書啓如《賀謝提舉啓》、《賀湯丞相啓》、《賀葉樞密啓》、《賀龔參政啓》、《知嚴州謝王丞相啓》、《賀留樞密啓》、《賀賈大諫啓》、《賀周丞相啓》、《上虞丞相書》、《答邢司户書》、《答陸伯政上舍書》，奏議如《論選用西北士大夫劄子》、《壬午十一月上殿劄子》三首之二、《上二府論都邑劄子》、《己酉四月十二日上殿劄子》二首之一。

碑傳、雜記、銘贊，如《南唐書》宋齊丘、周宗、徐鍇、查文徽、邊鎬、周本、柴克宏、何敬洙、王會、刁彦能、徐玠、高審思、鍾謨、常夢錫、史虛白、沈彬、陳曙、陳陶、江夢孫、毛炳、劉彦貞、陳覺、李德誠建勳父子、皇甫暉、馮延巳延魯兄弟、孫忌、韓熙載、朱元、劉仁贍、張易、郭廷謂、張彦卿、林仁肇、盧絳、陳喬、蕭儼、盧郢諸傳，及《姚平仲小傳》、《陳君墓誌銘》、《曾文清公墓誌銘》、《青陽夫人墓誌銘》、《陸孺人墓誌銘》、《浙東安撫司參議陸公墓誌銘》、《山陰陸氏女墓銘》、《尚書王公墓誌銘》、《楊夫人墓誌銘》、《陸郎中墓誌銘》、《中丞蔣公墓誌銘》、《吕從事夫人方氏墓誌銘》、《夫人陳氏墓誌銘》、《方伯謩墓誌銘》、《程君墓誌銘》、《夫人樊氏墓誌銘》、《求志居士彭君墓誌銘》、《孫君墓表》、《何君墓表》、《祖山主塔銘》、《定法師塔銘》、《良禪師塔銘》、《高僧猷公塔銘》、《別峯禪師塔銘》、《海淨大師塔銘》、《松源禪師塔銘》、《退谷雲禪師塔銘》，雜記如《書浮屠事》、《書杜覺筆》、《書二公事》、《雲門壽聖院記》、《灊亭記》、《烟艇記》、《復齋記》、《王侍御生祠記》、《東屯高齋記》、《樂郊記》、《對雲堂記》、《静鎮堂記》、《藏丹洞記》、《籌邊樓記》、《銅壺閣記》、《撫州廣壽禪院經藏記》、《成都犀浦國寧觀古楠記》、《書巢記》、《景迂先生祠堂記》、《建寧府尊勝院佛殿記》、《嚴州重修南山報恩光孝祠記》、《會稽縣重建社壇記》、《廣德軍放生池記》、《鎮江府駐劄御前諸軍副都統廳壁記》、《居室記》、《智者寺興造記》、《常州奔牛閘記》、《盱眙軍翠屏堂記》、《上天竺復庵記》、《東籬記》、《南園記》、《橋南書院記》、《天彭牡丹記》，銘贊如《梅子真泉銘》、《司馬温公布被銘》、《蠻溪硯銘》、《王仲信畫水石贊》、《大洪禪師贊》，咸可誦覽，根柢不必其深厚而修潔有餘，波瀾不必其壯闊而尺寸不失，論者以士龍清省爲比，固其宜也。然碑傳含鏗訇於渟蓄，饒有歐味；短題小記，以談言爲微中，尤擅蘇筆；蓋歐韻而蘇筆，餘味有在清省之外，特筆意之得於蘇者爲多。

深通禪乘，能傳其人，所爲《别峯禪師塔銘》、《松源禪師塔銘》、《大洪禪師贊》，一聲棒喝，觸處洞然，辭指精詣，歐陽未有也。如《别峯禪師塔銘》曰：

南山自長安秦中西南馳，爲嶓爲岷。岷東行，紆餘起伏，歷蠻夷中，跨軼且千里，然後秀偉特起，爲三峯，摩星辰，蓄雷雨，龍蟠鳳翥，是名峨眉山。通義、犍爲二郡，實在其下。人鍾其氣，爲秀民傑士，出而仕者，固多以功業文章擅名古今；至於厭薄紛華，棄捐衣冠，木食澗飲，自放於塵垢聲利之外，而不幸爲人知，不能遂其隱操，亦卒至於光顯榮耀者，如别峯禪師是也。

師，名寶印，字坦叔，生爲龍游李氏子，世居峨眉之麓。少而奇警，日誦千言，然不喜在家，迺從德山院清遠道人得度。自成童時，已博通六經及百家之説，至是復從華嚴起信諸名師，窮源探賾，不高出同學不止；論説雲興泉湧。衆請主講席，謝不可。圜悟克勤禪師有嗣法上首安民號密印禪師，説法於中峯道場；迺挈一笠，往從之。一日，密印舉僧問："巖頭起滅不停時，如何巖頭?"叱曰："是誰起滅!"師豁然大悟。自是室中鋒不可觸。密印恨相得之晚。會圜悟自南歸成都昭覺，乃遣師往省；因隨衆入室。圜悟舉從上諸聖以何法接人，師舉起拳。圜悟曰："此是老僧用者，孰爲從上諸聖用者?"師即揮拳。圜悟亦舉拳相交，大笑而罷。圜悟難異之曰："是子他日必類我。"師留昭覺三年，密印猶在中峯，以堂中第一座致師。師辭。密印大怒曰："我以法得人。人不我傳，尚何以説法爲!"欲棄衆去。衆皇恐，亟趨昭覺，羅拜懇請。圜悟亦助之請，始行。道望日隆，學者争歸之！雖圜悟、密印不能掩也。久之，南遊，見潙山佛性泰、福嚴月庵果、疏山草堂清，皆目擊而契。或以第一座留之，師潛遁以免。

最後至徑山，見大慧杲。大慧問曰："上座從何處來?"師曰："西川來。"大慧曰："未出劍門關，與汝三十棒了也。"師曰："不合起動和尚。"時徑山衆千七百，雖耆宿名衲，以得棲笠地爲幸；

顧爲師獨掃一室。堂中皆驚。大慧南遷，師亦西歸，始住臨邛鳳凰山，舉香嗣密印；歷往廣漢崇慶、武信東禪、成都龍華、眉山中巖，復還成都住正法。道既盛行，士大夫亦喜從之遊；築都不會庵，松竹幽邃。暇日，名勝畢集，聞師一言，皆自謂意消；稍或間闊，輒相語曰："吾輩鄙吝萌矣。"其道德服人如此。

俄復下硤，抵金陵。應庵華方住蔣山，館師於上方，白留守張公燾，舉以代己。師聞，即日發去。會陳丞相俊卿來爲金陵，以保寧延師；俄徙京口金山，學者傾諸方。金山自兵亂後，雖屢葺，莫能成；至是始復大興，如承平時而有加焉。異時居此山，鮮踰三年者。師獨安坐十五夏。潭帥張公孝祥嘗延以大溈山，師與張公雅故，念未有以卻，而京口之人，自郡守以降，力爭之，卒返潭使。魏惠憲王牧四明，虚雪竇來請。師度不可辭，迺入東，凡住四年，樂其山林，有終老之意。而名益重，被敕住徑山，淳熙七年五月也。

七月，至行在所。至尊壽皇聖帝降中使召入禁中，以老病足蹇，賜肩輿於東華門内，賜食於觀堂，引對於選德殿，特賜坐，勞問良渥。師因舉古宿云："透得見聞覺知，受用見聞覺知，不墮見聞覺知。"上悦曰："此誰語?"師曰："祖師皆如此提倡，亦非别人語。"上爲微笑。時秋暑方熾，師再欲起；上再留，使畢其説，迺退。後十餘日，又命開堂於靈隱山，中使齎賜御香，恩禮備至。十年二月，上製《圓覺經注》，遣使馳賜，且命作序。師迺築大閣祕奉以侈上恩。師老，益厭住持事。門人懼其遠遊不返，相與築庵於山北，俟其歸。今上在東宫，書"别峯"二大字，榜之。十五年冬，奏乞養疾於别峯，得請。明年，上受内禪，取向所賜宸翰，識以御寶，復賜焉。紹熙元年冬十一月，忽往見今住山智策，告别。策問行日。師曰："水到渠成。"歸取幅紙，大書曰："十二月七日夜雞鳴時。"如期而化。奉蜕質返寺之法堂，留七日，顔色精明，鬚髮皆長，頂温如沃湯。是月十四日，葬於别峯之西岡。壽八十有二，臘六十有四。得法弟子：梵年、宗性、道奇、智周、慧海、宗璨等，得度弟子：智穆、慧密等，百四十有七人。有慧綽者，山陰陸氏子，當以蔭得官，辭之；從師祝髮，又得記莂，遁跡巖岫，終身不出。師既示寂，上爲敕有司定謚曰慈辯，且名其塔曰智光，庵曰別峯，極方外之寵。

師説法數十年。所至，門人集爲語録。晚際遇壽皇，被宸翰咨詢法要，皆對使者具奏。將化，説偈尤奇偉，已別行於世，此不悉著。三年三月，法孫宗愿走山陰鏡湖，屬某銘師之塔。某與師交最久，嘗相約還蜀結茅青衣唤魚潭上。今雖老病，義不可辭。銘曰：

圜悟再傳，是爲别峯。坐十道場，心法之宗。淵識雄辯，震驚一世，矯乎人中龍也。海口電目，旌期稱道，卓乎澗壑松也。叩而能應，應已能默，渾乎金鍾大鏞也。師之出世，如日在空。升於暘谷，不爲生；隱於崦嵫，其可以爲終乎?

唐僧多律，宋釋多禪。柳宗元、劉禹錫善誌律師，而陸游及鄞人樓鑰導揚禪宗，亦各以其時也。

樓鑰自明非學佛者，而深得禪意，所爲《徑山涂毒禪師塔銘》、《天童大休禪師塔銘》、《瑞巖石窗禪師塔銘》、《雪竇足庵禪師塔銘》、《瑞巖谷庵禪師塔銘》、《延慶月堂講師塔銘》，抉幽發隱，左右逢源，如可挹酌；而取舍廉肉，辭義可誦。如《雪竇足庵禪師塔銘》曰：

師，諱智鑑，滁之全椒人，俗姓吴。自兒時，已喜佛書，每以白紙爲經，跏趺端坐誦之，琅琅然。母嘗與洗手瘍，因曰："是什麼手?"忽對曰："我手是佛手。"遂視母大笑。少長，日記經文千餘言；連遭親喪，決意出家，誓修苦行以報罔極之恩。真歇禪師方住長蘆，徑往依投。一見異之。師勤苦精進，終歲脅不至席。大休小珏禪師領千七百衆，爲首座，獨指師爲法器，曰："汝當振吾宗。"已而侍真歇來四明，至補陀山，遇羣盜蜂起，避地之馬秦，駭浪翻空，舉舟驚懼。師坐篷外，獨不沾濕。真歇益異之。會京城三藏道法師講菩薩戒。師受戒已，背若負萬金然。道曰："汝真得上乘戒之證也。"徐即身輕。真歇住雪峯，服勤三載，雖日親示誨，終未超徹。復回四明，逭于象山縣之鄭行山，乃海岸孤絶之處，相傳山有怪妖不可入，人亦多以驚異逃歸。師曰："吾爲法忘形，何懼耶?"乃即山中盤石，縛茅爲庵。地高無泉脈。師禱曰："吾辦道來此，山神其惠吾泉!"因鋤小坎，移時而水溢。食不繼，則啖松枝以療飢。時紹興二年也。一日，有巨蟒入庵，矯首怒視；越數日，復旋繞于牀。師不顧而去。夜聞庵後巖谷震響如霆擊。旦起視之，有巨石飛墜，越庵而立于門；並庵大木，皆爲之摧拉。變怪百出，略可記者如此。師不爲動，終不能害也。

明年正月十四夜，於深定中豁然開悟。師自念云："威音王以前，無師自證。威音王以後，無師自證者，皆天魔外道。"遂下山，見延壽然曰："日來肚大無物可餐，庵小無牀可卧。若能與食展庵，則住；不然；則去。"然與師反覆問答，不能屈，因叩師見地。師云："一坐四旬，身心瑩徹，忽爾古鏡現前，非由天降，不從地出，自是本有垢淨光通，不勞心力自照也。昔真歇嘗于室中舉問'一物上拄天，下拄地，常在動用中；動用中，收不得，是什么物得恁麼?'而今照破，方知天蓋不及，地載不起；喚作古鏡，亦是謗他。遂有頌云：'箇鏡光流遍剎塵，鑑照無礙體難分。羣靈巨德皆稱妙，凡聖無非裏許身。'"然云："不易到者田地。"師至陳山，欲航海。或指曰："此鄭行山中肉身菩薩也。"人皆環繞求偈。時天大風不可渡。師謂篙人曰："吾爲汝借風。"泊登舟，俄頃而濟。抵岸，則逆風如故。徑至岳林，見大休云："久違尊顏。即不無悟。如何是同風不間底人?"珏云："井底蝦蟆吞卻月。"師云："賓主不立，報化平吞。"珏云："向賓主不立處道。"師云："不辭道，恐涉脣吻。"珏云："只今將什麼抵對?"師云："不借。"珏云："佛祖不奈爾何。"師體拜，遂令受具。聞翠山宗白頭機鋒峻峭，往叩焉。時師方爲岳林行匄，擔二布囊，隨得即受，備歷艱勤，人所不堪。宗云："爲衆竭力，不無其勞。"師云："須知有不勞者。"宗云："尊貴位中收不得時何如?"師云："觸處相逢不相識。"宗云："猶是途中賓主，作麼生是主中主?"師曰："丙丁吹滅火。"宗以手掩師口。師拂袖出。宗還雪竇，挽師偕行，荷負衆事，會法新飭，且命爲師衆普說。宗嘆曰："吾生有耳未嘗聞也!"叢林愈加敬焉。宗乃宏智高弟，師因造宏智室，動輒深契。二十四年，遂舉住棲真，隆興二年，移定水。

侍郎趙公子潚聞師名，屬侍御王公伯庠製疏，備開堂禮，嗣法大休，實曹洞十一世孫也。乾道五年，退席，遂之天台。八年，嗣秀王來鎮，請住廣慧。淳熙四年，皇子魏惠憲王請住香山。七年，參政范公移主報恩。十年，遂歸西山，爲終焉計。十一年，雪竇虛席，衆皆以師爲請。師念明覺知覺場，勉爲起廢，一住八載。所在這俗歸仰，至是尤盛；隨力葺理，内外一新。紹熙二年，謝事，止于寺之東庵。太守林公枅稔聞道價，命師再住；不從，必欲識面。既見，問道終日，致請益堅，力辭而歸。三年七月乙未，示疾。己亥，親筆遺書晦日以道具抄録。八月哉生魄夜分，戒其徒曰："吾行矣。送終，其務簡約，勿用素服哀慟。"言訖，書偈趺坐而化。時暴雨疾風，震動山谷，人尤嗟異。四遠聞者，奔赴盡哀；于是相與建塔于山之左，戊午，奉全身以葬。壽八十八，臘五十三。嗣法及受度三十餘人。

師素與余厚。在雪竇，作錦鏡以蓄飛雪上流，爲一山奇觀，嘗爲之記。師且死，手書遺余告别，以大休塔銘爲屬。余既銘之。師之徒又以此請，不忍拒也。余不習釋氏學。然聞古德相與傳授之際，多藉導師有以啓發之；惟師根器過絶人，自誓不悟不爲僧，則識趣已不凡。操心如鐵石，視身猶土芥，又有人所不能及者。初雖久依真歇，鄭行之居，略無怖畏，非有師傳而遂得道，禪門少見其比。是時自覺般若有靈，真有飢則一與之食，寒則一與之衣之驗。夜行深雪，自然得路，若有陰相，自以爲大千世界，無如我者。一見大休，誦言所歷。休徐曰："但盡凡心，勿爲異解。"師爲之灌然意消而歸心焉。師天資樸厚，見地真實，業履孤峻，苦行堅密，至死不少變。等慈接物，法施不吝。具大辯才，浩博無礙。爲人説法，或自曉至暮，或自昏達旦，至連日，亦無倦色，音吐洪暢，晚亦不衰，聞者聳服。學徒每出衣資，請師演説，此尤禪林所未有也。雲深火冷，尸居淵默，有召之者，雖祁寒隆暑，不拒。一毫施利，悉爲公用，丈室蕭然；故六主廢刹，積逋動數千緡，不過期月，百廢具舉。若禱雨暘，救疾苦，其應如響。神祠烹宰物命，輒爲易以素饌。有藏其鬚髮而得舍利者，地皆世俗所創見，師不欲人言之，以爲非此道之極致，使其有之，亦皆師之餘也。師既亡，太師史文惠公祭之以文，有曰："了悟圓通，如觀音大士。隨機化俗，如善導和尚。"人不以爲過也。師生于淮南，而化緣獨在四明。屢易法席，名震江湖，而終不越境。自號足庵；人以古佛稱之，惟師可以無愧云。銘曰：

祖師西來，乃始有禪。燈燈相續，皆有師傳。師之得道，幾于神曜，心鏡孤圓，大千俱照。曹洞正宗，實艱其承。十有一傳，至師中興。蛇虺之宅，聞者怖恐，惟師宴坐，曾不爲動。振錫出山，據大道場，四衆歸仰，廣爲津梁。生于淮壖，緣在甬東。名震江湖，卒老吾邦。法施不吝，辯才無礙。行實堅苦，而大自在。人稱古佛，師則無愧。銘以表之，用詔末世。

樓鑰，字大防，自號攻媿主人，鄞人。歷仕孝宗、光宗、寧宗三朝，至吏部尚書兼翰林侍講。年過七十，精力絶人，詞頭下，立進草，院吏驚詫。累拜參知政事，卒謚宣獻。博極羣書，尤精許慎《説文》，識古今奇字。而文備衆體，傳有《攻媿集》一百十二卷。其詩抑揚爽朗而不爲僻澀，文則曲折明鬯而時有濴洄，皆出蘇軾。援據該洽，辭理明白，雖意境欠開拓，風骨未遒上；然序跋散朗而出以典核，碑狀詳盡而不害體要，尤多資於考證，而補史家所未備。特善誌釋，以附於陸游云。

楊萬里，字廷秀，吉州吉水人。南宋詩集傳於今者，惟楊萬里及陸游最富。游清新刻露而出以圓潤，爲媲於蘇。萬里清新刻露而特爲生拗，則原出黄。萬里，紹興二十四年進士，爲永州零陵丞。時張浚以故相謫永州，勉以正心誠意，萬里服膺終身，乃名讀書之室曰誠齋。歷仕孝宗、光宗，至祕書監兼實録院檢討官，乞祠歸。寧宗嗣位，一再收召不起，即家除爲焕章閣待制。韓侂冑用事，網羅四方知名士相羽翼。嘗築南園，屬萬里爲記，許以掖垣。萬里曰："官可棄，記不可作也。"侂冑恚，起陸游爲之，得除從官。萬里寄詩規之，有"不應李杜翻鯨海，更羨夔龍集鳳池"之句。卒謚文節，傳有《誠齋集》一百三十二卷。其爲文章，含危仄於爽朗，以白俗爲生拗，避熟而不避俗，涵今而亦茹古，以故爲新，以俗爲雅，由黄庭堅以攀韓愈，詩如是，文亦如是。然詩特擅名。其詩有《江湖集》、《荆溪集》、《西歸集》、《南海集》、《朝天集》、《江西道院集》、《朝天續集》、《江東集》、《退休集》，不僅一官一集。五言古如《明發陳公徑過摩舍那灘石峯下》曰：

遥松烟未銷，近竹露猶滴。石峯矜孤鋭，喜以江自隔。清潭涵曦紫，碧岫過雲白。回瞻宿處堤，路轉不可覓。

地迥人絶影，山僻虎留跡。下有無底潭，上有欲落石。是間一徑横，夾以萬松直。樹從何時有？陳公所手植。陳公今焉在？徑松自寒碧。

昨宵望石峯，相去無一尺。今日行終朝，衹繞石峯側。石峯何曾遠，江路自不直。仰瞻碧孱顔，清峻如立壁。反覆得細看，何必更登陟。

危峯瑩無土，平地岌孤石。如何半巖間，亦有小樹碧？走空根苦辛，倚險幹寒瘠。芳蘭間叢生，紫蕤濯幽色。近香許世聞，遠秀絶人摘。而我雲外身，方茲嗗行役。

七言古如《惠山雲開復合》曰：

二年常州不識山，惠山一見開心顔。只嫌雨裏不子細，仿佛隔簾青玉鬟。天風忽吹白雲坼，翡翠屏間倚南極。政緣一雨染山色，未必雨前如此碧。看山未了雲復還，雲與詩人偏作難。我船自向蘇州去，白雲穩向山頭住。

五言律如《靈山》曰：

饒水回回轉，靈山面面逢。展成青步障，斂作碧芙蓉。變態百千樣，尖新三兩峯。遠看方更好，還隔翠雲重。

七言律如《明發周村灣》曰：

不住寬鄉住甕門，那知世上有乾坤。環將峻嶺包深谷，圍出餘天與别村。茅屋相挨無著處，花溪百折不教奔。江淮地迥寒無價，宣歙山寒更莫論。

七言絶如《閒居初夏午睡起》曰：

梅子留酸軟齒牙，芭蕉分緑與窗紗。日長睡起無情思，閒看兒童捉柳花。

又《過寧國縣》曰：

晴明風日雨乾時，草滿花堤水滿溪。童子柳陰眠正著，一牛吃過柳陰西。

以生拗立格，以淵永出味；而才思健拔，趣味澄夐。白居易以文言道俗，萬里則以俚語生新，而硬語説得適，韻語不害俚。

其他五言古如《戊子正月六日雷雨感歎示壽仁子》、《人日詰朝從昌英叔出謁》、《暮宿半塗》、《次日醉歸》、《至鷓鴣洞》、《晚步南溪弄水》、《讀書》、《卧治齋晚坐》、《休日清曉讀書多稼亭》、《夜雨》、《宿湖甫山》、《四月十三日度鄱陽湖》、《晚出郡城往值夏謁胡端明泛舟夜歸》、《得壽仁壽俊二子中塗家書》三首、《寒食對酒》、《明發白沙灘聞布穀有感》、《正月三日宿范氏莊》四首、《九月十日同尤延之觀淨慈新殿》、《看劉寺芙蓉》、《柴步灘》、《東磧灘》、《將至地黄灘》、《蘇木灘》、《遼卓灘》、《舟中新暑止酒》、《秋暑》、《感秋》五首之二三四、《�庵》、《筠庵午憩》、《玉井亭觀荷花》、《後圃散策》、《雨後曉登碧落堂》、《碧落堂曉望荷山》、《午憩筠庵》、《題無訟堂屏上袁安卧雪圖》、《微雨玉井亭觀荷》、《觀書》、《觀水歎》二首之二、《轎中看山》、《宿雞林坊》、《初曉明朗忽然霧起已而日出光景奇怪》、《題棲賢寺三峽橋》、《讀唐人于濆劉駕詩》、《觀魚》、《六月十六日夜南溪望月》、《歲暮歸自城中一病垂死病起遣悶》四首、《東園醉望暮山》、《讀白氏長慶集》、《夏夜玩月》、《病中止酒》。七言古如《除夕前一日歸舟夜泊曲渦市宿治平寺》、《迓新守值雨》、《題唐德明秀才玉立齋》、《題潘彦政叔姪濯纓齋》、《贈蜀中相士范思齋往全州見范先之教授》、《罷丞零陵忽病傷寒謁醫兩旬如負擔者目遠日重改謁唐醫公亮九日而無病矣謝以長句》、《送張倅》、《跋馬公弼省幹出示山谷草堂浣花醉圖歌》、《都下和同舍客李元老承信贈詩之韻》、《三辰硯屏歌》、《上元夜里俗粉米爲繭絲書古語以占福禍謂之繭卜戲作長句》、《送鄒元升歸安福》、《和昌英叔雪中春酌》、《登烏石寺》、《夜宿楊溪曉起見雪》、《送蜀士張之源二子維燾中童子科西歸》、《題張興伯主簿經訓堂》、《瓶中梅杏二花》、《重九前五日再游翟園》、《醉吟》、《胡達孝水墨爲余作枯松孫枝石間老柏謝以長句》、《太平寺水郡人徐友畫》、《梅花下遇小雨》、《書莫讀》、《過雩川大溪》、《插秧歌》、《中秋月長句》、《西齋舊無竹予歸自毗陵齋前忽有竹喜而賦之》、《題趙昌父思隱堂》、《謝吴德華送東坡新集》、《春晴懷故園海棠》、《過烏沙望大塘石峯》、《竹魚》、《題興寧縣文嶺瀑泉》、《題瘦牛嶺》、《正月十二日游東坡白鶴峯故居》、《題南海東廟》、《舟人吹笛》、《光口夜雨》、《正月晦日自英州舍舟出陸北風大作》、《英石鋪道中》、《聖筆石湖大字歌》、《曉泊蘭溪》、《題曹仲本出示譙國公迎請太后圖》、《雲龍歌調陸務觀》、《再和雲龍歌》、《醉卧海棠歌贈陸務觀》、《贈都下寫真葉德明》、《初秋玩月》、《光堯御書歌》、《跋京仲遠所藏楊補之紅綾上所作著色掀篷梅》、《行路》五首之二三四五、《和姜邦傑續麗人行》、《買菊》、《經和寧門外賣花市見菊》、《張功甫請祠得之簡以長句》、《題畢少董繙經圖》、《謝譚德稱國丘惠詩》、《跋王順伯藏歐公集古録序真蹟》、《跋袁起巖藏後湖帖并遺像一軸》、《謝曹宗臣惠雙溪集》、《過查瀨》、《龜峯》、《初二日苦熱》、《賀必遠叔四月八日洗兒》、《七月二十三日南極老人星歌上叔父十三致政》、《送曾無逸入爲掌故》、《煖熱兩生行》、《雪曉舟中生火》、《雪霽曉登金山》、《題金山妙高堂》、《再并賦瑞香水仙蘭三花》、《謝王恭父贈梁杲墨》、《回望惠山》、《瀆頭阻風》、《瓜州遇風》、《跋吴箕秀才詩》、《記丘宗卿語紹興府學前景》、《跋眉山程仁萬言書草》、《跋丘宗卿侍郎見贈使北詩一軸》、《贈寫真永鑑處士王温叔》、《秋浦登舟阻風泊池口》、《舟中排悶》、《晨炊杜遷市煮笋》、《嘲道旁楓松相倚》、《雨中春山》、《過白土嶺望見芙蓉峯七八峯最東一峯特奇名爲芙蓉尖》、《宿廬山棲賢寺示如清長老》、《過江岸回望廬山》、《大孤山》、《過湖口縣上下石鐘山是夕宿其下》、《小孤山》、《小螳螂歌》、《十月四日同諸弟訪三十二叔祖於小蓬萊成長句》、《重九後二日同徐克章登萬花川谷月下傳觴》、《題曾無愧月窗》、《題李子立知縣問月臺》、《送安成羅茂忠》、《寄王用之判府監簿》、《族人同諸友問疾送吉州解魁左人傑》、《寄題永新昊天觀賀知宫方外軒》、《題王晉輔專春亭》、《送藥者陳國器》。

五言律如《自音聲巖泛小舟下高溪》、《龔令國英約小集感冷暴下歸卧感而賦焉》、《仲良見和再和謝焉》四首之一、《和仲良春晚即事》五首之一三五、《早行見螢》、《和周仲覺》三首、《夜雨不寐》、《山居》、《飯罷登山》、《病後覺衰》、《過皂口》、《晨炊皂徑》、《步過分水嶺》、《曉晴過猿藤徑》、《晨炊浦村》、《清猿峽》四首、《北風》、《瑞香花新開》五首之二、《宿蘭溪水驛前》三首之三、《睡覺》。七言律如《送文黼叔主簿之官松溪》、《苦熱登多稼亭》二首、《社日南康道中》、《三月一日過摩舍那灘阻雨泊清溪鎮》二首、《真陽峽》、《泉聲》、《十五日明發石口遇順風》、《早炊童家店》、《過謝家灣》、《中秋前一夕雨中登雙溪疊嶂已而月出》、《過主嶺》。

五言絶如《宿長嶺》、《春日》六絶之一三。七言絶如《再病書懷呈仲良》四首之二、《又題寺後竹亭》、《醉後題壁》、《同君俞季永步至普濟寺晚泛西湖以歸得四絶句》、《小雨》、《分宜逆旅逢同郡客子》、《晚過黄洲鋪》二絶、《立秋後一日雨天欲暮小立問月亭》、《南溪山居秋日睡起》、《初夏》三絶句、《小池》、《秋雨歎》十解之三四七、《宿小沙溪》兩首、《春寒》、《春曉》三絶之二三、《寒食相將諸子遊翟園得十詩》之二三七、《晚步追涼》二絶、《雨後晚步郡圃》二絶、《暮熱游荷池上》五絶之四、《曉坐多稼亭》、《檜徑曉步》二絶、《晚衙夜望》、《晚坐卧治齋》、《晚風寒林》二絶、《晴望》、《冬日歸自天慶觀》二絶、《苦寒》三絶之二三、《城頭曉步》二絶、《游翟園》三絶、《舟過望亭》三絶之三、《舟中晚酌》二絶、《小舟晚興》四絶之一四、《午憩》二絶、《宿靈鷲禪寺》二絶之二、《晨炊玉田聞鶯》、《二月一日曉渡太和江》三絶、《明發海智寺遇雨》二絶之一、《萬安道中書事》三絶、《道旁小桃》、《小溪至新田》四絶之一四、《過鼓鳴寺小雨》二絶、《明發韶州過赤水渴尾灘》、《小泊英州》二絶、《過真陽峽》六絶之二五、《晚登連天觀望越臺山》、《新晴西園散步》四絶之一三、《嶺雲》、《憩楹塘驛》二絶之一、《明發瀧頭》、《明發曲坑》二絶之一、《過五里徑》三絶之二三、《明發房溪》二絶之一、《宿南嶺驛》二絶、《出真陽峽》十絶之一二三八九、《山雲》、《正月二十八日峽外見燕子》二絶之一、《跋尤延之山水》二絶、《雪中送客過清水閘》二絶之二、《上巳同沈虞卿尤延之王順伯林景思遊湖上》得十絶句之六七八、《和張功甫梅詩》十絶句之一二、《將赴高安出吉水報謁縣官宿五峯寺》二絶之二、《郡圃曉步因登披仙閣》四絶之一二、《嘲報春花》、《曉過丹陽縣》四絶之二、《瓦店雨作》四絶之二、《過寶應縣新開湖》十絶之八、《金陵官舍後圃散策》二絶、《晝倦》、《發孔鎮晨炊漆橋道中紀行》十絶之七八、《宿新市徐公店》二絶之一、《過楊二渡》三絶之三、《題青山市汪家店》、《桑茶坑道中》八絶之七、《過松源晨炊漆公店》六絶之三五、《和王道父山歌》二絶之一、《題東西二梁山》三絶、《東園社日》、《夏至雨霽與陳履常暮行溪上》二絶之二、《壬戌人日南溪暮景》三絶之二。大章短篇，意趣横生，以俗爲雅，以故爲新。

夫"以俗爲雅"，其説始於蘇軾，而盛於黄庭堅；但蘇以諧暢，黄以生拗，萬里則異於蘇而媲於黄。然萬里謂："詩固有以俗爲雅，然亦須曾經前輩取鎔，乃可因承爾。如李之'耐可'，杜之'遮莫'，唐人之'裏許''若箇'之類是也。昔唐人寒食詩有不敢用'餳'字，重九詩有不敢用'餻'字，半山老人不敢作鄭花；'以俗爲雅'，彼固未肯引里母田婦而坐之於平王之子、衛侯之妻之列也；何也？彼固有所甚靳而不輕也。"至"以故爲新"，其説亦出蘇軾，而衍於黄庭堅；然不詳所以。至萬里則詳研於字法句法而明"以故爲新"之所以；謂："初學詩者，須用古人好語，或兩字，或三字。如山谷猩猩毛筆'平生幾兩屐，身後五車書'，'平生'二字，出《論語》；'身後'二字，晉張翰云'使我有身後名'；'幾兩屐'，阮孚語；'五車書'，莊子言惠施；此兩句乃四處合來。又'春風春雨花經眼，江北江南水拍天'，'春風春雨'、'江北江南'，詩家常用。杜云'且看欲盡花經眼'，退之云'海氣昏昏水拍天'，此以四字合三字，入口便成詩句，不至生硬。要之誦詩之多，擇字之精，始乎摘用，久而自出肺腑，縱横出没，用亦可，不用亦可。"融鑄古人語如己出，此"以故爲新"之一法也。

又謂："詩家借用古人語而不用其意，最爲妙法。如山谷猩猩毛筆，猩猩善著屐，故用阮孚事；其毛作筆用之抄書，故用惠施事，二事皆借人以詠物，初非猩猩毛筆事也。《左傳》云：'深山大澤，實生龍蛇。'而山谷中秋月詩云：'寒藤老木被光景，深山大澤皆龍蛇。'《周禮・考工記・車人》：'蓋圜以象天，軫方以象地。'而山谷云：'丈夫要弘毅，天地爲蓋軫。'《孟子》云：'《武成》取二三策。'而山谷稱東坡云：'平生五車書，未吐二三策。'"借用古人語而不用其意，此"以故爲新"之又一法也。又謂："庾信《月詩》云：'渡河光不濕。'杜云：'入河蟾不没。'唐人云：'因過竹院逢僧話，又得浮生半日閒。'坡云：'殷勤昨夜三更雨，又得浮生一日涼。'杜《夢李白》云：'落月滿屋梁，猶疑照顔色。'山谷《簟詩》云：'落日映江波，依稀比顔色。'退之云：'如何連曉語，祇是説家鄉。'吕居仁云：'如何今夜雨，祇是滴芭蕉。'此皆用古人句律而不用其意，以故爲新，奪胎换骨。"用古人句律而不用其句意，此"以故爲新"之又一法也。

又曰："孔子老子相見傾蓋；鄒陽云：'傾蓋如故。'孫侔與東坡不相識，以詩寄，東坡和云：'與君蓋亦不須傾。'劉寬爲吏，以蒲爲鞭，寬厚至矣，東坡云：'有鞭不使安用蒲。'杜詩云：'忽憶往時秋井塌，古人白骨生蒼苔，如何不飲令心哀。'東坡云：'何須更待秋井塌，見人白骨方銜杯。'此皆翻案法也。唐律七言八句，一篇之中，句句皆奇；一句之中，字字皆奇，古今作者皆難之。余嘗與林謙之論此事。謙之慨然曰：‘但吾輩詩集中，不可不作數篇耳。’如杜《九日》詩：‘老去悲秋强自寬，興來今日盡君歡。’不待入句便字字對屬。又第一句頃刻變化，纔説‘悲秋’，便又‘自寬’，以‘自’對‘君’，‘自’者我也。‘羞將短髪見吹帽，笑倩旁人爲正冠。’將一事翻騰作一聯；又孟嘉以落帽爲風流，少陵以不落爲風流，翻盡古人公案，最爲妙法。‘藍水遠從千澗落，玉山高平兩峯寒。’詩人至此筆力多衰；今方且雄桀挺拔，唤起一篇精神，非筆力拔山，不至於此。‘明年此會知誰健，且把茱萸子細看。’則意味深長，幽然無窮矣。友人安福劉浚字景明《重陽詩》云：‘不用茱萸子細看，管取明年各强健。’蓋翻杜九日詩案也。東坡《煎茶詩》云：‘枯腸未易禁三碗，卧聽山城長短更。’翻却盧仝公案；仝喫到七碗，坡不禁三碗。”翻古人句案，亦‘以故爲新’之又一法也。

又曰：“詩有實字，而善用之者以實爲虚。杜云：‘弟子貧原憲，諸生老伏虔。’‘老’字蓋用‘趙充國請行，上老之。’”“實字虚用”，亦“以故爲新”之一法也。又曰：“詩句固難用經語，然善用者，不勝其韻。李師中云：‘夜如何其斗欲落，歲云暮矣天無晴。’又：‘山如仁者壽，風似聖之清。’又：‘詩成白也知無敵，花落虞兮可奈何。’”亦融鑄古人語之例也。又曰：“句有偶似古人者，亦有述之者。杜子美《武侯廟》詩云：‘映階碧草自春色，隔葉黄鸝空好音。’此何遜《行孫氏陵》云‘山鶯空樹響，隴月自秋暉’也。杜云：‘薄雲巖際宿，孤月浪中翻。’此庾信‘白雲巖際出，清月波中上’也。‘出’‘上’二字勝矣。陰鏗云：‘鶯隨入户樹，花逐下山風。’杜云：‘月明垂葉露，雲逐度溪風。’又云：‘水流行地日，江入度山雲。’此一聯勝。庾信云：‘永韜三尺劍，長捲一戎衣。’杜云：‘風塵三尺劍，社稷一戎衣。’亦勝庾矣。蘇子卿《梅詩》云：‘祇言花是雪，不悟有香來。’介甫云：‘遥知不是雪，爲有暗香來。’述者不及作者。陸龜蒙云：‘殷勤與解丁香結，縱放繁枝散誕春。’介甫云：‘殷勤爲解丁香結，放出枝頭自在春。’作者不及述者。”亦用古人句律之例也。此萬里之明“以故爲新”也。

嘗論：“‘八句律詩，落句要如高山轉石，一去無回。’蓋金針法云爾。余以爲不然。詩已盡而味方永，乃善之善也。子美《重陽詩》云：‘明年此會知誰健，醉把茱萸子細看。’《夏日李尚書期不赴》云：‘不是尚書期不顧，山陰野雪興難乘。’詩有一句七言而三意者；杜云：‘對食暫餐還不能。’退之云：‘欲去未到先思回。’有一句五言而兩意；陳後山云：‘更病無可醉，猶寒已自和。’詩有句中無其辭，而句外有其意；杜云：‘遣人向市賒香秔，唤婦出房親自饌。’上言其食貧，故曰‘賒’；下言其無使令，故曰‘親’。又：‘東歸貧路自覺難，欲别上馬身無力。’上有相干之意而不言；下有戀别之意而不忍。又‘朋酒日歡會，老夫今始知。’嘲其獨遺己而不招也。”

五言古詩，句雅淡而味深長者，陶淵明、柳子厚也。如少陵《羌村》，後山《送内》，皆有一唱三歎之致。五言長韻古詩，如白樂天《遊悟真寺》一百韻，真絶唱也。七言長韻古詩，如杜少陵《丹青引》曹將軍畫馬、《奉先縣》、《劉少府山水障歌》等篇，皆雄偉宏放，不可捕捉。學詩者於李、杜、蘇、黄詩中，求此等篇誦讀沉酣，深得其意味，則落筆自絶矣。夫詩何爲者也？尚其詞而已矣。曰善詩者去詞。然則尚其意而已矣，曰善詩者去意。然則去詞去意，則詩安在乎？曰：去詞去意而詩有在矣。然則詩果安在？曰：嘗食夫飴與荼乎？人孰不飴之嗜也？初而甘，卒而酸。至於荼也，人病其苦也；然苦未既而不勝其甘。詩亦如是而已矣。昔者暴公譖蘇公，而蘇公刺之；今求其詩無刺之之詞，亦不見刺之之意也，乃曰：“二人縱行，誰爲此禍？”使暴公聞之，未嘗指我也；然非我其誰哉？外不敢怒而其中愧死矣。三百篇之後，此味絶矣！惟晚唐諸子差近之。寄邊衣曰：“寄到玉關應萬里，戍人猶在玉關西。”吊戰場曰：“可憐無定河邊骨，猶是春閨夢裏人。”折楊柳曰：“羌笛何須怨楊柳，春風不度玉門關。”三百篇之遺味，黯然猶存也；讀之，使之發融冶之驩，於荒寒無聊之中；動慘戚之感，於笑談方懌之初。近世惟半山老人得之。江西宗派詩者，詩，江西也，人非皆江西也。人非皆江西，而詩曰江西者，繫之也；繫之者何？以味不以形也。形焉而已矣，高子勉不似二謝，二謝不似三洪，三洪不似徐師川，師川不似陳後山，而況似山谷乎？味焉而已矣，酸鹹異和，山海異珍，而調胹之妙，出乎一手也。似與不似，求之可也，遺之亦可也。讀雙桂老人馮子長詩，其清麗奔絶處，已優入江西宗派；至於慘淡深長，則浸淫乎唐人矣。近世此道之盛者，莫盛於江西。然知有江西者，不知有唐人；或者左唐人以右江西，是不惟不知唐人。亦不可謂之知江西者。”觀其絶句有《讀笠澤叢書》曰：

笠澤詩名千載香，一回一讀斷人腸。晚唐異味同誰賞？近日詩人輕晚唐。

《答徐子材談絶句》曰：

受業初參且半山，終須投换晚唐間。國風此去無多子，關捩挑來祇等閒。

綜其所説，論字，論句，而歸之於“味”，稱江西，稱半山，而歸之於晚唐；固不僅爲江西之直致所得，以格爲奇；其字，其句，“以俗爲雅”，“以故爲新”；而其味則以苦出甘，所貴“發融冶之驩於荒寒無聊之中，動慘戚之感於笑談方懌之初”，味美於回，語不害質，欲以西江“清麗奔絶”之句，而發晚唐“慘淡深長”之味；司空圖所謂“辨於味”，所謂“韻外之致”，蓋萬里之所齗齗；而以晚唐韻外深搜之致，救江西末流粗獷之弊者也。自言：“少作詩千餘篇，至紹興壬午七月，皆焚之，大概江西體也。今所存曰《江湖集》者，蓋學後山、半山及唐人者也。予之詩始學江西諸君子，既又學後山五字律，既又學半山老人七字絶句，晚乃學絶句於唐人；學之愈力，忽若有悟，於是辭謝唐人及王陳江西諸君子，皆不敢學，而後欣如也。”蓋以西江入，而以晚唐化，其始也，生拗以立格，由黄庭堅以仿佛韓愈，而上欲攀杜甫；其變也，淵永以出味，參王安石以學晚唐，而浸淫於柳宗元、劉禹錫；所以氣格清迥，意度閒遠，味幽而格瘦，外枯而中膏。《四庫提要》稱“其詩沿江西末派，不免粗厲頹唐”，而不知語粗而致韻，氣厲而脈細，宋面唐骨，於西江爲轉手；正不得以江西末派一筆抹之已。

楊萬里之古文則以澀出拗，以蹇佐利，得韓愈嶔崎峻重之體，抒蘇軾抑揚爽朗之筆。意到筆隨，辭能條達，蘇之意也；體峻勢蹇，句有生拗，韓之體也。非不能爲容易，而特出以蹇難，字字如履危崖而下，落紙遲重絶倫。碑誌之作，尤多橅韓。陸游蘇文而歐韻，萬里蘇筆而韓格；蓋游神愉而體輕，萬里機利而語蹇也。

楊萬里之四六文。萬里顧獨自喜其四六文，集中《與張嚴州敬夫書》曰：“鄙性好爲文，而尤喜四六。近世此作，直閣獨步四海。其竭力以效體裁，或者謂其似吾南書，不自知似猶未也？”其辭若有謙焉，其實乃深喜之。今誦所作：屬聯切而不束，詞氣肆而能拗，融鑄成語，渾如己出，特用心於生造，豈苟以爲爽朗；蓋衍歐蘇四六一脈，而震蕩陵厲以造極詣者。如《賀張丞相判建康啓》曰：“人仰傅巖之雨，天開衡嶽之雲。帝亟召之，已恨不早；公其來止，勿徐其驅。”《賀張魏公少傅宣撫啓》曰：“太上皇非不知耆德之深，留遺嗣聖；新天子欲盡復中原之舊，首擢我公。於皇彼天，將降是任；必有所試，使大其成。彰之於大夫破斧之時，凜其不折；啓之於族庖更刀之後，用則無前。厥惟相之，夫豈人只。”又曰：“一飯不忘於君尊，四海復愁於公老。今而復起，時正可爲。”又曰：“得一韓以在軍中，倚而須慶曆之捷；捲三秦而取天下，當不使漢高之淹。”《賀張丞相除樞密使都督》曰：“蓋欲傾海以洗乾坤，公之始顧；則不以賊而遺君父，誓不俱生。”《賀陳應求右相啓》曰：“非難得宰相之位，進賢則其國尊；不必問太平之期，用公則其效敏。天有所待，世或未知。”又曰：“動容貌以肅天下，已皆趨風；舉夷夏而置胸中，了如觀火。召來兩地，亦既三年。所挾愈大而合愈難，求去者艱而留者衆。深觀其守道之如許，不付之大事而其誰。用之小遲，是以國人懷不滿之意；試之既效，然後聖主有必信之心。”《賀陳丞相拜左相啓》曰：“親其恢張萬化之意，固非鹵莽一切之圖。民亦有言，得無委付之未盡；上既歷試，是用尊信而愈隆。”又曰：“置乾坤一擲之中，世豈不爲之快？然帝王萬全之舉，公必有處於斯。”《賀虞樞密還朝啓》曰：“當旌旆欲東之初，國威已壯；舉關河以北之外，敵氛自銷。如何四海之輕重，止在一賢之出處。恭惟某官所學自得於聖，非天不知其忠。三顧隆中，此豈有求於斯世；一匡天下，其來蓋爲於生民。”又曰：“見則盡歡，去乃太息。退而矜國士之遇，聞者猶疑；雖未拜知己之恩，此已不淺。”《賀虞右相啓》曰：“祇召自西，爰立在右。何國人喜極而繼以恨，不曰大用之遲？當天下將合而未有形，庸非今日之俟。”又曰：“足居首上，病惟賈生之能醫；兵在胸中，賊見范老而破胆。疇昔之役，殄殲彼渠；於是時而相之，則中興之久矣。小人何怨而願其去，君子欲留而莫之能。上非不知，天則未定。”又曰：“今孰非相國之人，惟我所用；而況於門下之士，當憂其遺。”《代何運使賀史參政啓》曰：“光堯之託以子，不待致商山之老人；嗣皇之選於朝，無以易甘盤之舊學。望重，故人不以爲驟；功高，故位必極其酬。凜然風生，聞者心服。”又曰：“天之欲平治也，時則可爲；學焉而後臣之，政將焉往？”《賀周子充察院》曰：“士之未用，志亦甚高。環而顧天下之無人，爲之太息；及乎受主知於當世，竟以無聞。衆皆豔於公榮，愚獨知其任重。責備者四面而畢至，過時則多悔而弗追。他人處之，輒以作仕途之嵩少；賢者得此，定知爲羣枉之鷹鸇。"《賀周子充參政啓》曰："當衆正綴旒之日，倚一賢砥柱之功。欲今延登，或謂臯緩。抑嘗歷選於賢聖，未始輕試於進爲。顧其道顯晦之如何，豈其身淹速之是計？故莘渭布衣而涉三事，莫之或非；若夷夔終身而效一官，則又誰懟？季世寖薄，古風不歸。至於一游説之間，便萌取卿相之意。豈有平日不爲當世之所許，乃欲任人之事權；彼其初心惟以無位而爲憂，不思既得之愧作。今執事致身於台斗，而曠懷寄夢於江湖。半生兩禁之徘徊，五載六官之濡滯。逮其望磅礴鬱積而極其盛，維岳峻天；舉斯民咨嗟歎息而屈其淹，如防止水。上心雪釋，涣號雷行，酌彼公言，置諸近弼。然後談者，罔不翕如。"《賀王宣子舍人知吉州啓》曰："又屈雲霄之步，何足爲君子而喜之；獨念父母之邦，今乃得大夫之賢者。"又曰："人謂非久而大用，歎其不可及之年；公乃特立而徑行，恥爲無甚高之論。"又曰："知鯫生舊出於門闌，皆寄聲問訊於治狀。雖愧周昌之吃，口不能言；爲賦少陵之時，眼未見有。"又曰："然無疾其驅，士方惜陸君之去；而最宜爲誥，帝且思王某之文。正恐未開府之間，既有不俟駕之召。"《賀黄侍御啓》曰："士有攸挾，恨無所施。靖而觀流涕太息之書，孰不以古人而自詭；起而當君子小人之會，其無負所學者幾希。"《與洪帥吴明可啓》曰："提孤身而進門下，將何從而信之；恃我公之如古人，蓋有望而來者。不然以縣令之賤，而仰望大帥之光；以言自鳴，於分則僭。非曠度脱拘攣之表，敢盡情寫歸依之誠。"《代李省幹直卿通長沙帥劉舍人恭父啓》曰："掌制西垣，寓直内閣；人皆以爲公喜，公豈以爲己榮。蓋其所期，有不在是。以中興未成爲大戚，以生民尚困爲深辜。今非無人，誰有此意？置之於湖山之遠，了不聞知；倚之以邊疆之寧，是則談笑。"《與鄭惠叔簽判啓》曰："舉首子大夫之中，蓋今日之董相；誦言諸宦寺之輩，乃登第之劉蕡。奏篇一傳，紙價十倍。何上意驟用而不可，猶舊章相襲之或拘。翩然斜飛，來此外補。民豈無瘼，正恐非在位之敢陳；公於是時，力行其所言而孰禦。"又曰："六月之息鵬背，未必云然；十年而到鳳池；故應無晚。"《通問廣西漕梁次張寺丞啓》曰："少而怪怪，老矣休休。誦北山之移文，長慚夜鶴之見怨；登東臯而舒嘯，自憐倦鳥而猶飛。"《與吉州守王弱翁啓》曰："就荒三徑，喜淵明松菊之猶存；願受一廛，效許子衣冠之自織。"《謝張丞相薦舉啓》曰："上既起公，將屬之大事；公初薦士，宜簡於異能。何誤及於羈單，雅不緣於造請。

衆皆歆豔，已則懼思。竊以士有常言，每病於時之無遇；古之炯戒，又歎知人之甚難。且如門下之旁招，前此人材之豈少？不負所舉，於今幾何？或賣知己以進身，居之罔怍；或自毀節以求合，穢不忍聞。謂懲羹而吹虀，聽懸榻之挂壁。而大丞相好賢之誠意，終不少衰；視小丈夫敗類之深情，付諸一莞。惟忠義專圖於報國，凡薦延本務於滅私。覬得其真，以裨於治。”又曰：“爲老聃之役，亦既數年；於相國之恩，了無半語。此其所嚮，夫豈自他。蓋身在於鴻鈞，何憂不達；恐名浮於實行，以累所知。”《除國子博士謝虞丞相啓》曰：“士自有吾相以爲之師，如周公者；愚當與諸生而激於義，獨何蕃歟。”《謝胡侍郎作先人墓銘啓》曰：“昔昌黎獨擅碑版之任，未免劉叉之譏；至東坡不作銘誌之辭，乃爲陳慥之傳。豈要人有賣文之瓜李？而匹士無點人之埃塵。並韓之文而去其貧，踐蘇之戒而兼其妙。是惟具美，不在我公；豈翳寒門，獨彰潛德。茲蓋伏遇某公古遺愛直，志在《春秋》。觀其請劍以斷佞臣，夫誰或恕；今也納石而銘處士，獨得曰私。”《代羅武岡得祠禄謝蔣右相啓》曰：“作吏而信所學，衆方尊城旦之書；干時而售以文，彼焉用毛錐之子。晚得小壘，邈在三湘。方漢宣帝循名責實之秋，此其時矣；誦孟浩然多病不才之句，其如命何。退無族親朋友之依，進無蚍蜉蟻子之援；方將四顧，聊復一鳴。人皆謂愚，公獨憐我。”又曰：“頌聖主賢臣之盛，雖曰未能；當門人小子之勤，則從此始。”《代李直卿謝漕司發解啓》曰：“扁舟徑下，頗欲快秋水落霞之觀；破硯久荒，豈復作春草生池之夢。”又曰：“題於淡墨，豈以爲士君子之榮；造在彤庭，庶少吐子大夫之對。”《謝曾主簿啓》曰：“恭承車轍，肯顧田廬。識異人於山林幽獨之中，偶然不後於衆；稱弟子於科第光華之始，意者其近於欺。禮有逾於其情，世久無於此事。”《入城回周丞相遠迎》曰：“市有虎以殺人，久不夢碧瓦朱甍之城郭；門登龍而爲御，願再瞻青天白日之清明。”又曰：“頭白眼暗，安得拜北平王於馬前；意豁神傾，即當候龐德公之林下。”《答周監丞餽賀冬啓時周益公冬啓同至》曰：“方與南北院之族，小語竹林；忽報東西周之師，并攻楊邑。雲合霧集，車馳卒奔，焉敢仰關而攻，分甘曳兵而走。尚蒙榼酒，以飲子反；先以乘韋，而犒孟明。既郊郤至之趨風，即出檀公之上策。左支伯兮，偉節之怒；右梧仲氏，丞相之嗔。紛紜之間，應接不暇。”《答本路陳漕寶謨大卿啓》曰：“譚子賀齊，已幸逃不至之伐；李白道甫，乃首寄何如之聲。”《回譚提舉啓》曰：“載惟南溟搏扶之地，未遠中州清淑之氣。山有龍眼離支之實，水有夜光明月之珍。蓋地產不足以當其奇，故人物間出而蔚其傑。曲江振開元天寶之烈，余襄起嘉祐慶曆之名，今兹復見於一賢，吾亦何畏於二老。"《回二廣譚提舉賀新除祕書少監啓》曰："伏以作掾西曹，安得將無同之對，校文東觀，俾讀所未見之書。可能下筆之有神，自笑上車而不落。"又曰："遠所不如，故應舉韓泰而自代；佩之無斁，應勿忘王粲之好音。"《回郴州丁端叔直閣謝到任啓》曰："御板輿，升輕軒，不妨將母而行樂；凌太虚，横碧落，即看奮翼而怒飛。"《答吉州余倅啓》曰："有若歐陽詹之文行，再秀全閩；豈使余襄公之功名，獨高吾宋。"《回施少才謝漕司發解第一名啓》曰："文之劮者，不應無以異於人；舉以哀然，抑或足以當其價。翳外臺之論秀，任一路之拔尤。私憂無瓌奇傑出之英，以塞屬望；竟得此簡古天成之作，更益光華。"又曰："方當新天子太息願治之初，敷求剴切；行上子大夫悉意正議之對，願畢忠精。"《回黄監庫謝解》曰："説經之宏以肆，得臣與寓目焉；論秀之抑以揚，士燮有何力也。"觀其議論瀾翻，辭筆山卓，成語融鑄而臻老横，長句生拗而能盤屈，倚天拔地，疊浪層波，硬語盤空，强對峙峽；固不欲以隸事精切，製語宏潤，與汪藻、綦崇禮、洪邁抗手；而特以風格遒上，思力沉鷙，自闢蹊徑。汪藻、綦崇禮之倫，開閤動宕，而未破四六之體；至萬里則力破餘地，謂"四六有作華潤語，而重大者最不可多得"，所以辭筆務爲重大，妥帖而出排奡，古事古語，剪裁鎔鑄，如詩家之有西江，詞宗之有蘇辛乎？固天下之健也。

楊萬里之經義。經義始於王安石，清空辨折，惟蘇轍與抗手，而陸九淵頗衍其體。獨楊萬里則以藻耀高翔，自樹一格，而合秦漢雄峭、齊梁縟麗而效之風簷寸晷，而爲一手。如《至於治國家則曰姑舍汝所欲而從我》曰：

> 時君爲國家圖治，不爲國家惜才。國家需才甚急，擯賢能而不用，曰欲治，得乎？孟子借玉論治，謂齊王曰："至於治國家，則曰姑舍汝所學而從我！"謂國家與璞孰重？愛國與愛玉孰急？王知用玉人以治玉。至賢人也者，金玉其相，追琢其章，是誠治國大匠良工也。擢之鸞坡鳳閣，必能騁調燮之才；置之蓬山德海，必能展判花之手；置之郡邑，必能坐嘯黄堂而鳴琴花縣；任之按察，必能氣摇山岳而威聳鷹鸇。吾意王且大其所用，盡究其施矣；奈何不曰

棄吾所知，用彼所長，乃曰舍汝所學，從吾所好。德足以肩袂伊呂，名期於奴婢管晏，英詞可以潤金石，高義可以薄雲天；王皆不顧，惟欲其家修庭壞，而棄之如敝屣也。勇足以逆龍鱗，辨足以劘虎牙，直氣吐而星斗寒，忠言進而天顔動；王皆不恤，惟欲其窮養達達，而付之若罔聞也。

王治國家，必賴此種學績文之士，坐致太平；然後日轉棠陰，風清榆塞耳。今已有懷莫吐，足將進而咨趄。王治國家，必賴此龍奮鷺集之朋，立登三五；然後邊亭不鼓，烽燧不烟耳；今已有才莫用，技雖工而莫好。豪傑林立，英俊紛至，不可謂齊無人，而目爲平平，不使其枉道徇己不已也。貂璫滿座，朱紫盈朝，不可謂齊乏士；而視爲卑卑，不使其貶道徇人不已也。治璞玉，玉人得顯削劇之餘能；治國家，賢才不倒胸中之圭璧；何尊玉人而輕幼學壯行者哉？夫梁惠、齊宣，固皆棄士之君；而時髦名彦，又皆自棄之士。上不以所學求下，下不以所學事上；君曰姑舍汝所學從我，士曰吾舍吾所學從君；固非有君無臣，亦非有臣無君；君臣上下，相率爲亂如此。此仁義道德之士，堯舜湯武之佐，最得所學之正者，略無一人艱餌經綱以立其朝也。夫小人進，君子退，天下紛紛，何時定乎？可慨也，噫！

愷切而足才藻，如范曄《後漢書》諸傳論。其他如《國家將興必有禎祥》一義，則又揄揚而爲雍容，如王褒《聖主得賢臣頌》也。惜所傳不多。然王安石、蘇轍筆皆單馳，而萬里則成排比之體；王安石、蘇轍語必己出，而萬里則開代言之風。明代制義文破承起講股對大結之具體而微，當以萬里爲大輅椎輪也。顧特以弘潤發藻，與詩之以生拗立格者不同。

范成大，字致能，吴郡人。紹興擢進士第，歷仕孝宗，累拜參知政事。以詩人薦陸游。所居石湖，在太湖之濱，孝宗宸翰扁之，因以題集；傳有《石湖詩集》三十四卷。其詩與陸游、尤袤及萬里，號南宋四大家。異陸游之圓潤，同萬里之清迥，以故萬里極推重之，而序其集，以謂："大篇決流，短章斂芒，縟而不釀，縮而不窘，清新嫵麗，掩有鮑謝；奔逸雋偉，窮追太白。予之於詩，豈以千里畏人者？而於范公獨斂衽焉。"然"清新嫵麗"，似欲追參鮑謝，而未"掩有"，"奔逸雋偉"，如曰"窮追太白"，夫豈其然？“縟而不醲”，“短章斂芒”，則誠有之；“縮而不窘”，“大篇決流”，非曰能焉。今誦其句：五言如“澗聲穿竹去，雲影過山來”，“天高月徘徊，野曠山突兀。暗蛩泣草露，怨亂語還咽。涼螢不復舉，點綴稻花末。惟餘絡緯豪，悲壯殷林樾。小蟲亦何情，孤客心斷絶”，“稻穗黄欲卧，槿花紅未落。秋鶯尚嬌姹，晚蝶成飄泊。犬駭逐車馬，雞驚撲籬落”，“宿雲拂樹過，飛泉劈山響”，“人稀山木壽，土瘦水泉香”，“未熟燈前夢，閒尋道上詩”，“盡日風長籟，無時地不梅”，“山外江水黄，江外滿城緑。城外杳無際，天低到平陸”，“曉夢孤燈見，春陰病骨知”，“東江崖欲合，漱石水多漩”，“雲頭隤鐵山，日脚迸金瀑”，“泥乾馬蹄鬆，路坦亭堠速”，“雲薄竟慳雪，酒潑先受春”，“雁聲凌急雨，燈影戰斜風”，“瘦比中年甚，寒惟病骨知。羨渠兒女健，繞屋探南枝”，“退閒驚客至，衰懶怕書來”。七言如“百尺西樓十二闌，日遲花影對人閒。春風已入片時夢，寒食從今數日間”，“事如夢斷尋無處，人似春歸挽不留”，“無風楊柳漫天絮，不雨棠梨滿地花”，“飛絮著人春共老，片雲將夢晚俱還”，“葉底青梅無數子，梢頭紅杏不多花”，“隨風片葉鄉心動，過雨千峯病眼明”，“草色有無春最好，客心去住水長東”，“雨脚遠連山脚暗，杏梢斜倚竹梢紅”，“幽禽不見但聞語，野草無名都著花”，“江頭一尺稻花雨，窗外三更蕉葉風”，“殘更未盡鴉先起，虛幌無聲鼠自驚”，“節物何曾欺老病，書生自慣説悲辛”，“偶問客年驚我老，忽聞鶯語歎春深”，“身閒一日似兩日，春淺南枝如北枝”，“牡丹破萼櫻桃熟，未許飛花減卻春”，“雲堆不動山深碧，星出無多月淡黄”，亦皆風趣幽雋，音節清脆。大抵得筆之峭秀於西江，得味之幽雋於晚唐，味幽而格瘦，與楊萬里略似。惟萬里以西江入，而以晚唐化；成大則以晚唐始，而以西江終。《四庫提要》著録稱：“初年吟詠，實沿溯中唐以下。觀第三卷《夜宴曲》下注‘以下二首效李賀’，《樂神曲》下注‘以下四首效王建’，已明明言之。其他如西江有《單鵠行》、《河豚歎》，則雜長慶之體；《嘲里人新婚詩》、《春晚》三首、《隆師四圖》諸作，則全爲晚唐五代之音；其門徑皆可覆按。自官新安掾以後，骨力乃以漸而遒；蓋追溯蘇黄遺法，而約以婉峭，自爲一家。”似矣而未盡。其實得山谷之遒鍊，而不爲捃摭；遜東坡之豪放，而約以婉峭；異陸游之熟易，而同其清新；有萬里之幽瘦，而避其俗俚。萬里善用其長，肆意有作；成大則避所短，斂手勿犯。陸游語多樂易；萬里、成大意含悵惘。皆出入江西，而欲有所變以自名家者也。

永嘉四靈爲徐璣號靈淵，徐照字靈暉，翁卷字靈舒，趙師秀號靈秀。自江西詩興而唐詩廢，永嘉徐璣與同郡徐照、翁卷、趙師秀議曰："昔人以浮聲切響，單字雙句計巧拙；蓋風騷之至精也。近世乃連篇累牘。汗漫而無禁，豈能名家哉?"四人者，皆遊葉適之門。而適欲振唐詩以挽江西；四人受其學，而詩功所至，刻意瘦鍊，不爲硬語之盤空，而爲秀語之出幽，璣有《二薇亭詩》，照有《芳蘭軒集》，卷有《西巖集》，師秀有《清苑齋集》，各一卷，傳於世。其原出於賈島姚合。惟賈島姚合之爲瘦鍊者，不能爲韓愈之妥帖力排奡，避所短而不犯；四人之爲瘦鍊者，則有見西江之恣睢流猖狂，矯其枉而相救，一爲元和之餘波，一則西江之轉手，瘦鍊同，而所以爲瘦鍊者不同；不同其指而同其格，尤尚五言律體，師秀曰："一篇幸止有四十字，更增一字，吾末如之何矣。"其精苦如此。然有幽韻而無深致，語儘秀而筆或率，取徑太狹，可惋在碎；但當其得機得神，融情入景，清便宛轉，自然韻流；而七言不如五言；七言以絶爲勝，五言之律尤秀。五言律如趙師秀《雁蕩寶冠寺》曰：

行向石欄立，清寒不可云。流來橋下水，半是洞中雲。欲住逢年盡，因吟過夜分。蕩陰當絶頂，一雁未曾聞。

又《劉隱君山居》曰：

嫌在城中住，全家入翠微。開松通月過，接竹引泉歸。慮淡頭無白，詩清貌不肥。必無車馬至，猶掩向巖扉。

翁卷《處州蒼嶺》曰：

步步躡飛雲，初疑夢裏身。村雞數聲遠，山舍幾家鄰。不雨溪長急，非春樹亦新。自從開此嶺，便有客行人。

徐照《石門庵》曰：

庵是何年作?其中住一僧。蒼崖從古險，白日少人登。衆物清相映，吾生隱未能。夜來新過虎，抓折樹根藤。

徐璣《山居》曰：

柳竹藏花塢，茅茨接草池。開門驚燕子，汲水得魚兒。地僻春猶静，人閒日更遲。山禽啼忽住，飛起又相隨。

七言絶如趙師秀《數日》曰：

數日秋風欺病夫，盡吹黄葉下庭蕪。林疏放得遥山出，又被雲遮一半無。

又《玉清夜歸》曰：

巖前未有桂花開，觀裏閒尋道士來。微雨過時松路黑，野螢飛出照青苔。

徐照《舟上》曰：

小船停槳逐潮還，四五人家住一灣。貪看曉光侵月色，不知雲氣失前山。

徐璣《建劍道中》曰：

雲麓烟巒知幾層，一灣溪轉一灣清。行人只在清灣裏，盡日松聲雜水聲。

又《新秋》曰：

新秋一雨洗林關，晚色清澄滿望間。風静白雲横不斷，山前又疊一重山。

幽秀窈折。其他摘句：五言如趙師秀"瀑近春風濕，松多曉日青"，"詩好逢人誦，琴清只自彈"，"一片葉初落，數聯詩已清"，"水禽多雪色，野笛忽秋聲，必有新詩句，溪流合讓清"，"雁落遥渺小，人登廢壘閒，因憐一州景，皆在夕陽間"，"地静微泉響，天寒落日紅"，"鶯啼聲出樹，花落片隨波"，"野水多於地，春山半是雲"，"忙是僧相過，閒惟雨可聽"，翁卷"果落羣猿拾，林昏獨虎行"，"幽鷺窺泉立，閒童跨犢眠"，"一階春草碧，幾片落花輕"，"亂山秋雨後，一路野蟬鳴"，"一片太湖色，遠涵秋氣空"，"石老苔爲貌，松寒薜作衣"，"巷濕人行少，空寒雁叫多"，徐照"千岑經雨後，一雁帶秋來"，"水邊山出月，松上雨沾衣"，"殿高燈焰短，山合磬聲圓"，徐璣"江迴風來急，山低月落遲"。

七言如趙師秀"有約不來過夜半，閒敲棋子落燈花"，"巖竹倒添秋水碧，渚蓮平接夕陽紅"，"筍從壞砌磚中出，山在鄰家樹上青"，徐照"掃地就涼松日少，煮茶消困石泉新"，"葉著地飛隨步履，鶴於人熟聽吟哦"，徐璣"眼看别峯雲霧起，不知身也在雲間"，"溪流偶到門前合，山色偏來竹裏青"，如曉鐘疏響，塵襟自清。葉適爲照誌墓，稱："其詩數百，琢思尤奇；横絶歘起，冰懸雪跨，使讀者變掉慘慄，肯首吟歎，不能自已。然無異語，皆人所知也，人不能道耳。”所以獎許之者甚至。然《跋劉潛夫詩卷》，則又曰：“謝顯道稱不如流連光景之詩，此論既行，而詩因以廢矣。潛夫能以謝公所薄者自鑒，而進於古人不已，參雅頌，軼風騷，而及乎開元元和之盛，可也；何必四靈哉。”蓋四靈之詩，止於“流連光景”而已；無胸襟，故無抱負；無寄託，故無比興；斯所以不能“參雅頌，軼風騷，而及乎開元元和之盛”也。要其清雋者在此，而其卑薄者亦在此。於是進而益上，嚴羽出，而標舉盛唐以爲説焉。

嚴羽，字儀卿，福建邵武人。見南渡以來，江西詩派盛行，始而捃摭飽飣以矜出處，繼則膚粗淺俚以爲雄肆；而矯之者如永嘉四靈，又落晚唐江湖破碎尖巧之習。因標舉盛唐之興象，補偏救弊，而著《滄浪詩話》一卷；欲以運實於虛，藥西江之捃摭粗俚；化零爲整，救四靈之破碎尖巧。首《詩辨》，次《詩體》，次《詩法》，次《詩評》，次《考證》。括囊古今，而主於妙悟，以禪爲喻。

其《詩辨》曰：“禪家者流，乘有小大，宗有南北，道有邪正。學者須從最上乘，具正法眼，悟第一義。若小乘禪，聲聞、辟支果，皆非正也。論詩如論禪。漢、魏、晉與盛唐之詩，則第一義也。大曆以還之詩，則小乘禪也；已落第二義矣。晚唐之詩，則聲聞、辟支果也。大抵禪道惟在妙悟，詩道亦在妙悟。且孟襄陽學力，下韓退之遠甚；而其詩獨出退之之上者，一味妙悟而已；惟悟乃爲當行，乃爲本色。然悟有淺深，有分限，有透徹之悟，有但得一知半解之悟。漢魏尚矣，不假悟也。謝靈運至盛唐諸公，透徹之悟也。他雖有悟，皆非第一義也。夫學詩者以識爲主，入門須正，立志須高。以漢、魏、晉、盛唐爲師，不作開元天寶以下人物；若自退屈，即有下劣詩魔，入其肺腑之間，由立志之不高也。行有未至，可加工力；路頭一差，愈騖愈遠，由入門之不正也。工夫須從上做下，不可從下做上。先須熟讀《楚詞》，朝夕諷詠以爲之本；及讀《古詩十九首》，樂府四篇，李陵、蘇武，漢魏五言，皆須熟讀；即以李杜二集枕藉觀之，如今人之治經；然後博取盛唐名家，醞釀胸中，久之，自然悟入。雖學之不至，亦不失正路，此乃從頂門上做來，謂之向上一路，謂之直截根源，謂之頓門，謂之單刀直入也。夫詩有別材，非關書也；詩有別趣，非關理也；然非多讀書，多窮理，則不能極其至。所謂不涉理路，不落言詮者上也。

詩者，吟詠情性也。盛唐諸人，惟在興趣，羚羊掛角，無跡可求，故其妙處，透徹玲瓏，不可湊泊，如空中之音，相中之色，水中之月，鏡中之象，言有盡而意無窮。近代諸公，乃作奇特解會，遂以文字爲詩，以才學爲詩，以議論爲詩，夫豈不工？終非古人之詩也，蓋於一唱三歎之音有所歉焉。且其作多務使事，不問興致。用字必有來歷，押韻必有出處，讀之反覆終篇，不知著到何在。其末流甚者，叫噪怒張，殊乖忠厚之風，殆以罵詈爲詩。詩而至此，可謂一厄也。國初之詩，尚沿襲唐人。王黄州學白樂天，楊文公、劉中山學李商隱，盛文肅學韋蘇州，歐陽公學韓退之古詩，梅聖俞學唐人平淡處。至東坡、山谷，始自出己意以爲詩，唐人之風變矣。山谷用功，尤爲深刻，其後法席盛行，海内稱爲江西宗派。近世趙紫芝、翁靈舒輩，獨喜賈島、姚合之詩，稍稍復就清苦之風。江湖詩人，多效其體，一時自謂之唐宗，不知止入聲聞、辟支之果，豈盛唐諸公大乘正法眼哉？嗟乎，正法眼之無傳久矣！唐詩之説未唱，唐詩之道，或有時而明也。今既唱其體曰唐詩矣，則學者謂唐詩誠止於是耳，得非詩道之重不幸耶？故予不自量度，輒定詩之宗旨，且借禪以爲喻，推原漢魏以來，而截然謂當以盛唐爲法。”

論《詩評》曰：“看詩須著金剛眼睛，庶不眩於旁門小法。辨家數，如辨蒼白，方可言詩。詩有詞理意興。南朝人尚詞而病於理，本朝人尚理而病於意，唐人尚意興而理在其中。漢魏之詩，詞理意興，無迹可求。漢魏古詩，氣象混沌，難以句摘。晉以還，方有佳句，如淵明‘採菊東籬下，悠然見南山’，謝靈運‘池塘生春草’之類。謝所以不及陶者，康樂之詩精工，淵明之詩質而自然耳。建安之作，全在氣象，不可尋枝摘葉。靈運之詩，已是徹首尾成對句矣，是以不及建安也。黄初之後，惟阮籍《詠懷》之作，極爲高古，有建安風骨。晉人舍陶淵明、阮嗣宗外，惟左太沖高出一時。陸士衡獨在諸公之下。颜不如鮑，鮑不如謝。謝靈運之詩，無一篇不佳。謝朓之詩，已有全篇似唐人者。《擬古》惟江文通最長；擬淵明似淵明，擬康樂似康樂，擬左思似左思，擬郭璞似郭璞，獨擬李都尉一首，不似西漢耳。雖謝康樂擬鄴中諸子之詩，亦氣象不類。至於劉玄休《擬行行重行行》等篇，鮑明遠《代君子有所思》之作，仍是其自體耳。盛唐人有似粗而非粗處，有似拙而非拙處。李杜二公，正不當優劣。子美不能爲太白之飄逸，太白不能爲子美之沉鬱。太白《夢遊天姥吟》、《遠離別》等，子美不能道；子美《北征》、《兵車行》、《垂老别》等，太白不能作。論詩以李杜爲準。少陵詩法如孫吴，太白詩法如李廣。少陵如節制之師。少陵詩，憲章漢魏，而取材於六朝；至其自得之妙，則所謂集大成者也。觀太白詩者，要識真太白處。太白天材豪逸，語多卒然而成者；學者於每篇中，要識其安身立命處可也。太白發句，謂之開門見山。李杜數公，如金鳷擘海，香象渡河；下視郊島輩，直蟲吟草間耳。人言太白仙才，長吉鬼才，不然。太白，天仙之詞；長吉，鬼仙之詞耳。玉川之怪，長吉之瑰詭，天地間自欠此體不得。孟浩然之詩，諷詠之久，有金石宫商之聲。高岑之詩悲壯，讀之使人感慨。孟郊之詩刻苦，讀之使人不歡。孟郊之詩，憔悴枯槁，其氣局促不伸，退之許之，何耶？盛唐人詩，亦有一二濫觴晚唐者；晚唐人詩，亦有可入盛唐者；要當論其大概耳。戎昱在盛唐爲最下，已濫觴晚唐矣。戎昱之詩，有絶似晚唐者；權德輿之詩，卻有絶似盛唐者。權德輿，或有似韋蘇州、劉長卿處。冷朝陽在大曆才子中爲最下。馬戴在晚唐諸人之上。劉滄、吕温，亦勝諸人。李瀕不全是晚唐，間有似劉隨州處。大曆之詩，高者尚未識盛唐，下者漸入晚唐矣。大曆以後，吾所深取，李長吉、柳子厚、劉言史、權德輿、李涉、李益耳。大曆後，劉夢得之絶句，張籍王建之樂府，吾所深取耳。柳子厚五言古詩，尚在韋蘇州之上；豈元白同時諸公所可望耶？唐人惟柳子厚深得騷學，退之、李觀皆所不及。退之《琴操》極高古，正是本色，非唐賢所及。唐人七言律詩，以崔灝《黄鶴樓》爲第一。和韻最害人詩，古人酬唱不次韻，此風始盛於元白皮陸；本朝諸賢，乃以此而鬭工，遂至往復有八九和者。唐人好詩，多是征戍、遷謫、行旅、離别之作，往往能感動激發人意。唐人與本朝人詩，未論工拙，直是氣象不同。雄深雅健四字，但可評文，於詩用健字不得。坡谷諸公之詩，如米元章之字，雖筆力勁健，終有子路事夫子時氣象。盛唐諸公之詩，如颜魯公之書，既筆力雄壯，又氣象渾厚，不同如此。唐人命題言語，亦是不同。雜古人之集而觀之，不必見詩，望其題引，而知爲唐人今人矣。”

論《詩法》曰：“詩之品有九：曰高，曰古，曰深，曰遠，曰長，曰雄渾，曰飄逸，曰悲壯，曰凄婉。詩之法有五：曰體制，曰格力，曰氣象，曰興趣，曰音節。其用功有三：曰起结，曰句法，曰字眼。其大概有二：曰優游不迫，曰沉著痛快。詩之極致有一，曰入神，至矣盡矣，蔑以加矣；惟李杜得之，他人得之蓋寡也。學詩先除五俗：一曰俗體，二曰俗意，三曰俗句，四曰俗字，五曰俗韻。須是本色，須是當行。對句好可得，結句好難得，發句好尤難得。發端忌作舉止，收拾貴在出場。不必太著題，不必多使事。押韻不必有出處，用字不必拘來歷。下字貴響，造語貴圓。意貴透徹，不可隔靴搔癢；語貴脱洒，不可拖泥帶水。最忌骨董，最忌趁貼。語忌直，意忌淺，脈忌露，味忌短。音韻忌緩散，亦忌迫促。詩難處在結裹；譬如番刀須用北人結裹，若南人便非本色。須參活句，勿參死句。詞氣可頡頏，不可乖戾。試以己詩置之古人詩中，與識者觀之而不能辨，則真古人矣。律詩難於古詩，絶句難於八句。七言律詩難於五言律詩，五言絶句難於七言絶句。學詩有三節：其初不識好惡，連篇累牘，肆筆而成。既識羞愧，始生畏縮，成之極難。及其透徹，則七縱八横，信手拈來，頭頭是道矣。”自謂：“斷千百年公案，至當歸一之論。其間説江西詩病，真取心肝劊子手。”又曰：“僕於作詩不敢自負；至識則自謂有一日之長，於古今體制，若辨蒼素。”及自爲詩，純任性靈，清音獨裊，切響遂稀，傳有《滄浪集》二卷。然承西江叫囂之餘，變以興象，如詞家蘇辛之後有姜夔；要其選言新秀，吐屬天然，蓋清初王士禎詩派之所自出云。

第四節　張孝祥　辛棄疾附劉過　劉克莊　蔣捷　姜夔　吴文英　周密　史達祖　高觀國　王沂孫　張炎

張孝祥，字安國，號于湖，蜀之簡州人也，徙居歷陽。紹興二十四年廷對第一，出高宗親擢。秦檜孫塤居其下，爲檜所忌，以事傅致於獄。檜死，益以是得高宗知，擢中書舍人，直學士院，知潭州。因宴客，妓歌陳濟翁《驀山溪》詞，至“金杯酒，君王勸，頭上宫花顫”，首爲揺動者數四。坐客忍笑指目，而孝祥不覺也。其詩文皆追摹蘇軾；而平昔爲詞，未嘗著稿，筆酣興健，得蘇軾之浩懷逸氣，襟抱開朗，仍是含蓄不盡。如《念奴嬌·過洞庭》曰：

洞庭青草，近中秋更無一點風色。玉界瓊田三萬頃，著我扁舟一葉。素月分輝，明河共影，表裏俱澄澈。怡然心會，妙處難與君説。　應念嶺海經年，孤光自照，肝肺皆冰雪。短髮蕭騷襟袖冷，穩泛滄浪空闊。盡吸西江，細斟北斗，萬象爲賓客。扣舷一笑，不知今夕何夕。

又《六州歌頭》曰：

長淮望斷，關塞莽然平。征塵暗，霜風勁，悄邊聲，黯銷凝。追想當年事，殆天數，非人力。洙泗上，絃歌地，亦羶腥。隔水氈鄉，落日牛羊下，區脱縱橫。看名王宵獵，騎火一川明。笳鼓悲鳴，遣人驚。　念腰間箭，匣中劍，空埃蠹，竟何成！時易失，心徒壯，歲將零，渺神京。干羽方懷遠，静烽燧，且休兵。冠蓋使，紛馳鶩，若爲情。聞道中原遺老，常南望翠葆霓旌。使行人到此，憤氣填膺，有淚如傾。

在建康留守席，賦此闋，感慨淋漓，主人爲之罷席。傳有《于湖詞》一卷。其詞與辛棄疾同出蘇軾。然棄疾恣意橫溢，簡直文勢；孝祥則抗首高歌，猶有詩情；所以發揚蹈厲之中，猶有宛轉悠揚之致也。至棄疾則張脈僨興，而粗厲猛起奮末廣賁之音作矣。

辛棄疾，字幼安，歷城人。耿京聚兵山東以抗金，留掌書記。紹興中，令奉表南歸。高宗大喜，授承務郎，累官浙東安撫使，進樞密都承旨。先是蔡元工於詞，靖康中，陷金。棄疾以詩詞謁。元曰："子之詩則未也；當以詞名家。"傳有《稼軒詞》四卷。撫時感事，慨當以慷，其源出於蘇軾，而異軍突起。蘇軾抗首高歌，以詩之歌行爲詞；棄疾則横放傑出，直以文之議論爲詞。蘇軾之詞，雄矯而臻渾成，其筆圓；棄疾之詞，恣肆而爲槎枒，其勢横。詞之棄疾學蘇，猶詩之昌黎學杜也。周邦彦隱栝唐詩入詞，棄疾則隱栝經子語、史語、文語入詞，縱横跳盪，如勒新駒，如捕長蛇，不可捉摸。如《霜天曉角·旅興》曰：

吴頭楚尾，一棹人千里。休説舊愁新恨，長亭①今如此。宦游吾倦矣，玉人留我醉。明日落花寒食，得且住爲佳耳。

又《品令·慶族姑八十》曰：

更休説便是箇住世觀音菩薩。甚今年容貌八十歲，見底道纔十八。　莫獻壽星香燭，莫祝靈椿龜鶴；只消得輕輕去"十"字上

① "亭"後脱"樹"字。

添一撇。

又《卜算子·齒落》曰：

剛者不堅牢，柔的難摧挫。不信張開口角看，舌在牙先墮。已闕兩邊廂，又豁中間箇。説與兒曹莫笑翁，狗竇從君過。

又《西江月·遣興》曰：

醉裏且貪歡笑，要愁那得工夫。近來始覺古人書，信著全無是處。　昨夜松邊醉倒，問松"我醉何如?"只疑松動要來扶，以手推松曰"去"!

又《鵲橋仙·贈鷺鷥》曰：

溪邊白鷺，來吾告汝：溪裏魚兒堪數。主憐汝，汝又憐魚，要物我欣然一處。　白沙遠浦，青泥別渚，剩有鰕跳鰍舞。聽君飛去，飽時來，看頭上風吹一縷。

又《玉樓春·戲賦雲山》曰：

何人半夜推山去？四面浮雲猜是汝。當時相對兩山峯，走遍溪頭無覓處。　西風瞥起雲橫度，忽見東南天一柱。老僧拍手笑相夸："且喜青山依舊住!"

又《南鄉子·登京口北固亭有懷》曰：

何處望神州？滿眼風光北固樓。千古興亡多少事，悠悠，不盡長江滚滚流。　年少萬兜鍪，坐斷東南戰未休。天下英雄誰敵手？曹劉。生子當如孫仲謀。

又《歸朝歡·題趙晉臣敷文積翠巖》曰：

我笑共工緣底怒，觸斷峨峨天一柱。補天又笑女媧忙，卻將此石投閒處，野烟荒草路。先生拄杖來看汝，倚蒼苔摩挲，試問千古幾風雨。　長被兒童敲火苦，時有牛羊磨角去。霍然千丈翠巖屏，鏘然一點甘泉乳。結亭三四五。會相暖熱攜歌舞。細思量，古來寒士不遇有時遇。

又《賀新郎》曰：

甚矣吾衰也！悵平生交游零落，只今餘幾？白髮空垂三千丈，一笑人間萬事，問何物能令公喜？我見青山多嫵媚，料青山見我應如是。情與貌，略相似。　一尊搔首東窗裏，想淵明《停雲》詩就，此時風味。江左沉酣求名者，豈識濁醪妙理？回首叫雲飛風起。不恨古人吾不見，恨古人不見吾狂耳！知我者，二三子。

奮筆爲之，直是以文爲詞；篇章騰躍，糅雜經語、子語、史語、俚俗語，動盪蟠屈，如黄河九曲，挾泥沙俱下，不害渾灝流轉，蘇軾之所無也。其中抗首高歌，如蘇軾之以歌行爲詞者，則《南鄉子·登京口北固亭有懷》一闋，是也。又如《摸魚兒·淳熙己亥自湖北漕移湖南同官王正之置酒小山亭賦》曰：

更能消幾番風雨，匆匆春又歸去。惜春長怕花開早，何況落紅無數！春且住，見説道天涯芳草無歸路。怨春不語。算只有殷勤畫簷蛛網，盡日惹飛絮。　長門事，準擬佳期又誤。蛾眉曾有人妒。千金縱買相如賦，脈脈此情誰訴？君莫舞！君不見玉環飛燕皆塵土，閒愁最苦。休去倚危欄，斜陽正在烟柳斷腸處。

又《賀新郎·别茂秦十二弟》曰：

綠樹聽鵜鴂，更那堪鷓鴣聲住，杜鵑聲切。啼到春歸無盡處，苦恨芳菲都歇。算未抵人間離别。馬上琵琶關塞黑，更長門翠輦辭金闕。看燕燕，送歸妾。　將軍百戰身名烈。向河梁回頭萬里，故人長絶。易水蕭蕭西風冷，滿座衣冠似雪。正壯士悲歌未徹。啼鳥還知如許恨，料不啼清淚長啼血。誰共我，醉明月。

綢繆宛轉之情，沉鬱頓挫之筆，逸懷浩氣，貫注乎綺羅香澤，慷慨悲歌，一筆駛轉，亦以歌行爲詞，而原出蘇軾者也。欲知辛之所以爲辛，當知辛之所以異蘇。時論以東坡爲詞詩，稼軒爲詞論，罕譬而喻。而觀諸家詞選之於辛，皆以其爲蘇者爲辛也。然棄疾亦有清切婉麗，兒女喁喁，衍花間之餘韻者，如《祝英臺近·晚春》曰：

寶釵分，桃葉渡，烟柳暗南浦。怕上層樓，十日九風雨。斷腸點點飛紅，都無人管，更誰勸流鶯聲住？　鬢邊覷，試把花卜歸期，才簪又重數。羅帳燈昏，哽咽夢中語："是他春帶愁來。春歸何處，卻不解帶將愁去。"

又《小重山·舟中記夢》曰：

欹枕艫聲邊，貪聽咿啞聒醉眠。夢裏笙歌花底去，依然翠袖盈盈在眼前。　别後兩眉尖，欲説還休夢已闌。只記埋冤前夜月，相看；不管人愁獨自圓。

特寓深婉於疏俊，以妍媚出沉鬱，與晏幾道、秦觀同工；而與晏殊、歐陽修異趣。蓋晏殊、歐陽修，衍南唐之綿麗；晏幾道、秦觀，出花間之疏俊；深婉同，而所以爲深婉者不同。晏殊、歐陽修，深婉而出以舒徐，晏幾道、秦觀，深婉而發以靈警；而棄疾，則承晏幾道、秦觀一脈者也。棄疾有豔歌閨情，而清空辨折，一洗綺羅香澤者，如《醜奴兒》曰：

少年不識愁滋味，愛上層樓。愛上層樓，爲賦新詞强説愁。

而今識盡愁滋味，欲説還休。欲説還休，卻道"天涼好個秋"。

又《武陵春》曰：

走來走去三百里，五日以爲期。六日歸時已是疑，應是望多時。　　鞭箇馬兒歸去也，心急馬行遲。不免相煩喜鵲兒，先報那人知。

運筆靈警，筆曲而機利，直似花間之韋莊焉。大抵棄疾之詞，得靈警鬆秀之筆於花間，得渾灝排盪之氣於東坡；而鎔經鑄史，糅雜俚俗，發以粗大，溢爲奇恣；此所以異軍突起，而名一家言也。

劉過，字改之，太和人；放浪湖海，而家於西昌，自號龍洲道人。傳有《龍洲詞》一卷；疏狂不羈，獨辛棄疾客之；故其爲詞生拗盤屈，得法棄疾，亦不以粗重爲嫌。棄疾之爲浙東安撫使也，以書招；而過不應，答以《沁園春》曰：

斗酒彘肩，風雨渡江，豈不快哉！被香山居士，約林和靖，與東坡老，駕勒吾回。坡謂："西湖正如西子，濃抹淡妝臨照臺。"二人者俱掉頭不顧，只管傳杯。　　白云："天竺去來！看金碧峥嶸圖畫開；更縱横一澗東西水，繞兩山南北，高下雲堆。"逋曰："不然！暗香疏影，何似孤山先探梅?"須晴去，訪稼軒未晚，且此徘徊。

棄疾以議論爲詞；而過此作直以傳記之筆，而爲設想之詞，與三賢游，固可睨視稼軒；然視香山和靖之清風高致，則東坡所謂"淡妝濃抹"，尚且掉頭不顧；稼軒富貴，更焉能相浼哉！磊落英多，盤空硬語，直欲推倒一時豪傑，開拓萬古心胸矣。稍後出，而宗棄疾以稱健筆者，曰劉克莊。

劉克莊，字潛夫，號後村，莆田人。以蔭仕，累官仙都令。而詠落梅，有“東君謬掌花權柄，卻忌孤高不主張”句，得罪宰相史彌遠，罷仕。及彌遠死而起廢，累官龍圖閣直學士。傳有《後村別調》一卷。其爲詞原出棄疾，如論説，如傳記。以文爲詞，才力雄放，議論瀾翻。如《沁園春・夢方孚若》曰：

何處相逢，登寶釵樓，訪銅雀臺。唤廚人斫就，東溟鯨膾；圉人呈罷，西極龍媒。天下英雄，使君與操，餘子誰堪共酒杯！車千乘，載燕南代北，劍客奇材。　　飲酣鼻息如雷。誰信被晨雞催唤回。歎年光過盡，功名未立。書生老去，機會方來。使李將軍遇高皇帝，萬户侯何足道哉！推衣起，但淒涼感舊，慷慨生哀。

又《寄九華葉賢良》曰：

一卷陰符，二石硬弓，百斤寶刀。更玉花驄噴，鳴鞭電抹；烏絲欄展，醉墨龍跳。牛角書生，虬鬚豪客，談笑皆從折簡招。依稀記曾請纓係粵，草檄征遼。　　當年目視雲霄。誰信道淒涼今折腰。悵燕然未勒，南歸草草；長安不見，北望迢迢。老去胸中有些磊塊，歌罷猶須著酒澆。休休也，但帽邊鬢減，鏡裏顔凋。

又《贈孫季蕃》曰：

歲暮天寒，一見飄然，幅巾布裘。儘俊雲鳥道，躋攀絶頂。拍天鯨浸，笑傲中流。疇昔期君紫髯鐵面，生子當如孫仲謀。誰知道、到中年，猶未建節對侯。　　南來萬里何求，因感慨喬公成遠游。悵名姬駿馬，都如昨夢；隻雞斗酒，難到新丘。天地無情，功名有數，千古英雄只麽休！平生獨羊曇一箇，淚灑西州。

筆酣墨飽、慷慨悲歌，壯語足以立懦，雄力足以排奡。但宋代詞人，柳永、周邦彦，調情賣俏，無一念關懷君國，固是浪子行徑，而見惑溺之深。劉克莊傷時憂亂，無一詞不感滄桑，亦是文士張致，而非性情之真。柳永、秦觀，穢言不忌，讀之羞口。辛棄疾、劉克莊，大言不慚，亦爲赧顔。柳永、周邦彦無胸襟，無抱負，所以不知比興，不知寄托。辛棄疾、劉克莊有胸襟，有抱負，而亦不知比興，不知寄託。事著而文不微，言外而意無内，一覽無餘，其病衹在直寫。

蔣捷，字勝欲，宜興人。德祐進士。傳有《竹山詞》一卷，亦原出辛棄疾者也。其詞橫放傑出，以生拗見筆力；如《霜天曉角・折花》曰：

人影窗紗，是誰來折花？折則從他折去，知折去，向誰家？

簷牙枝最佳，折時高折些。説與折花人，道須插向①鬢邊斜。

又《賀新郎·兵後寓吴》曰：

深閣簾垂繡。記家人軟語燈邊，笑渦紅透。萬疊城頭哀怨角，吹落霜花滿袖。影厮伴東奔西走。望斷鄉關知何處，羡寒鴉到著黄昏後。一點點，歸楊柳。　相看只有山如舊。歎浮雲本是無心，也成蒼狗。明日枯荷包冷飯，又過前頭小阜。趁未發且嘗村酒。醉探枵囊毛錐在，問鄰翁：“要寫牛經否？”翁不應，但摇手②。

以粗爲樸，以俗爲雅。涉筆成趣，别饒詼詭。而《賀新郎》一闋，沉鬱蒼涼，以辛參蘇。唐太宗云“人言魏徵舉止疏慢，我視之更覺嫵媚”，正不必綺妮風光以矜姿致也。然捷亦有風情綽約，而盡脱畦徑者。如《虞美人·梳樓》曰：

絲絲楊柳絲絲雨，春在溟濛處，樓兒忒小不藏愁，幾度和雲飛去覓歸舟。　天憐客子鄉關遠，借與花消遣。海棠紅近緑闌干，纔卷珠簾，卻又晚風寒。

辭筆生動，意境深婉，亦正不減秦觀。大抵捷之詞，其豪健者出辛棄疾，其清麗者出秦觀，然有餘於疏快，不足於沉鬱；而宛轉悠揚，詞品固當在劉過之上爾。

姜夔，字堯章，鄱陽人，寓居吴興之武康，與白石洞天爲鄰，自號白石道人。慶元中，上書乞正太常雅樂，得免解，迄不第也。傳有《白石道人歌曲》四卷，綿密而不爲濃麗，深婉而出以空靈，於南宋特爲詞宗。蘇軾、辛棄疾，逸懷浩氣，騰躍於行墨之間；夔則深情密意，宛委於篇章以外。蘇軾、辛棄疾，發之盡而肆有餘勁；夔則斂爲不盡而婉有餘味。如《點絳唇·丁未冬過吴淞》曰：

燕雁無心，太湖西畔隨雲去。數峯辛③苦，商略黄昏雨。

第四橋邊，擬共天隨住。今何許？凭闌懷古。殘柳參差舞。

① 一本“道”屬上讀，“向”下還有頓號。

② 一本爲“首”。

③ 諸本均爲“清”。

又《少年遊·戲張斗①甫》曰：

雙螺未合，雙蛾先斂，家在碧雲西。別母情懷，隨郎滋味，桃葉渡江時。　扁舟載了匆匆去，今夜泊前溪。楊柳津頭，梨花墻外，心事兩人知。

又《淡黄柳·客合肥》曰：

空城曉角，吹入垂楊陌。馬上單衣寒惻惻。看盡鵝黄嫩緑，都是江南舊相識。正岑寂。　明朝又寒食。强攜酒小橋宅。怕梨花落盡成秋色。燕燕飛②來，問春何在？惟有池塘自碧。

風流婉約，原出晏殊；清便流易，亦參秦觀；然婉而不麗，此所以異於《珠玉》也；清而不切，此所以異於《淮海》也。顧一時論者謂“其精妙不減清真，而高處有美成所不能及”。則擬之不盡於倫。不知周邦彦精而不妙，夔則妙而未精。蓋邦彦有餘於功力，夔則或傷於滑易。邦彦筆之沉著，語之華豔，遠過於夔；而辭之清，境之真，則不如夔。邦彦特工造語，而夔則能造境；夔意餘於詞，味美於回，邦彦則極意作豔詞耳。邦彦濃妝，夔則淡抹。邦彦之後有夔，猶古文韓之後有歐乎？及其蔽也，虚神摇曳，空而傷泛，清而不切；亦猶歐歸之流爲桐城末派已。獨張炎以爲：“詞要清空，不要質實；姜白石如野雲孤飛，去留無迹。”則可謂知夔之深者也。

南宋詞人，罕兼能詩。獨夔則詞宗，而詩亦别出西江以欲自名家。夔少學詩於蕭𢾾字東夫，𢾾愛而妻以兄子。楊萬里，𢾾之詩友也，困折節與夔交；而范成大更相友善。傳有《白石道人詩集》二卷。其詩力湔膚廓，格老而韻高，視萬里爲和雅；比成大尤峻潔，冥心獨往。五言古如《夏日寄朴翁朴翁時在靈隱》、《春日書懷》四首、《箜篌引》、《昔遊詩》十五首，七言古如《送王孟玉歸山陰》、《烏夜啼》、《送陳敬甫》、《生韻軒》、《契丹歌》，五言絶如《同潘德久作明妃詩》三首之一，七言絶如《滬上寓居雜詠》十四首之一至一四、《平甫見招不欲往》二首、《登烏石寺觀張魏公劉安成岳武穆留題》、《訪費山人》、《武康丞宅同朴翁詠牽牛》、《下菰城》、《蕭山》，咸爲一集之勝。大抵古勝於近，律不如絶。

姜夔嘗著《詩説》，以謂：“僻事實用，熟事虚用，學有餘而約以用之，

① “斗”係“平”之誤文。

② 一本爲“歸”。

善用事者也。意有餘而約以盡之，善措詞者也。句中無餘字，篇外無剩語，非善之善者也；句中有餘味，篇中有餘意，善之善者也。始於意格，成於句字。”蓋承西江之極盛，而欲以優游救西江之迫切，以精約救西江之濫漫，以高秀救西江之傖俗者也。《自序》稱：“三薰三沐師黄太史氏，居數年，一語不敢吐。始大悟學即病，顧不若無所學之爲得；作者求與古人合，不若求與古人異；求與古人異，不若不求與古人合而不能不合，不求與古人異而不能不異。彼其有見乎詩也，故向也求與古人合，今也求與古人異；及其無見乎詩已，故不求與古人合而不能不合，不求與古人異而不能不異。”則其自負不淺已。其實清拔之筆，不出西江，而斂之爲約，以蘊藉救其盡；幽雋之味，衹是晚唐，而發之以永，以優游博其趣。所以西江入而晚唐出，蹊徑與萬里略同。特是萬里才大而氣粗，夔則語約而趣博。《四庫提要》稱“夔拔於宋人之外，傲視諸家”，亦未深究本末而爲知言也。

吴文英，字君特，號夢窗，四明人。嘗與辛棄疾、姜夔遊，以詞唱和，爲時所宗。傳有《夢窗甲、乙、丙、丁四稿》。同時尹焕曰：“求詞於吾宋，前有清真，後有夢窗。此非焕之言，天下之公言也。”然周邦彦工於造語，而特未融於境；尚有驅邁之氣，運遣之筆，撮得事切，鍊得意警。文英麗於綴字，而并未適於語。又無驅邁之氣，運遣之筆，砌得詞多，講得意晦。沈泰稱其“深得清真之妙，但用事下語太晦處，人不易知”。而張炎比之“七寶樓臺，炫人眼目，拆碎下來，不成片段”。當日固有定論。然亦有綴得詞麗，而不害鍊得意警者，如《如夢令》曰：

> 鞦韆爭鬧粉牆。閒看燕紫鶯黄。啼到緑陰處，唤回浪子閒忙。春光春光，正是拾翠尋芳。

又《如夢令》曰：

> 春在録窗楊柳，人與流鶯俱瘦。眉底暮寒生，簾額時翻波皺。風驟風驟，花徑啼紅滿袖。

又《點絳唇·和吴見山韻》曰：

> 金井空陰，枕痕歷盡秋聲鬧。夢長難曉，月樹愁鴉悄。　　梅壓簷梢，寒蝶尋香到窗黏了。翠池春小，波冷鴛鴦覺。

又《唐多令·惜别》曰：

> 何處合成愁？離人心上秋。縱芭蕉不雨也颼颼。都道晚凉天氣

好，有明月，怕登樓。　　年事夢中休。花空烟水流。燕辭歸、客尚淹留。垂柳不縈裙帶住，謾長是，繫行舟。

又《雙雙燕》賦題曰：

小桃謝後雙雙燕，飛來幾家庭户。輕烟曉暝，湘水暮雨。遥度。簾外餘寒未捲，共斜入紅樓深處。相將占得雕梁，似約韶光留住。　　堪舉翩翩翠羽。楊柳岸，泥香半和梅雨。落花風軟，戲從亂紅飛舞。多少呢喃意緒，盡日向流鶯分訴。還過半牆，誰會萬千言語。

以沉鬱頓挫之筆，寫綺麗綿密之詞，片段亦儘渾成，樓臺何害七寶。然而世之選夢窗者，祇見其雕繢滿眼，炫於七寶，而不見樓臺；而不知樓臺乃成氣象，七寶豈漫燦璀。而七寶之所以成樓臺，可組織而不可拆碎；鎔鑄以精心，運遣以遒筆，化零爲整，以成片段；此藻采之所以組織，而七寶之所以樓臺。就詞論詞，所以見作者之技巧，而供文學之吟玩者，在樓臺彈指，而不在七寶拆碎。如云拆碎，豈惟七寶樓臺，零珠碎璣，不成片段；即非七寶樓臺，頹磚碎瓦，亦同零落。其故不在七寶而在拆碎，當爲張炎進一解也。昔鍾嶸品詩，謂："任昉博物，動輒用事，所以詩不得奇。"文英多文，亦輒用事，所以詞不得奇；而名章俊語，轉有在不用事者。如《瑞鶴仙》曰："掩庭扉蛛網黏花，細草静摇春碧。"《玉燭新》曰："嫩篁細掐相思字，墮粉輕黏練袖。"《點絳唇》曰："嫩陰緑樹，政是春留處。"又一闋曰："雁將秋去，天遠青山暮。"《訴衷情》曰："東風不管燕子初來，一夜春寒。"《醉桃源》曰："凭闌人但覺秋肥，花愁人不知。"《西江月》曰："緑陰青子老溪橋，羞見東鄰嬌小。"《朝中措》曰："木落秦山清瘦，西風幾許工夫。"《一剪梅》曰："尊緑燈前，酒帶香温。風情誰道不因春，春到一分，花瘦一分。"《探芳信》曰："爲春瘦，更瘦如梅花，花應知否。"《杏花天》曰："東風入户先情薄，吹老燈花半萼。"《菩薩蠻》曰："人瘦緑陰濃。"風流藴藉，自然清麗。而夢窗之所以爲夢窗者，固在字句之精深華豔，七寶莊嚴；然其化堆垛爲烟雲者，卻以有神來之筆，運實於虚，羌無故實，而後血脈跳盪，神情傳合也。

周密，字公謹，號草窗，濟南人，流寓吴興，與吴文英過從，以詞唱和，一時有二窗之目，傳有《蘋洲笛漁譜》二卷。獨標清麗，不爲堆垛，視夢窗鬆秀過之，比白石深婉差似。如《好事近》曰：

秋水浸芙蓉，清曉綺窗臨鏡。柳弱不勝愁重，染蘭膏微沁。下階微折紫玫瑰，蜂蝶撲雲鬢。回首見郎羞走，罥繡裙微褪。

又《明月引》曰：

雁霜苔雪冷飄蕭，斷魂潮，送輕橈。翠袖珠樓清夜夢瓊簫。江北江南雲自碧，人不見，淚花寒，隨雨飄。　愁多病多腰素銷。倚清琴，調大招。江空年晚淒涼句，遠意難描。月冷花陰，心事負春宵。幾度問春，春不語，春又到，到西湖，第幾橋。

其他摘句如《解語花》曰："睡起折花無意緒，斜倚秋千立。"《桃源憶故人》曰："相思謾寄流紅杳，人瘦花枝多少。"《唐多令》曰："門外綠陰深似海，應未比舊愁多。"《瑶花慢》曰："歎輕別，一襟幽事，砌蛩能說。"《曲游春》曰："看湖船盡入西泠，閒卻半湖春色。"又曰："良宵岑寂，正滿湖碎月摇花，怎生去得。"《憶舊游》曰："撚殘枝重嗅，似徐娘雖老，猶有風情。"《玲瓏四犯》曰："憑問柳陌舊鶯，人比似垂楊誰瘦？"《謁金門》曰："日犀簾幕静。"《齊天樂》曰："花自多情，看花人自老。"《大酺》曰："一池萍碎，半簷花落。"《浣溪紗》曰："石牀閒卧看秋雲。"《清平樂》曰："人與杏花俱醉，春風一路聞鶯。"眼前事，心頭感，自然馨逸，固不必如夢窗之敷陳華藻。然饒韻致而乏意境，頗婉秀而未沉鬱；所以味不厚，焰不長也。

史達祖，字邦卿，號梅溪，汴人。流寓於浙，以詞唱和，與姜夔相得。而韓侂胄爲平章，用爲堂吏；賦《滿江紅·書懷》曰：

好領青衫，全不向詩書中得。還也費區區造物許多心力。未暇買田清潁尾，尚須索米長安陌。有當時，黄卷滿前頭，多慚德。思往事，嗟兒劇；憐牛後，懷雞肋。奈稜稜虎豹，九重九隔。三徑就荒秋自好，一錢不直貧相逼。對黄花，常待不成詩，詩成癖。

蓋自傷也。然專權用事，奉行文字，擬帖擬旨，俱出一手。賦《滿江紅·九月二十一日出京懷古》，有云："老子豈無經世術，詩人不預平戎策；辦一襟風月看昇平，吟春色。"蓋譏士大夫風月吟弄，不如己之圖匡復，有經世術也。及侂胄用兵而敗，遂黥焉。其人品至不足道，而詞則抗手作者，傳有《梅溪詞》一卷，名章俊句，出入蘇、秦。而有筆仗，有韻致；婉秀處似淮海，俊邁處似東坡；不爲黄庭堅、辛棄疾之粗硬，亦無柳永、秦觀之褻諢。如《雙雙燕》曰：

過春社了，度簾幕中間，去年塵冷。差池欲住，試入舊巢相並。還相雕梁藻井，又軟語商量不定。飄然快拂花梢，翠尾分開紅影。　　芳徑。芹泥雨潤。愛貼地争飛，競誇輕俊。紅樓歸晚，看足柳昏花暝。應自棲香正穩。便忘了天涯芳信。愁損翠黛雙蛾，日日畫欄獨凭。

姜夔誦其詞，極賞“柳昏花暝”之句。其他摘句如《綺羅香》曰：“臨斷岸新緑生時，是落紅帶愁流處。記當日門掩梨花，剪燈深夜語。”《杏花天》曰：“棲鶯未覺花梢顫，踏損殘紅幾片。”《三姝媚》曰：“諱道相思，偷理綃裙，自驚腰衩。”《祝英臺①》曰：“多少鶯聲，不敢寄愁與。”《釵頭鳳》曰：“鶯聲曉，簫聲短，落花不許春拘管。”《點絳唇》曰：“獨卧氍毹，明月知人瘦。”又一闋曰：“多少荷花，不蓋鴛鴦冷。”《青玉案》曰：“緑染遍江頭樹。日午酒消聽驟雨。青榆錢小，碧苔錢古。難買東君住。”《過龍門》曰：“夜來風雨曉來收。幾點落花饒柳絮，同爲春愁。”姜夔謂其“能融情景於一家，會句意於兩得”，而張鎡序其詞，則曰：“有瓌奇、警邁、清新、閒婉之長，而無訑蕩汙淫之失。”是已。然鎡序又言：“分鑣清真。”而近人陳廷焯《白雨齋詞話》，遂謂其祖清真。不知清真辭精而情或掩，不如達祖之情深而文明，語俊而韻秀。於淮海詞近，而與清真異趣。

高觀國，字賓王，山陰人。與史達祖交誼極摯，而詞之疏俊相似，亦出秦觀。惟達祖參以東坡，筆仗較豪放；觀國則參以清真，鋪叙較華藻。傳有《竹屋癡語》一卷，其中婉秀可誦者，皆斆秦觀者也。如《菩薩蠻・春思》曰：

春風吹緑湖邊草，春光依舊湖邊道。玉勒錦障泥，少年遊冶時。烟明花似繡，且醉旗亭酒。斜日照花西，歸鴉花外啼。

又《醉落魄》曰：

鈎簾翠溼；寒江上雨晴風急。亂峯低處明殘日。雁字成行，界破暮天碧。　　故人天外長爲客，倚欄一望情何極。新來得箇歸消息。去棹歸舟，數過幾千隻。

---

① 脱“近”字。

融情於景，極疏俊，極含蓄。其他摘句，如《金人捧露盤》曰：“新愁萬斛，爲春瘦，卻怕春知。”《杏花天》曰：“一春多少相思意，説與新來燕子。”《清平樂》曰：“雲壓前山羣翠失，烟水滿湖輕碧。”《更漏子》曰：“雲惱月，月羞雲，半溪梅影昏。”《蘭陵王》曰：“斑騅止還作。聽點點簷聲，沉沉春酌。只愁入夜東風惡，怕催教花放，趁將花落。”《思佳客》曰：“斷雲萬一成疏雨，卻向湖邊看晚陰。”又一闋曰：“春思俏，畫窗深，誰能拘束少年心？鶯來驚碎風流膽，踏動櫻桃葉底鈴。”《玲瓏四犯》曰：“駐馬橋西，還繫舊時芳樹。不見翠陌尋春，問著小桃無語。恨燕鶯不識閒情，卻隔亂紅飛去。”《霜天曉角》曰：“春雲粉色，春水和雲溼。試問西湖楊柳，東風外幾絲碧？”《卜算子》曰：“屈指數春來，彈指驚春去。檐外蛛絲網落花，也要留春住。”朗而爲麗，秀而不滯。

陳慥序其詞曰：“高竹屋與史梅溪，皆出周秦之詞，所作要是不經人道語。其妙處，少游、美成亦未及也。”人謂推崇過當，我嫌流別欠明。秦觀自爲史達祖與觀國之所宗，而觀國特潤澤以周邦彦之華藻，達祖則與邦彦異趣。而論詞者好揭舉清真以繩墨諸家，不知清真詞剪裁古語，鎔鑄己出，而神情未盡傅合，特如詩家之有黄庭堅耳。“惟古於詞必己出，降而不能乃剽賊”，山谷之詩，清真之詞，皆所謂“降而不能”者也。陳師道學山谷而不至，遂成硬砌。吴文英學清真而不至，亦爲堆垛。陳師道生吞活剥，而病未嚼碎；吴文英碎珠零璣，而苦無片段；所蔽不同，而失之餖飣，一也。若論思路之雋，能出新意，化堆垛爲烟雲，梅溪竹屋之視清真，自較後來居上耳。南宋詞家，如張孝祥，如辛棄疾，則學蘇軾；如劉過，如劉克莊，又學辛棄疾；由俊邁而粗豪，由感慨而叫囂，變本加厲。物極攸反，至姜夔、周密、史達祖、高觀國之倫，則以叫囂非敦厚，粗豪非温柔，繼迹秦七，上攀晏歐；未能敦厚，且先温柔；藴藉而不爲柳永、秦觀之褻諢，朗麗而亦異周邦彦、吴文英之餖飣；風流婉約，自然雋致，以易張脈僨興之叫囂；一張一弛，勢之自然也。乃論者動以清真相譽，求形似於字句，而昧於大體。如陳廷焯《白雨齋詞話》，至謂“白石，梅溪，皆祖清真”。又云“周公謹詞，刻意學清真”。不知名家後出，多識前言；一字一句，偶相形似；而神色氣味，或別有會。苟非好學深思，心知其意，固難爲淺見寡聞道也。

王沂孫，字聖與，號碧山，會稽人。以工詞與張炎唱和。及宋之亡，而兩人身更滄桑，陶寫以詞。然張炎空靈而近泛，不如沂孫之沉鬱以耐思。傳有《碧山樂府》一卷。炎爲題《瑣窗寒》、《洞仙歌》兩詞以冠卷端，而稱“琢語峭拔，有白石意度。”然白石意度，造語空靈，超乎象外；而非“琢語峭拔”之謂。沂孫同白石之靈而異其空，以其有精意也；得清真之豔而益爲妍，以其能造境也。看似粉怯珠愁，其實麥秀黍離。感喟蒼涼之意，而託之風花雪月，秀采照人，沉哀入骨。辛棄疾有其感慨，而亡其深婉；張先同其深婉，而遜其沉鬱；蓋深得清真語之豔、律之渾，而兼有白石詞之清、境之真；以此爲宋代詞人之殿，可謂深美閎約，而集諸家之大成者也。但其詞有直抒所懷者；如《綺羅香・秋思》曰：

屋角疏星，庭陰暗水，猶記藏鴉新樹。試折梨花，行入小闌深處。聽粉片簌簌飄階，有人在夜窗無語。料如今門掩孤燈，畫屏塵滿斷腸句。　佳期渾似流水，還見梧桐幾葉，輕敲朱户。一片秋聲，應做兩邊愁緒。江路遠歸雁無憑，寫繡箋倩誰將去？謾無聊猶掩芳樽，醉聽深夜雨。

又《掃花遊・秋聲》曰：

商飆乍發，漸淅淅初聞，蕭蕭還住。頓驚倦旅。背青燈吊影，起吟愁賦。斷續無憑，試立荒庭，聽取在何許？但落葉滿階，惟有高樹。　迢遞歸夢阻。正老耳難禁，病懷淒楚，故山院宇。想邊鴻孤唳，砌蛩私語。數點相和，更著芭蕉細雨。避無處，這閒愁夜深尤苦。

史載元巴延入臨安，以全太后、幼帝㬎、兩宫宫人、百官及三學生等北去，宋亡。而沂孫在行，兩闋皆羈北而思南之作也。又《齊天樂・贈秋崖道人西歸》曰：

冷烟殘水山陰道，家家擁門黄葉。故里魚肥，初寒雁落，孤艇將歸時節。江南恨切，問還與何人共歌新闋。换盡秋芳，想渠西子更愁絶。　當時無限舊事，歎繁華似夢，如今休説。短褐臨流，幽懷倚石，山色重逢都别。江雲凍結；算只有梅花尚堪攀折。寄取相思，一枝和夜雪。

“冷烟殘水”十三字，一起已令人魂銷。“國破山河在，城春草木深。”杜甫寫春感，此寫秋懷。“江南恨切，問還與何人共歌新闋”，真如丁令威化鶴而歸，城郭猶是，人民已非。“算只有梅花”云云，乃以寄懷遺民貞士之隱遁不仕元者。又《醉蓬萊·歸故山》曰：

掃西風門徑，黄葉凋零，白雲蕭散。柳换枯陰，賦歸來何晚。爽氣霏霏，翠娥眉嫵，聊慰登臨眼。故國如塵，故人如夢，登高還懶。　數①寒英爲誰零落，楚魂難招，暮寒堪攬。步屧荒籬，誰念幽芳遠。一室秋燈，一庭秋雨，更一聲秋雁。試引芳樽，不知消得幾多依黯。

風景不殊，舉目有山河之異；“登高還懶”，“幾多依黯”，此皆以賦出之。筆情婉秀而出以低徊，不爲叫囂，此所以異於辛棄疾之慷慨悲歌也。有託物寄興者，如《齊天樂·蟬》曰：

緑槐千樹西窗消，厭厭晝眠驚起。飲露身輕，吟風翅薄，半剪冰箋誰寄。淒涼倦耳，漫重拂琴絲，怕尋冠珥。短夢深宫，向人猶自訴憔悴。　殘虹收盡過雨，晚來頻斷續，都是秋意。病葉難留，纖柯易老，空憶斜陽身世。窗明月碎，甚已絶餘音，尚遺枯蜕。鬢影參差，斷魂青鏡裏。

此託蟬以喻全太后祝髮爲尼也。“短夢深宫，向人猶自訴憔悴”，身分已見。史稱宋太后全氏至京，不習風土；世祖皇后翁吉喇特氏屢奏乞令回江南。意全太后必有訴苦於世祖皇后而託代奏之事；“向人”之人，疑即世祖皇后也。“病葉難留，纖柯易老，空憶斜陽身世。窗明月碎，甚已絶餘音，尚遺枯蜕”，自恨老病不死也。“鬢影參差。斷魂青鏡裏”，則祝髮矣。又《齊天樂·蟬》曰：

一襟餘恨宫魂斷，年年翠陰庭樹。乍咽涼柯，還移暗葉，重把離愁深訴。西窗過雨，怪瑶珮流空，玉箏調柱。鏡暗妝殘，爲誰嬌鬢尚如許。　銅仙鉛淚似洗，歎移盤去遠，難貯零露。病翼驚秋，枯形閲世，消得斜陽幾度。餘音更苦，甚獨抱清高，頓成淒楚。謾想薰風，柳絲千萬縷。

此託蟬以喻王昭儀改裝女冠也。曰“乍咽涼柯，還移暗葉”，言宋亡而北徙也。“鏡暗妝殘，爲誰嬌鬢尚如許”，言國破身虜，不欲爲容也。“餘音更苦，

① “數”後脱“點”字。

甚獨抱清高，頓成淒楚。謾想薰風，柳絲千萬縷”，則矢艱貞以自潔，而不欲爲楊柳之隨風作舞，趨炎想薰矣。又《水龍吟·白蓮》曰：

> 翠雲遥擁環妃，夜深按徹霓裳舞。鉛華淨洗，涓涓出浴，盈盈解語。太液荒寒，海山依約，斷魂何許？甚人間别有冰肌雪豔，嬌無那，頻相顧。　　三十六陂烟雨，舊淒涼向誰堪訴？如今謾説，仙姿自潔，芳心更苦。羅襪初停，玉璫還解，早凌波去。試乘風一葉，重來月底，與修花譜。

此借白蓮以喻貞臣遺老，如謝枋得一流人也。“海山依約，斷魂何許”，明指崖山之難，主臣蹈海。“甚人間别有冰肌雪豔，嬌無那，頻相顧”，言世間别有才士，而我何頻相顧。史稱世祖詔程文海以集賢學士拜侍御史，行御史臺事，往江南博采知名之士。帝素聞趙孟頫、葉李名，諭必致此二人。文海復薦宋宗室趙孟頫及遺民三十人。謝枋得與焉，遺書文海，謂：“自今無意人間事矣。亡國之大夫，不可與圖存。”辭甚激抗。留夢炎，宋宰相也。既降元貴仕，尤力薦之。枋得貽書辯論數千言，卒不出；所謂“仙姿自潔，芳心更苦，羅襪初停，玉璫還解，早凌波去”也。以葉李、趙孟頫文采風流，亦宋遺民之錚佼者；故以“甚人間别有冰肌雪豔”稱之，“别有”者，謂不同於“仙姿自潔，芳心更苦”之“早凌波去”者也。又《無悶·雪意》曰：

> 陰積龍芳，寒度雁門，西北高樓獨倚。悵短景無多，亂山如此。欲喚飛瓊起舞，怕攪碎紛紛銀河水。凍雲一片，藏花護玉，未敢輕墜。　　清致，悄無似。有照水南枝，已攙春意。誤幾度憑欄，莫愁凝睇。應是梨花夢好，未肯放東風來人世。待翠管吹破蒼茫，看取玉壺天地。

雪取其潔，亦以喻宋遺民之潔己以遁，而不應徵辟者。曰“欲喚飛瓊起舞，怕攪碎紛紛銀河水”，言世祖搜采紛紜以徵江南遺民也。“凍雲一片，藏花護玉，未敢輕墜”，言隱姓埋名以不降志辱身也。“有照水南枝，已攙春意”，則以諷葉李、趙孟頫輩之彈冠欲起耳。《一萼紅·石屋探梅》曰：

> 思飄飄，擁仙姝獨步，明月照蒼翹。花候猶遲，庭陰不掃，門掩山意蕭條。抱芳恨佳人分薄，似未許芳魄化春嬌。雨澀風慳，霧輕波細，湘夢迢迢。　　誰伴碧樽雕俎，笑瓊肌皎皎，綠鬢蕭蕭。青鳳啼空，玉龍舞夜，遥睇河漢光摇。未須賦疏香淡影。且同倚枯

> 蘚聽吹簫。聽久餘音欲絶，寒透鮫綃。

此以梅喻謝枋得之孤芳獨抱，屢薦不起，而繼之以死也。曰“花候猶遲，庭陰不掃，門掩山意蕭條”，入山惟恐不深。史稱程文海薦枋得，枋得遺書，有云“稍知詩書，識義理，不可以辱召命”。所謂“抱芳恨，佳人分薄，似未許芳魄化春嬌”者也。“倚枯蘚聽吹簫”，“疏香淡影”之“未須賦”，遁世无悶何疑焉。及魏天祐爲參知政事，欲起枋得爲功，遣使誘之入城，與之言，坐而不對，或嫚言無禮。天祐怒，逼之北行。枋得以死自誓，上道即不食；二十餘日不死，乃復少茹蔬菓，積數月，困殆。至燕，問全太后欑所及瀛國公所在，再拜慟哭。疾甚，留夢炎使醫持藥雜米飲進之。枋得怒，擲諸地，不食五日死。則所謂“聽久餘音欲絶，寒透鮫綃”矣。“久”者，言其死之難；“餘音”，謂慟哭也。《疏影·詠梅影》曰：

> 瓊妃卧月。任素裳瘦損，羅帶重結。石徑春寒，碧蘚參差，相思曾步芳屧。離魂分破東風恨，又夢入水孤雲闊。算如今也厭娉婷，帶了一痕殘雪。　　猶記冰奩半掩，冷枝畫未就，歸櫂輕折。幾度黄昏，忽到窗前，重想故人初别。蒼虬欲捲漣漪去，慢蜕卻連環香骨。早翠蔭蒙茸，不似一枝清絶。

此以梅爲兩喻。如謝枋得其人者，“夢入水孤雲闊，算如今也厭娉婷”，自恨爲才名所誤，以不安於遁世无悶也；如葉李、趙孟頫之流，不能潔己，而高冠華蓋以食元禄，則所謂“慢蜕卻連環香骨，早翠蔭蒙茸，不似一枝清絶”矣！“一枝清絶”，以喻謝枋得之孤芳獨抱也。《一萼紅·丙午春赤城山中題花光卷》曰：

> 玉嬋娟。甚春餘雪盡，猶未跨青鸞。疏萼無香，柔條獨秀，應恨流落人間。記曾照黄昏淡月，漸瘦影，移上小欄杆。一點清魂，半枝空色，芳意班班。　　重省嫩寒清曉，過斷橋流水，問訊孤山。冰粟微銷，塵衣不浣，相見還誤輕攀。未許訝東南倦客，掩鉛淚看了又重看。故國吴天樹老，雨過風殘。

此亦爲謝枋得作。起“玉嬋娟”十三字，言世人驚怪枋得如此才華，而元之景運維新，不應徵辟也；“玉嬋娟”，以喻枋得之芳潔。“疏萼無香，柔條獨秀，應恨流落人間”，乃枋得自明所以不應徵辟之由。枋得遺程文海書，引“亡國之大夫，不可與圖存”，所謂“疏萼無香”也。又曰“某自今無意人間事矣”，所謂“柔條獨秀，應恨流落人間”也。“記曾照黄昏淡月”，言曾仕宋也；“黄昏淡月”，以象徵宋末國勢之陵夷。而“冰粟微銷，塵衣不浣，相見還誤輕攀”。則以自明降志辱身，不堪世用；而程文海、留夢炎之倫，則所謂“相見還誤輕攀”者也。結“故國吴天”十字，低徊欲絶，柔厚之至。《一萼紅·紅梅》曰：

> 占芳菲。趁東風嫵媚，重拂淡燕支。青鳳銜丹，瓊奴試酒，驚換玉質冰姿。甚春色江南太早，有人怪和雪杏花飛。蘚珮蕭疏，茜裙零亂，山意霏霏。　　空惹别愁無數，照珊瑚海影，冷月枯枝。吴艷離魂，蜀妖浥淚，辜負多少心期。歲寒事無人共省，破丹霧應有鶴歸時。可惜鮫綃碎剪，不寄相思。

此以梅而紅，喻宋遺民而仕元也。曰“驚换玉質冰姿，甚春色江南太早，有人怪和雪杏花飛”，明譏江南遺民，如葉李、趙孟頫輩，不知亡國之恨，不能淡泊明志，薰心富貴以應元徵。曰“辜負多少心期，歲寒事無人共省”，幾乎發聲徵色。而《慶清朝·榴花》闋末有曰：“顛倒絳英滿徑，想無車馬到山中。西風後尚餘數點，還勝春濃。”榴紅照眼明，而不引車馬以“餘數點”於“西風後”，正與此“玉質冰姿”之梅而紅，“歲寒事無人共省”者激映。而以喻少數遺民之隱遁不仕元者。“還勝春濃”之“春濃”，即指起而膴仕之葉李、趙孟頫輩也。“春濃”與《齊天樂·蟬》第二闋“謾想薰風，柳絲千萬縷”之語相發。彼著一“想”字，此用一“濃”字，描寫熱中心事，繪影繪聲。又《水龍吟·牡丹》曰：

> 曉寒慵揭珠簾，牡丹院落花開未？玉欄干畔，柳絲一把，和風半倚。國色微酣，天香乍染，扶春不起。自真妃舞罷，謫仙賦後，繁華夢如流水。　　池館家家芳事，記當時買栽無地。争如一朵，幽人獨對，水邊竹際？把酒花前，剩拚醉了，醒來還醉。惟洛中春色匆匆又入，杜鵑聲裏。

此以牡丹喻留夢炎也。夢炎以狀元宰相，顯仕於宋，如牡丹之爲富貴花；而相業無稱，如隨風楊柳。依違取容，不能扶衰以當大事，所謂“玉闌干畔，柳絲一把，和風半倚，國色微酣，天香乍染，扶春不起”者也。“争如一朵，幽人獨對，水邊竹際”，則借賓定主，而形謝枋得之幽貞，以愧留夢炎之富貴焉。“扶春不起”之“春”以喻宋；與“春濃”之“春”以喻新朝者不同。

《掃花游·緑陰》曰：

捲簾翠濕，過幾陣殘寒，幾番風雨。問春住否，但匆匆暗裏，換將花去。亂碧迷人，總是江南舊樹。謾凝佇，念昔日采香，今更何許。芳徑攜酒處，又蔭得青青嫩苔無數。故林晚步，想參差漸滿，野塘山路。倦枕閒妝，正好微曛院宇。送淒楚，怕凉聲又催秋暮。

又《摸魚兒》曰：

洗芳林夜來風雨，匆匆還送春去。方纔送得春歸了，那又送君南浦。君聽取，怕此際春歸也過吴中路。君行到處，便快折湖邊千條翠柳，爲我繫春住。　　春還住。休索吟春伴侣，殘花今已塵土。姑蘇臺下煙波遠，西子近來何許？能唤否？又恐怕殘春到了無憑據。煩君妙語，更爲我將春連花帶柳，寫入翠微句。

兩闋皆以"春住"爲言，"春"亦喻宋；春欲去而繫之住，猶之國將亡而延其緒也。前闋曰"過幾陣殘寒，幾番風雨，問春住否"；後闋曰"千條翠柳，爲我繫春住"，其殆有望於匡山將相，排萬難，歷百險，同心戮力以延宋一脈乎？而無如"匆匆暗裏，換將花去"，春終不住，宋亦不延也。"亂碧迷人，總是江南舊樹"，言元用以前驅伐宋，而勘定江南者，如范文虎、吕文焕、夏貴之徒，皆宋之降將耳。此皆以比興爲寄託。白石靈而或空；沂孫則運筆輕靈，而字字如拋磚落地，無一語無著落；所貴好學深思，心知其意，而證之以史，會之於詞耳。自有沂孫而詞乃尊，以風花雪月之詞，而有家國滄桑之感，意内言外，真得《離騷》之意；否則以爲詩之餘事，游戲之作耳。必讀沂孫詞，乃知詞所以補詩之闕，非詩之餘也。惟周密《絶妙好詞》，録沂孫詞十闋，多采其似白石者，雖會清空婉秀之妙，而未極沉鬱頓挫之致。張惠言《詞選》，録沂孫詞四闋，多采其似美成者，差得華美渾雅之致，而未盡感喟蒼涼之意。《詞選》每闋下注，亦多望文鑿空，謾爲大言，而未貫串史實，以得其意也。

張炎字叔夏，南渡大將循王張俊之後。居杭，號玉田，又號樂笑翁。有《詞源》二卷，《山中白雲詞》八卷。舒岳祥序稱："玉田張君，自社稷變置，凌烟廢墮，落魄縱飲。""扁舟浙水東西，爲漫浪遊。"仇遠序稱："《山中白雲詞》意度超玄，律吕協洽，方之古人，當與白石老仙相鼓吹。"劉熙載《藝概》卷四，稱："張玉田詞，清遠蘊藉，悽愴纏綿，大段瓣香白石，亦未嘗不轉益多師。”“如玉田《高陽臺》之‘接葉巢鶯’，與碧山（王沂孫）《高陽臺》之‘殘萼梅酸’，尤同鼻息。”又稱：“玉田論詞曰：‘蓮子熟時衣自落。’予更益以太白詩二句，曰：‘清水出芙蓉，天然去雕飾。’”張炎詞綿密深婉，出以空靈，與姜夔先後齊名，號姜張，蓋以姜夔爲宗云。劉熙載所稱張炎《高陽臺・西湖春感》云：

接葉巢鶯，平波卷絮，斷橋斜日歸船。能幾番遊，看花又是明年。東風且伴薔薇住，到薔薇、春已堪憐。更悽然，萬綠西泠，一抹荒烟。　　當年燕子知何處，但苔深韋曲，草暗斜川。見說新愁，如今也到鷗邊。無心再續笙歌夢，掩重門、淺醉閒眠。莫開簾，怕見飛花，怕聽啼鵑。

此詞“萬綠西泠，一抹荒烟”，有《黍離》《麥秀》之悲。“東風”兩句，有才人遭末造之悲。“新愁”兩句有王孫泣路歧意。詞意深婉。

張炎《八聲甘州》題稱：“辛卯歲，沈秋江同余北歸，秋江處杭，余處越。越歲，秋江來訪寂寞，晤語數日，又復別去。賦此餞行，並寄曾心傳。”

記玉關、踏雪事清游，寒氣脆貂裘。遍枯林古道，長河飲馬，此意悠悠。短夢依然江表，老淚灑西州。一字無題處，落葉都愁。

載取白雲歸去，問誰留楚珮，弄影中洲。折蘆花贈遠，零落一身秋。向尋常、野橋流水，待招來、不是舊沙鷗。空懷感、有斜陽處，卻怕登樓。

按元世祖二十七年（一二九〇）庚寅，徵發張炎等赴大都繕寫金字藏經，次年辛卯，張炎事畢南歸，沈秋江名堯道與張炎同歸。詞記北行事，“寒氣脆貂裘”，北行苦寒。“短夢依然江表”，夢想南歸，不願仕元，“老淚灑西州”，感念南宋人物而灑淚。“載取白雲歸去”，表達歸隱心情。“零落一身秋”，甘於漂泊清苦生涯。此詞足見其志事。清鄧廷楨《雙硯齋詞話》稱張炎詞，“論者以爲堪與白石老仙相鼓吹，要其登堂拔幟，又自壁壘一新。蓋白石硬語盤空，時露鋒鋩，玉田則返虛入渾，不啻嚼蕊吹香。如《長亭怨慢》之‘恨西風不庇寒蟬，便掃盡一林黃葉’；《西子妝慢》之‘楊花點點是春心，替風前萬花吹淚’；《木蘭花慢》之‘流光慣欺病酒，問楊花過了有花無’；《渡江雲》之‘空自覺圍羞帶減，影怯燈孤。常疑即見桃花面，甚近來翻致無書。書縱遠，如何夢也都無’；《探春慢》之‘才放些晴意，便瘦了梅花一半’；《解連環》詠《孤雁》云‘寫不成書，只寄得相思一點。料因循誤了餐氊擁雪，故人心眼’。類皆遺聲赴節，好句如仙。”深得清代浙派詞人之稱賞。

第五節 金 党懷英 趙秉文 王若虛 元好問

女真以騎射起東北，滅遼伐宋，劃江淮以北，而奄有中原。國號曰金，兵力莫强焉。特文學則宋之餘波所沾溉爾，故以附於宋之末云。

金初未有文字，而太宗嗣位，因遼宋之舊，以詞賦經義取士。及伐宋，得宋文臣宇文虛中、蔡松年輩，草創典禮，潤色書命。而汴京經籍，滿載以歸，於是傖荒之俗，澤以詩書。熙宗瞻拜孔子廟，北面伏謁如弟子禮。更世宗、章宗，歷世承平，文物彬彬，庠序日盛，而士之得與科舉者，選曹以爲貴科；榮路所在，人争趨之。然經義則王學之唾餘，詞賦則西崑之末光，固已占高爵而釣厚禄，無當於大雅也。若其名高一代，而以詩古文爲儒宗者，當首推党懷英。

党懷英，字世傑，泰安人。以世宗大定十年舉進士，事章宗爲翰林學士承旨。章宗稱之曰：“近日制詔，惟党懷英最善。”始生及長，儀觀若神。儒道釋諸子百家之説，乃至圖緯篆籀之學，無不討求。而文章字畫蓋天性。文宗歐陽，詩仿陶謝。而工篆籀八分，嘗謂“唐人韓蔡不通字學，八分自篆籀中來”。欲以上軌鍾蔡；而小楷如虞褚，大書宗顔真卿，士論稱第一。獨趙秉文推本歐陽以論定其文，謂：“文章非能爲之爲工，乃不能不爲之爲工也；非要之必奇，要之不得不然之爲奇也。韓文公之文，汪洋大肆，如長江大河，渾浩運轉，不見涯涘，使人愕然不敢睨視。歐陽公之文，如春風和氣，鼓舞動盪，了無痕迹，使讀之亹亹不厭。凡此皆文章之正也。文以意爲主，辭以達意而已。古之文，不尚虚飾，因事遣辭，形吾心之所欲言者；間有心之所不能言者，而能形之於文，斯亦文之至乎。亡宋三百餘年間，惟歐陽公之文不爲尖新艱險之語，而有從容閒雅之態，豐而不餘一言，約而不失一辭，讀之亹亹；蓋非務奇之爲尚，而其勢不得不然之爲尚也。翰林党公天資既高，輔以博學，文章沖粹，如其爲人。當明昌間，以高文大册主盟一世。自公之未第時，已以文名天下。然公自謂入館閣接諸公遊，始知爲文法，而以歐陽公得其正；則信乎公之文，有似乎歐陽公也。”顧其集不傳。間得讀其遺文，抑揚爽朗，失之於盡；蓋得歐之筆，而失歐之韻；有歐之朗，而遜歐之茹；行百里者半九十，儻學歐而得蘇者乎。趙秉文稍後出，而聲名過之。

趙秉文，字周臣，號閒閒老人，磁州滏陽人。登大定二十年進士第，歷世宗、章宗、衞紹王、宣宗、哀宗五朝，累拜禮部尚書，改翰林學士。樂平楊雲翼與秉文迭主文柄，高文大册，多出二人；而秉文名尤重。傳有《滏水集》二十卷，而雲翼序其端，推“爲斯文主盟，天下學者景附風靡，有如李之尊韓，蘇之景歐”焉；蓋爲當代所重如此。特其門人元好問爲誌墓，亦以唐昌黎、宋歐陽爲況，歷叙宋遼金文學盛衰之迹，而歸重於秉文；以謂：“沈潛乎六經，從容乎百家，其文出於義理之學，故長於辨析，極所欲言者，不以繩墨自拘。七言長詩，筆勢自放，不守一律。詩壯麗。小詩精絶，多以近體爲之。至於五言古詩，則沉鬱頓挫似阮嗣宗，真淳簡澹似陶淵明。”褒大師門，不免阿其所好。而《四庫提要》謂“才高學博，一世之雄”。抑亦尋聲逐響之談。今觀其文，主於浩浩直達，而暢所欲言，其原出於蘇軾。然辭爲爽朗，而無警切之論，徒見其膚，而未得爲“才高”。學主義理，而無深沉之思，斯傷於淺，而未徵其“學博”。義理之學，欲以自外於宋儒，而未能有獨見；條暢之文，不過依稀於蘇筆，而未能以自發；不拘繩墨，徒失體要。詩則爲頓挫而欠沉鬱，欲真淳而流淺率，亦是東坡之格調，參以香山之容易，而無其理趣，失其波瀾。有時七言古學李太白，五言古擬陶淵明、擬韋蘇州，亦東坡之學太白、學陶韋也；“唐昌黎，宋歐陽”云乎哉！集中《雙溪記》之摹韓愈《送李愿歸盤谷序》，《湧雲樓記》之摹范仲淹《岳陽樓記》，《寓樂亭記》之摹蘇軾《超然臺記》，如小兒仿紅，字摹句擬，未足語於大方家也。至撰《党懷英神道碑》，謂“文章非能爲之爲工”云云，則襲蘇軾《南行唱和詩序》語爾。然党懷英、趙秉文，名曰宗歐祖韓而實爲蘇。而王若虚，則更排韓輕歐以言宗蘇。

王若虚，字從之，藁城人。以章宗承安二年經義進士，歷仕宣宗、哀宗，官直學士，秉史筆十五年。新進入館，日有記録之課；書吏以呈宰相，“必問王學士曾點竄否?”爲文不事雕琢，惟求當理；傳有《滹南遺老集》四十五卷，其中文僅五卷；而自卷一之四十，皆以辨證經史，考論詩文，褒彈古人，累千百條。

論史不取司馬遷、宋祁，以謂："司馬遷之法最疏，開卷令人不樂；然千古推尊，莫有攻其短者。惟東坡不甚好之；而陳無己、黄魯直怪歎以爲異事。嗚呼！吾亦以千古雷同者爲不可曉也。晉張輔評遷固史云：'遷叙三千年事，止五十萬言；固叙二百年事，乃八十萬言；繁省不同，優劣可知。'此兒童之見！遷之所叙，雖號三千年，其所列者幾人，所載者幾事，寂寥殘缺，首尾不完，往往不能成傳。或止有其名氏。至秦漢乃始稍詳，此正獲疏略之譏者，而反以爲優乎？且論文者求其當否而已，繁省豈所計哉！抑余嘗考之：遷記事疏略而剩語甚多，固記事詳備而删削精當。然則遷似簡而實繁，固似繁而實簡也；安得以是爲優劣哉？遷之勝固者，獨其辭氣近古，有戰國之風耳。遷雖氣質近古，以繩準律之，殆百孔千瘡；而世家最無謂。顔師古曰：'世家者，子孫爲大官不絶也。諸侯有國稱君，降天子一等耳；雖不可同乎帝紀，亦豈可謂之世家！且既以諸侯爲世家，則孔子、陳涉、將相、宗室、外戚等復何預也！'抑又有大不安者：曰紀，曰傳，曰表，曰書，皆篇籍之目也；世家特門第之稱，猶强族大姓云爾；烏得與紀、傳字爲類也！語世家往往隨年附見他國大事；至於列傳，亦或有之；徒亂其文，無關義理。夫《左氏》編年，本紀諸國之事，或先經以始事，或後經以終義，互相發明，故可也。如遷史者，各有傳記，足以自見，何必爾耶！

"遷采摭異聞小説，習陋傳疑，無所不有；亦多牴牾而不合。《周本紀》云：'成王既遷殷遺民，周公以王命告，作《多士》、《無逸》。'《魯世家》云：'周公恐成王有所淫佚，乃作《多士》、《無逸》。'自今考之：《多士》爲殷民而作，《無逸》爲成王而作者也；在《周本紀》，則并《無逸》爲告殷民；在《魯世家》，則并《多士》爲戒成王；混淆差誤一至於此。蓋不惟牴牾於經，抑亦自相矛盾甚矣。《史記》載伍員父子語言，本傳與世家參差不同。或云此變文也。予謂不然：言出於一人之口，書出於一人之手，而自變其文，人何以取信哉？凡稱某王，類加國號；凡舉人名，每連姓氏，冗複蕪穢。《律書》之首以爲：'律爲萬事根本，而其於兵械尤重。武王伐紂，吹律聽聲，推孟春以至於季冬，殺氣相并而音尚宫。同聲相從，乃物之自然。'此固可矣。乃復備論帝王以來用兵之事，而終於漢文厭兵，百姓樂業，幾七百言，何關於律意哉？斯實無謂之甚。而邵氏極稱之，以爲'此其高古雄深，非他人拘窘所能到'，嗚呼！文章必有規矩準繩，雖六經不能廢；顧乃以疏闊爲高深，以緻密爲拘窘，何等謬論！伍被諫淮南王，‘王於是氣怨結而不揚，涕滿匡而横流’，其詞似賦，豈史記實録之體哉。”

“歐公與宋子京分修唐史，文體不同，猶冰炭也。初書成將進；吏白舊例止署官高者一人姓名，云某等撰；而歐公官高當書。公曰：‘宋公列傳，用功深而爲日久，豈可掩其名？’於是紀、志書公，而列傳書子京。以予觀之：歐公正不肯承當耳。作史與他文不同，寧失之質，不可至於華靡而無實；寧失之繁，不可至於疏略而不盡。宋子京不識文章正理，而惟異之求，肆意雕鐫，無所顧忌，至於字語詭癖，殆不可讀，其事實則往往不明，或乖本意。自古史書之弊，未有如是之甚者。嗚呼！筆力如韓退之，而《順宗實録》不慊衆論。或勸東坡重修《三國志》，而坡自謂非當行家，不敢當也。子京譏舊史猥釀不綱，而以傳遠自許；今之學者類皆欣豔以爲新奇，舊史幾廢。以愚觀之：舊史雖陋，猶爲本分，且不失當時之實，寧無《新書》可也。子京於文字，其實處不及古人，而專以易置字語爲新。人皆言‘利病’，而子京每云‘病利’；人皆言‘可否’，而子京或云‘否可’；雖義理無異，而讀之不明矣。此猶求異於人，不已甚乎？古人文字中，時有涉俗語者，正以文之則失真，是以寧存而不去；而子京直要句句變常，此其所以多戾也。《魏氏春秋》好用《左傳》語以易舊文；裴松之譏彈甚當。凡人文體，固不必拘，至於記録他人之言，豈可過加潤色而失其本真？子京《唐書》，雖詔敕章疏，類皆變亂以從己意；至於詩句諺語，古今成言，亦或芟改，不已甚乎！劉器之嘗曰：‘《新唐書》好簡略其辭，故其事多鬱而不明。遷固載相如文君事幾五百字，而讀之不覺其煩；使子京記之，必曰“少嘗竊卓氏以逃”而已！’文章豈有煩簡？要當如風行水上，出於自然；不出於自然而有意於煩簡，則失之矣。《唐書》進表曰：‘其事則增於前，其文則省於舊。’《新唐》所以不及兩漢文章者，正在此；而反以爲工，何哉？”

論文不取韓愈、柳宗元、歐陽修，以爲：“凡文章須是典實過於浮華，平易多於奇險，始知本末。世之作者，往往致力於其末，而終身不返；其顛倒亦甚矣。陳後山曰：‘揚子雲之文，好奇而卒不能奇，故思苦而辭艱。善爲文者，因事出奇。江河之行，順下而已；至其觸山赴谷，風搏物激，然後盡天下之變。子雲惟好奇，故不能奇也。’此論甚佳，可以爲後學之法。退之《盤谷序》云‘友人李愿居之’，稱友人，則便知爲己之友；其後但當云‘予聞而壯之’，何必用‘昌黎韓愈’字？柳子厚《凌準墓誌》，既稱‘孤某以先人善予，以誌爲請’，而終云‘河東柳宗元哭以爲誌’。山谷《劉明仲墨竹賦》，既稱‘故以歸我’，而斷以‘黄庭堅曰’，其病亦同。蓋‘予’‘我’者自述，而姓名則從旁言之耳。退之《送李愿序》‘粉白黛緑’一節，病在太多，且過於浮豔；餘事皆略言，而此獨説出如許情狀，不惟爲雅正之類，而於文勢亦滯矣。退之《送温處士赴河陽軍序》云：‘洛之北涯曰石生，其南涯曰温生。’全篇皆從旁記録之詞；而其末云‘生既至，拜公於軍門，其爲吾以前所稱，爲天下賀，以後所稱，爲吾致私怨於盡取’，此乃方與他人言，而遽與本人語。亦有方與本人語，而卻與他人言者。自古詩文如此者，何可勝數哉？‘伯樂一過冀北之野而馬羣遂空。夫冀北馬多天下，伯樂雖善知馬，安能遂空其羣耶？解之者曰：吾所谓空，非無马也，無良马也’。此一‘吾’字害事。夫言羣空及解之者，自是兩人；而云‘吾所谓空’，卻是言之者自解也；若作‘彼’字，或云‘所谓空者’可矣。退之评伯夷，止是議論散文，而以頌名之，非其體也。陳後山云：‘退之作記，記其事耳；今之記，乃論也。’予謂不然。唐人本短於議論，故每如此。議論雖多，何害爲記？蓋文之大體，固有不同，而其理則一；殆後山妄爲分別，正猶評東坡以詩爲詞也。且宋文視漢唐，百體皆異；其開廓横放，自一代之變；而後山獨怪其一二，何耶？子厚才識不減退之；然而令人不愛，惡語多而和氣少耳！”

“歐公《晝錦堂記》大體固佳，然辭困而氣短，頗有争張妝飾之態；且名堂之意，不能出脱，幾於罵題。或曰‘記言魏公之詩，以快恩讎，矜多譽爲可薄，而以昔人所夸者爲戒’，意者魏公自述甚詳，故記不復及，但推廣而言之耳。惜未見魏公之詩也。然記自記，詩自詩，後世安能常並見而參考哉？《史記》用‘而’字多不安；用‘於是’‘乃’‘遂’等字，冗而不當者十有七八。而歐公多錯下‘其’字。如《唐書·藝文志》云：‘六經之道，簡嚴易直而天人備，故其愈久而益明。’《德宗贊》云：‘恥見屈於正論，而忘受欺於奸諛，故其疑蕭復之輕己，謂姜公輔爲賣直，而不能容。’《薛奎墓誌》云：‘遭時之士，功烈顯於朝廷，名譽光於竹帛，故其常視文章爲末事。’《蘇子美墓誌》云：‘時發憤悶於歌詩，又喜行草書，皆可愛，故其雖短章醉墨落筆，争爲人所傳。’《尹師魯墓誌》云：‘所以見稱於世者，亦所以取嫉於人，故其卒窮以死。’此等‘其’字皆當去之。《五代史記·蜀世家論》云：‘龍之爲物，以不見爲神。今不上於天，而下見於水中，是失職也，然其一何多歟。’‘然其’二字，尤乖戾也。歐公散文，自爲一代之祖；而所不足者，精潔峻健耳。《五代史記》論，曲折太過，往往支離蹉跌，或至涣散而不收；助詞虚字，亦多不愜；如《吴越世家》尤甚也。張九成云：‘歐公《五代史記》論，多感歎，又多設疑。蓋感歎則動人，設疑則意廣；此作文之法也。’歐公之論，則信熟矣；而作文之法，不必如是也。邵公濟云：‘歐公之文，和氣多，英氣少。東坡之文，英氣多，和氣少。’其論歐公，似矣；若東坡，豈少和氣者哉？文至東坡，無遺恨矣。趙周臣曰：‘党世傑嘗言文當以歐陽子爲正；東坡雖出奇，非文之正。’定是謬語。歐文信妙，詎可及坡？坡冠絶古今，吾未見其過正也。東坡自言：‘其文如萬斛泉源，不擇地而出，滔滔汩汩，一日千里無難；及其與山石曲折，隨物賦形而不自知所之者，常行於所當行，而止於所不可不止。’論者譏其太夸，予謂惟坡可以當之。夫以一日千里之勢，隨物賦形之態；而理盡輒止，未嘗以馳騁自喜，此其横放超邁而不失爲精純也耶。東坡之文具萬變，而一以貫之者也；爲四六，而無俳諧偶儷之弊；爲小詞，而無脂粉纖豔之失。楚辭則略依仿其步驟，而不以奪機杼爲工；禪語則姑爲談笑之資，而不以窮葛藤爲勝；此所以獨兼衆作，莫可端倪。而世或謂四六不精於汪藻，小詞不工於少游，禪語楚辭不深於魯直，豈知東坡也哉。或問文章有體乎？曰：‘無。’又問無體乎？曰：‘有。’然則果何如？曰：‘定體則無，大體須有。’揚雄之經，宋祁之史，江西諸子之詩，皆斯文之蠹也。散文至宋人，始是真文字；詩則反是矣。”

論四六不取楊億、劉筠，以謂：“邵氏云：‘楊劉四六之體，必謹四字六字律令，故曰四六；然其弊類俳可鄙。歐蘇力挽天河以滌之，偶儷甚惡之氣一除，而四六之法則亡矣！’夫楊劉惟謹於四六，故其弊至此；思欲反之，則必當爲歐蘇之横放。既惡彼之類俳，而又以此爲壞四六法，非夢中顛倒語乎？且四六之法亦何足惜也？四六，文章之病也；而近世以來，制誥表章，率皆用之。君臣上下之相告語，欲其誠意交孚；而駢儷浮辭不啻如俳優之鄙，無乃失體耶！”

論詩不取黄庭堅，以謂：“東坡，文中龍也，理妙萬物，氣吞九州，縱横奔放，若游戲然，莫可測其端倪。魯直區區持斤斧準繩之説，隨其後而與之争，至謂未知句法。東坡而未知句法，世豈復有詩人？而渠所謂法者，果安出哉！老蘇論揚雄以爲‘使有孟軻之書，必不作《太玄》’。魯直欲爲東坡之邁往而不能；於是高談句律，旁出樣度，務以自立而相抗，然不免居其下也。古之詩人，雖趣尚不同，體制不一，要其出於自得；至其辭達理順，皆足以名家，何嘗有以句法繩人者？魯直開口論句法，此便是不及古人處。而門徒親黨以衣鉢相傳，號稱法嗣，豈詩之真理也哉！魯直於詩，成得一句而終無好對，或得一聯而終不能成篇，或偶有得而未知可以贈誰；何嘗見古之作者如是哉？

“魯直論詩，有奪胎換骨、點鐵成金之喻；世以爲名言。以予觀之，特剽竊之黠者耳！魯直好勝而恥其出於前人，故爲此强辭而私立名字。夫既已出於前人，縱復加工，要不足貴。雖然，物有同然之理，人有同然之見，語意之間，豈容全不見犯哉。蓋昔之作者，初不校此；同者不以爲嫌，異者不以爲夸；隨其所自得，而盡其所當然而已；至於妙處，不專在於是也。故皆不害爲名家，而各傳後世，何必如魯直之措意耶。山谷自謂得法於少陵，而不許東坡。以予觀之：少陵，典謨也；東坡，孟子之流；山谷，則揚雄《法言》而已。吾舅兒時便學工部，而終身不喜山谷也。若虚嘗乘間問之，則曰：‘魯直雄豪奇險，善爲新樣，固有過人者，然於少陵初無關涉。前輩以爲得法者，皆未能深見耳。’山谷之詩，有奇而無妙，有斬絶而無横放；鋪張學問以爲富，點化陳腐以爲新，而渾然天成，如肺肝中流出者，不足也。善乎吾舅周君之論也。曰：‘宋之文章，至魯直已是逼仄處。陳後山而後，不勝其弊矣。人能中道而立，以巨眼觀之，是非真僞可望而見也。’若虚雖不解詩，頗以爲然。朱少章論江西詩律，以爲‘用崑體工夫，而造老杜渾全之地’。予謂用崑體工夫，必不能造老杜之渾全。而至老杜之地，亦無事乎崑體工夫；蓋二者不能相兼耳。’

若虚論詩論文，一以蘇軾爲宗，而主於條達疏暢，意到筆隨。顧誦所作，未能相副；筆勢緩懦，疏而不快；辭意膚淺，率而無味；以視趙秉文，尤爲每況愈下。特其辨章述作，褒彈古今，雖多尋章摘句，儘有愜心貴當者焉。其他金人文集之僅見者，王寂有《拙軒集》六卷，李俊民有《莊靖集》十卷；而觀其詩主清新，文必疏達，要不出蘇門範圍，而爲時所囿，未能以别樹一幟也。獨元好問力追杜韓以變蘇格，而欲挽宋弛以張唐風云。

元好問，字裕之，太原秀容人。七歲能詩。年十有四，從陵川郝天挺學，淹貫經史百家，六年而業成。下太行，渡河而南，賦《箕山琴臺》等詩。趙秉文方官禮部，見之，以爲少陵以後無此作也。名震京師，目爲元才子。遂出秉文之門，以登興定五年進士；歷官尚書省左司員外郎，入翰林，知制誥。金亡，東平路行軍萬户嚴實辟置於幕，遂依居而鋭意著述。以金有天下，典章法度，幾及漢唐，國亡史興，己所當爲，而國史實録在順天道萬户張某所。乃言於章，使之聞奏，願爲撰述。奏可，欲開館，而爲人所沮。好問曰："不可遂令一代之美，泯而不聞。"乃爲《中州集》百餘卷。又爲《金源君臣言行録》，往來四方，采摭遺逸；有所得，輒以寸紙，細字記録，積百餘萬言，委積塞屋，名之曰野史亭。元世祖在藩邸，聞其名，召見；及即位，欲徵修遼金二史，未及下命而卒。傳有《遺山先生文集》四十卷。一時稱者以其詩直配蘇黄；而文則不使奇字，新之又新；不用晦事，深之又深；但見其巧，不見其拙；但見其易，不見其難。東坡之後，繼以元子，可也。然好問詩文，非東坡之流亞也；蓋志不在東坡之快利，而出以重緩；又不爲山谷之生拗，而力求弘潤；沉著痛快，固不僅浩浩直達，如趙秉文、王若虚之爲蘇軾者也。文爲韓愈之排奡，而無其妥帖。詩得杜甫之沉鬱，而遜其淵永。而《論詩絶句》三十首，欲挽江西詩派而反之於正；録二十一首，辭曰：

漢謡魏什久紛紜，正體無人與細論。誰是詩中疏鑿手？暫教涇渭各清渾。

曹劉坐嘯虎生風，四海無人角兩雄。可惜并州劉越石，不教横槊建安中。

鄴下風流在晉多，壯懷猶見缺壺歌。風雲若恨張華少，温李新聲奈爾何。

一語天然萬古新，豪華落盡見真淳。南窗白日羲皇上，未害淵明是晉人。（自注：柳子厚，唐之謝靈運。陶淵明，晉之白樂天。）

縱横詩筆見高情，何物能澆塊磊平。老阮不狂誰會得，出門一笑大江横。

慷慨歌謡絶不傳，穹廬一曲本天然。中州萬古英雄氣，也到陰山敕勒川。

沈宋横馳翰墨場，風流初不廢齊梁。論功若準平吴例，合著黄金鑄子昂。

排比鋪張特一途，藩籬如此亦區區。少陵自有連城璧，争奈微之識珷玞。

望帝春心託杜鵑，佳人錦瑟怨華年。詩家總愛西崑好，獨恨無人作鄭箋。

萬古文章有坦途，縱橫誰似玉川盧。真書不入今人眼，兒輩從教鬼畫符。

東野窮愁死不休，高天厚地一詩囚。江山萬古潮陽筆，合在元龍百尺樓。

謝客風流映古今，發源誰似柳州深？朱絃一拂遺音在，卻是當年寂寞心。

窘步相仍死不前，唱酬無復見前賢。縱横正有凌雲筆，俯仰隨人亦可憐。

奇外無奇更出奇，一波纔動萬波隨。只知詩到蘇黄盡，滄海横流卻是誰？

曲學虛荒小説欺，俳諧怒罵豈詩宜。今人合笑古人拙，除卻雅言都不知。

有情芍藥含春淚，無力薔薇卧晚枝。拈出退之山石句，始知渠是女郎詩。

金入洪爐不厭頻，精真那計受纖塵。蘇門果有忠臣在，肯放坡詩百態新！

百年纔覺古風迴，元祐諸人次第來。諱學金陵猶有説，竟將何罪廢歐梅。

古雅難將子美親，精純全失義山真。論詩寧下涪翁拜，未作江西社裏人。

池塘春草謝家春，萬古千秋五字新。傳語閉門陳正字，可憐無補費精神。

撼樹蚍蜉自覺狂，書生技癢愛論量。老來留得詩千首，卻被何人較短長。

玩其詞意，殊不慊於蘇黄；而門人弟子乃諛以直配蘇黄。王若虚不滿於黄，而好問則并不慊於蘇。蘇軾吐言天拔，黄庭堅鍛鍊辛苦；蘇爲其熟，而黄爲其生。好問則生熟難易之間，大概以脱棄凡近，澡雪塵翳，驅駕聲勢，破碎陣敵，囚鎖怪變，軒豁幽祕，籠絡今古，移奪造化爲工；鈍滯、僻澀、淺露、浮躁、狂縱、淫靡、詭誕、瑣碎、陳腐爲病。五言古如《潁亭留别》、《㶚亭》、《送欽叔内翰并寄劉達卿郎中白文舉編修五言》之三四五、《飲酒》五首、《後飲酒》五首、《龍潭》、《北邙》、《龍門雜詩》二首、《豐山懷古》、《乙酉六月十一日雨》、《種松》、《雜詩》四首之一二、《觀淅江漲》、《五松平》、《阻雨張主簿草堂》、《送詩人李正甫》、《萬化如大路》、《放言》、《李道人崧陽歸隱圖》、《學東坡移居》八首、《歷下亭懷古分韻得南字》、《别李周卿》三首、《九日讀書山用陶詩"露淒暄風息，氣清天曠明"爲韻賦十詩》之一二三四六、《趙吉甫西園》、《臨汾李氏任連堂》二首之二、《題張左丞家范寬秋山横幅》、《宿張靖田家》、《曲阜紀行》一首、《寶嚴紀行》，七言古如《秋蠶》、《范寬秦川圖》、《西園》、《西窗》、《遊黄華山》、《荆棘中杏花》、《蕭仲植長史齋》、《讀書山雪中》、《蟾池》、《天涯山》、《過劉子中新居》，雜言古如《去歲君遠游送仲梁出山》、《此日不足惜》、《飲酒》、《送高信卿》、《寄趙宜之》、《段志堅畫龍爲劉鄧州賦》、《紀子正杏園燕集》、《送李參軍北上》、《王黄華墨竹》、《汎舟大明湖》、《賦邢州鵲山》、《送王亞夫舉家歸許昌》、《湧金亭示同游諸君》、《癸卯歲杏花》、《贈答趙仁甫》、《水簾記異》、《䢼谷聖燈》、《李峪園亭看雨》、《游龍山》、《游泰山》，樂府如《天門引》、《蛟龍引》、《孤劍詠》、《芳華怨》、《後芳華怨》、《結楊柳怨》、《秋風怨》、《歸舟怨》、《西樓曲》、《後平湖曲》、《洧川行》、《解劍行》、《望歸吟》，五言律如《老樹》、《少林雨中》、《十二月六日》二首、《短日》，五言長律如《懷益之兄》，七言律如《岐陽》三首之二、《玄都觀桃花》、《汴梁除夜》，五言絶如《山居雜詩》六首，七言絶如《惠崇蘆雁》三首、《梁縣道中》、《俳體雪香亭雜詠》十五首、《春夕》、《内鄉雜詩》，絶去雕琢，自然新麗，巧縟而幹以風力；撫時感事，閒婉瀏亮，而無乖律切；自學杜爾。嘗謂："唐人之幽憂憔悴，寒飢困憊，一寓於詩；而其阨窮而不憫，遺佚而不怨者故在也。至於傷讒疾惡，不平之氣，不能自揜；責之愈深，其旨愈婉；怨之愈深，其辭愈緩；優柔饜飫，使人涵泳於先王之澤；情性之外，不知有文字。幸矣，學者之得唐人爲指歸也！文字以來，詩爲難。魏晉以來，復古爲難。唐以來，合規矩準繩尤難。夫因事以陳辭，辭不迫切而意獨至，初不爲難，後世以不得不難爲難耳。初予學詩以十數條自警，云：'無怨懟'，'無謔浪'，'無傲狠'，'無崖異'，'無狡訐'，'無媕阿'，'無傅會'，'無籠絡'，'無衒鬻'，'無矯飾'，'無爲堅白辯'，'無爲賢聖癲'，'無爲妾婦妬'，'無爲仇敵謗傷'，'無爲聾俗哄傳'，'無爲瞽師皮相'，'無爲黥卒醉横'，'無爲黠兒白捻'，'無爲田舍翁木强'，'無爲法家醜詆'，'無爲牙郎轉販'，'無爲市倡怨恩'，'無爲琵琶娘魂黯詞'，'無爲村夫子兔園册'，'無爲算沙僧困義學'，'無爲桃梗治禁詞'，'無爲天地一我，古今一我'，'無爲薄惡所移'，'無爲正人端士所不道'。信斯言也，詩其庶幾乎？雖然，方外之學，有'爲道日損'之説，又有'學至於無學'之説；詩家亦有之。子美夔州以後，樂天香山以後，東坡海南以後，皆不煩繩削而自合；非技進於道者能之乎？詩家所以異於方外者：渠輩談道，不在文字，不離文字；詩家聖處，不離文字，不在文字；唐人所謂情性之外，不知有文字云爾。"

古文尤擅碑誌，一時之銘功德者，咸趨其門。有例有法，有宗有趣，而根柢盤深，雄渾挺拔，不可以繩墨拘。及其世涉滄桑，人有殄瘁，慨當以慷，則尤沉鬱頓挫，令人讀之神往。如《雷希顔墓誌銘》曰：

> 南渡以來，天下稱宏傑之士三人：曰高廷玉獻臣，李純甫之純，雷淵希顔。獻臣雅以奇節自負，名士喜從之游，有衣冠龍門之目。衛紹王時，公卿大臣多言獻臣可任大事者。紹王方重吏員，輕進士，至謂："高廷玉人才非不佳，恨其出身不正耳。"大安末，自左右司郎官，出爲河南府治中，卒以高材爲尹所忌，瘐死洛陽獄中。之純以薊州軍事判官，上書論天下事。道陵奇之，詔參淮上軍，仍驛遣之。泰和中，朝廷無事，士大夫以宴飲爲常。之純於朋會中，或堅坐深念，咄咄嗟唶，若有旦夕憂者。或問之故。之純曰："中原以一部族待朔方兵；然竟不知其牙帳所在；吾見華人爲所魚肉去矣。"聞者訕笑之曰："四方承平餘五六十年，百姓無狗吠之警；渠不以時自娱樂，乃妖言耶？"未幾，北方兵動。之純從軍還，知大事已去，無復仕進意，蕩然一放於酒；未嘗一日不飲，亦未嘗一飲不醉，談笑此世，若不足玩者。貞祐末，嘗召爲右司都事，已而擯不用。希顔，正大初，拜監察御史。時主上新即位，宵

衣旰食，思所以宏濟艱難者爲甚力。希顏以爲天子富於春秋，有能致之資，乃拜章言五事，大略謂：“精神爲可養。初心爲可保。人君以進賢退不肖爲職，不宜妄費日力以親有司之事。”上嘉納焉。庚寅之冬，朔方兵突入倒迴谷，勢甚張，平章芮公逆擊之。突騎退走，填壓溪谷間，不可勝算，乘勢席捲，則當有謝玄淝水之勝。諸將相異同，欲釋勿追。奏至，廷議亦以爲勿追便。希顏上書以破朝臣孤注之論，謂：“機不可失。小勝不足保。天所予，不得不取。”引援深切，灼然易見；而主兵者沮之，策爲不行。後京兆鳳翔報北兵狼狽而西，馬多不暇入銜；數日後知無追兵，乃聚而攻鳳翔。朝廷始悔之，至今以一日縱敵爲當國者之恨。凡此三人者，行輩相及，交甚歡，氣質亦略相同；而希顏以名義自檢，强行而必致之，則與二子爲絶異也。蓋自近朝士大夫，始知有經濟之學，一時有重名者非不多，獨以獻臣爲稱首。獻臣之後，士論在之純；之純之後在希顏。希顏死，有人物渺然之歎。三人者，皆無所遇合，獨於希顏尤嗟惜之云。

希顏，别字季默，渾源人。考諱思，大定末，仕爲同知北京路轉運使事。希顏，其暮子也。崇慶二年，中黄裳榜進士乙科，釋褐涇州録事。不赴，换東平府録事，以勞績遥領東阿縣令，調徐州觀察判官，召爲荆王府文學兼記室參軍，轉應奉翰林文字，同知制誥，兼國史院編修官，考滿再任；俄拜監察御史，以公事免。用宰相侯莘卿薦，除太學博士，還應奉，終於翰林修選，累官太中大夫。娶侯氏，子男二人：公孫八歲，宜翁四歲。女二人：長嫁進士陳某，其幼在室。

初希顏在東平；東平，河朔重兵處也，驕將悍卒，倚外寇爲重，自行臺以下，皆務爲摩拊之。希顏莅官，所以自律者甚嚴。出入軍中，偃然不爲屈，故頗有喧譁者。不數月，閭巷間，家有希顏畫像，雖大將，亦不敢以新進書生遇之。嘗爲户部高尚書唐卿所辟，權遂平縣事。時年少氣鋭，擊豪右，發奸伏，一縣畏之，稱爲神明。及以御史巡行河南，得贓吏尤不法者，榜掠之，有至四五百者。道出遂平，百姓相傳雷御史至，豪猾望風遁去。蔡下一兵，與權貴有連，脱役遁田間，時以藥毒殺民家馬牛，而以小直脅取之。希顏捕得，數以前後罪，立杖殺之。老幼聚觀，萬口稱快，馬爲不得行。然亦坐是失官。

希顏三歲喪父，七歲養於諸兄，年十四五，貧無以爲資，乃以胄子入國學，便能自樹立如成人。不二十，游公卿間，太學諸人莫敢與之齒。渡河後，學益博，文益奇，名益重。爲人軀幹雄偉，髯張口哆，顔渥丹，眼如望羊。遇不平，則疾惡之氣，見於顔間，或嚼齒大罵不休，雖痛自摧折，猝亦不能變也。食兼三四人，飲至數斗不亂，徵酒淋漓，談謔間作，辭氣縱横，如戰國游士；歌謡慷慨，如關中豪傑；料事成敗如宿將；能得小人根株窟穴，如古能吏；其操心危，慮患深，則又似夫所謂孤臣孽子者。平生慕孔融、田疇、陳元龍之爲人，而人亦以古人期之。故雖其文章，號一代不數人，而在希顔，仍亦餘事耳。希顔年四十六，以正大八年辛卯八月二十有三日，暴卒。後二日，葬戴樓門外三王寺之西若干步。好問與太原王仲澤哭之，因謂仲澤言："星殞有占，山石崩有占，水斷流有占，斯人已矣。瞻烏爰止，不知於誰之屋耳！"其十月，北兵由漢中道襲荆襄，京師戒嚴。銘曰：

維季默父起晉平，弱齡飛騫振厥聲。備具文武任公卿，百出其一世已驚。紫髯八尺傾漢庭，前有趙張恥自名。目中中敵無遁情，太息流涕請進兵。掩聰不及馳迅霆，一日可復齊百城。天網四面開鯢鯨，砥柱不救洪濤傾。望君佐王正邦經，或當著言垂日星；一僨不起誰使令。如秦而帝寧勿生，不然亦當蹈東溟。玄精烱烱賦子形，溘焉寧與一物并。千年紫氣鬱上征，知有龍劍留泉扃。何以驗之石有銘。

誌雷希顔，而一時豪俊以類見，此太史公附傳之法。而筆勢奇縱，兔起鶻落。其他賦如《秋望賦》，序跋如《章宗皇帝鐵券行引》、《琴辨引》、《太原昭禪師語録引》、《跋國朝名公書》、《跋松庵馮丈書》、《跋紫微劉尊師山水》、《跋韻嵓書柳子厚獨覺一詩》，贈序如《送秦中諸人引》，贊如《手植檜聖像贊》、《趙閑閑真贊》二首、《寫真自贊》，碑誌如《平章政事壽國張文貞公神道碑》、《王黄華墓碑》、《閑閑公墓誌銘》、《寄庵先生墓碑》、《朝列大夫同知河間府事張公墓表》、《内相文獻楊公神道碑銘》、《内翰王公墓表》、《通奉大夫鈞州刺史行尚書省参議張君神道碑銘》、《資善大夫集慶軍節度蒲察公神道碑銘》、《御史程君墓表》、《平叔墓誌銘》、《聶元吉墓誌多》、《太中大夫劉公墓碑》、《奉直趙君墓碣銘》、《御史孫公墓表》、《劉景玄墓誌銘》、《南峯先生墓表》、《蘧然子墓碣銘》、《族祖處士墓誌銘》、《敏之兄墓誌銘》、《順天萬户張公勳德第二碑》、《贈鎮南軍節度使良佐碑》、《千户喬公神道碑銘》、《千户趙侯神道碑銘》、《故帥閻侯墓表》、《冠氏趙侯先塋碑》、《西寧州同知張公之碑》、《五翼郡總領豪士信公之碑》、《清涼相禪師墓誌銘》、《華嚴寂大士墓誌銘》、《墳雲墓誌銘》、《孫伯英墓誌銘》、《紫虚大師于公墓碑》、《天慶王尊師墓表》、《圓明李先生墓表》、《通玄大師李君墓碑》、《藏雲先生袁君墓表》，雜記如《市隱齋記》、《臨錦堂記》、《王無競題名記》、《濟南行記》、《成然院功德記》、《竹林禪院記》、《紫微觀記》、《朝元觀記》，咸可誦覽。大抵省淨不如歐，唱歎而出以宏贍；疏快亦遜蘇，徐重而能爲峻健。複體單語，雜厠奔迸，而飛騰瑰瑋，彷彿韓愈；蓋不爲宋文而力追唐格者也。於是唐風振，而元之詩文漸變，是好問爲之樞也。

好問既蒐金人詩以成《中州集》，而又采金人詞以爲《中州樂府》。其詞以豪俊出生拗，亦衍蘇辛一脈，而與姜張異趣。或謂好問之選，皆取其近己者；然王寂《拙軒集》、李俊民《莊靖集》兩家之詞皆不入《中州樂府》，而清雄頓挫，以視《中州樂府》，格調亦無二致。宋詞深致能入骨；金詞清勁能樹骨；宋或失之綺靡，近於雕文刻鏤之技；金或失之傖荒，無解深裘大馬之譏。獨白樸幼育於好問家，學有端緒，而詞則清婉秀逸，亦如南宋之有姜張云。傳有《天籟集》二卷。

第五章　元

第一節　發凡

元以蒙古起朔方，牧馬南下，吞金滅宋而撫有中國；然元能兼并金宋之土地，而未統一南北之文學。北方文學，衍金之元好問一脈，文宗韓以矯蘇，詩反黄以爲唐，蘄於積健爲雄，反宋入唐；而姚燧元明善爲之宗盟。南士則承南宋，文格不變，而詩格變，以唐矯宋，以晉参唐，意趣沖曠，語参遊仙，一祛西江粗獷之弊而趨於和雅；虞集、揭傒斯、黄溍、柳貫，聯翩起東南，號爲儒林四傑，亦一時之盛也。北學作色張之，以奇崛作氣勢。南文坦迤出焉，以婉愜爲真率。獨袁桷濡染北學，文筆拗强，南風以競，浸欲争長。及吴萊、楊維楨繼踵浙東西，所爲詩文磊落而英多，欲以生氣勃發，出奇制勝。南方之强，北方之强，矜才使氣，孰爲高下。然而北人之語句佶屈，不如南文之篇章渾成也。獨吾誦元人詩文集，其中碑傳所誌勳臣元僚，克城數十百，莫非我漢族暴霜露、斬荆棘之所墾闢以世世長子孫者也。殺賊幾百萬，莫非我漢族同仇敵愾之爲國干城者也。於時殺其壯佼，係累旄倪，子女玉帛，惟所有之；遷我重器，載寶而朝；在彼之豐功偉烈，在我漢族則奇冤大憤；而譽兇人以爲元勳，侈屠僇以張德威，執簡以書，非異人任；其人則劉因、姚燧、元明善、趙孟頫、袁桷、虞集、揭傒斯、黄溍、柳貫；其邑里有南北，而其人爲漢族，一也；顧認賊作父，歌功頌德，如不容口；而不知其顙之有泚焉。嗚呼！哀莫大於心死，而喪心病狂以爲盛德形容，斯誠民族之奇恥，斯文之敗類已！然喪心病狂，而有徵其不病不狂者；心死而有明其不死者。獨其吟詠情性，見於詩什；雖以趙孟頫之盛寵極顯，虞集、揭傒斯之世久情遷，抑亦不無滄桑之感，悲涼之音焉。元之季也，吴萊以《春秋》舉於鄉；而題《春秋通指》後，内中國而外夷狄，欲樹之坊，大義凜然矣。況其爲遺民貞士謝翺、方鳳之儔者乎！或者幾希之僅存，以明人心之終不死，而萌吾民族復興之新運耶。

第二節　耶律楚材　郝經附閻復、劉秉忠　劉因附安熙　姚燧附張養浩　元明善附馬祖常、蘇天爵

元與遼金同出遊牧；金之盛也，元爲臣僕，及金之衰，而元太祖舉兵以叛，克燕京，得耶律楚材。耶律楚材，字晉卿，遼東丹王托雲八世孫也。父履，仕金，終尚書右丞。楚材生三歲而孤，母楊教之學。及長，博極羣書，旁通天文、地理、律曆、術數，及釋老醫卜之説。下筆文成如宿構。金制，宰相子例試補省掾，楚材欲試進士科。章宗詔如舊制，問以疑獄數事。問試十七人，楚材第一，遂辟爲掾。既而元兵逼，宣宗徙汴，完顔復興行中書省事，留守燕，辟爲左右司員外郎。太祖定燕，聞其名，召見。楚材身長八尺，美髯弘聲。帝偉之，曰："遼金世讎，朕爲雪之。"對曰："臣父祖委質事之，君臣分定，不敢讎也。"帝重其言，處之左右，遂呼曰"長髯人"而不名，日見親用。事太宗，拜中書令；遂憲章宋金，立法定制，以潤色鴻業，爲開國文臣之首，卒謚文正。傳有《湛然居士集》十四卷。其中詩多而文少。惟第十三卷、第十四卷，以書序碑記與詩雜編。其詩不甚修辭，多參禪悦。萬松野老行秀序其端曰："湛然居士年二十有七，受顯訣於萬松，盡棄宿學，冒寒暑，無晝夜者三年；以至扈從西征六萬餘里，歷艱險，困行役，而志不少沮；跨崑崙，瞰瀚海，而志不加大。客問其故。曰：'汪洋法海，涵養之力也。'

片言隻字，皆出於萬化之原；而膚淺未臻其奥者，方索諸聲偶鍛鍊之餘；正如檢指蒙學對句之牧豎，望涯於少陵詩史者矣。”蓋明其有得於禪以抒爲詩；而肆筆頓挫，不乖愜適，蓋學杜甫以矯江西之拗體者也。摘句如“瀚海月明千里雪，天山風吼萬林丹”，“崑崙碧聳日落處，渤海西傾天盡頭”，塞外景色，描寫如繪，雄麗得未曾有。然氣調差肆而骨力不堅，辭意太盡而識趣不永；遂成浮響，而無茂意。

耶律楚材，詩欲爲唐而未躋於熟者也。獨陵川郝經，奉手於元好問而得其指授。其文豐蔚豪宕，其詩蒼涼沉鬱，不安爲宋，而差躋唐。

郝經，字伯常；其先潞州人，徙澤州之陵川；家世業儒。祖天挺，元好問所從受學也。金亡，而經奉母徙順天，負米讀書，爲守帥張柔、賈輔所知，延爲子師。二家藏書皆萬卷，恣其搜覽。元好問語之曰：“子貌類汝祖，才器非常。”與論作詩作文之法。憲宗元年，世祖以皇弟開邸，召經，諮以經國安民之道；遂從世祖總師南伐，屢陳大計。及世祖即位，以爲翰林侍讀學士，充國信使，入宋通好，蓋用經之議也。然爲宋所拘，館之真州者十六年，憤悶無聊，益肆力於文章。至元十一年，丞相伯顔奉詔討宋，問執行人之罪；乃得釋歸。先是汴中民射雁金明池，得繫帛書詩云：“霜落風高恣所如，歸期回首是春初。上林天子援弓繳，窮海纍臣有帛書。”後題曰：“中統十五年九月一日放雁，獲者勿殺。國信大使郝經書於真州忠勇軍營新館。”是時南北隔絶，但知紀元爲中統也。詩奏，遂致討焉。既歸而卒，謚文忠。傳有《陵川集》三十九卷。其中《遺山先生墓誌銘》，闡揚師法，明其流變，筆力健舉，沛然出之若有餘，幾欲追好問而肩及之。而稱好問之詩，以謂：“沉鬱太和，力出意外，巧縟而不見斧鑿，新麗而絶去浮靡，造微而神采粲發。雜弄金碧，粉飾丹素，奇芬異秀，動蕩心魄。看花把酒，歌謠跌宕，挾幽并之氣，高視一世。以五言雅爲正，出奇於長句雜言。”所以心維力摹，蓋經之所以志師，抑經之所自爲力。今誦其詩，可覆按也。

金之亡也，元好問依東平路行軍萬户嚴實以居。而實招諸生，以付好問校試其文，而與選者四人焉，高唐閻復其首也。

閻復，字子靖，美風儀，七歲讀書，穎悟絶人。弱冠，入東平學，及是爲實掌書記。至元八年，以薦爲翰林應奉，扈駕上京，賦詩應制。世祖顧宰相曰：“有才如此，何可不用？”遂掌詔命。歷世祖、成宗、武宗，出納王言，久官翰林，卒謚文康。有《靖軒集》五十卷。所爲文章，力矯平易，以茂藻爲雄文，而或失之縟；以飛騰振塊瑋，而不免於躓；抑固得法好問，而欲以希韓者也。

邢州劉秉忠，初名侃，字仲晦；亦事世祖皇弟潛邸。及欲正位，郝經定策以班師，而劉侃顯庸於創制；累官光禄大夫、太保、參領中書省事。早歲爲僧，游雲中，居南堂寺。世祖開邸，海雲禪師被召，過雲中，聞其博學於文，邀與俱；應對稱旨，屢承顧問，論天下事如指諸掌；遂輔世祖以纘大統，而猶不改僧服。及是賜名秉忠。詔以翰林學士竇默之女妻之，賜第奉先坊；而齋居蔬食，終日澹然，不異平昔。自號藏春山人。每以吟詠自適。經歌謡趺宕，挾幽并之氣，出奇於長句雜言；而秉忠巧縟新麗，尤工七言律絶；其風力不如經之騰驤，而雕繢滿眼，才亦足以發藻。傳有《藏春集》六卷，蓋振唐風之朗麗，而救宋詩之傖野者也。

劉秉忠以釋能詩，劉因以儒有文；劉秉忠詩嗣唐音，而劉因學承宋儒。

劉因，字夢吉，保定容城人。父述，刻意問學，邃性理之説，好長嘯。年四十未有子，因夢有神人馬載一兒至其家，曰："善撫之。"後果得子，乃名曰駰，字夢驥，後改今名及字。三歲受書，過目成誦。六歲賦詩，七歲屬文，落筆驚人。才器超邁，日閲方册。初爲經學，究訓詁疏釋之説，輒嘆曰："聖人精義殆不止此。"及讀宋儒周、程、張、邵、朱、吕之書，一見能發其微，曰："我固謂當有是也。"既而深究得失，曰："邵，至大也；周，至精也；程，至正也；朱子極其大，盡其精，而貫之以正也。"顧家居教授，以發六經皆史之義；而詔學者，亦不廢漢唐訓詁之説，旁推交通，著有《叙學》一篇。大旨主博學於文，讀書窮理。其學原出朱熹之道問學，而參以吕祖謙之經世讀史，亦不盡用朱子。弟子數百人，而得其傳者曰真定安熙。

安熙，字敬仲，有《默庵集》五卷。其學汪洋而静深，謂文以載道，不勝，不足以窮理，故言修道以立文。於詩章幽而不傷，慕貞潔之實。教人也，持敬爲本。解經必毫縷以析，果知之，必驗其所行。弟子相從常百餘人，出入閭巷，佩矩帶規，望而知爲安門弟子。其於劉因也，未嘗一見；蓋執讀其書，默焉以求其通者也。世祖初即位，姚樞、許衡，咸在中朝，號大儒。既而兩人相繼告老。士大夫多屬意於劉因，丞相不忽木尤力薦之。至元十九年，徵拜右贊善大夫，以母疾請歸。二十八年，召爲集賢學士，固辭不起，尋卒。

生平愛諸葛亮“静以修身”之語，表所居曰静修；因以題集，傳有《静修集》三十卷。其中詩五卷，號《丁亥集》，因所自定，餘皆門人所掇拾也。詩抑揚爽朗，得蘇之筆，而理趣稍遜。文則由宋攀唐，以自出機杼，如《田景延寫真詩序》曰：

> 清苑田景延善寫真，不惟極其形似，并與夫東坡所謂“意思”，朱子所謂“風神氣之天者”而得之。夫畫形似，可以力求；而意思與天者，必至於形似之極而後可以心會焉；非形似之外，又有所謂意思與天者也；亦下學而上達也。予嘗題一畫卷云：“烟影天機滅没邊，誰從毫末出清妍？畫家也有清談弊，到處南華一嗒然。”此又可爲學景延不至者之戒也。

又《新安王生墓誌銘》曰：

> 新安王綱居母喪，以哀毁致疾；既而其父病作，而綱竟以憂終。其師容城先生爲銘其墓。其辭曰：
>
> 禮之未制也，人或徑情。人之未知也，禮有失平。生制禮之後，爲學禮之人；不俯就之，而夭禍是嬰。如九原之可作，將聲言以責生。雖然，出繼有嗣，終養有兄。入土而安，勿震以驚。吾嘗作銘。

遒宕拗兀，不爲危仄。其他序跋如《莊周夢蝶圖序》、《賜杖詩序》，贈序如《李公勉初名序》，碑誌如《中順大夫彰德路總管源孫公先塋碑銘》、《懷寧萬户劉公先塋碑銘》、《明威將軍後衛親軍總管李公先塋碑銘》、《正議大夫禮部尚書王公神道碑銘》、《澤州長官段公墓碑銘》、《清苑尹耶律公遺愛碑》、《武强尉孫君墓誌銘》，雜記如《馴鼠記》、《退齋記》，咸爲一集之勝。議論醇粹明白，不激不隨，而出以坦迤；碑誌遒宕排奡，不蹇不拗，而能爲高邁；筆有裁制，語無冗絮，簡括有法，勝於朱熹。蓋有元一代，義理而擅文章，北方之學者，莫之或先也。先是許衡之應召也，道過因。因曰：“一聘而起，得無遽乎？”衡曰：“不如此，則道不行。”及因不就集賢之召；人或問之，乃曰：“不如此，則道不尊！”然因制行之峻過於衡，博學有文過於衡，而高尚其志，遁世無悶，位不如衡之顯，名不如衡之高，徒從亦不如衡之衆。學統不在焉，文統亦不繫焉。北方之學統，繫許衡；北方之文統，繫衡之弟子姚燧。

姚燧，字端甫，號牧庵，河南人，姚樞之從子也。北學之開，實大以衡而自於樞。元初建國，無漢人士大夫；及破許州，而樞以金軍資庫使見獲，太祖甚喜。既而太宗遣其從子庫騰南下伐宋，俾樞從，即軍中求儒釋道醫卜之人。及拔德安，以嘗逆戰，其民數十萬，皆俘戮無遺；而樞力拯拔儒生之在俘者，於其中得江漢先生趙復，見樞戎服而髯，以爲蒙古人也。及之帳中，見案有琴書，駭曰："胡人乃解此乎?"樞爲一笑，而與之言，信奇士。出所爲文數十篇付樞，自以九族殫殘，得死爲幸。樞慰藉百端，留共宿。中宵而寤，月皓而盈，索復不得，惟寢衣存，遽馳馬周號積屍間，而得之水濱，則見被髮仰天，號而欲投水。樞曉以："徒死無益。汝存，則子孫或可傳緒百世。吾保而北，無他也。"遂引之燕，謁世祖。問曰："吾欲取宋，卿可導之。"復應曰："宋，吾父母國也，義不爲。"世祖亦不强之，而以付樞。樞建大極書院，請復講授。復以所記程朱所著諸經傳注，盡録以授樞，北方道學自此始。郝經、劉因、許衡，轉相傳録，而樞亦以精研性理之學，歷任太宗、定宗、憲宗、世祖，累拜中書左丞、昭文館大學士、翰林學士承旨，卒謚文獻，以儒學爲元朝開國名臣。

姚燧三歲喪父而依於樞，自幼服教，而隨樞隱蘇門講學，耳目濡染。堂龕孔子容，傍垂周、兩程、張、邵、司馬六人像，讀書其間，衣冠莊肅。後生薄夫，或造庭除，出語人曰："幾褫吾魄。"樞汲汲以化民成俗爲心，自版《小學書》、《論孟或問》、《家禮》、《近思録》與東萊經史説，散之四方。時河内許衡在魏，詔學者出入經傳子史，泛濫釋老，下至醫藥卜筮兵刑貨殖水利算數，靡所不究。而樞過相見，誦説所學。衡遂造蘇門，盡録程朱氏書以歸，謂其徒曰："曩所授受皆非。今始聞進學之序。若必欲相從，當盡棄前習，以從事於《小學》、《四書》爲進德基。不然，當求他師。"衆皆曰："惟先生命。"既而衡盡室來輝，相依以居。而燧出拜焉，時年十三歲也；迨十八歲而從學於衡。衡以講學受知世祖，累官進集賢大學士兼國子祭酒，親爲擇蒙古貴姓子弟，俾教之，而道大行。顧不以文章爲事，亦未詔燧學爲文也。及燧二十四歲，始取韓文讀之，走筆試爲，或謂有作者風；而就正於衡，衡亦賞其辭。以薦爲秦王府文學，歷世祖、成宗、武宗、仁宗，官至翰林學士承旨，集賢大學士；卒謚曰文，時論以韓愈待之，故與同謚。傳有《牧庵集》三十六卷。宋濂撰《元史》，稱："其文閎肆賅洽，豪而不宕，剛而不厲，舂容盛大，有西漢風；宋末弊習爲之一變。”而《四庫提要》亦謂：“燧學出許衡，而文章出衡遠甚；雄深雅健，綽有古風。碑誌尤足補史闕。有元一代，自虞集之外，罕能旗鼓相當也。”無不推崇備至。其實燧爲碑誌，叙述詳盡，其中多名臣大僚，如《湖廣行省左丞（阿爾哈雅）神道碑》、《平章政事蒙古公（博囉罕）神道碑》、《平章政事徐國公（伊札吉臺徹爾）神道碑》、《中書左丞姚文獻公（樞）神道碑》、《董文忠公神道碑》、《平章政事史公（格）神道碑》、《福建等處行中書省平章政事大司農史公（燿）神道碑》、《便宜副總帥汪公（忠臣）神道碑》、《興元行省瓜爾佳公（隆古岱）神道碑》、《封雍國公謚忠貞賀公（仁傑）神道碑》、《領太史院事楊公（恭懿）神道碑》、《參知政事賈文正公神道碑》、《叙州等處行中書省平章政事游公（顯）神道碑》、《真定新軍萬户張公（興祖）神道碑》、《中書左丞李忠宣公（德輝）行狀》，信足以輔《元史》諸傳之缺，而蒐其佚聞。然文章欲學韓愈之生奡，而以救宋金諸家之滑易。蓋宋金諸家，習於蘇文，條達疏暢，而不免滑易；流風所靡，獨燧以韓文自振拔，見者遂以爲高不可攀耳。此實蘇文盛極而衰之機，而非燧之文真能“雄深雅健”也。其實以蹇澀支離之筆，抒廣末猛賁之調，而無大力控摶，無豪氣運貫，欲爲“盛大”而未見“舂容”。議論好爲矜張而無精識，“雄”而不“深”，抑非“雄”也，膚也，廓也。辭筆特爲拗强而疏脈理，“健”而不“雅”，抑非“健”也，獷也，傖也。“閎”而不“肆”，則成襞積，“該”而不“洽”，徒見虚憍。叫囂而無所見，拉雜而不知裁。至於“無恙”必曰“不恙”，“嗚呼天乎”則曰“嗚呼哉天乎”，有意立異以爲學韓；不憚支離其辭，增減其字；其原出於韓愈《曹成王碑》、《試大理評事王君墓誌銘》、《貞曜先生墓誌銘》、《鄆州谿堂詩序》、《汴州東西水門記》、《送窮文》、《祭河南張員外文》；生字拗語，怪怪奇奇，在愈文章狡獪，以備集中之一格，而中有精識，運以逸氣。乃後之學者，不知知言養氣爲何事；而顧字句剽擬，好奇矜誕。皇甫湜學之以矜氣夸調，則爲生吞；宋祁《新唐書》斅之以省字改語，則爲活剥；無當奥奇，徒成拙累。而燧則以皇甫矜氣夸调之生吞，兼有宋祁省字改語之活剥，剌口棘舌，風斯爲下。而披沙揀金，差爲可誦；則有序跋如《書米元暉畫山水》，贈序如《送郭肅政安道序》、《梁氏三子名説》，傳如《太華真隱褚君傳》，碑誌如《湖廣行省左丞相神道碑》、《平章政事蒙古公神道碑》、《平章政事徐國公神道碑》、《便宜副總帥汪公神道碑》、《興元行省瓜爾佳公神道碑》、《百夫長贈中大夫輕車都尉曹南郡侯坤都岱公神道碑》、《鄧州長宜趙公神道碑》、《真定新軍萬户張公神道碑》、《招撫使李君阡表》、《河東檢察李公墓誌銘》，雜記如《序牡丹》、《康瓠亭記》、《赫義亭記》，皆辭筆較省淨，文字較從順。詩筆疏快，不如文之澀蹇，苦乏意境。獨《易天地交泰后以裁成天地之道輔相天地之宜》經義一首，條達疏暢，意到筆隨。辭曰：

造化之奠位，必合兩而成其和；聖人之成能，必參兩以用其中。蓋和者致泰之極功，中者致和之大本也。徒知保合太和，而氣化之流行者，固所以通乎兩間之天地；乃不知允執厥中，而道化之運行者，實有以位乎一身之天地。吾恐道化之中，有時而偏；則氣化之和，亦有時而鬱矣。聖人之宗主是泰，豈其然哉？天秉陽而居上，確乎其體也，而氣則下交乎地；地秉陰而居下，隤然其形也，而氣則上交乎天。氣化交感，絪緼旁薄，至和流通，在在無間。造化之泰，何其盛也，其必有致此者矣。

曰有元后焉。天地之道，或太過也，而元后則以此之中而財成之；天地之宜，有不及也，而元后則以此之中而輔相之。道化潛通，無過不及，一中懋建，天地不悖。聖人之泰，不亦溥乎！合兩以致化者，造化之泰，此泰之蟠際也；參兩以贊化者，聖人之泰，此泰之宗主也。有聖人以宗主是泰，則成位乎上下者，無非中；而奠位乎上下者，無非和矣。《泰》之《象》云云，其意如此。或者昧之，往往謂高明博厚，天地之體也；下降上騰，天地之氣也。體立而氣行，交通而旁達，則形和氣和，而天地之和應矣，於聖人奚賴焉？吁！是未知天地之化，而範圍者聖人也；天地化育，而參贊者聖人也。聖人者，擬天地而參諸身，以一身而贊化育，陰陽闔闢，我轉其機；寒暑推遷，我總其運。此精神之感召，和氣之流通，使之三光全而日月無薄蝕之虞，五紀協而風雨無淒苦之變。財之成之，輔之相之，而無過不及之偏；太和之應，何莫非大中之感？嗚呼！和在天地，則天地一聖人之應也；中在聖人，則聖人一天地之感也。要其所應，則太和所播，上際下蟠，無彼此也，無間斷也。天地之泰，天地之氣化所由通也；而位天地，育萬物，元后之於天地，實有功焉。太過，其財成之；不及，其輔相之。以斯中也，致斯和也，氣化之和，即道化之所由驗也。原其所感，則大中一建，萬物咸睹，無偏黨也，無反側也。聖人之泰，聖人之道化所由通也；而亶聰明，作父母，天地之於元后，實有賴焉！寒暑，其教化之；日月，其順動之；以斯和也，驗斯中也；道化之中，即氣化之所由基也。然則中和無二致，感應無二機，在天地者非有餘，在聖人者非不足，渾渾乎一中和之盛，此其所以爲泰治之極歟。

今夫成氣化之泰者在天地，而開道化之泰者在聖人。聖人者出，父乾母坤，而藐然中處，則成位乎天地矣。大生廣生，而大寶曰位，則成能乎天地矣。聰明作元后也，而有道以運焉；兩儀同流，一中不逾。陰慘而陽舒，天地之道也，過則不能和。春生而秋斂，天地之宜也，不及不能和。一喜怒，有同乎陰陽之慘舒；惟皇作極而財成之，'則無愆陽，無伏陰，而天地之道所由泰。一賞罰，有同乎春秋之生殺；惟皇作極而輔相之，則無暑雨，無祁寒，而天地之宜所由泰。協施中矣，中斯泰矣。將見王道正直，蕩蕩平平，會其有極，是行是訓。吾之道，無非天地之道。吾之宜，無非天地之宜。鼓元氣，雷域中，天地之《豫》也，即聖人之中也。騰百川，雨天下，天地之《解》也，即聖人之中也。由此中而推之，其平秩平在，寅餞寅賓，其在璇璣玉衡，無非此中之彌綸曲成也。

大抵有氣化之泰，有道化之泰。氣化之泰，一天地之和也；道化之泰，一聖人之中也。若不相關也，而實相爲因；若不相與也，而實相爲用；其殆一道氣之相爲貫通者乎。何者？有道，斯有氣。道降而氣，其在天地，則爲陰陽之運；其在聖人，則爲中節之和。氣通於道，其在天地，則爲陰陽之粹；其在聖人，則爲未發之中。天地以氣運，則有上下交通之妙，氣即道之流行焉耳。聖人以道運，則有財成輔相之功，道即氣之主宰焉耳。融道氣，致中和，天地大造化也，聖人權造化也；天地，聖人，同一中和之泰也。使天地徒以氣化之泰奠位乎上下，而不有聖人以道化之泰成位乎其中，則陰陽失其道，寒暑失其宜，日月失其經，和者流矣，其何泰也哉？

抑嘗考《泰》之爲卦而有疑焉？天尊地卑而乾坤以定，皇極建中而彝倫以叙。今而象《泰》之卦，則有取於乾下而坤上；元后之任，則有反於天地之道與宜。何也？蓋天地以形言，乾坤以氣言。天地奠位，而乾下坤上者，氣也；天地之交，以氣而交，是之謂《泰》。乾坤，其父母也；元后，其宗子也。乾坤以氣化而賦形賦色於元后，元后其可不存吾順事而財成輔相之以盡其宗子之職哉？是知乾下坤上，氣化以交而成和矣，而乾坤以定，則和者未有不中。曰道曰宜，元后財成輔相之以中矣，而彝倫攸叙，則中者未有不和。雖然，聖人之用中，其應在天地，其感在民心，民心罔中，惟爾之中，則人和，而天時地利無不應矣。古之聖人，端居乎宥密之中，而尸財成輔相之職；豈必曰夏則天地之陽氣而導行之，冬則閉藏之歟？又豈必曰秋則取天地之陰氣而施用之，春則閉止之歟？夫乖氣致異，和之反也。和氣致祥，泰之極也。

禮樂所以合天地之化，中和所以致萬物之育。吾之於民，苟能以禮樂導其中和之教，以中和行其左右之道；則吾民之中，即天地之中也；吾民之和，即天地之和也。地天象泰，以財成輔相之任，屬之聖人；而必以左右民繼言之，厥旨深矣。昔之言泰和者，必曰唐虞，則唐虞之時，地天交泰之時也。以言其治，則地平天成也；以言其道，則精一執中也；以言其化，則黎民於變也。中和之應，未有盛於此時也。然要其所以致中和，無非用中於民；始之作訛成易有其時，析因夷隩有其序，六府則孔修，三事則元治。彼其潛通天地之和，默制造化之機，固有左右爾民之治存焉。如曰舍斯民而他有所謂財成輔相之事，特陰陽固閉之學，瞽瞽巫史之爲，堯舜其然乎？不然也。春秋以來，日蝕有書，地震有書，不雨又有書，是何陰陽繆戾如是耶？得非治不唐虞，世則春秋，大中之治不建，而太和之治不復乎？吁！是必有寤寐堯舜於千百載之上，而爲天地立極，爲萬世開太平者。

以《中庸》補《易》義，以中致和，吃緊做“以”字，以天地之中和歸之於我民之中和，惜未能如《荀子》之以人定勝天行，而深切喜往復，排比之中，饒能辨折，足以追攀宋之王安石、蘇轍，而筆有餘爽，義無剩蘊，勝爲古文也。特濟南張養浩以奉手於燧，而序其集曰：

皇元宅天下百許年，倡明古文，纔牧庵姚公一人而已。蓋常人之文，多剽陳襲故，窘於識趣，弗克振拔。惟公才驅氣駕，縱横開闔，紀律惟意。其大略如古勁將率市人戰，彼雖素不我習，一號令之，則鼓行六合，所向風從，無敵不北。雖起絶海嶽，亦莫不迎鋭而開，猶度平衍；視彼選兵而陣，擇地而途，纔一再敵，輒衰焉且老者相萬矣。

走年二十四，見公於京師。時公直學士院，每有所述，於讌酣後，岸然瞑坐，詞致砰隱，書者或不能供；章成，則雄剛古邃，讀者或不能句。尤能約要於繁，出奇於腐，江海駛而蛟龍拏，風霆薄而元氣溢，森乎其茫寒，皜乎其輝煜。一時名勝，靡不鰓鰓焉自閟所有，伏避其路。而將相鼎族，輂金篚幣，託銘先世勳德者，路謁門趨，如水赴壑，厥問之崇，學者仰之山斗矣。每往來江湖間，贐餞宴勞，月無虛朝。二千石趨翼下風，吟嘯自若，巷陌觀者謂君神仙人。嘗謂唐三百年，文爲世所珍者，李邕、韓愈二人，或所曁若市，或酬金牣門。最其凡論之，公蓋兼有。至其外榮達，喜施與，宏逸高朗，中表惟一，年愈艾而氣節愈隆，顧有前人所未備者。然則公之奇偉瑰異者，獨文乎哉。

公歿之十一年，當泰定改元，江西省臣求所述於家，凡如干篇，將板行世。郎中賈焕華甫走書濟南，以文序請。竊惟韓昌黎文，李漢氏序。歐陽公文，蘇轍氏序。公與二子，代雖不同，要皆間氣所鍾，斯文宗匠，振古之人豪也。走何人，敢於焉置喙？辭不獲，因紀平昔所嘗得諸心目者，姑副所懇。公，諱燧，字端甫，仕至翰林學士承旨，榮禄大夫，集賢大學士，太子賓客。牧庵其自號云。

可謂推崇備至。其實燧之爲文，衹是“剽陳襲故”，不過時人因襲蘇調，而燧據摭韓語；“窘於識趣”，何嘗“振拔”？“才”不“驅”，“氣”不“駕”，何色張之？欲爲“縱横開闔”而未能“紀律惟意”；“剛”而不“雄”，則爲傲狠；“古”而不“邃”，則見堆垛；拉雜成章，嗷齒佶屈，宜“讀者或不能句”也；更何“約要於繁”，“出奇於腐”之有哉？養浩之言，未免阿私所好也。

張養浩，字希孟，自幼以才行名。遊京師，獻書平章不忽木，大奇之，辟爲掾。歷武宗、仁宗、英宗，累拜禮部尚書陝西行御史臺中丞，卒謚文忠，别號雲莊，有《雲莊類稿》二十四卷。江浙行省參政孛朮魯翀爲之序曰："本朝牧庵姚文公以古文雄天下。天下英才振奮而宗之，卓然有成，如雲莊張公，其魁傑也。其文淵奥昭朗，豪宕妥帖，辭必己出，凜有生氣。"抑亦北學之宗匠，而以嗣響於牧庵。雖豪宕而未妥帖，不免與燧爲同病，然昭朗而免僻蹇，抑亦祛燧之一蔽焉。然養浩一代名臣，不以詞章工拙爲重輕。獨元明善早以文章自豪，務爲雄麗以矯滑易，體氣與燧同，而年輩視燧後，遂以繼燧爲北學所宗云。

元明善，字復初，大名清河人。童而過目成誦。稍長遊吴，以古文有聲，用薦爲安豐建康兩路學正，辟掾行樞密院。僉院事董士選欽重而賓待焉。名達中朝，歷轉中書左曹掾。仁宗居東宫，召爲太子文學。及即位，改翰林待制，累升翰林待講學士。延祐二年，始會試天下進士，明善首充考試官。及廷試，又爲讀卷官，所取士後多名臣，而馬祖常尤擅文學之譽焉。英宗嗣位，尤眷遇之，授翰林學士，卒謚文敏。有文集行世，而不多見。蘇天爵《元文類》所録碑傳序記之文，如《大興府學孔子廟碑》、《太師淇陽忠武王碑》、《丞相東平忠憲王碑》、《丞相淮安忠武王碑》、《平章政事廉文正王神道碑》、《河南行省左丞相高公神道碑》、《藁城令董府君神道碑》、《藁城董氏家傳》、《張淳傳》、《檥槎亭記》、《順州儀門記》、《武昌路學記》、《虚室記》、《萬竹亭記》、《吴幼清先生南歸序》、《送馬翰林南歸序》諸篇；大抵以才發藻，以茂求雄，大聲以色，而抒以排宕；則固衍韓文之一體，而以嗣響於燧者也。如《檥槎亭記》曰：

汲人張君錫氏作檥槎之亭。志怪者云：海與天河通，蓋有人乘槎至斗牛間；徵而慕之，故以名亭。昔君錫挾能放遊，浮河達淮，亂江而南，歷吴越，西至鄂衡，又至於沅澧，踰洞庭，下彭蠡，内齎刳中，息於水腹，奪品於覆，衂漸於罅，或再月不得抵所止；舟師候祥，盲風猋作，水與風争，艫舳崩傾，檣折柁敗，淼無底戾，又雨且暮。游二十年，不知幾此遭矣。息而北歸，有官留中。意必夜悸於夢，朝怵於見。猶事於槎，亦何謂耶？

曰："怖吾之南，信如子言。今吾完然我也。不亦有不水死者衆乎？環燕千里，無湖江浸也，依龍光，被休風之人也，耇壽昌嗣，終不逢不若，宜也。嘗試徵余二十年間，或者服食百忌，步乘有擇，武導晝兵衛，夜臨避而吻動又噤，見獲則聲功亟詫，非不牢自謀也。一旦若輕塵驚風，漠無蹤響者，何也？其所居甚海濤，所乘甚膠舟，風水不争，立將解剥；彼且安之，固亦危我矣。雖然，世所共安而不之危者，非大地乎？然載萬物者地也，載地者水也；火水石土，合爲地體，并水而載之者，天也。地不爲大舟乎？天不爲大水乎？實大舟，運大水，其不有大危乎？道雖無泯，器當有敝；十二萬年之後，又誰知果不并大舟大水而趨於大壞也歟？槎本無也，無又何待於檥？亭亦無也，有亭必基於土；地且不能自有，何有於物？雖然，寄吾於槎，猶萬物之寄於地；同寄也，又奚安奚危哉！”

余曰：“子之號達矣曠矣，其情盍求夫稱也？夫槎者，溝中斷也，利小涉，不大受也；胡不虚其中，使無不容；牢諸外，使無不載；道爲之檝，時爲之帆，泊之於義渚，繫之於德淵？若然，效大舟之實而不洩，託大水之運而不覆；渢渢乎，湘湘乎，槎之進乎是也至矣。”

詼詭雄鷙，自詡出入秦漢。初佐董士選爲江西省掾，隨轉南京行御史臺掾，而臨川虞集，亦爲士選禮延以教子弟。二人者，議論以相切劘。明善言：“君治諸經，惟朱子所定者耳。自漢以來，先儒所嘗盡心者，考之殊未博。”集則曰：“凡爲文辭，得所欲言而止；必如復初言，若雷霆之震驚，鬼神之靈變，然後可；豈性情之正耶？”蓋集承宋學以爲宋文，而明善不安於宋，則欲矯以變也。二人之訟議，抑以徵南北之異學。初相得甚歡，而官京朝，乃更不能相下。董士選之自中臺行省江浙也，二人者，俱送出都門外。士選曰：“伯生，國子官，以教導爲職，宜早還。復初，掾我者也，可更送我。”集還；明善送至二十里外。士選下馬入邸舍中，爲席，出槖中肴，酌酒同飲；乃舉杯屬明善曰：“我以功臣子出入臺省，無補國家，惟求得佳士數人，爲朝廷用之。如復初與伯生，他日必皆光顯；然恐不免爲人構間。復初，中原人也，仕必當道；伯生南人，將爲復初摧折。今爲我飲此酒，慎勿如是！”明善受巵酒，跽而釂之，起立言曰：“誠如公言。無論他日，今隙已開矣。請公再賜二巵，明善終身不敢忘公言。”乃再飲而別。真人吴全節，亦江西人也，與明善交親，乞爲文。既成，明善謂曰：“伯生見吾文，必有譏彈。吾所欲知。成季爲我治具，招伯生來觀之。若已入石，則無及矣。”明日，集至；明善出其文，問何如？集曰：“公能從集言，去百餘字，則可傳矣。”明善即泚筆屬集，凡删百二十字，而文益精當。明善大喜，乃歡好如初。集每見明經之士，亦以明善之言告之。

馬祖常，字伯庸。光州人。才力富健，以博贍鴻麗之文，見賞明善，而爲考試所取士。明善之歿也，祖常爲《翰林學士元公神道碑》曰：

有元古文之宗，曰翰林學士清河元公，以至治二年壬戌二月七日，薨於位。葬而墓碑未刻。其長子奉議大夫同知峽州路事晦又死，次子畐七歲，一女病而未嫁，一孫尚乳也。夫人，清河郡夫人李氏，纍然抱其孫，僦船歸清河，織紝以居。賓客僚隸皆四散，無一顧之者。獨其友玄教大宗師吴全節謂馬祖常曰：“清河公以文起家，可謂貴顯光榮矣，而既葬之後，無碑以載其官閥世次行事之實。爾宜爲文，我求善楷書者礱石以刻焉。”祖常曰：“嗟乎！世之士，一得志，則攘袂於所親；一不得志，則褫魄若不能生者，比比也。今子託跡老氏，而以禮義之事振吾徒，何能哆言以飾愧哉？”

謹按公，諱明善，字復初。資穎悟絶出，讀書，目所過即記。諸經皆有師法，尤深於《春秋》。弱冠游吴中，奮宋金季世之習，已名能古文，流轉江淮間。浙東部使者薦之行省，辟正安豐路學，再正建康路學。居歲餘，行樞密院辟充令史。故辨章董公士選實僉院事，敬之如賓，不以曹屬御之也。董公遷江西行省左丞，復羅致之省中。會贛賊劉貴反，從左丞將兵討之，擒賊三百人；議緩詿誤，得全活者百三十人。又將斬一賊，命公臨斬。左丞曰：“掾儒生，能臨斬乎？當震怖矣。”終刑已，色不變。將佐白：“宜多戮人，及尸一切死者，用張軍聲。”公固争，以爲：“王者之師，恭行天罰。若等小賊跳梁，殺其渠魁耳，餘何辜焉？”賊貴盗書民丁十萬於籍；有司喜，欲發之。公夜置火籍稿中，焚之以滅跡，贛吉遂安。南行臺聞之，亦辟爲掾。未幾，進登仕佐郎樞密院照磨，轉中書省左曹掾，曹無留事。坐誣免，不辨。僑寓淮南，文學益肆。既而誣白，復掾省曹。

至大戊申，我仁宗皇帝養德東朝，左右文化，選天下髦俊之士，列在官臣。公首被簡拔，授以直郎，太子文學。仁宗即皇帝位，遷翰林待制，承直郎，兼國史院編修官，與修《成廟實録》。明年，與修《順廟實録》，加奉議大夫。是年，升翰林直學士，朝列大夫，知直誥，同修國史。有詔命節書文，譯其關政要者以進。公請與宋忠臣子集賢直學士文陞同譯潤。書成，每奏讀一篇，上必善之曰："二帝三王之道，非卿莫聞也。"太皇太后既受尊號，朝堂集議宜赦。公曰："數赦非善人福。宥過可也。"乘傳出賑山東河南飢，彭城下邳諸州，連數十驛，保馬民飢，官無文書。公專以鈔萬二千定分給之，民免死徙。皇慶壬子，修《武宗皇帝實録》。明年，遷翰林侍講學士，中奉大夫，預議科舉服色。延祐乙卯，國家始策試士子，選充考官，廷對，又充讀卷官，迅筆詳定試卷，數語，辭義咸委曲詳盡，他人抒思者不及也。改禮部尚書，正孔氏宗法，以五十四世孫思晦襲封衍聖公。事上，制可之。參議中書省事，毗贊良多。知戊午貢舉，復入翰林，爲侍讀學士，通奉大夫。歲中，拜湖廣行省參知政事。便道過家上冢，鄉之父老子弟迎謁勞問，禮意周洽。庚申，英宗踐阼，徵入爲集賢侍講學士，召至上都，議廣廟制。授翰林學士，資善大夫，修《仁廟實録》。百官迎仁廟聖容，云有慶雲見，承詔爲文以紀之，賜酒嘉賞。英宗親祼太室，禮官進祝册，奏請署御名。上命代署者三，眷遇褒優，近世無有之。

既薨之三月，歸葬於清河生家原之先塋西三里。泰定間，得請於朝，贈資善大夫，河南江北等處行中書省左丞，追封清河郡公，謚文敏。曾祖諱興，不仕。曾祖妣楊氏。二世以下，皆以公貴。祖諱海，贈嘉議大夫，祕書卿，上車輕都尉，追封清河郡侯，謚貞惠。祖妣高氏，追封清河郡夫人。考諱貢，將仕佐郎，同管句蘆鹽場，贈中奉大夫，吏部尚書，護軍，追封清河郡公，謚孝靖。妣弭氏，追封清河郡夫人。元氏，蓋拓跋魏之苗，南北轉徙，不知所系，家清河者，至公四世矣。享年五十有四。

其文有賦五，詩凡一百六十三，銘贊傳記五十九，序三十，雜著十五，碑誌一百三十，出入秦漢之間，本之於六經以涵泳其膏澤，參之於諸子百家以騁其辯。刻而不見其跡，新而必自己出，蔚乎其華敷，鏦乎其古聲。倡古學於當世，爲一代之文宗者，柳城姚燧暨公而已，信乎其必傳也。雖然，才用而未盡，積厚而施寡，徵之於天，其祚後也無疑。祖常曩從公遊；及公考士，又辱第下列，義當銘。銘曰：

於維公文並古立，大沛厥辭世莫躓，震轟謦欬力不克，蜚聲天衢名巍巍。位臻公卿發軔跡。蘊而不施用弗極，神柅其馳學乃碩。天藻掞縟琢圭璧，五十四年返玄宅。

其敘次頗能寓雄鷙於平實，而不爲支蔓，蓋《元史》取材以爲《元明善傳》者也。馬祖常，世爲雍古部，居靖州之天山。其高祖錫里吉思，金末，爲鳳翔兵馬判官，子孫因號馬氏。曾祖月合乃投元，從元世祖南伐，留汴。父潤，監光州，乃家焉。祖常七歲知學，長而工詩能文，問業於明善，得其指授。仁宗延祐初，始行科舉法。祖常鄉貢會試皆第一，而會試出明善門。及廷對，明善讀卷，列祖常第二，授應奉翰林文字。歷英宗、文宗，至順帝，累拜御中丞，轉樞密副使，卒謚文貞。文宗嘗駐蹕龍虎臺，祖常應制賦詩，尤被歎賞，曰："孰謂中原無碩儒乎!"蓋北學之健者。辭筆宏贍，才力富健，其文生戛而排宕，原本韓柳。其詩藻麗而遒舉，出入晉唐，殆不安於爲宋。而文以唐矯宋，詩以晉參唐，然無精實之思，淵永之味，外囂中枵，不免贋格。觀其序周剛善文稿，謂："六經之文，尚已。先秦古文雖淳駁龐雜，時戾於聖人，然亦渾噩勿雕，無後世誕詭骫骳不經之辭。"因舉司馬遷而下，於唐稱韓愈、柳宗元，於本朝推姚燧、元明善；而合之此《明善神道碑》，則其師承可知已。蓋承姚燧、元明善一脈，以力湔南宋之滑易冗沓，而欲積健以爲雄，返古以爲茂，別出於南學以爲北宗。然祖常之跌宕昭彰，氣盛則言宜，勝於姚燧之堆垛襞積，字蹇而語躓也。其《石田集》十五卷，蘇天爵爲浙東廉訪，請於朝，刻以行世，而序其端，謂："後生争效慕之，文章爲之一變"云。

蘇天爵，字伯修，真定人。在順帝至元之末，累拜江浙行省參知政事。於是中原文獻，凋謝殆盡；天爵獨身任一代文獻之寄，討論講辯，纂有《元文類》七十卷，所録諸作，自元初迄延祐，正元文極盛之日。而天爵妙解文章，工於鑒別，其去取又極精審；故與宋姚鉉《唐文粹》、吕祖謙《宋文鑑》，鼎立而三。其學出安熙；而詞章淹雅，根柢深厚，波瀾意度，出入歐蘇，乃過安熙。其爲文長於叙事，碑版諸作尤足補史闕；蓋自從沉酣典籍，練習掌故而來，非得之於安熙也。學者因其所居，稱之爲滋溪先生。傳有《滋溪文稿》二十卷。

第三節　方回　戴表元　謝翶附方鳳、牟巘　趙孟頫附鄧文原　袁桷

北方之學，承朱熹以化於南；北方之文，沿元好問以殊於南。而文摹韓，積健爲雄，以救東坡之滑易；詩學杜，以愜爲渾而矯西江之生硬。而南宋遺獻一脈相繩，文史自娱戲以偷生視息；方回揚西江之餘波，而稱詩伯；戴表元擅東坡之機趣，以爲古文；風流照映，其尤焯焯者已。

方回，字萬里，晚以所居别署虚谷，徽州歙縣人也。宋度宗景定壬戌别省登第，已以詩古文有聲京朝。而戴表元以童子從父兄得其文詞，誦之。沾沾然喜也。及表元年二十六入太學，而回爲國子師，遂奉手焉。於時，士大夫賢者高談性命；其次不過馳騖於竿牘俳諧場屋破碎之文以嘩衆取寵列；無有以詩爲事者。惟夫山林之退士，江湖之羈客，乃僅爲之；而館閣名成藝達者，亦往往以餘力及。回魁然其間，外兼江湖山林清切之能，内收館閣優游之望，而一時歸能焉。越二年，表元亦成進士，欲捐俗學以從爲詩，而元兵南下矣。回出知嚴州，元兵至，迎降，即以爲建德路總管，尋罷，徜徉杭歙間以老。回傲睨自高，不修邊幅。賈似道師潰江上，抗疏陳十可斬，而不能見危授命，以州降元，卒放廢不用，乃益肆意於詩，有《桐江續集》三十七卷，自序謂："予自桐江休官閒居，萬事廢放，獨於讀書作詩，未之或輟。"有《秋晚雜詩》十首以見意，曰：

昔聞有烈士，哀歌缺唾壺。衰暮心不已，徇名殆忘軀。我老詎復爾，一壑不願餘。外物百無嗜，唯喜讀我書。空樽已絶瀝，寒庖僅微蔬。兒啼得非餒，塵編聊自娱。弊廬匪無山，猶兹寄城隅。車馬不至處，願言還林居。

賦詩學淵明，詩故未易及。飲酒慕淵明，酒復罕所得。荒凉數畝園，卜築未成宅。此或類陶家，秋菊亦可摘。古羣士希賢，將無肖厥德？如我於柴桑，往往似其迹。儲粟既以瓶，子尤不勝責。有

時醉欲吟，坌集索逋客。

堂堂陳去非，中興以詩鳴。吕曾兩從橐，殘月配長庚。尤蕭范陸楊，復振乾淳聲。爾後頓寂寥，草蟲何薨薨。永嘉有四靈，詞工格乃平。上饒有二泉，旨淡骨獨清。學子孰取舍，吾非私重輕。極玄雖有集，豈得如淵明。

吾家一何奇，奇峯照南窗。是爲紫陽山，萬木青摐摐。上有出岫雲，下有見底江。江清雲無心，伴此眉宇龐。詩思忽飛來，時有白鳥雙。落日澹秋色，寒溝度枯杠。歸歟書屋夜，昏燈剔幽釭。懷人良未遠，遁翁生是邦。

竊嘗評少陵，使生太宗時。豈獨魏鄭公，論諫垂至兹。天寶得一官，主昏事已危。脱命走在所，窮老拜拾遺。卒坐鯁直去，漂落西南垂。處處苦戰鬭，言言悲亂離。其間至痛者，莫若《八哀詩》。我無此筆力，懷抱頗似之。

人言太白豪，其詩麗以富。樂府信皆爾，一掃梁隋腐。餘編細讀之，要自有樸處。最於贈答篇，肺腑露情愫。何至昌谷生，一一雕麗句？亦焉用玉溪，纂組失天趣？沈宋非不工，子昂獨高步。畫肉不畫骨，乃以帝閑故！

六經天日月，諸子如四時。史自班以上，語奇文亦奇。踵武蔚宗輩，語有文無之。小宋刊《新唐》，不寤宵寐規。以藝傳李杜，待之無乃卑？他人有遺集，一覽不再窺。惟此與韓柳，咀嚼無厭期。儕彼楓落生，吾欲鐫此疵。

道自漢魏降，裂爲文與詩。工詩或拙文，文高詩或卑。香甌《假山序》，不妨自一奇。鰣橘多骨核，乃至肆詆呰。恭惟陳無己，此事獨兼之。五七掩杜集，千百臻秦碑。四海紫陽翁，歸美豈其私。所以此虚叟，取爲晚節師。

世稱陶謝詩，陶豈謝可比？池草故未凋，階藥已頗綺。如唐號元白，白豈元可擬？中有不同處，要與分朴詭。鄭圃趙昌父，潁川韓仲止。二泉豈不高，顧必四靈美？鹹潮生薑門，蝦蜞以爲旨。未若玉山雪，空鐺煑荒薺。

三月三十日，唐有窮詩人。惜春不肯舍，共坐夜達晨。此得守歲意，事愚意已神。寸陰以分計，一分直千囷。竊慮假寐頃，倏忽失我春。今此九月晦，虛叟尤酸辛。摇落始云悲，迴首忽復陳。詎忍棄菊舊，遽喜迎梅新。

格力蒼堅，意興婉愜，殆不以西江爲囿。而戴表元序其詩，以謂："平生於詩無所不學；蓋於陶謝學其紆徐，於韓白學其條達，於黄陳學其沉鷙；大篇清新散朗，天趣流洽，如晉宋間人醉語，雖甚褻不及聲利；小篇沉鷙峻整，如李將軍遊騎遠擊，自成部伍。"蓋亦不僅以西江推之。顧方回嘗選唐宋以來近體詩評論之，名曰《瀛奎律髓》，於情景虛實之間，三致意焉，又多標字眼之説，而一以西江爲衡；序於端曰：

宋剗五代舊習，詩有白體、崑體、晚唐體。白體如李文正、徐常侍昆仲、王元之、王漢謀。崑體則有楊、劉《西崑集》傳世；二宋、張乖崖、錢僖公、丁崖州，皆是。晚唐體則九僧最逼真；寇萊公、魯三交、林和靖、魏仲先父子、潘逍遥、趙清獻之徒，凡數十家。深涵茂育，氣極勢盛，歐陽公出焉，一變爲李太白、韓昌黎之詩；蘇子美二難相爲頡頏。梅聖俞，則唐體之出類者也；晚唐於是退舍。蘇長公踵歐陽公而起。王半山備衆體，精絶句，五言或三謝。獨黄雙井專尚少陵，秦、晁莫窺其藩。張文潛自然有唐風，别成一宗；惟吕居仁克肖。陳後山棄所學學雙井；黄致廣大，陳極精微，天下詩人北面矣。立爲江西派之説者，銓取或不盡。然陳簡齋、曾文清爲渡江之巨擘。乾淳以來，尤、范、楊、陸、蕭其尤也。高古清勁，盡掃餘子，又有一朱文公。嘉定而降，稍厭江西，永嘉四靈，復爲九僧晚唐體，日淺日下。然尚有餘杭二趙，上饒二泉，典型未泯。今學詩者不於三千年間上溯下沿，窮探邃索，而徒追逐近世六七十年間之所偏，非區區所敢知也。

其大旨則躋西江而祧晚唐。然方回爲律絶，體物寫懷，以愁苦出清新，以瘦鍊臻幽秀，則有不期而比於四靈以攀晚唐者。五言律如《出馬家塢》曰：

野迥夏無暑，塢深朝更凉。路隨流水轉，山背古城荒。縣宇攲紅閣，僧庵缺粉牆。暗驚兵亂後，猶有數蓮塘。

又《虛谷志歸》之四首曰：

聞我解征鞍，相看喜復歎。主貧奴僕傲，兵起道途艱。藥許分鍾乳，花先問牡丹。親朋聊共醉，老幼幸俱安。

浪走千山外，乾忙四月餘。隔籬分濁蟻，共座擘枯魚。婢瘦慵施粉，兒頑失寄書。少陵亦曾爾，來往浣花居。

共道歸何晚，猶能喜欲狂。幼兒初拜揖，痴女僅梳妝。有筆修花譜，無錢闢草堂。新添竹踰百，風徑細尋香。

衰晚真當戒，疏慵竟未能。病專從酒得，謗輒爲詩興。每悔居城市，常思絶友朋。誰來敲竹户，又見醉吟僧。

七言絶如《過長安市》曰：

算橘租菱小市嘩，堰頭橋尾約千家。人家已盡無人處，時見芙蓉一岸花。

又《過崇德縣》曰：

枯柳無風影不摇，敗牆頹屋意蕭蕭。忽然唤醒承平夢，猶有紅闌夾畫橋。

流連光景，同於四靈；感喟身世，則似司空圖、方干；而瘦鍊出秀，澄敻發趣，此固晚唐之所以開宗，而禪永嘉之清音者已。

戴表元奉手於方回，而詩與回不同。回張江西，而表元則頗薄江西而不欲爲，嘗以蜜爲喻，謂："釀詩如釀蜜，釀詩法如釀蜜法。山蜂窮日之力，營營村廛藪澤間，雜采衆草木之芳腴，若惟恐一失；然必使酸鹹甘苦之味，無可定名，而後成蜜；若偏主一卉，人得咀嚼其所從來，則不爲蜜矣。詩，三四百年來，大抵並緣唐人數家：豁達者主樂天，精贍者主蒙山，刻苦者主閬仙，古澹者主子昂，整健者主許渾。惟豫章黄太史主子美。子美之於唐爲大家。豫章之於子美，又亢其大宗者也；故一時名人大老，舉傾下之，無問諸子。自是以後，學豫章之徒一以爲豫章支流餘裔；復自分别標置，專其名爲江西派，規標音節，豈不甚似？似而傷於似矣。"觀其所作，五言古如《大名元復初郎中攜示感遇五言八章次韻》、《次韻答朱俠招遊海山》、《書歎》七首、《山中翫物雜言》（十首之一、四、五、九、十）五首，《辛巳之秋山田可擬上熟乃和淵明貧士》（七首之一、二、三、四、六）五首、《丁巳厚德堂》、《老樹》、《伯收東岡麥》、《陳晦父赴銓十三韻》、《朱使君家諸郎將别十二韻》、《掩篋》、《信府同知黄侯名其讀書之堂曰廣居》、《宿福海寺》、《六月十三日壽陳子徽太傅》十首之官一身三韻、《春風》、《九日與兒輩游中溪》、《古詩十五韻送胡天放西游》、《舟中望紫巖》、《秋蟲嘆》，七言古如《聽琴行贈沈秀才》、《赤泥嶺行》、《建溪精舍得本字》、《夜寒行》、《昨日行》、《少年行贈袁養直》、《坐隱辭》、《飛花行贈馬衢州》、《題李伯時畫五馬圖》、《看花曲》，五言律如《苕溪》、《道桐川欲訪梅右司不知其處》、《證道寺》、《客言劉樗翁事》，七言律如《乙亥歲毘陵道中》、《丙子除夜》、《過應浩然先生墓》、《過清涼寺王參預墓下》、《己卯歲初葺剡居》、《秋盡》、《王丞自鄞城歸又許入剡》，清深雅遒，其中七言古，五七言律，律切而能健爽，跌宕以爲沉鬱，猶是杜陵矩矱，不爲西江之生拗，亦異東坡之容易，已爲返宋入唐。而五言古則以高朗爲古淡，體物入微，寓興於曠，由陳子昂、李白以出入阮籍、陶潛，抑更以晉參唐。如《書歎》曰：

王生困縲紲，劉子急徵追。舒叟挈家走，幾遭鞭與笞。我無三人辱。闔門但窮飢。飽死世更多，徒憂何以爲？敢作小夫歎，聊爲才士悲。

舒子高品藻，王生怪衣冠。處世那得爾，譊譊真自殘。劉子最多愛，逢人傾肺肝。勸我學其道，縮身可泥蟠。胡爲亦不免？念此坐長歎。

英英天上星，落落澗中石。升沉雖不同，精爽或相激。我有知名交，四海邯鄲璧。趙子昂遭逢不自閟，頗爲談者惜。談者自不知，斯人寧易得？

結友何用多，管鮑無三人。讀者何用多，得少全其身。君有徇名子，擾擾起風塵。朝逐富兒餐，暮聯豪士茵。歸來反如客，魚鳥亦相嗔。

蘇州米空熟，越州人不來。緩急託遠婚，不如傍蒿萊。蒿萊在籬落，爲我障浮埃。生女屬他人，生男尚嬰孩。從何得饘粥？作此聊自咍。

又《山中翫物雜言》曰：

見狗須不走，見蛇須拱手。不走爾非偷，拱手亦相厚。無欺物自信，能忍誰肯負？不見吴山虎，郭文探其口。

蚯蚓食土壤，蚩蚩何所爲？蜩蟬飲風露，蜕上高高枝。卑者慕其仙，飄颻安可追？儻令智相及，無羡亦無悲。

又《六月十三日壽陳子徽太傅》曰：

青青澤中蒲，九夏氣凄寒。翾翾翠碧羽，照影蒼溪間。巢由薄天下，俗士嘗一官。小大各有適，自全良獨難。

窮居無公憂，私此長夏日。蚊蠅如俗子，正爾相妒嫉。麾驅非吾任，遁避亦無術。惟當俟其定，靜坐萬慮一。

流螢出草莽，空飛亂星辰。蜻蜓水蟲質，一變能輕身。物情羡速化，過眼異新陳。嗟嗟白屋士，吾方保吾真。

又《古詩十五韻送胡天放西遊》曰：

有鐵莫妄鎔，鎔作俠士錐。有帛莫妄縫，縫作山人衣。君看天放翁，氣貌絶清羸。濩落七尺身，仁義充膚肌。無家救人窮，無田恤人飢。江湖三十秋，白頭轉嶇崎。餘情尚灑灑，不吐酸寒辭。事慕古豪傑，諸兒那得知。或云有仙骨，深中愈難窺。矯騰華陀戲，偃蹇梁鴻噫。世態貴反覆，口語瀾翻飛。夫子顧之笑，百觸不發機。寧當待溝壑，西山古誰悲。佩君珊瑚鉤，酌以玻璃巵。相知豈云無，去去勿復疑。

又《次韻答朱侯招遊海山》曰：

江南春草黄，江北秋燕飛。窮居念還往，故物悉已非。我有青雲交，山林可同歸。十年學撫琴，對客輒累欷。豈不願和悦？調苦心則爲。青天無古今，白日相因依。向來炎炎人，所得一何微。成者化埃塵，不成翻禍機。玉美受雕鐫，馬良遭絆鞿。所以曠達士，但貴知我希。請休接輿歌，且急梁鴻噫。名微少士責，身閒免官飢。寧無一日力，相尋盡崎嶇？霜魚碧玉鱠，冰菊食金輝。君歌我按筑，我舞君攬衣。此日爲君歡，醉游敞船扉。

力袪雕琢凡近之氣，而亦不爲獷傖馳驟之語，吐屬婉愜，寄趣曠真，庶幾晉宋之遺音乎？

戴表元，字帥初，一字曾伯，慶元奉化人。宋度宗咸淳中登進士乙科，除建康教授，遷臨安，又遷行户部掌故，國子主簿，皆以兵亂，不就。至元成宗大德八年，年六十餘矣，以薦除信州教授，調婺州，移疾歸。翰林集賢以修撰博士交薦，不起，嘆曰："老矣。"然性好山水，每杖策東遊西眺不十里，近纔數百步，不及勞，意倦輒止。以所居自號曰剡源先生，有

《剡源集》三十卷，自序稱："五歲知讀書，六歲爲詩，七歲習古文，十五學詞賦。十七試郡校，連優。游杭，作書言時政，激摩公卿大人，無所避。中乙科，賜進士及第。會兵起。及丁丑兵定，三十四歲矣，乃始專意讀書，授徒爲文。"詩格變宋，而文則得宋之趣。

及明洪武初，宋濂修《元史》，蒐訪得其集，爲刊而序之，以謂："新而不刊，清而不露，如青巒出雲，姿態橫逸，而連翩弗斷；如通川縈紆，十步九折，而無直瀉怒奔之失。"其中序跋如《先天圖義序》、《桐江詩集序》、《周公謹弁陽詩序》、《張仲實文編序》、《李時可詩序》、《張君信詩序》、《洪潛甫詩序》、《長汀和漁歌序》、《牡丹讌集詩序》、《遊兩巖詩序》、《王敬叔詩序》、《題徐可與詩卷》、《題吕復初所藏大父放翁二詩卷》、《題姚秀實家藏陳所翁畫龍》、《題子昂作畫》、《題吴興錢選畫》、《題盧鴻草堂圖》、《題畫卷》、《題胡瓌報塵圖》、《題温上人心經》、《書張浮休郴行録後》、《題梅庵柴君自書所作詩後》、《題趙郎中詩卷》、《題湯仲友詩卷》、《題萬竹王君詩後》、《題袁通父詞卷》、《題趙子昂摹龍眠飛騎習射圖》、《題明皇聽樂圖》、《題李端叔帖》、《題茅生刻字後》、《題唐師善談乘》、《跋宋元獻韓獻肅二公流杯小飲倡和詩帖》，贈序如《袁氏子字説序》、《史昭父字序》、《陳景惠諸子名字序》、《陳氏三子字序》、《凌氏二子字序》、《送屠存博之婺州教序》、《送白廷玉赴常州教授序》、《送盛元仁赴吉水教授序》、《送杜子問赴學官序》、《送趙生游吴序》、《送陳養晦遠游序》、《送鄭若晦遊建業序》、《送張叔夏西遊序》、《送王月友遊華陽澗序》、《送鄧善之序》、《送曹士宏序》、《送李公度歸三茅序》、《送郭以南爲道士北遊序》、《送鉛山王亦詵歸鄉序》、《送鄭南仲赴昌化主簿序》，碑誌如《故禮部進士徐君墓誌銘》、《徐耕道遷葬碣》，雜記如《秀野堂記》、《清華堂記》、《居清堂記》、《水心雲意樓記》、《困學齋記》、《學古齋記》、《愛日齋記》、《清峙軒記》、《容膝軒記》、《餘軒記》、《省軒記》、《清茂軒記》、《充安閣記》、《拂雲閣記》、《玉林記》、《蕺隱記》、《計籌山昇元報德觀記》、《刑州秀野堂記》、《拳夸二氏誡》，理趣洋溢，出入莊周；辭筆爽朗，依稀蘇軾；意存牢落而抒以放曠，語涉詼嘲而不廢法戒。敘事少平，議論明通；而題跋、贈序、雜記，隨事抒論，尤爲集中之勝。如《送屠存博之婺州教序》曰：

古之君子，可以仕乎？曰：可以仕而可以不仕者也。今之君子，不可以仕乎？曰：不可以仕而不可以不仕者也。可以仕而可以不仕，何也？其材與學可以仕，而其身可以不仕者也。不可以仕而不可以不仕，何也？其材與學不可以仕，而其身不可以不仕者也。古之君子，其得材也亦厚矣；其師良，其學之之法備。上之人時其可仕也，然後仕之，然而不必皆仕也。不必皆仕，而爲民則亦無不樂也。今之君子，其材不及古矣，師不必皆良也，學之之法不必皆備也。其可仕也，上之人不必皆仕之也。然而皆有欲仕之心焉，以爲不仕而爲民，則其身將不免於勞辱也。故古之君子，可以仕而仕，則爲仕者皆爲賢公卿大夫；可以不仕而不仕，則不仕者皆爲良民。今之君子，其仕者既無以心服不仕之民；而不仕者，至於無以自容其身。今古之不齊，與其俗之静躁，人之治亂，如斯而已矣。

然余猶有欲言焉：夫人之生於世勞矣，其不勞者非人道也。古之爲民，無刑獄猝至之憂，無賦役淹久之苦，人知其可羡如彼也。然其筋骸膚體，疲於田疇而拘於耒耜，狎習於風寒暑濕之事，與今之農夫正等耳。居之久也，以百里奚、甯越之賢，不免於叩角而嗟，釋鋤而起；他可知已。今之民一名爲士，則其處也唾壺而麈尾，其出也高車而駟馬，乃有古時已仕在官者之所不及。嗚呼！古之君子，自孩童以上，糞除趨走，絃歌舞蹈，弓矢羽籥之類，及諸賤事，無不嫻熟。故平居多勞而少疾，一旦驅之臨煩而處劇，則亦無趑趄畏懦之色者，餘於身也。齊民之倫，莫貴於士。士之爲言事也，士而不識其事，憒焉與凡民何異？豈獨不異，仕而縻之，則反以爲賊；不仕而儕之，則反以爲蠹。

存博，士而得仕。仕而教士矣。將何以仕，抑何以教乎？於其行也，盍爲吾一言之？

又《題温上人心經》曰：

温上人面目嚴冷，人欲求一笑不可得，亦不肯輕諂人。而遇其性所喜悦，歡然自留。得錢，出户即散施貧者；或多，則袖攜以訪失職賢士大夫而與之。布袍葛裾，放浪嘯傲於西湖三竺間五十年。吾觀其人，視策名貨利爲何等物。故其翰墨流落人間，足堪把玩。又善以意寫蒲萄游戲，遇物立成。至有氣力者具紙素邀之，輒又一筆不與。聞東昌徐仲彬云："時時過其家，傾懷盡興，淋漓揮灑，不求而作。"此卷心經，乃其行書，尤難得也。徐氏幸寶藏之。

又《題吴興錢選畫》曰：

吴興錢選能畫嗜酒，酒不醉不能畫，然絶醉不能畫矣，惟將醉醺醺然，心手調和時，是其畫趣。畫成，亦不暇計較，往往爲好事者持去。今人有圖記精明，又旁附繆詩猥札者，蓋贋本，非親作；設親作，亦非得意畫也。此卷烟林水嶼，伸紙數尺，自非須臾可就；想見經營布置時累醉不一醉。祝提學云："有人仕吴，詣錢生，值醉得之。"良是。

又《題姚秀實家藏陳所翁畫龍》曰：

所翁畫龍雖近出，真者世不多有！其法當欲畫時，游戲取人縑素，取墨灡潑，有及有不及，乘快隱隱數筆，龍藏其中矣。憑陵傲兀，恍惚變滅，蓋君自以寄意爲樂。龍成，傍附題述，辭翰散朗，與畫相入，真奇物也。世人見其易就，輒亦造次擬爲之，不滿一笑。此卷微灡細靄，瀰漫通幅，前衝後擁，略具鱗鬣，點染精緻，殆非一時信手之作。姚氏謹藏之。

又《題子昂作畫》曰：

子昂作畫，初不經意，對客取紙墨游戲點染，欲樹即樹，欲石即石。然纔得少許便足，未嘗見從容宛轉如此卷十餘尺者。昔有送長縑於郭恕先；恕先意所不樂，而不得已，爲作小手輪，牽一絲，勁直終幅，繫以紙鳶；還之。其人愠不敢言，然不害爲奇筆。子昂才氣不減恕先，乃能爲求者委曲至此，殆其人有得之耶？

隨筆揮灑，逸趣横生，阿堵傳神，其原出於蘇軾。是時宋之遺民故老，伊憂抑鬱，每託詩篇以自放，大抵得趣於蘇軾，學恬於陶潛。然戴表元輩猶不免出爲師儒，以升斗自給。獨謝翱皭然不滓，行吟躑躅，念念不忘故宋。顧詩文則力剗宋調以變唐格，亦一反也。

謝翱，字皋羽，福建福安人，後徙浦城。宋咸淳初，試進士不第。元兵下臨安，宋丞相文天祥亡命之閩，檄州郡勤王，署翱諮事參軍。天祥兵敗被執，而先遣翱以獲免。翱隻身走浙東，遇山川臺榭，雲嵐草木，與天祥别處偶似者，則悲不自禁，低徊顧盼，失聲哭，如是者數。及登嚴子陵釣臺，設天祥木主於荒亭隅，酹酒，以竹如意擊石，歌招魂之辭曰：“魂朝往兮何極，暮歸兮關山黑。化爲朱鳥兮，有咮焉食?”歌闋，竹石俱碎；哭失聲曰：“阮步兵死，空山無哭聲，且千年矣。”聞者傷之。意有所鬱結不得攄，則陶情於山水，搜奇抉祕，尋隱者方鳳，以詩文陶寫胸中鬱勃。當其執筆時，瞑目遐思，身與天地俱忘，每語曰：“用志不分，鬼神將避。”其苦索類此。白雲村者，在嚴子陵釣臺南，唐玄英處士方干舊隱處也。翺與鳳遊而樂焉，“願即此爲葬地”。作《許劍録》。已而去之杭，訪佚老，咸詫相見晚。有劉氏者，妻以女，病肺，將死，屬其妻曰：“吾去鄉千里，交遊惟方韶卿最親，不啻兄弟。好收吾文並吾骨授之，必葬我許劍之地。”

方鳳，字韶卿；宋末，以太學生授容州教授，治《毛詩》。陳宜中爲宰相，禮下之，命二子受業焉。有《存雅堂遺稿》五卷，其詩文皆嶔崎磊落，語無凡近，然意象方圓，自有法度。其門人黄溍、柳貫、吴萊，皆得其緒論，而以文章自振於一代者也。及翺之死，而鳳果至，葬翺子陵臺南，伐石表墓，而以文稿殉，從翺志也。後人哀其志而爲蒐刻，有《晞髮集》十卷，《晞髮遺集》二卷，《遺集補》一卷。鳳爲翺行狀，稱：“慕屈原懷郢都，託興遠遊，以晞髮自命。爲詩厭近代，一意溯盛唐而上；文規柳及韓。”

謝翺詩，五言古如《結客行》曰：

> 結客衛京師，棄家南斗陲。相看各意氣，欲取遼陽歸。事左脱身去，豈爲無所爲？家藏楚王子，手執五陵兒。泣奉先主令，白旗嚮天揮。鞭屍讎必報，函首捷終馳。力盡志不遂，以死謝漸離。

又《池上萍》曰：

> 浮萍隨漲水，上到荷葉端。水退不得下，猶黏花萼間。花殷青已見，葉翠枯始斑。何如根在水，根蒂相團圞？人生慕高遠，風雲事躋攀。絶髯尚號叫，化爲鶴與猿。幸未及枯槁，萬里吾當還。

七言古如《望蓬萊》曰：

> 青枝啼鳥波延延，方士指海談神仙。五雲垂天光屬夜，老父相傳説車駕。千官此地佩宛宛，舟發黄門止供頓。繞檣赤日護龍旗，西北驛書馳羽箭。百年塵空滄海晚，月落無人度灞滻。鷄鳴白石爛如銀，蓬萊不見夷州遠。

又《古别離》曰：

仙人别母母哭啼，遺以神藥乃醉之。醒來哭定記兒語，食此庭前雙橘樹。葉能禦飢病能愈，豈似當時逐兒去。鄰翁有女立我前，取刀剖腹爾勿憐。但爾嫁夫能治田，生子不願生神仙。

又《覓紫芝》曰：

少微昏見觜觿中，山深夜氣光流虹。青芝獨産林下石，染根濕雲如紫漆。天門夢斷路初同，山鬼守根不敢食。銀泥徽鎖守者疲，老翁持呪取夜歸。明當食之聞鬼哭，對爾洗腸還入腹。

斅詭麗於李賀，得幽悄於孟郊，取頓挫於張籍，而參以漢魏樂府之鏗鏘，澤以齊梁綺體之藻采；只是取徑中唐，何嘗一意盛唐。他如《宋鐃歌鼓吹曲·日離海》、《母思悲》，五言古《落梅詞》、《夏日遊玉几山中》、《翠鎖亭避雨》、《鐵蛇嶺長耳僧》、《九日黎明發新昌望天姥峰》、《鐵如意》，七言古《賦得北府酒》、《折楊柳》、《趙安天北遊求詩》、《種葵蒲萄下》，五言律《暮春感興》、《無題》、《沙岸登舟》，七言絶《過杭州故宫》二首、《艤舟江心寺》，意主怨悱，詞參遊仙。然宋之詩人，我見三反：寇準顯達而詩多惻愴，林逋肥遁而語爲趕熱，至翺則好爲仙語而饒有鬼氣，凄神寒景，悄愴幽邃，乃鬼才，非仙才也。文則山水陶情，遊必有記，峭潔幽愴，其原出於柳宗元。然氣不舒，句不茂，得柳之廉而無其悍，有柳之俊而遜其傑；規柳之不盡，更何論韓之渾灝流轉，萬怪惶惑。而方鳳乃曰“文規柳及韓”乎？特有厭於近代而欲反宋爲唐，文以幽峭刮宋文之冗絮，詩以奇麗藥宋詩之狃獷爾。戴表元詩格變宋，而文不變；翺則詩文并變。

牟巘，字獻之，井研人，徙吴興，爲大理少卿。宋亡不出。學者稱陵陽先生。以文章見推東南，而志節皭然，抑翺之亞，嘗有《仲九和陶》以見志曰：

驚飆舉落葉，意氣何軒軒。秋高百卉盡，寂寞但空闌。何異富與貴，變滅隨雲烟。緬懷陶彭澤，平生極幾研。

好惡豈不察？鑿垣植蒿蓬。而此庭前菊，鋤灌少人工。此物抱至潔，有似楚兩龔。留香待嚴凜，意與烈士同。

又《贈俞山月》曰：

童奴從長耳，萬里聲蕭騷。歸從半山路，問字良亦勞。卧聞餓虎嘯，唤醒平生豪。前山忽湧月，始覺所見高。欣然有遠孫，載酒江湖敖。胸中湛水鏡，邂逅得所遭。古月還相照，了不隔秋毫。但憐露草溼，時復暮蟲號。

又《贈厲白雲上人》曰：

雙徑聞鐘罷，而今但熟眠。事須紅日上，身在白雲邊。古貌應違俗，高吟不礙禪。爐頭煨芋火，相對各欣然。

恬澹夷猶，清音獨遠，不務奇氣兀傲，而尚氣韻沖澹；有《陵陽集》二十四卷，其詩以蘇學陶，而出入唐之王維、韋應物，一掃江西之傖音；則亦以唐變宋，以晉參唐，軌轍略與表元同。顧表元論文學，於儕輩，必推趙孟頫，尤稱其詩"古體沈潛鮑謝，自餘諸作，猶傲睨高適李翺。"蓋亦以晉參唐爲孟頫譽云。

元平江南，而士大夫未爲所用也。建昌程鉅夫者，叔父飛卿爲宋建昌通判，元兵至，以城降，而入鉅夫爲質子。鉅夫文章典雅，有北宋館閣餘風，而爲古詩落落遒警，有《雪樓集》三十卷。其入質也，世祖召見，給筆札，千言纚纚，遂大愛幸，累官翰林集賢學士。陳乞遣使江南搜訪遺逸，帝嘉納，拜侍御史，行御史臺事。奉詔求賢於江南，儒林文苑罔不畢進，而東南遺獻爲網羅以盡，東南士節亦掃地以盡矣。而儒者得吴澄，文士則趙孟頫，尤一時之秀，衆望所歸。

趙孟頫，字子昂，宋太祖子秦王德芳之後。五世祖秀王子偁，實生孝宗，高宗立以爲嗣，賜第於湖州，故孟頫爲湖州人。年十四，以蔭補官。宋亡，家居，益自力於學。既爲鉅夫所羅致，以入見。孟頫才氣英邁，神氣煥發，如神仙中人。世祖顧之喜，使坐。會立尚書省，命以草詔，覽之，喜曰："得朕心之所欲言。"欲大用之，貴臣不可，授兵部郎中。歷成宗、武宗、仁宗，累拜翰林學士承旨。初，孟頫以程鉅夫薦，起家爲郎，及鉅夫爲翰林學士承旨，致仕，孟頫代之，先往拜其門而後入院。封魏國公。仁宗眷之甚厚，以字呼之而不名。嘗與侍臣論文學之士，以孟頫比唐李太白、宋蘇子瞻。四方萬里重其詩文，所至車馬填咽。畫入神品，尤以書法稱雄一世。妻管，名道昇，生子雍、奕，咸能書工畫。仁宗命管書千文，敕玉工磨玉軸，送祕書監裝池收藏。因又命孟頫書六體爲六卷，雍亦書一卷，且曰："令後世知我朝有善書婦人，且一家皆能書，亦奇事也。"管又嘗畫墨竹及設色竹圖以進，詔獎賜内府上尊酒。風流儒雅，與孟頫稱佳偶。孟頫自號松雪道人。有《松雪齋詩文集》十一卷。其詩則戴表元論定而爲之序曰：

> 吴興趙子昂與余友十五年，凡五見，必以詩相振激。子昂才極高，氣極爽，余跂之不能及，然而未嘗不爲余盡也。最後又見於杭，始大出其平生之作曰《松雪齋集》者若干卷，屬余評之。余惟人之各以其才自致於世，必能相及也，而後相知；必相知也，而後能相爲言。余於子昂不相及，而何以知，何以言乎？子昂曰："雖然，必言之。"余曰："必言之，則就吾二人之今所歷者，請以杭喻。"
>
> "浙東西之山水，莫美於杭，雖兒童婦女，未嘗至杭者，知其美也。使之言杭，亦不敢不以爲美也，而不如吾二人之能言。何者？吾二人身歷而知之，而彼未嘗至也。他日試以其説問居杭之人，則言之不能以皆一，彼所取於杭者異也。今人之於詩，之於文，未嘗身歷而知之，而欲言者皆是也。幸嘗歷而知之，而言之同者，亦未之有也。子昂未弱冠時，出語已驚其里中儒先。稍長大，而四方萬里重購以求其文，車馬所至，填門傾郭，得片紙隻字，人人心愜意滿而去。此非可以聲色致也，而子昂豈謂其皆知我哉？故古之相知，必若韓、孟、歐、梅，同聲一迹，綢繆傾吐而後爲遇；而後世乃欲望此於道途邂逅之間，則又過矣。余評子昂古賦陵歷頓迅，在楚漢之間；古詩沈潛鮑謝；自餘諸作，猶傲睨高適李翱云。子昂自知之，以爲何知？"

蓋所以稱其詩者如此。其實孟頫書，喜臨智永千文以窺二王，欲以晉化唐；而孟頫詩則出入陳子昂、李白，以攀郭璞、陶潛，亦以晉化唐；蓋宋之詩格與書勢並盡，不得不反本修古；然謂"沈潛鮑謝"，誠所未喻，蓋視謝，則秀朗而無其滯悶；於鮑，則婉愜而遜其勁挺也。五言古如《古風》（十首之二、三、四、七、十）五首、《有所思》、《咏懷》六首之一、《咏逸民》十一首、《歲暮和剛父雜詩》之四、《遊南山憩山下人家和人韻》、《罪出》、《擬古》、《新秋》、《述懷》、《贈恢上人》、《露坐》；七言古如《贈相士》、《贈相者》、《秋夜曲》二首、《賦張秋泉真人所藏研山》；五言律如《春寒》、《大都遇平江龍興寺僧閑上座話唐棊毋潛宿龍興寺詩因次其韻》；七言律如《和姚子敬秋懷》五首、《聞擣衣》、《岳鄂王墓》、《次韻信仲晚興》、《多景樓》、《東陽八詠樓》，五言絕如《天冠山題詠》二十八首之《長廊巖》《玉簾泉》二絕、《玄洲十詠寄張貞居之隱居松》，七言絶如《次韻剛父即事絶句》四首、《東城》、《湖上暮歸》；清才逸調，讀之有飄飄出塵之想。然孟頫以宋王孫仕元爲顯官，而不無滄桑之感，悲涼之音。五言古如《有所思》曰：

思與君别來，幾見夫容花。盈盈隔秋水，若在天一涯。欲涉不得去，茫茫足烟霧。汀洲多芳草，何心采蘅杜。青鳥翱雲間，錦書何時還。君心雖匪石，祗恐凋朱顔。朱顔不可仗，那能不惆悵？何如雙翡翠，飛去蘭苕上。

又《露坐》曰：

露坐夜將半，澹然無所爲。草根蟲鳴歇，松梢螢度遲。城市多塵雜，令人心不怡。兹丘亦可老，已與白雲期。

七言律如《和姚子敬秋懷》曰：

搔首風塵雙短鬢，側身天地一儒冠。中原人物思王猛，江左功名愧謝安。苜蓿秋高戎馬健，江湖日短白鷗寒。金尊淥酒無錢共，安得愁中欲暫歡。

野曠天高木葉疏，水清沙白鳥相呼。胡笳處處戎塵滿，鬼哭村村漢月孤。新亭舉目山河異，故國傷神夢寐俱。黄菊欲開人卧病，可憐三徑已荒蕪。

又《聞擣衣》曰：

露下碧梧秋滿天，砧聲不斷思綿綿。北來風俗猶存古，南度衣冠不及前。苜蓿總肥宛腰褭，枇杷曾泣漢嬋娟。人間俯仰成今古，何待他年始惘然。

憔悴行吟，刻意唐音，而參晉韻；筆性柔和，雖未雄渾，然一唱再歎，開闔動宕，宋人粗獷之習，蓋知免矣。文則紆餘委備，而辭尚體要，不矜才氣，言盡則意止，有宋人之條達而無其冗絮；爲學戒於速成，論文必宗六經；序跋如《古今歷代啓蒙序》、《葉氏經疑序》、《閣貼跋》、《洛神賦跋》；碑誌如《大元追封趙國公謚文定全公神道碑》、《追封魯國公謚文貞康里公碑》、《田氏賢母之碑》、《有元故徵士王公墓誌銘》、《任叔實墓誌銘》；雜記如《吴興山水清遠圖記》；其可誦者也。風流文采，炤映一世，詩變宋格，而文不變，亦與戴表元同。

元興，承宋金之季；元好問以金遺老軼宕俊邁，大筆淋漓以振聲中州；

而郝經、劉因之徒繼之；故北方之文，至中統至元而大盛。及孟頫以宋王孫徵起，風流儒雅，天子側席；鄧文原、袁桷連茹接踵，而南風亦競，於是虞、楊、范、揭，南州之秀，一時並起；而大德延祐之際，雍容揄揚，繼中統至元而爲元文之極盛，則鄧文原有以倡之也。

鄧文原字善之，杭州人。成宗在位，以儒學教授用薦擢應奉翰林文字。承旨閻復，北學之健，於寮友少所假借；獨重袁桷及文原，凡大撰著，必屬焉。文原由應奉升修撰。成宗崩，預修《實録》。東平王構與姚燧並以北學耆英而爲承旨，持見不同；閲文原所具稿，互有指摘；文原不與辯也，櫝藏以俟後數日，二人自草，莫適當也，然後取視，卒不易一字。累官翰林侍講學士，知制誥，同修國史。文原於經史百氏之書，無不究極根柢，而發於文章；東南遺老，凋落既盡，士論歸重焉。及在朝廷，典著作，施於訓誥，温潤而有體；志於簡册，確實而有徵。詩則變宋格以臻簡古麗逸，而遺文零落，傳有《巴西文集》一卷，僅雜文七十餘首，未盡所長也。尤工書，與孟頫齊名。而袁桷者，嘗奉手戴表元，稱弟子，而文章不盡用師法。表元抒以疏快，依舊蘇統；而桷矯爲遲重，欲變宋格，蓋以南學而染北風者乎？

袁桷，字伯長，慶元鄞縣人也，宋同知樞密院事資政殿大學士韶之曾孫也。生長富貴，而爲學清苦，自言："少讀書，有五失焉：雅觀而無擇，濫閲而少思，其失也博而寡要。考古人之言行，意常退縮不敢望，其失也儒而無立。纂録史籍之故實，一未終而屢更端，其失也勞而無功。聞人之長，惟恐不及，將疾趨從之而轉出其後，其失也欲速而過高。好學爲文，未能蓄其本，經術隱奥，茫乎其無所適從，泛然而無所關決，是又失之甚者也。夫爲學之道，用志不能不一，用力不能不專。農夫莽而廣種，不如狹墾之爲實也；工人泛而雜學，不如一藝之爲精也。"

宋末，父洪通判建康府，而戴表元爲建康府教授，既而俱罷官歸，遂使桷受業。表元則爲言："後宋百五十餘年，理學興而文藝絶。永嘉之學，志非不勤也，挈之而不至，其失也萎。江西諸賢，力肆於辭，斷章近語，雜然陳列，體益新而變日多；故言浩漫者蕩而倨，極援證者廣而顙。俳諧之詞，獲絶於近世，而一切直致，棄壞繩墨，棼爛不可舉。文不在兹，其何以傳後？"既而從同邑王應麟講求典故制度之學，從天台舒岳祥習詞章。家故多藏書，又接見南宋文獻之淵懿，於近代禮樂之因革、官閥之遷次、朝士大夫之族系、九流諸子之略録，悉能推本原委而言其歸趣。

大德初，朝官交章薦舉，徵爲翰林院國史院檢閲官。承旨閻復，色莊慎許可；待院屬必面質其長，猶以爲疑；卒詢於嘗往還以考其詞學焉。袁桷入院五日，閻復召堂上曰："子能爲制誥乎?"出片紙令試草制；即具以進，閲一月，召撰《廟學詔》，云"如漢詔令體"。尋大會院屬，令擬進《五朝實録表》；獨奬桷，即署爲應奉翰林文字。自此踐歷清華，歷成宗、武宗、仁宗、英宗。再入集賢，八登翰苑，官至翰林直學士。在詞林幾三十年，朝廷制册、公卿碑傳，多出其手。所撰《柱國封播國公謚忠宣楊公漢英神道碑銘》、《上柱國永國公謚文康閻公復神道碑銘》、《戴先生表元墓誌銘》、《贈大司徒魯國王文肅公構墓誌銘》、《真定安敬仲熙墓表》、《翰林學士趙公與票行狀》、《翰林承旨王公構請謚行狀》、《澤國公謚忠宣鄭公制宜行狀》、《肅御史泰登家傳》、《玄教大宗師張公留孫家傳》、《通真觀徐君懋昭墓誌銘》、《空山雷道士思齊墓誌銘》、《定水源禪師塔銘》、《延慶良法師塔銘》、《拜住元帥出使事實》，皆可以參證《元史》列傳而蒐其佚聞。右丞相拜住禮重桷宿學，欲委桷撰宋、遼、金史；而桷奮然以《宋史》自任，條列事狀，以爲必從搜訪遺書入手。及順帝詔修宋、遼、金史，遣使者分行郡國，網羅舊文，而江南舊家尚多畏忌，祕其所藏。而桷已卒，其孫同知諸暨州事儼乃以家書數千卷來上，桷之志也。有宋文物，萃於東南，而流風不墜，得垂於後，蓋桷實有力焉。卒謚文清。傳有《清容居士集》五十卷。

袁桷詩格俊邁而出以茂典，文筆拗强而不爲疏快，皆欲以力矯宋風。其論謂："渡江以來，諸賢蹈襲蘇學，以雄快直致爲夸，詩與文相率成風。《詩》有經緯焉，詩之正也。有正變焉，後人闡益之説也。傷時之失，溢於風刺者，果皆變乎?樂府基於漢，實本於《詩》，考其言，皆非愉悦之語，若是則謂之'變'矣乎?建安黄初之作，婉而平，羈而不怨，擬《詩》之正，可乎?濫觴於唐，以文爲詩者，韓吏部始；然而春容激昂，於其近體，猶規規然守繩墨；《詩》之法猶在也。宋世睹儒一切直致，謂理即詩也，取乎平近者爲貴；禪人偈語似之矣。擬諸采詩之官，誠不若是淺。蘇黄傑出，遂悉取歷代言詩者之法而變焉，音節陵厲，闡幽揭明，智析於秋毫，數殫於章亥，故今世學詩者咸宗之。風雅異義，今言詩者一之！然則曷爲風?黄初建安得之。雅之體，樂府諸詩近之。蕭統之集，雅未之見也。詩近於風，情性之自然；齊梁而降，風其熄矣。由宋以來，有三變焉：梅歐以紆徐寫其材，高者陵山岳，幽者穿巖竇，而其反覆蹈厲，有不能已於言者，而風之變盡矣。黄陳取其奇以爲言；言過於奇，奇有所不通焉。蘇公以其詞超於情，嗒然以爲正，頽然以爲近，後之言詩者争慕之。音與政通，因之以復古，則必於盛明平治之時，唐之元和，宋之慶曆，斯近矣。感昔時流離兵塵之衝，言不能以宣其愁，而責之以合乎古，難矣。夫詩之言風，悲憤怨刺之所由始，去古未遠，則其道猶在。越千百年以日趨於近，是不知《國風》之作，出於不得已之言也。李商隱詩，號爲中唐警麗之作，其原出於杜拾遺；晚自以不及，故别爲一體；然命意深切，用事精遠，非止於浮聲切響而已也。自西崑體盛，襞積組錯；梅歐諸公，發爲自然之聲，窮極幽隱，而詩有三宗焉：夫律正不拘，語腴意贍者，是爲臨川之宗。氣盛而力夸，窮抉變化，浩浩焉滄海之來碣石也，爲眉山之宗。神清骨爽，聲振金石，有穿雲裂竹之勢，爲江西之宗。二宗爲盛，惟臨川莫有繼者，於是唐聲絶矣。至乾淳間諸老，以道德性命爲宗，其發爲聲詩，不過若釋氏輩條達明朗，而眉山江西之宗亦絶。永嘉葉正則，始取徐翁趙氏爲四靈，而唐聲漸復。至於末造，號爲詩人，極凄切於風雲花月之描寫，力孱氣消，規規晚唐之音調，而三宗泯然無餘矣。余嘗以爲聲詩述作之盛；四方語諺若不相似，考其音節，則未有不同焉者。詩盛於周，稍變於建安黄初，下及於唐，其聲猶同也。豫章黄太史出，感比物聯事之冗，於是謂聲由心生，因聲以求，幾逐於外，清濁高下，語必先之，於聲何病焉。法立則弊生，驟相摹仿，豪宕怪奇，而詩益浸淫矣。臨川王文公語規於唐：其自高者始宗師之，拘焉若不能以廣；較而論之，其病亦相似也。"則其不慊於宋賢而别有蕲尚，可知矣。

袁桷所爲詩，五言古如《舟中雜詠》（十首之二、七、八）三首、《餞王參議以"風帆自力短，江空歲年晚"爲韻》、《鞭馬圖爲狄誠父作》、《再次韻答仲章仲實》十首之三四六、《次韻仲章蔡村阻風》、《次韻陳畬齋七首"明月明年何處看"爲韻》、《集廉園》、《次韻雜詩》五之二五、《别仲章》、《贈昌上人》二首、《宿竹院次珙横川韻》、《送馬伯唐御史奉使河西》八首、《天師留公返真空洞步虚詞》十章、《大名劉節婦吟》、《飲酒雜詩》十二首，《述郭楚望步月秋雨琴調》二首、《次韻盤山黄伯玉東漢名士十詠》、《次韻元復春思》三首之一二、《節婦吟爲蒙氏作》、《有感》、《憶昔》三首，七言古如《賦廣帥平寇還》、《謝王參議送練春紅二枝》、《燕吴閒閒冰雪相看》、《仲章與余連舟而行夜泊夾馬營余舟適先至仲章有詩因以奉戲》、《雪污齋》、《贈錢唐吴月湖》、《送趙君佐茶使》、《次韻段惟德右司》、《張氏女》、《近有善書僧日温妙明遂各爲一章美之》、《善之攜酒招遊西湖值雷雨分韻得杯字》、《賦金華方君雙魚硯》、《送馬季權之官平江州》、《宋誠甫押送交趾使之武昌》、《過高郵湖》、《趙昌荷花》、《乘鸞吹簫圖》、《與相士王月屋》、《次韻蔣遠静》二首、《題黄居寀蒼鷹擊雉圖》、《贈番陽劉生振》、《吴船行》、《淮船行》、《越船行》、《清明行》、《河船行》、《天禄硯滴歌》、《新安芍藥歌》、《晉寧丁節婦歌》、《哀牢夷》、《李宫人琵琶行》、《渝州老人歌》、《龍尾歌送文子方著作》、《敬亭歌送鄭子真》、《安南行》、《秋江釣月圖歌》、《行路難》五首；五言律如《次韻善之雜興》七首、《贈瑛上人住洞林》，五言長律如《次韻仲章過陳氏城南書隱十韻》、《入南城遇老醫言山陽舊事因成十六韻》、《壽李承旨四十韻》，七言律如《過揚州憶昔》六首、《宜遠樓》、《寄城南友人》、《題郝伯常雁足詩》、《伯庸關平書事次韻》四首；五言絶如《鬼谷巖釣臺》、《一綫天》、《寒月泉》、《鳳山》、《逍遥巖》、《墨蘭》、《題應德茂遊吴紀事二絶》、《古寺垂虹》、《朱窩楊柳青》三首，七言絶如《童時侍先人泊京口旅樓一月追憶舊事因成絶句》十首、《送吴成季五絶》、《静芳亭》、《次韻馬伯庸應奉絶句》一十八首、《次韻繼學夫實宫禱雨見懷》四首，鋪陳藻麗，氣調振拔。其中五言古如《集廉園》曰：

芳菲廉家園，换我塵中春。古樹不受采，白雲爲之賓。中列萬寶枝，夭娜瑶池神。背立飲清露，耿耿猩紅新。幽蜂集佳吹，炯鷺摇精銀。層臺團松蓋，其下疑有人。弈罷忽仙去，飛花點枰茵。高藤水蒼佩，再摘誰爲紉。濯纓及吾足，照映鬚眉真。暝色起孤鳥，寒光蕩青蘋。信美非吾土，整馬來城闉。

七言古如《李宫人琵琶行》曰：

先皇金輿時駐蹕，李氏琵琶稱第一。素指推卻春風深，行雲停空駐晴日。居庸舊流水，浩浩湯湯亂人耳。龍岡古松聲，寂寂歷歷不足聽。天鵝夜度孤雁響，露鶴月唳哀猿驚。鵾絃水晶絲，龍柱珊瑚枝。願上千萬壽，復言長相思。廣寒殿冷芙蕖秋，簇金雕袍香不留。望瀛風翻浪波急，興聖宫前斂容立。花枝羞啼蝶旋舞，别調分明如欲語。

憶昔從駕三十年，宫闈法錦紅茸氈。駝峯馬湩不知數，前部聲催檀板傳。長樂晝濃雲五色，侍宴那嫌頭漸白。禁柳慈烏飛復翾，爲言反哺明當還。朝進霞觴辭輦道，母子相對猶朱颜。君不聞出塞明妃恨難贖，請君换譜回鄉曲。

五言絶如《朱窩楊柳青地近滄洲余愛其名雅作古調三首》曰：

朱窩楊柳青，明日是清明。地下不識醉，悲歡總人情。

朱窩楊柳青，黄河瀉如注。還俟飛絮時，相同入海去。

朱窩楊柳青，自愛青青好。亦如送行客，相逢不知老。

七言絶如《次韻馬伯庸應奉絶句》曰：

肥紅盈盈錦步障，淺藍深深緑油幕。絶憐舊嫁小娉婷，一曲生香淚雙落。

垂髫雙雙白馬郎，看花不語愁晝長。堂前有婦不肯守，遍看吴姬與趙娼。

小樓昨夜聽琵琶，推手卻手怨王家。不辭遠嫁盧龍道，可憐長城骨如沙。

誰家弄玉矜少年，采蓮艇子歌娟娟？轉首那知颜色老，猶抹横雲啼鏡前。

又《静芳亭》曰：

簾外羣山當晝屏，白雲如水度中庭。松花落徑無人掃，失卻莓苔一半青。

語多比興，雜以遊仙，其原出於陳子昂、李白，而上闡張協、郭璞，下參晚唐李商隱，以博麗救宋詩之野，以縹緲藥宋詩之直者也。以唐救宋，以晉參唐，亦與戴表元同蹊徑。惟表元美於回味，其意曠；而桷則才能發藻，其趣博也。

袁桷文則頗仿韓愈，避熟就生，而拗蹇遲重，以異蘇軾之快利；然闊適慆遂，亦非宋祁之茁軋。辭賦如《凝雲石賦》、《九華臺賦》、《墨竹賦》、《冬窩賦》、《榕軒賦》、《復庵賦》、《餘軒賦》、《隱居圖賦》、《愍誓》、《廣招》、《七觀》、《石田山房辭》；序跋如《輔漢卿先生語孟注序》、《郭好德論語義序》、《龔氏四書朱陸會同序》、《五經約説序》、《題惠崇小景》、《黄太史松風閣詩》、《王生鬼戲圖》、《出山佛像》、《隆茂宗羅漢》、《唐摹鍾繇賀捷表》、《王振鵬錦標圖》、《題薛紹彭帖》、《書梅聖俞詩後》、《黄華帖》、《書孔子廟堂碑》、《書皇甫君碑》、《書徽宗御書詩》、《跋李時雍墨蹟》、《跋蔡忠惠帖》、《題唐玉真公主六甲經》、《題唐臨講堂司州帖》、《跋鄭太宰奏撰樂章》、《書唐臨蘭亭》、《跋齊竟陵王蕭子良書》、《跋柳誠懸隴西李夫人志》、《跋歐陽詢隅隩帖》、《跋蔡君謨汶嶺帖》、《祕閣續帖劉無言雙鉤開皇蘭亭》、《跋米元章書》、《題李龍眠十六羅漢象》、《題彦敬子昂蘭蕙梅菊畫卷》、《書湯西樓詩後》、《書余國輔詩後》、《書程君貞詩後》、《書杜東洲詩集後》、《書括蒼周衡之詩編》、《書鮑仲華詩後》、《跋汪龍溪外制草》、《跋柳公權書清静經》、《跋颜真卿誥》、《書李巽伯小楷夢歸賦》、《題東坡嶺表書歸去來辭》、《書世綸堂雅集詩卷》、《題樂生詩卷》、《題閔思齊詩卷》、《題噩上人叠秀軒賦後》、《跋親禪師石菖蒲賦後》，贈序如《示羅道士》、《贈番陽筆工童生》、《送鄧善之應聘序》、《送吴成季歸省序》、《送薛景詢教授常熟序》、《李慶御史餞行序》、《平章政事王公歸省魯公餞行詩序》、《王正臣浙東廉司經歷餞行詩序》、《送朱君美序》，碑傳如《蕭御史家傳》、《陳士直墓誌銘》、《戴先生墓誌銘》、《劉隱君墓誌銘》、《河間清監使郝君墓誌銘》、《宣武將軍壽春副萬户吴侯墓誌銘》、《史景賢墓誌銘》、《真定安敬仲墓表》、《周夫人墓誌銘》、《方夫人墓誌銘》、《盧母王夫人墓誌銘》、《韓夫人墓誌銘》、《定水源禪師塔銘》、《延慶良法師塔銘》、《空山雷道士墓誌銘》、《通真觀徐君墓誌銘》，雜記如《鄞縣小溪巡檢司記》、《墅月觀記》、《竹鳳石屏記》、《小領水亭記》、《友恭堂記》、《樂善堂記》、《亦樂齋記》、《古劍記》、《昭真山水記》、《采芝亭記》、《梅亭記》、《通玄觀賈道士記》、《拜住元帥出使事實》，議論則慊心貴當，叙事亦辭尚體要，諳練掌故，元元本本，尤足徵文考獻。姚燧諳練掌故，而文章學韓以爲北學之宗；桷則諳練掌故，而文章學韓以變南宋之文。顧同一學韓也，姚燧摹其造語以病詰屈；桷則得其運筆以爲矜重，雖不如元好問之雄俊，而頗勝於燧之蹇躓矣。自桷之繼趙孟頫而以文章顯用也，於是臨川虞集、豫章揭傒斯、義烏黄溍、浦陽柳貫聯翩起東南，有聲中朝，典制作，號爲儒林四傑。然詩格變宋而文不變宋，與戴表元、趙孟頫同，而與桷則異。

第四節　虞集　歐陽玄　揭傒斯附范梈、楊載　黄溍　柳貫附戴良

元之有天下也，北有許衡，南有吴澄，講明理學，相繼主國子監事。並稱儒宗。許衡之弟子有姚燧，以文章雄河朔，潤色鴻業；而吴澄之從遊有虞集，以文章起東南，領袖文苑。後先輝映，而稱文宗，亦一代之盛也。

虞集，字伯生，本蜀人，宋丞相允文五世孫也。父汲，黄岡尉，宋亡，僑居臨川崇仁，與吴澄爲友。澄稱其文清而醇。晚起家教授，於諸生中得歐陽玄而奬進之。以翰林院編修官致仕。娶楊氏，國子祭酒文仲女也；咸淳間，文仲守衡，而汲以黄岡尉奉檄湖南，在甥館，文仲以其未有子，爲禱南岳而生集。集齠齔時，常夢在高山長松間；既婚而不復夢也。宋亡，隨汲避兵嶺表。無書可攜。楊氏口授《論語》、《孟子》、《左傳》及歐蘇文，過耳成誦。比還長沙，就外傅，得刻本，授之，則已爛熟胸中，盡通其大義矣。文仲世以《春秋》名家；而族弟參知政事棟，明於性理之學。楊氏在室，受其説，而集與弟槃皆受母教。既僑崇仁，則以父命從吴澄遊，授受具有源委。左丞董士選自江西除南行臺中丞，延集家塾。成宗大德初，以薦除大都路儒學教授，轉國子助教，即以師道自任。諸生時其退，每挾策趨門下卒業。他館生多相率詣集請益。仁宗即位，責成監學，起吴澄爲司業，欲有更張以副帝意。集力贊其説。有爲異論以沮之者，澄投檄去，集亦以病免也。乃發憤而爲《送李擴序》以見意曰：

> 國學之置，肇自許文正公。文正以篤實之資，得朱子數書於南北未通之日，讀而領會，起敬起畏；及被遇世祖皇帝，純乎儒者之道，諸公所不及也。世祖皇帝聖明天縱，深知儒術之大，思有以變化其人而用之，以爲學成於下而後進於上，或疏遠未即自達，莫若先取侍御貴近之特異者使受教焉，則效用立見。故文正自中書罷政，爲之師。是時風氣渾厚，人材樸茂，文正故表章朱子《小學》一書以先之，勤之以灑掃應對以折其外，嚴之以出入游息而養其中，掇忠孝之大綱以立其本，發禮法之微權以通其用。於是數十年彬彬然，號稱名卿材大夫者，皆其門人矣。嗚呼！使國人知有聖賢

之學，而朱子之書得行於斯世者，文正之功甚大也。文正没，國子監始立官府，刻印章如典故。其爲之者，大抵踵襲文正之成迹而已。然余嘗觀其遺書，文正之於聖賢之道，《五經》之學，蓋所志甚重遠焉。其門人之得於文正者，猶未足以盡文正之心也。子夏曰："君子之道，孰先傳焉，孰後倦焉。"程子曰："聖賢教人有序。"非是先教以近者小者，而不教之遠者大者也。

夫天下之理無窮，而學亦無窮也；今日如此，明日又如此，止而不進，非學也；天下之理無由而可窮也。故使文正復生於今日，必有以發明道德之藴，而大啓夫人心之精微，天理之極致；未必止如前日之法也。而後之隨聲附影者，謂修詞申義爲玩物，而從事於文章；謂辯疑答問爲躐等，而姑困其師長；謂無所猷爲爲涵養德性，謂深中厚貌爲變化氣質。是皆假美言以深護其短，外以聾瞽天下之耳目，内以蠱晦學者之心思；此上負國家，下負天下之大者也。而謂文正之學，果出於此乎？

近者吴先生之來爲監官也，見聖世休明、而人材之多美也；慨然思有以作新其人。而學者翕然歸之，大小如一。於是先生之爲教也，辨傳注之得失，而達羣經之會同；通儒先之户牖，以極先聖之閫奥；推鬼神之用以窮物理之變，察天人之際以知經綸之本，禮樂制度之具，政刑因革之文，考據援引，博極古今，各傳其當，而非誇多以穿鑿；靈明通變，不滯於物，而未嘗析事理以爲二。使學者得有所據依以爲日用常行之地，得有所標指以爲歸宿造極之處。噫，近世以來，未能或之先也！惜夫在官未久，而竟以病歸。嗚呼！文正與先生，學之所至，非所敢知、所敢言也，然而皆聖賢之道則一也。時與位不同，而立教有先後者，勢當然也。至若用世之久速，及人之淺深，致效之遠近大小，天也，非人之所能爲也。

僕之爲學官，與先生先後而至。學者天資通塞不齊，聞先生言，或略解，或不解，或暫解而旋失之，或解而推去漸遠，退而論集於僕，僕皆得因其材而達先生之説焉。先生雖歸，祭酒劉公以端重正大臨其上；監丞齊君嚴條約，以身先之；故僕得以致其力焉。夫幾，二公有他除；近臣以先生薦於上；而議者曰："吴幼清，陸氏之學也，非朱子之學也，不合於許氏之説，不得爲國子。是將率先天下而爲陸子静矣。”嗚呼！陸子豈易言哉？彼又安知朱陸異同之所以然？直妄言以欺世拒人耳。是時，僕亦孤立不可留！未數月，移病自免去。

鄧文善之以司業召至，會科舉詔行，善之請改學法，其言曰：“今皇上責成成均，至切也，而因循度日，不惟疲庸者無所勸，而英俊者懼敗，無以見成效。”議不合，亦投劾去。於是紛然言吴先生七不可，鄧司業去而投劾爲矯激，而僕之謗尤甚，悲哉！

歸德李擴事吴先生最久，先生之書皆得受而讀之；先生又嘗使來受古文，故於僕尤親近，去年以國子生舉，今年有司用科舉法依條試之，中選，將命以官。間來謁曰：“比得官猶歲月間，日歸故鄉，治田畝，益得温其舊學，請一言以自警。”會僕將歸江南，故略叙所見以授之，使時觀之，亦足以有所感而興起矣。

其文紆餘委備而條達疏暢，急言竭論而容與閒易，蓋得筆於歐陽修，而韻不如，言之太盡也。集自以先生長者奉手吴澄，而欲有以張大其學；澄則受學於新安程若庸，以傳朱子之學，質疑問難，多出若庸意表，若庸器重之，以屬於族子鉅夫曰：“吾未見有如此子之警問。汝年相若，可共學也。”及鉅夫奉詔蒐遺逸江南，遂强起澄以進於朝。中遭挫排，然卒顯用，寖篡北學之統，而以代興於許衡焉。許衡不工爲文，樸實説理。而澄則詞華典雅，質有其文，傳有《吴文正集》一百卷。澄，字幼清，崇仁人，起家國子監，累官翰林學士，卒謚文正。

虞集既以澄去官，再起太常博士，歷英宗、文宗，累遷翰林直學士，奎章閣侍書學士。文宗下詔修《經世大典》，命爲總裁。御史中丞趙世安嘗謂集久居京師，且病，宜假一外職就醫。文宗怒曰：“一虞伯生，汝輩不能容耶！”於時，宗廟朝廷之典册，公卿大夫之碑版，咸出其手；而嫉之者往往摘文詞以指爲訕譏。文宗察知其故，不能中傷。馬祖常，故以氣類相許與而文字交也，及爲御史中丞，遂以語傾集而擠之，集乃謝病歸。順帝即位，屢召不起，被旨就其家撰文，卒謚文靖。傳有《道園學古録》五十卷，《道園遺稿》六卷。

元文之有虞集，陶鑄羣材，主持風氣，如金之有元好問。然好問排蕩生孱，欲攀韓愈以變宋文；集則紆餘委備，一本歐陽以衍宋脈。每謂："宋之將亡，士習卑陋，以詩文相同；病其陳腐，則以奇險相高；江西尤甚。識者病之。昔者廬陵歐陽公秉粹美之質，生熙洽之朝，涵淳茹和；作爲文章，上接孟韓，發揮一代之盛，英華醲郁，前後千百年，人與世未有如此者也。蘇子瞻以不世之材，起於西蜀，英邁雄偉，亦前世之所未有。曾子固博考經傳，知道修己，伊洛之學，未顯於世，而道説古今，反覆世變，已不失其正，亦孰能及之哉？然蘇氏之於歐公，則曰：'我老歸休，付子斯文；雖無以報，不辱其門！'子固之言曰："今未知公之難遇也，後千百世，思欲見公而不可得，然後知公之難遇也。"然則二君子之所以心悦誠服於公，返而觀其所存。至於歐公，則闇然而無迹，淵然而有容，挹之而無盡者乎？三公之迹熄，而宋亦南渡矣。乾淳之間，東南之文，相望而起者，何啻十數：若益公之温雅，近出於廬陵。永嘉諸賢，若季宣之奇博而有得於經，正則之明麗而不失其正，彼功利之説馳騁縱横其間者，其鋒亦未易嬰也。文運隨時而中興概可見焉。

然余竊觀之；朱子繼先聖之絶學，成諸儒之遺言，固不以一藝而成名；而義精理明，德盛仁熟，出諸其口者，無所擇而無不當；本治而末修，領挈而裔委，所謂立德立言者，其此之謂乎？學者出乎其後，知所從事而有得焉，則蘇曾二子望歐公而不可見者，豈不安然有措足之地，超然有造極之時乎？而宋之末年，説理者鄙薄文辭之喪志；而經學文藝，判爲專門。士風頹弊於科舉之業。豈無豪傑之出？其能不浸淫汩没於其間，而馳騁陵厲，已爲難得，而宋遂亡矣。中州隔絶，因於戎馬。風聲氣習，多有得於蘇氏之遺，其爲文亦曼衍而浩博矣。

國朝廣大，曠古未有，起而乘其雄渾之氣以爲文者，則有姚文公其人，其爲言不盡同於古人，而伉健雄偉，何可及也？是時南方新附，江鄉之間，逢掖縉紳之士，以其抱負之非常，幽遠而未見知，則折其奇傑之氣，以爲高深危險之語，視彼靡靡渾渾，則有間矣。然不平之鳴，能不感憤於學者乎？而一二十年，向之聞風而仿效，亦漸以熄。循習成弊，於是執筆者膚淺則無所明於理，蹇澀則無所昌其辭，斯文斯道，所以可爲長太息。集故極道夫歐陽子之所未易知，而輒及於予之所欲求知於歐陽子者。蓋有意於歐陽子之容與閒易，而不爲姚燧之奇險相高。

其可誦者：序跋如《張師道文稿序》、《題楊將軍往復書簡後》、《題朱侯所臨智永千文》、《跋鮮于伯機與嚴處士翰墨》、《跋鮮于伯機小篆》、《跋吴興公書陰符經》、《跋謝太傅中郎帖》、《題申屠子邁畫馬圖》、《題米南宫墨蹟》、《子昂墨竹跋》、《題吴傅朋書并李唐山水跋》、《書趙學士經筵奏議後》、《題黄勉齋所藏醴泉銘》，贈序如《送文子方之雲南序》、《送蘇子寧北行詩序》、《送李亨赴廣州教授詩序》、《送廉充赴浙西憲司昭磨序》、《送李榕序》、《送趙茂元序》、《送李仲淵雲南廉訪使序》、《送翰林編修王在中奉祠西嶽序》、《送祠天妃兩使者序》、《送江西行省金平章詩序》、《送李道濟之官夷陵詩序》、《陳雲嶠省親詩序》、《送趙茂元歸鄉序》、《送常伯昂序》、《送昌上人詩序》、《送吉上人序》、《李士弘二子字説》、《李克畯字説》，碑傳如《趙文惠公（淇）神道碑》、《淮陽獻武王（張洪範）廟堂之碑》、《知昭州秦公（仲）神道碑》、《牟伯成墓碑》、《洛陽楊氏先塋碑》、《御史中丞楊襄愍公（朶兒只）神道碑》、《大宗王府也可札魯火赤高昌王神道碑》、《孫都思氏（鎖兒罕世剌及其子保）世勳之碑》、《徽政院使張忠獻公神道碑》、《宣徽院使賈公（禿堅里不花）神道碑》、《翰林學士承旨劉公（賡）神道碑》、《高魯公（觿）神道碑》、《賀丞相（勝）墓誌銘》、《蔡國張公（珪）墓誌銘》、《熊與可（朋來）墓誌銘》、《王知州墓誌銘》、《曾巽初墓誌銘》、《胡彦明墓誌銘》、《趙曼齡墓誌銘》、《王誠之墓誌銘》、《王公信墓誌銘》、《倪行簡墓誌銘》、《汪夫人墓誌銘》、《周夫人李氏墓誌銘》、《王伯益墓表》、《句容郡王（士土哈創几兒父子）世績碑》、《曾肅王（也柳干阿剌罕父子）勳德碑》、《高昌王（火赤哈兒的斤父子）世勳之碑》、《夏國公謚襄敏楊公（教化）神道碑》、《斷崖和尚塔銘》、《陳真人道行碑》，雜記如《吴張高風圖序》、《國子監學題名序》、《知還齋記》、《劉正奉塑記》、《顧吴氏春暉堂記》；不矜張而取舍廉肉不失法，自然順成。其中高昌王、曹南王、句容郡王、張氏淮陽獻武蔡國父子、楊氏襄敏襄愍兄弟、張忠獻公、高魯公、賀丞相諸碑誌，皆爲《元史》列傳所本；其他足以拾史遺，資考論者，亦多有之。然叙事不免冗漫，議論亦少警發。及其得意疾書，隨事曲注，亦有水到渠成之樂；坦易以爲宋，與黄溍、揭傒斯同一蹊徑；特駕於溍而雄於傒斯。虞集詩則自詡“如漢廷老吏”，筆老而意到，語舞枝葉，實勝文之辭繁不殺。五言古如《月出古城東》曰：

月出古城東，海氣浮空濛。車騎各已息，宫闕何穹窿。牧馬草上露，吹笳沙際風。帳中忽聞雁，傳令彀雕弓。

七言古如《賦洛川老人九十》曰：

洛川老人年九十，鬚眉如畫身玉立。錦袍金帶方烏巾，手挽强弓無决拾。八月平原秋氣高，聞有狡獸依蓬蒿。清晨上馬薄暮返，累騎毛血懸韃橐。身是前朝將家子，生逢太平百無事。都將英氣化高年，何物小兒堪指使！

又《吴中女子畫花鳥歌》曰：

吴中女兒顔色好，洗面看花花爲俏。調朱弄粉不自施，寫作窗間雪衣鳥。緑窗沉沉春晝遲，半生心事花鳥知。花殘鳥去人不歸，細雨梅酸愁畫眉。

七言律如《挽文山丞相》曰：

徒把金戈挽落暉，南冠無奈北風吹。子房本爲韓仇出，諸葛寧知漢祚移。雲暗鼎湖龍去遠，月明華表鶴歸遲。不須更上新亭望，大不如前灑淚時。

五言絶如《燕陳公子宅贈燕學士》曰：

落日照大堤，花間聞馬嘶。城頭鼓角起，相送五門西。

七言絶如《院中獨坐》曰：

何處他年寄此生，山中江上總關情。無端繞屋長松樹，盡把風聲作雨聲。

質實中神理綿邈，具體盛唐之氣韻。其他五言古如《後續詠貧士》四首之一二、《盜發亞父冢》、《送張道士歸上清》、《贈寫真佟士明》、《贈藏庵道者》二首、《賦茅山道士雲松巢》、《酬上清道士鈔陰何詩》、《趙千里出峽圖》、《滕昌祐懷香睡鵝圖》、《記夢》、《次韻答袁伯長》十首之一三四八、《夜坐》二首之二、《題王眉叟真人溪居對月圖》、《題天台柯東谷》、《答胡士恭》二首、《夢舊游諸友》、《記夢》二首，七言古如《張令鹿門圖》、《題簡生畫澗松》、《題柯博士畫》、《題灤陽胡氏雪溪卷》、《劉益之題其居曰雲松巢賦詩與之》、《爲燮元圃題雚溪春曉圖》、《題羈竹所畫》、《題村田樂圖》、《江貫道江山平遠圖》、《爲汪華玉題所藏長江萬鴉圖》、《贈羽士費無隱》、《題漁村圖》、《題韓幹畫馬》、《天涯山歌爲崞山公賦》、《金人出塞圖》、《送吕教授還臨川》、《三鳳行贈海東之下第南歸》、《戴和父歸越》、《城南春曉圖》、《天台圖》、《桃源圖》、《金馬圖》、《柯丹邱畫松竹》二首、《陳容畫龍》、《送胡士則》、《按弓圖》、《汪華玉所藏李息齋古木竹石圖》，五言律如《林皋亭》、《雪谷早行》、《代衆仲作》、《戲作試問堂前石》五首之一二、《山水圖》、《題馬竹所畫》、《到寺》，七言律如《安慶路雙連寺得上人超然亭》、《予與亞仙自劍池觀山水訪自牧長老於昭福寺寺方卜門向予與亞仙皆以正對大羅爲妙爲賦詩》、《謝子棕雨笠》，五言絶如《京師秋夜》、《題何玉泉錢唐詩卷後》，七言絶如《子昂人馬圖》、《題柯敬仲畫》、《次韻東山鳳棲别墅四時詞》之春、《癸酉歲晚留上方觀》四首之二三，咸爲一集之勝。其中五言古襟懷冲曠，辭筆軒爽，而出以遊仙，發其逸趣，欲攀陳子昂，上參郭璞。七言古朗麗而出以馳驟，惝恍而不害現實，俊邁跌宕，具體李白。五言律意趣清真，妙能秀潤，王維之遺音也。七言律格律深嚴，綽有變化，杜陵之矩矱也。其詩頗以唐音之柔厚，而欲湔宋詩之傖野；文則欲爲歐陽之紆餘，而不免南宋之庸濫。文無筆力，而詩有筆力；文無遠韻，而詩有遠韻；似出兩手，與揭傒斯同。性好宏奬，草茅之士，知古學者，必折節下之。其爲國子助教也，父汲，方分教於潭，得歐陽玄所爲文，大驚，手寫成帙，題寄於集曰："此子才儁，必與吾兒抗行！"於是集薦玄升朝，遂以文章顯用；而聲名相亞，卒如父言。

歐陽玄，字原功，其先出江西之宜春；曾祖新，以應湖南轉運司試，遂徙瀏陽。父龍生，以宋大學上舍生，爲岳麓書院講書。母李，頗通書史，襁褓即授《孝經》、《論語》、《小學》諸書，無不成誦。八歲，始就外傅。有黄冠至，注視久之曰："兒耳白過面，異日必以文章冠世，名滿天下。"亟追與語，已失所之。經史百家，靡不研究；伊洛諸儒源委，尤所淹貫。以薦爲道州路儒學教授。及爲集父子所提奬，而聲名彰著於朝矣。延祐二年，進士及第。歷仁宗、英宗、泰定、文宗、順帝四十餘年，三任成均而兩爲祭酒，六入翰林而三拜承旨。修《經世大典》、《三朝實録》，及宋、遼、金三史，皆大制作。屢主文衡，兩知貢舉及讀卷官。凡宗廟朝廷册誥制詔，多出其手；名山大川釋老之宫，王公貴人墓隧之碑，必以玄撰文爲榮。卒謚曰文。傳有《圭齋集》十五卷。

論文主於廉静而深醇，抑亦異於北學，每語學者曰："吾江右文章名四方也久矣，以吾六一公倡爲古也。竊怪近年江右士爲文，間使四方學者讀之，輒愕相視曰：‘歐鄉之文乃險勁峭厲如此!’何不舒徐和易以宗吾六一公乎？蓋嘗究其源焉：吾鄉山水奇崛，士多負英氣；然不免上人之心，足爲累焉。夫文，上者載道，其次記事，其次達意：烏以上人爲哉？歐陽公生平於‘平心’兩字用力甚多；晚始有得。人能平其心，文有不近道者乎？此其所以廉靜而深醇也。夫文，廉則不誇，靜則不躁，深則不膚，醇則不靡。尚願羽翼吾歐陽公之學以模楷後生。將見江右之文章，粹然爲四方師表矣。”今誦其文，雖未深醇，而頗不誇不躁以躋於廉静。如《羅舜美詩序》曰：

江西詩，在宋東都時宗黄太史，號江西詩派；然不皆江西人也。南渡後，楊廷秀好爲新體詩，學者亦宗之。雖楊宗少於黄，然詩亦小變。宋末，須溪劉會孟出於廬陵，適科目廢，士子專意學詩。會孟點校諸家甚精，而自作多奇崛，衆翕然宗之，於是詩又一變矣。我元延祐以來，彌文日盛；京師諸名公咸宗魏晉唐，一去金宋季世之弊，而趣於雅正。詩丕變而近於古；江西士之游京師者，其詩亦盡改其舊習焉。

廬陵羅舜美以詩一帙屬余題其端。讀之，佳句叠出；詩不輕儇，則日進於雅；不鍥薄，則日造於正；詩雅且正，治世之音也，太平之符也。鄭箋言“詩可以觀治道之盛衰”，豈不信哉？楚與吴之詩，不列《國風》；而近世江表詩什多，他日必有置諸樂府者矣。

其叙元詩之所以變宋，甚辨以析；而辭尚體要，不爲冗絮。雖不如歐陽之深情流韻，而頗能湔蘇文之躁氣夸調。然亦有如蘇文之以議論馳騁見雄快者，如《爲宋濂潛溪後集序》、《江陵王（阿里海涯）新廟碑》是也。其他碑誌之文，如《追封魏國公謚文正許先生（衡）神道碑》、《魏國趙文敏公孟頫神道碑》、《元故翰林學士中奉大夫知制誥同修國史貫公（雲石）神道碑》、《元故奎章閣侍書學士翰林學士通奉大夫虞雍公（集）神道碑》，皆以儒林丈人，爲名卿大僚；而玄氣沛而文贍，事詳而辭覈，亦足以參證《元史》，蒐補佚聞。揭傒斯序其文，以爲：“豐蔚而不繁，精密而不晦，有典有則，可諷可誦；無南方啁啾之音，無朔士暴悍之氣”，蓋亦欽重之至矣。與揭傒斯并命爲遼、金、宋史總裁官；《遼史》成而傒斯卒，獨玄老壽始終其事。而始事之日，右丞相脱脱爲都總裁，問玄如何下手。玄曰：“是猶作室，在於聚材擇匠；聚材則先當購書，擇匠則必遴選史官。”於是遣使購書，增設史官，立三史凡例，皆元有以發之。

揭傒斯，字曼碩，占籍豫章之豐城。年十二三，讀書已見古人大意。家貧自奮勵，經史百氏，無不貫通，而發之爲文章。年二十餘，出遊湘楚。程鉅夫方持節使湖北，而奇其才，妻以從妹。及仁宗即位，鉅夫在翰林，招之入都，而館於家。是時東南文章鉅公如趙孟頫、鄧文原、袁桷、虞集，咸萃輦下；而傒斯與臨江范梈、浦城楊載繼至，以文墨議論與相頡頏，而名暴著。以薦授翰林國史院編修官。平章李孟讀所撰功臣傳，歎曰：“是方可名史筆；若他人，則吏牘爾。”在翰林久，文宗尤眷遇，擢授經郎，以教勳戚子弟，字呼之而不名。中書薦用儒臣，必問曰：“其才何如揭曼碩?”累進翰林侍講學士。

順帝至正初，詔修遼、金、宋三史，以爲總裁官。而右丞相脱脱爲總裁，問修史以何爲本。公曰：“用人爲本。有學問文章而不知史事者，不可與。有學問文章，知史事，而心術不正，尤當以心術爲本也。”每與僚屬言：“欲求作史之法，須知作史之意。古人作史，善雖小必録，惡雖小必記。不然，何以示勸戒乎?”毅然以筆削自任。凡政事之得失，人才之賢否，吾一切律以是非之公；至於物論之不齊，必力與之辨以歸於至當而止。《遼史》成，有旨獎諭，勖以早成金、宋二史。辰入酉出，僊而不休，暴得寒疾，卒。謚文安。

黄溍爲撰神道碑，極推崇其詩文，稱：“爲文叙事嚴整而精覈；持論一主於理，語簡而潔。詩長於古樂府選體，清婉麗密，而不失性情之正；律詩偉然有盛唐風。”傳有《文安集》十四卷。而《四庫提要》則約其詞以爲論定，謂“其文叙事嚴整，簡而有要；詩則清麗婉轉，如出二手。”其别白詩文以出二手，是也。然據黄溍一詩諛墓之語，而爲斯文千載之論定，則大非。傒斯名在四傑，而與黄溍相參隨；然文則遠遜於溍。溍警發，而傒斯則平鈍。議論習見，無所警發；叙事緩散，不得體要，庸膚冗漫，如金人之學蘇軾，得其率易而失其警快者也。

傒斯詩則以秀爽出婉媚，力湔浮藻而自然朗麗，不無故國之思，遺民之感。五言古如《貧交行》、《春日雜言》、《遊麻姑山》五首、《京城閒居雜言》四首、《贈王朗》、《賦得吴歌送人歸吴中》、《寒夜作》，七言古如《李將軍歌一首送李天民赴邵武軍□巡檢》、《寄題張齊公廟》、《寄題武寬則湖山堂》，五言律如《山莊晚立有懷舍姪沅督棧臨川》、《泊安慶時再北遊》，《史館獨坐》；七言律如《宿梁安峽夢故室有感時還盱江》、《送蔡思敬還豫章有懷遼陽李提舉》，殊爲勝篇；古體尤勝近體。其中五言古如《春日雜言》曰：

羃歷楊柳枝，蒙茸春草齊。夭夭誰家婦，采桑臨路岐。零露沾其裳，蛛絲卷其衣。樹高身苦弱，蠶飢行復遲。辛苦事姑嫜，宿昔减容輝。見者皆歎息，此心知獨誰。良人日暮至，醉問爾何爲？

又《京城閒居雜言》曰：

朝從獵城南，暮從獵城北。白馬喻飛翰，輕裘如膏澤。塵起知獸駭，風高驗鳥疾。隻箭落雙鶩，千金出俄刻。歸來拜恩寵，樂飲過一石。僮奴增意氣，賓客改顏色。常恐文法士，輕薄多瑕摘。高門臨廣衢，秋風上荆棘。

朔土高且厚，民生勁而强。榆柳雖弱質，生植益繁昌。桃李大於拳，棗栗充餱糧。誰謂苦寒地，百物莫得傷。青青雲夢竹，宿昔傲雪霜。移植於此庭，不如芥與楊。竹性豈有改？由來非本鄉。

眇眇寒門士，客遊燕薊城。上無公卿故，下無舊友朋。裘褐不自蔽，藿食空瞀瞀。四顧災沴餘，但聞號哭聲。自負道德懿，敢懷軒冕榮。節食慎所欲，聊以厚我生。

高步覽九州，誰獨無與親。同室不相喻，矧彼途路人。誘詘更驅迫，巧詐日眩真。共美爲善樂，莫知與善鄰。未足保厥躬，已謂貽子孫。一言易爲義，一恩易爲仁。世無魯東叟，何以慰心神。

又《寒夜作》曰：

疏星凍霜空，流月溼林薄。虛館人不眠，詩聞一葉落。

七言古如《李將軍歌一首送李天民赴邵武軍口巡檢》曰：

李將軍，材且武，儒冠挽得兜鍪去。身疑南極老人星，氣食陰山雪毛虎。雕弧白馬金僕姑，天地昂昂此丈夫；五十方爲求盜使，人生何用苦詩書。寄言邵武諸官長："不是尋常一腐儒！"

擅有左思之風力，發以明遠之警挺，卓犖爲傑。而律絕之作，亦婉秀頓挫，綽有筆意，不僅風神獨絕。與虞集、楊載、范梈唱酬而以齊名，稱虞、楊、范、揭。顧傒斯不快於集之高自位置以菲薄三人；乃見意於《范先生詩序》曰：

范先生者，諱梈，字德機，臨江清江人也。少家貧力學，有文章，工詩，尤好爲歌行。年三十餘，辭家北遊，賣卜燕市。見者皆驚異之，相語曰："此必非賣卜者。"已而爲董中丞所知，召置館下，命諸子弟皆受學焉，由是名動京師。遂薦爲左衛教授，遷翰林國史院編修官，與浦城楊載仲弘、蜀郡虞集伯生齊名，而余亦與之遊。伯生嘗評之曰："楊仲弘詩如百戰健兒。范德機如唐臨晉帖。"以余爲三日新婦，而自比漢廷老吏也。聞者皆大笑。余獨謂范德機詩，以爲唐臨晉帖，終未逼真；今故改評之曰："范德機詩如秋空行雲，晴雷卷雨，縱横變化，出入無朕；又如空山道者，辟穀學仙，瘦骨崚嶒，神氣自若；又如豪鷹掠馬，獨鶴叫羣，四顧無人，一碧萬里，差可做佛耳。"晚尤工篆隸。吴興趙文敏公曰："范德機漢隸，我固當避之；若其楷法，人亦罕及。"居官廉直，門不受私謁，歷佐海北、江西、閩海三憲府。而棄官養母，天下稱之。嘗一拜應奉翰林文字，而有閩海之命，不果行。至順元年，年五十九，卒。其詩道之傳，廬陵楊中得其骨，郡人傅若金得其神，皆有盛名。其平生交友之善，始終不變者，郡人熊鞞也。楊中將刻其詩，命其子繼文請序，爲書其始末如此。嗚呼，若德機者，可謂千載士矣！楊中，字伯允。傅若金，字與礪。熊鞞，字敬輿。詩凡若干卷。

蓋不欲爲自己鳴不平以抒憤於虞集，而特見意於張范梈也。虞集以"三日新婦"稱傒斯，尤爲傒斯不悦，作《憶昨》詩，有"學士吟成每自誇"之句。虞集得詩，謂門人曰："揭公才力竭矣。"因答以詩曰："故人不肯宿山家，夜半驅車踏月華。寄語傍人休大笑，詩成端的向誰誇！"并題其後曰："今日新婦老矣。"特一時文人相輕。其實傒斯清詞，運以逸氣，如太原公子輕裘緩帶，顧盼自俊；非新婦詩也。文則緩散而不緊健，與詩如出兩手云。

范梈詩有《燕然稿》、《東方稿》、《海康稿》、《豫章稿》、《侯官稿》、《江夏稿》、《百丈稿》，總十二卷；後人并爲七卷。五言古如《送張鍊師歸武當山》、《九日報熊敬輿》、《贈安西王提舉别》、《宿夏莊》、《贈方永叔往教重慶路》、《古干將》、《二杏》、《饒國吴氏晚香堂》，七言古如《王人能遠樓》、《錢舜舉畫馬歌》、《掘塚歌》、《懷舊遊贈别杜君還益津》，五言律如《秋山圖》，七言絶如《渡端州峽》、《臨高阻雨》、《卧病》、《絶句》；豪宕清遒，足爲高調。

其中五言古如《宿夏莊》曰：

> 陰晴知何如？開户月滿地。主家種長榆，竟夕薰風至。半生朝市蹤，頗負山林意。及兹登覽餘，亦復纏世累。疏籬臨大道，嘶馬駭童稚。衆卧復離披，躊躇獨無寐。江山轉寥落，星斗亦聯綴。丈夫千載間，豈獨鉛槧事。

蕭閒之境，沉鬱之意，令人味之亹亹不倦。惟律絶近體，氣調警而意不新，趣不永。古體勝於近體，五言古出陳子昂，七言古斅李太白，達而能斂，秀而不綺，虞集謂如"唐臨晉帖，終未逼真。"傒斯作序，特不平之，則又推之過當而彌失真。其實槨詩如曉鐘疏唱，清音獨遠，意有沉鬱，語會縹緲，以魏晉之縹緲，發唐人之沉鬱，此所以謂"唐臨晉帖"；而不免有疏澀處，故曰"終未逼真"。然魏晉詩格，明而未融，亦儘有疏澀之筆而轉饒古媚；安知集之所謂未逼真者，乃所以爲逼真耶？特嫌其五言古辭煩不殺，尚失魏晉高簡之意耳。讀者須知陳子昂之學魏晉，儘多明而未融，異於李杜之機杼自運；然陳似魏晉，而李杜不似，亦如唐初褚虞臨王右軍帖，得其蕭閒之味多，而異於後来颜柳書法之雄肆，骨騰肉飛也。知陳子昂，則知"范德機如唐臨晉帖"之説矣。其詩比虞集變化不如而較雅適；視楊載則驚麗少遜而特清遒。

楊載字仲弘，建之浦城人，徙家於杭。四十不仕，以布衣召爲翰林國史院編修官。仁宗延祐初，行科舉，乃登進士第，授饒州路同知浮梁州，遷寧國路總管府推官，卒。初趙孟頫在翰林，得載文，極稱重之，由是名動京師。凡撰述有成，人争誦寫。虞集推其詩法，而黄溍從論文法。及其卒也，溍爲誌墓，"於書無所不讀，而其文益以氣爲主，亳端亹亹，縱横鉅細，無不如意之所欲出。"然文不多見，惟以詩傳，有集八卷。虞集評其詩如"百戰健兒"；而范槨則序之曰："仲弘天稟曠達，氣象弘朗，開口論議，直視千古。每大衆廣集，占紙命詞，傲睨横放，盡意所止。衆方拘拘，己獨坦坦；衆方紆餘，己獨馳駿馬之長阪而無留行，要爲一代傑作也。皇慶初，與余偕爲史官，每同舍下直，回翔留署，或至見月，月盡，繼燭相語。刻苦淡泊，寒暑不易者，惟余一二人耳。虞文靖公與仲弘同在京師，每載酒詣仲弘，問作詩之法焉。仲弘酒既酣，盡爲傾倒。他日，見文靖詩，歎曰：‘此非伯生不能作也。’三人相與切磋如此。嘗謂學者曰：‘詩當取材於漢魏，而音節則以唐爲宗。’”今誦所作，發唱高圓，造語雅練，其原出於唐音，而意境則取材晉宋。

又如《次韻景遠學士立春日》二首之二曰：

人事重名實，趨嚮盡百端。丈夫負雄氣，動欲追古賢。於意少不愜，自放江海邊。登高望八極，雲氣生我前。萬事何足問，所須惟酒錢。

又《遣興偶作》曰：

春蔬茂前畦，蒨蒨有顔色。珍禽叫深樹，過耳亦一適。用是易吾慮，毋爲自襞積。放浪天地間，無今亦無昔。古人得意處，相與元不隔。如何故人心，未照我胸臆。徵言及纖芥，實出左右力。豈憚决係蹯？人生且爲客。

沉鬱之懷，而託之於冲曠；委曲之筆，而發之爲高亮；詞參遊仙，氣必爲遒，蓋出入陳子昂、李白，以追攀郭璞、左思，與虞集同其機杼者也。馳驟變化不如集；而風規雅贍，則過於集。宋人之傖，一洗而空；而亦不爲元詩之纖。其他五言古如《塞上曲》、《偶題》、《書懷寄杜原父》二首、《贈執中允上人》，七言古如《題秋雨長吟圖》、《題温日觀葡萄》，五言律如《東陽十題》之《焦桐》、《奉題伯父雙峯樵隱》四首，七言律如《留別京師》、《湖上》、《遣興》、《夏夜對月》，亦皆有意有筆，詞氣豪邁而風調清深。虞集“百戰健兒”之喻，尚爲得其豪邁，而未及其風調也。

黄溍，字晉卿，婺州義烏人。童而授以詩書，不一月皆成誦。下筆頃刻數百言。嘗著《吊諸葛武侯辭》，其表叔劉應龜，老儒也，見之，歎曰：“此兒必以文辭鳴!”因留受業。弱冠，遊杭州，宋遺老宿學萃焉，益究心南渡文獻，奉手隱者方鳳，請業請益而從之游，詩歌唱和，若將終身。延祐初，行科舉，縣官强起溍，中延祐二年進士第；殿試對策，以“用真儒，行仁義”爲言，詞特剴切。歷仁宗、英宗、泰定帝、文宗、順帝，累官翰林侍講學士，知制誥，同修國史，同知經筵事，進講經筵者三十有二年。順帝語中書右丞朶爾直班曰：“文臣年老，正宜在朕左右。”經筵無專官，曰領，曰知，咸宰執近臣；而溍以同知，有進講，必以屬稿，非有關治道之大不以陳。

其爲學，博極天下之書而歸於至精。有問經史疑難，古今因革，與夫制度名物之屬，旁引曲證，語蟬聯不休。至於剖析異同，讞決是非，一折衷於朱子。及爲文章，布置謹嚴，援據精切，俯仰雍容，不大聲色，議者謂温醇類歐陽永叔。與楊載以文章相切劘，溍謂"載之文，博而敏，直而不肆。"極推服之。而載則語於溍曰："子之文氣，有未充也；然已密矣。"溍歎服其言。卒謚文獻，傳有《黄文獻集》十卷，《補遺》一卷。

黄溍文爲蘇軾之疏暢，而歸本歐陽修之紆徐；學則朱熹之義理，而兼擅吕祖謙之文獻。承宋人之學，爲宋人之文，朝掌國故，多著於篇。

其文章：議論不爲矜張而有深識，叙事焯有裁制而無遁情；盡而不污，婉而章，雖無歐陽之流韻，而有歐陽之潔致。

序跋如《跋蘇公父子墨迹》、《跋東坡贈巢三詩》、《書王申伯詩卷後》、《書餘姚新學詩後》、《記石經》、《跋李西臺書》、《跋荆公帖》、《跋吴興趙公書洛神賦》、《賦東坡臨鍾繇書》、《題雲山圖》、《跋項可立序舊》、《跋蘭亭序》、《跋米元章書蘭亭序》、《跋唐臨王右軍二帖》、《跋東坡臨明遠帖》、《跋李西臺書》、《跋范文正書伯夷頌》、《跋范文正公與尹舍人帖》、《跋趙魏公書歐陽氏八法》、《跋錢翼之千文》、《跋褚河南書倪寬贊》、《跋唐臨蘭亭》、《跋晦庵先生帖》、《跋温公通鑑草》、《錢氏科名録序》、《科名總録序》、《彭克紹詩序》、《師友集序》，贈序如《送葉審言詩後序》、《送曹順甫序》、《送鄭生序》、《送王雲卿教授詩序》、《送高承之詩序》、《送李子貞序》、《送饒安道序》、《送慈溪沈教諭詩序》。序跋紆餘委備，婉轉而遠，無不盡之意。

傳狀如《柳立夫傳》、《俞器之傳》、《山南先生述》、《追封魏國公謚文忠李公行狀》，碑誌如《江浙行中書省左右司都事劉君墓誌銘》、《深州知州致仕劉公墓誌銘》、《楊仲弘墓誌銘》、《黄彦實墓誌銘》、《茶陵州判官許君墓誌銘》、《鄉貢進士項君墓誌銘》、《秋江黄君墓誌銘》、《信州路總管府判官謝公墓誌銘》、《青田縣尉鄭君墓誌銘》、《江浙官醫提舉葛公墓誌銘》、《錢翼之墓誌銘》、《鄒府君墓誌銘》、《蔣君墓碣》、《杭州富陽縣尹致仕倪公墓誌銘》、《程先生墓誌銘》、《上海縣主簿吴君墓誌銘》、《追封濱國公謚文忠張公祠堂碑》、《敕賜康里氏先塋碑》、《贈太傅安慶武襄王神道碑》、《追封魯國公札剌爾公神道碑》、《宣徽使太保定國忠亮公神道碑》、《遼陽等處行中書省左丞亦輦真公神道碑》、《陝西諸道行御史臺御史中丞董公神道碑》、《御史中丞追封冀國公謚忠肅董公神道碑》、《文安揭公神道碑》、《格庵先生趙公阡表》、《故民應公碑》、《董秉彝墓碣》、《陳子中墓碣》、《蔣君墓碣》、《石先生墓表》、《盤峯先生墓表》、《翰林待制柳公墓表》、《張子長墓表》。傳狀碑誌，同歐陽修史傳之裁覈，尤其所長。可以備《宋史》《元史》列傳之所取資，亦可以補列傳之佚文。

雜記如《翰林國史院題名記》、《上都翰林國史院題名記》、《中書省右司題名記》、《上都御史臺殿中司題名記》、《淨居教寺碑記》，得蘇軾之暢達，雖未得其風韻，咸可誦覽。其中短跋小記，得蘇軾之簡雋，尤爲可喜。

黄溍詩則不蘇不黄，超絕町畦。五言古如《效古》五首曰：

上山見明月，下山月相隨。月豈知愛我？我行自見之。故山日以遠，故人不可思。殷勤對明月，願爾無時虧。

女美衆所悦，士窮世所輕。輕重安足言，泥盡水自清。淮陰初寄食，曲腰跨下行。季子黄金多，妻嫂來相迎。自古已復然，歎息空吞聲。

擊石乃有火，石火光不揚。攀天亦有路，天高路何長。嵯峨萬古雲，下覆歌哭場。富貴誠足多，貧賤不可忘。

落花隨風吹，各自東西飛。花飛既不息，水流復無極。同生不同歸，能勿異顏色？木生則有枝，豹生則有皮。悠悠歧路間，多言亦奚爲。

飲酒莫盡醉，盡醉無餘歡。讀書莫吊古，吊古多悲酸。蕭艾蔽中野，白露摧芳蘭。鳳飢不得食，鴟梟食琅玕。去去復去去，采芝青雲端。

七言律如《上巖寺訪一公》曰：

曉色微茫尚帶星，修蹊犖确斷人行。獨支瘦竹身猶健，高入重雲地忽平。落月正當山缺處，細泉頻來作雨聲。上方燈火青林曲，隱隱疏鐘一再鳴。

五言絶如《夜坐》曰：

凉風動千里，孤坐思滄州。白露洗明月，青天此夜秋。

七言絶如《宣和畫木石》曰：

石邊古木尚青枝，地老天荒石不知。故國小臣誰在者？蒼梧落照不成悲。

雄茂之氣，修潔之詞，不專事模擬，講格律，而卓然以自名家。其他五言古如《人事如草木》、《煌煌明月珠》、《連雨雜書》五首之三五、《晚晴》、《夜歸》、《夜興》三首之一二、《秋夜觀書作》、《登錢山望菰域慨然而賦》、《逸山過姚紫英別業》、《金華北山紀遊》八首、《雍熙僧舍偶書》、《游西山同項可立宿靈隱西庵》、《上京道中雜詩》十二首、《雪竇紀游》八首、《歲晏》、《送陳太祝》、《題松聲樓》，七言古如《可憐行》、《金華山贈同游者三十韻》、《甲辰清明日陪諸公入南山拜胡侍郎墓回泛舟湖中作》、《苕溪風雨中章德茂同泛》、《番陽周節士歌》；五言律如《八詠樓》、《溪南即事》、《題石門淨勝寺》、《癸酉四月同子長至赤松》，七言律如《獨立》、《即事》、《山中夜歸》、《夏日漫書》；五言絶如《山中偶題》，七言絶如《葉審言張子長同游北山智者寺既歸復與子長至赤松由小桃源登煉子山謁二皇君回宿寶積觀賦絶句》十首；其可誦者也。清音獨遠，雖律絶近體，亦主運氣用意，不爲雕章鏤句；而五言古以坦迤出雄邁，含茂麗於簡澹，卓爾大雅，足以上攀陳子昂，而遠窺陶元亮已。學者經其指授，其詩文具有法度。弟子宋濂、王褘名尤著也。

柳貫，字道傳，婺州浦江人。父金，以武科進士及第，官高郵軍高郵縣令。貫幼侍父謁神祠，得人遺金珠直萬緡，默不語，伺得其人而還之。父知其器量不凡，遣受學於同郡金履祥。履祥紹述朱子之學，貫刻意問辨，即能究其旨趣。既又從鄉先生方鳳游，歷考先秦兩漢以求文章利病，大肆於文。然不以爲足。出游於杭，至則謁紫陽方回、淮陰龔開、南陽仇遠、奉化戴表元、永康胡之純長儒兄弟，益咨叩其所未至。諸人皆故宋遺老，無不爲之傾盡。隆山牟應龍得李心傳史學統緒，諳勝朝文獻淵源之懿，儀章官簿族系如指諸掌，貫又造謁，悉受其説，而發於論議，言必有徵，不徒以文章驚世也。年三十一，而用察舉爲江山縣學教諭，遷昌明州學正。考滿至京師，一時名公争相延譽。翰林學士吴澄語人曰："柳君，卿雲甘雨也，天下士將被其澤。"而程鉅夫爲翰林學士承旨，以墨一丸授之，曰："文章正印，今屬子矣。"歷仁宗、英宗、文宗，累官江西等處儒學提舉。滿秩而歸，杜門不出者十餘年。至順帝至正元年，起貫翰林待制兼國史院編修官，年七十二矣，未及赴朝而死。黄溍爲表其墓，盛稱："其文涵肆演迤，春容紆餘，才完而氣充，事詳而辭覈，蔚然成一家言。”傳有《待制集》二十卷。

柳貫詩不爲黄溍所稱，貫則有句云：“詩成置我江西社，兔苑梁園隔幾塵”，蓋不安於江西之槎枒爲横恣，而蘄於爲唐詩之妥貼出高渾者也。五言古如《秋曉行園覽物詠苦瓠》曰：

苦瓠若懸瘿，宜瓢亦宜笙。笙將用合雅，瓢以供酌烹。吾爲苦瓠謀，任力不任聲。薦勞鉶鼎間，自足資養生。物賤終反質，吹萬豈其情。

又《月夜下通明堰》曰：

挽舟下通明，初宵落潮後。兩犍纔負梔，十夫齊奮肘。引重如舉虚，欻過姚江口。江静不生波，月色金光走。蟹窟在蘆根，西風吷澤藪。開篷挹微凉，衆黔予白首。欲持浩浩歌，往和嗚嗚缶。隔雲呼長星：“勸汝一杯酒！”

七言古如《出北城獨上秋屏閣望西山烟靄中漠無所見》曰：

北江負城沙似磧，帖岸微行誰所闢？折旋殆類蟻緣封，漫漶猶如鴻印迹。風鬟披披鞍儿兀，去馬浮曦正相逆。入門平步得高層，身與危闌争幾尺，緇袍年少不嗔來，拂掠胡牀趣敷席。鈎簾意擬見西山，雲亦何心故蒙羃。我疑玉女畏迎將，且懼詞鋒恣彈射；豹藏惜此管中斑，黛點羞渠眉上碧。不然洪崖仙者過，霧帔烟軿羅什伯；詎容左右覿昌丰，衹許依微攬芳澤。我時坐定深得之，小大往來成一易。青天白日豈嘗無，好懷轉眼難尋繹。

以唐矯宋，以晉參唐。其他五言古如《雪霽得風徑過高郵》、《宜春盧仲謨將老好游》、《歲暮雜言》四首、《鄭景明載醪擕餉招游左溪訪朗大師遺迹歸而成詩》、《旦發漁浦夕宿大浪灘上》、《晚泊貴溪游象山昭真觀》、《過輕山不得留至車厩卻乘小艇至門》、《中秋看月有懷僧正宗》；七言古如《爲蔣仲英作颜輝畫青山夜行圖歌》、《題高彦敬尚書竹石圖》、《三月十日觀南安趙使君所藏書畫古器物》、《中秋夜半起看月戲題長句調静遠子安二友山長》、《寄題惠山華氏溪山勝概亭》、《題趙敬叔所藏龍眠飛騎習射圖》、《題錢選畫仙居圖》、《松雪老人臨王晉卿烟江叠嶂圖歌》、《題臨本捕魚圖》、《商學士畫雲壑招提歌》，五言律如《同楊仲禮和袁集賢上都詩》十首、《二月七日與陳新甫甘允從飲范使君亭》二首，七言律如《閲進士卷賦呈同院諸公》、

《與晉卿夜坐道舊因書贈别》、《春盡日雨中宴坐次劉士幹憲見貽之作》二首、《觀發襄樊兵》、《送夏仲文主簿赴遂安》，七言拗律如《晨度居庸至南關門》、《送文著作奉御帛往鄂省即賜南交貢吏》，七言絶如《洪州歌》十五首，咸可誦覽。五七言律，儷不犯纖，健不乖律，跌宕昭彰，大體不離於杜者近是；而七言古則以李白參杜甫，五言古則以阮籍、郭璞參陳子昂、李白。顧詩無藉藉名，獨以文章有名當世而厠四傑。四傑之中，虞集最擅高名，不免緩散；其次揭傒斯，尤傷膚懦；不如黄溍及貫之才完而氣充，事詳而辭覈，皆善學宋人而祛其蔽；而黄溍春容紆徐，以歐參蘇，而態有餘妍；貫則醇粹明白，以曾參蘇，而文無躁氣。

柳貫文序跋如《理成隱居圖後序》、《上京紀行詩序》、《開元宫圖後序》、《嘉溪圖序》、《瀛海集序》、《跋虞司業撰嶺北行省左右司朗中蘇公墓碑文》、《跋鮮于伯幾與仇彦中小帖》、《跋陳慶甫所藏鮮于伯幾書自作飲酒詩》、《題秋池樓觀圖》、《書文集賢撰歐陽復初父墓誌後》、《題江磯圖卷後》、《跋韓魏公手帖》、《跋范賢良手帖》、《跋蔡忠惠公談宴帖》、《題高尚畫雲林烟嶂》、《題唐臨吴興二帖》、《題劉原父書莊子秋水篇》、《跋趙文敏行書千文》、《跋趙文敏帖》、《題倪生蘭亭二十本》、《題趙龍潭草書坡公赤壁二賦》，贈序如《送劉宣寧序》、《送王吏部簽憲燕南序》、《憲幕諸公送許仲謙北上詩序》、《義烏王宰二子字序》、《送王雲卿教授赴官嚴陵序》、《送趙永嘉序》；碑傳如《故宋迪功郎史館編校仁山先生金公行狀》、《護國寺碑》、《李武愍公衡廟碑銘》、《東陽縣禿滿長官去思碑頌》、《嘉興鹽運分司紀惠頌》、《代趙承旨作有元福建閩海道肅政廉訪副使仇君墓碑銘》、《監察御史席公墓誌銘》、《亡舅故宋太學進士俞公墓誌銘》、《元贈太中大夫東平路總管輕車都尉雁門郡侯出公墓碣銘》、《元故大司農史義襄公墓誌銘》、《師氏先塋碑銘》、《周東揚墓誌銘》、《陳母丁孺人墓碣銘》、《澹居處士馬君墓碣銘》、《故平陽州判官陳君墓誌銘》、《盧氏墓碣銘》、《圜一道人墓碣銘》、《夷門老人杜君行簡墓碣銘》、《元故太中大夫海道都漕運元户周公碣銘》、《無爲子碣銘》、《劉彦明墓誌銘》、《追封静安縣男靳公墓碑銘》、《馬仲珍墓誌銘》、《故宋孫明府碣銘》、《萬壽長老佛心寶印大禪師生塔碑銘》、《婺州路浦江縣君金府君阡表》、《代張公作官原墓表》、《武德將軍劉公墓表》、《太康王氏扶城墓表》、《雙峯先生墓表》、《金谿羽人查廣居墓表》；雜記如《重修省府記》、《遺清堂記》、《退藏山居鎮江路録事司題名記》，咸可誦覽。其中如《馬仲珍墓誌銘》曰：

睦州詩，在唐中季，有章協律、方處士、李建州；在宋渡江後，有高師魯、滕元秀，皆清峻簡遠，各自名家。仲珍襲其芳華，沐其膏潤，問詩法於耇老成人，盡得肯綮；措意遣辭，初猶稍尚葩攡，晚更脱累邊幅，直窺微妙；往往年自爲卷，而製名述序要有深意，統曰歲遷，凡四十卷；溢之爲銘、贊、記、序，雜古賦又十有二卷，亦各自名編。蓋其學本之經，驗之人事，而概發之於言，故能致多如是。然反而求之，見其約，不見其博。嗚呼！仲珍死矣，計當得傳如前數公無疑，爵位功業，孰久孰近，何足計哉。

仲珍，馬氏，諱瑩，其字仲珍，世家建德之新亭鄉。族故大也，乾道淳熙間，有與徽文公仕學相上下，官至禮部尚書諱大同者，於仲珍爲七世叔祖矣。曾祖諱治鳳，祖諱之友，父諱維桂，皆吝德不試。母濮氏，亦里中望宗。仲珍少而穎發，長益潛深，精研經史，旁連諸子百家，下逮山經地志，謡俗方言，朝披夕攬，搴華嚌英，中雖穠郁，而外實夷澹。鄉鄰子弟，來學往教，就其矩度，莫不卓見端緒。一時名人勝士，景響聲求，郵詩願交，争取力挽。延祐科舉興，議者評量人材，咸謂仲珍有以自效；而有司苟知仲珍，亦望其出奇一勝以售其明，始用《春秋》舉上，不利；後更開《禮記》，亦不利。人意仲珍怠矣；方益厲氣賈勇，爲其文，不少輟；久之彙次所著《五經大義》，《四書答疑》，及自問自答策，合若干篇，題曰《困天集》；而其志孤矣。仲珍嘗倣漢魏樂府辭，唐柳柳州新體，制《皇元鐃歌鼓吹曲》十有二章，將橐之走京師，冀塵乙夜之覽，而未及脱橐。又嘗手選《唐五百家詩》五卷，《宋南渡諸家詩》，别有《講義》、《讀書記》各二卷，藏於家。其學横鶩捷出，如車適御、矢破的也。仲珍娶翁氏，生子男二：曰鈞，曰鉉。仲珍生至元庚辰，卒元統甲戌，得年五十五。閒居善自修飾，或佳客時至，情景俱勝，促觴命釂，取琴鼓一再行，自吹洞簫倚歌和之，一毫不以貧窶累心。自署號雪夢居士。天趣自得，可涯涘哉？

元統元年，予客吴下。臘將盡，仲珍扁舟款門語，夜參半，請曰："夫子知我文，莫爲有司；爲則有以振我！"度歲别歸，神色揚揚。予方張之，期其晚達。是冬，予東還次睦，則聞仲珍十一月五日以疾卒家。先一日，語子鈞曰："我死，必求柳先生銘。不得銘，則無以葬。"鈞既卜藏域馮塢祖塋之次，惟食，將以明年某月某甲子窆，廼具行治爲狀，衰絰踵吾廬，泣拜道遺命請辭。嗚呼，余尚忍不銘吾友也耶！銘曰：

孰昌其詩，不售於藝？亦嗇其年，字卒殄瘁。得深行遠，要以永世。我銘斯阡，質之無愧。

涵肆演迤而不浮夸，舂容紆餘而不冗絮，馳驟有度，四傑之秀也。傳業弟子百十人，最著者戴良、宋濂。

戴良，字叔能，與貫同邑里，受業焉，亦遊黄溍、吴萊之門，而事貫尤篤。貫卒，爲持心喪三年。至正末，以薦授淮南江北等處儒學提舉。明太祖起兵江淮，挈家浮海，欲北投，不達。變姓名，歸隱，自以居九靈山，遂號九靈山人。明太祖徵起，欲官之，不肯，繫獄死。傳有《九靈山房集》三十卷。其詩依仿晉宋，頗得其明麗；而文則沿襲宋格，然不安於爲宋，時參拗調縟語，而未能獨裁一氣；所以生剗而不免拗蹇，條暢而或失庸絮；知其沿宋而未安，欲以變宋而不能者也。

第五節　吴萊　楊維楨附吴復、李孝光、張雨、顧瑛　倪瓚　王逢

吴萊與柳貫同邑，而同奉手於鄉先生方鳳。鳳之弟子黄溍、柳貫，皆以文章顯名中朝，而萊晚出獨不遇，然文章磊落有奇氣而以得鳳傳者，莫及萊。貫平生極慎許與，每稱萊爲絶世之才。而溍晚年謂人曰："吾縱操觚一世，又安敢及萊哉？萊之文嶄絶雄深，類秦漢間人所作，實非今世之才也。"

吴萊，字立夫，初名來。父集賢大學士直方。母盛，盛頗知書。來年四歲，授以《孝經》、《論語》、《春秋穀梁傳》，隨口成誦。七歲善屬文，有奴僕命騷之言。方鳳見而奇之曰："此國器也！"取《南山有臺》詩語，更今名。凡書一經目，輒成誦。族父幼敏家有藏書，萊時過與其兒敖，私挾一編以歸，盡夜讀竟，又復往易。一日幼敏迫而據之，乃《漢書》也；幼敏指《谷永杜鄴

傳》，謂曰："爾竊吾書讀，能記，乃貰不汝責。"萊琅然誦，無一字遺；三易卷，皆如之。貌寢陋，言語若不出諸口，而敏悟過人。鳳許妻以女孫，而授《易》、《書》、《詩》三經義，暨秦漢而下諸家文章。萊一覽即悉其指趣。鳳每詫於人人曰："吾擇壻明睿，雖汝南應世叔。政不足多也。"延祐七年，以《春秋》舉於鄉。試禮部，報罷。退居深裹山中。益博極羣書，至於陰陽律曆，兵謀術數，山經地志，字學族譜，無所不通。而尤邃於《春秋》，取《春秋》家五十餘家，各隨言而逆其意以爲折衷，頗張皇夷夏之説，指趣殊常，見誼於《春秋通指後題》曰：

自宋季德安之潰，有趙先生者，北至燕，燕趙之間學徒從者殆百人。嘗手出一二經傳及《春秋胡氏傳》，故今胡氏之説特盛。行《胡氏正傳》三十卷，傳外又有《總貫條例》，證據史傳之文二百餘章；子寧集之，名曰《春秋通旨》，輔傳而行。當胡氏傳《春秋》時，光堯南渡，父讎未報，國步日蹙，將相大臣去戰主和，浸忘東京宫闕，西京陵寢，而安之若素以不有者，是故特假《春秋》之説，進之經筵，且見内夏外夷若是之嚴，主辱臣死若是之酷，冀一悟主聽，則長淮不至於自畫，江左不可以偏安，此固非後世學《春秋》之通論也。然而胡氏傳文，大概本諸程氏；程氏門人李參所集程説，頗相出入，胡氏蓋多取之。欲觀正傳，又必先求之《通旨》；故曰："史文如畫筆，經文如化工；若一以例觀，則化工與畫筆何異？惟其隨事而變化，則史外傳心之要典，聖人時中之大權也，世之讀《春秋》者自能知之；固不可以昔者歆向之學而異論矣。"

趙先生者，諱復，字仁甫。國初南伐，攻德安，潰之；仁甫遺擄，遇文獻公軍中。文獻與言，信奇士。仁甫方以國破家殘，不欲北，且蘄死，會夜月出即逃。乃亟被鞍躍馬號積尸間，見其解髮脱履，仰天呼泣，蓋欲求至水裔而未溺也。文獻曉以徒死無益，乃還。然後盡出程朱性理等書及諸經傳，故今文獻與許文正公，遂爲當代儒宗，仁甫爲有以發之也。先正有云："世之去聖日遠，故學者惟傳經最難。"仁甫當天下擾攘之際，乃能盡發先儒傳疏而傳之，不亦難乎。上在潛邸，嘗召見曰："我欲取宋，卿可導之乎？"對曰："宋，父母國也；未有引他人之兵以伐父母者。"故仁甫雖在燕久，常有江漢之思；誠若是，則吾仁甫亦無愧乎《胡傳》之學矣！

其文質重，自然迴瀾，異於黃溍、柳貫之疏暢出宋人；所以疏而不快，緩而非懦。其他爲《亡友趙生哀辭》、《李仲舉岑尚周哀誄辭》、《張定傳》，亦復生氣勃發，磊落英多。每語人曰："作文如用兵。兵法有正有奇；正是法度，要部伍分明，奇是不爲法度所縛，舉眼之頃，千變萬化，坐作進退發刺，一時俱起。及其欲止，什伍各還其隊，元不曾亂。"蓋有意於爲奇。傳有《淵穎集》十二卷。其文寓陵厲於峭實，以漢窺秦；其詩以雄怪發才藻，以韓學杜；勢嶄語重，殆欲抗行北學之亢厲，而以力湔宋文之冗絮。嘗客浦江鄭氏；鄭氏子銘，與金華胡翰，一時同受業以治古文。而萊品評嚴，一辭不飭，輒訴厲。二人咸以成學；而銘之文幅尺宏而體式備，翰之文意度密而波瀾張。鄭銘，字景彝。胡翰，字仲申，而翰入明，以大臣薦，授衢州教授。會修《元史》，以宋濂爲總裁，而徵起翰佐之；其文章號與濂相上下，傳有《胡仲子集》十卷。而濂得萊之傳，遂爲明代開國文臣之首，而闡復古之風焉。宋濂亦推楊維楨文，誌其墓，謂："非先秦兩漢弗之學，久與俱化，見之論撰，如覩商敦周彝，雲雷成文，而寒光横逸，奪人目睛。詩震蕩陵厲，鬼設神施，尤號名家。"蓋亦浸染北學之亢厲，而以不安宋文之冗絮者也。顧維楨尤自得意其樂府。雄傑排奡，人稱鐵體；及門者稱鐵門云！

楊維楨，字廉夫，山陰人；少時日記書數千言。父宏，築樓鐵崖山中，繞樓植梅百株，聚書數萬卷，去其梯，俾維楨讀樓上者五年，因自號鐵崖。泰定四年成進士，署天台尹，改錢清場鹽司令，狷直忤物，十年不調。會修遼、金、宋三史成，維楨著《正統辨》千餘言；而總裁官歐陽玄讀之，歎曰："百年後公論定於此矣！"欲薦，未果，轉建德路總管府推官；擢江西儒學提舉，未上；會兵亂，避地富春山，徙錢唐。張士誠據蘇州，累招不赴；遣其弟士信咨訪，因撰五論具書復士誠，曉以順逆成敗，士誠不能用也。又忤達識丞相，徙居松江之上，東南才俊，造門無虚日；酣酒以往，筆墨横飛；或戴華陽巾，披羽衣，坐船屋上吹鐵笛，作《梅花弄》；或呼侍兒歌《白雪》之辭，自倚鳳琶和之；賓客蹁躚起舞。明太祖有天下，以洪武二年召諸儒纂禮樂書；而維楨前朝老文學，必欲致之；遣翰林詹同奉幣詣門。維楨謝曰："豈有老婦將就木而理嫁者耶？"明年，復遣有司敦促，賦《老客婦》一章進御，曰："皇帝竭吾之能，毋强吾所不能。否則有蹈海死耳!”太祖許之，賜安車。詣闕廷，留百有一十日，所纂叙例略定，即乞骸骨，仍給安車還山。史館胄監之士祖帳西門外，宋濂贈之詩曰：“不受君王五色詔，白衣宣至白衣還。”抵家卒，年七十五。傳有《鐵崖古樂府》十卷、《詠史詩》八卷，《鐵崖詩古樂府逸編》八卷、《東維子文集》三十卷。名擅一代。詩尤名家。

維楨論詩，嘗謂：“詩與文一技；而詩工爲難；不專業，不成家，冀傳於世，妄也。”聞一名能詩者，未嘗不候其門，采其詩，顧未足以發，歷十有餘年而言：“得七家：其一崑山顧瑛仲容，其一永嘉李孝光季和，其一天台項炯可立，其一東陽陳樵君采，其一無錫倪瓚元鎮。其二老釋氏，曰句曲外史張雨伯雨，雲門師斷江也。蓋仲容、季和，放乎六朝而歸準老杜。可立有李騎鯨之氣。而君采得元和鬼仙之變，元鎮軒輊二陳而造乎晉張。斷江衣鉢乎老谷。句曲風格，夙宗大曆，而痛刮磨纖豔不逞之習。七人作備見諸體。”張雨謂：“《鐵崖古樂府》出入少陵二李間，有曠世金石聲。”而維楨則曰：“律詩不古，不作可也。”在錢唐時，爲諸生請律體，始作二十首，多奇對，起興如杜甫，用事如李商隱，江西詩體爲之一變。然於律中又作放體，不拘四聲八病，揮斥以出。張雨言：“無老鐵力者，便墮落作死大蟲耳。”然其中自有張弛，而非漫破律度。詔學者曰：“詩至律，詩家之一厄也！東坡嘗舉杜少陵曰：‘五更鼓角聲悲壯。三峽星河影動摇’，‘五夜漏聲催曉箭。九重春色醉仙桃’，是後寂寥無聞。吾亦有云：‘露布朝馳玉關寨，捷書夜報甘泉宫’，‘令嚴鐘鼓三更月，野宿貔貅萬竈煙’，爲近之耳。余嘗奇其識而韙其論；然猶以爲未也。余每就律舉崔顥《黄鶴》，少陵《夜歸》等篇，先作其氣而後論其格也。崔杜之作，雖律而有不爲律縛者；惜不與老坡參講之。”蓋欲以作樂府之法，神明律意，而不爲所縛。今誦其詩，樂府如《鳳鏘鏘》曰：

> 鳳鏘鏘，求其凰。凰既得，不復念母將。不如城頭烏，日日夜夜哺母與母翔。

又宋李芾守潭州，命劊子沈忠殺一家妻子；忠亦殺其妻子而自殺也，爲作《沈劊子辭》曰：

> 沈劊子，人中豪！手執法家三尺刀，誓言不食刀生毛。常拔劍匕罵荆高。首披曼胡揮孟勞，怒斫佞肉爲鵜膏。潭州安撫脱戰袍，

身與城斃無逋逃。夜呼爾劊話白旄：上及笄珥下髮髦。蒼精一動捫赤條，鋒如猛將鏖蘭膏。君不見大將夏（貴）吕（文焕）旌節高，犬尻羊膝朝北朝。上方之劍不使操！嗚呼，上方之劍不使操！

又《傅劊子歌》曰：

祈連山人天骨奇，十五能運朱屠椎，二十報仇許人死，殺人不數武陽兒。鄉里不見容，官府不見治。猛氣奚所託，仗劍歸京師。京師殺柄司秋官，假爾牙爪虎豹關。今日尸一逆，明日誅一奸。朝食悖臣胆，暮食凶人肝。龍蛇見血性思改，鳩隼化質身無難。尋師度關陝，棄家入嵩山。只今啖松久辟穀，劍埋三井飛精服。能聯彌明石鼎句，能和商颜《紫芝曲》。客來啓關不一語，但聞鼻息聲滿屋。

又《戰城南》曰：

昨日戰羊邏堡，今日戰羊皮航。篁竹之丁屢鴟張，上山跳踉捷鹿獐。將軍馬無騠蹄跻，安能爲之相陸梁？昨夜將軍獲生口，什什伍伍童及叟；問之半是良家兒，賊中驅來帕紅首。五花劊子牛頭神，五十八人同斧斤。烏鳶飛來百，成羣驅不得；銜啄飛去野水濱，乃知鴉糧十字街頭陳。鴉飛鵲噪，多謝將軍百戰身！

又《李鐵槍歌》曰：

王鐵槍，五代烈。李鐵槍，當代傑。紅巾昨夜斬關來，防關老將泣作孩。鐵槍手持長丈二，鐵馬突出剚紅魁。吸紅血，嚼紅骨，誓紅不同生，殲紅搗紅窟。君不見錢唐城中十萬家，十萬男兒色無血。噓枯回春有槍鐵。槍不鐵，鼓聲絶。

又張士誠駙馬潘，醉而殺姬蘇氏，國色也，以金盤薦首娛客。既而國亡伏誅，投其首於溷。爲賦《金盤美人》曰：

昨夜金牀喜，喜薦美人體。今日金盤愁，愁薦美人頭。美人宛轉著體酥，横陳昨夜嬌作羞。玉軟香温春何限，蹙額金盤怨凝眸。枉自紅茵暱就抱，昨夜恩情今朝休。明朝使君在何處，溷中人溺血骷髏。

又《飢不從虎食行》曰：

西方有白額虎，東方有蒼頭狼。太室爲爾宅，孟門爲爾場。飢以人爲食，渴以血爲漿。人盡食萬倀，自矜無對當。無數自相啖，相雄不兩强。朝食其子暮食妃，而况爾汝呼弟兄。黨從皆滅，身隨之亡。惟有慈烏喜鵲，噪其四旁。君不見博浪椎，淮陰胯；兩人未遇時，其事足悲咤。飢不從虎食，倦不息狼舍。待時以售，如藏待價。劉季得之天下王，項羽失之楚不霸。

七言律如《留别浯溪諸友》曰：

浯溪長揖向蘭溪，偶及高秋欲半時。明月不分天遠近，故人相望浙東西。青山木落千檣立，滄海潮來萬馬馳。倚棹歌闌離思作，今宵風樹倍淒淒。

又《過沙湖書所見》曰：

五月落殘梅子雨，沙湖水高三尺强。大風開帆作弓滿，白浪觸船如馬狂。唱歌買魚赤鬚老，打鼓踏車青苧娘。故人相憶在樓上，坐對玉山懷草堂。

又宋臨海王烈婦爲元兵所劫，過清風嶺，乃嚙指血寫詩石上而投崖死；血漬入石，天陰則墳起如新；吊以詩曰：

天荒地老妾隨兵，天地無情妾有情。瀝血嚙開霞嶠赤，啼痕化作雪江清。能從湘瑟聲中死，那忍胡笳拍裏生！三月子規啼盡血，春風無淚寫哀鳴。

其詩以寫人所不寫，道得情事出爲工。樂府則拗語强調，陵紙怪發；律絶亦淫情古意，妙筆豔吐；而七律之作，直起直落，中四語排奡震蕩，以生語作拗對，其原亦出杜甫。然七律《香奩八詠》，七絶《續奩集》二十首，以豔語作戲墨，不免貽人口舌。其他樂府如《别鵠操》、《眉憮詞》、《大唐公主嫁匈奴行》、《湖》、《中女》、《奔月巵歌》、《李卿琵琶行》、《張猩猩胡琴行》、《邯鄲美人》二首、《主家詞》、《招農篇》、《南婦還》、《反顧狼》、《妾薄命》、《金盤美人首》、《老客婦謡》、《山鹿篇》、《浴官馬》、《借南狸》、《洞天謡》、《謝吕敬夫紅牙管歌》、《畹蘭詞》、《題履元陳君萬松圖》、《奉題子昂騮馬圖》，七律如《承天閣》、《挽達兼善御史》、《寄秋淵沈鍊師所居號琅玕所》、《石女》，七絶如《題春江漁父圖》、《題芭蕉美人圖》、《續奩集·理繡》；其可誦者也。其詩以妥帖力排奡。

維楨文則寓雄鶩於明通，每謂："言有高而弗當，義有奥而弗通，若是者後世有傳焉，無有也。又况言龐而弗律，義淫而無軌者乎？姑以唐人言之：盧殷之文千餘篇，李礎之詩八百篇，樊紹述著《樊子書》六十卷，雜詩文九百餘篇，今皆安在哉？非其文不傳也，言龐義淫，非傳世之器也。逮乎我朝，姚公燧、虞公集、吴公澄、李公孝光，凡此十數君子，其言皆高而當，其義皆奥而通，善言世故，綜之以往史，而宿之以聖賢之理；非代之學者繆悠無邊畔，蕪澀險怪以爲辭者之所可及也。自天曆來，文章漸趨委靡，不失於蒐獵破碎，則淪於剽盗滅裂。能卓然自信，不流於俗者希矣。我朝文章雄唱推魯姚公，再變推蜀虞公，三變而爲金華兩先生也。”李孝光問：“金華兩先生則如何？”維楨曰：“柳太常如東魯杜翁，課閨闟子弟，言言有遺事。黄太史如獨繭遺絲，初不諧衆響，至趣往絙絃，激絶之音出於天成者，亦非衆音可諧也。”孝光以爲然。而黄溍之提學杭州也，謁文者填至，必取維楨筆代應，且又不掩於人曰：“吾文有豪縱，不爲格律囚者。此非吾文，乃楊廉夫文也。”若欲自外於黄溍以别樹一幟矣。

今觀其文集：序跋如《漁樵譜序》、《李經歷治續序》、《兩浙作者序》、《高僧詩集序》，贈序如《送三士會試京師序》、《送張憲之汴梁序》、《送倪進士中會試京師序》、《送海鹽知州賈公秩滿序》、《送旌德縣監亦憐真公秩滿序》、《送理問所知事馬公序》、《送馬彦遠旌德教諭序》、《送朱女士桂英演史序》、《謝生君舉北上序》、《送鄭處士序》、《贈榔工王輔序》、《送墨生沈裕序》、《贈筆史陸穎貴序》、《送鄉人韓道師歸會稽序》、《贈杜彦清序》、《贈相士孫德昭序》、《送陳生彦高序》，雜記如《朱明優戲序》、《聽雪舟記》、《月山記》、《借巢記》、《榆溪草堂記》、《有竹人家記》、《桂隱記》、《耕閑堂記》、《聽雪齋記》、《石林茅屋記》、《吕氏樓真賞記》、《移春亭記》、《江聲月色樓記》、《舒嘯臺記》、《讀書堆記》，傳如《麴生傳》、《冰壺先生傳》、《白咸傳》、《璞隱者傳》、《竹夫人傳》、《小鴉傳》，隨事抒論，往往即小以見大，而寓感喟於詼詭，以談笑爲諷諭。如《贈榔工王輔序》曰：

嘉定王輔，世食於榔。自幼機警，聰記强識，能誦余古歌行百十首。介其鄉閵翁先生拜余草玄閣下，自陳曰：“輔承周左轄公贈以‘榔耕’二大字；人遂以榔耕道人呼輔。敢乞大人先生一言以發之。”先生笑曰：“子以鑷代耒，豈果知耕者乎？雖然，世以不耕爲耕者多矣：漁以鈞耕，賈以籌耕，工以斧斤耕，醫以針砭耕，卜以蓍蔡耕，兵者以弓刀耕，胥者以筆牘耕，伶者以管絃耕，游説者以頰舌耕，浮屠氏以梵唄耕，老子氏以步虛耕，神仙方士以丹田耕；高至於公卿大吏，以禮樂文法耕。耕雖不一，其爲不耕之耕則一也，豈止輔之栁也哉！”

然余有詰於輔曰：“爾栁之耕，耕於田叟野叟之頂而已耳。亦嘗耕於搢紳第一流人乎？”輔曰：“輔蟣蝨漢，烏知第一流人乎？萬一大人指教之。”余曰：“代有中秉鈞軸，外攬英俊，納天下於太平之域者，髮常一沐而三握之。子以吾言往拜其履，進爾栁以握其所三握者，爲余祝曰：‘中國有聖相，越裳氏之雉其來矣。’”輔再拜領言去。

又《贈相士孫德昭序》曰：

戰國以來，聖人之道不行。士之急功利者，變而爲游説，爲滑稽，爲刑名。然以三寸舌簧鼓天下之向背者，則莫甚於縱横捭闔之術也。漢有天下，既定於一，彼縱横捭闔者知其伎之窮；則又轉而爲談天相人之術，敗君誤世者，往往有焉。而名昭往史以神於驗者，亦不少也。唐以後，習相人術者益紛紛焉藉是以爲食；則其售於人者急，而罔於人者宜無所不至；揣摩肊度，言與其術自兵而有弗計也。嘻！以相求相者，將有利於己之富貴慶祥；以相相人，尤將有利於人之富貴慶祥耳。故相人者言慶言祥，則求相者喜；言妖言禍，則求相者怒。相人者將以爲利也，又安得言妖言禍以犯人之怒而絶己之利哉？毋怪其揣摩肊度之説，與其術自兵而有所弗計也。

雲間孫德昭氏於金陵山中得異人相術，其授受不苟。其談相於人也，善則云善，惡則云惡，善不善也由乎人，利不利也由乎天；而吾所明之術不售，由人由天者所改也；由於吾者，抑仰何愧，俯何怍歟？相者而若是，蓋亦近乎道。以君子之論，有所不屑也，因其乞言而寫以貽云。

維楨欲作色張，以雄怪發才藻，由張籍、李賀以攀韓愈，而出入李杜。文亦頗振筆書，以詼詭發識趣，由蘇軾以參韓愈，而希蹤秦漢；雖未反虚入渾，而差積健爲雄，蓋同吴萊之雄峭，而異四傑之演迤者也。顧名之所歸，謗亦隨之，嘉定王彝至作《文妖》一首以相詆誹，謂：“其文以淫詞譎語，裂仁義，反名實，濁亂先王之道。顧乃柔曼傾衍，黛緑朱白，奄然以自媚。”亦可謂毀出於不虞者矣。觀於維楨論文，以言龐義淫爲大戒，而蘄於“言高而當”，“義奥而通”，“善言世故，綜之以往史，而宿之於聖賢之理”，豈欲“以淫詞譎語，裂仁義，反名實，濁亂先王之道”者歟？其詩以雄桀之才，憫時病俗，制爲樂府；而陳善閉邪之中，又時出龍鬼蛇神，以眩蕩一世之耳目；亦豈徒爲“柔曼傾衍，黛緑朱白，奄然以自媚”者耶？維楨少好讀史，在鄉里時，日課詩一首，以樂府體爲之，陳古監今，出入史傳，積至千餘篇。晚年取而讀之，忽自笑曰：“此豈有詩哉？”亟呼童焚之，不遺一篇。其弟子吴復輯録錢唐以後所作。得十卷，人稱“鐵雅”。

吴復，字見心，富春人。性喜吟哦，效白居易樂府，諷切時政；人欲以危法中之，不爲屈。而維楨之避兵富春山也，復遺書，願爲弟子。及維楨徙錢唐，遂從之遊，始持所作詩見，盛自誇也。維楨覽之笑曰：“子欲輩李唐，伎亦至高；欲追古，必焚滅舊語。”復色變，徐取楮筆録維楨詩二十餘首去。越一月，復造謁曰：“先生詩法得矣！吾舊詩亦焚矣。第出語猶吾前日詩也，奈何？”維楨曰：“姑歇汝哦，静讀古風雅騷及古樂府，再説。”又退而閲三月來，出所作曰：“余舊語忘，新語出矣。賴先生教，幸而或馴致於古也。”遂爲寫定《鐵崖樂府》十卷，而加以評注。維楨曰：“是能道吾意所欲言也。”維楨詩有佚者，復輒補之，誦者謂可亂真；自後下筆必出人意表。嘗雪夜與維楨遊東西洞庭，徒步登七十二峰，其語益振拔，爲維楨賞歎也。

維楨與永嘉李孝光、茅山張雨、無錫倪瓚、崑山顧瑛，爲詩文友。瑛顧號玉山道人，卓然以詩畫隱，工山水花卉翎毛。家有池館賓客之盛，甲於江左；而瑛詩詞語流麗，亦足與維楨相唱和。傳有《玉山璞稿》一卷。張雨，字伯雨，與楊載、虞集爲文字交，嘗居茅山，著《茅山志》，自號句曲外史。以道士而工翰墨，有《句曲外史集》三卷，《補遺》三卷，《集外詩》一卷；其詩文豪邁灑落，結體遒逸。雖託迹黄冠，而儒林丈人，不以方外輕之。

李孝光，字季和，少居雁蕩山五峯下。四方之士遠來受學，名譽日聞，泰下花以師事之。至正七年，詔徵隱士，以祕書監著作郎召，應詔赴京，見帝於宣文閣，進《孝經圖説》，帝大悦，賜上尊。明年，升文林郎祕書監丞，卒於官。孝光以文章負名當世，其文取法古人，非先秦兩漢語，弗以措辭。尤力求復古，有《五峯集》六卷；樂府古體，刻意奮厲，不作庸音；近體五言疏秀，有唐調；七言頗出江西派，而俊偉之氣乃不可遏。文二十首，氣調落落，亦無凡語；四人之中，才力最健，差與維楨頡頏，而維楨最相契也。東南士林爲之語曰："前有虞范，後有李楊!"

倪瓚，字元鎮，無錫人。家雄於貲。工詩，善書畫。所居有閣曰清閟，幽迥絶塵，四時卉木縈繞其外，高木修篁，蔚然深秀，故自號雲林居士。名士四方至，至日夕觴詠；求縑素者踵至，亦時應之，尤喜畫竹。每曰："余之竹，聊以寫胸中逸氣耳；豈復較其似與非，葉之繁與疏，枝之斜與直哉？或塗抹久，他人視以爲麻爲蘆，僕亦不能强辨爲竹，真没奈覽者何!"及兵興，而瓚扁舟箬笠，往來震澤三泖間。張士誠據蘇州，累欲鈎致，不應。其弟士信以幣乞畫，瓚斥去；士信怒，然不可蹤迹。一日，從賓客遊湖上，聞異香出葭葦間，疑爲瓚也；物色漁舟中，果得之，抶幾死，終無一言。既而人問"何無一言?"曰："一言俗矣。"明太祖定天下，而瓚黄冠野服，混迹編氓，亦以隱逸有高名。傳有《清閟閣集》十卷。與維楨唱和；而詩格不同：維楨以雄怪參才藻；瓚則以真率出清迥。嘗曰："詩亡而爲騷，至漢爲五言。吟詠得性情之正，其惟陶淵明乎？韋柳沖淡蕭散，皆得陶之旨趣；下此則王摩詰矣。富麗窮苦之詞易工，幽深閒遠之語難造。至若李、杜、韓、蘇，固已烜赫焜煌，出入今古，逾前而絶後：校其情性有正始之遺風，則間然矣。"其於唐人右韋柳而抑李杜。

其五言詩如《爲方厓畫山就題》曰：

摩詰畫山時，見山不見畫。松雪自纏絡，飛鳥亦閑暇。我初學揮染，見物皆畫似。郊行及城遊，物物歸畫笥。爲問方厓師，孰假孰爲真？墨池挹涓滴，寫我無邊春。

又《蛛絲網落花》曰：

落花綴蛛網，蜀錦一規紅。既映綺疏外，復照碧池中。含凄戀餘景，散魄曳微風。昔人問榮穢，詎識本俱空。

又《資贈吕志學》曰：

江雲昏絶巘，汀樹猶斜陽。獨立霜柳下，渺然懷故鄉。歸來茅屋底，篝燈寫微茫。

又《贈惟寅》曰：

隱几方熟睡，故人來扣扉。一笑無言説，清坐澹忘機。衣上松蘿雨，袖中南澗薇。相告山中來，山中無是非。

五言律如《悼項山清上人》曰：

幽曠山中樂，飄颻物外蹤。梵餘閒憩石，定起獨哦松。花落春衣静，雲垂澗户重。依依植蓮處，林暝只聞鐘。

五言絶如《題臨水蘭》曰：

蘭生幽谷中，倒影還自照。無人作妍暖，春風發微笑。

適然寄意，而神思散朗，氣韻自高。其他五言古如《春日雲林齋居》、《冬日窗下水影》、《古詩二首奉送友仁賢良之京師》，七言古如《送徐君玉》、《醉題許空敗壁》、《醉歌行次韻酬李徵君春日過草堂賦贈》，五言律如《畫江天晚色贈志學》、《垂虹亭》、《題漁樵友卷》、《畫吴松山色贈潘以仁》，七言律如《次韻薩天錫寄張外史》、《東林隱所次韻》、《杭人有傳余死者貞居聞之愴然因賦以寄》二首、《寄朱府判》、《贈周校書》、《送葉道士再用懸字韻》二首，七言絶如《村居》、《三月五日爲吴溥泉畫窠石平遠并詩》、《雪中所折枇杷花寄吴寅夫》、《爲吴處士畫喬林礀石》、《秋容軒》四首，亦爲可誦。其中七言不如五言。大抵抑揚爽朗，不廢儷語，以澹爲綺，以晉參唐；於唐則韋應物參王維，於晉則陶潛參謝靈運，而潤澤以陸機，秀爽於謝朓，有餘於秀韻，不足於雄才；自是南風之敷柔，不同北調之亢厲矣。然意興婉愜，中有惻愴。不肯仕明，而亦未必忠元也。

有《西湖竹枝詞》見意曰：

錢王墓田松柏稀，岳王祠堂在湖西。西泠橋邊草春緑，飛來峯頭烏夜啼。

湖邊兒女十五餘，烏紗約髮淺妝梳。卻怪爺娘作蠻語，能唱新聲獨當壚。

湖邊女兒紅粉妝，不學羅敷春采桑。學成飛燕春風舞，嫁與燕山遊冶郎。

心許嫁郎郎不歸，不及江潮不失期。踏盡白蓮根無藕，打破蜘蛛網費絲。

阿翁聞説國興亡，記得錢王與岳王。日暮狂風吹柳折，滿湖烟雨緑茫茫。

辮髮女兒住湖邊，能唱胡歌舞踏筵。羅綺薰香冋紇語，白氈蒙頭如白煙。

遺民之恫，以戲謔出之；蓋諷元兵下杭州，而西湖女兒胡歌胡語，胡裝胡舞以得盼睞薦陳爲幸也。阿翁聞説興亡，女兒不學采桑，冶容誨淫，唱新聲而蒙白氈，不羞自身之服妖，而怪爺娘之語蠻，憨態可掬；與唐人司空圖詩之“漢兒盡作胡兒語，卻向城頭駡漢人”，同一哭不得而笑。談笑而道，沉哀在心，何異謝翺之慷慨悲歌也！斯誠西子之不潔，而貽湖山以蒙羞者已。《雲漢》之詩曰：“周餘黎民，靡有孑遺”；非無孑遺也，遺民而犬戎化也，耗矣哀哉！

江陰王逢，字原吉，亦以詩人而不仕於明。至正中，作《河清頌》；被薦不起。避兵無錫。而張士誠據吴，其弟士德用逢策，歸命於元以抗明。而明兵日迫，轉徙松江，築室上海之烏涇。士誠敗，有《聞吴門消息》二律、《舟過吴門感懷》二律及《無題》諸律以哀之；又哀士誠之妻而作《劉夫人歌》，慷慨傷懷。明太祖欲辟用之，堅卧不起。而以轉徙去鄉之日久，追惟其大母徐嘗手植雙梧於故居潢河之上，因自號梧溪子。傳有《梧溪集》七卷。其中賦頌雜文，亦間有之，而詩爲多。逢早年學詩於延陵陳漢卿；而漢卿則學詩於虞集。集具體盛唐，不主一家，而欲窺晉宋；逢則氣疏而才俊。仿佛杜牧，能以豪邁發才藻，蓋得杜牧之一體。五言古如《攄懷》曰：

大星動欲落，草木氣含霜。驚風薄前誉，步騎勢翕張。美哉同心友，劍佩相徊徨。游鴻激荒徼，毚兔竄雲岡。旁顧阻太湖，不見舟與梁。苟容諒非道，單居念流光。寒菊已復花，蟋蟀鳴我牀。結交兩相厄，夙好終不忘。

征塵一何黄，征衣一何素。衣素易染塵，況復冠帶具？忽忽葉變秋，瀼瀼草溥露。莽莽關山長，悒悒歲月度。豈無新相知？戀戀情如故。范叔未至寒，綈袍受良難。

又《將歸》曰：

梧桐生朝陽，鳳凰鳴高岡。嗟我羈旅人，彌年獨彷徨。非不善趨走，玉珮垂雙璜。君侯多車從，瞻者亦輝光。如何日同遊，忽忽我鬢蒼。衡茅龍江上，兒耕妻蠶桑。夜來得家書，云當奉烝嘗。去去甘貧賤，零露沾衣裳。

盡歡非全交，去國難潔名。中心默揆量，惟有歸爲榮。張翰不知幾，直待秋風生。陶潛懶束帶，千世莫與京。故邑變大荒，墳隧走狐麋，殺人肆高座，噤口難爲情。天末厭亂離，且從寄傭耕，安得將周處，挈我斬蛟鯨。

薦更喪亂，悲歌慷慨。其他五言古如《玉山道中》、《自乾封歸省祖隴過大南嶺向玉山》、《命婦詞》二首、《舊衣篇唁失位者》、《無家燕》、《古從軍行》七首、《青青孤生麻》、《歲旦未起宋安道税使袖至倪元鎮書因述懷答倪》、《慈報寺長老南嶽雲畫雲山間松圖各有詩次韻》二首，七言古如《小匕首歌》、《奉陪神保大王宴朱將軍第聞彈白翎雀引》、《歎病駝》、《吏騾兒》、《辭帥幕後王左丞復以淮省都事過訪且送馬至以詩辭還》、《浦東女》、《劉夫人》，五言律如《梧溪有懷》二首、《天池石壁》，七言律如《登信州溪山第一亭》、《簡謝性原》、《秋感》六首、《無題》五首、《後無題》五首、《書無題後》凡三首、《偶感燕太子事》、《懷故園》；亦復壯能發采，華而不靡，所以風骨警挺，音節鑑鏘。五言古感喟蒼涼，風流條達，語麗而氣遒，其源遠追張協《雜詩》。七言律沉鬱頓挫，不害用事，幹以風力，臻於劉亮，則杜牧、李商隱之學杜也。其詩發潛闡幽，尤致意於宋元之際，表章忠貞。楊維楨序其詩，比之杜陵詩史。而逢自撰壙銘，有曰："首西正丘狂斐士，詩旌忠孝節義鬼。"蓋自道其實也。每作一詩，必繫小序以具本末，尤補史傳所未及。亦與倪瓚唱和，而詩格不同：瓚以幽澹，逢以警麗。

第六編 近代文學

SGWX

第一章 明文

第二章 明詩附詞

第三章 明曲

自序

自來論文章者，多侈談漢、魏、唐、宋，而罕及明代。獨會稽李慈銘極言明人詩文，超絶宋元恒蹊，而未有勘發。自我觀之：中國文學之有明，其如歐洲中世紀之有文藝復興乎？明太祖開基江淮，以逐胡元，還我河山；用夏變夷，右文稽古，士大夫争自濯磨。而文則奥博排奡，力追秦漢，以矯歐、蘇、曾、王之平熟；而宋濂、劉基驊騮開道，以著何、李、王、李之先鞭。詩則雄邁高亮，出入漢、魏、盛唐，以救宋詩之粗硬，革元風之纖濃；而高啓、李東陽後先繼軌，以爲何、李、王、李開山。曲則明太祖導揚高則誠《琵琶》一記，盡洗胡元古魯兀剌之風，而易之以南詞之纏綿頓挫。至八股文，則利禄之途，俗稱時文者也。然唐順之、歸有光縱横軼蕩，則以古文爲時文，力求返虚入渾，積健爲雄；雖與詩古文體氣不同，而反本修古一也。然則明文學者，實宋元文學之極王而厭，而漢魏盛唐之拔戟復振；彈古調以洗俗響，厭庸膚而求奥衍，體制儘别，歸趣無殊。此則僕師心自得，而《明史》序《文苑傳》者之所未及知也。顧論文者，則狃桐城家言之緒論，而極稱歸氏，妄庸七子。不知明有何李之復古，以矯唐宋八家之平熟；猶唐有韓柳之復古，以救漢、魏、六朝之縟靡；有往必復，亦氣運之自然。明有唐順之、歸有光輩，振八家之墜緒以與七子相撑拄；不過如唐之有裴度、段文昌等，與韓柳爲異，以揚六朝之頽波耳。而一代文章之正宗，固别有在也。

又論者以錢謙益文章爲穢爲雜，此亦拾桐城家之唾餘，而不免求全之毁。錢氏以明代文章鉅公，而冠清貳臣傳之首，人品自是可議。至於極推歐陽修，以爲真得太史公血脈，而下開歸氏；又翹歸氏以追配唐宋大家，因校刻《震川集》而序之以發其指；然後知桐城家言之治古文，由歸氏以踵歐陽而窺太史公；姚鼐遂以歸氏上繼唐宋八家，而爲《古文辭類纂》一書；胥出錢氏之緒論，有以啓其塗轍也。特其爲文章，盛氣縟語，錯綜奇偶，七子之習湔洗不盡；自與桐城之清真雅澹而得歸氏之潔適者異趣。然以視湘鄉曾國藩之爲文，從姚鼐入手，而益探源揚馬，複字單誼，雜厠其間，務爲厚集其氣，使聲采炳焕，而戛焉有聲者，何必不與錢氏後先同符？錢氏從王李入，而不從王李出；湘鄉從姚氏入，而不從姚氏出；自出變化，以不姝暖於一先生之言，亦何必此之爲是，而彼之爲非？然世論不敢薄湘鄉，而務集謗於錢氏，多見其不知類也，此與以耳食者何以異。

至於談詩者，則多爲朱彝尊《明詩綜》所囿，而以錢氏《列朝詩集》爲口實。不知朱氏以《明詩綜》而詆《列朝詩集》，譬如蠹生於木，還食其木。何者？《列朝詩集》，《明詩綜》之底本也；何焯嘗惡而揭發之。不過文人矜誕，好謗前輩耳。詩至晚明，鍾譚異軍别張，錢氏、朱氏皆所不喜，竟陵遂爲謗府。而夷考其實，鍾譚之詩，蹊徑别開，蘄以幽冷救七子之絢爛，而爲秀峭以矯公安之容易；詩道窮而必變，亦如肥魚大肉，饜飫之過，而不得不思菜羹也。其詩出入中晚唐郊、島、皮、陸之間，么絃側調，亦有淵源，避熟就生，人自少見多怪耳。要之盛唐李杜，摹擬勢盡，厭故喜新，人情皆然。王士禎《唐賢三昧集》不取李杜一首，何嘗不與鍾譚所選《唐詩歸》同指？而士禎詩爲秀麗疏朗，鍾譚出以幽深孤峭，皆欲以偏師制勝。或詆鍾譚格局未完，雕鑱愈工，不知真氣彌傷；然士禎縹渺取神，風華富有，亦病性情不真。而一尸亡國之大詬，一爲盛世之元音，豈非所遭之時有幸不幸耶？

僕懷此久，未有以發。商務印書館主人屬爲撰論。用布所蓄，以俟論定。而讀《四庫提要》著録明人詩文集，覩記所及，每有尋聲逐響之談，并爲隨事舉正以著於篇。中華民國二十二年六月三日，無錫錢基博。

第一章　明文

第一節　總論

近代文學之有明，如近古文學之有唐；蓋承前代文學之極王而厭以別開風氣者也。明有何景明、李夢陽之復古以矯唐宋八家之庸慍，猶唐有韓愈、柳宗元之復古以救漢、魏、六朝之縟靡。唐有裴度、段文昌等揚六朝之頹波；亦與明有唐順之、歸有光輩振八家之墜緒，髣髴差似。大抵宋元以來，文以平正雅馴爲宗，其究漸流於庸膚。庸膚之極，不得不變而求奥衍。何李之起，文以沉博奥峭爲尚，其極漸流於虚憍。虚憍之過，不得不返而求平實。一張一弛，蓋理勢之自然。然漢魏之聲，由此高論於後世，而與韓愈、歐陽修争長；唐宋之文運，於是乎變，遷流以至晚明。錢謙益、艾南英準北宋之矩矱；張溥、陳子龍擷東漢之芳華，旂鼓相當而文，亦斐然有彩。明文源流，大抵如此。今博考諸家之集，參以衆論，録其著者。

第二節　楊維楨　宋濂附張孟兼　劉基
附王禕、徐一夔、胡翰、蘇平仲

明太祖起自畎畝，開國文臣，首稱金華宋濂字景濂；次則青田劉基字伯温。其時前朝文學家，風流照映，獨推會稽鐵崖楊維楨字廉夫爲首，其生平行事已見於前。有大名於時。詩擅一時之雄，號鐵崖體。其爲詩以奇譎兀奡，自闢町畦；而文則文從字順，演迤澄泓。傳有《東維子文集》三十一卷，附録一卷（《四部叢刊》影印江南圖書館藏鳴野山房鈔本），其中文二十八卷。維楨遨嬉同塵，而自謂無所浼於世也。

維楨文有《竹夫人傳》以見志曰：

> 夫人，竹氏，名茹，字珍瓏，自號抱節君。其先爲孤竹君之子曰智，諫武王伐紂，不聽，遂不食周粟，餓於首陽山。且死，以其族告曰："吾不食死。百年後，當有不食飲者爲吾女氏以救世之濁熱，然未嘗如鎖子婦之隳其節也。"越若干世，爲宋之元祐年，果生夫人。夫人生而瘠如篾器，成將作匠之羅織；巧慧其中，玲瓏空洞無他腸。又善滑稽圓轉；雖與人狎，其情邈，亦如木偶氏。誚夫人者無螽斯分；而善之者，則無内荒長舌之禍也。嘗見聘趙氏子充家奴畜之。豫章黄太史庭堅聞其人，作詩雪之，以爲："憩臂體膝，辱夫人；而況又奴之乎？"夫人亦犯而不校。夫人自以家世素青節，終恥屈身於人。鉛華眉黛，弗之御矣；荆釵棘簪之微，一皆棄斥。而王后嬪妃下至公卿百執事，無不器重之。召亦無不往，然所在抱節，終身未嘗少污其潔。先是得長生久視術於羿娥氏，用能辟穀導引以應鼻祖氏之言。其蹤跡詭祕，當炎而出，方秋節遁去，或謂尸解，不知其終。
>
> 史氏曰：莊周稱："姑射山有神人，肌膚若冰雪，綽約若處子。"夫人豈其流亞歟？惟其辟穀不食飲，故老不死，人疑爲女仙。後人有見於葛陂者，與壺丈人同蜕去云。

其辭坦迤，絶無雕藻淫豔之態。維楨之爲《鹿皮子文集序》曰："言有高而弗當，義有奥而弗通，若是者，後世有傳焉？無有也。又況言龐而弗律，義淫而無軌者乎?”是其爲文，言求有當而合于文律，義求能通而避淫僻。宋濂誌其墓，謂“非先秦兩漢弗之學，久與俱化，見諸論撰，如覩商敦周彝，雲雷成文，而寒光横逸，奪人目睛”；則有過情之譽矣。維楨之文，雖其志在力駕宋人而卒未能力破宋人之藩籬，氣暢而詞適，亦不墮惡道，尚未能與韓柳争長，而比之於先秦兩漢之文，則不相類。故其文故與宋濂同其冲融清遒夷猶耳。惟維楨詞筆瘦拗，而濂則才章富健，則又不同。

元末文章以浦陽吴萊字立夫、浦江柳貫字道傳、金華黄溍字晉卿爲一朝之後勁。而宋濂初從萊學，又學於貫與溍，其授受具有源流。自少至老，未嘗一日去書卷，於學無所不通，下筆纚纚不能自休。及事明太祖，在朝郊社宗廟山川百神之典，朝會宴享律曆衣冠之制，四裔貢賦賞勞之儀，旁及元勳巨卿碑記刻石之辭，咸以委濂，屢推爲開國文臣之首。士大夫造門乞文者後先相踵。外國貢使亦知其名，每問宋先生無恙。高麗、安南、日本至出兼金購文集。修《元史》，充總裁官。累官翰林院學士；四方學者悉稱爲“太史公”，不以姓氏。爲文章醇深演迤，而乏裁剪之功；體流沿而不返，詞枝蔓而不修，此其短也。吴萊恃氣縱横，筆情閎肆；論者謂他人患其淺陋，而萊獨患其宏博。濂則得法於萊，而以才多爲累，亦與同譏。惟萊雄嶄矯舉而失之矜張，濂則敷腴朗暢而不免冗蕪；顧筆力遒足以自振，故不以冗蕪爲病。傳有《宋學士文集》七十五卷（《四部叢刊》影印明正德間張溍刻本，内分《鑾坡集》，即《翰苑前集》、《翰苑後集》，又《翰苑續集》、《翰苑别集》、《芝園集》、《芝園後集》、《朝京稿》），又《宋文憲全集》五十三卷，卷首四卷（清嘉慶間嚴榮刻本）。其爲《竹溪逸民傳》曰：

> 竹溪逸民者，幼治經，長誦百家言；造文蔚茂喜馳騁，聲聞煒煒起薦紳間。意功名可以赤手致。忽抵掌於几曰：“人生百歲，能幾旦暮？所難遂者適意爾，他尚何恤哉！”乃戴青霞冠，披白鹿裘，不復與塵事接。所居近大溪，篁竹翛翛然生。當明月高照，水光潋灩，共月争清輝。逸民輒腰短簫，乘小舫，蕩漾空明中；簫聲挾秋氣爲豪，直入無際，宛轉若龍鳴深泓，絶可聽。簫已，逸民叩舷歌曰：“吹玉簫兮弄明月，明月照兮頭成雪。頭成雪兮將奈何，白漚起兮衝素波。”人見之，歎曰：“是誠世外人也。欲常見且不可得，況狎而近之乎！”性嗜鞠，種之滿園，顧視若孩嬰；黄花一開，獨

引觴對酌，日入不倦。人讓其留物。怒曰："舉世無知我，知我惟此花爾。一息自怡，尚可謂滯於物耶？"復愛梅；梅孕緑萼微吐，赤脚踏雪中若温，見輒凝視移時，目不瞬，且大言曰："知我者惟鞠；鞠已謝我去，幸汝梅繼之。汝梅脱又謝我去，我當上白鶴山采五芝耳！"白鶴山蓋溪上諸峰云。

逸民年五十，益恬泊無所繫；間私謂其友曰："吾於世味愈孤矣，將漁於山樵於水矣。"其友疑其誕。逸民曰："樵於水，志豈在薪？漁於山，志豈在魚？是無所利也。無所利，樂矣。子以予果滯於梅與鞠耶？"君子以其語近道，有類於古隱者，相與傳其事。逸民所未嘗言，則無從知之矣。逸民，陳姓，洄其名，烏傷人。

史官曰：昔者李白與孔巢父等六人隱居徂徠山，世仰之以爲不可狎近，因號爲竹溪六逸。寥寥七百年後，而逸民亦以竹溪自名，若出一轍。豈聞風而興起歟？縱曰其地或殊，人之衆獨有異；高風絶塵，照映後先，其安有不同者歟？士之沉酣聲利而弗返者，盍亦知所自警歟！夫自范蔚宗著《後漢書》以隱逸登諸史傳，歷代取法而莫之廢者，其意又豈無所激歟？雖然，逸民之自爲則善矣。

或以濂一代文宗，比之宋之有歐陽修，而文章實非其倫。歐陽態有餘妍，而出之容與閒易。濂則筆無剩肆，而好爲縱横馳驟。歐裕於養，濂逞其才。劉基負氣甚豪，明太祖嘗以文學之臣爲問。基對曰："當今文章第一，輿論所屬，實在翰林學士臣濂。其次臣基，不敢他有所讓，又次則太常丞臣孟兼。"孟兼，張氏，名丁，以字行，浦江人，傳有《白石山房逸稿》二卷（南京龍蟠里圖書館藏有鈔本）。其詩文温雅清麗，而奇氣燁然，不可掩抑，亦以追蹤於濂。宜基有以亟稱之也。

劉基雄邁有奇氣，而宋濂自命儒者。然基鍊氣入道，而不爲濂之泛濫；又造辭欲潔，亦不如濂之曼衍。濂蛟騰鳳起，其文贍；基劍氣珠光，其辭嶄。清臣修《明史·劉基傳》，稱："基所爲文章，氣昌而奇。"奇則有之，昌非所尚。而《四庫全書提要》則曰："濂文雍容渾穆，如天閑良驥，魚魚雅雅，自中節度。基文神鋒四出，如千金駿足，飛騰飄瞥，驀澗注坡；雖皆極天下之選，而以德以力，則有間矣。"此亦似是而非之論。其實濂閎放若有餘肆，差似雍容，未爲渾穆。而基則斂抑如恐絶塵，自中節度，豈欲飛騰。一肆一遒，其大較也。基博通古今，文章精卓；傳有《誠意伯劉文成公文集》二十卷（《四部叢刊》影印明隆慶壬申刻本，又清乾隆丙子刻本）；其中《郁離子》二卷，雜文六卷。而《郁離子》者，在元季屏居青田山時所著之書，發憤而有作，正名察治，託物取譬，以自命一家言者也。其辭曰：

楚太子以梧桐之實養梟而冀其鳳鳴焉。春申君曰："是梟也，生而殊性，不可易也。食何與焉？"朱英聞之，謂春申君曰："君知梟之不可以食易其性而爲鳳矣。而君之門下，無非狗偷鼠竊亡賴之人也，而君寵榮之，食之以玉食，薦之以珠履；將望之以國士之報。以臣觀之，亦何異乎以梧桐之食養梟而冀其鳳鳴也？"春申君不寤，卒爲李園所殺，而門下之士無一人能報者。（《千里馬篇》）

郁離子曰："豺之智，其出於庶獸者乎？嗚呼！豈獨獸哉，人之無知也，亦不如之矣。故豺之力，非虎敵也，而獨見焉則避；及其朋之來，則相與犄角之。盡虎之力，得一豺焉，未暇顧其後也，而犄之者至矣。虎雖猛，其奚以當之？長平之役，以四十萬之衆，投戈甲而受死，惟其知之不如豺而已。（《魯般篇》）"

瓠里子自吴歸粵。相國使人送之，曰："使自擇官舟以渡。"送者未至，於是舟泊於滸者以千數，瓠里子欲擇之而不能識。送者至，問之曰："舟若是多也，惡乎擇？"對曰："甚易也。但視其敝篷折櫓而破帆者，即官舟也。"從而得之。瓠里子仰天歎曰："今之治政，其亦以民爲官民歟？則愛之者鮮矣。宜其敝也。"（《靈丘丈人篇》）

楚有養狙以爲生者，楚人謂之狙公。旦日必部分衆狙於庭，使老狙率以之山中，求草木之實，賦什一以自奉；或不給，則加鞭箠焉。羣狙皆畏苦之，弗敢違也。一日，有小狙謂衆狙曰："山之果，公所樹歟？"曰："否也，天生也。"曰："非公不得而取歟？"曰："否也，皆得而取也。"曰："然則吾何假於彼而爲之役乎？"言未既，衆狙皆寤。其夕，相與伺狙公之寢，破柵毀柙，取其積相攜而入於林中，不復歸。狙公卒餒而死。

郁離子曰："世有以術使民而無道揆者，其如狙公乎？惟其昏而未覺也。一旦有開之，其術窮矣。"（《瞽聵篇》）

孽搖之虛有鳥焉，一身而九頭；得食則八頭皆爭，呀然而相銜，灑血飛毛，食不得入咽，而九頭皆傷。海鳧觀而笑之曰："胡不思九口之食同歸於一腹乎，而奚其爭也?"(《省敵篇》)

辭譎而義貞，指小而喻大。其他《九難》仿《七發》，遒麗得枚乘之體；會稽山水諸記，幽秀有柳州之意；其音清越，殊勝濂也。義烏王禕字子充，與濂偕總裁修《元史》。太祖謂濂曰："浙東人才，惟卿與王禕。才思之雄，禕不如卿。學問之博，卿不如禕。"傳有《王忠文公集》二十四卷（南京龍蟠里圖書館藏有明萬曆刊本）。而濂爲之序，稱："其文凡三變：初年所作，幅程廣而運化宏。壯年出遊之後，氣象益以沉雄。暨四十以後，乃渾然天成，條理不爽。"則亦服禕之深矣。禕嘗薦天台徐一夔字大章者同修《元史》。一夔不出，而有《與禕論修史書》；誦者稱其有鑒裁。傳有《始豐藁》十四卷（南京龍蟠里圖書館藏有鈔配明初刻本）。又濂鄉人胡翰字仲子，從吴萊學，與濂同門；其文亦爲黄溍柳貫所稱；傳有《胡仲子集》十卷（南京龍蟠里圖書館藏有明洪武刻本），其中文九卷，持論多切世用，文章與宋濂王禕相上下。而濂獨亟稱蘇平仲，以爲不求似古人，而未嘗不似也。平仲，名伯衡，亦濂鄉人。濂以翰林學士承旨致仕。太祖問代者。濂對曰："臣鄉人蘇伯衡學博行修，文詞蔚贍有法。"傳有《蘇平仲集》十六卷(《四部叢刊》影印明正統壬戌本)。而濂序其書曰："精博而不粗澀，敷腴而不苛縟。"蓋文章蹊徑與濂同；故相契合如此。而濂與基，皆不安爲宋人之文。明之有濂基以開何李之復古，猶唐之有燕（張説）許（蘇頲）以爲韓柳之前茅也。

第三節　方孝孺附解縉

寧海方孝孺，字希直，一字希古，從宋濂學；濂門下知名士皆出其下。先輩胡翰、蘇伯衡亦自謂弗如。孝孺顧末視文藝，恒以明王道、致太平爲己任；欲以駕軼漢唐，鋭復三代；而毅然自命之氣，發揚蹈厲，時露於筆墨之間。其文章縱横豪放，頗出入南北宋蘇軾、陳亮之間；與濂同其贍肆，而不同其枝碎。濂宏博而不免緩散，所病在取徑太闊大，遣詞太繁縟，未能渾灝流轉；故不如孝孺之直抒欲言，縱筆所之，疏快成片段也。傳有《遜志齋集》二十四卷(《四部叢刊》影印明嘉靖辛酉刻本)。感物寫懷，每有悲天閔人之意。録《蚊對》曰：

天台生困暑，夜卧絺帷中。童子持翣颺於前，適甚，就睡。久之，童子亦睡，投翣倚牀，其音如雷。生驚寤，以爲風雨且至也，抱膝而坐。俄而耳旁聞有飛鳴聲，如歌如訴，如怨如慕，拂肱刺肉，撲股嚼面，毛髮盡豎，肌肉欲顫；兩手交拍，掌溼如汗，引而嗅之，赤血腥然。大愕不知所爲，蹴童子，呼曰："吾爲物所苦，亟起索燭照。"燭至，絺帷盡張；蚊數千皆集幃旁，見燭亂散，如蝗如蠅，利觜飫腹，充赤圓紅。生罵童子曰："此非嚼吾血者耶？皆爾不謹，褰帷而放之入。且彼異類也，防之苟至，烏能爲人害？"童子拔蒿束之，置火於端，其烟勃鬱，左麾右旋，繞牀數匝，逐蚊出門，復於生曰："可以寢矣，蚊已去矣。"生乃拂席將寢，呼天而歎曰："天胡產此微物而毒人乎？"

童子聞之，啞爾笑曰："子何待己之太厚，而尤天之太固也？夫覆載之間，二氣絪緼，賦形受質，人物是分。大之爲犀象，怪之爲蛟龍，暴之爲虎豹，馴之爲麋鹿與庸狨，羽毛而爲禽，裸身而爲人爲蟲，莫不皆有所養；雖巨細修短之不同，然寓形於其中則一也。自我而觀之，則人貴而物賤。自天地而觀之，果孰貴而孰賤耶？今人乃自貴其貴，號爲長雄；水陸之物，有生之類，莫不高羅而卑網，山貢而海供；蛙黽莫逃其命，鴻雁莫匿其蹤。其食乎物者，可謂泰矣，而物獨不可食於人耶？兹夕蚊一舉喙，即號天而訴之。使物爲人所食者，亦皆呼號告於天，則天之罰人，又當何如耶？且物之食於人，人之食於物，異類也，猶可言也。而蚊且猶畏謹恐懼，白晝不敢露其形，瞰人之不見，乘人之困怠，而後有求焉。今有同類者，啜粟而飲湯同，畜妻而育子同也，衣冠儀貌，無不同者；白晝儼然乘其同類之間而陵之，吮其膏而鹽其腦，使其餓踣於草野，離流於道路，呼天之聲相接也，而且無恤之者。今子一爲蚊所嚼，而寢輒不安；聞同類之相嚼而若無聞，豈君子先人後身之道耶？"天台生於是投枕於地，叩心太息，披衣出户，坐以終夕。

頓挫瀏亮，一洗宋濂冗滯之敝，不得不有出藍之譽也。孝孺既以不事成祖誅死，其文章亦禁不行。門人王稌藏遺稿，宣德（宣宗年號）間始稍傳播。原本凡三十卷，拾遺十卷，附録一卷，乃黄孔昭謝鐸所編。世所傳二十四卷本，則正德（武宗年號）中顧璘守台州時所重刊也。

吉水解縉，字大紳，與孝孺同輩，而才氣放逸，下筆不能自休；當時有才子之目。迄今委巷流傳其少年宿慧諸事，多鄙誕不經；傳有《解學士文集》十卷（南京龍蟠里圖書館藏有明嘉靖刻本）。其奏議如《大庖西封事》、《白李善長冤》諸篇，俱明白剴切，有孝孺之風。大抵宋濂、劉基，飽更世難，其辭斂，其意深。縉及孝孺新進用事，其文激，其氣鋭。

第四節　楊士奇附楊榮、黄淮、金幼孜　楊溥

太祖之世，運當開國，多峭健雄博之文。成祖而後，太平日久，爲臺閣雍容之作。作者遞興，皆沖融演迤，不矜才氣；而泰和楊士奇名寓（以字行）、建安楊榮字勉仁、石首楊溥字弘濟並世當國，歷相仁宗、宣宗、英宗三朝，黼黻承平；中外翕然稱三楊。推士奇文章特優，一時制誥碑版，出其手者爲多。仁宗雅好歐陽修文。士奇文平正紆餘，時論稱其髣髴。後來館閣著作，沿爲流派，所謂臺閣體是也。傳有《東里全集》九十卷，别集四卷（南京龍蟠里圖書館中藏有明天順刊本）。録《沈學士墓碑》曰：

> 嗚呼！此吾友翰林學士沈公之墓。沈世家松江華亭。大考諱德輝，嘗爲郡史，平反冤獄百數十人；鄉稱長者。妣宋氏。考諱易，仕爲諮議參軍；無幾，棄官養親，而授徒里中，惇行倫誼，集《五倫詩》以教學者；而甘貧樂義，人號苦節先生。妣顧氏，有善德。二子：長即公，諱度，字民則。次粲，字民望。公天資温雅敦實；自幼嗜學，博涉經史。洪武中，郡邑交舉文學，弗就。坐累謫雲南，跋涉萬里，處患難，其中裕然。時同謫者多名人，率於公交。達官重帥，争欲迎致公館下。岷王具禮幣聘之。既至，屢進直言，居無幾，辭去。都督瞿能知賢下士，延於家塾爲弟子師，旦暮躬請益焉。其入京師也，以公偕行。
>
> 時太宗皇帝初臨御，命翰林舉賢才。今禮部尚書江陵楊公爲編修，以公名上，擢翰林典籍。方時，制敕填委，既視草，學士以下，率分書之。上獨覽公書稱善。一時翰林善書，如解大紳之真行

草，胡光大之行草，滕用亨之篆八分，王汝玉、梁用行之真，楊文遇之行，皆知名當世；而解及公之書，獨爲上所愛。凡玉册金簡，用之宗廟朝廷，藏祕府，施四裔，刻諸貞石，傳於後世，一切大制作，必命公書。公之書婉麗飄逸，雍容矩度，兼篆八分；八分尤高古，渾然漢意。而日侍清密無間，賞賜二品金織衣，新製象笏鏤公氏名，塗金以賜。以其弟與子皆善書，皆官之近侍；父子兄弟，並榮於朝。古今以書遭承寵遇，莫或加公。書蓋公一藝耳。爲文章，尚興致，平淡雅則，不爲浮靡。事上必盡誠，被顧問必以正對。由典籍陞檢討，復陞修撰，遂陞侍講學士奉直大夫。仁宗皇帝賜誥命，進協正庶尹；贈其考奉直大夫協正庶尹，翰林侍講學士；其妣宜人。予誥歸焚黄，賜鈔給驛傳。宣宗皇帝臨御，進翰林學士，奉政大夫。年踰七十，再上章乞致仕歸，不聽。

公事親孝，與弟粲友愛相篤終身；與人交，久益敬。爲人貞静不苟附。初入翰林，鄉人有爲大宗伯者，得君，有氣勢赫赫；朝士希進者日奔走其門。公以故舊獨自守，未嘗輕造；間或邀公，輒以禮辭；士論高之。閒暇，閉户焚香，鳴琴賦詩以自樂，人號自樂先生。襟宇澄澹，風韻蕭散；所好惟載籍法書，名畫古器，自題其齋居曰樂琴書處，雜列花卉奇石。高人韻士至，必具觴酌，或吟或弈，意度翛然。所作詩文有《滇南稿》、《隨筆録》、《西清餘暇》、《自樂稿》，藏於家。年七十有八。一日微疾，猶作《和王行儉詹事小洞天詞》，明日捐館，宣德甲寅十月二十二日也。訃聞，上遣禮部郎中陳謨賜祭，給驛舟歸喪，命有司營葬。元配顧，贈宜人。繼陳。子二：芹，先十五年卒。藻，中書舍人，陞右大理寺副。孫男二：潮，秀敏好學，先十年卒。次源。女三：長歸俞珙，餘在室。曾孫男一。士奇與公同入翰林，相交三十有三年，最相得。其殁也，蓋哭之慟。於是粲及藻求予表墓。予忍以衰朽而忘情老友哉？敬爲之表。

遣言措意，切近的當；然遽以擬歐陽修，亦似少過。歐陽氣逸韻流，意態無窮。士奇言盡而意止，趣味不長。只是紆徐委備，無艱難勞苦之態，所以得歐陽之髣髴；然亦以啓冗弱之病。歐陽意有餘於詞，故耐咀味，士奇詞或饒於意，不免蕪弱也。

楊榮與士奇同主一代之文柄，而傳有《楊文敏集》二十五卷（南京龍蟠里圖書館藏有明正統刻本）。其文章雍容平易，體格與士奇略同。雖無深湛幽渺之思、縱橫馳騄之才足以震耀一世，而逶迤有度，醇實不炫。其他永嘉黃淮字宗豫，有《省愆集》二卷（南京龍蟠里圖書館藏有明正統刊本）。新淦金幼孜名善（以字行），有《金文靖集》十卷（南京龍蟠里圖書館藏有明弘治間刻本），舂容雅步，頗亦肩隨。蓋其時天下康樂，故廊廟賡颺，具有氣象，操觚者亦不知也。

楊溥以弘識雅操驂駕三楊，而刻意遒古，力摹昌黎；而不以文名，其集亦不傳。覩所爲《承恩堂記》曰：

> 皇上嗣登天寶，嘉念蒼生，期底雍熙，圖任老成人，彌綸治化；少師吏部尚書蹇公實爲之冠。宣德七年秋，詔有司，若曰："予有輔臣，粵自先朝，偉著德望，暨於今啓沃居多。予於庶政咨焉，予於庶官審焉。克允克諧，實惟其人。欲新厥居以稱予優禮之意；其繪圖以進。"有司明日以圖進，弗稱。又明日更爲圖進，弗稱。上乃自規畫授有司。乃卜地於都城東南，厥位維陽，厥土維剛；董材於肆，厥木維良，厥石維貞，陶瓦維堅；乃卜日之吉鳩工；裒高以平，築虛以實，引繩縮板，以垣厥周。乃建厥堂，翼之以室；乃闢厥路，重之以門；甓之甃之，塗之沐之，不踰月告成。祀先有廟，禮賓有館，庖有廚，汲有井，有庫有廄，以儲以牧。輪奐咸美，百用具備。復命大臣燕飲以落之，肴核酒醴，咸出大官。
>
> 公謂翰林學士楊溥曰："昔晉獻文子成室，諸大夫發焉。當時善頌善禱者見稱於君子。子何以語我？"溥不敢以不敏辭，乃酌而祝曰："惟天佑國家，乃竇以賢哲簡畀平格，復錫以壽，若周之畢公，策名文武之世，相成王，相康王，永光周室。公歷四朝，進位師保，享高年，輔聖天子丕隆太平之運。溥於斯爲國家賀。"又酌而祝曰："明盛之世，惠歸之德，君子享多福，而民咸樂其樂。是以錫馬蕃庶，晝日三接，乃惟康侯。溥於斯爲天下蒼生賀。"又酌而祝曰："福善之報，惟有德於民者爲盛。古昔名臣輔君致治，實功允德，孚達神明，身被光榮，澤流子孫，與國同久。《詩》曰：

'惟其有之，是以似之。'溥於斯爲公賀!"公酌而復曰："聖天子之恩篤不敢忘。子亦可謂善頌者矣。"謹名其堂曰承恩堂，請書此以爲記。

取材結體，摹誥範頌，有意矜練，又是一格；而與士奇、榮之汗漫演迤者不同。雖出以平實雅淡，而矜持少變化，光燄不長。然何李之前軌也。

第五節　李東陽附邵寶

茶陵李東陽，字賓之，歷相孝宗、武宗，工爲文章，朝廷大著作，多出其手。自明興以來，宰臣以文章領袖搢紳者，楊士奇後，東陽而已。傳有《懷麓堂集》一百卷，其中文稿六十卷；文章在難易之間，視士奇爲刻意，而語未堅卓；比宋濂稍安閒，而意則膚泛。《明史》以典雅流麗稱之，不免譽非其實。然其爲之工者，亦能舂容盡意，無矯揉造作之致，故能繼蹤士奇而主文章之壇坫。録《甲申十同年圖詩序》曰：

《甲申十同年圖》一卷，蓋吾同年進士之在朝者九人，與南京來朝者一人而十，會於太子太保刑部尚書吴興閔公朝瑛之第，圖焉者也。圖分爲三曹：自卷首而觀，其高顴多髯，髯强半白，袖手右嚮而側坐者，爲南京户部尚書公安王公用敬。微鬚，鬢斑白，鳶肩高聳，背若有負而中坐者，爲吏部左侍郎泌陽焦公孟陽。微鬚，多鬢，白毿毿不受櫛，面骨稜層起，左向坐，右手持一册，册半啓閉者，爲禮部右侍郎掌國子祭酒事黄巖謝公鳴治。又一曹，微鬚頳面，笑齒欲露，左手握帶，右嚮而半者，工部尚書郴州曾公克明。虎頭方面，大目豐準，鬚髯微白而長，右手攜牙牌，左握帶，中左坐者，閔公也。白鬚，黎面，面老皺，兩手握帶，中右坐者，工部右侍郎泰和張公時達。無鬚，頳面，聳肩袖手而危坐，且左顧者，都察院左都御史浮梁戴公廷珍。又一曹，爲户部右侍郎益都陳公廉夫者，面微長且頳，眉濃，髮半白，稍右嚮而坐。爲兵部尚書華容劉公時雍者，面微方而長，鬚鬢皓白，左手握帶，右手按膝而中坐。予則面微長而臞，髭數莖，白且盡，中若有隱憂，右手持一卷如授簡狀，坐而嚮左，居卷最後者，是也。九人者，皆畫工面對手貌，概得其形模意態。惟焦公奉使南國，弗及會，預留其舊所圖者而取之，故僅得其半而已。是日謝公倡爲詩，吾八人者皆和。焦公歸亦和焉。

傳有之："物之不齊，物之情也。"十者數之成，而亦數之漸。以吾十人者，得之於四十年之餘，良不爲少。然以二百五十人者，而不能二十之一；則謂之多，亦不可也。以年論之：閔公年七十有四，張公少二歲，曾公又少二歲，謝焦二公又少一歲，劉、戴、陳、王四公又遞少一歲。予於同年爲最少，今年五十有七，亦已就衰。追憶曩時之少者壯者，使猝然而逢之，若不相識也。且以地以姓論之，無一同者。以官，則六部之與都察院，其署與職，亦莫能以皆同。蓋所謂"不齊"者如此。然攄志效力，各執其事，以贊揚政化，期弼天下於熙平之域，則未始不同。語有之："人心不同，有如其面。"今固不可以貌論也，又何爵齒族里之足云乎？孔子論成人，以"久要不忘"爲次，而廉知勇藝，"文之禮樂"者爲至。兹九人者之才之行，彙征類聚，建功業於天下，固將以大有成。惟予蹇劣無似，方懼名實之不副；而是心也，不敢以相負也。然則今日之會，豈徒爲聚散離合，時考而世講之具哉？唐九老之在香山，宋五老之在睢陽，歌詩宴會，皆出於休退之後。今吾十人者，皆有國事吏責，故其詩於和平優裕之間，猶有思職勤事之意。他日功成身退，各歸其鄉，顧不得交倡迭和，鳴太平之樂以續前朝故事；則是詩也，未必非寄情寓意之地也。因萃而序之以各藏於其家。

閔公名珪，張公名逵，曾公名鑑，謝公名鐸，焦公名芳，劉公名大夏，戴公名珊，王公名軾，陳公名清，今各以字舉。而余則太子太保户部尚書謹身殿大學士長沙李東陽賓之也。進士舉於天順之八年，會則於弘治十六年癸亥三月二十五日；越翼日，乃序。

意度嫻雅，步驟謹嚴，集中如此者不多見也。好文章，尤獎成後進，推挽才彦；學士大夫出其門者，卒粲然有所成就。

無錫邵寶字二泉，鄉試出東陽之門；故其詩文矩度，皆宗法東陽。東陽於其詩文亦極推獎，曾作《信難》一篇以贈，稱："其集出入經史，蒐羅傳記，該括情事，摹寫景物，以極其所欲言，而無冗字長語、辛苦不怡之色，若欲進於古之人。”且以歐陽修之知蘇軾爲比。傳有《容春堂集》六十六卷（南京龍蟠里圖書館藏有明嘉靖刻本）。其文邊幅少狹，而部勒有度，易而不率，暢而不蕪，體近東陽而無其末流冗闒膚廓之失，亦卓然以成一家者矣。

第六節　李夢陽　何景明附康海、王九思、王廷相

慶陽李夢陽字獻吉，起自窮邊，而才思雄鷙，卓然以復古自命。弘治時，李東陽以宰相主文柄，翕然爲天下宗。夢陽亦嘗執贄焉，獨譏其萎弱，倡言“文必秦漢，詩必盛唐。”非是者弗道。與何景明、徐禎卿、邊貢、康海、王九思、王廷相號七才子，而夢陽爲之魁。傳有《空同集》六十六卷（南京龍蟠里圖書館藏有明萬曆刊本），盛氣矜心，欲駕八家而上之。其文則故作聱牙，範經鑄子，以艱深文其淺易。而雄邁之氣，足以振嘽緩；生撰之句，足以矯平熟；風氣鼓盪，觀聽變易，所謂“雖以無道行之，必可畏也”。録《禹廟碑》曰：

李子遊於禹廟之臺，鑒長河之防，孤城故官，平沙四漫，遐盼故流，北盡碣石，九派湮淤，雲草浩浩。於是愴然而悲曰：“嗟乎！予於是知王霸之功也。霸之功驩，久之疑。王之功忘，久之思。昔者禹之治水也，導川爲陸，易氿爲寧；地以之平，天以之成。去巢就廬，而粒而耕，生生至今者，固其功也，所謂萬世永賴者也。然問之耕者弗知，粒者弗知，廬者弗知，陸者弗知。”故曰“王之功忘”。譬之天生物而物忘之，泳者忘其川，棲者忘其枝，民者忘其聖人；非忘之也，不知之也，不知自忘。及其菑也，號呼而祈恤，於是智者則指之所從來，而廟者興矣。河盟津東也，蹩曠肆悍，勢猶建瓴，隄堰一決，數郡魚鼈。於是昏墊之民，匍匐詣廟，稽首號曰：“王在，吾奚役斯？”所謂思也。故不忘不大，不思不深。深莫如地，大莫如王，天之道也。霸者非不功也，然不能使之不忘，而不能使之不疑。何也？不忘者小，小則近，近則淺，淺則疑，如秦穆賜食善馬肉者酒是也。夫天下未聞有廟桓文者也，故曰“予觀禹廟而知王霸之功也。”或問湯文不廟。李子曰：“聖人各有其至：堯仁舜孝，禹功湯義；文王之忠，周公之才，孔子之學，是也。夫功

者，切於菑者也。大梁以菑故，是故獨廟禹。”

是時，監察御史澶州王子會按江南，登臺四顧，乃亦愴然而悲曰：“嗟乎。余於是而知功之言徵也。吾少也覽，嘗躡州城，眺滄渤，南目大梁之墟；乃今歷三河，攬淮泗，極洪流而盡滔滔，使非有神者主之，桑而海者久矣，尚能粒耶、耕耶、廬耶？能穊者寧耶、川者陸耶？嗟乎！予於是而知功之言徵也。所謂‘微禹吾其魚’者耶？所謂‘美載勤而不德’者耶？”於是飭所司葺其廟，而屬李子碑焉。王子，名溱，以嘉靖元年春按江南，明年秋，代去。乃李子則爲迎送神辭三章，俾祭者歌之以侑神焉。其辭曰：

天門兮顯闢，赫赫兮雲吐。窈黄屋兮陸離，靈總總兮上下。羌若來兮儵不見；不見兮奈何？望美人徒怨苦，横四海兮怒波。緪絃兮鏳鼓，神不來兮誰怒。執河伯兮顯戮，飭陽侯兮清路。靈黿鼉兮來至，風泠泠兮堂户。舞我兮我酹，尸既飽兮顏酡。惠我人兮乃土乃粒，日云暮兮尸奈何？風九河兮濤暮雲，曀曀兮昏雨。王駕鳳兮驂文魚，龍翼翼兮兩旟。悵佳期兮難屢，心有愛兮易離。愛君兮思君，肴芳兮酒芬，君歸來兮庇吾民。

不懈及古，力求拔俗，大率類是。然不免琱琢傷元氣，未能渾成天然。楊士奇、李東陽以嘽緩見餘力，而或懦不能以自振，蕪不能以自裁。李夢陽、何景明以生奥得古致，而卒澀不能以自運，格不能以自吐。儻知此之所以得，即徵彼之所爲失，亦文章得失之林也。

信陽何景明字仲默，與李夢陽俱倡爲復古之學。夢陽最雄駿。景明稍後出，相與頡頏。然二人天分各殊，規模不同。夢陽才雄而氣盛，故㭬張其詞。景明慮詳而力緩，故斂抑其氣。而未脱盡古人畦封以造於渾化則一；斯摹擬之蹊逕也。景明傳有《大復集》三十八卷（清乾隆間何氏重刻本、咸豐重刻本）。録《師問》曰：

有問於何子者曰：“今之師，何如古之師也？”何子曰：“古也有師，今也無師。”“然則今之所謂師者何稱也？”曰：“今之所謂師也，非古之所謂師也。其名存，其實亡，故曰無師。”曰：“古之師可得聞歟？”曰：“古者教之之法：曰性，曰倫。性則仁、義、禮、智、信是也；倫則君臣、父子、兄弟、長幼、朋友是也。於是而學焉以由之曰道，學焉以得之曰德，用之而足以舉於天下曰業。是故古之師，將以盡性也，明倫也，則其道德而蓄其業也，是謂古之師也。”曰：“何謂今之師？”曰：“今之師，舉業之師也。執經授書，分章截句，屬題比類，纂摘簡略，剽竊程式，傳之口耳，安察心臆，叛聖棄古，以會有司。是故今之師，速化苟就之術，干榮要利之媒也。”

曰：“師止是二者乎？”曰：“否，不止是也。漢有經師，作訓詁以傳一家之業者也；君子有尚之。唐宋以來，有詩文師，辨體裁，繩格律，審音響，啓辭發藻，較論工鄙，咀嚼齒牙，媚悦耳目者也；然而壯夫猶羞稱之。故道德師爲上，次有經師，次有詩文師，次有舉業師。師而至於舉業，其卑而可羞者，未有過焉者也。”曰：“然則廢舉業已乎？”曰：“何可廢也？今之取士之制也，士進用之階也。”曰：“是既不可廢，子何謂其卑而可羞也？”曰：“吾所謂卑而可羞者，非其制使然也，師舉業者之敝也。古之師之教者，立廉恥之節，守禮義之閑，不重貴富，不羞貧賤，不詘身於威武，不失志於患難，故上樂得人而用之。夫今獨不欲得是人用哉？顧以身求之，勢爲難也，故以言觀之；以言觀之，故有科舉之制。豈逆其師之教弟子之學，乃以爲利之門也？嘗見今之爲其子弟求師，及其子弟之願學者，口訪耳採；有告之曰：‘某，高官也。其前，高第也。其舉業，則精也。其師之。’於是雖千里從之也。又告之曰：‘某，未有高官也，未有高第也。其道德則可師也。’於是雖比舍弗從之矣。夫巫醫樂工與凡百工相師法以習其技藝，所以求食也；安有士相師以求食而可爲也？此吾所謂卑而可羞者也。”曰：“若是則何如而可也？”曰：“今之舉業，所習者固古聖人之言也；因其言，求其道，修之内而不願乎其外，達則行之，困則存之；興斯教也，安知今之師非古之師哉？”問者於是避席曰：“今日乃承益我以師之説。”

景明志操耿介，尚節義，鄙榮利，與夢陽並有國士風。兩人爲詩文，初相得甚懽；名成之後，互相詆諆。夢陽主摹倣，而景明則主創造，各樹堅壘不相下。兩人交游，亦遂分左右袒。景明之才，本遜夢陽，而其文章閒雅穩稱，不如夢陽之奇崛博奥，而亦無夢陽張脈僨興之敝。然天下語詩文，必並稱何李；又與邊貢、徐禎卿並稱四傑。

邊貢，字廷實，歷城人，有《華泉集》十四卷；徐禎卿，字昌穀，吴縣人，有《迪功集》六卷；皆以詩名，而文非所長。七子之中，惟武功康海字德涵，文章岸異，何景明異厥驅邁，李夢陽謝其雄渾，筆力夭矯。有《對山集》十卷。其擬《廷臣論寧夏事狀》及《鑄錢論》諸篇，尤洞爽軒闢，稱心而談，雖不如夢陽之遒鍊；然其逸氣往來，翛然自異，固在夢陽之割剥秦漢者上也。鄠縣王九思，字敬夫，有《渼陂集》十六卷，自序稱："始爲翰林時，詩學靡麗，文體萎弱，其後德涵、獻吉導予易其習。獻吉改正予詩藁，而文由德涵改正者尤多"云云。詩體文格，差得二人髣髴。然詩之富健，不及夢陽。文之粗率，尤甚於海。虎賁貌似，無足貴爾。儀封王廷相，字子衡，傳有《王氏家藏集》六十八卷，其詩文列名七子之中；而軌轍相循，亦不出北地信陽門户云。

第七節　王守仁　楊慎

何李復古之聲既高，天下從風而靡，以艱深鈎棘，相與剽剟古人，求附壇坫。而於時有大儒出焉，曰餘姚王守仁字伯安，特以致良知，紹述宋儒象山陸氏之學。而發爲文章，緣筆起趣，明白透快，原本蘇軾；上同楊士奇、李東陽之容易，而力裁其冗濫；下開唐順之、歸有光之寬衍，而不强立間架。初與李何諸人倡和，後大有所悟，斷然棄去，社中人皆深惜之，曰："學如韓柳，不過文人；辭如李杜，不過詩人；惟志心性之學，以顔閔爲期者，乃人間第一等德業也。"身繫風氣之中，而文在風氣以外，直抒胸臆，沛然有餘，不斤斤於格律法度之間；而不支不蔓，稱心出之，儻亦致良知之形諸文章者耶？傳有《王文成全書》三十八卷（《四部叢刊》影印明隆慶間謝廷傑刻本，清光緒間浙江書局刻本）；其中《文録》五卷，《别録》十卷。録《寄楊邃菴閣老書》曰：

> 前日嘗奉啓，計上達。自明公進秉機密，天下士夫忻忻然動顔相慶，皆爲太平可立致矣。門下鄙生獨切生憂，以爲猶甚難也。亨屯傾否，當今之時，舍明公無可以望者；則明公雖欲逃避乎此，將

亦有所不能。然而萬斛之舵，操之非一手；則緩急折旋，豈能盡如己意。臨事不得專操舟之權，而僨事乃與同覆舟之罪，此鄙生之所謂難也。夫不專其權，而漫同其罪，則莫若預逃其任；然在明公，亦既不能逃矣。逃之不能，專又不得，則莫若求避其罪，然在明公，亦終不得避矣。天下之事，果遂卒無所爲歟？夫惟身任天下之禍，然後能操天下之權。操天下之權，然後能濟天下之患。當其權之未得也，其致之甚難；而其歸之也，則操之甚易。萬斛之舵，平時從而争操之者，以利存焉。一旦風濤顛沛，變起不測，衆方皇惑震喪，救死不遑，而誰復與争操乎？於是起而專之，衆將恃以無恐，而事因以濟。苟亦從而委靡焉，固淪胥以溺矣。故曰"其歸之也，則操之甚易"者，此也。

古之君子，洞物情之向背而握其機，察陰陽之消長以乘其運，是以動必有成而吉無不利。伊旦之於商周，是矣。其在漢唐，蓋亦庶幾乎此者。雖其學術有所不逮，然亦足以定國本而安社稷，則亦斷非後世偷生苟免者之所能也。夫權者，天下之大利大害也，小人竊之以成其惡，君子用之以濟其善，固君子之不可一日去，小人之不可一日有者也。欲濟天下之難，而不操之以權，是猶倒持太阿而授人以柄，希不割矣。故君子之致權也有道，本之至誠以立其德，植之善類以多其輔，示之以無不容之量以安其情，擴之以無所競之心以平其氣，昭之以不可奪之節以端其向，神之以不可測之機以攝其奸，形之以必可賴之智以收其望，坦然爲之下以上之，退然爲之後以先之，是以功蓋天下而莫之嫉，善利萬物而莫與争。此皆明公之能事，素所蓄而有者；惟在倉卒之際，身任天下之禍，决起而操之耳。夫身任天下之禍，豈君子之得已哉？既當其任，知天下之禍將終不能免也，則身任之而已；身任之，而後可以免於天下之禍。小人不知禍之不可以倖免，而百詭以求脱，遂致釀成大禍，而已亦卒不能免。故任禍者，惟忠誠憂國之君子能之，而小人不能也。某受知門下，不能效一得之愚以爲報，獻其芹曝，惟鑒其忱悃而憫其所不逮，幸甚。

守仁未講學時先與同輩學作詩文；故講學之後，其往來論學書及奏疏，皆紆徐委備，如曉事人語，洞徹中邊。雖識見之高，學力之到，然其得力，未始不在少年時一番簡練揣摩也。《寄楊邃菴閣老書》，集中題下注癸未；按年譜，爲嘉靖二年，守仁五十二歲作。條達疏暢，如水到渠成，自然洄瀾，所謂"文章老更成"也。而其早年之作，亦有摹擬爲古，未臻於渾化者。如《黄樓夜濤賦》文尾署弘治甲子，爲弘治十七年，時守仁三十三歲。而《卧馬塚記》、《賓陽堂記》、《重修月潭寺建公館記》、《玩易窩記》諸篇，題下注戊辰，則正德三年，守仁三十七歲。是時學道未成，而刻意爲文，吐詞命意，力求遒古；想與何李爲聲氣之求耶？然氣疏以達，不如夢陽之矜重；而亦無其僻澀聱牙之病。簡鍊醇雅，波瀾氣焰未極俶奇偉麗之觀；而春容爾雅，無艱難勞苦之態；條達疏暢，故天性也。至《濬河記》題下注乙酉，爲嘉靖四年，守仁五十四歲時作，亦簡練以爲古者。然抑遏蔽掩，斂氣爲勁，亦與夢陽之叫囂恣肆者不同，然故集中之别出機杼者矣。余故特表而出之。

與何李諸子交遊接席，而文章不在聲氣之中者；曰王守仁，曰新都楊慎字用修。然慎與守仁蹊逕亦不同。守仁春容疏快，體出宋人，於楊士奇、李東陽爲近；而不同楊李之庸膚。慎則博奥奇麗，推本秦漢，與何景明、李夢陽略同；而不爲何李之僻澀。蓋皆卓然有以自樹立於斯文絶續之會，而不苟徇風氣，亦不故爲違異者也。慎幼警敏，十一歲能詩，十二歲擬作《古戰場文》、《過秦論》，長老驚異。入京賦《黄葉詩》，李東陽見而嗟賞，令受業門下；而文章肆力於古，不落東陽窠臼；傳有《升菴集》八十一卷（南京龍蟠里圖書館藏有明萬曆刻本，又有乾隆六十年養拙山房重刻本）。明世記誦之博，著作之富，推慎爲第一。然論説考證，往往恃其强識，不及檢核原書；而恃氣求勝，證佐不足，輒造古書以實之；因蒐考婦人弓足，遂造《漢雜事祕辛》，以爲起於後漢也。其文曰：

建和元年四月丁亥，保林姁姁以丙戌詔書下中常侍超曰："朕聞河洲窈窕，明辟思服。擇賢作儷，隆代所先。故大將軍乘氏忠侯商所遺少女，有貞静之德，流聞禁掖。其與姁並詣商第，周視動止，審悉幽隱，其毋諱匿。朕將採焉。"姁即與超以詔書趨詣商第。第内讙譟。食時，商女女瑩從中閣細步到寢。姁與超如詔書周視動止，俱合法相。超留外舍；姁以詔書如瑩燕處，屏斥接侍，閉中閣子。

時日晷薄辰，穿照蜃窗，光送著瑩面上，如朝霞和雪，豔射不能正視；目波澄鮮，眉嫵連卷，朱口皓齒，修耳懸鼻，輔靨頤頷，位置均適。姁尋脱瑩步摇，伸髻度髮，如黝髹可鑑；圍手八盤，墜地加半。握已，乞緩私小結束。瑩面發赬抵攔。姁告瑩曰："官家重禮，借見朽落，緩此結束，當加鞠翟耳。"瑩泣數行下，閉目轉面内向。姁爲手緩，捧著日光，芳氣噴襲；肌理膩潔，拊不留手。規前方後，築脂刻玉。胸乳菽發，臍容半寸許珠。私處墳起，爲展兩股，陰溝渥丹，火齊欲吐；"此守禮謹嚴處女也。"約略瑩體，血足榮膚，膚足飾肉，肉足冒骨。長短合度，自顛至底，長七尺一寸；肩廣一尺六寸；臀視肩廣減三寸；自肩至指，長各二尺七寸；指去掌四寸，肖十竹萌削也；髀至足長三尺二寸，足長八寸，脛跗豐妍，底平指斂，約縑迫袜，收束微如禁中。久之，不得音響。姁令催謝"皇帝萬年"。瑩乃徐拜，稱"皇帝萬年"，若微風振簫，幽鳴可聽。不痔不瘍，無黑子創陷及口鼻腋私足諸過。"臣妾姁女賤愚憨，言不宣心，書不符見；謹祕緘，昧死以聞。"時夜漏三下，太后猶御壽安殿，發緘歡喜，顧語帝曰："吾入宫後知有幼妹；然中外隔闊，目所未見，不謂争達如爾。"明日詔下有司議禮。有司奏曰："謹按《春秋》，迎王后於紀，在途則稱后。故大將軍乘氏忠侯商女，今大將軍參録尚書事乘氏侯冀女弟，膺紹聖善，舊協潛邸。結婚之際，有命既集。宜備禮章，時進徵幣，請下三公太常按禮儀。奏可，一準考惠皇帝納后故事。"

楊慎序稱"《漢雜事》一卷，得於安寧州土知州董氏；卷首有'祕辛'二字不可解，要是卷帙甲乙名目。"然《御覽》諸書，亦有《漢雜事》，而略不及此，按之《後漢書》，事實乖剌不相應；即慎所僞作也。特以多見古書，含英咀華，事儘淫豔，文極樸古，不見鄙穢，吐屬馨逸；賢於何李諸家室塞艱澀、不可句讀者遠已！

第八節　王世貞附李攀龍　宗臣附吴國倫

明代文章，自前後七子而大變。前七子以李夢陽爲冠；何景明附翼之。後七子以歷城李攀龍字于鱗者爲倡；太倉王世貞字元美者應和之。後攀龍先逝，而世貞名位日昌，聲氣日廣，著述日富，壇坫遂躋攀龍上。然尊李夢陽，排李東陽，重振前七子之旂鼓者，攀龍實先登之梟也。其持論謂："文自西京，詩自天寶而下，俱無足觀。"於本朝獨推李夢陽。而世貞與謝榛、宗臣、梁有譽、徐中行、吴國倫翕然和之；非是則詆爲宋學。諸人多少年，才高氣鋭，視當世無人，互相標榜，號七才子。攀龍才思勁鷙，名最高；獨心重世貞；天下亦并稱王、李；又與何景明、李夢陽，並稱何、李、王、李。第世貞聲華意氣駕出何景明。而攀龍才思識力遠遜李夢陽。何者？才不如夢陽之大，斯氣不能以自運；學不如夢陽之深，故句不能以自造；而割剥秦漢，生砌硬填，徒見詰屈其詞，塗飾其字。傳有《滄溟集》三十卷，附録一卷（南京龍蟠里圖書館藏有明隆慶刻本，又有清道光重刻本）。其中文十六卷，聱牙棘口，讀者至不能終篇。而世貞則亟稱之曰："李于鱗如商彝周鼎，海外瓌寶；身非三代人與波斯胡，可重不可議。"然其辭愈古，其章彌碎。其氣愈矜，其意彌隱。世貞始與攀龍狎主文盟；攀龍殁，獨操柄二十年，才最大，地望最顯，令聞廣譽，籠蓋海内。其持論"文必西漢，詩必盛唐；大曆以後書勿讀"；一本攀龍。而讀其文，奇桀自喜，出之沛然；記事文尤蔚跂，反復低昂，不似《滄溟集》兀臬也！《嘉靖以來首輔傳》詞氣鏗訇，髣髴《史》《漢》，使人精神振發；第字句剽襲，往往不能帖妥，斯則攀龍之同調，而何李之嗣響也已。傳有《弇州山人四部稾》一百七十四卷，《續稿》二百七卷（南京龍蟠里圖書館藏有明世經堂刻本）；又有《弇山堂别集》一百卷（廣州局刻本）。自來文集之富，未有過於世貞者。録《華孟達集序》曰：

> 無錫有華孟達者，一日而以書數百言自通，且贄其詩若文三卷，曰："今天下稱龍門者必以子。夫龍門者，其左右夾上造霄漢；西來之流，徑萬里而下，東三級，齒石成霜雪，噫聲成霆霹。倍尋之鯉一過之，則神靈起於鬐鬣間；上帝饗之，爵爲應龍。乃不佞之鯉則異是。子幸而汰之乎？吾將去而攻吾疾。其又幸而姑誌之乎？吾將去而益煉吾質以俟乎他日。"
>
> 余既異其言，爲之稍讀其書；而中有與其宗人往復者，亦類是云。宗人而好慕爲古文辭，則從臾爲古文辭；其欲梓行之，則勿敢也，曰："吾且折衷於衡藝者。遠而左、馬、莊、屈、建安、杜、李，吾師之。近而北地濟南，吾儀之。然無若王子之當吾世也，吾

其從折衷矣。”余益異之，乃爲竟其詩若文。詩體出入中古，躐長慶而擘永嘉，清楚沖夷，有悠然自賞之味。文筆尤峻潔；裁之，則駰、邕之小言也；暢之，則昌黎、河東之順軌也；乃尺牘蕭蕭乎人意表矣。夫此孟達境也，孟達之爲識，適是境而三舍矣，毋乃猶有待者才也。其才俛及境矣；毋乃猶有待者學也。夫學者，充才者也。才者，趣識者也。吾姑誌之，而孟達姑聽之。雖然，孟達以吾言而信可也，是亦且梓而行矣。其所以行者何也？對授人以彈射也。

昔者文信侯爲《吕覽》，布之咸陽市，而榜其上曰：“有能增損一字者，予千金。”而人莫敢增損也。其識者竊笑之矣。異代子雲聞而詫曰：“惜不以我往，將席卷其金以歸。”則又笑之。其所以笑者何也？爲文信侯之挾詐，而子雲之見事晚也。今孟達居貧賤，而名未即就，不足以脅人之耳目而易其真。天下而信之，則真信也。其猶有彈射者，皆孟達之不朽地也；是何世之爲孟達龍門者衆也？孟達亟稱有郁人文者，其鯉耶？其龍門耶？請質之而不以非，則置弁焉。

是世貞之學秦漢而臻於渾化者，節節頓挫，不矜奇辭奥句，而字字若履危崖而下，落紙乃遲重絶倫，得古人遒峻之致，而不襲奥僻之詞，學秦漢者當以此爲法。而《明史》以“藻飾太甚”爲世貞病，此或論其詩耳。若就文論文，則摹秦仿漢之中，自有灝氣行乎其間，抑揚爽朗；如《書應生事》一篇，遥逸横生，於詰屈之中，發揮奇趣；何可以摹擬二字一筆抹殺耶？所以世貞之與攀龍，摹擬秦漢同；而所爲摹擬則異。攀龍衹剽其字句，世貞時得其胎息。然七子之學，得於詩者較深，得於文者頗淺；故其詩多自成家，而古文則鉤章棘句，剽襲秦漢之面貌者，比比皆是，故不獨一攀龍。若乃跌宕俊逸，不徒以鉤章棘句爲能事者，七子中，惟世貞。

其次則興化宗臣字子相；傳有《宗子相集》十五卷（南京龍蟠里圖書館藏有明嘉靖刻本）；文筆疎爽，無剽剟填砌之習。録《報劉一丈書》曰：

數千里外，得長者時賜一書以慰長想，即亦甚幸矣，何至更辱餽遺，則不才益將何以報焉？書中情意甚殷，即長者之不忘老父，知老父之念長者深也。至以“上下相孚，才德稱位”語不才；則不才有深感焉。夫才德不稱，固自知之矣。至於不孚之病，則尤不才爲甚。

且今之所謂“孚”者何哉？日夕策馬候權者之門，門者故不入；則甘言媚詞，作婦人狀，袖金以私之。即門者持刺入，而主人又不即出見；立廄中僕馬之間，惡氣襲衣袖，即飢寒毒熱不可忍，不去也。抵暮，則前所受贈金者，出報客曰：“相公倦，謝客矣。客請明日來。”即明日又不敢不來，夜披衣坐，聞雞鳴，即起盥櫛，走馬抵門。門者怒曰：“爲誰？”則曰：“昨日之客來。”則又怒曰：“何客之勤也，豈有相公此時出見客乎？”客心恥之，强忍而與言曰：“亡奈何矣，姑容我入。”門者又得所贈金，則起而入之。又立向所立廄中。幸主者出，南面召見，則驚走匍匐階下。主者曰“進！”則再拜，故遲不起，起則上所上壽金。主者故不受，則固請；主者故固不受，則又固請；然後命吏納之，則又再拜。又固遲不起，起則五六揖始出。出揖門者曰：“官人幸顧我。他日來，幸無阻我也。”門者答揖。大喜奔出，馬上遇所交識，即揚鞭語曰：“適自相公家來，相公厚我厚我！”且虛言狀。即所交識，亦心畏相公厚之矣。相公又稍稍語人曰：“某也賢，某也賢。”聞者亦心計交贊之。此世所謂“上下相孚”也。長者謂僕能之乎！

前所謂權門者，自歲時伏臘一刺之外，即經年不往也。間道經其門，則亦掩耳閉目躍馬疾走過之，若有所追逐者。斯則僕之褊衷，以此長不見悦於長吏。僕則愈益不顧也。每大言曰：“人生有命，吾惟守分而已！”長者聞之，得無厭其爲迂乎？鄉園多故，不能不動客子之愁。至於長者之抱才而困，則又令我愴然有感。天之與先生者甚厚，無論長者不欲輕棄之，即天意亦不欲長者之輕棄之也。幸寧心哉！

淋漓噴薄，無復摹秦仿漢之習；而感慨中出恢詭，乃極似太史公《游俠列傳叙》、楊惲《報孫會宗書》。至其《西門》、《西征》、《二曾夜談》諸記，則摹擬之迹未化，而氣體便形窘拘；然紆徐委備，雅健有度，絶無叫囂矜張之態；斯則攀龍之所不如者已。

臨清謝榛，字茂秦，傳有《四溟集》十卷（明俞憲編《盛明百家詩》中有之）；詩獨有名。長興徐中行，字子輿，傳有《天目山堂集》二十卷，附録一卷（南京龍蟠里圖書館藏有明萬曆刊本）。興國吴國倫，字明卿，於七子中最老壽後死；好客輕財，聲名藉甚。求名之士，不東走太倉，則西走興國。世貞殁，國倫猶無恙，傳有《甔甀洞稾》五十四卷，《續稾》二十七卷，亦夥頤沈沈者也。

第九節　王慎中　茅坤　唐順之　歸有光

何、李、王、李後先炫耀，方以鈎棘塗飾相高。而有人焉，獨以歐曾相撑拄，章妥句適，雍容和雅，卓然以名家者；曰晉江王慎中字道思。慎中爲文，初主秦漢，襲何李之論，謂東京下無可取；已悟歐曾作文之法，乃盡焚舊作，一意師倣，尤得力於曾鞏。唐順之初不服，久亦變而從之。天下稱之曰王、唐。家居問業者踵至。李攀龍、王世貞後起，力排之，卒不能掩；亦猶何景明、李夢陽之於李東陽，能掩而勝之，終不能擠而廢之也。而攀龍亦慎中提學山東時所取士。慎中傳有《遵巖集》二十五卷。有李東陽之演迤詳贍，而無其庸音膚詞。得曾鞏之醇厚典碩，而饒有悠情逸韻。録《送程龍峯郡博致仕序》曰：

嘉靖二十三年，制當黜陟天下百司，庶職報罷者凡若干人。而吾泉州儒學教授程君龍峯名在有疾之籍，當致其事以去。程君在學，方修廢起墜，蒐遺網失，以興學成材爲任。早作晏休，不少惰怠。耳聰目明，智長力給，非獨精爽有餘，意氣未衰；至於耳目之所營注，手足之所蹈持，該涉器數而周旋儀等，纖煩勞僋，莫不究殫勝舉。不知司枋者奚所考而名其爲疾也。黜陟之典，將論賢不肖以馭廢置。人之有疾與否，則有命焉；賢不肖之論非可倚此以爲斷也；況於名其爲疾者，乃非疾乎？人之賢不肖藏於心術，效於治行，其隱微難見而形似易惑，故其論常至於失實；非若有疾與否可以形決而體定也。今所謂疾者，其失若此；則於賢不肖之論，又可知矣。此余所以深有感也。

又有異焉：古者憲老而不乞言。師也者，所事也，非事人也；所謂"以道得民"者是也。責其筋力之强束，課其骸骨之武健，是所以待猥局宂司之末也。古之事師也，其飲食，於飯患其噎，於胾

> 患其哽，而祝之也；其居處，於坐則有几，於行則有杖，皆所以事師而修其輔羸攝疴之具。未聞以疾而罷之也。古之道，其不可行於今乎！程君之僚與其所教諸生皆恨程君之去，謂其非疾也。余故論今之失而及古之誼，使知程君雖誠有疾，亦不可使去也。君去矣，斂其所學以教鄉之子弟。徜徉山水之間，步履輕翔，放飯决肉，矍鑠自喜。儻有訝而問者，"君胡無疾"也？聊應之曰："昔者疾而今愈矣，不亦可乎！"

優游緩衍而不矜張作態，繁簡廉肉不失法；入後餘韻悠然，戲笑甚於怒罵，是悟歐曾作文之法者也。以視七子之氣嘶響嚻，作如許張致者，真覺春容大雅矣。

歸安茅坤，字順甫；少喜爲文，每謂當跌宕激射似太史公。嘗夢共太史公抽書石室，面爲指畫；唐以後若薄不足爲者。及從唐順之遊。順之乃疾折之曰："唐之韓，猶漢之馬遷；宋之歐、曾、二蘇，猶唐之韓子。不得致其至，而何輕議爲也！"久而從其説；則以爲："唐韓愈、柳宗元，宋歐陽修、曾鞏、蘇氏兄弟之於漢馬遷，大略琴瑟柷敔，調各不同；而其得萬物之情以肆於心，則一也。近代以來，學士大夫之操觚爲文章無慮數十百家；其以雲吻露噏、虎嚙鷙攫之材揚聲藝林者，亦星見踵出。然於僕所謂萬物之情，或在置而未及也。嗟乎！隋唐之文，其患在靡而弱；而退之出而振之，固已難矣。迺若近代之文，其患在勦而贗；有志者苟欲出而振之，而其爲力也，不尤戛戛乎其難矣哉？"顧所蘄嚮在太史公；其次韓愈。而謂："昌黎之奇，於碑誌尤爲巉削。予竊疑其於太史公之旨，或屬一間；以其盛氣掐抉，幅尺峻而韻折少也。太史公所爲《史記》百三十篇，除世所傳褚先生別補十一篇外，其他帝王世系或多舛訛，制度沿革或多遺佚，忠賢本末或多放失，而要之指次古今，出入風騷。譬之韓白提兵而戰河山之間，當其壁壘部曲，旌旗鉦鼓，左提右挈，中權後勁，起伏變化，若一夫劍舞於曲旃之上，而無不如意者。西京以來，千年絶調也。班固《漢書》嚴密過之，而所當疎宕遒逸，令人讀之，杳然神遊於雲幢羽衣之間，所可望而不可挹者，予竊疑班掾猶不能登其堂而洞其竅也，而況其下者乎！唐以來，獨韓昌黎爲文，極力鑱畫，不可不謂之同工也。間按《順宗皇帝實録》與《秦始皇本紀》，讀之敻不相及；抑可概見其微矣。"而明以來，學者知由韓歐沿洄以溯太史公，而定清三百年文章之局者，坤實有開山之功也。王慎中優游緩衍，得歐陽修、曾鞏之法。而坤則疏宕遒逸，有蘇軾、王安石之態；傳有《白華樓藏稾》十一卷，《續稾》十五卷，《吟稾》八卷，《玉芝山房稾》二十二卷，《耄年録》七卷。録《與查近川太常書》曰：

林卧既久，遂成懶癖。春來讀歲書，始知浮生已四十九。因憶解印綬五六年，别兄京兆來則又八九年。僕束髮來所深交如兄者能幾？荏苒離愁，倏若羽馳如此。間抽鏡對之，髮雖未莖白，漸索矣；顏亦漸黝且槁矣。嚮之所欲附兄輩馳驅四方，數按古名賢傳記所載當世功業，輒自謂未必不相及，氣何盛也，而今何如哉！頃者候董甥之使自京邑還，得兄與施驗封書，大略並嗟僕日月之如流，林壑之久滯，謂一切書問，不當與中朝之士遂絶；非肉骨心腎之愛，何以及此。甚且一二知己，或如漢之人所以嘲子雲者，面嗔僕曰："某，今之賢者也。彼方位肘腋，中外之士所藉以引擢者若流水；若獨流滯中林者，殆以世皆尚黑，而子獨白耳。"僕笑而不應。而使自兄所來，辱兄口諭之，亦且云云。嗟乎！兄愛矣，而未之深思也。

僕嘗讀韓退之所誌《柳子厚墓銘》，痛子厚一斥不復，以其中朝之士，無援之者。今之人或以是罪子厚氣岸過峻，故人不爲援。以予思之，他鉅人名卿，以子厚不能爲脂韋滑澤，遂疎而置之，理固然耳；獨怪退之於子厚，以文章相頡頏於時，其相知之誼不爲不深，觀其於叙子厚以柳易播，其於友朋間，若欲爲欷歔而流涕者。退之由考功晉列卿，抑嘗光顯於朝矣。當是時，退之稍肯出氣力謁公卿間，如《三上宰相書》十之一二焉，子厚未必窮且死於粤也。退之不能援之於綰帶而交之時，而顧吊之於墓草且宿之後，抑過矣。然而子厚以彼之才且美，使如今之市人攖十金之利者，黽唼蒲伏以自媚於當世；雖無深交如退之，文章之知如退之，當亦未必終擯且零落以至於此。而今卒若爾者，寸有所獨長，尺有所獨短。子厚寧飲瘴於鈷鉧之潭，而不能遣一使於執政者之側；寧以文章與椎髻卉服之夷相牛馬，而不能奴請於二三故知如退之輩者；彼亦中有所自將故也。後之人寧能盡笑而非之耶？吾故於退之所誌子厚墓，未嘗不欲移其所以吊子厚者而啗且詰乎退之也。然子厚在當時，其所同劉夢得附王叔文輩，蓋已陷於世之公議然耳。

後有士，其文章之盛，雖或不逮；而平生所從吏州郡及佩印千里之間，文武將吏，未嘗不憐其能而悲其罷官之無從者。假令有當世之交如退之，官不特考功，顯不特列卿；其他所引擢天下之士踵相接也。其獨嗔子厚所不能，而爲之耳無聞、目無見乎？抑亦憐其文章不遽在子厚下，故所並聲而馳者；其官業所奮猶炯然其在世之耳目，或不當終擯而萎翳之也；將矜其愚，引其不能，而移其所引擢他人者而爲之力乎？噫！僕至此，亦可投筆而自嘲矣，又何必人之嘲我爲也？適遣使護少弟某謁選京邑，當過兄所問起居，且思有以復兄之口諭云云也。不覺嘔吐至此。幸兄共一二知己，度僕生平之交，其文章之深，氣力之厚，有如子厚之於退之者乎？脱或過焉，幸以其勿獨嗔子厚而少爲之巽言而請也。退之苟有知，未必不自悔恨於九原也已。何如何如？

坤爲古文，刻意學司馬遷、韓愈而不能；乃似蘇、王。最心折唐順之。順之喜唐宋諸大家文，所著《文編》，唐宋人自韓、柳、歐、三蘇、曾、王八家外，無所取。故坤選《八大家文鈔》以與《史記鈔》相表裏；《文鈔》行而《文編》廢。鄉里小生無不知茅鹿門（坤別號），以《八大家文鈔》也。而唐宋八大家之目自此始。

武進唐順之，字應德，學問淵博，自天文、地理、樂律、兵法，以至句股、壬奇之術，無不精研。其文章法度，具見《文編》一書，所録上自秦漢以來，而大抵從唐宋門庭沿溯以入，分體排纂，蓋清姚鼐《古文辭類纂》之所昉，而闢清代三百年文學之逕塗者也。雖義例不免踳駁，進退亦多失據，不及姚氏纂之矜慎；然蓽路之功，不可没也。嘗謂“漢以前之文，未嘗無法而未嘗有法；法寓於無法之中，故其爲法也密而不可窺。唐與宋之文，不能無法，而能毫釐不失乎法；以有法爲法，故其爲法也嚴而不可犯。”其言皆妙解文理。而所自爲文章，則渾茫演迤，庶幾滅盡針綫迹，以躋於無法；而洮汰鍛鍊之功，或有未暇。蓋其中年自詭講學，而又不能忘情用世；又其學博而雜，自以爲徙業者不嚌其胾也。傳有《荆川集》十八卷（清康熙間唐氏刻本。光緒間武進盛氏《常州先哲叢書》重刻康熙本。又《四部叢刊》影印明萬曆刻本十七卷，外集三卷。又江寧局本十二卷）。集中書牘最多，大半膚言心性，多涉禪宗，而喜爲語録鄙俚之言，殊爲不取。惟《答曾石塘總制第二書》，感慨振發，學韓愈《與鄂州柳中丞書》，遜其雄遒；而言外見諷，意思深長，則故過之。其他序記諸作，則多簡雅清深，不失大家矩矱。而傳誌表墓之文，最爲可觀。其尤著名者，《叙沈希儀廣右戰功》一篇，至八千二百言，古今推爲奇作。其中叙次歷歷如繪，備極聲色；《明史・沈希儀傳》采之，焯有生氣。然自捕韋扶諫以下，稍嫌支蔓。所記誘縛岑金事，雖曲折盡情，而亦拉雜有小説氣。且此兩事皆不得謂之"戰功"；若改其題爲"書事"，則無病矣。其它叙事謹嚴，確有史裁；而於故舊之際，情韻不匱，抑揚往復，上接歐陽修，下開歸有光，在有明中葉，屹然爲一大宗。録《暘谷吴公傳》曰：

> 公名傑，字士奇，武進人也。其爲醫始公之高祖肇。父寧，贈太醫院判。公之學，自青烏氏書、風角、雲氣、占經、李虚中子平之術、金丹内外祕訣，無所不通，醫特其一技耳。然竟以醫至大官。其於醫，精究古方書而善脈。其治病，不純主古方書，而一切以脈消息之，有初若與證相反，而卒無不效者；其餘奇疾尤效也。弘治間，以明醫徵至京師，遂以醫遊諸公卿間。公醫既精，而儀觀磊落，闊達善談説，穎然見鋒鍔。於是諸公卿争迎致爲上客。京師諸老醫與公同時所徵諸郡國醫，莫不望風下之。是時都御史王鉞鎮大同，奏乞吴某調治邊軍。未及行，御史顔頤壽、給事中李良度皆奏言："吴某宜在供奉，不宜棄之邊地。"下禮部。禮部尚書集所徵郡國醫，試之，卒無踰公者。故事，高等入御藥房，中等入院，最下遣還郡，而當遣者若干人。公爲之請曰："國家三四十年，纔一徵醫耳。若等幸被徵，又待次都下十餘年，而又遣還，誠流落可憫。願不入御藥房，而與若等同入院。"尚書義而許之。
>
> 正德幾年，掌院事李宗周竟薦公入御藥房；而同薦者凡八人。有與宗周同官争權者，因左右讒之上曰："宗周所薦多私人，且通賄，實不能醫。"上曰："吾當自試之。"時上病喉痹，遂按名召公，一藥而愈。上喜甚，歎曰："有醫若此，乃不以醫朕耶！"因厚賜公，詰責讒者，而謂宗周爲忠。公自是得幸於上。每病，未嘗不屬公；公治之，未嘗不立愈。一日，上獵射還，憊甚，感血疾，公進

犀角湯愈，命進一官，賜彪虎衣一。上嘗幸虎圈，虎騰而驚，公瘵之愈，命進一官，賜銀五十兩，表裏一。頃之，試馬，御馬監腹卒痛，公進理中湯立愈，賜繡春刀一，銀三十兩。自是上所游幸，公必從。嘗侍上卧，至以肩荷上，或摩撫玉體，有不以屬左右近幸而以屬公。其分御膳啖公，有左右近幸所不能得，而公得之。自醫士十日而遷御醫，自御醫三月而遷院判。凡一愈病，則一遷，爲院判當遷者數矣。公固讓，三年而遷院使。上親寵益篤，嘗欲以禁衛銜公，賜蟒衣。公謝曰："臣以藥囊侍陛下，此非臣職也。"上乃止。

某年上南巡。公以醫諫，且泣曰："聖體尚未安，不宜遠行。"上怒曰："汝醫官也，敢乎!"叱左右掖出。公留京師。駕行至淮，漁於清江浦，遂病。還臨清，夢見公，急遣校尉召公。公馳至臨清，見上。上泣曰："而不憶我耶?"公亦泣。遂扈從還通州。時權彬握兵在左右，見上病，一旦不諱，懼誅，欲據窟穴爲亂，力請復幸宣府。公脈已驚甚，言諸大奄曰："疾亟矣，幸可及還内耳！脱至宣府不諱，吾與若輩即死，寧有葬地乎!"奄以爲然，乘間百方説上。上意動。而彬亦數從公覘問："上病何如?"即詭言曰："且愈矣！勿憂也!"已而駕還京師崩。彬坐誅。毅皇崩之幾月，而公亦致仕去矣。既致仕，留居京師，遣其二子徧從翰林諸名公游。壬辰，子希孟舉進士，以才廉擢給事中，於是以恩進公階朝列大夫。甲午，子希魯舉於鄉。

自某年，公還武進，稍葺室廬，治田園爲終焉之計。公既老，居鄉，不復爲人治病。而親戚故人有奇症，或病危甚，衆醫所不治者，乃以請公。公亦間往，往則應手愈。居閒誦老莊氏書，益究金丹内外祕訣，以冀所謂長生者。其自號暘谷，谷者，谷神也。或曰"暘谷，海東仙人所廬"。歲時與里中故人雅歌彈碁飲酒爲樂；酒酣，數語及毅皇時事，出所賜衣物，未嘗不泫然流涕也。久之，希孟爲廣信知府，懇乞致仕歸養。歸數月而公卒。公每自詫得丹訣，指其小腹，謂人曰："此中有物矣。"先卒之一日，余往候公。公紫色瑩然如平生。希孟曰："唐翰林在。"公點頭。卒時，神氣不亂，整衣端坐，口云"好好"，遂卒，年七十有八。嗟乎，公信多奇矣哉！希孟居鄉有志嚮，師事徐養齋先生而友余。余是以得備聞公之行事爲傳；而叙公在毅皇時事獨詳焉，以見公之遭遇，以俟國史傳方技者有考云。

順之爲文之以唐宋爲法，實自王慎中發之。然慎中按部就班，蕲乎毫釐不失法；而順之則欲以法寓於無法之中，雖文章時有利鈍，而一洗比擬間架，描頭畫角之習。顧不語人以求工文字。每謂："兩漢而下，文之不如古者，豈其所謂繩墨轉折之精之不盡如哉？本色不如也。秦漢以前，儒家者有儒家本色；至如老莊家有老莊本色；縱橫家有縱横家本色；名家、墨家、陰陽家皆有本色。雖其爲術也駁，而莫不皆有一段千古不可磨滅之見。是以老家必不肯勦儒家之說，縱横必不肯借墨家之談，各自其本色而鳴之爲言；其所言者，其本色也，是以精光注焉，而其言遂不泯於世。唐宋而下，文人莫不語性命，談治道，滿紙炫然，一切自託於儒家。然非其涵養畜聚之素，非真有一段千古不可磨滅之見；而影響勦說，蓋頭竊尾，如貧人借富人之衣，莊農作大賈之飾，極力裝做，醜態盡露；是以精光枵焉，而其言遂不久湮廢。然則秦漢而上，雖其老、墨、名、法、雜家之說而猶傳；今諸子之書是也。唐宋而下，雖其一切語性命、談治道之說，而亦不傳；歐陽永叔所見唐《四庫書目》百不存一焉者是也。僕居閒偶想起宇宙間有一二事，人人見慣而絕是可笑者，其屠沽細人有一碗飯吃，其死後則必有一篇墓誌。其達官貴人與中科第人稍有名目在世間者，其死後則必有一部詩文刻集；如生而飯食、死而棺槨之不可缺。此事非特三代以上所無；雖秦漢以前亦絕無此事。幸而所謂墓誌與詩文集者，皆不久泯滅；然其往者滅矣，而在者尚滿屋也。若皆存在世間，即使以大地爲架子，亦安頓不下矣。此等文字，儻家藏人畜者，盡舉祖龍手段作用一番，則南山煤炭竹木盡減價矣。可笑可笑！"聞者憮然。蓋精神意量，有在筆墨蹊逕之外者矣。

王世貞紹述李攀龍之說，以秦漢之文倡率天下。而唐順之則從唐宋門庭沿洄以溯秦漢。晚乃擯絶文字，無意與世貞拄撑。崑山歸有光字熙甫稍後起，而名位不顯；獨抱唐宋諸家遺集，與二三弟子講授於荒江老屋之間，毅然出其言論以與世貞相駁難，至詆之爲"妄庸巨子"。世貞大憾。迨於晚年，乃始心折，題有光遺集，贊曰："風行水上，涣爲文章。風定波息，如水相忘。千載有公，繼韓歐陽。"雖以世貞之高名盛氣；而有光拔幟易幟以屹自樹立，開清桐城之文，而妙出以紆徐。其文由歐陽修以幾太史公；雖無雄直之氣，驅邁之勢，而獨得史公之神韻。傳有《震川文集》三十卷，别集十卷（清康熙間歸莊刻本，《四部叢刊》影印歸莊刻本，光緒間歸氏重刻本）。發於親舊及人微而語無忌者，蓋多近古之文；至事關天屬，其尤善者，不事修飾，而情辭并得，使覽者惻然有隱，其氣韻蓋得之史公。而或者亦譏之曰："彼其所爲抑揚吞吐、情韻不匱者，苟裁之以義，或皆可以不陳。浮芥舟以縱送於蹏涔之水，不復憶天下有曰海濤者也。"特於不要緊之題，説不要緊之話，卻自風神疏淡，是於太史公深有會處。蓋有光以前，上而名公碩卿，下而美人名士之奇聞雋語，劌心怵目，乃以廁文人學士之筆。至有光出，而專致力於家常瑣屑之描寫。其尤惻惻動人者，如《先妣事略》、《歸府君墓誌銘》、《周弦齋壽序》、《寒花葬志》、《項脊軒記》諸文，焯亡念存，極摯之情，而寫以極淡之筆，覩物懷人，此意境人人所有，此筆妙人人所無；而所以成其爲震川之文，開韓、柳、歐、蘇未闢之境者也。録《項脊軒記》曰：

> 項脊軒，舊南閣子也。室僅方丈，可容一人居。百年老屋，塵泥滲漉，雨澤下注，每移案顧視，無可置者。又北向，不能得日，日過午已昏。余稍爲修葺，使不上漏。前闢四窗，垣牆周庭，以當南日，日影反照，室始洞然。又雜植蘭桂竹木於庭，舊時欄楯，亦遂增勝。借書滿架，偃仰嘯歌，冥然兀坐，萬籟有聲；而庭階寂寂，小鳥時來啄食，人至不去。三五之夜，明月半牆，桂影斑駁，風移影動，珊珊可愛。然余居於此，多可喜，亦多可悲。
>
> 先是庭中通南北爲一，迨諸父異爨，内外多置小門，牆往往而是。東犬西吠，客踰庖而宴。雞棲於廳。庭中始爲籬，已爲牆，凡再變矣。家有老嫗，嘗居於此。嫗，先大母婢也，乳二世。先妣撫之甚厚。室西連於中閨。先妣嘗一至，嫗每謂余曰："某所，而母立於兹。"嫗又曰："汝姊在吾懷呱呱而泣，娘以指扣門扉曰：'兒寒乎？欲食乎？'吾從板外相爲應答。"語未畢，余泣，嫗亦泣。余自束髮讀書軒中。一日，大母過余曰："吾兒，久不見若影，何竟日默默在此，大類女郎也？"比去，以手闔門，自語曰："吾家讀書久不效，兒之成則可待乎？"頃之，持一象笏至，曰："此吾祖太常公，宣德間執此以朝。他日，汝當用之。"瞻顧遺迹，如在昨日，

令人長號不自禁。軒東故嘗爲廚，人往，從軒前過。余扃牖而居，久之，能以足音辨人。軒凡四遭火，得不焚，殆有神護者。

項脊生曰："蜀清守丹穴，利甲天下，其後秦皇帝築女懷清臺。劉玄德與曹操爭天下，諸葛孔明起隆中。方二人之昧昧於一隅也，世何足以知之？余區區處敗屋中，方揚眉瞬目，謂有奇景；人知之者，其謂與陷井之蛙何異？"

余既爲此志，後五年，吾妻來歸，時至軒中，從吾問古事，或憑几學書。吾妻歸寧，述諸小妹語曰："聞姊家有閣子。且何謂閣子也？"其後六年，吾妻死，室壞不修。其後二年，余久卧病無聊，乃使人復葺南閣子，其制稍異於前。然自後，余多在外，不常居。庭有枇杷樹，吾妻死之年所手植也，今已亭亭如蓋矣。

楊士奇與有光同一學歐陽修。然士奇寬衍而傷於膚，辭繁情隱。有光優游而歸之潔，言簡旨永。蓋一如香蕉之熟而過爛；而一則諫果之味回於甘；有寥寥短章而逼真《史記》者，乃其最高淡處。如《項脊軒後記》，所以寄其悼亡之思，著墨不多，蕭然高寄，而有絃外之音。又如《寒花葬志》曰：

婢，魏孺人媵也。嘉靖丁酉五月四日死，葬虚邱；事我而不卒，命也夫！婢初媵時，年十歲，垂雙鬟，曳深緑布裳。一日，天寒，爇火煑荸薺熟，婢削之盈甌。余入自外，取食之。婢持去不與。魏孺人笑之。孺人每令婢倚几旁飯。即飯，目眶冉冉動，孺人又指余以爲笑。回思是時，奄忽便已十年。吁，可悲也已。

皆所謂"於不要緊之題，説不要緊之話，卻自風神疏淡"者也。然有光之文，高者在神境；而稍病虛，聲幾欲下，亦有近俚而傷於繁者。特自何李崇茁軋之習，號爲力追周秦；王李重揚其波，天下從風靡。而有光一切刮磨，不事塗飾，而選言有序；不刻畫而足以昭物情，與古作者合符，而後來者取則焉，可不謂之特立獨行之士乎哉！

第十節　袁宏道附徐渭、袁宗道　鍾惺　譚元春

方何、李、王、李之極盛，茅坤、唐順之以疏快救板重，王慎中、歸有光以潔適變奥古，此變而得其正者也。山陰徐渭字文長、公安袁宏道字中

郎以清真藥琱琢，而不免纖窕，則江湖才子之惡調也。竟陵鍾惺字伯敬、譚元春字友夏，以幽冷裁膚縟，而仍歸澀僻，又山林充隱之贋格也。一則漫無持擇，一又過爲尖新，雖蹊逕不同，而要之好行小慧，以便空疏不學則一。此變而不得其正者也。

當嘉靖時，王、李倡七子社，謝榛獨以布衣被擯。渭自以諸生不得意，憤其以軒冕壓韋布，誓不入二人黨。歿二十年，袁宏道游越中，得渭殘帙，以示祭酒陶望齡，相與激賞，刻以行世。傳有《徐文長集》三十卷，中多代總督胡宗憲之作。其文則源出蘇軾，唐順之、茅坤諸人皆相推挹；獨不得志於王、李，遂不在聲氣之中。而宏道爲之傳曰："文有卓識，氣沈而法嚴，不以模擬損才，不以議論傷格，韓曾之流亞也。文長既雅不與時調合，當時所謂騷壇主盟者，文長皆叱而奴之，故其名不出於越。悲夫。"然渭本俊才，不幸而學問未充，聲名太早，一爲權貴所知，遂任情放誕。及乎時移事易，侘傺窮愁，益放言高論，不復問古人法度爲何物；衹見爲調靡而機利而已，何所謂氣沈而法嚴也？然故公安一派之濫觴矣，宜宏道有以亟稱之也。

宏道與兄宗道字伯修，弟中道字小修，並有才名；時稱三袁。先是王、李之學盛行，遂以仿漢摹唐轉移一代之風氣，迨其末流漸成僞體，塗澤字句，鉤棘篇章，萬喙一音，陳因相厭，於是三袁乘其弊而排抵之，而宗道實倡其說。於唐好白樂天，於宋好蘇軾，名其齋曰白蘇。至宏道益矯以清新輕俊，傳有《袁中郎集》四十卷；然戲謔嘲笑，間雜俚語。録《拙效傳》曰：

家有四鈍僕：一名冬，一名東，一名戚，一名奎。

冬，即余僕也，掀鼻削面，藍睛虬鬚，色若繡鐵。嘗從余武昌，偶令過鄰生處，歸失道，往返數十迴，見他僕過者，亦不問，時年已四十餘。余偶出，見其淒凉四顧，如欲哭者；呼之，大喜過望。性嗜酒。一日，家方煑醪，冬乞得一盞，適有他役，即忘之案上，爲一婢子竊食盡；煑酒者憐之，與酒如前。冬傴僂突間，爲薪焰所著，一烘而過，鬚眉幾火。家人大笑，仍與他酒一瓶。冬甚喜，挈瓶沸湯中，俟暖即飲，偶爲湯所濺，失手墮瓶，竟不得一口，瞠目而出。嘗令開門，門樞稍緊，極力一推，身隨門闢，頭顱觸地，足過頂上。舉家大笑。今年隨至燕邸，與諸門隸嬉遊半載，問其姓名，一無所知。

東貌亦古，然稍有詼氣，少役於伯修。伯修聘繼室時，令至城市餅；家去城百里，吉期已迫，約以三日歸。日晡不至，家嚴同伯修門外望，至夕，見一荷擔從柳隄來者，東也。家嚴大喜，亟引至舍，釋擔視之，僅得蜜一甕；問“餅何在”。東曰：“昨至城，偶見蜜價賤，遂市之。餅價貴，未可市也。”時約以明日納禮，竟不得行。

戚、奎皆三弟僕。戚常刈薪，跪而縛之，力過繩斷，拳及其胸，悶絶仆地，半日始甦。奎貌若野獐，年三十尚未冠，髮後攢作一紐，如大繩狀。弟與錢市帽，奎忘其紐。及歸，束髮加帽，眼鼻俱入帽中，駭歎竟日。一日，至比舍，犬逐之，即張空拳相角，如與人交藝也，竟嚙其指。其癡絶皆此類。

然余家狡獪之僕，往往得過，獨四拙頗能守法。其狡獪者相繼逐去，資身無策，多不過一二年，不免凍餒，而四拙以無過坐而衣食，主者諒其無他，計口而授之粟，唯恐其失所也。噫，亦足以見拙者之效矣。

不事修飾，其意在變板重爲輕巧，變粉飾爲本色，致天下耳目於一新，學者多舍王、李而從之，目爲公安體。然王、李猶根於學問；公安則惟恃聰明；其尤甚者，輕薄以爲風趣，矜誕以爲吊詭。而金聖歎一派之放誕滅裂以自命才子，未必非公安階之厲也。學王、李者，不過奥堅以贋古。而學公安者，乃至矜其小慧，反道而敗德，名爲救王、李之弊，而弊又甚焉。其後王、李風漸息，而鍾譚之説大熾！

鍾譚者，鍾惺、譚元春也。惺貌寢，羸不勝衣，爲人嚴冷不喜接俗客，由此得謝人事，肆力爲文章。其宗旨具見所輯《周文歸》、《宋文歸》，與論詩同一蹊逕，點逗一二新雋字句，矜爲奇祕。周文質奥，宋文暢適，而惺一切以纖巧之法選之，以佻薄之語評之，撮新標奇，亦時有發。其文集不見，覩所爲《遊武夷山記》，潔情秀韻，頗工刻畫，亦以幽秀孤峭，性與境稱也。然有雋語而無快筆，不免失之枝碎；亦以生平著意字句，而無篇章之功也。其辭曰：

入閩，自崇安縣南至省會八百餘里，周始於山。去縣三十里之裴村，隔溪望，形神猶譎，疑不爲山；疑不爲山，而山之習者創，恒者奇，人始作山想，欣然思一至者，武夷山也。山之情候在溪，溪九曲，山或應或違，而無所不相關。往往用舟，由一至九，終武夷遊事。而自縣南來者，去山十里，有水簾洞最勝。洞在山之萬年宫左，而北接口，乃與一曲諸峯鈎連，異嶺同勝，如兩人背立，遊宜從此始。或曰："七曲有徑，可達此洞。"則其離合斷續之故，又不可問也。

余以天啓三年癸亥歸楚，則路先裴村，度溪，憩山于萬年宫；雖欲始水簾洞而不能。爲二月初八日，友人商梅送余至此；曰："遊武夷，右之右之耳。"蓋九曲在宫右故也。大要宫在山爲郵舍，在他處已作深山；然大王與幔亭二峯，似處宫後，入即見之；入舟始一曲而正立溪左，莊甚。迤邐至二曲，乃更枕藉，傍小峯軒舉作態；然遊者皆以爲一曲中物也。而一曲所有之峯，如大小觀音與獅子，與二曲之玉女，入舟皆見；舟行稍遠，則獅子没，三峯去一爲二；又遠，則小觀音没，二復爲一；然三峯不以出没爲有無也。玉女屢遷多姿，一曲之未至，與三四之已過者，心目延返皆不能忘；於此雖欲專屬二曲而不能也。然二曲用此爲標。標三曲者，峯不可數，小藏爲最。四曲者不可數，大藏爲最，其下有卧龍潭焉。標五曲者不可數，仙掌、大隱、屏接筍爲最。六曲則天游觀左右之；晚對蒼屏、三教、大小城、高巖爲最；若一曲之大王、幔亭，二曲之玉女也。

余初八日之遊，至六曲止。第以舟行，而二曲之靈巖、一線天、虎嘯巖諸處，不能往；往非輿行六七里不可；如是則以二曲專一日，亦不爲過。而念霽甚，是夜天遊觀之月，居高及遠，當爲溪山之鑑，宿無良於此者。出舟，仰小藏壁中仙船，而至乃繞其背，至卧龍潭。潭在大藏峯下；九曲之水，清無隱鱗，雖淺亦自可；而此水以潭名，極爲静深，淵淵然如不恒流焉。由此趨平林渡，未終五曲，以輿代舟。尋太隱屏，朱晦翁書院在焉；當諸曲之中，溪山所會也；翁自有記。接筍峯雁次相綴；書院在峯前，而雲窩在其後。雲窩者，陳少司馬省所營。公，長樂人，住山十二年，因崖割勝，居處門庭，部署歷歷，法趣相生，使後至者有鳩借鵲巢之思焉。余留詩見志。乃循仙掌峯，曲折緣流，步夕陽空翠而上；由石門上天遊觀。是夜宿焉。頫接笋峯，地高天近，雲水烟霜，俱化爲月；月光所往，未見其止；始知身在山中。與商子亭中坐立相對，惟恐其旦。旦則登一覽臺；臺高於觀，三曲之水，反在其下；見大王峯，復莊甚。

降復開舟，蓋初九日也。意當從五曲始；不知六、七曲邊際，已銷付仙掌笋輿中，舟待於七曲久矣。乃從此入舟；以故六曲之蒼屏、上下城、高岩、小桃源，俱未及問焉。標七曲者爲北廊巖、天壺峯。八曲爲鼓子、三教峯、百花莊。九曲爲寒巖、靈峯。觀恬目愉，趣佳處領其要而已。行至九曲，徑夷神曠，有出山之意。念巖壁之散處溪左右，爲舟所未及；舟至而步未及至者，雅不欲以既倦之心目償之。乃回舟。棹聲未滅，已過天遊觀；誦謝康樂“空翠難强名”之句，望昨夜所坐立亭子，危仄似非可著足處。仙掌雖一峯，横據甚廣，籠映可數曲；緣壁甫窮，遂發五、六曲之舟，有以也。將達五曲，步至接笋峯下，欲登而不敢，必陳力進止。由一小門入，入得一亭，可憩；其絶頂有雞胸巖，受趾以外，深不見底；以絙度，而峯本不甚高，依壁爲木梯，級不盈尺，凡七十級；而余以病後不能；有詩云：“自歎來偏晚，非關上獨難”；謂遊山須及時，興日進而具日減，年所爲也。一道士手茶菓，躡梯下，步甚安，承飲焉。山中人以種茶代耕，茶惟接笋爲妙。輿而舟，舟而又輿，返尋六曲之蒼屏峯城、高巖；巖半廬一僧，僧亦山中所少也。輿而又舟，度溪，問所謂小桃源者。按圖：舊有石堂寺，宋天聖間中夜風雨所陷之石，倚垂者爲洞，墜者爲梁；水聲出洞梁中戞戞者爲澗；凡爲石門者二。既進，乃有田園廬舍，桑麻雞犬，不知其山中也。幽險之極，得坦曠者，反以爲異。武夷可居，無過此者。入舟，過四、三曲，玉女、大王諸峯，數面成故。返宿萬年宫，遊事可終。念山中宿處，高莫如天遊，深莫如虎嘯，乃捨舟横斜行六七里許，問靈巖。巖不甚高，石覆如廊，洞如比屋，堂寢略具。檐牙所交，天光入隙，廣不踰寸、長百之如線者，一線天也。横有隙，由一洞又穿一洞，既至，寒吹如晚如秋者，風洞也。望衡對宇，可往可來者，伏羲洞也。日暮矣，返宿虎嘯巖。巖高於靈巖，立而微頫以覆綴壁之屋，僧居之，屋亦瓦，然終古不知有雨。是夜，月光如水，使人欲汎；余詩所謂“置身星月上，魄濯水烟中”者是也。

明日，由二曲入舟，尋止止庵。山中無桃花，大要爲茶所奪；惟靈巖以往及止止庵，稍燦燦若瓶中物。還萬年宫，具威儀而行。左行十里，道旁得一門如竇，易笥輿而入，坦步二里許，丹霞及火焰三峯桀豎，上亂烟日；羣峯夾之，徑漸仄，兩壁相拒，如行三峽中。水間關扼於石，紆直不自由者，爲澗而不能爲溪。而舁者亦跣而頻濟，石益束，厥勢始交，交則爲洞如小桃源，而大且險倍之。洞窮徑出，復有天日，乃觀水簾洞石壁。壁高而頫，故所覆甚遠。去壁數百武，晴日陰曀，霧飛如雨。久之，始知流從壁上來，屋掛於壁，欄周之，拾級憑欄，如人執噴壺往來絶頂，滴瀝如絲，東西遊移，或東西分，弱不能自主，恒聽於風。洞以水得名。峯勢雄整，而水之思理反細，聲光微處，最宜静者，非浮氣人聽睹所及也。余初不知水簾洞與武夷已隔一溪，相去又十里，何以相隸。既而悟舁人頻濟處，已還度溪，原未嘗隔也。鍾子往返武夷三日，覺遠望疑不爲山者，身到處無非山。山不知有曲，溪爲之。溪不自謂曲之必九，泛溪者爲之。水簾洞與武夷，一而二，二而一，自縣南來者，宜以此爲遊事之始。來者甚鋭，望九曲不能待，姑俟其歸，則韻者如食已飫，俗者如倦欲寢，故竟亦過而不問也。商子導余，决計以水簾洞終武夷遊事，爲月之初十日。

文見《武夷山志》。考其時，乃惺丁憂去職，枉道而爲此。昔蘇氏軾轍兄弟去喪，禁斷詩文；再期之内，不著一字。而惺素稱嚴冷，具至性，何乃不如二蘇之放曠者歟？況登山何事，聞訃何時，而竟優遊爲之耶？顧譚元春撰《墓銘》，不爲隱避，不爲微詞，反稱其哀樂奇到，非俗儒所能測。噫！三年之喪，天下之通喪也，豈不俗人之所能免歟？

譚元春最喜讀酈道元《水經注》，刻有評本，雖識墮小慧，而趣絶恒蹊，意想所營，頗多創得。而爲文章，亦得力焉，模山范水。傳有《譚友夏合集》二十三卷。中《鵠灣文草》九卷，傳誌諸篇，立言無體，幾爲笑柄，多類稗官。而書牘序言，頗有意致。銘辭游記，尤可取裁；叙泉石之奇，能超形想；寫友朋之樂，足散人懷。銘或具體於東坡，記多得力於酈注，潔情雋致，亦自足多；然有好句而無完篇。今最其文之佳者：如《遊玄嶽記》，有曰："澗上置橋，高壁成城，相圍如一甕。樹色徹上下。波聲爲石所迫，人不能細語；桃花方自千仞落，亦作水響。"又曰："衆山紛紛委於壑，松柏如隨其山下伏，偃然與荇藻無異。"《遊南嶽記》，有曰："入丹霞寺，棟宇飄摇，若欲及客之身。自此以上，雲霧僦居，冬夏一氣，屋往往莫能自堅。"又曰："指隔山上封寺，道有級路，趾斜垂若蟻緣。人與雲遇於途，雲不畏人。趾窮，坦然得寺，亭午弄旭，澹若夕照。"又曰："上祝融峯頂，數人各據一石。晴漾其裏，雲縫其外，上如海，下如天，幻冥一色，心目無主；覺萬丈之下，漠漠送聲。"又曰："久之，雲動。有頃，後雲追前雲，不及，遂失隊。萬雲乘其罅，繞山左飛。飛盡日現，天地定位，下界山争以青翠供奉。四峯皆莫能自起，遠湖近江，皆作絲縷白。"又曰："宿上封寺，雲有去者。星月雍然，磬聲不壯。"又曰："善遊嶽者先望。善望嶽者逐步所移而望之，雨望於滁口，月望於山門，皆不見。都市乃得見之，深於雲一紙耳。將抵衡，觸望莊栗，空中欲分天。又望於縣之郊菴，雲頂一二片定者，的的見縹碧。又望於道中，萬嶺皆可數，然是前山，非郊菴所望縹碧者也。"《初遊烏龍潭記》，有曰："有舟自鄰家出，與閣上相望者，往來秋色。"《再遊烏龍譚記》有曰："電與電相後先。電光熌熌入水中，深入丈尺，而吸其波光以上於雨，作金銀珠圓影，良久乃已。"《三遊烏龍譚記》，有曰："殘陽接月，晚霞四起，朱光下射，紅在蓮葉下起；已而盡潭皆頳，明霞作底。"此皆寫景之妙者也。

《退谷（鍾惺别號）墓誌銘》，有曰："退谷改南時，僦秦淮一水閣，閉門讀史。每遊人午夜棹回，曲倦酒盡，兩岸寂不聞聲。而猶有一燈熒熒，守筆墨不收者，窺窗視之，則嗒然退谷也。"《三十四舅氏墓誌銘》，有曰："農暇或一至予家，問吾母安否。夏月稻登場，必貽以新。仲秋月圓酒熟，必寄予兄弟。每過予家，則教以安分行樂。予兄弟往拜舅室，見其與婦喬孺人，子女四五人，所畜童婢二人，料理雞塒牛圈，屋茆酌縉，寬然無辱於擔石之中。應酬不煩，王税不逋，貴不知敬，富不知羡。若以今世士大夫稍能知苦樂安危者，聞舅氏事，豈有不竊歎者哉!"《求母氏五十文説》，有曰："春兄弟六人，百畝之田，三尺之童，母乘其俱出析之；曰：'非兒曹意也。吾見魏氏數世同居，子孫不知世務，卒以此憒懦落其家聲；徒存義名，無補門户。且吾所爲析者，使諸婦不淩雜耳，其母妹兄弟同食如故，人直供一日。’薄暮取酒相對，談學業世事。母亦喜出聽，自出餅餌蔬醴，佐春兄弟啖。兄弟中有求益者。母喜曰：‘吾見汝曹争食；家中長若此可矣！’”此皆寫情之真者也。

至銘贊之佳，如《端石研銘》曰：“無旁無足，無口無目。墨易生如蓄，水自出如瀑。大人書之金如玉，野人書之石如木。”《連環研銘》曰：“石田蒼蒼，一區二唐。”《女士程辟支所繡觀音頌》曰：“騰騰白光，一鍼所始。何以竟之？既結旋委。稽首審聽，瓶摇新水。春閨無怨，絲絲神理。幅帛莫增，捫如其指。送大士行，月出烟止。”《宋繡觀世音讚》曰：“我聞繡佛，慎哉劈絲。離朱晨曦，目午則疲。蓮花瓣瓣，紫竹枝枝。視手中線，觀音在兹。”名章迥句，處處間起；與鍾惺齊名，亦以易天下之耳目；有竟陵體之稱。然竟陵特以詩著，而文章亦自成一格。公安結調太熟；而竟陵又過生新。公安造語近俚；竟陵構篇不完。公安無絜情，而竟陵乏遠韻。若夫言擇雅馴，文忌枝碎，結調在生熟之間，而餘味包篇章之外者；其惟歸有光乎，其惟歸有光乎！

第十一節　錢謙益　艾南英附羅玘

有導揚歸有光之學，以自振拔於王、李，而湔洗不淨者，曰常熟錢謙益，字受之。自言：年十六七歲，已好陵獵爲古文；李夢陽《空同》、王世貞《弇山》二集，瀾翻背誦，暗中摸索，能了知某紙；摇筆自喜，欲與驅駕。父世揚見之曰：“此唐荆川所謂三歲孩作老人形耳。”而謙益自若。爲舉子，偕李長衡，視所作。長衡笑曰：“子他日當爲李王輩流。”謙益驚曰：“李王而外，尚有文章乎？”長衡爲言唐宋大家，與李王迥别，而略指其所以然。謙益爲之心動。既而從練川二三長者得聞歸有光之緒論，與近代王李剽賊之病。客從臨川來，湯顯祖寄聲相勉曰：“本朝文，自空同已降，皆文之輿臺也。古文自有真，勿漫視宋濂。”於是始覃精研思，刻意學唐宋古文，因以及金元元好問、虞集諸家；而尤喜歐陽修《五代史記》，以爲“真得太史公血脈，而下開震川。如震川之《李羅村行狀》《趙汝淵墓誌》，雖歐公復生，何以過此？以震川追配唐宋大家，其於介甫子由，殆有過之，而與古人參會於毫芒杪忽之間也。士生於斯世，尚能知宋元大家之文，可以與兩漢同流，不爲王李所澌滅。震川之功，豈不偉哉!”因校刻《震川集》而序之。蓋清桐城家言之治古文者，胥由有光以踵歐陽而闚太史公；姚鼐遂以有光上繼唐宋八家而爲《古文辭類纂》一書；何莫非謙益之緒論，有以啓其塗轍也。

特謙益自爲文章，則以早年寖饋於《空同》、《弇山》者深，而洗伐不盡。有光之文，順理成章，自然雋永深折。謙益之文，盛氣縟語，不免峻厲矜肆。楊士奇、李東陽氣體闊大，而骨力甚平；其流爲庸熟。而謙益則又骨力開張，而脈理不細；其弊爲矜誕。然楊李所謂雍容之音，詎耐咀味；而謙益妙有噍殺之節，時能激發。傳有《初學集》一百十卷(《四部叢刊》影印明崇禎癸未刻本，又清宣統間吴江薛鳳昌邃漢齋鉛排本)，《有學集》五十卷(《四部叢刊》影印清康熙甲辰刻本，又宣統間薛鳳昌鉛排本)。録《矐目篇贈華徵君仲通》曰：

周室東遷後，垂二百年，蠻夷交侵，三綱淪替。生斯世也，倀倀乎無所之，胥天下皆瞽人矣。孔子出，作《春秋》以相之；左目日，右目月，視爲晝，瞑爲夜；故曰“聖人者，時人之目也”。吾於斯世，得二瞽人焉！《春秋》未作，得一人焉，曰師曠。詩不云乎：“蠢爾荆蠻，大邦爲讎。”齊桓公以懸車束馬之餘威，憑陵方漢；膠舟之問，委諸水濱。子野，一瞽工耳；驟歌南風，知楚師之不競，何其神也。管夷吾死，楚氛蔽華夏，惟師曠爲有目，焉得瞽?《春秋》既作，得一人焉，曰左丘明。史不云乎：“丘明失明，厥有《國語》。”言天道，徵人事，採毫末，貶纖介，如抉目之金鎞，如照世之寶玉。“左丘明恥之”，孔子蓋三歎焉。孔子，時人之目也。左丘明，以孔子爲目者也。萬古長夜，《春秋》復旦，魯君子之四目，至今炯如也；焉得瞽？由是推之，自《春秋》以後二千餘年，暴於秦，亂於五代，僭於耶律、蒙古、完顔，稽天吞日，萬倍荆蠻；於其中不瞽不盲者有幾人哉！瞽者兩目昳矣，猶恐人之一目昳也，汲汲然思厚其膜，滋其眵，又集矢以中之，胥天下拍肩取道而後已。秦始皇之於高漸離，畏忌而矐其目，亦猶是也。雖然，始皇矐漸離之目，自以爲無患矣；近不矐胡亥、趙高、李斯之目；遠不能矐陳涉、吴廣、劉季、項羽之目；所謂“千秋萬歲，傳之無窮”者，亦終如瞽者之摸象，歸於何有，則亦可爲一笑而已矣。

梁溪華仲通，懷文抱質，魯君子之徒也；不幸而有喪明之疾。鉛槧削筆，尊周王魯，未嘗一息而忘《春秋》之志也。居環堵之室，詠歌先王之風，曳杖抱膝，聲滿户牖；徐而聽之，泣銅盤，彈翎雀，湫乎攸乎，如師曠之驟歌南風而有餘思也。仲通居矇瞽之世，以有目取憎；天之矐其目也；所以全仲通也。屏居内視，玄覽中區，目光如炬，庶幾半頭天眼；此人之所不能憎，而天之所不能矐者也。雖有百始皇，如仲通何！吾於師曠、丘明二瞽之後，竊取仲通以配之曰：“此宇宙間三有目人也”不亦可乎！仲通今年六十，人争引唐文昌以城南復明爲祝。而余則誦元遺山之詩曰：“無窮白日青天在，自有先生引鏡時。”以爲天之所不能矐者，復明與否，非所急也。作《矐目篇》以貽之。

謙益目覩明社之屋，而不能死；又以身事新朝，微文見意，時有絃外之音，而出以詼詭。清帝恨之，遂禁其集不得行。然在明清易代之際，江以南言文章者，必以謙益爲巨擘焉。

東鄉艾南英，字千子，起於江西，亦衍歸有光之説以斥王世貞，而與謙益相應和。自李夢陽之説出，而學者剽竊班、馬、李、杜。自世貞之集出，學者遂剽竊世貞。南英每痛切言之曰：“後生小子不必讀書，不必作文。但架上有《弇州前後四部稾》；每遇應酬，頃刻裁割，便可成篇。驟讀之，無不濃麗鮮華，絢爛奪目；細案之，一腐套耳。”傳有《天傭子全集》十卷（有清康熙、道光兩種刊本）。其文學歐陽修，然根柢少薄，模擬有迹。録《重刻羅文肅公集序》曰：

有明文章之盛，莫盛於太祖朝。劉文成、宋文憲、王文忠、陶姑孰輩，不獨帷幄議論，佐聖神文武，佑啓後人之謨烈；而文章亦遂爲當代之冠。至於蘇平仲、高季迪、解大紳、方希古，或專以詩文，或兼有節義，後先二祖之世。雖由草昧開天，士崇實學，不惑於流俗苟且之見；亦由唐宋大家之流風遺韻，典型未遠。洪永而後，文章寖衰矣。楊文貞、王文成雖卓然自成一家，而兩公以相業事功，不專名文章；風矩所激，後進無由覩其標指。一時文章之權，無所主持。於是弘治之世，邪説始興，至勸天下士無讀唐以後書；又曰："非三代兩漢之書不讀。"驕心盛氣，不復考韓歐大家立言之旨。又以所持既狹，中無實學，相率取司馬遷、班固，摘其句字，分門纂類，因仍附和。太倉、歷下兩生，持北地之説而又過之。持之愈堅，流弊愈廣。後生相習爲腐勦，至於今而未已。

天祐斯文，篤生豪傑。南城圭峯羅文肅公當邪説始興之時，矯俗自立，力追古大家體裁；當時以爲直逼柳州。天下後進，讀公之集，始知刻厲爲文，不襲陳言，不厭薄韓柳，以爲可師；皆公之力也。《易》曰："碩果不食"，其公之謂歟？公歿且百年，爲北地之徒者，日歸於腐敗；而公之文愈著。天下言文之士，由當代而溯韓柳氏者，必以公爲小宗。然後知後世之公論，作者之精神，有以致之也。公所爲文，在翰林應酬之作爲多；較之宋文憲、方希古、蘇平仲輩，雖篇幅謹嚴，稍遜前人之寛博；至其冥思入微，命詞遣意，境界一新；其師摹得力，自柳子《愚谿》諸記而來；即起方宋於九原，未敢多讓。加以力持風節，嘗諫言官諍外戚之獄；爲吏部侍郎，因羣盗竊發，疏請早建儲貳以繫屬人心。家居卻寧庶人餽遺。蓋方正學之風節，《大庖西封事》之遺概，庶幾似之！予既序選公集，列之有明大家，而復因其玄孫栗口之請，序其全。公集刻盱郡，刻南國子監。此本較二刻稍備。近武進尚書淇澳孫公復有選本；然吾不樂其與北地並推也。

羅文肅公者，南城羅玘，字景鳴，與何李同時，而不涉聲氣；著有《圭峯文集》三十卷。其文規橅韓愈，戛戛獨造，多抑掩其意，迂折其詞，所争在句法奇險之間；而磊落嶔崎，有意作態，不能如韓愈之渾噩。艾南英模放歐陽，而生吞活剥，亦落膚勦，不能如歸有光之神逸。以視李夢陽、王世貞之模秦仿漢，亦復魯衛之政；何必此之爲是而彼之爲非。學秦漢文之落窠臼，而不免於膚勦者，李夢陽、王世貞也。學唐宋文之落窠臼，而壹出於摹擬者，羅玘、艾南英也。錢謙益學歐陽修，面目全不似；而錯綜震蕩，亦有氣概。而艾南英學歐陽修，字句似；而拘攣繫著，絶無神彩。獨論文諸書，抑揚爽朗，頗盡利鈍；而《與陳子龍書》，尤極峻厲。

第十二節　張溥　陳子龍

方明之季，艾南英倡豫章社，衍歸有光等之説而暢其流。而華亭陳子龍字卧子者，則結幾社，承王世貞等之説而滌其濫。是時，太倉張溥字天如、張采字受先共學齊名，號婁東二張，集吴中名士相與復古學；而溥爲主盟，編有《漢魏六朝百三家集》一百十八卷，名其文社曰復社。而子龍則與同里夏允彝等倡幾社相應和，以昭明《文選》爲門庭。而子龍最爲雄桀，天才迅發，好上下古今，切合時務，而敷以藻艷。艾南英至雲間，抗顔南面。惟子龍以少年與之争。南英主理學；子龍主議論；南英主秦漢；子龍主魏晉；互持不相下，至於攘臂；要其獨主所見，不肯雷同，亦足以自豪也。早爲警麗，晚而趨於平淡，悔其少作；則南英亦爲降心相推焉。録《横雲山石壁銘》曰：

横雲山者，松之屏蔽。其山偃卧憑隆，平岡削麓。含泉窟石，氣理頑秀；鑿山消精，歲積齒齒，蓋僻迥残壞，遠寄者絶其盤遊，荒荒莫紀。有石壁焉，削成巋崎，膚色黄艴，方數十丈，猿鳥莫度。下臨石池，嶙峋筍起。右轉而北，石貌横出，兩峯交會，中澗深寂。澗末委潭，測之以綆，未及垂止。斯亦方内之邃跡，淺境之壯觀矣。環壁包池，則李氏之園在焉。既翦叢棘，遂有堂宇。濯窪以俟雨，植楓而綴秋。涉冬之陽，李氏攜客信宿。落葉零翠，寒山凍青，風消夕醉，月照宵遨，辨隔浦之歸漁，習空山之嘯鬼，横覽淒惻，悲涼莫罄。壁立嶢屼，頽兮千古。乃作銘曰：

石髓凝風，雲堆乾雨。穴鎖龍符，壁開靈斧。蘿篆玄文，蘚留青嫵。滑磴疑猿，頽峯礙羽。泉覆羣月，天空一秋。飛霜鳥路，結霧僊樓。碧摩儻莽，紅落浮游。澗鬼恒聚，石鼠嘗遊。竹響無羈，草香不掃。風墮巖危，波摇木矯。地骨黄初，山眉黛老。矗望當星，潛看逼昊。竇乳欲泫，擇沙若明。傍崿虎瞰，陰瀨蛟擎。嶽堂中鎮，湍橋宛縈。主情燕豫，客性峥嶸。考義古昔，攬時欣賞。酒寄懷深，詩安心蕩。擊火浮煙，緣溪拾橡。夜黑虚嶠，幽魂下上。

語出生撰，調操險急，有李夢陽之奧古，而謝其剽襲；同王世貞之絢爛，而出以卓鍊。雄駿驅邁不如李、王，而短峭精悍亦非李、王所及。李、王之文，排奡陵厲而出之，故渾灝流轉之勢盛。子龍之文，刮磨琢鍊而出之，故遒峭峻險之意多。其後峥嶸極而歸平淡，如所爲《仙都山志》，絶去雕飾，而突起紆行，峭收縵迴，章妥句適，而出以千錘百鍊。牢籠百態，曠如也，奥如也，雖柳州不加焉。陳子龍遒麗驚挺，歸有光簡澹雋永，二子之文，吾未知所先後也。顧餘姚黄宗羲梨州與子龍交契，而所選《明文授讀》，不登子龍一篇；自來選家，亦罕有及之者，寧得謂之知言哉？惜其文不多見耳。

張溥高名盛氣，以漢魏爲東南倡，而筆力凡近，所爲《五人墓記》，急轉直落，有意斅太史公之跌宕激射；而提不起，放不下，欲爲雄駿而曾不能以疏快，且不得與艾南英比；調已靡矣。其稍入奥者，則又堆垛襞積，捃摭古語；而意涉於晦，不可以句讀者，亦往往有焉。桐城方以智字密之，貴公子，而撰《文章薪火》，以唐宋大家爲東南倡；特議論好爲穿鑿。然玄黄之會，文多偽體；而雲間以華，桐城以樸，差有宗尚。陳子龍之於東漢，含英咀華，所得者多。而以智志於馬、班、韓、歐，則寢饋不深。後來西泠十子陸傒胡輩出於雲間，而駢儷之體日雅。戴名世、方苞輩大昌桐城，而散體之文以潔。貞下起元，固始基之矣。

第二章　明詩附詞

第一節　總論

自來文人好標榜，詩人爲多，而明之詩人尤甚。以詩也者，易能難精，而門徑多歧，又不能别黑白而定一尊；於是不求其實，相競於名，樹職志、立門户。明太祖時，吴則有北郭十子，爲高啓、楊基、張羽、徐賁、余堯臣、王行、宋克、吕敏、陳則、釋道衍。越則有會稽二肅，謂唐肅、謝肅。粤則有南園五子，爲孫蕡、黄哲、王佐、李德、趙介。閩則有十子，爲林鴻、王恭、王偁、高廷禮、陳亮、鄭定、王褒、唐泰、周玄、黄玄。景帝時，有景泰十才子，爲劉溥、湯胤績、蘇平、蘇正、沈愚、晏鐸、王淮、鄒亮、蔣主忠、王貞慶。孝宗時，有前七子，爲李夢陽、何景明、徐禎卿、邊貢、王廷相、康海、王九思；七子中，去王廷相，加朱應登、顧璘、陳沂、鄭善夫，號十子。世宗時，有嘉靖八才子，爲李開先、王慎中、唐順之、陳東、趙時春、任瀚、熊過、吕高。有後七子，爲李攀龍、王世貞、謝榛、梁有譽、宗臣、徐中行、吴國倫。後五子，爲張九一、張嘉胤、汪道昆、余曰德、魏裳；

廣五子，爲盧柟、歐大任、俞允文、李先芳、吴維嶽；續五子，爲黎民表、王道行、石星、趙用賢、朱多煃；末五子，爲屠隆、胡應麟、李維楨、吴旦、李時行。而梁有譽、歐大任、黎民表、吴旦、李時行，又爲南園後五先生。神宗時，有嘉定四先生，爲程嘉燧、李流芳、婁堅、唐時升。又有公安派，則袁宗道、袁宏道、袁中道；竟陵派，爲鍾惺、譚元春。然此百十人中，没世有稱者，不過三四十人。而極其流變，則在振唐格以革元風，矯纖濃而爲雄遒。元末明初，楊維楨最爲巨擘；然險怪倣昌谷，妖麗出温李，以之自成一家則可；究非康莊大道。劉基獨標骨幹，時能規橅杜韓。而高啓則才氣超邁，音節響亮，出入於漢、魏、六朝、唐、宋諸家，而自出新意；振元末纖穠縟麗之習，而開何李復古之風，博大昌明，泱泱乎開國之氣象也。要之明初詩人，以二公爲冠；袁凱、楊基次之，張以寧、徐賁、張羽又次之；其以高、楊、張、徐爲明初四家，固不若是班也。永樂以還，崇尚臺閣體。李東陽力挽頽波。何李七子，起而振之，詩遂復歸於正。而李夢陽雄渾悲壯，鼓盪飛揚；何景明秀朗俊逸，回翔馳驟；同一憲章少陵，而所造各異；駸駸乎一代之盛，有非徐禎卿、邊貢、王廷相、王九思、康海所可及者。而其時楊慎負高明伉爽之才，空所倚傍，拔戟於李何之外而自成一隊。薛蕙、高叔嗣並以沖淡爲宗；華察希韋柳之風；皇甫沖得晉宋之意；亦正嘉時之爾雅者也。後七子：王世貞樂府古體，卓爾名家；李攀龍七言近體，高華矜貴。未嘗不各有所長，但其它鍛煉未純，摹古太甚。而謝榛、吴國倫、徐中行、宗臣、梁有譽等輔之，沿襲雷同，致來攻擊之口。於是一變爲公安之輕儁，再變爲竟陵之僻澀，三變爲陳繼儒、程嘉燧之纖佻，而每況愈下矣。議者或極推嘉燧，刻論李何，究不過爲門户之見耳。萬曆以來，高攀龍雅淡清真，得陶公意趣；陳子龍塈闢榛蕪，上窺正始；斯爲不染時趨者矣。明詩源流，大抵如此。今博考諸家之集，參以衆論，録其著者。

第二節　楊維楨附貝瓊　劉基　高啓附楊基、張羽、徐賁、袁凱、林鴻等

易代之際，楊維楨詩名蓋代，號鐵崖體；而樂府其尤擅場者也。樂府始於漢武，後遂以官署之名，爲篇章之名。其初郊祀等歌，依律製詩，横吹諸曲，採詩協律，與古詩原不甚分。後乃聲調迥殊，與詩異格，或擬舊譜，或

製新題，輾轉日增，體裁百出。大抵奇矯始於鮑照；變化極於李白；幽豔奇詭，别出蹊徑，歧於李賀。元之季年，多效温庭筠體，柔媚旖旎，全類小詞。維楨以横絶一世之才，乘其弊而力矯之，根柢於青蓮、昌谷，縱横排奡，自闢町畦；傳有《鐵崖古樂府》十六卷(《四部叢刊》影印明成化刊本)；其高者或突過古人，其下者亦多墮入魔趣，故文采照映一時，而彈射者亦復四起。録兩章：

湖中女

湖中水，滑如脂。湖中女，夫容姿。湖中小槳蕩蓮葉，唱得吴王白雪詞。輕裾利屐踏雁足，爲客高歌激明目。生年不作人家婦，東人西人换恩主。主家薄倖非三從，歸來抱瑟彈孤鴻。君不見，東家女伴粗且醜，嫁得比鄰呼何忪（讀作鍾）。

五湖游

鴟夷湖上水仙舟，舟中仙人十二樓。桃花春水連天浮，七十二黛吹落天外如青漚。道人謫世三千秋，手把一枝青玉虯。東扶海日紅桑樛，海風約住吴王洲。吴王洲前校水戰，水犀十萬如浮漚。水聲一夜入臺沼，麋鹿已無臺上游。歌吴歈，舞吴劍，招鴟夷兮狎陽侯。樓船不須到蓬丘，西施鄭旦坐兩頭。道人卧舟吹鐵笛，仰看青天天倒流。商老人，橘幾弈？東方生，桃幾偷？精衛塞海成甌窶。海盪崌山漂髑髏。胡爲不飲成春愁。

維楨詩以奇逸矯變凌跨一世；特其才務馳騁，意務新異，不免滋末流之弊。宋濂撰《維楨墓誌》稱："其於詩尤號名家，震盪陵厲，駸駸將逼盛唐；驟閲之，神出鬼殁，不可察其端倪。"而《答章秀才論詩書》，則曰："近來學者類多自高，操觚未能成章，輒闊視前古爲無物，故其所作往往猖狂無倫，以揚沙走石爲豪，而不復知有純和沖粹之意；可勝歎哉！"意似爲維楨發也，則固不無微詞矣。

崇德貝瓊，字廷琚；從學於維楨，而其言曰："立言不蘄絶刻峭，而平衍爲可觀；不在荒唐險怪，而豐腴爲可樂。"蓋雖出於維楨之門，而宗旨頗不相襲者也。傳有《清江貝先生集》四十一卷(《四部叢刊》影印明洪武刻本)，其中詩集十卷，録《經故内》：

山中玉殿盡蒼苔，天子蒙塵豈復回。地脈不從滄海斷，潮聲猶上浙東來。百年禁樹知誰惜，三月宫花尚自開。此日登臨解題賦，白頭庾信不勝哀！

其詩温厚之中，自然高秀；不同維楨之力爲奇矯也。

青田劉基，字伯温，鋭意摹古，獨標高格。不同于楊維楨以樂府擅聲；搆新題爲古體，辭華洗伐不盡。而劉基則力追杜韓，而出以沈鬱頓挫，遂開明三百年風氣。而樂府高於古詩，古詩高於近體，五言近體又高於七言。元詩態濃而語纖；劉基幹之以風力，辭意非常，骨氣奇高，感慨同劉越石，險峻出韓退之，錯綜震盪；謝靈運《鄴中詩》所謂"劉楨卓犖偏人，而文最有氣，所得頗經奇"者也。若《二鬼》一篇，直欲破劉叉之膽矣。録《雜詩》：

小魚頭如針，大魚鬚如松。小大各生育，孰私天地功？坤靈發淫怒，溟海簸驚風。大魚食小魚，陂池爲之空。陂空水亦竭，小大相噞喁。但見灌莽間，顱骨成崆巄。殘膏飫螻蟻，孰辨鯨與鰷？

人生如浮雲，飄摇無根蔕。昨暮青山阿，今朝滄海澨。風波無定時，淪躓難爲計。是中苟不爽，曷問耿與翳？申胥存楚國，仲連卻秦帝。此士雖則亡，英名千萬世。

鷹本是鷙鳥，爪利翮勁疾。胡爲化爲鳩，鈍拙無與匹？棲遲荆棘間，粒啄訾口實。暮啼牆角雨，朝啼屋頭日。昔爲衆鳥畏，今爲衆鳥咥。運命苦不常，孰爲金石質？

急雨漲潢潦，溝池成五湖。青蛙與耿黽，得意鳴相呼。自謂樂無似，至足不求餘。蓬萊有玄鶴，曾見東海枯。清夜唳長風，哀音繞天衢。使我起太息，黑髯變霜鬚。

惟豺知祭獸，獺亦知祭魚。豺獺有報本，人道當何如？華堂飫玉食，盗賊塞中途。那能不自愧，而以耀庸愚？吁嗟千載下，枯骨空專車。

天地若大甕，萬物生其腹。人猶腹中蟲，蠢蠢隨化育。鑽攻無時休，臟腑爲翻覆。帝青調元氣，豈不畏戎毒？皤然命滌蕩，汗下兼湧衄。蚩蚩自狂猘，涫沸交殺戮。何當瞑眩定，風止水歸瀆？鑄鐵作鋤犂，春耕待秋熟。

言在耳目之内，情寄八荒之表；雅壯而多風，造語奇偉，如千金駿足，飛騰飄瞥，驀澗注坡，不如維楨之有意奇詭，而自然高驤；一則文人之偏師出奇，一爲志士之憂時託憤。是故非奇逸之難，有其胸次爲難也。

長洲高啓，字季迪；天才高逸，獨爲明開國詩人之冠。其於詩擬漢魏似漢魏，擬六朝似六朝，擬唐似唐，擬宋似宋，凡古人之所長，無不兼之，傳有《詩集》十八卷(《四部叢刊》影印明景泰元年徐庸刻《大全集》本，清雍正六年桐鄉金檀集注之文瑞樓刊本，近上海文瑞樓書莊影印文瑞樓原刊本)，一洗元詩纖麗膚縟之習，而返之於古，啓實爲有力。然得名太早，殞折太速，未能鎔鑄變化，自爲一家；故備有古人之格，而反不能名啓爲何格，此則天實限之，非啓過也。特其摹仿古調之中，自有精神意象存乎其間。録《憶昨行寄吴中諸故人》。

憶昨結交豪俠客，意氣相傾無促戚。十年離亂如不知，日費黄金出游劇。狐裘蒙茸欺北風，霹靂應手鳴雕弓。桓王墓下沙草内，彷彿地似遼城東。馬行雪中四蹄熱，流影欲追飛隼滅。歸來笑學曹景宗，生擊黄獐飲其血。皐橋泰娘雙翠娥，唤來尊前爲我歌：白日欲没奈愁何！迴潭水緑春始波，此中夜遊樂更多。月出東山白雲裏，照見船中笛聲起。驚鷗飛過片片輕，有似梅花落江水。天峯最高明日登，手接飛鳥攀危藤。龍門路黑不可上，松風吹滅巖中燈。衆客欲歸我不能，更度前嶺緣崚嶒。遠攜茗器下相候，喜有白首楞伽僧。館娃離宫已爲寺，香逕無人欲愁思。醉題高壁墨如鴉，一半攲斜不成字。夫差城南天下稀，狂遊累日忘卻歸。座中争起勸我酒，但道飲此無相違。自從飄零各江海，故舊如今幾人在？荒烟落日野烏啼，寂寞青山顔亦改。須知少年樂事徧，當飲豈得言無錢。我今齒髮雖未老，豪健已覺難如前。去日已去不可止，來日方來猶可喜。古來達士有名言，只説“人生行樂耳”。

頓挫瀏亮，自選定其詩爲《缶鳴集》；而王禕序而評之曰：“季迪之詩，雋逸而清麗，如秋空飛隼，盤旋百折，招之不肯下。又如碧水芙渠，不假雕飾，翛然塵外，有君子之風焉。”明初吴下多詩人，啓與楊基、張羽、徐賁稱四傑，以配唐王楊盧駱云。基，字孟載，傳有《眉菴集》十二卷（南京龍蟠里圖書館藏有影寫明重刊成化本)。其詩頗沿元季纖穠之習，不如啓之沖雅遒鍊；然其五言古詩，風格頗上。羽，字來儀，傳有《静居集》四卷（南京龍蟠里圖書館藏有鈔明萬曆刊本)。其律詩意取俊逸，失之平熟；而五言古體，低昂婉轉，殊有瀏亮之作。至於歌行，筆力雄放，音節諧暢，足以方駕於啓而爲一時之豪。賁，字幼文，傳有《北郭集》十卷（南京龍蟠里圖書館藏有影寫明成化刊本）。其詩才氣不及高、楊、張，而法律謹嚴，字句熨貼，長篇短什，並首尾温麗，於三家别爲一格。然唐四傑以材章麗贍爲美；而明四傑以風骨騰騫爲高，故龍頭不得不屬啓也。華亭袁凱，字景文，以《白燕詩》得名，時稱袁白燕。啓贈詩曰："清新還似我，雄健不如他。"傳有《海叟集》四卷（南京龍蟠里圖書館藏有明萬曆刊本，又清光緒癸巳年徐氏觀自得齋刊本）。而何景明序謂："明初詩人，以凱爲冠。"蓋凱古體多學《文選》，近體多學杜甫，與景明持論頗契，故有此語也。景明又極稱："歌行得杜之體。"然傷乎直，殊少變化。七言斷句，在李庶子、劉賓客間；高啓、楊基俱不及也。然吴詩尚風骨，而閩派講格調，其詩派禰三唐而祧宋元；善詩者稱十才子，而福清林鴻字子羽者推巨擘焉。十才子者：閩鄭定，侯官王褒、唐泰，長樂高棅、王恭、陳亮，永福王偁及鴻弟子周元、黄元，時人目爲二元者也。鴻論詩，大指謂"漢魏骨氣雖雄，而菁華不足。晉祖玄虚。宋尚條暢。齊梁以下，但務春華，少秋實。惟唐作者可謂大成。然貞觀尚習故陋；神龍漸變常調；開元天寶間聲律大備，學者當以是爲楷式"。閩人言詩者，率本於鴻；傳有《鳴盛集》四卷，宗法唐人，繩趨尺步，而無鷹揚虎視之致。"袁凱《海叟集》專學杜；而鴻《鳴盛集》專學唐；蓋能極力摹擬，不但字面句法，併其題目亦效之；開卷驟視，宛若舊本。然細味之，求其流出肺腑，卓爾自立者，指不能一再屈也。"李東陽云。

第三節　李東陽　李夢陽　何景明　徐禎卿
附祝允明、唐寅、文徵明、邊貢等
楊慎附高叔嗣、華察、皇甫沖等

詩必盛唐以上，李夢陽、何景明所以高唱復古也。然李東陽實有開山之功。東陽宏獎羣英，力追正始；由其天材穎異，長短豐約，高下疾徐，滔滔莽莽，惟意所如。其自序謂："耳目所接，興況所寄，左觸右激，發乎言而成聲，雖欲止之，有不可得而止者。"此自得之言也。録《靈壽杖歌》：

吾聞武當之山四萬二千丈，半在雲根半天上。不知三十六宫何處稱絶奇，産出靈株非一狀。蛟螭盤拏露頭角，熊經樹顛虎山脚。

根蟠節錯相糾纏，含風飽雲經炎寒。九年洪水之浸不殺，十日之日暴烈何時乾。梯懸蹬接跬步不可上，誰采青壁紅琅玕。見之羨者不容口，錫以嘉名曰靈壽；爪之不入行有聲，金可同堅石同久。吾家此物舊所有，神與相扶鬼爲守。自從病足跛曳不得前，已覺山林落吾手。一病經旬不出門，手中此杖嗟猶存。下牀欹足立不定，此時託子以爲命。不顧四體無微痾，但願謝病歸山阿；左扶右策夾以二童子，下可涉園徑，上可陵陂陀。願栽萬木截萬杖，窮崖陰谷生森羅。靈兮壽兮此物倘可致，直遣四海赤子頭俱皤。

縱横跌宕，能盤硬語，極意規橅少陵，何必李夢陽《空同集》耶？而夢陽輕之，何也？近體雅馴清澈，律圓而調響，亦深得唐意。録《遊岳麓寺》：

危峯高瞰楚江干，路在羊腸第幾盤？萬樹松杉雙徑合，四山風雨一僧寒。平沙淺草連天遠，落日孤城隔水看。薊北湘南俱入眼，鷓鴣聲裏獨凭欄。

永樂以後詩，臺閣體平熟，而理學諸公則近俚；得東陽起而振之，如老鶴一鳴，喧啾俱廢。後李夢陽、何景明繼起廓而大之，駸駸乎一代之盛矣。李夢陽、何景明文必秦漢，詩必盛唐以上。而東陽文非秦漢，詩則盛唐也。

李夢陽五言古源本陳王、謝客，初不以杜爲師；所云杜體者，乃其摹擬之作，中多生吞語，偶附集中，非得意詩也。而學陳王、謝客者，亦過雕刻，未極自然。惟七言古及近體專仿少陵，超然蹊逕之外。七言古雄渾悲壯，縱横變化；《明星》、《去婦》、《杜鍊師》、《劉大司馬》等篇，跌宕奇矯。《士兵》、《豆莝》之作，學杜而智過其師，俚質生硬處正不易到。而七言近體，開閤動宕，不拘故方，準之杜陵，亦幾具體；故當雄視一代，邈焉寡儔。至五言律頗傷質直，而長律整栗，亦有支弱之習。《靈濟宫》一篇，高出《松陵》；餘則《華嶽》、《簡何舍人》、《鄱陽湖》諸作，亦可誦。七言絶，則學供奉；而五絶如《獄中》、《詠將》諸篇，奇特可喜，是亦逸品。録二首：

去婦詞

孔雀南飛雁北翔，含顰攬涕下君堂。繡幕空留並菡萏，羅袪尚帶雙鴛鴦。菡萏鴛鴦誰不羨？人生一别何由見。只解黄金頃刻成，那知碧海須臾變。賤妾甘爲覆地水，郎君忍作離弦箭。憶昔嫁來花滿天，賤妾郎君俱少年。瑶臺築就猶嫌惡，金屋裝成不論錢。重樓複道天中起，結綺、臨春照春水。宛轉流蘇夜月前，萋迷寶瑟烟花裏。夜月烟花不相待，安得朱顏常不改？若使相逢無别離，肯放逝波到東海？薄命難教娣姒知，衰年恨少姑嫜在。長安大道接燕川，鄰里攜壺舊路邊。妾悲妾怨憑誰省，君舞君歌空自憐。郎君豈是會稽守，賤妾寧同會稽婦。郎乎幸愛千金軀，但願新人故不如。

秋望

黄河水遶漢邊牆，河上秋風雁幾行？客子過壕追野馬，將軍弢箭射天狼。黄塵古渡迷飛輓，白月横空冷戰場。聞道朔方多勇略，只今誰是郭汾陽？

華州王維楨以爲："七言律自杜甫以後，善用頓挫倒插之法，惟夢陽一人。"而何景明則譏之曰："子高處是古人影子耳。其下者，已落近代之口。未見子自築一堂奥，突開一户牖，而以何急於不朽也？"夢陽論詩稱陸謝。而景明則箴之曰："陸詩，語俳，體不俳也。謝則體語俱俳矣。"又曰："空同刻意古範，鑄形宿模，而獨守尺寸。僕則欲富於材積，領會神情，臨影構結，不仿形迹。詩曰：'惟其有之，是以似之。'以有求似，僕之愚也。近詩以盛唐爲尚。宋人似蒼老而實疏鹵。元人似秀俊而實淺俗。今僕詩不免元習；而空同近作，間入於宋。譬之樂，衆響赴會，條理乃貫；一音獨奏，成章則難。故絲竹之音要眇，木革之音殺直；若獨取殺直，而并棄要眇之聲，何以窮極至妙，感精飾聽也？空同丙寅間作，叩其音尚中金石；而江西以後之作，辭艱者意反近，意苦者辭反常；色澹黯而中理披慢，讀之若摇鞞擊鐸耳。夫聲以竅生，色以質麗。虚其竅，不假聲矣。實其質，不假色矣。苟實其竅，虚其質，而求之聲色之末，則終於無用矣。"夢陽主摹倣，景明則主創造。然景明不如夢陽之才大，夢陽亦遜景明之氣清。夢陽詩以雄麗勝，景明詩以秀朗勝；同是憲章少陵，而所造各異。名成之後，互相詆諆。何誚李摇鞞振鐸，李誚何摶沙弄泥。何病李之殺直，李病何之緩散。兩君皆負才傲物，而何稍和易，以是人多附之。亳州薛蕙詩云："俊逸終憐何大復，麤豪不解李空同。"自此詩出，而抑李申何者日漸多矣。

何景明題畫諸詩，源出少陵，非徒貌似，神亦似之。而五言古，有三謝體，有少陵體。七言古則深崇唐四傑轉韻之格。録《明月篇并序》：

僕始讀杜子七言詩，愛其陳事切實，布詞沈著。鄙心竊效之，以爲長篇聖於子美矣。既而讀漢魏以來歌詩及唐初四子者之所爲，而反覆之；則知漢魏固承三百篇之後，流風猶可徵焉。而四子者，雖工富麗，去古遠甚；至其音節，往往可歌。乃知子美詞固沉著，而調失流轉，雖成一家語，實則歌詩之變體也。夫詩本性情而發者也，其切而易見者，莫如夫婦之間。是以三百篇首乎《關雎》，六義始乎風。而漢魏作者，義關君臣朋友，辭必託諸夫婦，以宣鬱而達情焉；其旨遠矣。由是言之：子美之詩，博涉世故，而出於夫婦者常少；致兼雅頌，而風人之義或缺。此其調，或反在四子下歟？暇日爲此篇，意調若彷彿四子；而才質偎弱，思致庸陋，故擒詞蕪紊，無復統飭。姑録之以俟審音者裁割焉。

長安月，離離出海嶠。遥見層城隱半輪，漸見阿閣銜初照。瀲灩黄金波，團圞白玉盤；青天流影披紅蕊，白露含輝汎紫蘭。紫蘭紅蕊西風起，九衢夾道秋如水。錦幌高褰香霧濃，瑣闈斜映輕霞舉。霧沉霞落天宇開，萬户千門月明裏。月明皎皎陌東西，柏寢岧嶢望不迷；侯家臺榭光先滿，戚里笙歌影乍低。濯濯芙蓉生玉沼，娟娟楊柳覆金隄。鳳凰樓上吹簫女，蟋蟀堂前織錦妻。别有深宫閉深院，年年歲歲愁相見；金屋螢流長信階，綺櫳燕入昭陽殿。趙女通宵侍御牀，班姬此夕悲團扇。

秋來明月照金微，榆黄沙白路逶迤。征夫塞上行憐影，少婦窗前想畫眉。上林鴻雁書中恨，北地關山笛裏悲。書中笛裏空相憶，幾見盈虧淚沾臆；紅閨貌減落春華，玉門腸斷逢秋色。春華秋色遞如流，東家怨女上妝樓；流蘇帳卷初安鏡，翡翠簾開自上鈎。河邊織女期七夕，天上嫦娥奈九秋。七夕風濤還可渡，九秋霜露迥生愁。九秋七夕須臾易，盛年一去真堪惜。可憐揚彩入羅幃，可憐流素凝瑶席。未作當壚賣酒人，難邀入座援琴客。客心對此歎蹉跎，烏鵲南飛可奈何。江頭商婦移船待，湖上佳人挾瑟歌。此時凭闌垂玉筯，此時滅燭斂青蛾。玉筯青蛾苦緘怨，緘怨含情不能吐。麗色春妍桃李蹊，遲輝晚媚菖蒲浦。與君相思在二八，與君相期在三五。空持夜被貼鴛鴦，空持暖玉擎鸚鵡。青衫泣掩琵琶絃，銀屏忍對箜篌語。箜篌再彈月已微，穿廊入闥靄斜暉。歸心日遠大刀折，極目天涯破鏡飛。

此篇詞彩穠麗，音律婉諧，而未極秀朗；於景明爲變格，乃極意摹唐四傑者。其它歌行如《聽琴》、《獵圖》、《送徐少參》、《津市打魚》諸篇，深得少陵之髓，特以秀色掩之耳。

景明與夢陽書曰："僕嘗謂詩文有不可易之法者，辭斷而意屬，聯類而比物也。上考古聖立言，中徵秦漢緒論，下采魏晉聲詩，莫之有易也。夫文靡於隋，韓力振之；然古文之法亡於韓。詩溺於陶，謝力振之；然古詩之法亦亡於謝。"而夢陽則應之曰："假令僕即今爲文一通，能辭不屬，意不斷，物聯而類比矣；然於中情思澀促，語險而硬，音節生拗，質直而麄，淺讀露骨，爰癡爰枯，則子取之乎？故辭斷而意屬者，其體也，文之勢也；聯而比之者事也，柔澹者思也，含蓄者意也，典厚者義也，高古者格也，宛亮者調也，沈著雄麗、清峻閒雅者，才之類也，而發於辭；辭之暢者其氣也，中和者氣之最也；夫然又華之以色，永之以味，溢之以音。是以古之文者，一揮而衆善具也。然其翕闢頓挫，尺尺而寸寸之，未始無法也，所謂圓規而方矩者也。然僕猶謂不證諸事，則空言不切；不切不信。夫子近作乖於法者，何也？蓋其詩讀之，若摶沙弄泥，散而不瑩；又麄者弗雅也，如《月蝕詩》、《妖遮赤道行》是也。然闊大者鮮把持，又無鍼綫。古人之作，其法雖多端；大抵前疏者後必密，半闊者半必細，一實者必一虚，疊景者意必二，此予之所謂法，圓規而方矩者也。沈約亦云：'若前有浮聲，則後須切響。一簡之内，音韻盡殊。兩句之中，輕重悉異。'即如人身以魄載魂，生有此體，即有此法也。詩云：'有物有則。'故曹、劉、阮、陸、李、杜，能用之而不能異，能異之而不能不同。今人止見其異，而不見其同；宜其謂守法者爲影子，而支離失真者以舍筏登岸自寬也。且仲默'《神女賦》、《帝妃篇》、南游日、北上年'，四句接用，古有此法乎？水亭菡萏，風殿薜蘿，意不一乎？蓋君詩徒知神情會處，下筆成章爲高；而不知高而不法，其勢如搏巨蛇，駕風螭，步驟即奇，不足訓也。君詩結語太咄易。七言律與絶句等更不成篇，亦寡音節。'百年''萬里'，何其層見而迭出也？七言若剪得上二字，言何必七也？"即此可徵何李之異趣焉。

宏正間，詩流特衆；然皆近逐李何。豐城熊卓字士選、壽張殷雲霄字近夫、寶應朱應登字升之，夢陽派也。吴縣顧璘字華玉、亳州薛蕙字君采、信陽戴冠字仲鶡、孟洋字望之，景明派也。

徐禎卿雖服膺夢陽，然絶自名家。其與夢陽書曰："古詩三百，可以博其源；遺篇十九，可以約其趨；樂府雄高，可以勵其氣；《離騷》深永，可以裨其思；然後法經而植旨，繩古以崇辭。"揆其塗逕，與夢陽不異。特夢陽才雄而氣盛，故恢張其辭；禎卿慮澹而思深，故密運以意。當時不能與夢陽争先，日久論定，亦不與夢陽俱廢也。

禎卿少時，已工詩歌，多學六朝，旁參白居易劉禹錫。及見夢陽，初猶倔强，賦詩曰："我雖甘爲李左車，身未交鋒心未服。顧余多見不知量，此項未肯下頗牧。"既而夢陽詒以書曰："僕竊謂足下過矣！夫詩，宣志而道和者也，故貴宛不貴險，貴質不貴靡，貴情不貴繁，貴融洽不貴工巧；故曰：'聞其樂而知其德。'故音也者，愚智之大防，莊詖簡侈浮孚之界分也。至元、白、韓、孟、皮、陸之徒出，始連聯鬬押，纍纍數千百言不相下，此何異於入市攫金，登場角戲也？三代而下，漢魏最近古。鄉使繁巧險靡之習，誠貴於情質宛洽；而莊詖簡侈浮孚，意義無大高下；漢魏諸子，不先爲之耶?"禎卿折服，遂變面目。是時李何並陳，未決雌雄。禎卿雄不及李，秀不及何，而風骨超然，遂成鼎足。咀六朝之精音，采初唐之妙則，其詩不專學太白，而髣髴近之。七言勝於五言，絶句尤勝諸體，《古宫詞》、《送蕭若愚》等作，雖龍標太白復生，何多讓焉。録二首：

春思

渺渺春江空落暉，行人相顧欲沾衣。楚王宫外千條柳，不遣飛花送客歸。

送蕭若愚

送君南下巴渝深，予亦迢迢湘水心。前路不知何地别，千山萬壑暮猿吟。

禎卿未遇夢陽之時，先與祝允明、唐寅、文徵明善，號吴中四才子。允明與寅並以任誕爲世指目。寅詩頹唐淺率，老益潦倒。而允明詩則取材頗富，造語亦妍，下擷晚唐，上薄六代，與禎卿别稟《鸚鵡編》、《花間集》風格差似，有《竹枝》、《楊柳》之韻。徵明詩則雅飭之中，時饒逸韻；自云："吾少年學詩，從陸放翁入；故格調卑弱，不若諸君皆唐音也。"此所謂如人飲水，冷煖自知；皎然不誣其本志者矣。邊貢與李夢陽、何景明、徐禎卿並稱四傑；

其詩才力雄健不及夢陽、景明。善於用長，意境清遠，不及禎卿；而平淡和粹，能於沈穩處見其流麗；善於用短，而夷猶於諸人之間，以不戰爲勝者也。

楊慎以宰相子，文采照映，獨不在七子聲氣之中；而其詩含吐六朝，以高明伉爽之才，鴻博絶麗之學，隨題賦形，一空依傍；而於李何諸子之外，異軍特起。《南中稿》穠麗婉至，一集之勝。録《柳》：

> 垂楊垂柳管芳年，飛絮飛花媚遠天。金距鬬雞寒食後，玉蛾翻雪暖風前。别離江上還河上，拋擲橋邊與路邊。遊子魂銷青塞月，美人腸斷翠樓烟。

慎詩多用新事，工於設色，搜羅刻削，無出其右。而駢繪既繁，性情或盡，傳謂美能没體，詩亦有之。此其蔽也。

楊慎以意度穠麗，冠絶當代。而祥符高叔嗣字子業、無錫華察字子潛、長洲皇甫沖字子浚，又以造詣古澹，驂駕一時。

高叔嗣初以詩受知於李夢陽；然擺脱窠臼，自抒性情，乃迥與夢陽異調，傳有《蘇門集》八卷（南京龍蟠里圖書館藏有明嘉靖刊本）。五言尤工，沖淡得韋蘇州體。録《病起偶題》：

> 空齋晨起坐，懽游罷不適。微雨東方來，陰靄倏終夕。久卧不知春，茫然怨行役。故園芳草色，惆悵今如積。

叔嗣詩如空山鼓琴，沈思忽往，木葉盡脱，石氣自青。

華察亦以五言古詩風韻沖淡，欲追陶韋，傳有《巖居稟》；然垢氛已離，未穿溟涬。録《惠山寺與施子羽話别》：

> 看山不覺暝，月出禪林幽。夜静見空色，身閒忘去留。疏鐘隔雲度，殘葉映泉流。此地欲爲别，諸天暮生愁。

境事超詣，正復何減叔嗣。而叔嗣獨憔瘁婉篤。

皇甫沖與弟涍、汸、濂並有盛名，稱四皇甫。而沖傳有《華陽集》；其詩源出韋柳，兼取材於潘、左、鮑，清音亮節，無一點纖濃之習；高叔嗣、華察而外，無有及之者。録《維摩寺雨坐》：

> 回嶺無仄徑，陟岡有夷壤。展睞入空濛，游心益昭朗。長風吹輕衣，飄摇翠微上。古寺迷夕煙，明燈淡綃幌。冥雨從東來，驚雷自西往。林巒忽不見，但聞山澗響。景寂非避喧，心瑩乃成賞。爲禮沉痾蹤，因之知幻象。

絶去雕藻，益臻遒亮。此則超絶風氣，而自樹幟於李何之外者焉。

第四節 李攀龍 王世貞 宗臣 謝榛附徐中行、吴國倫

王李七子紹述何李，而李攀龍爲之倡，極爲王世貞所推，至謂“文許先秦上，詩卑正始還”，譽過其實。攀龍乃居之不疑。今觀其詩，古樂府及五言古體，臨摹太過，痕迹宛然。七言律及七言絶句，高華矜貴，脱棄凡庸；而七言律人所共推，心摹手追者，王維、李頎也。録二首：

秋杪登太華山絶頂

縹渺真探白帝宫，三峯此日爲誰雄？蒼龍半掛秦川雨，石馬長嘶漢苑風。地敞中原秋色盡，天開萬里夕陽空。平生突兀看人意，容爾深知造化功。

寄王元美

薊門城上月婆娑，玉笛誰爲出塞歌？君自客中聽不得，秋風吹落小黄河。

七言律已臻高格，未極變態。七言絶句有神無迹，語近情深，故應跨越餘子，爲集中之冠。

嘉靖七子，王世貞才氣十倍李攀龍；惟病在愛博，自珊瑚木難以及牛溲馬勃，無所不有。樂府變化，奇奇正正，推陳出新，遠非攀龍生吞活剥者可比。律體高華，絶亦典麗，雖鍛煉未純，不免華贍之餘，時露淺率；亦未遽出攀龍下也。當日名雖七子，實則一雄；其自述曰：“野夫興就不復刪，大海迴風吹紫瀾。”言雖大而非夸。録二首：

戰城南

戰城南，城南壁；黑雲壓我城北。伏兵搗我東，遊騎抄我西，使我不得休息。黄塵合匝，日爲青，天模糊。鉦鼓發，亂讙呼。胡騎斂，飆迅驅。樹若薺，草爲枯。啼者何？父收子，妻問夫。戈甲委積，血淹頭顱。家家招魂入，隊隊自哀呼。告主將，主將若不知；生爲邊陲士，野葬復何悲。釜中食，午未炊。惜其倉皇遂長訣，焉得一飽爲。野風騷屑魂依之；曷不覩主將高牙大纛坐城中，生當封徹侯，死當廟食無窮。

陵祀

松楸何不極，複道見行宫。劍珮千官月，橋陵萬馬風。地迴山盡拱，雲合樹俱雄。白首先朝事，傷心涕淚中。

世貞詩唱盛唐，然其詩亦有清透似宋人者。余愛其《短歌》數句云："不必名山藏，不必千金懸。歸去來，一壺美酒抽一編，讀罷一枕牀頭眠。天公未唤債未滿，自吟自寫終殘年。"又《棄官》云："人生求官不可得，我今得官何棄之？六月繡襦黄金垂，行人拍手好威儀。與君説苦君不信，請君自衣當自知。"《明史》本傳稱世貞論詩，呵叱宋人，晚年臨終猶手握《蘇子瞻集》。此二詩果似子瞻。

嘉靖七子之有宗臣，猶徐禎卿之於何李。詩才秀爽，與王李同聲氣而不同格調。録《登雲門諸山》：

山頭月白雲英英，千峯倒插千江明。手把芙蓉步石壁，蒼翠亂射猿鳥驚。誰其雲外吹紫笙，欲來不來空復情？天風吹我佩蕭颯，恍疑身在崑崙行。

其詩跌宕俊逸，頗能取法太白；而自入七子之社，漸染習氣，日以窘弱。然天才婉秀，吐屬風流，究無剽裂填砌之習，本質猶未盡漓也。

七子結社之初，尚論有唐諸家，茫無適從。謝榛以布衣執牛耳，主選十四家詩，讀熟之以奪神氣，申詠之以求聲調，玩味之以裒精華；得此三要，造乎渾淪，不必塑謫仙而畫少陵。李攀龍極推之，贈詩曰："謝榛吾黨彦，咄嗟名士籍。遂令清廟音。乃在褐衣客。"既而布衣高論，不爲同社所安。攀龍乃遺書絶交，而其稱詩之旨要，皆自榛發，諸人實心師其言也。榛近體工力深厚，句響而字穩。七子之流，莫之與京也。録二首：

榆河曉發

朝暉開衆山，遥見居庸關。雲出三邊外，風生萬馬間。征塵何日静，古戍幾人閒？忽憶棄繻者，空慚旅鬢斑。

有感

薄伐原中策，論兵自古難。漢唐頻拓地，將師幾登壇。絶漠兼天盡，交河蕩日寒。不知大宛馬，曾復到長安。

榛五言近體，句烹字鍊，氣逸調高；當與李攀龍七言，騈稱七子之冠云。七子中，徐中行、吴國倫咸工律絶。大抵七子可厭者，擬古樂府之生吞活剥耳。五古亦鮮真詣。七古高亮華美之作，自爲可愛。至於七律七絶，則虛實開合，非僅浮聲爲貴。如謂其用字多同，格調若一，則又不盡然；觀其隨物賦形，古澤可掬，何嘗不典且麗？至詩中常用好字，本自不多。陶、謝、韋、杜、王、孟諸公，無論何家，一集之中，比而觀之，多有雷同；較其直際，亦不數見。則亦無事苛繩於七子矣。

第五節　袁宏道附弟中道　高攀龍

王李七子之派，極王而厭。徐渭欲以李長吉體變之，不能也。臨川湯顯祖欲以南宋四家尤、楊、范、陸體變之，不能也。長洲王穉登、吴江王叔承、鄞縣屠隆雖迭有違言；然壁壘不張，均未足以相代。於是三袁兄弟起而乘之；其論詩以爲："唐自有古詩，不必選體。中晚皆有詩，不必初盛。歐、蘇、陳、黄各有詩，不必唐人。唐詩色澤鮮妍，如旦晚脱筆硯者；今詩纔脱筆硯，已是陳言；豈非流自性靈，與出自剽擬所從來異乎？"一時聞者涣然神悟，若良藥之解散，而沉痾之去體也。宗道首出，既以白蘇名齋而導其源。宏道、中道繼之，流波大暢，遂有公安體之目。而宏道最爲白眉，中郎之名獨著。白蘇詩以容易出清真，自有神采，厥旨淵放，使人忘其鄙近。而宗道則頽波自放，舍其高潔，專尚鄙俚；作法於涼，後將何觀，此則宗道之失也。惟宏道清新輕雋，時有合作。録二首：

横塘渡

横塘渡，郎西來，妾東去，感郎千金顧。妾家住紅橋，朱門十字路；認取辛夷花，莫過楊柳樹。

妾薄命

落花去故條，尚有根可依。婦人失夫心，含情欲告誰。燈光不到明，寵極心還變。只此雙蛾眉，供得幾迴盼。看多自成故，未必真衰老；譬彼盛開花，不若初生草。

其集中詩亦時涉俳諧調笑，如《西湖》云："一日湖上行，一日湖中坐。一日湖上住，一日湖上卧。"《偶見白髮》云："無端見白髮，欲哭反成笑。自喜笑中意，一笑又一跳。"《嚴陵釣臺》云："人言漢梅福，君之妻父也。"其弟中道爲之説曰："吾兄《錦帆》、《解脱》等集，意在破人執縛；間有率意游戲之語。或快爽之極，浮而不沈；情景太真，近而不遠；要出自性靈，足以蕩滌塵坌。"學者不察，效顰學語，其究爲俚俗，爲纖巧，爲莽蕩；烏焉三寫，弊有必至，非中郎之本旨也。中道才遜中郎，而雅飭過伯氏，傳有《珂雪齋集》二十四卷。

無錫高攀龍字雲從，理學大儒，與三袁同時，其爲詩亦尚清真，而沖澹入古，不事俳佻；足拔戟自成一隊。傳有《高子遺書》十二卷；其第六卷，則詩也。録二首：

夏日閒居

長夏此靜坐，終日無一言，問君何所爲，無事心自閒。細雨漁舟歸，兒童喧樹間。北風忽南來，落日在遠山。顧此有好懷，酌酒遂陶然。池中鷗飛去，兩兩復來還。

夜步

幽人夜未眠，月出每孤往。繁林亂螢照，村屋人語響。宿鳥時一鳴，草徑露微上。欣然意有會，誰與共心賞。

無心學陶，天趣自會；以視公安之俳俚雜出者，何啻雅俗之别。然後知滌王李之富麗，而返正始之元音者，當在此而不在彼也。

第六節　鍾惺　譚元春程嘉燧、陳繼儒　陳子龍

鍾惺與譚元春評選唐人之詩爲《唐詩歸》，又評選隋以前詩爲《古詩歸》，風行一時，幾於家絃户誦，而竟陵派之名以起。蓋承前後七子藻麗裔皇之後，所選《唐詩》，專取清瘦淡遠一路。其人人所讀，若李太白之《古風》，杜少陵之《秋興》、《諸將》，皆不入選。公安以輕俊矯王李之縟重；而竟陵以幽冷洗王李之絢爛；所謂厭芻豢，思螺蛤也。盛名之致，會當其時；纖鉅高卑，視所成就。要亦秉其夙悟，運以苦思，執專門之巨規，樹並時之壁壘。而小道易泥，欹器懼盈；於詩學雖不甚淺，而他學問實未有得，故説詩既不能觸處洞然，自不能抛磚落地；往往有"説不得""不可解"等評語，内實模糊影響，外似超超玄箸；雖驚流俗之觀，益來識者之訴。根本不實，窪水即乾，吹毛索瘢，遂無全體。然極可醫庸膚之病。而惺生當晚明，復爲黨論所擠，當時以大行擬科，忽出而爲南儀曹，志節不舒，而不肯趨熱；"冷"之一言，其詩文、其學行皆主之。平日究心經史《莊》《騷》，以官爲隱，以讀書爲官，其人其品實不可及。而其詩有《隱秀軒集》分三十三集；其手近隘，其心獨狠，要是著意讀書人；可謂之偏枯，不得目爲膚淺。其於

師友骨肉存亡之間，深情苦語，令人酸鼻，則又未可以一“冷”字抹煞。大抵惺之詩，如橘皮橄欖湯，在醉飽後，洗滌腸胃最善；飢時卻用不得。然當其時，天下文章，酒池肉林矣，那得不推爲俊物也。録二首：

上巳雨登雨花臺

去年當上巳，小集寇家亭。今昔分陰霽，悲歡異醉醒。可憐三月草，未了六朝青。花作殘春雨，春歸不肯停。

巴東道中示弟栓

山中未必雨，雲起已生愁。峽窄天多暮，江高地易秋。連朝皆陟巘，兹路獨臨流。欲畫瞿塘勝，歸途定覓舟。

幽深孤峭，手眼别出。而情性所罅，時有名理；山水所發，彌見清思。惟才小氣窄，體輕腹陋，意鄰淺直，格囿卑寒，故爲不了之語，每涉鬼趣之言；故或片語可稱，全篇匙取，此其蔽也。然惺爲人嚴冷，不喜接俗客，湖海之聲氣未廣。籍譚元春應和之，派乃盛行。而元春才不如惺，詩爲幽峭則一；傳有《嶽歸堂集》十卷。録二首：

夜次陽邏同夏平尋山

静人真可偕，高趣脱無逆。人家殘漲後，初乾沙紋迹。軟步過秋草，寂寂林下宅。宅邊如有徑，諒爲兹山闢。微茫犬吠巔，向下人聲積。高處天地靈，長江動空碧。一燈磬杳然，嶺爲溪所隔。不必詣其所，惆悵亦有獲。

遊九峯山

衆山作寺圍，羣松作山護。纏綿青翠光，山欲化爲樹。根斜即倚磴，枝隙已通路；陰雲貫其下，常令白日暮。藤刺裹山巔，飛鳥慎勿度。

模山範水，特工五言；朗秀處似王右丞，險健處似孟東野。其病在時涉俳俚，緟字複意，不免間出，作枯窘寒儉相，又往往上下語不相應。如能芟去蕪枝，迥然孤秀，亦復何減古人。然竟陵之體靡天下，而後進之學者，大江以南更甚，得其形貌，遺其神情。有賈島之苦僻，無孟郊之堅蒼，以寂寥言精練，以寡約言清遠，以俚淺言沖澹，以生澀言新裁。篇章字句之間，每多重複，稍下一二助語，輒以號於人曰：“吾詩空靈已極。”空則有之，靈則何曾；見斥藝林，蓋有由已。然而非鍾譚之罪也。

歙縣程嘉燧，字孟陽，亦不爲何、李、王、李者，詩亦娟秀少塵，而不免纖窕；著有《松圓浪淘集》。錢謙益深懲何、李、王、李流派，乃於明三百年中，特尊之爲詩老。然格調極卑，時涉穢俚；近體多於古風，七律多於五律，才庸而氣弱，固卑之無甚高論矣。華亭陳繼儒字仲醇，以處士虛聲，傾動朝野；傳有《眉公集》，而纖詞浮語，更下《松圓》一等。

王李道盡，公安之派寖廣，竟陵之燄頓興，一時好異者譸張爲幻。而有振七子之墜緒，返俚淺於茂典者，陳子龍也。實以沈博絶麗之才，領袖幾社。而同郡夏完淳字存古，髫齡崛起，如響斯應。譽之者謂其廓清榛蕪，力追先正；而詆之者則曰七子窠臼，徒爲虛囂。然以此結明三百年之詩局，而與開一代風氣之高啓，後先輝映；亦足以覘復古爲明文學之主潮，詩亦不在例外；所謂君以此始，亦以此終也。子龍有《白雲草廬居》、《湘真閣》諸稿，尤工七言古。録二首：

小車行

小車斑斑黄塵晚，夫爲推，婦爲挽。出門何所之？青青者榆療吾飢，願得樂土共哺糜。風吹黄蒿，望見牆宇，中有主人當飼汝。叩門無人室無釜，躑躅空巷淚如雨。

邊詞

大同女兒顏如花，十五學得箏琵琶。莫向中宵彈一曲，清霜明月盡思家。八城亦是古遼西，大纛高牙萬馬齊。壯士錦衣行樂地，十年無夢到春閨。

子龍七古跌宕自喜，取藻於六朝四傑，而出入太白、昌谷。所惜鋪叙華縟，動出一軌，不免與七子同譏；又時雜以豪麤耳。然子龍之詩，不脱王李之窠臼；而子龍之詞，則直造唐人之奥宇。詞至南宋之季，幾成絶響；知比興者，元張翥之《蜕巖詞》而已。明初作者，猶承張翥之規，不乖於風雅。永樂以後，南宋諸名家詞，皆不顯於世；盛行者爲《花間集》、《草堂詩餘》二選。楊慎王世貞輩之小令中調，猶有可取；長調皆失之俚。惟陳子龍之《湘真閣》、《江籬檻》諸詞，風流婉麗，足繼南唐後主，則得於天者獨優也。觀其所作，神韻天然，風味不盡，如瑶臺仙子，獨立卻扇時；而《湘真》一刻，晚年所作，寄意更綿邈悽惻，言内意外，已無遺議。故附論之。

第三章　明曲

曲，有雜劇，有傳奇。明代詩文與宋元異；而明曲亦與元曲異；大抵由俗而文，用夏變夷。雜劇極盛於元。南戲繼起有明。而原南戲之興，當在宋光宗朝，永嘉人作《趙貞女》、《王魁》二傳，實爲首唱。或云：宣和間已有萌芽，至南渡時，則盛行，號曰永嘉雜劇。其文字即本宋人詞，而益以里巷歌謡，不協宫徵。至元時雜劇蔚興，南戲衰熄。迨高則誠《琵琶記》出，盡洗胡元古魯兀剌之風，而易之以纏綿頓宕之聲，明太祖亟稱焉；於是海内嚮風，別名爲南曲，以元套雜劇爲北曲，而相驂靳。此一時也。澉川楊康惠公梓在元時，得貫雲石之傳，嘗作《豫讓》、《霍光》、《尉遲敬德》諸劇，流傳宇内，與中原絃索抗行。而公子國材，復與鮮于去矜交遊，以樂府世其家；總得南聲之祕奥，別創新音，號爲海鹽調；西江兩京間翕然和之。此一時也。徐渭著《四聲猿》雜劇，中《女狀元》一劇，獨以南詞作之；破雜劇定格。而太倉魏良輔、崑山梁辰魚以善謳名吴中。良輔探討聲韻，坐卧一小樓者十餘年，考訂《琵琶記》板式，造水磨調。辰魚作《浣紗記》付之，流麗穩協，天下始有清音，號曰崑曲，歷世三百，莫不頫首傾耳，奉爲雅樂。然梁辰魚以南詞負盛名，北劇亦雅擅場，而所爲《紅線》一劇，賓白科段，純爲南態；所異者，止用北詞耳。此又一時也。明之中葉，雜劇亦用南詞，傳奇間取北曲者，此又事之變也，不可繩之以法也。大抵元詞以拙樸勝，明則妍麗矣。元劇排場至劣，明則有次第矣。故曰明曲與元曲不同也。吾友吴瞿安先生梅有專書備論之，玆不具述。而要刪其指以備一格。大抵明文之異於宋元者，排唐宋以力追秦漢也。明詩之異於宋元者，排宋元以還之漢、魏、盛唐也。明曲之異於元曲者，排胡音以還我夏風也。要之反本修古，不忘其初而已矣。

第四章　明八股文

第一節　總論

八股文，亦名《四書》文。《四書》文者，以命題言之也。八股文者，以體制言之也。或稱帖括，即唐帖經。亦名經義，即唐墨義。顧唐人帖經，猶今默寫經書，無文詞之發；非八股文比。而明之八股文，排比聲調，裁對整齊，即唐人所試之律詩、律賦，貌雖殊而其體則一也。亦稱時文，則對古文而言。其初宋仁宗篤意經學；王安石請興建學校，因言："學者專意經術，庶幾可以復古。"於是改取士之法，罷詩賦、帖經、墨義，士各占治《易》、《書》、《詩》、《周禮》、《禮記》一經，兼《論語》、《孟子》，每試四場，初大經，次兼經，大義凡十道；後改《論語》、《孟子》義各三道；命中書撰大義式頒行。王安石奮筆爲之，存文十篇；或謹嚴峭勁，附題詮釋；或震盪排奡，獨抒己見；一則時文之祖也，一則古文之遺也。眉山蘇氏父子，亦出其古文之餘，以與安石抗手；然皆獨攄偉論，不沾沾於代古人語氣。其代古人語氣者，自南宋楊萬里始。此則《四書》文所由昉也。第北宋只《論》、《孟》命題，不及《大學》、《中庸》；有之，當在南渡以後。朱子嘗爲私議，欲罷詩賦，而分諸經、子史、時務之年。諸經以子午卯酉四科試之，皆兼《大學》、《論語》、《中庸》、《孟子》義一道。元仁宗皇慶二年，中書省臣奏科舉事，專立德行明經之科，乃下詔及條目頒行，出題用《四子書》。明初即制國學，每月試經書義各一道。洪武三年八月，京師及各行省開鄉試；初場《四書》疑問，本經義，及《四書》義各一道。諸生應試之文，通稱舉業；《四書》義一道，二百字以上；經義一道，三百字以上；取書旨明晳，不尚華采；其命題專取《四子書》及《易》、《書》、《詩》、《春秋》、《禮記》五經，遂爲定制。然英宗天順以前，舉業之文亦不過敷衍傳註，或對或散，初無定式。而憲宗成化以後，始爲八股。其法：截本題爲兩截，每截作四股，每四股之中，一反一正，一虚一實，一淺一深。其兩扇立格，則每扇之中，各有四股，其次第之法亦如之，故謂之八股。而未入口氣以前，先以破題，次以承題。篇末敷衍聖人言畢，自攄所見，或數十字，或百餘字，謂之大結，可以發揮時事。以後功令益密，恐有藉以自衒者，但許言前代，不及本朝，大結無可發揮，止三四句而已。明初舉業文多散佚。開國會元，首推黄子澄。而成祖時，登第者，則于謙、薛瑄，差有傳作。謙英風飆發，瑄醇白無疵，各肖其人。英宗嗣位，商輅、陳獻章、岳正、王恕蟬聯鵲起。及邱濬教習國子，人材蔚起；乙未主試，冠會榜者王鏊，魁大廷者謝遷，則濬之有以樂育之也。其時李東陽屢掌文衡，振起之功，亦復不少。羅倫、章懋、林瀚、吴寬諸人，雲蒸霞蔚，濟濟盈門；而林瀚之文，談理真實，而行之以繁重紆曲；吴寬則春容大雅，不動聲色，尤文之以養勝者。然稱爲斯文宗主，則首推王鏊，雖謝遷之清剛古樸，不讓於鏊；究不若其神完氣足，理法純備也。至孝宗弘治庚戌，錢福會榜第一；因而王錢並稱。其後冠會榜者，惟董圯可與二家鼎足而立。大抵王翱①長於論議；錢福善於刻畫；而圯則遊行理窟，自成大家，非他人所可及，亦非識者莫能辨。故王錢文易讀，而圯文難讀；王錢體正大，圯格孤高。王錢之後，衍於唐順之，終明之世，號曰元燈。而圯之文，其傳遂絶，三百年間無問津者。今讀其文，神骨高騫，絶似古文之韓愈，知其用功者深也。唐順之傳王

① “王翱”爲“王鏊”之誤。

鏊之法，而運以唐宋古文雄肆之氣，以世宗嘉靖己丑得雋會榜，遂冠絶諸家；蓋其於經史子集，靡不貫通，而融裁之以八股文字。渾灝流轉，品獨高絶。而瞿景淳又以精確沖夷，別樹一幟，合之王、錢、唐三人，因有四家之目。薛應旂貫通六經，發而爲文，如金出冶，如玉離璞，光芒焕發；遂有退錢而進薛以合王唐瞿爲四家者。而究其以古文爲時文，使天下復見宋人經義之舊者，則惟歸有光之功獨稱茂焉。王鏊善用偶。有光善用奇。有光宗法在錢，而名理過之。觀其高古，則秦漢也；其疏暢排宕，則唐宋八家也；而其法律精嚴，於題位不溢不漏，則又爲時文之大宗；而跌宕磅礴，看似散行，細玩乃見其股法之變；實有明一代八股文大宗也。其後胡友信相繼而起，則又家數純似王鏊，而出以浩氣，不爲鏊之熟圓。或以友信與有光追配王唐，所謂王、唐、歸、胡者也。茅坤與唐順之講貫，善抉古人之奥，以太史公爲師，以韓、柳、歐、蘇爲友，而施之舉業，亦爲別調獨彈。艾南英論舉業首推歸有光，繼又以坤爲上，二説相持未定。要之有光文固涵蓋一世；而古雅温醇，坤亦何遽不相及也。乃至神宗萬曆一變而爲陵駕，再變而爲斲削。降逮熹宗天啓，文章削薄已極。一時轉移風氣，豫章四家之力爲多。陳際泰文最奇横，如蘇海韓潮。章世純幽深勁鶩，如龍蟠蛟起。羅萬藻清微澹遠，如疏雨微雲。而艾南英則所謂公輸運斤，指揮如意；師曠辨音，纖微必審者也。世人翕然歸之，稱爲章、羅、陳、艾。大抵天啓之文，深入而失於太苦。崇禎之文，暢發而又嫌太盡。獨金聲崛起爲雄，幽深矯拔，力退古初。而陳子龍清奇冷雋，取材於韓非《八姦》、《五蠹》、《説難》、《孤憤》諸篇，而運以魏晉風藻，故足別開生面者也。自科舉廢而八股成絶響，然亦文章得失之林也。明賢抉發理奥，洞明世故，往往以古人爲時文，借題發揮，三百年之人文繫焉。吾友吴瞿安先生嘗言："明代文章，止有八比之時文，與四十齣之傳奇，爲別創之格。"（語見《顧曲塵談》）吾友既備論曲學矣；獨八股文闕焉放廢。遂爲明其流變，著其名家，以俟成學治國聞者有考焉。

第二節　黄子澄　姚廣孝附于謙

分宜黄子澄名湜，以字行，洪武十八年會試第一。首題爲《論語》"天下有道，則禮樂征伐自天子出"，其文章莊重典雅，自來著録八股文者，以此爲臺閣文字，開國之冠。其辭曰：

> 治道隆於一世，政柄統於一人。夫政之所在，治之所在也。禮樂征伐，皆統於天子，非天下有道之世而何哉！昔聖人通論天下之勢，首舉其盛爲言，若曰：天下大政，固非一端；天子至尊，實無二上。是故民安物阜，羣黎樂四海之無虞；天開日明，萬國仰一人之有慶。主聖而明，臣賢而良，朝廷有穆皇之美也；治隆於上，俗美於下，海宇皆熙皞之休也。非天下有道之時乎！當斯時也，語離明，則一人所獨居也；語乾綱，則一人所獨斷也。若禮若樂，國之大事，則以天子制之，而掌於宗伯；若征若伐，國之大柄，則以天子操之，而掌於司馬。一制度，一聲容，議之者天子，不聞以諸侯而變之也；一生殺，一予奪，制之者天子，不聞以大夫而擅之也。皇靈丕振，而堯封之内，咸懍聖主之威嚴；王綱獨握，而禹甸之中，皆仰一王之制度。信乎非天下有道之盛世，孰能若此哉！

時未立試牘科條，雍容揄揚，頗涉頌體。而收縱之機，浩蕩之氣，呵成一片，元氣渾圇。亟應首録以存舉業之河源。其直射本題下文“諸侯”“大夫”字樣而不爲侵下，亦可知當日格式尚寬也。

長洲姚廣孝，爲僧，名道衍。洪武中，詔通儒書僧試禮部，不受官。以僧服與謀人家國，佐成祖起兵。而爲《大學》“所謂誠其意者，毋自欺也，與惡惡臭，與好好色，此之謂自慊，故君子必慎其獨也。小人閒居爲不善，無所不至，見君子而後厭然，揜其不善而著其善；人之視己，如見其肺肝然，則何益矣。此謂誠於中，形於外，故君子必慎其獨也”題文。至云：“雖以聖人帝王，而不能無雜霸之心，即不能無盜蹠之心”；語奇闢未經人道，亦可見心術形於文章，有不自掩者。其辭曰：

> 誠意之功在獨，非慎不可也。夫不慎獨，則意得欺之，此君子而小人也。蓋聞明德以天下爲體，然每爲天下之念所昏。聖經以致知言誠意而求端於格物，此有深意焉。夫所格者何物也？若曰：一人明德耳，何爲天下國家之皆貫其間，則必有爲人一念欺吾初心，是與小人之不格物者一也；如何修身然後齊治平皆在其間，又有求人一念並欺我知，是與小人之不能致知者一也。凡好惡發於赤子之真，皆可通之天下，此聖賢之意，亦帝王之意自慊也；凡好惡爲天

下而飾，即非赤子之真，此雜霸之意，即盜蹠之意自欺也。雖以聖人帝王，而不能無雜霸之心，即不能無盜蹠之心，故君子必慎其獨也。慎之何如？時時格物，則時時知致矣。小人惟致知格物之間，略有不慎，而求之天下。聖人王者方持大鑑以照心中之盜蹠，而天下之盜蹠，皆入其鑑，此小人之所以不免也。嗟乎！小人亦誤求之天下之間，而失之於先後焉者也。其害如此，可不慎哉！惟慎，故格物致知；格物致知，正慎也，此明明德也；誠意者可不知哉！

雋桀廉悍，其氣卓犖，自與黃子澄之雍容揄揚不同。然一渾雅，一奇警，雖規模粗具，而氣象岸異，大樸不琱，可以概見。世論多以八股文代古人語氣，未易見抱負，然非所論於豪傑。而明賢借題發揮，往往獨抒偉抱，無依阿澳涊之態；如姚廣孝之放言不顧，其一例也。又如錢唐于謙字廷益，遭逢國變，主虜寇深；而扶危定傾，措置若定，然亦蘊之有素。觀其爲孟子“不待三。然則子之失伍也亦多矣”題八股文，起講云：“且國家之倚重者有二：遇戰鬬，則用介冑之士。遇綏靖，則用旬宣之臣。故兵法嚴，則士奮勇。吏治肅，則官効職。人君以馭兵之法馭臣，則吏治精矣。人臣以死綏之義死職，則官職當矣。”而後幅則曰：“一失伍，則執而論之有司，何至於再。再失伍，則縛而僇之於社，何至於三。蓋有死無犯，軍之善政也。信賞必罰，國之大經也。此大夫之所素明也。今子涖官以來，所謂奉職循理者安在？其於怠事，不啻再矣；豈士以賤刑，官以貴貸耶？由子曠官以來，所謂省愆訟過者安在？擬之以失伍，亦已多矣；豈士不致於再，官不憚其多耶？”辣手鑄文章，天下逃將曠官，一齊膽破。心存開濟，吐言天拔，其素所蓄積也。亦何嫌於舉業之消磨志氣哉？無亦志氣之自不振耳。

第三節　唐順之附王鏊　歸有光附胡友信

吴縣王鏊，字濟之；少善八股文，及貴顯，數典鄉試，程文魁一代。八股文之有鏊，如詩之有杜甫，古文之有韓愈。前此風會未開，鏊無所不有；後此時流屢變，鏊無所不包。前人語句，多對而不對，參差灑落，雖頗近古，終不如鏊裁對整齊，機調熟圓，爲舉業正法眼藏。若乃手眼别出，我行我法，而以古文爲時文，於熟圓出蒼堅者，則自唐順之倡之也。如《孟子》“子莫執中，執中爲近之。執中無權，猶執一也”題文曰：

> 時人欲矯異端之偏，而不知其自陷於偏也。蓋不偏之謂中，而用中者權也。子莫欲矯楊墨之偏而不知權焉，則亦一偏而已；此孟子斥其弊以立吾道之準也。且夫吾道理一而分殊，而爲我之與兼愛，固皆去道甚遠者也。吾道以一而貫萬，而執其爲我與執其兼愛者，固皆執一而不通者也。於是有子莫者，知夫楊墨之弊，而參之於楊墨之間，以求執乎其中焉。蓋曰：其孑孑然以絶物如楊子者，吾不忍爲也，但不至於兼愛而已矣；其煦煦然以徇物如墨子者，吾不暇爲也，但不至於爲我而已矣。自其不爲爲我也，疑於逃楊而歸仁；自其不爲兼愛也，疑於逃墨而歸義。子莫之於道，似爲近也；然不知隨時從道之謂權，以權應物之謂中；而楊墨之間，非所以求中也。徒知夫絶物之不可，而不知稱物以平施，則爲我固不爲也，而吾道之獨善其身者，彼亦以爲近於爲我而莫之敢爲矣。徒知夫徇物之不可，而不能因物以付物，則兼愛固不爲也，而吾道之兼善天下者，彼亦以爲近於兼愛而莫之肯爲矣。雖曰將以逃楊也，然楊子有見於我，無見於人，而子莫有見於固，無見於通，要之均爲一曲之學而已，知周萬變者果如是乎？雖曰將以逃墨也，然墨子有見於人，無見於我，而子莫有見於迹，無見於化，要之均爲一隅之蔽而已，泛應不窮者果如是乎？夫爲我，一也；兼愛，一也；故楊墨之爲執一易知也。中，非一也；中而無權，則中亦一也；故子莫之爲執一難知也。非孟子辭而闢之，則人鮮不以子莫爲能通乎道者矣。

其文内堅凝而外渾厚，如一筆書成，而曲折相生，反正相顧，平舒疊幻，如山川之出雲；而其實熟極生巧，故能神明於王鏊之矩矱以自出變化。大抵舉業之文，體氣至王鏊而正；規模至順之乃大。順之有自爲詩云：“文人妙來無過熟，書從疑處更須參”；此順之自道其所得也。其舉業文，縱放出東坡，拗峭斅荆公，放而能收，散而能斂，一開一合，規矩出神明；凡八股文兩扇中作一紐遥對，始自順之。

歸有光亦以古文爲時文，古文出歐陽修，而舉業則取逕於蘇氏父子，肆之爲恢閎，澤之以經史，融裁古人語，渾如己出；實大聲閎，駕順之而出其上。如《孟子》：“天子一位，公一位，侯一位，伯一位，子男同一位，凡五等也。君一位，卿一位，大夫一位，上士一位，中士一位，下士一位，凡六等”題文曰：

> 大賢詳周室班爵之制，内外各有其等也。夫爵者，先王所以列貴賤也；内外異等，而天下之勢成矣。且夫有天下者不以自私，而選賢與能以與天下共焉，玆明王所以奉若天道者也，而制盡於成周矣。自其通於天下者言之：蓋無所不統謂之天子，天子無爵也，而爵之所尊也；六合之内，無以加矣。於是乎天子端冕於内，六服承辟於外，錫之命而重藩翰之寄，胙之土而同帶礪之盟。公也，侯也，伯也，各一位也，名異而等不同也；子也，男也，同一位也，名異而等不異也；合之凡五等矣。要之先王非私天下而相與爲賜也；顧寰宇之廣，億兆之衆，苟非聞見之所及，則智慮有所不周，而天下之情，必有壅而不通者矣。故爲之衆建諸侯，而使之錯壤以居，以大弼成之義；而内外相統，遠近相維，則運臂使指之勢以成；而五服之長，外薄四海矣。然則有天子必有諸侯，有諸侯必有公侯伯子男者，勢也，此先生所以聯屬天下而盡其大者也。自其施於國中者言之：蓋自天子至於子男，皆謂之君；君詔爵者也，而爵之所先也；域中之大，無以加矣。於是乎各君其國，則各統其臣，論官材而俾之咸熙庶績，亮天工而俾之弼予一人。卿也，大夫也，各一位也，官異而秩亦異也；上士也，中士也，下士也，各一位也，士同而品不同也；合之凡六等矣。要之先王非侈名號而相與爲榮也；顧委寄之重，幾務之叢，苟非耳目之所寄，則聰明有所不及，而天下之事，必有偏而不舉者矣。故爲之廣置官屬，而使之分職以治，以盡協恭之義；而上下相承，體統相係，則絲聯繩牽之勢以成；而九牧之長，阜成兆民矣。然則有君必有臣；有臣必有卿大夫士者，亦勢也，此先王所以經理一國而盡其細者也。是知合六等以治五等之國，合五等以一天下之勢，周室班爵之制，有如此者。

其爲文高視闊步，置身題外以寫題中，絶去時文束縛之苦；凡直起直落，承題不複破題，起講不複承題，是古文佳境，惟有光能之。後德清胡友信與齊名，世並稱歸胡，友信亦博通經史，沛然出之，無事長篇大論，局斂而氣自開拓。

第四節　陳際泰　艾南英附章世純、羅萬藻、邱義等

嘉靖以前，如王、唐、歸、胡，文以實勝。而隆慶、萬曆以後，文以虛勝。嘉靖文轉處皆折，隆、萬始圓；圓機，鄧以讚開之也。嘉靖文妙處皆生，隆、萬始熟；熟調，許獬開之也。圓之極而趨於薄，熟之極而入於腐，艾南英深嫉之，起於江西，與同郡章世純、羅萬藻、陳際泰以興起斯文爲己任，乃刻四人所作行之世，以開天、崇兩朝清剛警卓之風，而結有明三百年八股之局，世翕然稱豫章四家。而臨川陳際泰，字大士，積健爲雄，返虛入渾，萬流景仰，尤爲絶出。際泰産於貧家，常借鄰人書讀之，不受師傳，卒成大家。其學無所承藉，一覽數行，手口耳目並用，質甚奇；日搆數十藝，作文盈萬，才甚捷；變通先輩，自爲面目，法甚高。爲諸生時，所作文徧天下，士大夫皆願與交。有以《四書》疑義質者，輒口占以示，即未成章，或二股，或四股，出没縱横，每多精義，後遂集爲《四書讀》。其稿中一題數義者甚多；如《孟子》"充類至義之盡也"題文凡五篇，一氣銜接，意境如轆轤之相引；舉業家以此爲直接賈誼《過秦》三論、柳宗元《西山八記》，分之則一篇自爲首尾，合之則數篇自爲首尾。時文之快且多，無有如陳際泰者。録《大學》"欲齊其家者先修其身"題文曰：

家取則於身，故君子謀所以齊之者焉。夫以不德之身，强行於物，即家且先格矣，豈能齊乎？且夫家之難齊，甚於國之難治也。所謂甚於國者有二：國者，威權之所可馭也，用恩之地，而威權之分失矣；國者，耳目之所不接也，匿就之人，而耳目之際真矣。威權不得而施，則反其道乃可以相易；耳目不得而匿，則益其事乃足以相當。其必先修身乎！一家之中，其爲賢不肖者，不一而足，齊之者將使人人有士君子之行，夫狄邪淫比，禁之而不止者，無術以主之也；吾修吾身，言必稱先王，動必稽古昔，則作事可法，而無自恣其偷越之思，故其子弟之教，不肅而成。一家之中，其愛惡相攻者，亦不一而足，齊之者將使人人有秉禮度義之意，夫詬誶囂陵，調之而愈棼者，無道以御之也；吾修吾身，情欲之感無介乎儀容，晏安之私不形於動静；則用情正大，而無自開其偏溺之端，故其起

伏之情，不劑而平。夫治家以和者，固不以乖戾致恩義之暌，而其弊或致於無節；治家以嚴者，固不以褻狎致婦子之嬉；而其弊或致於不樂。故齊家莫修身若也。身修，固去其和與嚴之名，而兼乎和與嚴之利者乎？蓋《關雎》、《麟趾》之休，本於文德；而風火利貞之義，究歸言行。然則欲齊其家者，其所先蓋可知矣！

際泰文於四家中最奇横，如風發泉湧，兔起鶻落；而此獨體質純茂，又變其平日縱横跌宕，而一歸於經術。理題文，前此多直用朱熹《集注》以詁之。至際泰出，乃挹取羣言，自出精義，與相發明；胡能高步一時，終莫之踰也。自言："余文數變；然其意皆以一己之精神，透聖賢之義旨爲旨；而所獨得者乃在分股。前人定爲八股者，言之不已，而再言之，明爲必如是而後盡也。若每股合掌，則四股可矣，何必八股哉？而吾則對股與出股一字不同，對股既嚴而後出股不苟；然不合掌，又非於題外求不合掌也。文未至於一字不移，是八寸三分頭巾，隨人可戴也；病又不在世俗合掌下。必明於此，而後文始刻，始高，行文之手始快。至於微遠以取致，博奥以取理，所謂加務善之，而所要不存焉。"

艾南英少負異才，倡其同志爲《四大家稿》，名動海内。而泛舟吴越間，以文贄者如雲，總束而庋於几。每當風日清美，縱棹明湖，酒酣興至，開評圈乙，出其甲者特置之艇尾。偵者得，走報各家曰："某某文中選矣。"趨賀者傾閭，筵晏累日；於時與選者，幾如登第之榮。而南英一老諸生，力肩斯文，裁成振作，一時風氣，遂爲所移。顧持論刻覈，亦以樹敵。復社爲太倉張溥、楊樞等所結，而宜興周鍾爲之長，嘗自鐫《經翼》諸選，比之咸陽國門之書。南英力譏貶之，語見所選《明文定》中。然以文論，南英文無一語不原本經傳，卻不用一經傳語，補題之妙，皆王鏊、錢福舊法，而出以樸質堅辣，非王錢所及；鍾則氣體闊大，骨力平庸，誠不足以當南英之一吷。幾社則創自陳子龍，附者尤衆。其學好讀《文選》，務怪奇，務藻思。獨包爾庚有峭拔之筆，文情摇曳，則爲子龍所不喜，而同社不貴也。南英尤斥子龍，與際泰及章世純、羅萬藻相砥礪。幾社中人忌之，爲駁四家文以解，故爲抑揚；際泰、世純不悦，故四家之交合而不終；而世純亦折而入幾社。南英勢孤，意有鬱結不得攄，乃發憤拈《孟子》曰"無傷也"題爲文以見意曰：

知人言之不足恤，而人當自信矣！夫禮義之或愆，則所患也；彼不理於口，是何傷哉！聞之曰：傷人以言，甚於戈矛；此特世俗之常情，而非所論於君子也。子告我曰：大不理於口，憂讒畏譏之心，何皇皇耶？夫君子褆躬，何至以心爲垢府，然有人於此，終其身無詿誤可摘者，其中亦可疑也；君子涉世，何至以身爲詬端，然有人乎此，終其身無毁言能加者，其品亦可知也。子之不理於口，吾直以爲無傷耳。聞世俗之繁言，而爽爽然驚，規規然自失；此怯膽也；夫丈夫固當有相曠之懷，寧使有瑜有瑕，不甘無舉無刺；謡諑之口何足介其念也！患物議之相侵，而平情以合污，輟行以弭怨，此俗腸也。夫丈夫固當有超勝之韻，尊之聖賢不喜，呼之牛馬不怒，譸張之舌何足動其衷也！嗟乎！何物庸衆，而能譽豪傑也？謗固其所耳。一忌而欲殺，一惡而欲死，吾以閒心觀焉，天下有可解頤如此者哉！嗟乎！何物庸衆，而敢譽豪傑也？毁固其分耳。造讒者手足俱亂，吠聲者耳目若狂，吾以冷眼視焉，天下有可鼓掌如此者哉！故褊衷者聞謗若刺於肌膚，而冥之以至理，則羣聲洶洶猶嬰兒之啼呼也，何相忤也；盛氣者聞毁不安於夢寐，而對之以達觀，則羣口嗷嗷猶鳥獸之鳴號也，何相怒也。夫爲士者，識欲其超，骨欲其勁。以天下譽之，夷然不屑；以天下非之，倘然不顧。若夫憂讒畏譏，則妾婦之事也。

有笑有駡，亦憤極而爲曠達之言。世論以八股代言，此之優孟衣冠，啼笑皆非其真；如此之感慨激發，亦何嘗不出於性情之真也。性不俛仰隨俗，而清剛之氣，貫注行墨。遭時喪亂、跋履間關，同時名士，狼藉載路，而南英獨視死如歸，游説萬端，終莫之屈，不媿爲篤信好學，守死善道者矣。又明之亡也，滿洲入關以主諸夏。而寧化邱義字明大者，崇禎末，補諸生；易代後，義不就試。其父詰之。對曰："世代既變，人心亦變，即文字亦變。以前文應今試，徒取黜辱，無益。"父曰："不必言遇合，但功令不許不應試耳。"義乃就試，題爲《大學》"之其所哀矜而辟焉"。義乃振筆直書以抒《黍離》之悯曰：

（破題承題佚）當可哀可矜之世，必無不哀不矜之人。世有辟於哀矜之人，必世有不勝哀矜之事也。今夫無怙無恃，哀之至也；

> 乃至宗廟邱墟，鼎社遷改，哀又過之；《詩》所謂“哀恫中國，具贅卒荒”是也。更取父母之遺體而毀傷之，取聖王之冠裳而滅裂之，哀哉，維今之人，不尚有舊哉！鰥寡孤獨，矜之至也；乃至天潢溝壑，宮闈泥塗，矜百倍之；《詩》所謂“爰及矜人，哀此鰥寡”，抑末矣。更取匹耦而穢亂之，夫鰥而妻不寡；取耄倪而僕隸之，父獨而子不孤，哀哉，倬彼昊天，寧不我矜哉！乃哀未畢也而和悦繼之，髡鉗之不爲辱，呼鏖之不爲憤，即屠門覆祀，不敢仇也。矜未畢也而安樂繼之，謂他人父而忘其孤，謂他人夫而忘其寡；他人不子不妻而奴婢之，不悔其賤也！此之謂失其本心！故曰：“哀莫大於心死，而形死次之。”吾哀夫當哀而不知哀者，又哀夫己不能自哀而反哀他人之哀者，又哀夫己不哀而反禁人之哀者；又哀夫恣胸行臆，擠人於可哀可矜，而自爲愉快者；又哀夫助虐相淫，陷萬家於可哀可矜，而僅奉一人懽笑者。蓋至此而荼毒攢心，無可告訴，徒飲痛銜恤而已。豈非之其所哀矜而辟乎！

怨恫憤盈，溢於紙墨。提學道閲度閲而判曰：“文心如此，何必應試！”除名免責。榜揭而諸生譁然，取原卷争相傳寫，一時紙貴；亦可見人心不死，情到真處，無不感孚也。雖然，哀莫大於心死，當哀而不知哀尤豈獨明清易代之際也哉？

明代八股文選本，如蘇苞九《甲癸集》，攟摭之多，至一百二十四種。黎淳《國朝試録》六百四十卷，輯成化以前之文，邱濬爲序。而《四書程文》二十九卷，亦明初舉業程式，見《明史·藝文志》，不載選者姓氏。然而恢閎其義，足爲準繩者，要不得不推艾南英爲宗匠；其所選《明文定》、《明文待》諸書，大綱既舉，衆目具張，黜富强而歸於王，辨禪墨而宗於儒，究周秦議論之失，斥漢唐訓詁之浮，一代風氣，皆其論定。然猶不如後來俞長城所選《百二十名家稿》之備。自宋王安石、蘇轍以迄清初諸家，其所持擇，不名一格，每人各序出處於簡端，皆忠義文章之士，其人品僉壬者不與焉。用功甚鉅，用心甚深，見者謂其以史法論文，五百年之文即可以當五百年之史，亦洋洋乎大觀也哉！

附　録

清代文學綱要

讀清人集别録

清代文學綱要

自明之季，學者知由韓、柳、歐、蘇沿洄以溯秦、漢者，歸有光之力也。雖然，有光之文，亦自有其別成一家而不與前人同者。蓋有光以前，上而名公巨卿，下而美人名士之奇聞雋語，劌心怵目，斯以廁文人學士之筆。至有光出而專致力於家常瑣屑之描寫。桐城方苞，謂“震川之文，發於親舊及人微而語無忌者，蓋多近古之文。至事關天屬，其尤善者，不事修飾，而情辭並得，使覽者惻然有隱；其氣韻蓋得之子長!”而姚鼐亦以爲“歸震川之文，於不要緊之題，説不要緊之語，卻自風神疏淡，是於太史公深有會處”。其尤惻惻動人者，如《先妣事略》、《歸府君墓誌銘》、《寒花葬志》、《項脊軒記》諸文，悼亡念存，極摯之情而寫以極淡之筆，覩物懷人，户庭細碎，此意境人人所有，此筆妙人人所無！而所以成其爲震川之文，開韓、柳、歐、蘇未闢之境者也！

清代中葉，桐城姚鼐稱私淑於其鄉先輩方苞之門人劉大櫆，又以方氏續明之歸氏而爲《古文辭類纂》一書，直以歸、方續唐宋八家，劉氏嗣之；推究閫奥，開設户牖，天下翕然號爲正宗。此所謂桐城派者也。方是之時，吾家魯思先生實親受業於桐城劉氏之門，時時誦師説於陽湖惲敬、武進張惠言。二人者，遂盡棄其考據駢儷之學而學焉。於是陽湖古文之學特盛，謂之陽湖派。而陽湖之所以不同於桐城者，蓋桐城之文，從唐宋八大家入；陽湖之文，從漢魏六朝入。迨李兆洛起，放言高論，盛倡秦漢之偶儷，實唐宋散行之祖；乃輯《駢體文鈔》以當桐城姚氏之《古文辭類纂》；而陽湖之文，乃别出於桐城以自張一軍。顧其流所衍，比之桐城爲狹。然桐城之説既盛，而學者漸流爲庸膚，但習爲控抑縱送之貌而亡其實，又或弱而不能振。於是儀徵阮元倡爲文言説，欲以儷體嬗斯文之統。江都汪中質有其文，鎔裁六朝，導源班、蔡，祛其縟藻，出以安雅；而儀徵一派，又復異軍突起以樹一幟。道窮斯變，物極則反，理固然也。厥後湘鄉曾國藩以雄直之氣，宏通之識，發爲文章，而又據高位，自稱私淑於桐城，而欲少矯其懦緩之失；故其持論以光氣爲主，以音響爲輔，探源揚、馬，專宗退之，奇偶錯綜，而偶多於奇，複字單詞，雜廁相間，厚集其氣，使聲彩炳焕而戛焉有聲。此又異軍突起而自爲一派，可名爲湘鄉派。一時流風所被，桐城而後，罕有抗顔行者。門弟子著籍甚衆，獨武昌張裕釗、桐城吴汝綸號稱能傳其學。吴之才雄，而張則以意度勝；故所爲文章，宏中肆外，無有桐城家言寒澀、枯窘之病。夫桐城諸老，氣清體潔，海内所宗。徒以一宗歐、歸，而雄奇瑰瑋之境尚少；蓋韓愈得揚、馬之長，字字造出奇崛。至歐陽修變爲平易，而奇崛乃在平易之中。桐城諸老汲其流，乃能平易而不能奇崛；則才氣薄弱，勢不能復自振起，此其失也。曾國藩出而矯之，以漢賦之氣運之，故能卓然爲一大家，由桐城而恢廣之，以自爲開宗之一祖。殆桐城劉氏所謂“有所變而後大”者耶？

自明以來，言文學者，漢、魏、唐、宋，門户各張，一闔一闢，極縱横軼宕之觀；而要其歸，未能别出於漢、魏、唐、宋而成明之文學、清之文學也，徒爲沿襲而已。清初詩家有聲者，如錢謙益、吴偉業、龔鼎孳爲江左三大家，皆承明季之舊，而曹溶詩名，亦與鼎孳相驂靳。大抵皆步武王、李也。明末公安袁宏道矯王、李之弊，倡以清真。竟陵鍾惺復矯其弊，變爲幽深孤峭，與譚元春評選唐人詩爲《唐詩歸》，又評隋以前爲《古詩歸》。鍾、譚之名滿天下，謂之竟陵體；亦一時之盛也。新城王士禎肇開有清一代之詩學，枕葄唐音，獨嗜神韻，含蓄不盡，意有餘於詩，海内推爲正宗。與秀水朱彝尊、宣城施閏章、海寧查慎行、萊陽宋琬所彙刻者，曰《六家詩》。彝尊學富才高，始則描摩初唐，繼則濫泛北宋，與士禎齊名，時人稱爲“朱貪多，王愛好”。又有南施北宋之目；蓋閏章以温柔敦厚勝；琬以雄健磊落勝也。當是時，商丘宋犖亦稱詩宗，與士禎頡頏，而詩主條暢，又刻意生新，其源出於蘇軾；遊其門者，如邵山人長蘅等靡然從風，亦於士禎之外自樹一宗。獨王士禎名最高，然清詩之有王士禎，如文之有方苞也。清初詩人皆厭王、李之膚廓，鍾、譚之纖仄，談詩者頗尚宋、元，而宋詩之質直，流而爲有韻之語録；元詩之縟豔，化而爲對句之小詞。王士禎崛起其間，獨標神韻；所選古詩及《唐賢三昧集》，具見其詩眼所在；如《三昧集》不取李、杜一首，而録王維獨多，可以知其微旨，蔚然爲一代風氣所歸。但士禎之詩，富神韻而餒氣勢，好修飾而略性情。汪琬戒人勿效其喜用僻事新字，而益都趙執信本娶士禎女甥，習聞士禎論詩，謂“當如雲中之龍，時露一鱗一爪”，而執信作《談龍録》糾之，謂“詩當指事切情，不宜作虚無縹渺語，使處處可移，人人可用”。論者以爲足救新城末派之弊。大抵士禎以神韻縹渺爲宗，而風華富有。執信以思路巉深爲主，而刻畫入微。王之規模闊於趙，而流弊仍傷膚廓；趙之才力鋭於王，而末派再病纖仄。兩家並存，其得失適足相救也。執信既著《談龍録》，發難士禎，而山左之詩一變。錢唐厲鶚《樊榭山房詩集》，精深峭潔，參會唐宋，於王士禎、朱彝尊外，又别樹一幟，而兩浙之詩一變。錢唐袁枚、鉛山蔣士銓、阳湖趙翼並起，號江左三大家；而大江南北之詩無不一變矣。然乾、嘉之際，海内詩人相望，其標宗旨，樹壇坫，争雄於一時者，要推沈德潛、袁枚、翁方綱。王士禎之詩，既爲人所不饜，於是袁枚倡性情以矯士禎之好修飾而涉於泛。翁方綱拈肌理以救士禎之言神韻而落於空。沈德潛論格調以藥士禎之工詠歎而枵於響。袁枚論詩，以爲“詩者，人之性情也。性情之外無詩。王士禎主修飾而略性情，觀其到一處必有詩，詩中必用典，此可想見其喜怒哀樂之不真!”此袁枚論詩之旨也。翁方綱以學爲詩者也。其論詩，謂：“士禎拈神韻二字，固爲超妙！但其弊恐流爲空調。”故特拈肌理二字，蓋欲以實救虚也。所爲詩，自諸經注疏以及史傳之考證，金石文字之爬梳，皆貫澈洋溢於其中。王士禎之後，詩有翁方綱；猶桐城之後，文有曾湘鄉乎？然言言徵實，亦非詩家正軌。故其時大宗，不得不推沈德潛。德潛少從吴縣葉燮受詩法，其論詩最崇格律。嘗曰：“詩以聲爲用者，其微在抑揚抗墜之間。”此説本發之趙執信，謂“漢魏六朝至唐初諸大家，各成韻調；談藝者多忽不講，與古法戾”。乃爲《聲韻譜》以發其祕；亦猶曾湘鄉論文從聲音證入，以救桐城懦緩之失也。德潛又曰：“詩貴性情，亦須論法。所謂法者，行所不得不行，止所不得不止；而起伏照應，承接轉換，自神明變化；貴能以意運法，而不能以意從法。”及自爲詩，古體宗漢、魏，近體宗盛唐，尤所服膺者爲杜，選《古詩源》及《三朝詩別裁》以標示宗旨。天下之譚詩者宗焉。踵其後而以詩名者：大興有舒位，秀水有王曇，昭文有孫原湘，世稱三君。四川有張問陶，常州有黃景仁、洪亮吉，江西有曾有燠、樂鈞，浙中有王又曾、吳錫祺、許宗彥、郭麐，嶺南則有馮敏昌、胡亦常、張錦芳三子，而錦芳又與黃丹書、黎簡、吕堅爲嶺南四家。大率皆唐人之是學，未嘗及德潛門，而實受其影響者。其中以舒位、孫原湘、黎簡三家，尤爲特出。位與原湘皆自昌黎、山谷入杜；而簡則學杜而得其神髓者也。於是宋詩之徑塗漸闢。道光而後，何紹基、祁寯藻、魏源、曾國藩之徒出，益盛倡宋詩；而國藩地望最顯，其詩自昌黎、山谷入杜，實衍桐城姚鼐一脈。鼐每詔人，謂“學詩，須先讀昌黎，然後上泝杜公，下采東坡，於此三家，得門徑尋入，於中貫通變化，又係各人天分”。及其自爲詩，則以清剛出古澹，以遒宕爲雄，由韓學杜，已開軌清同光體之先河，與文之蕭然高寄者異趣；而特爲文所掩抑不甚著。至國藩乃昌言“姚氏詩勁氣盤折，能以古文家之義法通之於詩”；而用其法，旁參山谷，益恣爲生嶄奧衍。洞庭以南，言聲韻之學者，稍改故步，而湘潭王闓運則爲騷選盛唐如故，比之古調獨彈矣。王闓運始與武岡鄧輔綸、鄧繹，長沙李壽蓉，攸縣龍汝霖四人者相善也，喜吟詠，日夕賡和；而輔綸尤工五言，每有作，皆五言，不取宋唐歌行近體，故號爲學古，標曰湘中五子。而五子之中，闓運獨推服鄧輔綸云。

清詩有唐宋之殊；而詞則宗宋。詞學至南宋之季，幾成絶響；知比興者，金之白樸、元之張翥而已。樸詞曰《天籟集》，清雋婉逸，意愜韻諧，可與張炎《玉田詞》相匹，而翥《蜕巖詞》，婉麗風流，亦有南宋舊格。惟璞①所宗者，多東坡、稼軒之變調；而翥所宗者，猶白石、夢窗之餘音；門逕微有不同。明初作者，猶沾溉張翥之舊，不乖於風雅。永樂以後，南宋諸

① “璞”爲“樸”之誤字。

名家詞，皆不顯於世；盛行者，爲《花間集》、《草堂詩餘》二選。楊慎、王世貞輩之小令中調猶有可取，長調皆失之俚。惟陳子龍之《湘真閣》《江籬檻詞》，直接唐人，可謂特出。明社既屋，京兆士大夫，雖依新朝，猶慨滄桑，特假長短之句，藉抒抑鬱之氣，始而微有寄託，久則務爲諧暢；而吴越操觚家聞風興起，作者選者，妍媸雜陳，遂不免有怪詞鄙詞遊詞之三大蔽。王士禎之數載廣陵，實爲斯道總持。蓋皆祖述南宋，唯《草堂詩餘》是規，罕及北宋以上。殆若文之禰唐宋八家而祧東西京；詩之學蘇、黄而不知有蘇、李十九首；未可謂善學也。洎士禎在朝，位高望重，絶口不談倚聲。獨朱彝尊、陳維崧兩人並世齊名，妙擅倚聲，合刻《朱陳村詞》，而清朝詞派始成。惟朱才多，不免於碎。陳氣盛，不免於率。朱之情深，所作詞高秀超詣，綿密精美，其蔽爲餖飣。陳之筆重，所作詞天才豔發，辭鋒横溢，其蔽爲粗率。繼之而起，名重一時者，實惟納蘭成德，門地才華，直越北宋之晏小山而上之。其詞纏綿婉約，能極其致，南唐墜緒，絶而復續。故論清初詞家，當推成德爲一把手，朱、陳猶不得爲上。所惜享年不永，門户未張耳。然乾隆以前，言詞者莫不以朱、陳爲範圍。錢塘厲鶚，吴縣過春山，近朱者也。興化鄭燮，鉛山蔣士銓，近陳者也。其後作詞者遂分浙西、常州兩派。浙西派始於厲鶚，鶚詞宗彝尊，而數用新事，世多未見，故重其富；後生效之，每以捃摭爲工，後遂浸淫而及於大江南北。然抄撮堆砌，音節頓挫之妙，未免蕩然。特是綺藻韻致，詞家之有厲鶚，如詩之有王士禎。有《樊榭山房詞》一卷，續集一卷，生香異色，超然神解，如入空山，如聞流泉，節奏精微，輒多弦外之音。然標格僅在南宋，以姜夔、張炎爲登峯造極之境。流極所至，爲餖飣，爲寒乞。亦與詩之漁洋末派同。武進張惠言乃起而振之，與其弟琦選唐宋詞四十四家百六十首，爲《詞選》一書，闡意内言外之旨，推文微事著之原，比傅景物，張皇幽渺，雖町畦未闢，而奥窔已開；蓋以深美閎約爲主，其意在尊清真而薄姜、張，視蘇、辛尤爲小家，貴能以氣承接，通首如歌行然，又須有轉無竭。嘉慶以來名家，大抵自張惠言而出。其學於惠言而有得者，歙縣金應城金式玉也。其以惠言之甥，而傳其學者，則武進之董士錫也。此常州派之所由起也。荆溪周濟稍後出，嘗謂："詞非寄託不入，專寄託不出。"其所立論，實足推明惠言之説而廣大之，蓋自濟而後，常州派之壁壘益固矣。詞之有常州，以救浙派俳巧之弊；猶之文之有湘鄉，以矯桐城懦緩之失也。桐城之文，富神韻而餒氣勢，略如詩之有漁洋，詞之有浙派；然而有不同者，蓋崇雅澹而排塗飾，不如漁洋詩、浙派詞之好修飾而略性情。此以流派論。若就詞論詞，南宋而還，極盛於清；然惟納蘭成德、項鴻祚、蔣春霖三人爲當家耳。成德《飲水詞》，哀感頑豔，得南唐後主之遺；雖長調多不協律，而小令則格高韻遠，極纏綿婉約之致。鴻祚《憶雲詞》、《甲乙丙丁稿》，古豔哀怨，如不勝情；盪氣回腸，一波三折，有白石之幽澀而去其俗，有玉田之秀折而無其率，有夢窗之深細而化其滯，殆欲前無古人。其《乙稿自序》云："近日江南諸子競尚填詞，辨韻辨律，翕然同聲，幾使姜、張頫首；及觀其著述，往往不逮所言。"云云，婉而可思。又《丁稿自序》云："不爲無益之事，何以遣有涯之生!"亦可以哀其志矣。以成德之貴，項氏之富，而填詞皆幽豔哀斷，異曲同工，所謂别有懷抱者也。浙中填詞爲姜、張所縛；百年來屈指惟項鴻祚有真氣耳。蔣春霖爲詩，恢雄骯髒，若《東淘雜詩》二十首，不減少陵《秦州》之作；乃易其工力爲長短句，鏤情劖恨，轉毫於銖黍之間，直而緻，沈而姚，曼而不靡。文字無大小，必有正變，有家數。春霖《水雲詞》，固清商變徵之聲，而流別甚正，家數甚大；與納蘭成德、項鴻祚二百年中，分鼎三足。咸豐兵事，天挺此才，爲倚聲家杜老；而晚唐、兩宋一唱三歎之意則已微矣。或曰："何以與成、項並論?"應之曰："清初王士禛、錢芳標錢芳標字葆馚，華亭人，所著《湘瑟詞》有驚才絶豔之譽。一流，爲才人之詞；張惠言、張琦、周濟一派，爲學人之詞。惟三家是詞人之詞；固不以流派限矣!"

讀清人集別録

近人侈言文學史，而於名家集，作深刻之探討者卒鮮！余讀古今人詩文集最夥，何啻數千家；而寫有提要者，且不下五百家。唐以前略盡。嚴可均《全上古三代秦漢三國六朝文》、邑人丁福保《全漢三國晉南北朝詩》及清修《全唐詩》、《全唐文》，通讀一過，人有論評；而於其人之刻有專集者，必取以校勘篇章，著録異同。兒子鍾書能承余學，尤喜蒐羅明清兩朝人集。以章氏文史之義，抉前賢著述之隱。發凡起例，得未曾有。每歎世有知言，異日得余父子日記，取其中之有繫集部者，董理爲篇。乃知余父子集部之學，當繼嘉定錢氏之史學以後先照映；非夸語也！近代姚鼐曾藩國①張裕釗吴汝綸咸能文章，而罕知流別；又乏深沉之思；即如桐城爲一代文宗；而桐城三家於古人文得失離合之故，及三家之何以自爲不同；即四人集中，亦未能辨白言之。又如吾常州人好張陽湖；而陽湖惲②張之何以不同於桐城三家，究亦莫明所以也！同學有以爲問，遂剌取所記，寫付校刊，以昭流別而備攷論云。中華民國二十四年二月二十一日，錢基博自記於光華大學。

---

① “藩國”爲倒文，應爲“國藩”。

② 惲，原訛作“揮”，今改正。

望溪先生文集十八卷集外文十卷集外文補遺二卷

桐城方苞，字靈臯撰。其鄉人後學戴鈞衡蒐輯，以苞晚年自號望溪，學者稱望溪先生，遂以題其集。初苞門人王兆符、程崟輯所爲文以相質正。兆符早卒，其後增輯付刊者惟崟，而亦隨時有刪削。傳世者數本，不分卷，而篇數多寡不一。鈞衡乃就所見篇數最多之本，凡三百八十四首，排次爲十八卷。其它苞曾孫傳貴刻《集外文》五十二篇，仁和邵懿辰録奏議十九篇，太倉王寶仁録逸文六十四篇，又苞來孫恩露所藏遺文十九首，詩十五章；鈞衡乃刪其宂複，而合所蒐得尺牘二十三首，併次之，得百八十二首，爲集外文十卷。既又蒐得寶應湯聘三藏逸文一篇，高密單氏藏逸文十九篇，讀書筆記數十則，邵懿辰録《史記》評語，與舊所檢時文稿自記二則，及與沈畹叔尺牘三通，彙爲《集外文補遺》二卷。先後刻於咸豐元年二年，而殿以其鄉人蘇惇元撰《方望溪先生年譜》，以備知人論世之資。苞少時論行身祈嚮曰："學行繼程朱之後，文章在韓歐之間。"觀其論學，於明之王守仁，平時之顔元、李塨，皆思有以矯其枉而折衷於程朱。治經深於《禮》、《春秋》。治史深於《史記》。治子深《管》、《荀》二子。辨正《詩》、《書》、《周官》、《戴記》子史爲劉歆所僞託者十餘篇，以爲文奸言以佐新莽，而證以《漢書·王莽傳》，條舉件繫，卓然有以自信其説；疑爲後來南海康有爲《新學僞經考》之藍本焉？其爲文章，恪有義法，而短於氣韻；不敢爲韓愈之雄麗恣奇，亦不如歐陽修之紆徐委備，而特謹嚴樸質，高渾凝固，足以戢學者之客氣而湔其浮言。其鄉人姚鼐輯《古文辭類纂》，特以繼明人歸有光之後，然有光神溢篇外。苞則韻盡語内。桂林吕璜《初月樓古文緒論》，録其所聞於宜興吴德旋者，曰："方望溪直接震川矣；然謹嚴而少妙遠之趣，如人家房屋門廳院落厢廚無一不備，但不見書齋别業；若園亭池沼，尤不可得也。"余則謂有光尚氣韻而不免曼衍，何如苞之謹義法以截斷枝蔓。有光之韻逸，而苞之辭潔。巴陵吴敏樹《柈湖文集》有《與歐陽篠岑論文派書》曰："歸氏之文，高者在神境，而稍病虚，聲幾欲下。望溪之文，厚於理，深於法，而或未工於言。"斯足以盡歸、方之利鈍矣！特是有光當太倉王世貞之盛，刮去塗飾；苞則承虞山錢謙益之後，力矯浮靡；歸真返樸而選言有序，不刻畫而足以昭物情，則兩家無不同。然苞之爲文，言盡則意止；而抑揚呑吐以事所謂情韻不匱者，則苞之所未有，而爲桐城文者之所亟喜。吴敏樹《記鈔本震川文後跋尾》曰："近時爲古文，以倣歸氏，故喜爲閒情眇狀，揺曳其聲，以取恣媚，以爲歸氏學《史》之遺。"此自歸之血脈，而非方之矩矱也！世人混言歸方，又以苞爲桐城派開山。而不知苞之文，本不同於歸。而文貴有事外遠致，則歸之所以亟稱於桐城。若苞之文，有餘於質實，不足於妙遠。然則桐城之文，宗歸而不必禰方；特以鄉人推重之爾！摭録可誦，篇目如左：

論辯類　周官辯僞兩篇　辯明堂位　文王十三生伯邑考辯　成王立在襁褓之中辯　漢高帝論　漢文帝論　蜀漢後主論　宋武帝論　原人下

序跋類　讀古文尚書　讀尚書記　讀尚書又記　書考定儀禮喪服後　書考定文王世子後　讀管子　書史記十表後　書刺客傳後　書蕭相國世家後　書淮陰侯列傳後　又書貨殖傳後　書漢書禮樂志後　書漢書霍光傳後　書王莽傳後　書五代史安重誨傳後　周官析疑序　畿輔名宦志序　教忠祠規序　吴宥函文稿序　儲禮執文稿序　熊偕吕遺文序　左華露遺文序　楊黄在時文序　青要集序　書韓退之學生代齋郎議後　書韓退之平淮西碑後　書朱註楚辭後　書烈婦東鄂氏事略後　古文約選序例　張彝歎稿序　劉巽五文稿序　朱字緑文稿序　佘西麓文稿序　溧阳會業初編序　跋先君子遺詩

奏議類　請定經制劄子　請矯除積習興起人材劄子　擬請纂修三禮條例劄子　貴州苗疆議　臺灣建城議

書牘類　與翁止園書　與吴見山書　與某公書　與鄂張兩相國論制馭西邊書　與謝雲墅書　與某書　與熊藝成書　與白玫玉書　與王崑繩書　與劉言潔書　與韓慕廬學士書　與徐貽孫書　與劉大山書

贈序類　送徐亮直册封琉球序　送劉函三序　贈潘幼石序　送左未生南歸序　贈李立侯序　送李雨蒼序　送鐘勵暇寧親宿遷序　送張又渠守揚州序　贈宋西玒序　送雷惕廬歸閩序　送官庶常覲省序　贈石仲子序　贈介菴上人序　送馮文子序　送韓祖昭南歸序　通蔽

傳狀類　孫徵君傳　白雲先生傳　四君子傳　三山林湛傳　二山人傳　二貞婦傳　高節婦傳

碑誌類　李剛主墓誌銘　杜蒼略先生墓誌銘　劉古塘墓誌銘　左未生墓誌銘　禮部侍郎蔡公墓誌銘　禮部尚書贈太子太傅楊公墓誌銘　廣東副都統

陳公墓誌銘　李抑亭墓誌銘　中議大夫知廣州府事張君墓誌銘　白玫玉墓誌銘　翰林院編修查君墓誌銘　安徽布政使李公墓誌銘　教授胡君墓誌銘　張樸村墓誌銘　劉紫函墓誌銘　陳馭虛墓誌銘　尹元孚墓誌銘　龔君墓誌銘　佘君墓誌銘　大司寇韓城張公繼室王夫人墓誌銘　工部尚書熊公繼室李淑人墓誌銘　謝母王孺人墓誌銘　王孺人墓誌銘　許昌楨妻吴氏墓誌銘　高善登妻方氏墓誌銘　贈孺人鄒氏墓誌銘　季瑞臣墓表　萬季野墓表　梅徵君墓表　田間先生墓表　吏部侍郎姜公墓表　刑部右侍郎王公墓表　朱字緑墓表　汪武曹墓表　黄際飛墓表　宋山言墓表　兵部尚書法公墓表　趙處士墓表　内閣中書劉君墓表　謝孺人葉氏墓表　贈淑人尤氏墓表　曾孺人楊氏墓表　中憲大夫鄂公夫人撒克達氏墓表　陳太夫人王氏墓表　林母鄭孺人墓表　禮部尚書鄭公神道碑　理藩院員外郎贈資政席公神道碑　杜茶村先生墓碣　鮑氏女球壙銘　禮部尚書韓公墓表　都察院副都御史巡撫貴州劉公墓表　武强縣令官君墓表　明故兵部郎中劉公墓誌銘　翰林院掌院學士兼禮部侍郎湯公墓誌銘　彭訒菴墓誌銘　顧飲和墓誌銘　長甯縣令劉君墓誌銘　楊千木墓誌銘　刑部郎中張君墓誌銘　大理卿熊君墓誌銘　少京兆余公墓誌銘　兄百川墓誌銘　弟椒塗墓誌銘　張文端公墓表

雜記類　左忠毅公逸事　高陽孫文正公逸事　石齋黄公逸事　明禹州兵備道李公城守死事狀　將園記　游豐臺記　游潭柘記　再至浮山記　記尋大龍湫瀑布　題天姥寺壁　游雁蕩記　封氏園觀古松記　湯司空逸事　湯潛菴先生逸事　安溪李相國逸事　記長洲韓宗伯逸事　記徐司空逸事　記所聞司寇韓城張公事　記太守滄州陳公罷官事　記姜西溟遺事　獄中雜記　結感録

頌類　聖主親征漠北頌

哀祭類　駙馬孫公哀辭　宣左人哀辭　武季子哀辭　阮以南哀辭　張彝歎哀辭　僕王興哀辭　婢音哀辭　祭顧書宣先生文　亡妻蔡氏哀辭　舒子展哀辭

右文一百八十三篇。嘗以古文義法繩班史柳文，尚多瑕疵。而論義法以《史記》爲準。論學則以宋儒爲歸。

其砭當世之顯學曰："僕少所交多楚越遺民，重文藻，喜事功，視宋儒爲腐爛；用此年二十，目未嘗涉宋儒書。及之京師，始寓目焉；其淺者皆吾心所欲言；而深者則吾知力所不逮也！然尚謂漢唐以來，以明道著書爲己任者衆矣；豈遂無出宋五子之右者乎？二十年來，於先儒解經之書，自元以前，所見者十七八。然後知生乎五子之前者，其窮理之學，未有如五子者！生乎五子之後者，推其緒而廣之，乃稍有得焉！其背而馳者，皆妄鑿牆垣而殖蓬蒿，乃學之蠹也！學之廢久矣；而明之衰，則尤甚焉！浙以東，黄君藜洲宗羲壞之。燕趙間，顔君習齋元壞之。蓋緣治俗學者，懵然不見古人之樊。稍能治經史承學爲古文，則皆有翹然自喜之心；而二君以高名耆舊爲之倡，立程朱爲鵠的，同心於破之；浮夸之士皆醉心焉！夫儒者之學，所以深擯異端者，非貴其説之同也；學不明，則性命之理不順。漢代儒者，所得於經甚淺，而行身皆有法度，遭變抵節，百折而其志必伸。魏晉以後，工文章垂聲於世者衆矣；然叩其私行，不若臧獲之庸謹者；少遇變故，背君父而棄名節，若唾溺然。由是觀之，不出於聖人之經，非學也。乃昔之蠹學者，顯出於六經之外；而今之蠹學者，陰託於六經之中，其可憂彌甚矣！”見《再與劉拙修書》“習齋之學，其本在忍嗜欲，苦筋力，以勤家而養親；而以其餘習六藝、講世務。以備天下國家之用；以是爲孔子之學，而自别於程朱；其徒皆篤信之。余謂程朱之學，未嘗不有事於此；但此乃道之法迹耳！使不由敬静以探其根源，則於性命之理，知之不真；而發於身心，施於天下國家者，不能曲得其次序。”見《李剛主墓誌銘》“閻百詩若璩病程朱删易經字，則不敢不多爲反覆。蓋專易經字者，漢儒之病也！程朱删易甚少而皆依於理。僕每見周秦以前古書，字形與聲近，則衆書所傳多異；即一書諸本中，亦有增損改易。竊歎古書不可通者，多以字訛而人莫辨也。如《商書》‘自周有終’，《酒誥》‘爾尚克羞耇惟君’，解者支離牽合，終不可通；若‘君’與‘周’互易，則其義不待詁而自明矣；蓋篆體二字本形似也。韓退之《羅池廟詩》：‘乃此方之人，惟侯是非。’按其前後，辭意明白；而‘此’以形訛‘北’，‘唯’以聲謁‘爲’，子瞻不能辨，又自爲之説而大書深刻焉；則其讀書觀理之不詳可見矣！《莊子·外篇》：‘舜將死，真泠禹曰。’不易爲‘遺泠’得乎？《史記·封禪書》：‘至梁父矣而德不洽。’謂‘梁父’非衍可乎？僕嘗自恨寡陋，見古書字訛，無所證據而不敢擅易；願得博極羣書者以正之。”見《與閻百詩書》

其論《史記》義法曰：“《五帝紀》後具列三代世系。《陳杞世家》後，具列十一臣之後及三代間封小不足齒列者，乃通部之關鍵。陳杞以後，不復總束；以衛、晉、鄭出於周，宋出於商，楚出於顓頊，越出於夏，趙、韓、魏瓜分於晉，田氏襲奪於齊，孔子出於宋，無庸更著也。”《五帝本紀》“敬王以後，赧王以前，二百年無一事；以《史記》獨藏周室，遭秦火；所據獨《左傳》、《國語》、《國策》耳！此遷所以深惜之也。晚周事少，故詳録《國策》，而義鄙辭佻，不似本紀中語，且與篇首嚴重深廣之體不稱；不若略取事實，刪其蔓辭，爲得體要。”《周本紀》“《秦紀》多夸語，其世系事蹟，獨詳於列國，而於他書無徵；蓋秦史之舊也。不載《國策》一語，體制遂覺峻潔；蓋由國史具存，有事蹟可紀故也。”《秦本紀》“楚與秦合兵由趙，而怨結於齊；羽之東歸，又二國首難，而其國事亦多端；故因與齊將田榮救東阿，入諸田角立之釁；於救趙，入張耳、陳餘共持趙柄，以爲後事張本；然後脈絡分明。韓、魏及燕，於秦、楚、劉、項興亡，無關輕重，則於羽分王諸將見之。先後詳略，各有義法，所以能盡而不蕪也。《高祖紀》獨舉趙歇而不及張、陳，則《羽紀》之詳，以標前後脈絡明矣！”《項羽本紀》“《高祖本紀》遣魏人甯昌使秦，使者未來；因甯昌使秦未還而側入章邯之降；因邯之降，而追叙羽之救趙破秦；然後以趙高來約，遥承秦使未來；以襲攻武關，遥承攻胡陽，降析酈；參差斷續，横縱如意，章法頗似《左傳》邲與鄢陵之戰。又《項羽本紀》，高祖留侯項伯相語，凡數百言；而此以三語括之；蓋其事與言不可殁，而於帝紀則不可詳也。高祖與項伯語，必載《羽紀》以見事情，則與留侯語，宜以類相從，故於《留侯世家》亦略焉。且《留侯世家》，實傳體也；即載立六國後問答，復載此，則辭氣近複，而體制亦病於重腿。《羽紀》則間架闊遠，不重腿爲病矣！《晉語》齊姜語重耳凡數百言；而《左傳》以八字括之；蓋紀事之文，去取詳略，措置各有宜也。”《高祖本紀》“《吕后本紀》，‘是時高祖八子’一句提挈；以劉、吕之禍，成於分王諸吕；故具列舊封，則後此地勢事情，瞭然在目；與《秦紀》將叙孝公修政廓土，先列六國疆界，及擯秦而不與盟同。長沙獨標非劉氏，以功而王，正與吕氏無功相對。”《吕后本紀》“《孝文本紀》諸詔，皆帝戰戰恐懼，克己循道以懷安天下之大政；他事則各入本傳；觀此可識本紀、列傳記事與言之義法。而‘從代來即位二十三年’句以下所叙列，視前諸大政爲小，故總束於後；韓、歐墓誌多用此法。”《孝文本紀》。以上見《史記》評語

“遷序十表，惟十二諸侯、六國、秦楚之際、惠景間侯者，稱‘太史公

讀’，謂其父所欲論著也；故於高祖功臣稱‘余讀’以別之。周之衰，禮樂征伐自諸侯出，事由五伯；而其微兆，則在共和之行政。秦并六國，以周東徙，乘其險固形勢，故僭端見於始封。自虞夏殷周及秦代興，皆甚難；而漢獨易，以秦之重而無基也。先王之制封建，本以安上而全下，故惟小弱，乃能奉職效忠。此數義者，實能究天人之分，通古今之變；或遷所聞於父者信如斯；或其父所未及，而以所學推本焉。其自序曰：‘請悉論先人所次舊聞，不敢闕。’而本紀、八書、世家、列傳，無稱其父者，故揭其義於斯；則踵春秋以及秦滅，漢興文景以前，凡所論述，皆其父所次舊聞具見矣。十篇之序，義并嚴密而辭微約；覽者或不能遽得其條貫，而義法之精變，必於是乎求之，始的然其有準焉。歐陽氏《五代史》志考序論，皆遵用其義法；而韓柳書經子後語，氣韻亦近之；皆其淵源之所漸也。”見《書史記十表後》“六國並於秦，史記爲秦所焚；所表六國事迹，獨據《秦記》；故《六國表序》，通篇以秦爲經緯；而自漢以後，所用皆秦法；史公蓋心傷之而不敢正言，故微詞以見之；非果以秦可法也！”《六國表序》。見《史記》評語。“《禮》、《樂》、《律》、《曆》四書，或曰褚少孫所補，或曰子長爲之而未具，皆非也。其序《禮》、《樂》，用意尤深。蓋太初所定改正朔，易服色，已具《曆書》及《封禪書》；至宗廟百官之儀，則襲秦故，不合聖制者。漢之樂，文景以前，襲常肄舊而已！武帝作《十九章》，文雖爾雅；然自《青陽》、《朱明》、《西皡》、《元冥》而外，多詼誕，且非雅聲；其甚者，如《太乙馬歌》，則汲黯所謂先帝百姓不知其音者，故止序其大略，而不復排纂爲書；蓋傷漢之興，無所謂禮樂也。故於四時之歌，明著其指曰：‘世多有，故不論。’則非爲之而未具，明矣！漢之樂既無可次，而律則往古成法，故獨著其通於兵事以爲法戒。武帝改曆，雖由公孫卿札書，而洛下閎運算日順夏正，於曆術則無可議者，故直述其事。凡此皆著書之義法。其後四書，論繫於書後，亦各有義焉。蓋《河渠》、《平準》，非若《禮》、《樂》、《律》、《曆》，可前序其事，而以名物度數次列於後者。《封禪書》所載諸畤諸祠，雖有方色牲幣之數，而皆秦漢間妖妄不經之制，且與封禪無與也。故其事並詳於書，而略見己意於後。惟《天官》宜與《律》、《曆》一例；特家世所掌，有獨傳其精義者；災異之變，有親得之見聞者；諸家之占，有考之而不合者；故列次衆法於前而己意詳論於後，所由與《律》、《曆》二書異也。七書皆

通古今；而《平準》則漢一代之制，故獨以古事附論於後而志慨焉。”見《讀史記八書》

“《晉世家》，通篇以世數紀年爲章法。桓叔受封紀年，武公得國紀年，卒又紀年。武公即位，追叙其父大父；悼公即位，亦追叙其父大父；故文公之立，覆舉獻公之子，因以爲章法。文公少而得士紀年，其出也紀年，入而得位紀年，因以爲章法。”《晉世家》“《句踐世家》，先世無所考，子孫事亦甚略，亦傳體也。范蠡謀吴霸越，具見句踐語中；其浮海以後事，不足别立傳；而史公惜其奇，故用合傳體附載於後，非常法也。”《句踐世家》“《蕭相國世家》，首舉收秦律令圖書，進韓信，鎮撫關中；而功在萬世可知矣！末記與曹參素不相能，而舉以自代；則公忠體國具見矣！中間但著其虚己受言以免猜忌，雖定律受遺，概不著於篇。觀此可識立言之體要。”《蕭相國世家》“《曹相國世家》，條次戰功，不及方略，所以能簡。治齊相漢，止虚言其清静，不填實一事。”《曹相國世家》。以上見《史記》評語“古之晰於文律者，所載之事，必與其人之規模相稱。太史公傳陸賈，其分奴婢裝資，瑣瑣者皆載焉。若《蕭曹世家》，而條舉其治績，則文字雖增十倍，不可得而備矣！故嘗見義於《留侯世家》曰：‘留侯所從容與上言天下事甚衆，非天下所以存亡，故不著’；此明示後世綴文之士以虚實詳略之權度也。宋元諸史，若市肆簿籍，使覽者不能終篇，坐此義不講耳。”見《與孫以甯書》“《陳丞相世家》，六出奇計，陰謀也；其後避讒僞，聽吕后，亦陰謀也；故用此總結通篇。”《陳丞相世家》“絳侯安吕氏之功，具《吕后》、《孝文本紀》，故世家首叙戰功，承以可屬大事；其後獨載懼禍遭誣二事。條侯亦首叙將略，後獨載争栗太子之廢，抑王信徐盧等之侯。其父子久任將相，豈他無可言者乎？蓋所記之事，必與其人之規模相稱，乃得體要。子厚以潔稱太史，非獨辭無蕪累也，明於義法，而所載之事不雜，故其氣體爲最潔也。此意惟退之得之；歐王以下，不能與於斯矣！絳侯則高祖預識其可任大事。條侯則文帝決其可將兵。絳侯氣質之偏，則東鄉責諸生。條侯則顧命尚席取櫡。微小處亦間出相映，其法取諸左氏。”《絳侯周勃世家》

“本紀、世家、列傳後皆有論；惟伯夷、孟、荀，合傳與論而爲一，故無後論。”《伯夷列傳》“管仲之功，焜燿史籍，於本傳叙列則贅矣。其微時事，則以稱鮑叔者見之。此虚實詳略之準也。其書不可多載，故揭其指要。其事人所共知，故著其權略。晏子之事，亦人所共見，故本傳不復叙列，與管仲同；而總論其爲人，即於叙次其顯名於諸侯見之，與管仲異。此章法之變化也。於管仲傳，舉鮑叔能知其賢，於晏子傳，舉其能知越石父及御者。三歸反坫，正與食不重肉，妾不衣帛反對。觀此可知文之義法，無微而不具也。管晏事迹見於其書及他載籍者不可勝紀；故獨論其軼事。"《管晏列傳》。以上見《史記》評語"太史公傳老子，著其國焉，著其邑焉，著其鄉焉，著其里焉，外此無有也。著其氏焉，著其名焉，著其字焉，著其謚焉，著其官守焉，外此無有也。著其子焉，著其孫焉，著其孫之元來焉，於其子孫元來，仍著其爵焉，著其封焉，著其仕之時與國焉，著其家之地焉，外此無有也。蓋世傳老子，多幻奇荒怪之迹，故特詳之，以見其生也有國邑鄉里名字，其仕也有官守，其終有謚，其身雖隱，而子孫世有封爵里居，則衆説之誕，不辨而自熄矣！"見《書老子傳後》"孫武、吴起論兵具有書。闔閭破楚入郢，北威齊晉，武與有力；楚悼王南平百越，北并陳、蔡，卻三晉，西伐秦，以相起；則武與起之戰功，不必言矣。故以虚語總括，而所載皆别事。孫臏在齊，田忌之客耳；其再破魏，主兵者田忌；故詳著其兵謀。此虚實之義法也。武與起之書，世多有，於論見之。臏之書則無傳焉，故於傳曰'世傳其兵法'。楚之戰功，吴起實專之。吴則申胥華登之謀居多，故曰'武與有力焉'。蓋古人之不苟於言如此！《孫子吴起列傳》'管子治齊，蕭何定律，皆略而不具。而詳記商君之法，著王道所由滅息也。'《商君列傳》。以上見《史記》評語'騶衍以下十一人，錯出《孟子荀卿傳》，若無倫次；及推其意義，然後知其不苟然也！蓋戰國之時，守孔子之道而不志乎利者，惟孟子耳！其次荀卿而少駁矣！故首論商鞅、吴起、田忌以及縱横之徒，著仁義所由充塞也。自騶衍至騶奭，説猶近正；而著書以干世主爲志，則已騖於功利矣。其序荀卿於衍奭諸人後者，非獨以時相次也；荀卿之學，雖不能無駁，而著書則非以干世；所以别之於衍奭之倫也。自公孫龍至吁子，則舛雜鄙近。視衍奭而又下矣！至篇之終，忽著墨子之地與時，而不一言其道術。蓋世以儒墨並稱久矣，其傳已見於荀卿所序列而不必更詳也。自漢及唐，莊列皆列學官，而孟子未興。以韓愈之明，猶曰'孔墨必相爲用'；而較孟子於荀楊之間。子長獨以並孔子，一篇之中，其文四見。至荀卿受業於孔氏之門人，則弗之著也。老莊申韓衍奭諸人，皆有傳，而墨子無；蓋孟子距而放之之義。然則子長於道，豈槩乎未有聞者哉！”見《書孟子荀卿列傳後》“平原君所喜策士也，而終以著書談道之士，因與虞卿著書相映。”《平原君列傳》“樂氏多賢，故樂毅列傳，詳其前後世系，因以爲章法。而結趙破齊，具毅報惠王書，故叙次不得過詳。”《樂毅列傳》“趙奢李牧將略，及趙括之敗，具詳始末。假而牧再破秦，頗破齊燕，復一一叙列，則語蕪而氣漫矣；而出以簡括。變化無方，各有義法；此史之所以能潔也！”《廉頗藺相如列傳》“夏太后華陽太后襄葬，不應載《不韋傳》。以夏太后有後百年旁當有萬家邑語，史公好奇，欲傳之；而以入《秦本紀》，則無關體要；故因莊襄王之葬，牽連書之。而莊襄王之葬，所以見《不韋傳》，又以後與莊襄王合葬芷陽者，乃不韋姬也。但此等止爲文章波瀾而設；據史法則不宜書。”《吕不韋列傳》。以上見《史記》評語“太史公裁割更易《尚書》、《左傳》，或辭意不完；而於《國策》有遠過本文者。其序聶政事曰：‘其姊嫈聞之，乃於邑曰：是吾弟歟？嗟乎！嚴仲子知吾弟！’蓋韓衛懸隔，政又自刑以絶蹤；其姊非聞而駭且疑，無緣遂如韓市也；既見政屍，而列其名，並爲嚴仲子死，則他無可言者矣；故曰：‘乃大呼天者三，於邑悲哀而死政之旁。’其本文一切不具，乃曰：‘美哉氣矜之隆，可以過賁育，高成荆矣！’世有乍見所親皮面抉眼屠腸，而從容贊美如途人者乎！觀太史公所增損，乃知本文之疏且拙也！蓋《國策》本紀言之書，中間序事者多不過數語，而亦未有殊絶者！余少讀《燕策》荆軻刺秦王篇，怪其序事類太史公。先秦人叙事皆廉峭；紆餘曲暢，自史公作乃有此。及見《刺客傳贊》，乃知果太史公文也！彼自稱得之公孫季功董生所口道，則非《國策》之舊文，決矣！蓋荆軻之事雖奇，而於策則疏。意《國策》本無是文，或以《史記》之文入焉，而削高漸離後事，以事在六國既亡後耳！《楚世家》説頃襄王，真戰國之文也；而《國策》無之。蓋古書遭秦火，雜出於漢世；其本文散佚，與非其所有而誤入焉者多矣；不獨刺客爲然也！”見《書刺客傳後》

“趙高謀亂，入《李斯傳》；以高之惡，斯成之；秦之亡，斯主之也。其始迹入《蒙恬傳》，以蒙毅曾治高，當其罪死；而高因此有賊心也。”《李斯列傳》。見《史記》評語“太史公於漢興諸將，皆列數其成功，而不及其方略，以區區者不足言也；惟於信詳哉其言之。蓋信之戰，劉項之興亡繫焉。且其兵謀足爲後世法也。然自井陘而外，陽夏濰水之蹟蓋略矣；其擊楚破代，亦約舉其成功；至定三秦，則以一言蔽之，而其事反散見於他傳；蓋漢楚之争，惟定三秦爲易，雖信之部署，亦不足言也。左氏紀韓之戰，方及卜徒父之占，而承以三敗及韓；乍觀之，辭意似不相承；然使戰韓之前，具列兩國之將佐，三敗之時地，則重膇滯癃，其體尚能自舉乎！此紀事之文，所以《左》、《史》稱最也！其詳載武涉、蒯通之言，則微文以志痛也。方信據全齊，軍鋒振楚漢，不忍鄉利背義，乃謀畔於天下既集之後乎！其始被誣，以行縣陳兵出入耳；終則見紿被縛，斬於宫禁；未聞讞獄而明徵其辭，所據乃告變之誣耳；其與陳豨辟人挈手之語，孰聞之乎？列侯就第，無符璽節篆，而欲與家臣夜詐詔發諸官徒奴，孰聽之乎？信之過，獨在請假王，與約分地而後會兵垓下。然秦失其鹿，欲逐而得之者多矣；蒯通教信以反，罪尚可釋；況定齊而求自王，滅楚而利得地，乃不可末減乎！故以通之語終焉。"見《書淮陰侯列傳後》"漢初文臣，御史大夫與丞相並重。張蒼、申屠嘉兼兩職，故合傳。其餘爲御史大夫者五人，具有聲績，故列叙之。爲丞相者六人，皆無所發明，故總記其名以爲娖娖備員者戒焉。漢興，爲御史大夫者五人，皆在張蒼之前。張蒼既相，而申屠嘉代之；故於蒼相淮南，預書十四年遷爲御史大夫；然後五人之爲御史大夫，脈絡相貫，而主客之分判然。蒼以前爲丞相者，名跡顯著，故不復言。嘉以後爲丞相者六人，别無所表見，故最其名氏而以娖娖備員蔽之，别有見者不列，皆義法之不得不然者。"《張丞相列傳》"《禮書》痛漢用秦儀，三代聖制由是沈湮；而成之者實通。然時主之所用也，不敢斥言其非，故於後論隱約其辭，若褒若諷；而希世之污，則假魯兩生以發之。篇首載秦二世之善其對，以爲面諛之徵也。末載原廟之立，果獻之興，著其憑肊無稽，以示所言漢儀法，皆此類也。"《劉敬叔孫通列傳》"盎忌刻，錯刻深，而鄧公持議平，故得善終，因以爲章法。其子修黄老，亦與錯學申商相映。"《袁盎列傳》"《吴王濞列傳》側入逆叙處，酷似《左傳》。蓋以吴及六國之敗亡，必牽連以書。設篇終更舉周邱之師及漢制詔，則爲附贅懸疣。故因叙吴兵之起，而及周邱之别出；因周邱之勝，而側入吴王之敗走；因吴王之敗走，而及天子之制詔；然後追叙吴楚之攻梁及亞夫之守戰，吴王之走死，六國之滅亡；而弓高侯出詔書以示膠西王，亦自然而合節矣！凡此皆義法所當然，非有意側入逆叙以爲奇也。"《吴王濞列傳》"《魏其武安列傳》，以魏其灌夫生平事跡，並正叙於前；故武安事跡，皆與魏其夾叙。

其初起也，著魏其方盛而卑事之。其益貴用事而下賓客，進名士也，以欲傾魏其諸將相。其讓魏其爲丞相也，以天下士素歸之，而用以釣讓賢之名。其好儒術，興禮度也，與魏其俱。其益横益驕也，以言事多效，天下吏士皆去魏其而歸之。吏士去魏其，歸武安，則魏其與灌夫相歡相倚之由也。武安益横益驕，則怒魏其，激灌夫之由也。中間魏其夫婦治具，旦及日中；與武安往來侍酒跪起如子姪相對。灌夫尤敬諸士貧賤者，與武安折詘諸侯王，坐其兄南鄉相對。好陵貴戚有勢在己之右者，爲後争酒罵坐張本。而魏其初致名譽，及後鋭身救灌夫，則以沾沾自喜，多易蔽之。章法蔽遏，覽者心怡目眩而莫知所以然，所謂工倕旋而蓋規矩也。"《魏其武安侯列傳》"'安國爲人多大略'三話，括盡安國平生。管子、韓非文，有置樞紐於中間以要綰前後者；後來惟太史公、韓退之能爲此。"《韓長孺列傳》"《平津侯主父列傳》，以恢奇多詐蔽宏之爲人。惟恢奇，故多詐而天子以爲敦厚也。惟天子以爲敦厚，故不惟汲黯之詰不能動，即左右佞幸之毁，亦不能入也。其稱人主病不廣大，及陽屈於買臣之議，陰禍主父，徙董相，詐也。而使匈奴還報，不合上意；數諫通西南夷，築朔方，置滄海郡；汲黯廷詰，反稱其忠，使天子察其行而以爲敦厚；所謂恢奇也。黯詰以背約不忠，則曰：'知臣者以臣爲忠，不知臣者以臣爲不忠'；黯詰其儉以飾詐；則曰：'管仲侈擬於君而桓公以霸，晏嬰下比於民而齊國亦治'，所謂辨論有餘也。淮南衡山之反，泛引傳記，莫識其意嚮；而究其隱私，則自引咎以釋人主之慙；所謂習文法而又緣飾以儒術也。凡此類，皆以恢奇行其詐也。天子報書，一則曰君宜知之，再則曰君宜知之；而其曲學逢君，飾詐不忠之實，不可掩矣！"《平津侯主父列傳》"《史記》所載賦頌書疏甚略，恐氣體爲所滯壅也。長卿事跡無可稱，故獨編其文以爲傳，而各標著文之由，兼發明其指意以爲脈絡；匪是則散漫而無統紀矣！"《司馬相如列傳》

"《淮南衡山列傳》，備著淮南二王逆節，見漢法非過也。厲王反迹，皆於獄辭具之。故安之事既畢叙，乃曰'伍被自詣吏告與淮南王謀反'，蹤迹如此，而獄辭則甚略。觀此傳，益信淮陰之枉；始則詐而禽之，而告反者無聞也；既則詐而斬之宫中，而上變者無徵也；使果有蹤迹，何難具獄而明徵其辭哉！著以傳著，疑以傳疑，俾百世以下，可尋迹推理而得其情，此之謂實録也。"《淮南衡山列傳》"循吏獨舉五人，傷漢事也。孫叔順民所欲，不教而從化，以視猾賊任威，使吏民重足一迹而益輕犯法者何如？子産既死而有遺愛；以視張湯死而民不思；王温舒同時五族而衆以爲宜者何如？公儀子使食禄者不得與民争利；以視置平準，籠鹽鐵，縱告緡以巧奪於民者何如？石奢李離以死守法；以視用愛憎撓法，視上意爲輕重者何如？史公蓋欲傳酷吏，而先列古循吏以爲標準；故序曰'奉職循吏，亦足以爲治，何必威嚴哉！'然酷吏恣睢，實由武帝侈心不能自克，而倚以集事。故曰'身修者，官未曾亂也'。子産事具《左傳》，故略舉其成功。"《循吏列傳》"汲黯治東海，爲九卿，徙内史，居淮陽，而傳不填實一事；止虚言其性情氣象，略舉其語言及君臣上下之嚴憚，遂使千載下可聞風而興起，必如此乃與黯之爲人相稱。黯學黄老之言，好清静，正與武帝與諸臣好興事病民相反。'治務在無爲而已'，語近複；然前郡守之治，後九卿之治也，其體各異，故分言之；且與張湯文深小苛，武帝分别文法反對；'面折犯顔'云云，亦與公孫宏懷詐飾智，阿諛取容反對。此傳蓋傷武帝有社稷臣，克知灼見而終不能用也。篇首稱黯以數直諫不得久留内，則進言多矣！爲右内史，守東海淮陽，列九卿，事蹟衆矣！而見於傳者止此；蓋非關社稷之計，則不著也。其直攻武帝之多欲，社稷臣所以格君也。矯節發粟以振貧民；奉使東越，不至而返；諫征匈奴，迎渾邪，罪民匿馬及賈人與市者；社稷臣所以安民也。面詰宏湯；責李息；社稷臣所以體國也。始仕爲太子洗馬，即以莊見憚；及列九卿，與丞相大將軍抗禮；致天子敬禮，不冠不敢見；社稷臣所以持身也。史公於蕭相國，非萬世之功不著；於黯，非關社稷之計不著；所謂辭尚體要也。黯之爲社稷臣，不獨莊助知之，淮南謀逆者憚之；武帝實自發之，而終不能用，則内多欲之故也。黯之爲人，不獨衛人憚之，大將軍賢之，即武安侯亦不聞含怒；而宏湯獨深心嫉之，欲擠之死，則宏湯爲人，又出武安侯下矣！入後敍上曰'人果不可以無學'，與篇首稱黯好學語反；以黯爲無學，故以儒術任宏也。"《汲鄭列傳》"《酷吏列傳》：甯成周陽由之前，不過吏之治酷而已！趙禹張湯而後，則朝廷之用法益刻；由上以爲能，而丞相宏數稱其美也。因湯與禹共定律令而及其交驩；因交驩而及其爲人；以其後湯敗，天子使禹責之，因以爲章法也；故不與禹事連書而入《湯傳》。'湯爲御史大夫七歲敗'；湯所以敗，事緒多端，非用此爲關鍵，則散漫無紀。'三長史皆害湯欲陷之'句法，與先揭'湯爲御史大夫七歲敗'同。禹與湯同起，而死在湯後，故牽連以書。義縱守南陽，甯成奔亡而其跡終焉，故叙列於《縱傳》。‘棄縱市，後一歲，張湯亦死。’湯誅在縱後，以天下事皆決於湯，故連書其敗露誅死之由，不暇書其年，至是始補記年歲也。尹齊與王温舒相代爲中尉，而死又相次，故牽連以書。減宣出前早，而繫於篇終，以死後也。宣死而杜周任用。禹湯尚能貧；而周則家訾累巨萬矣！郅都尚能死節官下，不顧妻子；而周且爲子孫營窟，故以是終篇。”《酷吏列傳》“《大宛列傳》：‘大宛之跡，見自張騫’；漢伐大宛，在張騫死後，而此篇前幅，乃通西北諸國事；非此二語，首尾不能相應。諸國地勢道里，皆以大宛四面言之，列序諸國，皆牽連大宛，以爲征宛立傳也。‘騫因分遣副使’云云；大宛之跡，見自騫使月氏①，其兵端起於使西北國者稱宛多善馬，故用此爲關鍵。此篇前半記通使西北國，後半記以通使起兵端，而終於伐宛，故因烏孫獻馬，預入後得宛馬，以爲中間之關鍵。而通烏孫，乃騫本謀；故特書‘自博望死後’，與篇首相應，然後首尾脈絡，併相貫注。‘烏孫多馬，其富人至有四五千匹馬’，二語非多駢；見烏孫富人有馬至數千匹，則其王以馬千匹聘漢女，未爲重幣；而漢羣臣廷議，要以先納聘，始遣女，大辱國也。使端無窮，每遣齎金幣直數千萬，而所得僅此；與後天下騷動傳相奉伐宛而僅得善馬數十匹、中馬以下三千餘匹相應。”《大宛列傳》。以上見《史記》評語

《春秋》之制義法，自太史公發之，而後之深於文者亦具焉。義即《易》之所謂言有物也；法即《易》之所謂言有序；義以爲經，而法緯之，然後爲成體之文。《貨殖傳》兩舉天下地域之凡，而詳略異焉；其前獨舉地物是衣食之源，古帝王所因而利道之者也；後乃備舉山川境壤之支湊，以及人民謠俗性質作業，則以漢興海内爲一，而商賈無所不通；非此不足以徵萬貨之情，審則宜類而施政教也。兩舉庶民經樂之凡，而中别之；前所稱農田樹畜，乃本富也；後所稱販鬻僦貸，則末富也。上能富國者，太公之教誨，管仲之整齊，是也。下能富家者，朱公子貢白圭，是也。計然則雜用富家之術以施於國，故别言之，而不得儕於太公管仲也。然自白圭以下，皆各有方略，故以能試所長許之。猗頓以下，則商賈之事耳，故别言之，而不儕於朱公子貢白圭也。是篇大義，與《平準》相表裏，而前後措注，又各有所當如此；是之

① “月氏”應为“月氏”。

謂言有序，所以至賾而不可惡也！夫紀事之文，成體者莫如左氏；又其後則昌黎韓氏；然其義法皆顯然可尋。惟太史公《禮》、《樂》、《封禪》三書及《貨殖》、《儒林傳》，則於其言之亂雜而無章者寓焉；豈所謂定哀之際多微辭者耶！”見《又書貨殖傳後》其論《漢書》疏於義法，不如太史公曰：“太史公序禮樂，而不條次爲書，蓋以漢興，禮義皆仍秦故，不合聖制，無可陳者。郊廟樂章，並非雅聲；故獨舉《馬歌》，藉黯言以及明己意；其稱引古昔，皆與漢事相發，無泛設者。《漢書·禮樂志》乃漫原制作之義，則古禮樂及先聖賢之微言，可勝既乎？是以不貫不該，倜然而無所歸宿也！其於漢之禮儀則闕焉；而獨載房中郊祀之歌及樂人員數。夫郊廟詩歌，乃固所稱體異雅頌，又不協於鍾律者也；既可備著於篇，則叔孫所撰，藏於理官者，胡爲不可條次以姑存一家之典法乎？用此知韓柳歐蘇曾王諸文家，叙列古作者，皆不及於固；卓矣哉，非膚學所能識也！”見《書漢書禮志後》“《春秋》之義，常事不書；而後之良史取法焉！昌黎韓氏目《春秋》爲謹嚴，故撰《順宗實録》，削去常事，獨著其有關治亂者。班史義法，視子長少漫矣！然尚能識其體要。其傳霍光也，事武帝二十餘年，蔽以‘以入禁闥，小心謹慎’；相昭帝十三年，蔽以‘百姓充實，四夷賓服’；而其事無傳焉；蓋不可勝書，故一裁以常事不書之義，而非略也；其詳焉者，則光之本末，霍氏禍敗之所由也。古之良史，於千百事不書，而所書一二事，則必具其首尾，并所爲旁見側出者而悉著之，故千百世後，其事之表裏，可按而如見其人。後人反是；是以蒙雜暗昧，使治亂賢奸之迹，並昏微而不著也。是傳於光事武帝，獨著其出入殿門下，止進不失尺寸；而性資風采，可想見矣！其相昭帝，獨著增符璽郎秩，抑丁外人二事；而光所以秉國之鈞，負天下之重者具此矣！其不學專汰，則於任宣發之，而證以參乘，則表裏具見矣！蓋其詳略虚實，措注各有義法如此！然尚有未盡合者！昌邑失道之奏，不詳，不足以白光之志事。至光之葬具，顯及禹山之奢縱，宣帝之易置其族姻，則可約言以蔽之者也；具詳焉，義無所當也；假子長退之爲之，必有以異此！”見《書漢書霍光傳後》“《王莽傳》，尤班史所用心，其鈎抉幽隱，雕繪衆形，信可肩隨子長；而備載莽之事與言，則義焉取哉！莽之亂名改作，不必有徵於後也；其奸言雖依於典誥，猶唾溺耳；雖用文者無所取也；徒以著其譸張爲幻，則舉其尤者以見義可矣；而喋喋不休以爲後人詼嘲之資，何異小説家駁雜之戲乎！漢之朝儀禮器，一切闕焉；而具詳莽所易職官地域之號名，不亦舛乎！馮道事四姓十君，竊位固寵於篡弒武人之朝，其醜行穢言必多矣。歐公無一及焉；而轉載其直言美行，及所自述，與當時士無賢愚，皆喜爲稱譽，至擬之於孔子；是之謂妙遠而不測也！”見《書王莽傳後》其論《五代史記》得《史記》法，而猶未詳其義曰：“記事之文，惟《左傳》、《史記》各有義法；一篇之中，脈相灌輸，而不可增損；然其前後相應，或隱或顯，或偏或全，變化隨宜，不主一道。《五代史記·安重誨傳》，總揭數義於前，而次第分疏於後；中間又凡舉四事，後乃詳書之；此書疏論策體；記事之文，古無是也！《史記·伯夷·孟荀·屈原傳》議論與叙事相間；蓋四君子之傳以道德節義，而事迹則無可列者；若據事直書，則不能排纂成篇；其精神心術所運，足以興起乎百世者，轉隱而不著；故於《伯夷傳》，歎天道之難知；於《孟荀傳》，見仁義之充塞；於《屈原傳》，感忠賢之蔽壅，而隱以寓己之悲憤。其他本紀世家列傳，有事迹可編者，未嘗有是也！《重誨傳》乃雜以論斷語。夫法之變，蓋其義有不得不然者。歐公最爲得《史記》法；然猶未詳其義而漫效焉；後之人，可不察而仍其誤耶！”見《書五代史記安重誨傳後》

其論古文之淵源曰：“古文所從來遠矣！六經《語》《孟》，其根源也。得其枝流而義法最精者，莫如《左傳》、《史記》。《易》、《詩》、《書》、《春秋》及《四書》，一字不可增減，文之極則也！降而《左傳》、《史記》、韓文，雖長篇，句字可薙芟者甚少。其餘諸家，雖舉世傳誦之文，義枝辭冗者，或不免矣！古文氣體，所貴清澄無滓；澄清之極，自然而發其光精，則《左傳》、《史記》之瑰麗濃郁，是也。始學而求古求典，必流爲明七子之僞體。《三傳》、《國語》、《國策》、《史記》爲古文正宗；然皆自成一體；學者必熟復全書，而後能辨其門徑，入其窔奥。周末諸子，精深閎博；漢唐宋文家，皆取精焉；但其著書主於指事類情，汪洋自恣，不可繩以篇法。子長世表年表月表序，義法精深變化；退之、子厚讀經子，永叔史志論，其源並出於此。孟堅《藝文志·七略序》淳實淵懿；子固序羣書目録，介甫序《詩》、《書》、《周禮》義，其源並出於此。退之、永叔、介甫俱以誌銘擅長；但序事之文，義法備於《左》、《史》；退之變《左》、《史》之格調，而陰用其義法；永叔摹《史記》之調，而曲得其風神；介甫變退之之壁壘，而陰用其步伐。學者果能探《左》、《史》之精蕴，則於三家誌銘，無事規橅，而自與之平矣！在昔議論者，皆謂古文之衰，自東漢始，非也。西漢惟武帝以前之文，生氣奮動，倜儻排宕，而法度自具；昭宣以後，則漸覺繁重滯澀；惟劉子政傑出不羣，然亦繩趨尺步，盛漢之風，邈無存矣！”見《古文約選序例》

其論唐宋八家曰：“古文自周以來，各自名家，僅數十人，其艱可知。苟無其材，雖務學，不可强而能也。苟無其學，雖有材，不能驟而達也。有其材，有其學，而非其人，猶不能以有立焉。蓋古文之傳，與詩賦異道。魏晉以來，奸僉汙邪之人，而詩賦爲衆所稱者有矣；以彼瞑瞞於聲色之中，而曲得其情狀，亦所謂誠而形者也；故言之工而流俗所不棄。若古文，則本經術而依於事物之理，非中有所得，不可以爲僞；故自劉歆承父之學，議禮稽經而外，未聞奸僉汙邪之人，而古文爲世所傳述者！韓子有言：‘行之乎仁義之途。游之乎詩書之源。’兹所以能約六經之旨以成文，而非前後文士所可比並也！姑以世所稱唐宋八家言之。韓及曾、王，並篤於經學，而淺深廣狹，醇駁等差，各異矣。”見《答申謙居書》“子厚自述爲文，皆取原於六經；甚矣其自知之不能審也！彼言涉於道，多膚末支離而無所歸宿；且承用諸經字義，尚有未當者。蓋其根源雜出周秦漢魏六朝諸文家，而於諸經特用爲采色聲音之助爾；故凡所作效古自汨其體者，引喻凡猥者，辭繁而蕪，句佻且稚者，記序書説雜文皆有之；不獨碑誌仍六朝初唐餘習。其雄厲悽清濃郁之文，世多好者；然辭雖工，尚多町畦，非其至也！惟《讀魯論》、辨諸子、《記柳州近治山水》諸篇，縱心獨往，一無所依藉，乃信可肩隨退之，而嶢然於北宋諸家之上！惜乎其不多見耳！”見《書柳文後》“歐陽永叔粗見諸經之大意，而未通其奥賾。蘇氏父子，則慨乎未有聞焉。此核其文，而平生所學不能自掩者也。韓、歐、蘇、曾之文，氣象各肖其爲人。子厚則大節有虧而餘行可述。介甫則學術雖誤而内行無頗。其他雜家，小能以文自襮者，必其行能少異於衆人者也！非然，則一事一言偶中於道而不可廢，如劉歆是也；然若歆者，亦僅矣！以是觀之，苟志乎古文，必先定其祈嚮，然後所學有以爲基；非是則勤而無所！若夫《左》、《史》以來相承之義法，各出之徑途，則期月之間，可講而明也！”《答申謙居書》

其論明歸有光曰“震川之文，鄉曲應酬者十六七；而又徇請者之意，襲常綴瑣，雖欲大遠於俗言，而道無由。其發於親舊，及人微而語無忌者，蓋多近古之文。至事關天屬，其尤善者，不俟修飾，而情辭并得，使覽者惻然有隱，其氣韻蓋得之子長；故能取法於歐、曾而少更其形貌耳！孔子於艮五爻辭，釋之曰‘言有序’。家人之象，系之曰‘言有物’。凡文之愈久而傳，未有越此者也！震川之文，於所謂有序者，蓋庶幾矣；而有物者則寡焉！又其辭號雅潔，仍有俚而傷於煩者”。見《書震川文集後》其論錢謙益曰：“余初至京師，見時人言古文，多稱虞山錢受之。嘗私語其文，穢惡藏於骨髓，一如其人；有或效之，終不可滌濯！”見《汪武曹墓表》其辨文體曰：“喬侍講萊一生大節，在爭開海口；而其子索爲墓誌及家傳。以鄙意第可記開海口始末，而以侍講奏對車邏河事及四不可之議附焉，傳誌非所宜也！諸體之文，各有義法。表誌尺幅甚狹，而詳載本議，則擁腫而不中繩墨；若約略翦截，俾情事不詳，則後之人無所取鑒，而當日忘身家以排廷議之義，亦不可得見矣！《國語》載齊姜語晉公子重耳，凡數百言；而《春秋傳》以兩言代之；蓋一國之語可詳也；傳《春秋》者總重耳出亡之迹，而獨詳於此，則義無取；今試以姜語備入傳中，其前後尚能自運掉乎？世傳《國語》，亦邱明所述；觀此可得其營度爲文之意也。家傳非古也，必阨窮隱約，國史所不列；文章之士，乃私録而傳之。獨宋范文正公范蜀公有家傳；而爲之者，張唐英、司馬温公耳；此兩人故非文家，於文律或固不審。若八家則無爲達官私立傳者。韓退之傳陸贄、陽城以載《順宗實録》。順宗在位未踰年，而以贄與城之傳附焉，非所安也；而退之以附焉者，以附實録之不安，尚不若入私集之必不可也！”見《答喬介夫書》“文士不得私爲達官立傳。李習之與退之游，此義宜夙講；而集有《東川節度盧坦傳》，事迹平叙，無杼軸經緯，後無論贊；豈習之嘗欲筆削國史，故於所聞見偶録以備取材；其後史卒未成，而編者誤以入集耶？吾觀周秦間諸子，其傳顯著者，尚多爲後人僞亂。太史公作《史記》，藏之名山，副在京師，然中間多駢旁枝，如《秦紀》後覆出襄公至二世六百一十年事，《田單傳》别載君王后王蠋語，蓋當日摭拾羣言，以備采擇而未用者；不知者乃取而附録焉。故退之自言所學，首在辨古書之正僞。然則文之義法，不獨作者宜知之也！”《書李習之盧坦傳後》“退之、永叔、介甫俱以誌銘擅長。退之諸誌，奇崛高古；而馬少監柳柳州二誌，皆變體。蓋誌銘宜實徵事迹；或事迹無可徵，乃叙述久故交親而出之以感慨，馬誌是也。或别生議論，可興可感，柳輔誌是也。永叔善叙述親故，介甫則别生議論，其體制皆師退之。”見《古文約選序例》“介甫誌錢公輔母，以公登甲科爲不足道，況瑣瑣者乎！余文乃用歐公法，若參以退之、介甫，尚可損三之一；假而周秦人爲之，則存者十二三耳。誦歐公文，試思所熟者，王武恭杜祁公諸誌乎？抑黄夢升張子野諸誌乎？然則在文言文，雖功德之崇，不若情辭之動人心目也；而況職事族姻之纖悉乎！夫文未有繁而能工者，如煎金錫，麤礦去，然後黑濁之氣竭而光潤生。《史記》、《漢書》，乃事之體本大，非按節而分寸之不遺也！”見《與程若韓書》“誌銘每事必詳，乃近人之陋！古作者每就一端引伸以極其義類。”見《與陳滄洲書》“古者婦人祔葬無特銘。”見《劉中翰孺人周氏墓表》“余生平非親懿故舊，未嘗一與之銘。蓋銘者，謚誄之遺也。古者非貴而有功德不爲誄；而謚則雖君父不敢有私焉。今於素所不識之人而與之銘，設實背於所稱，是譸言也！”見《葛君墓誌銘》“碑記墓誌之有銘，猶史有贊論，義法創自太史公；其指事辭事，必取之本文之外。班史以下，有括終始事迹以爲贊論者，則於本文爲複矣！此意惟韓子識之，故其銘辭，未有義具於碑誌者；或體制所宜，事有覆舉，則必以補本文之間缺；如《平淮西碑》兵謀戰功詳於序；而既平後情事，則以銘出之。其大指然也。前幅蓋隱括序文；然序述比數世亂，而銘原亂之所生；序言官怠，而銘兼民困；序載戰降之數，銘具出兵之數；序表洄曲文城收功之由，而銘備時曲、陵雲、邵陵、郾城、新城比勝之迹。至於師道之刺，元衡之傷，兵頓於久屯，相度之後至，皆前序所未及也。歐陽公號爲入韓子之奥窔，而以此類裁之，頗有不盡合者。介甫盡之矣，而氣象則過隘。夫秦周以前，學者未嘗言文，而文之義法，則無一之不備焉！”見《書韓退之平淮西碑後》“墓之有誌，以納於壙，義主於識其人之實；其道宜一而已，唐柳宗元以哀其姊而貳之，非古也！外碑之表，依表之者以重；緣孝子之心，所以光揚其親者不一而足，則受其請者，各以意爲之可也！”見《黄際飛墓表》“散體文惟記難撰結。論辨書疏，有所言之事。誌傳表狀，則行誼顯然。惟記無質幹可立，徒具工築興作之程期，殿觀樓臺之位置，雷同鋪叙，使覽者厭倦，甚無謂也。故昌黎作記，多緣情事爲波瀾。永叔、介甫則别求義理以寓襟抱。柳子厚惟記山水，彫刻衆形，能移人之情。至監察使四門助教武功縣丞廳壁諸記，則皆世俗人語言意思，援古證今，措事指語，皆有現成文字一篇，不假思索；是以北宋文家，於唐多稱韓、李，而不及柳氏。凡爲學佛者，傳記用佛氏語，則不雅；子厚、子瞻皆以此自瑕；至明錢謙益，則如涕唾之令人嘔矣。豈惟佛説，即宋五子講學口語，亦不宜入散體文；司馬氏所謂言不雅馴也。”見《答程夔州書》苞以文章爲天下宗；而世之治桐城文者，持其言論以爲準式；遂要刪之以備一家之學云。

集虚齋學古文十二卷

《集虚齋學古文》，簽題《方璞山古文》，還淳方棨如字文輈所撰。棨如與其宗人苞同時有名，而文章各出一途。方苞質厚以爲渾，清約以見潔，而不敢出奇；蓋由李翺以得韓愈之體段，而稍短氣韻，不如翺之優游緩衍。棨如陗厲以爲雄，吊詭以出奇，而不欲爲平；蓋從皇甫湜孫樵以學韓愈之章句，而特爲警切，力矯湜之堆砌膚縟。苞之文樸，而棨如之辭華。苞之勢平，而棨如之筆陗。棨如氣肆不平，而苞不敢不平。棨如辭華不澹，而苞不能不澹。昌黎《上宰相書》所謂“時有感激怨懟奇怪之辭”，惟棨如爲有之能之，而苞不能！集爲光緒十年甲申仲秋，淳安縣署重刊；前有乾隆二十年歲在旃蒙大淵獻端陽日，虞山王應奎一序，文格略仿皇甫湜《韓文公墓銘》，蓋亦以韓公待之也，頗足以盡棨如之意趣。其辭曰：“本朝文教訖乎四海，而江浙之間，漸被尤深；於是得强筆之儒二人焉，制義之外，兼以古文詞伏一世，而其人皆出方氏，一爲望溪先生，一爲賦溪先生云！天不憖遺，又弱一個。而賦溪先生乃以耆年宿德，巍然魯靈光特聞！先生秀氣孤稟，而篤嗜惟書，怠以爲枕，飡以飴口，寢饋既久，富若生蓄；發而爲文，割其膏腴，入我爐鞲，羅絡蟹蛤，拘致鯤鵬，衆美輻輳，與古大適；周情孔思，流溢簡外；班香宋豔，浮動毫端；與世之貌爲歐曾以文其空疏者，判若筳楹矣！在昔義山之稱《韓碑》也，謂爲‘點竄《堯典》、《舜典》字，塗改《清廟》、《生民》詩’。然後知爲古文者，非點竄塗改，伏材於古，而理以貫之，氣以使之，則不能句奇語重，入人肝脾，使人欽其實而莫名也！而或者謂點竄塗改，乃王李故智，非大雅所尚。而不知王李之所以爲僞體者，以其文不從，字不順，餖飣而不貫串，駁雜而不雅馴也；而豈點竄塗改之爲病哉！今觀先生之文，融經液史，範秦鑄漢，而所謂點竄塗改者，絶無痕跡；如千狐之腋，會粹成裘，而滅盡針線也！如百花之萼，醞釀成蜜，而化盡渣滓也！又如五侯之鯖，熊蹯豹胎，猩唇象約，合并一器，而不辨爲此餉自某甲，彼餉自某乙也！當此人不悦學之世，而先生之文出焉，用以鉗持啾發，吹囘蟲濫，庶空拳枵腹之士，攦指而退；而讀書汲古之士，俠轂以起乎！應奎溝瞀無識，妄有述造；而辱先生妄歎；賜以良書，方滋愧悚！兹又檢寄文集，屬題卷端。顧余何人，而敢爲先生皇甫氏哉！重違嘉命，勉效一言，終不能研其才外之致。而區區願附於李漢、裴延翰之流，藉以致其欽挹之私於退之、牧之者，固於是乎在!”觀王氏序棨如之文，謂“爲古文者，非點竄塗改，伐①材於古，而理以貫之，氣以使之，則不能句奇語重，入人肝脾”。若方苞則謂“古文氣體，所貴清澄無滓；澄清之極，自然而發其光精，則《左傳》、《史記》之瑰麗濃郁，是也。始學而求古求典，必流爲明七子之僞體”。見《望溪文集·古文杓②選序例》而棨如則不憚求古求典，而貫以理，使以氣，順理成章，以不同於王李僞體之飣餖駁雜焉！大抵方苞之文，所貴澄清無滓。而棨如之文，難在茂典有致。摭録可誦，篇目如左。

論説類　道與文俱

序跋類　讀史記游俠列傳　刻讀書記題詞　書蔣東委孟子讀後　書外舅徐賓名先生詩後　書桐野先生詩集後　聽雨樓樂府題詞　題鄒古岳雲根樓草　小山堂唱酬詩題詞　書春浮書屋印譜　鄭注拾瀋自序　重修嵊縣志序代　嚴州救災圖序　雲洞葉氏宗譜序　蔣峯方氏譜序　應氏續修譜序　金氏續譜序　述本堂三世詩集序　夢月巖詩集序　石川詩序　施竹田詩序　鮑西岡閩江集序　石颿詩鈔序　鮚埼集序　亡弟藥房緣情詩序　王榛逸遺集序　某人詩序　金先生文録序　陳先生文録序　百川先生遺文序　吴竹城先生文序　姜自耘文序　墨汀初刻序　劉萬資文序　程爽林遺文序　葉麗南遺文序　吴協南遺文序　序錢載錫文　儲于賓文序　徐笠山文後序　龔碩果文序　杭大宗文序　蔡桐川文序

書牘類　奉辭檄試鴻博揭子　奉辭王少司馬薦舉劄子　與周白民書　與儲大雅書壬寅　與王虚舟書　與王漢階　與王立甫書　奉王少司馬　奉家學士靈皋二兄書　與儲于賓先生　與吕待孫先生書　與全紹衣　答謝生書　答何漢勛

---

① “伐”爲“伏”之誤字。

② “杓”爲“約”之誤字。

贈序類　送何漢勛入都序　送胡方二子試禮部序　越州太守周公考績序　贈甸賓序　贈汪聿昭序　賀兩浙鹾使御史中丞謝公序代　吴尺鳧五十壽序　徐笠山先生夫婦雙壽序　同學王君七十初度序　史拙圃夫婦七十雙壽序　張母李太君八秩序　邵翁泉若八十壽序　宗人維章兄八十壽序　家從名卿五十壽序　族諸母王少君六十壽序　范鶴亭六十壽序

傳狀類　百五歲老嫗　述吕節婦　吴徵君傳　李培園傳　學博應孔昭家傳　方石卿志

碑志類　嵊縣崇祀貝子惠獻公神祠碑銘　嚴州太守周公德政碑銘　温州府創建育嬰堂碑代　損修將盈庫署碑　清故誥封恭人張母李太夫人墓誌銘　翰林院編修贈侍讀學士義門何先生墓誌銘　清故奉政大夫陶君暨元配宜人胡太君墓誌銘　清故勑封文林郎知惠安縣錢君暨孺人墓誌銘　貞孝沈先生暨節孝陳太君墓誌銘　明經處士周六雲先生墓誌銘　文學應次魯墓誌銘　清故攝知合州事定遠縣知縣吴君墓誌銘　誥封中憲大夫學博周滄菴先生墓誌銘　先兄若遠暨嫂吴氏墓誌銘　先兄若召墓誌銘　亡弟藥房墓誌銘　繼室徐氏墓誌銘　藥房弟婦沈氏墓誌銘　從子栗夫墓表

雜記類　靈臯文稿後書事　書華豫原事　記長老言　應東白築室記

右文一百零三篇。集中與方苞、何焯以學問文章相商榷者數見，而各行其是。論學，則右漢而抑宋，又極稱王安石之學。論讀書則不尚宋本。

其論讀書不尚宋本曰："今本《大戴禮》第七十九篇目爲《公符》；大抵所言皆冠禮，而發云'公符自爲主'；初不知公符何解也？既讀《儀禮·士冠禮》賈疏引《大戴禮·公冠篇》者三，求之今本目次，顧無之；舉其詞，即今《公符篇》所云；然後知'符'字即'冠'字之三豕，以草筆涉誤耳！嘗試改'符'爲'冠'，則篇首'公冠自爲主'，與後文'太子與庶子，其冠皆自爲主'之句，一一珠穿矣！然高安朱文端公撫浙時，嘗開此書，自謂得宋刻善本於滿制府案頭，其篇目亦爲《公符》；而潛邱閻氏、義門何氏各有校正《困學紀聞》一書，今方流布，所引者仍作《公符》；則州鐵鑄錯，所從來久。世嘗寶宋版本書，謂可是正文字；即如此，豈不疑誤後生也！"見《書大戴禮後》

其論王氏新學曰："吾嘗怪陸晨師方性夫輩，皆從介夫新學；然説經鏗鏗，類能敷通危疑，桀然自建。而號爲得不傳之學，其門徒昏昏索索，乃反十三四不逮之！端居多暇，點勘經解，有蔡元度《毛詩名物解》二十卷，閲之，歎其穿穴囚鎖，遠有致思；自《雜解》以下諸條尤奇；因念其人爲鬼爲蜮，狗彘不食汝餘；而緣飾經術乃如此！然則妙解文章之味者，不獨章子厚也！又念子厚且不免以世故廢學；元度貪顧凶叫，豈辨仰屋梁著書！意渠婦翁偶遺下兔園册子，從道旁拾得耳！既閣李迂仲、黄實夫兩家《詩解》，其中往往摭王氏之説而反之；而意語强半與此編相出入，又多同陸農師《埤雅》，然後決其爲安石碎金，無疑也！竊計經義字説中，如此類者非一！何等腐生，因其衰也而攻之；吠虚哐實，猘猘相索；而妙析奇致，竟以此無種矣！惜哉！”見《書毛詩名物解後》

其論道與文俱以砭宋儒之著書曰：“歐陽子曰：‘吾所爲文，必與道俱。’某則一言以變之曰：吾所爲道，必與文俱。今稱載道之文者《五經》；然文必如《五經》，始能以載道。自《五經》後，言道者世多有其書。至宋而益浩浩若烟海；其間號爲得不傳之學者，仰視天，俯畫地，中更人事，旁涉物怪，上追本始之茫，下極諸元會運世之窮無所入，以復歸於溟涬，皆言其理而筆之於書，精無倫而大不可圍，往往出於《五經》之文之所不到；意且超而越焉。然而《五經》之文，回薄萬古，光景若日月。凡此儒書，則使人讀未竟一紙，欠申思睡者過半；是何也？道有餘而文不足起之也！文不足起之，而至使人欠申而思睡，則道翳翳而愈伏；不惟不並驅《五經》，而並不能與揚子之《法言》，王氏之《中説》，韓子之《原道》、《原性》諸篇，争黄池之長！夫此皆諸儒所不滿，以爲道不足而彊言者也。而因文見道，文極於工，遂聳其書於得不傳之學者之上！且夫左氏之誣也，《公羊》之短也，《穀梁》之俗也，史遷之是非謬於聖人也，班氏之排正直，否死節也，皆非知道者也！老、莊、列則道其所道。荀之於道，亦同門而異户。外此法家、名家、雜家如韓公子、《吕覽》、《淮南》之屬，戰國短長家言，傾危權變，其於道疑無一毫可論。而學士家玩其華，食其實，直與《五經》流通相餔餜；任諸儒老先生排擯毁斥之，口燥唇乾，卒不能使之回面易向，舉所業而投之水火；蓋文之入人肝脾有如此，雖無道者猶將申焉！然則道之必與文俱也決矣！抑非獨此而已！經故以道法勝；然唯《易》與《春秋》無間然！《詩》、《書》雖經聖人手，而如《吕刑》、《文侯之命》，儒先既有違言矣！又謂《鄭風》即鄭聲之淫；夫淫復何道！《禮記》成於漢人，由諸儒言之，其背理傷道者難徧以疏舉。將以《周禮》當之；而或詆爲瀆亂不經之書；或又以爲六國陰謀之書。

《儀禮》則形而下者耳，雖號爲經，未多乎道。而其光景之回薄萬古者，諸經若一，不以損其毫毛；顧反苦繩諸文人，若有一言之不幾乎道，即貶剥之，令一錢不直；以己之不好，而并禁人之好之；嗚呼！此何理也！相馬者期於驥。驥之德力，不可必得，而必待驥而乘之；不得驥，雖馬之奔踶，力可致千里，皆斥棄異皁，不以服箱，爲其將折軛而摧轅也；而反任駑下以晞驥之乘，駕蹇驢而無策，騳跛鼈而上山，將没世不行尋常，而又何路之能極！是故有道而文者上也。道不足而文者次之。文不足而道者又次之。雖詭於道，而其文深妙，使人不覺入其玄中者又次之。言之無文，而託諸道以逃其樸鈍枯朽，則無次！某之爲此言也，重文也，乃所以重道也！昔者莊周言道，蓋無所不在，稊稗瓦甓，每下愈況。其序《天下篇》，凡一曲百家，皆標爲古之道術有在者。是故荀卿之非十二子也，必曰'其持之有故，言之成理'，夫其有故而成理也，即道也。朱子譏蘇氏，亦曰'出入有無，曲成義理'。夫其出入而曲成也，即道也。詭乎道以爲文，要之文仍不離所謂道。而或者謂辨道不可燿文，欲以樸鈍枯朽之學，嚅嚌道真。夫人之棄其文也，若棄泥塗矣！又安所得道而辨之！然而無文者，道之賊也。重文乃所以重道，雖謂某之説，即歐陽子之説，可也！"見《文與道俱》

其論文以韓愈爲宗，而志不在唐以下曰："僕幼狂惷，起辰终酉，讀書不能度十行；居三家邨中，亦無與道古者。先君子不知其駑下，经書外，颇授以《三傳》、《史》、《漢》，韓柳文，而旁及牧之、可之輩；曰：'成學治古文當取是！'退而尋今世古文，乃無一毫相似！僕嘗以古文盛於唐；而論文之旨，亦莫如唐備！昌黎语劉正夫曰：'文無難易，惟其是。'習之語王載言曰：'文無難易，極於工。'此二言者，如左右手，斷其一則兩俱廢；不是，非工也；不工，非是也。故皇甫持正之誌昌黎也，曰：'至是歸工'，则既盡之矣。雖然，爲此者，有族有祖。昌黎蓋祖左、史、揚子雲，而以劉向、班固輩爲之族，故其文奇而法。河東蓋祖《國語》、《漢書》，而以杜欽、谷永輩爲之族，故其文密而至。樊川則已固矣；然所祖者，尚在賈太傅、晁家令，而以韓柳爲之族，故其文散朗勁俠，得韓一體，習之持正及可之輩，不能紀遠，祖於韓而還相爲族；故論者以爲學韓而不至；夫其學韓也，茲所以不至也！賴其才力雄獨，故尚能持門户。苟才減諸人，則不勝困躓矣；如義山襲美等，是也。鋭意鑽仰，蓋不在唐以下；苟叩其祖與族之所處，而倍道趨之，於韓、柳、樊川，尚可得意髣髴；次不失持正可之諸公；下亦徑到義山、皮、陸輩。故曰：‘圖王不成，其弊猶可以霸。’”見《與王立甫書》綜所云云，生平宗尚可知矣！

劉海峯集十九卷附時文三册

《劉海峯集》，古文八卷，詩古體五卷，今體六卷，附時文即四書文三册；桐城劉大櫆字畊南撰。大櫆於桐城年輩視方苞爲後，而以古文繼起有名，駢稱方劉。苞亟賞歎，至謂：“苞何足算！劉生乃國士爾！”苞不能詩，而大櫆兼能詩；五言尤勝七言。近體運古於律，秀麗而出以疏朗，韻高氣清，髣髴王維。古體風骨峻拔，興象淵微，蓋得元亮之古澹，而協左思之風力者。七言古錯綜震蕩，逸氣干雲，其原出李太白，而微欠卓鍊。此集爲前清光緒二年，其族孫少塗遊宦河南所重刊，冠以《國史·文苑傳》，謂：“大櫆雖遊方苞之門，所爲文造詣各殊。苞蓋擇取義理於經，所得於文者義法。大櫆並古人神氣音節得之，兼集《莊》、《騷》、《左》、《史》、韓、柳、歐、蘇之長。嘗著《觀化篇》，奇詭似《莊子》。詩雄豪奥祕，揮斥出之。”尚非過譽之論！特謂“大櫆並古人神氣音節得之，兼集《莊》、《騷》、《左》、《史》、韓、柳、歐、蘇之長”，則不免故相矜詡耳！大抵方苞取義理於程朱，取體段於史公。而大櫆取詼詭於《莊子》，取音節於韓愈。大櫆之氣矜肆，而方苞之文醇茂。然大櫆雖好爲詼詭，而學莊學韓，模擬之迹太似；轉不如方苞之放筆灑落，脱盡畦徑！桂林吕璜録宜興吴德旋《初月樓古文緒論》曰：“劉海峯文，最講音節，有絶好之篇。其摹諸子而有痕迹，非上乘也！”然吾以爲大櫆之文，有音節而無風力，描頭畫角，未能如韓愈之肆意有所作！墓誌神道碑，尤傷庸絮，殆不足法；而銘俶詭有光響，往往遒變；庶幾韓愈之具體乎！論桐城文者必及大櫆。然大櫆特桐城人爾！而讀其文，則陽湖張惠言之所自出，而不合世之所謂桐城宗派。桐城以震川學歐公，而薪於潔適；大櫆以莊子化韓愈，而故爲矜誕；故不同也。采録可誦，篇目如左。

詩類　雜詩十四首　觀魚　登金谷巖　江鄉　宿合明寺　過周山人莊居　不寐　山中　夜行　送周大汝調之官福建　感懷七首　羈旅行二首　雜詩八首　飲酒五首　雨後　田居詩　借酒　曉望北齊校書圖　宿山中古寺　舟

行見月有懷倪九司城　題巴船出峽圖　雜感十一首　贈徐崑山結交篇以上古體　山居雨後　五印寺聽吴少峰彈琴　山行　與諸君泛舟荷花盛開　夏日暝興　獨坐有懷　獨宿　雨晴　訪鶴鳴寺僧不遇　春日有懷方二頌椒　對酒　江村獨宿　晚行　竹圃　獨遊古寺　真州作　歸雁　送何淵若將軍　送人賦西域　過大慧寺　獨酌思歸　山中暮歸　家在　江鄉　江口晚泊　宿勝福寺　蹁跃　感懷　懷姚姬傳　郥陽客舍　懷方頌椒　懷跂三二首　宿山寺　聞雁以上今體

論説類　觀化　心知　天道上中下　息争　焚書辯　雷説　續難言

序跋類　書荆軻傳後　海舶三集序　見吾軒詩集序　馬湘靈詩集序　倪司城詩集序　王天孚詩集序　海日樓詩集序　海門初集序　江若度文集序　鄭山子詩集序　張訥堂詩集序　張秋浯詩集序　張荔亭詩集序　顧備九時文序　綦白堂時文序　潘在澗時文序　徐笠山時文序　朱子穎詩集序

書牘類　與吴閣學書　再與吴閣學書　與李侍郎書　答吴殿麟書

贈序類　贈張絅儒序　送張福清序　送姚姬傳南歸序　送沈莪園序

傳狀類　胡孝子傳　江先生傳　鄭之文傳　樵髯傳　錢節婦傳　胡節婦傳　芋園張君傳　少宰尹公行狀　章大家行略

碑誌類　方府君墓誌　江西吉南贛道副使方君墓誌銘　海門鮑君墓誌銘　許游擊墓誌銘　吴萼千墓誌銘　吴錦懷墓誌銘　謝師其墓誌銘　方樘林墓表　舅氏楊君權厝誌　下殤子張十二郎壙銘

雜記類　浮山記　遊黄山記　遊晉祠記　遊大慧寺記　遊三遊洞記　遊百門泉記　竇祠記　遊萬柳堂記　漱潤樓記　半埜園圖記　賁趾堂記　一掌圖記　金陀圖記　無齋記　如意寺記　縹碧軒記

祭文類　祭尹少宰文　祭望溪先生文　祭張閑中文　祭左和中文　祭余少京兆文　祭邵開府文　祭左繭中文　祭史秉中文

右詩一百零一首，文七十八篇。古文前有《論文偶記》，四書文前有《時文論》，可以覘蘄嚮所在。

其論文以神氣爲主，而不以理爲主曰：“行文之道，神爲主，氣輔之，曹子桓、蘇子由論文以氣爲主，是矣。然氣隨神轉，神渾則氣灝，神遠則氣逸，神偉則氣高，神變則氣奇，神深則氣静，故神爲氣之主。至專以理爲主，則未盡其妙！蓋人不窮理讀書，則出詞鄙倍空疏。人無經濟，則言累牘不適於用。故義理書卷經濟者，行文之實；若行文自别是一事。譬如大匠操斤，無土林材料，縱有成風盡堊手段，何處設施！然有土木材料而不善設施者甚多，終不可爲大匠。故文人者，大匠也。神氣音節者，匠人之能事也。義理書卷經濟者，匠人之材料也。作文本以明義理，適世用；而明義理，適世用，必有待於文人之能事。程子謂：'無子厚筆力發不出。'文章最要氣盛；然無神以主之，則氣無所附，蕩乎不知其所歸也！古人文章，可告人者惟法耳；然不得其神而徒守其法，則死法而已！要在自家於讀時微會之。李翰云：'文章如千軍萬馬，風恬雨霽，寂無人聲。'此語最形容得氣好。然論氣不論勢，文法總不備①。昔人云：'文以氣爲主。氣不可以不貫。鼓氣以勢壯爲美，而氣不可不息。'此語甚好。今粗示學者：古人行文至不可阻處，便是他氣盛；非獨一篇爲然，即一句有之。古人下作一語，如山崩峽流，覺攔當他不住，其妙只是箇直的。氣最要重。予向謂文須筆輕氣重，善矣而未至也。要得氣重，須便是字句下得重。此最上乘，非初學笨拙之謂也。文法至鈍拙處，乃爲極高妙之能事；非真鈍拙也，乃古之至耳！古來能此者，史遷尤爲獨步！"

其論神氣見於音節，音節託於字句曰："文章最要節奏，譬之管絃繁奏中，必有希聲窈渺處。神氣者，文之最精處也。音節者，文之稍粗處也。字句者，文之最粗處也。然余謂論文而至於字句，則文之能事盡矣！蓋音節者，神氣之跡也。字句者，音節之矩也。神氣不可見，於音節見之。音節無可準，以字句準之。音節高，則神氣必高。音節下，則神氣必下。故音節爲神氣之跡。一句之中，或多一字，或少一字；一字之中，或用平聲，或用仄聲；同一平字仄字，或用陰平陽平上聲去聲入聲，則音節迥異，故字句爲音節之矩。積字成句，積句成章，積章成篇，合而讀之，音節見矣！歌而詠之，神氣出矣！近人論文不知有所謂音節者，至語以字句，則必笑爲末事；此論似高實謬！作文如字句安頓不妙，豈復有文字乎！但所謂字句音節，須從古人文字中實實講貫通始得；非如世俗所云也。凡行文多寡短長，抑揚高下，無一定之律，而有一定之妙，可以意會而不可以言傳；學者求神氣而得之於音節，求音節而得之於字句，則思過半矣！其要只在

① "文法總不備"，原脱"文法總"三字，今補正。

讀古人文字時，便設以此身代古人説話，一吞一吐，皆由彼而不由我；爛熟後，我之神氣，即古人之神氣；古人之音節，都在我喉吻間；合我喉吻者，便是與古人神氣音節相似，久之，自然鏗鏘發金石聲。記得多，便可生悟；譬如弈棋記得著多，便須有過人之著。文章到極妙處，便一字不可移易；所謂無一定之律，而有一定之妙。”

其論文之所貴曰：“行文最貴者品藻；無品藻，便不成文字，如曰渾，曰灝，曰雄，曰奇，曰頓挫，曰跌宕之類，不可勝數；然有神上事，有氣上事，有體上事，有色上事，有聲上聲，有味上事，有識上事，有情上事，有才上事，有格上事，有境上事，須辨之甚明。文章品藻最貴者，曰雄，曰逸。歐陽子逸而未雄。昌黎雄處多，逸處少。太史公雄過昌黎，而逸處更多於雄處，所以爲至！文貴奇。所謂珍愛者，必非常物，然有奇在字句者，有奇在意思者，有奇在筆者，有奇在邱壑者，有奇在氣者，有奇在神者。字句之奇，不足爲奇；氣奇，則真奇矣！神奇者，古來亦不多見。次第雖如此；然字句亦不可奇①，自是文家能事。揚子《太玄》、《法言》，昌黎甚好之，故昌黎文奇。奇氣最難識，大約忽起忽落，其來無端，其去無迹；讀古人文，於起滅轉接之間，覺有不可察識處，便是奇氣。奇正與平相反。氣雖盛大，一片行去，不可謂奇。奇者，於一氣行走之中，時時提起。文貴高。窮理則識高。立志則骨高。好古則調高。文到高處，只是樸淡意多；譬如不事紛華，翛然世味之外，謂之高人。昔人謂子長文字峻，震川謂此言難曉；要當於極真極樸極淡處求之。文貴大。道理博大。氣脈宏大。邱壑遠大。邱壑中必峯巒高大，波瀾闊大，乃可謂之遠大。而文之大者，莫如史遷。震川論《史記》謂爲大手筆，曰‘起頭處來得勇猛’，又曰‘連山斷嶺，峯巒參差’；又曰‘如畫長江萬里圖’；又曰‘如大塘上打縴，千船萬船不相妨礙’；此氣脈洪大，邱壑遠大之謂也。文貴遠。遠必含蓄；或句上有句，或句下有句，或句中有句，或句外有句，説出者少，不説出者多，乃可謂遠。昔人論畫曰：‘遠山無皴。遠水無波。遠樹無枝。遠人無目。’此之謂也。遠則味永。文至味永，則無以加。昔人謂：‘子長文字微情妙旨，寄之筆墨蹊徑之外。’又謂：‘如郭忠恕畫，天外數峯，略有筆墨，而無筆墨之迹。’

① “可”後脱“不”字。

昔人謂：‘意盡而言止者，天下之至言也；然言止而意不盡者尤佳。’意到處，言不到；言盡處，意不盡；自太史公後，惟韓歐得其一二。文貴簡。筆老則簡。意真則簡。辭切則簡。理當則簡。味淡則簡。氣蘊則簡。品貴則簡。神遠而含藏不盡則簡。程子云：‘立言貴含蓄意思，勿使無德者眩，知德者厭!’此語最有味。文貴疏。宋畫密，元畫疏。顔柳字密，鐘王字疏。孟堅文密，子長文疏。凡文力大則疏；氣疏則縱，密則拘；神疏則逸，密則勞；疏則生，密則死。子長掔捏大意，行文不妨脱略。文貴變。《易》曰：‘物相雜，故曰文。’一集之中篇篇變，一篇之中段段變，一段之中句句變。而文法有平有奇，須是兼備，乃盡文人之能事。上古文字初開，實字多，虚字少。典謨訓誥，何等簡奥；然文法自是未備！至孔子之時，虚字詳備，作者神態畢出。《左氏》情韻並美，文彩照耀，至先秦戰國，更加疏縱；漢人斂之，稍歸勁質；惟子長集其大成！唐人宗漢多峭硬。宋人宗秦，得其疏縱而失其厚懋，氣味亦稍薄矣！文必虚字備而後神態出，何可節損；然枝蔓軟弱，古人厚重之氣少，自是後人文漸薄處！司馬遷句法似贅拙，而實古厚可愛。文貴瘦，須從瘦出而不宜以瘦名。蓋文至瘦，則筆能屈曲盡意而言無不達；然以瘦名，則文必狹隘。公、穀、韓非、王半山之文極高峻難識，學之有得，便當捨去。文貴華，華正與樸相表裏，以其華美，故可貴重。所惡於華者，恐其近俗耳。所取於樸者，謂其不著脂粉耳。昔人謂‘不著脂粉而清真刻削者，梅聖俞之詩也。不著脂粉而精彩濃麗，自《左傳》、《莊子》、《史記》而外，其妙不傳’。此知文之言。天下之勢，日趨於文而不能自已。上古文字簡直。周尚文，而周公、孔子之文最盛。其後傳爲《左氏》，爲屈原、宋玉，爲司馬相如，盛極矣。盛極則轉衰，流弊遂爲六朝。六朝之靡弱，屈宋之盛肇之也。昌黎氏矯之以質，以六經爲文。後人因之爲清疏爽直，而古人華美之風亦略盡矣！平奇華樸，流激使然，末流皆不可處。唐人之體，較之漢人微露圭角，少渾噩之象；然陸離璀璨，猶似夏商鼎彝。宋人文雖佳，而萬怪惶惑少矣！文貴參差。天之生物，無一無偶而無一齊者。故雖排比之文，亦以隨勢曲注爲佳。文貴去陳言。昌黎論文，惟陳言之務去；又極言去之之難。蓋經史諸子百家之文，雖讀之甚熟，卻不許用他一句；另作一番語言，豈不甚難！《樊宗師墓誌》云：‘必出於己，不蹈襲前人一言一語，又何其難也!’正與‘戛戛乎難哉’互相發明。李習之親炙昌黎之門，故其論文必以創意造言爲宗。所謂創意者，如《春秋》之意，不同於《詩》；《詩》之意，不同於《易》；《易》之意，不同於《書》，是也。所謂造言者，如述笑哂之狀，《論語》曰莞爾，《易》曰啞啞，《穀梁》曰粲然，班固曰攸爾，左思曰輾然；後人作文，凡言笑者，皆不宜復用其語。習之此言，雖覺太過；然彼親聆師長之訓，故發明之如此；亦可窺見昌黎學文之大旨矣！《樊誌銘》云：‘惟古於詞必己出，降而不能乃剽賊，後皆指前公相襲，自漢迄今用一律。’今人行文，反以用古人陳語，自謂有出處，自矜典雅；不知其爲襲也，剽賊也。昔人謂杜詩韓文，無一字無來歷；來歷者，凡用一字二字，必有所本也，非直用其語也。況詩與古文不同；詩可用成語，古文則必不可用；故杜詩多用古人句，而韓於經史諸子之文，只用一字或至兩字而止。若直用四字，知爲後人之文矣。大約文字是日新之物，若陳陳相因，安得不目爲朽腐！原本古人意義，到行文時，卻須重加鑄造一樣言語，不可直用古人，此謂去陳言；未嘗不換字，卻不是換字法。”

其論《莊子》、《史記》之文曰：“理不可以直指也，故即物以明理。情不可以顯言也，故即事以寓情。即物以明理，《莊子》之文也。即事以寓情，《史記》之文也。”以上見《論文偶記》

其論時文與古文之不同曰：“八比時文，是代聖賢説話，追古人神理於千載之上，須是逼真；聖賢意所本有，我不得減之使無；聖賢意所本無，我不得增之使有。然又非訓詁之謂；取左、馬、韓、歐的神氣音節，曲折與題相赴，乃爲其至者。作時文要不是自我作論，又不是傳註訓詁，始得。要文字做得好，纔不是傳註訓詁。要合聖賢當日神理，纔不是自我作論。故曲折如題而起滅由我，八字是要言。作時文，使不得才情，使不得議論，使不得學問，並使不得意思，只看當日神理如何；看得定時，卻用韓、歐之文，如題赴之；須先洗滌心地，加以好學深思，令自家肺腸，與古聖賢肺腸相合，然後吐出語言，自然相似。如今人作文字，便不見聖賢神理；待摹神理時，又不見今人作文字的人；須是取自家行文神理，去合古聖賢神理；有古人有我；即我即古人，大非易事。古文只要自己精神勝。時文要己之精神，與聖賢精神相湊合。時文摹繪聖賢神理，而神尤重於理，作者以兼至爲上。神重於理，則寫神爲主，而理自無不至。理重於神，則説理爲主，而神自無不合。寫神者宜少説理，恐礙神也。説理者忌恐寫神，貴明理也。明代以八比時文取士，作者甚衆。日久論定，莫盛於正嘉！其時精於經，熟於理，馳驟於古今文字之變；震川先生一人而已。荆川之神機天發，鹿門之古調鏗鏘，卓然自立，差可肩隨。唐、歸、茅三家，皆有得於《史記》之妙。荆川所得，多在叙置曲盡處。鹿門所得，多在歇脚處，逸響鏗然。震川所得，多在起頭處；所謂來得勇猛也。談古文者，多蔑視時文；不知此亦可爲古文中之一體；要在用功深，不與世俗轉移。”以上見《時文論》造論入微，語無泛設。董理其説，以俟考論。

惜抱軒文集十六卷文後集十卷詩集十卷詩後集一卷詩外集一卷尺牘八卷

桐城姚鼐字姬傳撰。《詩集》與《文集》，皆鼐及身刊定。而《詩後集》、《文後集》，則其門人婁縣姚椿字春木出貲，上元梅曾亮字伯言、管同字異之校刊；而尺牘，則其門人新城陳用光字碩士蒐刻者也。桐城文學，姚鼐繼方苞、劉大櫆而自用我法；遣言措意，切近的當；不如方之質厚，而勝以澹遠；不爲劉之雄奥，而力求潔適；奇辭奥句，湔洗净盡，已不敢爲韓昌黎之怪怪奇奇；而迂迴蕩漾，餘味曲包，深得歐陽永叔紆徐委備，容與閒易之致。《劉海峯先生八十壽序》、《登泰山記》，皆發憤爲雄，於集中爲别調；然光焰不長，終是遒而未雄！余獨喜誦《范蠡》、《翰林》、《李斯》、《賈生明申商》諸論，事核而理當，儘明爽而避剽滑，不爲蘇老泉之筆情踔厲，而爲王介甫之筆力拗峭。又《莊子章義序》、《左傳補註序》、《讀司馬法六韜》、《讀孫子》、《書貨殖傳後》，長於道古，辯證而出以裁制，辭氣芳潔；覿其意緒風規，蓋由柳子厚以上窺劉氏向歆，而不爲曾子固之持論，可謂善自得師！詩則以清剛出古澹，以遒宕爲雄深，由韓學杜，已開晚清同光體之先河；特不爲生嶄奥衍，與文之蕭然高寄者，别一蹊逕！大抵姚氏之文，由歸學歐；而詩則由韓學杜。姚氏之文，紆徐爲妍；而詩則卓犖爲桀。姚氏之文，長於掉虚，短於用實，氣有餘韻，文無遒力；而詩則體骨堅蒼，銜華佩實，力破餘地；此其較也。要其歸皆出宋賢江西；特文爲廬陵之不盡，而詩則不憚爲西江之盡耳！采録可誦，篇目如左。

詩類　山寺　感春雜詠　柬王禹卿病中　臨清雨夜　酬胡君　望廬山

漫詠三首　田家　送子潁之湖南　邳州黄山　贈沈方穀　與王禹卿泛舟至平山堂即送其之臨安府　柬張橿亭庶子　次橿亭韻寄張安履　景州開福寺塔　九月八日登千佛山頂　大明湖夜　安肅道中　獲嘉渡河　許州　寄仲孚應宿　嶽麓寺　定州遇雪　王少林讀書圖　送沈觀察赴四川同知任　萬壽寺松樹歌呈張祭酒　嚴侍讀散木菴集時嚴將南旋　花朝雪集覃溪學士家歸作此詩　錢詹事座上觀沈石田畫檜歌　王舍人友亮坐看雲起圖　篆秋草堂歌贈錢獻之　歲除日與子穎登日觀觀日出作歌　雜詩　舟中望板子磯以南山勢甚奇因題長句　同王禹卿馮拙齋游八公洞循招隱寺歸　惠照寺分韻得自字　潘惟勤弟兄有小園在城北當龍眠山口林麓谿嶂蟠擁最爲可愛惟勤於松下作亭余爲名之曰谷口亭　夏晝齋居　王叔明山水卷　偕方坳堂登牛頭迴至獻花巖宿幽棲寺　雨晴出廬江寄諸同學　舟中漫興　金麓村招遊莫愁湖偕浦柳愚毛俟園陳碩士醉中作歌　秋齋有述　三月九日鄭三雲通守邀於隱仙菴看牡丹竟日翌日雨毛俟園復邀同往賦呈兩君　題葉君雲海移情圖　送胡豫生之山西趙城將訪乃翁舊知　闞口阻風　次日又阻風　酬釋妙德　米友仁楚江風雨圖卷　王麓臺山水　贈孫雨窗　吊朱二亭　登天平山觀白雲泉　觀飛來峯入靈隱寺由寺西北上韜光菴乃北高峯上也　戊午九月十四日出雲棲寺作　次韻答秦小峴觀察贈別併以別謝蘊山方伯以上古體　貴池道中　出池州　送人往鄴　宿德化縣　送客之南昌　太白樓　由儀真至滁州口號三首　過江浦縣　法源寺　官塘　萬年庵次劉石蓀韻以呈補山　論墨絶句　喬鷗村江邨圖　飲鄭前邨寓舍觀其兩郎君新作文藝前邨本出先伯之門追感往昔作此二首　次韻子潁送别三首　江行絶句　夏夜　泥汊阻風　竹林寺懷王禹卿　招隱寺　寄王禹卿　涼階　敬敷書院值雪　霄漢樓　春日漫興　又絶句　銷暑　夏日絶句　夏夜　穀樹　入龍眠　野戍　江路又一首　寄靈谷僧　天門　四合山阻風　天門阻風　翠微亭　懷祝芷塘　洲上見桃花　葆光寺　歸舟　過黄陂湖　王太常雨景　秋至　入山　曉過蘇隄作　洪造深深柳讀書堂圖　題甘夢六桐陰小築照

論説類　范蠡論　翰林論　李斯論　賈生明申商論　議兵

序跋類　莊子章義序　左傳補註序　代州道後馮氏世譜序　食舊堂集序　左仲郛浮渡詩序　吴荀叔杉亭集序　張仲絜時文序　高常德詩集序　讀司馬法六韜　讀孫子　書貨殖傳後　方坳堂會試硃卷跋尾　孫文介公殿試卷跋尾　朱二亭詩集序　方恪敏公詩後集序　南園詩存序　跋鹽鐵論　左蘭成詩

題辭

書牘類　答翁學士書　復張君書　復魯絜非書　復蔣松如書　復休寧程南書　答魯賓之書

贈序類　送右庶子畢公爲鞏秦階道序　送龔友南歸序　贈錢獻之序　贈程魚門序　劉海峯先生八十壽序　陳東浦方伯七十壽序　家鐵松中丞七十壽序　旌表貞節大姊六十壽序　陶慕庭八十壽序　陳約堂七十壽序

傳狀類　朱竹君先生傳　張逸園家傳　何季甄家傳　方染露傳　禮恭親王家傳　劉海峯先生傳　吴殿麟傳　方恪敏公家傳　周梅圃君家傳

碑志類　鄭大純墓表　疏生墓碣　蔣君墓碣　内閣學士張公墓誌銘　贈太傅錢文端公墓誌銘　贈武義大夫貴州提標右營游擊何君墓誌銘　副都統朱公墓誌銘　原任少詹事張君權厝銘　翰林院庶吉士侍君權厝銘　嚴冬友墓誌銘　孔信夫墓誌銘　陝西道監察御史興化任君墓誌銘　夏縣知縣新城魯君墓誌銘　建昌新城陳母楊太夫人墓誌銘　章母黄太恭人墓誌銘　袁隨園君墓誌銘　江蘇布政使德化陳公墓誌銘　方侍廬先生墓誌銘　奉政大夫江南候補府同知軍功加二級仁和嚴君墓誌銘　歙胡孝廉墓誌銘　繼室張宜人權厝銘　東閣大學士王文端公神道碑文　吏部左侍郎譚公神道碑文　石屏羅君墓表　臧和貴墓表　博山知縣武君墓表　方母吴太夫人墓表　安徽巡撫荆公墓誌銘　廣西巡撫謝公墓誌銘　通奉大夫廣東布政使許公墓誌銘　中議大夫通政使副使婺源王君墓誌銘　中憲大夫雲南臨安府知府丹徒王君墓誌銘　中憲大夫松太兵備道章君墓誌銘　蘇憲之墓誌銘　浮梁縣知縣黄君墓誌銘　贈光禄寺少卿寧化伊君墓誌銘　封文林郎巫山縣知縣金壇段君墓誌銘　中議大夫太僕寺卿戴公墓誌銘　新城陳君墓誌銘　資政大夫光禄寺卿加二級寧化伊公墓誌銘　舉人議叙知縣長洲彭君墓誌銘　中憲大夫順德府知府王君墓誌銘　知縣銜管石牌場鹽課大使事師君墓誌銘　周青原墓誌銘

雜記類　儀鄭堂記　寶扇樓後記　快雨堂記　游媚筆泉記　登泰山記　遊靈巖記　晴雪樓記　遊雙谿記　觀披雪瀑記　袁香亭畫册記　少邑尹張君畫羅漢記　甯國府重修北樓記　遊故崇正書院記　朱海愚運使家人圖記

哀祭類　祭林編修澍蕃文　祭張少詹曾敞文　祭侍潞川文　祭朱竹君學士文

右詩一百又六首，文一百十一篇。大抵論學主義理而不廢考據；作文偏陰柔而亦稱陽剛。

其論學問之事有三曰："義理，考據，詞章，三者苟善用之，則皆足以相濟；苟不善用之，則或至於相害。今夫博學彊識而善言德行者，固文之貴也。然而世有言義理之過者，其辭蕪雜俚近如語録而不文。爲考證之過者，至繁碎繳繞而語不可了當。以爲文之至美，而反以爲病者，何哉？其故由於自喜之太過，而智昧於所當擇也。夫天之生材，雖美不能無偏；故以能兼長者爲貴。"見《述菴文鈔序》"夫以考證斷者，利以應敵；使護之者不能出一辭。然使學者意會神得，犂然當乎人心者，反更在義理文章之事也！"見《尚書辨僞序》"今世天下相率爲漢學者，搜求瑣屑，徵引猥雜，無研尋義理之味，多矜高自滿之氣；愚鄙竊不以爲安！"見《復汪孟慈書》其論義理考證之迭爲興廢曰："孔子没而大道廢。漢儒承秦滅學之後，始立專門，各抱一經，師弟傳受，儕偶怨怒嫉妬，不相通曉；其於聖人之道，猶築牆垣而塞門巷也！久之，通儒漸出，貫穿羣經，左右證明，擇其長説；及其蔽也，雜之以讖緯，亂之以乖僻猥碎，世又譏之！蓋魏晉之間，空虛之談興；以清言爲高，以章句爲塵垢，放誕壞亂，迄亡天下。然世猶或愛其説辭，不忍廢也！自是南北乖分，學術異尚，五百餘年，唐一天下，兼采南北之長，定爲義疏，明示統貫，而所取或是或非，未有折衷。宋之時真儒乃得聖人之旨，羣經略有定説。元明守之，著爲功令。當明佚君亂政屢作，士大夫維持綱紀，明守節義，使明久而後亡，其宋儒論學之效哉！且夫天地之運，久則必變；是故夏尚忠，商尚質，周尚文。學者之變也，有大儒操其本而齊其弊，則所尚也賢於其故；否則不及其故；自漢以來皆然已！明末至今日，學者頗厭功令所載爲習聞，又惡陋儒不考古而蔽於近；於是專求古人名物制度訓詁書數，以博爲量，以闚隙攻難爲功；其甚者，欲盡舍程朱而宗漢之士，枝之獵而去其根，細之蒐而遺其鉅，夫寧非蔽歟！"見《贈錢獻之序》"自秦漢以來，諸儒説經者多矣；其合與離固非一途。逮宋程朱出，寔於古人精深之旨，所得爲多；而其審求文辭往復之情，亦更爲曲當，非如古儒者之拙滯而不協於情也！而其生平修己立德，又實足以踐行其所言，而爲後世之所嚮慕。故元明以來，皆以其學取士；利禄之途一開，爲其學以進趨富貴而已！其言有失，猶奉而不敢稍違之；其得亦不知其所以爲得；斯固數百年以來學者之陋也！然今世學者，乃思一切矯之，以專宗漢學爲主，以攻駁程朱爲能，倡於一二專己好名之人，而相率而效者，因大爲學術之害！夫漢人之爲言，非無有善於宋而當從者也；然苟大小之不分，精粗之弗别；是則今之爲學者之陋，且有勝於往者爲時文之士，守一先生之説而失於隘者矣，博聞彊識以助宋君子之所遺，則可也。以此跨越宋君子，則不可也！”見《復蔣松如書》

其論清代學者之蔽曰：“近世論學，喜抑宋而揚漢，吾大不以爲然！正由自奈何不下腹中數卷書耶！”見《尺牘與胡雄君》“初以人所尟聞而吾知之，以眩博自喜；及久入其中，自喜之甚，而堅據之，以至迂謬紛紕不能自解。即如孔撝約廣森，豈可謂非通人，而所説《公羊》，有甚無理者！祭仲衛輒皆以謬説爲正論；至滕侯褒稱一條，乃絶可笑！無論魯侯未甚足言；即使文王復生，一子爵者朝之，亦未必驟與進爵二等，且追贈及其父也！此豈若杜元凱以滕本侯爵，桓公時，王降之之説爲明通哉！夫漢儒所言易學推衍取象之故，非精心窮之，不能得其解也。班固所云少窮一經，白首始能言也；及能言而卻於聖人之旨未當；不若讀程朱之書，用功之勞同，而所得者大且多也！凡爲經學者，貴此心宏通明澈，不受障蔽。近時爲漢學者，不深則不能入；深則障蔽生矣！”見《尺牘與陳碩士》“夫爲學不可執漢宋疆域之説，但須擇善而從，此心瀅空，自得恬適。”同上“惠氏棟《左傳補注》，亦自見讀書精密處；特嫌煩其所舉太碎小，近世爲漢人學者，率有斯病！愚意不喜之，覺殊不能逮顧亭林也！閲其書，見爲用力勞而受功寡！”同上“如王伯申引之之小學，寔可貴；其餘藝或是努末，亦可勿論矣！李安溪光地雖未是真道學，而所論義理自可取；而侈言文章，乃殊可笑！戴東原震言考證豈不佳；而欲言義理以奪洛閩之席，亦可笑之甚矣！”同上“夫漢儒之學，非不佳也；而今之爲漢學乃不佳，偏徇而不論理之是非，瑣碎而不識事之小大，嘵嘵聒聒，道聽塗説，正使人厭惡耳！且讀書者，欲有益於身心也。程子以記史書爲玩物喪志。若今之爲漢學者，以搜殘舉碎，人所少見者爲功；其爲玩物，不彌甚耶！”同上“博聞彊識，而用心寬平，斯爲善學。守一家之言則狹！專執己見則陋！”見《尺牘與吴子方》“且漢人各守師法，不肯相通，固已拘滯矣。然彼受業於先師，不敢背，猶有説也。吾生於後世，兼讀各家之書，本非受一先生之言，而不欲兼以從是，而執一家之言爲斷；是辟之甚也！”見《尺牘與陳碩士》

其自叙治學之功夫曰：“凡人學問，千歧萬派，但貴有成，不須一轍；實有自得，非從人取，斯爲豪傑矣！”同上“凡書少時未讀，中年閲之，便恐難記。必須隨手鈔纂。退之記事提要，纂言鈎玄，固古今爲學之定法也！但此等只爲求記之方，一人所爲，於他人無用；後人往往刊行，等於著述，乃是謬也！地理乃史學中之一端，須足行多所歷，方能了了；或覓得當今之全圖有百里方格者，時懸於前，其間雖有小誤，大體不失；若止於史志上，終不能分明也！”見《尺牘與劉明東》“近時史學無過錢莘楣大昕。然吾有所辯論，殆足儷之；恨吾書彼不得見耳！凡説一事，欲使聞吾説者觸處更無窒礙，乃佳！”見《尺牘與陳碩士》“經學用功，誠爲要務。竊謂學者以潛心玩索，令胸中有浸潤深厚之味；不須急急於著述，斯爲最善學也！”同上“竊謂説經古今自有真是非，勿徇一時人之好尚。如近年海内諸賢所持漢學，與明以來講章諸君，何以大相過哉！鼐所愧者，功不沈密，不能專治一經；然每於一經内有一二條的論，自當爲後之專治一經者所采用。”同上“鼐昔在館中，見宋元人所注經，卷帙甚大；而其間足存之解，或僅一二條而已！意以爲何須爲是繁耶！故愚見有所論，但專記之；如是歷年所記，每經多者數十條，少則數條而已；謂之私説，不敢謂之注。”見《尺牘與翁覃溪》“夫説經有數條之善，足補昔賢所未逮則易，專講一經，首尾無可憾則甚難。竊謂生朱子後，朱子已注之經，但當爲之疏；而朱子誤處，不妨正之，用范寧註《穀梁》之法；如此則體謹小而意宏大，賢於自注一書也！”見《尺牘與陳碩士》“又注書之體，欲簡嚴，勿與人争；争辯，是疏非注矣！”同上“凡人不能静坐，須以讀書寫字自遣者，亦是心不寧帖，無胸中真樂故也。鼐近深覺平生愛作文章，於自己本分事，全乏工夫；今雖欲自勉，薄收桑榆之效，其可得乎！”同上“鼐於學儒學佛，皆無所得；正坐工夫怠惰耳；卻非謂所讀之書有難解也。《安般守意經》，吾所未見；然佛經大抵相仿，能用功者皆可入也。惟教意則需略問人。《世説》所謂殷深源未解事數，遇一道人，問以所籤，便豁然者也。此與禪悟事不同，而理亦通。”同上“閲佛書與佳僧談論，勝於服藥；此急救心火妙方也。蓋世緣空，則心病必愈矣！”見《尺牘與鮑雙五》

其論文章之原，本乎天地，而有陰陽剛柔之分曰：“天地之道，陰陽剛柔而已！文者，天地之精英，而陰陽剛柔之發也。惟聖人之言，統二氣之會而弗偏；然而《易》、《書》、《詩》、《論語》所載，亦間有可以剛柔分；值其時其人告語之體，各有宜也。自諸子而降，其爲文無弗有偏者。其得於陽與剛之美者，則其文如霆，如電，如長風之出谷，如崇山峻崖，如決大川，如奔騏驥；其光也如杲日，如火，如金鏐鐵；其於人也，如憑高視遠，如君而朝萬衆，如鼓萬勇士而戰之。其得於陰與柔之美者，則其文如升初日，如清風，如雲，如霞，如烟，如幽林曲澗，如淪如漾，如珠玉之輝，如鴻鵠之鳴而入寥廓；其於人也，漻乎其如歎，邈乎其如有思，暖乎其如喜，愀乎其如悲。觀其文，諷其音，則爲文者之性情形狀，舉以殊焉！且夫陰陽剛柔，其本二端；造物者糅，而氣有多寡進絀，則品次億萬以至於不可窮，萬物生焉；故曰'一陰一陽之爲道'。夫文之多變，亦若是已；糅而偏勝，可也。偏勝之極，一有一絶無，與夫剛不足爲剛，柔不足爲柔者，皆不可以言文。"見《復魯絜非書》"然古君子稱爲文章之至，雖兼具二者之用，亦不能無所偏優於其間，其故何哉？天地之道，協合以爲體，而時發奇出以爲用，理固然也。其在天地之用也，尚陽而下陰，伸剛而絀柔，故人得之亦然。文之雄偉而勁直者，必貴於温柔而徐婉，温深徐婉之才，不易得也；然其尤難者，必在乎天下之雄才也。"見《海愚詩鈔序》其論文章尚意氣，貴自然，而欲以變化運用義法曰："今天下之善射者，其法曰：'平肩臂，正脰；腰以上直，腰以下反句磬折，支左詘右；其釋矢也身如槁木；苟非是，不可以射！'師弟子相授受，若此而已！及至索倫蒙古人之射，傾首欹肩僂背，發則口眼皆動；見者莫不笑之！然而索倫蒙古之射遠貫深而命中，世之射者常不逮也！然則射非有定法明矣！夫道有是非，而技有美惡。詩文皆技也。技之精者必近道；故詩文美者命意必善。文字者，猶人之言語也；有氣以充之，則觀其文也，雖百世而後，如立其人而與言於此；無氣，則積字焉而已！意與氣相御而爲辭，然後有聲音節奏高下抗墜之度，反復進退之態，采色之華；故聲色之美，因乎意與氣而時變者也；是安得有定法哉！"見《答翁學士書》"夫古人文章之體非一類；其瑰瑋奇麗之振發，亦不可謂盡出於無意也。然要是才力氣勢驅使之所必至，非勉力而爲之也！後人勉學，覺有累積紙上，有如贅疣。故文章之境，莫佳於平淡，措語遣意，有若自然生成者；此熙甫所以爲文家之正傳！"見《與王鐵夫書》"而熙甫能於不要緊之題，説不要緊之話，卻自風韻疏淡；此乃是於太史公深有會處。文字有意佳處，可以著力；無意佳處，不可著力，功深聽其自至可也！"見《尺牘與陳碩士》"震川論文深處，望溪尚未見。望溪所得，在本朝諸賢爲最深，而較之古人則淺。其閱《太史公書》，似精神不能包括其大處，遠處，疏淡處及華麗非常處；止以義法論文，則得其一端而已！然文章義法，亦不可不講。如梅崖便不能細受繩墨，不及望溪矣！”同上“文章之事，能運其法者才也，而極其才者法也。古人文，有一定之法，有無定之法。有定者，所以爲嚴整也。無定者，所以爲縱橫變化也。二者相濟而不相妨。故善用法者，非以窘吾才，乃所以達吾才也；非思之深，功之至者，必不能見古人縱橫變化中所以爲嚴整之理。思深功至而見之矣；而操筆而使吾手與吾所見之相副，尚非一日事也！”見《尺牘與張阮林》

其論文體曰：“西漢人文傳者，大抵官文書耳；而何其雄駿高古之甚！昌黎官中文字，止用當時文體；而即得漢人雄古之意。歐、曾、荆公官文字，雄古者鮮矣！然詞雅而氣暢，語簡而事盡，固不失爲文家好處矣！熙甫於此體，乃時有傷雅不能簡當之病。”見《尺牘與陳碩士》“墓表自與神道碑同類，與埋銘異類。神道碑有銘，似墓表用銘亦可通，然非體之正也。吾謂文章體制，當準理決之；不得以前賢有此，便執爲是。如贈序中用不具某頓首，與書同；此顏魯公《蔡明遠序》體也，直當斷以爲不是耳；安可法之耶！”同上“大抵作金石文字，本有正體；以其無可説，乃爲變體，始於昌黎作《殿中少監馬君誌》，因變而生奇趣；文家之境，以是廣矣！”同上“墓誌文不宜繁；必欲簡峻，莫若更讀荆公，則筆間自有裁制矣！敘事之文，爲繁冗所累，則氣不能流行自在；此不可不知也。”同上“大抵頌辭每以囁嚅爲病；能如孟堅《典引》，已大難，況西京乎！”“東漢六朝之誌銘，唐人作贈序，乃時文也；昌黎爲之，則古文矣！明時經藝壽序，明時文也；熙甫爲之，則古文矣！作古文者生熙甫後，若不解經藝，便是缺陷。本朝如李安溪，所見不出時文；其評論熙甫，可謂滿口亂道！望溪則勝之矣；然於古文時文界限猶有未清。大抵從時文家逆追經藝古文之理甚難；若本解古文，直取以爲經義之體，則爲功甚易；不過數月，功可成也！”見《尺牘與管異之》

其論古人文曰：“大塘打縴，移入議論；此豈易言！必如此言，則如《報任少卿書》，足以當之耳！”見《尺牘與陳碩士》“大抵《漢書》惟宣帝以前之傳，可以肩隨子長。元成以後，則彌劣矣！”同上“漢人之文，如《論衡》乃不足道；謂蔡伯喈祕其書，乃越中僞造之辭；伯喈何至貴是書！其言平者則陋，奇者乃悖。”同上“凡言理不能改舊，而出語必要翻新。佛氏之教，六朝人所説，皆陳陳耳！達摩一出，翻盡窠臼；然理豈有二！但更搬陳語，便了無意味。移此意以作文，便亦是妙文矣！”同上“大抵簡峻之氣，昌黎爲最！”同上“宋朝歐陽曾公之文，其才皆偏於柔之美者也。歐公能取異己者之長而時濟之。曾公能避所短而不犯。”見《復魯絜非書》“虞伯生文去震川甚遠，其才識皆不逮歸；但詩字雜藝勝之，又是元，前於明人，故翰墨家重之耳！”見《尺牘與陳碩士》“如直求可當古文家數者，則南宋雖朱子不爲是；況元及明初諸賢乎！如宋金華直是外道；而朱竹君以爲妙絶，遂終身爲所誤。此等非所見親切，安得無妄説也！”同上“凌仲子至以《文選》爲文家之正派，可笑如此！”見《尺牘與石甫姪孫》

其自論定曰：“鼐於文章之事，何敢當作者之目！但平生所聞於長者，差異於俗學。”見《尺牘與周希甫》“夫學問之事，天下後世之事，非自亢者所能高，亦非自抑者所能下。鼐於文事粗識門徑，而才力不足盡赴其識。鼐以是更望諸年少者，假令更有韓歐之才出；而世第置吾於獨孤及穆修之倫，則吾心所大快矣！”見《尺牘與王惕甫》“夫文章之事，望見塗轍，可以力求；而才力高下，必由天授。鼐所自歉者，正在才薄耳！頃見王鐵夫文規模頗正，其才恐不免與吾輩上下，無復古人意致佳處也！”見《尺牘與陳士石》“鐵夫集中，有《跋惜抱集》一篇。此君乃未識面之人，而承其推許；使人有知己之感！其論鄙作，所最許者叙事之文，甚愛《朱竹君傳》，而不甚喜考證之作。愚意以考證累其文，則是弊耳；以考證助文之境，正有佳處，夫何病哉！鐵夫必欲去之，亦偏見耳！其文章不媿雅馴，亦今之奇士矣！”同上“韓理堂誠爲好手，其論宋太宗事，與常州惲敬旨同而文勝。惲亦今一作手也！”同上“理堂果勝於理境；文筆則苦有區牖，無縱横超妙處；此亦是天限之，第勝於他人之猥陋耳！”同上“鼐近作《禮親王傳》，似可勝《道園學古録》中文；以較韓歐便覺遠在，況子長乎！然只可如此做去；若勉强作漢人，則反成明人之僞體矣！”同上“吾近鈔取所作古文未入集者，寄松江姚春木。春木欲爲吾刻續集，成否不可知。大抵人入集之文，亦欲其少，不欲其多也！”同上“近人刻集務多，此最可笑！其間不足録而録入者幾半。然久之世自有定論，一時之好尚何足憑！且文集多亦自難於傳播。王元美《四部稿》，人家得觀者希矣！此亦其多之爲害矣！”見《尺牘與張阮林》

其詔門弟子學文，熟讀勤作，從摹擬入手曰：“文章一事，而所以致美之道非一端。命意立格，行氣遣辭，理充於中，聲振於外，數者一有不足，則文病矣！作者每意專於所求，而遺於所忽；故雖有志於學，而卒無以大過乎凡衆！故必用功勤而用心精密，兼收古人之具美，融合於胸中，無所凝滯；則下筆時自無得此遺彼之病也！”見《尺牘與陳碩士》“深讀久爲，自有悟入。夫道德之精微，而觀聖人者，不出動容周旋中禮之事。文章之精妙，不出章句聲色之間；舍此無可窺尋矣！”見《尺牘與石甫姪孫》“大抵學古文者，必要放聲疾讀，又緩讀，祇久之自悟；若但能默看，即終身作外行也。”見《尺牘與陳碩士》“詩古文各要從聲音證入。不知聲音，終爲門外漢耳！”同上“文韻致好，但説到中間忽有滯鈍處，此乃是讀古人文不熟，急讀以求其體勢，緩讀以求其神味，得彼之長，悟吾之短，自有進也。”同上“學文之法無它，多讀多爲以待其一日之成就，非可以人力速之也。士苟非有天啓，必不能盡其神妙；然苟人輟其力，則天亦何自啓之哉！”同上“夫文章之事，有可言喻者，有不可言喻者，不可言喻者，要必自可言喻者而入之。韓、柳、歐、蘇所論言文之旨，彼固無欺人語。後之論文者，豈能更有以踰之乎，若夫其不可言喻者，則在乎久爲之自得而已！”見《尺牘答徐李雅》“夫學文者利病短長，下筆時自知之；更取以與所讀古人文較量得失，便無不明了，充其得而救其失，可入古人之室矣。”見《尺牘與魯賓之》“凡作古文，須知古人用意冲澹處，忌濃重；譬如舉萬鈞之鼎如一鴻毛，乃文之佳境；有竭力之狀，則入俗矣！”見《尺牘與石甫姪孫》“風味疏淡，自是好處，從此做深，或更入古人奇妙之境；然不可彊爲，反成虚憍。”見《尺牘與陳碩士》“大抵文字須熟乃妙；熟則利病自明，手之所至，隨意生態，常語滯意，不遣而自去矣！”同上“文之出奇怪，惟功深以待自至，卻又須常將太史公、韓公境懸置胸中，則筆端自與尋常境界漸遠也！”同上“大抵文章之妙，在馳驟中有頓挫，頓挫處有馳驟。若但有馳驟，即成剽滑，非真馳驟也！更精心於古人求之，當有悟處耳！”見《尺牘與石甫姪孫》“世人習聞錢受之偏論，輕譏明人摹倣。文不經摹倣，安能脱化！觀古人之學前古，摹倣而渾妙者自可法；摹倣鈍滯者自可棄！”見《尺牘與管異之》“然文家之事，大似禪悟；觀人評論圈點，皆是借徑；一旦豁然有得，呵佛罵祖，無不可者！此中自有真實境地，必無疑於狂肆忘言，未證爲證者也！”見《尺牘與陳碩士》“欲悟亦無他法，熟讀精思而

已！大抵古文深入難於詩，故古今作者少於詩人；然又有能文而不能詩者，此亦自由天分耳!”見《尺牘與石甫姪孫》

其詔弟子學詩，熟讀精思，亦以摹倣爲説曰：“吾以爲學詩，不從明李、何、王、李路入，終不深入；而近人爲紅豆老人所誤，隨聲詆明賢，乃是愚且妄耳!”見《尺牘與陳碩士》“近人每云作詩不可摹擬，此似高而寔欺人之言也！學詩文不摹擬，從何得入！須專摹擬一家，已得似後，再易一家，如是數番之後，自能鎔鑄古人，自成一體。若初學未能逼似，先求脱化，必全無成就。譬如學字而不臨帖，可乎!”見《尺牘與紓姪》“今日詩家大爲榛塞，雖通人不能具正見。吾斷謂樊榭簡齋，皆詩家惡派；此論出，必大爲世怨怒；然理不可易!”見《尺牘與鮑雙五》“五七言《今詩體①鈔》，吾意以捄俗體詩之陋，鈔此爲學者正路耳！使學者誦之，縱不能盡上口，然必能及其半，乃可言學；故惟恐其多，不嫌其少。以爲此外絶無佳詩可增，此絶無之理；欲使人知吾意所鄉耳。”見《尺牘與陳碩士》“吾向教後學學詩，只用王阮亭五七言《古詩鈔》；然阮亭詩法，五古只以謝宣城爲宗，七古以東坡爲宗。今所宗正當以李杜，越過阮亭一層。然王所選，亦不可不看以廣其趣。《崆峒集》亦正爲李杜先導。”見《尺牘與管異之》“凡學詩文之事，觀覽不可以不汎博。若其熟讀精思，效法者，只欲其少，不欲其多，如漁洋《五言詩選》，吾猶覺其多耳！其選不及杜公；此是其自度才力不堪以爲大家；而天下士之堪學杜詩者亦罕見，故不以杜詩教人；此正其不敢自欺處耳！今若病其缺此大家，只當另選一杜詩，或益以昌黎，以待天下才力雄健者之自取法，可也！若此外别家，只有泛覽之詩，寔無當熟讀效法之詩。吾嘗謂袁簡齋嘗云：‘人只可以名家自待；後世人或置吾於大家之中；切不可以大家自待，俾後世人併不數吾於名家之内。’此言最妙！簡齋豈世易得之才！欲得筆勢痛快，一在力學古人，一在涵養胸趣。夫心静，則氣自生矣!”同上“近體只用吾選本；其間各家門逕不同，隨其天資所近，先取一家之書，熟讀精思；必有所見，然後又及一家，知其所以異，又知其所以同。同者必歸於雅正，不著纖豪俗氣，起復轉摺，必有法度，不可苟且牽率，致不成章；至其神妙之境，又須於無意中忽然遇之，非可力探；然非功力之深，終身必不遇此境也!”見《尺牘與伯

① “詩”與“體”爲倒文，“今體詩”即“近體詩”。

昂從姪孫》“但就愚《今體詩鈔》，更追求古人佳處，時以己作與相比較，自日見增長。大抵作詩平易，則苦無味；求奇，則患不穩；去此兩病，乃可言佳！至古體詩，須先讀昌黎，然後上泝杜公，下采東坡，於此三家，得門逕尋入；於中貫通變化，又係各人天分。”同上“五言詩每欲押彊韻，輒不能妙。此處惟涪翁爲獨勝！此天賦，不可彊學也！”見《尺牘與陳碩士》“杜公排律，布置局格，開闔起伏變化，大約横空而來，意盡而止，而千形萬態，隨時隨地溢出；此他人詩中所無有；惟韓文時有之，與子美詩同耳！然作詩心之所向，必須在此；否則止是常境耳！李玉溪、白太傅、朱竹垞，皆刻意作排律之人，而不能得此妙！”見《復劉明東書》“然觀人之才，須正變兼論之，得其真境，乃善！夫文章之事，欲能開新境。專於正者，其境易窮，而佳處易爲古人所掩。近人不知詩有正體，但讀後人集，體格卑卑，務求新而入纖俗，斯固可憎厭！而守正不知變者，則亦不免於隘也！”見《尺牘與石甫姪孫》“大抵其才馳驟而炫耀者宜七言，深婉而澹遠者宜五言；雖不可盡以此論拘，而大概似之矣！”見《尺牘與陳碩士》

涇縣包世臣著《藝舟雙楫》，以姚鼐行草書入妙品；以故論書亦極有真見。其論二王獨推大令書曰：“論二王書，譬之論李杜之詩。太白作五言詩，固爲妙矣。然必至其歌行，瑰詭縱蕩，窮態極變，乃所以爲大家而與杜並也！大令草書，能變右軍之法，極其筆力，雄奇怪偉，絶超古今，此所以並稱二王也！近王虚舟輩評大令書，但取其清迴和雅，似右軍之書。至其狂草，變化無方，率加詆毁，此不可謂善論書矣！譬如讀《太白集》者，但取《牛渚西江》等製；而棄《蜀道難》、《遠别離》諸篇，是尚爲能讀李詩者乎！世傳《桓江州》及《委曲前書》等帖及以子敬書誤入張芝《知汝殊愁帖》，皆古今絶出之奇筆，如祖師禪，入佛入魔，無不可者！書品以大令草書列右軍上，雖未必至當，要非無理！”見《法帖題跋三》“至《辭令帖》，未見古摹；而明嘉靖中，吴章傑摹本，多姿媚而少古韻，乃有唐李北海等筆法，竊疑非子敬蹟也。”見《跋王子敬辭令帖》其論褚河南書曰：“褚書《聖教序》，於用筆極細瘦中，有起伏轉變之妙。”見《跋褚書聖教序》其論顔魯公書曰：“魯公書多取篆籀法入真行。”見《跋顔魯公劉太沖序》論八分書曰：“吾見未能楷書，學八分，終不佳！惟本善楷書，故進爲八分，極有筆力也！”見《尺牘與伯昂孫姪》併附録之。

中復堂全集九十八卷

《中復堂全集》，内《東溟文集》六卷，《外集》四卷，《東溟文後集》十四卷，《外集》二卷，《東溟奏稿》四卷，《後湘詩集》九卷，《二集》五卷，《續集》七卷，《識小録》八卷，《寸陰叢録》四卷，《東槎紀略》五卷，《康輶紀行》十六卷，《姚氏先德傳》六卷；桐城姚瑩字石甫所撰。其子濬昌以同治丁卯八月，刻於安福縣署；蓋濬昌方爲安福縣知縣也，而以南豐吴嘉賓所撰《姚公傳》，合肥徐子苓撰《墓誌銘》，桐城徐宗亮撰《墓表》，及濬昌撰其父《年譜》與其母《方淑人行略》爲附録一卷，殿焉。瑩爲姚鼐從孫，從受義理考據詞章之學。湘鄉曾國藩爲《歐陽生文集序》，謂："姚先生晚而主鍾山書院，門下著籍者，上元有管同異之、梅曾亮伯言，桐城有方東樹植之及瑩，四人者稱高第弟子。"觀瑩之集，詩勝於文，渾脱瀏亮，其詩由明何景明李夢陽入，而以盛唐李杜爲宗。古體勝於近體；七古尤勝五古，震蕩錯綜，闔闢頓挫，其原出李白；而近體亦頗脱去纖穠，獨抒高渾，嗣響杜陵，不爲格律所拘；庶幾姚鼐之血脈！文章善持論，忼慨深切，亦得姚鼐之一體。然上者爲東坡之快利；其下者急言極論，不免再衰三竭；無姚鼐《李斯》《翰林》等論瘦峭拗勁，往復百折之致。叙事好爲盡而涉覼縷，又少變化；未若鼐之控馭歸於含蓄，餘味醰然！採録可誦，篇目如左。

詩類　處女篇　遊子篇　采葛篇　擬古八首　雜詩　飛龍引四首　夜飲方竹吾北園偕左匡叔徐六襄方履周光律原張阮林諸君　白溝河大風　月下有懷　辭家曲　詠古七首　十九夜待月不見　詠懷十三首　夢歸　從大奎閣歸途中憶在欖山日開元寺一僧窮老且病客至亦不爲禮然枯寂有禪意余梅花時輒訪之今此間有僧頗能詩乃不及也　寄希光姪　七月五日用東坡韻　愁來　中秋日出遊　溪山夜興　番禺段紉秋佩蘭招同薛南洲敬茂黄香石培芳遊白雲山自蒲澗至安期巖夜雨止宿　九月二十一日至羊城謀歸忽聞故人張阮林歿於京師驚哀有作成七十四韻　述憂四首　三月朔日自臺灣放舟至澎湖遇北風舟南駛不可收越兩日夜達粤東之惠來乃捨舟登陸間道至潮州偕方子步琛登江樓小飲憑檻有作寄穎齋觀察　自梅磎换舟至赤石　新城道中二首　湖口夜下三首　山中人日　荆州晤光律原第一首　再呈律原　丁酉六月十二日偕潘四農毛生

甫遊金山放舟焦山宿松寥閣賦柬二君并示從遊諸子四首　高旻寺夜舟　金帶圍　活魚　觀物八首　出遊兩首　贈梅伯言　梅山園微雪以上五言古　贈彬卿　采石磯遇汪夢塘　廬山謠　峽江歌　憶昨行寄吳子方　觀梅舞劍行寄梅壯士　海船行　臺灣行　晚泊延平城下喜張慶齋見過且餽茶筍　舟中午夢到一園亭有軒池竹石之勝主人煮茗邀客甚殷作詩以贈覺乃僅憶八句遂率成之　山水大漲舟不得進泊葭葦中遥望斷山一缺登岸攀緣久之得一狹口更百餘步豁然開朗稻田數百頃嘉禾青秀可愛山泉亂響溝渠滿溉四面山圍緑合竹樹甚茂平疇中起一小山高里許巖谷天然時雨初晴四山草香撲鼻野鳥雜色格磔飛鳴不可名狀裴回經時心甚羨之歸詢舟人不知地名亦未嘗至也　苦雨　守水　蜻蜓　舟行觸魚躍起丈餘惜不能得之　獨酌偶憶昔在粤中有術者言余前身爲王無功戲賦此篇　舟起早發　寒知閣在龍眠山内左忠毅少時讀書於此張文端嘗作詩和者頗多春麓侍御屬作長句　鄧湘臯先生松堂讀書圖　湘臯有田在新化之南郇其兄雲渠隱焉以湘臯常遊外恐其仕作書招之湘臯乃作南郇耦畊圖以見志　酬别同年金鶴臯大令周伯恬陸綸山及里中諸子時衆人讌集北園爲餞凡三十二人諸君皆有詩　微雨登小孤山用東坡焦山詩韻　饒河舟中　寄光律原　古廟　下灘歌　己丑四月方竹吾來漳州邀同汪味根二丈胡曉峯同年陳澧西滕藍郇二明府文謙之二尹遊開原寺觀唐咸通石塔遂登芝山謁道原堂還至僧寮聽蔡香谷秀才彈琴蔡石坪明府後至　漳浦黄忠端公先塋在雲霄道光八年有欲侵葬山麓者一夜山上石苔無數盡作黄山字凹凸大小不一或篆或隸天成奇絶柳孝廉廷爵作黄山苔字歌作和　至福州喜晤楊笙友水部林梅友謝碩甫劉芑川三孝廉及亨甫弟子余柏溪茂才小集寓舍諸君各有詩文見贈既登舟諸君復置酒洪山橋餞送作長句酬别是時亨甫方遊河洛　李生歌　峽中作示同行諸子　折多山雪　高日寺　將至巴塘見松林口花樹二株一紅一白葉似枇杷花皆一幹數朶每朶十數小花合抱狀如蠟梅磬口檀心特紅白異耳詢其名曰達麻花爲長句賞之　還度飛越嶺大雪　食橘　苑中芙蓉一樹高出檐花開百數十朶大者如盌色紅而瓣多自中秋後終九月未已　出遊兩首以上七言古　謡變六首樹有枝客宴客至同聲和歌老女歎膕膞雞　逼仄行　相逢行送董定園　鑷白髮歌　雙姑謡　白芍藥歌以上雜言古　蘆溝橋晚眺　南旅舟中雜詠五首　烏程道中　寄二内首　湖口渡江兩首　出湞陽峽　秋日登粤秀山和曾賓谷方伯原韻同王壄樵　曉望　魏默深贈佛書數種　鳳臺夜坐　頭塘曉起冒雪登山以上五言律　孫秀林齋中夜話

春日登粵王臺　書懷　寄方竹吾　三十　酬張南山孝廉見贈　書齋春日　許昌懷古　鹿春如召同張亨甫張竹虚陳梁叔陸次山家兄伯符集白公祠下時方七夕　三月十五日赴蜀前二日邀同馬元伯光律原家兄伯符弟緒周攜濬昌遊谷林微雨遲方植之不至　自折多山至提茹道中　夜坐二首以上七言律　鴛鴦曲四首　洞房曲四首　柳枝詞四首　明珠曲三首以上五言絶　東流夜思　皖江雜詩　望小孤山　清明日登大奎閣見桃花一枝半落矣悵然有作二首　雜詩四首　論詩絶句六十首　感懷雜詩二十首　寓舍海棠　旅店山丹屬客　坊口曉發二首　廿八都二首　寓裏塘僧樓即景以上七言絶

賦類　怪鴟賦

論説類　通論上下　賈誼論　説鷹

序跋類　吴子方遺文序　吴子山遺詩序　劉薇卿詩序　孔蘅浦詩序　論語集註書後　張南山詩序　松坡詩説序　黄香石詩序　香蘇山館詩集序　北園讌集詩序　侯冠芳遺集序　惜抱先生與管異之書跋

書牘類　與張阮林論家學書　上座師趙分巡書　復趙尚書言臺灣兵事兩書　上韓中丞書　與吴岳卿書　與吴春麓員外書　復方彦聞書　復管異之書　奉逮入都别劉中丞書　復鷹青一兄書

贈序類　王石卿壽序

傳狀類　仲童子傳　張阮林傳　朝議大夫刑部郎中加四品銜從祖惜抱先生行狀　萬孝子傳　張亨甫傳　湯海秋傳

碑誌類　孫宜人墓誌銘　廣東鹽運使知事王府君墓表　光禄大夫兵部尚書戴公墓誌代

雜記類　遊欖山記　粵東學使後園記　桐城麻溪姚氏登科記　噶瑪蘭颱異記　一樂居記　遊白鶴峯記　李鳳岡生壙記　桐鄉書院記

右詩二百七十三首，文四十五篇。論學論文，壹本家學。其論學必宗程朱曰："僕承家業，治經史，爲詩古文之學三世矣！先曾祖薑塢先生爲文根柢經史，指淵思深，必得古人精意，不爲放譎踳駁之論，取快一時。至其天資沈篤，彊記博聞，自束髮以終其身無間；故能淹通宏洽，不爲拘墟孤陋之見，空疏無據之譚。論者以爲可差肩閻惠諸君。然閻君齗齗博辨，以摘發前人自喜。惠君鑿鑿訓詁，以蒐求古義專門；二君精博，均不可及！然其於聖人之道，曾未望藩離，乃與宋儒爲難，欲以寸筳破巨鐘！若先曾祖則以考博佐其義理，於程朱之學，見之真而守之篤，固與二君大異；以爲‘非考證，不足以多聞；而舍身心，亦何以爲學。漢儒謹守師法，訓詁略備於前。宋儒講論修明，義理大著於後。其道在守先待後，其功在風俗人心。學者當識其大以體其微；去其矜心，與其昏氣，乃可以爲學。俗儒務毁人以成己名，邪説好立異以亂是，非卮言日出，貽害人心，亦何異亂法舞文之吏耶！’瑩之生，距先曾祖歿已十餘年；家中落，藏書爲人竊取盡！又十餘歲，稍解讀書；二十四歲，編録遺集，又六七年，然後有以見先曾祖爲學之實。從祖惜抱先生以詩古文鳴海内，學者宗之！然惜抱先生孤立於世，與世所稱漢學異趣；而海内學者徒以詩古文相推；於其説經治學，罕有從者！風氣使然，不能以一人挽也！”見《與張阮林論家學書》“顧學術是非，非文章不能以自顯！瑩於經術之文，嘗慕董膠西、劉中壘；論事之文，嘗慕賈長沙、蘇眉山父子；非徒悦其文章；以爲數子之學，皆精通明達，所謂其言有物者。至於天人之際，性命之微，則非殫究於濂、洛、關、閩，不足以定極中至正之歸；而又必考索於漢、唐、元、明諸儒經説以明其章句；辨覈於正通别霸歷代史書以觀其事蹟；泛濫於九流百家以博其趣；出入於釋老二氏以窮其説。若夫陶冶性情，抒寫景物，則詩歌之作，即古樂之遺，所以宣道幽滯，寄哀樂於聲音者也。”見《再復趙分巡書》

其論學不廢老釋曰：“釋氏與老莊，有同有異；其同處，在收心返觀，浄静爲體以制羣動；其異處則不免索隱行怪。然其觀心之法，實能體勘種種偏私傲辟、嫉妬忿狠、諂媚貢高、矜己慢人、損物自利一切貪嗔妄見，切中隱微。士大夫終日儒行者，多護己非；其自訟之誠，或未能逮也！雖其深妙之義，不出吾教；而所行堅忍，則有不止於富貴不淫、貧賤不移、威武不屈者，恐亦未可厚非；非特《中庸》所云知者過之耳！果能如其推勘私心，毫無己見，亦何害於人耶！世俗崇奉彼教，多悚於禍福死生之説，固鄙陋可嗤。若上智不以福禍死生爲念者，往往亦喜觀之；故程朱大儒皆嘗從事。惟能透過此關，所以爲程朱也！”見《復光律原書》

其論道不可道曰：“方植之書皆衛道，見真語確，多前儒所未發；然所論辨，皆在學者用功著力處，苦心苦口，開悟來兹。若道之本原，則有不可言、不容言者；斯理渾然，無有畔岸；人皆闚尋，就見爲説，皆非道體。生平最喜《阿含經》衆盲言象一段，與吾儒仁者見之謂之仁，知者見之謂之知同意。

儒先諸説，往往小言破道，但取能救學者之失，有功世道人心，可矣。忠敝而救之以質、質敝而救之以文、文勝則返之於質，如五行之相尅而相生，其用無窮；而於天之所以爲天，道之所以爲道，則皆非也！害道之事多矣！聖人隨事立法，以救世耳！邪固害道。正而非當，害與邪同。吾觀前賢之書，雖有淺深純雜不同；但就我所蔽而救其失，則皆神農之《本草》也。葠苓朮草；各適其用，是爲得之。必使天下人蓄葠苓朮草；其他一切屏棄，必有待桂附烏頭，不得而死者矣！特葠苓朮草之性質功用爲良，使天下人知其良而近之；桂附烏頭之性質功用爲劣，使天下人知其劣而遠之；可也。過爲去取，則非道矣！”見《與方植之書》

其論《論語》莫精於朱註曰：“朱子生平用力《四子書》訓解，屢有更易。蓋見道愈精，析義愈密，而訓詁文字初不少略焉。《論語》成書凡四本：最先作《論語要義》，在隆興元年；蓋病王氏新學之穿鑿，而諸儒説經，又或支離，未能卓然不畔於道；慨然發憤，取平生所編古今諸儒之説，以及門人友朋之議，盡删其穿鑿支離及不得聖人之微意者，定爲一書；而以二程子爲宗。此皆講明大義，不解章句；以爲文義名物之詳，當求之註疏，有不可略者；未嘗廢註疏也！既因訓詁略而義理詳，非初學宜習；復加删録，作《訓蒙口義》，本之《註疏》以通其訓詁，參之《釋文》以正其音讀，然後會之以諸儒之説以發其精微；一句之義，繫之本句之下；一章之旨，刊之本章之左；又以生平所自得者附見一二，然後訓詁音義備焉！既又取二程子講論之語，及横渠張子、范氏、二吕氏、謝氏、游氏、楊氏、侯氏、尹氏九家之説，作《論孟精義》。《集註》之成，蓋在晚年；然猶隨時更改。先賢大儒好學之勤，體道之深乃如此；而於百家之説，未嘗盡廢也！故作《論孟精義序》曰：‘漢魏諸儒，正音讀，通訓詁，考制度，辨名物，其功博矣？學者苟不先涉其流，則亦何以用力於此。而近世二三名家，與夫所謂學於先生謂二程子之門人者，其考證推説，亦或時有補於文義之間。學者有得於此而後觀焉，則亦何適而無得哉！特所以求夫聖賢之意者，則在此而不在彼耳！’嗚呼！朱子述而不作，皎如天日，所以爲天下萬世計者，無非欲下學上達，由粗入精，同底於大中至正；豈小儒俗學，專以一己之私説，欺世取名，假博聞多識以自文其不肖者所能望其萬一哉！”見《論語集註書後》

其論《左傳》莫善於杜註曰：“《左氏傳》自賈太傅始爲訓詁，劉子駿創通大義。後漢鄭仲師、賈景伯、服子慎、許惠卿、穎子嚴之徒，皆有註。馬季長謂：‘賈君精而不博；鄭君博而不精；已無可復加。’但作《三傳異同説》，則賈鄭之書可知矣；魏世王子雍亦有《左傳》解，此皆通師碩儒之説也。至杜氏以爲諸家皆膚引《公羊》、《穀梁》以釋《左氏》，適足自亂，乃著《經傳集解》，專修丘明之傳以釋經，其所論三體五例，詳哉言也！又作《長曆》以推其歲時，撰《釋例》以通其條辨，殫畢生之勤，成專家之業；大義舉而訓詁明，天文昭而地理覈；自有左氏以來，傳註未有若元凱者也！故南北學者皆爲之疏義。劉光伯雖曾規其過失一百五十餘條，未害其美。且隋世諸傳，尚多存者；光伯獨爲杜氏作疏，豈非其長不可掩耶！疏其書而規其短，乃光伯通見，足破疏家袒護之陋，非好攻之以爲異同也！夫長短不容相掩，功過可以互明，賈、服、劉、馬之異同，要當並著其書，使後學有所鑽仰。自唐世奉勅修定《正義》，獨用征南，而諸家註説，如爝火辰星，熒然闇滅；此固當時學人之陋，亦孔沖遠、顔師古之徒，不能請聞於朝，兼存古訓；通人至今爲恨！然以諸家之廢，而大不平於杜氏；此何説哉？亦猶朱子表章六經《四書》，原令人先習註疏以通其訓詁；其後學者不能兼習，乃自放棄註疏，專治宋儒註義。今舉世駁辨，咸謂宋儒滅絶舊註，徒言義理而廢訓詁；此何異盲人道黑白乎！《左傳補註》之作，發端於元人趙汸；蓋以杜爲主，不足，以陳傅良之説通之；非糾杜也！國朝顧寧人作《杜解補正》三卷，朱鶴齡作《讀左日鈔》十二卷，補録二卷，始有意正其闕誤；而曰補曰鈔，不居攻辨之名。近世惠定宇以古義名家，特搜輯服賈之説，爲《左傳補注》。吾鄉馬器之慕惠氏之風，援光伯之説，亦有《補註》之作，意乃頗攻杜氏；嚮嘗疑之！若惜抱先生亦嘗譔《三傳補註》，在馬氏之先，則又不過隨所考證，其有未安，間爲之説，並無意於長短之見。説經硜硜，貴淵通，不在攻擊也！”見《與張阮林論家學書》

其論史注之得失曰：“自古史書，惟《史記》、《前、後漢書》、《三國志》有註；通史惟《資治通鑑》而已。裴駰、司馬貞、裴松之、劉邵①、李賢、顔師古、胡三省，皆博極羣書，學通今古；且經昔人註本，乃集其成；然皆殫畢生之精力，或數十年而成之，千百年來，猶時爲人所糾。信乎註書難，

① “邵”爲“昭”之误字。

註史尤不易也！李氏之爲《南、北史》也，取宋、齊、梁、陳、魏、齊、周、隋八代之書，芟其繁蕪，而通著之；世皆稱善；猶有未盡，朱子譏之！然非取八代之書互觀，烏知其所以善，與朱子所以譏哉！特是古書存者日少，徵引無其廣博；所恃不過晉、宋、齊、梁、陳、魏、齊、周、隋諸書及《通鑑》而已；此外皆少全書。不得已於古類書，如《初學記》、《藝文類聚》、《白孔六帖》、《太平御覽》、《册府元龜》、《北堂書鈔》各種中，有涉及南北朝事文者，偏加考索以爲之注；一字一句，或煩旬日，非可定擬爲之。夫正史久已昭垂，而猶註之者，非欲著其所未明，詳其所未備乎？天文，職官，地理，制度，典章，代有不同，本書有志，可無費詞。若其無之，則非註不能明了矣！其未備者，亦非即爲病；昔人去取，不無意義；諸家異聞，必有汰削，或始末未賅，或存舍未審；故當博收旁證，即本書去取之旨益明；此註所由作也；非是則無須矣，然注家得失，亦有可言。弇陋者，失在簡而多闕。繁博者，失在濫而鮮當。此其蔽也。大小顔註《前漢書》，劉昭李賢註《後漢書》，裴松之註《三國志》，胡三省註《通鑑》，可謂善矣！《前、後漢》自有志；地理職官制度可無詳，而前人猶多所援引。《三國》、《通鑑》本無志，故註者考證益詳，此後人所當取法也。然考《通鑑》上采千數百年之事，卷帙已富，則注不容更繁。《三國》卷軸無多，則注不妨廣博。此又相體爲通，不可不察也。元明以來，學人著書，但嚴取義，而事實輒從疏略，讀者病焉！乃矯之者又但尚廣博而昧於體裁；苟能兩祛其蔽，斯爲善耳！李清注《南北史稿本》已見；此是李清自修《南北史》耳！李乃明季人，相沿元明人習氣，妄以本書書法失當，輒憑己見任意删改原文，而自註其下；荒略武斷甚矣！本朝彭文勤因徐無黨舊註《五代史記》，過於荒略；欲更蒐討古書，凡關五代事實者，悉爲援引以成補註。然文勤亦僅發凡起例；更以屬之劉金門先生。五代距今千餘年耳；當時書籍已多放佚。”見《與童石塘論註南北史書》“往在杭州金門先生學使署中，見彭補註，大約以薛書割裂，分繫歐史每條之下；而於他書少所徵引。竊謂歐《五代史記》體嚴義精，考博家漫謂其紀事疏略，不如薛書之詳，爲可歎也！蓋公未作此書，先爲《十國志》，原亦多取繁載；及與尹師魯論之，乃大芟削改并爲正史，初與師魯分譔，後獨成之。公在夷陵，與尹師魯書云：‘開正以來，始以無事治舊史，前歲作《十國志》，務要卷多；今若變爲正史，盡宜芟削，存其大要。至於細小之事，雖有可紀，非干本體，自可存之小說，不足以累正史。數日檢舊本，因盡芟去矣！'此可見公載筆之精義。又云：'師魯所譔，在京師不曾細看；路中細讀，乃大好！師魯素以史筆自負，果然！河東一卷大妙，修本所取法。'是公此書，經與師魯商榷，從其芟削者也。至云'修本所取法'；時公以文章自命，上追龍門，而虛心如此！至和二年，與徐無黨書云：'《五代史記》，昨見曾子固議，今重頭改換，未有了期。'則又經與南豐商榷而改定之者也。又皇祐五年，與梅聖俞書云：'閒中不曾作文，祇整頓《五代史記》，成七十四卷，不敢多令人知。'蓋是書初成，人見其簡，必多議之者，故不欲輕以示人；及後始從南豐說而自改定。然則此書以著五代之得失爲本；其事實繁瑣，無關法戒者，固非正史之所宜載。若夫典章制度，則有志在；紀傳中不必淆入；而五代紛紛，爲國日淺，制度蓋無可言，故並不立志。世人淺見，喜廣異聞，以爲詳備，乃謂公學《史記》，故爲高簡；不顧事實闕略，豈非不辨正史載記之各有體裁而輕議昔賢乎！今註稱徐無黨撰，或疑其陋；然公與徐書，已言作註之難，則未必後人譌撰；安知非以公當日意在簡嚴，即註亦不取繁蕪耶！然鄙意作註與著書不同；而註史尤與註經不同。蓋著書病在蕪雜。註經病在支離。註史者，旁引廣證以存事實，正可多引本書所不載，使人得以觀其去取之意，抑何害乎！昔劉昭既有著《續漢志》，以劉昉註《後漢書》一百二十卷，僅及范書所見，乃更蒐廣異聞，作《後漢書補註》五十八卷，可云宏富！而劉知幾譏之，《史通・補註篇》云：'蔚宗之芟《後漢》也，簡而且周，疏而不漏，蓋云備矣！而劉昭采其所損以爲補註，言盡非要，事皆不急。'知幾此言，可謂精史體者；世俗紛紛，争咎蔚宗、歐公之缺略，當以此說示之；而其責註家不當廣引爲非體，無乃過乎！願更深味歐公命筆之意以立其本；而於薛史外，更博考別史載記，如王禹偁《五代史闕文》、陶岳《五代史補》、馬令陸游《南唐書》、龍袞《江南野史》、陳彭年《江南別録》、張唐英《蜀檮杌》、錢儼《吴越備史》之類，參比之以存其事；蒐討於諸家，如司馬公《通鑑考異》、吴縝《五代史纂誤》、朱子《語類》、胡三省《通鑑注》、胡一桂《十七史舉要》及近代杭大宗、錢莘楣《廿二史考異》之類，縷析之以證其文；務揭所長，勿諱所短。"見《與徐六襄論五代史書》

其論古詩獨存於樂府曰："《書》曰：'詩言志。歌永言。'古人詩與樂合，未有不可歌者，故貴乎長言永歎。《記》曰：‘情動於中，故形於聲，聲成文謂之音。’孔子曰：‘詩可以興、觀、羣、怨。’聲音之道微矣！故詩之不可以歌，不得爲善詩。歌之不能以感人，不得爲善歌。夫《三百篇》，多愚夫婦①之所謳吟。其人豈嘗習金石、諳宫商之奏哉？然而自合於樂者，天籟也。後人不求自性之真籟，而摩古人之音節，即之愈真，去之愈遠矣！漢魏以後，詩與樂分，其道遂亡！流變至於唐宋，古意益遠，無復永言之旨；興、觀、羣、怨，鮮有合焉！獨樂府一體，可見古人遺意；爲其據事寫情，感深語摯，辭直而思曲，節短而音長，意有怨抑，語無褒譏，使人聞聲自不能已，是其至也！然其體亦自有二：如郊祀、房中、鐸舞、巾舞等詞，皆文臣所作，故多潤色，極奇古奥駁而不能起發人意；蓋其源出於雅頌。若鐃歌、瑟調、雜曲，則采民間歌謡爲之；此皆人情天籟，無假修飾，最有興觀羣怨之旨，即古之變風也。歷代文士最喜爲之；鮑明遠、李太白爲最；元次山、韓退之、孟郊、張籍次之。惟杜子美、白樂天，則師其體而不用其題，自爲新聲以寫世事；論者以爲轉得古意。自是樂府又爲二派。明人詩稱復古，作者集中，無不以擬古樂府居首。其善用變者，惟王弇州而已！余幼讀詩，則喜言興觀羣怨大意；每至《谷風》、《式微》諸詩，未嘗不流涕反覆！及閲漢以來樂府歌謡，輒低徊永歎，以爲古詩之存，獨有此耳！”見《詩集謡變序》

其論詩以李、杜、韓、蘇爲極詣，曰：“詩有可以學而至者，有不可以學而至者；有可以悟而得者，有不可以悟而得者。格律之精深，聲響之雄切，筆力之沈勁，藻飾之工麗，此可以學而至者也。意趣之沖淡，興象之高超，神境之奇變，情韻之緜邈，此不可以學而至者也，非悟不能。若夫忠孝之懷，温厚之思，卓越之旨，奇邁之氣，忽而沈摯，忽而激烈，作之者歌哭無端，讀之者哀樂並至；是則天趣天籟，又豈可以悟得者乎！漢魏以前是已！盛唐作者，妙悟爲多。李杜二公，可悟不可悟之間者也，天與學兩至之矣！昌黎、眉山，則其詩也，即其文也；去風騷、漢魏之音遠矣！雖然，性情正，胸襟曠，才力峻，問學博，得之於心，應之於手，舉人世可驚可喜可哭可笑之事，一於詩發之；千載以下，讀其詩，如見其人，如見其世；此則天與人合，不學焉不至，不悟焉不得，而實不關乎悟與學者也；夫如是，則其文也，皆其

① 疑“婦”前脱“愚”字。

詩也；所以並稱於李杜也！世之爲詩者，其以學至耶？以悟得耶？抑不由學與悟而得之天也？明何李之論詩，以學至也；學之失，則有形合神異者矣！王阮亭之言悟，捄其失也，而非廢學也；悟之失，則又有以不至爲至，以不得爲得者矣！沈歸愚是也。於是錢籜石、翁覃溪輩，思有以振之，取杜與蘇，日伐其毛而洗其髓；於杜、蘇則有功矣，要亦言其辭句體制耳；有不得而言者，二君未由及之也！故二君之詩，雖異俗學之浮聲，寔亦古人之游魄；天趣天籟，吾未之見也！真氣不存焉耳！近一二名賢，取材六朝，而借徑於少陵、眉山；其家法，吾莫能非也；然而有剪綵爲花，笵土爲人者矣！門下從而和之，出入攀援，自以爲工。吾讀其詩，泛泛然不能得其人與世也；不得已而强指之，則曰某者六朝，某者杜，某者蘇而已！"見《張南山詩序》

其論杜詩曰："七律詩五六兩句最難工；以上四句雄駿直下，至此力竭，氣難轉運故也。昔人論此，推義山《馬嵬》一首；其五六云：'此日六軍同駐馬，當時七夕笑牽牛'，蓋用逆挽法也。然此法亦本少陵。《諸將》第一首云：'見愁汗馬西戎逼，曾閃朱旗北斗殷。'第二首云：'胡來不覺潼關隘，龍起猶聞晉水清。'義山寔本於此；蓋以鎖上斗轉，更開收結，章局既變化，而氣骨益見開拓；此等當從《國策》、《史記》來。如《史記》叙荆軻刺秦王一篇，而秦法云云，忽然拓開，即此法也。杜七律當以《諸將》第一，《秋興》次之，《詠懷古迹》又次之。若《白帝城最高樓》及《暮歸》二首，雖是拗體，而雄鍊自然，老橫無敵，筆力真可屈鐵，無一弱字，豈非空前絶後！後來得此種奡兀之妙者，惟山谷一人而已！東坡亦間有之，而沈雄不及，惟得其横放耳！太白登謝朓樓詩，末云：'人生在世不稱意，明朝散髮弄扁舟。'杜《暮歸》詩末云：'年過半百不稱意，明日看雲還杖藜。'語意極相似，而氣象迴然不同；李則豪放，杜則悲壯也。"見《識小録》

其論清人詩曰："國朝諸公，病明代復古之弊；乾隆、嘉慶以來，多避熟就生以變其體；大約不出蘇黄二公境中，究未能自開生面也！古今作者，文質相宜，繁簡遞嬗，要當抒軸性情，雕繪景物，風骨堅壯，才思高翔，格高體正，絶除卑俗，則其善也！若必以常見爲非，力求新異；即明珠白璧，等諸瓦礫；特牲太牢，不登肴俎。此乃賦七之奇，豈復言志之旨；雖復自矜沈奥，及乎羣輩爲之，久更生厭，猶然炫爛之極，歸平淡耳；前後易觀，何足深譏乎!”見《鷹青詩集序》“至於論詩，自以阮亭爲正，所謂妙悟天成也；乃其自運，又失之靡弱；雖力追唐賢，實則不異金元諸家；識者謂學似遺山，才力微不逮焉！歸愚以吴人言詩，頗能脱去纖穠，别裁僞體；而才質凡近，骨力不騰，每多死句滯意！近世虚憍之流，又以其有豪豔猥薄，傷風敗俗之辭，倡導後生，自比鐵崖。然鐵崖當日已有文妖之目，斯又下矣！又有工應試舉詩者數家，能以唐音入於體制；於是學者又相仿效；及取全集觀之，則所謂古近體者，猶然應試舉詩也！又或真情不足，假故實以文疏舛，由温李之餘波，益加繁博，自矜選體；而不知與曹、劉、沈、謝有天壤之殊，其甚者，乃更孜孜考證，好古搜奇，破碎繁蕪；其於文章論説，猶失廉肉取舍之道；而況詩之風雅乎!”見《孔蘅浦詩序》

其論文以八家爲塗軌，以沈鬱頓挫爲極詣曰:“文章一事，盛於周秦，衰於建安。自士衡《文賦》、子桓《典論》出，而斯道爲之極壞矣！周秦以上，惟六經之文，大純無疵。諸子亦各出其瓌瑋之言；大抵義豐詞約，氣固神完，以道爲標，以志爲的；採其一言，終身可行；究其全歸，六合不盡；是以繁簡微顯，蕩志愜心；凡所修辭，立誠爲本。自賈、董、揚、馬，恢張宏肆，已覺詞勝於義，氣王於神。建安以來，則專精詞贍，而高古堅樸之意盡矣！然風骨矯騫，神氣遒邁，創語造意，廉傑精奇，誓不相襲；蓋道衰而文盛，亦升降之大端也！唐宋諸賢，有見於斯，然望道未至，果於自矜，修辭之工，或反不逮；特其取義甚正，立體尤嚴；譬諸樂然，雖非清明廣大之奏，已絶煩數淫濫之音矣！先正論文，所以必主八家，非謂文章極於八家；謂八家乃斯文之塗軌耳！斤斤一先生，不敢失其趨蹌謦欬；又豈八家之意哉!”見《復方彦聞書》“古人文章妙處，全是沈鬱頓挫四字。沈者，如物落水，必須到底，方著痛癢，此沈之妙也；否則仍是一浮字。鬱者，如物蟠結胸中，展轉縈遏，不能宣暢；又如憂深念切，而進退維艱，左右窒礙，塞阨不通，已是無可如何，又不能自已；於是一言數轉，一意數迴，此鬱之妙也；否則仍是一率字。頓者，如物流行無滯，極其爽快，忽然停住不行，使人心神馳嚮，如望如疑，如有喪失，如有怨慕，此頓之妙也；否則仍是一直字。挫者，如鋸解木，雖是一來一往，而齒鑿巉巉數百森列，每一往來，其數百齒必一一歷過，是一來凡數百來，一往凡數百往也；又如歌者一字，故曼其聲，高下低徊，抑揚百轉，此挫之妙也；否則仍是一平字。文章能祛其浮率平直之病，而有沈鬱頓挫之妙，然後可以不朽；《楚辭》、《史記》、李杜詩、韓文，是也。嗟乎！此數公，非有其仁孝忠義之懷，浩然充塞兩間之氣，上下古今窮盡情態之識，博覽考究山川人物典章之學，而又身歷困窮險阻驚奇之境，其文章亦烏能若是也哉！今不惟數公之所以爲人，而惟求數公之所以爲文，此所以數公之後，罕有及數公者也！”見《康輶紀行》

其論清人文曰：“古人文章，所重於天下者，一以明道，一以言事。理義是非不精，則道敝。利害得失不覈，則事乖。然理義可以空持；利害必以實驗，故言事之文爲尤難也。唐之陸宣公，宋之蘇文忠公，皆善言政事者，文與實俱茂焉；他人爲之，非詭則萎矣！本朝作者，如方望溪、朱梅崖能爲古人之文，海内無異辭也！望溪之後，有劉海峯及吾家惜翁。梅崖之後，則稱魯山木。山木又自以所得者就惜翁商榷之；其文章淵澹處，真可以追古人矣；而政事之文，特爲茂實，所陳得失利害皎如也。”見《重刻山木居士集序》“山木之甥陳碩士詩文醇雅，得惜翁正傳。然碩士殊推上元管異之同，比之六祖，而自居秀上座。余謂吾桐方植之東樹、劉孟塗開、上元梅伯言曾亮及異之，皆惜翁高足，可稱四傑。”見《感懷雜詩自註》“然孟塗、異之皆蚤卒。植之著述雖富，而窮老不遇，言不出鄉里。獨伯言爲户部郎官二十餘年，植品甚高，詩古文無與抗行者！以其所得爲好古文者倡導，和者益衆；於是惜翁之説益大明。”見《惜抱先生與管異之集跋》

其論姚鼐《惜抱軒詩文》曰：“《惜抱軒詩文》，皆得古人精意。文品精潔似柳子厚，筆勢奇縱似太史公；若其神骨幽秀，氣韻高絶，如入千巖萬壑中，泉石松風，令人泠然忘返，則又先生所自得也！或謂文學六一。余意不爾！集中文以記序墓誌爲最。銘辭不作險奥語，而蒼古奇肆，音節神妙，殆無一字湊泊。昔范蔚宗自稱其《後漢書》論贊，以爲奇作。吾於先生碑銘亦云。”“文章最忌好發議論，亦自宋人爲甚。漢唐人不然！平平説來，斷制處只一筆兩筆，是非得失之理自了；而感嘅咏歎，旨味無窮；此蓋文章深老之境，非精於議論者不能；東坡所謂絢爛之極也！先生文不輕發議論，意思自然深遠，實有此意；讀者言外求之！”“詩以五古爲最！高處直是盛唐三昧，非膚襲貌取者可比！七古用唐調者時有王李之響，學宋人處時入妙境，尤不易得！七律功力甚深，兼盛唐蘇公之勝。七絶神俊高遠，直是天人説法，無一凡近語矣！”“五古中如《送演綸歸里》、《邳州黄山》二首，俊逸神到，居然太白！《景州開福寺塔》一首，豈遜盛唐諸公《慈恩寺塔》耶！他如《山寺》、《題沈學子步屧尋幽圖》、《趙北口》、《舟中作》、《吴戍橋》、《南旺湖》、《嶽麓寺遇劉樸夫》等作，神似崔、王。《田家》一首，雖學淵明，卻近儲大祝。《由橋頭驛至長沙》一首，則步驟大謝；《九日渡湘水》一首，則小謝也！"“七古中，《泖湖漁舍圖》、《送朱子穎之淮南》、《送余扶重游武昌》等作，是東川龍標逸篇。《酬胡君唐伯虎匡廬瀑布圖》、《贈沈方穀唐伯虎赤壁圖》等作，横逸之氣，直逼太白。《萬壽寺松樹歌》、《沈石田畫檜歌》、《贈錢魯思》等作，則沈壯蒼老，入少陵之室。若《元人散牧晚歸圖》、《延祐元年江西鄉試卷》、《魏三藏菩提流支譯金剛經拓本》、《新城道中書所見》、《唐人關山行旅圖》等作，則東坡得意之篇，真傑作也！七律中，全篇如《古意》，效西崑體。《出塞》、《南朝》、《金陵》、《曉發河上雜詩》、《彰德懷古》、《吊王彦章》、《懷劉海峯》、《懷王禹卿》、《臨江寺》等作，皆沈雄高渾，調響氣勁，唐音之尤者。若《清苑》、《望郎山》、《漫興》、《泥汊阻風》、《謝簡齋惠黄精》諸作，則尤蘇黄妙諦也！佳句尤多！七言如：‘伊陽風雨從中出，洛下山川向北多。’‘行窮南汶山初見，吟到澄江葉盡飛。’‘斜陽萬里背人去，落葉千聲與客悲。’‘寒吹滿空雲出塞，暮天無色日平關。’‘寒潮不隔中原望，白日遥懸大海流。’‘滄海霧摇孤月上，青天影合二流來。’‘中原日落關城白，西楚河來天地黄。’‘春草不知韓信來，秋風曾到項王臺。’‘千秋遺蹟尋黄石，一片寒陽下白樓。’‘屠市故人從偶語，屏風侍史不知名。’‘紫陌鶯花故人牘，黄河風雨郡城樓。’‘歸人夜夜聽山雨，落雁聲聲下郡樓。’‘盡室相看浮汶去，數山如畫入船來。’‘賈舶霾雲吹暗浪，佛圖懸日照空磯。’‘藏史著書歸苦縣，祠官侍禮在甘泉。’‘安定有城名第一，隴西出將每無雙。’‘十月清霜天地肅，一江空水古今寒。’‘南國市朝非曩日，西風闌檻又經年。’五言如：‘水澮松兹郭，月生天柱峯。’‘河水流中國，寒陽下塞門。’‘連峯渤海外，流畎穆陵西。’‘筒水澆青圃，檐風隕白花。’‘單車度淇水，秋雨緑王蒭。’‘閉門生逕草，空砌墮鄰花。’‘風絲垂緇女，雨蔓長牽牛。’‘連朝江路冷，數點岸花春。’‘帆勢遥投戍，濤聲故近人。’凡數十聯，皆精深華妙。七言絶句如《送人往鄴》、《出湖口》、《淮上有懷》、《留别揚州諸君》、《湘陰》、《江上送吴殿麟》諸首，在唐人中猶爲高作。若《黄河曲》二首，則‘黄河遠上’之亞。秦漢宫辭，即似龍標。竹枝等篇，何殊夢得。若明賢中，使王李見之，能不擊節耶!”見《識小録》所以闡揚姚鼐之學者甚盡! 要删其語以俟考論。

柏梘山房文集十六卷續集一卷駢體文二卷詩集十卷續集二卷

上元梅曾亮字伯言撰。曾亮，道光壬午進士，官户部郎中，以爲古文有名京朝。其詩文集，乃其同年友江南河道總督楊以增，以咸豐五年爲刻於清江節署而祝七十之壽者也。曾亮少好駢體文；年近三十，始事姚鼐以肆力爲古文，不事塗飾而選言有序。惟姚鼐潔而適。曾亮潔以峻。姚鼐紆迴蕩漾，餘味曲包。曾亮抑揚爽朗，餘地力破。獨其論議切覈，善剽剥古今；蓋以半山之瘦勁拗折，參永叔之紆徐委備，於姚氏爲得師法。傳誌之文，則辭喜簡練，而事貴刻畫，與姚氏之容與閒易以攝虚神者，蹊徑不同。若夫容與閒易，餘味曲包者，集中亦時時遇之，如《觀漁》、《讀莊子書後》、《費崑來西園感舊圖敘書後》、《韓氏藏明題名録書後》、《江亭消夏記》、《通河泛舟記》、《侯子有先生墓誌銘》、《男八十墓碣》、《鄒孺人墓表》、《舒伯魯集序》等篇，率以出真，淡而有味，可謂步趨姚氏而得其神髓者也! 駢文則意境尚沈鬱，而氣調欠岸異，辭句不新麗，然有意鮑照、劉峻之遒警，而不爲徐陵、庾信之華豔者也。詩則汰膚存骨，由瘦得堅，以崚嶒出妥帖，以清削見識趣，蓋亦衍韓退之、黄山谷一派；然無退之之大力控摶，亦無山谷之拗調詰屈，此其較也。采録可誦，篇目如左。

詩類　贈胡聖基　哭幼弟曾詰　秋懷五首　呈管異之　偕異之遊東城避暑過管異之齋是日小雨未成同坐者朱幹臣吏部馬韋伯茂才侯振庭舅氏　贈左匡叔桐城　放歌行示植之異之韋伯彦勤弟　暑甚與鈕非石顧千里夜坐　歲暮感舊用東坡聚星堂雪韻　題陳仰韓讀書秋樹根圖　秋日偶書　春日雜詠　過滕縣作時縣令趙毓駒貴州人　暑甚喜雨　自都中赴欒城省視家弟仲卿　方子範故園樽酒圖　出京自德州赴歷城泥水失路　回宣城謁墓夜泊江寧鎮作　銅井泊舟　薛家渡夜泊　苦雨作　急雨歌　六月十五日柏梘山飛橋納涼作　歸舟至江東門　過方村晤外兄崔芝田　自郡城赴坐吉村過嶧陽橋　村中雜詠　夏日雜詠　和明叔見懷用其韻不復次　和琯香地樓看雪韻　過當塗黄山寺

爲人題跨牛圖　題許心梅如意圖　題張淵甫圖　得家書口號寄仲卿彦勤弟及淑儀妹　偶出　買書四友歌　贈黄景濂友蓮　贈李蓮舫冬夜偶成二首　送黄香鐵歸嶺南　贈鄒松友　程春海侍郎人日雪後招飲龍樹寺中　贈陳小松　悼汪均之　七月十七日作　書示張生端甫　贈馮魯川　和余小坡甓翁詩　贈余小坡　追悼程春海侍郎　即事呈伯韓小坡魯川　可歎　悼柏雲伯父　也似種竹　題戴雲帆寒齋味雪圖　與方慎之夜話寄示仲卿弟　苦雨作　喜晴　和邵位西游書肆詩　和吴笏庵枕上偶成　苦雨歎四首　爲蔡友石先生題董羽六龍圖　鍾山寒燒　臘八粥　送窮　燕行九村居無書無墨無硯無紙無衣作六無歎　示家人　有客　雜詠　當書　雜詠　贈楊至堂　七十自嘲　三月十日看花作　秋蟲　有客

駢文類　姚姬傳先生八十壽序　答惠川書　寄湯燮堂書　吊梁武帝文　書陳保田男文保壙銘後　普洱茶賦

論説類　士説　韓非論　民論　觀漁　晁錯論　刑論　臣事論

序跋類　鈕非石非石子書後　秦遠亭詩書後　讀莊子書後　梅氏宗譜書後　費崑來西園感舊圖叙書後　董文恪公詩集叙　桑弢甫先生集叙　繁昌縣志叙　撫吴草序　緣園詩序　管異之文集書後　陳拜薌詩序　黔記序　郭羽可竹册跋　韓氏藏明題名録書後　朱蘊山詩序　劉簾舫先生行狀書後　帝鑑圖詩序　陰晉異函序　葉耳山遺稿書後　孫秋士詩存序　恥躬堂文集序　阮小咸詩集序　舒伯魯集序

書牘類　上汪尚書書　覆上汪尚書書

贈序類　贈陳仰韓序　贈汪平甫序　送姚建木序　送張梧崗序　送張漁篁序　贈孫秋士序　送馬止齋序　送蔡友石先生序　秦穉堂五十壽序　鄧嶰筠先生七十壽序

傳狀類　書楊氏婢事　侯起叔先生家傳　書李林孫事　葉應傳　汪泊齋先生家傳　書鄧中丞決獄事　鮑母謝孺人家傳　艾方來家傳　總兵劉公家傳　王剛節公家傳　栗恭勤公家傳　秦省吾家傳　黄个園家傳

碑誌類　侯子有先生墓誌銘　王惠川先生墓誌銘　男八十墓碣　朝議大夫貴州遵義府知府胡君墓誌銘　崔恭人墓誌銘　黄先生墓表　陳師吾墓誌銘　光禄大夫兵部尚書王公墓誌銘　朝議大夫臺灣府知府蓋君墓誌銘　湯府君墓表　誥封中憲大夫安襄鄖荆道即墨縣教諭楊府君墓誌銘　原任予告大學士

戴公墓碑　方彦聞墓表　朱仁山墓誌銘　湯海秋墓誌銘　朱孺人墓誌銘　館陶縣知縣張君墓表　鄒孺人墓表　馳贈奉直大夫陳府君墓誌銘　翁母張太淑人墓誌銘　國子監學正劉君墓表　朝議大夫南昌府知府吴君墓誌銘　胡母龔宜人墓誌銘

雜記類　游小盤谷記　鉢山餘霞閣記　周石生授經圖記　記棚民事　謁墓記　馮晉漁舍人夢游記　游瓜步山記　吴淞口驗功記　書樵夜讀圖記　江亭消夏圖記　宣南夜話圖記　通河泛舟記　金山寺藏鼎記

右詩八十首，駢文六篇，古文九十二篇。論學不喜漢學，而以義理爲無與文事；論文獨貴漢文，而以誦讀爲急所先務；或出師説而不必盡同。

其論宋明人語録曰："向於性理微妙，未嘗窺涉；稍知者，獨文字耳。昔孔子之門，有善言德行者，有善爲説詞者，此自古大賢不能兼矣。謂言語之無事乎德行，不可也；然必以善言德行者，乃得爲言語，亦未可也！莊周、列禦寇及戰國策士，於德行何如？然豈可謂文字之不工哉，若宋明人所著語録，固非可以文詞論，於德行亦未爲善言者也！竊以爲讀古人書，求其爲吾益者而已；求其疵而辨勝之，無當也！專求其疵，則可爲吾益者寡矣！方其得一説焉，皆自以爲維世道，防人心也；然人心久存而不毁者，自有在焉；雖朱陸之是非，良知格物之同異，猶未足爲其輕重也。況所辨有下於此者，或前人所已辨而不必置辨者，愈少味矣！"見《答吴子序書》

其砭清學曰："昔侍坐姚姬傳先生，言及於顔習齋、李剛主之非薄宋儒。先生曰：'習齋猶能谿刻自處者也。若近世之士，乃以所得之訓詁文字，訕笑宋儒。夫程朱之稱爲儒者，豈以其訓詁文字哉！今無其躬行之難，而執其末以譏之，視習齋又何如也！'昔李文貞、方侍郎苞以宋元諸儒議論，糅合漢儒，疏通經旨，惟取義合，不名專師；其間未嘗無望文生義揣合形似之説；而扶樹道教，於人心治術有所裨益，使程朱之學，遠而益明；雖不必盡合於經，而不失聖人六經治世之旨；則固可略小疵而尊大體；棄短取長，積義成章；治經之道固如是也。後之學者，辨漢宋，分南北，以實事求是爲本，以應經義不倍師法爲宗；其始亦出於積學好古之士，爲之倡；而末流寖以加厲，言《易》者首虞翻而黜王弼；言《春秋》者，屏左氏而尊何休；至前賢義理之學，涉之惟恐其汙，矯之惟恐其不過，因便抵巇，周内其語言文字之疵，以詭責名義，駭誤後學，相尋逐於小言羣説而不要其統，黨同妬真而不平其

情，安其所習，毀所不見，終以自蔽，此其患未可謂愈於空疏不學者也！”見《九經説書後》

其論文不尚駢體，而欲參會漢宋曰：“某少喜駢體之文，近始覺班、馬、韓、柳之文爲可貴。蓋駢體之文，如俳優登場，非絲竹金鼓佐之，則手足無措；其周旋揖讓，非無可觀；然以之酬接，非人情也！”見《復陳伯游書》“文章至極之境，非可驟喻；以言有用，則論事者爲要耳！宋人文明健酣適，然時失之冗。戰國策士文，可謂雄矣；然抑揚太甚，有矜氣，令人生不信心。簡而明，多而不令人厭生者，惟漢人耳！苟得其意，而爲宋人之文從字順，論事之道，莫善於是矣！”見《與姚柏山書》

其論學文必自誦讀入手曰：“古文與他體異者，以首尾氣不可斷耳！有二首尾焉，則斷矣！退之謂‘六朝文雜亂無章’，人以爲過論！夫上衣下裳，相成而不複也，故成章。若衣上加衣，裳下有裳，此所謂無章矣！其能成章者，一氣者也。欲得其氣，必求之於古人；周、秦、漢及唐、宋人文，其佳者，皆成誦乃可。夫觀書者，用目之一官而已！誦之而入於耳，益一官矣！且出於口，成於聲，而暢於氣。夫氣者，吾身之至精；以吾身之至精御古人之至精，是故渾合而無有間也！國朝人文，其佳者，固有得於是矣！”見《與孫芝房書》“羅臺山氏與人論文，而自述其讀文之勤，與讀文之法；此世俗以爲迂且陋者也！然世俗之文，揚之而其氣不昌，誦之而其聲不文，循之而詞之豐殺厚薄緩急與情事不相稱；若是者，皆不能善讀文者也！文言之，則昌黎所謂養氣；質言之，則‘端坐而誦之七八年’；明允之言，即昌黎之言也。文人矜夸，或自諱其所得，而示人以微妙難知之詞；明允可謂不自諱者矣！而知而信之者或鮮！臺山氏能信而從之，而所以告人者，亦如老泉之不自諱；吾雖不獲見其人，其文固可以端坐而得之矣！”“誦之而成聲，言之而成文，而空疏寡情實者，蓋亦有焉！則聞見少而蓄理不富也。故詩之道，性近者皆能工之。古文而成體，非博學而心知其意者不能！”見《與孫芝房書》

其論陳言務去曰：“文章之事，莫大乎因時。立吾言於此，雖其事之至微，物之甚小，而一時朝野之風俗好尚，皆可因吾言而見之。使爲文於唐貞元元和時，讀者不知爲貞元元和人，不可也！使爲文於宋嘉祐元祐時，讀者不知爲嘉祐元祐人，不可也！韓子曰：‘惟陳言之務去’；豈獨其詞之不可襲哉！夫古今之理勢，固有大同者矣；其爲運會所移，人事所推衍而變異日新

者，不可窮極也；執古今之同而概其異，雖於詞無所假者，其言固已陳矣!”見《答朱丹木書》

其論結體貴屈曰：“凡詩閲一二字，可意得其全句者，非佳詩也！文氣貴直而其體貴屈；不直，則無以達其機；不屈，則無以達其情，爲文詞者，主乎達而已矣。”見《舒伯魯集序》

其自叙曰：“曾亮年十三四，學執筆爲詩文；見時賢集多快語無忌憚，大以爲佳！二十餘，見王惠川，云：‘君博覽而不循其本，未終卷，已易他書，不足以爲學也！博書當先求其古者；專治一書，熟其神情詞氣，再易他書；數年後，視近人當何如耳!’其時聞言，面赤汗沾衣也！稍取《史記》，點定兩三次；繼以《漢書》及先秦子書，漸及諸史；數年前所歎賞者，漸化去無顧藉心！嘗除夕，閲舊作詩文不可者，裂然爐中；下布栗子數十，且燃且閲，遂盡無一紙存者；時栗子則大熟矣，作爆竹聲，躍起觸人面。是後人皆戒子弟以無交梅管兩生，兩生多誤人。管生者，異之也。”見《與容瀾止書》“曾亮少好爲駢體。異之曰：‘人有哀樂者面也；今以玉冠之，雖美，失其面矣！此駢體之失也。’余曰：‘誠有是！然《哀江南賦》、《報楊遵彦書》，其意固不快耶；而賤之也!’異之曰：‘彼其意固有限。使有孟、荀、莊周、司馬遷之意，來如雲興，聚如車屯，則雖百徐、庾之詞，不足以盡其一意。’余遂稍學爲古文詞。異之不盡謂善也，曰：‘子之文病雜！一篇之中，數體互見。武其冠，儒其衣，非全人也!’余自信不如信異之深，得一言，爲數日憂喜!”見《管異之文集書後》“昔會課鍾山書院，每論文，訟議紛然，忘所事事。異之色獨莊，盛言古文。余曰：‘文貴詞達耳！苟叙事明，述意暢，則單行與排偶一也。’異之不復難曰：‘君行自悟之!’”見《馬韋伯駢體文序》

其論詩毋爲學所累曰：“國初以詩鳴者，王漁洋、施愚山，皆不以考證爲學。其以是爲學者，如閻百詩、惠定宇、何義門，於學各有所長，而詩非其所好。兼之者，惟顧亭林、朱竹垞而已！亭林不以詩人自居。竹垞於詩則求工而務爲富者矣；然其詩成處多而自得者少，未必非其學爲之累也！嘗謂詩人不可以無學；然方其爲詩也，必置其心於空遠浩蕩；凡名物象數之繁重叢瑣者，悉舉而空其糟粕；夫如是，則吾之學常助吾詩於言意之表而不爲所累；然後可以爲詩!”見《劉楚楨詩序》

其論詩貴肖乎吾，當乎物曰：“詩至今日，難言工矣！言唐者容，言宋者肆，漢魏者木，齊梁者綺，矜其所尚，毁所不見，舌未乾而名磨滅者，不可勝數也！然則孰探其所從生？曰：空而善積者，人之情也。習而善變者，物之態也。積者日故，變者日新，新故環生，不得須臾平，而激而成聲，動而成文；故無我不足以見詩；無物亦不足以見詩；物與我相遭，而詩出於其間也。今以吾一人之身，俄而廊廟，俄而山水，俄而齋居，俄而觴詠，將拘拘然類以居之，派以别之，取古人之所長而分擬之；是知有物而不知有我也！若昧昧焉不揣其色，不則其聲，而好爲大，曰不則其境隘；好爲莊，不則其體俳；好爲悲，不則其情蕩；是知有我而不知有物也！知有物而不知有我；則前乎吾，後乎吾者，皆可以爲吾之詩，而吾如未嘗有一詩！知有我而不知有物，則道不肖乎形，機不應乎心，日與萬物游而未嘗識其情狀焉；謂千萬詩如一詩，可也！然則詩惡乎工？曰：肖乎吾之情性而已矣！當乎物之情狀而已矣！審其音，玩其辭，曉然爲吾之詩，爲吾與是物之詩，而詩之真者得矣！”見《李芝齡先生詩集後跋》

其論詩不規規於一家，乃爲善學一家曰：“吾嘗謂東坡之詩，出於劉夢得，而讀者或不能知。蓋有過乎前人之材，而所旁涉者，又廣博而無涯涘；故使人移易耳目而忘其源流之所自出；古之善學人者，固皆如是；不獨東坡然也！法可菴於詩，蓋深學東坡而不規規於一人一境，且旁及大歷以下諸子，游其思而博其趣；故所作得東坡清曠之氣，而運以唐賢之調適澹沱；亦時有感激振厲；而離合微至，不大聲色。然則東坡之於夢得，其所學有高出於夢得者，而可菴之於東坡，其所學有不專於東坡者也。惟其不專於一人也，乃合乎東坡之所以學夢得，而爲善學古人也！”見《法可菴詩序》要删其語，以備考覽。

因寄軒文初集十卷二集六卷補遺一卷

上元管同字異之撰；附《小異文》四篇，爲其子嗣復所著。同好談經世之學，而文章則師姚鼐。鼐以古文名一世，少許可；顧獨稱同。而同自以意爲古文，故不之襲也！道光乙酉舉於鄉；公車輒報罷，無所用其學；則退論天下大計，洎流極所至，往往若逆覩：若所擬《風俗》、《積貯》及《與鳳陽守令》諸書議，是也。是故同學於姚氏，自陳用光、梅曾亮，類率相推下；

非特以其文也！即言乎文，其勁氣峻骨，亦絶出流輩云。所著有《七經紀聞》、《孟子年譜》、《文中子考》、《戰國地理考》、《皖水詞》等書。其《文集》，則其鄉人安徽巡撫鄧廷楨以道光十三年，爲刻於皖中，而屬曾亮編校。同以前一年卒，年四十七。鄧廷楨亦姚鼐弟子，與同爲同門，而序其集曰："楨爲諸生時，肄業鍾山書院，從姚姬傳先生游。先生古文爲一時宗匠，慎所許可；惟亟稱吾友異之以爲得古人雄直氣。同年陳石士侍郎亦爲姚先生弟子；而異之即侍郎己酉所得士。侍郎每爲余言，不以持節校兩江士爲榮，而以得一異之自憙也！及楨巡撫安徽，延異之爲兒子師，益悉其底藴。蓋宋以後，言文者約有數派：司馬子長之文，雄瀾而澹遠。得其澹遠者，歐陽廬陵也；而歸熙甫繼之。董生、劉子政之文，渾噩樸茂。曾子固、朱文公取之。蘇長公取《國策》、《莊子》而參以班孟堅。明允之文，峻厲嚴切，甚似賈生，其原出於韓非、荀子。能學孟子者，惟昌黎而已！長公之學，盛於南宋，而師明允者甚少！學廬陵而兼子固者，方望溪；學廬陵而兼長公者，劉海峯也；然皆不及熙甫！姚先生文師廬陵而上溯子長，故與熙甫皆神似廬陵而不以貌也。異之學於姚先生，而文似明允；其平居亦未嘗誦法宋人，獨好賈生。不好明允而好賈生，所以能明允歟！師姚先生之文而不襲其派，此先生所以以文事深許歟！"集中《與友人論文書》，稱"與其偏於陰也，無寧偏於陽"；則與姚鼐言"文章之境，莫佳於平淡，措語遣意，有若自然生成者，此熙甫所以爲文家之正傳"；與《王鐵夫書》而"文之雄偉而勁直者，必貴於温深而徐婉"，《海愚詩鈔序》意趣迥殊。今觀其文章，工於持論；如集中論議書疏諸類之文，深切喜往復，而特瘦折曲達，無不盡之情與理；其言峭以肆，雖不如鼐之紆徐委備，而得其一體，足與梅曾亮伯仲者也！題跋如《讀晏子春秋》、《讀墨子》、《讀司馬法》、《讀六韜》、《讀漢書貨殖傳》及《重修甘敬侯墓碑記跋》諸篇，辯證而成章以達；辭筆簡峻而波瀾澹蕩，其原出於柳宗元經子諸跋；而與鼐《左傳補注序》、《讀司馬法六韜》、《讀孫子》、《書貨殖傳後》諸篇，意境髣髴似之。傳誌亦喜以刻畫爲寫生，而辭筆不如梅曾亮之峻重，時失之絜！詞賦則以賈誼學屈原，其氣噴薄，其辭俶詭，其文也縱而後反。要之同好爲峭悍，能爲盡而不欲爲不盡，與曾亮爲同調，於師門爲轉手矣！采録可誦，篇目如左。

賦類　吊鄒陽賦　悼亢宗賦　暑賦

論著類　原僊　除奸　蒯通論　韓信論　范增論上下　禁用洋貨議　説士上下

序跋類　讀晏子春秋　讀司馬法　讀六韜　讀漢書貨殖傳　重修甘敬侯墓碑記跋　舅氏鄒君詩稿序　嚴小秋詩詞集序　許叔翹文集序　書李伯時聖賢畫像後　書李伯時白描追堯圖後　姚庚甫集序　餞秋倡和詩序　陳竹如詩序　書梅伯言馬韋伯詩後　跋團勇助軍約記

書牘類　擬言風俗書　擬籌積貯書　擬與鳳陽守令書　與朱幹臣書　與吴仲倫書

贈序類　送李理問序　送朱幹臣爲浙江按察使序　贈汪孟慈序　送李海颿爲永州知府序

傳狀類　先大父家傳　王礪可家傳　鄒梁圃先生傳　羅彬文傳　資政大夫刑部右侍郎致仕王公行狀　附小異張炳垣傳

碑誌類　舉孝廉方正李君墓誌銘　資政大夫兵部侍郎都察院右副都御史總督江南河道黎公墓誌銘

雜記類　登掃葉樓記　過關山記　寶山紀游　餓鄉記　靈芝記　包孝肅公像記　安徽巡撫部院題名記代　觀潮圖記　抱甕園游宴記　繼園記　附小異書汪馬二秀才書

頌贊類　畫龍贊　歐陽文忠公畫像贊

祝祭類　祭方明府文　祭王秀才文　祭趙司馬文代　禱雨龍神文

右文六十二篇。綜其所學，解經兼綜漢宋，此與姚鼐同也。論文偏尚陽剛，此與姚鼐異也。

其論《尚書·洪範》曰：“《洪範》三德之章，自‘一曰正直’至‘高明柔克’，其義止矣；而其下忽綴以‘惟辟作福’至‘民用僭忒’之辭，於三德何相關涉？初讀而甚疑之！及後觀韓非《有度篇》載先王之法曰：‘臣無或作威！無或作利，從王之指。無或作惡，遵王之路。’始知此十語乃《皇極章》文；舊本在‘無偏無頗’之上，而編書者亂其次耳！《皇極》一章，言人君有錫福之事，故承上言人臣毋作威福，而所當得爲者，絶偏頗以遵王之義也；苟作福焉，則作好而不遵王道；苟作威焉，則作惡而不遵王路；如此連屬，其文義致爲通貫；知古書本必如此爾！及漢後，簡編失錯，馬鄭輩乃不能曉；其解三德，乃以誅治人臣爲説。夫《左氏》甯嬴引《尚書》剛克，明言治性；

安得以爲治人！蓋不悟簡編有誤，遂併其本不誤者而亦牽率解之矣！”見《答孫淵如觀察書》

其論解經曰：“朱子解經，於義理決無謬誤；至於文辭、訓詁、名物、典章，則朱子不甚留神，其中不能無失！義理之得，賢者識其大也。文辭、訓詁、名物、典章之得，不賢者識其小也。世之善學者，當識大於朱子，識小於漢唐諸儒及近代經生之説；而又必超然有獨得之見，然後於經爲能盡其全體而無遺。求勝焉，曲徇焉，非私則妄；均之無補於經也！”見《答陳編修書》

其論《司馬法》曰：“姚姬傳先生嘗謂今《司馬法》爲東晉後僞書，非漢人所言之本。同謂今《司馬法》後二篇文甚古，恐非東晉後人所能僞作；若前三篇，則其辭誠淺，不可謂之洪闊深遠矣！然考魏武序《孫子》，引是書云：‘人故殺人，殺之可也。’‘故殺’，謂有意殺人；今律文猶有是語。今本乃於‘人’下增‘是’字，而‘殺人’下增‘安人’二字；則其上語意不可復通。又今本云：‘國容不入軍。軍容不入國。軍容入國，則民德廢！國容入軍，則民德弱！’上二語見《漢書》，下四語，始亦疑其僞作。及觀劉淵林《吴都賦注》全引是文，而‘民德廢’，作‘民德彘’；‘彘’與‘弱’對，且語意絶精；作‘廢’者乃以字形相近而譌。乃知古書庸淺，大抵傳久舛誤，而淺者以意增損其間耳；非其書本固然也。夫作僞者不能無依據；故采摭他書，十常八九。今《司馬法》於《漢書》、《周禮注》所引之文，同者僅十一，而不見者且十八九焉；使其作僞，夫豈不知多取之而割棄若斯乎？《漢書・藝文志》、《司馬法》百五十篇；及《隋志》乃云三卷。而李善注《文選》所引是書，多同《孫子》之文；然則今之五篇，尚非《隋志》三卷之全；古書所引，多不在其中，蓋無足怪矣！又考《隋志》賈詡注《司馬法》三卷。今《文選》李注載《司馬法》曰：‘古者以仁爲本，以義治之之謂正。’曹操曰：‘古者，五帝三王以來也。仁者生而不名。義者成而不有。’是此書在唐時猶有孟德注，而《隋志》無之。然則古書或著録而亡，或無録而在者，誠亦衆矣；未可以篇章語句之不符，而遂疑其僞也！”見《讀司馬法》

其論《晏子春秋》曰：“陽湖孫督糧星衍甚好《晏子春秋》，爲之音義。吾謂漢人所言《晏子春秋》，不傳久矣！世所有者，後人僞爲者耳！何以言之？太史公爲《管晏傳贊》曰：‘其書世多有，故不論；論其軼事。’仲之傳，載仲言交鮑叔事獨詳悉；此仲之軼事，管子所無也。以是推之，薦御者爲大夫，脱越石父於縲紲，此亦嬰之軼事，而《晏子春秋》所無也。假令當時書有是文，如今《晏子》，太史公安得稱曰軼事哉！吾固知非其本也。柳宗元知疑其書而以爲出於墨氏。墨氏之徒，去晏子固不甚遠；苟所爲，猶近古；其淺薄當不至是！是書自管、孟、荀、韓下逮韓嬰、劉向書，皆見剽竊；其詆訾孔子事，本出《墨子·非儒》篇；爲書者見《墨子》有是，意嬰之道必有與翟同者，故既采《非儒》篇入《晏子》，又往往言墨子聞其道而稱之；是此書之附於墨氏，而非墨氏之徒爲是書也！且劉向歆、班彪固父子，其識皆與太史公相上下；苟所見如今書，多墨氏説；彼校書胡爲入之儒家哉！”見《讀晏子春秋》

其論《離騷》曰：“同幼好是書，廣覽諸注，尚愧不能盡曉；後乃憤發，舍注而專誦本文；誦之僅百餘過耳；第覺其書辭義顯，始終條理，無世所云難曉之處也！既又取注以解之，則不可曉者如故；然則是書豈有難曉哉！注累之也！古今注《騷》者，如王逸、洪興祖，其用意固已勤矣！大要專心名物訓詁，置意不求。朱子欲求其意者也，牽於興賦，亦不能盡得。至近世若張鳳翼、林雲銘，蓋無足道矣！夫注《騷》者，節次不分，則言辭多雜；言辭多雜，則意旨不明；是皆讀之不精之故耳！而猥謂《離騷》興寄不一，非可言詮，壹以《史記》所云‘三致意’者了之；是使屈子、史公交受過矣！首貴分其節次；節次既分，則言辭不雜；言辭不雜，則意旨隨之而皆明；雖不敢謂古人之意，必當如此；而其間不得古人之意者，必已寡矣！”見《與梅孝廉論離騷書》

其論《招魂》曰：“舊皆謂《招魂》爲宋玉作。太史公贊屈原曰：‘予讀《離騷》、《天問》、《招魂》、《哀郢》，悲其志。’《招魂》亦原之爲耳；豈玉作哉！其文之旨，首言魂魄離散，蓋謂故國難安，亦嘗有九州相君之志矣；《卜居》所云‘心煩慮亂’時也；顧以義不可去，故招使歸來。然招之必託於帝告巫陽者何也？孝子之於親，天性也；忠臣之不忍離君，亦天命而已！其文之中，至亂辭之首，乃盛陳楚邦繁盛，則意譏頃襄，猶莊辛論幸臣之旨；父死於秦，不思報復，而乃逞聲色，縱獵游；侈陳之，正以見王之不道而難與有爲也。其文辯博閎麗，殊不易曉；故於篇終明見其意曰：‘魂兮歸來哀江南。’君子之居季世也，欲他去，則於義難安；欲不去，則其憂不可解；在位而極言之，猶冀其君之一悟也；而爲君者必屏棄放逐，遏其身而杜其口，雖不去，亦何能爲哉！則戚戚焉惟日憂故國之將亡而已矣！哀江南者，即庾信哀江南意也。自王逸以來，率不達其旨，猥以玉招原魂釋之。是文首即曰‘朕幼清以廉潔’；玉招原魂，而謂原爲朕耶！”見《讀招魂》

其論文貴陽剛而戒剽襲曰：“文之大原出於天，得其備者，渾然如太和之元氣，偏焉而入於陽，與偏焉而入於陰，皆不可以爲文章之至境。然而自周以來，雖善文者，亦不能無偏！僕謂與其偏於陰也，則無寧偏於陽。何也？貴陽而賤陰，信剛而絀柔者，天地之道，而人之所以爲德者也！孔子曰：‘吾未見剛者！’曾子曰：‘士不可以不宏毅，任重而道遠。’聖賢論人，重剛而不重柔，取宏毅而不取巽順。夫爲文之道，豈異於此乎！古來文人，陳義吐辭，徐婉不失態度，歷代多有；至若駿桀廉悍，稱雄才而足號爲剛者，千百年而後一遇焉耳！甚矣陽之足貴也！然僕以爲是有天焉，有人焉；得天之剛，世亦無幾；其餘必進之以學。進之以學，孟子所云‘以直養而無害’是也。日蓄吾浩然之氣，絶其卑靡，遏其鄙吝，使夫爲體也常宏，而其爲用也常毅；則一旦隨其所發，而至大至剛之槩，可以塞乎天地之間矣！如此，則學問成，而其文亦隨之以至矣！取道之原，六經其至極也；而論其從入之塗，則《公羊》、《國策》賈誼太史公，皆深得乎陽剛之美者；誠熟復之，當必更有所進耳！”見《與友人論文書》“後人爲文，不能不師古；上者神合之；次者貌肖之，最下者販其辭。故曰：‘惟古於辭必己出，降而不能乃剽賊。’何也？以其中不見己作也。荀子曰：‘古之學者聚道。’吾輩生來，才思有幾；故惟多見古書；博覽而熟誦，重積而遲發，深造自得時，左右逢源，自無陳言到筆下；此非旦夕可爲而勉强可致者也！”見《答侯念勤書》

其論文貴體直而勢曲曰：“體不直，不可以爲傑；勢不曲，不可以爲妍；如長江大山，千里萬仞，而峯巒島嶼，層見疊起，望之茫然而即之竦然，是故養氣必盛，而儲思必深。思深矣而氣不盛，弱焉而已爾！氣盛矣而思不深，平焉而已爾！今夫爲文一篇，其始終必貫以一意，此不待能者而後知也；然而按文之首而可測其尾，讀文之上而便知其下；其陳義遣辭，縱使明當，而欲執以論文章之奇妙，遠矣！世之爲文者，亦皆知文章貴乎奇妙，而卒至於弱且平者，何哉？讀之不精，而臨文時不知迎而距之之説也。僕幼爲文章，私持謂文貴宏毅，具所答友人論文書；近乃知文人之心，控引天地，囊括萬物，神機闔闢，不知其故，乃爲能盡文章之極致，而宏毅乃其一端耳!”見《又答念勤書》

其論别裁僞體曰：“文辭者，人之所自爲也；自爲之，則宜有工拙之殊，而不當有真僞之辯。而古之人有言曰：‘别裁僞體’，此何説也？無得於己而剽販古人，是謂無情之辭。無當於道而塗澤古語，是爲無理之作。之二者，是爲僞體而已矣！文辭之有僞體，豈獨明中葉爲然！精而言之，子雲之《法言》，猶剽販也！元和之雅頌，猶塗澤也！設使後世復有删定之聖人，則二者亦必歸諸僞體；何者？爲其專事詩文，而情理中有不足故也。”見《藴素閣全集序》

其論臨文下筆，有情有理曰：“偶見陸祁孫《續集》，有與吴仲倫論吾師姚鼐序王惕甫文事一書；檢吾師《前後集》無此序文；惟《後集》中有《與惕甫》一書。則同有説焉！吾師之爲是書，方植之謂譽之過甚，同亦未以爲然！吾師終寫而與之者，誘掖獎勸，君子所以成人之美也。惕甫七十老翁，負海内文譽，以文集求張於吾師；實非如後生之求益也！豈得不稍假借之！天下之道，有情有理；徇情而不依理，固非；執理而不言情，必韜於好剛好直不好學者之所爲矣！前輩豈肯出此！昌黎於文，最多徇情之作。《唐書》稱韓宏玩寇；而《平淮西碑》云‘都統宏責戰益急’。《順宗實録》備書李實之惡；及自與書，又極口稱之。吾師所論者文耳，雖曲筆焉，未若昌黎徇情之害理！況乎其言亦尚有斟酌也！惕甫文誠不能得熙甫之傳；而在今日，要爲好手！但聞其人狂傲暴戾，不可嚮邇。祁孫惡其人，遂痛詆其文，謂吾師譽之太過；愛人者愛及屋烏，憎人者憎及儲胥，其立論毋乃已甚乎！吾師於當代公卿，不爲過譽；作《江上攀轅圖記》，但美孫文靖厚於故交；作《王文端神道碑》，數十年宰相一事不書；惕甫，窮老學博耳！何所攀援，何所畏葸，而曲筆諂諛焉，其處此蓋必有道矣！仲倫以爲反言譏之，亦未然也!”見《與吴仲倫書》

其論著書不宜自稱字曰：“古人著書，必自稱名。《易大傳》、《論語》諸書則每篇稱子，其始蓋門人所記録；而沿及周末，則無不自子者矣！其在古未必然也！然以周人創之，則其例可用。唐宋人文，則柳子厚稱柳子，蘇子瞻稱蘇子，王介甫稱王子，依仿古書，其稱爲有據。若夫字以表德，出於朋友之相呼；《論語》記顔淵、子貢云者，大抵他人所載述；古人著書，必無自表其字者也！頃見惲氏《大雲山房文集》，動於篇中署‘惲子居曰’四字，意甚以爲不典！惲氏孤學無師，不足怪！桐城王悔生從海峯游，於此等宜素講；而集首《孟獻子論》亦自署‘王悔生曰’；是豈合古人之義法哉！悔生文專學海峯，序事頗有佳者；此則不當律令！”見《題王悔生文集》

其勗姚鼐之子以繼文章絶業曰：“庚甫，吾師惜抱先生之冢嗣也；二十舉於鄉，四十得縣令；江南屬縣儀徵、江都、泰興，皆世所云好缺也；君連得之，不餘一錢；既而失官寓江寧，窮益甚！始猶租屋以居，負屋值；主人厭而逐焉，乃移家入書院。所居糞牆土舍，上穴旁穿，不蔽風雨。客至，則君衣垢衣揖坐後，抗聲高語，其出如淵泉不竭，多驚絶可喜之論；然久坐或不能具茗飲，客苦之，多不至；庭下草深尺許，岑寂極矣！然君乃更力於學；自義理、經濟、考證，下逮陰陽、星命，皆精究焉；而於詩文尤用意。自失官窮居，所作至數百篇，屬同爲序。嗟夫！同生也晚，不及知君少年事矣！顧猶見君爲縣令，服蟒服，冠朝冠，設樂於庭，爲吾師壽，賓友雜遝，僮僕輿馬麗都；今數年耳！吾師門生故舊，富貴者有人；何君乃一窮至此哉！然當君之得意也，其氣甚盛，芴乎不知今之有失意也！及其窮也，氣不少衰，渾乎不知前之嘗得意也！然則如君者，非所謂‘素位而行，無入而不自得’者歟！昔韓、蘇諸公皆自斥謫後，道益進，文益工；同所望君繼吾師之絶業者在此！”見《姚庚甫集序》

其論詩貴遒健曰：“《記》曰：‘温柔敦厚，《詩》教也。’夫柔也者，情之所以蹈和；健也者，辭之所以取勝；養温柔以爲質，積雄健以爲文。景星慶雲，必無耿耿之光。鳳凰鵷鸞，必無啾啾之響。酌之乎雅以範才，養之乎奇以足氣，其始也縱其所之；其繼也歸其所舍；使夫識者觀吾之容，肅然無不齊之步；聽吾之聲，鏗然無不諧之律；以是爲詩，雖未能與天爲徒哉；抑其去於人也則遠矣！雖然，是特言詩之末節也！古之爲詩者，其情與古合，其作與經通，究萬物之情而定以中正，極夷險之變而出以和平；其爲道也，第囿於詩者能之乎！彼世之人，沈酣聲色之中而曲得其情狀，可以爲詩，而終無與於古作詩者之事。由是言之，志在於爲詩而已；則其詩必未足言也！”見《答花學博書》“同少時求友於鄉中，其先得而交厚者，强圉而不移，深沈而不露，處事精明勁悍，是梅君伯言之行也。而伯言之於詩也，意欲其深，詞欲其堅；一思之偶淺，必鑿而幽之；一語之稍猏，必礱而精之；賦一詩，或累

日踰時而後出。”見《書梅伯言馬韋伯詩後》

其闢詩貴性靈曰：“詩之爲道，意欲其高，卑則下；辭欲其雅，俚則俗。夫高必視乎所懷，雅必視乎所學；然則詩之爲道，舍立志讀書，無他術矣！今之論者，援《國風》、《樂府》之作，以爲詩貴性靈，不取學問。夫《國風》、《樂府》，出於閭巷小夫，幽閨婦女；彼其人皆偶然得之，而執筆不能再作者也！周、召之雅頌，屈、宋之騷辭，漢魏唐宋十數大家之作，閎闊而典厚，變化而離奇，取之不窮，探之不竭，是則出於學問之詩，而後人之所當效法矣！今爲詩者，不以十數大家自命，而竊附於古小夫婦女之偶然；小夫婦女之偶然，卒不可得；遂乃率其胸臆，肆其手口，不根之談，無稽之説，鄙倍淺薄，叢積乎紙上；此今人所以日爲詩，而詩日不善也！論者又謂詩本性情，必學古人，則古人又何學？是大不然！古之聖人，觀鳥跡而造書，覩科斗而作字。今爲書者，舍《説文》、《玉篇》，則不能知筆畫。祖述憲章，自孔子不能不師古；而爲詩文者，矜其智出於孔子之上，不亦傎乎！由前之説，可以植詩之本。由後之説，可以得詩之徑。同之所聞於師者如此！”見《答甘疇人書》要删其語，以備考覽。

劉孟塗詩前集十卷後集二十一卷文集十卷駢體文二卷

桐城劉開字孟塗撰。開幼而神雋，十四歲，上書鄉先輩姚鼐。鼐奇賞之，語人曰：“此子他日，當以古文名家；望溪、海峯之墜緒，賴以復振；吾鄉之幸也！”由是著名，遂受業稱弟子。而自以意爲詩古文，不用姚鼐法。早喜爲駢體文。晚乃肆力古文，謂：“韓退之取相如之奇麗，法子雲之閎肆，故能推陳出新，徵引波瀾，鏗鏘鍠石以窮極聲色；欲以漢人之氣體，運八家之成法，本之以六經，參之以周末諸子。”语詳集中《與阮芸臺宫保論文書》昔遵義黎庶昌自叙《續古文辭類篹》，謂“湘鄉曾文正公出，擴姚氏而大之。循姚氏之説，屏棄六朝駢儷之習，以求所謂神理氣味、格律聲色者，法愈嚴而體愈尊。循曾氏之説，將盡取儒者之多識格物，博辯訓詁，一納諸雄奇萬變之中，以矯桐城末流虚車之飾。”桐城吴汝綸《與姚仲實》尺牘，謂：“桐城諸老，氣清體絜，海内所宗，獨雄奇瑰瑋之境尚少；則才氣薄弱，不能復振。曾文正公出而矯之，以漢賦之氣運之，而文體一變，故卓然爲一代大家。”而興化李詳《論桐城派》，則稱：“文正之文，雖從姬傳入手，後益探源揚、馬，嫥宗退之，奇偶錯綜，而偶多於奇，複字單誼，雜厠相間，厚集其氣，使聲采炳煥而戞焉有聲；此又文正自爲一派，可名爲湘鄉派。”而莫知開之先曾氏而發其塗轍！姚鼐之文潔適；而開之辭博麗。姚鼐以永叔之紆徐，用蘇、王之爽朗，意思安閒，如不欲戰。而開得昌黎之健舉，發揚、馬之醲郁，辭氣鏗訇，欲自名家。集中書牘、贈序二體，縱橫排宕，尤多傑作；氣往轢古，辭來切今，其格調風力，在桐城三家中，於海峯爲近，而與姚鼐則異。詩則覃精極思，頗喜巧琢，詞務妍鍊，格求生峭，五古由鮑明遠以學陳思，七古由李昌谷以宗太白，七律由李義山以追杜陵，新裁古藻，觸手繽紛，發唱驚挺，不避危仄，與姚鼐之不貴綺錯，由韓學杜，以堅蒼出古澹者，體氣迥異。至駢文情密古初，力疏凡近，不讀唐以後書，不作宋以下語，得明遠之俶詭，含開府之清新，連氣而走千言，百鍊而鑄一字，古秀之豔，隱於幽奇；鬱怒之思，出以温順；有清一代，亦罕覯也！開懷才不遇，自刻詩十卷，即《前集》也；即殁之後，同門姚瑩訪遺稿，得《詩後集》二十二卷，缺第八卷；《文》十卷，《駢體文》二卷，付其兄元之、東之刻之，併重刻其《詩前集》，實爲道光六年。《詩前集》有南城曾燠序；《後集》有姚元之及鄱陽陳方海所爲《劉孟塗傳》；而詩古文卷後各殿以諸家評語。《駢體文》有陳方海書後。采録可誦，篇目如左。

詩類　雜詩四首　雜興六首　雜感八首　即事　遣興四首　里巷吟六首　秋夜　晚眺　獨坐　贈張二小阮　述懷二首　與石甫夜話有贈　黄鵠行　豔歌行　雜憶十三首　感遇十八首　讀史四首　看花曲三首以上五言古　登太白樓　江樓醉題　次彭澤作　題友人居　題師荔扉明府紀游圖八首　春曉詞　道中見枯松感賦　送別陳大冶　野烏行　詠硯　食蕨歎　催科吏　力役謡　歲暮別　少年游　月下吟　江南曲四首　春閨曲　相逢曲　秦淮曲　抵星渚贈鄭夢白明府　贈方茶山太守兼以留别　别鄭夢白明府　題海帆孝廉海上釣鼇圖　秦淮曲　贈王四　平山堂醉題　重過星渚奉贈鄭明府尊人柳門先生　寄周澗東　董竺雲以所畫海棠見贈　望西山歌　笠騧方伯招同解鐵樵高蒼崖查花農宋于庭諸君宴集飛霞閣　過婁妃墓　螺墩行　抵廣州呈曾賓閣方伯　白雲山歌贈胡春海司馬時春海約游不果兼以嘲之　夢游羅浮　酒樓贈石

甫　擇交行　短歌行　憶浮山寄光栗園比部　抵濟南觀趵突泉　陳笠颿中丞邀同觀珍珠泉喜周南卿回都即送回里　絳桃歌爲杜虚齋賦　衰柳詞　寄懷鮑覺生侍郎　素雲曲　放歌行贈陶珠泉司馬　弄珠樓宴集即席醉賦並贈竹嶼　游黄山登蓮花峯抵煉丹臺　題周南卿品茶圖　游金精洞作歌　十萬松園歌爲少伯山人作　亳州觀牡丹歌　牡丹後歌　偕陳丈晚香任硯香至城東觀芍藥復作長歌以上七言古　夜泊　皖城即事二首　閨情　離家　過家敏齋比部叢桂山房　夜宿　石上　晚歸　静坐　秋夜懷人　偶感　懷鄭明府　題小孤山三首　題姚聽泉憶故居圖二首　别李耆生先生二首　别潘柳堂　平野　即事七首　即事續詠十一首　題小松長夏讀書圖　歸至江右　江岸獨立　麻山 逆旅夜飲　園居五首　星子署偶詠三首　過友人居　游白雲崖　游三公山三首　隱几　題黄明府竹裏彈琴圖　與栗原夜話　抵順德　即事有懷姚幼樁　過龍門寺　白麻山夜歸留贈　客至　西湖寓樓與梅麓刺史小住　夜歸湖上以上五言律　秣陵口號　潁州感賦八首　金陵懷古八首　客館詠懷八首　病中　客路有懷　詠古六首　詠史八首　過左叔舊宅有懷二首　瑶臺八首　道中　山中夜坐　楚中懷古二首　偶成　漫興　即事　過姑塘　登金山寺四首　歸自平山堂道中口占　將去揚州　題焦山四律　曉發棲霞最高峯　滕王閣　楚中雜感八首　粤中雜詠八首　望遠簡石甫　小園　重經棲賢寺　宿寺　夜感　江行即事　宿遷道中　燕臺有懷六首　重有懷六首　偕海帆自靈隱登韜光寺　游雲棲寺　阜陽道中口占以上七言律　再上姬傳先生二十二韻　留别李蘇門贊府兼示沈文浦二十二韻　寄懷張小阮二十二韻即送其公車北上　再寄陳大冶以上五言長律　題剪衣圖　閨情五首　静坐二首　古意十一首　有懷四首　宴集二首　閨怨五首　擬古五首　偶成　採蓮曲十三首　幽居　獨坐　春閨曲十一首　閨中消夏詞十一首　湖上曲　憶昨五首　閨憶　春思　古意三首　閨意　山居　閨情　小别　新月二首以上五言絶　偶興二首　擬唐人邊庭　四時詞四首　宫怨三首　即事二首　皖城口占　秋懷　夜集　偶句　閨情　閨詞三首　途中口占抵揚州　渡漳河　將抵里門阻雨　題程赤霞白秋海棠詩後三首　渡木樨河至金山古寺以上七言絶

駢文　游石鐘山記　樅江游記　與吴理菴先生書　與光律原書　與許農生書　贈鄭夢白明府序　再與光律原書　書司馬遷貨殖列傳後　小園記　贈陶子静序　贈沈閏生序　與周伯恬書　與方彦聞書　與王子卿太守論駢體書

書文心雕龍後　雩都行記　孔城北游記　嘉樹記　查口記　與朱魯岑書　贈查梅史明府序　贈章完素明府序　藝園記

論説類　義理説　賈誼論　荀卿論　學論上中下　貴齒論　春秋責賢者備論

序跋類　書韓退之伯夷頌後　書退之與于襄陽書後

書牘類　復陳編修書　上蔣礪堂大司馬書　上曾賓谷方伯書　與阮芸臺宫保論文書　與張古餘太守書　上汪瑟庵大宗伯書　與朱魯岑書　與倪穎符書　再與倪穎符書　再與魯岑書

贈序類　贈周海樵先生序　贈萬香海序　贈吴子方序　贈陸子愉序　贈龔若士檢討序　贈左筐叔序　送宋思安歸里序　送吴孝廉至京師序

傳狀類　張阮林傳　吴生甫先生傳

雜記類　游三疊泉記　過岐嶺記　游小龍興記　游寨山林記　游九龍山記　游乍浦記　渡海登小落伽山記　雲心草堂圖記　江右行記

詞賦類　越游解

右詩四百四十六首，駢文二十三篇，古文四十篇。論學主程朱而不廢考據，一承姚氏之説。論文尚漢魏而頗主偶麗，則異姚氏所論。

其論文以漢人之氣體，運八家之成法曰："文章之變，至八家而極盛。文章之道，至八家而始衰。謂之盛者，由其體之備於八家也，爲之者各有心得，而後乃成爲八家也。謂之衰者，由其美之盡於八家也，學之者不克遠溯，而亦即限於八家也。夫專爲八家者，必不能如八家；其道有三：韓退之約六經之旨，兼衆家之長，尚矣！柳子厚則深於《國語》；王介甫則原於經術；永叔則傳神於史遷；蘇氏則取裁於《國策》；子固則衍派於匡、劉；皆得力於漢以上者也！今不求其用力之所自，而但規倣其辭，遂可以爲八家乎！其失一也。漢人莫不能爲文，雖素不習者，亦皆工妙；彼非有意爲文也，忠愛之誼，悱惻之思，宏偉之識，奇肆之辯，詼諧之辭，出之於自然，任其所至而無不咸宜，故氣體高渾，難以迹窺；八家則未免有意矣！夫寸寸而度之，至丈必差；效之過甚，拘於繩尺而不得其天然；其失二也。自屈原、宋玉工於言辭。莊辛之説楚王，李斯之諫逐客，皆祖其瑰麗。及相如、子雲爲之；則玉色而金聲。枚乘、鄒陽爲之，則情深而文明。由漢以來，莫之或廢。韓退之取相如之奇麗，法子雲之閎肆，故能推陳出新，徵引波瀾，鏘鍠金石以窮極聲色。

柳子厚亦知此意，善於造練，增益辭采，而但不能割愛。宋賢則洗滌盡矣！夫退之起八代之衰，非盡掃八代而去之也，但取其精而汰其粗，化其腐而出其奇；其實八代之美，退之未嘗不備有也！宋諸家疊出，乃舉而空之。子瞻又掃之太過，於是文體薄弱，無復沈浸醲郁之美，瑰奇壯偉之觀；所以不能追古者，未始不由乎此！夫體不備，不可以爲成人。辭不足，不可以爲成文。宋賢於此不察，而祖述之者，並西漢瑰麗之文而皆不敢學。其失三也。然而志於爲文者，其功必自八家始。何以言之？文莫盛於西漢；而漢人所謂文者，但有奏對封事，皆告君之體耳。書序雖亦有之，不克多見。至昌黎始工爲贈送碑誌之文；柳州始創爲山水雜記之體；廬陵始專精於序事；眉山始窮力於策論；序經以臨川爲優；記學以南豐稱首；故文之義法，至史漢而已備；文之體制，至八家而乃全；彼固予人以有定之程式也。學者必先從事於此，而後有成法可循，否則雖鋭意欲學秦漢，亦茫無津涯。然既得門徑而猶囿於八家，所見不高，所挾不宏，斯爲明代之作者而已！故善學文者，其始必用力於八家，而後得所從入；其中必進之以《史》、《漢》，而後克以有成。然猶未足以盡之也！退之以六經爲文，而徒出入於《詩》、《書》，他經則未能也！

夫孔子作《繫辭》，孟子作七篇，曾子闡其傳以述《大學》，子思困於宋而述《中庸》，七十子之徒各推明先王之道以爲《禮記》，豈獨義理之明備云爾哉，其言固古今之至文也。世之真好學者，必實有得於此，而後能明道以修辭；於是乎從容於《孝經》以發其端，諷誦於典謨訓誥以莊其體，涵詠於《國風》以深其情，反覆於變雅、《離騷》以致其怨；如是而以爲未足也，則有《左氏》之宏富，《國語》之修整，益之以《公羊》、《穀梁》之清深；如是而以爲未足也，則有《大戴記》之條暢，《考工記》之精巧，兼之以荀卿、揚雄之切實；如是而猶以爲未足，則有《老子》之渾古，莊周之駘蕩，《列子》之奇肆，管夷吾之勁直，韓非之峭刻，孫武之簡明，可以使之開滌智識，感發意趣；如是術藝既廣而更欲以括其流也，則有《吕覽》之賅洽，《淮南》之瓌瑋，合萬物百家以汎濫厥辭，吾取其華而不取其實；如是衆美既具而更欲以盡其變也，則有《山海經》之怪豔，《洪範傳》之陸離，《素問》、《靈樞》之奥衍、精微，窮天地事物以錯綜厥旨，吾取其博而不取其侈。凡此者，皆太史公所徧觀以資其業者也，皆漢人所節取以成其能者也；而變而出之，又有自道；食焉而不能化，猶未爲神明其技者也。有志於文章者，將殫精竭思於此乎？抑上及《史》、《漢》而遂已乎？將專求之八家而安於所習乎？且八家之稱何自乎？自歸安茅氏始也。退之之才，上比揚子雲，自班固以下皆不及，而乃與蘇子由同列於八家，異矣！退之之文，冠於八家之前而猶屈。子由之文，即次於八家末而猶慚。使後人不足於八家者，蘇子由爲之也！使八家不遠於古人者，韓退之爲之也！

吾鄉望溪先生深知古人作文義法，其氣味高澹醇厚，非獨王遵巖、唐荆川有所不逮；即較之子由亦似勝之。然望溪豐於理而嗇於辭，謹嚴精實則有餘，雄奇變化則不足，亦能醇不能肆之故也！夫震川熟於《史》、《漢》矣，學歐、曾而有得，卓乎可傳；然不能進於古者，不能不囿於八家也。望溪之弊，與震川同；然其大體雅正，可以楷模後學，要不能不推爲一代之正宗也！學《史》、《漢》者，由八家而入；學八家者，由震川、望溪而入；由是明道修辭，以漢人之氣體，運八家之成法，本之以六經，參之以周末諸子，則所謂争美古人者，庶幾其有在焉！”見《與阮芸臺宫保論文書》

其論《文心雕龍》與退之之論有合曰：“永嘉以降，文格漸弱，體密而近縟，言麗而鬭新，藻繪沸騰，朱紫夸耀，蟲小而多異響，木弱而有繁枝，理詘於辭，文滅其質；求其是非不謬，華實並隆，以駢儷之言而有馳驟之勢，含飛動之彩，極瓌瑋之觀，其惟劉彦和乎！以爲：鐘鼓琴瑟，所以理性也，而亦可以慆性。黼黻文章，所以飾情也，而亦可以掩情。故名川三百，非無本之泉；寶璧十雙，皆自然之質也；是宜尋源於經傳，毓材於性靈，問途於古先，假徑於賢材，求溢藻於神爵而後，想盛事於青龍以前，磅礴以發端，感嘆以導興，優柔以竟業，慷慨而命辭；故論及神思，則寸心捷於百靈；論及體性，則八途包乎萬變；論及風骨，則資力於天半之鸞鳳；論及情采，則借色於木末之芙蓉；論其夸飾，則因山而言高；論其隱秀，則聳條而獨拔；示人以璞，探驪得珠，華而不汩其真，鍊而不虧於氣，健而不傷於激，繁而不失之蕪，辨而不逞其偏，覈而不鄰於刻，文犀駭目，萬舞動心，誠曠世之宏材，軼羣之奇構也！前修言文，莫不引重。自韓退之崛起於唐，學者宗法其言；而是書幾爲所掩。然彦和之生，先於昌黎，而其論乃能相合；是其見已卓於古人，但其體未脱夫時習耳！夫墨子錦衣適荆，無損其儉。子路鼎食於楚，豈足爲奢。夫文亦取其是而已，奚得以其俳而棄不重哉！然則昌黎爲

漢以後散體之傑出，彦和爲晋以下駢體之大宗，各樹其長，各窮其力，寳光精氣，終不能掩也!”見《書文心雕龍後》

“夫文辭一術，體雖百變，道本同源，經緯錯以成文，元黄合而爲采。故駢之與散，并派而争流，殊塗而合轍；千枝競秀，乃獨木之榮；九子異形，本一龍之産。故駢中無散，則氣壅而難疏；散中無駢，則辭孤而易瘠；兩者但可相成，不能偏廢。世儒執墟曲之見，騰埳井之波，宗散者鄙儷詞爲俳優，宗駢者以單行爲薄弱；是猶恩甲而仇乙，是夏而非冬也。夫駢散之分，非理有參差，實言殊濃淡，或爲繪繡之飾，或爲布帛之温；究其要歸，終無異致，推厥所自，俱出聖經。夫經語皆樸，惟《詩》、《易》獨華。《詩》之比物也雜，故辭婉而妍。《易》之造像也幽，故辭驚而創。駢語之采色，於是乎出。《尚書》嚴重而體勢本方。《周官》整齊而文法多比。《戴記》工累疊之語，《繫辭》開屬對之門。《爾雅·釋天》以下，句皆珠連，《左氏》叙事之中，言多綺合。駢語之體制，於是乎生。是則文有駢散，如樹之有枝幹，草之有花萼，初無彼此之别；所可言者，一以理爲宗，一以辭爲主耳。夫理未嘗不藉乎辭；辭亦未嘗能外乎理；而偏勝之弊，遂至兩歧；始則土石同生，終乃冰炭相格。由唐及宋，駢儷之文，變體已極，而古法寖微，國朝作者起而振之，因骨理而加膚澤，易紅紫而爲朱藍，窮波討源，以雅代鄭，意云善矣，法云正矣！然襲末流者既不歸準衡，追古制者亦多滯形貌，八珍列而味爽，五官具而神離；良由胎意尚薄，藻飾徒工，情旨未深，意興不飛之所致也。”見《與王子卿太守論駢體書》所以推勘駢散相用之理者甚盡，抑與師門殊趣焉。

儀衛軒詩集五卷文集十二卷文外集一卷

桐城方東樹字植之撰。東樹與同邑方苞同姓而别族。曾大父澤，優貢生，候選知縣。生平論學宗朱子，而爲科舉文宗明艾千子，詩似宋楊祕監；姚鼐嘗師事焉。父績，諸生，事鼐爲弟子；著有《經史札記》、《屈子正音》、《鶴鳴集》。生東樹，自少喜爲古文辭；二十二歲，之江寧。時鼐主鍾山書院，東樹遂受學焉，與同里劉開及上元梅曾亮、管同，並爲鼐所亟賞，稱姚門四傑。東樹自少力學，泛覽經史百家之書，而獨契朱子之言，每日雞初鳴即起，矻矻鉛槧，至漏下三十刻就寢，有得輒記之；或中夜攬衣起，書所記，名《待定録》，百餘卷，凡格致修齊治平之理，無不備。乾嘉間，學者崇尚考證，專求訓詁名物之微，名曰漢學，穿鑿破碎，有害大道，名爲治經，實足以亂經；又復肆言攻詆朱子。道光初，其焰尤熾！東樹憂之，乃著《漢學商兑》上中下三卷，其指在申宋學以絀漢學，箴廢起疾，議論鑿鑿，詞筆既明快，足以達其所見；考據尤詳該，足以證其不誣。漢學家每以考據傲宋學之不逮，而東樹即以考據發漢學之覆；晰而不枝，覈而能當，即以其人之道，還治其人之身；實開後來陳東塾、朱無邪一派；博學明辨，未可以文章之士而少之也。儀徵阮元方以名士爲達官總督兩廣，而創建學海堂，輯刻《皇清經解》，以漢學唱導多士；東樹授經其幕，兼閲學海堂課文，遂以是書上之；元意大忤！東樹又以元落成學海堂之明年初春，首以學者願著何書策堂中學徒；東樹因慨後世著書太易而多，殆有孔子所謂不知而作者，因誦往哲遺言及臆見所及，爲十有六論以成《書林揚觶》二卷。又著《昭昧詹言》十卷，論詩學旨要。大略謂古人詩，學者當求之於義理蘊蓄、本領根源、精神氣脈，不可襲其形貌；宜力守韓公“陳言務去”之戒，及山谷“隨人作計終後人”二語，而又以“文從字順各識職”爲歸。它所著書，有《大意尊聞》、《一得拳膺録》、《進修譜》、《未能録》、《最後微言》、《思適居鈴語》、《山天衣聞》等書，好構深湛之思，博辨醇茂，而言必有物。學問宏通，四傑之冠；而文章則於四人爲最下。好爲持論，由蘇軾以斆莊周，駿利而未免滑易，頓宕而嫌未沈著；自序稱：“吾爲文務盡其事之理而足乎人之心，竊希慕乎曾南豐朱子論事説理之作，顧不善學之，遂流爲滑易好盡，發言平直，措意儒緩，行氣柔慢而失其國能；於古人雄奇高渾，潔健深妙，波瀾意度全無。”寸心得失，匪不自知！然彌綸羣言，研精一理，無辭不達，有意必透，抑揚爽朗，殊豁人意！駢文則仗氣愛奇，不爲纖靡；然而疏宕有餘，藻采不足！至詩則横空盤硬，好作生語；評某人詩云：“祗因詞熟，轉晦意新！”由黄庭堅斆韓愈以闚杜甫，力避俗熟，自是姚門師法，惜其詞句排奡而未臻妥帖，意境兀傲而未及華妙！而五七言絶，獨緣情綺靡，出以清麗，不爲拗體。其詩文集皆自定，而同邑後學鄭福照輯《年譜》以殿文集之末焉。采録可誦，寫目如左。

詩類　雲泉山館擬王右丞藍田石門精舍　西郊游眺擬柳　柳州南磵中題　讀孟郊詩　聞鶯　真州城東觀荷　丙申六月初六日同人讌集西郊吴氏似園

作此呈主人　華陽鎮阻風　馬當遇風變　上灘　始興江口望韶州石多奇念昔人吟詠皆傳著舜樂既辭客而意痴土人言其氣凶惡主盗亦昧其佳折而作詩　湞陽峽　觀音巖　清遠峽　飛來寺　將至廣州舟中遣懷寄故鄉諸友　遣興六首　月　九日登粤秀山過曾勉士紅棉寺寓館以上五言古　庭前紅梅花三首　小孤山扶桑花　夢游羅浮擬李翰林夢游天姥吟　游六榕寺擬韓退之山石　試西樵茶恩平緑石硯　擬黄山谷團茶洮州緑石硯詩　儒林鄉漁莊圖擬虞道園漁村圖　中秋玩月擬高青邱張校理宅得南字　唐荔園爲阮公子賦以上七言古　春怨詞三首　秋柳以上五言絶　廬江道中　晚抵臨安　玉山道中效元人體二首　贈别梅花以上七言絶

駢文　孔雀賦　學海堂銘　漢晉名譽考　謝鄧中丞啓

論説類　原學　辨道論　雜説一　化民正俗對

序跋類　漢學商兑序　漢學商兑重序　節孝總旌録序　馬氏詩鈔序　劉悌堂詩集序　書法言後　書望溪先生集後　書惜抱先生墓誌後　馬一齋先生遺書跋　族譜序　族譜後述上下篇

書牘類　答葉溥求論古文書　答人論文書

贈序類　送毛生甫序

傳狀類　先友記　曾大父逸事

碑誌類　管異之墓誌銘　劉君應臺暨夫人吴氏合葬墓誌銘

右詩四十三首，駢文四篇，古文二十三篇。自謂："僕之文粗，而獷氣未除；其於古人精醇境地，實未能臻！"見《復戴存莊書》"在嶺南所爲者，尤粗豪放縱，時亂以淺俗常語，無復古人韻格；獨其論議稍有可采。"見《復羅月川太守書》"性喜莊老及程、朱、陸、王諸賢書，讀之若其言皆如吾心之所發者；以觀近時人文字，輒見其踳駁謬盭爲不當意。"見《答姚石甫書》論學以明道爲要歸，宗朱子而斥考據；論文以精誦爲入手，師姚氏而戒剽襲。

其論清儒之言漢學曰："三代以上，無經之名。經始於周公孔子。樂正崇四術，春秋教以禮樂，冬夏教以《詩》《書》。及至春秋，舊法已亡，舊俗已熄，詐謀用而仁義之路塞。孔子懼，乃修明文、武、周公之道以制義法而作《春秋》。《春秋》亦經也，孔子雖未嘗以是教人，然其平日所雅言於人者，莫非《春秋》之義也！衛君待子爲政。子曰：'必也正名乎！'陳恒弑其君，請討之。季氏伐顓臾，旅泰山，則便欲止之。此皆《春秋》之義也。故莊子曰：‘《詩》以道志。《書》以道事。《禮》以道行。《樂》以道和。《易》以道陰陽。《春秋》以道名分。’六經之爲道不同，而其以致用則一也；此周公孔子之教也。及秦兼天下，席狙詐之俗，肆暴虐之威，遂乃蕩滅先王之典法，焚燒《詩》《書》；於時不特經之用不興，并其文字而殄滅之矣！漢興，購求遺經。於是羣經始稍稍復出，或得之屋壁，或得之淹中，或得之宿儒之口授；而固已殘缺失次，斷爛不全；賴其時一二老師大儒，辛勤補綴，修明而輯治之；於是《易》有四家，《書》與《詩》三家，《禮》、《春秋》二家，號爲十四博士；則章句所由興，家法所由異；漢儒之功，爲不可没矣！自是而至東京、魏、晉以逮南北朝諸儒，遞相衍説，辨益以詳，義益以明，而其爲説亦益以多矣！及至唐人，乃爲之定本定注，作爲《釋文》，舉八代數百年之紛紜，一朝而大定焉，然其於周公孔子之用，猶未有以明之也！及至宋代，程朱諸子出，始因其文字以求聖人之心，而有以得於其精微之際，語之無疵，行之無弊；然後周公孔子之真體大用，如撥雲霧而睹日月。由今而論：漢儒宋儒之功，並爲先聖所攸賴，有精粗而無軒輊，蓋時代使然也！道隱於小成，辯生於末學，惑中於狂疾，誕起於妄庸！南宋慶元以來，朱子既没，微言未絶；而有鉅子數輩，鑫起於世，奮其私智，尚其邊見，逞其駁雜，新慧小辯，各私意見，務反朱子；其所謂道非道，而所言之韙，不免於非；其於道槩乎未嘗有聞者也。逮於近世，爲漢學者，非蔽益甚，其識益陋；其所挾惟取漢儒破碎穿鑿謬説，揚其波而汩其流，抵掌攘袂，明目張膽，惟以詆宋儒攻朱子爲急務；要之不知學之有統，道之有歸，聊相與逞志快意以鶩名而已。吾嘗譬之：經者，良苗也。漢儒者，農夫之勤菑畬者也，耕而耘之以殖其禾稼，宋儒者，穫而舂之，蒸而食之，以資其性命，養其軀體，益其精神也。非漢儒耕之，則宋儒不得食。宋儒不舂而食之，則禾稼蔽畝，棄於無用，而羣生無以資其性命。今之爲漢學者，則取其遺秉滯穗而復殖之，因以笑舂食者之非，日夜不息，曰吾將以助農夫之耕耘也。卒其所殖，不能用以置五升之飯，先生不得飽，弟子長飢，以此教人，導之爲愚；以此自力，固不獲益；畢世治經，無一言幾於道，無一言及於用，以爲經之事盡於此耳矣！其生也勤，其死也虛；其求在外，使人狂，使人昏蕩！”見《漢學商兑重序》而“以言心言性言理爲厲禁，著書以闢宋儒，攻朱子，海内名卿鉅公，高才碩學數十家，遞相祖述，膏唇拭舌。究其所以爲之罪者，不過三端：一則以其講學標榜，門户分争，爲害於家國。一則以其言心言性言理，墮於空虚；心學禪宗，爲歧於聖道。一則以其高談性命，束書不觀，空疏不學，爲荒於經術。而其人所以爲言之指，亦有數等；若黄東發、萬季野、顧亭林輩，自是目擊時弊，意有所激，創爲捄病之論，而析義未精，言之失當。楊用修、焦弱侯、毛大可輩，則出於淺肆矜名，深妒《宋史》創立《道學傳》，若加乎《儒林》之上；緣隙奮筆，忿設詖辭。若夫好學而愚，如東吴惠氏，武進臧氏，則爲闇於是非。自是以來，漢學大盛，新編林立，聲氣扇和，專與宋儒爲水火，而其人類皆以鴻名博學，爲士林所重，馳騁筆舌，貫穿百家；遂使數十年間承學之士，耳目心思，爲之大障！歷觀諸家之書，所以標宗旨，峻門户，上援通賢，下讋流俗，衆口一舌，不出於訓詁小學名物制度；棄本貴末，違戾詆誣，於聖人躬行求仁修齊治平之教，一切抹殺，名爲治經，實足亂經；名爲衛道，實則畔道。昔孟子不得已而好辯，欲以息邪説，正人心。竊以孔子没後千五百餘歲，經義學脈，至宋儒講辯，始得聖人之真。今諸人邊見傎倒，利本之顛，必欲尋漢人紛歧異説，復汩亂而晦蝕之，致使人失其是非之心；其有害於世教學術，百倍於禪與心學！又若李塨等以講學不同，乃至説經必故與宋人相反，雖行誼可尚，而妒惑任情，亦所不解！”見《漢學商兑序》“至於考證之學，蓋自漢代以還，通儒宿學，讀書審愼，是正脱誤，辨審異同，詁解音聲，鉤釽章句，其大者毛音鄭簡，與道相扶；其次者名物典章，於政爲輔；歷世既遠，著述轉紛，通才碩彦，接踵而出；使來學者變學究，破傖陋，以炳於經籍之府；其用亦可謂宏矣！國朝考據之學，超越前古，其著書專門名家者，自諸經外，曆算，天文，音韻，小學，輿地，考史，抉摘精微，折衷明當，如崐山、四明、太原、宣城、秀水、德清，根柢學問，醇正典雅，言論風采，深厚和平，敻矣尚矣！雖漢唐名儒，不過於斯矣！及乎惠氏戴氏之學出，以漢儒爲門户，詆宋學爲空疏；一時在上位者，若朱笥河先生及文正公昆弟，紀尚書、邵學士、錢宫詹、王光禄及蘭泉侍郎、盧抱經學士十數輩，承之而起；於是風氣又一變矣！此諸公者，類皆天姿茂異，卓越等倫，强識博辯，萬卷在口，能使有學者鶩厥耳，無聞者蕩厥心，馳騁筆舌，論議濤湧。然而末流易雜，變本加厲，弊亦生焉！海内英俊，傾其風，豔其舌，懷其利，相與掇拾破碎，搜覓羣書，苟獲一字新義，即詫爲賈人得寶，違背理本，棄心任目，不顧文義之安，但出於漢者主之，出於宋者非之，詫爲輔經，實足亂經，始不過主張門户，既肆焉無忌，則專以攻宋儒爲功，主名詆罵，視同仇敵，幾於惡聞其聲而比之於罪人；此其風實自惠氏戴氏開之，而揚州爲尤甚！及其又次者，行義不必檢，文理不必通，身心性命未之聞，經濟文章不必講，流宕風氣，入主出奴，但手一部《説文》，即侈然自命絶業。朱子有言：'書愈多而理愈昧，讀書愈勤而心愈肆。浮名愈盛，而行義德業愈無以逮乎古人。'不知孔子所以教人爲學者，果若是已乎！昔孔子辭多能博學，而詔及門'文莫吾猶人'。孟子曰：'博學而詳説之，將以反説約也。'學不反約，而以有涯之知，逐於無涯之場，其間豈不有才，所患在於無本！"見《復羅月川太守書》"有正言繁稱，而人不悟，且厭之者。有旁見側出，無意立言，自然流出，見者如獲異聞，深解意趣而因以明道者；古之善言者，蓋嘗有若是！之人也，之言也，非蘄取於人而以求售其言也。孟子曰：'觀水有術，必觀其瀾。日月有明，容光必照焉。'有本焉如是耳！見世之著書，剽竊苟且，速以歲月而邀名者皆是；淵潛静深於大本，積而厚發者不數遘；卒其速成邀名者終速朽，而無名而不數遘者，人轉以其希有而貴之，如法物焉！於是浩帙重編，有不若微文細意者矣！竟陵胡承諾著《繹志》六十一篇，輯粹儒門精言；而儱侗紛沓，心尚矗犓，如庫藏簿，大官庖，以夸窶人餓夫；又如以飴蜜粔籹餧嬰兒；未飽者不得飽，既飽者慮或損腸胃；嗟乎！《繹志》其一耳！"見《馬二齊先生遺書跋》"近世言考證之宗，首推深寧王氏、亭林顧氏、太原閻氏。吾觀王顧二家之書，體用不同，而皆足資於學者而莫能廢；非獨其言覈實而無誣罔之失；亦其著書旨趣，猶有本領根源故也，閻氏則不逮矣！然亦頗博物條暢，多所發明；讀其言如循近澗，觀清泉，白石游鱗，一一目可數，指可掬，其用功塗轍，居然可尋見；異於池竭而自中不出者也！特其體例不免傖陋，氣象矜忿迫隘，悻悻然類小丈夫之所發；故不逮王顧兩家淵懿渟蓄，託意深厚，類例有倫；此固存乎其人之識與養焉已！"見《潛邱劄記書後》

其論漢學之敝，必歸陸王曰："以孔子爲歸，以六經爲宗，以德爲本，以理爲主，以道爲門，旁開聖則，蠢迪檢押，廣而不肆，周而不泰；學問之道，有在於是者，程朱以之！以孔子爲歸，以六經爲宗，以德爲本，以理爲主，以道爲門，以精爲心，以約爲紀，廣而肆，周而泰；學問之道，有在於是者！陸王以之！以六經爲宗，以章句爲本，以訓詁爲主，以博辨爲門，以同異爲攻，不概於道，不協於理，不顧其所安，騖名干澤，若飄風之還而不儻，亦闢乎佛，亦攻乎陸王，而尤異端寇讎乎程朱；今時之敝，蓋有在於是者，名曰考證漢學，其爲説以文害辭，以辭害意，棄心而任目，刓敝精神而無益於世用；其言盈天下，其離經畔道，過於楊、墨、佛、老，而吾置不辨者，非爲其不足以陷溺乎人心也；以爲其説粗，其失易曉而不足辨也。使其人稍有所悟而反乎己，則必翻然厭之矣！翻然厭之，則必於陸王是歸矣！何則？人心之蕩而無止，好爲異以矜己，迪知於道者寡；則苟以自多而已！方其爲漢學考證也，固以天下之方術，爲無以加此矣！及其反己而知厭之也，必務鋭入於内。陸王者，其説高而可悦；其言造之之方，捷而易獲；人情好高而就易；又其道託於聖人，其爲理精妙而可喜；託於聖人，則以爲無詭於正；精妙可喜，則師心而入之也無窮；如此，則見以爲天下之方術，真無以易此矣！故曰：人心溺於勢利者可回；而溺於意見者不可回也！吾爲辨乎陸王之異以伺其歸，如弋者之張羅於路歧也，會鳥之倦而還者，必入之矣！陸、王、程、朱，同學乎聖，同明乎道，同欲有以立極於天下；然而不同者，則以所從入有頓與漸之分也。程朱者取於漸，陸王者取於頓。傳曰：‘自誠明謂之性，自明誠謂之教。’以其學而言，曰性曰教；以其候而言，曰頓曰漸。回其頓乎？參其漸乎？然而孔子立教，頓非所以也，必以漸焉。《論語》曰：‘吾十有五而志於學。三十而立。四十而不惑。五十而知天命。六十而耳順。七十而從心所欲，不踰矩。’《中庸》曰：‘君子之道，譬如行遠，必自邇；譬如登高，必自卑。’其列誠之目五曰：‘博學之。審問之。慎思之。明辨之。篤行之。’顔子之照，鄰於生知矣，而夫子教之，必曰‘博文’，曰‘約禮’。及顔子既見卓爾，而追思得之之功，歎以爲循循然善誘人。則夫子立教，不惟頓之以，而惟漸之以，亦明矣！並曾子而聞一貫者，惟子貢；而子貢之言夫子曰：‘性與天道不可得聞。’故以實，則顔淵、子貢賢於陸王；以迹，則陸王賢於顔淵、子貢。且夫由顔淵子貢而至陸子，是千年而後生也；由陸氏而至王氏，是數百年而後見也！古今學者不絶於中，則漸之所磨以就者多也！漸者，上不至顔淵子貢，而不至欲從末由；下不至下愚，亦可攀援而幾及；是故程朱之道，爲接於孔門之統者，惟其漸之足循而萬世無弊也！夫頓之所得者，心悟也；悟心之妙，上智之所難明，今爲衆人法，而以上智之所難明，則中人不得與焉矣！爲其德之弗明也，而教之以明德；今以德之不明，而絶於明之望也，則其於教亦反矣！故聖人之教如天，陸王之教亦如天。聖人之教如天云者，蒼蒼然，東面西面，南面北面，立於地而無不見也。陸王之教如天云者，天不可階而升，則將永爲凡民以没世焉耳矣！雖然，成陸王者之過者，孟子也！子貢之稱夫子曰：‘夫子之不可及者，猶天之不可階而升也。’公孫丑之稱孟子曰：‘道則高矣美矣，宜若登天然！何不使彼爲可幾及而日孳孳也！’公孫丑之言，則適得孔子之意；而孟子引而不發，故曰：‘成陸王之過者，孟子也。’孟子曰：‘人皆可以爲堯舜。’‘人皆可以爲堯舜’云者，是瓦石亦有佛性之説也。以實言之，孔孟及佛及陸王，其等不同，其皆得乎性之上者也。惟聖人知人性之不能皆上，亦不皆下；故不敢爲高論，而恒舉其中焉者以爲教；此所以爲中庸也！孟子、陸王則不然！以己之資，謂人亦必爾；雖曰誘之以使其至，而不顧導之以成其狂。故觀於孟子之門，檢押斧械，蔑如也！攀龍附鳳，巽以揚之，益寡矣！陸氏方河決而天踔，其御心猶役奴隸也；然扇訟發明，止於心之精神一語，可謂率矣！及至王氏，一傳而離，再傳而放，不亦宜乎！故自孟子、陸、王至今，遠或千年，近者數百年，而不聞復有孟子及陸王者，則孟子及陸王，固自由天授焉！夫以千年數百年而止有一孟子、陸、王，則是孟子及陸王，固不能人人皆爾；而孟子及陸王，必謂人皆可以爲己者，其意甚仁，而其實固莫得也！則皆過高而失中焉之過也！孟子學乎孔子而正其統。陸王學乎孟子而流於佛。夫孟子於孔子，不可謂有二道也，而其流已如此；則百家所從分之異路，往而不返，何怪其然也！‘耳目之官，不思而蔽於物；物交物，則引之而已矣！心之官則思，思則得之，不思則不得也，此天之所與我者。先立乎其大者，則其小者不能奪也。’此孟子之言也，而陸氏之學執之以爲之術。‘人之所不學而能者，其良能也。所不慮而知者，其良知也。孩提之童，無不知愛其親也；及其長也，無不知敬其兄也。親親，仁也；敬長，義也；無他，達之天下也。’亦孟子之言也，而王氏之學執之以爲之術。陸氏、王氏，其取於孟子也同，其流而入於佛也亦同，而王氏之失彌甚！惟其人心道心之辨，執之者堅也！夫謂心惟一心，非有二心，佛氏之指，不可謂非妙契也。惟所謂一心者，與生俱生，人皆有之，然固失之六合之裏，四方之内；

往古來今，放而不知求者，幾千年矣！孟子言本心云者，指道心而言之也；其言放而不知求，則以有人心之故也。人心乍出乍入，實止一心也。孔子曰：‘操則存，舍則亡，出入無時，莫知其鄉，惟心之謂歟！’程子之意，則謂出入也者，以操舍而言之也；心固無出入也。而佛氏直指道心，因誣謂無人心，遂誣謂無出入，甚而並心亦誣之謂無，而相與苦守一空，而尊謂之曰真如。嗚呼！此亦求聖人從容中道而不得，因歧而迷惑之如此，可憐哉！其莫有覺而已其迷者也！堯、舜、孔子以道心人心出入言之，其爲解至確，而其爲方甚密。惟不敢忽乎人心也，所以有克治；有克治而後有問學；有問學而後有德，勤而後獲；及其獲之也，乃其所固有也，貞固不摇，歷試而不可渝。若夫所謂一心者，轉乎迷悟而爲之名也；轉乎迷悟而爲之名，轉者一，其不轉者又一也。頓悟者，迪乎悟而爲之名也；迪乎悟而爲之名，悟者頓，其不悟者，頓不頓終莫可必也！然則所謂頓者未嘗頓，所謂一者未嘗一也！雖然，此其大介也。若夫彼學行業名實之所立，又非小儒粗學所能歷其藩，了其義者也！吾嘗學其道而略能語其故矣！蓋彼所謂頓悟云者，其辭若易，而其踐之甚難；其理若平無奇，其造之之端，崎嶇窈窕，危險萬方而卒莫易證；其象若近，其即之甚遠；其於儒也，用異而體微同，事異而致功同，端末異而砙乎無妄同。世之學者弗能究也，驚其高而莫知其所爲高，悦其易而卒莫能證其易，徒相與造爲揣度近似之詞；而影響之談，或毗之，謂吾能知之；或呵之，謂吾能闢之；以是欲附於聖人之徒，而以羽翼夫大道也，而其説愈歧矣！夫惟不能無人心，故曰危。惟不能常道心，故曰執。今曰：‘道心之外，不可增一人心’也。又曰：‘天理在吾心，本完全而無待於存’也。嗚呼！譚何容易耶！未嘗反躬，故其言誣！未嘗用力，故其言僭而不可信！顔淵問仁，子曰‘克己復禮’；及請其目，則告之以非禮勿視聽言動。今曰‘學者但明理，理純則自無欲’。嗚呼！爲此言者，是求勝於堯、舜、孔子也。”見《辨道論》

其論文以知其所以爲爲難曰：“古人文章，皆由自道所見；平日讀書考道，胸中蓄理至多，及臨事臨文，舉而書之，若泉之達，火之然，江河之決，沛然無所不注；所以義愈明，思愈密，而其文層疊出而不可窮。使待題之至而後索之，烏有此妙哉！雖然，文章之道，得之非難，而爲之難；爲之非難，而知其所以爲爲難！”見《復羅月川太守書》“若夫所以爲之之方，可一朝講而畢也。然而羣喙鳴動，蓄心各異，是其所非，非其所是，顛倒妒惑，昧没不返。後學之士，欲求聞古人之真，舉一世空無人焉。夫古之人，以其本而發之爲文，軌迹不侔，家自爲則；其人已亡，不能復起自言。俗士淺學，各蔽其愚，人各云云，吾亦云云；則烏知吾言之獨是耶？人言之且非耶？就令吾言是矣，而古人已死，其孰從而定之！且人之言曰：‘爲文宜何若，何去何取’；吾弗過而問焉。吾之言曰：‘爲文宜何若，何去何取’；人亦弗過而問焉。退之有言：‘究不知直似古人，又何得於今人也！’而要有不易之論，不可已之情者，吾取不詭古人，不迷來學，自是吾心而已。故凡吾所論文，每與時人相反，以爲：文章之道，必師古人，而不可襲乎古人；必識古人之所以難，然後可以成吾之是；善因善創，知正知奇，博學之以别其異，研説之以會其同。方其專思壹慮也，崇之無與爲對，信之無與爲惑，務之無與爲先，掃羣議，遺毁譽，强植不可回也，貪欲不可已也。及乎議論既工，比興既得，格律音響既肖，而猶若吾文未足追配古作者而無愧也；於是委蛇放舍，綿綿不勤，舒遲黯會，時忽冥遇，久之乃益得乎古人之精神而有以周知其變態。是故文章之難，非得之難，爲之實難！道德以爲體，聖賢以爲宗，經史以爲質，兵刑政理以爲用，人事之陰陽善惡，窮通常變，悲愉歌泣，凌雜深賾以爲之施，天地風雲，日星河嶽，草木禽獸，魚蟲花石之高曠夷險，清明黲露，奇麗詭譎，一切可喜可駭之狀以爲之情；及其營之於口而書之於紙也；創意造言，導氣扶理，雄深駿遠，瑰奇宏桀，蟠空直達，無一字不自己出；而後吾之心胸面目，聲音笑貌，若與古人偕出没隱見於前；而又懼其相似也而力避之，惡其露也而力覆之，嫌其費也而力損之；質而不俚，疏而不放，密而不僿，陰陽蔽虧，天機闔開，端倪萬變，不可放物。蓋自孟、韓、左、馬、莊、騷、賈誼、揚雄、韓、歐以來，别有能事；而非艱深險怪，禿削淺俗，與夫餖飣剿襲，所可襲而取之者也！夫文，亦第期各適一世之用而已，而必劇心刳肺，齗齗焉以師乎古人，若此者何也？以爲不如是，則不足以爲文也；此固無二道也！嘗觀於江河之水矣！謂今之水，非昔之水耶？則今之水所以異於昔者安在？謂今之水，猶昔之水耶？則昔之水已前逝，今之水方續流也；古之人，不探飲乎今之水；今之人，不扳酌乎古之水；古水今水，是二非一，人皆知之；古水今水，是一非二，則慧者難辨矣。蚩蚩者日飲乎今之水，有人曰吾必飲乎古之水，而不飲今之水；則人必笑之矣。蚩蚩者日飲乎今之水，有人曰若所飲今之水，實仍即古之水；則人猝然未有不罔於心而中夫惑疾者也。夫有孟、韓、莊、騷而復有遷、固、向、雄，有遷、固、向、雄而復有韓、柳，有韓、柳而復有歐、蘇、曾、王；此古今之水相續流者也；順而同之也。而由歐、蘇、曾、王，逆推之以至孟、韓，道術不同，出處不同，論議本末不同，所紀職官名物時事情狀不同；乃至取用辭字句格文質不同；而卒其所以爲文之方，無弗同焉者，此今水仍古水之説也；逆而同之也。古今之水不同，同者溼性；古今之文不同，同者氣脈也。雖然，使爲文者，古人已云云矣；吾今復取古人所云而亦云之，則古人爲一文，已足萬世之用；而復何待於吾言乎！夫文猶己也；生民以來，四海之衆，而中以有己；立己於此，將使天下確信知有是人也，則必不俟假他人之衣冠笑貌以爲之，亦明矣！奈何世之爲文者，徒剽襲乎陳言，漁獵乎他人而以之爲己也；是故爲文之難，非合之難，而離之實難！雖然，合可言也，離不可言也；故凡論文者，苟可以言其致力之處，惟在先求其合。苟真知所以爲合，則以語於離，不難知矣！若於古人艱窮怪變之境，不知其艱，而以爲與己不甚相遠也；則其人又不足以語於合之説者也！真力不至，則精識不生！史言大秦國有駭雞犀，置犀於地，雞見之卻走；而人之過之者，蹴踏踐履，童孺丈夫，千百而無稍異也；豈人之智不若雞歟？彼其性不相習，則其天弗能通也！世之俗士，名爲讀書；彼其於古作者之製，實未嘗相習；故其天弗能通，亦若是也已！粵無雪，士人見微霜，目之爲雪；此不可以口舌喻也！是故文章之難，非真信之難，真知之實難！”見《答葉溥求論古文書》“退之論文，屢稱揚子，而不及董子；蓋文以奇爲貴，而董子病於儒；余聞之劉先生説如此。然竊以退之所好揚子文，亦謂其賦及他雜文耳；若《法言》《太玄》，理淺而詞艱，節短而氣促，非文之工者也！退之所好不在此！夫立言者，皆欲其不棄矣；而不能爲不可棄者，理不當而辭不文也！文其辭而無當於理者，有之矣；未有當於理而其辭不文者也。揚子徒知爲不可棄，而不務培其本；畢生用力造字句已耳！或曰：揚子成《太玄》，桓譚以爲後世復有子雲者，必能好之；及宋司馬温公果篤嗜其書，意有其奥而世鮮知耶？余曰：不然！夫孟、荀、揚、韓雖並稱；然孟氏之道，班於聖人；今讀其書，充然沛然，高下曲折，涵天地而無極，指事而無不盡焉；曷嘗待於入黄泉，出青天，若揚子之所爲耶！夫以揚氏書與孟氏相比，差等殊絶，若

河潦之不可同觀如彼；而司馬氏猶非孟子而尊揚子，是尚得爲知言乎哉！”見《書法言後》

其論學古人之文，宜精讀而出之勿易曰：“自明臨海朱右伯賢定選唐宋韓、柳、歐、曾、蘇、王六家文；其後茅氏坤析蘇氏而三之，號曰八家。五百年來，海内學者，奉爲準繩，無敢異論，往往以奇才異資，窮畢生之力，極精敏勤苦，踴躍萬方，冀得繼於其後，而卒莫能與之並；蓋其難也！夫唐以前，無專爲古文之學者；宋以前，無專揭古文爲號者。蓋文無古今，隨事以適當時之用而已；然其至者，乃並載道與德以出之，三代、秦、漢之書可見也。顧其始也，判精粗於事與道；其末也，乃區美惡於體與辭；又其降也，乃辨是非於義與法。噫！論文而及於體與辭，義與法，抑末矣！而後世至且執爲絶業專家，曠百年而不一遘其人焉！豈非以其義法之是非，辭體之美惡，即爲事與道顯晦之所寄，而不可昧而雜，冒而託也！文章者，道之器；體與辭者，文章之質；範其質，使肥瘠修短合度，欲有妍而無媸也，則存乎義與法。近世論者謂八家後，於明推歸太僕震川；於國朝推方侍郎望溪、劉學博海峯以及姚惜抱先生而三焉！余讀侍郎文，歎其説理之精，持論之篤，沈然黯然，紙上如有不可奪之狀；而特怪其文重滯不起，觀之無飛動票姚跌宕之勢，誦之無鏗鏘鼓舞抗墜之聲，即而求之，無玄黄采色；不能創造奇辭奥句，又好承用舊語；而於退之論文之説，未全當焉！而篤於論文者，謂自明歸太僕後，惟侍郎爲能得唐宋大家之傳。惟余亦心謂然也！蓋退之因文見道，其所謂道，由於自得；道不必粹精，而文之雄奇疏古，渾直恣肆，反得自見其精神。侍郎則襲於程朱道學已明之後，力求充其知，而務周防焉，不敢肆；故議論愈密，而措語矜慎，文氣轉拘束，不能宏放也。先後諸公，學既不能如侍郎之深，而又懵於所謂義法者；故文不能如侍郎之潔，而知所鎔裁以合化於古；而侍郎遂儵然於二百年文家之上，而莫敢與抗矣！侍郎之文，静重博厚，極天下之物賾而無不持載，泰山巖巖，魯邦所瞻；擬諸形容，象地之德焉；是深於學者也。學博之文，日麗春敷，風雲變態，言盡矣，而觀者猶若浩浩然不可窮；擬諸形容，象太空之無際焉；是優於才者也。姚氏之文，紆餘卓犖，樽節檃括，託於筆墨者淨潔而精微，譬如道人德士，接對之久，使人自深，是皆能各以其面目自見於天下後世，於以追配乎古作者而無忝也！學博論文主品藻，侍郎論文主義法。要之不知品藻，則其講於義法也慤。不解義法，則其貌夫品藻也滑耀而浮。姚氏後出，尤以識勝；知有以取其長，濟其偏，止其敝，此所以配爲三家，如鼎足之不可廢一！凡今東南學者，多好言古文，而盛推桐城三家；於三家之中，又喜稱姚氏，有非姚氏之説，莫之從。嗚呼！可謂盛矣！而吾獨以爲人知姚氏之文之美，猶未有能得其微妙深苦之心也；不得其心，則其於知也終未盡！夫學者欲學古人之文，必先在精誦，沈潛反覆，諷玩之深且久，闇通其氣於運思置詞迎距措置之會；然後其自爲之以成其辭也，自然嚴而法，達而臧；否則心與古不相習，則往往高下短長，齟齬而不合；此雖致功淺末之務，非爲文之本；然古人所以名當世而垂爲後世法，其畢生得力，深苦微妙而不能以語人者，實在於此！”見《書惜抱先生墓誌後》“世之爲文者，不乏高才博學，率未能反覆精誦以求喻夫古人之甘苦曲折；甘苦曲折之未喻，無惑乎其以輕心掉之而出之恒易也！若夫有知文之失在易，而出力以矯之，又往往辭艱而意短。辭艱意短者，氣必弱，骨必輕，精神氣脈音響必不王；是則其辭雖不易，而其出言之本領未深，猶之失於易而已！古之能精讀者不若是！是故揚子雲教桓譚作賦，必先讀千賦。明歸太僕嘗於公車上取曾子固《書魏鄭公傳後》文，讀之五十餘遍，左右厭倦，而公猶津津餘味未已！嗟乎！此所以繼韓歐陽而獨立，三百年無人與埒，豈偶然哉！”見《答人論文書》“今爲文者多，而精誦者少，以輕心掉之，以外鑠速化期之，無惑乎其不逮古人也！”見《書惜抱先生墓誌後》要删其指，以備考論。

梅崖居士文集三十卷外集八卷

建寧朱仕琇字斐瞻撰。仕琇，乾隆戊辰進士，散館出爲山東夏津縣知縣，以足疾改福寧府教授。其生平以古文詞自力，其始欲抗周、秦、兩漢，與荀卿、屈平、馬遷、揚雄諸子搏，必伏而鹽其腦，然後導而匯之韓、柳、歐陽、王、曾、姚、虞以下，若首受而委逆也。及其晚而反復於遵巖、震川諸家，心愈降而客氣盡；於是奇辭奥旨，不合於道者鮮矣！所以自命者如此。而要其刻意學韓，力矯熟俗；雖造語未能如韓之雄奇瑰麗，而運筆實能得韓之盤折拗怒，曲而勁，峭以肆，筆情瘦硬，蓋得孫樵、王安石學韓之一體。晚乃心折歸有光，蘄於辭簡體峻，而出以優游，取其自然，則與桐城姚氏之學，殊塗同歸；特其爲文簡峻有餘，優游不足，自是能品；故與姚鼐之逸品有間耳！蓋仕琇學韓而媲於荆公之峻；鼐則由歸以上闚永叔之逸也。其文始刻於乾隆二十四年乙卯，雷鋐、林明倫、朱雝及其兄仕玠爲序之。仕玠與仕琇兄弟齊名。仕玠以詩；仕琇以古文。此本乃乾隆四十七年壬寅所刻。其弟子新城魯仕驥於仕琇卒之明年，彙其已刻未刻遺文，屬大興朱珪校而刻之，爲《文集》三十卷，《外集》八卷。而《外集》第八卷後附《梅崖山人詩偶存》，四言三首，五言三十六首；其詩骨力峻蒼，質而爲綺，不尚矜飾，篤意真古，乃學陶淵明者也。三十卷之前，冠以朱珪序；而《外集》則殿以朱筠墓誌銘及仕驥所爲行狀焉。采録可誦，篇目如左。

詩類　辛巳孟冬過松谷擬留肄業簡櫪園子用韋蘇州司空主簿琴席與韓庫部會王祠曹韻二首　水口精舍訪族兄耘廬二首　松谷夏夜　暮春甯立孚招飲一枝山房同人即席賦詩以鳴鳩乳燕青春深爲韻分得鳩字　雜詩衰周起游説，神仙傳不死，水牛獰行狀，叔孫在患難，霧豹無隱姿，採藥採參苓六首

論説類　原法　堯論上下

序跋類　迎鑾曲序代　樂閒圖序　崇本山房文集序　吴士林詩序　屏風集序　谿音序　魯遠懷詩集序　留踪集序　朱南岡詩集序　澄碧齋詩集序　黄石山人詩集序　莆風清籟集序代　蓮麓畫册詩序　半江書屋課藝序　徐鄴侯制義序　金芑汀制義序　李早川制義序　余羽臯制義序　温陵先正文藏序　石臼陳氏族譜序　建寧大南何氏族譜序

書牘類　復沈侍郎書　上沈尚書書　答雷憲副書　與林穆菴書前作一字起句　與林穆菴書前作二札起句　重與林穆菴書　與林穆菴書東閩同事起句　又與陳繩菴書　復陳繩菴書　答陳來章書　三與李郁齋書　復李郁齋書　復家石君書　答魯絜非書足下書辭起句　復答李絜非書　復黄臨臯書　答金生芑汀書　答李磻玉書　又答李磻玉書　與筠園書　復涂榮詔書　與潘立人書　復上楊副使書　答王光禄西莊書竊仕琇閩西之鄙人起句　與余羽臯書去歲聞欲起句　與族兄可南書　示子文佑書

贈序類　送傅少尹序　送同年荆蔭南序　送葉蔚文南歸序　送筠園之京師序　贈族兄羽健序　贈黄君序　巡撫余公七十壽序　邑侯余公壽序　李櫪園六十壽序　魯致堂七十壽序　屏峯山人六十壽序　伯兄七十壽序　姪孟豪五十序　林母鄭太夫人六十壽序　朱母鄢太夫人八十壽序

傳狀類　方天游傳　李世昇傳　陳太學傳　葉紹期傳　晚含山人傳　誥封寧化李太夫傳　岵菴先生行狀　岵菴先生六十述

碑誌類　通奉大夫都察院左副都御史雷公墓誌銘　封朝議大夫提督四川學政吏部考功司朗中兼翰林院編修賡亭孟公墓誌銘　賜進士出身資政大夫吏部左侍郎念修何公墓誌銘　誥授奉直大夫雲南鎮南州知州龔君墓誌銘　連城司訓楊君墓誌銘　太學生姜公墓誌銘　明經席先生未亭墓誌銘　郡文學甯君墓誌銘　孝廉李君墓誌銘　李君墓誌銘　縣文學鄢君墓誌銘　從兄太學君理山墓誌銘　鄉飲賓明經朱公墓誌銘　庠生朱公墓誌銘　太學生朱君墓誌銘　文儀墓誌銘　文仁墓誌銘　伯兄太學生默軒先生墓誌銘　仲兄縣文學恒菴墓誌銘　�園先生墓誌銘　皇清誥封宜人晉封夫人黄太夫人墓誌銘代　皇清敕贈太安人黄夫人墓誌銘　李母余夫人墓誌銘　皇清旌表節婦謝夫人二子從葬墓誌銘　淑英墓誌銘　先母李氏墓誌銘　誥封奉直大夫例授州同知立軒陳公暨元配誥封太宜人魯氏合葬墓表　庠生朱公墓表　擬提督學院新建周公去思碑　松溪令潘公去思碑

雜記類　蘭陔愛日圖記　遊鼓山記　重遊靈隱峯記　山池荷花記　髻亭記　題泰寧寶蓋巖

頌贊類　皇帝南巡頌　杜可權像贊　朱太翁引泉築室圖贊

哀祭類　雷時若哀辭　祭雷憲副文　祭妹丈黄君及亡妹文

右詩十二首，古文一百十七篇。其爲文章自始學韓愈；其後更博采秦漢以來諸家之長，而獨成其體於韓子之後。其教學者爲文，即舉韓子之所以教人者；而綜其要，以立誠爲本，以文從字順各識職爲旨歸，以中有自得而能自爲爲究竟。而論學則不慊於時賢之爲漢學者。論文則不慊於近世文人爲程朱之學者。

其論治經曰："古人治經，非專門名家教授者；皆取大義通，不爲章句；若孟子、荀卿、李斯、賈生、司馬遷、劉向、揚雄、班固是也；故遷稱李斯知六藝之歸，固謂向父子揚雄爲湛深經術，謂優於其義也。至於物名器械之詳，則季漢通儒徐偉長之流，亦知鄙之矣！近時人不悦學，士多疏陋；故豪傑之士，率以博覽自喜，夫經言精奥，史籍紛繁，加人自爲之書，與世而增，雖有上智，豈能徧理；至傳聞回互，文義點竄，先後相積，疑竇半毛，但當存而不論；豈能窮其自出。古人於事訛誤未有折衷者，但云當考，或云慎取，如是而已；其言誠有味也！夫子曰：‘我知之矣，如爾所不知何！’此聖人所以爲萬世法也。近世士多奮其私智以誣古籍，鑿空立説，日出新奇，徵引繁富，足佐其謬，其弊始宋之一二名人自喜之過；後遂益甚！揚子雲曰：‘多聞則守之以約，多見則守之以卓。寡聞，則無約也。寡見，則無卓也。’孤陋固不足以盡道。然荀況載孔子論士之言曰：‘不務多知，務審其所知’；則所以主乎聞見者，必有道矣！”見《答王光禄西莊書》

其論古人文利病曰：“凡爲文不宜太切；其陳義類迂誕而咀之有餘味，使人心寬厚愉悦，風清而神遠，穆然而近古，最爲文家高致；若《公》、《穀》、《戴記》、《詩小序》、《春秋繁露》、《説苑》、《新序》、《列女傳》是也。”見《梅崖雜録》“仕琇治古文，自晚周下迄元明百餘家，雖不能盡識，亦嘗行其崖畔，知其升降所由。六經之作，聖人本諸身，垂教天地萬物，理畢備。孟軻七篇，明仁義。荀況輔之。斯、非背師以售術。聃、周假道德放言。管、商新法。不韋呂覽。下有脱文穰苴、孫、吴申軍制。丘明傳《春秋》，災異於董劉。《詩》變於原。史變於遷。《易》紹於雄。相如好靡，韓愈救其弊。此周、秦、漢至唐爲辭之大較也。”見《與胡稚威書》“孟、荀、屈原之後，能爲六經之辭，惟揚雄、韓愈氏耳！李翺之文，温靖隱厚，猶有《詩》、《書》遺風。他若百家雜術，出於周秦之間；漢氏作者益衆，所著皆偉麗可喜，而害人心者亦已多矣！左氏、司馬遷、董生、劉向、班固、歐陽、曾鞏、王安石，其特淳者。若柳宗元、蘇洵，亦其傑然者也。至子瞻、子由氏，挾其才智以傾一世；其徒晁、張、秦、黄從之，而法度一變矣！宋之南渡，作者率依附古籍而不能自爲辭。陳亮、葉適、陸游、文天祥，稍治氣格，有二蘇遺風；蓋晁張之亞也。元姚燧始法韓氏，而於仁義藹如之旨遠矣。虞集益求北宋大家之遺，而氣格少陁。顧終元之世，論文未有先二家者也。明時作者，推王顧爲最，歸尤俊偉，駸駸乎軼元代，而追歐陽諸人以爲徒者。蓋自周以降，二千餘年間，文章每降益衰，然其中輒有振起之者。故文衰於六朝，韓愈振之，降而五代，歐陽振之。及其又衰，姚燧振之。明文何、李、王、李之僞，王慎中、歸有光振之。若今之爲遵巖震川者，蓋不知何人也。昔邵子湘、方望溪嘗輕震川，至今日論定之下，二人視震川，果何如耶？人苦不自知，正坐此耳！”見《與石君書》

“大約唐長慶後，其氣傷；宋熙寧後，其理漶；二者交譏。古文道缺不全以迄於今，雖其間數十豪傑，力自振頹廢中；然以二者追隨終始，卒不能脱也！”見《與胡稚威書》“近世文人爲程朱之學者，如前明宋景濂、方希直之類，按其所著，大抵情僻而辭矜，辭陳而指淺，求其詩人優柔之風，書人灝噩之遺，邈不可見；以此自詡治經，豈非荀卿所稱口耳之間，不足以美七尺之軀者耶！”見《答雷憲副書》“又其淫則公偭規矩，裂六經以逞强，欲不囿於世而納於作僞之類，若前代濟南新安之類，皆廝養僕隸僭主人，曾不得比庶孽；沐猴而冠，妄自侈大，亦可哀也！”見《與胡稚威書》“仕琇少孤，學無師傳；其古今文，輒以意取通於古人，得其相屬條理之一二；然治經鹵莽，昧於史事，故措注處不能窮極原委以盡文之變化，使考古者望而意滿；要其精神所著，則亦有不可誣者耳。古人之文，直書情事，而本末具見；後人繁徵博引，彌形疏陋。盡古人根源盛大，所著皆自得之餘。後人弱材薄植而速華，淺流自盈而務竭；故其文之工拙，行之遠近，各稱其精神爲限；非口耳漁獵所得與也！”見《復涂榮詔書》“《莊子》書謂宜熟讀，其説理精處，吾儒不能過也；又條暢通貫於俗情人事，以之處世最宜；但文太疏快，久服傷人元氣；又當以六經、荀、揚、《左》、《國》重厚淳朴之意，鎮壓之耳！”見《復李郁齋書》“學六朝，去其排偶最善。若又能從此上窮屈、宋、揚、馬，即與唐宋大家，豈殊源哉！至起伏照應，三國六朝，原不以此爲工；蓋其氣韻輕清，苦神短耳！如流泉入花，雖有小灤洄激射映帶，以幽迥取勝；然浩渺掩漾，萬怪惶惑，終讓江河也！然人才視志所趣，亦當量遠近以自定；果能魏晉，亦豈易得！”見《與枏庭書》“文章氣大則力渾；凡以力見者，皆有畔岸，則害廣博易良之體，而隘於氣；此峭緊之文所以未達一間也！欲知韓、柳、歐、王文高下，於此觀之。”見《鄉飲朱公墓誌銘後自題》“硬排比對，相角而下，中無轉捩虚機躲閃處，最窘筆力；此法昌黎獨擅。柳州《咸宜》等篇，亦復雅健可喜。”見《規友後自題》“退之《張徹》、《王適》等銘，乃從《大雅》諸篇，兼採《瓠子》、《天馬》等樂歌，奥崛深洞，奇氣横溢，直與《九章》、《天問》相爲彪炳；後之銘者皆法之；惟歐公《孫明復》、《蘇舜欽》、《尹源》諸銘得其神髓。王介甫極力追摹，終於膚殼未化！”見《李君墓誌銘後自題》“退之摹《騷》，視柳爲深；蓋河東悽情哀怨處，得《九歌》神韻；然體過峻厲，與騷人之渾然無涯，尚屬一間未達。退之邃於雅誥，故温柔敦厚，與《騷》不謀而合，未嘗抒號哀怨而瀏焉忽至；此惟深於文者知之耳！”見《祭李母姜夫人文後自題》“四言祭文，《昌黎集》不用韻者甚多。”見《祭族叔喬瞻後文自題》“柳子厚文樹骨左馬，採神《騷》、《穀》，涵掩韓非、賈誼、子雲、相如諸家，取源甚富；即西京亦少其敵，不論異代也！特其崖岸太峻，稍乖平康正直之體；以之載道，頗似未宜；要其文自卓絶也！近世有人疑指方苞以宋末詁訓之遺，爲腐木濕鼓之音，不解柳文，妄肆詆欺，其言尤怪誕癡僭可笑！蓋堊𩯭泥埴，而訾虎豹之炳蔚，不知者嗤其妄，知者乃深哀其愚也！悲夫！積一生之力，精治古文，不知好學深思以增益其所未足者，而長僞飾驕，將以愚人，其究自愚而已！”見《福州鄭魚門文後自題》“歐、蘇、曾、王，各自成家；馴至姚牧菴、虞伯生漸合源流；至震川而益備，嚮時志意高，頗輕視之；今閲歷久而心降，乃知前輩之未易及也！”見《答黄臨皋書》“震川《王邦憲墓誌》、《戴錦衣家傳》，高卓鬱動，得史遷之神；然《王誌》氣尚微滯，不逮《戴傳》之豪儁，揮霍如意也！”見《孝廉李君墓誌銘後自題》“顧讀曾子固《王容季集序》，以《書》善序事，簡而無不足；繼《詩》、《書》孔子而作者，孟軻、揚雄爲最；而卜商、左丘明、司馬遷、韓愈其次也。震川之業，視諸君子爲稍繁；而世乃以太簡少之，可笑也！”見《答族弟和鳴書》“但當時尋繹歐陽、曾、王之文，使之日就簡古堅朴爲佳，震川文根本盛大而約省出之，固已脱落修潔；然終不若三君子之淳實切至也！”見《答魯絜非書》“仕琇自視所學，不敵震川十一；向時不自量，欲以簡自名；出吏後，寖頽散不能制，日所書者，皆俗言也！我朝學者寖少。侯、魏、汪、姜諸家皆傑出者；然視元明皆不及。邵青門、儲畫溪、方望溪益求真素，而頗病膚淺。仕琇之文，亦諸人輩耳！”見《答族弟和鳴書》“仕琇少年虚憍負氣，更世事深，頗悔悟其妄；近稍斂就平實，檢閲明朝歸熙甫、王遵巖、方希直、高子業、徐昌穀諸人詩文，覺己有所未及。熙甫、子業尤高；其寄託真率，邁遠自然，視後來摹擬牽附者，文采非不斐然可觀，而終自言無與於中，令人寥絶不能明其志；若是著述雖多，祇益僞耳！”見《答李千人書》

其論學古文曰：“學古文，宜且先看曾子固、王介甫作者，得其澹朴淳潔之趣；儲氏選本，於二家太略；當求得《鹿門文鈔》讀之。即歐陽文亦然；必合《五代史記》讀之，佳處始見也。至近世《三家文鈔》、《青門簏稿》、《草堂文集》，亦宜博觀識其利病。不如此，文章之變不盡。故經濬其源，史核其情，諸子通其指，《文選》辭賦博其趣，左氏太史勁其體，孟、荀、揚、韓正其義，柳、歐以下諸子參其同異，泛濫元明近世以極其變。歸諸心得以保其真，要諸久遠以俟其化。”見《答黄臨皋書》“固知積漸之功，不可誣也！杯勺不已，可生蛟龍。溝澮皆盈，頓生枯鮒。惟真故微，微故漸，漸可積而大也。惟僞故張，張故驟，驟者不終日而敗也。所願虛衷下氣，深中厚蓄，以大其造就。大由於積，積由於微而漸，微者人忽之，漸者人遲之；不存人之見於胸中，則自不見爲微與漸，見其爲真而已！”見《與余羽皋書》“所著文力求峻潔而養氣未裕，則於立言之義不得其安，而聲之高下長短，時有拂戾，此蓋望速成之蔽也！韓子曰：‘無望其速成’；又曰：‘優游者有餘。’歐陽子曰：‘孟韓文雖高，不必似之也，但取其自然耳。’此言甚精，久體之，當自悟也。大抵知言養氣，二者爲立言之要。知言在積；讀書而慎取之，得其正且至者。所以載言者氣也；氣宜清明和平，不可過求緊健，既作之，又宜息之，順乎其理，不以己與其間，斯得之矣！左氏、司馬遷二史，荀、揚、莊、屈四子宜熟復；大指歸於《詩》、《書》，如此學韓乃爲得其要領；仍取李習之、歐陽永叔、老蘇、曾王二公文觀之，察其取於韓之異者；又時觀柳柳州以見同時異趣，而本末之相去，有不可揜者；此尤爲學之要也。”見《復黄臨皋書》

其論作文曰：“至著文之道，第本其所得於古人者，調劑心氣，誠一以出之，齊莊以持之，優游以深之，曲折以暢之，援引古昔以矜重之，使其言粲然各識其職而不亂，澹然各止其所而不過，則雖尋常問訊起居之辭，而人寶之如金玉，襲之如蘭芷，聽之如笙瑟，味之如牢醴，有不忍去者矣！何也？則以其心氣之清和惻怛。感人於微，而人樂之，亦自得其志也；故自貴者，人貴之；自愛者，人愛之。《傳》曰：‘芷蘭生於空林，不以無人而不芳。’斯爲自著者也！後之作者，誇嚴自喜，動曰言思可法，或曰言必有用，故所爲皆依倣緣飾以動於世；二者豈非教之所崇！第以古人出之，皆流於内足之餘，其言信也。後之人未必然也，而馳騖心氣以逐於外，色取聲附以事觀聽，中枵源醨，美先盡矣；又何以永學者之思慕乎！”見《答王光禄西莊書》“文章之貴，在於天人相兼，思學融會；忌用成句；語有出處，固爲無病。然必其取喻親切，方爲有味；否則易涉苟便，反不如用己意點化之爲得也！黄山谷云：‘韓杜詩文，皆有來處；後人讀書少，便謂自作語耳。’李穆堂因此遂註《原道》用語來處，此拙於知言者也。退之謂‘唯古於辭必己出’。六經之文，中貫精意，何有沿襲！偶閱周亮工評文云：‘文莫妙於杜撰’；不覺驚歎，以周非文家，何其精於文事如此！孫樵謂世言俚言奇健，可爲史筆精魄，因牽韓吏部云如此；孫樵當時謂爲不然，易以典要二字，要豈得謂世言之無因哉！往時與先兄筠園論詩，謂自宋後無能自造語者，正謂杜撰之難也。”見《答蔡蒼嶼明府書》“銘辭奇偉，要於義正句鑿，不落模糊；否則墮入僞境矣！”見《族祖朱公墓誌銘後自題》“有韻之文，出於《詩》、《騷》，辭意哀麗，上也。渾浩流轉，次也。敷陳完飭，斯爲下矣！若填綴雜亂，或遂混入後世詩句中語，風雲月露，蟲鳥花草，則惡道魔趣，徒供嘔噦，不足與於此；而或猶尚之，可笑也！”見《古堂王公文後自題》

其論學詩不如學古文曰：“古文之名起於唐；是時作者皆沿六代之遺，以偶儷爲工；韓退之出，始深探六藝，凌驟諸子，脱落時體，粹然一出於正；子厚習之輔之，而有唐之文，遂與三代西漢同風。詩自《十九首》迄劉宋陶謝，作者古音不絶。齊梁始敝。至唐陳子昂《感遇詩》氣格豪邁，又復於古。太白子美，每出益奇，然詩自鮑照至子美僅百年；自子昂太白而外，中間能者無數。古文自漢建武至唐貞元，惟得退之等數人而已！甚矣其難也！然古文之道，正大重厚，非學士大夫，立心端慤者莫能習；詩歌之靡，則儇人佻士，率往趨之；以故詩人之無行者不可勝數；而古文之傳，皆正人君子也。嚴羽曰：‘詩有别才。’夫詩之道，雖易於古文；然非可一蹴至也，必沈酣《詩》、《騷》，熟精《文選》，屬思於有無之際，著筆於近遠之間，發興蒼茫，開倪寥廓，無意而合，自然而成，觸緒而悟，或則怒生豪出，嘘吸百川，噴字如珠，灑墨成雨，神歌鬼泣，混連元氣，歸於淡無；如此等境，皆詩家上乘，豈初學所能知哉！至若言取清虚，意求閒適，亦出天然，不可湊泊。古文雖難，然隨人材質習之，即其所得淺深，皆可以正心術，導迎善氣。且先録韓柳與人書及諸賦碑誌，見其清深淵古者，日夕復之；然後乃及序記。次閱歐陽公《五代史記》及《唐書》諸論贊，又次閱其碑誌，乃及序記；因之乃及曾南豐、王介甫，因之又復於韓；又因韓以及李習之，及於柳，以見諸家同異；因是以上及於揚雄、劉向、董生、司馬遷、相如、宋玉、屈原、荀況、左丘明、孫武、尉繚、管仲、穰苴、莊周、列禦寇、《國語》、《國策》，因以下及於蘇老泉，如此又數往復焉，乃及於西京諸作者，及於班固、張衡，及於東京，及於唐諸雜家，及於東坡、穎濱并宋諸雜家，及元、明、本朝諸家，又如是以復於唐宋；又復於諸子六經；誠如是漸進而自得焉。古文既立，其於詩蓋順而推之耳；若韓、柳、歐、王、蘇之於詩，皆高出諸家，此其明驗也。”見《示子文佑書》

其論詩曰：“詩力求緊怒而乏疏奇之致，蓋鎔鍊未造輕浄，見滯悶而已；杜韓不如是也！”見《復李郁齋書》“昔人論詩，謂七言其靡者，然唐時每以長句相矜，如杜甫之贈薛華，是也。甫後，工長句者，韓文公外，推宋蘇文忠、黄文節；迄於南遷，金源氏之北渡，陸游、元好問，益講明二公之遺。明之中世，北地李夢陽者出，始絀其前名家者，而專修杜甫氏；然後之論互有同異。賦爲六詩之一，而其後《離騷》、《九歌》、《九章》、《九辨》，音節已渝。至於《招魂》、《高唐》、《上林》、《子虚》、《大人》、《七發》、《甘泉》、《長楊》、《羽獵》，則務爲閎衍夸侈，競於使人不可加矣！《大雅》‘維昔之富不如時’‘今也日蹙國百里’，蓋長句所昉；其後《牛角》、《垓下》、《大風》、《瓠子》、《柏梁》繼作，迄後漢、魏、晉、六代益衍，至杜甫氏而極盛。甫嘗自喜其詩能愈瘧，因誦生平佳篇，皆長句也。蓋長句與賦，皆詩之歧出者；迄宋而賦道幾絶。蘇黄二公長句法杜甫氏，而傅以己趣，自成阡術，票姚搜剔，暢悦精緊，卓立風氣轉側之餘，不襲取前人而自與合，故足貴也。北地一力摹擬，欲如優孟之肖孫叔，而忘始末簡鉅之不同揆，斯其蔽矣！國朝王尚書士正，始復尋陸氏元氏之遺緒，以韓、蘇、黄三家長句爲法；然王氏自著，亦兼採王維、高適之遺，而雜出於元明諸家。”見《魯遠懷詩集序》“王尚書懲空同、于鱗二李之弊，力矯荒傖，以清新俊逸爲宗。數十年來，遂成風氣；前後二宋玉叔、綿津頗以健格撐拄其間而力不勝。於時李天生獨探源經術，其後鐵君稍循嶺南諸家之徑，别立風格。”見《復家石君書》仕琇文章爲閩士所宗；其弟子新城魯仕驥誦其師説以奉手姚鼐，用詳次其説以備一家之學焉。

太乙舟文集八卷

新城陳用光字碩士撰。用光，嘉慶辛酉進士，累官禮部左侍郎。自其少小好爲文章，學詩於鉛山蔣士銓，學古文於舅氏同里魯仕驥。而仕驥爲建寧朱仕琇弟子，既受古文法，而其所自得，沖澹夷猶，别成其體於梅崖之外，與桐城姚鼐略同；遂通書問以相質正，又命用光從學於鼐，遂兼受兩家法。今觀其文，不爲刻深毛鷙之狀，而條達疏暢，浩浩乎隨流平進，辭明而理舉，意盡則言止，與世之爲桐城，抑揚吞吐以事所謂情韻不匱者異趣；顧辭或蕪煩，韻味亦短；而扶植理道，樸實無華，乃近方苞，而特遜其高渾凝固！其集初刻於道光十七年；用光先以十五年卒，其友人梅曾亮爲編定，而冠以祁嶲藻梅曾亮序，吴德旋爲神道碑，梅曾亮爲墓誌銘，以備讀者知人論世焉；至光緒乙未，重刻於長沙。詩則用光自刻，久罕傳本；其裔孫陳贛一爲《青鶴雜誌》，選登第四、五卷。跌宕昭彰，髣髴蔣士銓；而無士銓之顧視清高，筆情雄騫；嘗以詩質正大興翁方綱。方綱評之曰："作不入，所以作不出"；亦天資所限也！采録可誦，篇目如左。

序跋類　翠微山紀游詩序　銀藤花館詞序　紅葉山房文集序　南石先生制義序　振綺堂書目序　觀齋集序　王述菴與蓉裳尺牘書後　袁簡齋尺牘跋　山木先生書册跋

奏議類　論攻滑縣賊摺子　應詔言事摺子

書牘類　與伯芝書頃檢取姬傳起句　再與國史館總裁書　上王侍御書

贈序類　送登之以通判分發江蘇序　送劉孟塗南歸序　送童觀察序　送胡墨莊給諫擢延建邵道序　送劉松嵐爲河東道序　送何蘭士爲寧夏守序　送服齋給諫外擢之官山左序　送鄧鹿耕擢鹿港同知序　贈譚琴巖序　送黄初甫前輩乞養南歸序　送程梓庭提刑之任江西序　送鄧嶰筠同年廉訪湖北序　送賀藕耕贊善出守南昌序　送梁茝鄰儀曹擢守荆州序　果堂五叔父六十壽序　仲兄朗亭四十序　贈集正五十序　魯南畹七十壽序　繹堂制府六十壽序　十五弟彪字説　四子字説

傳狀類　先母事述　姚先生行狀　齊召南傳　武虚谷家傳　忻州知州魯公家傳　蔣省齋家傳　費給諫家傳

碑誌類　從兄仁山侍郎墓誌銘　從兄子玉方墓誌銘　從兄子鍾溪侍郎墓誌銘　兄子蘭祥墓誌銘　貴州巡撫鶴樵程公墓誌銘　光禄大夫經筵講官户部左侍郎致仕歎齋顧公墓誌銘　工部左侍郎浙江學政李公墓誌銘　劉芝崖墓誌銘　姚子方墓誌銘　王叔和墓誌銘　鹽源縣知縣襄城常君墓誌銘　吏部左侍郎譚公墓誌銘　寶慶府知府譚子受墓誌銘　魯賓之墓誌銘　壽暉厝誌　韓理

堂先生墓表　鄧箕山墓表

雜記類　記先贈大夫畫像始末　菊隱圖記　蜀岡紀游圖記　游石門洞記

哀祭類　魯習之哀辭

右文六十五篇。論學，則宗義理而兼尚考據；論文則主疏澹而不廢聲色；壹推本其師姚鼐之説。

其論經學曰："用光比爲《論語義疏》，汎濫於諸經傳説；益知朱子之學，誠爲己耳，非有爲乎人也；今之爲漢學者，誠爲人耳，非有爲己也。胡氏之傳《春秋》，前乎朱子者也。蔡氏之注《尚書》，後乎朱子者也。二子者，論議之迂，名物之略，誠有過焉；而攻朱子者叢擊之不遺餘力，曰吾漢學也。《春秋》每月書王，以爲孔子之筆，此服虔説也；而胡氏因之。其不書王以治桓，賈逵説也；而胡氏取之。曰服賈而黨之，曰胡蔡而伐之，黨乎其所異，而不知固伐乎其所同，曾是以爲愈乎！人心之相勝，至無已時也；不顧義理之安，而攻乎名之所難犯以爲己名；夫胡蔡其嚆矢也。生心作事之害，非獨儒生之論而已！"見《與姚先生書》"閲近儒陳啓源《毛詩稽古編》，其説專與朱子爲難，獨其考訂名物，頗有是者；惟頗不喜惠定宇《明堂大道録》。比見翁覃溪先生《與胡雒君書》，亦以此爲畔道之作，所當辭而闢之。覃溪先生又言：'與其過信漢儒，無寧過信宋儒。'此非近日諸儒所能爲之言也！"見《寄姚先生書》"覃溪先生窮經，以博綜漢學而歸於勿背程朱爲主，其識自非近人所及。然其論吾師姚鼐經説，謂'不當自立議論；説經文字，不可以作古文'。則用光不敢謂然！歐陽子曰：'經非一世之書也。'前人成説，有可以爲左證者，有不可以爲左證者。儒者學古，以其自得義理，兼所目驗事實，參互考訂，歸於一是；必欲於前人成説，一字不敢移易，是今人所嗤爲應聲蟲者也。雖依附鄭孔，安能免門户之見哉！朱子之學，所以上接洙泗者，固其躬行心得，非諸儒所能幾及；而其窮經之餘，又精通文律，故其詁經文義，十得七八。用光嘗謂東漢人拙於文辭，雖邠卿康成亦然；凡其説之難通者，皆其拙於文辭所致也。文辭之在人，乃天地精華所發；周秦人無不能文者。諸經雖不可以文論，然固文也；不知文不能文者，則不可以通經。今人讀孔賈疏，未終卷，輒思卧；其爲説轇轕繚繞，不能啓發學者志意；非疏於文事之過耶！然則説經而以古文行之，其有益於後人，豈獨文字之間而已哉！韓昌黎所注《論語》，惜後世無傳本；使其傳於世，朱子必亟稱

之矣。”見《寄姚先生書》

其論史傳曰：“善爲政者，無變今之法，而能行古之道，善爲文者，無變今之體，而能用古之法。繁簡張弛，與時消息；雖在爲文，何獨不然！史傳貴在傳其人，俾可見於後世而已。馬班諸史，無所謂附傳也。劉向歆宜專傳，而見於《楚元王傳》中，不云附；猶曰其子孫也。《孟子荀卿列傳》列慎到、田駢、三鄒子之屬，而標題但曰‘孟荀’，不注旁以附。其《嚴朱徐賈諸傳》，俱平標諸人，不云徐賈以附嚴朱也。惟范氏《蔡茂傳》附‘郭賀’，則以賀釋夢，而茂辟以爲掾也；然賀居官有殊政，嘗爲顯宗所褒異。蓋以類附從，各有命意。今之爲傳，雖不能全用其體，而未嘗不當略存其意。又昔之爲《文苑傳》者，邊讓趙壹之流，其人皆偏宕之士。今既嚴絶偏宕之士，則入傳者必皆有守有爲，不獨其文學可稱，而政事亦當紀；雖不能盡然，而可紀者，必當詳紀之，以待後人之采擇。用光撰國史，於《汪堯峯傳》，舍芸臺先生録《四庫提要》議論之虚語，而録陳午亭相國紀載之實事。其《朱竹垞傳》，用光所附者尚有數人，以館中諸君謂附傳不宜多列人數，姑徇其意；而獨存譚吉璁者，以其爲朱之中表，又同舉鴻博，而嘗有守城之功也。抑用光觀古人列傳之意，更有一説：林苑云者，羣材總集之區也；若其人有傑出之材，則以專傳爲貴；董江都、鄭康成不入儒林，司馬長卿不入文苑是也。今之列儒林文苑者，異日苟有馬班之才出焉，豈無特取而爲專傳者乎？其餘儒林文苑中人，不啻皆異日之附傳者也。”見《再與國史館總裁書》

其論古文曰：“古文辭傳之於世，必材與學兼備而後能有成；才不可能，而學則可勉致。然學有二：其存乎修辭者，異乎南北朝人之所學，爲古文而得其途者知之矣！其存乎學而銖積寸累以求其義理，爲古文而得其途者，其所得又有淺深之分焉；得於此者深，雖修辭之功不至，而固可自立；得於此者淺，雖修辭之功至，而未必其能自立也！蘇氏曾氏之於歐陽，才與學兼備者也；繼歐陽而庶幾及之。李習之、皇甫持正、孫可之，學不足，而修辭之功至焉者也；繼韓而瞠乎其後焉！然習之、持正、可之尚足以自立；生宋人之後而學不足，微特不能挈習之、持正、可之諸君子；且不能如爲南北朝人之所學者之有成矣。”見《與管異之書》“柳子厚云：‘鏗鏘陶冶，時時見古人情狀。’此言格律聲色也；無格律聲色，不足以言古文辭。夫天下之道，有本有末，有淺有深。局於淺且末，固不足道矣；求其本與深焉者，而遺其末與淺焉者，此高語性命之學而不求諸事物之失也。爲古文辭，乃亦類乎是。格律聲色，古文辭之末且淺焉者也；然不得乎是，則古文辭終不成。自韓歐而外，惟歸震川得此意；故虞文靖、唐荆川皆莫逮焉。”見《答賓之書》“比讀王遵巖文，覺其辭繁而不能成音。震川則雖常語而亦可成誦；以此知震川之不可及也！”見《寄姚先生書》“曩時閲《梅崖集》，以爲不可及；比乃覺其氣少懈而骨格未堅；譬之樂，鮮純繹之音；譬之木，鮮密栗之致；二者望溪似猶未至焉；梅崖於望溪，乃彌不能及已！近時王鐵甫爲文不可一世；用光得見其十二三，誠有過於梅崖者；然其於沖淡自然之詣，則似未之有得！”見《寄姚先生書》“鐵甫嘗自言：‘生平所較勝於人者，東京六朝之功頗深也。’爲用光言：‘宜留意兼采左、史、班固之茂密。’夫以東京六朝入西漢，是綴狐白以羔裘也；其兼采左班之茂密，譬列雞彝龍勺而不廢敦卣，意其言固猶有可采者乎?”見《寄姚先生書》“夫昌黎變排比之習，而以疏勝；昌黎不獨以疏勝也。歐陽、曾、王氏取其疏而得其所以爲疏者，故能各獨成其體。後之人無其學，而徒爲宂散汗漫，使不可合於尺度；固宜其見詬病於世。然司馬子長所以勝孟堅者，曷嘗必以縝密爲貴乎！吾師謂‘歐公能取異己者之長而時濟之’，非獨濟之以密也。吾師謂‘曾公能避所短而不犯’，其所長在於疏；固非宂散汗漫而不合於尺度也。”見《寄姚先生書》“孫過庭言作字云：‘先求平正，後追險絶。’作文正復如此。未能平正而遽求險絶，譬之孩提之童而遽欲舉烏獲之鼎，效魏犨爲距躍曲踊也；其不至於絶臏折足者無幾！然某君所見似尚未及此；其所見未忘乎六朝之綺麗，而震慴簡齋之炫燿耳。用光比年乃知簡齋之才雖横絶，而用之於古文，則全無是處！”見《與梅伯言書》“用光之師先舅氏山木先生受古文法於朱梅崖，其在吾江西，卓然成一家言者也。姬傳先生之門人，有管異之同、梅葛君曾亮，皆深造有得，勝於用光。”見《再與吕禮北書》“吾今作詩文頗多，而總無愜心處；看來吾於虚處，總不能步趨吾師；惟當努力於實處，以冀步趨十分之一二耳。”見《與伯芝書》“夫文有虚有實。虚者，骨脈神氣也；實者，名物度數之見於文字間者，非考證之博，則每患其疏；故姬傳先生嘗以考證誨學者也。僕侍姬傳先生久，又嘗旁采莘楣覃溪諸君説，於考證知其途轍焉；而筆不足以副之，嘗以氣弱爲恧!”見《致魯賓之書》“今之爲漢學者，破碎穿鑿，令人不樂觀，雖僕亦以爲然。顧舍是而使人得以空疏詆我，徒以機軸氣體爲古文辭，雖明之茅鹿門，今之朱梅崖，皆深有所得於古文者，而不免病是也！”見《答賓之書》“吾師獨舉義理考據詞章三者並重之説，以誨示人；而所自著，復既博且精，掩有三者之長，獨闢一家之境；論文章於今日，先生功邁於震川矣！鐵甬見未及此，固宜其以考據爲病也！”見《寄姚先生書》“且如閻百詩以漢學訾宋學，其詞氣之偏駁，非學者所當法也；其考證之精核者，則固古人實事求是之學，不可不法矣！朱竹垞爲人不足論，其學亦不逮百詩；然博聞彊識，則今人固未易幾也！其文字雖無當於古文之業；然以其該洽，凡言學者往往不能廢之！往日吾鄉亦有聞山木之風而爲古文者矣；然卒之無成者，以其無學也；無學，則無以輔其氣，定其識。世人以古文學者多空疏，職是故也。且能以考證入文，其文乃益古。吾師嘗語用光曰：‘太史公《周本紀贊》所謂周公葬我畢，畢在鎬東南杜中；此史公之考證也；其氣體何其高古，何嘗如今人繁稱博引，刺刺不休，令人望而生厭乎！’史公此等境詣，吾師文中時時有之，此固非百詩竹垞之所能知也。然則以考證佐義理，義理乃益可據；以考證入詞章，詞章乃益茂美矣！”見《復賓之書》

其論駢文曰：“余未嘗爲駢儷之學，顧於其源流派别，考核之嘗熟。往者喜楊蓉裳農部芳燦之文也。蓉裳之言曰：‘吾之爲儷體文，色不欲其炫，音不欲其諧，以闇采而得古錦之觀，以闇響而得孤絃之韻；是則吾之所取於玉溪生也。’蓋本朝之爲儷體文者至衆，而討論之精，則後來者往往軼出前人之上。若蓉裳之文，取格近於邵叔宀、孔顨軒，而易其樸而爲華；取材富於陳其年、吴薗次，而易其熟而爲澀；其次此事可云三折肱焉。”見《方彦聞儷體文序》其他論保甲，則曰：“今之行保甲者，失《周官》比閭族黨佐行教化之意，而反鄰於商君相連坐之法，非徒其法之未究，抑亦其用意之相左矣！”見《與劉仲矩書》“昔惠先生士奇之説地官，吾有取焉；其言曰：‘管子法周官，事類相近，凡孝弟忠信，賢良雋才，由其下以次復於上；有過惡，由其下以次及於上；猶是周官比閭族黨州鄉，勸善糾惡，慶賞相共，刑罰相及之意；非若商君什伍連坐之法，益之以暴也。’蓋市者政詳於下，故其上之政簡。夫相受相保，相賙相救，民之所自致其恩誼也。”見《屈氏義莊書田序》信可爲世之言保甲法者當頭下棒喝焉！

大雲山房文稿初集四卷二集四卷言事二卷文稿補編一卷

陽湖惲敬字子居撰。敬，乾隆癸卯舉人，歷官浙江江山、山東平陰、江西新喻瑞金知縣；其《文稿初集二集》，皆敬手定，各有《序目》。《初集序目》自道早年學古文之攻苦以厘有成，略脱胎韓愈《答李翊書》。《二集序目》則以諸子流别之法，論定文章，而謂文集之衰，當救之以百家；同於章學誠《文史通義》之所論。又爲《文稿通例》二十五條刊卷末，以見文章之義法。《初集》以嘉慶二十年刻於南昌；而《二集》則以是年刻於廣州；至咸豐庚申，太平軍略地常州，而板以燬；其孫念孫以同治八年，重刻於四川，而附《言事》二卷，《補編》一卷。陽湖古文以惲敬張惠言爲開山，而出於桐城。陽湖陸繼輅與惲張同時交好，而按其所著《崇百藥齋文集》，有《七家文鈔序》曰："我朝自望溪方氏别裁諸僞體，一傳爲劉海峯，再傳爲姚惜抱；桐城一大縣耳，而有三君子接踵輝映其間，可謂盛矣！然世之沈溺於僞體者，固未嘗一日而息。乾隆間，錢伯坰魯思親受業於海峯之門，時時誦其師説於其友惲子居張皐文。二子者，始盡棄其考據駢儷之學，專志以治古文。蓋皐文研精經傳，其學從源而及流；子居泛濫百家之言，其學由博而反約。二子之致力不同，而其文之澂然而清，秩而有序，則由望溪而上求之震川，又上而求之廬陵，如一轍也。"然敬則不安於桐城之所爲，自言："古文法盡出子長，其孟堅以下，時參筆勢而已。"見《與黄石書》又謂："變化取子長，嚴整取孟堅。"見《上舉主陳笠帆先生書》今觀其文，言厲氣雄，若肆意出之，而下筆特矜慎。姚鼐如歛而促，意餘於詞而不欲盡，敬則特悍以矜，氣溢於篇，而不敢盡。曾國藩用揚馬司馬相如揚雄以救桐城之希淡，而瑰麗間出；其蔽也雜！敬則學馬班司馬遷班固以藥桐城之蕪近，而遒變時臻；其蔽也矜！其辭浄而無滓；斯敬之所以同於桐城，而與曾國藩爲異。其氣厲而爲雄，斯敬之所以異於桐城，而與曾國藩爲同。采録可誦，寫目如左。

論説類　三代因革論八首　西楚都彭城論

序跋類　子居決事序　秋潭外集序

書牘類　上曹儷笙侍郎書　答蔣松如書　上舉主笠帆先生書　答張翰風書

傳狀類　前翰林院編修洪君遺事述　前濟南府知府候補郎中徐君遺事述　楊中立戰功略

碑誌類　前太子少保雲貴總督劉公祠版文　前四川提督董公神道碑銘　太子少師體仁閣大學士戴公神道碑銘　張皐文墓誌銘　舅氏清如先生墓誌銘　前臨川縣知縣彭君墓誌銘　兵部額外主事王君墓誌銘　寧都州學正聞君墓誌銘　彭澤縣教諭宋君墓誌銘　寧都營參將博羅里公墓誌銘　刑部主事曹君墓誌銘　甘宜人祔葬墓誌銘　姜太孺人墓誌銘　亡妻陳孺人權厝誌　光孝寺碑銘　贈光禄大夫陳公神道碑銘　刑部尚書金公墓誌銘　國子監生錢君墓誌銘　孫九成墓誌銘　萬孺人祔葬墓誌銘　浙江提督李公墓闕銘　翰林院庶吉士金君華表銘

雜記類　新喻東門漕倉記　重修萬公祠記　東路記　遊翠微峯記兩首　紀言　書山東知縣事　書獲劉之協事　遊廬山記　遊廬山後記　舟經丹霞山記　遊羅浮山記　分霞嶺記　茶山記　酥醪觀記　遊通天巖記

右文五十七篇。大抵論學兼通儒釋，不以爲混；論文推本經子，必裁以義。其論古文之源流及其治法曰："昔者班孟堅因劉子政父子《七略》爲《藝文志》，序六藝爲九種，聖人之經，永世尊尚焉；其諸子則別爲十家，論可觀者九家，以爲雖有蔽短，合其要歸，亦六經之支與流裔。敬嘗通會其説：儒家體備《禮》及《論語》、《孝經》，墨家變而離其宗。道家、陰陽家支駢於《易》。法家、名家疏源於《春秋》。縱横家、雜家、小説家適用於《詩》、《書》；孟堅所謂'《詩》以正言，《書》以廣聽'也；惟《詩》之流，復別爲詩賦家，而樂寓焉。農家、兵家、術數家、方技家，聖人未嘗專語之；然其體亦六藝之所孕也。是故六藝要其中，百家明其際會；六藝舉其大。百家盡其條流，其失者，孟堅已次第言之；而其得者，窮高極深，析事剖理，各有所屬；故曰'修六藝之文，觀九家之言，可以通萬方之略'。後世百家微而文集行，文集弊而經義起；經義散而文集益漓。學者少壯至老，貧賤至貴，漸漬於聖賢之精微，闡明於儒先之疏證，而文集反日替者，何哉？蓋附會六藝，屏絶百家，耳目之用不發，事物之賾不統，故性情之德不能用也。敬觀之前世，賈生自名家、縱横家入，故其言浩汗而斷制。鼂錯自法家、兵家入，故其言峭實。董仲舒、劉子政自儒家、道家、陰陽家入，故其言和而多端，韓退之自儒家、法家、名家入，故其言峻而能達。曾子固、蘇子由自儒家、雜家入，故其言温而定。柳子厚、歐陽永叔自儒家、雜家、詞賦家入，故其言詳雅有度。杜牧之、蘇明允自兵家、縱横家入，故其言縱厲。蘇子瞻自縱横家、道家、小説家入，故其言逍遥而震動。至若黄初甘露之間，子桓、子建，氣體高朗；叔夜、嗣宗，情識精微；始以輕雋爲適意，時俗爲自然，風格相仍，漸成軌範；於是文集與百家判爲二途。熙寧寶慶之會，時師破壞經説，其失也鑿；陋儒襞積經文，其失也膚。後進之士，竊聖人遺説，規而晝之，睇而斵之，於是文集與經義并爲一物。太白、樂天、夢得諸人，自曹魏發情。静修、幼清、正學諸人，自趙宋得理。遞趨遞下，卑冗日積；是故百家之敝，當折之以六藝，文集之衰，當起之以百家。”見《二集序目》“是何也？孔子曰：‘辭達而已矣。’孟子曰：‘詖辭知其所蔽。淫辭知其所陷。邪辭知其所離。遁辭知其所窮。’古之辭具在也，其無所蔽、所陷、所離、所窮四者，皆達者也。有所蔽、所陷、所離、所窮四者，皆不達者也。然而是四者有之而於達無害者焉，列禦寇、莊周之言是也，非聖人之所謂達也！有時有之，時無之，而於達亦無害者焉；管仲、荀卿之書是也；亦非聖人之所謂達也！聖人之所謂達者何哉？其心嚴而慎者，其辭端。其神暇而愉者，其辭和。其氣灝然而行者，其辭大。其知通於微者，其辭無不至。言理之辭，如火之明，上下無不灼然，而跡不可求也。言情之辭，如水之曲行旁至，灌渠入穴，遠來而不知所往也。言事之辭，如土之墳壤瀉而無不可用，此其本也。蓋猶有末焉。其機如弓弩之張在乎手，而志則的也。其行如挈壺之遞下而微至也。其體如宗廟圭琮之不可雜置也，如毛髮肌膚骨肉之皆備而運於脈也，如觀於崇岡深巖，進退俯仰，而横側喬墮無定也，如是其可以爲能於文者乎！若其從入之途，則有要焉。曰：其氣澄而無滓也，積之，則無滓而能厚也。其質整而無裂也，馴之則無裂而能變也。”見《與紉之論文書》“然必有性靈有氣魄之人，方能語小則直湊單微，語大則推倒豪傑。本源穢者，文不能浄；本源粗者，文不能細；本源小者，文不能大也。”見《與來卿》“治之之法，須平日窮理極精，臨文夷然而行，不責理而理附之；平日養氣極壯，臨文沛然而下，下襲氣而氣注之；則細入無倫；大含無際，波瀾氣格，無一處是古人而皆古人至處矣！看文可助窮理之功，讀文可發養氣之功。看文，看其意，看其辭，看其法，看其勢，一一推測備細，不可孤負古人。讀文則湛浸其中，日日讀之，久久則與爲一；然非無脱化也。

歐公每作文，讀《日者傳》一遍；歐文與《日者傳》，何啻千里；此得讀文三昧矣！今舉看文之法：譬如《史記·李將軍列傳》：‘匈奴驚上山陳。’一山字，便是極妙法門。何也？匈奴疑漢兵有伏，以岡谷隱蔽耳；若一望平原，則放騎追射矣；李將軍豈能百射直前，且下馬解鞍哉！使班孟堅爲之，必先提清漢與匈奴相遇山下，亦文中能手；史公則於匈奴驚下銷納之，劍俠空空兒也。此小處看文法也。《史記·貨殖列傳》，千頭萬緒，忽叙忽議，讀者幾於入武帝建章宫，煬帝迷樓，然綱領不過‘昔者’及‘漢興’四字耳；是史公胷次，真如龍伯國人，可塊視三山，杯看五湖矣！此大處看文法也。其讀文之妙無可言，當自得之而已！”見《答來卿》“至於作文之事，曰典。典者，所以尊古也；若單文無故實，則比於小學諸書；當時語，據制詔及功令，是也。曰自己出。毋勦意，毋勦辭，是也。曰審勢。能審勢，故文無定形；古之作者，言無同聲，章無同格，是也。曰不過乎物。不過乎物者，必稱其物也；言事言理言情皆以之。”見《初集序目》“作文之法，不過理實氣充。理實先須致知之功，氣充先須寡欲之功。故①知非枝枝節節爲之，不過其心淵然於萬物之差别，一一不放過；故古人之文，無一意一字苟且也。寡欲非掃淨斬絶爲之，不過其心超然於萬事之攻取，一一不黏著；故古人之文，無一句一字塵俗也。其尺度，則《文心雕龍》、《史通》、《文章宗旨》等書先涉獵數過，可以得典型焉。若其變化之妙，存乎一心而已！”見《答來卿》

其論古今文家利鈍，如論太史公曰：“敬十五六時，讀《史記》，以孟子、荀卿與諸子同傳，不得其説，問之舅氏清如先生。先生曰：‘此法史家亡之久矣。太史公傳孟子，曰受業子思之門人，曰道既通；蓋太史公於孔子之後，推孟子一人而已；而世主卒不用；所用者，孫子、田忌，戰攻之徒耳！次則三騶子、淳于髡諸人，其術皆足以動世主，傳中所謂牛鼎之意也；而孟子獨陳先王之道，豈有幸耶！荀卿者，非孟子匹也；然以談儒墨道德廢，況孟子耶！蓋罪世主之辭也。其行文如大海泛蕩，不出於厓；如龍登玄雲；遠視有悠然之迹而已；孟堅、蔚宗不能至也！然世主所以不用孟子者，何也？陷於利也；而不知即所以亡：故以梁惠王言利發端，又引孔子罕言利，以明孟子

① 疑“故”爲“致”之誤。

之所祖。是以荀卿形孟子，以諸子形孟子、荀卿，故題曰《孟子荀卿列傳》。若孟堅、蔚宗，當題孟、二騶、淳于列傳矣。此《史記》所以可貴也。’後見敬讀《文選》，曰：‘汝知縱横之道乎？言相並必有左右，意相附必有陰陽，錯綜用之，即縱横也。’敬思之竟日，仍於先生之言《史記》得之。於是讀天下之書皆釋然矣。”見《孟子荀卿列傳書後》又曰：“作史之法有二，太史公皆自發之。其一《留侯世家》曰‘所與上從容言天下事甚衆，非天下所以存亡，故不書’；此作本紀、世家、列傳法也；而表、書亦用之。其一《報任少卿書》曰‘究天人之際，通古今之變’，此作表書法也；而本紀、世家、列傳亦用之。《史記》七十列傳，各發一義，皆有明於天人古今之數；而十類傳爲最著。蓋三代之後，仕者惟循吏、酷吏、佞倖三途；其餘心力異於人者，不歸儒林，則歸游俠，歸貨殖，天下盡於此矣！其旁出者爲刺客，爲滑稽，爲日者，爲龜策，皆畸零之人。”見《讀貨殖列傳》

讀《論衡》曰：“吾友張皋文嘗薄《論衡》，詆爲鄙冗，其《問孔》諸篇，益無理致。然亦有不可没者；其氣平，其思通，其義時歸於反身。蓋子任稟質卑薄，卑薄故迂退，迂退故言煩而意近；其爲文以荀卿爲途軌而無其才與學，所得遂止此；然視爲商韓之説者，有逕庭焉。卑薄則易近於道；高强則易入於術；斯亦兼人者之所宜知也！”

論漢人文曰：“近有言漢人文多如經注，唐宋文，乃漢之變體者，吾誰欺，欺天乎！漢人文如經注者，止經師自序之文。其他奏疏、上書、記事、言情之文具在，皆與唐宋之文出入者也。推而上之，聖人之六經，文之最初者矣；唐宋諸大家悉與之相肖。《儀禮》之細謹，《考工記》之峭岩，其相肖者，如《畫記》、《説車》是也。若漢之經師，肖六經何體耶！且文固不論相肖也。”見《與趙石農》

論韓愈曰：“《平淮西碑》，是摹《書》、《詩》二經，已爲人讀爛，不可學；《南海廟碑》，是摹漢人文，亦不可學；如書字摹古之帖，若復摹之，乃奴婢中重儓也。《送李愿序》，淺而近俗。《與于襄陽書》，俳而近滯。《釋言》窠臼太甚。《上宰相書》亦有窠臼；其後兩篇，夭矯如龍矣！學韓文，先須分别其不可學者，乃最要也；此外可學者，大都識高則筆力自達，力厚則調采自腴；而其用意用法之巧，有不可勝求者，略舉數篇以爲體例：如《汴州水門記》，節度使是何官銜，隴西公是何人物，水門之事則甚小，若一鋪叙，不成話矣！故記止三行，詩中詳其事業，於水門止一兩語點過；此是小題不可大作也。有大題亦不可大作者，李習之《拜禹言》是也。禹之功德，從何處贊揚，故止以數言唱歎之；知此雖著述汗牛充棟，豈有浮筆浪墨耶！如《殿中少監墓誌》，竟用點染法，韓公何以有此種筆墨？蓋因少監無事可書，北平王事業涵蓋天地，若不敘北平王，於理不可；然輕敘則不稱北平王，重敘則少監一邊寥落，喧賓奪主矣；是以並敘三代，均用喻言，使文體均稱，翻出異樣采繪，照耀耳目；且恐平敘三代，有涉形迹，是以將納交作連絡，存没作波瀾，真鬼神於文者也！如《滕王閣記》有王子安一篇在前，其文較之韓公，乃瑜珈僧之於法王，寇謙之、杜光庭等之於仙伯，何足芥蒂，然工部所謂當時體也，其力亦足及遠。即有此文，不可不避，故韓公記從未至滕王閣用意，筆墨皆烟雲矣！如《貞曜先生》、《施先生墓誌》，不列一事；以貞曜詩人，施先生經師，止此二意，便可推衍成絶世之文，若列一事，體便雜也。又如《曹成王碑》、《許國公碑》，盡列衆事；以二人均有大功於民生國計，其事皆不可削，須擇之，部署之，鋪排之，以成吾之文；若一虚摹，文與人與官皆不稱也。以上意法引而伸之，可千可萬，可極無量。歐公蓋能得之而盡易其面貌，故差肩於韓公。若各大家，各名家，均有所得；不如歐公所得之多也；倘不如此看，則歐公之文，與凡庸惡軟美之文何别哉！”見《答來卿》又曰：“余少讀韓退之《南山詩》及子厚《萬石亭記》、《小邱記》，喜其比形類情，卓詭排蕩，及長，始知其法自周秦以來體物者皆用之；非退之、子厚詩文之至者也！退之以重望自山陽改官京曹，方有大行之志；故其詩恢悦。子厚負釁遠謫，故其文清瀏而迫隘。”見《沿霸山圖詩序》

其論明清人文曰：“文章之事，工部所謂大成；著力雕鐫，便覿面千里；儷體尚然，何況散行；然此事如禪宗，箍桶脱落，布袋打失之後，信口接機，頭頭是道，無一滴水外散，乃爲天成；若未到此境界，一鬆口，便屬亂統矣；是以敬觀古今之文，越天成，越有法度。如《史記》，千古以爲疏闊，而柳子厚獨以潔許之。今讀《伯夷》、《屈原》等列傳，重疊拉雜，及删其一字一句，則其意不全；可見古人所得矣。至所謂疏古，乃通身枝葉扶疏，氣象渾雅；非不檢之謂也。敬於此事，如禪宗，看話頭，參知識，蓋三十年；惜鈍根所得，不過如此；然於近世文人痛病，多能言之。其最粗者，如袁中郎等，乃卑薄派，聰明交游客能之。徐文長，乃瑣異派，風狂才子能之。艾千子等，乃描摹派，佔畢小儒能之。侯朝宗、魏叔子，進乎此矣；然槍棓氣重。歸熙甫、汪苕文、方靈皋，進乎此矣；然袍袖氣重。能擣脱此數家，則掉臂游行，另有蹊徑，亦不妨仍落此數家；不染習氣者，入習氣所不染；即禪宗入魔法也。”見《與舒白香》又曰：“古文，文中之一體耳；而其體至正；不可餘，餘則支；不可盡，盡則敝；不可爲容，爲容則體下。方望溪曰：‘古文雖小道，失其傳者七百年。’望溪之言若是；是明之遵巖王慎中震川歸有光，本朝之雪苑侯朝宗勺庭魏禧堯峯汪琬諸君子，皆不得與乎望溪之所許矣！蓋遵巖、震川，常有意爲古文者也；有意爲古文而平生之才與學，不能沛然於所爲之文之外，則將依附其體而爲之；依附其體而爲之，則爲支、爲敝、爲體下，不招而至矣！是故遵巖之文贍，贍則用力必過，其失也少支而多敝；震川之文謹，謹則置辭必近，其失也少敝而多支；而爲容之失，二家緩急不同，同出於體下；集中之得者十有六七，失者十而三四焉；此望溪之所以不滿也。李安溪先生曰：‘古文韓公之後，惟介甫得其法。’是説也，視望溪有加甚焉！敬當即安溪之意推之，蓋雪苑、芍庭之失，毗於遵巖，而鋭過之，其疾徵於二蘇氏。堯峯之失，毗於震川，而弱過之，其疾徵於歐陽文忠公。歐與蘇二家，所蓄有餘，故其疾難形；雪苑、勺庭、堯峯，所蓄不足，故其疾易見。然望溪之於古文，則又有未至者；是故旨近端而有時而歧，辭近醇而有時而窳。近日朱梅厓等於望溪有不足之辭，而梅厓所得，視望溪益庳隘。文人之見，日勝一日，其力則日遜焉！敬生於下里，同州諸前達，多習校録，成考證專家；爲賦詠者，或率意自恣，而大江南北以文名天下者，幾於猖狂無理，排溺一世之人，其勢力至今未已！疑指袁枚敬幸少樂疏曠，未嘗捉筆，求若輩所謂文之工者而浸漬之，其道不親，其事不習，故心不爲所陷而漸有以知其非；後與同州張皐文、吴仲倫、桐城王悔生游，始知姚姬傳之學，出於劉海峯；海峯之學，出於方望溪；及求三人之文觀之，又未足以饜其心所欲云者！由是由本朝推之於明，推之於宋唐，推之於漢與秦，斷斷焉析其正變，區其長短，然後知望溪所以不滿者，蓋自厚趨薄，自堅趨瑕，自大趨小；而其體之正，不特遵巖、震川以下，未之有變；即海峯、姬傳，亦非破壞典型，沈酣淫詖者；若是，則所謂爲支、爲敝、爲體下者，皆其薄、其瑕、其小爲之。如能盡其才與學以從事焉，則支者如山之立，敝者如水之去腐，體下者如負青天之高；於是積之而爲厚焉，斂之而爲堅焉，充之而爲大焉。然所謂才與學者何哉？曾子固曰：‘明必足以周萬事之理，道必足以適天下之用，智必足以通難知之意，文必足以發難顯之情’，如是而已！臯文最淵雅，中道而逝。仲倫才弱，悔生氣敗。”見《上曹麗笙侍郎書》又曰：“《海峯樓文集》細檢量，論事論人未得其平，論理未得其正；大抵筆鋭於本師方望溪而疏樸不及；才則有餘於弟子姚姬傳矣。而或者以潔目之；鄙見太史公之潔，全在用意捭落，千端萬緒，至字句不妨有可議者；今海峯字句極潔，而意不免蕪近，非真潔也！姬傳以才短不敢放言高論；海峯則無所不敢矣，懼其破道也；又好語科名得失，酒食微逐，胸中得無滓穢太清耶！”見《與章澧南》又曰：“朱梅崖，始終學韓公者也。大抵韓公天資近聖賢豪傑，而爲文從經諸子入，故用意深博，用筆奥衍精醇。梅崖止文人，而爲文又從韓公入，故詞甚古，意甚今，求鍊則傷格，求遒則傷調。自皇甫持正、李南紀、孫可之以後，學韓者皆犯之；然其法度之正，聲氣之雅，較之破度敗律以爲新奇者，已如負青天而下視矣！”見《答伊揚州書二》又曰：“仲倫達心而懦。惕甫强有方而自是。仲倫之於道也儉，惕甫之於道也越。”見《上秦小峴按察書》

其自叙學古文之經歷以及臨文之甘苦曰：“敬生四年，先府君教之四聲，八年，學爲詩，十一，學爲文；十五，學六朝文，學漢魏賦頌及宋元小詞；十七，學漢、唐、宋、元、明諸大家文，先府君始告以讀書之序，窮理之要，攝心專氣之驗，非是不足以爲文；於是復反而治小學，治經史百家，凡先府君手録天官地志物理人事諸書，亦得次第觀之；然未有所發也，時於一二日中得一解而油油然；數十日中得一解而油油然；至索之心，誦之口，書之手，仍芒芒乎摇摇乎而已！先府君曰：‘此心與氣之故也，不可以急治；當謹而俟之，減嗜欲，暢情志；嗜欲減，則不淆雜；情志暢，然後能立，能立然後能久大！’自是之後，敬不敢言文者十年！旋走京師，遊中原，南極黔楚，與天下篤雅恭敬之士交，竊窺其言行著述，因復理先府君之言，欲有所論撰，而下筆迂回細謹，塊然不能自舉！嗚呼！天地萬物，皆日變者也，而不變者在焉，不變者，所以成其日變也。文者，生乎人之心。天地萬物之日變，氣爲之，心之日變，神爲之，神之變，速於氣之變；而迂回之敝，循循然而緩，謹細之敝，切切然而急；於神皆有所閡焉，敢不力充之以求所以日變者哉！然而有不可變者。《典論》曰：‘學無所遺，辭無所假。’《史記》曰：‘擇其言尤雅者著于篇。’可以觀矣！”見《初集序目》又曰：“近作《後二僕傳》見《初集》，僕人止可作小傳，若將陳明光緣起叙入，亦非法，且筆下糾擾矣！細審之，其法皆自《史記》、《漢書》來，無他謬巧，不過安放妥當耳！觀此便可知前明及國朝諸家僕人傳之非法也。張彦遠《名畫記》曰：‘失於自然而後神，失於神而後妙，失於妙而後精。精之爲病也，而成謹細。自然者上品之上，神者上品之中，妙者上品之下。精者中品之中，謹細者中品之中。’不佞之文，其精與謹細之間乎！然《名畫記》不列中下品；以下者即所謂‘近今之畫，焕爛而求備，錯亂而無旨’者是也。畫如是；文可知矣。”又曰：“書日之法，始於《尚書》而詳於《春秋》。《春秋》書魯大夫之卒，《穀梁》言：‘日者正也；不日者惡也。’《公羊》則以不日爲遠。今考公子牙以後二十三人，賢與不肖，卒皆日；則不日者以遠失之，《公羊》爲是；故古者金石文卒皆書日也。《左傳》：‘衆父卒，公不與小斂，故不書日。’孔疏以季孫行父等證之；是君臨宜日也。《文端碑》：原題《太子少師體仁閣大學士戴公神道碑銘》，見《初集》書‘甲寅，皇上親臨喪次’，其法本此。至賜謚，賜祀賢良，賜祭，《春秋》無明文可比；然不日，則疑於與臨喪同日矣，故謹書之。《春秋》於喪之歸皆書日，桓公、昭公是也；故文端之喪至南昌，亦謹書之。葬之日不日，《公羊》有渴葬漫葬之説，而以不日爲正；然《春秋》書魯公之葬、夫人之葬各十，皆日；則他國之不日者，亦以遠失之；非如《公羊》之説也；故文端之葬，亦謹書之。數條皆金石文通例也。若書三代封贈之法，其以一筆書者，必官封無異焉；今篢圃先生文端之父，有官階，不可没；彭太夫人受夫封，亦不可没；是以前後詳書，而中以如曾祖、如曾祖妣變文以隔之；此亦金石文通例也。其所以必三代排比書；不合書有官無官，有封無封，而一筆以封贈結之者，抑更有説。此文自嘉慶元年至如公式，以日排比書，舉人，中書，以文端之年排比書；賜及第以後，以國家年號排比書；而於賜及第書文端之年，爲上下轉捩；蓋前後數百言皆排比法，以見謹也；若書三代獨不排比，則爲文體不純矣！《史記》、《漢書》有排比數千言者，其後必大震蕩之。此文實在前，虚在後；所以如此者，因通篇不書文端一事，故用排比法叙次家世科名官位，然後提筆作數十百曲，皆盤空擣虚，右回左轉，令其勢稽天匝地，以極震蕩之力焉；此法近日諸家無人敢爲，亦無人能爲也！東坡《司馬公神道碑》，虚在前，實在後；所以如此者，由一切事業，不足以盡文正，故竭力推闡在前，後列數大事，止閒閒指示，如浮雲，如小石；此文正人之大，東坡手筆之大也！文端雖賢，必不敢自儕古人；敬才弱，必不敢犯東坡，因顛倒其局，用之；至變化則竊取子長，嚴整則竊取孟堅也。

自南宋以來，束縛修飾，有死文，無生文；有卑文，無高文；有碎文，無整文；有小文，無大文。韓子詩曰：‘想當施手時，巨刃摩天揚。’南宋以後，止於水航之尺寸粗細用心，而不想施手時，故陵夷至此也！婦人稱太，始於太姜、太任、太姒。戰國始見太后之稱。漢晉以來，有太夫人之稱。其夫在不稱太，乃定制於北宋，至今沿之。而夫婦皆亡，則仍不稱太，與歷代升祔不稱太同。文端爲修撰之時，篔圃先生夫婦相繼而逝，故封一品時，應去太字。”見《上舉主陳笠帆先生書》又曰：“春麓先生乃天下後學典型，不止仕宦上流而已；敬初至浙江，即蒙異賞。今先生身後，得操筆墨以論次功德，何樂如之！原題《浙江分巡杭嘉湖道陝西候補道李公墓表》，見《初集》惟是墓表之法，止表數大事，視神道碑廟碑體不同；視墓誌銘體亦不同；墓誌銘可言情言小事，表斷不可；神道碑廟碑，凡崇宏寬博之言皆可揄揚，墓表必發明實事；故墓表之善最難。今止表浙江二事，其二事自爲首尾，文即以之爲首尾，而中間櫽括諸事以隔之，此法《史記》、《漢書》常用之而能使人不見；韓公偶用之即見，乃才之大小淺深也。昔歐公誌尹河南，不知者頗有他説，歐公至爲文力辯。今敬表春麓先生，自謂舉一羽而知鳳，覩一毛而知麟。”見《與李愛堂》又曰：“作《同遊海幢寺記》。見《二集》此文儒爲主中主，禪爲主中賓，琴與詩爲賓中主，畫與棋與酒爲賓中賓。其次序，前五節皆以禪消納之，爲後半重發無和尚張本；而儒止瞥然一見，如大海中日影，大山中雷聲，此子長《河渠》、《平準書》、《伯夷》、《屈原賈生列傳》法也。海幢形勢佳勝，先於獨遊時寫足；入同遊後，不必煩筆墨；此子長《項羽本紀》、《李將軍傳》法也。敬古文盡出子長；其孟堅以下，時參筆勢而已！”見《與黄香石》又曰：“光禄公人倫模楷，専立祠堂，頌述功德，敬得附名其間，可謂幸甚！惟命以作記。敬思記體謹嚴，唐宋諸名人，雖破體爲之，不過抑揚唱歎以遠神激蕩而已；氏族官位，既不能詳列；學問事功，又不能實載；是以改作祠堂碑銘，原題《前光禄寺卿伊公祠堂碑銘》，見《二集》可以用大筆發揚，用重筆結束。太夫人祔廟，亦於體得書矣。古者講學之人，祠堂記多稱號稱先生，今用祠堂碑例，宜稱官稱公。道學異同，若入碑文中，少涉筆，則不透徹；多涉筆，則辯體論體矣；不涉筆，則通篇之文如玉巵無當，玉盤缺角；故起首推明朱子之學，後列高宗之諭及文恭之論，君友共證明之，遞入銘中，可以縱横往來，使銘辭瀏然確然，與碑文相照耀；乃變法中正法也！”見《答伊揚州書三》又曰：“史筆不難於簡，難於有餘，最爲高識名論。敬更有進者；王右軍寫《樂毅》，則情多拂鬱；書《畫讚》，則意涉瓌奇；《黄庭經》則怡懌虚無；《太史箴》又縱横争折。此如太史公傳《儒林》、《循吏》，皆筆筆内斂，與《游俠》、《酷吏》不同。是以敬於《鄧公誌》文，不敢縱宕行之，遂致神太迫，氣太勁！原題《漢中府知府護漢興道鄧公墓誌銘》，見《二集》若《儒林》、《循吏》，神與氣何嘗不有餘；此古人之不可及也！”見《答鄧鹿耕書》

其論佛經之文曰：“凡佛經之説，其辭旨無甚大異。《楞伽經》不立一義，而諸義皆立，悉與《金剛經》相比；惟艱晦過當。達摩至中國，掃除一切文字，以此經付慧可大師；蓋艱則難入；晦則難出；難入則意識無所用；難出則怡然涣然者，皆得之自然；乃即文字中斷文字障法也！至鴻忍①大師易以《金剛經》，簡直平易，人皆樂從，故道法大行，而禪復流於文字；此五宗語録之所以歧互也！經中開卷斥百八句皆非，則全經語句無著爲最勝處。蓋《金剛經》先説法，後説非法；此經先説非法，後説法；一而已矣！其言不離妄想，即見正智；與《楞嚴》無始生死，根本無始元清浄體義同；與《法華經》是法非思量分别之所能解，惟有諸佛乃能知之義亦同。佛法豈在多求耶！”見《楞嚴經書後一》“如此下語，人以惲子居爲宋學者固非，漢唐之學者亦非；要之男兒必有自立之處，不隨人作計，如蚊之同聲，蠅之同嗜，以取富貴名譽也！”見《得方九江》又曰：“《維摩詰經》，鳩摩羅什所譯大乘經，史稱與釋道安相合，白大傅曰：‘證無生忍，造不二門，住不可思議解脱，莫極於《維摩經》’；蓋指其中精語言之，行文則弇陋平雜，不足觀也。其經之全指，在註明維摩詰示疾爲緣起；蓋佛教人出家，而維摩詰以居士見身，故此經佛道品言煩惱泥中有衆生起，佛法乃即病與藥耳！然執藥治病，藥即病矣；故下章入不二門品，盡掃除之，所以爲大乘經也！如此義諦，惟佛地位能決之，諸弟子並大菩薩，豈任問此疾耶！蓋全指皆出於佛，而筆授非過量人，雖釋道安、鳩摩羅什無如之何也。”見《維摩詰經書後》持之有故，强辯急論，要删其指以備一家之言云。

茗柯文初編一卷二編二卷三編一卷四編一卷補編二卷外編二卷

武進張惠言字皐聞撰。惠言，嘉慶己未進士，官編修；其文初二三編皆

① “鴻忍”，當作“弘忍”。

惠言自定；四編則其甥董士錫選録；而《補編》、《外編》，則其門人仁和陳善以所藏遺稿屬光澤高澍然寫定。《四編》以上，其師儀徵阮元於嘉慶十四年序而刊之。至同治八年，惠言之曾孫曰式曾者寫録重刻；湘鄉曾國藩序焉。惠言由詞賦以爲古文，蓋吾宗伯垌及桐城王灼開其塗轍，而因以得法於劉大櫆者也。惠言與惲敬同里驩好，觀其議論文章，礲切道德，以爲凡余之友，未有如子居之深相知者。而敬《大雲山房文稿》有《與湯編修書》，論惠言之所以爲學者甚詳。其辭曰："皋聞爲人，其始爲詞章，志欲如六朝諸人之所爲而止；已遷而爲昌黎、廬陵；已遷而爲前後鄭；已遷而爲虞、許、賈、孔諸儒；最後遷而爲濂、洛、關、閩之説；其所學皆未竟，而世徒震之，非知皋聞者也！皋聞寡欲多思；寡欲，故言行多行於自然，而有爲者鮮；多思，故事藝皆出於必然，而無爲者亦鮮。自然必然二者合之，進道之器也；然有爲者鮮，則於道易近；無爲者亦鮮，則於道易遠；必也有爲者亦歸於無爲，則庶幾於斯道乎！"今按集中，有詞賦之文，有韓歐之文，亦有漢儒虞鄭之學，而無濂洛關閩之説，意爲之而未及發也。而曾國藩序，則盛推惠言之不以考據之瑣碎害詞章，不以詞賦之塗澤爲古文，並行不悖，各適其可；其辭曰："文章之變多矣，高才者好異不已，往往造爲瑰瑋奇麗之辭，倣效漢人賦頌，繁聲僻字，號爲復古，曾無才力氣勢以驅使之，有若附贅懸瘤，施膠漆於深衣之上，但覺其不類耳！敘述朋舊，狀其事蹟，動稱卓絶，若合古來名德至行，備於一身；譬之畫師寫真，衆美畢具，偉則偉矣；而於其所圖之人，固不肖也！吾嘗執此以衡近世之文，能免於二者之譏實鮮；蹈之者多矣！皋聞先生編次《七十家賦》，評量殿最，不失銖黍；自爲賦亦恢宏絶麗；至其他文，則空明澄澈，不復以博奥自高。平生師友，多超特不世之才；而下筆稱述，適如其量，若帝天神鬼之監臨，褒譏不敢少溢；何甚慎歟！自考據家之道既昌，説經者專宗漢儒，厭薄宋世義理心性等語，甚者詆毁洛閩，披索疵瑕，枝之蒐而忘其本，流之逐而遺其源；臨文則繁徵博引，考一字，辨一物，累數千萬言不能休，名曰漢學；前者自矜創獲；後者附和偏詖而不知返，君子病之！先生求陰陽消息於《易》虞氏，求前聖創作於《禮》鄭氏，辨《説文》之諧聲，剖晰毫芒；固亦循漢學之軌轍；而虚衷研究，絶無淩駕先賢之意，萌於至隱，文詞温潤，亦無考證辨駁之風；盡取古人之長，而退然若無一長可恃，其藴蓄者厚，遏而蔽之，能焉而不伐，歛焉而愈光，殆天下之神勇，古之所謂大雅者歟！”大抵惠言與惲敬同開陽湖，出於桐城而自爲變化。姚鼐由歸有光以斆歐陽修而蘄於潔適，其蔽也，謹細有餘而不足於雄奇！惠言由劉大櫆以模韓愈而持以莊敬，其蔽也，矜持太過而或損其神明！惲敬取變化於史公，取嚴整於班書，而詞筆則出王介甫；其爲文也峭悍以肆。惠言取變化於莊子，取色澤於《騷》賦，而體段則學韓退之；其爲文也瑰麗而矜。惲敬學史公之遒變，而恢詭不如；惠言有韓筆之緊健，而氣燄特遜。惲敬予智自雄，不免矜厲；而惠言澤古者深，又患模擬；如《黄山兩賦》之模《離騷》，《七十家賦鈔目録序》之模《莊子・天下篇》，《周易鄭荀義序》之模太史公談《六家要指》，《畢訓咸詠史詩序》之模韓愈《原毁》，《莊達甫無名人詩序》之模《送王塤序》，《先祖妣事略》《先妣事略》之模歸有光《先妣事略》，《書左仲甫事》之模韓愈《柳州羅池神廟碑》及孫樵《書何易于》，蹊逕未化，其昭然者也；差幸智過其師，自出機杼，故不以模擬爲嫌。采録可誦，寫目如左。

賦類　遊黄山賦　黄山賦　寒蟬賦　秋霖賦　望江南花賦　竹樓賦　蕉花賦　館試靈臺偃伯賦　館試蜡賓説禮賦　館試大愷樂賦　愛石圖賦　擬庾子山七夕賦

序跋類　七十家賦鈔目録序　莊先生遺文後序　周易虞氏義序　周易鄭荀義序　易義别録序　詞選序　畢訓咸詠史詩序　莊達甫無名人詩序　楊雲珊覽煇閣詩序　莊達甫攝山采藥圖序　説江安甫所鈔易説　雁黄殘稿序代

書牘類　與左仲甫書　上阮中丞書

贈序類　送張文在分發甘肅序　贈毛洋溟序　送錢魯斯序　送計伯英歸吴江序

傳狀類　周維城傳　濟南知府莊君傳　先府君行實　先祖妣事略　先妣事略　貤贈文林郎袁君家傳　袁太孺人傳　陳長生傳

碑誌類　莊君墓表　封文林郎惲君墓誌銘　楊君茹征墓誌銘　恭城知縣陸君祠版文　江安甫葬銘　陸以寧墓誌銘　例贈文林郎許君墓誌銘　故儒林郎祝君墓誌銘

雜記類　書左仲甫事　書山東河工事　關東紀程

哀祭類　祭江安甫文　告安甫文三首　祭金先生文　祭曹大司農文代公　祭湯太夫人文

右文五十六篇。大抵文章原本詞賦，經學尤邃《虞易》。其論《易緯》曰：“緯者，其原出於七十子之徒，相與傳夫子之微言，因以識陰陽五行之序，災異之本也。蓋夫子五十學《易》而知天命。子貢曰：'夫子之言性與天道，不可得而聞！'是以其言者，六藝之文著之。其難言者，游夏之徒，或口受其傳指，益增附推闡以相傳授。秦漢之間，師儒第而録之，其亦有技術之士，以其所能推説於篇，參錯間出，故其書雜而不能醇。劉歆之於緯，精矣！當其時，河洛之文大備。而《七略》不著録，將以符命之學，出於其中，在所禁祕耶？鄭康成氏，漢之大儒，博通古文，甄録而爲之注；則緯之出於聖門，而説經者之不可廢也審矣！至隋，而六經之緯亡滅，惟《易》獨存！《後漢書注》載其目曰：《稽覽圖》、《乾鑿度》、《坤靈圖》、《通卦驗》、《是類謀》、《辨終備》；宋而更有《乾元序制記》、《乾坤鑿度》。宋儒排而擯之，訖於元明，亡佚既多；其近完存者；《稽覽圖》、《乾鑿度》、《通卦驗》。《稽覽圖》論六日七分之候，《通卦驗》言八卦晷氣之應，此孟京氏陰陽之學。《乾鑿度》論乾坤消息，始於一，變而七，進而九，一陰一陽並而合於十五，統於一元，正於六位，通天意，理人倫，明王度，蓋《易》之大義，條理畢貫，自諸儒莫能外之；其爲夫子之緒論，田楊以來先師所傳習，較然無疑！"見《易緯略義序》"《易》之傳，自商瞿子以至田生惟一家，焦氏後出；及費氏爲古文，而漢之《易》有三。自是之後，田氏之《易》，楊、施、孟、梁邱、高氏而五，惟孟氏久行。焦氏之《易》，爲京氏。費氏興而孟京微焉！夫以傳述之統，田生、丁將軍之授受，則孟氏爲《易》宗無疑；而其行不及費氏者，以傳授者少；而費氏之經，與古文同，馬融、鄭康成爲之傳注故也。王弼注行而古師説微！孔穎達正義行而古《易》書亡！"見《易義别録序》

其論漢《易》三家曰："漢儒説《易》，大致可見者三家：鄭氏、荀氏、虞氏。鄭、荀，費氏《易》也。虞，孟氏《易》也。鄭氏言禮。荀氏言升降。虞氏言消息。昔者伏羲作十言之教，曰乾坤震巽坎離艮兑消息；鄭氏贊《易》實述之。至其説經，則以卦爻無變動，謂之彖辭。夫七八者彖；九六者變；經稱用九用六，而辭皆七八，名與實不相應，非伏羲之旨也；爻象之區既隘，則乃求之於天，乾坤六爻，上繫二十八宿，依氣而應，謂之爻辰，若此，則三百八十四爻，其象十二而止，殆猶嫌焉；此又未得消息之用也。然其列貴賤之位，辨大小之序，正不易之倫，經綸創制，吉凶損益，與《詩》、《書》、《禮》、《樂》相表裏，則諸儒未有及之者也。荀氏之説消息，以乾升坤降，萬物始乎泰，終乎否。夫陰陽之在天地，出入上下，故理有易有簡，位有進有退，道有經有權，歸於正而已；而荀氏言陽常升而不降，陰常降而不升，則姤遯否之義，大於既濟也。然其推乾坤之本，合於一元，雲行雨施，陰陽和均，而天地成位，則章章乎可謂得《易》之大義者也！虞氏考日月之行以正乾元，原七九之氣以定六位，運始終之紀以叙六十四卦，要變化之居以明吉凶悔吝，六爻發揮旁通，乾元用九，則天下治，以則四德，蓋與荀同原而閎大遠矣！王弼之説，多本鄭氏而棄其精微，後之學者習聞之，則以爲費氏之義如此而已！其盈虚消長之次，周流變動之用，不詳於《繫辭》、《彖》、《象》，概以爲不經。若觀鄭荀所傳卦氣十二辰八方之風，六位世應，爻互卦變，莫不彰著。劉向有言：'《易象》皆祖田何，楊叔、丁將軍大誼略同'；豈不信哉！"見《周易鄭荀義序》

其論《虞氏易》曰："自漢成帝時劉向校書，考《易》説，以爲諸家皆祖田何，楊叔、丁將軍大義略同，惟京氏爲異。"而孟喜傳《易》家陰陽，其説《易》本於氣，而後以人事明之，八卦六十四象，四正七十二候，變通消息，諸儒皆祖述之，莫能具。當漢之季，扶風馬融作《易傳》，授鄭康成。康成作《易注》。而荆州牧劉表，會稽太守王朗，潁川荀爽，南陽宋忠，皆以《易》名家，各有所述。惟翻傳孟氏學，作《易注》，自稱高祖父故零陵太守光少治孟氏《易》。曾祖父故平輿令成纘述其業。至祖父鳳，最有舊書，世傳其業，至翻五世。其言《易》以陰陽消息六爻，發揮旁通，升降上下，歸於乾元用九而天下治，依物取類，貫穿比附，始若瑣碎，及其沈深解剥，離根散葉，鬯茂條理，遂於大道，後儒罕能通之！自魏王弼以虚空之言解《易》，唐立於學官；而漢世諸儒之説微；獨資州李鼎祚作《周易集解》，頗采古《易》家言，而翻注爲多！其後古書盡亡，而宋道士陳摶以意造爲《龍圖》，其徒劉牧以爲《易》之《河圖》、《洛書》也。河南邵雍又著《先天後天》之圖，宋之説《易》者翕然宗之，以至於今，牢不可破；而《易》陰陽之大義，蓋盡晦矣。清興百年，元和徵士惠棟始考孟、京、荀、鄭、虞氏古義，作《易漢學》；又自爲解釋，曰《周易述》；然掇拾於已廢之後，左右采獲，十無二三，其所述大抵宗禰虞氏，而未能盡通，則旁徵他説以合之。蓋從唐、五代、宋、元、明，朽壞散亂千有餘年，區區修補摭拾，欲一旦而其道復明，斯固難也！翻既承世學，又具見馬、鄭、荀書，考其是非，故其義爲精。又古書亡，而漢魏師説可見者十餘家，惟鄭、荀、虞三家，略有梗概可指説；而虞又較備，然則求七十子之微言，田何、楊叔、丁將軍之所傳者，舍虞氏之注，何所自焉！見《周易虞氏義序》

其論賦之原流曰："賦烏乎統？曰統乎志。志烏乎歸？曰歸乎正。夫民有感於心，有概於事，有達於性，有鬱於情，故有不得已者而假於言。言，象也，象必有所寓；其在物之變化，天之漻漻，地之嚚嚚，日出月入，一幽一明，山川之崔蜀杳伏，畏佳林木，振硪谿谷，風雲霜霧，霆震寒暑，雨則爲雪，霜則爲露，生殺之代新而嬗故，鳥獸與魚，草木之華，蟲走螘趨，陵變谷易，震動薄蝕，人事老少，生死傾植，禮樂戰鬥，號令之紀，悲愁勞苦，忠臣孝子，羈士寡婦，愉佚愕駭，有動於中，久而不去，然後形而爲言；於是錯綜其詞，回牾其理，鏗鏘其音以求理其志，其在六經則爲《詩》。《詩》之義六：曰風，曰賦，曰比，曰興，曰雅，曰頌。六者之體，主於一而用其五，故風有雅頌焉，《七月》是也；雅有頌焉，有風焉，《烝民》《崧高》是也。周澤衰，禮樂缺，《詩》終三百，文學之統息。古聖人之美言，規矩之奥趣，鬱而不發，則有趙人荀卿，楚人屈原，引詞表恉，譬物連類，述三王之道以譏切當世，振塵滓之澤，發芳香之鬯，不謀同稱，並名爲賦；故知賦者，詩之體也。其後藻麗之士，祖述憲章，厥製益繁；然其能者之爲之，愉暢輸寫，盡其物，和其志，變而不失其宗；其淫宕佚放者爲之，則流遁忘返，壞亂而不可紀！譎而不觚，盡而不觳，肆而不衍，比物而不醜，其志潔，其物芳，其道杳冥而有常，此屈平之爲也，與風雅爲節，涣乎若翔風之運輕赮，灑乎若玄泉之出乎蓬萊而注渤澥！及其徒宋玉、景差爲之，其質也華然，其文也縱而後反，雖然，其與物椎拍宛轉，泠汰其義，觳輠於物，芴芴乎古之徒也！剛志決理，輐斷以爲紀，内而不汙，表而不著，則荀卿之爲也，其原出於禮經，樸而飾，不斷而節。及孔臧、司馬遷爲之，章約句制，奡不可理，其辭深而旨文，確乎其不頗者也！其趣不兩，其於物無强力，若枝葉之附其根本，則賈誼之爲也，其原出於屈平，斷以正義，不由其曼。其氣則引費而不可執，循有樞，執有廬頡，滑而不可居，開決宧突而與萬物都，其終也芴莫而神明爲之橐，則司馬相如之爲也，其原出於宋玉。揚雄恢之，脅入竅出，緣督以及節，其超軼絶塵而莫之控也。其波駭石䨓而没乎其無垠也。張衡盱盱，塊若有餘，上與造物爲友，而下不遺埃墟；雖然，其神也充，其精也苶！及王延壽、張融爲之，傑格拮擫，鈎孑菆牾而俶佹可觀，其於宗也無蜕也。平敞通洞，博厚而中，大而無瓠，孫而無弧，指事類情，必偶其徒，則班固之爲也，其原出於相如，而要之使夷，昌之使明。及左思爲之，博而不沈，贍而不華，連犿焉而不可止。言無端厓，倣俔以爲質，以天下爲郛廓，入其中，眩震而謬悠之，則阮籍之爲也，其原出於莊周。雖然，其詞也悲，其韻也迫，幽患之詞也！塗澤律切，荂蘤紛悦，則曹植之爲也，其端自宋玉，而枘其角，摧其牙，離其本而抑其末，浮華之學者，相與尸之，率以變古；曹植則可謂才士矣，搰搰乎改繩墨，易規矩，則侫之徒也！不搰於同，不獨於異，其來也首首，其往也曳曳，動静與適，則陸機、潘岳之爲也，其原出於張衡、曹植，矯矯乎振時之儁也！以情爲裏，以物爲褾，鑱彫風雲，琢寫支鄂，其懷永而不可忘，岔乎其氣，煊乎其華，則謝莊、鮑照之爲也，江淹爲最賢，其原出於屈平《九歌》；其掩抑沈怨，冷冷輕輕，其縱脱浮宕而歸大常，鮑照、江淹，其體則非也，其意則是。逐物而不反，駘宕而駁舛，俗者之囿而古是抗，其言滑滑而不背於塗奥，則庾信之爲也，其規步矱驟，則揚雄、班固之所引銜而控轡；惜乎，拘於時而不能騁；然而其志達，其思哀，其體之變則窮矣！後之作者概乎其未之聞也。”見《七十家賦鈔目録序》

其《自序》曰：“余少學爲時文，窮日夜力，屏他務爲之十餘年，乃往往知其利病。其後好《文選》辭賦，爲之又如爲時文者三四年。余友王悔生灼見余《黄山賦》而善之，勸余爲古文，語余以所受於其師劉海峯者；爲之一二年，稍稍得規矩。已而思古之以文傳者，雖於聖人有合有否，要就其所得，莫不足以立身行義，施天下，致一切之治。荀卿、賈誼、董仲舒、揚雄以儒。老聃、莊周、管夷吾以術。司馬遷、班固以事。韓愈、歐陽修、曾鞏以學。柳宗元、蘇洵、軾、轍、王安石雖不逮，猶各有所執持，操其一以應於世而不窮。故其言必曰道，道成，而所得之淺深醇雜，見乎其文。無其道而有其文者，則未有也！故乃問而考之於經，求天地陰陽消息於《易》虞氏，求古先聖王禮樂制度於《禮》鄭氏，庶窺微言奥義以究本原。已而更先太孺人憂，學中廢。嘉慶之初，退鄭學於歙金先生，三年圖《儀禮》十卷，而《易義》三十九卷亦成，犄以述其迹象，闢其户牖。若乃微顯闡幽，開物成務，昭古今之統，合天人之紀，若涉淵海其無涯涘。貧不能自克，復役役於時；自來京師，殆又廢棄。嗚呼！余生四十矣。計自知學在三十以後，中間奔走憂患，得肆力於學者纔六七年；以六七年之力而求所謂道者，敢望其有得耶！使余以爲時文辭賦之時畢爲之，可得二十五年；其與六七年者相去當幾何！惜乎其棄之而不知也。然余之知學於道，自爲古文始！”見《文稿自序》“錢魯斯伯坰長余二十四歲，以嘗從先君子受經，故余幼而兄事之。魯斯以工作書爲詩名天下，交友徧海内。余年十六七歲時，方治科舉業，間以其暇學魯斯爲書，書不工；又學魯斯爲詩，詩又不工；然魯斯嘗誨之。越十餘年，余學爲古辭賦；乾隆戊申自歙州歸，過魯斯而示之，魯斯大喜，顧而謂余：'吾嘗受古文法於桐城劉海峯先生，顧未暇以爲。子儻爲之乎？'余愧謝未能。已而余游京師，思魯斯言，乃盡屏置曩時所習詩賦若書不爲而爲古文，三年乃稍稍得之，而余留京師六年，歸更太孺人之憂，復游浙中，轉入歙；而魯斯客湖南北久乃歸，參差不得見者十三年。今年夏，余自歙來杭州；留數月，一日，方與客遇，有規然而來者，則魯斯也！其言曰：'吾見子古文，與劉先生言合。今天下爲文，莫子若者！子方役役於世，未能還鄉里。吾幸多暇，念久不相見，故來與子論古文。'魯斯遂言曰：'吾曩於古人之書，見其法而已，今吾見拓於石者，則如見其未刻時；見其書也，則如見其未書時。夫意在筆先者，非作意而臨筆也。筆之所以入，墨之所以出，魏、晉、唐、宋諸家之所以得失，熟之於中而會之於心，當其執筆也，繇乎其若存，攸攸乎其若行，冥冥乎，成成乎，忽然遇之而不知所以然，故曰意。意者非法也，而未始離乎法，其養之也有源，其出之也有物，故法有盡而意無窮。吾於爲詩，亦見其若是焉；豈惟詩與書，夫古文亦若是則已耳！'嗚呼！魯斯之於古文，豈曰法而已哉！抑余之爲文，何足以與此！"見《送錢魯斯序》

其論篆書曰："凡事得其所從入，然後可以決是非。夫篆徑生隸，隸密生分，分飭生楷，原流體降，不紊由來，則筆法可知。而分楷之法，所以傳者，由作者代工，而古刻多有。今篆文之存於金石者尠矣！譌贗者又甚焉！學者不見古文，各以意爲點畫。至如《琅邪》、《嶧山》，形具焉爾，《陳倉石鼓》，世疑非真；然揆厥典型，此爲最也！若乃漢人之書，碑碣額署，粲然猶存；大都奇恣縱宕，鳥駭龍擾，其筆墨之所出入，意象之所來往，隅鍔之所激厲，波瀾之所動澹。蓋亦足以尋其毛角，會其神恉者矣！唐李陽冰書自出新意，一爲工整；昔人謂其筆法如蟲蝕鳥步：今觀所傳《怡亭石刻》，奔放跳躍，其於古法，軌轍猶存；餘者率婀媚纖脆，蓋是俗工摹刻，非其始然！而世之學者，局於所見，苟遂固陋，謂傳刻之形爲真，訾漢人之書謂詭異，謂篆法不得與楷分同，豈不謬哉！今錢獻之玷以其妍俗鄙陋之書，自是所學，以爲斯冰之後，直至小生。京師名士盛爲篆學，大抵無慮奉爲憲章，横街塞衢，牢不可破！余夙好此，未能用力，偶以意作書，爲諸老先生所訶怪！獨見當世能篆書者，有懷寧鄧石如字頑伯，爲之甚工；曾一至京師，京師之名能書者，争擯斥之，默默以去。而惜其人拓落，又無他才，衆人見其容貌，因而輕之，不足以振所學!”見《與錢魯斯序》凡所論議，逐迹窮源，次取其語，足備考覽。

養一齋文集十九卷補遺一卷

武進李兆洛字申耆撰。兆洛，嘉慶進士，官安徽鳳臺縣知縣；以通儒碩望有聞州部；藏書卷逾五萬，皆手加丹鉛，校羨脱，正錯牾；矢口舉《十三經》辭，無遺失，上自漢唐，下及近世諸儒説，條别得失，不檢本。尤嗜輿地學，備購各省通志，較亙千餘年來水地之書，證以正史，刊定顧祖禹《讀史方輿紀要》之與原史不符者。同時交好，如涇縣包世臣、仁和龔自珍，斂手交推。集首冠《李鳳臺傳》，即出包世臣手。晚年主江陰之暨陽書院；余伯祖蔭湘公諱維樾，余祖榕初公諱維楨，皆受業爲弟子。集中《錢君鑒遠傳》，即余高祖諱士鏡，而卒之曰：“子浩，能守其業，而濶達如之，延名師課子，盡其敬。維樾、維楨皆補弟子員矣，亹然進取，所至未可量也!”又系贊曰：“食其報者，其在維樾、維楨矣!”又《似山居圖記》爲余曾祖觀濤公作，諱即浩也；文中稱“使令子維楨，索余記之”。又《跋恒星圖》云：“命江陰六生承如、宋生景昌、六生嚴、徐生思鍇、無錫錢生維樾，謹遵《欽定儀象考》，成《歲差加減表》。”又《陸傅嚴元鼎易参跋》云：“無錫錢生蔭湘家藏是書，持以示余。”兆洛與桐城方東樹、姚瑩、新城陳用光、宜興吴德旋，上下議論，四人者，皆治桐城家言，而兆洛不囿於其説，其論文以不分駢散，導源漢魏，實開同光以來不立宗派古文家法脈；張之洞《書目答問》古文家有不立宗派古文家一目包世臣所爲傳，謂“時論盛推歸方，崇散行而薄駢偶；君則謂唐宋傳作，皆導源秦漢，秦漢之駢偶，實唐宋散行之祖”者也；以故集中所録，駢散雜出；然議論非不俊偉，而詶所作，殊未成家！駢文氣敝色黯，絶無光響。散文體窳辭膚，不見精悍。時欲爲魏晉之朗潤，而無其風華；亦有放歐蘇之機利，而遜其氣調；左支右絀，無適而可；視張惠言，無其骨重；比之惲敬，又嫌氣薄；陽湖三家，不無蛇足之誚！觀集中《復陳石士侍講書》曰：“兆洛質僅中人，學乖深造，雖不廢誦讀，而以粗致駁，以駁致陋，迄無所就；至所爲詩文，類多牽率酬應，閲時見之，未嘗不赧然汗下也！況敢自彰露以播其惡哉!”則亦未嘗無自知之明；然其至者，亦復矜平躁釋，自然和雅。而遺集編録，出之及門，徒以多爲貴。《初刊本》，爲咸豐二年高承鈺哀輯同門所藏，以聚珍板排印爲二十六卷，尤卑弱猥瑣，且有私意竄改糅雜其間；識者病之！此二十卷，爲光緒四年戊寅，兆洛之曾孫曰陽者所重刊本，云已刪汰譌僞；然猶有未盡善者！采録可誦，篇目如左。

序跋類　駢體文鈔序　鳳臺縣志序　鳳臺食貨志序　鳳臺溝洫志序　鳳臺選舉志序　鳳臺人物志序　蔬園詩序　鳳氏經説序　皇朝文典序　舊言集序　鷗亭詩集序　太玄闡祕序　周官記序　詩古微序　詒經堂續經解序　兩漢五經博士考序　珍藝先生遺書序　小湖詩鈔序　鄒道鄉先生集序　鄭愿廷先生集序　趙厚子岱頂看雲圖序　姚石甫文集序　天籟集序　愛石圖題辭續編序　十三經斷句序　詩經申義序　過學齋詩鈔序　南漢紀序　抱經堂詩鈔序　説文述誼序　後漢三公年表序　楊舍郭氏宗譜序　夢游圖序　師竹軒賦鈔序　跋咸淳毘陵志　跋孫文介公書　跋孫虔禮書景福殿賦　跋惲南田書　跋吴山子游小幕山記後　跋米襄陽書高渤海詩真蹟　書完白翁傳後　唐荆川先生墨蹟書後　跋楊忠烈公手札　跋左忠毅公手札　跋張子琴縉封　藏文衡山札　跋唐營若千字文　皇明修文備史書後　跋惲南田楷書杜詩　跋鄧完白真書　跋方彦聞隸書　跋祝京兆小草書杜詩卷　跋元人畫卷　鵝羣帖跋　自題草書臨本後

奏疏類　謝賜平定教匪紀略疏代

書牘類　與祝子常三首　答陶雲汀宫保　答湯子敻　與方植之　與鄧生守之三首　答穆鶴舫中堂

贈序類　送沈俠侯學博歸老序　鄧守之字説

傳狀類　伯兄五初先生行述　江蘇學政辛公行述　光禄寺卿康公行狀　孝廉方正祝君行狀　附監生考取州吏目莊君行狀　明登萊巡撫陶朗先傳　桐城姚氏薑塢惜抱兩先生傳　莊珍藝先生傳　循吏静溪康公傳　外祖奚蕉峯先生傳　無心居士小傳　沈君夢塘傳　董君方立傳　禮部劉君傳　張君翰風傳　陸君劭文傳　方君彦聞傳　祝君賡颺家傳　賢令黄君仁山傳　管生孝逸傳　黄潛夫家傳　沙生慎之小傳　舊言集詩人小傳

碑誌類　永康州知州方君墓誌銘　慶陽府知府盛君墓誌銘　東湖縣知縣洪君墓誌銘　旌德縣知縣陳君墓誌銘　石如鄧君墓誌銘　北江鄒君祠版文　署禮部左侍郎康公太夫人顧氏神道碑　魏母符宜人墓誌銘　湖南巡撫左公墓誌銘　貴溪縣知縣陸君墓誌銘　慶陽府知府薛君墓誌銘　澗薋顧君墓誌銘

雜記類　墨石潭順濟龍王廟碑記　瑪瑙泉别墅記　移建奎星閣碑記　修

鳳臺縣署續記　懷遠縣重修文廟碑　修承賢館記　趙收庵先生行藥圖記　同車圖記　季仙九天香常伴圖記　陶氏復園記　隱真居記　康竹吾主客圖記　似山居圖記　游浮山記

箴銘類　鳳臺廳壁二箴　淮南舊壘甓銘　製古磚硯橱銘其扉　閒啄齋銘　墨磨銘　端硯銘　燈屏銘　周忠毅公遺印銘　筆筩銘

頌贊類　皇上六旬萬壽恭頌　再爲宜興史自怡題蒲團小照　題汪稚山獨立大師禪話　題東魏永平四年玉佛造像本偈

哀誄類　趙收菴先生誄辭　青州府同知趙公沈宜人哀讚　蕭母吴太宜人誄　江蘇學使辛筠谷先生誄

右文一百三十四篇。論文不分駢散，論學兼綜漢宋。其論治經之法曰："無獨是之見者，不可與治經，蔽於所不見也，衆喙若雷，此挽彼推，頹靡而已。守獨是之見者，不可與治經，蔽於其所見也；盛氣所鑠，不顧迕錯，虚詭而已。"見《詩古微序》"是故治經之途有二：一曰專家；確守一師之法，尺寸不敢違越，唐以前諸儒類然。一曰心得；通之以理，空所依傍，惟求乎己之所安，唐以後諸儒類然。孔子曰：'述而不作，信而好古。'專家是也。孟子曰：'以意逆志，是謂得之。'心得是也。能守專家者，莫如鄭氏康成，而其於經也，泛濫博涉，彼此通會，故能集一代之長。能發心得者，莫如朱子，而其於經也；搜採衆説，惟是之從，故能爲百世之宗。孟子曰：'博學而詳説之，將以反説約也。'不約，不足以成學。不博，則約於何施！彼治專家而遂欲盡廢後來之説；矜心得而遂欲悉屏前人之言；皆專己守殘，自益其孤陋者也！"見《詒經堂讀經解序》"嘗謂漢宋紛紜，亦事勢相激使然！明代以八股取士，學士低首束縛於集注之日久；久則厭而思遁！一二才智之士，鑿空造奇，一遁而之子，再遁而之史，然皆不能越集注範圍。漢學興，於是乎以注攻注，以爲得計；其實非爲解經，爲八股耳！一二君子倡之於前，無識者乃藉以取名，或甚以此希取富貴，波流至今日而極；而掇拾愈細，其味愈薄，亦稍有厭之者矣！"見《與方植之》

其論治經必先斷句曰："授句讀，童子師事也，言學者或略焉！夫經之爲書，託於文字，傳於聲音，顯於訓詁，定於章句；因文以記音，音别而後求訓焉；累文以成句，句别而後求章焉。獨文爲訓，連文而殊。孤句立解，累句而異。句者，文字聲音詁訓之會，而發揮事理，斐然成章之所始也。故大學始事，即曰離經；離之而後合之也。獨字不可誦，句而後可誦，聲之引也。

聲之引資乎氣，當諷誦時，緩急出入周疏遲速高下之節出焉，而氣隨之，而心之解悟因之。善諷誦者，句讀明而義理自見，入於耳而不煩於言，氣爲之也。氣之所爲眇矣，能授諸神而達之於心。古人誦詩即以學樂，即詩之句讀，而樂之曲直，繁縟節奏，一以貫之也。古人之文，如其口語；句讀即其辭氣云爾。辭氣得，則誦其文，如聞其語。故《殷盤》《周誥》，號爲詰屈；諷誦之久，心神爽然，有心能領之而口不能傳之者焉！至於義理之釋，憑於字句；一字之上屬下屬，一句之或絶或連，其差甚微，違迮斯大！劉歆移讓博士，已有分文析字之譏，虎觀諸儒，此類彌廣。康成以下經師競出新致，幾於望文生義，各以意屬；而持之成理，或末師賢於往古。此又多師之藉也；而徒以爲童子師之事乎哉！”見《十三經斷句序》

其論古文之出於駢以砭末流曰：“天地之道，陰陽而已；奇偶也，方圓也，皆是也。陰陽相並俱生，故奇偶不能相離，方圓必相爲用。道奇而物偶，氣奇而形偶，神奇而識偶。孔子曰：‘道有變動，故曰爻。爻有等，故曰物。物相雜，故曰文。’又曰：‘分陰分陽，迭用柔剛，故《易》六位而成章。’相雜而迭用，文章之用，其盡於此乎！六經之文，班班具存，自秦迄隋，其體遞變，而文無異名。自唐以來，始有古文之目，而目六朝之文爲駢儷。而爲其學者，亦以是爲與古文殊路。既歧奇與偶爲二，而於偶之中，又歧六朝與唐與宋爲三。夫苟第較其字句，獵其影響而已；則豈徒二焉三焉而已，以爲萬有不同可也。夫氣有厚薄，天爲之也。學有純駁，人爲之也。體格有變遷，人與天參焉者也。義理無殊途，天與人合焉者也。得其厚薄純雜之故，則於其體格之變，可以知世焉；於其義理之無殊，可以知文焉。文之體，至六代而其變盡矣；沿其流極而泝之以至乎其源，則其所出者一也。吾甚惜夫歧奇偶而二之者之毗於陰陽也！毗陽則躁剽，毗陰則沉膇，理所必至也！於相雜迭用之旨，均無當也！”見《駢體文鈔序》“古之言文者，吾聞之矣，曰雲漢之倬也，虎豹之文也，郁郁也，彬彬也；非是謂之野！今之言文者，吾聞之矣，曰孤行一意也，空所依傍也，不求工也，不使事也，不隸詞也；非是謂之駢！唐以前，爲文者必宗秦漢；唐以後皆曰宗韓退之。退之亦宗秦漢者也；而裴晉公之譏退之也，曰：‘恃其絶足，往往奔放，不以文立律制，而以文爲戲。’又曰：‘文之異，在氣骨之高下，思致之深淺；不在磔裂章句，隳廢聲韻也。’昔之病退之者，病其才之强；今之宗退之者，則又病其才之弱矣！然則今之所謂文，毋乃開蔑古而便枵腹矣乎！業此者，既畏駢之名而避之；或又甘乎駢之名，而遂以齊梁爲宗。夫文果有二宗乎？吾欲人知駢之本出於古也，爲選以式之，而名之曰《駢體文鈔》；亦欲使人知古者之未離乎駢也。”見《答莊卿珊附代作駢體文鈔序》“今之古文家，但言宗唐宋，而不敢宗兩漢；所謂宗唐宋者，又止宗其輕淺薄弱之作，一挑一剔，一含一詠，口牙小慧，謭陋庸詞，稍可上口，已足標異；於是家家有集，人人著書；其於古則未敢知，而於文則已難言之。竊以後人欲宗兩漢，非自駢體入不可。今日之所謂駢體以爲不美之名也，而不知秦漢子書，無不駢體也！竊不欲人避駢體之名；故因流以溯其源；豈第屈、司馬、諸葛以爲駢而已；將推而至老子、管子、韓非子等，皆駢之也，今試指老子、管子爲駢，人必不能辭也；而乃欲爲司馬、諸葛避駢之名哉！《報任安書》，謝朓、江淹諸書之藍本也；《出師表》，晉宋諸奏疏之藍本也；皆從流溯源之所不能不及焉者也。其餘所收秦漢諸文，大率皆如此，可篇篇以此意求之者也。”見《答莊卿珊》“文章之道，君子之道也，貴近信，貴遠暴慢，貴遠鄙倍。矯飾造作，不信也。張脈僨興，暴也。任意指揮，慢也。詼謔雜至，鄙也。不應經法，倍也。蓋辭而曰氣，則容貌顔色皆舉之矣。古無古文之名，昌黎始發之；六代衰颯，昌黎振之也；其振之者，變其容貌顔色耳，辭氣未嘗有所易。後之爲昌黎者日益衰，并辭氣而易之；作意奮迅者，非暴則慢；率情抒寫者，非鄙則倍。”見《享帚集文鈔序》“其實古所謂文者，温潤縝密，有至德焉；未有佻佼鄙僿躁剽而可以爲文者也！然昌黎惟序記之作，逞其筆勢，小乖體裁；而隄防一壞，狂瀾乘之，不可復挽，此亦風會使然！”見《答屈促甫》“至於古文義法之説，自望溪張之。私謂義充則法自具，不當歧而二之。文之有法，始自昌黎，蓋以酬應投贈之義無可立，假於法以立之，便文自營而已。習之者遂藉法爲文，幾於以文爲戲矣！宋之諸儒，矯之以義，而講章語録之文出焉，則又非也！荀子曰：‘多言而類’，茲毋乃不類矣乎？八股，義取語録，法即古文之流弊。今又徒存其法，則不類之尤者也！抱此鄙陋，故每有所述，稱心而言，意盡輒止，不足與於古文之數也；然猶牽率時俗，爲不衷之言，衹益赧然！”見《答高雨農》

其論駢體曰：“齊梁綺麗，都非正聲。末學競趨，由纖入俗；縱或類皃，終遠大雅！施之制作，益乖其方。文章之家，遂相詬病！竊謂導源《國語》及先秦諸子，而歸之張、蔡、二陸，輔之以子建、蔚宗，庶幾風骨高嚴，文質相附。要之此事雅有實詣，非可貌襲。學不博，則不足以綜蕃變之理；詞

不備，則不足以達蘊結之情；思不極，則不足以振風雲之氣。”見《答湯子垕》

其論律賦曰：“文之製，大小惟其稱。大宜宏深，小宜清省。大宜密麗，小宜疏雋。律賦體裁，尤當辨此；一語失當，全篇減色。小試之式，同於館閣，而題益纖瑣，惟有濬發巧思，加意吐屬，所謂争價一字，得意數聯者也。”見《師竹軒賦鈔序》

其論書法曰：“草書紹源於漢張芝；皇象始著精能；逮於二王，其體彌備。原其形用，厥有二端：或法天地之迴旋，或象龍蛇之夭矯。迴旋者其用圓，夭矯者其勢長。右軍之作，取圓者多；大令之章，於長爲近。其在唐人，孫虔禮，得法於右軍者也；長史《藏真》，得法於大令者也。自爾以外，合作蓋寡！晉唐名賢，墨迹既不復可得，摹刻則往往失真，甚或長短乖方，點畫倒置，以斯傳習，遂墮迷津；非悉意追求，冥心體會，略其皮毛，取其精神，固未易語於此道矣！至於用筆之法，則虔禮所云：‘始求平正，繼追險絶，終歸平正。’斯言不可易也！”見《自題草書臨本後》“世傳《黄庭内景小楷》，爲是右軍换鵝書。《外景楷》，則香光以爲楊羲和書；唐以前，别未聞有右軍草書《黄庭》。宋徽宗乃刻此自題之；而宋以後，選刻家亦無及者；故前人品評無得而詳。余偶得此，其祕之；示涇包慎伯，絶歎賞，以流傳無緒，疑黄山谷贋爲之。予謂其瘦勁則山谷能之；古奥則山谷不能。懷素《自叙》，似得此法，而肆而不靖。道君《絳霄文》亦有意，而俗而不淳。《戲鴻》所刻謝客詩頓掣，不若此流行自在；且其筆中時挾篆籀遺法，當非右軍不能！吴江吴山子以予言爲然！江陰陳學博子珊驚異此帖，借以屬孔君省吾，雙鈎重刻。省吾竭數月之力，始成之，極得真際；蓋唐人碑版，今人無從擬似；宋人之作，尚有牆壁可傍也；自是此帖遂得不泯於世。”見《鵝羣帖跋》“宋曾開之《跋孫虔禮書景福殿賦》曰：‘用筆淳古，有漢魏之風。’可謂妙會！又云：‘見《書譜》真蹟，與此賦極相類似。’未然也！《書譜》以雋拔取神韻，全法大王；此賦以堅勁出淳古，專追章草；用筆結字，截然分途，各詣其極！學《書譜》者，或姿媚涉俗。學此賦，則雄渾静深，自然古異；而流傳不廣，亦自知之者稀！”見《跋孫虔禮書景福殿賦》“米書出於褚。褚摧剛爲柔，宛轉蘊藉。米恐流爲輭媚，盡出其鋒稜，明其使轉盤旋之力，則風韻稍卑矣；然奪門而出，正是智過其師！真蹟不可得；得之能細審之，即可悟血脈所自。”見《跋米襄陽書高渤海詩真蹟》“文衡山先生導源誠懸，氣體峭勁，而不免鼓努取勢。行書則肆力懷仁《聖教》，左宫右祉，動合方圓。先生喜書，作之不倦，而年又難高，故吴中傳流極夥。”見《跋張子琴藏文衡山札》“作書小楷難，小草尤難。楷以法勝；草以神勝；法可勉强合；神非絶迹無行地，不能超脱。八法之外，游行九宫之中。唐褚登善《陰符經》。參以《急就》。以楷法行之，遂爲千古絶作；其後無聞焉！祝京兆大草，深得右軍神理而時露傖氣；小草則未之見；獨見瞿君子雍所藏京兆《小草書杜詩卷》，風骨開展，頓宕純和，行間茂密，而風致蕭遠，所録杜詩至四十餘首，豈非希世之奇！”見《跋祝京兆小草書杜詩卷》“籀史之製遠矣！今存者惟《獵碣》，其文融會六書，而增損變通之；惜許氏僅存數字；而《汗簡》《四聲韻》等，多鑿空虚造，不可依準也！鄧完白翁《籀篆陰符經書》，乃僅見之作；意取參古文小篆而用之，行筆則一以《獵碣》爲法，可爲後來作籀書者軌範。”見《完白翁籀篆陰符經書後》“完白真書，深於六朝人，蓋以篆隸用筆之法行之；姿媚中别饒古澤，固非近今所有！”見《跋鄧完白真書》“方彦聞之爲學善變。其爲駢體也，初愛北江洪先生，效齊梁之體，綺雋相逮矣；已而曰：‘此不足以盡筆勢！’則改爲初唐人規格，雄肆亦復逮之；自以爲未成也！其爲隸書，慕完白鄧先生，爲之傳贊，精心仿之；既又以不能出完白上，思别出一奇，變爲古瘦，亦未成也！方其學完白時所爲，體勢畢肖，而古俊之氣，流溢毫端，要能自成其家！”見《跋方彦聞隸書》於書法源流正變，縷悉如指上螺紋，尤足備後來考論云！

龍壁山房文集五卷

馬平王拯字定甫撰。拯，元名錫振，號少鶴，道光二十一年進士，官至通政使。方清咸豐初，太平軍洪秀全發難廣西。清帝出大學士賽尚阿督師；拯以兵部曹郎隨參軍務。集中有《復前教授唐先生書》，於廣西當日兵事利鈍，言之綦詳；諸將獨推向榮；姚瑩方以宿望爲按察使，總理南北兩軍，拯書中亦致不滿，謂“姚公虚聲士耳；耄昏荒怪，與官民齟齬，竟不爲用”；足備史料之考論。而其文章爲梅曾亮所賞，至以歸熙甫相許。嘗自刻《龍壁山房詩集》；而文集五卷，都凡九十八篇，乃光緒癸未仲冬，善化向萬鑅刻於平南官舍，記稱“此其手録，擇存率經上元梅伯言郎中訂正”；冠以長沙徐楨立序，而以山陽秦焕一跋殿焉。焕跋稱："獲睹《龍璧山房詩集》，纏綿沈著，嗣響杜陵。"惜未之見！今誦其文，雖詞筆未臻潔浄精微，而氣調則頗倜儻岸異，在唐宋八家中，氣體於柳子厚、蘇東坡爲近；特爲子厚之警遒，而無其雅練；學東坡之議論，面①遜其疏快；而亦時喜爲閒情眇狀，以爲歸氏學史之遺，而意味不深長，辭趣不雋永！采録可誦，寫目如左。

論説类　汲黯論

序跋類　武夷山志序　泰山紀游圖序　存恕堂遺詩序　先大父端溪硯説後序　嫛磋課誦圖序

書牘類　復前教授唐先生書　與朱濂甫侍御書　答彭子穆書

贈序類　送龍翰臣典試粤東序　送陳伯淵赴官東河序　送范伯崇教論萬縣序　送蘇虚谷序　送汪仲穆序　彭母甘太孺人壽詩序　張母王太夫人六十壽詩序　劉母蔣太宜人壽詩序

傳狀類　計豢龍傳　袁樂忠傳　户部江南司郎中湯君行狀

碑誌類　休致直隸廣平府知府楊君墓表　陳冀子先生墓表　翰林院編修曾君墓表　翰林院檢討時君墓表　彭子穆墓表　東城兵馬司副指揮劉君墓誌銘　湖北松滋縣知縣張君墓誌銘　廣東遂溪縣知縣曹君墓誌銘　龔孝先墓誌銘

雜記類　獨曜齋記　待蘇樓記　游百泉記　游衡山記　游石魚山記　游七星巖記　游天湖山記　波羅觀日記　羅浮觀瀑記

哀祭類　張亨甫哀詞　賴子瑩哀詞　黄香甫哀詞

右文四十一篇，集中《與梅伯言先生書》，謂："熙甫之文，昌黎、廬陵而後，殆數百年一人而已！""我朝二百年間，繼有明歸熙甫氏起者，惟方靈皋氏、姚姬傳氏。彼其所爲，皆上承先聖所遺，中有關於人心學術之大，而下可徵於來世。"而《與陳抱潛書》，則謂："方氏以文章爲當世宗；觀其治經，能得古聖微言大義，不爲叢瑣固僻之談；而於《周官》《儀禮》，尤能剖析真僞，發微闡幽，舉劉歆等竄亂之罪，啓千古之蒙。其爲文章，篤雅淳厚，去一時才人策士鄉塾稗官之習；心誠好之！比來京師，稍見當時賢豪者所爲文章，或博辯而多詭雜；或澹泊而實空疏；或俗俚之見，未去於胸，則其言恒弇鄙而背道；求其趨向之正，無與方氏比者！獨惜其規軸微隘，而文采勿

① "面"爲"而"字，形近而誤。

彰，未能兼采古人，如老、莊、淮南、列禦寇、孫、吴、賈、朝之衆長，出以彈壓一世高才博學之士；此其未竟之緒，有賢哲者衍而充之，去其隘以即於宏，俾天下長短鉅細魁裒奇特之衆長，咸樂就吾之徑途而一出於正；此爲功於聖賢立言之道甚鉅，所日企之而未見也！”即此可闚論文之宗趣焉。

經德堂文内集四卷外集二卷别集二卷經籍舉要一卷漢南春柳詞一卷附梅神吟館詩草一卷

臨桂龍啓瑞字翰臣撰。附《梅神吟館詩草》一卷，則啓瑞繼室善化何慧生字蓮因撰。啓瑞，道光二十一年進士一甲第一人，授修撰，累官江西布政使。曾國藩《歐陽生文集序》稱：“乾隆之末，桐城姚姬傳先生鼐，善爲古文辭，慕效其鄉先輩方望溪侍郎之所爲，而受法於劉君大櫆及其世父編修君範，治其術益精，由是學者多歸嚮桐城，號桐城派。其不列弟子籍，同時服膺，有新城魯仕驥絜非，宜興吴德旋仲倫。仲倫與永福吕璜月滄交友。月滄之鄉人，有臨桂朱琦伯韓、龍啓瑞翰臣、馬平王拯定甫，皆步趨吴氏吕氏，而益求廣其術於梅伯言；由是桐城宗派，流衍於廣西矣。”方啓瑞仕宦京朝，與朱琦王拯論文章，必以梅氏爲宗。啓瑞《上梅伯言先生書》，至云：“比嘗與少鶴言，繼自今吾黨有所作，當一以寄正於先生。”是於梅氏爲親接，於桐城爲轉手。今誦其文，條達疏暢，意盡則言止，詞足而理明，與王拯《龍壁山房文集》伯仲之間，而不同桐城之含茹吞吐，有餘不敢盡。大抵明暢差似東坡，而遜其警闢；拗折亦學半山，而無其瘦硬。《外集》後附駢文，其原出於庾信，頗爲排蕩開闔，而意欠警鍊，詞未朗秀。《别集》及《經籍舉要》，則視學湖北時條教，誥誡諸生而作。詞工小令，悽麗清婉，頗得晏殊父子之遺焉。其子繼棟以光緒四年刊於京師；文集前有吾邑鄒鳴鶴序；而檢詞後有繼棟跋，知尚有《詩内集》三卷，《别集》、《外集》各一卷，與《文别集》同時刊，惜軼未見！采録可誦，寫目如左。

駢文　跋長沙黄虎痴先生所藏顔帖後　徵和芙聘女史絶命詩啓　題明茶陵陳氏文選補遺後

論説類　明論　隱公論　伊尹五就桀解　病説

序跋類　張氏説文諧聲譜序　諶雲帆詩序　彭子穆遺稿序　粤西團練輯

略序　讀曹參傳書後

書牘類　到任告示　致曾滌生侍郎書

贈序類　贈潛山李大令序　送顧太守序　贈吕介存南游序　贈周熙橋序　贈唐子實序　韋壽巖先生五十壽序　座師王雁汀先生五十壽序

傳狀類　麻公家傳　何雨人家傳　皮韡和尚傳　老僕秦壽傳

碑誌類　兵部侍郎都察院右副都御史江南河道總督楊公神道碑　陳梓丞墓誌銘　穀城縣知縣表兄黎君墓誌銘

雜記類　勸學記　過繹山記　月牙山記　東鄉桐子縣先塋記　大岡埠團練公局記　江亭聞笛記

哀祭類　祭座主杜文正公文　李鼎西哀辭　再祭劉恭人文

附詞　臨江仙　湘春夜月秋燕　蝶戀花秋海棠　如夢令　滿庭芳　江城子綽約新嬌生眼底侵尋舊事上眉尖問君别後愁多少得似春潮夜夜添此蔡君謨絶句也余甚愛之因作此詞以寄其意　洞仙歌聽書聲　瑣窗寒書中乾蝴蝶　踏莎行　菩薩蠻　憶蘿月　攤破浣溪沙　望江南雙調　南鄉子　又　摸魚兒　如夢令　探芳信　江城子　蝶戀花　阮郎歸　臨江仙

右文三十四篇，詞二十二闋。大抵論學不廢考據，而不甚重考據；論文不廢義法，而不專重義法。皆承桐城家言之緒論。

其論朱子《詩集傳》曰："自來説《詩》之家，厥有二道：漢儒多墨守經師之古訓。宋後儒者，始務競心得，掃棄舊説，而以己意測古人於千百載之上；其能得古人之意者，固時有之，而其空疏無據者，亦往往然矣！自朱子《集傳》出，乃克薈衆説而折其衷。觀其集中與門人言作書之大意，實與孟子以意逆志，不以辭害志者若合符節；舉凡漢儒膠固拘滯之蔽，是書出，始一洗而空之；有宋諸儒之説，亦至是始得所論定。故自春秋以來，善讀《詩》者，惟孟子；而善會孟子之言，則朱子一人而已矣！後之言漢學者，以其毁斥《小序》過甚，又解詁多不從古義，遂致不滿之詞。不知朱子當日精擇詳辯於漢儒之堂奥，固已足履而身親之；特其所見以爲如此，聖經至重，不敢遷就以自成一家之説，然其教門人看《集傳》者必兼讀古注；是知朱子之心，原未嘗因己有成書而遂廢儒先之説，乃欲人並習儒先之説以知己求是之意也。近世學者於毛鄭傳箋，概置高閣。不知古賢傳授淵源具在，而朱子取舍之意，亦藉是以識别於其間。嚮擬輯爲一書，以朱子《集傳》

大旨標舉於各章之下，復引《小序》而下，漢儒專門之説附焉，使學者知《集傳》之外，古説詩者之家法如是，又可知朱子慎擇之意之所存，名曰《詩經今義證》。”見《復閔鶴子書》

其論古韻以《詩三百》爲準曰：“平上去入四聲，始於永明，而定於梁陳之世；當日沈約諸人精通音律，製爲四聲以括天下之字，蓋有必不可得而增，必不可得而減者。今以《三百篇》驗之：平上去三聲多通協，入聲輒多獨用，中惟上去二音所辨甚微，蓋其高下抑揚之間，亦如平聲之有陰陽也。而陰陽之分，如物之有表裏；上去之辨，如音之有節奏；表裏同是一物，舉其表而裏即在；節奏非是一聲，欲廢其一，則音不全；此陰平陽平之部，可以不立；而上去二聲，必不可得而併也！凡入聲字用平聲旁紐，故凡有入聲之部，皆須轉音，然後得入。儻有入聲在本部，而與平聲爲正紐者，皆非其入聲字之正音也。以今音讀之，如之止志職爲正紐，則職當讀如摺，朱主住蜀爲正紐，則蜀當讀如濯之類。又如之部之直，支部之益，以今音皆與本部平上去三聲正紐，以古音求之，則二字皆爲去聲，以入聲於本部無正紐也。餘並仿此。入聲，古所謂急語，又所謂短言；並見《何休公羊解詁》蓋其字多由平聲矢口而得，如登爲得川爲祝之類，即由上去轉者亦然，如趣之爲促，害之爲曷，惡惡度度之類，皆以兩字相切而成。中間更無樞紐，不經過上去二聲，即可由平得入。上去二聲，由平聲長言詠歎，乃可識其節族。惟入聲則不然。又凡平上去三聲，皆可相引而長；至入聲則戛然而止，此其謂急與短之義也。凡四聲相配，惟平上去可謂之疊韻；而入即謂之雙聲。蓋平上去三聲之字，其形與聲皆相承而下：惟入聲字不然，故皆形在此而聲在彼者，爲其聲皆轉然後得，故謂之爲入；入者，言自乎此而入乎彼者也。轉聲之字無常，故可以數韻之平而共此一韻入聲之字。轉聲之用又無定，故以此部之偏旁，攙入他部而不爲嫌也。凡平上去之偏旁皆有自甲之乙者，必爲轉聲，以此推之，入聲之爲雙聲益信。近之言古韻者，每謂某韻有平無上，或有平上而無去入，或有去入而無平上。吾不知所謂無者，特就古人所用之韻及《説文》諧聲之字驗之乎？抑將以四聲遞轉求之乎？如以四聲遞轉求之，則天下有有聲無字者，斷未有無字而並無其聲者，試以《等韻》求之，可見也。如謂此字古不經見，或有此字而古未嘗用爲此聲，遂謂某部某聲，理當廢絶。不知古人製字之時，原未嘗求其聲字俱備。且如未有四聲之時，則平聲可讀上，上聲可讀平，去入聲皆可讀若平上，而又何有平上而無去入，有去入而無平上之可言乎？以四聲較之：惟入聲音節迫促，疑古韻中自爲一類，其與平上去三聲通用者絶少；《説文》偏旁之字，亦多與三聲不合。又有偏旁之字，只有三聲而無入聲者；此入聲無正紐之説又有得聲之字在此部，而其聲多轉他部者；此入聲有旁紐之説故亭林顧氏謂古無入聲。而入聲偏旁，又多從去聲而轉，此段茂堂古無去聲之説所由來。要而論之：以今音證古音，以古書證古韻，其所得者已十之七；但謂某部中古無某聲之字則可，謂某部中古無某聲則不可也。論古韻者，自亭林以前失之疏；自茂堂以後過於密；江慎修氏酌乎其中，而亦未爲盡善。亭林規模已備，中間營衛未立，小小越畔，時或有之；其考據精確，則不可磨也！茂堂細筋入骨，分肌擘理，其分之脂支三部，能發前人所未發；餘所分者，求之古經，率多可據；其分配入聲，未極精審，不免千慮之失；然而分合周備，條理井然。後之陽湖張氏、高郵王氏、曲阜孔氏、歙江氏諸子之學，皆博足以綜其蕃變，精足以定其指歸。要之諸家愈分愈密，皆由茂堂氏精而求之以極於無以復加之地。間嘗取其書讀之；則張皋文氏之分爲二十一部者，與高郵王氏略同。張氏言：'凡言古韻者，分之不嫌密，合之不嫌廣。惟分之密，其合之也，脈絡分明，不至因一字而疑各韻可通，亦不至因各韻而疑一字之不可通。'其依據《説文》，折衷經韻。"見《古韻通説總論》"以《詩》韻爲經，以《説文》爲緯。其於韻也，則絲聯繩引，如祖孫父子，必有譜系之可尋；其於字也，則類聚羣分，如主伯亞旅，各有部居而不越。因韻以考其字之偏旁，而知同形者，古音必同部；因字以考其韻之通轉，而知異用者古韻必異音。其部分標目，以詩中先出字爲建首，一洗紛紜轇葛之習；其書較段氏爲密而不失之拘。嗣是劉申甫有《詩聲衍》之作，分部較詳，然皆推張氏之意而廣之，未有能加密於此者！蓋談古韻之書，至此爲集其大成也！"見《張氏説文諧聲譜序》"惟《詩經》中有明知爲韻而齟齬不合者，如沖陰，諶終，調同，造士之類，顧氏、江氏以爲方音，或曰通用假借；段則以爲合韻。三者之説，段爲近理，而未爲盡善！夫言方音者，無論聖人修辭立誠，何至於欒操土音！即謂方音可用，如《桑柔》以東韻慇，《小戎》以中韻驂，《雲漢》以蟲宫宗躬韻臨，江氏以爲皆西周及秦之詩；當日關中固有此音矣，何以夫子傳《易》，於屯，於比，於艮，其用韻復與《詩》合？試思魯地去關中千有餘里，果其兩地相同，即不得謂之方音；此固不待辯而明矣！段氏分部最嚴，於古韻所不可通者，皆謂之合韻，不止於沖陰諶終等也；而皆不至如顧氏、江氏之無説。且其合韻多以異平同入爲樞紐，即聲近相轉之例，於文字音韻之理，實能洞見本原；特不宜以合韻加之古人。夫古人之韻，吾既不得而見之矣，又安知何者之爲合耶？宜乎篤守亭林十部之學者，羣起而議之也！夫合韻不外乎轉聲，轉聲不外雙聲；今人所謂雙聲，即漢儒所謂聲相近也。凡聲近者皆可轉，而不近者不能焉。今試取《三百篇》之齟齬者而論之，有一不出於雙聲者否？段氏知此理而不肯以立言，顧爲合韻之説以自遁。夫言韻，則有一定之限，故出此入彼，人皆得以越畔譏之。言聲，則遞轉而無窮，即又何必以實係可轉之音，而樂就乎渺不可知之韻？故今之言古韻，言方音，不如言合韻；言合韻，不如言轉聲。轉聲之説，自錢竹汀詹事發之。詹事《聲類》一書，近罕流傳，故其説人多不省及；而實開字學音學之奥窔。《詩》之以雙聲爲韻者，《賓筵》四章以呶韻僛，即轉呶之音如疑；呶、疑，雙聲也；呶不與僛韻，而疑與僛韻矣。《谷風》三章以怨韻萎，即轉怨之音如謂；怨、謂雙聲也；怨不與萎韻，而謂與萎韻矣。《桑柔》八章以瞻韻相，即轉瞻之音如章。瞻、章，雙聲也；瞻不與相韻，而章與相韻矣。推之羣經諸子用難韻之處，無不皆然。大抵古人作詩，兼用轉韻。試以時音譬之；如東董洞獨既是正韻，則登等嶝德即是轉韻。今人但知東董洞獨可爲一韻；而不知登與東，等與董，亦可爲韻；嶝德與洞獨亦可互通爲韻也。然古人用正韻之時多，而用轉韻之時少；即其可通轉者，亦必有通轉之法，而今不可識矣；尚可考者，於許氏《説文》偏旁諧聲之字，往往得之。夫諧聲必取諸本韻，夫人而知之也；至有取諸轉聲者，小徐旁紐之説，略發其端緒；近日茂堂段氏注中屢言之；菉友王氏又於《説文釋例》中詳言之；而拘者未之信。試以數字明之：如曼，冒聲也；冒音如帽，又讀如墨，帽與墨皆曼雙聲；今必謂曼不與冒韻，當從又冒，刪聲字，則他處恐有不能盡刪者矣！雈，萑聲也；雈許書讀若和，而萑讀如桓，桓與和雙聲也；今必謂此兩字當讀爲一韻，則未知當從雈入歌韻乎？抑從萑入寒韻乎？此兩文之異讀，不始於今日矣！推之敀從古，雙聲；近有謂從占聲者，其説非是。凡雙聲爲聲之字，較之疊韻尤爲親切，以疊韻是旁行，其類尚寬，雙聲爲直射，其法更密，非深思不悟。汃從八，雙聲；叢從取，雙聲；壯從土，雙聲；莧從苜，雙聲；輗從軏，雙聲；汨從冥，雙聲；憲從害省，雙聲；充從育省，雙聲；怍從作省，雙聲；神明變化之中，仍復條分縷析。又可證者，凡或體中所從之字，多與小篆雙聲遞變。如𦓾本日聲也，而或從刃作𦓹，則刃與日雙聲矣。萉本肥聲也，或從賁作䕁，則肥與賁雙聲矣。玭本比聲也，而夏書從賓作蠙，則賓與比雙聲矣。如斯之類，不可勝言。又凡古今音韻之流變，皆由雙聲遞轉，無論假借通用與夫習譌傳譌及五方言語不齊，皆可於雙聲求之。許書中有讀若讀同之例，雖非盡三代以前之韻，亦非漢以後之音；其間以雙聲遞轉者，如姐，本且聲也，而讀若左；操，本喿聲也，而讀若藪；舠，本刀聲也，而讀若兀；穳，本糞聲也，而讀若靡；此亦可推尋其故者。凡漢儒解經，多通其音義以爲訓詁。鄭注《禮器》，撕之爲言芟也；芟與撕爲雙聲，蓋芟之本音如殊，有糈之讀若芟者可證；而芟之轉音又如衫，有㲱之讀若芟者可證，鄭注若用芟之轉音，則芟撕疊韻；若用芟之本音，則芟撕又爲雙聲；此亦如《儀禮・士虞禮注》以禫服之禫爲導；《考工記》，旊，先鄭讀爲甫，後鄭讀爲放，蓋因禫與導雙聲，甫與放雙聲，可通借互用也。然此豈惟鄭注；許君説解固恒有之，如"八，別也"；"粵，于也"；"木，冒也"；"鼓，郭也"；"使，攸也"之類，開卷即是，不假思索；又如打，本丁聲也，而今讀答，上聲，則頂與打雙聲也；西本先音也，而今讀入齊韻，則西與先雙聲也。推之喁禺，旂斤，芉秆，風凡之類，又無不皆然。昔者由本音而變爲轉韻，今也即可由轉韻而知其本音。且閩人讀舉如鬼，讀人如靈，舉鬼，人靈，雙聲也。秦人讀風如分，讀宗如租，風分，宗租，雙聲也。凡南人入聲之字，今北人多轉爲去，由其所轉推之，固亦無不雙聲也。故知雙聲之爲用不窮，然後可以推古音之原本，可以識今音之流變，可以訂方音之譌誤。讀《詩》而不知雙聲可爲韻，將有本韻而謂爲非韻者，讀《説文》而不知雙聲可爲聲，將有本聲而謂爲非聲者，其誤豈小小哉！"見《古韻通説總論》

其論司馬光《通鑑考異》、朱子《韓文考異》曰："《通鑑考異》《韓文考異》，雖善本；然非今日學者之急務。蓋此等書，不過刊正訛謬，辯別同異，於全書大致，無甚損益；在學業有成者，樂藉之以爲考核之助；否則初學讀《通鑑》，便當明於治亂安危之故；讀《韓集》，便當學其卓然自命之志，超然越俗之文；即不觀考異，未爲大失！近日考據家，争持於一字半句間，往往逐其末而失其本；此二書經大賢先儒手定，固與凡經生書有别；然以云導引初學，有益後進，似尚未可也！"見《復邵蕙西書》

其論古文義法曰："竊怪今之文所以靡弱而不逮於古者，則亦有故焉。自漢班、馬、賈、董之儔，其人皆篤學早成，因以其餘著書而傳後世，故其文成法立；非有所規摹結束而爲之也！逮唐之韓柳，宋之歐蘇者出，其文乃始有法；然皆灑脱放曠，務盡其中之所欲言，且人人自爲面目，初未嘗畫爲一途，謂天下之文盡出於是也！自明歸震川氏出，而論文之道，始歸於一。夫歸氏之文，其於韓、柳、歐、蘇，誠未知何如，要可謂具體而微者也。特其生當有明文運衰薄之後，一二荒經蔑古者踳駁敗壞之餘，於是尋古人之墜緒，而一一以法示之；彼其心誠救時之弊耳；然而其才或有所蓄而不敢盡也！繼歸而起者，爲本朝方靈臯侍郎，其於義法乃益深邃。方之後爲劉爲姚，要皆衍其所傳之緒，而繩尺所裁，斷斷然如恐失之；故論文於今日，昭然如黑白之判於目，犂然如輕重長短之決於衡度也；雖高才博學之士，苟欲背而馳，其勢有所不能！吁！後有作者，習歸方之所傳而擴而大之，可也；如專守其門徑而不能追溯其淵源所自，且兢兢焉惟成迹之是循，是束縛天下後世之人才而趨於隘也！揆諸古人待後之意，庸有當耶！然其中又有不可强者。當歸方之時，求韓、柳、歐、蘇不可得，而況於班、馬、賈、董乎！而況於百餘年之後，守歸、方之義法而聆姚、劉之緒論者乎！夫文之盡而至於無所用力，苟徒循文以求之，亦終見其勤苦難成而居古作者之後已！此意未可與不學者道也！"見《致唐子實書》

其論韓昌黎詩曰："公古近詩四百一十餘首，所存最精；常語皆有光彩，淡語皆有古味，故能拔出李杜之外而獨樹一幟！後之文人爲詩者自公始；柳子厚弗能及也！有宋東坡才力傑出，縱横跌宕，然後文人之理，無不可以入詩；詩之教至此而始大，其爲用亦於此始宏；較之有唐以專門名詩者，益覺其隘矣；而其源實自公發之！公之揀辭造言，屈鬱盤勁，雖東坡亦不逮也！"見《書所選昌黎詩後》

其論近人楊性農詩文曰："所作詩文皆有標舉出塵之致，而古文尤卓然爲今世之所希。大約古澹而昧①彌長，質直悽惻而情益永，蓋學臨川幾得神似；而清微澹遠，則又震川學《史記》之文也。"見《復楊性農》

其論詞曰："近之詞家，專取曼聲弱字，以爲不如此則不得謂之當行；此

① "昧"應爲"味"字，形近而誤。

亦如古文家之守繩尺，異己者則謂之不工也！安得一才力大、宗法正者，起其衰而返諸古乎！”見《復王少鶴書》要删其語以俟考論。

怡志堂文初編六卷詩初編八卷

桂林朱琦字伯韓撰。琦舉道光辛卯鄉試第一，乙未成進士，由翰林歷官御史，章數上，有直聲。太平軍洪秀全起廣西；琦以清廷命在籍辦團練。張家祥之來降也，官吏多疑之；琦獨識其人忠果可任，力保無他；後更名國樑，卒爲名將。琦以團練勞，議叙道員，隨浙江巡撫王有齡幕游杭州，總辦團練局。既而李秀成以太平軍襲陷杭州，琦死焉。琦之古文，嘗奉手梅曾亮，集中有《柏梘山房文集書後》，稱：“梅伯言先生，道光壬午進士，不樂外吏，以貲入爲户部郎，居京師二十年，篤老嗜學，名益重。一時朝彦歸之，自曾滌生、邵位西、余小頗、劉椒雲、陳藝叔、龍翰臣、王少鶴之屬，悉以所業來質，或從容譚讌竟日。琦識先生差早，迹雖友而心師之。先生亦謂琦曰：‘自吾交子，天下之士益附，而治古文辭者日益進。’”觀琦爲文，長於持論，文機疏快似東坡，筆情拗瘦出半山；在桂人士中，與王拯龍啓瑞差相伯仲，而琦之規模稍隘。詩則自謂得法杜韓；而五七言古出入蘇黄，詞勁以達；律則渾脱瀏亮，不爲昌黎山谷之硬語拗體。獨其集中《詠古》十首之八云：“宋詩從韓出，歐梅頗深造。荆公獨峭折，硬語自陵踔。詩教根性情，觀人殊静躁。湖陰坐吟賞，於我亦私好。”又集中《答友人論詩》七古一章，有云：“古聲淡泊味者少，自提一律歸精堅。平生宗法有數子，李、杜、韓、白、蘇、黄、元。”又《六月十二日集林穎叔寓齋爲山谷道人作生日》五古云：“西江派自别，晁張軍久斂。汗下奉瓣香，萬古此壇坫。”又《月夜過潤臣汀鷺次前韻》第二首云：“抗今誇詩膽，望古忽懦斂。蘇黄無軒輊，北宋兩崇坫。”又可想見宗趣所在矣！其《詩文集》，以同治甲子冬刊於京師；而《文集》前有咸豐七年十月潘曾綬，同治七年三月譚獻兩人序；後有同治四年小陽中浣倭仁跋及《兩浙忠義録》中《朱御史傳》；《詩集》前有咸豐七年八月，陽湖楊傳第序；後有鍾秀及其宗人鑑成書後。采録可誦，寫目如左。

詩類　羣玉巖　兵書峽　浯溪鏡石　漯安河　飲湯海秋師寓齋讀近稿賦呈　范將軍輓歌　官誡十六首　酬余小頗農部　古意一首和楊紫卿　秋感八

首　酬曾滌生學士十首　林菊史移居城東出種竹圖索詩　九月十日發通州上灘五首　上灘續得三首　暮秋氣漸寒作懷人詩五章寄粤中諸子　同友人飲舟中二首　同王子章羅以村遊隆中謁武侯祠二首　梁園三先生詩　至京館翰臣寓齋　葉潤臣思歸不得作江漢歸舟圖示意　亦梅索題天竹齋圖　繡山致經堂圖　潤臣出示犀角槎杯席間索句　蕭薌泉舊藏尺五莊探雪圖筆意疏淡展玩久之因感昔時春游漫題數語圖爲萬廉山作西江高手也以上五言古　同竹軒宗老游隱山　石門道中　大雪示陳藝叔并簡梅伯言農部　酬馮魯川比部　老兵歎　朱副將戰歿他鎮兵遂潰詩以哀之　校正亨甫遺集作詩誌哀　張受之空齋晝静圖子貞太史既用東坡墨妙亭韻爲題一詩又云受之名辛善篆刻欲得余詩鐫兩印見貽余感其意爲次前韻奉酬　況芝房炊雪圖　子壽將歸作螺洲曲見志余爲廣其意得七章　和湯敦甫師相游龍杖歌　劉寬夫侍御招集同人壽東坡先生忽忽今數月矣爲補此詩　馮少渠大令空山吟趣圖　招集錢石葉飲藉園臨别贈之以詩　越日湖口風未息示何鏡海　湖上觀打魚再次前韻　建陽懷古寄子壽比部並呈展雲廉舫　司馬繡谷善繪事醉後尤奇席間出采芝圖索詩　黄少蘭司馬自江南來席間話張殿臣鎮軍戰事歌以紀之　酬王少摩大令即送之官豫中　符南樵索題半畝園訂詩圖越日復招子貞潤臣同飲　同潤臣仲穆至極樂寺看海棠因游萬壽寺而歸　潤臣席上食筍甚美戲爲長句並呈汀鷺　錢南園侍御畫馬詩爲潤臣閣讀作以上七言古　新鐃歌四十章　狼兵收寧波失利書憤　浮丘子輓歌　長安兩少年行和湘帆農部即贈逸齋叔起並簡子壽　錢冬士破車圖歌　題金陵被難記抒憤　長沙官吏祭軍門塔齊布詩以紀哀　讀王子壽論史詩爲廣其意得七章　陳凝甫舍人出示尊甫九香大令紫雲研册　四月三日葉潤臣孔繡山招集同人於慈仁寺爲展褉之會是日先致祭顧先生祠然後與會　繡山尊人宰瓢城有惠政作瓢城吏歌美之　六月廿一日歐陽文忠生日林穎叔水部同少鶴農部招集松筠菴拜公絹本遺像潤臣舍人亦攜詩龕摹本張壁間圖爲穎叔所藏上有乾隆御墨並晁李二跋分得宜字　安園古松歌以上雜言古　陳東橋招飲秋廬　寄楊紫卿零陵集杜五首　當陽道中　長阪瞻關坡遺迹　晨起　元夕獨坐憶弟　月下再寄舍弟容菴以上五言律　彰德道中同友人作　馮展雲有詩僕歐陽泰持詩送行聊答其意　飲豐樂酒自嘲　胡新泉出示石臣姻丈遺墨山水長卷自題云零落人間一角山和者多次韻適余亦編次先大夫遺詩感題卷末　移居蕭薌泉侍御紫藤山館雨後簡仲穆並示陳凝甫中翰　夜雨次前韻寄魯同甫以上七言律

李小廬招飲藤花館賞花三首　雜詠十五首　湘中雜詠九首以上七言絶

論説類　辨學上中下　孟子説一二四三首　名實説

序跋類　讀貨殖傳　讀酷吏傳　藤花館詩序　蔡粿盦太史詩集序　王少參遺疏書後　書歐陽永叔答師魯書後　自記所藏古文辭類纂舊本　書鄭比部四策後　潘四農手札書後　書黄鵠山人詩卷後

右詩二百又三首，文十七篇。集中《自記所藏古文辭類纂傳本》曰："自桐城方望溪侍郎以義法爲文。劉耕南學博繼之。而姚先生以所聞授門人管異之、梅伯言，爲《古文辭類纂》七十五卷，爲類十三，曰論辨，序跋，奏議，書説，贈序，詔令，傳狀，碑誌，雜記，箴銘，贊頌，詞賦，哀祭；一類内而爲用不同，又别之爲上下篇。先生每類自爲之説，分隸簡首，自明去取之意；而於先秦兩漢自唐宋諸家以及本朝，尤究極端委，綜覈正變；故曰：'學而至者，神合焉。學而不至者，貌存焉。'學者守是，猶工之有繩墨，家之有律令也，無可疑者！惟碑誌類云：'誌銘不分爲二，不得呼前誌爲序。'南雷《金石文例》頗主此説。琦謂古有有誌而無銘者，亦有有銘而别屬他人爲誌者，似誌銘亦當有别。古人於叙事之文，恒曰志；志者誌也，不獨銘墓。若謂前誌不可呼爲序，必别書有序二字；此則昌黎亦不盡然，非歐公不能辨也。又先生於唐以後所取稍隘，雖李習之僅録《復性書》下篇，其他存者蓋尠矣；而於方劉之作，所收甚多，豈侈其師門耶？同時業古文者，有無錫秦小峴、武進張皐文，於桐城爲近。而新城陳碩士最篤信師説，其學初求之魯山木，又有朱梅崖、惲子居，亦好爲文，聲名藉甚。山木喜稱説梅崖，而材稍�，子居材肆矣，間入偶體。故至今言文，必曰桐城。先生弟子，今存者梅伯言。伯言文與異之上下，而勁悍或過。異之惜早逝！伯言居京師久，文益老而峻，吾黨多從之游；四方求碑版者走集其門。先是吾鄉吕先生以文倡粤中，自浙罷官，講於秀峯十年。先生自言得之吴仲倫；仲倫亦私淑姚先生。是時同里諸君如王定甫、龍翰臣、彭子穆、唐子實輩，益知講學；在京師，又皆昵伯言爲文字飲，日夕講摩。當是時，海内英俊，皆知求姚先生遺書讀之；然獨吾鄉嗜之者多！伯言嘗笑謂琦曰：'文章其萃於嶺西乎！'此可以見桐城文學流衍廣西之端緒焉。"又《鄒撫軍所藏林文忠公遺詩書後》稱：鄒言："過南昌時，與林文忠師弟一再見，重以姻好，且曰'毋以恒儀聘！'昔歐陽子居潁，於門下士篤愛蘇長公，以女妻其子邁。今豈異是耶！故於納采，不以他物，而儷以兩《文忠集》。林公顧而笑樂。”鄒，即吾邑鄒壯節公鳴鶴也。前輩風流，令人神往！

邵位西遺文一册

仁和邵懿辰字位西撰。懿辰，道光舉人，官内閣中書，遷刑部員外郎，充軍機章京。咸豐十一年十一月，太平軍陷杭州，被縶不屈死。湘鄉曾國藩集中有《仁和邵君墓誌銘》，謂：“位西之學，初以安溪李文貞公桐城方侍郎爲則，擯斥近世漢學家言，爲文章務先義理，不事縟色繁聲，旁徵雜引以追時好。至京師，與上元梅曾亮伯言、臨桂朱琦伯韓數輩游處，博覽國故朝章，其文益奥美盤折。亂後，僅得文三十餘首，刻之淮安。”即此册也；同治四年，盱眙吴棠刊而叙之，又有山陽丁晏一序。其文凡三十五篇，大抵於梅曾亮爲親接，於姚桐城爲轉手，所以辭筆頗能拗折，氣息未極渾古；有時緊峭沈摯，如王半山之令人竦動；亦有紆徐往復，如歸震川之發人低徊；惜其拗峭而未能盤鬱，則餘於勁而促於氣；澹蕩而未能簡雋，則枵於辭而嗇於神；然亦桐城家之支與流裔也！采録可誦，寫目如左。

論説類　文人少達多窮

序跋類　書靳文襄生財裕餉第一疏後　書太史公自序後　題寒機夜課圖後

碑誌類　吴子樸墓誌銘　前福建水師提督許公墓表　葛壯節公墓表　錢子方墓表　易安人墓表

傳狀類　孝子王立齋先生傳　戴文節公行狀

雜記類　儀宋堂記　儀宋堂後記　記汶上劉公撫浙事

右文十三首。此册每首有墨筆批識，尾署作人弟龐祖文拜讀，不知何人，録以俟考。

寓庸室遺稿一册

諸暨余坤字小頗撰。坤，道光進士，累官雅州府知府。方在京曹，以詩古文與梅曾亮相切磋。文章學韓，未臻雄渾；而瘦硬拗折，逼真荆公，所造在邵懿辰之上。而詩則五七言古排奡振蕩，由韓學杜，而不爲韓之槎枒；律體則以宋人之筋節，運唐賢之格調，乃衍惜抱翁一脈，思鋭而律渾。此爲坤手稿，有梅曾亮、姚瑩、朱琦、楊彝珍及吾邑秦緗業同時諸公圈點評語。其曾孫重耀以民國七年戊午，在南昌付石印。采録可誦，寫目如左。

詩類　題友人蘭室　南國有佳人行　歸寧篇　題楊檢齋湖口攬勝圖　不寐作　偶述　三哀詩以上五言古　駿馬行　古從軍行　對雪　李大令畫雞歌　即事　晨以職事入禁廷車中作以上七言古　黴醉　夜過伯韓　贈姚石甫觀察以上五言律　登龍山望海亭　感興十二首　散直　夜坐述懷用伯言夜話見示元韻即奉答三首以上七言律　詠蘭以上五言絶　德勝門外以上七言絶

文類　駱東溪墓表　書周贈君行狀後　雙卷竹筆篇銘

右詩三十七首，文三篇。

柈湖文集十二卷

巴陵吴敏樹字南屏撰。敏樹，道光壬辰舉人，官瀏陽縣訓導。集中《記鈔本震川文後》曰："余既別鈔震川之文而序之；後三年甲辰，攜之京師。同年友武陵楊彝珍性農從余借去。閱數日，瑞安項孝廉傅霖來訪余，蓋從性農所見此書，袖以來，而乞鈔其序目云。因爲余言京師名能古文者，有江南梅郎中曾亮其人也。又數日，余往答項君，而梅先生適來，因相見於其座。余自是始識梅先生。梅先生既見余此書，因以語朱御史琦、邵舍人懿辰、王户部拯，皆京師古文學者。諸君皆來識余，皆以此書故。"顧曾亮最爲老宿，方以桐城文派之説啓導後進，其言由桐城姚、劉、方三氏，上溯明歸震川氏以嗣音唐宋，爲古文正宗。敏樹顧謂文必得力於古書，不當建先生之言以自隘。其後曾國藩爲《歐陽生文集序》，叙述桐城流派所衍，稱引及敏樹。敏樹遂與友人書極論之，所以自別異甚力，即集中《與篠岑論文派書》，是也。其集爲光緒癸巳仲夏思賢講舍開雕，冠以長沙王先謙序，湘陰郭嵩燾《墓表》，杜貴墀《傳》。《墓表》謂："是時上元梅郎中曾亮倡古文義法京師，傳其師桐城姚先生之説；唐宋以後治古文者，獨明崑山歸氏，國朝桐城方氏劉氏相嬗爲正宗。君少習爲制藝，應科舉，獨喜應試之文，崇尚歸氏；聞歸氏有古文，求得其書，擇其紀事可喜者，裒然録之成册，不知其時尚也。游京師，有見者以聞於梅郎中；於是君能爲古文之名日盛於京師。而君言古文，顧獨不喜歸氏，以爲《詩》、《書》六藝，皆文也，其流爲司馬遷；得遷之奇者，韓氏耳！歐陽公又學韓氏而得其逸；而自言爲文能得歐陽氏之逸。歸氏之文，同得之歐陽氏，而語其極未逮也！故於當時宗派之説，不以自居。”又云：“湖南二百年文章之盛，推曾文正公及君。”《傳》則云：“厭薄時人以摇曳取媚爲歸體，著《史記别鈔》以正之。近今稱古文者，必首曾文正及先生。”而《曾文正公集》有《復吴南屏書》，謂：“大集古文謹讀一過，視昔年僅見零簡斷幅者，尤爲卓絶！大抵節節頓挫，不矜奇辭奥句，而字字若履危石而下，落紙乃遲重絶倫；其中閒適之文，清曠自怡，蕭然物外，如《説釣》、《雜説》、《程日新傳》、《屠禹甸序》之類，若翱翔於雲表，俯視而有至樂！國藩嘗好讀陶公及韋、白、蘇、陸閒適之詩，觀其博攬物態，逸趣横生，栩栩焉神愉而體輕，令人欲棄百事而從之游；而惜古文家少此恬適之一種。獨柳子厚山水記，破空而游，并物我而納諸大適之域，非他家所可及！今乃於尊集數數遘之；故編中雖兼衆長，而僕視此等尤高也。”今觀其文，體潔而氣舒，志和而音雅，而亦不能無爲閒情眇狀，摇曳其聲以取姿媚，如《雜説》一首，氣感而鳴不息起句《李公蓋詩序》、《歐陽功甫遺集序》、《毛西垣詩序》、《與熊秋佩書》、《序意贈西垣》、《何愨菴外兄壽詩序》、《屠禹甸夫妻八十壽序》、《業師兩先生傳》、《郭依永傳》、《郡中三詩人傳》、《南屏山齋記》諸篇，皆是也；其體實出歸有光，而於姚鼐爲同調；乃多自謂能與歐陽永叔同風，以得太史公之逸，多見其不知量也！時亦潤澤以《楚騷》之馨逸，而能節止淫濫，不如曾國藩之聞見雜博，喜自姿肆。國藩理侈而辭溢；敏樹則文潔而體清。姚鼐響逸而味永；敏樹則趣昭而事博。别有《柈湖詩録》，惜未之見；而就選家所録，則爲黄山谷體，造語瘦硬，而其氣震盪，其味醰深，則與曾國藩爲同調，而亦衍姚鼐之一脈者也！采録可誦，寫目如左。

論説類　舜避南河論上中下　文敝　行軍私議　雜説一首氣感而鳴不息起句

序跋類　李公蓋詩序　歐陽功甫遺集序　毛西垣詩序　蒼葭集詩序　陽湖趙氏先世圖序　趙悔廬先生岱頂看雲圖序　仙亭倚醉圖序　自書金革無避論後　記鈔本震川文後　劉霞仙中丞游君山詩序

書牘類　與歐陽篠岑書　與篠岑論文派書　與楊性農書　再與性農書

又與性農　上曾侍郎書　己未上曾侍郎　與梅伯言先生書　與熊秋佩書　答李香洲書　與王雲湖書

贈序類　送六弟退菴往游軍中序　序意贈西垣　述别贈趙惠甫黎蒓齋吴摯甫　爲守齋五叔父暨張叔母五旬雙慶之序　何慤菴外兄壽詩序　孫田菴六十壽序　屠禹甸夫妻八十壽序　方君山壽序

傳狀類　業師兩先生傳　方稼軒傳　孫劭吾先生家傳　黄特軒傳　太常徐先生傳　郭依永傳　郡中三詩人傳　書謝御史　亡弟雲松事狀

碑誌類　屈子廟碑　新牆洞庭神廟碑　萬石岡阡碑　秦石畬先生墓表　福建候補通判何君墓表　翰林院侍讀孫君墓表　從叔守齋府君墓表　毛西垣墓誌銘　歐陽功甫墓誌銘　先妣氏墓道述

雜記類　南屏山齋記　移蘭記　聽雨樓記　北莊記　樊圃記　游大雲山記　寬樂廬記　新修吕仙亭記　君山月夜泛舟記　定香室記　半芳齋記　恬園游記

辭賦類　釋譏　勵志賦

哀祭類　羅懶農哀辭　夢二友辭　祭毛西垣文　祭姊氏文

右文七十二篇。觀其所以自叙述，謂："少讀書，喜文事，弱冠忽若有悟文章之爲者，讀《易》、《書》、《詩》，皆以文讀之。"見《記鈔本震川文後記尾》"讀《孟子》本文，及見孟子之書，實所自著，與《論語》集自門人者不同；而章間皆有孟子曰字，殆不宜爾；意其爲傳書者分章所加；因試置去，别寫讀之，則見其文意本相連屬。"見《孟子考義發序》"自是落筆爲時文輒高異；而古文之道，且躍然胸中矣！時文獨高明之震川歸氏及本朝方舟百川以爲超絶，真得古人文章之意。間從塾童《古文觀止》選本，見歸氏文數篇，心獨異之！思窺全稿，而湖南書肆無之；及託書賈購之吴門，而掇録其可喜者，以意評騭，且叙論焉。"見《記鈔本震川文後記尾》"攜之京師，江南梅郎中曾亮既見其書，爲言：歸氏之學，自桐城方靈皋氏後，姚姬傳氏得之。曾亮蓋親受學於姚氏，而爲文之道各異。"見《記鈔本震川文後》"因鈔取梅氏文數篇以歸案頭，用潔紙正書之；即見其多不足者。"見《柈湖文録序》"而見時學古文者，必趨梅先生以求歸方之所傳，心竊隘薄，以爲文必古於詞，則自我求之古人而已；奚近時宗派之云！"見《梅柏言先生誄辭》"乃日書韓文碑誌，細註而讀之；鈔孟書，評《史記》，文且至矣！"見《柈湖文録序》"乃歎近時爲古文以倣歸氏，故喜爲閒情眇狀，摇曳其聲，以爲歸氏學《史》之遺，而文章始衰矣！是以有《史記别鈔》之選，欲正之也！韓子云：'無定體，惟其是而已。'又曰：'辭不備，不可以成文。'又曰：'惟陳言之務去，戛戛乎其難哉！'後百餘年，宋有歐陽子，宗韓子，而風神獨妙，又非韓之所有！余以身居野逸，爲文不免類歐，且喜且慙！歸氏特與我同此性質耳，焉可爲天下倡乎！歐有舊本韓文，珍之如異寶，而爲文輒不類之，真豪傑矣！是可師也。"見《記鈔本震川文後記尾》

其論桐城文派曰："文章藝術之有流派，此風氣大略之云爾；其間實不必皆相師，或甚有不同；而往往自無能之人，假是名以私立門户，震動流俗，反爲世所詬厲，而以病其所宗主之人。如江西詩派，始稱山谷、后山；而爲之圖，列號傳嗣者，則吕居仁；居仁，非山谷、后山之比也！今之所稱桐城文派者，始自乾隆間，姚郎中姬傳稱私淑於其鄉先輩望溪方先生之門人劉海峯；又以望溪接續明人歸震川；而爲《古文辭類纂》一書，直以歸、方續八家，劉氏嗣之，其意蓋以古今文章之傳繫之己也。然姚氏特吕居仁之比爾；劉氏更無所置之；其文之深淺美惡，人自知之，不可以口舌争也！歸氏之文，高者在神境，而稍病虚，聲幾欲下。望溪之文，厚於理，深於法，而或未工於言。然此二家者，皆斷然爲一代之文，而莫能尚焉者也！其所以能爾者，皆自其心得之於古，可以發人，而非發於人者！自來古文之家，必皆得力於古書；蓋文體壞而後古文興。唐之韓、柳，承八代之衰而挽之於古，始有此名。柳不師韓而與之並起。宋以後，則皆以韓爲大宗；而其爲文所以自成就者，亦非直取之韓也。韓尚不可爲派，況後人乎！烏有建一先生之言以爲門户塗轍，而可自達於古人者哉！"

其論爲詩必本言志曰："古今作詩之旨，實盡於虞廷言志之一語；而自建安以下人，始以詩名家；至唐而其體大備。宋人遂頗軼出聲律。元明漸返其流。我朝分馳唐宋，各爲派别。余謂可一切無論也；要其爲詩之善者，能自言其志而已！人之有其身於天地之間，其所遭值於家國各有分地，不與今世他人相同；亦竟無與古人盡合者；乃至耳目之所感觸，山川草木，春秋歲序，居處行旅之所更歷，皆一人自爲一人之事，不可以相假代。而今之爲詩者，率爲衆人通同之言；鮮有能於己事深切而著明之者，是以雖力爲新異而終歸臭腐也。若能各詩其所應有之詩，則無問所模倣體格何代，所依用聲調何人；

要之爲其一人之詩也。抑唐人承漢、魏、六朝之後，爲詩雖備諸體，尚皆尊重古之五言；諸家之集，此體爲多；而以開露性情，包括人事，亦莫如此體爲宜！古人中如曹子建、阮嗣宗、陶淵明，可謂善言其志者；而康樂、宣城，二謝山水，清真之趣，邈焉可懷！”見《十月復至君山歸與退菴》

其論爲詩必謹造句曰：“古人爲詩，尤喜論句；以杜陵之聖而自道其爲詩之力，則曰：‘爲人性癖耽佳句，語不驚人死不休。’其稱李白曰：‘李侯有佳句，往往似陰鏗。’及以清新俊逸，比之庾鮑，皆句之云也。今之詞人，動喜狂放，句之不圖，而務崇其體，使人望之，龐然廓然；及取而讀之，終篇而未有得焉，終卷而未有得焉，豈其詩之固難知耶？何其與古人爲詩之道相謬也！得非競於名而眩於實者耶！欲以才貿於人而務張之者耶！宜吾之所疑而不敢與也！”見《毛西垣書》

其自序所爲詩曰：“由甘入苦，出苦得甘；如是有年。章句甫脱，若意得；然書且誦之，有易者；又屢寫之數日乃已，及其定也，如其意也，而非其初草矣；如是有年。”見《柈湖詩録序》可以想見其境詣焉。

移芝室詩古文合編内詩四卷古文附家傳一卷

武陵楊彝珍字性農撰。在清道咸間，湘楚以南，以詩古文有名而不囿於桐城家言者，惟彝珍與吴敏樹。彝珍，道光三十年進士，散館授主事，走詣侍郎曾國藩，欲告歸。國藩留之曰：“子遂無意於斯世乎？”彝珍曰：“吾居澗谷崎嶇之間，因高下累岩石作塹，四阻以爲固。環村居民數十家，多悍少，習勇技，與言戰鬬，輒攘臂起；吾歸部署其衆爲守禦，無事俾各散處力田作。以視浮沈郎署，無涓埃之補於國者何如也！”其在京師，嘗奉手梅曾亮；而自以意爲詩古文，不盡用其法。又與吴敏樹齊名，而古文蹊逕亦不同。敏樹澹逸近歐歸，彝珍刻鍊斆韓柳；大抵下筆緊健出韓，而無其雄大；造語雕飾似柳，而遜其警秀；轉不如吴敏樹之載其清静，怡然有以自得。至於詩則自組麗雕飾中來，而造於古淡，自然高綺，突過其文；大抵得陶之意興，杜之體氣，蘇之波瀾；而五言古出入陶謝，尤臻超豔。詩文皆自序，而詩則有監利王柏心序，及吾邑薛福成跋。采録可誦，寫目如左。

詩類　詠懷三首　春曉泛南川　舟中寄家人　登嚴子陵釣臺　桐廬舟中

偕何子毅由韶光陟北高峯望海歸宿僧房作　庚子九月十八日夜下作　古詩　山居雜詩六首　雜詩二首　冬日　羣兒　辰州道中紀事　寄朱伯韓侍御　乙巳歲暮感事　四責詩犬貓豕雞　宿山家　感事一首仍次前韻　移居三首　自丁未夏孟與獨山莫子偲孝廉遇於澧城一面即别已踰五載今春忽蒙枉集見示開帙急讀譬如聞韶幾有不圖之歎愛而不置難已於言因奉簡一首即次集中贈黄虎癡教諭詩韻　癸丑夏日用淵明擬古九首詩韻寄王子壽比部　賊退示鄰里六首　觀園叟藝蔬和淵明始春懷古田舍韻二首　酬薛曉颿大令見贈之作　撫屏顧余山中用前韻示之　感事用前韻　海門前輩以晨燈酬唱集見示即次其韻奉贈以上五言古　送余小頗出守雅州兼簡姚石甫年丈　六月於役辰州欲游桃源洞不果　澤國歎六首　鄂城哀　寄鄭子尹廣文即次其集中窕字詩韻　仍用前韻簡莫子偲黔中　予夙不喜金石頃讀鄭子尹取盧豐碑石歌頗有欣然之意適劉子重廣以所拓河間獻王君子館八磚墨本索題因爲長歌兼以志感以上七言古　贈傅青餘孝廉健兒二首　烏雅兵以上雜言古　道中　曉征　孝感道中以上五言律　客舍除夕以上七言律　北歸以上五言長律

論説類　正師　治生

贈序類　贈族子序　送林少穆制府引疾還里序　送張東墅觀察守永順序

傳狀類　誥授振威將軍湖南提督喀屯巴圖魯予謚忠武塔公行狀　太宜人行略　先伯兄仲兄事略　先從兄海樵傳　亡室周孺人事略　繼室金安人事略

碑誌類　蝙蝠嶺墓表　女蘭壙志銘

雜記類　移芝室記　重至湘上園記　柚村記　求闕齋餞别記　河洑榷署記　書事五則　瑞芝室記

哀祭類　祭賀侍御文

右詩七十五首，文二十一篇。

校訂後記

錢先生早年以治集部之學名於世，故其治文學史先後達三十餘年之久。

他在青年時期便開始寫《現代文學史》，這是因爲上世紀初遇上“五四”運動和新文學運動，所以當時面臨的現代文學該如何走向的問題，就成爲了新文學的熱門話題。因而先生熱衷於現代文學史的研究，并於中國共產黨成立後的第一年完成了《現代文學史長編》。由於爲了適應當時教學的需要，先在光華大學采用，後由無錫國學專門學校於 1930 年刊印成書。當時世界書局看好此書，便於 1933 年初版，至 1936 年連續增訂四版，發行勢頭良好。（直至改革開放之後，於 1986 年 5 月岳麓書社請石聲淮先生校點後再版。）

接着，錢先生轉入古代文學史的研究。他先着眼於明清文學。爲何如此呢？因爲他以明代當作是中國的文藝復興時期，故其在《明代文學・自序》中說：“中國文學之有明，其如歐洲中世紀之有文藝復興乎？”繼《明代文學》出版之後，他又連續寫《讀清人集别録》，於 1936 年和 1937 年由《光華大學半月刊》連載。

抗日戰爭爆發後，錢先生離開上海，轉入湘西的湖南國師任教，這時便集中分段寫《中國文學史》，直至 1946 年後應韋卓民先生之聘來武漢華中大學任教爲止。這是在戰亂時期所寫的著作，先是作爲油印教材發給學生閲讀。1956 年，他將上古、中古、近古三部分書稿交由中華書局準備出版，由於歷史原因，不僅這三部分未能按計劃出書，他續寫的近代部分也未能完稿，直到上世紀九十年代初，由他的幾名弟子周振甫、吴忠匡、石聲淮和錢鍾霞等人重新審理，並將《明代文學》和附録《讀清人集别録》作爲近代部分湊成全書於 1993 年正式出版。

錢先生所寫的文學史有幾大特點，首先，這是由他一人所寫的全部文學史，不僅在體例上將古代文學史和近代文學史完全統一了起來，分爲上古、中古和近代三部分；而且在論述風格、品評作家作品、文學語言的表述和文體流别等方面也都是完全統一的。

其二，他從中國文學發展的源流來論述中國文學的發展變化，脈絡清楚，各時期特點鮮明；品評標準和方法雖吸納了《文心雕龍》和《詩品》等典籍的優秀成果，但又完全按照自己的研究加以發展、創新，將近古文學與中古、上古的傳統連續了起來，用自己的風格加以精妙的論述，故被人們稱之爲“文體專家”、“古文家”、“文史大家”。

其三，他完全從純文學、美文學的角度來研究三千餘年的全部文學發展史，不夾雜社會政治經濟和其他文化史，所取精審，論述簡練，有利於研究和教學需要。

所以，錢先生所編寫的這部文學史，是二十世紀產生的一部獨特的文學史。它完全不同於二十世紀其他所有中國文學史著作，有其自身不可磨滅的文學價值，是完全符合中國文學自身的發展歷史的。這是我們特别要向國人推薦的，故整理後特加以記述。

本書的整理依據 1993 年中華書局版；在重校過程中，對其中的訛誤之處或有疑問者，查閲相關的可靠史書和詩、文、詞集等，在頁尾作了附注，以供讀者檢索和參考！

曹毓英

2010 年 12 月

錢基博集

中國文學史（上）

ZHONGGUO WENXUESHI

傅宏星／主編　曹毓英／校訂

華中師範大學出版社

新出圖證(鄂)字10號

圖書在版編目(CIP)數據

中國文學史(上下册)/錢基博著. 曹毓英校訂. —武漢:華中師範大學出版社,2011.5
(錢基博集)
ISBN 978-7-5622-4852-1

Ⅰ.①中… Ⅱ.①錢…②曹… Ⅲ.①中國文學—文學史 Ⅳ.①I209
中國版本圖書館CIP數據核字(2010)第045424號

中國文學史(上下册)
錢基博著
傅宏星主编 曹毓英校訂

責任編輯:周利偉 夏興通 責任校對:郭志剛 封面設計:甘 英
出版發行:華中師範大學出版社
社址:湖北省武漢市珞喻路152號 郵編:430079
電話:027—67863426(發行部) 027—67861321(郵購)
傳真:027—67863291
網址:http://www.ccnupress.com 電子信箱:hscbs@public.wh.hb.cn
印刷:湖北恒泰印務有限公司 督印:章光瓊
字數:912千字 總印張:58.25(上下册) 插頁:4
開本:787mm×980mm 1/16
版次:2011年5月第1版 印次:2011年5月第1次印刷
印數:1—2500 總定價:95.00圓(上下册)

歡迎上網查詢、購書

1925 年攝於北京清華園

1940年與長子錢鍾書合影於光明山麓

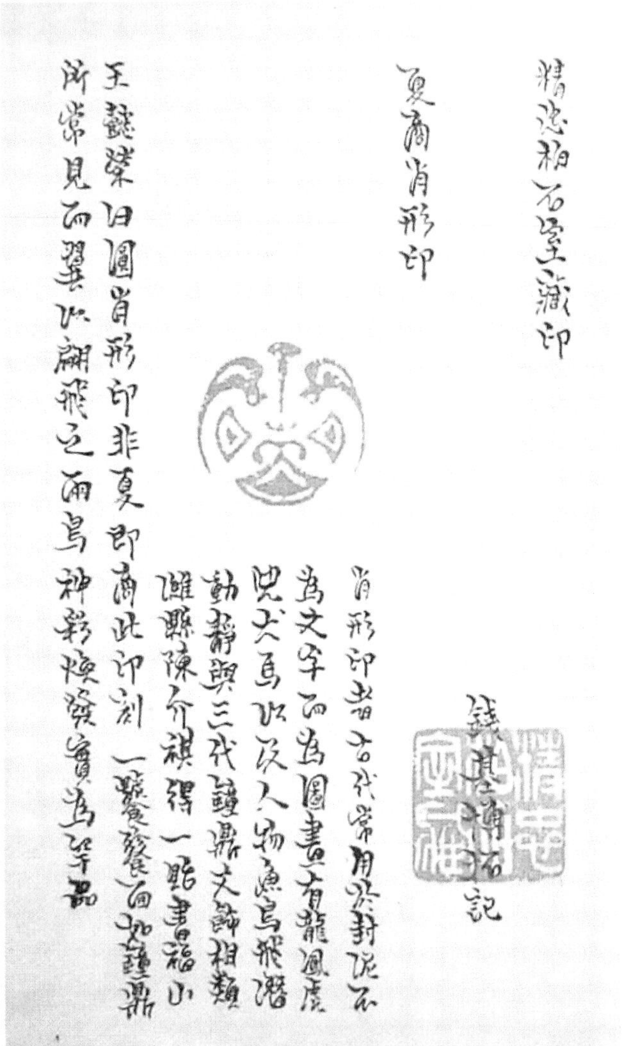

精忠柏石室藏印

夏商肖形印

肖形印皆古代常用於封泥而為文字而為圖畫有龍鳳虎兕犬馬以及人物魚鳥飛潛動靜與三代鐘鼎文飾相類濰縣陳介祺得一鈕書福山王懿榮舊圖肖形印非夏即商此印刻一饕餮而如鐘鼎所常見而翼以翩飛之兩鳥神彩煥發實為上品

錢基博石記

錢基博先生手蹟

錢基博先生武昌故居

出版説明

錢基博先生(一八八七——一九五七),字子泉,號潛廬、老泉,江蘇無錫人。現代著名學者、文史專家和教育家。他一生勤奮讀書,博涉古今中西,治學領域極其廣泛,曾自述:"基博論學,務爲浩博無涯涘,詁經譚史,旁涉百家,抉摘利病,發其闔奥。自謂集部之學,海内罕對。子部鉤稽,亦多匡發。而爲文初年學《戰國策》,喜縱橫不拘繩墨。既而讀曾文正書,乃澤之以揚馬,字矜句鍊;又久而以爲典重少姿致,叙事學陳壽,議論學蘇軾,務爲抑揚爽朗。所作論説、序跋、碑傳、書牘,頗爲世所誦稱;碑傳雜記,於三十年來民情國故,頗多徵見,足備異日監戒。論説書牘,明融事理,而益以典雅古遒之辭出之,跌宕昭彰。序跋則以生平讀書無一字滑過,故於學術文章得失利病,多抉心發奥之論。"誠爲先生終生治學生涯的實録。可是對於當今一般學人而言,恐怕衹會注意錢老先生"文在桐城陽湖之外,别闢一塗"和"集部之學,海内罕對"兩個方面,殊不知他在史學、經學、子學等方面亦造詣宏深,不僅著作數量多,而且門類齊全,幾乎無人能及。而錢先生生前,雖未能對自己的所有著作進行彙編出版,但從目前僅存的八册綫裝本《潛廬集》钞稿中,仍可以看出他對於出版文集是有所考慮和規劃的。據説,上世紀五十年代初,江蘇古籍出版社就擬議出版《錢基博全集》,可惜由於歷史的原因未能實現。一九六一年,先生之弟錢基厚亦曾爲之編訂《潛廬家藏遺文集》,可惜現在下落不明。最可歎者,"文化大革命"運動中,先生遺留的五百餘册、綿歷數十寒暑的《日記》,遭到查抄、批判,並被付之一炬。因此,二十多年前,吴忠匡、周振甫、石聲淮等前輩學人就曾呼籲社會和有關學術團體、出版單位趕緊整理出版錢先生遺著,使其人其學不至湮没無聞。

一九八六年,臨近"錢基博先生誕辰百周年"的紀念日子,華中師範大學在章開沅先生的支持下,由錢先生弟子彭祖年、石聲淮、吴忠匡等人牽頭,做了大量富有成效的工作,如一九八七年底,華中師範大學以學報特刊的形式,首次將部分遺著結集面世，爲我們瞭解錢基博提供了極大的方便。同時，湖南嶽麓書社又重新出版了錢先生的《現代中國文學史》、《近百年湖南學風》等著作。十年之後，我校曹毓英先生以此次整理工作爲基礎，精心策劃，於一九九七年十二月編輯出版了《錢基博學術論著選》，此書對推動國内錢基博研究的深入開展可謂功不可没。此後又是一個十年期，我們委托傅宏星先生陸續對錢基博遺著在全國各大圖書館的保藏情況進行了一番細緻的普查，一份相對完善詳備的著作編年目録也隨之形成了。

綜觀錢先生一生，出版各類學術專著二十六部，編撰各類教材十二部，雜著十二部，稿本、油印本等未公開發行的著作二十一部，約計七十一部，目前均分藏於全國各大圖書館、大学和民間私人手中；而他的大量學術論文、碑傳雜記、書信則散見於解放前出版的地方報紙、學術刊物、鄉賢著述、譜牒家乘和私人手中，無人問津，漸致散佚。雖然先生逝世至今，大陸方面，他的一些代表性著作多次再版，甚至影印出版，如《經學通志》、《版本通義》、《〈周易〉解題及其讀法》、《〈四書〉解題及其讀法》、《現代中國文學史》、《（增訂新戰史例）孫子章句訓義》、《近百年湖南學風》等。港臺方面，臺灣商務印書館等出版機構亦有多部錢著多次重印出版。但這些重版的著作還不到錢先生公開出版物總數的五分之一。

華中師範大學是中國真正具有百年以上歷史的少數知名大學之一。在其一百多年的發展過程中，有一批又一批篳路藍縷、披荆斬棘的先驅者，他們嘔心瀝血，殫精竭慮，爲華中師大的奠基與成長作出了無可磨滅的貢獻。

隨着我們對大學學脈與傳承精神的感悟日深，出版社已將把挖掘百年老校豐富的學術資源作爲未來工作的重心之一。整理出版一代國學大師錢基博先生的文集，華中師範大學出版社責無旁貸。可以這麽説，正是在幾代學者的共同關心和努力下，經過二十年的醞釀和籌劃，二〇〇六年六月，我們才正式將《錢基博集》列爲我社在"十一五"期間的重點出版選題，計劃分輯推出。同時，精心組織，合理安排，從資料蒐集、點校、專審和圖書設計四個方面加大資金和人員的投入，努力打造好此項精品工程。

華中師範大學出版社

二〇一〇年十二月

凡　例

一、《錢基博集》以公開出版著作爲基礎，增補了目前已發現的未公開發表的手稿本、油印本等，還包括大量散落在《新無錫》、《無錫新報》、《錫報》、《通海新報》、《南通報》、《力行日報》、《江蘇民報》、《武漢日報》等報紙，以及《婦女雜誌》、《小説月報》、《教育雜誌》、《新教育》、《東方雜誌》、《無錫縣教育年刊》、《約翰聲》、《甲寅週刊》、《國學叢刊》、《清華學報》、《清華週刊》、《光華大學半月刊》、《青鶴》、《國立師範學院季刊》、《國立師範學院旬刊》等雜誌上的散文、小説、方志、序跋、書牘、碑傳等佚文。當然還包括目前我們能夠見到的地方教育雜誌、譜牒家乘、鄉賢著述中的序跋文函、碑傳雜記等，亦予以收録。

二、關於底本的選擇和確定。專著方面，有修訂本、增訂本的，以修訂本、增訂本爲底本；如果没有修訂本、增訂本，則需要比較初版、再版，取其較優者爲底本。當然，港臺的重印本、盜印本也在此遴選範圍之内。散篇方面，某一篇文章可能會在多處發表，文字或不盡相同，則酌情取捨，若影響到對句意的理解，則用脚注説明，以利讀者判斷。部分油印本還有復本，則取其較優者爲底本。各卷所據底本，一般無標點或僅用舊式圓點者，均重新標點；底本未分段者，一般不予分段。

三、各册散篇在前，專著在後。卷内各篇（專著和散篇），一般均按成文（成書）時間先後編次。凡有年月可考而日無可考者，列於各月之末；凡有年可考而月、日無可考者，列於各年之末；年份不詳者，列入各卷之末。爲節省篇幅，避免重複，凡已經被收入專著中的篇目，又没有必要單獨歸類或按單篇發表時間分列的，則只收録一次。有改動處，酌加注釋。凡輯入《錢基博集》者，一般仍採用原有標題，個别的酌加改動。新收録的論著亦遵此例，但未經發表的書信短箋則由編者根據内容或收信人另加標題。

四、各册部分專著，注明出版机构名稱、版期。凡輯於報刊之散篇者，注明所據報刊雜誌之名稱、版期。所標時間一律採用西曆。

五、凡收入本文集的作品，均不做删改；作者的原用字、原譯名，習見的异體字、通假字，原則上保持原貌；標點符號用法，多依從作者習慣，未予改動。

六、《錢基博集》除署名主編之外，校訂者不一，亦同署名。各册由校訂者標點、校勘。底本原注用小字或（　）標明；錯别字、脱字、衍字等則用脚注予以説明；缺字用□標出。

目録

中國文學史 ZHONGGUOWENXUESHI

第一編　緒　論

第二編　上古文學

第三編　中古文學

第四編　近古文學上

第五編　近古文學下

第六編　近代文學

第一编 緒論 XULUN

第一章 文學

第二章 文學史

第三章 中國文學史

第一章　文學

治文學史，不可不知何謂文學；而欲知何謂文學，不可不先知何謂文。請先述文之涵義。

文之涵義有三：（甲）複雜，非單調之謂複雜。《易·繫辭傳》曰："物相雜，故曰文。"《説文·文部》："文錯畫，象交文。"是也。（乙）組織，有條理之謂組織。《周禮·天官·典絲》："供其絲纊組文之物。"注："繪畫之事，青與赤謂之文。"《禮·樂記》："五色成文而不亂。"是也。（丙）美麗，適娱悦之謂美麗。《釋名·釋言語》："文者，會集衆綵以成綿繡；會集衆字以成辭義。如文繡然。"是也。綜合而言，所謂文者，蓋複雜而有組織，美麗而適娱悦者也。複雜，乃言之有物。組織，斯言之有序。然言之無文，行之不遠。故美麗爲文之止境焉。

文之涵義既明，乃可與論文學。

文學之定義亦不一：（甲）狹義的文學，專指"美的文學"而言。所謂美的文學者，論内容，則情感豐富，而或不必合義理；論形式，則音韻鏗鏘，而或出於整比，可以被絃誦，可以動欣賞。梁昭明太子蕭統序《文選》："譬諸陶匏爲入耳之娱，黼黻爲悦耳之玩"者也。"若夫姬公之籍，孔父之書……老莊之作，管孟之流，蓋以立意爲宗，不以能文爲本；今之所撰，又以略諸。若賢人之美辭，忠臣之抗直，謀夫之話，辯士之端，冰釋泉涌，金相玉振，所謂坐狙丘，議稷下，仲連之卻秦軍，食其之下齊國，留侯之發八難，曲逆之吐六奇，蓋乃事美一時，語流千載，概見墳籍，旁出子史。若斯之流，又亦繁博，雖傳之簡牘，而事異篇章；今之所集，亦所不取。至於記事之史，繫年之書，所以褒貶是非，紀別異同，方之篇翰，亦已不同。若其讚論之綜輯辭采，序述之錯比文華，事出於沉思，義歸乎翰藻，故與夫篇什，雜而集之，……名曰《文選》云耳。"所謂"篇什"者：《詩》雅頌十篇爲一什，後世因稱詩卷曰篇什。由蕭序上文觀之，則賦耳，詩耳，騷耳，頌讚耳，箴銘耳，哀誄耳，皆韻文也。然則經姬公之籍，孔父之書。非文學也，子老莊之作，管孟之流。非文學也。史記事之史，繫年之書。非文學也；惟讚論之"綜緝辭采"，序述之"錯比文華"，"事出沉思"，"義歸翰藻"，與夫詩賦騷頌之成篇什者，方得與於斯文之選耳。梁元帝《金樓子・立言篇》以"揚榷前言，抵掌多識者謂之筆；詠嘆風謠，流連哀思者謂之文"。又云："至如文者，惟須綺縠紛披，宮徵靡曼，脣吻遒會，情靈摇蕩。"劉勰《文心雕龍・總術篇》曰："今之常言，有文有筆；以爲無韻者筆也，有韻者文也。夫文以足言，理兼《詩》《書》，別目兩名，自近代耳。顔延年以爲'筆之爲體，言之文也；經典則言而非筆，傳記則筆而非言。'請奪彼矛，還攻其楯矣。何者？《易》之《文言》，豈非言文？若筆果言文，不得云經典非筆矣。"持蕭統之説以衡，雖唐宋韓、柳、歐、蘇、曾、王八家之文，亦不得以厠文學之林；以事雖出於沉思，而義不歸乎翰藻，蓋以立意爲宗，不以能文爲本者也。顔延之以文限於韻文，此論最狹。蕭統《文選》，文與筆皆稱爲文，所選已不限于韻文。劉勰著《文心雕龍》，則經、子、史皆稱爲文，又同于六朝以前，所謂"文學"者，"著述之總稱"。然吾人儻必持顔延之之説以繩文學，則所謂文學者，殆韻文之專利品耳。與蕭統之説即相背。（乙）六朝以前的文學。"文學"二字，始見《論語》。子曰："博學於文。""文"指《詩》《書》六藝而言，不限于韻文也。孔門四科，"文學子游、子夏"；不聞游、夏能韻文也。《韓非子・五蠹篇》力攻文學，而指斥及藏管、商、孫、吴之書者；管、商之書，法家言也；孫吴之書，兵家言也；而亦謂之文學。漢司馬遷《史記・自序》曰：

“漢興，蕭何次律令，韓信申軍法，張蒼爲章程，叔孫通定禮儀，則文學彬彬稍進。”舉凡律令、軍法、章程、禮儀，皆歸於文學。班固撰《漢書・藝文志》，凡六略：六藝百三家，諸子百八十九家，詩賦百六家，兵書五十三家，數術百九十家，方技三十六家，皆入焉。儻以狹義的文學繩之，六略之中，堪入藝文者，惟詩賦百六家耳。其六藝百三家，則蕭序所謂“姬公之籍，孔父之書”也。至《國語》、《國策》與夫《楚漢春秋》、《太史公書》之并隸入《春秋》家者，則蕭序所謂“記事之史，繫年之書”也。諸子、兵書、方技、術數之屬，則蕭序所謂“老、莊之作，管、孟之流，蓋以立意爲宗，不以能文爲本”者也。則“文學”者，述作之總稱耳。今之所謂文學者，既不同于述作之總稱，亦異于以韻文爲文。所謂文學者，用以會通衆心，互納羣想，而兼發智情；其中有重於發智者，如論辯、序跋、傳記等是也，而智中含情；有重於抒情者，如詩歌、戲曲、小説等是也。大抵智在啓悟，情主感興。《易》、《老》闡道而文間韻語，《左》、《史》記事而辭多詭誕，此發智之文而智中含情以感興之體爲之者也。後世詩人好質言道德，明議是非，作俑於唐之昌黎，極盛於宋之江西，忘比興之指，失諷諭之義，則又以主情之文而爲發智之用，亦不背于智中含情之意。譬如舟焉，智是其舵，情爲帆棹；智標理悟，情通和樂，得乎人心之同然者也。是文學者兼發情智而以情爲歸者也。又近世之論文學，兼及形象，是經、子、史中之文，凡寓情而有形象者，皆可歸于文學。則今之所謂文學，兼包經、子、史中寓情而有形象者，又廣于蕭統之所謂文矣。

文學與哲學、科學不同：

哲學解釋自然　乃從自然之全體觀察，復努力以求解釋之。

科學實驗自然　乃爲自然之部分觀察，以求實驗而證明之。

文學描寫自然　科學家實驗自然之時，必離我於自然，即以我爲實驗者之謂也。文學家描寫自然之時，必融我入自然，即我與自然爲一之謂也。

第二章　文學史

文學之義既明，請論史之爲物。

《説文・史部》："史，記事者也，從又持中，正也。"然則史之云者，又《説文》："又，手也。"持中以記事也。中者，不偏之謂。夫史以傳信。所貴於史者，貴能爲忠實之記載，而非貴其有豐厚之情緒也；夫然後不偏不黨而能持以中正。推而論之：文學史非文學。何也？蓋文學者，文學也。文學史者，科學也。文學之職志，在抒情達意；而文學史之職志，則在紀實傳信。文學史之異於文學者，文學史乃紀述之事，論證之事，而非描寫創作之事；以文學爲記載之對象，如動物學家之記載動物，植物學家之記載植物，理化學家之記載理化自然現象，訴諸智力而爲客觀之學，科學之範疇也。不如文學抒寫情志之動於主觀也。更推是論之：太史公《史記》不純爲史。何也？蓋發憤之所爲作，工於抒慨而疏於記事。其文則史，其情則騷也。胡適《五十年來之中國文學》不純爲文學史。何也？蓋褒彈古今，好爲議論，大致主於揚白話而貶文言，成見太深而記載欠翔實也。夫記實者，史之所爲貴；而成見者，史之所大忌也。於戲，是則偏之爲害，而史之所以不傳信也！史之云者，又持中以記事也。《周書・周祝》、《荀子・性惡》注："事，業也。"又《荀子・非十二子》注："事業，謂作業也。"然則記事云者，記作業也。史之云者，持中正之道，記人之作業也。文學史云者，記吾人之文學作業者也。然則所謂中國文學史者，記中國人之文學作業云爾。

第三章　中國文學史

中國無文學史之目。而“文史”之名，始著於唐吴兢《西齋書目》，宋歐陽修《唐書・藝文志》因之；凡《文心雕龍》、《詩品》之屬，皆入焉。後世史家乃以詩話文評，別於總集後出一文史類。《中興書目》曰：“文史者，所以譏評文人之得失。”蓋重文學作品之譏評，而不重文學作業之記載者也。有史之名而亡其實矣。

自范曄《後漢書》創《文苑傳》之例，後世諸史因焉，此可謂之文學史乎？然以余所睹記，一代文宗往往不厠於文苑之列：如班固、蔡邕、孔融，不入《後漢書・文苑傳》。潘岳、陸機、陸雲、陳壽、孫楚、干寶、習鑿齒、王羲之，不入《晉書・文苑傳》。王融、謝朓、孔稚珪，不入《南齊書・文學傳》。謝靈運、顔延之、鮑照、王融、謝朓、江淹、任昉、王僧孺、沈約、徐陵，不入《南史・文學傳》。元結、韓愈、張籍、李翺、柳宗元、劉禹錫、杜牧，不入《舊唐書・文苑傳》。歐陽修、曾鞏、王安石、蘇軾、蘇轍、陳亮、葉適，不入《宋史・文苑傳》。宋濂、劉基、方孝孺、楊士奇、李東陽，不入《明史・文苑傳》。然則入文苑傳者，皆不過第二流以下之文學家爾。且作傳之旨，在於鋪叙履歷，其簡略者僅以記姓名而已，於文章之興廢得失不贊一辭焉。嗚呼，此所以謂之文苑傳，而不得謂之文學史也。蓋文學史者，文學作業之記載也；所重者，在綜貫百家；博通古今文學之嬗變，洞流索源，而不在姝姝一先生之説；在記載文學作業，而不在鋪叙文學家之履歷。文學家之履歷，雖或可藉爲考證之資。歐西批評文學家嘗言："人物，環境，時代，三者構成藝術之三要素也。欲研究一種著作，不可不先考究作者之人物、環境及時代。"質而言之，即不可不先考證文學家之履歷也。然而所以考證文學家之履歷者，其主旨在説明文學著作。舍文學著作而言文學史，幾於買櫝還珠矣。

文學著作之日多，散無統記，於是總集作焉。一則網羅放佚，使零章殘什，並有所歸。一則刪汰繁蕪，使莠稗咸除，菁華畢出。是固文章之衡鑒，著作之淵藪矣。昔摯虞始作二書：一曰《文章志》，一曰《文章流别》。《文章志》四卷，《文章流别集》三十卷，見《晉書》本傳。今其書佚不見，而體裁猶可懸揣而知。蓋志如今之嚴可均《全上古三代秦漢三國六朝文》，以人爲綱；而流别疑如姚鼐《古文辭類纂》，以文體爲綱者也。爾後作者，代不乏人：梁昭明太子之《文選》，宋姚鉉之《唐文粹》、吕祖謙之《宋文鑑》、真德秀之《文章正宗》，元蘇天爵之《元文類》，明唐順之之《文編》、黄宗羲之《明文海》，清嚴可均之《全上古三代秦漢三國六朝文》、姚鼐之《古文辭類纂》、姚椿之《國朝文録》、李兆洛之《駢體文鈔》、曾國藩之《經史百家雜鈔》、王先謙、黎庶昌之《續古文辭類纂》、王闓運之《八代文選》，其差著者也。然有文學著作而無記載，以體裁分而鮮以時代斷，於文章嬗變之跡，終莫得而窺見焉。則是文學作品之集，而非文學作業之史也。獨嚴氏書仿明梅鼎祚《文紀》，起皇古，迄隋，博蒐畢載，是爲總集家變例，然而與史有别者；以所孜矻者，不在文學作業之記載，而在文學作品之集録也。此袛以與文史、文苑傳，供文學史編纂之材料焉爾。

昔劉知幾謂作史有三難：曰才，曰學，曰識。而余則謂作史有三要：曰事，曰文，曰義；孟子謂"其事則齊桓晉文，其文則史，其義則丘竊取之"者也。夫文學史之事，捃采諸史；文學史之文，滂沛寸心；而義則或於文史之屬有取焉。然設以人體爲喻：事，譬則史之軀壳耳，必敷之以文而後史有神彩焉，樹之以義而後史有靈魂焉。余以爲作中國文學史者，莫如義折衷於《周易》，文裁則於馬、班。《易・繫辭傳》曰："聖人有以見天下之動而觀其會通。”又曰：“《易》有聖人之道，……以動者尚其變；……通其變，遂成天下之文。”而文學史者，則所以見歷代文學之動而通其變，觀其會通者也。此文學史之所爲取義也。至司馬遷作《史記》，於六藝而後，周秦諸子，若孟、荀、三鄒、老、莊、申、韓、管、晏、屈原、賈生、虞卿、吕不韋諸人，情辭有連，則裁篇同傳；知人論世，詳次著述；約其歸趣，詳略其品；抑揚詠嘆，義不拘墟；在人即爲列傳，在書即爲叙録。其後班書合傳，體仍司馬，而參以變化；一卷之中，人分首尾；兩傳之合，辭有斷續；傳名既定，規制綦密；然逸民、四皓之屬，王貢之附庸也；王吉、韋賢諸人，儒林之別族也；附庸如顓臾之寄魯，署目無聞；別族如田、陳之居齊，重開標額；徵文則相如侈陳詞賦；辨俗則東方不諱諧言；蓋卓識鴻裁，猶未可量以一轍矣。人分首尾，斯義分主從；傳詳著述，則文有徵信；倘可取裁而以爲文學史之文者也。然而世之能讀馬、班書而通其例者鮮，讀《周易》而發其義於史者尤鮮。太史公上稽仲尼之意，會《詩》、《書》、《左傳》、《國語》、《世本》、《戰國策》、《楚漢春秋》之言，通黄帝、堯、舜至於秦漢之世，可謂觀其會通者矣。所惜者，觀會通於帝王卿相之事爲者多，觀會通於天下之動者少，不知以動者尚其變耳。

試翻十九朝唐、虞、夏、商、周、秦、漢、魏、晉、宋、齊、梁、陳、隋、唐、宋、元、明、清。之史，每一鼎革，政治、學術、文藝，亦若同時告一起訖而自爲段落。然事以久而後變，道以窮而始通。殷因夏禮，周因殷禮，其所損益者微也。秦燔詩書，漢汲汲修補，惟恐不逮，其所創獲者淺也。六代駢儷，沿東京之流。北朝渾樸，啓古文之漸。唐之律詩，遠因陳、隋。宋之詩餘，又溯唐季。唐之韓、柳，宋之歐、蘇，欲私淑孟、莊、荀、韓以復先秦之舊也。元之姚、虞，明之歸、唐，清之方、姚，又祖述韓、柳、歐、蘇以追唐宋之遺也。是則代變之中，亦有其不變者存。然事異世變，文學隨之，積久而著，蹟以不掩；而衡其大較，可得而論。兹以便宜，分爲四期：第一期自唐虞以迄於戰國，名曰上古；駢散未分，而文章孕育以漸成長之時期也。第二期自兩京以迄於南北朝，名曰中古；衡較上古，文質殊尚。上古之文，理勝於詞。中古之文，漸趨詞勝而辭賦昌，以次變排偶，馴至儷體獨盛之一時期也。第三期自唐以迄於元，謂之近古；中古之世，文傷於華；而近古矯枉，則過其正，又失之野。律絶之盛而辭曲興，駢文之敝而古文興，於是儷體衰而詩文日趨於疏縱之又一時期也。第四期明清兩朝以迄於清，謂之近代。唐之韓愈，文起八代之衰，宋之言文章者宗之，於是“唐宋八大家”之名以起。而始以唐宋爲不足學者，則明之何景明、李夢陽也。爾後治文章者，或宗秦漢，或持唐宋，門户各張；迄於清季，辭融今古，理通歐亞，集舊文學之大成而要其歸，蜕新文學之化機而開其先。雖然，中國文學史之時代觀，有不可與學術史相提並論者。試以學術言：唐之經學，承漢魏之訓詁而爲正義，佛學襲魏晉之翻譯而加以華妙，似不宜與宋之理學比，而附於陳隋之後爲宜。而自文學史論：沈宋出而創律詩，韓柳出而振古文，温韋出而有倚聲，則開宋元文學之先河，而以居宋元之首爲宜。故謂學術史之第二期，始兩漢而終五代，與文學史同其始，而不同其終。而第三期則始於宋而終於明，與文學史殊其終，并不同其始。蓋明之學術，實襲宋朱、陸之成規而闡明之；不如文學之有何、李、王、李復古運動，軒波大起也。

民國肇造，國體更新，而文學亦言革命，與之俱新。尚有老成人，湛深古學，亦既如荼如火，盡羅吾國三四千年變動不居之文學，以縮演諸民國之二三十年間，而歐洲思潮又適以時澎湃東漸，入主出奴，聚訟盈庭，一閧之市，莫衷其是。権而爲論，其蔽有二：一曰執古，二曰鶩外。何謂鶩外？歐化之東，淺識或自菲薄，衡政論學，必準諸歐；文學有作，勢亦從同，以爲：“歐美文學不異話言，家喻户曉，故平民化。太炎、畏廬，今之作者，然文必典則，出於《爾雅》；若衡諸歐，嫌非平民。”又謂：“西洋文學，詩歌、小説、戲劇而已。唐宋八家，自古稱文宗焉，倘準則於歐美，當擯不與斯文。”如斯之類，今之所謂美談，它無謬巧，不過輕其家丘，震驚歐化，降服焉耳。不知川谷異制，民生異俗。文學之作，根於民性；歐亞别俗，寧可强同。李戴張冠，世俗知笑；國文準歐，視此何異。必以歐衡，比諸削足，屨則適矣，足削爲病；兹之爲蔽，謚曰鶩外。然而茹古深者又乖今宜，崇歸、方以不祧，鄙劇曲爲下裹，徒示不廣，無當大雅。兹之爲蔽，謚曰執古。知能藏往，神未知來；終於食古不化，博學無成而已。余耽嗜文學，行年六十，誦記所及，輒有撰論；不苟同於時賢，亦無矜其立異；樹義必衷諸古，取材務考其信；約爲是編，觀其會通。治國聞者，儻有取焉。

第二編　上古文學

SGWX

第一章　先秦

第一節　文章原始

積字成句，積句成文。欲溯文章之緣起，先窮造字之源流。上古之時，有語言而無文字。凡字義皆起於右旁之聲，任舉一字，聞其聲，即知其義。凡同聲之字，但舉右旁之聲，不必舉左旁之跡，皆可通用。且字義既起於聲，並有不舉右旁爲聲之本字；任舉同聲之字，即可用爲同義。故一義僅有一字。其有一義數字，一物數名者，半由方言不同。由語言而造文字，而同義之字，聲必相符。文字者，基於聲音者也。上古未造字形，先有字音，以言語流傳，難期久遠，乃結繩爲號，以輔言語之窮。相傳黄帝之史倉頡，見鳥獸蹄迒之跡，知分理之可相別異也，乃易結繩爲書契，而文字之用以興。字訓爲飾《廣雅》《玉篇》並云："字，飾也。"《廣韻》注引《春秋緯説題詞》亦云："字，飾也。"，與文之爲繡訓同。足證上古之初，言與字分：宣之在口曰言，飾之以文爲字。然文字初興，勒書簡畢，有漆書刀削之勞，抄寫匪易，傳播維艱；故學術授受，胥藉口耳相傳。又慮其艱於記憶也，原本歌謡，雜以韻偶，寡其辭，協其音，以文其言，以便記誦，而語言之中有文矣。

上古之時，先有語言，後有文字。有聲音，然後有點畫。有謡諺，然後有詩歌。謡諺二體，皆爲韻語。謡訓徒歌，《爾雅》："徒歌謂之謡。"歌者，永言之謂也。諺訓傳言，《説文》："諺，傳言也。"言者，直言之謂也。生民之初，文字未著，感物吟志，情動於中而形於言，徒有謳歌吟咏；縱令和以土鼓葦籥，必無文字雅頌之聲，如此則時雖有樂，容或無詩；搢紳士夫莫得而載其辭焉；厥爲有音無辭之世。及書契既興，唐虞文章，則焕乎始盛，乃有依聲按韻，誦其言，咏其聲，播之文字而爲聲詩者。然而文字之起，以代結繩，記事而已，不以抒情。故文字之用，記載最先，而聲詩次之；載籍可考，厥有明徵。《史記》託始黄帝，而咏歌則徵虞舜；以歌咏出之天籟，無假文字；而記載尤切人事，必亟著録也。然則文章肇始，不出二體：大抵言志者爲詩，出之永言，婉轉抑揚而託於文；記事者爲史，雜以儷句，簡勁奥質而略近語。其大較也。

第二節　六經

欲觀二帝唐、虞三王夏、商、周之文，六經其燦然者已。獨樂微眇，以音律爲節，又爲鄭、衛所亂，故無遺法。其可考論者，大抵《易》《書》二經，媲於《詩》而飾以文者也。《禮》及《春秋》，託於史而略近語者也。試陳其略：

（甲）《易》　宓戲氏仰觀象於天，俯觀法於地，觀鳥獸之文與地之宜，近取諸身，遠取諸物，於是始作八卦以通神明之德，以類萬物之情。至於殷周之際，紂在上位，逆天暴物。文王以諸侯順命而行道，天人之占，可得而效，於是重《易》六爻，作上下篇。孔子爲之《彖》、《象》、《繫辭》、《文言》、《序卦》之屬十篇，明天之道，察民之故。聖人有以見天下之動，而觀其會通；一陰一陽之謂道，道有變動，故曰爻；爻有等，故曰物；物相雜，故曰文。義出於沈思，辭歸於翰藻；音韻克諧，奇偶相生。試誦《蒙》卦之辭曰：

蒙，亨。匪我求童蒙，童蒙求我。初筮告韻，再三瀆韻；瀆則不告韻。利貞。

又《震》卦之辭曰：

震，亨。震來虩虩韻，笑言啞啞韻。震驚百里，不喪匕鬯。

此音韻克諧也。其在《繫辭傳》曰：

天尊地卑，乾坤定矣。卑高以陳，貴賤位矣。動靜有常，剛柔斷矣。下二句與上二句相爲偶。方以類聚，物以羣分，兩句偶。吉凶生矣。在天成象，在地成形，兩偶句。變化見矣。此“在天成象”三句，與上“方以類聚”三句，亦自爲偶。是故剛柔相摩，八卦相蕩。以下皆兩句爲偶。鼓之以雷霆，潤之以風雨韻。日月運行，一寒一暑韻。乾道成男，坤道成女韻。乾知大始，坤作成物。

通體儷偶，獨首兩句單領起，則是奇偶相生也。

（乙）《書》　《書》之所起遠矣。黄帝首立史官，以倉頡爲左史，沮誦爲右史，左史記言，右史記動。惟至唐虞，益臻明備。堯、舜二典，備載一君終始，是紀傳體之權輿也。而《禹貢》推表山川以叙九州，爲地理志之濫觴。《甘誓》詳叙事由以起誓辭，爲記事本末之濫觴。周室微而《書》缺有間。至孔子觀書周室，得虞、夏、商、周四代之典，乃删其善者，上斷於堯，下訖秦繆，凡百篇。而爲文章，奇偶相生，音韻克諧，亦無不與《易》同。其在《堯典》曰：

曰若稽古帝堯，曰放勳韻，欽明韻，文思，安安，允恭，克讓二字爲偶；光被四表，格於上下。克明俊德，以親九族韻。九族既睦韻，平章百姓韻。百姓昭明韻。此“平章百姓，百姓昭明”兩句，與上“以親九族，九族既睦”兩句相爲偶。協和萬邦韻。黎民於變，時雍韻。

（丙）《詩》　舜之命夔曰：“詩言志，歌永言。”是詩教之始也，有夏承之，篇章泯棄，靡有孑遺。逦及商王，不風不雅。周尚文，婦人女子，亦解歌謳，動中律吕：於是太史采於十國者謂之《風》，出自王朝者謂之《雅》《頌》；其文三千餘篇。及至孔子，去其重，取可施於禮義，上采契后稷，中述殷周之盛，至幽厲之缺，始於衽席；故曰：“《關雎》之亂，以爲《風》始。《鹿鳴》爲《小雅》始。《文王》爲《大雅》始。《清廟》爲《頌》始。”凡三百五篇，其體爲風、雅、頌，其辭有賦、比、興。賦者，直陳其事者也。如《出其東門》之詩曰：

出其東門，有女如雲。雖則如雲，匪我思存。縞衣綦巾，聊樂我員。

出其闉闍，有女如荼。雖則如荼，匪我思且。縞衣茹藘，聊可與娛。

此夫告其妻以矢無他，言有女雖則如雲，與娛自有我思也。又如《無衣》之詩曰：

豈曰無衣，與子同袍。王于興師，修我戈矛，與子同仇。

豈曰無衣，與子同澤。王于興師，修我矛戟，與子偕作。

豈曰無衣，與子同裳。王于興師，修我甲兵，與子偕行。

此君不恤民以怨其上，言平日不恤飢寒，有急則厲兵役也。比者，以物取譬者也。如《蝃蝀》之詩曰：

蝃蝀在東，莫之敢指。女子有行，遠父母兄弟。

朝隮於西，崇朝其雨。女子有行，遠兄弟父母。

乃如之人也①，懷昏姻也；大無信也，不知命也。

此以蝃蝀之人莫敢指，喻女子有遺行之必爲父母兄弟所遠也。又如《相鼠》之詩曰：

相鼠有皮，人而無儀；人而無儀，不死何爲！

相鼠有齒，人而無止；人而無止，不死何俟！

相鼠有體，人而無禮；人而無禮，胡不遄死！

此以鼠之有皮有體，喻人之不可無禮無儀也。興者，感物抒興者也。如《淇奧》之詩曰：

瞻彼淇奧，緑竹猗猗。有匪君子，如切如磋，如琢如磨。瑟兮僩兮，赫兮咺兮；有匪君子，終不可諼兮。

瞻彼淇奧，緑竹青青。有匪君子，充耳琇瑩，會弁如星。瑟兮僩兮，赫兮咺兮；有匪君子，終不可諼兮。

瞻彼淇奧，緑竹如簀。有匪君子，如金如錫，如圭如璧。寬兮綽兮，猗重較兮；善戲謔兮，不爲虐兮。

此睹緑竹之猗青，而興懷君子之有匪也。又如《蒹葭》之詩曰：

蒹葭蒼蒼，白露爲霜。所謂伊人，在水一方。溯洄從之，道阻

① “也”，原作“兮”，今按通行本《詩經》改正。

且長。溯游從之，宛在水中央。

蒹葭萋萋，白露未晞。所謂伊人，在水之湄。溯洄從之，道阻且躋。溯游從之，宛在水中坻。

蒹葭采采，白露未已。所謂伊人，在水之涘。溯洄從之，道阻且右。溯游從之，宛在水中沚。

此睹蒹葭之蒼，白露之霜，而興懷伊人之不見也。賦易知而比興難別。比切事而興觸緒。不惟《詩》三百篇有之，其它《易》、《書》、《禮》、《春秋》亦有之。《書》之記言，《春秋》之記事，《禮》之記禮，直書所記，此辭之媲於賦者也。然《易》之《繫辭》，《乾》象雲龍，《坤》利牝馬，語多取譬；有比有興，與三百篇同矣。而音韻相和，三百篇於不規律中漸有規律，尤爲後世一切詩體之宗。而其叶韻之法有三：首句次句連用韻，而自第三句以下，隔句用韻者，如《蒹葭》及《關雎》之一章曰：

關關雎鳩韻，在河之洲韻。窈窕淑女，君子好逑韻。

是也。凡漢以下詩及唐人律、絶近體詩之首句用韻者源於此。自首至末，隔句爲韻者，如《蝃蝀》之一章二章，及《卷耳》之一章曰：

采采卷耳，不盈頃筐韻。嗟我懷人，寘彼周行韻。

是也。凡漢以下詩及唐人律、絶近體詩之首句不用韻者源於此。自首至末，句句用韻者，如《出其東門》、《相鼠》，及《卷耳》之二章、三章、四章曰：

陟彼崔嵬韻，我馬虺隤韻。我姑酌彼金罍韻，維以不永懷韻。

陟彼高岡韻，我馬玄黄韻。我姑酌彼兕觥韻，維以不永傷韻。

此章與上章爲偶。

陟彼砠韻矣。我馬瘏韻矣兩句爲偶。我僕痡韻矣。云何吁韻矣。

是也。凡漢以下詩若魏文《燕歌行》之類句句用韻源於此。自此而變，則轉韻矣。轉韻之始，亦有連用隔用之別，而不可以一體拘。於是有上下各自爲韻者，如《采薇》之一章、四章曰：

采薇采薇，薇亦作韻止。曰歸曰歸，歲亦莫韻止。靡室靡家，玁狁之故韻。不遑啓居，玁狁之故韻。

彼爾維何？維常之華韻。彼路斯何？君子之車韻。四句兩兩作偶。戎車既駕，四牡業業韻。豈敢定居，一月三捷韻。

有首末自爲一韻，中間自爲一韻者，如《車攻》之五章曰：

决拾既佽，韻。與末句柴爲韻。弓矢既調韻。調讀如同。射夫既同韻，助我舉柴韻。柴音恣。

有隔半章自爲韻者，如《生民》之卒章曰：

卬盛于豆，于豆于登韻。其香始升韻，上帝居歆韻。胡臭亶時韻？后稷肇祀韻。庶無罪悔，以迄於今韻。

有首提二韻，而下分二節承之者，如《有瞽》之詩曰：

有瞽有瞽，韻。與下虡、羽、鼓、圉、舉諸句爲韻。在周之庭。韻。與下聲、鳴、聽、成諸句爲韻。設業設虡韻，崇牙樹羽韻。應田縣鼓韻，鞉磬柷圉韻。既備乃奏，簫管備舉韻。喤喤厥聲韻，肅雝和鳴韻。先祖是聽韻。我客戾止，永觀厥成韻。

此皆詩之變格。惟是聲律之用，本於性初，發之天籟。故古人之文，化工也；自然而合於音，則雖無韻之文，而往往有韻，《易》、《書》是也。苟其不然，則雖有韻之文，而時亦不用韻，如《詩》是也。《詩》爲有韻之文，而三百篇之中，有二三句不用韻者，有全章不用韻者，亦有全篇無韻者，難更以僕數。而文則四言單行，時出儷偶，體格略與《書》同。然則後世有作，韻文多爲偶，而散文多用奇。而在三代以上，韻文不盡偶，而散文不必奇。觀《易》、《書》、《詩》三經，文章之美，凝重多出於偶，流美多出於奇。體雖駢，必有奇以振其氣；勢雖散，必有偶以植其骨。儀厥錯綜，致爲微妙已。

（丁）《禮》　殷因夏禮，損益可知。周因殷禮，損益可知。武王崩，成王少，周公乃攝行政當國，興正禮樂，制度於是改，而曲爲之防，事爲之制，故曰："禮經三百，威儀三千。"監於二代，郁郁乎文，詳六官之官屬職掌，而作《周禮》。損益前代之冠、昏、喪、祭、朝、聘、射、饗之禮而記之，名之曰《儀禮》。一王大法，一朝掌故，洪纖畢舉，條理井然。凡後世史、志、通典、通考等之作，皆此爲其權輿也。惟其辭簡質，不雜偶語韻文，與《易》、《書》、《詩》不同；則以昭書簡冊，懸布國門，猶後世律例公文，義取通俗，故不爲文也。

（戊）《春秋》　《春秋》者，魯史記之名也。記事者，以事繫日，以日繫月，以月繫時，以時繫年，年有四時，故錯舉以爲所記之名。仲尼因魯史策書成文，斷自隱公，下迄哀公十四年，十二公，據魯，親周，故殷，運之三代，約其文辭而指博，其微顯闡幽，裁成義類者，皆經國之常制，周公之垂法；約言示制，推以知例；大事書之於策，小事簡牘而已。此如後世會典之有事例，律之有例案，直書其事，記載有定式，而無取偶語韻文以厠其間，故亦與《易》、《書》、《詩》不同。

大抵文能宗經，體有六義：一則情深而不詭，二則風清而不雜，三則事信而不誕，四則義直而不回，五則體約而不蕪，六則文麗而不淫。故論説辭序，則《易》統其旨；詔策章奏，則《書》發其源；賦頌歌贊，則《詩》立其本；書志六典，則《禮》總其端；紀傳編年，則《春秋》爲根. 并窮高以樹表，極遠以啓疆，所以百家騰躍，終入環内者也。然周之衰，諸侯將逾法度，惡其害己，皆滅去其籍，自孔子時而不具。於是七十二弟子之徒，知今温古，考前代之憲章，參當時之得失，俱以所見，各記舊聞，錯綜鳩聚，《禮記》之目，於是乎在。雖標題記禮，而義貫六經，其間衆家紛紜，反覆申論；惟以單行之語，述經叙理，動輒千言，纚纚不休；此則論難之語，又於《禮》及《春秋》之外，别出一格，而以彌綸羣言，研精一理者已。

佛書三科曰經、論、律。而籀我古籍，亦不越此三者：一曰文，藻繪成文，雜以韻偶，垂之不刊，以資諷誦，如《易》、《書》、《詩》是也，是即佛書之經科。一曰語，辭有論難，義貴暢發，多用單行之語，如《禮記》之屬，是即佛書之論科也。一曰例，明法布令，語簡事賅，義取共曉，以便遵行，如《周禮》、《儀禮》及《春秋》，是即佛書之律科也。後世以降，排偶之文，皆經科也。單行之文，皆論科也。典制之文，皆律科也。故經、律、論三者，可以賅古今文體之全焉。

第三節　孔子

孔子之時，周室微而禮樂廢，詩書缺。追跡三代之禮，叙《書》傳，上紀唐虞之際，下至秦繆，編次其事，曰："夏禮，吾能言之，杞不足徵也；殷禮，吾能言之，宋不足徵也。文獻不足故也，足則吾能徵之矣。"觀殷夏所損益，曰："雖百世可知也!""周監於二代，郁郁乎文哉！吾從周。"故《書》傳、《禮記》自孔氏。孔子語魯太史："樂其可知也，始作翕如也，從之純如也，皦如也，繹如也以成。""吾自衛反魯，然後樂正，雅頌，各得其所。"古者詩三千餘篇，孔子純取周詩，上采殷，下取魯，三百五篇，孔子皆弦歌之以求合《韶》、《武》、《雅》、《頌》之音。禮樂自此可得而述，以備王道，成六藝。孔子晚而喜《易》，序《彖》、《繫》、《象》、《說卦》、《文言》，讀《易》，韋編三絶，曰："假我數年，若是我於《易》則彬彬矣。"孔子以《詩》、《書》、《禮》、《樂》教弟子，蓋三千焉，身通六藝者七十二人。子貢曰："夫子之文章，可得而聞也。夫子之言性與天道，不可得而聞也。"顔淵喟然歎曰："仰之彌高，鑽之彌堅；瞻之在前，忽焉在後。夫子循循然善誘人，博我以文，約我以禮，欲罷不能。既竭吾才，如有所立卓爾，雖欲從之，末由也已。"顔淵死，孔子曰："天喪予!"，及西狩見麟，反袂拭面，涕沾袍，曰："孰爲來哉!""吾道窮矣。""吾何以自見於後世哉!"以魯，周公之國，禮文備物，史官有法。故據行事而作《春秋》，因興以立功，敗以成罰，假日月以定歷數，藉朝聘以正禮樂。孔子在位聽訟，文辭有可與人共者，弗獨有也。至於爲《春秋》，筆則筆，削則削，子夏之徒不能贊一辭，孔子曰："後世知丘者以《春秋》，而罪丘者亦以《春秋》!"孔子以六藝題目不同，指意殊别，恐道離散，後世莫知根源，故作《孝經》以總會之，明其枝流雖分，本萌於孝者也。孔子既卒，門人相與輯而論纂，接於夫子之語，爲《論語》二十篇。蓋繼往開來，而集二帝三王文學之大成者也。而孔子之所以有造於中國文學者又有五焉。

（甲）正文字　倉頡之初作書，蓋依類象形，故謂之文；其後形聲相益，即謂之字；著於竹帛謂之書；書者，如也。以迄五帝三王之世，改易殊體，封於泰山者七十有二代，靡有同焉。及周宣王太史籀著大篆十五篇，與古文或異。至孔子將從事於刪述，則先考正文字。春秋之時，文字雖秉倉史之遺，而古之作字者多家，其文往往猶在，或相詭異。至於别國，殊體尤衆。孔子之至是邦也，必聞其政，又觀於舊史氏之藏，百二十國之書，佚文祕記，遠俗方言，盡知之矣。於是修定六經，擇其文之近雅馴者用之，而書以古文。以六經文字極博，指義萬端，間有倉史文字所未贍者，則博稽於古，不主一代；刑名從商，爵名從周之例也。春秋異國衆名，則隨其成俗曲期；物從中國，名從主人之例也。其後太史公書屢稱孔氏古文，以雖出倉史文字，而經孔子考定以書六經，則謂孔氏古文焉。子所雅言，《詩》、《書》，執禮。六經不經孔子刪定，其文不雅馴也。意孔子當日必有專論文字之書，其見引於許慎《說文》書者，如："一貫三爲王"；"推十合一爲士"；"黍可爲酒，禾入水也”；“儿，仁人也，在人下故詰屈”；“烏，盱呼也，取其助氣，故以爲烏呼”；“牛羊之字，以形舉也”；“狗，叩也，叩氣吠以守”；“視犬之字如畫狗也”；“貉之爲言惡也”；“粟之爲言續也”。如此之類，其說皆引出孔子，此孔子正文字之證。

（乙）訂詩韻　古詩皆被絃歌；詩，即樂也；故知詩爲樂心，聲爲樂體；樂以協律，詩以持志。而《詩》三百五篇，孔子皆絃歌之以求合《韶》、《武》、《雅》、《頌》之音；是所以訂《詩》之韻譜也。以三百五篇之《詩》，地涉江漢，時亘殷周，作之非一人，采之非一國，殊時異俗，其韻安能盡合？孔子皆絃歌之以求合，而於韻之未安者，則正之使合於《雅》《頌》，故曰：“樂正《雅》《頌》，各得其所。”樂正《雅》《頌》者，樂以《雅》《頌》爲正也，即所謂“求合《韶》、《武》、《雅》、《頌》之音”也。《雅》《頌》之音，宗周之正韻也，故以爲正。然則孔子未正以前，或不協於絃歌；既正以後，學者即據之爲韻譜，故《易象》、《楚辭》、秦碑、漢賦，用韻與《詩三百》合，皆以孔子爲準矣。

（丙）用虚字　上古文運初開，虚字未興，罕用語助之辭，故《書》典、謨、誓、誥，無抑揚頓挫之文，木强寡神。至孔子之文，虚字漸備。贊《易》《彖》、《象》、《繫辭》，用“者”“也”二字特多；而《論語》二十篇，其中“之”“乎”“也”“者”“矣”“焉”“哉”無不具備。渾噩之語，易爲流利之詞，作者神態畢出，此實中國文學一大進步。蓋文學之大用在表情，而虚字，則情之所由表也，文必虚字備而後神態出。

（丁）作《文言》　《文言》者，孔子之所作也。孔子以前，有言有文。直言者謂之言，修辭者謂之文。而孔子則以直言之語助，錯綜於用韻比偶之文。奇偶相生，亦時化偶爲排。特創文言一體，以贊《易》《乾》、《坤》二卦；堆垛之跡，盡化煙雲，曉暢流利，自成一格。其在《乾・文言》曰：

> 元者，善之長也。亨者，嘉之會也。利者，義之和也。貞者，事之幹也。君子體仁足以長人，嘉會足以合禮，利物足以和義，貞固足以幹事。**以上八句，四句一組，化偶爲排。**君子行此四德者，故曰：“乾，元亨利貞。”初九曰：“‘潛龍勿用’，何謂也？”子曰：“龍德而隱者也。不易乎世，不成乎名韻。**兩句偶，**遯世無悶韻；不見是而無悶；樂則行之，憂則違之**兩句偶。**確乎其不可拔，潛龍

也。”九二曰：“‘見龍在田，利見大人’，何謂也?”子曰：“龍德而正中者也。庸言之信韻，庸行之謹韻。兩句偶，閑邪存其誠韻；善世而不伐，德博而化兩句偶。《易》曰：‘見龍在田，利見大人。’君德也。”九三曰：“‘君子終日乾乾，夕惕若，厲，无咎’，何謂也?”子言曰：“君子進德修業：忠信，所以進德韻也；修辭立其誠，所以居業韻也。兩句爲偶。知至至之，可與幾韻也。知終終之，可與存義韻也。四句兩兩爲偶。是故居上位而不驕，在下位而不憂；兩句爲偶。故乾乾因其時而惕，雖危，无咎矣。”九四曰：“‘或躍在淵，无咎’，何謂也?”子曰：“上下无常，非爲邪也。進退无恒，非離羣也。四句兩兩爲偶。君子進德修業，欲及時也，故无咎。”九五曰：“‘飛龍在天，利見大人’，何謂也?”子曰：“同聲相應，同氣相求。兩句偶。水流濕，火就燥。兩句偶。雲從龍，風從虎。韻。兩句偶。聖人作而萬物覩。本乎天者親上，本乎地者親下，韻。兩句偶。則各從其類也。”上九曰：“‘亢龍有悔’，何謂也?”子曰：“貴而无位，高而无民，賢人在下位而无輔，三句排。是以動而有悔也。”潛龍勿用，下韻也。見龍在田，時舍韻也。終日乾乾，行事韻也。或躍在淵，自試韻也。飛龍在天，上治韻也。亢龍有悔，窮之災韻也。乾元用九，天下治也。潛龍勿用，陽氣潛藏。見龍在田，天下文明韻。終日乾乾，與時偕行韻。或躍在淵，乾道乃革韻。飛龍在天，乃位乎天德韻。亢龍有悔，與時偕極韻。乾元用九，乃見天則韻。乾元者，始而亨韻者也。利貞韻者，性情韻也。乾始能以美利利天下，不言所利，大矣哉！大哉乾乎！剛健中正，純粹精韻也；六爻發揮，旁通情韻也。時乘六龍，以御天也。雲行雨施，天下平韻也。君子以成德爲行，日可見之行韻也。潛之爲言也，隱而未見，行而未成兩句偶。是以君子弗用也。君子學以聚之，問以辯之，寬以居之，仁以行之排句。《易》曰：“見龍在田，利見大人。”君德也。九三，重剛而不中。上不在天，下不在田，兩句偶。故乾乾因其時而惕，雖危无咎矣。九四，重剛而不中。上不在天，下不在田，中不在人三句排。故或之。或之者，疑之也，故无咎。夫大人者，與天地合其德，與日月合其明，與四時合其序，與鬼神合其吉凶；四句排。先天而天弗違，後天而奉天時；兩句偶。天且弗違，而況於人乎，況於鬼神乎！兩句偶。亢之爲言也，知進而不知退，知存而不知亡韻，知得而不知喪韻。三句排。其惟聖人乎，知進退存亡而不失其正者，其惟聖人乎！

自孔子作《文言》以昭模式，於是孔門著書，皆用文言。子夏序《詩》以明六義，文言也；左丘明受經仲尼，著《春秋傳》，文言也；有子、曾子之門人，記夫子語，成《論語》一書，亦文言也；《禮記》有《檀弓》、《禮運》兩篇，皆子游之門人所記，亦文言也。時春秋百二十國，孔門弟子三千，所占國籍不少，言語異聲，文字異形，如使人人各操國語著書，徵之載記，齊語魯語，已形扞格，更何論南蠻鴃舌，如所稱吴楚諸國。故曰："言之無文，行而不遠。"此孔子於《易》所以著《文言》之篇，而昭弟子式者歟。蓋自孔子作《文言》，而後中國文章之規模具也。文言者，折衷於文與言之間。在語言，則去其方音俚俗，而力求簡潔，而於文，則取其韻語偶儷，而不爲典重。音韻鏗鏘以爲節，語助吟歎以抒情，流利散朗，蘄於辭達而已。後世議論敘述之文，胥仍其體。自文言而益藻密，則爲齊梁之駢體。自文言而益疏縱，則爲唐宋之古文。此其大較也。

（戊）編總集　古者詩三千餘篇，及至孔子去其重，《關雎》以爲《風》始，《鹿鳴》，《小雅》始，《文王》，《大雅》始；《清廟》，《頌》始。三百五篇，厥爲詩之第一部總集。又刪虞、夏、商、周四代之典，爲《尚書》百篇；所以宣王道之正義，發話言於臣下，故其所載皆典、謨、訓、誥、誓、命之文，厥爲文之第一部總集。則是總集之編，導源《詩》《書》，而出於孔子者也。惟《詩》者，風、雅、頌以類分；而《書》則虞、夏、商、周以代次。則是《詩》者，開後世總集類編之先河；而《書》則爲後世總集代次之權輿焉。

子以四教，而文居首，及游夏并稱文學之彦；而子夏發明章句，開漢代經學之祖。懿歟休哉，此所以爲六藝之宗，稱百世之師歟！

第四節　左丘明

孔子明王道，論史記舊聞，興於魯而次《春秋》，所貶損大人，當世君臣，有威權勢力。約其辭文。七十子之徒，口受其傳指，爲有所刺譏褒諱挹損之文辭，不可以書見也。魯君子左丘明懼弟子人人異端，各安其意，失其真，故論本事而作傳，明夫子不以空言説經也。故傳或先經以始事，故後經以終義，或依經以辯理，或錯經以合異，隨義而發其例之所重。舊史遺文，略不盡舉，非聖人所修之要故也。身爲國史，躬覽載籍，必廣記而備言之；紛者整之，孤者輔之，板者活之，直者婉之，俗者雅之，枯者腴之，剪裁運化之方，斯爲大備。《春秋》文見於此，而起義在彼，左丘明能窺其祕，故其爲文虛實互藏，兩在不測，信聖人之羽翮，而述者之冠冕也。至文章之雄麗，從容委曲，詞不迫切，而意獨深至。反復低昂，辭氣鏗訇，使人精神振發，興趣悠長。以采自列國史書，故其文有方言。又喜引《詩》《書》之辭，其文整齊，故多偶句；薄物細故，無不窮態盡妍；浮夸，尤喜説鬼，怪怪奇奇。而叙戰事，紛紛錯綜，能令百世之下，頗見本末。試舉數事以見例。

北戎侵鄭，鄭伯禦之，患戎師。曰："彼徒我車，懼其侵軼我也。"公子突曰："使勇而無剛者，嘗寇而速去之。君爲三覆以待之。戎輕而不整，貪而無親，勝不相讓，敗不相救。先者見獲，必務進，進而遇覆，必速奔。後者不救，則無繼矣。乃可以逞。"從之。戎人之前遇覆者奔。祝聃逐之，衷戎師，前後擊之，盡殪。戎師大奔。十一月甲寅，鄭人大敗戎師。隱九年傳

宋華父督見孔父之妻於路，目逆而送之，曰："美而艷！"二年春，宋督攻孔氏，殺孔父而取其妻。公怒，督懼，遂弑殤公。君子以督爲有無君之心而後動於惡，故先書弑其君。經書宋督弑其君與夷及其大夫孔父。會于稷，以成宋亂。爲賂故，立華氏也。宋殤公立，十年十一戰，民不堪命。孔父嘉爲司馬。督爲大宰，故因民之不堪命，先宣言曰："司馬則然。"桓二年傳

晉侯夢大厲，被髮及地，搏膺而踴曰："殺余孫不義。余得請於帝矣！"壞大門及寢門而入。公懼，入于室。又壞户。公覺，召桑田巫。巫言如夢。公曰："何如？"曰："不食新矣。"公疾病，求醫於秦。秦伯使醫緩爲之。未至，公夢疾爲二豎子，曰："彼，良醫也；懼傷我，焉逃之？"其一曰："居肓之上，膏之下；若我何？"醫至，曰："疾不可爲也。在肓之上，膏之下。攻之不可，達之不及，藥不至焉，不可爲也。"公曰："良醫也。"厚爲之禮而歸之。

六月，晉侯欲麥，使甸人獻麥，饋人爲之。召桑田巫，示而殺之。將食，張，如厠，陷而卒。**成十年傳**

宋人或得玉，獻諸子罕。子罕弗受。獻玉者曰："以示玉人，玉人以爲寶也，故敢獻之。"子罕曰："我以不貪爲寶，爾以玉爲寶。若以與我，皆喪寶也，不若人有其寶。"稽首而告曰："小人懷璧，不可以越鄉；納此，以請死也。"子罕寘諸其里，使玉人爲之攻之，富而後使復其所。**襄十五年傳**

公薨之月，子産相鄭伯以如晉。晉侯以我喪故，未之見也。子産使盡壞其館之垣而納車馬焉。士文伯讓之曰："敝邑以政刑之不修，寇盜充斥，無若諸侯之屬辱在寡君者何？是以令吏人完客所館，高其閈閎，厚其墻垣，以無憂客使。今吾子壞之。雖從者能戒，其若異客何？以敝邑之爲盟主，繕完葺牆以待賓客。若皆毁之，其何以共命？寡君使匄請命。"對曰："以敝邑褊小，介於大國，誅求無時，是以不敢寧居，悉索敝賦以來會時事。"逢執事之不閒，而未得見；又不獲聞命，未知見時，不敢輸幣，亦不敢暴露。其輸之，則君之府實也；非薦陳之，不敢輸也。其暴露之，則恐燥溼之不時而朽蠹，以重敝邑之罪。

"僑聞文公之爲盟主也，宫室卑庳，無觀臺榭；以崇大諸侯之館，館如公寢。庫廐繕脩，司空以時平易道路，圬人以時塓館宫室。諸侯賓至：甸設庭燎，僕人巡宫，車馬有所，賓從有代；巾車脂轄，隸人牧圉各瞻其事，百官之屬，各展其物。公不留賓，而亦無廢事；憂樂同之，事則巡之；教其不知，而恤其不足。賓至如歸，無寧菑患，不畏盜寇，而亦不患燥溼。今銅鞮之宫數里，而諸侯舍於隸人，門不容車，而不可踰越；盜賊公行，而夭癘不戒。賓見無時，命不可知，若又勿壞，是無所藏幣以重罪也。敢請執事將何以命之？雖君之有魯喪，亦敝邑之憂也。若獲薦幣，修垣而行，君之惠也。敢憚勤勞。"文伯復命。

趙文子曰："信。我實不德，而以隸人之垣以贏諸侯，是吾罪也。"使士文伯謝不敏焉。晉侯見鄭伯有加禮，厚其宴好而歸之。乃築諸侯之館。叔向曰："辭之不可以已也如是夫！子産有辭，諸

侯賴之，若之何其釋辭也！”襄三十一年傳

楚公子圍聘于鄭，且娶于公孫段氏。伍舉爲介。將入館，鄭人惡之。使行人子羽與之言，乃館於外。既聘，將以衆逆。子産患之，使子羽辭曰：“以敝邑褊小，不足以容從者，請墠聽命。”令尹命大宰伯州犂對曰：“君辱貺寡大夫圍，謂圍將使豐氏撫有而室。圍布几筵，告于莊、共之廟而來。若野賜之，是委君貺於草莽也，是寡大夫不得列於諸卿也；不寧唯是，又使圍蒙其先君，將不得爲寡君老。其蔑以復矣。唯大夫圖之。”子羽曰：“小國無罪，恃實其罪。將恃大國之安靖已，而無乃包藏禍心以圖之？小國失恃，而懲諸侯，使莫不憾者，距違君命而有所壅塞不行是懼。不然，敝邑，館人之屬也，其敢愛豐氏之祧！”伍舉知其有備也，請垂櫜而入。許之。正月，乙未，入逆而出，遂會於虢。昭元年傳

鄭徐吾犯之妹美，公孫楚聘之矣。公孫黑又使强委禽焉。犯懼，告子産。子産曰：“是國無政，非子之患也。唯所欲與。”犯請于二子，請使女擇焉。皆許之。子皙盛飾入，布幣而出。子南戎服入，左右射，超乘而出。女自房觀之曰：“子皙信美矣。抑子南夫也。夫夫婦婦，所謂順也。”適子南氏。子皙怒；既而櫜甲以見子南，欲殺之而娶其妻。子南知之，執戈逐之，及衝，擊之以戈。子皙傷而歸，告大夫曰：“我好見之，不知其有異志也，故傷。”大夫皆謀之。子産曰：“直鈞。幼賤有罪，罪在楚也。”乃執子南而數之曰：“國之大節有五，女皆奸之：畏君之威，聽其政，尊其貴，事其長，養其親，五者所以爲國也。今君在國，女用兵焉，不畏威也。奸國之紀，不聽政也。子皙，上大夫，女嬖大夫，而弗下之，不尊貴也。幼而不忌，不事長也。兵其從兄，不養親也。君曰：‘余不女忍殺，宥女以遠。’勉速行乎，無重而罪！”五月，庚辰，鄭放游楚於吳。昭元年傳

其文緩，其旨遠；將令學者原始要終，尋其枝葉，究其所窮；優而柔之，使自求之；饜而飫之，使自趨之；若江海之浸，膏澤之潤，涣然冰釋，怡然理順，然後爲得也。

左丘明既爲《春秋内傳》，又稽其逸文，纂其別説。分周、魯、齊、

晉、鄭、楚、吴、越八國事，起自周穆王，終於魯悼公。别爲《春秋外傳》，即《國語》，合爲二十一篇。其事以方内傳，或重出而小異。而其體則《左傳》以經編年，《國語》以國分部，體制不同。《國語》以國爲分，蓋本《詩》之十五《國風》；然《國風》爲有韻之詩，而《國語》則無韻之文也。大抵周魯多掌故，齊多制，晉越多謀；文之佳者，深閎傑異；不同《左傳》之從容委曲，而《越語》尤奇峻。然亦有委靡繁絮，不能振起者；不如《左傳》之婉而成章，鎔鑄如出一手；其辭多枝葉，蓋由當時列國之史，材有厚薄，學有淺深，故不能醇一耳。或説："丘明之傳《春秋》也，蓋先采集列國之史，國别爲語；旋獵其英華，作《春秋傳》。而先所采集之語，草稿具存，時人共傳習之，號曰《國語》；殆非丘之所欲出也。"

第五節　諸子

三代之文奥，六經是也。春秋之辭緩，《論語》、《左氏傳》是也。戰國之氣激，諸子、《國策》、《楚辭》是也。獨《老子》冠時獨出，爲諸子之祖；薄仁義，貴道德，與孔子異趣；而文章安雅，語約而有餘於意，其味黯然而長，其光油然而幽，排偶之辭，而出於俯仰揖讓，不爲巉刻斬絶之言，與《論語》同。其文不以放縱爲高，則以時代相同也。試互勘以爲況：

> 載營魄抱一，能無離乎？專氣致柔，能嬰兒乎？滌除玄覽，能無疵乎？愛民治國，能無知乎？天門開闔，能爲雌乎？明白四達，能無爲乎？以上《老子》
>
> 子曰："學而時習之，不亦説乎！有朋自遠方來，不亦樂乎！人不知而不愠，不亦君子乎！"以上《論語》
>
> 天下皆知美之爲美，斯惡已。皆知善之爲善，斯不善已。故有無相生，難易相成，長短相較，高下相傾，音聲相和，前後相隨。是以聖人處無爲之事，行不言之教；萬物作焉而不辭，生而不有，爲而不恃，功成而弗居。夫唯弗居，是以不去。以上《老子》
>
> 子曰："聖人，吾不得而見之矣；得見君子者，斯可矣。善人，吾不得而見之矣；得見有恒者，斯可矣。亡而爲有，虚而爲盈，約而爲泰，難乎有恒矣！"以上《論語》

視之不見名曰夷，聽之不聞名曰希，搏之不得名曰微。此三者不可致詰，故混而爲一。以上《老子》

子曰："視其所以，觀其所由，察其所安。人焉廋哉？人焉廋哉？"以上《論語》

天地不仁，以萬物爲芻狗。聖人不仁，以百姓爲芻狗。以上《老子》

子曰："君子上達，小人下達。"以上《論語》

我有三寶，持而保之：一曰慈，二曰儉，三曰不敢爲天下先。慈，故能勇；儉，故能廣；不敢爲天下先，故能成器長。以上《老子》

孔子曰："君子有三畏：畏天命，畏大人，畏聖人之言。小人不知天命，而不畏也；狎大人；侮聖人之言。"以上《論語》

信言不美，美言不信。以上《老子》

子曰："君子和而不同，小人同而不和。"以上《論語》

如此之類，未可以更僕終。老子，李氏，名耳，字聃，周守藏室之史也。孔子適周，嘗問禮焉。而或者好爲奇論，乃謂《老子》書疑出戰國，而與《論語》、《左氏傳》辭氣不倫。《老子》書與《論語》之非辭氣不倫，則既然矣；而所爲不同於《左氏傳》者：辭以簡雋稱美，不如《左氏傳》之以曲暢爲肆；意以微妙見深，不如《左氏傳》之以淨夸爲奇。若其文緩而旨遠，餘味曲包，則固與《左氏傳》如出一轍者也。《左氏傳》耐人誦，《老子》書耐人思。

老子言："以正治國，以奇用兵。"春秋之末，齊人有孫子武者能闡其義以著十三篇，而爲兵家之祖，極奇正之變，而歸之於道；深切喜往復，其旨不乖於孔子。子路問於孔子曰："子行三軍則誰與？"子曰："暴虎馮河，死而無悔者，吾不與也。必也臨事而懼，好謀而成者也。"孫子論兵，則先計而後戰，而開宗明義以發之於《計篇》曰：

孫子曰："兵者，國之大事，死生之地，存亡之道，不可不察也。故經之以五事，校之以計而索其情：一曰道，二曰天，三曰地，四曰將，五曰法。道者，令民與上同意也；故可與之死，可與之生，而民不畏危。天者，陰陽，寒暑，時制也。地者，遠近，險易，廣狹，死生也。將者，智，信，仁，勇，嚴也。法者，曲制官道，主用也。凡此五者，將莫不聞；知之者勝，不知者不勝。故校之以計而索其情曰：主孰有道？將孰有能？天地孰得？法令孰行？兵衆孰强？士卒孰練？賞罰孰明？吾以此知勝負矣！將聽吾計，用之必勝；留之。將不聽吾計，用之必敗；去之。計利以聽，乃爲之勢以佐其外；勢者，因利而制權也。

兵者，詭道也；故能而示之不能，用而示之不用；近而示之遠；遠而示之近；利而誘之，亂而取之，實而備之，强而避之，怒而撓之，卑而驕之，佚而勞之，親而離之，攻其無備，出其不意；此兵家之勝，不可先傳也。夫未戰而廟算勝者，得算多也。未戰而廟算不勝者，得算少也。多算勝，少算不勝，而況於無算乎？吾以此觀之，勝負見矣。"

孫子以兵法見於吴王闔閭，卒以爲將，西破强楚，入郢；北威齊晉，顯名諸侯，孫子與有力焉。或以其人不見《春秋左氏傳》，而疑十三篇後人僞託。然余誦其文，抑揚爽朗，而參排句以利機勢，用語助以盡頓挫。首尾秩然，有倫有脊，遣言措意，似《大學》、《中庸》，抑亦衍孔子《文言》之體，而與七十二弟子之徒相類，切近的當而不爲濫漫恣肆。則固斷乎其爲春秋之作者，而不同於戰國之諸子也。

戰國諸子，當以莊子爲首出。

莊子名周，與梁惠王、齊宣王同時；其學無所不窺，然其要本歸於老子之言；而寓真於誕，寓實於玄，以謬悠之説，荒唐之言，無端崖之辭，時恣縱而不儻，不以觭見之也；以天下爲沈濁，不可與莊語，以卮言爲曼衍，以重言爲真，以寓言爲廣；獨與天地精神往來，而不敖倪於萬物，不譴是非以與世俗處；其書雖瓌瑋而連犿，無傷也。其言洸洋自恣以適己。其在《逍遥遊》曰：

北冥有魚，其名爲鯤。鯤之大，不知其幾千里也。化而爲鳥，其名爲鵬。鵬之背，不知其幾千里也；怒而飛，其翼若垂天之雲。是鳥也，海運則將徙於南冥。南冥者，天池也。《齊諧》者，志怪者也。《諧》之言曰："鵬之徙於南冥也，水擊三千里，摶扶摇而上者九萬里，去以六月息者也。"野馬也，塵埃也，生物之以息相吹也。天之蒼蒼，其正色耶？其遠而無所至極耶？其視下也，亦若是則已矣。且夫水之積也不厚，則其負大舟也無力。覆杯水於坳堂之上，則芥爲之舟，置杯焉則膠，水淺而舟大也。風之積也不厚，則其負大翼也無力；故九萬里，則風斯在下矣。而後乃今培風，背負青天而莫之夭閼者，而後乃今將圖南。蜩與學鳩笑之曰："我决起而飛，槍榆枋。時則不至而控於地而已矣。奚以之九萬里而南爲！"適莽蒼者，三飡而反，腹猶果然。適百里者，宿舂糧。適千里者，三月聚糧。之二蟲又何知？小知不及大知，小年不及大年。奚以知其然也？朝菌不知晦朔，蟪蛄不知春秋，此小年也。楚之南有冥靈者，以五百歲爲春，五百歲爲秋。上古有大椿者，以八千歲爲春，八千歲爲秋。而彭祖乃今以久特聞，衆人匹之，不亦悲乎！

湯之問棘也是已：窮髮之北有冥海者，天池也。有魚焉，其廣數千里，未有知其修者，其名爲鯤。有鳥焉，其名爲鵬，背若泰山，翼若垂天之雲，摶扶搖羊角而上者九萬里，絶雲氣，負青天，然後圖南，且適南冥也。斥鴳笑之曰："彼且奚適也？我騰躍而上，不過數仞而下，翺翔蓬蒿之間，此亦飛之至也。而彼且奚適也？"此小大之辨也。故夫知效一官，行比一鄉，德合一君而徵一國者，其自視也亦若此矣。而宋榮子猶然笑之。且舉世譽之而不加勸，舉世非之而不加沮。定乎内外之分，辨乎榮辱之境。斯已矣，彼其於世未數數然也。雖然，猶有未樹也。夫列子御風而行，泠然善也，旬有五日而後反，彼於致福者，未數數然也。此雖免乎行，猶有所待者也。若夫乘天地之正，而御六氣之辯，以遊無窮者，彼且惡乎待哉！故曰："至人無己，神人無功，聖人無名。"

故其著書十餘萬言，大抵率寓言也。作《漁父》、《盗跖》、《胠篋》，以詆訾孔子之徒，以明老子之術。畏累虚、亢桑子之屬，皆空語無事實；然其屬書離辭，指事類情，用剽剥儒墨；雖當世宿學，不能自解免也。其辭雖參差而諔詭可觀。

孟子，鄒人也；名軻，魯公族孟孫之後也。生有淑質，師孔子之孫子思，治儒術之道；通五經，尤長於《詩》、《書》。道既通，游事齊宣王，宣王不能用；適梁，梁惠王不果所言，則見以爲迂闊而遠於事情。天下方務於合從連横，以攻伐爲賢；而孟軻乃述唐虞三代之德，是以所如者不合；

退而與萬章之徒，序《詩》、《書》，述仲尼之意，作《孟子》七篇，包羅天地，揆敘萬類，以浩然之氣，發仁義之言；無心於文，而開闢抑揚，高談雄辯，曲盡其妙；終而又曰："予豈好辯哉，予不得已也。"一縱一橫，論者莫當。嘗應彭更以自明志曰：

彭更問曰："後車數十乘，從者數百人，以傳食於諸侯，不以泰乎？"孟子曰："非其道，則一簞食不可受於人。如其道，即舜受堯之天下，不以爲泰；子以爲泰乎？"曰："否，士無事而食，不可也。"曰："子不通功易事，以羡補不足，則農有餘粟，女有餘布。子如通之，則梓匠輪輿，皆得食於子。於此有人焉，入則孝，出則弟，守先王之道，以待後之學者，而不得食於子。子何尊梓匠輪輿而輕爲仁義者哉？"曰："梓匠輪輿，其志將以求食也。君子之爲道也，其志亦將以求食與？"曰："子何以其志爲哉；其有功於子，可食而食之矣。且子食志乎？食功乎？"曰："食志。"曰："有人於此，毀瓦畫墁，其志將以求食也；則子食之乎？"曰："否。"曰："然則子非食志也，食功也。"

儒者之文，至《孟子》而極跌宕頓挫之妙。道家之文，至《莊子》而盡蕩逸飛揚之致。蓋莊子之學，出於老子，而解散辭體，出以疏縱；猶孟子之學，出於孔子，而解散辭體，發爲雄肆；其揆一也。辭氣激宕，消息世運；文章之變，蓋至此極。孔老之文，雍容渾穆，如天閑良驥，魚魚雅雅，自中節度。而孟莊則神鋒四出，如千金駿足，飛騰飄瞥，驀澗躍波；雖皆極天下之選，而以德以力，則略有間矣。然孟與莊又自不同。蓋孟文開闔變化，莊更益以縹渺；孟文光輝發越，莊又出以詼詭。莊生玄而入幻，孟子正而不譎。其大較也。

荀卿，趙人，年五十，始來遊學於齊。齊襄王時，而荀卿最爲老師。孟子者亦大儒，以人之性善。荀卿後孟子百餘年，荀卿以爲人性惡，故非孟子以作《性惡》一篇。荀卿善爲《詩》、《禮》、《易》、《春秋》，尤精言禮；行應繩墨，安貧賤。荀卿卒不用於世，疾濁世之政，亡國亂君相屬，不遂大道，而營於巫祝，信禨祥，鄙儒小拘。如莊周等，又滑稽亂俗。於是推儒墨道德之行事興壞，序列著三十二篇。其《勸學篇》曰：

積土成山，風雨興焉。積水成淵，蛟龍生焉。積善成德而神明自得，聖心備焉。故不積蹞步，無以至千里；不積小流，無以成江海。騏驥一躍，不能十步；駑馬十駕，功在不舍。鍥而舍之，朽木不折；鍥而不舍，金石可鏤。螾無爪牙之利、筋骨之强，上食埃土，下飲黄泉，用心一也；蟹六跪而二螯，非蛇蟺之穴無可寄託者，用心躁也。是故無冥冥之志者，無昭昭之明；無惛惛之事者，無赫赫之功。行衢道者不至，事兩君者不容。目不能兩視而明，耳不能兩聽而聰。螣蛇無足而飛，梧鼠五技而窮。《詩》曰："尸鳩在桑，其子七兮。淑人君子，其儀一兮。其儀一兮，心如結兮。"故君子結於一也。

其爲文章靈警不如莊生，雄肆亦遜孟子；而體裁綺密，出之以鏗鏘鼓舞，又是一格。然氣亦激矣。敷陳往古，掎挈當時，又託於《成相》以喻意曰：

請成相：世之殃：愚闇愚闇墮賢良；人主無賢，如瞽無相何倀倀！請布基，慎聖人。愚而自專事不治；主忌苟勝，羣臣莫諫必逢災。論臣過，反其施，尊主安國尚賢義。拒諫飾非，愚而上同國必禍。曷謂罷？國多私，比周還主黨與施。遠賢近讒，忠臣蔽塞主勢移。曷謂賢？明君臣，上能尊主愛下民。主誠聽之，天下爲一海内賓。主之孽，讒人達，賢能遁逃國乃蹶。愚以重愚，闇以重闇成爲桀。

詞賦亦自名家，立言指事，根極理要。然體物寫志有餘，鋪采摛文不足，此所以爲儒也。特其一以隱語，一以意答，五賦一格，殊少變化。録《賦篇》之卒章曰：

天下不治，請陳佹詩。天地易位，四時易鄉。列星隕墜，旦暮晦盲。幽晦登昭，日月下藏。公正無私，反見從横。志愛公利，重樓疏堂。無私罪人，憼革貳兵。道德純備，讒口將將。仁人絀約，敖暴擅强。天下幽險，恐失世英。螭龍爲蝘蜓，鴟梟爲鳳凰。比干見刳，孔子拘匡。昭昭乎其知之明也，郁郁乎其遇時之不祥也；拂乎其欲禮義之大行也，闇乎天下之晦盲也。皓天不復，憂無疆也。千歲必反，古之常也。弟子勉學，天不忘也。聖人拱手，時幾將矣。與愚以疑，願聞反辭。其《小歌》曰：念彼遠方，何其塞矣。仁人絀約，暴人衍矣。忠臣危殆，讒人服矣。琁玉瑶珠，不知佩

> 也。雜布與錦，不知異也。閭娵子奢，莫之媒也。嫫母力父，是之喜也。以盲爲明，以聾爲聰，以危爲安，以吉爲凶。嗚呼上天，曷維其同！

至誠惇悋，頗有惻隱古詩之意。而促節急絃，慨當以慷，以視三百篇之温柔敦厚者殊矣。

韓非者，韓之諸公子也；喜刑名法術之學，而其歸本於黄老。非爲人口吃，不能道説，而善著書，與李斯俱事荀卿，斯自以爲不如。非見韓之削弱，數以書諫韓王，韓王不能用。於是韓非疾治國不務修明其法制，執勢以御其臣下，富國强兵，而以求人任賢；反舉浮淫之蠹，而加之於功實之上。以爲："儒者用文亂法，而俠者以武犯禁。寬則寵名譽之人，急則用介胄之士。今者所養非所用，所用非所養。"悲廉直不容於邪枉之臣，觀往者得失之變，故作《孤憤》、《五蠹》、《内外儲》、《説林》、《説難》十餘萬言。其《五蠹篇》曰：

> 今有不才之子，父母怒之弗爲改，鄉人譙之弗爲動，師長教之弗爲變。夫以父母之愛，鄉人之行，師長之智，三美加焉而終不動其脛毛，不改。州部之吏，操官兵，推公法，而求索奸人。然後恐懼，變其節，易其行矣。故父母之愛，不足以教子，必待州部之嚴刑者，民固驕於愛，聽於威矣。故十仞之城，樓季弗能逾者，峭也。千仞之山，跛牂易牧者，夷也。故明主峭其法而嚴其刑也。布帛尋常，庸人不釋。鑠金百鎰，盜跖不掇。不必害，則不釋尋常。必害手，則不掇百鎰。故明主必其誅也。是以賞莫如厚而信，使民利之。罰莫如重而必，使民畏之。法莫如一而固，使民知之。故主施賞不遷，行誅無赦；譽輔其賞，毁隨其罰，則賢不肖俱盡其力矣。……故明主用其力，不聽其言；賞其功，必禁無用；故民盡死力以從其上。
>
> 夫耕之用力也勞，而民爲之者，曰可得以富也。戰之爲事也危，而民爲之者，曰可得以貴也。今修文學，習言談，則無耕之勞，而有富之實；無戰之危，而有貴之尊，則人孰不爲也。是以百人事智，而一人用力。事智者衆，則法敗。用力者寡，則國貧。此世之所以亂也。故明主之國，無書簡之文，以法爲教；無先王之

語，以吏爲師；無私劍之捍，以斬首爲勇。是境内之民，其言談者必軌於法，動作者歸之於功，爲勇者盡之於軍。是故無事則國富，有事則兵强，此之謂王資。

生平惡文學之士而貴耕戰。然其著書，則文理整贍，而曲折頓挫，百態千狀，博辯明透，少傷慘礉；其爲《内、外儲説》，古以爲連珠之體所肇；迨漢《淮南・説山》，實首模效之，揚雄、班固乃約其體而爲《連珠》矣。

大抵儒家重實際，其文多平實。道家主想像，其文多超逸。法家尚深刻，其文多峭峻。此外如墨家之文質，名家、小説家之文瑣，農家之文鄙，雜家之文駁，譬之自鄶，弗欲觀已。然兵家如《吴子》之平實，雜家如《吕氏春秋》之博麗，略其大體，舉其一鱗一爪，亦往往非後世所可及。

諸子文章之不同於六經者辭氣，而不能脱其窠臼者，則文、語、例三者之體制。大抵韻偶者謂之文，論難者謂之語，發凡者謂之例。《老子》及《荀子・成相篇》、《賦篇》，皆屬於文者也。《孫》、《莊》、《孟》、《荀》、《韓》，皆屬於語者也。《墨子・經》上下篇，《韓非・内、外儲説》，皆屬於例者也。

第六節　屈原　宋玉

屈原者，名平，楚之同姓也；博聞强志，嫻於辭令；遭懷王，憂讒畏譏，乃幽思冥索，作《離騷》、《九歌》、《天問》、《九章》、《遠游》、《卜居》、《漁父》二十五篇，導源古詩，另闢門徑，名曰《楚辭》。平既遭際困窮，故多侘傺噫鬱之音。然託陳引喻，點染幽芬，於煩亂瞀擾之中，具悃款悱惻之旨，得《三百篇》之遺音，爲辭賦之鼻祖。惟擴展詩體，特出以激楚。《詩》三百篇，四言爲多，節短而勢不險。而《離騷》則長言永歎，辭繁而調益促，此其不同也。又體物寫志，語多比興，讀者睹其麗辭，罕會英旨。其《山鬼篇》《九歌》之一曰：

若有人兮山之阿，被薜荔兮帶女蘿。既含睇兮又宜笑，子慕予兮善窈窕。乘赤豹兮從文狸。辛夷車兮結桂旗。被石蘭兮帶杜衡，折芳馨兮遺所思。余處幽篁兮終不見天，路險難兮獨後來。表獨立兮山之上，雲容容兮而在下。杳冥冥兮羌晝晦，東風飄兮神靈雨。

留靈修兮憺忘歸，歲既晏兮孰華予。采三秀兮於山間，石磊磊兮葛蔓蔓。怨公子兮悵忘歸，君思我兮不得閒。山中人兮芳杜若，飲石泉兮蔭松柏。君思我兮然疑作。雷填填兮雨冥冥，猿啾啾兮狖夜鳴。風颯颯兮木蕭蕭，思公子兮徒離憂。

又假主客之辭，託爲《卜居》以見意曰：

屈原既放三年，不得復見，竭智盡忠，蔽鄣於讒，心煩意亂，不知所從，乃往見太卜鄭詹尹曰："余有所疑，願因先生决之。"詹尹乃端策拂龜曰："君將何以教之？"屈原曰："吾寧悃悃款款，朴以忠乎？將送往勞來，斯無窮乎？寧誅鋤草茅以力耕乎？將遊大人以成名乎？寧正言不諱以危身乎？將從俗富貴以偷生乎？寧超然高舉以保真乎？將哫訾栗斯，喔咿嚅唲以事婦人乎？寧廉潔正直以自清乎？將突梯滑稽，如脂如韋以潔楹乎？寧昂昂若千里之駒乎？將氾氾若水中之鳧乎？與波上下，偷以全吾軀乎？寧與騏驥抗軛乎？將隨駑馬之跡乎？寧與黄鵠比翼乎？將與鷄鶩争食乎？此孰吉孰凶？何去何從？世溷濁而不清！蟬翼爲重，千鈞爲輕；黄鍾毁棄，瓦釜雷鳴；讒人高張，賢士無名。吁嗟嘿嘿兮，誰知吾之廉貞！"詹尹乃釋策而謝曰："夫尺有所短，寸有所長；物有所不足，智有所不明；數有所不逮，神有所不通。用君之心，行君之意，龜策誠不能知此事。"

意出塵外，怪生筆端，文境之縹渺詼詭。就《離騷》而論，屈原略與莊生相似；惟原以激楚之韻文，而莊以雋逸之散文耳。不善讀者疑爲於此於彼，恍惚無定；不知國手置棋，觀者迷離，置者明白。然縹渺雖同，而意趣不一。有路可走，卒歸於無路可走；如屈子所謂"登高吾不説，入下吾不能"是也。無路可走，卒歸於有路可走，如莊生所謂"今子有五石之瓠，何不慮以爲大樽，而浮於江湖"，"今子有大樹，何不樹之於無何有之鄉、廣莫之野"是也。而二子之書之全旨，亦可以此概之。

屈原既死，楚有宋玉、唐勒、景差之徒，皆好辭而以賦見稱，然皆祖屈之從容辭令，而宋玉爲著。其爲《登徒子好色賦》曰：

大夫登徒子侍於楚王，短宋玉曰："玉爲人體貌閑麗，口多微辭；又性好色。願王勿與出入後宫。"王以登徒子之言問宋玉。玉

> 曰：“體貌閑麗，所受於天也。口多微辭，所學於師也。至於好色，臣無有也。”王曰：“子不好色，亦有説乎？有説則止，無説則退。”玉曰：“天下之佳人，莫若楚國。楚國之麗者，莫若臣里，臣里之美者，莫若臣東家之子。東家之子：增之一分則太長，减之一分則太短；著粉則太白，施朱則太赤；眉如翠羽，肌如白雪；腰如束素，齒如含貝；嫣然一笑，惑陽城，迷下蔡。然此女登牆窺臣三年，至今未許也。登徒子則不然：其妻蓬頭攣耳，齞脣歷齒；旁行踽僂，又疥且痔。登徒子悦之，使有五子。王孰察之，誰爲好色者矣？”
>
> 是時秦章華大夫在側，因進而稱曰：“今夫宋玉盛稱鄰之女以爲美色愚亂之邪？臣自以爲守德謂不如彼矣。且夫南楚窮巷之妾，焉足爲大王言乎？若臣之陋，目所曾睹者，未敢云也。”王曰：“試爲寡人説之。”大夫曰：“唯唯。臣少曾遠遊，周覽九土，足歷五都，出咸陽，熙邯鄲，從容鄭、衛、溱、洧之間。是時，向春之末，迎夏之陽；鶬鶊喈喈，羣女出桑。此郊之姝，華色含光。體美容冶，不待飾裝！臣觀其麗者，因稱詩曰：‘遵大路兮攬子袪。’贈以芳華，辭甚妙。於是處子怳若有望而不來，忽若有來而不見；意密體疏，俯仰異觀，含喜微笑，竊視流眄，復稱詩曰：‘寤春風兮發鮮榮，潔齋俟兮惠音聲。贈我如此兮不如無生！’因遷延而辭避。蓋徒以微辭相感動，精神相依憑。目欲其顔，心顧其義，揚詩守禮，終不過差；故足稱也！”於是楚王稱善。宋玉遂不退。

按登徒，姓也；子者，男子之通稱。《戰國策》曰：“孟嘗君出行國，至楚，獻象牀，郢之登徒，直使送之。”意楚王之侍從，而賦假以爲辭，諷於淫也。辭意胎自《詩》三百，而采之《鄭風》者爲多，以託諭於溱洧之間也。溱、洧，鄭二水名。《鄭風·溱洧》之詩曰：“維士與女，伊其相謔，贈之以芍藥。”《詩大序》曰：“變風發乎情，止乎禮義。”賦之所爲取意也。故卒之曰：“蓋徒以微辭相感動，精神相依憑。目欲其顔，心顧其義，揚詩守禮，終不過差。”以明作者之旨，崇精神之契合，葆女貞之潔清，與所作《神女賦》末歸重“自持不可犯干”者，同一用意；比於《國風》好色而不淫者也。至“遵大路兮攬子袪”，既明襲鄭詩《遵大路》之辭《鄭風·遵大路》曰：“遵大路兮摻執子之袪兮。”而“贈以芳華辭甚妙”，尤暗偷溱洧贈芍之意。“鶬鶊喈喈”，取語《小雅》《小雅・出車》。“羣女出桑”，亦采《豳風》。斯尤鑿鑿有據。惟風人發以永言之歌詩，而玉則託之主客之酬對耳。玉賦好色而歸之揚詩守禮，而《釣賦》則稱堯、舜、禹、湯以聖賢爲竿，道德爲綸，仁義爲鈎，禄利爲餌，四海爲池，萬民爲魚。至於《九辯》，乃曰：“獨耿介而不隨兮，願慕先聖之遺教。處濁世而顯榮兮，非予心之所樂。與其無義而有名兮，寧窮處而守高。食不偷而爲飽兮，衣不苟而爲温。竊慕詩人之遺風兮，願託志乎素餐。”觀其游文六藝，留意仁義，蓋同於荀卿之儒；而骨氣奇高，辭采華茂，新麗頓挫，自勝荀卿之平典。蓋荀卿規旋以矩步，故倫序而寡狀。宋玉騰茂以蜚英，斯卓犖而爲傑矣！所作《登徒子好色賦》及《風賦》、《高唐賦》、《神女賦》、《九辯》、《招魂》，其殊勝者。香草美人，朗麗以哀志，其原蓋出屈原；而變化以促節激絃，錯綜震盪，不如屈原之哀怨纏綿，使人味之，亹亹不倦。後人乃裒屈原、宋玉、景差之作，以爲《楚辭》。

《楚辭》者，上承三百篇之《詩》，下開漢人之賦，體縱於三代，而風雅於戰國，乃縱横之别子，而詩教之支流也。屈原、宋玉以賦見稱，而嫺於辭令。觀其骨鯁所樹，肌膚所附，雖取鎔經義，亦自鑄偉辭。故《騷經》《九章》，朗麗以哀志；《九歌》《九辯》，綺靡以傷情；《遠游》《天問》，瓌詭而惠巧；《招魂》《招隱》，耀艷而深華。《卜居》標放言之致，《漁父》寄獨往之才。故能氣往轢古，辭來切今；遂客主以首引，極聲貌以窮文。鋪張揚厲，媲於縱横，體物寫志，原本詩教；奇文鬱起，莫與爭能矣。

第七節　國策

戰國者，縱横之世也。縱横之學，本於古者行人之官。自春秋時，列國爭衡，使者往來其間，尚辭令，崇舌辯，而縱横之端緒開。戰國初，鬼谷子更發明揣摩捭闔縱横之説。而游説權謀之徒，見貴於俗；是以蘇秦、代、厲、張儀、公孫衍之屬，主縱横短長之説，左右傾側。蘇秦爲縱，張儀爲横，横則秦帝，縱則楚王；所在國重，所去國輕，抵掌揣摩騰説以取富貴。其辭敷張而揚厲，變其本而恢奇焉，不可謂非行人辭命之極也。然孔子不云乎：“誦《詩》三百，使於四方，不能專對，虽多奚爲！”是則比興之旨，諷諭之義，固行人之所肄也；縱横家者流，推而衍之，是以能委折而入情，微婉而善諷。蓋由詩教之比興，解散辭體而爲韻文，則爲楚《騷》之揚厲；由詩教之比興，解散辭體而爲語言，則爲《國策》之縱横；雖語文攸異，而爲比興一也。戰國之時，君德淺薄，爲之謀策者，不得不因勢而爲資，據時而爲畫，故其謀扶急持傾，爲一切之權；雖不可以臨教化，兵革救急之勢也。秦兼天下而輯其辭説以著《戰國策》，其篇有東西二周、秦、齊、燕、楚、三晉、宋、衛、中山，合十二國，分爲三十三卷。夫謂之"策"者；蓋録而不序，故即簡以爲名。或云：漢代劉向以戰國游士爲之策謀，因謂之《戰國策》。録一二以見例：

蘇秦爲趙合從，説齊宣王曰："齊，南有泰山，東有琅邪，西有清河，北有渤海，此所謂四塞之國也。齊地方二千里，帶甲數十萬，粟如丘山。齊車之良，五家之兵，疾如錐矢，戰如雷電，解如風雨。即有軍役，未嘗倍泰山、絶清河、涉渤海也。臨淄之中七萬户，臣竊度之，下户三男子，三七二十一萬；不待發於遠縣，而臨淄之卒，固已二十一萬矣。臨淄甚富而實，其民無不吹竽鼓瑟，擊筑彈琴，鬭鷄走犬，六博蹹鞠者。臨淄之途，車轂擊，人肩摩，連衽成帷，舉袂成幕，揮汗成雨，家殷人足，志高氣揚。夫以大王之賢與齊之强，天下不能當；今乃西面事秦，竊爲大王羞之。且夫韓魏所以畏秦者，以與秦接界也。兵出而相當，不至十日，而戰勝存亡之機决矣。韓魏戰而勝秦，則兵半折，四境不守；戰而不勝，以亡隨其後。是故韓魏之所以重與秦戰而輕爲之臣也。今秦攻齊則不然。倍韓魏之地，至闈陽晉之道，徑亢父之險：車不得方軌，馬不得并行；百人守險，千人不能過也。秦雖欲深入，則狼顧，恐韓魏之議其後也。是故恫疑虚喝，高躍而不敢進，則秦不能害齊，亦明矣。夫不料秦之不奈我何也，而欲西面事秦，是羣臣之計過。今臣無事秦之名，而有强國之實，臣固願大王之少留計！"齊王曰："寡人不敏，今主君以趙王之詔告之，敬奉社稷以從。"

田單將攻狄，往見魯仲子。仲子曰："將軍攻狄，不能下也。"田單曰："臣以五里之城，七里之郭，破亡餘卒，破萬乘之燕，復齊墟。攻狄而不下，何也?”上車弗謝而去。遂攻狄，三月而不克之也。齊嬰兒謡曰：“大冠若箕，修劍柱頤。攻狄不能下，壘枯丘。”田單乃懼，問魯仲子曰：“先生謂單不能下狄，請問其説。”魯仲子曰：“將軍之在即墨，坐而織蕢，立則杖插，爲士卒倡曰：‘可往矣，宗廟亡矣！亡日尚矣！歸於何黨矣！’當此之時，將軍有死之心，而士卒無生之氣，聞若言，莫不揮泣奮臂而欲戰，此所以破燕也。當今將軍，東有夜邑之奉，西有淄上之虞，黄金横帶而馳乎淄澠之間，有生之樂，無死之心，所以不勝者也。”田單曰：“單有心，先生志之矣。”明日，乃厲氣循城，立於矢石之所及，援枹鼓之。狄人乃下。

學者惟拘聲韻爲之詩，而不知言情達志，敷陳諷諭，抑揚涵泳之文，皆本於詩教，觀《戰國策》可知也。夫難顯之情，他人所不能達者，戰國策士因事設譬，意趣横生，蓋詩人比興之教也。如：

蘇厲謂周君曰：“敗韓魏，殺犀武，攻趙，取藺、離石、祁者，皆白起，是攻用兵又有天命也。今攻梁，梁必破，破則周危。君不若止之。”謂白起曰：“楚有養由基者善射；去柳葉者百步而射之，百發百中。左右皆曰：‘善。’有一人過曰：‘善射，可教射也矣。’養由基曰：‘人皆善，子乃曰可教射。子何不代我射之也?’客曰：‘我不能教子支左屈右。夫射柳葉者百發百中，而不以善息；少焉，氣力倦，弓撥矢鉤，一發不中，前功盡矣。今公破韓魏，殺犀武，而北攻趙，取藺、離石、祁者，公也。公之功甚多。今公又以秦兵出塞，過兩周，踐韓而以攻梁。一攻而不得，前功盡滅。公不若稱病不出也。’”

齊欲伐魏。淳于髡謂齊王曰：“韓子盧者，天下之疾犬也。東郭逡者，海内之狡兔也。韓子盧逐東郭逡，環山者三，騰山者五；兔極於前，犬廢於後；犬兔俱罷，各死其處。田父見之，無勞倦之苦而擅其功。今齊魏久相持以頓其兵，敝其衆，臣恐强秦、大楚承其後，有田父之功。”齊王懼，謝將休士。

皆巧於構思，罕譬而喻，他人所百思不到者，既讀之而適爲人人意中所有。

然而其氣疏宕，其文散朗，跌宕昭彰，蓋太史公文之所自昉焉。

《國語》與《國策》，記言體同，又皆國別史，而文章攸殊。《國語》寓偶於散以植其骨，《左傳》之支流也。《國策》解偶爲散以振其氣，遷史之前茅也。《國策》之文粗，《國語》之文細。《國語》之氣萎，《國策》之氣雄。《國語》，左氏末弩乎；《國策》，司馬氏先鞭乎。雖《國策》一書，多記當時策士智謀。然亦時有奇謀詭計，一時未用，而著書之士，愛不能割，假設主臣問難以快其意，如蘇子之於薛公及楚太子事，其明徵也。然則貧賤而託顯貴交言，愚陋而附高明爲伍，策士夸詐之風，又值言辭相矜之際，天下風靡久矣。《孟子》書，梁惠、齊宣諸王及門弟子問，而孟子答之，意以往復而始發，理以詰難而有明，亦客主之辭，乃戰國文體爾。

第二章　秦

第一節　李斯

秦始皇并天下，雖召文學，置博士，然焚燒詩書，蔑棄古典。史載始皇除謚法制，報李斯議封建，及二世詔李斯、馮去疾諸制詔，鋪張事業，著墨不多，而吐屬峻重，天威大聲，詞不敷腴，而其文峻簡，其旨刻峭，不同成周之温厚，亦異漢帝制詔之雄贍也。其丞相李斯，與韓非同事荀卿，不師儒者之道，而以法術爲治。六國之時，文字異形，斯乃奏同之，罷其不與秦文合者。是時秦大發吏卒，興戍役，官獄職務繁，初有隸書以趨約易，而學法令以吏爲師。民間所存，醫藥卜筮種樹之書而已。然李斯頗有文采，而所爲文章，深於詩教。上書論逐客，多方設譬，得《詩》比興之意。而爲泰山、琅琊諸刻石文，敷政誦德，亦《詩・雅・頌》之體。或嫌法家辭氣，體乏弘潤。而不知《雅》以爲後世法，《頌》誦德廣以美之，天心布聲，諷切治體，本自與十五《國風》之體物言志，優游涵泳者不同。特以斯之筆情輕俠，秋聲朝氣，揄揚未能雍容，氣韻自欠深遠，未能如《雅》《頌》之天心布聲，優游涵泳，達其深旨也。至於上書諫逐客，辭特弘贍，而用筆急轉直駛，終是削刻本色。大抵秦法峻急，秦文刻覈，骨多少肉，氣峻無韻，比周文意欠温醇，視漢代氣不宏遠；峭削崚嶒，覘其祚促。聲音之道，與政通矣。然如斯之疏而能壯，亦一代之絕采已！

斯初入秦，以楚人拜客卿，會韓國人鄭國來間秦，已而覺，秦宗室大臣請一切逐客，李斯議亦在逐中。斯乃上書曰：

臣聞吏議逐客，竊以爲過矣！昔繆公求士，西取由余於戎，東得百里奚於宛，迎蹇叔於宋，求丕豹、公孫支於晉。此五子者，不産於秦，而繆公用之，并國二十，遂霸西戎。孝公用商鞅之法，移風易俗，民以殷盛，國以富强，百姓樂用，諸侯親服，獲楚魏之師，舉地千里，至今治强。惠王用張儀之計，拔三川之地；西并巴蜀，北收上郡，南取漢中，包九夷，制鄢郢，東據成皋之險，割膏腴之壤，遂散六國之縱，使之西事秦，功施到今。昭王得范雎，廢穰侯，逐華陽，强公室，杜私門，蠶食諸侯，使秦成帝業。此四君者，皆以客之功。由此觀之，客何負於秦哉？向使四君却客而不内，疏士而不用，是使國無富利之實，而秦無强大之名也。

今陛下致昆山之玉，有隨和之寶，垂明月之珠，服太阿之劍，乘纖離之馬，建翠鳳之旗，樹靈鼉之鼓，此數寶者，秦不生一焉。而陛下説之，何也？必秦國之所生然後可，則是夜光之璧不飾朝廷，犀象之器不爲玩好，鄭衛之女不充後宫，而駿良駃騠不實外厩，江南金錫不爲用，西蜀丹青不爲采。所以飾後宫，充下陳，娱心意，説耳目者，必出於秦然後可，則是宛珠之簪，傅璣之珥，阿縞之衣，錦綉之飾不進於前；而隨俗雅化，佳冶窈窕趙女不立於側也。夫擊甕叩缶，彈箏搏髀而歌呼嗚嗚快耳者，真秦之聲也。鄭衛桑間、《韶虞》《武象》者，異國之樂也。今棄擊甕叩缶而就鄭衛，退彈箏而取《韶虞》，若是者何也？快意當前，適觀而已矣。今取人則不然。不問可否，不論曲直，非秦者去，爲客者逐。然則是所重者在乎色樂珠玉，而所輕者在乎人民也。此非所以跨海内、制諸侯之術也。

臣聞地廣者粟多，國大者人衆，兵强則士勇。是以泰山不讓土壤，故能成其大；河海不擇細流，故能就其深；王者不却衆庶，故能明其德。是以地無四方，民無異國，四時充美，鬼神降福，此五帝三王之所以無敵也。今乃棄黔首以資敵國，却賓客以業諸侯，使天下之士退而不敢西向，裹足不入秦，此所謂藉寇兵而齎盜糧者也。夫物不産於秦，可寶者多，士不産於秦，而願忠者衆。今逐客以資敵國，損民以益讎，内自虚而外樹怨於諸侯，求國無危，不可得也。

秦王乃除逐客之令，復李斯官，卒用其計謀，二十餘年，竟并天下，尊王爲皇帝，以斯爲丞相，一法度衡石丈尺，車同軌，書同文字。於是始皇乃遂上泰山，立石，封祠祀；並渤海以東，窮成山，登之罘；南登琅琊，作琅琊臺；北之碣石，東南上會稽，望於南海，所至立石，刻頌秦德，以明得意，其文多出李斯手。其《會稽石刻》文曰：

皇帝休烈，平一宇内，德惠修長。卅有七年，親巡天下，周覽遠方。遂登會稽，宣省習俗，黔首齋莊。羣臣頌功，本原事跡，追道高明。秦聖臨國，始定刑名，顯陳舊章。初平法式，審別職任，以立恒常。六王專倍，貪戾慠猛，率衆自强。暴虐恣行，負力而驕，數動甲兵。陰通閒使，以事合縱，行爲辟方。内飾詐謀，外來侵邊，遂起禍殃。義威誅之，殄熄暴悖，亂賊滅亡。聖德廣密，六合之中，澤被無疆。皇帝并宇，兼聽萬事，遠近畢清。運理羣物，考驗事實，各載其名。貴賤并通，善否陳前，靡有隱情。飾省宣義，有子而嫁，倍死不貞。防隔内外，禁止淫泆，男女絜誠。夫爲寄豭，殺之無罪，男秉義程。妻爲逃嫁，子不得母，咸化廉清。大治濯俗，天下承風，蒙被休經。皆遵軌度，和安敦勉，莫不順令。黔首修潔，人樂同則，嘉保太平。後敬奉法，常治無極，輿舟不傾。從臣誦烈，請刻此石，光垂休銘。

三句爲韻，泰山、之罘、碣石諸刻石皆然，惟《琅琊臺刻石》二句取韻，略與三百篇同耳。

第三編　中古文學

ZGWX

第一章　發凡

第二章　西漢

第三章　东漢

第四章　三國

第五章　兩晉

第六章　南朝

第七章　北朝

第一章　發凡

由漢至隋，文章遷變，昭然可徵者，約有四焉。

西漢代興，文區二體：賦、頌、箴、銘，源出於文者也；論、辯、書、疏，源出於語者也。觀鄒鄒陽枚枚乘、枚皐揚揚雄馬司馬相如之流，咸工作賦，沈思翰藻，不歌而誦，旁及箴、銘、騷、七，咸屬有韻之文。若賈生作論，史遷報書，劉向、匡衡之獻疏，雖記事記言，昭書簡冊，不欲操觚率爾，或加潤色之功；然大抵皆單行之語，不雜駢儷之辭；或出語雄奇，或行文平實，咸能抑揚頓挫，以期語意之爽朗。東京以降，論、辯、書、疏諸作，亦雜用排體，往往以單行之語，運排偶之辭，而奇偶相生，致文體迥殊于西漢。建安之世，七子繼興，偶有撰著，悉以排偶易單行。即非有韻之文，亦用偶文之體，而華靡之作，遂開四六之先，而文體一歸于駢儷。由歧趨一，其遷變者一也。

西漢攸作，縱筆所至，故句法長短錯綜，不拘一格；或以數十字成一句，或以二三字成一句，而形容事物，神理畢出，如賈誼論奏，《史記》紀傳是也。東漢之文，句法漸有定式，研煉而出以簡化；往往以四字成一語。而魏代之文，則合二語成一意。或上句用四字，下句用六字；或上句用六字，下句用四字；或上句下句皆用四字，而上聯咸與下聯成對偶，誠以非此不能盡其意也。由複趨簡，其遷變者二也。

西漢之時，雖騷賦之韻文，而對偶之法未嚴。其爲文章，或此段與彼段互爲對偶之詞，以成排比之體；或一句之中，以上半句對下半句，皆得謂之偶文，非拘於用同一之句法也，亦非拘拘於用一定之聲律也。東漢則字句之間，漸互對偶。若魏代之體，則又以聲色相矜，以藻繪相飾，雖多華靡，尚有清氣。至晉宋以降，靡曼纖冶，則又偏重辭華矣。由散趨整，其遷變者三也。

西漢文人，若揚馬之流，類皆湛深小學，故相如作《凡將篇》，而子雲亦作《方言》；故選辭遣字，亦能古訓是式，沈博典麗，注之者既備述典章，箋之者復詳徵詁故。非明六書假借之用者，不能通其辭。東漢文苑，既與儒林分列，故文辭古奧，遠遜西京。魏代之文，則奇字古文，用者甚少，語意易明，而無俟後儒之解詁。由奧趨顯，其遷變者四也。

又不僅是。古者朝有典謨，官存法令，風詩采之閭里，敷奏登之廟堂，未有人自爲書，家存一説者也。古人之言，所以爲公也，未嘗矜於文辭而私據爲己有也。六經者，三代盛時典章法度見於政教行事之實，而非聖人有意作爲文字以傳後世也。自治學分途，百家風起，周、秦諸子，不勝紛紜，識者已病大道之裂矣。然而諸子思以其學易天下，固將以其所謂道者争天下之莫可加。而語言文字，未嘗私其所出也，又苟足顯其業而可以傳授於其徒，則其説亦遂止於是，而未嘗有參差龐雜之文也。兩漢文章漸富，爲著作之始衰。然賈生奏議，編入新書；相如辭賦，但記目録。皆成一家之言，與諸子不甚相遠。初未嘗有彙次諸體，裒次而爲文集者也。自東京以降，迄乎建安、黄初之間，文章繁矣。然范曄《後漢書》、陳壽《三國志》所次文士諸傳，識其文筆，皆云“所著詩、賦、碑、箴、頌、誄若干篇”，而不云“文集若干卷”；則文集之實已具，而文集之名猶未立也。晉摯虞創爲《文章流別集》，學者便之。於是别聚古人之作，標爲别集。則文集之名，實仿於晉代。然摯虞《文章流别集》，乃是後人集前人。人自爲集，自齊之王文憲儉集始。而集之爲言，辭章不專家，而萃聚文墨以爲龍蛇之菹也。經學不專家，而文集有經義。史學不專家，而文集有碑傳。諸子不專家，而文集有論辯。由專而雜，由公而私，亦文章得失之林也。具以冠於篇。

第二章　西漢

第一節　發凡

漢興，去古未遠，其文章蓋戰國之餘波也。大要不出三派：其一，高帝之世，有蒯通、酈生、婁敬；迄於漢武，主父偃、徐樂、嚴安之倫，因勢合變，抵掌而談，以干時主，《國策》之尾閭也。其二，陸賈説高祖馬上得之，不可以馬上治，著秦所以失，漢所以得。文帝時有潁川賈山、洛陽賈誼、潁川鼂錯，達於奏議，而根切理要，語有據依。至武帝興賢良，董仲舒對策言天人相與之際，彌綸羣言，諸子之遺意也。其三，高祖好楚聲，當世多化之。武帝尤喜《楚辭》，使淮南王爲《離騷》作傳。《七發》造於枚乘，借吴、楚以爲客主。如朱買臣等，多以能寫《楚辭》進。相如獨變其體，益爲恢詭廣博無涯涘。揬藻揚葩，篇章不匱，楚《騷》之遺音也。三者之爲文不同，而尚氣善辯，辭意鏗訇，要得戰國縱横之意，則無乎不同。然則《國策》者，尤西漢文章之根極乎。及司馬遷厥協六經異傳，整齊百家雜語，爲《太史公書》百三十篇，蓋嘗見意于《屈原列傳》，隱以自喻。謂："信而見疑，忠而被謗，能無怨乎？屈平之作《離騷》，蓋自怨生也。《國風》好色而不淫，《小雅》怨誹而不亂，若《離騷》者，可謂兼之矣。上稱帝嚳，下道齊桓，中述湯武，以刺世事。明道德之廣崇，治亂之條貫，靡不畢見。”及至自序其著書之意，亦自以遭李陵之禍，意有所鬱結不得通，故述往事，思來者，於是卒述陶唐以來，至於麟止；則亦依仿《離騷》而作，特得其意而不必襲其辭。若論其辭，則猶《國策》縱橫之體耳！是以太史公文兼括六藝百家之旨，變化捭闔，不可方物；第論其慘怛之情，抑揚之致，則得於《詩》三百篇及《離騷》居多。而學《離騷》，得其情者爲太史公，得其辭者爲司馬相如；史公善用奇，而衍上古之語，以開唐宋八家之古文；相如媲於偶，而衍上古之文，以成漢魏六朝之駢文。標然特出，號兩司馬，並駕齊足，模楷百代，蓋後世韻散文大宗也。而辭賦得楚《騷》之怨悱，議論如戰國之縱橫，先兩司馬而馳譽，冠東西京而首出，兼能并美，迭用奇偶者，莫如賈誼。

第二節　賈誼附賈山　鼂錯　董仲舒

賈誼，洛陽人。年十八，以能誦詩書屬文，河南守吴公召置門下。文帝初立，聞吴公治平爲天下第一，徵爲廷尉。廷尉乃言誼年少，頗通諸子百家之書，文帝召以爲博士，年二十餘，最爲少。每詔令議下，諸老先生未能言，賈生盡爲之對，人人各如其意所出。文帝悦之，一歲之中，超遷至大中大夫。既而爲絳、灌、東揚侯馮敬之屬嫉毀，出爲長沙王太傅。誼意不自得，及渡湘水，爲賦以吊屈原，蓋以自諭也。誼之文，不爲雕飾，而疏俊瑰偉，仍戰國之逸響。觀其《陳政事疏》、《上疏請封建子弟》及《過秦論》，得《國策》之雄肆，而出以明允篤誠，不斆蘇、張之侈誕詼戲。《鵩鳥賦》、《惜誓》及《吊屈原文》，有楚《騷》之哀激，而抒爲絢明切當，微遜屈、宋之瑰麗纏綿。昔人稱《騷經》、《九章》朗麗以哀志。誼之學《騷》，哀志則然矣，蓋有其朗而無其麗者乎。誼以漢興至文帝二十餘年，仍襲秦故，而未能明仁義，乃作《過秦論》以見意。

《過秦論》上：

秦孝公據殽函之固，擁雍州之地，君臣固守，以窺周室，有席卷天下、包舉宇内、囊括四海之意，并吞八荒之心。當是時，商君佐之：内立法度，務耕織，修守戰之備；外連衡而鬬諸侯，於是秦人拱手而取西河之外。孝公既没，惠王、武王蒙故業，因遺册，南兼漢中，西舉巴蜀，東割膏腴之地，北收要害之郡。諸侯恐懼，會盟而謀弱秦，不愛珍器重寶肥美之地，以致天下之士，合從締交，相與爲一。當是時，齊有孟嘗，趙有平原，楚有春申，魏有信陵，此四君者，皆明知而忠信，寬厚而愛人，尊賢重士，約從離横，并韓、魏、燕、楚、齊、趙、宋、衛、中山之衆。於是六國之士，有甯越、徐尚、蘇秦、杜赫之屬爲之謀，齊明、周最、陳軫、昭滑、樓緩、翟景、蘇厲、樂毅之徒通其意，吴起、孫臏、帶佗、兒良、王廖、田忌、廉頗、趙奢之倫制其兵。嘗以十倍之地，百萬之衆，叩關而攻秦。秦人開關延敵，九國之師逡巡遁逃而不敢進。秦無亡矢遺鏃之費，而天下諸侯已困矣。於是從散約解，争割地而奉秦。秦有餘力而制其敝，追亡逐北，伏尸百萬，流血漂鹵，因利乘便，宰割天下，分裂河山，强國請服。弱國入朝。延及孝文王、莊襄王，享國日淺，國家無事。及至秦王，續六世之餘烈，振長策而御宇内，吞二周而亡諸侯，履至尊而制六合，執棰拊以鞭笞天下，威振四海。南取百越之地，以爲桂林、象郡，百越之君俯首係頸，委命下吏。乃使蒙恬北築長城而守藩籬，卻匈奴七百餘里，胡人不敢南下而牧馬，士不敢彎弓而報怨。於是廢先王之道，焚百家之言，以愚黔首。墮名城，殺豪俊，收天下之兵，聚之咸陽，銷鋒鑄鐻以爲金人十二，以弱黔首之民。然後斬華爲城，因河爲池，據億丈之城，臨不測之溪以爲固。良將勁弩守要害之處，信臣精卒陳利兵而誰何。天下已定，秦王之心，自以爲關中之固，金城千里，子孫帝王萬世之業也。秦王既没，餘威震於殊俗。

陳涉瓮牖繩樞之子，甿隸之人，而遷徙之徒也。才能不及中人，非有仲尼、墨翟之賢，陶朱、猗頓之富，躡足行伍之間，而倔起什伯之中，率罷散之卒，將數百之衆，轉而攻秦。斬木爲兵，揭竿爲旗，天下雲集響應，贏糧而景從，山東豪俊遂並起而亡秦族矣。且夫天下非小弱也，雍州之地，殽函之固，自若也。陳涉之位，非尊於齊、楚、燕、趙、韓、魏、宋、衛、中山之君；鉏櫌棘矜，非錟於鉤戟長鎩也，謫戍之衆，非抗於九國之師；深謀遠慮，行軍用兵之道，非及曩時之士也。然而成敗異變，功業相反也。試使山東之國，與陳涉度長絜大，比權量力，則不可同年而語矣！然秦以區區之地，致萬乘之權，招八州而朝同列，百有餘年矣。然後以六合爲家，殽函爲宫。一夫作難而七廟隳，身死人手，爲天下笑者，何也？仁義不施，而攻守之勢異也。

《過秦論》中：

秦并海内，兼諸侯，南面稱帝，以養四海。天下之士斐然鄉風，若是者，何也？曰：近古之無王者久矣。周室卑微，五霸既没，令不行於天下，是以諸侯力政，强侵弱，衆暴寡，兵革不休，士民罷敝。今秦南面而王天下，是上有天子也。既元元之民，冀得安其性命，莫不虚心而仰上。當此之時，守威定功，安危之本，在於此矣。秦王懷貪鄙之心，行自奮之智，不信功臣，不親士民，廢王道，立私權；禁文書而酷刑法，先詐力而後仁義，以暴虐爲天下始。夫併兼者，高詐力；安定者，貴顺權，此言取與守不同術也。秦離戰國而王天下，其道不易，其政不改，是其所以取之守之者①異也。孤獨而有之，故其亡可立而待。借使秦王計上世之事，並殷周之跡，以制御其政，後雖有淫驕之主，而未有傾危之患也。故三王之建天下，名號顯美，功業長久。

今秦二世立，天下莫不引領而觀其政。夫寒者利短褐，而飢者甘糟糠，天下之嗷嗷，新主之資也，此言勞民之易爲仁也。鄉使二世有庸主之行而任忠賢，臣主一心而憂海内之患，縞素而正先帝之過，裂地分民以封功臣之後，建國立君以禮天下，虚囹圄而免刑戮，除去收帑污穢之罪，使各反其鄉里；發倉廩，散財幣，以振孤獨窮困之士，輕賦少事，以佐百姓之急，約法省刑，以持其後。使天下之人皆得自新，更節修行，各慎其身，塞萬民之望，而以威德與天下，天下集矣。即四海之内，皆歡然各自安樂其處，惟恐有

① 下脱“無”字。

變。雖有狡猾之民，無離上之心，則不軌之臣，無以飾其智，而暴亂之奸止矣。二世不行此術，而重之以無道，壞宗廟與民，更始作阿房宫；繁刑嚴誅，吏治刻深；賞罰不當，賦斂無度；天下多事，吏弗能紀；百姓困窮，而主弗收恤。然後奸僞并起，而上下相遁，蒙罪者衆，刑戮相望於道，而天下苦之。自君卿以下，至於衆庶，人懷自危之心，親處窮苦之實，咸不安其位，故易動也。是以陳涉不用湯武之賢，不藉公侯之尊，奮臂於大澤，而天下響應者，其民危也。故先王見始終之變，知存亡之機。是以牧民之道，務在安之而已。天下雖有逆行之臣，必無響應之助矣。故曰："安民可與行義，而危民易與爲非。"此之謂也。貴爲天子，富有天下，身不免於戮殺者，正傾非也。是二世之過也。

《過秦論》下：

秦并兼諸侯，山東三十餘郡，繕津關，據險塞，修甲兵而守之。然陳涉以戍卒散亂之衆數百，奮臂大呼，不用弓戟之兵，鉏櫌白梃，望屋而食，横行天下。秦人阻險不守，關梁不闔，長戟不刺，强弩不射。楚師深入，戰於鴻門，曾無藩籬之限。於是山東大擾，諸侯並起，豪俊相立。秦使章邯將而東征，章邯因以三軍之衆，要市於外，以謀其上。羣臣之不信，可見於此矣。子嬰立，遂不寤。藉使子嬰有庸主之才，僅得中佐，山東雖亂，秦之地可全而有，宗廟之祀，未當絶也。

秦地被山帶河以爲固，四塞之國也。自繆公以來，至於秦王，二十餘君，常爲諸侯雄，豈世世賢哉？其勢居然也。且天下嘗同心并力而攻秦矣。當此之世，賢智並列，良將行其師，賢相通其謀，然困於阻險而不能進，秦乃延入戰而爲之開關，百萬之徒，逃北而遂壞，豈勇力智慧不足哉？形不利，勢不便也。秦小邑并大城，守險塞而軍，高壘毋戰，閉關據扼，荷戟而守之。諸侯起於匹夫，以利合，非有素王之行也。其交未親，其下未附，名爲亡秦，其實利之也。彼見秦阻之難犯也，必退師。安土息民以待其敝，收弱扶罷以令大國之君，不患不得意於海内。貴爲天子，富有天下，而身爲禽者，其救敗非也。秦王足己不問，遂過而不變。二世受之，因而不改，暴虐以重禍。子嬰孤立無親，危弱無輔。三主惑而終身不悟，亡，不亦宜乎？

當此時也，世非無深慮知化之士也，然所以不敢盡忠拂過者，秦俗多忌諱之禁，忠言未卒於口，而身爲戮歿矣。故使天下之士，傾耳而聽，重足而立，鉗口而不言。是以三主失道，忠臣不敢諫，智士不敢謀，天下已亂，奸不上聞，豈不哀哉！先王知壅蔽之傷國也，故置公卿大夫士，以飾法設刑而天下治。其强也，禁暴誅亂而天下服；其弱也，五伯征而諸侯從；其削也，内守外附而社稷存。故秦之盛也，繁法嚴刑而天下震；及其衰也，百姓怨望而海内畔矣。故周王序得其道，而千餘歲不絶。秦本末並失，故不長久。由此觀之，安危之統，相去遠矣。野諺曰："前事之不忘，後事之師也。"是以君子爲國，觀之上古，驗之當世，參以人事，察盛衰之理，審權勢之宜，去就有序，變化有時。故曠日長久，而社稷安矣。

誼《陳政事疏》，開首自陳："驗之往古，按之當今之務。"而《過秦論》入後亦云："觀之上古，驗之當世。"陳古以刺今，亦誼之所以學屈原。《史記·屈原列傳》歷叙《離騷》："上稱帝嚳，下道齊桓，中述湯武，以刺世事，明道德之廣崇，治亂之條貫，靡不畢見。"是即誼所謂"觀之上古，驗之當世"也。不過屈原文繁而辭微，而在賈生，事覈而義明，故能氣往轢古，辭來切今。世傳有賈誼《新書》。

同時有賈山者，潁川人也，議論激切，善指事意。上書文帝，言治亂之道，名曰《至言》，借秦爲諭，亦賈生《過秦》之指。其文去戰國未遠，疏蕩有奇氣，而不用繩墨。然語極醇實，不同蘇、張之浮夸；氣又宏肆，亦異秦文之瘦硬；敷陳往古，掎挈當時，根極理要，而出以博辯，略似《荀子》，而跌宕昭彰過之。

鼂錯，亦潁川人，學申、商刑名於軹張恢生所，爲人峭直刻深。文帝時，拜太子家令，以其辯得幸太子。太子家號曰智囊。是時匈奴强，數寇邊，文帝發兵以禦之。而錯上書言兵事，言守邊備塞，務農力本，當世急務二事；復言募民徙塞下，重農貴粟。大抵酌古以御今，指事類情，辨析疏通；然瘦硬而未雄，裁覈而不肆，未能如賈山、賈誼之辭氣鏗訇，使人精神振發，蓋於法家爲近，而賈山、賈誼則博辯似縱横家。蓋賈山、賈誼以儒者而兼縱横，急言竭論，略近孟荀。而鼂錯則以法家而兼兵農，開塞耕戰，一同商韓。其《重農貴粟書》曰：

聖王在上而民不凍飢者，非能耕而食之，織而衣之也，爲開其資財之道也。故堯禹有九年之水，湯有七年之旱，而國亡捐瘠者，以蓄積多而備先具也。今海内爲一，土地人民之衆，不避湯禹，加以亡天災數年之水旱，而蓄積未及者，何也？地有遺利，民有餘力，生穀之土未盡墾，山澤之利未盡出也，遊食之民未盡歸農也。民貧則奸邪生。貧生於不足，不足生於不農，不農則不地著，不地著則離鄉輕家，民如鳥獸，雖有高城深地，嚴法重刑，猶不能禁也。夫寒之於衣，不待輕暖；飢之於食，不待甘旨；飢寒至身，不顧廉恥。人情一日不再食則飢，終歲不製衣則寒。夫腹飢不得食，膚寒不得衣，雖慈母不能保其子，君安能以有其民哉？明主知其然也，故務民於農桑，薄賦斂，廣蓄積，以實倉廩，備水旱，故民可得而有也。民者，在上所以牧之，趨利如水走下，四方亡擇也。夫珠玉金銀，飢不可食，寒不可衣；然而衆貴之者，以上用之故也。其爲物輕微易藏，在於把握，可以周海内而亡飢寒之患。此令臣輕背其主，而民易去其鄉，盜賊有所勸，亡逃者得輕資也。粟米布帛，生於地，長於時，聚於力，非可一日成也。數石之重，中人弗勝，不爲奸邪所利；一日弗得，而飢寒至。是故明君貴五穀而賤金玉。

今農夫五口之家，其服役者不下二人，其能耕者不過百畝。百畝之收，不過百石。春耕夏耘，秋穫冬藏，伐薪樵，治官府，給徭役，春不得避風塵，夏不得避暑熱，秋不得避陰雨，冬不得避寒凍，四時之間，亡日休息。又私自送往迎來，吊死問疾，養孤長幼在其中。勤苦如此，尚復被水旱之災。急政暴虐，賦斂不時，朝令而暮改。當其有者半賈而賣，亡者取倍稱之息，於是有賣田宅、鬻子孫以償責者矣。而商賈大者積貯倍息，小者坐列販賣，操其奇贏，日游都市，乘上之急，所賣必倍。故其男不耕耘，女不蠶織；衣必文采，食必粱肉；亡農夫之苦，有仟佰之得。因其富厚，交通王侯，力過吏勢，以利相傾；千里遊敖，冠蓋相望，乘堅策肥，履絲曳縞。此商人所以兼并農人，農人所以流亡者也。今法律賤商人，商人已富貴矣；尊農夫，農夫已貧賤矣。故俗之所貴，主之所賤也；吏之所卑，法之所尊也。上下相反，好惡乖迕，而欲國富法立，不可得也。

方今之務，莫若使民務農而已矣。欲民務農，在於貴粟。貴粟之道，在於使民以粟爲賞罰。今募天下，入粟縣官，得以拜爵，得以除罪。如此富人有爵，農民有錢，粟有所渫。夫能入粟以受爵，皆有餘者也。取於有餘以供上用，則貧民之賦可損；所謂損有餘，補不足，令出而民利者也。順於民心，所補者三：一曰主用足，二曰民賦少，三曰勸農功。今令，民有車騎馬一匹者，復卒三人。車騎者，天下武備也，故爲復卒。《神農之教》曰："有石城十仞，湯池百步，帶甲百萬，而亡粟，弗能守也。"以是觀之，粟者，王者大用，政之本務。令民入粟受爵，至五大夫以上，迺復一人耳，此其與騎馬之功相去遠矣。爵者，上之所擅，出於口而亡窮；粟者，民之所種，生於地而不乏。夫得高爵與免罪，人之所甚欲也。使天下人入粟於邊，以受爵免罪，不過三歲，塞下之粟必多矣。

《商君書·農戰》曰："國之所以興者，農戰也。"又《算地》曰："故民生則計利，死則慮名；名利之所出，不可不審也。利出於地，則民盡力；名出於戰，則民致死。入使民盡力，則草不荒；出使民致死，則勝敵。勝敵而草不荒，則富强之功可立而致也。"韓非子曰："孔墨不耕耨，則國何得焉。曾史不戰攻，則國何利焉。"蓋亦推本《商君書》，而爲錯之學所自出焉。對賢良策，始於錯，其文不傳，而廣川董仲舒獨以《賢良對策》擅名於千古！

仲舒少治春秋，爲博士，下帷講誦，三年不窺園，而進退容止，非禮不行，學士皆師尊之。及武帝即位，詔舉賢良方正直言極諫之士，親策問之。仲舒爲對，推頌孔子，抑黜百家，立學校之官，州郡舉茂才孝廉，皆自仲舒此對發之。其辭曰：

陛下發德音，下明詔，求天命與情性，皆非愚臣之所能及也。臣謹按《春秋》之中，視前世已行之事，以觀天人相與之際，甚可畏也！國家將有失道之敗，而天迺先出災害以譴告之，不知自省，又出怪異以警懼之；尚不知變，而傷敗乃至，以此見天心之仁愛人君而欲止其亂也。自非大亡道之世者，天盡欲扶持而全安之。事在强勉而已矣。强勉學問，則聞見博，而知益明；强勉行道，則德日起而大有功，此皆可使還至而立有效者也。《詩》曰："夙夜匪懈。"《書》云："茂哉茂哉。"皆强勉之謂也。道者，所繇適於治之路也，仁義禮樂，皆其具也。故聖王已没，而子孫長久，安寧數百歲，此皆禮樂教化之功也。王者未作樂之時，迺用先王之樂宜於世者，而以深入教化於民。教化之情不得，《雅》、《頌》之樂不成，故王者功成作樂，樂其德也。樂者，所以變民風，化民俗也。其變民也易，其化人也著，故聲發於和而本於情，接於肌膚，藏於骨髓；故王道雖微缺，而管絃之聲未衰也。夫虞氏之不爲政久矣，然而樂頌遺風，猶有存者，是以孔子在齊而聞《韶》也。夫人君莫不欲安存而惡危亡。然而政亂國危者甚衆，所任者非其人，而所繇者非其道，是以政日以仆滅也。夫周道衰於幽、厲，非道亡也，幽、厲不繇也。至於宣王，思昔先王之德，興滯補弊，明文、武之功業，周道粲然復興，詩人美之而作。上天祐之，爲生賢佐，後世稱誦，至今不絶，此夙夜不懈行善之所致也。孔子曰："人能弘道，非道弘人也。"故治亂廢興在於己，非天降命不可得反，其所操持悖謬，失其統也。

臣謹按《春秋》之文，求王道之端，得之於正，正次王，王次春，春者，天之所爲也，正者，王之所爲也。其意曰：上承天之所爲，而下以正其所爲，正王道之端云爾。然則王者欲有所爲，宜求其端於天。天道之大者在陰陽。陽爲德，陰爲刑，刑主殺而德主生。是故陽常居大夏，而以生育長養爲事；陰常居大冬，而積於空虚不用之處，以此見天之任德不任刑也。天使陽出布施於上，而主歲功；使陰入伏於下，而時出佐陽。陽不得陰之助，亦不能獨成歲終；陽以成歲爲名，此天意也。王者承天意以從事，故任德教而不任刑。刑者不可任以治世，猶陰之不可任以成歲也。爲政而任刑，不順於天，故先王莫之肯爲也。今廢先王德教之官，而獨任執法之吏治民，毋乃任刑之意歟？孔子曰："不教而誅謂之虐。"虐政用於下，而欲德教之被四海，故難成也。

臣謹按《春秋》謂一元之意，"一"者，物之所從始也，"元"者，辭之所謂大也。謂"一"爲"元"者，視大始而欲正本也。

《春秋》深探其本而反自貴者始。故爲人君者，正心以正朝廷，正朝廷以正百官，正百官以正萬民，正萬民以正四方。四方正，遠近莫敢不一於正，而亡有邪氣奸其間者。是以陰陽調而風雨時，羣生和而萬民殖，五穀熟而草木茂。天地之間，被潤澤而大豐美；四海之内，聞盛德而皆徠臣；諸福之物，可致之詳，莫不畢至，而王道終矣。……三王之教，所祖不同，而皆有失。或謂久而不易者，道也。意豈異哉？臣聞夫樂而不亂、復而不厭者謂之道。道者萬世無弊，弊者道之失也。先王之道，必有偏而不起之處，故政有眊而不行，舉其偏者以補其弊而已矣。三王之道，所祖不同，非其相反，將以救溢扶衰，所遭之變然也。故孔子曰："無爲而治者，其舜虖！"改正朔，易服色，以順天命而已，其餘盡循堯道，何更爲哉？故王者有改制之名，亡變道之實。然夏上忠，殷上敬，周上文者，所繼之救，當用此也。孔子曰："殷因於夏禮，所損益可知也。周因於殷禮，所損益可知也。其或繼周者，雖百世可知也。"此言百世之用，以此三者矣。夏因於虞，而獨不言"所損益"者，其道如一，而所上同也。道之大原出於天，天不變，道亦不變。是以禹繼舜，舜繼堯，三聖相受而守一道，亡救弊之政也，故不言其"所損益"也。繇是觀之，繼治世者其道同，繼亂世者其道變。

今漢繼大亂之後，若宜少損周之文，致用夏之忠者。陛下有明德嘉道，愍世俗之靡薄，悼王道之不昭，救舉賢良方正之士，論誼考問，將欲興仁誼之休德，明帝王之法制，建太平之道也。臣愚不肖，述所聞，誦所學，道師之言，廑能勿失耳。若乃論政事之得失，察天下之息耗，此大臣補佐之職，三公九卿之任，非臣仲舒所能及也。然而臣竊有怪者：夫古之天下，亦今之天下；今之天下，亦古之天下，共是天下，古亦大治，上下和睦，習俗美盛，不令而行，不禁而止，吏無奸邪，民亡賊盜，囹圄空虛，德潤草木，澤被四海，鳳凰來集，麒麟來遊，以古準今，壹何不相逮之遠也？安所繆戾而陵夷若是？意者有所失於古之道與？有所詭於天之理與？試跡之古，返之於天，儻可得見乎？

夫天亦有所分予：予之齒者去其角，傅之翼者兩其足，是所受大者，不得取小也。古之所予禄者，不食於力，不動於末，是亦受大者不得取小，與天同意者也，夫已受大；又取小，天不能足，而況人乎？此民之所以囂囂苦不足也。身寵而載高位，家温而食厚禄，因乘富貴之資力，以與民争利於下，民安能如之哉？是故衆其奴婢，多其牛羊，廣其田宅，博其産業，畜其積委，務此而亡已，以迫蹴民。民日削月朘，寖以大窮。富者奢侈羨溢，貧者窮急愁苦。窮急愁苦而上不救，則民不樂生；民不樂生，尚不避死，安能避罪。此刑罰之所以蕃，而奸邪不可勝者也。故受禄之家，食禄而已，不與民争業，然後利可均布，而民可家足。此上天之理，而亦太古之道，天子之所宜法以爲制，大夫之所當循以爲行也！故公儀子相魯，之其家，見織帛，怒而出其妻。食於舍而茹葵，愠而拔其葵，曰："吾已食禄，又奪園夫紅女利乎！"古之賢人君子，在列位者皆如是。是故下高其行而從其教，民化其廉而不貪鄙。

及至周室之衰，其卿大夫緩於誼而急於利，亡推讓之風，而有争田之訟。故詩人疾而刺之曰："節彼南山，維石巖巖。赫赫師尹，民具爾瞻。"爾好誼，則民鄉仁而俗善。爾好利，則民好邪而俗敗。由是觀之：天子大夫者，下民之所視效，遠方之所四面而内望也。近者視而放之，遠者望而效之，豈可以居賢人之位，而爲庶人行哉！夫皇皇求財利，常恐乏匱者，庶人之意也。皇皇求仁義，常恐不能化民者，大夫之意也。《易》曰："負且乘，致寇至。"乘車者，君子之位也；負擔者，小人之事也，此言居君子之位而爲庶人之行者，其患禍必至也。若居君子之位，當君子之行，則舍公儀休之相魯，亡可爲者矣。

《春秋》大一統者，天地之常經，古今之通誼也。今師異道，人異論，百家殊方，指意不同，是以上亡以持一統，法制數變，下不知所守。臣愚以爲諸不在六藝之科，孔子之術者，皆絶其道，勿使并進。邪辟之説滅息，然後統紀可一，而法度可明，民知所從矣。

大抵祖述《春秋》，觀天人相與之際，以明王者有改制之名，無變道之實。其文雄駿不如賈生，辯挈亦遜鼂錯，而縱筆之所之，氣流墨中，不可以繩墨拘，劃然軒昂，自仍戰國縱橫之體。然氣象光昌，不同策士之支離構辭，詭激會巧。風恢恢而能遠，流洋洋而不溢，王庭之美對也。於時，賈誼、鼂錯、董仲舒以議著。枚乘、司馬相如以辭賦顯。

第三節　枚乘附李陵、蘇武　司馬相如

枚乘，字叔，淮陰人也，爲吴王濞郎中。吴王怨望，謀爲逆，乘上書諫，吴王不用，卒見擒滅，由是知名。景帝召拜乘爲弘農都尉。乘久爲大國上賓，與英俊并游，得其所好，不樂郡吏，去游梁。梁孝王客皆善屬辭賦，乘尤高。孝王薨，乘歸淮陰。武帝自爲太子，聞乘名，及即位，乃以安車蒲輪徵乘。其文有《七發》，遂創七體之格，而實賦之别子爲祖也。辭曰：

楚太子有疾，而吴客往問之，曰："伏聞太子玉體不安，亦少間乎?"太子曰："憊。謹謝客!"客因稱曰："今時天下安寧，四宇和平；太子方富於年，意者久耽安樂，日夜無極，邪氣襲逆，中若結轖；紛屯澹淡，嘘唏煩酲；惕惕怵怵，卧不得瞑；虚中重聽，惡聞人聲；精神越渫，百病咸生；聰明眩耀，悦怒不平；久執不廢，大命乃傾。太子豈有是乎?"太子曰："謹謝客！賴君之力，時時有之，然未至於是也。"客曰："今夫貴人之子，必宫居而閨處。内有保母，外有傅父，欲交無所。飲食則温淳甘膬，腥醲肥厚；衣裳則雜遝曼煖，燂爍熱暑。雖有金石之堅，猶將銷鑠而挺解也，況其在筋骨之間乎哉！故曰：'縱耳目之欲，恣支體之安者，傷血脉之和。'且夫出輿入輦，命曰蹷痿之機。洞房清宫，命曰寒熱之媒。皓齒蛾眉，命曰伐性之斧。甘脆肥醲，命曰腐腸之藥。今太子膚色靡曼，四支委隨，筋骨挺解，血脉淫濯，手足惰窳。越女侍前，齊姬奉後，往來遊宴，縱恣乎曲房隱間之中，此甘餐毒藥，戲猛獸之爪牙也。所從來者至深遠，淹滯永久而不廢，雖令扁鵲治内，巫咸治外，尚何及哉！今如太子之病者，獨宜世之君子，博聞强識，承間語事，變度易意，常無離側，以爲羽翼；淹沈之樂，浩唐之心，遁佚之志，其奚由至哉?"太子曰："諾。病已，請事此言。"客曰："今太子之病，可無藥石針刺灸療而已，可以要言妙道説而去也，

不欲聞之乎?”太子曰:“僕願聞之。”

客曰:“龍門之桐,高百尺而無枝。中鬱結之輪菌,根扶疏以分離。上有千仞之峰,下臨百丈之谿。湍流溯波,又澹淡之。其根半死半生。冬則烈風漂霰,飛雪之所激也。夏則雷霆霹靂之所感也;朝則鸝黄鳱鴠鳴焉,暮則羈雌迷鳥宿焉。獨鵠晨號乎其上,鵾雞哀鳴翔乎其下。於是背秋涉冬,使琴摯斫斬以爲琴,野繭之絲以爲弦,孤子之鉤以爲隱,九寡之珥以爲約,使師堂操暢,伯子牙爲之歌。歌曰:‘麥秀蔪兮雉朝飛,向虚壑兮背槁槐,依絶區兮臨迴溪。’飛鳥聞之,翕翼而不能去;野獸聞之,垂耳而不能行;蚑蟜螻蟻聞之,拄喙而不能前。此亦天下之至悲也,太子能强起聽之乎?”太子曰:“僕病未能也!”

客曰:“犓牛之腴,菜以筍蒲。肥狗之和,冒以山膚。楚苗之食,安胡之飯,摶之不解,一啜而散。於是使伊尹煎熬,易牙調和。熊蹯之臑,勺藥之醬。薄耆之炙,鮮鯉之鱠。秋黄之蘇,白露之茹。蘭英之酒,酌以滌口。山梁之餐,豢豹之胎。小飯大歠,如湯沃雪。此亦天下之至美也,太子能强起嘗之乎?”太子曰:“僕病未能也!”

客曰:“鍾岱之牡,齒至之車。前似飛鳥,後類距虚。穱麥服處,躁中煩外。羈堅轡,附易路。於是伯樂相其前後,王良、造父爲之御,秦缺、樓季爲之右。此兩人者,馬佚能止之,車覆能起之,於是使射千鎰之重,争千里之逐。此亦天下之至駿也,太子能强起乘之乎?”太子曰:“僕病未能也!”

客曰:“既登景夷之臺,南望荆山,北望汝海,左江右湖,其樂無有。於是使博辯之士,原本山川,極命草木,比物屬事,離辭連類,浮游覽觀,乃下置酒於虞懷之宫,連廊四注。臺城層構,紛紜玄緑。輦道邪交,黄池紆曲。溷章白鷺,孔雀鵫鵠,鵷鶵鵁鶄,翠鬣紫纓。螭龍德牧,邕邕羣鳴。陽魚騰躍,奮翼振鱗。漃漻薵蓼,蔓草芳苓,女桑河柳,素葉紫莖。苗松豫章,條上造天,梧桐并櫚,極望成林。衆芳芬鬱,亂於五風。從容猗靡,消息陽陰。列坐縱酒,蕩樂娱心。景春佐酒,杜連理音。滋味雜陳,肴糅錯該。

練色娱目，流聲悦耳。於是乃發激楚之結風，揚鄭衛之皓樂，使先施、徵舒、陽文、段干、吴娃、閭娵、傅予之徒，雜裾垂髾，目窕心與。揄流波，雜杜若，蒙清塵，被蘭澤，嬿服而御。此亦天下之靡麗皓侈廣博之樂也，太子能强起游乎?”太子曰:“僕病未能也!”

客曰:“將爲太子馴騏驥之馬，駕飛軨之輿，乘牡駿之乘;右夏服之勁箭，左烏號之雕弓;游涉乎雲林，周馳乎蘭澤，弭節乎江潯，掩青蘋，游清風，陶陽氣，蕩春心，逐狡獸，集輕禽。於是極犬馬之才，困野獸之足，窮相御之智巧;恐虎豹，慴鷙鳥，逐馬鳴鑣，魚跨麋角;履游麕兔，蹈踐麖鹿;汗流沫墜，冤伏陵窘，無創而死者，固足充後乘矣!此校獵之至壯也，太子能强起游乎?”太子曰:“僕病未能也!”然陽氣見於眉宇之間，侵淫而上，幾滿大宅。客見太子有悦色也，遂推而進之曰:“冥火薄天，兵車雷運。旍旗偃蹇，羽旄肅紛，馳騁角逐，慕味争先。徼墨廣博，望之有圻，純粹牷犧，獻之公門。”太子曰:“善!願復聞之!”客曰:“未既。於是榛林深澤，煙雲闇莫，兕虎并作。毅武孔猛，袒裼身薄。白刃磑磑，矛戟交錯。收穫掌功，賞賜金帛。掩蘋肆若，爲牧人席。旨酒嘉肴，羞炰膾炙，以御賓客。涌觴并起，動心驚耳。誠必不悔，決絶以諾。貞信之色，形於金石。高歌陳唱，萬歲無斁!此真太子之所喜也，能强起而游乎?”太子曰:“僕甚願從，直恐爲諸大夫累耳。”然而有起色矣!

客曰:“將以八月之望，與諸侯遠方交遊，兄弟并往，觀濤乎廣陵之曲江。至則未見濤之形也，從觀水力之所到，則卹然足以駭矣。觀其所駕軼者，所擢拔者，所揚汩者，所温汾者，所滌汔者，雖有心略辭給，固未能縷形其所由然也。怳兮忽兮，聊兮慄兮，混汩汩兮;忽兮慌兮，俶兮儻兮，浩瀇瀁兮，慌曠曠兮。秉意乎南山，通望乎東海。澒洞兮蒼天，極慮乎涯涘。流攬無窮，歸神日母。汩乘流而下降兮，或不知其所止。或紛紜其流折兮，忽繆往而不來。臨朱汜而遠逝兮，中虚煩而益怠。莫離散而發曙兮，内存心而自持。於是澡概胸中，灑練五藏，澹澉手足，頮濯髮齒，揄棄恬怠，輸寫淟濁。分決狐疑，發皇耳目，當是之時，雖有淹病滯疾，猶將伸傴起躄，發瞽披聾而觀望之也，況直眇小煩懣酲醲病酒之徒哉！故曰：發蒙解惑，不足以言也。”太子曰：“善！然則濤何氣哉?”客曰：“不記也。然聞於師曰：似神而非者三。疾雷聞百里；江水逆流，海水上潮；山出内雲，日夜不止。衍溢漂疾，波涌而濤起。其始起也，洪淋淋焉，若白鷺之下翔；其少進也，浩浩溰溰，如素車白馬帷蓋之張。其波涌而雲亂，擾擾焉如三軍之騰裝；其旁作而奔起也，飄飄焉如輕車之勒兵。六駕蛟龍，附從太白。純馳浩蜺，前後絡繹。顒顒卬卬，椐椐强强，莘莘將將。壁壘重堅，沓雜似軍行。訇隱匈礚，軋盤湧裔，原不可當。觀其兩旁，而滂渤怫鬱，闇漠感突，上擊下碑，有似勇壯之卒，突怒而無畏。蹈壁衝津，窮曲隨隈，踰岸出追，遇者死，當者壞。初發乎或圍之津涯，荄軫谷分，迴翔青篾，銜枚檀桓，弭節伍子之山，通厲胥母之場，陵赤岸，篲扶桑，横奔似雷行。誠奮厥武，如振如怒。沌沌渾渾，狀如奔馬。混混庉庉，聲如雷鼓。發怒庢沓，清升踰跇，侯波奮振，合戰於藉藉之口。鳥不及飛，魚不及迴，獸不及走。紛紛翼翼，波湧雲亂；蕩取南山，背擊北岸，覆虧丘陵，平夷西畔。險險戲戲，崩壞陂池，決勝乃罷。瀄汩潺湲，披揚流灑；横暴之極，魚鼈失勢，顛倒偃側，沋沋湲湲，蒲伏連延。神物怪疑，不可勝言。直使人踣焉，洄闇悽愴焉。此天下怪異詭觀也，太子能强起觀之乎?”太子曰：“僕病未能也！”

客曰：“將爲太子奏方術之士有資略者，若莊周、魏牟、楊朱、墨翟、便蜎、詹何之徒，使之論天下之精微，理萬物之是非。孔老覽觀，孟子持籌而算之，萬不失一。此亦天下要言妙道也，太子豈欲聞之乎?”於是太子據几而起曰：“涣乎若一聽聖人辯士之言，涊然汗出，霍然病已！”

借吴楚以爲客主，分條侈説，其中以最後觀濤一段爲窮態極研，驚心動魄；次游宴、校獵二段，亦絢發新麗，有聲有色；起音樂一段，尚著意寫；次滋味、車馬二段，則平平；以後則一段濃似一段，至觀濤而極；濃淡相間，節節頓挫；前後相映，彌臻瑰麗；而滌暢以任氣，蓋原本楚騷之詄麗，而旁參國策之縱横者。雖有甚泰之辭，而不没其諷諭之義；其大指在聲色游觀之娱視聽，不如要言妙道之饜心志；而入後要言妙道一段，衹寥寥數語，不如前七段聲色游觀之鋪張揚厲者。蓋行文之旨，全在裁制，無論細大，皆可驅遣。當其閒漫纖碎處，反宜動色而陳，鑿鑿娓娓，使讀者見其關係，尋繹不倦。至大議論，人人能解者，不過數語發揮，關於含蓄。譬如渴虹飲水，霜隼搏空，瞥然一見，瞬息滅没，神力變態，轉更夭矯。讀枚乘《七發》而可參悟者也。自乘作《七發》，而後漢屬文之士，若傅毅、張衡、崔駰、崔瑗、馬融之徒，承其流而作之者紛焉，有《七激》、《七辯》、《七依》、《七蘇》、《七廣》之篇，或以恢大道而導幽滯，或以黜瑰奓而託諷詠，皆依倣於乘也。

詩之五言，亦始自乘，世傳《古詩十九首》，《玉臺新詠》以爲出於乘者八篇，姑繫于此。其辭曰：

行行重行行，與君生别離。相去萬餘里，各在天一涯。道路阻且長，會面安可知？胡馬依北風，越鳥巢南枝。相去日已遠，衣帶日已緩。浮雲蔽白日，遊子不顧反。思君令人老，歲月忽已晚。棄捐勿復道，努力加餐飯！

青青河畔草，鬱鬱園中柳。盈盈樓上女，皎皎當窗牖；娥娥紅粉妝，纖纖出素手。昔爲倡家女，今爲蕩子婦。蕩子行不歸，空牀難獨守！

西北有高樓，上與浮雲齊；交疏結綺窗，阿閣三重階。上有絃歌聲，音響一何悲！誰能爲此曲，無乃杞梁妻？清商隨風發，中曲正徘徊。一彈再三歎，慷慨有餘哀。不惜歌者苦，但傷知音稀。願爲雙鳴鶴，奮翅起高飛。

涉江采芙蓉，蘭澤多芳草。采之欲遺誰？所思在遠道。還顧望舊鄉，長路漫浩浩。同心而離居，憂傷以終老。

庭中有奇樹，緑葉發華滋。攀條折其榮，將以遺所思。馨香盈懷袖，路遠莫致之。此物何足貴，但感别經時。

迢迢牽牛星，皎皎河漢女。纖纖擢素手，札札弄機杼。終日不成章，泣涕零如雨。河漢清且淺，相去復幾許？盈盈一水間，脈脈不得語。

東城高且長，逶迤自相屬。迴風動地起，秋草萋已緑。四時更變化，歲暮一何速！晨風懷苦心，蟋蟀傷局促。蕩滌放情志，何爲自結束！燕趙多佳人，美者顏如玉。被服羅裳衣，當户理清曲。音響一何悲，絃急知柱促。馳情整中帶，沈吟聊躑躅。思爲雙飛燕，銜泥巢君屋。

明月何皎皎，照我羅牀幃。憂愁不能寐，攬衣起徘徊。客行雖云樂，不如早旋歸。出户獨彷徨，愁思當告誰？引領還入房，淚下沾裳衣。

觀其結體散文，直而不野，婉轉附物，怊悵切情，實五言之冠冕也。其體原出於《國風》，蓋比興意多而出以柔厚，柔則意婉而不爲傾瀉，厚則味永而不同寒瘦。不能不言，而又不欲竟言，託物寓意，於是乎有比興。特《國風》多四言之結體，而此爲五言之開山。又《國風》語短而調緩，此則句長而絃促，淒激有餘響，操調略似《楚騷》，或遜《國風》之雅意深篤。風會變遷，非緣人力也。

《古詩十九首》，自乘八篇外，其《冉冉孤生竹》一篇，《文心雕龍・明詩》以爲東漢傅毅之作。而《青青陵上柏》、《今日良宴會》、《明月皎夜光》、《迴車駕言邁》、《驅車上東門》、《去者日以疏》、《生年不滿百》、《凜凜歲云暮》、《孟冬寒氣至》、《客從遠方來》十篇，則不知作者姓名，或以爲桓帝、靈帝時作。其辭曰：

青青陵上柏，磊磊澗中石。人生天地間，忽如遠行客。斗酒相娱樂，聊厚不爲薄。驅車策駑馬，游戲宛與洛。洛中何鬱鬱，冠帶自相索；長衢羅夾巷，王侯多第宅；兩宫遥相望，雙闕百餘尺。極宴娱心意，戚戚何所迫！

今日良宴會，歡樂難具陳。彈筝奮逸響，新聲妙入神。令德唱高言，識曲聽其真。齊心同所願，含意俱未申。人生寄一世，奄忽若飆塵，何不策高足，先據要路津！無爲守窮賤，轗軻長苦辛。

明月皎夜光，促織鳴東壁。玉衡指孟冬，衆星何歷歷。白露沾野草，時節忽復易；秋蟬鳴樹間，玄鳥逝安適。昔我同門友，高舉振六翮；不念携手好，棄我如遺跡。南箕北有斗，牽牛不負軛。良無盤石固，虚名復何益！

迴車駕言邁，悠悠涉長道。四顧何茫茫，東風摇百草。所遇無故物，焉得不速老！盛衰各有時，立身苦不早。人生非金石，豈能長壽考。奄忽隨物化，榮名以爲寶。

驅車上東門，遥望郭北墓。白楊何蕭蕭，松柏夾廣路。下有陳死人，杳杳即長暮；潛寐黄泉下，千載永不寤。浩浩陰陽移，年命如朝露。人生忽如寄，壽無金石固。萬歲更相送，聖賢莫能度。服食求神仙，多爲藥所誤。不如飲美酒，被服紈與素。

去者日以疏，來者日以親。出郭門直視，但見丘與墳。古墓犂爲田，松柏摧爲薪。白楊多悲風，蕭蕭愁殺人。思還故里閭，欲歸道無因。

生年不滿百，常懷千歲憂。晝短苦夜長，何不秉燭遊。爲樂當及時，何能待來兹。愚者愛惜費，但爲後世嗤。仙人王子喬，難可與等期。

凜凜歲云暮，螻蛄夕鳴悲。涼風率已厲，遊子寒無衣。錦衾遺洛浦，同袍與我違。獨宿累長夜，夢想見容輝。良人惟古懽，枉駕惠前綏；願得常巧笑，攜手同車歸。既來不須臾，又不處重闈。亮無晨風翼，焉能凌風飛？眄睞以適意，引領遥相睎。徙倚懷感傷，垂涕沾雙扉。

孟冬寒氣至，北風何慘慄。愁多知夜長，仰觀衆星列。三五明月滿，四五蟾兔缺。客從遠方來，遺我一書札：上言長相思，下言久離别。置書懷袖中，三歲字不滅。一心抱區區，懼君不識察。

客從遠方來，遺我一端綺。相去萬餘里，故人心尚爾。文彩雙鴛鴦，裁爲合歡被；著以長相思，緣以結不解。以膠投漆中，誰能别離此！

低徊細誦，氣調實與枚乘不同。蓋乘之八篇，宛轉附物，多美人香草之思，文温以麗。而此十篇，則意悲而激，驚心動魄，其妙處似質而腴，骨最蒼，氣最遒。以枚乘爲況：乘妍冶饒姿態，此遒勁見骨力。乘所病兒女情多，此獨臻風雲氣遒。大抵漢詩五言，雜有《國風》之温柔，楚《騷》之哀怨，而發之以邊塞之凄厲悲壯，考之以七雄之縱横家氣調，故不同風人之和雅，而亦異《楚辭》之纏綿，觀於古詩及乘而可知矣。至於結言端直，而發音遒激者，其體蓋出《小雅》也。

五言之作，枚乘而外，《文選》所引李陵詩尤著。陵與蘇武友善。武使匈奴被繫，而陵兵敗，爲匈奴執降。及武之歸，陵以詩贈别，文多凄怨，自有清拔之氣，激楚似《騷》，温厚如《詩》，與枚乘同一風格。凡三章，録其二章，辭曰：

良時不再至，離别在須臾。屏營衢路側，執手野踟躕。仰視浮雲馳，奄忽互相踰。風波一失所，各在天一隅。長當從此别，且復立斯須。欲因晨風發，送子以賤軀。

攜手上河梁，遊子暮何之。徘徊蹊路側，悢悢不得辭。行人難久留，各言長相思。安知非日月，弦望自有時？努力崇明德，皓首以爲期。

篇無警句，句無切響，而自然高亮，如秋雁唳空；情韻不匱，音響有餘；意悲而遠，驚心凄魄！

任昉《文章緣起》、鐘嶸《詩品》標李陵爲五言宗，而不言蘇武，劉勰《文心雕龍・明詩》篇云："李陵、班婕妤見疑於後代。"亦無蘇武，而世傳古詩四章，出之蘇武，録其三章，辭曰：

黄鵠一遠别，千里顧徘徊；胡馬失其羣，思心常依依。何況雙飛龍，羽翼臨當乖。幸有絃歌曲，可以喻中懷。請爲遊子吟，泠泠一何悲；絲竹厲清聲，慷慨有餘哀。長歌正激烈，中心愴以摧。欲展清商曲，念子不能歸。俯仰内傷心，淚下不可揮。願爲雙黄鵠，送子俱遠飛。

結髮爲夫妻，恩愛兩不疑。歡娱在今夕，嬿婉及良時。征夫懷往路，起視夜何其。參辰皆已没，去去從此辭。行役在戰場，相見未有期。握手一長歎，淚爲生别滋。努力愛春華，莫忘歡樂時！生當復來歸，死當長相思。

燭燭晨明月，馥馥我蘭芳。芬馨良夜發，隨風聞我堂。征夫懷遠路，遊子戀故鄉。寒冬十二月，晨起踐嚴霜。俯觀江漢流，仰視浮雲翔。良友遠離别，各在天一方；山海隔中州，相去悠且長。嘉會難再遇，歡樂殊未央。願君崇令德，隨時愛景光。

玩其詞旨，亦係送别，非答李陵，而語多相襲。李陵第一首"良時不再至，離别在須臾"，蘇武第三首"結髮爲夫妻，恩愛兩不疑。歡娱在今夕，嬿婉及良時"四句，即從之化出。特李用賦，蘇比興；李激切，蘇婉深。李第一首“仰視浮雲馳，奄忽互相踰；風波一失所，各在天一隅”，蘇第四首“俯觀江漢流，仰視浮雲翔，良友遠離别，各在天一方”，辭意雷同，尤屬顯然。而蘇第二首“黄鵠一遠别，千里顧徘徊”六句。從李第一首“長當從此别，且復立斯須”脱胎。特李直賦，蘇比興。“願爲雙黄鵠，送子俱遠飛”，從李第一首“欲因晨風發，送子以賤軀”脱胎，特李晨風，蘇黄鵠。李以“努力崇明德”結三篇。蘇以“願君崇令德”結四篇。當是後人擬李作而託之蘇乎？特李雕潤恨少，無慚清勁，而蘇才章富健，厥旨淵放。李則氣過其文，而蘇質有其文。以此而論，蘇爲長矣。擬古之作，得未曾有。

司馬相如，字長卿，蜀郡成都人，以貲爲郎，事景帝爲散騎常侍，非其好也。是時梁孝王來朝，從辭賦之士鄒陽、枚乘之徒，相如見而悦之，因病免，客游梁，得與諸侯游士居。數歲，乃著《子虚》之賦。蜀人楊得意爲狗監，侍武帝。帝讀《子虚賦》而善之，曰：“朕獨不得與此人同時哉！”得意曰：“臣邑人司馬相如自言爲此賦。”帝驚，乃召問相如。相如曰：“有是。然此乃諸侯之事，請爲天子游獵之賦。”帝令尚書給筆札。相如以子虚，虚言也，爲楚稱；烏有先生者，烏有此事也，爲齊難；亡是公者，亡是人也，欲明天子之義，故虚藉此三人爲辭，因以諷諫。其辭曰：

楚使子虚使於齊。王悉發車騎，與使者出畋。畋罷，子虚過奼烏有先生，亡是公存焉。坐定，烏有先生問曰：“今日畋樂乎？”子虚曰：“樂。”“獲多乎？”曰：“少。”“然則何樂？”對曰：“僕樂齊王之欲夸僕以車騎之衆，而僕對以雲夢之事也。”曰：“可得聞乎？”子虚曰：“可！王車駕千乘，選徒萬騎，畋於海濱；列卒滿澤，罘網彌山，掩兔轔鹿，射麋脚麟；鶩於鹽浦，割鮮染輪；射中獲多，矜而自功，顧謂僕曰：‘楚亦有平原廣澤遊獵之地，饒樂若此者乎？楚王之獵，孰與寡人乎？’僕下車對曰：‘臣，楚國之鄙人也，幸得宿衛十有餘年，時從出遊，遊於後園，覽於有無，然猶未能徧覩也；又焉足以言其外澤乎？’齊王曰：‘雖然，略以子之所聞見而言之。’僕對曰：‘唯唯！’

‘臣聞楚有七澤，嘗見其一，未覩其餘也。臣之所見，蓋特其小小者耳，名曰雲夢。雲夢者，方九百里，其中有山焉。其山則盤紆岪鬱，隆崇嵂崒；岑崟參差，日月蔽虧；交錯糾紛，上干青雲；

罷池陂陀，下屬江河。其土則丹青赭堊，雌黄白坿，錫碧金銀，衆色炫耀，照爛龍鱗。其石則赤玉玫瑰，琳瑉昆吾；瑊玏玄厲，碝石碔砆。其東則有蕙圃：衡蘭芷若，芎藭菖蒲；江蘺蘼蕪，諸柘巴苴。其南則有平原廣澤：登降陁靡，案衍壇曼，緣以大江，限以巫山。其高燥則生葴菥苞荔，薜莎青薠；其埤溼則生藏莨蒹葭，東蘠雕胡，蓮藕觚盧，菴閭軒于，衆物居之，不可勝圖。其西則有湧泉清池，激水推移，外發芙蓉菱華，内隱巨石白沙。其中則有神龜蛟鼉，瑇瑁鼈黿。其北則有陰林，其樹楩枏豫章，桂椒木蘭，檗離朱楊，樝梨梬栗，橘柚芬芳。其上則有鵷雛孔鸞，騰遠射干。其下則有白虎玄豹，蟃蜒貙犴。於是乎乃使剸諸之倫，手格此獸。

楚王乃駕馴駮之駟，乘雕玉之輿，靡魚須之橈旃，曳明月之珠旗，建干將之雄戟，左烏號之雕弓，右夏服之勁箭。陽子驂乘，孅阿爲御。案節未舒，即陵狡獸：蹴蛩蛩，轔距虚，軼野馬，轊陶駼，乘遺風，射遊騏，倏眒倩浰，雷動猋至，星流霆擊；弓不虚發，中必決眦；洞胸達掖，絶乎心繫；獲若雨獸，揜草蔽地。於是楚王乃弭節徘徊，翺翔容與，覽乎陰林，觀壯士之暴怒，與猛獸之恐懼，徼㷟受詘，殫覩衆物之變態。

於是鄭女曼姬，被阿緆，揄紵縞，雜纖羅，垂霧縠；襞積褰縐，紆徐委曲；鬱橈谿谷，衯衯裶裶；揚袘戌削，蜚襳垂髾；扶輿猗靡，翕呷萃蔡；下靡蘭蕙，上拂羽蓋，錯翡翠之威蕤，繆繞玉綏，眇眇忽忽，若神僊之仿佛。於是乃相與獠於蕙圃，媻姍勃窣，上乎金堤；揜翡翠，射鵔鸃；微矰出，孅繳施；弋白鵠，連駕鵝；雙鶬下，玄鶴加。怠而後發，遊於清池，浮文鷁，揚旌栧；張翠帷，建羽蓋；罔瑇瑁，鉤紫貝。摐金鼓，吹鳴籟；榜人歌，聲流喝；水蟲駭，波鴻沸，湧泉起，奔揚會，礧石相擊，硠硠磕磕，若雷霆之聲，聞乎數百里之外。將息獠者，擊靈鼓，起烽燧，車按行，騎就隊，纚乎淫淫，般乎裔裔。於是楚王乃登雲陽之臺，泊乎無爲，憺乎自持，勺藥之和，具而後御之。不若大王終日馳騁，曾不下輿，脟割輪焠，自以爲娛。臣竊觀之，齊殆不如。'於是齊王無以應僕也。"

烏有先生曰："是何言之過也？足下不遠千里，來貺齊國。王悉發境内之士，備車騎之衆，與使者出畋，乃欲戮力致獲，以娱左右，何名爲夸哉？問楚地之有無者，願聞大國之風烈，先生之餘論也。今足下不稱楚王之德厚，而盛推雲夢以爲高，奢言淫樂而顯侈靡，竊爲足下不取也。必若所言，固非楚國之美也。無而言之，是害足下之信也。彰君惡，傷私義，二者無一可；而先生行之，必且輕於齊而累於楚矣。且齊東陼巨海，南有瑯琊，觀乎成山，射乎之罘，浮渤澥，遊孟諸；邪與肅慎爲鄰，右以湯谷爲界。秋田乎青丘，徬徨乎海外，吞若雲夢者八九於其胸中，曾不蔕芥。若乃俶儻瑰瑋，異方殊類，珍怪鳥獸，萬端鱗崪；充牣其中，不可勝記。禹不能名，卨不能計。然在諸侯之位，不敢言遊戲之樂，苑囿之大。先生又見客，是以王辭不復，何爲無以應哉!"

亡是公听然而笑曰："楚則失矣；而齊亦未爲得也。夫使諸侯納貢者，非爲財幣，所以述職也。對疆畫界者，非爲守禦，所以禁淫也。今齊列爲東藩，而外私肅慎，捐國逾限，越海而田，其於義固未可也。且二君之論，不務明君臣之義，正諸侯之禮；徒事争於游戲之樂，苑囿之大，欲以奢侈相勝，荒淫相越，此不可以揚名發譽，而適足以貶君自損也。

且夫齊楚之事，又烏足道乎？君未覩夫巨麗也，獨不聞天子之上林乎？左蒼梧，右西極；丹水更其南，紫淵徑其北；終始灞滻，出入涇渭；酆鎬潦潏，紆餘委蛇，經營乎其内；蕩蕩乎八川分流，相背而異態。東西南北，馳騖往來，出乎椒丘之闕，行乎洲淤之浦；經乎桂林之中，過乎泱漭之野，汩乎混流，順阿而下，赴隘陿之口，觸穹石，激堆埼，沸乎暴怒，洶涌彭湃；滭弗宓汩，偪側泌瀄；横流逆折，轉騰潎洌；滂濞沆溉，穹隆雲橈；宛潬膠盭，逾波趨浥；涖涖下瀨，批巖衝擁，奔揚滯沛；臨坻注壑，瀺灂賈墜；沈沈隱隱，砰磅訇礚；潏潏淈淈，湁潗鼎沸；馳波跳沫，汩濦漂疾；悠遠長懷，寂漻無聲，肆乎永歸；然後灝溔潢漾，安翔徐回；翯乎滈滈，東注太湖，衍溢陂池。於是乎蛟龍赤螭，䱭䲛漸離，鰅鰫鰬魠，禺禺魼鰨，揵鰭掉尾，振鱗奮翼，潛處乎深巖。魚鼈讙聲，萬物衆夥：明月珠子，的皪江靡。蜀石黄碝，水玉磊砢，磷磷爛爛，采色澔汗，藂積乎其中。鴻鷫鵠鴇，駕鵝屬玉，交精旋目，煩鶩庸渠，箴疵䴔盧，羣浮乎其上。汎淫泛濫，隨風澹淡，與波摇蕩，奄薄水渚，唼喋菁藻，咀嚼菱藕。

於是乎崇山矗矗，巃嵸崔巍；深林巨木，嶄巖參差。九嵕嶻嶭，南山峨峨，巖陁甗錡，摧崣崛崎；振溪通谷，蹇産溝瀆，谽呀豁閜，阜陵別隝，崴磈嵔廆；丘虚崛礨，隱轔鬱壘；登降施靡，陂池貏豸；沇溶淫鬻，散渙夷陸；亭皋千里，靡不被築。揜以緑蕙，被以江蘺。糅以蘪蕪，雜以留夷。布結縷，攢戾莎。揭車衡蘭，槀本射干；茈薑蘘荷，葴持若蓀；鮮支黄礫，蔣苧青薠。布濩閎澤，延曼太原；離靡廣衍，應風披靡；吐芳揚烈，郁郁菲菲；衆香發越，肸蠁布寫，晻薆咇茀。於是乎周覽泛觀，縝紛軋芴，芒芒怳忽，視之無端，察之無涯。日出東沼，入乎西陂。其南則隆冬生長，踊水躍波。其獸則㺎旄貘犛，沈牛麈麋；赤首圜題，窮奇象犀。其北則盛夏含凍裂地，涉冰揭河。其獸則麒麟角端，騊駼槖駝；蛩蛩驒騱，駃騠驢嬴。

於是乎離宫别館，彌山跨谷；高廊四注，重坐曲閣；華榱璧璫，輦道纚屬；步櫩周流，長途中宿。夷嵕築堂，累臺增成，岩窔洞房。頫杳眇而無見，仰攀橑而捫天；奔星更於閨闥，宛虹拖於楯軒。青龍蚴蟉於東廂，象輿婉僤於西清。靈圄燕於閒館，偓佺之倫，暴於南榮。醴泉涌於清室，通川過於中庭；盤石振崖，嶔岩倚傾；嵯峨嶕嶫，刻削崢嶸，玫瑰碧琳，珊瑚叢生。瑉玉旁唐，玢豳文鱗。赤瑕駁犖，雜臿其間。晁采琬琰，和氏出焉。於是乎盧橘夏熟，黄甘橙楱，枇杷橪柿，亭柰厚朴，梬棗楊梅，櫻桃蒲陶，隱夫薁棣，荅遝離支，羅乎後宫，列乎北園；貤丘陵，下平原；揚翠葉，杌紫莖；發紅華，垂朱榮；煌煌扈扈，照耀巨野。沙棠櫟櫧，華楓枰櫨，留落胥邪，仁頻并閭，欃檀木蘭，豫章女貞，長千仞，大連抱，夸條直暢，實葉葰楙，欑立叢倚，連卷欐佹，崔錯癹骫，坑衡閜砢，垂條扶疏，落英幡纚，紛溶箾蔘，猗狔從風，藰莅卉歙，蓋象金石之聲，管籥之音。偨池茈虒，旋還乎後宫，雜襲絫輵，被山緣谷，循阪下隰，視之無端，究之無窮。於是乎玄猿素雌，蜼玃飛蠝；蛭蜩蠼猱，獑胡豰蛫，棲息乎其間，長嘯哀鳴，翩幡互經，夭蟜枝格，偃蹇杪顛，踰絶梁，騰殊榛，捷垂條，掉希閒，牢落陸離，爛漫遠遷，若此者數百千處。娛遊往來，宮宿館舍，庖廚不徙，後宮不移，百官備具。

於是乎背秋涉冬，天子校獵，乘鏤象，六玉虯；拖蜺旌，靡雲旗；前皮軒，後道遊；孫叔奉轡，衛公參乘，扈從橫行，出乎四校之中。鼓嚴簿，縱獵者，江河爲阹，泰山爲櫓，車騎雷起，殷天動地；先後陸離，離散別追，淫淫裔裔；緣陵流澤，雲布雨施；生貔豹，搏豺狼；手熊羆，足野羊；蒙鶡蘇，絝白虎；被斑文，跨野馬；淩三嵕之危，下磧歷之坻，徑峻赴險，越壑厲水；椎蜚廉，弄獬豸；格蝦蛤，鋋猛氏；羂騕褭，射封豕；箭不苟害，解脰陷腦；弓不虛發，應聲而倒。於是乘輿弭節徘徊，翱翔往來。睨部曲之進退，覽將帥之變態；然後侵淫促節，儵敻遠去，流離輕禽，蹴履狡獸；轊白鹿，捷狡兔；軼赤電，遺光耀，追怪物，出宇宙；彎蕃弱，滿白羽；射遊梟，櫟蜚遽；擇肉而後發，先中而命處；弦矢分，藝殪仆。然後揚節而上浮，淩驚風，歷駭猋，乘虛無，與神俱；躪玄鶴，亂昆雞；遒孔鸞，促鵕鸃；拂翳鳥，捎鳳凰；捷鵷鶵，揜焦明。道盡途殫，迴車而還，消搖乎襄羊，降集乎北紘，率乎直指，晻乎反鄉。蹷石闕，歷封巒，過鳷鵲，望露寒，下棠梨，息宜春；西馳宣曲，濯鷁牛首；登龍台，掩細柳；觀士大夫之勤略，均獵者之所得獲，徒車之所轔轢，步騎之所蹂若，人臣之所蹈藉，與其窮極倦𠜲，驚憚讋伏，不被創刃而死者，他他藉藉，填坑滿谷，掩平彌澤。

於是乎遊戲懈怠，置酒乎顥天之台，張樂乎膠葛之寓；撞千石之鐘，立萬石之虡；建翠華之旗，樹靈鼉之鼓；奏陶唐氏之舞，聽葛天氏之歌。千人唱，萬人和；山陵爲之震動，川谷爲之蕩波。巴渝宋蔡，淮南干遮，文成顛歌；族居遞奏，金鼓迭起，鏗鎗闛鞈，洞心駭耳。荊吴鄭衛之聲，韶濩武象之樂，陰淫案衍之音，鄢郢繽紛，激楚結風；俳優侏儒，狄鞮之倡。所以娛耳目，樂心意者，麗靡爛漫於前，靡曼美色於後。若夫青琴宓妃之徒，絶殊離俗，妖冶嫻都；靚妝刻飾，便嬛綽約；柔橈嫚嫚，嫵媚孅弱；曳獨繭之褕紲，眇閻易以恤削；便姍嫳屑，與俗殊服；芬芳漚鬱，酷烈淑郁；皓齒粲爛，宜笑的皪；長眉連娟，微睇綿藐；色授神與，心愉於側。於是酒中樂酣，天子芒然而思，似若有亡；曰：'嗟乎，此大奢侈！朕以覽聽餘閒，無事棄日，順天道以殺伐，時休息於此，恐後葉靡麗，遂往而不返，非所以爲繼嗣創業垂統也。'

於是乎乃解酒罷獵，而命有司曰：'地可墾闢，悉爲農郊，以贍萌隸。隤牆填塹，使山澤之人得至焉。實陂池而勿禁，虛宫館而勿仞；發倉廩以救貧窮，補不足，恤鰥寡，存孤獨。出德號，省刑罰；改制度，易服色，革正朔，與天下爲更始。'於是歷吉日以齋戒，襲朝服，乘法駕，建華旗，鳴玉鸞，遊於六藝之囿，馳騖乎仁義之塗。覽觀《春秋》之林，射《貍首》，兼《騶虞》，弋玄鶴，舞干戚，載雲罕，掩羣雅，悲《伐檀》，樂樂胥；修容乎禮園，翱翔乎書圃，述易道，放怪獸，登明堂，坐清廟，次羣臣，奏得失。四海之内，靡不受獲！於斯之時，天下大悦；鄉風而聽，隨流而化。卉然興道而遷義；刑錯而不用，德隆於三王，而功羨於五帝，若此故獵乃可喜也。若夫終日馳騁，勞神苦形；罷車馬之用，抏士卒之精。費府庫之財，而無德厚之恩，務在獨樂，不顧衆庶。忘國家之政，貪雉兔之獲，則仁者不繇也。從此觀之，齊、楚之事，豈不哀哉！地方不過千里，而囿居九百。是草木不得墾闢，而人無所食也。夫以諸侯之細，而樂萬乘之侈，僕恐百姓被其尤也。"於是二子愀然改容，超若自失，逡巡避席曰："鄙人固陋，不知忌諱，乃今日見教，謹受命矣。"

主客問難，辭意鏗訇，麗而不靡，壯而能遒，此正行以戰國縱横之辭也。賦者，古詩之流，而爲縱横之繼別；比興諷諭，本於《詩》教；鋪張揚厲，又出縱横。故曰："賦者，鋪也；鋪張揚厲，體物寫志也。"體物寫志，故曰"古詩之流"；鋪張揚厲，乃見縱横之意；遂客主以首引，極聲貌以窮文。相如《子虛》《上林》，與宋玉《登徒》，枚乘《七發》，一脈相傳。妙在疏古之氣，腴而奥，圓而勁，有縱横之意，無排比之跡。宋玉以女色爲主，相如以遊畋爲主，而枚乘則更遍及於音樂、滋味、馳騁、游讌、校獵、觀濤，恣意佚樂，所以諷也；而見用意處，不在鋪張揚厲，而在閒閒一二冷語，此文章之體要，而辭賦之寫志，然使一直説出，有何意味？後人無鋪張之才，純以議論見意；寫志有之，體物則未也。獨相如與枚乘，以體物爲寫志，極鋪張揚厲之能，此所以爲辭賦之宗也。賦奏，天子大悦，以爲郎。數歲，會唐蒙使略通夜郎，徵發巴、蜀吏卒千人，郡又多爲發轉漕卒萬餘人，用軍興法誅其渠率。巴、蜀人大驚恐。上聞之，乃遣相如責唐蒙等，因喻告巴、蜀人以非上之意也。乃著書假蜀父老爲辭，而己以語難之，以諷天子，因宣其使指，令百姓知天子意焉。其辭曰：

漢興，七十有八載，德茂存乎六世；威武紛紜，湛恩汪濊。羣生霑濡，洋溢乎方外。於是乃命使西征，隨流而攘，風之所被，罔不披靡；因朝冉、從駹、定笮、存邛，略斯榆，舉苞蒲，結軌還轅，東鄉將報，至於蜀都。耆老大夫搢紳先生之徒二十有七人，儼然造焉。辭畢，進曰："蓋聞天子之牧夷狄也，其義羈縻勿絶而已。今罷三郡之士，通夜郎之塗，三年於茲，而功不竟，士卒勞倦，萬民不贍，今又接之以西夷。百姓力屈，恐不能卒業。此亦使者之累也，竊爲左右患之。且夫邛笮西夷之與中國并也，歷年茲多，不可記已。仁者不以德來，強者不以力并，意者其殆不可乎？今割齊民以附夷狄，敝所恃以事無用，鄙人固陋，不識所謂。"

使者曰："烏謂此乎！必若所云，則是蜀不變服，而巴不化俗也。僕常惡聞若説。然斯事體大，固非觀者之所覯也。余之行急，其詳不可得聞已。請爲大夫粗陳其略：蓋世必有非常之人，然後有非常之事；有非常之事，然後有非常之功。夫非常者，固常人之所異也，故曰：'非常之原，黎民懼焉。'及臻厥成，天下晏如也。昔者洪水沸出，氾濫衍溢，民人升降移徙，崎嶇而不安。夏后氏戚之，乃堙洪塞源，決江疏河，灑沈澹災，東歸之於海，而天下永寧。當斯之勤，豈惟民哉？心煩於慮而身親其勞，躬胝無胈，膚不生毛，故休烈顯乎無窮，聲稱浹乎於茲。

且夫賢君之踐位也，豈特委瑣喔躖，拘文牽俗，修誦習傳，當世取説云爾哉？必將崇論宏議，創業垂統，爲萬世規。故馳騖乎兼容并包，而勤思乎參天貳地。且《詩》不云乎？‘普天之下，莫非王土。率土之濱，莫非王臣。’是以六合之内，八方之外，浸淫衍溢，懷生之物，有不浸潤於澤者，賢君恥之。今封疆之内，冠帶之倫，咸獲嘉祉，靡有闕遺矣！而夷狄殊俗之國，遼絶異黨之域，舟車不通，人跡罕至，政教未加，流風猶微，内之則時犯義侵禮於邊境；外之則邪行横作，放殺其上，君臣易位，尊卑失序，父老不辜，幼孤爲奴虜，係縲號泣，内嚮而怨，曰：‘蓋聞中國有至仁焉，德洋恩普，物靡不得其所；今獨曷爲遺己！’舉踵思慕，若枯旱之望雨。戾夫爲之垂涕，況乎上聖，又焉能已？故北出師以討强胡，南馳使以誚勁越，四面風德，二方之君，鱗集仰流，願得受號者以億計！故乃關沬若，徼牂牁，鏤靈山，梁孫原，創道德之塗，垂仁義之統，將博恩廣施，遠撫長駕，使疏逖不閉，曶爽闇昧，得耀乎光明，以偃甲兵於此，而息討伐於彼。遐邇一體，中外禔福，不亦康乎！夫拯民於沈溺，奉至尊之休德，反衰世之陵夷，繼周氏之絶業，天子之亟務也。百姓雖勞，又惡可以已乎哉？且夫王者固未有不始於憂勤，而終於逸樂者也。然則受命之符，合在於此。方將增太山之封，加梁父之事；鳴和鸞，揚樂頌，上減五，下登三。觀者未覩旨，聽者未聞音；猶鷦鵬已翔乎寥廓之宇，而羅者猶視乎藪澤，悲夫！”於是諸大夫茫然喪其所懷來，失厥所以進，喟然并稱曰：“允哉漢德！此鄙人之所願聞也。百姓雖勞，請以身先之。”敞罔靡徙，遷延而辭避！

開譬切至，蓋辭命而非辭賦。然於嚴辭詰數之中，有雍容揄揚之意。大抵相如之辭賦，侈麗而有《國策》縱横之意；相如之辭命，辯肆而得楚《騷》纏綿之味。綺而能遒，麗而不靡，婀娜剛健，所以爲難。若以與司馬遷相提并論，大抵司馬遷得楚《騷》之情，而抒以縱横之辭。相如得楚《騷》之辭，而運以縱横之氣。司馬遷叙事浩落，於權奇中饒嫵媚。相如屬辭綿麗，於婀娜中見剛健。其大較也。相如爲《子虚》、《上林賦》，意思蕭散，不復與外事相關；控引天地，錯綜古今，忽然如睡，焕然而興，幾百日而後成。其友人盛覽，字長通，牂牁名士，嘗問以作賦。相如曰：“合綦組以成文，列錦繡而爲質，一經一緯，一宫一商，此賦之跡也。賦家之心，包括宇宙，總攬人物，斯乃得之於内，不可得而傳。”覽乃作《合組歌》、《列錦賦》而退，終身不敢言作賦之心矣。

第四節　司馬遷

司馬遷生龍門，耕牧河山之陽，年十歲，則誦古文，二十而南游江淮，上會稽，探禹穴，窺九疑，浮於沅湘，北涉汶泗，講業齊魯之都，觀孔子之遺風，鄉射鄒嶧。於是父談爲太史公，而遷世其官，紬史記石室金匱之書。會李陵兵敗降匈奴，而遷白其無罪，遂遭腐刑；既而爲中書令，尊寵任職。故人益州刺史任安乃與書，責以進賢之義。而遷自以著書未成，故忍辱被刑而不死，乃發憤報書，其辭曰：

太史公牛馬走，司馬遷再拜言少卿足下：曩者辱賜書，教以慎於接物，推賢進士爲務，意氣勤勤懇懇；若望僕不相師，而用流俗人之言。僕非敢如此也。僕雖罷駑，亦嘗側聞長者之遺風矣。顧自以爲身殘處穢，動而見尤，欲益反損，是以獨鬱悒而誰與語。諺曰：“誰爲爲之，孰令聽之！”蓋鐘子期死，伯牙終身不復鼓琴。何則？士爲知己者用，女爲説己者容。若僕大質已虧缺矣，雖材懷隋和，行若由夷，終不可以爲榮。適足以見笑而自點耳。書辭宜答，會東從上來，又迫賤事，相見日淺，卒卒無須臾之閒，得竭志意。今少卿抱不測之罪，涉旬月，迫季冬，僕又薄從上雍，恐卒然不可爲諱，是僕終已不得舒憤懣以曉左右，則長逝者魂魄，私恨無窮。請略陳固陋，闕然久不報，幸勿爲過。

僕聞之：修身者，智之符也。愛施者，仁之端也。取與者，義之表也。恥辱者，勇之决也。立名者，行之極也。士有此五者，然後可以託於世，而列於君子之林矣。故禍莫憯於欲利，悲莫痛於傷心，行莫醜於辱先，詬莫大於宫刑。刑餘之人，無所比數，非一世也，所從來遠矣：昔衛靈公與雍渠同載，孔子適陳。商鞅因景監見，趙良寒心。同子參乘，袁絲變色。自古而恥之。夫以中材之人，事有關於宦竪，莫不傷氣，而況於慷慨之士乎？如今朝廷雖乏人，奈何令刀鋸之餘，薦天下之豪俊哉？僕賴先人緒業，得待罪輦轂下二十餘年矣。所以自惟：上之不能納忠效信，有奇策材力之譽，自結明主。次之又不能拾遺補闕，招賢進能，顯岩穴之士。外之不能備行伍，攻城野戰，有斬將搴旗之功。下之不能積日累勞，取尊官厚祿，以爲宗族交遊光寵。四者無一遂，苟合取容，無所短長之效，可見於此矣。鄉者僕亦嘗厠下大夫之列，陪奉外廷末議；不以此時引綱維，盡思慮，今已虧形爲掃除之隸，在闒茸之中，乃欲仰首伸眉，論列是非，不亦輕朝廷、羞當世之士邪？嗟乎，嗟乎！如僕尚何言哉，尚何言哉！

且事本末未易明也。僕少負不羈之才，長無鄉曲之譽。主上幸以先人之故，使得奏薄伎，出入周衛之中。僕以爲戴盆何以望天，故絶賓客之知，忘室家之業，日夜思竭其不肖之才力，務一心營職，以求親媚於主上。而事乃有大謬不然者。夫僕與李陵俱居門下，素非相善也，趨舍異路，未嘗銜杯酒，接殷勤之餘懽，然僕觀其爲人，自守奇士，事親孝，與士信，臨財廉，取與義，分别有讓，恭儉下人，常思奮不顧身以徇國家之急。其素所蓄積也，僕以爲有國士之風。夫人臣出萬死不顧一生之計，赴公家之難，斯已奇矣。今舉事一不當，而全軀保妻子之臣，隨而媒蘖其短，僕誠私心痛之。且李陵提步卒不滿五千，深踐戎馬之地，足歷王庭，垂餌虎口，横挑强胡，仰億萬之師，與單于連戰十有餘日，所殺過半當。虜救死扶傷不給，旃裘之君長咸震怖，乃悉徵其左右賢王，舉引弓之民，一國共攻而圍之；轉鬭千里，矢盡道窮，救兵不至，士卒死傷如積。然陵一呼勞軍，士無不起，躬自流涕，沬血飲泣，更張空拳，冒白刃，北嚮争死敵者。陵未没時，使有來報，漢公卿王侯皆奉觴上壽。後數日，陵敗書聞，主上爲之食不甘味，聽朝不怡；大臣憂懼，不知所出。僕竊不自料其卑賤，見主上慘愴怛悼；誠欲效其款款之愚。以爲李陵素與士大夫絶甘分少，能得人之死力，雖古之名將，不能過也。身雖陷敗，彼觀其意，且欲得其當而報於漢。事已無可奈何，其所摧敗，功亦足以暴於天下矣。僕懷欲陳之而未有路。適會召問，即以此指推言陵之功，欲以廣主上之意，塞睚眦之辭，未能盡明。明主不曉，以爲僕沮二師，而爲李陵遊説，遂下於理。拳拳之忠，終不能自列，因爲誣上，卒從吏議。家貧，貨賂不足以自贖；交游莫救視，左右親近不爲一言。身非木石，獨與法吏爲伍，深幽囹圄之中，誰可告愬者，此真少卿所親見，僕行事豈不然乎?

李陵既生降，隤其家聲；而僕又佴之蠶室，重爲天下觀笑，悲夫，悲夫！事未易一二爲俗人言也。僕之先人，非有剖符丹書之功；文史星曆，近乎卜祝之閒，固主上所戲弄，倡優所畜，流俗之所輕也。假令僕伏法受誅，若九牛亡一毛，與螻蟻何以異?而世俗又不與能死節者次比，特以爲智窮罪極，不能自免，卒就死耳。何也?素所自樹立使然也。

人固有一死，死有重於泰山，或輕於鴻毛，用之所趨異也。太上不辱先，其次不辱身，其次不辱理色，其次不辱辭令，其次詘體受辱，其次易服受辱，其次關木索、被箠楚受辱，其次剔毛髮、嬰金鐵受辱，其次毀肌膚、斷肢體受辱，最下腐刑極矣。《傳》曰："刑不上大夫。"此言士節不可不勉勵也。猛虎在深山，百獸震恐，及在檻阱之中，摇尾而求食，積威約之漸也。故士有畫地爲牢，勢不可入；削木爲吏，議不可對，定計於鮮也。今交手足，受木索，暴肌膚，受榜箠，幽於圜牆之中；當此之時，見獄吏則頭槍地，視徒隸則心惕息，何者?積威約之勢也。及已至是，言不辱者，所謂强顔耳，曷足貴乎?且西伯，伯也，拘於羑里。李斯，相也，具於五刑。淮陰，王也，受械於陳。彭越、張敖，南面稱孤，繫獄抵罪。絳侯誅諸吕，權傾五伯，囚於請室。魏其，大將也，衣赭衣，關三木。季布爲朱家鉗奴。灌夫受辱於居室。此人皆身至王侯將相，聲聞鄰國；及罪至罔加，不能引决自裁，在塵埃之中，古今一體，安在其不辱也！由此言之：勇怯，勢也；强弱，形也；審矣，何足怪乎。夫人不能早自裁繩墨之外，以稍陵遲，至於鞭箠之間，乃欲引節，斯不亦遠乎?古人所以重施刑於大夫者，殆爲此也。夫人情莫不貪生惡死，念父母，顧妻子。至激於義理者不然，乃有所不得已也。今僕不幸，早失父母，無兄弟之親，獨身孤立，少卿視僕於妻子何如哉。且勇者不必死節，怯夫慕義，何處不勉焉。僕雖怯懦，欲苟活，亦頗識去就之分矣，何至自沈溺縲紲之辱哉！且夫臧獲婢妾，猶能引决，况僕之不得已乎！所以隱忍苟活，幽於糞土之中而不辭者，恨私心有所不盡，鄙陋没世，而文采不表於後世也。

古者富貴而名磨滅，不可勝記。惟倜儻非常之人稱焉。蓋文王拘而演《周易》，仲尼厄而作《春秋》；屈原放逐，乃賦《離騷》；左丘失明，厥有《國語》；孫子臏脚，兵法修列；不韋遷蜀，世傳《吕覽》；韓非囚秦，《説難》、《孤憤》；《詩》三百篇，大抵賢聖發憤之所爲作也。此人皆意有所鬱結，不得通其道，故述往事，思來者。乃如左丘無目，孫子斷足，終不可用，退而論書策，以舒其憤，思垂空文以自見。僕竊不遜，近自託於無能之辭，網羅天下放失舊聞，略考其行事，綜其終始，稽其成敗興壞之紀，上計軒轅，下至於兹，爲十表，本紀十二，書八章，世家三十，列傳七十，凡百三十篇，亦欲以究天人之際，通古今之變，成一家之言。草創未就，會遭此禍，惜其不成，是以就極刑而無愠色。僕誠以著此書，藏之名山，傳之其人，通邑大都，則僕償前辱之責，雖萬被戮，豈有悔哉。然此可爲智者道，難爲俗人言也。且負下未易居，下流多謗議。僕以口語，遇遭此禍，重爲鄉黨所笑，以汙辱先人，亦何面目復上父母之丘墓乎！雖累百世，垢彌甚耳。是以腸一日而九迴，居則忽忽若有所亡，出則不知其所往。每念斯恥，汗未嘗不發背霑衣也。身直爲閨閤之臣，寧得自引，深藏巖穴邪？故且從俗浮沈，與時俯仰，以通其狂惑。今少卿乃教以推賢進士，無乃與僕私心剌謬乎。今雖欲自雕琢，曼辭以自飾，無益於俗，不信，適足取辱耳。要之死日，然後是非乃定。書不能悉意，略陳固陋。謹再拜。

文字貴鍊貴淨，而遷此書全不鍊不淨，粗枝大葉，任意寫去，而矯健磊落，筆力真如走蛟龍，挾風雨，而且峭句險字，往往不乏，讀之但見其奇肆而不得其結構。《中庸》稱“有餘不敢盡”，此則既無餘矣，猶嘵嘵不已，於文字宜不爲佳。然風神横溢，筆情恣肆，讀者多服其跌宕不羣，翻覺鍊淨者之爲瑣小，不如遷之意態豪縱不羈，其所爲盡而有餘，此所由筆力卓越。惟賈誼《過秦論》同此奇矯雄肆。自來文章惟《國策》善用其盡，跌宕昭彰，盡而不爲聲嘶氣竭，衹見恣肆横溢，儀態萬方，於粗豪出嫵媚，以雄快爲洄瀾。漢文得《國策》之盡，而夭矯餘怒，力沈氣猛者，惟賈誼與司馬遷。然賈誼明辯，盡以雄快。馬遷悲憤，盡而沉鬱。既以身遭腐刑，而恨文采不表於後世。罔羅天下放失舊聞，上起黄帝，下窮漢武，十二本紀以包舉大端，七十列傳以委曲細事；十表以譜列年爵，八書以總括政典，逮於天文地理，國制朝章，顯隱必該，洪纖靡失，合百三十篇，因魯史舊名，目之曰《太史公書》，後稱《史記》。其意則楚《騷》之情兼雅怨，其體則史記之事該本末，而其文則《國策》之辭極縱横，跌宕昭彰，獨超衆類。其爲《秦楚之際月表序》曰：

> 太史公讀《秦楚之際》，曰：初作難，發於陳涉；虐戾滅秦，自項氏；撥亂誅暴，平定海内，卒踐帝祚，成於漢家。五年之間，號令三嬗；自生民以來，未始有受命若斯之亟也。昔虞、夏之興，積善累功數十年，德洽百姓，攝行政事，考之於天，然後在位。湯、武之王，乃由契、后稷修仁行義十餘世，不期而會孟津八百諸侯，猶以爲未可；其後乃放弑。秦起襄公，章於文、繆；獻、孝之後，稍以蠶食六國，百有餘載，至始皇，乃能并冠帶之倫。以德若彼，用力如此，蓋一統若斯之難也。秦既稱帝，患兵革不休，以有諸侯也；於是無尺寸之封，墮壞名城，銷鋒鏑，鉏豪傑，維萬世之安。然王跡之興，起於閭巷，合從討伐，軼於三代。鄉秦之禁，適足以資賢者，爲驅除難耳。故發憤其所爲天下雄；安在無土不王；此乃傳之所謂大聖乎？豈非天哉！非大聖，孰能當此受命而帝者乎！

《春秋》文見於此，起義在彼；而《太史公書》亦妙得此意。即如《項羽本紀》，叙其戰勝攻取；《高祖本紀》叙其屢爲項王所敗，而首詳其符命，諸父老皆曰“平生所聞劉季諸珍怪當貴”。《項羽本紀》末叙垓下之敗，借羽口中喝出“天之亡我，非戰之罪也”一語，而《高祖本紀》叙高祖臨崩，亦稱：“吾以布衣，提三尺劍，取天下，豈非天命乎。”兩相照映，言下見得高祖並無功德，所以得天下，不過命當貴，得天獨厚耳。此序《秦楚之際月表》，歷稱虞、夏之興，湯、武之王，及秦起襄公，云“以德若彼，用力如此”。而高祖則德力兩無可稱，乃起閭巷，而合從討伐軼三代，不得已歸之於天；極意頌揚之中，辭帶諷刺，與《本紀》羽口中“非戰之罪”，高祖自云“豈非天命”，語氣熔成一片。及序《六國表》，又稱：“論秦之德義，不知魯、衛之暴戾者。量秦之兵，不如三晉之强。然卒并天下，蓋若天所助。”以天所助歸之於秦，而以德義與兵兩層“不如”夾出，正與《秦楚之際月表序》“以德若彼，用力如此”兩語對照，爲漢作影子。而卒之曰：“戰國之權變，亦頗有可采者，何必上古。秦取天下多暴；然世異變，近己而俗變相類，議卑而易行。”意尤躍然，見秦取天下多暴，而爲漢所取法；漢之治天下，不過承戰國之權變，襲秦之故耳。叙事不合參入斷語，而太史公寓主意於客位，允稱微妙！

《太史公書》與《左傳》一揆。左氏先經以始事，後經以終義，依經以辯理，錯經以合異；而太史公善叙事理，或由本以之末，或操末以續顛，或繁條而約言，或一傳而數事，夾叙夾議，於左氏法已不移而具。

文章之道，時爲大。即以《左傳》、《史記》而論：强左爲馬，則噍殺，强馬爲左，則嘽緩；惟與時爲消息，故不同，正所以同也。若逸氣縱橫，則左謝爲馬。若簪裾禮樂，則馬不繼左。馬遷文字，一二百言作一句下，更點不斷；惟長句中轉得意出，所以爲豪。而“學無所不窺”，“善指事類情”，太史公以是傳《莊子》，亦自况也。文如雲龍霧豹，出没隱現，變化無方，此莊、騷、太史所同。

第五節　王褒

西京文章，雄矯遒變。宣元之間，風骨漸隤。經生則爲匡劉之誦數，承賈董之流波，開東京許慎、鄭玄一派，記誦博而論議疏。詞人則爲王褒之鋪排，襲枚馬之餘韻，開東京崔駰、蔡邕一派，骨力衰而風華靡矣。

王褒，字子淵，蜀人也。宣帝時，修武帝故事，講論六藝羣書；徵能爲《楚辭》，召高材劉向、張子僑、華龍等，待詔金馬門。天下殷富，數有嘉應；上頗作歌詩，欲興協律之事。於是益州刺史王襄欲宣風化於衆庶，聞王褒有俊材，請褒作《中和樂職宣布》詩。好事者習而歌之，轉而上聞，因薦褒有軼材。上乃徵褒，至則詔爲《聖主得賢臣頌》，共辭曰：

夫荷旃被毳者，難與道純綿之麗密。羹藜唅糗者，不足與論太牢之滋味。今臣僻在西蜀，生於窮巷之中，長於蓬茨之下，無有游觀廣覽之知，顧有至愚極陋之累；不足以塞厚望，應明旨。雖然，敢不略陳愚心而抒情素。記曰：“恭維《春秋》法五始之要，在乎審己正統而已。”夫賢者，國家之器用也。所任賢，則趨舍省而功施普；器用利，則用力少而就效衆。故工人之用鈍器也，勞筋苦骨，終日矻矻。及至巧冶鑄干將之樸，清水淬其鋒，越砥斂其鍔，水斷蛟龍，陸剸犀革，忽若篲氾畫塗。如此，則使離婁督繩，公輸削墨，雖崇臺五層，延袤百尺而不溷者，工用相得也。庸人之御駑馬，亦傷吻弊筴而不進於行，胸喘膚汗，人極馬倦。及至駕齧膝，驂乘旦，王良執靶，韓哀附輿，縱騁馳騖，忽如影靡；過都越國，蹶如歷塊；追奔電，逐遺風，周流八極，萬里一息，何其遼哉？人馬相得也。故服絺綌之涼者，不苦盛暑之鬱燠。襲貂狐之暖者，不憂至寒之凄愴。何則？有其具者易其備。賢人君子，亦聖王所以易海内也，是以嘔喻受之，開寬裕之路，以延天下之英俊也。

夫竭智附賢者，必建仁策。索人求仕者，必樹伯跡。昔周公躬吐握之勞，故有圄空之隆。齊桓設庭燎之禮，故有匡合之功。由此觀之：君人者勤於求賢，而逸於得人。人臣亦然。昔賢者之未遭遇也，圖事揆策，則君不用其謀；陳見悃誠，則上不然其信；進仕不得施效，斥逐又非其愆；是故伊尹勤於鼎俎，太公困於鼓刀，百里自鬻，甯戚飯牛，離此患也。及其遇明君，遭聖主也，運籌合上意，諫諍則見聽，進退得關其忠，任職得行其術，去卑辱奥渫而升本朝，離蔬釋蹻而享膏粱，剖符賜壤而光祖考，傳之子孫以資說士。故世必有聖智之君，而後有賢明之臣。故虎嘯而谷風冽，龍興而致雲氣，蟋蟀俟秋吟，蜉蝣出以陰。《易》曰："飛龍在天，利見大人。"《詩》曰："思皇多士，生此王國。"故世平主聖，俊乂將自至。若堯、舜、禹、湯、文、武之君，獲稷、契、皋陶、伊尹、吕望之臣，明明在朝，穆穆列布，聚精會神，相得益彰。雖伯牙操遞鐘，逢門子彎烏號，猶未足以喻其意也。故聖主必待賢臣而弘功業，俊士亦俟明主以顯其德。上下俱欲，歡然交欣，千載一會，論説無疑，翼乎如鴻毛遇順風，沛乎若巨魚縱大壑。其得意如此，則胡禁不止，曷令不行？化溢四表，横被無窮。遐夷貢獻，萬祥必臻。是以聖主不遍窺望而視已明，不殫傾耳而聽已聰，恩從祥風翱，德與和氣游，太平之責塞，優游之望得，遵游自然之勢，恬淡無爲之場，休徵自至，壽考無疆，雍容垂拱，永永萬年；何必偃仰詘信若彭祖，呴噓呼吸如喬松，眇然絶俗離世哉？《詩》曰："濟濟多士，文王以寧"；蓋信乎其以寧也。

是時上頗好神仙，故褒對及之；極力鋪排，而振采失鮮，負聲無力；然舒徐自在，亦正於不用力處見雅潤。上令褒與張子僑等并待詔，數從褒等放獵，所幸宮館，輒爲歌頌；第其高下，以差賜帛。議者多以爲淫靡不急。上曰："不有博弈者乎，爲之猶賢乎已！辭賦，大者與古《詩》同義，小者辯麗可喜，譬如女工有綺縠，音樂有鄭衛，今世俗皆以此娱悦耳目，辭賦比之，尚有仁義諷諭、鳥獸草木多聞之觀，賢於倡優博弈遠矣。”頃之，擢褒爲諫大夫。其後太子體不安，苦忽忽善忘，不樂。詔使褒等皆之太子宫，虞侍太子，朝夕誦讀奇文及所自造作，疾平復，乃歸。太子喜褒所爲《甘泉》及《洞簫賦》，令後宫貴人左右皆誦讀之。其《洞簫賦》，著意揚詡，大約本枚乘《七發》之龍門之桐一發，而推衍之，然徒爲繁縟而遜其遒健，風骨隤矣。其它諸文，如《九懷》託衆芳之零落，悲賢人之放逐，亦是屈子遺意，而敲金擊石，特爲急節，則又不如屈子之纏綿情深。《僮約》鋪排而出以疏野，特詼詭有奇趣。

第六節　劉氏向、歆附匡衡、谷永

西漢奏議，自宣帝而後，風氣亦一變：由排宕而温醇，由縱横而儒雅，劉氏向、歆、匡衡、谷永其選也。其爲文章，引經據典，好以誦數爲功，而傅會時事，裁以己意。劉氏向、歆、父子世學，尤一代之傑焉。

向，字子政，本名更生。年十二，以任爲郎，既冠，以行修飭，擢諫大夫。是時宣帝循武帝故事，招選名儒俊才，置左右。更生以通達能屬文辭，與王褒、張子僑并進對，獻賦頌凡數十篇。會初立《穀梁春秋》，更生受《穀梁》，講論《五經》於石渠。元帝時，石顯等用事，數上書言事，遂廢不用十餘年。成帝即位，顯等伏辜，更生乃復進用，更名向，累官光禄大夫。成帝以書頗散亡，使謁者陳農求遺書，詔向校。每一書已，向輒條其篇目，撮其指意。及爲文章，詞賦摹楚《騷》而稍嫌平鈍，疏議本經術而務爲馴雅。言有據依，屬辭比事，不以馳騁見長，而辭意肫懇，素所蓄積然也。其《理甘延壽陳湯疏》曰：

> 郅支單于囚殺使者吏士以百數，事暴揚外國，傷威損重，羣臣皆閔焉。陛下赫然欲誅之，意未嘗有忘。西域都護延壽，副校尉湯，承聖指，倚神靈，總百蠻之君，攬城郭之兵，出百死，入絶域，遂蹈康居，屠五重城，搴歙侯之旗，斬郅支之首，縣旌萬里之外，揚威昆山之西，掃谷吉之恥，立昭明之功；萬夷慴伏，莫不懼震。呼韓邪單于見郅支已誅，且喜且懼，鄉風馳義，稽首來賓，願守北藩，累世稱臣。立千載之功，建萬世之安，羣臣之勳莫大焉。昔周大夫

方叔、吉甫爲宣王誅玁狁而百蠻從，其詩曰：“燀燀焞焞，如霆如雷；顯允方叔，征伐玁狁。蠻荆來威。”《易》曰：“有嘉折首，獲匪其醜。”言美誅首惡之人，而諸不順者皆來從也。今延壽湯所誅震，雖《易》之折首，《詩》之雷霆，不能及也。論大功者不録小過。舉大美者不疵細瑕。《司馬法》曰：“軍賞不踰月”；欲民速得爲善之利也，蓋急武功，重用人也。吉甫之歸，周厚賜之，其《詩》曰：“吉甫宴喜，凡多受祉。來歸自鎬，我行永久。”千里之鎬，猶以爲遠，况萬里之外？其勤至矣。

延壽湯既未獲“受祉”之報，反屈捐命之功，久挫於刀筆之前，非所以勸有功，厲戎士也。昔齊桓公前有尊周之功，後有滅項之罪，君子以功覆過，而爲之諱行事。貳師將軍李廣利捐五萬之師，靡億萬之費，經四年之勞，而厪獲駿馬三十匹，雖斬宛王毋鼓之首，猶不足以復費，其私罪惡甚多。孝武以爲萬里征伐，不録其過，遂封拜兩侯，三卿，二千石百有餘人。今康居國强於大宛，郅支之號重於宛王，殺使者罪甚於留馬。而延壽、湯不煩漢士，不費斗糧，比於貳師，功德百之。且常惠隨欲擊之烏孫，鄭吉迎自來之日逐，猶皆裂土受爵。故言威武勤勞，則大於方叔、吉甫。列功覆過，則優於齊桓、貳師。近事之功，則高於安遠、長羅。而大功未著，小惡數布，臣竊痛之。宜以時解縣通籍，除過勿治，尊寵爵位，以勸有功。

西漢文章，馬遷、相如之雄偉，此天地遒勁之氣，得於陽與剛之美者也，此天地之義氣也。劉向、匡衡之淵懿，此天地温厚之氣，得於陰與柔之美者也，此天地之仁氣也。劉向、匡衡文皆本經術。然向傾吐肝膽、誠懇惻悱，説經却轉有大意處；而衡則説經較細，然覺志不逮辭矣。西漢奏議。賈、董、匡、劉皆名儒者。然賈、董氣激，筆陣雄快而失之矜。匡、劉氣平，辭意篤雅而不免弱。賈、董主於議論，而援引亦出以議論，所以化堆垜爲煙雲。匡、劉好爲援引，而議論即託於援引，斯其不徒託於空言。是則、賈董與匡、劉之異也。特是匡衡引經據典，語無歸宿。劉向殫見洽聞，筆有裁制。匡衡不免膚泛，劉則語必切覈，斯劉之所爲勝於匡也。劉向奏議，以《諫營昌陵疏》渾融遒逸，當爲第一。次則《諫用外戚封事》，忠厚悱惻，若有所甚不得已於中者，足以貫三光而通神明。是故識精而不炫，氣盛而不矜，料王氏之必簒，思有以早爲之所。而又無誅滅王氏之意，宅心平實，指示確鑿，皆本忠愛二字彌綸周浹而出。

匡衡上疏言政治得失，上疏言治性正家，上疏戒妃匹勸經學威儀之則，則古稱先，緣飾經術，而語不切覈，意未肫摯。

谷永建始三年舉方正對策，復對，陳善責難，以經術爲緣飾，同於劉向、匡衡；特明白切覈，不同匡衡之浮泛無指實，而過爲訐直，則遜劉向之忠厚悱惻。故當雄於匡衡，淺於劉向。獨其上疏訟陳湯，密而能疏，雄而不快，足與劉向《理甘延壽陳湯疏》相匹。

向子歆，字子駿。成帝初，待詔宦者署，爲黄門郎，亦湛靖有謀，累官侍中奉車都尉光禄大夫。歆好《左氏春秋》，欲立於學官。哀帝令歆與五經博士講論其義。諸博士不肯置對。歆因移書太常博士，責讓深切。然峻而不迫，安而能勁，其文章最爲人所稱道。後改名秀，字穎叔。王莽篡漢，歆博見强志，能以經術緣飾其事。莽之居攝三年，莽母功顯君死，意不在哀。太后詔議其服。歆爲少羲和，乃獻議曰：

居攝之義，所以統立天功，興崇帝道，成就法度，安輯海内也。昔殷成湯既殁，而太子早夭，其子太甲幼少不明，伊尹放諸桐城而居攝，以興殷道。周武王既殁，周道未成，成王幼少，周公屏成王而居攝，以成周道。是以殷有翼翼之化，周有刑錯之功。今太皇太后比遭家之不造，委任安漢公宰尹羣僚，衡平天下，遭孺子幼少，未能共上下；皇天降瑞，出丹石之符，是以太皇太后則天明命，詔安漢公居攝踐祚，將以成聖漢之業，與唐、虞、三代比隆也。攝皇帝遂開祕府，會羣儒，制禮作樂，卒定庶官，茂成天功。聖心周悉，卓爾獨見，發得周禮，以明因監，則天稽古而損益焉；猶仲尼之聞韶，日月之不可階；非聖哲之至，孰能若兹。綱紀咸張，成在一簣，此其所以保祐聖漢，安靖元元之效也。今功顯君薨。禮，庶子爲後，爲其母緦。傳曰："與尊者爲體，不敢服其私親也。"攝皇帝以聖德承皇天之命，受太后之詔，居攝踐祚，奉漢大宗之後，上有天地社稷之重，下有元元萬機之憂，不得顧其私親，故太皇太后建厥元孫，俾侯新都，爲哀侯後；明攝皇帝與尊者爲體，承宗廟之祭奉，共養太皇太后，不得顧其私親也。周禮曰："王爲諸侯緦縗，弁而加環絰，同姓則麻，異姓則葛。"攝皇帝當爲功顯君緦縗，弁而加麻環絰，如天子吊諸侯服，以應聖制。

其爲文章，俯仰揖讓，動引經典，而不爲渾浩流轉之句，鏗鏘鼓舞之音，大率皆此類也。然不能仗氣愛奇，以視馬遷、相如之行神如空，控物自富，吞吐萬有，浩氣蒼莽，固自有間，雖淹雅無慚於古，而風骨少隤矣。

第七節　王莽　揚雄

劉氏向、歆湛深經術，鎔裁自我，其節安，其氣舒。王莽、揚雄誦法三代，依仿爲古，其辭矜，其格贋，而好稱引奇誕，文字爛然，浮於質矣。

王莽，字巨君。父曼，孝元皇后弟，蚤死，不侯。莽孤貧，勤身博學，收贍名士，虚譽隆洽，遂爲大司馬，輔政；迎立平帝，拜太傅，封安漢公，進號宰衡，加九錫；平帝崩，迎立宣帝玄孫廣戚侯子嬰爲皇太子，年二歲，謂之孺子，自稱攝皇帝；文章爾雅，典誥是則。東郡太守翟義起兵討之，莽惶懼，仿周公作《大誥》，班於天下，論以攝位當反政孺子之意。義滅，尋即真，定有天下之號曰新。莽乃策命孺子曰：

> 咨爾嬰！昔皇天右乃太祖，歷世十二，享國二百一十載，歷數在於予躬。《詩》不云乎，"侯服於周，天命靡常。"對爾爲定安公，永爲新室賓。於戲，敬天之休，往踐乃位，毋廢予命！

讀策畢，莽親執孺子手，流涕歔欷曰："昔周公攝位，終得復子明辟。今余獨迫皇天威命，不得如意！"哀歎良久。敢爲激發之行，處之不漸恧。置司恭，司徒，司明，司聰，司中大夫。策曰：

> 予聞上聖欲昭厥德，罔不慎修厥身，用綏于遠，是用建爾，司於五事。毋隱尤；毋將虚；好惡不愆，立於厥中。嗚呼勖哉！

蓋色取仁而行違，誦六藝以文奸言，大率仿此。莽稽古有作，好爲依仿，布政本《周官》，行文學《尚書》，雖非其誠，而簡質淵懿，其氣峻，其辭奥。今觀其文，如上書辭賞新野田，小心寅畏，不啻若自口出。《大誥》詰屈聱牙而氣流墨中。詔去剛卯，出力錢，以峻重出流利。詔限田，禁奴婢，從辨要得奥簡。自説德祥事，總説符命，矯誣神人，妙在居之不疑。下書責七公，策命統睦侯陳崇。申誥卿士，儼若臨之在上。要之文章之道，本於性情。貌很自臧，持必不移，此其氣之所以能峻。言僞而辯，順非以澤，此其文之所以追古。茂麗宏肆，不如揚雄；從容游衍，亦遜劉歆；而特以方重奥峭，别出一格。奸人之雄，曹操、司馬懿之師，豈得以末路不振而輕之。

揚雄，字子雲，蜀郡成都人也。博覽無所不見，顧嘗好辭賦。先是時，蜀有司馬相如作賦，甚宏麗温雅。雄心壯之，每作賦，常擬之以爲式。又以賦莫深於楚《騷》，反而廣之，又效《惜誦》以下至《懷沙》一卷，名曰《畔牢愁》。成帝時，客有薦雄文似相如者，召雄待詔。歲餘，奏《羽獵賦》，除爲郎，給事黄門，與王莽、劉歆并。哀帝之初，又與董賢同官。既而賢用事，諸附麗之者，或起家至二千石。時雄方草《太玄》，有以自守，泊如也。或嘲雄以玄尚白，而雄解之，效東方朔《答客難》文，號曰《解嘲》。雄以爲："賦者，將以風之，必推類而言，極麗靡之辭，閎侈鉅衍，競於使人不能加也。既乃歸之於正，然覽者已過矣。往時武帝好神仙，相如上《大人賦》，欲以風帝，反縹縹有陵雲之志。繇是言之，賦勸而不止明矣。又頗似俳優淳于髡、優孟之徒，非法度賢人君子詩賦之正也。"於是輟不復爲，非聖哲之書不好也。以爲：經莫大於《易》，故作《太玄》。傳莫大於《論語》，作《法言》。史篇莫善於《倉頡》，作《训纂》。箴莫善於《虞箴》，作《州箴》。皆斟酌其本，相與仿依而馳騁云。特仿相如，能得其茂麗。而遜其縱横。《反離騷》，則襲其奇辭，而無其高氣。斆《虞箴》，又有其精微，而失其潔淨。徒以無所不學，無所不似，澤古者深，遂臻化境。雖較相如爲緩懦，而視王褒則雄麗。王褒氣緩而不遒，辭縟而不麗；而揚雄則麗辭瑰氣，張皇周流，句法歷落，不入排偶。淵雲並稱，王故不及揚也。大抵武帝以前，鋪張揚厲，調依屈賦，而出之激楚；跌宕昭彰，詞出縱横，而雜以譬況，戰國之餘響也，而賈誼實爲前茅。昭宣而後，則古稱先，緣飾經術，而出於誦數；雍容揄揚，漸爲排偶，而不免闡緩，東京之權輿也，而揚雄則其例外。雄用心於内，不求於外，歷成、哀、平三世不徙官。及王莽篡漢，談説之士，用符命稱功德獲封爵者甚衆。雄以往時司馬相如作《封禪》一篇，以彰漢氏之休；誠樂昭著新德，光之罔極；依仿獻《劇秦美新》一篇。然相如《封禪》，以"興必慮衰，安必思危"作收，猶有頌不忘規之意；而《劇秦美新》，則一味頌諛矣。特濃腴而饒古色，沈鬱而有婉致；奥詞宏瀾，出以煉勁；意常語新，不害其爲傑作。以耆老久次轉爲大夫，實好古而樂道，其意欲求文章成名於後世；既博誦古籍，無所不仿效，輒復無所不似。自雄之歿，其《法言》大行。録《吾子篇》曰：

降周迄孔，成于王道。然後誕章乖離，諸子圖徽。撰《吾子》。

或問吾子少而好賦。曰："然，童子雕蟲篆刻。"俄而曰："壯夫不爲也。”或曰：“賦可以諷乎？”曰：“諷則已。不已，吾恐不免於勸也。”或曰：“霧縠之組麗。”曰：“女工之蠹矣。”

或問：“景差、唐勒、宋玉、枚乘之賦也，益乎？”曰：“必也淫。”“淫則奈何？”曰：“詩人之賦麗以則。辭人之賦麗以淫。如孔氏之門用賦也，則賈誼升堂，相如入室矣。如其不用何！”……或問：“屈原智乎？”曰：“如玉如瑩，爰變丹青；如其智，如其智！”

或曰：“君子尚辭乎？”曰：“君子事之爲尚。事勝辭則伉。辭勝事則賦。事辭稱則經；足言足容，德之藻矣。”或問：“公孫龍詭辭數萬以爲法；法歟？”曰：“斷木爲棋，梡革爲鞠，亦皆有法焉。不合乎先王之法者，君子不法也。”

觀書者，譬諸觀山及水。升東岳而知衆山之峛崺也，況介丘乎？浮滄海而知江河之惡沱也，況枯澤乎？捨舟航而濟乎瀆者末矣，捨《五經》而濟乎道者末矣。棄常珍而嗜乎異饌者，惡覩其識味也！……山徑之蹊，不可勝由矣。向牆之户，不可勝入矣。曰：“惡由入？”曰：“孔氏。孔氏者户也。”曰：“子户乎？”曰：“户哉户哉，吾獨有不户者矣！”

爲文章多方仿依。其初摹長卿以追楚《騷》，縱横鏗訇；繼而誦仲尼以襲經言，簡古奥峭。王莽仿《尚書》，仿《禮》；而雄效《易》，仿《論語》，心摹口追，何所不似。然從來足於道者，文心自然流出；《太玄》、《法言》，抑何氣盡力竭耶！

第三章　東漢

第一節　發凡

王莽誅滅，光武中興，雖承炎統，而文章風軌，與前不同。前漢恢張揚厲，襲戰國縱横捭闔之遺，而自出變化。東漢舂容整贍，得儒者俯仰揖讓之態，而好爲依仿。前漢張而不弛，東漢弛而不張。前漢爲周秦縱横之餘，東漢開齊梁駢偶之風。由疏而密，由樸而麗，文章之變，此其轉關。

東漢文章，前有班固，後有蔡邕，後先輝映，最爲特稱，號曰班蔡。而排衍闡緩，馮衍開其前路。

馮衍，字敬通，京兆杜陵人也。天下兵起，尚書僕射鮑永行大將軍事，安集北方。衍説以縱横之計，與上黨太守田邑等繕甲養士，扞衛并土。既而光武即位，獲邑母弟妻子，邑乃遣使獻璧馬，即拜爲上黨太守，因遣招永、衍。永、衍忿邑背前約，乃遺邑書曰：

蓋聞晉文出奔，而子犯宣其忠。趙武逢難，而程嬰明其賢。二子之義當矣。今三王背叛，赤眉危國，天下蟷動，社稷顛隕，是忠臣立功之日，志士馳馬之秋也。伯玉擢選剖符，專宰大郡。夫上黨之地，有四塞之固；東帶三關，西爲國蔽。奈何舉之以資强敵，開天下之匈，假仇讐之刃，豈不哀哉！衍聞之：委質爲臣，無有二心。挈瓶之智，守不假器。是以晏嬰臨盟，擬以曲戟，不易其辭。謝息守郕，脅以晉魯，不喪其邑。由是言之：内無鈎頸之禍，外無桃萊之利，而被叛人之聲，蒙降城之恥，竊爲左右羞之。

且邾庶其竊邑叛君以要大利，曰賤而必書。莒牟夷以土地求食，而名不滅。是以大丈夫動則思禮，行則思義，未有背此而身名能全者也。爲伯玉深計，莫若與鮑尚書同情戮力，顯忠貞之節，立超世之功。如以尊親係累之故，能捐位投命，歸之尚書，大義既全，敵人紓怨，上不損剖符之質，下足救老幼之命，申眉高談，無愧天下。若乃貪上黨之權，惜全邦之實，恐伯玉必懷周趙之憂，上黨復有前年之禍。昔晏平仲納延陵之誨，終免欒高之難。孫林父違穆子之戒，故陷終身之惡。以爲伯玉聞此至言，必若刺心；自非嬰城而堅守，則策馬而不顧也。聖人轉禍而爲福。智士因敗以成勝。願自强於時，無與俗同。

雖有縱横捭闔之意，而開闡緩比偶之體。既降光武，遂見擯棄，乃作賦自厲，命其篇曰《顯志》。體仿《離騷》，辭尚排比，而音采不贍麗，氣亦少靡矣！其鄉人有杜篤者，字秀雅，博學不修小節；居美陽，美陽令與游。數從請託，不諧，遂相恨，令繫送京師。會大司馬吴漢薨，光武詔諸儒誄之。篤於獄中爲誄辭最高；賜篤免刑。篤以關中表裏山河，先帝舊京，不宜改營洛邑；誠見司馬相如、揚子雲作辭賦以諷主上，乃上奏《論都賦》一篇，其體沿《子虚》、《上林》，辭不甚壯麗，而特和雅可誦，體密思靡，蓋班固《兩都》之所由昉云。特班固恢張雒邑，而篤則盛稱長安耳。

第二節　班固附崔駰　張衡附傅毅

班固，字孟堅，扶風安陵人也。父彪，字叔皮。王莽敗，三輔大亂。時隗囂擁衆天水，彪乃避難從之，以囂有叛漢之志，乃著《王命論》以感之。而囂終不寤，遂改事河西大將軍竇融，爲從事，畫策事漢，草章奏。及融徵還京師，光武問知爲彪所爲，雅聞其才，因召見，舉司隸茂才，拜徐令，以病免。

後數應三公之命，輒去。彪既才高而好述作，遂專心史籍之間。武帝時，司馬遷著《史記》，自太初以後，闕而不録。後好事者，頗或綴集時事，然多鄙俗，不足以踵繼其書。彪乃繼采前史遺事，傍貫異聞，作《後傳》數十篇，因斟酌前史而譏正得失，其略論曰："遷之所記，從漢元至武以絶，則其功也。至於采經摭傳，分散百家之事，甚多疏略，不如其本，務欲以多聞廣義爲功，論議淺而不篤。其論術學，則崇黄老而薄五經；序貨殖，則輕仁義而羞貧窮；道游俠，則賤守節而貴俗功，此其大敝傷道。然善述序事理，辯而不華，質而不俚，文質相稱，蓋良史之才也。司馬遷序帝王，則曰本紀；公侯傳國，則曰世家；卿士特起，則曰列傳；又進項羽、陳涉而黜淮南、衡山。細意委曲，條例不經。若序司馬相如舉郡縣，著其字；至蕭、曹、陳平之屬，及董仲舒並時之人，不記其字，或縣而不郡者，蓋不暇也。"論者以爲得實。

固承其學，遂博貫載籍。父彪卒，固居鄉里，而以彪所續前史未詳，乃潛精研思，欲就其業。既而有人告固私改作國史者，詔下郡收固繫京兆獄。固弟超乃詣闕上書，得召見，具言固所著述意。顯宗甚奇之，召詣校書郎，除蘭臺令史，與前睢陽令陳宗、長陵令尹敏、司隸從事孟異，共成《世祖本紀》，遷爲郎，典校祕書。固又撰功臣、平林、新市、公孫述事。作列傳、載記二十八篇，奏之。帝乃復使終成前所著書。固乃起元高祖，終於孝平王莽之誅，十有二世，二百三十年，綜其行事，爲十二紀、十志、八表、七十列傳，勒成一史，目爲《漢書》，蓋仿《虞書》、《夏書》、《商書》、《周書》之名。其文體異於《尚書》，全仿司馬遷例也，但不爲世家，改書曰志而已。惟遷文直而氣肆，固辭贍而裁密；遷寄微情妙旨於文辭蹊徑之外，而固則情旨盡露於文辭蹊徑之中。然固自永平中始受詔，潛精積思，二十餘年，廑乃成書，學者莫不諷誦焉。録《公孫弘傳贊》曰：

公孫弘、卜式、倪寬，皆以鴻漸之翼，困於燕爵，遠跡羊豕之間；非遇其時，焉能致此位乎？是時漢興六十餘載，海内乂安，府庫充實，而四夷未賓，制度多闕。上方欲用文武，求之如弗及，始以蒲輪迎枚生，見主父而歎息。羣士慕嚮，異人並出：卜式拔於芻牧，弘羊擢於賈豎，衛青奮於奴僕，日磾出於降虜，斯亦曩時版築飯牛之朋已。漢之得人，於兹爲盛。儒雅則公孫弘、董仲舒、倪寬，篤行則石建、石慶，質直則汲黯、卜式，推賢則韓安國、鄭當時，定令則趙禹、張湯，文章則司馬遷、相如，滑稽則東方朔、枚皋，應對則嚴助、朱買臣，曆數則唐都、洛下閎，協律則李延年，運籌則桑弘羊，奉使則張騫、蘇武，將帥則衛青、霍去病，受遺則霍光、金日磾，其餘不可勝紀。是以興造功業，制度遺文，後世莫及。孝宣承統，纂修洪業，亦講論六藝，招選茂異；而蕭望之、梁丘賀、夏侯勝、韋玄成、嚴彭祖、尹更始，以儒術進，劉向、王褒，以文章顯；將相則張世安、趙充國、魏相、邴吉、于定國、杜延年，治民則黃霸、王成、龔遂、鄭弘、召信臣、韓延壽、尹翁歸、趙廣漢、嚴延年、張敞之屬；皆有功跡，見述於後世，參其名臣，亦其次也。

借公孫弘以綜敘一代人物，雖不如司馬遷之卓犖爲傑，而和雅舂容，不大聲色而意度宏遠，亦非司馬遷之好奇負氣所有。特意盡於辭，無遷之微情妙旨！爲郎後，遂見親近，會京師修起宮室，浚繕城隍，而關中耆老，猶望朝廷西顧。固感前世相如、壽王、東方之徒，造構文辭，終以諷勸，乃上《兩都賦》，盛稱洛邑制度之美，以折西賓淫侈之論，而序其意曰：

或曰，賦者，古詩之流也。昔成康没而頌聲寢，王澤竭而《詩》不作。大漢初定，日不暇給。至於武宣之世，乃崇禮官，考文章，内設金馬石渠之署，外興樂府協律之事，以興廢斷絶，潤色鴻業，是以衆庶悦豫，福應尤盛。白麟、赤雁、芝房、寶鼎之歌，薦於郊廟；神雀、五鳳、甘露、黃龍之瑞，以爲年紀。故言語侍從之臣，若司馬相如、虞丘壽王、東方朔、枚皋、王褒、劉向之屬，朝夕論思，日月獻納。而公卿大臣，御史大夫倪寬、太常孔臧、太中大夫董仲舒、宗正劉德、太子太傅蕭望之等，時時間作。或以抒下情而通諷諭，或以宣上德而盡忠孝；雍容揄揚，著於後嗣，抑亦雅頌之亞也。故孝成之世，論而録之，蓋奏御者千有餘篇；而後大漢之文章，炳焉與三代同風。

且夫道有夷隆，學有粗密，因時而建德者，不以遠近易則。故臯陶歌虞，奚斯頌魯，同見采於孔氏，列於《詩》、《書》；其義一也。稽之上古則如彼，考之漢室又如此。斯事雖細，然先臣之舊式，國家之遺美，不可闕也！臣竊見海内清平，朝廷無事；京師修宮室，浚城隍而起苑囿，以備制度。西土耆老，咸懷怨思，冀上之眷顧，而盛稱長安舊制，有陋洛邑之議。故臣作《兩都賦》以極衆人之所眩曜，折以今之法度。

其賦分兩篇，蓋因杜篤《論都賦》而作；《西都》極其眩曜，主於諷刺，所謂抒下情而通諷諭也；《東都》折以法度，主於揄揚，所謂宣上德而盡忠孝也。主客對揚，依仿《子虛》、《上林》。然相如體雋而氣駿，楮墨殆不任軼蕩；固則采富而骨重，藻麗祇盡於揚詡；而序特和雅，但即眼前鋪叙，更不鈎深，却自無不盡；節奏最渾妙，舒徐典潤，有自然之頓挫，蓋蕴藉深，故氣度閑；春容大雅，無意與相如争能；而志節和平，東京本色，乃轉以掩相如之鏗訇，而别出一格。蓋相如恢張，氣溢於彩；而固序澹雅，辭有餘妍也。固又撰《典引》，述叙漢德，以爲相如《封禪》靡而不典，揚雄《美新》典而不實，蓋自謂得其致焉。相如骨氣奇高，辭筆生動，有飛舞之勢。雄則辭采麗茂，好用奇字，然運而無所積。班固體平詞茂，結言端直，氣少於長卿，文薄於子雲，在揚馬間别構一體；尚規矩，不貴綺錯。其它詞賦多可觀。

涿郡崔駰，字亭伯，博學，善屬文。少游太學，與班固齊名。顧以典籍爲業，未遑仕進。時人或譏其太玄靜。駰擬揚雄《解嘲》，作《達旨》以答焉。肅宗巡狩方岳，駰上《四巡頌》，辭甚典美。帝嗟嘆之，謂侍中竇憲曰："公愛班固而忽崔駰，此葉公之好龍也。"然尋駰所作，旨浮而力緩，氣益靡矣，不如固之閎麗也。

張衡字平子，南陽西鄂人也。東京之有班固、張衡，猶西漢之有司馬相如、揚雄，蕭規曹隨，有意相犯。然揚雄不如司馬之雄駿，而辭益瑰麗；張衡不如班固之茂密，而氣特恢宏；善用其長而自出變化，後先輝映，儘有獨至。班固作《兩都》，衡賦《兩京》。班固作《幽通》，衡賦《思玄》。班固有《答賓戲》，衡作《應間》。衡少善屬文，而從容淡靜。永元中，舉孝廉，不行；連辟公府，不就。時天下承平日久，自王侯以下，莫不逾侈。衡乃擬班固《兩都賦》，作《二京賦》，因以諷諫；《西京》全襲班固《西都賦》而語加恢張，參差歷落，其文法之變化，亦擷《左氏》之雅練，於整齊中見錯落，自成一格，不作排比；此實衡刻意求工，不欲效颦《西都》也。《東京賦》則歷數大典，安詳整暇，氣肅而度舒，幾欲掩過其上。蓋班固於《東都》，以不寫爲寫；而衡賦《東京》，則以寫爲寫，而詳固之所略也。然才欲窺深，詞務索廣，故思能入巧而不制繁，便覺神氣不貫，慮詳而力緩；此衡所爲不如也。及爲侍中，上疏請得專事東觀，收檢遺文，畢力補綴；又條上司馬遷、班固所叙，與典籍不合者十餘事；又以爲王莽本傳，但應載篡事而已。至於編年月，紀災祥，宜爲元后本紀。又更始居位，人無異望；光武初爲其將，然後即真；宜以更始之號，建於光武之初。議論文章，蓋欲駕固而出其上焉。

固自以志鬱道滯，仿《離騷》，作《幽通賦》以自暢；而衡亦爲《思玄賦》。《幽通賦》意祖《離騷》，而辭多詰屈，似有意學揚雄；然辭奇而氣不疏，遂不能運；又平典似道德論；賦家以體物爲鋪排，而《幽通賦》獨以議論引古爲結構，正言未能若反，轉以正襟未能高談，不耐尋味。然《幽通》寫意以直賦；而《思玄》則叙事爲比興，仿屈原《遠游》之意而推廣之，布局儘宏，而用意甚緊，以視《幽通》之艱澀平板者，何啻後賢之畏。但仿古太似則不新，立局太寬則不緊，此所以不如前人也。揚雄有言："詩人之賦麗以則。"東京詞賦，大抵則而不麗；而麗者又或欠駿逸，茂於辭而不疏於氣，班固、張衡，其焯焯也。獨馬融作《廣成頌》，典麗矞皇，波瀾壯闊；王延壽作《魯靈光殿賦》，藻采焕發，氣機流動，蒼勁古逸，胥有西京之遺云。然東京文章闡緩，而詩特警遒；文章綺茂，而詩特疏朗；所以逸響高調，挺拔而爲俊矣。

傅毅，字武仲，扶風茂陵人也。少博學；以顯宗求賢不篤，士多隱處，故作《七激》以爲諷。又劉勰《文心雕龍·明詩》稱傅毅爲《冉冉孤生竹》一詩，亦此意也。其辭曰：

> 冉冉孤生竹，結根泰山阿。與君爲新婚，兔絲附女蘿。兔絲生有時，夫婦會有宜；千里遠結婚，悠悠隔山陂。思君令人老，軒車來何遲。傷彼蕙蘭花，含英揚光輝，過時而不采，將隨秋草萎。君亮執高節，賤妾亦何爲。

雅得風人比興之意，辭不華藻，而特高亮凄激。建初中，肅宗博召文學之士，以毅爲蘭臺令史，拜郎中，與班固賈逵共典校書；而固譏"武仲下筆不能自休"；今觀毅所作，雖不如固之雲興車屯，辭筆奔會，而凝厚之中，饒有流動，堆垛盡化煙雲。著詩、賦、誄、頌、祝文、七激、連珠凡二十八篇；造懷指事，詩最清峻。至張衡爲《四愁詩》，則益原本屈宋，依仿楚聲，七言騰踴而爲新體。其辭曰：

> 我所思兮在太山，欲往從之梁父艱，側身東望涕霑翰。美人贈我金錯刀，何以報之英瓊瑶。路遠莫致倚逍遥，何爲懷憂心煩勞！
>
> 我所思兮在桂林，欲往從之湘水深，側身南望涕沾襟。美人贈我金琅玕，何以報之雙玉盤。路遠莫致倚惆悵，何爲懷憂心煩傷！

我所思兮在漢陽，欲往從之隴阪長，側身西望涕沾裳。美人贈我貂襜褕，何以報之明月珠。路遠莫致倚踟躕，何爲懷憂心煩紆！

我所思兮在雁門，欲往從之雪紛紛，側身北望涕沾巾。美人贈我錦繡段，何以報之青玉案。路遠莫致倚增歎，何爲懷憂心煩惋！

時天下漸弊，鬱鬱不得志；乃仿屈原，以美人爲君子，珍寶爲仁義，水深雪雰爲小人；思以道術相報，貽於時君；而懼讒邪不得以通，自抒其鬱陶云爾。衡所作詩，如《怨篇》四言和雅，得三百篇之敦厚；《同聲歌》五言婉篤，異《十九首》之哀思。而《怨篇》託興於秋蘭，《同聲歌》取譬於淑女，香草美人以喻君子，則又出於楚《騷》也；然取《騷》之意而不爲其體。《四愁詩》朗麗以哀志，則又襲《騷》體而異其調；楚《騷》纏綿，而此則哀激也。

第三節　蔡邕

司馬遷、相如，才駿而氣逸。班固、張衡，辭麗而體閎。而蔡邕，則不能駿逸而爲冲和者也，不能閎麗而爲雅瞻者也。蔡邕，字伯喈，陳留圉人也。少博學，好辭章；獻帝時，累拜左中郎將；封高陽鄉侯。董卓爲司空，重邕才學，厚相遇待。及卓誅，并被收付廷尉。邕前在東觀，與盧植、韓説等撰補《後漢記》，會遭事流離，不及得成。至是乃陳辭謝，乞黥首刖足，繼成漢史，卒被殺。其撰集漢事，未見録，以繼後史，適作《靈紀》及《十意》，又補别諸列傳四十二篇，因李傕之亂，湮没多不存。所著詩、賦、碑、誄、銘、讚、連珠、箴、吊、論議、《獨斷》、《勸學》、《釋誨》、《叙樂》、《女訓》、《篆勢》、祝文、章表、書記，凡百四篇，今存九十篇，而墓碑居其半，曰碑、曰銘、曰神誥、曰哀讚，其實一也。處士郭泰有高名，及死，邕爲作碑曰："吾爲人作碑，未嘗不有慚容；惟爲郭有道頌，無愧色耳！"其辭曰：

先生，諱泰，字林宗，太原界休人也。其先出自有周，王季之穆，有虢叔者，實有懿德。文王咨焉，建國命氏，或謂之郭；即其後也。先生誕膺天衷，聰叡明哲，孝友温恭，仁篤慈惠。夫其器量宏深，姿度廣大，浩浩焉，汪汪焉，奥乎不可測已。若乃砥節礪行，直道正辭，貞固足以幹事，隱括足以矯時。遂考覽六經，探綜圖緯，周流華夏，隨集帝學，收文武之將墜，拯微言之未絶。於時，纓緌之徒，紳佩之士，望形表而影附，聆嘉聲而響和者，猶百川之歸巨海，鱗介之宗龜龍也。爾乃潛隱衡門，收朋勤誨，童蒙賴焉，用祛其蔽。州郡聞德，虚己備禮，莫之能致。羣公休之，遂辟司徒掾，又舉有道，皆以疾辭；將蹈鴻涯之遐跡，紹巢許之絶軌，翔區外以舒翼，超天衢以高峙。稟命不融，享年四十有二，以建寧二年正月乙亥卒。凡其四方同好之人，永懷哀悼，靡所置念，乃相與惟先生之德，以謀不朽之事；僉以爲先民既没，而德音猶存者，亦賴之於見述也。今其如何而闕斯禮？於是樹碑表墓，昭銘景行，俾芳烈奮於百世，令聞顯於無窮。其辭曰：

於休先生，明德通玄；純懿淑靈，受之自天。崇壯幽浚，如山如淵。禮樂是悦，詩書是敦；匪惟摭華，乃尋厥根。宫牆重仞，允得其門。懿乎其純，確乎其操。洋洋搢紳，言觀其高；棲遲泌丘，善誘能教。赫赫三事，幾行其招。委辭召貢，保此清妙。降年不永，民斯悲悼。爰勒茲銘，摛其光耀。嗟爾來世，是則是效。

邕之文，澤古者深；其辭坦迤如不經意，而暗與之合。大抵以《書》之端凝植其骨，以《詩》之安和植其節，以《左氏》之整暇調其機。其文以意度勝人，不以骨力見高；舒詳安雅，而氣如瑩，渢渢乎三代之遺音也。然有餘於安和，不足於警切；叙事不具本末，議論亦欠分曉。集中《郭有道》、《陳太丘》兩碑，最爲名篇；而浮辭滿紙，絶不見其人性情。詞賦依效《離騷》，亦無跌宕偉麗之觀；平流徐行，蓋其素性然云。東京作者，駢稱班、蔡；然邕慮詳而力緩，温雅以循規；不如固之雅壯而多風，情高以會采也。世傳有《蔡中郎集》六卷，或十卷。

第四節　孔融附禰衡

遒文壯節，足以振靡起懦者，於漢季得一人焉，曰孔融。融，字文舉，魯國人，孔子二十世孫。性好學，博涉多該覽。建安中，獻帝都許，累拜將作大匠。既見曹操雄詐漸著，數不能堪，故發辭偏宕。操憚融名重天下而建正議，慮鯁大業。山陽郗慮承望風旨，以微法奏免融官；操遂構成其罪，令路粹枉狀奏融："前與白衣禰衡跌宕放言，更相贊揚，衡謂融曰：'仲尼不死。'融答曰：'顔回復生。'"竟坐誅。所著詩、頌、碑文、論議、六言、策文、表、檄、教令、書記，凡二十五篇。雖體屬駢麗，然卓犖遒亮，信含異氣，筆墨之性，殆不可勝。而與曹公《論盛孝章書》，縱筆無結構，然雄邁之氣，彌以不掩。其辭曰：

歲月不居，時節如流；五十之年，忽焉已至。公爲始滿，融又過二。海内知識，零落殆盡，惟會稽盛孝章尚存。其人困於孫氏，妻孥湮没，單孑獨立，孤危愁苦；若使憂能傷人，此子不能復永年矣。《春秋傳》曰："諸侯有相滅亡者，桓公不能救，則桓公恥之！"今孝章，實丈夫之雄也；天下談士，依以揚聲。而身不免於幽縶，命不期於旦夕；是吾祖不當復論損益之友，而朱穆所以絶交也。公誠能馳一介之使，加咫尺之書，則孝章可致，友道可宏矣。今之少年，喜謗前輩，或能譏評孝章。孝章要爲有天下大名；九牧之人，所共稱歎！燕君市駿馬之骨，非欲以騁道里，乃當以招絶足也。惟公匡復漢室，宗社將絶，又當正之，正之之術，實須得賢。珠玉無脛而自至者，以人好之也。況賢者之有足乎？昭王築臺以尊郭隗。隗雖小才而逢大遇，竟能發明主之至心。故樂毅自魏往，劇辛自趙往，鄒衍自齊往。向使郭隗倒懸而王不解，臨溺而王不拯，則士亦將高翔遠引，莫有北首燕路者矣。凡所稱引，自公所知；而復有云者，欲公崇篤斯義；因表不悉。

不甚斲削，然疏俊可誦！又《薦禰衡表》，則於典麗之中，能爲疏宕；雖野於班固，而茂於蔡邕。建安文章，雅壯多風，結兩漢之局，而開魏晉之派者，蓋融有以先之也。融所爲五言雜詩，如"巖巖鍾山首"一首，氣鬱勃而辭遒壯；"遠送新行客"一首，意凄惋而筆曲達；骨氣奇高，不假藻飾。融與廣陵陳琳孔璋、山陽王粲仲宣、北海徐幹偉長、陳留阮瑀元瑜、汝南應瑒德璉、東平劉楨公幹，并稱建安七子。六子皆與操子丕、植友善，各被操辟爲掾屬；獨融爲漢盡命。

平原禰衡，字正平，亦有文采，而不在七人之列。自以有才辯，而氣尚剛傲，好矯時慢物，惟善於融，融亦深愛其才。衡始弱冠，而融年四十，遂與爲交友；既爲疏薦之，數稱述於曹操。操欲見之，而衡素相輕疾。操懷忿，而以其才名，不欲殺之，於是遣人騎送之荆州劉表，復侮慢於表。表恥不能容，以江夏太守黄祖性急，故送衡與之，卒以見害，年二十六。其文章多亡，獨傳《鸚鵡賦》，未極鋪采摛文之能。其他文章，儷體行文，亦傷平典；雅而不壯，未及孔融之逸氣貫注，淋漓行墨間也。蓋融氣盛於爲筆，衡則思鋭於爲文，有偏美焉。

第四章　三國

第一節　發凡

燕趙多慷慨悲歌之士，江左擅綺麗纖靡之文，自古然矣；顧有不可論於三國者。魏武帝崛起稱霸，開基青豫，以文武姿，掞藻揚葩，把酒臨江，横槊賦詩，固一世之雄也。子桓、子建，兄弟競爽，亦擅詞采；然華而不實，上有好者，下必殆甚。陳琳、阮瑀以符檄擅聲，王粲、徐幹以辭賦標美，劉楨情高以全彩，應瑒學優以得文，皆一時之秀。而何晏、王弼妙善玄言，嵇康、阮籍輕世肆志，已萌晉世清談之習，而開江左六朝綺麗之風矣。夫江左六朝，建國金陵，阻長江爲天塹，與北方抗衡；其端實自孫氏啓之。孫權稱制江東，號吴大帝；然文筆雅健，不爲綺麗；《與諸將令》、《責諸葛瑾詔》，卓犖有西京之風焉。虞翻《諫獵》之書，簡而能要。駱統《理張温表》，語亦詳暢。而諸葛恪《救國》之論，慨當以慷，尤吴人文之可誦者。吴之末造，韋曜《博弈論》，漸近偶儷，然質而不靡，以視魏武父子之風情儁上，辭彩秀拔，固有間矣。誰則謂南朝文士盡華靡者乎？至蜀爲司馬相如、揚雄辭賦家産地，而諸葛亮文彩不艷，陳壽亦不與相如競艷，而質直過之。是南人之文質直，轉不如北人之藻逸工言情矣。豈非古今一變例也哉！

第二節　魏武帝　文帝　曹植

附王粲、徐幹、陳琳、阮瑀、應瑒、劉楨、楊修

三國之文，莫盛於魏。西漢之文駿朗，東京之文麗則；而魏則總兩漢之菁英，導六朝之先路，麗而能朗，疏以不野，藻密於西漢，氣疏於東京；此所以獨出冠時，而擅一代之勝也。方漢建安之世，魏武帝實秉國鈞，推獎文學，俊彦蔚集。文帝爲五官將，及弟平原侯植，皆好文章，王粲、徐幹、陳琳、阮瑀、應瑒、劉楨并見友善；而“七子”之目，實自文帝；其爲《典論・論文》曰：

> 文人相輕，自古而然。傅毅之於班固，伯仲之間耳；而固小之，與弟超書曰：“武仲以能屬文爲蘭臺令史，下筆不能自休。”夫人善於自見，而文非一體，鮮能備善；是以各以所長，相輕所短。里語曰：“家有弊帚，享之千金。”斯不自見之患也。今之文人，魯國孔融文舉、廣陵陳琳孔璋、山陽王粲仲宣、北海徐幹偉長、陳留阮瑀元瑜、汝南應瑒德璉、東平劉楨公幹。斯七子者，於學無所遺，於辭無所假；咸以自騁驥騄於千里，仰齊足而并馳；以此相服，亦良難矣。蓋君子審己以度人，故能免於斯累，而作論文。王粲長於辭賦。徐幹時有齊氣，然粲之匹也。如粲之《初征》、《登樓》、《槐賦》、《征思》，幹之《玄猿》、《漏卮》、《圓扇》、《橘賦》，雖張蔡不過也；然於他文，未能稱是。琳、瑀之章表書記，今之雋也。應瑒和而不壯，劉楨壯而不密。孔融體氣高妙，有過人者，然不能持論，理不勝辭，以至乎雜以嘲戲；及其所善，揚、班儔也。常人貴遠賤近，向聲背實，又患闇於自見，謂己爲賢。
>
> 夫文，本同而末異。蓋奏議宜雅，書論宜理，銘誄尚實，詩賦欲麗。此四科不同，故能之者偏也；惟通才能備其體。文以氣爲主。氣之清濁有體，不可力强而致；譬諸音樂，曲度雖均，節奏同檢；至於引氣不齊，巧拙有素；雖在父兄，不能以移子弟。蓋文章，經國之大業，不朽之盛事。年壽有時而盡，榮樂止乎其身；二者必至

之常期，未若文章之無窮；是以古之作者，寄身於翰墨，見意於篇籍，不假良史之辭，不託飛馳之勢，而聲名自傳於後。故西伯幽而演《易》，周旦顯而制《禮》，不以隱約而弗務，不以康樂而加思。夫然，則古人賤尺璧而重寸陰，懼乎時之過已。而人多不强力；貧賤則懾於飢寒，富貴則流於逸樂，遂營目前之務，而遺千載之功；日月逝於上，體貌衰於下，忽然與萬物遷化，斯志士之大痛也。融等已逝，唯幹著論，成一家言。

文帝縟采有餘，而《典論》獨爲澹雅，出以散朗。其它諸作如《與鍾大理書》，以君子比德於玉，鋪采摛文，賦心書體，若嫌濃至；《與朝歌令吴質書》，追想南皮之游，觸緒感慨，情文並茂，縟不害骨，致爲雋篇。而《與吴質第二書》，則意與《典論·論文》相發，以徐、陳、應、劉一時俱逝作骨，俯仰綿邈，不以縟采見才藻，而於粗樸覘情深，疏疏落落，當爲第一。

徐幹於七子中最爲清玄體道，著《中論》二十篇，其大指原本經訓，指陳人事，而歸於聖賢之道；《大臣篇》極推荀卿而不取游説之士；《考僞篇》以求名爲聖人之至禁；辭意典雅，而無奇矯之致，可謂彬彬君子矣，不復以華采爲工也。

王粲溢才，捷而能密；屬文舉筆便成，無所改定；然正復精意覃思，亦不能加也。著詩賦、論議，垂六十篇。文帝稱其長於辭賦；然辭有餘愜，氣無激韻；而《登樓》一賦，蓋依荆州劉表，意有所鬱結不得通，蘄於發憤一吐；然低徊俯仰，曲澗淪漪，無長江大河波濤洶湧之觀。而《爲劉荆州與袁譚、袁尚》兩書，亦同《左氏》之優游緩節，而異戰國之卓犖爲傑；文帝所爲惜其體弱，不起其文者也。其《登樓賦》曰：

登兹樓以四望兮，聊暇日以銷憂。覽斯宇之所處兮，實顯敞而寡仇。挾清漳之通浦兮，倚曲沮之長洲；背墳衍之廣陸兮，臨皋隰之沃流。北彌陶牧，西接昭丘。華實蔽野，黍稷盈疇。雖信美而非吾土兮，曾何足以少留！遭紛濁而遷逝兮，漫踰紀以迄今。情眷眷而懷歸兮，孰憂思之可任？憑軒檻以遥望兮，向北風而開襟。平原遠而極目兮，蔽荆山之高岑。路逶迤而脩迥兮，川既漾而濟深。悲舊鄉之壅隔兮，涕横墜而弗禁。昔尼父之在陳兮，有歸歟之歎音；鍾儀幽而楚奏兮，莊舄顯而越吟。人情同於懷土兮，豈窮達而異心。

> 惟日月之逾邁兮，俟河清其未極。冀王道之一平兮，假高衢而騁力。懼匏瓜之徒懸兮，畏井渫之莫食。步棲遲以徙倚兮，白日忽其將匿。風蕭瑟而并興兮，天慘慘而無色；獸狂顧以求羣兮，鳥相鳴而舉翼。原野闃其無人兮，征夫行而未息。心淒愴以感發兮，意忉怛而憯惻。循階除而下降兮，氣交憤於胸臆。夜參半而不寐兮，悵盤桓以反側。

朗麗哀志，楚《騷》遺調，摘其詩賦，則七子之冠冕乎。

陳琳、阮瑀，則文帝所云章表書記之雋；武帝並以爲司空軍謀祭酒，管記室；軍國書檄，多琳、瑀所作也，而琳尤健爽。帝平張魯，曹洪以都督隨征，琳乃爲洪與文帝書曰：

> 前初破賊，情侈意奢，説事頗過其實。得九月二十書，讀之喜笑，把玩無厭。亦欲令陳琳作報，琳頃多事，不能得爲。念欲遠以爲歡，故自竭老夫之思；辭多不可一二，粗舉大綱，以當談笑。
>
> 漢中地形，實自險固；四岳三塗，皆不及也，彼有精甲數萬，臨高守要，一夫揮戟，萬人不得進；而我軍過之，若駭鯨之决細網，奔兕之觸魯縞，未足以喻其易。雖云王者之師，有征無戰；不義而强，古今常有。故唐虞之世；蠻夷猾夏；周宣之盛，亦讐大邦；《詩》、《書》歎載，言其難也。斯皆憑阻恃遠，故使其然。是以察兹地勢，謂爲中材處之，殆難倉卒。來命陳彼妖惑之罪，叙王師曠蕩之德，豈不信然。是夏殷所以喪，苗扈所以斃；我之所以克，彼之所以敗也。不然，商周何以不敵哉？昔鬼方聾昧，崇虎讒凶，殷辛暴虐，三者，皆下科也。然高宗有三年之征，文王有退修之軍，孟津有再駕之役，然後殪戎勝殷，有此武功；未有星流景集，飈奮霆擊，長驅山河，朝至暮捷若今者也。由此觀之，彼固不憚下愚；則中才之守，不然明矣。
>
> 在中才則謂不然，而來示乃以爲彼之惡稔，雖有孫田墨氂，猶無所救，竊又疑焉。何者？古之用兵，敵國雖亂，尚有賢人，則不伐也；是故三仁未去，武王還師。宫奇在虞，晉不加戎。季梁猶在，强楚挫謀。暨至衆賢奔絀，三國爲墟，明其無道有人，猶可救也。且夫墨子之守，縈帶爲垣，高不可登，折箸爲械，堅不可入；若乃距陽平，據石門，攄八陣之列，騁奔牛之權；焉肯土崩魚爛哉？設令守無巧拙，皆可攀附，則公輸已陵宋城，樂毅已拔即墨矣；墨翟

之術何稱？田單之智何貴？老夫不敏，未之前聞。蓋聞過高唐者效王豹之謳，游睢涣者學藻繢之采，間自入益部，仰司馬、揚、王遺風，有子勝斐然之志，故頗奮文辭，異於他日。怪乃輕其家丘，謂爲“倩人”，是何言歟？夫騄驥垂耳於坰牧，鴻雀戢翼於汚池，褻之者，固以爲園圃之凡鳥，外廄之下乘也。及其整蘭筋，揮勁翮，陵厲清浮，顧盼千里；豈可謂其借翰於晨風，假足於六駁哉？恐猶未信丘言，必大噱也。洪白。

腴而得峭，駿而爲婉，詞氣紛紜，遠勝王粲之文秀而質羸也。王粲屬文，舉筆便成，篇中無幽奥之辭，雕鏤之字；低徊往復，蕲於自抒胸臆。而琳則著力鍛語，以細爲弘，以琢爲肆，遂覺色濃而味腴矣。

阮瑀書記，亦稱翩翩。武帝既喪師赤壁，吴絶不通，瑀乃爲作書與孫權曰：

離絶以來，於今三年，無一日而忘前好，亦猶姻媾之義，恩情已深，違異之恨，中間尚淺也。孤懷此心，君豈同哉？每覽古今所由改趣，因緣侵辱，或起瑕釁，心忿意危，用成大變；若韓信傷心於失楚，彭寵積望於無異，盧綰嫌畏於已隙，英布憂迫於情漏，此事之緣也。孤與將軍，恩如骨肉。割授江南，不屬本州，豈若淮陰捐舊之恨？抑遏劉馥，相厚益隆，寧放朱浮顯露之奏？無匿張勝貸故之變，非有陰構賁赫之告，固非燕王淮南之釁也。而忍絶王命，明棄碩交，實爲佞人所構會也。夫似是之言，莫不動聽；因形設象，易爲變觀。示之以禍難，激之以恥辱；大丈夫雄心，能無憤發？昔蘇秦説韓，羞以牛後；韓王按劍，作色而怒；雖兵折地割，猶不爲悔，人之情也。仁君年壯氣盛，緒信所嬖；既懼患至，兼懷忿恨，不能復遠度孤心，近慮事勢；遂齎見薄之決計，秉翻然之成議；加劉備相扇誘，事結釁連，推而行之。想暢本心，不願於此也。

孤以德薄，位高任重，幸蒙國朝將泰之運，蕩平天下，懷集異類，喜得全功，長享其福；而姻親坐離，厚援生隙；常恐海内多以相責，以爲老夫包藏禍心，陰有鄭武取胡之詐，乃使仁君翻然見絶。以是忿忿，懷慚反側。常思除棄少事，更申前好，二族俱榮，流祚後嗣，以明雅素。中誠之效，抱懷數年，未得散意。

昔赤壁之役，遭離疫氣，燒船自還，以避惡地；非周瑜水軍所能抑挫也。江陵之守，物盡穀殫，無所復據，徙民還師；又非瑜之所能敗也。荆土本非己分，我盡與君，冀取其餘；非相侵肌膚，有所割損也。思計此變，無傷於孤；何必自遂於此，不復還之？高帝設爵以延田横，光武指河而誓朱鮪，君之負累，豈如二子？是以至情，願聞德音。往年在譙，新造舟船，取足自載，以至九江，貴欲觀湖漅之形，定江濱之民耳；非有深入攻戰之計。將恐議者大爲己榮，自謂策得，長無西患；重以此故，未肯廻情。然智者之慮，慮於未形；達者所規，規於未兆。是故子胥知姑蘇之有麋鹿；輔果識智伯之爲趙禽；穆生謝病，以免楚難；鄒陽北遊，不同吴禍，此四士者，豈聖人哉？徒通變思深，以微知著耳。以君之明，觀孤術數；量君所據，相計土地，豈勢少力乏，不能遠舉，割江之表，晏安而已哉？甚未然也。若恃水戰，臨江塞要，欲令王師終不得渡，亦未必也。夫水戰千里，情巧萬端。越爲三軍，吴曾不禦。漢潛夏陽，魏豹不意。江河雖廣，其長難恃也。凡事有宜，不得盡言；將修前好而張形勢，更無以威脅重敵人；然有所恐，恐書無益。何則？往者軍逼而自引還；今日在遠而興慰納，辭遜意狹，謂其力盡；適以增驕，不足相動；便明效古人，當自圖之耳。

昔淮南信左吴之策，隗囂納王元之言，彭寵受親吏之計；三夫不寤，終爲世笑。梁王不受詭勝，竇融斥逐張元；二賢既覺，福亦隨之。願君少留意焉。若能内取子布，外擊劉備，以效赤心，用復前好；則江表之任，長以相付；高位重爵，坦然可觀；上令聖朝無東顧之勞，下令百姓保安全之福，君享其榮，孤受其利，豈不快哉！若忽至誠，以處僥倖，婉彼二人，不忍加罪；所謂小人之仁，大仁之賊；大雅之人，不肯爲此也。若憐子布，願言俱存；亦能傾心去恨，順君之情，更與從事，取其後善；但禽劉備，亦足爲效；開設二者，審處一焉。聞荆揚諸將，并得降者，皆言交州爲君所執，豫章距命不承執事，疫旱並行，人兵損減，各求進軍；其言云云。孤聞此言，未以爲悦。然道路既遠，降者難信。幸人之災，君子不爲。且又百姓，國家之有；加懷區區，樂欲崇和。庶幾明德，來見昭副。不勞而定，於孤益貴。是故按兵守次，遣書致意。古者兵交，使在其中。願仁君及孤，虚心回意，以應詩人補衮之歎，而慎《周易》

牽復之義。濯鱗清流，飛翼天衢，良時在茲，勖之而已。

條暢任氣，優柔懌懷，雖不及陳琳之銛勁，然俊而能婉，所以難能。陳琳之爲袁紹《檄豫州》，爲魏武《檄吴將校部曲》，乘勢恐喝。而瑀此書，當敗軍之後，固不能以形勢自夸，有倍難於措辭者。情諷理喻，入後餘波淋漓，是尺牘佳境，正於率處見風度；與陳琳著力鍛語，於鍛處見遒健者，故不同也。建安七子，王粲、徐幹，文秀而質羸；孔融、陳琳，氣駿而筆遒；而瑀翩翩書記，介於其間，故當雄於王徐，靡於孔陳。琳瑀書記，得蘇張縱横之辯，而無其雄直駿快。王粲詞賦，有屈宋朗麗之風，而遜其瑰詭惠巧。追風以入麗，沿波而得奇，雖闡緩於七雄，而疏俊於東漢也！應瑒汝潁之士，流離世故，意氣漸平，以故其文和而不壯。劉楨采縟而辭窳，碌碌麗辭，斯爲下矣！

曹植爲臨菑侯，秉意投楊修；以修與王粲、陳琳、徐幹、劉楨、應瑒並論，而不數阮瑀。弘農楊修，字德祖，太尉彪子也；文博而才捷，不在七人之列。曹植與以書曰：

數日不見，思子爲勞，想同之也。僕少小好爲文章，迄至於今二十有五年矣！然今世作者，可略而言也。昔仲宣獨步於漢南，孔璋鷹揚於河朔，偉長擅名於青土，公幹振藻於海隅，德璉發跡於北魏，足下高視於上京。當此之時，人人自謂握靈蛇之珠，家家自謂抱荆山之玉。吾王於是設天網以該之，頓八紘以掩之；今悉集茲國矣。然此數子，猶復不能飛軒絶跡，一舉千里也。以孔璋之才，不閑於辭賦，而多自謂能，與司馬長卿同風；譬畫虎未成，反爲狗也。前有書嘲之，反作論盛道僕讚其文。夫鍾期不失聽，於今稱之。吾亦不能妄歎者，畏後世之嗤余也。

世人之著述，不能無病。僕嘗好人譏彈其文，有不善者，應時改定。昔丁敬禮常作小文，使僕潤色之。僕自以才不過若人，辭不爲也。敬禮謂僕："卿何所疑難？文之佳惡，吾自得之；後世誰相知定吾文者耶？"吾常歎此達言，以爲美談。昔尼父之文辭，與人通流；至於制《春秋》，游夏之徒乃不能措一辭；過此而言不病者，吾未之見也。蓋有南威之容，乃可以論於淑媛；有龍泉之利，乃可以議於斷割。劉季緒才不能逮於作者，而好詆訶文章，掎摭利病。昔田巴毁五帝，罪三王，訾五霸於稷下，一旦而服千人；魯連一説，使終身杜口。劉生之辯，未若田氏；今之仲連，求之不難；可無歎息乎？人各有好尚，蘭茝蓀蕙之芳，衆人所好，而海畔有逐臭之夫；《咸池》《六莖》之發，衆人所共樂，而墨翟有非之之論；豈可同哉？

今往僕少小所著辭賦一通相與。夫街談巷説，必有可采。《擊轅》之歌，有應風雅。匹夫之思，未易輕棄也。辭賦小道，固未足以揄揚大義，彰示來世也。昔揚子雲，先朝執戟之臣，猶稱壯夫不爲也。吾雖德薄，位爲蕃侯；猶庶幾戮力上國，流惠下民，建永世之業，留金石之功；豈徒以翰墨爲勳績，辭賦爲君子哉。若吾志未果，吾道不行；則將采庶官之實録，辯時俗之得失，定仁義之衷，成一家之言；雖未能藏之於名山，將以傳之於同好；非要之皓首，豈今日之論乎？其言之不慚，恃惠子之知我也，明早相迎，書不盡懷。

其文體貌英逸，梗概而多氣，然亦有平有激；激者，露才揚已，仿佛孔融，而健筆有縱橫之意；平者，斂才就範，差似蔡邕，而緩轡有蹀躞之致；佳處在作得有肉，高處在骨力驅遣，而要之有華有鋒。魏文之才，洋洋清綺；而仗氣愛奇，則不如植。然植思捷而才俊，詩麗而表逸；文帝慮詳而力緩，故不競於先鳴；而樂府清越，《典論》辯要，迭用短長，亦無懵焉。世傳《曹子建集》十卷。

植既以才捷爲文帝所嫉，及帝即位，迭遭貶斥；帝以太后故，仍改進封王；因以峻法繩植及諸王。黄初四年，諸王朝京師。任城王彰暴薨，諸王既懷友于之痛；植及白馬王彪還國，欲同路東歸，以叙隔闊之思，而監國使者不聽；植發憤告離而作詩曰：

謁帝承明廬，逝將歸舊疆。清晨發皇邑，日夕過首陽。伊洛廣且深，欲濟川無梁。泛舟越洪濤，怨彼東路長。顧瞻戀城闕，引領情内傷。

太谷何寥廓，山樹鬱蒼蒼。霖雨泥我塗，流潦浩縱横；中逵絶無軌，改轍登高崗。修坂造雲日，我馬玄以黄。

玄黄猶能進，我思鬱以紆。鬱紆將難進，親愛在離居；本圖相與偕，中更不克俱。鴟梟鳴衡軛，豺豹當路衢；蒼蠅間白黑，讒巧令親疏。欲還絶無蹊，攬轡止踟躕。

踟躕亦何留，相思無終極。秋風發微涼，寒蟬鳴我側。原野何蕭條，白日忽西匿；歸鳥赴喬林，翩翩厲羽翼；孤獸走索羣，銜草不遑食。感物傷我懷，撫心長太息！

太息將何爲，天命與我違。奈何念同生，一往形不歸！孤魂翔故域，靈柩寄京師。存者忽復過，亡没身自衰。人生處一世，去若朝露晞。年在桑榆間，影響不能追。自顧非金石，咄唶令心悲。

心悲動我神，棄置莫復陳。丈夫志四海，萬里猶比鄰。恩愛苟不虧，在遠分日親。何必同衾幬，然後展殷勤。憂思成疾疢，無乃兒女仁。倉卒骨肉情，能不懷苦辛？

苦辛何慮思，天命信可疑。虛無求列仙，松子久吾欺。變故在斯須，百年誰能持。離别永無會，執手將何時？王其愛玉體，俱享黄髮期。收淚即長路，援筆從此辭。

植詩多比興，獨《贈白馬五彪》① 六章，據事直書，發憤一道，更不雕琢；只莽莽蒼蒼，以氣驅遣，而情景兩融，意態絶濃，於激昂中出纏綿，於寬譬中見哀憤，跌宕昭彰，《小雅》之嗣音也。直書見事，直書目前，直書胸臆，淋漓悲壯。與他篇空論泛詠者不同；遂開盛唐之杜甫一脈焉。然植有憂生之嗟，辭采華茂，情兼雅怨。或蓄憤斥言，如《贈白馬王彪》此詩是也。或環譬託諷，如《箜篌引》、《美女》、《白馬》、《名都》諸篇樂府是也。以情緯文，以文被質，骨氣奇高。録辭如下：

箜篌引

置酒高殿上，親友從我遊。中廚辦豐膳，烹羊宰肥牛。秦箏何慷慨，齊瑟和且柔；陽阿奏奇舞，京洛出名謳。樂飲過三爵，緩帶傾庶羞。主稱千金壽，賓奉萬年酬。久要不可忘，薄終義所尤。謙謙君子德，磬折欲何求？驚風飄白日，光景馳西流。盛時不可再，百年忽我遒。生存華屋處，零落歸山丘。先民誰不死，知命亦何憂。

美女篇

美女妖且閑，采桑歧路間。柔條紛冉冉，落葉何翩翩。攘袖見素手，皓腕約金環。頭上金爵釵，腰佩翠琅玕。明珠交玉體，珊瑚間木難。羅衣何飄颻，輕裾隨風還。顧盼遺光彩，長嘯氣若蘭。行徒用息駕，休者以忘餐。借問女安居，乃在城南端。青樓臨大路，

① 按清代丁宴的《曹植集銓評》爲“七章”，不是“六章”。據明代王世貞《藝苑卮言》所説：“首二章不相承耳。後人不知，合二爲一者，……”

高門結重關。容華耀朝日，誰不希令顏。媒氏何所營，玉帛不時安。佳人慕高義，求賢良獨難。衆人何嗷嗷，安知彼所觀。盛年處房室，中夜起長歎。

白馬篇

白馬飾金羈，連翩西北馳。借問誰家子，幽并遊俠兒。少小去鄉邑，揚聲沙漠垂。宿昔秉良弓，楛矢何參差；控弦破左的，右發摧月支；仰手接飛猱，俯身散馬蹄。狡捷過猴猿，勇剽若豹螭。邊城多警急，胡虜數遷移。羽檄從北來，厲馬登高堤。長驅蹈匈奴，左顧陵鮮卑。棄身鋒刃端，性命安可懷！父母且不顧，何言子與妻！名編壯士籍，不得中顧私。捐軀赴國難，視死忽如歸。

名都篇

名都多妖女，京洛出少年。寶劍直千金，被服麗且鮮。鬬雞東郊道，走馬長楸間。馳騁未能半，雙兔過我前；攬弓捷鳴鏑，長驅上南山，左挽因右發，一縱兩禽連。餘巧未及展，仰手接飛鳶。觀者咸稱善，衆工歸我妍。歸來宴平樂，美酒斗十千，膾鯉臇胎鰕，炮鼈炙熊蹯。鳴儔嘯匹侶，列坐竟長筵。連翩擊鞠壤，巧捷惟萬端。白日西南馳，光景不可攀。雲散還城邑，清晨復來還。

骨勁而氣完，態濃而致遠，粲溢今古矣。植之爲詩，骨氣奇高，禀之乃父，而辭采華茂則遠過之，然蒼堅不如。

魏武帝曹操詩風古直，甚有悲涼之句；仗氣愛奇，動多振絶，但氣過其文，雕潤悢少。其樂府《苦寒行》曰：

北上太行山，艱哉何巍巍！羊腸阪詰屈，車輪爲之摧。樹木何蕭瑟，北風聲正悲。熊羆對我蹲，虎豹夾路啼。谿谷少人民，雪落何霏霏。延頸長歎息，遠行多所懷。我心何怫鬱，思欲一東歸。水深橋梁絶，中道正徘徊。迷惑失故路，薄暮無宿棲。行行日已遠，人馬同時飢。擔囊行取薪，斧冰持作糜。悲彼《東山》詩，悠悠使我哀。

其辭清拔，其音悽愴，其原出李陵乎？大抵武帝詩蒼茫雄直，氣直而逐層頓斷，不一順平放，時時換氣換勢；尋其意緒，無不明白；玩其筆勢，凝重屈蟠；而粗樸不爲雕鏤，自是開國氣象。

文帝曹丕之才，洋洋清綺，興託不奇；蒼古不如乃父；華彩亦遜哲弟；

勉作壯語，終非沈雄；獨《燕歌行》紹張衡《四愁》而開七言，善爲悽戾之詞，自有清拔之氣，其辭曰：

秋風蕭瑟天氣涼，草木搖落露爲霜，羣燕辭歸雁南翔。念君客遊思斷腸，慊慊思歸戀故鄉，君何淹留寄他方？賤妾煢煢守空房，憂來思君不敢忘，不覺淚下霑衣裳。援琴鳴絃發清商，短歌微吟不能長，明月皎皎照我牀。星漢西流夜未央，牽牛織女遥相望，爾獨何辜限河梁。

文帝詩美贍可玩，而不足於高亮。獨《燕歌行》爲變體。大抵以詩而論：魏武父子，文多悽愴，怨者之流，而有不同。魏武感時傷亂，其辭悲涼。文帝傷逝嗟生，其氣消沈。植則憂讒畏譏，其意鬱結；而植以風人之比興，發《小雅》之怨悱，體被文質，獨得詩教温柔敦厚之旨。魏武氣過其文，雕潤恨少；文帝力緩於辭，風骨不飛；而植則異氣稟之魏武，茂彩過於難兄，兼擅父兄之美，獨出冠時，足以上繼古詩枚李，下開盛唐李杜。然古詩枚李，不假思索；而植則起調軼蕩，噴薄以出。古詩枚李，不假烹鑄；而植則使字尖穎，時時琢鍊。古詩枚李，不調平仄；而植則宫羽克諧，漸露唐律。此漢魏之所以判也；然結體行氣，尚不失西漢之舊。七子詩以陳琳、徐幹爲最，而琳則骨勁而辭少雕潤，幹則辭婉而氣不遒爽。然如琳《飲馬長城窟行》，古直悲涼，仿佛魏武；幹之《情詩》、《室思》，纏綿悽惻，略似枚乘，各得植之一體。而鍾嶸《詩品》乃以植而下，劉楨獨步，謂“仗氣愛奇，動多振絶，真骨陵霜，高風跨俗，但氣過其文，雕潤恨少”。今觀楨所作，乃知譽過其實。如楨《公讌詩》《贈五官中郎將》四首，語頗腴而意不深，何嘗雕潤恨少。《贈徐幹》一首，氣較爽而語率，豈遽氣過其文。《贈從弟》，稍緊健而氣則促，亦不見所謂“仗氣愛奇，動多振絶，真骨陵霜，高風跨俗”也。乃云“自陳思以下，楨稱獨步”，其然，豈其然乎！以楨之視陳思，何啻跛鼈之與騏驥。王粲《詠史》、《七哀》諸詩，直道所見，更不著一綺靡語，蒼勁有骨力，不爲文秀，特徵氣勁。《從軍》詩鋪張排比，氣骨少駑。《雜詩》“聯翩飛鸞鳥”、“鷙鳥化爲鳩”兩首，意在比興，而辭特緊健；就枯處鍊出腴采，色古力遒，乃真所謂“真骨陵霜，高風跨俗，仗氣愛奇，雕潤恨少”者；而《詩品》謂其“文秀質羸”，想見胸中全無涇渭。應瑒《侍五官中郎將建章臺集》詩，不爲頌諛，别起一波，脱去公讌恒徑，而以旅雁爲比興，音調悲切而瀏亮。《别詩》兩首，亦悽悲遒激。其源出於李陵，於七子中與王粲爲近，惟粲澤以文秀，而瑒得其古直。應璩，應瑒之弟，所爲《百一詩》、《雜詩》，得諷諭之旨，不如乃兄之鮮明緊健，亦異魏文之洋洋清綺，特爲殷勤婉篤。而《詩品》謂其祖襲魏文，亦所不解也。

應璩，字休璉，明帝世，歷官散騎常侍，稍遷侍中大將軍長史；博學好屬文，尤善書記；《與滿公琰書》曰：

> 璩白：昨者不遺，猥見照臨，雖昔侯生納顧於夷門，毛公受眷於逆旅，無以過也。外嘉郎君謙下之德，内幸頑才見誠知已，歡欣踴躍，情有無量。是以奔騁御僕，宣命周求。陽書喻於詹何，楊倩説於范武，故使鮮魚出於潛淵，芳旨發自幽巷。繁俎綺錯，羽爵飛騰。牙曠高徽，義渠哀激。當此之時，仲孺不辭同産之服，孟公不顧尚書之期。徒恨宴樂始酣。白日傾夕，驪駒就駕，意不宣展；追惟耿介，迄於明發。適欲遣書，會承來命，知諸君子復有漳渠之會。夫漳渠，西有伯陽之館，北有曠野之望；高樹翳朝雲，文禽蔽緑水；沙場夷敞，清風肅穆，是京臺之樂也，得無流而不反乎？適有事務；須自經營，不獲侍坐，良增邑邑。因白不悉。璩白。

爲文章多所稱引，義託比興，辭必偶儷；有餘於翰藻，不足於風致。魏文帝謂“應瑒和而不壯”；吾則謂應璩整而未暇；祇以徵事爲腴，琢句爲工；文體相輝，而風骨少隤矣；蓋任昉之所祖歟。

第三節　嵇康　阮籍

魏室既建，經籍道息。文明繼代，斧藻文章，未遑則古；而喪亂弘多，音節哀變；乃有不屑屑於翰藻，而輕世肆志，以暢玄風者；俶落於何晏、王弼，而文明於嵇康、阮籍，不事修飾，自然艷絶，亦文章之奇也。

何晏，字平叔，漢大將軍何進孫也。母尹氏，爲武帝夫人。晏長於宮省，又尚公主，少以才秀知名，作《道德論》及諸文賦著述，凡數十篇；好莊老玄勝之談，理過其辭，淡乎寡味；其稱麗則者，惟有《景福殿賦》。魏明帝將東巡，恐夏熱，故許昌作殿，名曰景福；既成，命人賦之。晏遂有作，其體制依仿王延壽《魯靈光殿賦》；而文勢俊逸，於琢煉中出娟便；蒼堅稍遜《靈光》，而暢肆過之；主文而譎諫，正言若反；其興建也，因財因力，不至築怨築愁；其臨蒞也，興讓興仁，而非爲遊爲豫，是以規爲頌也。何晏以爲聖人無喜怒哀樂，其論甚精。鍾會等述之。王弼與不同，以爲："聖人茂於人者，神明也。同於人者，五情也。神明茂，故能體沖和以通無。五情同，故不能無哀樂以應物。然則聖人之情，應物而無累於物者也。今以其無累，便爲不復應物，失之多矣。"晏不能難也。弼，字輔嗣，好論儒道，辭才逸辯。何晏爲吏部尚書，甚奇弼，歎之曰："仲尼稱後生可畏；若斯人者，可與言天人之際乎！"弼注《易》及《老子》，甚有奇麗之言；然坦迤其辭，而氣不遒壯；有清識而無茂裁，建安風力盡矣。獨嵇康用曠邁之才，變創文體；阮籍仗清剛之氣，贊成厥美；發明奇趣，振起玄風，一儁一遒，挺拔而爲俊矣。

嵇康，譙國銍人，字叔夜；家世儒學。少有才俊，曠邁不羣，高亮任性，不修名譽，寬簡有大量；學不師授，博洽多聞。長而好老莊之業，恬靜無欲。性好服食，常采御上藥。善屬文論。彈琴詠詩，自足於懷抱之中。以爲神仙者稟之自然，非積學所致；至於導養得理以盡性命，若安期、彭祖之倫，可以善求而得也；著《養生論》。知自厚者，所以喪其所生；其求益者，必失其性；超然獨達，遂放世事，縱意於塵埃之表。司馬昭爲大將軍，嘗欲辟康。康既有絶世之言；及山濤爲選曹郎，舉康自代；康答書拒絶，因自說不堪流俗而非薄湯武。《與山巨源絶交書》曰：

> 康白：足下昔稱吾於潁川，吾嘗謂之知言。然經怪此意尚未熟悉於足下，何從便得之也？前年從河東還，顯宗、阿都說足下議以吾自代，事雖不行，知足下故不知之。足下旁通，多可而少怪。吾直性狹中，多所不堪；偶與足下相知耳。間聞足下遷，惕然不喜。恐足下羞庖人之獨割，引尸祝以自助；手薦鸞刀，漫之羶腥；故具爲足下陳其可否。
>
> 吾昔讀書，得并介之人；或謂無之，今乃信其真有耳。性有所不堪，真不可强。今空語同知有達人，無所不堪，外不殊俗，而內不失正，與一世同其波流，而悔吝不生耳。老子、莊周，吾之師也，親居賤職。柳下惠、東方朔，達人也，安乎卑位。吾豈敢短之哉？又仲尼兼愛，不羞執鞭。子文無欲卿相，而三登令尹。是乃君子思濟物之意也；所謂達能兼善而不渝，窮則自得而無悶。以此觀之，故堯舜之君世，許由之巖棲，子房之佐漢，接輿之行歌，其揆一也。

仰瞻數君，可謂能遂其志者也。故君子百行，殊塗而同致；循性而動，各附所安；故有處朝廷而不出，入山林而不反之論。且延陵高子臧之風，長卿慕相如之節，志氣所託，不可奪也。吾每讀尚子平、臺孝威傳，慨然慕之，想其爲人。

少加孤露，母兄見驕，不涉經學；性復疏嬾，筋駑肉緩；頭面常一月十五日不洗，不大悶癢，不能沐也。每常小便而忍不起，令胞中略轉，乃起耳。又縱逸來久，情意傲散；簡與禮相背，嬾與慢相成；而爲儕類見寬，不攻其過。又讀《莊》、《老》，重增其放；故使榮進之心日頹，任實之情轉篤。此猶禽鹿少見馴育，則服從教制；長而見羈，則狂顧頓纓，赴蹈湯火；雖飾以金鑣，饗以嘉肴，逾思長林而志在豐草也。阮嗣宗口不論人過，吾每師之而未能及；至性過人，與物無傷，惟飲酒過差耳。至爲禮法之士所繩，疾之如仇；幸賴大將軍保持之耳。吾不如嗣宗之賢，而有慢弛之闕；又不識人情，闇於機宜，無萬石之慎，而有好盡之累；久與事接，疵釁日興；雖欲無患，其可得乎。又人倫有禮，朝廷有法，自惟至熟，有必不堪者七，甚不可者二：卧喜晚起，而當關呼之不置，一不堪也。抱琴行吟，弋釣草野；而吏卒守之，不得妄動，二不堪也。危坐一時，痹不得摇；性復多虱，把搔無已；而當裹以章服，揖拜上官，三不堪也。素不便書，又不喜作書；而人間多事，堆案盈几；不相酬答，則犯教傷義；欲自勉强，則不能久，四不堪也。不喜吊喪，而人道以此爲重，已爲未見恕者所怨，至欲見中傷者；雖瞿然自責，然性不可化，欲降心順俗，則詭故不情，亦終不能獲無咎無譽；如此，五不堪也。不喜俗人而當與之共事；或賓客盈座，鳴聲聒耳，囂塵臭處，千變百伎，在人目前，六不堪也。心不耐煩，而官事鞅掌，機務纏其心，世故繁其慮，七不堪也。又每非湯武而薄周孔，在人間不止此事，會顯世教所不容，此甚不可一也。剛腸疾惡，輕肆直言，遇事便發，此甚不可二也。以促中小心之性，統此九患，不有外難，當有内病；寧可久處人間耶？

又聞道士遺言，餌术黄精，令人久壽；意甚信之。游山澤，觀魚鳥，心甚樂之。一行作吏，此事便廢，安能舍其所樂而從其所懼哉？夫人之相知，貴識其天性，因而濟之。禹不逼伯成子高，全其節也。仲尼不假蓋於子夏，護其短也。近諸葛孔明不逼元直以入蜀，華子魚不强幼安以卿相；此可謂能相終始，真相知者也。足下見直木必不可以爲輪，曲者必不可以爲桷；蓋不欲以枉其天才，令得其所也。故四民有業，各以得志爲樂，惟達者爲能通之。此足下度内耳，不可自見好章甫，强越人以文冕也；已嗜臭腐，養鴛雛以死鼠也。吾頃學養生之術，方外榮華，去滋味，游心於寂寞，以無爲爲貴。縱無九患，尚不顧足下所好者。又有心悶疾，頃轉增篤。私意自試，必不能堪其所不樂，自卜已審。若道盡塗窮，則已耳。足下無事冤之，令轉於溝壑也。

吾新失母兄之歡，意常悽切。女年十三，男年八歲，未及成人；況復多病，顧此悢悢①，如何可言。今但守陋巷，教養子孫，時與親舊叙闊，陳説平生，濁酒一杯，彈琴一曲，志願畢矣。足下若嬲之不置，不過欲爲官得人，以益時用耳。足下舊知吾潦倒麤疏，不切事情；自惟亦皆不如今日之賢能也。若以俗人皆喜榮華，獨能離之，以此爲快；此最近之，可得言耳。然使長才廣度，無所不淹，而能不營，乃可貴耳。若吾多病困，欲離事自全，以保餘年，此真所乏耳，豈可見黄門而稱貞哉？若趣欲共登王途，期於相致，時爲懽益；一旦迫之，必發其狂疾；而非重怨不至於此也。野人有快炙背而美芹子者，欲獻之至尊；雖有區區之意，亦已疏矣。願足下勿似之。其意如此，既以解足下，并以爲别。嵇康白。

康正名辯物，頗覈持論，而氣不奇，采不遒，意思安閒，衹是以質率妙造自然；而不同阮籍之仗氣愛奇，動多振絶。亦異曹植之麗辭騰踊，采翔藻逸。而《三國志》本傳謂康“文辭壯麗，好言老莊，而尚奇任俠”。好言老莊，則有之矣；壯麗尚奇，竊未見然。獨此《與山巨源絶交書》，於坦迤中出激宕，氣度俊偉，别是一格。其他如所爲《琴賦》，脱胎王褒《洞簫賦》、馬融《長笛賦》；而倜儻不如王，腴煉亦遜馬。又依仿屈原《卜居》而爲《卜疑篇》，有意振奇，而票姚之勢，鏗訇之致，終遠遜之。性識所無，不可强也。傳有《嵇中散集》十七卷。世云壯麗，又曰華妙。嵇康妙而不華，阮籍壯而未麗；

① “悢”原訛作“恨”，今改正。

而脱盡畦徑，要皆一代之秀。

阮籍，字嗣宗，阮瑀子也。曠遠不羈，不拘禮俗。性至孝，居喪雖不率常檢，而毁幾至滅性。兗州刺史王昶請與相見，終日不得與言；昶歎賞之，自以不能測也。太尉蔣濟聞而辟之，遂奏記《詣蔣公》曰：

籍死罪死罪。伏惟明公以含一之德，據上臺之位；羣英翹首，俊賢抗足。開府之日，人人自以爲掾屬。辟書始下，下走爲首。子夏處西河之上，而文侯擁篲。鄒子居黍谷之陰，而昭王陪乘。夫布衣窮居韋帶之士，王公大人所以屈體而下之者，爲道存也。籍無鄒卜之德，而有其陋；猥見采擢，何以當之。方將耕於東皐之陽，輸黍稷之税，以避當塗者之路。負薪疲病，足力不强，補吏之日，非所克堪。乞迴謬恩，以光清舉。

濟既辟籍，恐不至；得記欣然，遣卒迎籍，已去。濟大怒，與籍書，勸説之。於是鄉親共喻籍，乃就吏。後爲尚書郎，曹爽參軍，以疾歸田里；歲餘，爽誅，司馬懿父子乃以爲從事中郎。後朝論以其名高，欲顯崇之；籍以世多故，禄仕而已。聞步兵校尉缺，廚多美酒，營人善釀酒，求爲校尉；遂縱酒昏酣，遺落世事。時率意獨駕，不由徑路，車跡所窮，輒慟哭而反。既以逼於司馬氏，意有鬱結不得攄，故游心於物外以爲輕世肆志，所爲《東平賦》、《亢父賦》，氣激而辭遒；《達莊論》、《大人先生論》，旨放而韻逸；錯綜震盪，氣過其文，頗得孔融之一體。孔融辭麗而氣卓，籍則有其逸氣而遜其華采；獨此奏記《詣蔣公》，及《爲鄭冲勸晉王箋》，風流調達，别是一格。

正始明道，詩雜仙心；何晏之徒，亦多浮淺；惟嵇康清峻，而籍旨遥深。康過爲峻切，訐直露才，而詩多危苦之言；至籍《詠懷》之什，微文見意，多悲魏氏，憤司馬之詞；凡八十二首，其尤激切者七首，辭曰：

夜中不能寐，起坐彈鳴琴。薄帷鑒明月，清風吹我衿。孤鴻號外野，朔鳥鳴北林。徘徊將何見，憂思獨傷心。

嘉樹下成蹊，東園桃與李。秋風吹飛藿，零落從此始。繁華有憔悴，堂上生荆杞。驅馬舍之去，去上西山趾。一身不自保，何況戀妻子！凝霜被野草，歲暮亦云已。

天馬出西北，由來從東道。春秋非有託，富貴焉常保。清露被皐蘭，凝霜霑野草。朝爲媚少年，夕暮成醜老。自非王子晉，誰能常美好！

登高臨四野，北望青山阿。松柏翳岡岑，飛鳥鳴相過。感慨懷辛酸，怨毒常苦多。李公悲東門，蘇子狹三河！求仁自得仁，豈復歎咨嗟！

昔聞東陵瓜，近在青門外。連畛距阡陌，子母相鉤帶。五色曜朝日，嘉賓四面會。膏火自煎熬，多財爲患害。布衣可終身，寵祿豈足賴！

昔年十四五，志尚好書詩。被褐懷珠玉，顔閔相與期。開軒臨四野，登高望所思。丘墓蔽山岡，萬代同一時。千秋萬歲後，榮名安所之！乃悟羨門子，噭噭今自蚩。

灼灼西隤日，餘光照我衣。迴風吹四壁，寒鳥相因依。周周尚銜羽，蛩蛩亦念飢。如何當路子，磬折忘所歸。豈爲夸譽名，憔悴使心悲。寧與燕雀翔，不隨黄鵠飛。黄鵠游四海，中路將安歸。

雖事在刺譏，而文多詭隱，徒以氣褊而心危，故意隱而情迫；語與興驅，勢逐情起，全不雕琢，蒼茫直吐。骨氣高奇似陳王，而辭采不華茂；宗旨玄默同嵇康，而辭氣加鋒烈，顧言在耳目之内，情寄八荒之表，厥旨淵放，歸趣難求；令言之者無罪，會之者得意。大抵嵇康安閒以得趣，而激揚於當衆；而籍則和同以諧俗，而悲憤以隱心；此其所以全身于篡盜，而不遘於禍也。傳有《阮嗣宗集》二卷。三國詩人，集於曹魏。魏武以下，文多悽愴，氣則遒宕，其源實出李陵；而傅以老莊之玄言，則陵之所未曉。魏武、陳琳、應瑒，蒼茫雄直，於陵尤近。陳王、王粲，澤以華采，才高而辭麗。嵇康與籍，傅以仙心，慮澹而氣激。籍與山濤、嵇康、向秀、劉伶、阮咸、王戎七人，互相標題，號竹林七賢；競慕老莊，託之酣飲。

劉伶，字伯倫，遂爲《酒德頌》以見意曰：

有大人先生，以天地爲一朝，萬期爲須臾；日月爲扃牖，八荒爲庭衢。行無轍跡。居無室廬；幕天席地，縱意所如。止則操卮執觚，動則挈榼提壺；唯酒是務，焉知其餘。有貴介公子，搢紳處士，聞吾風聲，議其所以，乃奮袂攘衿，怒目切齒；陳説禮法，是非鋒起。先生於是方捧罌承槽，銜杯漱醪；奮髯箕踞，枕麴藉糟；無思無慮，其樂陶陶。兀然而醉，豁爾而醒；靜聽不聞雷霆之聲，熟視不覩泰山之形；不覺寒暑之切肌，利欲之感情；俯觀萬物，擾擾焉如江漢之載浮萍。二豪侍側焉，如蜾蠃之與螟蛉。

撮莊生之旨，爲頌歌之文，極真率，極豪邁，瀟灑自得，浩浩落落，亦逸才也。其他山濤唯以啓事著稱；向秀《思舊賦》，寂寥失采；王戎、阮咸，罕傳篇什，雖其玄談肆志，結契同符；而文章之美，自推嵇康、阮籍矣。而籍承建安之風格，含《易》《老》之名理，暢宣玄風，尤爲振奇。清談以盛，遂習成俗。王戎從弟衍，有重名，與南陽樂廣，并稱王樂。衍總角嘗造山濤，濤嗟歎良久，既去，目送之曰："何物老嫗，生此寧馨兒。然誤天下蒼生者，未必非此人也！"衛瓘逮與正始中諸名士談論，見樂廣，奇之曰："昔諸賢既没，常恐微言將絶，而今乃復聞斯言於君矣！"然此後競以析理爲務，文采頓減。樂廣善清言而不長於筆，將讓尹，請潘岳爲表。岳曰："當得君意。"廣乃作二百語句，述己之志。岳因取次比，便成名筆。時人咸云："若廣不假岳之筆，岳不取廣之旨，無以成斯美也！"然譚玄者不必擅文藻，而工文者無不溺玄風，入晉以還，逐流不返，則魏有以啓之也。綜觀魏文，可分四派：如魏文帝、曹植、王粲、陳琳、阮瑀、應瑒、應璩、楊修、吴質、繁欽、李康之倫，辭彩斐茂，顧盼清揚，上希枚馬之蹤，近接孔融之武；蓋以辭賦家之茂美，并縱横家之疏快，而融裁爲一手者，此正統也。亦有不事修飾，自然雋逸，如何晏、嵇康、阮籍等，發揮名理，以暢玄風者，此新派也。其它如曹冏、王肅、高堂隆、傅嘏、張茂、杜恕等，抑揚爽朗，疏宕入古，汲西京賈董之流者也。又邯鄲淳、鍾會、衛覬等，温醇爾雅，婉篤有度，襲東漢崔蔡之體者也。雖亡老成人，尚有典型，亦不可謂非一代之矯矯也。未能備舉，而著姓氏以待考論焉。

第四節　蜀　諸葛亮　秦宓　譙周　李密　陳壽

蜀漢昭烈帝，當漢祚漸移，不得騁志中原；而擁梁益一隅，稱尊號；規模未備，文物無足稱，而後世史氏每尊蜀漢爲正統者，則因諸葛亮《出師表》而重也。亮，字孔明，爲琅邪陽都人，遭漢末擾亂，避難荆州，躬耕於野。時昭烈帝以左將軍屯新野，乃三顧亮於草廬。亮遂解帶寫誠，規取荆益，與魏吴鼎立，以定天下三分之局。帝以亮爲軍師將軍；及稱尊號，拜亮丞相録尚書事。帝既殂落，後主幼弱，事無巨細，亮皆專之；於是外連東吴，内平南越，立法施度，整理戎旅；自以無身之日，則未有抗衡魏朝者，而欲及身定之，北征則慮後主富於春秋，朱紫難別；臨發，上《出師表》曰：

先帝創業未半，而中道崩殂！今天下三分，益州疲弊；此誠危急存亡之秋也。然侍衛之臣，不懈於内；忠志之士，忘身於外者，蓋追先帝之殊遇，欲報之於陛下也。誠宜開張聖聽，以光先帝遺德，恢弘志士之氣；不宜妄自菲薄，引喻失義，以塞忠諫之路也。宫中府中，俱爲一體，陟罰臧否，不宜異同。若有作奸犯科及爲忠善者，宜付有司，論其刑賞，以昭陛下平明之理；不宜偏私，使内外異法也。侍中侍郎郭攸之、費禕、董允等，此皆良實，志慮忠純，是以先帝簡拔以遺陛下。愚以爲宫中之事，事無大小，悉以咨之，然後施行，必能裨補闕漏，有所廣益。將軍向寵，性行淑均，曉暢軍事，試用於昔日，先帝稱之曰能，是以衆議舉寵爲督。愚以爲營中之事，悉以咨之，必能使行陣和睦，優劣得所。親賢臣，遠小人，此先漢所以興隆也；親小人，遠賢臣，此後漢所以傾頹也；先帝在時，每與臣論此事，未嘗不歎息痛恨於桓靈也。侍中，尚書，長史，參軍，此悉貞良死節之臣，願陛下親之信之；則漢室之隆，可計日而待也。

臣本布衣，躬耕於南陽，苟全性命於亂世，不求聞達於諸侯。先帝不以臣卑鄙，猥自枉屈，三顧臣於草廬之中，諮臣以當世之事；由是感激，遂許先帝以馳驅。後值傾覆，受任於敗軍之際，奉命於危難之間，爾來二十有一年矣。先帝知臣謹慎，故臨崩寄臣以大事也。受命以來，夙夜憂嘆，恐託付不效，以傷先帝之明。故五月渡瀘，深入不毛。今南方已定，兵甲已足，當獎率三軍，北定中原，庶竭駑鈍，攘除奸凶，興復漢室，還於舊都。此臣所以報先帝，而忠陛下之職分也。至於斟酌損益，進盡忠言，則攸之、禕、允之任也。願陛下託臣以討興復之效。不效，則治卧之罪，以告先帝之靈。若無興德之言，則責攸之、禕、允等之慢，以彰其咎。陛下亦宜自謀，以諮諏善道，察納雅言，深追先帝遺詔。臣不勝受恩感激。今當遠離，臨表涕泣，不知所云。

絶去雕飾，沛然如肝肺中流出；而風神高遠，自然朗儁；盱衡當世，足以配之者，唯魏武帝一人而已。魏武帝文出掇拾，完篇者少；然就余所睹，質慤明白，若與其生平不類；開心瀝膽，蔑權奇之氣，饒肫誠之意；意密而體疏，氣俊而辭質；及功名既盛，遂有逼主之嫌，而下令《辭爵土以見本志》曰：

孤始舉孝廉，年少，自以本非巖穴知名之士，恐爲海内人之所見凡愚。欲爲一郡守，好作政教，以建立名譽，使世士明知之；故在濟南，始除殘去穢，平心選舉。違迕諸常侍，以爲强豪所忿；恐致家禍，故以病還。去官之後，年紀尚少；顧視同歲中年有五十，未名爲老；内自圖之：從此卻去二十年，待天下清，乃與同歲始舉者等耳；故以其時歸鄉里，於譙東五十里築精舍，欲秋夏讀書，冬春射獵；求底下之地；欲以泥水自蔽，絶賓客往來之望，然不能得如意。後徵爲都尉，遷典軍校尉，意遂更欲爲國家討賊立功，欲望封侯，作征西將軍，然後題墓道言“漢故征西將軍曹侯之墓”；此其志也。而遭值董卓之難，興舉義兵。是時合兵，能多得耳；然常自損，不欲多之；所以然者，兵多意盛，與强敵争，倘更爲禍始。故汴水之戰數千，後還到揚州更募，亦復不過三千人；此其本志有限也。

後領兖州，破降黄巾三十萬衆。又袁術僭號於九江，下皆稱臣，名門曰建號門，衣被皆爲天子之制，兩婦預争爲皇后；志計已定，人有勸術使遂即帝位，露布天下。答言：“曹公尚在，未可也！”後孤討禽其四將，獲其人衆，遂使術窮亡解沮，發病而死。及至袁紹據河北，兵勢强盛。孤自度勢實不敵之；但計投死爲國，以義滅身，足垂於後；幸而破紹，梟其二子。又劉表自以爲宗室，包藏奸心，乍前乍卻，以觀世事，據有荆州；孤復定之，遂平天下。身爲宰相，人臣之貴已極，意望已過矣。今孤言此，若爲自大；欲人言盡，故無諱耳。設使國家無有孤，不知當幾人稱帝，幾人稱王。或者人見孤强盛，又性不信天命之事，恐私心相評，言有不遜之志，妄相忖度，每用耿耿。齊桓晉文所以垂稱至今日者，以其兵勢廣大，猶能奉事周室也。《論語》云：“三分天下有其二，以服事殷，周之德，可謂至德矣！”夫能以大事小也。昔樂毅走趙，趙王欲與之圖燕；樂毅伏而垂泣，對曰：“臣事昭王，猶事大王。臣若獲戾放在他國，没世然後已；不忍謀趙之徒隸，況燕後嗣乎！”胡亥之殺蒙恬也，恬曰：“自吾先人及至子孫，積信於秦，三世矣。今臣將兵三十餘萬，其勢足以背叛；然自知必死而守義者，不敢辱先人之教，以忘先帝也。”孤每讀此二人書，未嘗不愴然流涕也。孤祖、父以至孤身，皆當親重之任，可謂見信者矣；以及子植兄弟，過於三世矣。孤非徒對諸君説此也，嘗以語妻妾，皆令深知此意。孤謂之言：“顧我萬年之後，汝曹皆當出嫁，欲令傳道我，使他人皆知之。”孤此言，皆肝鬲之要也。所以勤勤懇懇叙心腹者，見周公有《金縢》之書以自明，恐人不信之故。然欲孤便爾委捐所典兵衆以還執事，歸就武平侯國，實不可也。何者？誠恐己離兵，爲人所禍也。既爲子孫計；又己敗，則國家傾危，是以不得慕虚名而處實禍，此所不得爲也。

前朝恩封三子爲侯，固辭不受；今更欲受之，非欲復以爲榮；欲以爲外援，爲萬安計。孤聞介推之避晉封，申胥之逃楚賞，未嘗不舍書而嘆，有以自省也。奉國威靈，仗鉞征伐，推弱以克强；處小而禽大；意之所圖，動無違事，心之所慮，何向不濟；遂蕩平天下，不辱主命；可謂天助漢室，非人力也。然封兼四縣，食户三萬，何德堪之？江湖未静，不可讓位。至於邑土，可得而辭。今上還陽夏、柘、苦三縣户二萬，但食武平萬户，且以分損謗議，少減孤之責也。

其他教令，皆經事綜物，文彩不艷，而過於丁寧周至，無不與諸葛亮氣象相類。魏武帝擥申、商之法術，該韓、白之奇策，官方授材，各因其器；而諸葛亮亦爲後主寫《申》、《韓》、《管子》、《六韜》一通，整理戎旅，科教嚴明，循名責實，刑政雖峻，而無怨者；尊聞行知，亦無不同。然魏武帝運籌演謀，鞭撻宇内；而亮才於治戎爲長，奇謀爲短。魏武帝欲用亮；亮自陳不樂出身；武帝謝遣之曰：“義不使高世之士，辱於污君之朝也！”而與亮書，奉雞舌香五斤以表微意；則亦甚服亮矣。世傳有《諸葛忠武侯文集》四卷，《附録》二卷，《諸葛故事》五卷。特亮中原人士，以用蜀土，非其地著。若其導揚蜀學，擅美州部；則秦宓專對有餘，文藻壯美，慕相如之風；而譙周詞理淵通，爲世碩儒，有揚雄之規，皆雍容風議，君子有取焉。

秦宓，字子敕，廣漢綿竹人。有才學，州郡辟命，輒稱疾不往。奏記《益州牧劉焉薦任安》、《答王商書》，典縟而不滯於機，頗卓卓有異氣也，宓見《帝系》之文，五帝皆同一族；宓辯其不然之本，又論皇帝王霸養龍之説，甚有通理。或謂宓曰：“足下欲自比於巢、許、四皓，何故揚文藻，見瑰穎乎?”宓答曰:“僕文不能盡言,言不能盡意,何文藻之有揚乎?夫虎生而文炳,鳳生而五色,豈以五采自飾畫哉?天性自然也。”諸葛亮領益州牧,選宓,迎爲别駕,尋拜左中郎將,長水校尉。吴遣使張温來聘,百官往餞,衆人集而宓未往。亮遣使促。温曰:“彼何人也?”亮曰:“益州學士也。”及至,温問曰:“君學乎?”宓曰:“五尺童子皆學,何必小人。”温復问曰:“天有頭乎?”宓曰:“有之。”温曰:“在何方也?”宓曰:“在西方。《詩》曰:“乃眷西顧。”以此推之,頭在西方。”温曰:“天有耳乎?”宓曰:“天處高而聽卑。《詩》云:“鶴鳴九皋,聲聞於天。”若其無耳,何以聽之?”温曰:“天有足乎?”宓曰:“有!《詩》曰:“天步艱難,之子不猶。”若其無足,何以步之?”温曰:“天有姓乎?”宓曰:“有。”温曰:“何姓?”宓曰:“姓劉。”温曰:“何以知之?”答曰:“天子姓劉,故以此知之。”温曰:“日生於東乎?”宓曰:“雖生於東而没於西。”答問如響,應聲而出;宓之文辯,皆此類也。譙周少時數往諮訪,記録其言焉。

譙周,字允南,巴西西充國人也。耽古篤學,家貧未嘗問産業,誦讀典籍,欣然獨笑以忘寢食。研精六經,尤善書札。而體貌素樸,性推誠不飾,無造次辯論之才。亮領益州牧,命周爲勸學從事。亮卒於敵境,周在家聞問,即便奔赴。尋有詔禁斷,惟周以速行得達。後主立太子,以周爲僕,轉家令,徙中散大夫,猶侍太子。於時軍旅數出,百姓彫瘁。周與尚書令陳祗論其利害,退而書之,謂之《仇國論》,其辭曰:

因餘之國小,而肇建之國大,并争於世,而爲仇敵。因餘之國,有高賢卿者,問於伏愚子曰:“今國事未定,上下勞心。往古之事,能以弱勝强者,其術何如?”伏愚子曰:“吾聞之,處大無患者恒多慢,處小有憂者恒思善。多慢則生亂,思善則生治,理之常也。故周人養民,以少取多。句踐恤衆,以弱斃强。此其術也。”賢卿曰:“曩者項强漢弱,相與戰争,無日寧息。然項羽與漢約,分鴻溝爲界,各欲歸息民;張良以爲民志既定,則難動也;尋帥追羽,終斃項氏;豈必由文王之事乎?肇建之國,方有疾疢;我因其隙,陷其邊陲,覬增其疾而斃之也。”

伏愚子曰:“當殷周之際,王侯世尊,君臣久固,民習所專,深根者難拔,據固者難遷。當此之時,雖漢祖,安能杖劍鞭馬而取天下乎?當秦罷侯置守之後,民疲秦役,天下土崩,或歲改主,或月易公，鳥驚獸駭，莫知所從。於是豪强并争，虎裂狼分，疾搏者獲多，遲後者見吞。今我與肇建，皆傳國易世矣。既非秦末鼎沸之時，實有六國并據之勢；故可爲文王，難爲漢祖。夫民疲勞；則騷擾之兆生。上慢下暴，則瓦解之形起。諺曰："射幸數跌，不如審發。"是故知者不爲小利移目，不爲意似改步。時可而後動，數合而後舉。故湯武之師，不再戰而克；誠重民勞而度時審也，如遂極武黷征，土崩勢生，不幸遇難；雖有知者，將不能謀之矣。若乃奇變縱横，出入無間，衝波截轍，超谷越山，不由舟楫而濟盟津者；我愚子也，實所不及。"

其爲文章靡密以閑暢，主客對揚，蓋蜀之風土然也。以視諸葛亮之解散辭體，而發軫以高驤者，有雄靡之分矣。顧亦有靡密閑暢，而不害仁孝肫摯者，李密是已。

李密，字令伯，犍爲武陽人也。父早亡，母何更嫁。密見養於祖母，事祖母以孝聞，侍疾，日夜未嘗解帶。蜀平後，晉武帝徵爲太子洗馬，詔書累下，郡縣逼迫。密上《陳情表》曰：

臣密言：臣以險釁，夙遭閔凶：生孩六月，慈父見背。行年四歲，舅奪母志。祖母劉閔臣孤弱，躬親撫養。臣少多疾病，九歲不行，零丁孤苦，至於成立。既無叔伯，終鮮兄弟，門衰祚薄。晚有兒息。外無期功强近之親，内無應門五尺之童，煢煢孑立，形影相吊。而劉夙嬰疾病，常在牀蓐。臣侍湯藥，未曾廢離。逮逢聖朝，沐浴清化。前太守臣逵，察臣孝廉；後刺史臣榮，舉臣秀才。臣以供養無主，辭不赴命。詔書特下，拜臣郎中；尋蒙國恩，除臣洗馬，猥以微賤，當侍東宫，非臣隕首所能上報！臣具以表聞，辭不就職。詔書切峻，責臣逋慢；郡縣逼迫，催臣上道；州司臨門，急於星火。臣欲奉詔奔馳，則劉病日篤；欲苟順私情，則告訴不許；臣之進退，實爲狼狽。

伏惟聖朝以孝治天下，凡在故老，猶蒙矜育，況臣孤苦，特爲尤甚。且臣少仕僞朝，歷職郎署，本圖宦達，不矜名節。今臣亡國賤俘，至微至陋，過蒙拔擢，寵命優渥；豈敢盤桓，有所希冀？但以劉日薄西山，氣息奄奄，人命危淺，朝不慮夕。臣無祖母，無以至今日；祖母無臣，無以終餘年。母孫二人，更相爲命，是以區區不能廢遠。臣密今年四十有四，祖母劉今年九十有六；是臣盡節於陛下之日長，報養劉之日短也。烏鳥私情，願乞終養。臣之辛苦，非獨蜀之人士及二州牧伯所見明知，皇天后土，實所共鑒。願陛下矜愍愚誠，聽臣微志；庶劉僥倖，保卒餘年。臣生當隕首，死當結草。臣不勝犬馬怖懼之情，謹拜表以聞。

初不著意爲文，而本之性情，發爲雅練，麗而能質樸，縟而有頓挫，此與諸葛亮《出師表》同一情至而文自生者也。然而靡密閑暢，導揚蜀風。顧亦有不囿土風，自然朗雋，而練覈事情，足以知亮之意理者；是則與周同郡之安漢陳壽也。

陳壽，字承祚；少師事周，爲文章，不如周之典麗，而閑暢過之。蓋周有揚子雲之遺規，而未得其瑰奇；而壽則太史公之别子，而變之以簡雋者也。仕蜀，爲觀閣令史。入晉，舉孝廉，除佐著作郎，出補陽平令，撰蜀相《諸葛亮集》凡二十四篇，奏之；其辭曰：

臣壽等言：臣前在著作郎，侍中領中書監濟北侯臣荀勖，中書令關内侯臣和嶠，奏使臣定故蜀丞相諸葛亮故事。亮毗佐危國，負阻不賓；然猶存録其言，恥善有遺；誠是大晉光明至德，澤被無疆；自古以來，未之有倫也。輒删除複重，隨類相從，凡爲二十四篇，篇名如右。

亮少有逸羣之才，英霸之器，身長八尺，容貌甚偉，時人異焉。遭漢末擾亂，承叔父玄避難荆州，躬耕於野，不求聞達。時左將軍劉備以亮有殊量。乃三顧亮於草廬之中。亮深謂備雄姿桀出，遂解帶寫誠，厚相結納。及魏武帝南征荆州，劉琮舉州委質；而備失勢衆寡，無立錐之地。亮時年二十七，乃建奇策，身使孫權，求援吴會。權既宿服仰備，又覩亮奇雅，甚敬重之；即遣兵三萬人以助備。備得用與武帝交戰，大破其軍，乘勝克捷，江南悉平。後備又西取益州；益州既定，以亮爲軍師將軍。備稱尊號，拜亮爲丞相，録尚書事。及備殂殁，嗣子幼弱，事無鉅細，亮皆專之。於是外連東吴，内平南越，立法施度，整理戎旅，工械技巧，物究其極；科教嚴明，賞罰必信，無惡不懲，無善不顯；至於吏不容奸，人懷自厲，道不拾遺，强不侵弱，風化肅然也。當此之時，亮之素志，進欲龍驤虎視，苞括四海；退欲跨陵邊疆，震蕩宇内；又自以爲無身之日，則未有能蹈涉中原、抗衡上國者；是以用兵不戢，屢耀其武。然亮才於治戎爲長，奇謀爲短；理民之幹，優於將略；而所與對敵，或值人傑；加衆寡不侔，攻守異體，故雖連年動衆，未能有克。昔蕭何薦韓信，管仲舉王子城父，皆忖己之長，未能兼有故也。亮之器能政理，抑亦管蕭之亞匹也；而時之名將無城父、韓信，故使功業陵遲，大義不及耶？蓋天命有歸，不可以智力爭也？青龍二年春，亮帥衆出武功，分兵屯田，爲久駐之基；其秋，病卒。黎庶追思，以爲口實；至今梁益之民，咨述亮者，言猶在耳；雖《甘棠》之詠召公，鄭人之歌子産，無以遠譬也。孟軻有云："以逸道使民，雖勞不怨；以生道殺人，雖死不忿。"信矣！

論者或怪亮文彩不艷，而過於丁寧周至。臣愚以爲咎繇，大賢也。周公，聖人也。考之《尚書》，咎繇之謨略而雅，周公之誥煩而悉。何則？咎繇與舜禹共談，周公與羣下矢誓故也。亮所與言，盡衆人凡士，故其文指不得及遠也；然其聲教遺言，皆經事綜物；公誠之心，形於文墨，足以知其人之意理，而有補於當世。

伏維陛下邁蹤古聖，蕩然無忌；故雖敵國誹謗之言，咸肆其辭而無所革諱，所以明大通之道也。謹録寫上詣著作。臣壽誠惶誠恐，頓首頓首，死罪死罪！

其文章不事雕飾而波瀾老成，一出一入，高簡有法；撰魏、蜀、吴《三國志》凡六十五篇。時人稱其善叙事，有良史之才；於司馬遷、班固以外，自成一格。蓋史公短長相生，而出以雄肆；《漢書》奇偶錯綜，而求爲雅練；壽志三國，雄肆不如史公，雅練亦遜班固；而不矜才氣，自然温潤，平流躍波，曲折都到焉。馬遷意態雄傑，壽則體態閒暇，此其較也。

第五節　吴　大帝　諸葛恪　胡綜　韋昭附薛瑩、華覈

吴大帝孫權襲父兄之烈，稱帝江左，特工詔令，推心披腹，辭筆質懇，而有岸異之氣，愷惻之忱，貫注字裏。人之傑矣，故能自擅江表，成鼎峙之業。然性多嫌忌，果於殺戮，暨臻末年，彌以滋甚。而大臣信任，保全始終者，獨諸葛瑾。瑾，字子瑜，諸葛亮兄也。大帝遣瑾使蜀，通好劉備；與亮公會相見，退無私面；既而從討關羽，取荆州，封宣城侯；以綏南將軍領南

郡太守，住公安。劉備東伐吴以報羽敗。瑾乃與備箋曰：

奄聞旗鼓，來至白帝。或恐議臣以吴王侵取此州，危害關羽，怨深禍大，不宜答和；此用心於小，未留意於大者也。試爲陛下論其輕重及其大小。陛下若抑威損忿，暫省瑾言，計可立決，不復咨之於羣后也。陛下以關羽之親，何如先帝？荆州大小，孰與海内？俱應仇疾，誰當先後？若審此數，易如反掌。

備不聽。而瑾爲文章，未嘗激肆，微見風采，粗陳指歸，大率類此。時或言瑾别遣親人與備相聞。大都督陸遜表保明瑾無此事，宜以散其意。大帝報曰：

子瑜與孤從事積年，恩如骨肉，深相明究；其爲人非道不行，非義不言。玄德昔遣孔明至吴，嘗與子瑜曰："卿與孔明同産，且弟隨兄，於義爲順；何以不留孔明？孔明若從卿者，孤當以書解玄德，意自隨人耳。"子瑜答孤言："弟亮以失身於人，委質定分，義無二心。弟之不留，猶瑾之不往也。"其言足貫神明；今豈當有此乎！孤前得妄語文疏，即封示子瑜，并手筆與子瑜，即得其報，論君臣大節，一定之分。孤與子瑜，可謂神交，非外言所間也。知卿意至，輒封來表以示子瑜，使知卿意。

開誠布公，朗暢不如諸葛亮，而粗樸差似魏武帝；雕潤恨少，骨氣奇高矣。瑾既先大帝死，及大帝老病，乃徵諸葛恪以大將軍領太子太傅中書令，屬以後事。

恪字元遜，諸葛瑾之子也。少帝嗣位，詔有司諸事，一統於恪。於是罷視聽，息校官，原逋責，除關税，事崇恩澤，衆莫不悦。恪每出入，百姓延頸，思見其狀。恪乃使司馬李衡往蜀，説姜維令舉兵，曰："聖人不能爲時。時至，亦不可失。今魏政在私門，外内猜隔，兵挫於外，而民怨於内；自曹操以來，彼之亡形，未有如今者也。"數出伐魏，欲以應蜀。而諸大臣諫以爲勞民；恪乃著論諭衆意曰：

夫天無二日，土無二王。王者不務兼并天下，而欲垂祚後世，古今未之有也。昔戰國之時，諸侯自恃兵强地廣，互有救援，謂此足以傳世，人莫能危；恣情從懷，憚於勞苦，使秦漸得自大，遂以并之，此既然矣。近者劉景升在荆州，有衆十萬，財穀如山；不及曹操尚微，與之力競，坐觀其强大，呑滅諸袁。北方都定之後，操率三十萬衆來向荆州；當時雖有智者，不能復爲畫計，於是景升兒子交臂請降，遂爲囚虜。凡敵國欲相吞，即仇讎欲相除也；有讎而長之，禍不在己，則在後人，不可不爲遠慮也。昔伍子胥曰：“越十年生聚，十年教訓，二十年之外，吴其爲沼乎！”夫差自恃强大，聞此邈然，是以誅子胥而無備越之心；至於臨敗悔之，豈有及乎？越小於吴，尚爲吴禍；況其强大者耶！昔秦但得關西耳，尚以并吞六國。今賊皆得秦、趙、韓、魏、燕、齊九州之地；地悉戎馬之鄉，士林之藪。今以魏比古之秦，土地數倍。以吴與蜀，比古六國，不能半之。然今所以能敵之；但以操時兵衆，於今適盡；而後生者未悉長大，正是賊衰少未盛之時。加司馬懿先誅王凌，續自隕斃；其子幼弱而專彼大任，雖有智計之士，未得施用。當今伐之，是其厄會。聖人急於趨時，誠謂今日。若順衆人之情，懷偷安之計，以爲長江之險，可以傳世；不論魏之終始，而以今日遂輕其後；此吾所以長歎息者也。

自本以來，務在産育。今者賊民歲月繁滋，但以尚小，未可得用耳；若復十數年後，其衆必倍於今。而國家勁兵之地，皆已空盡，惟有此見衆，可以定事；若不早用之，端坐使老；復十數年，略當損半，而見子弟數不足言。若賊衆一倍，而兵損半：雖復使伊管圖之，未可如何。今不達遠慮者，必以此言爲迂。夫禍難未至而豫憂慮，此固衆人之所迂也。及於難至，然後頓顙；雖有智者，又不能圖。此乃古今所病，非獨一時。昔吴始以伍員爲迂，故難至而不可救。劉景升不能慮十年之後，故無以詒其子孫。今恪無具臣之才，而受大吴蕭霍之任，智與衆同，思不經遠；若不及今日，爲國斥境；俯仰年老，而讎敵更强，欲刎頸謝責，寧有補耶？今聞衆人或以百姓尚貧，欲務閑息；此不知慮其大危而愛其小勤者也。昔漢祖幸已自有三秦之地，何不閉關守險以自娱樂？空出攻楚，身被瘡痍，甲冑生蟣虱，將士厭困苦；豈甘鋒刃而忘安寧哉？慮於長久，不得兩存者耳。每覽荆邯説公孫述以進取之圖，近見家叔父表陳與賊争競之計，未嘗不喟然歎息也。夙夜反側，所慮如此；故聊疏愚言以達二三君子之末。若一朝殞歿，志畫不立，貴令來世知我所憂，可思於後。

頗異乃父之簡盡，而同蜀相之懇到；操心慮危，依仿《後出師表》，得其曲暢，而遜其軒昂。於是大發州郡二十萬衆，兵出無功，死傷載道，百姓怨恫，遂爲孫峻所誅。然才高氣壯，抑揚爽朗，危言苦意，亦亮之亞也。此則大吴偉人，國之元輔，不以文章施用。若其攄辭揚采以爲國華；胡綜文章經國，稱辭命之美；韋昭博綜吴故，有記述之才；辭義典雅，足傳於後。

胡綜，字偉則，汝南固始人。少孤，母將避難江東。綜年十四，大帝亦稚弱，以綜侍讀書。既而大帝統事，遂見信任；諸文誥策命，鄰國書符，略皆綜之所造也。及大帝稱尊號；蜀遣衛尉陳震來申前好，乃參分天下，豫、青、徐、幽屬吴；兖、冀、并、涼屬蜀；其司州之土，以函谷關爲界。綜爲盟文，文章甚美，其辭曰：

> 天降喪亂，皇綱失序；逆臣承釁，劫奪國柄。始於董卓，終於曹操，窮兇極惡，以覆四海。至令九州幅裂，普天無統，民神痛怨，靡所戾止。及操子丕，桀逆遺醜，薦作奸回，偷取天位。而叡么麽，尋丕凶蹟，阻兵盜土，未伏厥誅。昔共工亂象，而高辛行師。三苗干度，而虞舜征焉。今日滅叡；擒其徒黨；非漢與吴，將復誰任！夫討惡翦暴，必聲其罪；宜先分裂，奪其土地，使士民之心，各知所歸。是以春秋晉侯伐衛，先分其田以畀宋人；此其義也。
>
> 且古建大事，必先盟誓；故《周禮》有司盟之官，《尚書》有告誓之文。漢之與吴，雖信由中，然分土裂境，宜有盟約。諸葛丞相德威遠著，翼戴本國，典戎在外，信感陰陽，誠動天地，重複結盟，廣誠約誓，使東西士民，咸共聞知；故立壇殺牲，昭告神明，再歃加書，副之天府。天高聽下，靈威棐諶，司慎司盟，羣神羣祀，莫不臨之
>
> 自今日漢吴既盟之後，戮力一心，同討魏賊，救危恤患，分災共慶；好惡齊之，無或攜貳，若有害漢；則吴伐之；若有害吴，則漢伐之；各守分土，無相侵犯，傳之後葉，克終若始。凡百之約，皆如載書，信言不艷，實居于好。有渝此盟，創禍先亂，違貳不協，慆慢天命；明神上帝，是討是督；山川百神，是糾是殛；俾墜其師，無克祚國。於爾大神，其明鑒之！

辭氣鏗訇，黠竄《左氏》，而頗雅練，得班蔡之意；不如建安七子之蹈厲發揚也。時魏降人，或云魏都督河北振威將軍吴質頗見猜疑。綜乃僞爲質作降文，反覆低昂，亦有辭觀；其文既布，而質召入侍中矣。質，字季重，濟陰人，以文才爲魏文帝兄弟所賞；尤工箋札，曹植稱其文采委曲；傳有《答魏太子

箋》、《答東阿王書》，優柔懌懷，而稍未遒。然文秀而質羸，亦王粲之亞也。

韋昭，字弘嗣，吳郡雲陽人。好學能屬文，大帝以爲太子中庶子。時蔡穎亦在東宮，性好博弈；太子和以爲無益，命昭論之。其辭曰：

蓋聞君子恥當年而功不立，疾没世而名不稱。故曰："學如不及，猶恐失之。"是以古之志士，悼年齒之流邁，而懼名稱之不立也；故勉精厲操，晨興夜寐，不遑寧息，經之以歲月，累之以日力。若寧越之勤，董生之篤，漸漬德義之淵，棲遲道藝之域。且以西伯之聖，姬公之力，猶有日昃待旦之勞；故能興隆周道，垂名億載；況在臣庶而可以已乎？歷觀古今立功名之士，皆有累積殊異之跡；勞身苦體，契闊勤思，平居不墮其業，窮困不易其素。是以卜式立志於耕牧，而黄霸受道於囹圄，終有勞顯之福，以成不朽之名。故山甫勤於夙夜，而吳、漢不離公門，豈有游墮哉。

今世之人，多不務經術，好玩博弈，廢事棄業，忘寢與食，窮日盡明，繼以脂燭。當其臨局交爭，雌雄未決，專精鋭意，心勞體倦，人事曠而不修，賓旅闕而不接；雖有太牢之饌，《韶》、《夏》之樂，不暇存也。至或賭及衣物，徙棋易行，廉恥之意弛，而忿戾之色發；然其所志不出一枰之上，所務不過方罫之間，勝敵無封爵之賞，獲地無兼土之實；技非六藝，用非經國，立身者不階其術，徵選者不由其道。求之於戰陣，則非孫吳之倫也；考之於道藝，則非孔氏之門也；以變詐爲務，則非忠信之事也，以劫殺爲名，則非仁者之意也。而空妨日廢業，終無補益；是何異設木而擊之，置石而投之哉。且君子之居室也，勤身以致養；其在朝也，竭命以納忠；臨事且猶旰食，而何博弈之足耽。夫然，故孝友之行立，貞純之名彰也。

方今大吳受命，海内未平，聖朝乾乾，務在得人；勇略之士，則受熊虎之任；儒雅之徒，則處龍鳳之署；百行兼苞，文武并騖，博選良者，旌簡髦俊，設程試之科，垂金爵之賞。誠千載之嘉會，百世之良遇也。當世之士，宜勉思至道，愛功惜力，以佐明時；使名書史籍，勳在盟府；乃君子之上務，當今之先急也！夫一木之枰，孰與方國之封？枯棋三百，孰與萬人之將？衮龍之服，金石之樂，足以兼棋局而貿博弈矣。假令世士移博弈之力，而用之於《詩》、

> 《書》；是有顏、閔之志也；用之於智計，是有良、平之思也；用之於資貨，是有猗頓之富也；用之於射御，是有將帥之備也。如此，則功名立而鄙賤遠矣。

其文漸即於俳偶，氣疏而不茂，辭儷而未壯，奕奕清暢，未能如胡綜之氣往轢古，詞來切今也，和廢後，爲黄門侍郎。諸葛恪輔政，表昭爲太史令，選《吴書》；華覈、薛瑩等皆與參同。

薛瑩，字道言，沛郡竹邑人。华覈，字永先，吴郡武進人。覈与韦昭、薛瑩共事而極推之；自謂："愚淺才劣，適可爲瑩等作注而已。瑩涉學既博，文章尤妙，同寮之中，瑩爲冠首；而昭在吴，亦漢之史遷也。"然昭典誥尤美。華覈文賦之才，有過於昭；而典誥不及也。

大抵東漢之文，典重而或入板滯，儒緩而流爲拘牽；而於是建安七子化以疏朗，竹林七賢益臻清玄，一張一弛，蓋運會之自然；如饜芻豢者之旨蔬筍，羈朝紳者之羡野服也。而吴與蜀偏霸一方，猶仍故步，得風氣稍遲；故不如魏氏地處中原者之有開必先云。

第五章　兩晉

第一節　發凡

兩晉文章，其迴翔於漢魏之際而漸定所趨者乎？其大要不出二派：其一派奇麗藻逸，擷兩漢之葩，潘岳、陸氏機雲、左思其尤，以開太康之盛；又一派清微淡遠，襲七賢之風，王羲之、陶潛爲著，以結東晉之局。斯一代之冠冕，而文詞之命世也。其它張載、張協，才綺而相埒，可謂魯衛之政，兄弟之文也，而張亢則微不逮。劉琨雅壯而多風，盧諶情發而理昭，亦遇之於時勢也。郭璞艷逸，足冠中興；《江賦》既穆穆以大觀，《仙詩》亦飄飄而凌雲矣。葛洪之明仙，靡密以閑暢；干寶之説鬼，循理而清通；亦筆端之良工也。袁宏發軫以高驤，故卓出而多偏。孫綽規旋以矩步，故倫序而寡狀。殷仲文之孤興，謝混之閑情，并解散辭體。縹渺浮音，雖滔滔風流，而大澆文意。獨陶潛文章不羣，辭彩精拔，麗而不縟，淡而能旨，抑揚爽朗，莫之與京；故是一代風雅之宗矣。

第二節　陸機附弟雲　潘岳附從子尼、張載、張協、張亢

魏季，才士放達，振起玄風，文采頓減。至晉武帝，底定吴蜀，區宇始一；太康之中，文彦雲會；而三張、二陸、兩潘、一左，勃爾復興，踵武前漢，風流未沫，亦文章之中興也。左思奇才，業深覃思，盡鋭於《三都》，拔萃於《詠史》，足以自張一軍矣。而張載、張亢，不及張協。二陸則弟遜於兄，兩潘則尼不如岳。而冠冕羣英，實推潘陸。史稱之曰："機文喻海，岳藻如江。"一世之雄也。然潘之機利而筆不遒，陸之體重而勢不駿。潘岳才思清綺，秀爽有餘，承建安之風流。而機則文章麗典，宫商相變，開永明之新製；特是語多偶排，氣未清壯，情隱於辭繁，勢駑於藻縟；所患意不逮辭，情急於藻，偶語勝而古意亡矣。

陸機，字士衡，吴郡人。祖遜，吴丞相。父抗，吴大司馬。機少有異才，伏膺儒術；抗卒，領父兵，爲牙門將。年二十而吴滅，退居舊里，閉門勤學，積有十年。以孫吴文章，清暢奕奕，不爲軼麗；而機以亡國之餘，獨振華采；以孫氏有大勳於江表，深慨孫皓舉而棄之，乃論權所以得，皓所以亡，遂作《辨亡論》二篇；其體仿漢賈生《過秦論》而抒以排偶，雖有餘於贍麗，不足於雄肆；然高詞迥映，炫曜京洛，遂與弟雲造太常張華。張華字茂先，范陽方城人；辭藻温麗，嘗賦《鷦鷯》以寓意，撫時感事，以爲處尊不如安貧之足樂，有才不如無用之能全也；言有淺而可以託深，名重一時。與武帝定策平吴，封廣武縣侯，累官太常。性好人物，誘進不倦，一見機雲，如舊相識，曰："伐吴之役，利獲二俊!"機天才秀逸，辭藻宏麗；華謂之曰："人之爲文，常恨少才；而子更患其多。"惠帝朝，官著作郎，有《吊魏武帝文》，情文惻愴。其辭曰：

> 元康八年，機始以臺郎出補著作，遊乎秘閣，而見魏武帝遺令，愾然歎息，傷懷者久之。客曰："夫始終者，萬物之大歸。生死者，性命之區域。是以臨喪殯而後悲，覩陳根而絶哭。今乃傷心百年之際，興哀無情之地；意者無乃知哀之可有，而未識情之可無乎?"機答之曰：夫日食由乎交分，山崩起於朽壤，亦云數而已矣。然百姓怪焉者，豈不以資高明之質，而不免卑濁之累；居長安之勢，而終嬰傾離之患故乎？夫以廻天倒日之力，而不能振形骸之内；濟世夷

難之智，而受困魏闕之下。已而格乎上下者，藏於區區之木；光於四表者，翳乎蕞爾之土。雄心摧於弱情，壯圖終於哀志；長算屈於短日，遠跡頓於促路。嗚呼，豈特瞽史之異闕景，黔黎之怪頹岸乎！

觀其所以顧命冢嗣，貽謀四子，經國之略既遠，隆家之訓亦宏。又云："吾在軍中，持法是也；至於大憤怒，小過失，不當效也。"善乎達人之讜言矣！持姬女而指季豹，以示四子，曰"以累汝！"因泣下。傷哉，曩以天下自任，今以愛子託人。同乎盡者無餘，而得乎亡者無存。然而婉孌房闥之内，綢繆家人之務，則幾乎密歟。又曰："吾婕妤伎人，皆著銅雀臺；於臺堂上施八尺牀繐帳，朝晡上脯糒之屬；月朝十五，輒向帳作伎。汝等時時登銅雀臺，望吾西陵墓田。"又云："餘香可分與諸夫人；諸舍中無所爲，學作履組賣也。吾歷官所得綬，皆著藏中。吾餘衣裘，可别爲一藏；不能者，兄弟可共分之。"既而竟分焉。亡者可以勿求，存者可以勿違，求與違不其兩傷乎！悲夫，愛有大而必失，惡有甚而必得。智慧不能去其惡，威力不能全其愛，故前識所不用心，而聖人罕言焉。若乃繫情累於外物，留曲念於閨房，亦賢俊之所宜廢乎？於是遂憤懣而獻吊云爾。

接皇漢之末緒，值王途之多違。佇重淵以育鱗，撫慶雲而遐飛。運神道以載德，乘靈風而扇威。摧羣雄而電擊，舉勍敵其如遺。指八極以遠略，必翦焉而後綏。釐三才之闕典，啓天地之禁闈。舉修綱之絶紀，紐太音之解徽。掃雲物以貞觀，要萬途而來歸。丕大德以宏覆，援日月而齊輝。濟元功於九有，固舉世之所推。彼人事之大造，夫何往而不臻？將覆簣於浚谷，擠爲山乎九天。苟理窮而性盡，豈長算之所研？悟臨川之有悲，固梁木其必顛。當建安之三八，實大命之所艱。雖光昭於曩載，將税駕於此年。惟降神之綿邈，眇千載而遠期。信斯武之未喪，膺靈符而在兹。雖龍飛於文昌，非王心之所怡。憤西夏以鞠旅，泝秦川而舉旗。踰鎬京而不豫，臨渭濱而有疑。冀翌日之云瘳，彌四旬而成災。詠歸塗以反旆，登崤澠而朅來。次洛汭而大漸，指六軍曰念哉。

伊君王之赫奕，實終古之所難。威先天而蓋世，力盪海而拔山。厄奚險而弗濟，敵何强而不殘。每因禍以提福，亦踐危而必安。迄在兹而蒙昧，慮噤閉而無端。委軀命以待難，痛没世而永言。撫四子以深念，循膚體而頹歎。迨營魄之未離，假餘息乎音翰。執姬女以嚬瘁，指季豹而漼焉；氣衝襟以嗚咽，涕垂睫而汍瀾。違率土以靖寐，戢彌天乎一棺。咨宏度於峻邈，壯大業之允昌。思居終而恤始，命臨没而肇揚。援貞吝以惎悔，雖在我而不臧。惜内顧之纏綿，恨末命之微詳，紆廣念於履組，塵清慮於餘香。結遺情之婉孌，何命促而意長。陳法服於帷座，陪窈窕於玉房，宣備物於虚器，發哀音於舊倡；矯戚容以赴節，掩零淚而薦觴。物無微而不存，體無惠而不亡。庶聖靈之響像，想幽神之復光。苟形聲之翳没，雖音景其必藏。徽清絃而獨奏，進脯糒而誰嘗。悼繐帳之冥漠，怨西陵之茫茫。登爵臺而羣悲，佇美目其何望。既睎古以遺累，信簡禮而薄葬。彼裘紱於何有，貽塵謗於後王。嗟大戀之所存，故雖哲而不忘。覽遺籍以慷慨，獻兹文而悽傷。

文亦閎美，欲入卿雲之室；而所爲不如兩漢者，氣肆以僄，不及相如之遒逸；辭麗未奥，則遜子雲之卓鍊；體懈而弛，亦異班固之方重；雖閎贍自足，而風骨少隤；才高辭贍，排語作態，所以閎美在此，而不甚蒼堅亦在此。然如《五等諸侯論》、《豪士賦序》，雖是儷體，而辭鋒英偉，筆筆頓挫，直能以賈董之筆，行於排偶之中，抑揚爽朗，庶幾筆勢縱放，不減《過秦》者；信一集之弁冕，而斯文之雄傑也。觀才士之所作，有以得其用心，放言遣辭，可得而言；恒患意不稱物，文不逮意；因論作文之利害所由，而作《文賦》；其大要以爲："夸目者尚奢，愜心者貴當。""詩緣情而綺靡，賦體物而瀏亮，碑披文以相質，誄纏綿而悽愴，銘博約而温潤，箴頓挫而清壯，頌優游以彬蔚，論精微而朗暢，奏平徹以閑雅，説煒曄而譎誑。雖區分之在兹，亦禁邪而制放。要辭達而理舉，故無取乎冗長。或文繁理富，而意不指適；極無兩致，盡不可益。立片言而居要，乃一篇之警策。雖衆辭之有條，必待兹而效績。"揚榷文體，發凡起例，實劉勰《文心雕龍》之前導，而爲中國文學批評之初祖也。又依仿班固，《演連珠》五十首；録其五以備體曰：

臣聞鑑之積也無厚，而照有重淵之深；目之察也有畔，而視周天壤之際。何則？應事以精不以形，造物以神不以器。是以萬邦凱樂，非悦鐘鼓之娱；天下歸仁，非感玉帛之惠。

臣聞覽影偶質，不能解獨；指跡慕遠，無救於遲。是以循虚器者，非應物之具。玩空言者，非致治之機。

臣聞絃有常音，故曲終則改；鏡無畜影，故觸形則照。是以虛己應物，必究千變之容；挾情適事，在觀萬殊之妙。

臣聞目無賞音之察，耳無照景之神。故在乎我者，不誅之於己。存乎物者，不求備於人。

臣聞理之所開，力所常達；數之所塞，威有必窮。是以裂火流金，不能焚景；沉寒凝海，不能結風。

所謂連珠者，興於漢章之世，班固、傅毅嘗受詔作之，其文體辭麗而言約，不指説事情，必假喻以達其旨，而覽者微悟，合於《詩》三百諷興之義；欲使歷歷如貫珠，易看而可悦，故謂之連珠。至是機演爲之，而偶對既工，音律克諧，則開辭賦之别派，而爲四六之濫觴焉。詩則偶語十居七八，鋪陳整贍，而以開謝靈運之前茅；然辭雖儷偶而未甚縟藻，意致疏散，不以排偶累其馳騁之勢，猶有建安遺韻。如樂府《猛虎行》曰：

渴不飲盜泉水，熱不息惡木陰。惡木豈無枝，志士多苦心。整駕肅時命，杖策將遠尋。飢食猛虎窟，寒棲野雀林。日歸功未建，時往歲載陰。崇雲臨岸駭，鳴條隨風吟。靜言幽谷底，長嘯高山岑。急絃無懦響，亮節難爲音。人生誠未易，曷云開此衿！眷我耿介懷，俯仰愧古今。

然機亦有悲涼古直，粲然逸古，而不貴綺錯者，如樂府《門有車馬客行》曰：

門有車馬客，駕言發故鄉。念君久不歸，濡跡涉江湘。投袂赴門塗，攬衣不及裳。拊膺攜客泣，掩淚叙温涼。借問邦族間，惻愴論存亡；親友多零落，舊齒皆彫喪。市朝互遷易，城闕或丘荒；墳壟日月多，松柏鬱芒芒。天道信崇替，人生安得長！慷慨惟平生，俯仰獨悲傷。

澹而不綺，散而不整，於機爲别調。而機好爲儷語，矜重而不贍逸；其爲藻麗縟密者，則開謝靈運之偶對；而有清刻疏爽者，亦導謝玄暉之警秀，如《招隱》、《輓歌》是也。要之詩之由古體開律意，文之由建安爲永明，不得不推機爲風氣轉變之樞焉。傳有《陸士衡集》十卷。弟雲嘗與書曰："兄文自爲雄，非累日精拔，卒不可得。古今文兄所未得與校者，亦惟兄所道數都賦耳。雲謂兄作"二京"，必得無疑。"

陸雲，字士龍；六歲能屬文，與兄機齊名，號曰二陸。陸機才欲窺深，詞務索廣，故思能入巧而不制繁。而雲則樵範《詩》、《騷》，多欲練辭；而才不窺深，思未入巧，未能如哲兄之桀然自樹質幹；然辭務索廣而不制繁，則與阿兄同病，所以辭溺則傷亂，理鬱者苦晦。劉勰《文心雕龍》稱："士龍朗練，以識檢亂，故能布采鮮淨，敏於短篇。"殊未見其云然。義華而聲悴，情隱而文澤，辭則練矣，朗何有焉？布采寧謂鮮淨。然而與機書曰："兄文章之高遠絶異，不可復稱言；然猶皆欲微多。但文實無貴於爲多；多而如兄文者，人不饜其多也；但清新相接，不以此爲病耳。雲今意視文，乃好清省，欲無以尚。"其論文先辭而後情，尚絜而不取悦澤。乃知"布采鮮淨，敏於短篇"，特其所蘄尚如是，而有志未逮。傳有《陸士龍集》十卷。士龍研練而未昭晰，機則贍麗而乏風骨。其詩亦通贍具足，而絢采無力，遂開排偶一派；采縟於正始，力柔於建安；西京以來空靈矯健之意；不復存矣。

潘岳，字安仁，滎陽中牟人，少以才穎見稱，鄉邑號爲奇童。及長，才藻妍麗，與陸機駢稱曰潘陸。岳富於情，機驍於氣；而岳特工哀誄之文，巧於序悲，易入新切；其爲《楊仲武誄》曰：

> 楊經，字仲武，滎陽宛陵人也；中領軍肅侯之曾孫，荆州刺史戴侯之孫，東武康侯之子也。八歲喪父；其母鄭氏，光禄勳密陵成侯之元女；操行甚高，恤養幼孤，以保乂夫家而免諸艱難。戴侯、康侯，多所論著，又善草隸之藝。子以妙年之秀，固能綜覽義旨，而軌式模範矣。雖舅氏隆盛，而孤貧守約，心安陋巷，體服菲薄；余甚奇之。若乃清才儁茂，盛德日新；吾見其進，未見其已也。既藉三葉世親之恩，而子之姑，余之伉儷焉。往歲卒於德宫里。喪服周次，綢繆累月，苟人必有心，此亦款誠之至也。不幸短命；春秋二十九，元康九年夏五月己亥卒。嗚呼哀哉！乃作誄曰：
>
> 伊子之先，奕葉熙隆。惟祖惟曾，載揚休風。顯考康侯，無禄早終。名器雖光，勳業未融。篤生吾子，誕茂淑姿；克岐克嶷，知章知微。鈎深探賾，味道研幾。匪直也人，邦家之輝。子之遘閔，曾未齔髫；如彼危根，當此衝飇，德之休明，靡幽不喬。弱冠流芳，儁聲清劭。爾舅惟榮，爾宗惟瘁。幼秉殊操，違豐安匱。撰録先訓，俾無隕墜。舊文新藝，罔不畢肄。潘楊之穆，有自來矣；矧乃今日，

慎終如始。爾休爾戚，如實在己。視余猶父，不得猶子。敬亦既篤，愛亦既深。雖殊其年，實同厥心。日昃景西，望子朝陰。如何短折，背世湮沈。嗚呼哀哉！寢疾彌留，守茲孝友。臨命忘身，顧戀慈母。哀哀慈母，痛心疾首；嗷嗷同生，悽悽諸舅。春蘭擢莖，方茂其華；荆寶挺璞，將剖於和；含芳委耀，毁璧摧柯。嗚呼仲武，痛哉奈何！

德宫之艱，同次外寢。惟我與爾，對筵接枕。自時迄今，曾未盈稔。姑姪繼殞，何痛斯甚！嗚呼哀哉！披帙散書，屢覩遺文；有造有寫，或草或真。執玩周復，想見其人；紙勞於手，涕沾於巾。龜筮既襲，埏隧既開，痛矣楊子，與世長乖。朝濟洛川，夕次山隈。歸鳥頡頏，行雲徘徊。臨穴永訣，撫櫬盡哀。遺形莫紹，增慟余懷。魂兮往矣，梁木實摧。嗚呼哀哉！

辭氣悽婉；傳有《潘黄門集》六卷。爲文章短於賦事而工叙哀；叙哀能於尋常中出悽婉，賦事却於鋪寫中少遒變，故誄工而賦平也。詩有《悼亡》三篇，亦爲世傳誦。其辭曰：

荏苒冬春謝，寒暑忽流易。之子歸窮泉，重壤永幽隔。私懷誰克從，淹留亦何益。僶俛恭朝命，迴心返初役。望廬思其人，入室想所歷。帷屏無彷彿，翰墨有余跡。流芳未及歇，遺挂猶在壁。悵怳如或存，周皇忡驚惕。如彼翰林鳥，雙栖一朝隻；如彼游川魚，比目中路析。春風緣隙來，晨霤承檐滴。寢息何時忘，沈憂日盈積。庶幾有時衰，莊缶猶可擊。

皎皎窗中月，照我室南端。清商應秋至，溽暑隨節闌。凜凜涼風升，始覺夏衾單。豈曰無重纊，誰與同歲寒？歲寒無與同，朗月何朧朧；展轉眄枕席，長簟竟牀空。牀空委清塵，虚室來悲風？独無李氏靈，髣髴覩爾容。撫衿長歎息，不覺涕霑胸。霑胸安能已，悲懷從中起。寢興目存形，遺音猶在耳。上慚東門吴，下愧蒙莊子。賦詩欲言志，此志難具紀。命也可奈何，長戚自令鄙！

曜靈運天機，四節代遷逝；淒淒朝露凝，烈烈夕風厲。奈何悼淑儷，儀容永潛翳！念此如昨日，誰知已卒歲。改服從朝政，哀心守私制。茵幬張故房，朔望臨爾祭。爾祭詎幾時，朔望忽復盡；衾裳一朝撤，千歲不復引。亹亹朞月周，戚戚彌相愍。悲懷感物來，泣涕應情隕。駕言陟東阜，望墳思紆軫；徘徊墟墓間，欲去復不忍。

徘徊不忍去，徙倚步踟蹰。落葉委埏側，枯荄帶墳隅。孤魂獨煢煢，

安知靈與無。投心遵朝命，揮涕强就車，誰謂帝宫遠，路極悲有餘！

辭來切情，情往引哀，衹就閨房細碎，抒寫追慕，情文相生，如聞嗚咽，以岳固工於叙哀也。其它集中如《秋興》、《懷舊》、《寡婦》、《閑居》諸賦，亦皆抒情之作，而爲世所稱；雖不如陸機之贍美，而寫得事情出，疏秀爽達；蓋直取胸中者吐之紙上，故風調自别。機文深而蕪，岳文淺而淨。體質凝厚，排奡流宕，則機勝岳。輕清爽利，出口如脱，則岳勝機。獨爲《馬汧督誄》，騰驤磊落，神與古會，得史公之沈鬱，含相如之遒逸，骨節强於機，驅邁疾於雲，其辭哀且勁，蓋岳之變體焉。從子尼，字正叔；與岳俱以文章見知；性静退不競，惟以勤學著述爲事，揚歷顯要，從容而已。而岳性輕躁，趨世利，卒以誅死。

安平張載，字孟陽；與弟協，字景陽；亢，字季陽，并號三張。載有《劍閣銘》，爲時所稱；然筋駑肉緩，句既未遒，勢亦欠緊。協文采爲茂，依仿枚乘《七發》、曹植《七啓》作《七命》，氣骨不如《七發》，而辭彩葱蒨過植。植則意質而句縟，氣不足以運；而協一意雕繪，所以翻不竭也。特是枚乘《七發》，每一發濃淡相間，調多變化；而協則麗辭碌碌，衹是一格。其爲詩巧構形似之言，雄於潘岳，而靡於左思，風流調達，稱曠代之高手。傳有《詠史》、《雜詩》諸什；而《雜詩》遒麗，則開鮑照之雕藻，而勝陸機之闡緩者也，録其四篇曰：

秋夜涼風起，清氣蕩暄濁；蜻蛚吟階下，飛蛾拂明燭。君子從遠役，佳人守煢獨。離居幾何時，鑽燧忽改木。房櫳無行跡，庭草萋以緑。青苔依空牆，蜘蛛網四屋。感物多所懷，沉憂結心曲。

大火流坤維，白日馳西陸。浮陽映翠林，迴飆扇緑竹。飛雨灑朝蘭，輕露棲叢菊。龍蟄暄氣凝；天高萬物肅。弱條不重結，芳蕤豈再馥。人生瀛海内，忽如鳥過目；川上之歎逝，前修以自勗。

朝霞迎白日，丹氣臨湯谷。翳翳結繁雲，森森散雨足。輕風摧勁草，凝霜竦高木；密葉日夜疏，叢林森如束。疇昔歎時遲，晚節悲年促。歲暮懷百憂，將從季主卜。

黑蜧躍重淵，商羊舞野庭。飛廉應南箕，豐隆迎號屏。雲根臨八極，雨足灑四溟。霖瀝過二旬，散漫亞九齡。階下伏泉涌，堂上

水衣生。洪潦浩方割，人懷昏墊情。沈液潄陳根，緑葉腐秋莖。里無曲突煙，路無行輪聲。環堵自頹毁，垣間不隱形。尺燼重尋桂，紅粒貴瑶瓊。君子守固窮，在約不爽貞。雖榮田方贈，慚爲溝壑名。取志於陵子，比足黔婁生。

協之麗偶，與陸機同；特其工於造語，麗而能遒，偶而不滯；所以風骨警挺，音韻鏗鏘。詩以琢錬出警遒，極於鮑照，而萌於張協。然照過爲巧琢，頗流險仄；而錬不傷氣，不得不讓協出一頭地也。載馳譽《七哀》，沈鬱頓挫，無慚哲弟，而色澤不如。協《雜詩》感慨蒼涼，風流調達，有陸機之舉體華美，而異其蕪縟；同左思之仗氣卓犖，而出以葱蒨；辭麗而氣遒，蓋陳王之具體矣。亢才藻不逮二昆，亦有屬綴；棣萼相輝；洎乎二陸入洛，三張減價；然時人猶謂載、協、亢與陸機、雲曰二陸三張，故以綴於篇。

第三節　左思　劉琨　郭璞附葛洪、干寶

左思，字太沖，齊國臨淄人。貌寢口訥，而辭藻壯麗，欲仿班固《兩都賦》、張衡《兩京賦》而賦蜀、吴、魏三都。妹芬亦有文采，武帝納爲貴嬪。移家京師，乃詣張載，訪岷蜀之事；遂構思十年，門庭藩溷，皆著筆紙；遇得一句，即便疏之。自以所見不博，求爲祕書郎。初陸機入洛，欲爲此賦；聞思作之，撫掌而笑；與弟雲書曰："此間有傖父，欲作《三都賦》，須其成，當以覆酒甕耳。"及思賦出，機絶歎伏，以爲不能加也。第相其筆力，非但不及班張，似猶在機之下，以其語縟而機滯也。惟只苦心琢錬，字争奇，句争巧，功積力久，暨後湊合成章，遂文彩爛然。其味態儘濃腴，第骨力未强，無驅運跌宕之勢；不能如班張之以翻空出奇，而以徵實爲貴。然思愈周，則力愈緩；事愈實，則格愈平。至其典確詳核，實爲前人所難，故足多也。惟託諷諭之致以爲《詠史》詩，胸次高曠，筆力又復雄邁，陶冶漢魏，自鑄偉辭，故是一代作手；豈復潘陸輩所能比埒。其辭曰：

弱冠弄柔翰，卓犖觀羣書；著論準《過秦》，作賦擬《子虚》。邊城苦鳴鏑，羽檄飛京都。雖非甲胄士，疇昔覽穰苴。長嘯激清風，志若無東吴。鉛刀貴一割，夢想騁良圖。左眄澄江湘，右盼定羌胡。功成不受爵，長揖歸田廬。

鬱鬱澗底松，離離山上苗。以彼徑寸莖，蔭此百尺條。世胄躡

高位，英俊沈下僚；地勢使之然，由來非一朝。金張藉舊業，七葉珥漢貂。馮公豈不偉，白首不見招。

吾希段干木，偃息藩魏君。吾慕魯仲連，談笑卻秦軍。當世貴不羈，遭難能解紛。功成恥受賞，高節卓不羣。臨組不肯緤，對珪寧肯分。連璽耀前庭，比之猶浮雲。

濟濟京城内，赫赫王侯居。冠蓋蔭四術，朱輪竟長衢。朝集金張館，暮宿許史廬；南鄰擊鐘磬，北里吹笙竽。寂寂揚子宅，門無卿相輿。寥寥空宇中，所講在玄虛。言論準宣尼，辭賦擬相如。悠悠百世後，英名擅八區。

皓天舒白日，靈景耀神州。列宅紫宫裏，飛宇若雲浮。峨峨高門内，藹藹皆王侯。自非攀龍客，何爲欻來游？被褐出閶闔，高步追許由。振衣千仞岡，濯足萬里流。

荆軻飲燕市，酒酣氣益震。哀歌和漸離，謂若旁無人。雖無壯士節，與世亦殊倫。高眄邈四海，豪右何足陳。貴者雖自貴，視之若埃塵；賤者雖自賤，重之若千鈞。

主父宦不達，骨肉還相薄。買臣困采樵，伉儷不安宅。陳平無産業，歸來翳負郭。長卿還成都，壁立何寥廓。四賢豈不偉，遺烈光篇籍。當其未遇時，憂在填溝壑；英雄有迍邅，由來自古昔。何世無奇才，遺之在草澤。

習習籠中鳥，舉翮觸四隅。落落窮巷士，抱影守空廬。出門無通路，枳棘塞中塗。計策棄不收，塊若枯池魚。外望無寸禄，内顧無斗儲。親戚還相蔑，朋友日夜疏。蘇秦北游説，李斯西上書。俯仰生榮華，咄嗟復彫枯。飲河期滿腹，貴足不願餘；巢林棲一枝，可爲達士模。

《詠史》之名，起自班固，但指一事；不過美其事而詠歎之，檃栝本事，不加藻飾；此正體也。而思多攄胸臆，不必專詠一人，專詠一事；詠古人而己之性情俱見。本事不過借以爲影子，不脱不黏。錯綜震蕩，創格新特，而造語奇偉，不爲陸機之綺練，亦異潘岳之清淺，骨氣雄高，足追陳王。而《詩品》乃謂其源出於公幹；以劉楨之平鈍，視左思之雄逸，豈僅跛鼈之與騏驥乎！《詩品》又以左思野於陸機，深於潘岳；深於潘岳則有之矣，野於陸機，亶其然乎？陸藻縟而機滯，不如思之植骨遒。潘氣清而味薄，不如思之得天厚。

潘岳、陸機、張協與思，一時競秀，咸有詩名，而蹊徑不同。就體制論：潘岳、陸機、張協排偶，開齊梁之新聲；獨左思倜儻，得漢魏之古意。就骨彩論，陸文麗以爲工，潘流靡以自妍，格調不同，而同歸於風骨不飛，氣病其駑；協琢鍊以警遒，思錯綜而震盪，風格亦不同，而同歸於挺拔爲俊，氣過其文。而劉琨清剛，郭璞超逸，與思代興，力矯輕綺；誠足嗣漢魏之逸響，而障潘陸之頹波已。

又晉承魏風，貴黄老，稍尚虚談；於時篇什，理過其辭，淡乎寡味；爰及江表，微波尚傳，孫綽、許詢、桓温、庾亮諸公，詩皆平典似道德論；建安風力盡矣。其間郭璞用俊上之才，創變其體。劉琨仗清剛之氣，亦復濟美。

劉琨，字越石，中山魏昌人。少有朗俊之目，文詠頗爲當時所許；累拜大將軍，都督并州諸軍事，加侍中太尉。會天下喪亂，爲石勒所敗。幽州刺史鮮卑段匹磾數遣信要琨；及赴，爲所拘。琨自知必死，神色怡如也。范陽盧諶，字子諒，善屬文，琨以爲從事中郎，及琨敗，盧諶求爲段匹磾別駕，箋詩與琨。琨答諶以四言詩，并書曰：

> 損書及詩，備辛酸之苦言，暢經通之逸旨，執玩反覆，不能釋手，慨然以悲，歡然以喜。昔在少壯，未嘗檢括，遠慕老莊之齊物，近嘉阮生之放曠，怪厚薄何從而生，哀樂何由而至。自頃輈張，困於逆亂，國破家亡，親友彫殘。負杖行吟，則百憂俱至；塊然獨坐，則哀憤兩集；時復相與舉觴對膝，破涕爲笑，排終身之積慘，求數刻之暫歡；譬猶積疢彌年，而欲一丸銷之，其可得乎！
>
> 夫才生於世，世實須才。和氏之璧，焉得獨曜於郢握；夜光之珠，何得專玩於隋掌。天下之寶，當與天下共之；但分析之日，不能不悵恨耳！然後知聃周之爲虚誕，嗣宗之爲妄作也。昔騄驥倚輈於吴坂，長鳴於良樂，知與不知也，百里奚愚於虞而智於秦，遇與不遇也。今君遇之矣，勖之而已。不復屬意於文二十餘年矣，久廢則無次，想必欲其一反，故稱指送一篇，適足以彰來詩之益美耳。琨頓首頓首。

書辭出以儷偶，而悲壯磊落，不傷於縟，有建安諸人氣韻；固非二陸、三張之麗詞碌碌，采乏風骨者所可比倫也。而詩則善爲悽戾之辭，自有清拔之氣；《重贈盧諶》五言一首曰：

> 握中有懸璧，本自荆山璆。惟彼太公望，昔在渭濱叟。鄧生何

感激，千里來相求。白登幸曲逆，鴻門賴留侯。重耳任五賢，小白相射鈎。苟能隆二伯，安問黨與讐。中夜撫枕歎，想與數子游。吾衰久矣夫，何其不夢周？誰云聖達節，知命故不憂。宣尼悲獲麟，西狩涕孔丘。功業未及建，夕陽忽西流；時哉不我與，去乎若雲浮。朱實隕勁風，繁英落素秋。狹路傾華蓋，駭駟摧雙輈。何意百鍊剛，化爲繞指柔！

琨詩託意非常，攄暢幽憤，遠想張陳，感鴻門、白登之事，用以激諶。諶素無奇略，以常詞酬和，殊乖琨心。琨意多鬱結，而氣自激昂；自非詞人雕琢求工者所及也。英雄失路，萬感悲涼，故其詩隨筆傾吐，哀音無次，宣尼二句，一人互用。想見倉猝成章，不暇推敲。而自然遒亮；不如郭璞之文體相輝，彪炳可玩，足變永嘉平淡之體，而稱中興第一也。

郭璞，字景純，河東聞喜人。好經術，博學有高才，而訥於言論；辭賦爲中興之冠。好古文奇字，注釋《爾雅》，别爲《音義圖譜》，又注《三倉》、《方言》、《穆天子傳》、《山海經》及《楚辭》、《子虛》、《上林賦》數十萬言；妙於陰陽、算曆、卜筮之術。元帝初鎮建業，遂稱尊號。璞以中興王宅江外，乃著《江賦》，述川瀆之美，其辭甚偉。復作《南郊賦》。然賦者鋪也，鋪采摛文，體物寫志也。而璞爲賦，體物著意鋪排，寫志無當比興。即如《江賦》，多用水旁奇字堆砌成句，而佳處卻不在此。凡作文字，貴用意奇警，不貴屼嶭面目也。中段敘江中物産，爲一賦大鋪排處；卻於錯綜處見筆法，於點綴處見精彩。帝見而嘉之，以爲著作佐郎。尋大將軍王敦以武昌作難，請璞爲記室參軍。璞懼禍及，而爲羈縶；乃託屈原《遠遊》之指，以賦《遊仙》詩；其辭曰：

京華遊俠窟，山林隱遯棲。朱門何足榮，未若託蓬萊。臨源挹清波，陵岡掇丹荑。靈谿可潛盤，安事登雲梯。漆園有傲吏，萊氏有逸妻，進則保龍見，退則觸藩羝。高蹈風塵外，長揖謝夷齊。

青谿千餘仞，中有一道士。雲生梁棟間，風出窗户裏。借問此何誰，云是鬼谷子。翹迹企潁陽，臨河思洗耳。閶闔西南來，潛波涣鱗起。靈妃顧我笑，粲然啓玉齒，蹇修時不存，要之將誰使？

翡翠戲蘭苕，容色更相鮮。緑蘿結高林，蒙籠蓋一山。中有冥寂士，靜嘯撫清絃。放情陵霄外，嚼蕊挹飛泉。赤松臨上遊，駕鴻乘紫煙。左挹浮丘袖，右拍洪涯肩。借問蜉蝣輩，寧知龜鶴年。

六龍安可頓，運流有代謝。時變感人思，已秋復願夏。淮海變微禽，吾生獨不化。雖欲騰丹谿，雲螭非我駕。愧無魯陽德，迴日向三舍。臨川哀年邁，撫心獨悲咤。

逸翮思拂霄，迅足羨遠遊。清源無增瀾，安得運吞舟。珪璋雖特達，明月難闇投。潛穎怨青陽，陵苕哀素秋。悲來惻丹心，零淚緣纓流。

雜縣寓魯門，風煖將爲災。吞舟涌海底，高浪駕蓬萊。神仙排雲出，但見金銀臺。陵陽挹丹溜，容成揮玉杯。姮娥揚妙音，洪崖頷其頤。升降隨長煙，飄颻戲九垓。奇齡邁五龍，千歲方嬰孩。燕昭無靈氣，漢武非仙才。

晦朔如循環，月盈已復魄。蓐收清西陸，朱羲將由白。寒露拂陵苕，女蘿辭松柏；蕣榮不終朝，蜉蝣豈見夕。圓丘有奇草，鍾山出靈液；王孫列八珍，安期鍊五石。長揖當塗人，去來山林客。

《遊仙》之作，曹植集中最多；以世網見縛，而游心方外也。郭璞爲之，骨氣雄高，磊落英多，直追子建。而《詩品》謂其憲章潘岳；不知潘岳悽愴而氣清，郭璞慷慨而骨遒；以爲憲章，殊擬非其倫。郭璞氣調岸異，當與左思劉琨輩；而非憲章潘岳。辭多慷慨，心懷鬱紆，其云“逸翮思拂霄”，又云“迅足羨遠遊”，乃是坎壈詠懷，非列仙之趣也。後爲王敦所殺。然而郭璞託於遊仙，而志不在仙也；亦有葛洪，沖以避世，而真欲超世者焉。

葛洪，字稚川，丹陽句容人。從祖玄，吴時，學道得仙，號曰葛仙公；以其煉丹祕術授弟子鄭隱。洪就隱學；又師事南海太守上黨鮑玄。玄亦耽内學，見洪，深重之，妻以女。洪傳玄業，兼綜練醫術，凡所著撰，皆精覈是非，而才章富贍，大凡内外一百一十六篇，號曰《抱朴子》；《内篇》論神仙修煉符籙刻治諸事，爲道家之支與流裔；《外篇》則論時政得失，人事臧否，多作排偶之體；而詞旨辯博，饒有名理，要其本歸於黄老。而闡不死之理，發金丹之祕，則非老子道德之意也。

又有干寶者，字令升，新蔡人；博覽書記，著《晉紀》，自宣帝迄於愍帝五十三年，凡二十卷，書佚；僅傳《總論》，依仿賈生《過秦論》而出以整贍者也。尤好鬼神禨祥之事，撰集古今神祇靈異人物變化，名爲《搜神記》二十卷，傳於世；有鬼董狐之目。干寶搜神以説鬼，葛洪論仙以暢玄，非耳目所經，亦晉文之絶出也。然洪文縟麗，略同陸機，而指則玄；道家之别子也。而寶坦迤，似準陳壽，而事則怪；稗史之開山也。茲録兩家之作以互勘比。

抱朴子

盈乎萬鈞，必起於錙銖；竦秀凌霄，必始於分毫。是以行潦集，而南溟就無涯之曠；尋常積，而玄圃致極天之高。

閬風玄圃，不借高於丘垤；懸黎結緑，不假觀於瓊珉。是以英偉不羣，而幽蕙之芬駭；峻概獨立，而衆禽之響振。

威施之艷，粉黛無以加；二至之氣，吹呼不能增。是以懷英逸之量者，不矜風格以示異；體邈俗之器者，不恤小譽以徇通。以上原《博喻》篇

搜神記

晉世新蔡王昭平犢車在廳事上，夜無故自入齋室中，觸壁而出，後又數聞呼噪攻擊之聲，四面而來。昭乃聚衆設弓弩戰鬥之備，指聲，弓駑俱發。而鬼應聲接矢數枚，皆倒入土中。原卷十六

吴中有一書生，皓首，稱胡博士，教授諸生。忽復不見。九月初九日，士人相與登山遊觀，聞讀書聲，命僕尋之，見空冢中羣狐羅列，見人即走。老狐獨不去，乃是皓首書生。原卷十八

豫章有一家婢在竈下，忽有人長數寸來竈間壁；婢誤以履踐之，殺一人。須臾。遂有數百人，著衰麻服，持棺迎喪，凶儀皆備，出東門，入園中覆船下。就視之，皆是鼠婦。婢作湯灌殺，遂絶。原卷十九

寶記怪怪奇奇，神仙鬼狐，不名一端；蓋唐人小説之所本焉；特不刻意構畫其事，其辭坦迤，淡乎若無味，恬乎若無事。儻非後來之所能及乎？以稍矜張，便嫌誕妄。

第四節　王羲之　陶潛

晉自中朝貴玄，江左稱盛，因談餘習，流成文體，是以世極迍邅，而辭意夷泰；詩必道德之旨歸，賦乃漆園之義疏。故知文變染乎世情，興廢繫乎時序：原始以要終，雖百世可知也。但理過其辭，雕潤恨少；而葛洪才章贍

麗，自成一子，又嫌縟而傷雋。若乃無雕蟲之功，而探懷以抒。可以陶性靈，發幽思，言在耳目之内，情寄塵埃之表；洋洋乎會於風雅，使人忘其鄙近，自致曠觀者，其惟王羲之、陶潛乎。

王羲之，字逸少，琅邪臨沂人。大將軍王敦、宰相王導之從子也。幼訥於言；及長，辯贍，尤善隸書，爲古今之冠；深爲從伯敦、導所器重，累官右軍將軍、會稽内史。羲之雅好服食養性，不樂在京師；既赴會稽，有佳山水；宰相謝安未仕時，亦居焉。孫綽、李充、許詢、支遁等，皆以文義冠世，并築室東土，與羲之同好；嘗宴集會稽山陰之蘭亭。羲之自爲之序以申其志曰：

> 永和九年，歲在癸丑，暮春之初，會於會稽山陰之蘭亭，修禊事也。羣賢畢至，少長咸集。此地有崇山峻嶺，茂林修竹；又有清流激湍，映带左右；引以爲流觴曲水，列坐其次．虽无絲竹管絃之盛，一觴一詠，亦足以暢叙幽情。是日也，天朗气清，惠风和暢，仰观守宙之大，俯察品类之盛 ，所以游目騁懷，足以極視聽之娱，信可樂也。
>
> 夫人之相與，俯仰一世。或取諸懷抱，晤言一室之内。或因寄所託，放浪形骸之外。雖趣舍萬殊，靜躁不同；當其欣於所遇，暫得於己，快然自足，曾不知老之將至。及其所之既倦，情隨事遷，感慨係之矣。向之所欣，俯仰之間，已爲陳跡；猶不能不以之興懷；況修短隨化，終期於盡。古人云：“死生亦大矣。”豈不痛哉！每覽昔人興感之由，若合一契；未嘗不臨文嗟悼，不能喻之於懷；固知一死生爲虚誕，齊彭殤爲妄作。後之視今，亦猶今之視昔，悲夫！故列叙時人，録其所述。雖世殊事異，所以興懷，其致一也。後之覽者，亦將有感於斯文。

蒼涼感歎之中，逸趣横生，故是俊人。尤工書札，風神高遠，沨沨移人。尋以與揚州刺史王述不洽，遂稱病去郡；與謝安弟萬書曰：

> 古之辭世者，或被髮佯狂，或污身穢跡，可謂艱矣。今僕坐而獲逸，遂其宿心。其爲慶幸，豈非天賜？違天不祥。頃東遊還，修植桑果，今盛敷榮；率諸子抱弱孫，游觀其間，有一味之甘，割而分之，以娱目前。雖植德無殊邈，猶欲教養子孫以敦厚退讓；或有

輕薄，庶令舉策數馬，彷彿萬石之風。君謂此何如？

辭若面對，自然高妙；而世論獨賞其草隸，猶是徇聲之談。然羲之身在軒冕，哀樂未忘；不如陶潛之胸次浩然，亭亭物表也。

陶潛，字元亮，大司馬侃之曾孫；世有貴仕，而潛少懷高尚，穎脱不羈，任真自得，因著《五柳先生傳》以自況；其辭曰：

先生不知何許人也，亦不詳其姓氏。宅邊有五柳樹，因以爲號焉。閒静少言，不慕榮利。好讀書，不求甚解；每有會意，便欣然忘食。性嗜酒，家貧不能常得；親舊知其如此，或置酒而招之，造飲輒盡，期在必醉；既醉而退，曾不吝情去留。環堵蕭然，不蔽風日；短褐穿結，簞瓢屢空，晏如也。嘗著文章自娱，頗示己志，忘懷得失，以此自終。

贊曰：黔婁有言："不戚戚於貧賤，不汲汲於富貴。"其言茲若人之儔乎？酬觴賦詩，以樂其志，無懷氏之民歟？葛天氏之民歟？

其自序如此，時人謂之實録。又託爲《桃花源記》以寄意世外；其辭曰：

晉太元中，武陵人，捕魚爲業。緣溪行，忘路之遠近。忽逢桃花林，夾岸數百步；中無雜樹，芳草鮮美，落英繽紛，漁人甚異之。復前行，欲窮其林；林盡水源，便得一山；山有小口，髣髴若有光；便捨船從口入，初極狹，纔通人；復行數十步，豁然開朗，土地平曠，屋舍儼然；有良田美池桑竹之屬，阡陌交通，雞犬相聞。其中往來種作，男女衣著，悉如外人；黄髮垂髫，並怡然自樂。見漁人，乃大驚，問所從來。具答之。便要還家，設酒殺雞作食。村中聞有此人，咸來問訊。自云："先世避秦時亂，率妻子邑人來此絶境，不復出焉；遂與外人間隔。"問今是何世，乃不知有漢，無論魏晉。此人一一爲具言所聞；皆歎惋。餘人各復延至其家，皆出酒食。停數日辭去。此中人語云："不足爲外人道也!"既出，得其船，便扶向路，處處志之。及郡下，詣太守説如此。太守即遣人隨其往，尋向所志，遂迷，不復得路。南陽劉子驥，高尚士也，聞之欣然，規往，未果，尋病終。後遂無問津者。

以沖淡閒遠之致，寫憤世嫉俗之懷，獨超衆類，若未嘗經意；質而爲綺，疏而能雋，而以魏武、蜀相之渾簡，抒嵇康、阮籍之懷抱；然其文不可以學而能；

非文之難，有其胸次爲難也。然篇章不多；而詩絶工，尤爲後世所稱，情真景真，事真意真，只是就本色鍊得入細，如作瘿瓢籐杖，本色不雕一毫，水磨又極精細。止任元朴者或擁腫不堪，劉琨是也。專事工夫者又矯揉無味，陸機是也。而潛則直率語卻自追琢中出，所以耐咀嚼。詩多不能備，録其七篇：

歸園田居一首

野外罕人事，窮巷寡輪鞅。白日掩荆扉，虚室絶塵想。時復墟曲中，披草共來往；相見無雜言，但道桑麻長。桑麻日已長，我土日已廣。常恐霜霰至，零落同草莽。

移居二首

昔欲居南村，非爲卜其宅；聞多素心人，樂與數晨夕。懷此頗有年，今日從茲役。敝廬何必廣，取足蔽牀席。鄰曲時時來，抗言談在昔。奇文共欣賞，疑義相與析。

春秋多佳日，登高賦新詩。過門更相呼，有酒斟酌之。農務各自歸，閒暇輒相思。相思則披衣，言笑無厭時。此理將不勝。無爲忽去茲。衣食當須紀，力耕不吾欺。

讀《山海經》詩一首

孟夏草木長，繞屋樹扶疏。衆鳥欣有託，吾亦愛吾廬。既耕亦已種，且還讀吾書。窮巷隔深轍，頗迴故人車。歡言酌春酒，摘我園中蔬，微雨從東來，好風與之俱。泛覽周王傳，流觀《山海》圖。俯仰終宇宙，不樂復何如。

雜詩二首

結廬在人境，而無車馬喧。問君“何能爾”？心遠地自偏。采菊東籬下，悠然見南山。山氣日夕佳，飛鳥相與還。此中有真意，欲辨已忘言。

秋菊有佳色，裛露掇其英。泛此忘憂物，遠我遺世情。一觴雖獨進，杯盡壺自傾。日入羣動息，歸鳥趨林鳴。嘯傲東軒下，聊復得此生！

挽詩一首

荒草何茫茫，白楊亦蕭蕭。嚴霜九月中，送我出遠郊。四面無人居，高墳正嶕嶢。馬爲仰天鳴，風聲自蕭條。幽室一已閉，千年

不復朝。千年不復朝，賢達無奈何。向來相送人，各自還其家。親
戚或餘悲，他人亦已歌。死去何所道，託體同山阿。

就淺景寫得入妙；就淺意寫得入奥。大約皆以儻來得趣，百練下筆，洗淨鉛華，自然發艷。雖然，巧於斧斤者多擬其拙，窘於檢括者輒病其放；孔子曰："甯武子，其智可及也，其愚不可及也!"後此唐之王維、儲光羲、韋應物、柳宗元、白居易；宋之王安石、蘇軾，學焉而皆得其性之所近。然韋應物、白居易、蘇軾，失之平易，而少追琢。儲光羲、柳宗元、王安石，不免巉刻，又損自然。王維秀麗疏朗，差爲近之，而微华靡；終莫有及焉者也。《詩品》稱："宋徵士陶潛，其源出於應璩，又協左思風力。"今誦潛詩，清微澹遠，不矜左思之風力，亦異應璩之諷諭，衹是自抒胸懷，樸實説理，以枯淡出腴潤，含悲涼於解脱；潘岳、陸機，視之爲靡；左思、劉琨，又遜其和；平淡而不爲懦鈍，遒亮而出以渾雅。《詩品》以曹陳王爲"骨氣奇高，辭采華茂"，而潛則骨氣不矜奇高而特爲超逸；辭采不喜華茂而發之朗秀。天挺此才，以結晉代之詩局，而與陳王後先輝映。陳王華貴而發以沈鬱，潛則感慨而發以高渾；粲然逸古，可謂清音獨遠矣。傳有《陶淵明集》十卷。

第六章　南朝

第一節　發凡

文之駢體，成於南朝；大抵編字不隻，捶句皆雙，修短取均，奇偶相配，故應以一言蔽之者，輒足爲二言；應以三句成文者，必分爲四句；其原出於陸機。機縟旨星稠，繁文綺合，豐藻克贍，而風骨不飛，碌碌麗辭，遂開駢體。降自梁陳，專工對仗，邊幅復狹，令閲者白日欲臥，未必非士衡爲之濫觴也。劉宋之世，顏延之、謝靈運，弁冕南朝，體裁明密，并稱文章第一。而鮑照雕藻淫艷，異軍特起，才秀人微，驂駕其間，并方軌前秀，垂範後昆。沈約繼起，更唱聲律於齊梁之際；欲使宫羽相變，低昂舛節；若前有浮聲，則後須切響；一簡之内，音韻盡殊；兩句之中，輕重悉異；至云“靈均已來，此秘未睹”。而不獲邀賞於梁武；聲病拘牽，固非英雄所喜也。求其儷體行文，無傷逸氣者，江淹、任昉，庶幾近之。二子縱横駢偶，不受羈靮，故能超妙。而孔稚圭更於聲偶之中，發揮奇趣，所爲《北山移文》，雕章琢句，務爲新穎，亦六朝文之善者也。夫三代以前，文無聲偶，八音克諧，司馬子長所以鏗鏘鼓舞也。浸淫六季，制句切響，千英萬傑，莫能跳脱；所以自異者，死生氣别耳。歷觀駢體，前有江淹、任昉，後有徐陵、庾信，皆以生氣見高，遂稱俊物。而庾信華實相扶，抽黄對白之中，灝氣舒卷，遂集六朝之大成，而導唐初四傑之先路。他家學步壽陵，菁華先竭，猶責細腰以善舞，竊爲憂其餓死也。於是作者雖衆，極其所之，總而为論，略有三體：一則啓心閑繹，託辭華曠，雖存巧綺，終致迂回；宜登公宴，本非準的；而疏慢闡緩，膏肓之病；典正可采，酷不入情，此體之源出靈運而成也。次則緝事比類，非對不發，博物可嘉，職成拘制；或全借古語；用申今情，崎嶇牽引，直爲偶説，惟覩事例，全失精彩；此則傳咸五經，應璩指事，雖不全似，可以類從。次則發唱驚挺，操調險急，雕藻淫艷，傾炫心魂；亦猶五色之有紅紫，八音之有鄭衛；斯鮑照之遺烈也。但自然英旨，罕值其人；恒患事盡於形，情急於藻，義牽其旨，韻移其意。文勝之敝，欲救以質；於是鐘嶸品詩，不貴用事，劉勰文心，首標《原道》；物極必反，理有宜然。何待蘇綽之《大誥》，韓愈之《原道》，而後知文章之必變，徵詞體之解散乎？蓋所由來者漸也。

第二節　宋　謝靈運附弟惠連　顏延之
鮑照附湯惠休、袁淑、謝莊

宋初文詠，體有因革，莊老告退而山水方滋；儷采百字之偶，争價一句之奇，情必極貌以寫物，辭必窮力而追新；謝靈運雕鐫山水，還乎自然；此實爲之倡也。靈運，陳郡陽夏人；晉車騎將軍玄之孫也。博學善文章，襲祖封康樂公，車服鮮麗，衣物多改舊形制，世共宗之，咸稱謝康樂也。宋武帝受命，降公爵爲侯，爲太子左衛率。少帝即位，以非毁執政，出爲永嘉太守。郡有名山水，靈運素所愛好，出守既不得志，遂肆意遊遨，所至輒爲詩詠以致其意；有《晚出西射堂》、《登池上樓》、《登江中孤嶼》諸詩，興多才高，寓目輒書，録其三篇：

晚出西射堂

步出西掖門，遥望城西岑。連障疊巘崿，青翠杳深沉。曉霜楓葉丹，夕曛嵐氣陰。節往慼不淺，感來念已深：羈雌戀舊侶，迷鳥懷故林。含情尚勞愛，如何離賞心。撫鏡華緇鬢，攬帶緩促衿。安

排徒空言，幽獨賴鳴琴。

登池上樓

潛虬媚幽姿，飛鴻響遠音。薄霄愧雲浮，棲川怍淵沈。進德智所拙，退耕力不任。徇禄反窮海，臥痾對空林。衾枕昧節候，褰開暫窺臨。傾耳聆波瀾，舉目眺嶇嶔。初景革緒風，新陽改故陰。池塘生春草，園柳變鳴禽。祁祁傷豳歌，萋萋感楚吟。索居易永久，離羣難處心。持操豈獨古，無悶徵在今。

登江中孤嶼

江南倦歷覽，江北曠周旋。懷新道轉迥，尋異景不延。亂流趨正絶，孤嶼媚中川。雲日相輝映，空水共澄鮮。表靈物莫賞，蘊真誰爲傳。想象崑山姿，緬邈區中緣。始信安期術，得盡養生年。

在郡一周，稱疾去職。靈運父祖并葬始寧縣，并有故宅及墅；遂移籍會稽，修營舊業，傍山帶江，盡幽居之美；與隱士王弘之，孔淳之等放蕩爲娱。名章迴句。處處間起；每一詩出，莫不競寫，宿昔間士庶皆遍。作《山居賦》并自注以言其事。然靈運名冠宋代，而文章不稱，彩乏雕潤，氣無岸異。《山居賦》有意爲卓犖，而平直少姿致。詩則氣無奇類，殊未俊發。後人好以陶、謝并稱。然陶情喻淵深，自然倜儻。謝體裁綺密，動見拘束。謝之視陶，亦何啻跛鼈之於驥足。而《詩品》稱："其源出於陳思，雜有景陽之體，故尚巧似，而逸蕩過之，頗以繁富爲累。"然陳思骨氣雄高，而靈運頗平鈍；景陽風流調達；而靈運乖秀逸；辭繁不殺，累則有之；而風骨不飛，何逸蕩之有焉。惟《歲暮》一篇，寂寥短章，而吐言天拔；其辭曰：

殷憂不能寐，苦此夜難頹。明月照積雪，朔風勁且哀。運往無淹物，年逝覺已催。

浩氣直落，於靈運爲别調；其它麗辭碌碌，殊乏抑揚爽朗之致也。然山水閒適，時發理趣，在詩家亦爲獨闢之境；如《石壁精舍還湖中作》曰：

昏旦變氣候，山水含清暉。清暉能娱人，游子憺忘歸。出谷日尚早，入舟陽已微。林壑斂暝色，雲霞收夕霏。芰荷迭映蔚，蒲稗相因依。披拂趨南徑，愉悦偃東扉。慮澹物自輕，意愜理無違。寄言攝生客，試用此道推。

陶、謝不以理語爲累，以其渾化得理趣，而不落滯境也。晉孫綽、許詢、桓温、庾亮諸公詩皆平典似道德論。此由乏理趣耳，夫豈尚理之過哉。所不同者，特陶公心處閒逸，而靈運辭出刻縷；陶公寓意於田園，靈運寄興於山水。文帝即位，起靈運爲祕書監，尋遷侍中，賞遇甚厚。靈運自以名輩應參時政，至是唯以文義見接；意既不平，稱疾不朝，屢被劾，賜假東歸，尋免官。靈運既東，與族弟惠運、東海何長瑜、穎川荀雍、太山羊璇之以文章賞會，共爲山澤之游，時稱四友。惠連十歲能屬文，靈運加賞之云："每有篇章，對惠連輒得佳語。"嘗於永嘉西堂思詩，竟日不就；忽夢見惠連，即得"池塘生春草"，大以爲工，每云："此語有神功，非吾語也!"靈運後徙廣州，有言其謀叛，奏收之，於廣州棄市。

謝惠連爲《雪賦》，侔色揣稱，不爲先漢揚馬之雄矯，亦異東京班張之典麗，特以警秀見奇。其辭曰：

歲將暮，時既昏。寒風積，愁雲繁。梁王不悦，遊於菟園；乃置旨酒，命賓友：召鄒生，延枚叟；相如末至，居客之右。俄而微霰零，密雪下。王乃歌《北風》於衛詩，詠南山於周《雅》，授簡於司馬大夫曰："抽子祕思，騁子妍辭，侔色揣稱，爲寡人賦之。"

相如於是避席而起，逡巡而揖曰："臣聞雪宫建於東國，雪山峙於西域。岐昌發詠於來思，姬滿申歌於黄竹。《曹風》以麻衣比色，楚謡以幽蘭儷曲。盈尺，則呈瑞於豐年；袤丈，則表沴於陰德。雪之時義遠矣哉。請言其始。若乃玄律窮，嚴氣升；焦溪涸，湯谷凝；火井滅，温泉冰；沸潭無涌，炎風不興；北户墐扉，裸壤垂繒。於是河海生雲，朔漠飛沙。連氛累靄，掩日韜霞。霰淅瀝而先集，雪紛糅而遂多。其爲狀也，散漫交錯，氛氳蕭索。藹藹浮浮，瀌瀌奕奕。聯翩飛灑，徘徊委積。始緣甍而冒棟，終開簾而入隙。初便娟於墀廡，末縈盈於帷席。既因方而爲珪，亦遇圓而成璧。眄隰則萬頃同縞，瞻山則千巖俱白。於是臺如重璧，逵似連璐；庭列瑶階，林挺瓊樹。皓鶴奪鮮，白鷴失素；紈袖慚野，玉顔掩姱。若乃積素未虧，白日朝鮮，爛兮若燭龍銜燿照崑山。爾其流滴垂冰，緣霤承隅，粲兮若馮夷剖蚌列明珠。至夫繽紛繁鶩之貌，皓汗皦潔之儀。迴散縈積之勢，飛聚凝曜之奇。固展轉而無窮，嗟難得而備知。若乃申娱玩之無已，夜幽静而多懷。風觸楹而轉響，月承幌而通暉。酌湘吴之醇酎，御狐貉之兼衣。對庭鵾之雙舞，瞻雲雁之孤飛。析園中之萱草，摘階上之芳薇。踐霜雪之交積，憐枝葉之相違。馳遙思於千里，願接手而同歸。”

鄒陽聞之，懑然心服，有懷妍唱，敬接末曲；於是迺作而賦《積雪》之歌，歌曰：“携佳人兮披重幄，援綺琴兮坐芳縟。燎薰爐兮炳明燭，酌桂酒兮揚清曲。”又續而爲《白雪》之歌，歌曰：“曲既揚兮酒既陳，朱顏酡兮思自親。願低帷以昵枕，念解佩而褫紳。怨年歲之易暮，傷後會之無因。君寧見階上之白雪，豈鮮耀於陽春？”歌卒，王乃尋繹吟玩，撫覽扼腕；顧謂枚叔，起而爲亂。亂曰：“白羽雖白，質以輕兮；白玉雖白，空守貞兮。未若茲雪，因時興滅。玄陰凝，不昧其潔；太陽曜，不固其節。節豈我名，潔豈我貞。憑雲升降，從風飄零。值物賦象，任地班行。素因遇立，污隨染成。縱心浩然，何慮何營。”

麗句清辭，秀色可餐，脱盡前人濃重之氣，另成一格。然入後亂曰：“未若茲雪，因時興滅”云云，亦靈運詩“慮澹物自輕，意愜理無違”之意。而著意描寫，轉成理障。至云不立節，不守潔，傷教害義；不如靈運之渾融無礙也。靈運鍊句用字，在生熟深淺之間。傳有《謝康樂集》四卷，《拾遺》一卷。惠連之於靈運，猶潘岳之於陸機。惠連疏秀爽達，不如靈運之拙累，而遒古之意亦益減矣。

顏延之，字延年，琅邪臨沂人。文章冠絶當世，與靈運齊名；而二人文辭，遲速懸絶。文帝敕擬樂府《北上》篇，延之受詔便成，靈運久之乃成。《宋書·謝靈運》曰：“縱横俊發，過於延之，深密則不如也。”又《傳論》曰：“爰逮宋氏，顏謝騰聲；靈運之興會標舉，延年之體裁明密。”談者稱其得實。自今觀之：延年之體裁明密，未以爲病。靈運之興會標舉，實爲過譽。何者？以詩論：靈運模山範水，務爲精密，巧構形似，原出張景陽，而無其風流條達；又以繁富爲累，而遜景陽之文體華淨；碌碌麗辭，而氣無奇類，何能興會標舉？轉不如延之《五君詠》之磊落英多，《北使洛還至梁城作》之悲涼遒麗，鑪錘在手，極流動酣適之趣。蓋延之體密而救以氣俊，故密而得明；靈運辭密而不免體拘，斯密以傷滯也。至靈運意氣雖自縱横，文章何曾俊發？觀其所爲《征賦》、《山居賦》，造語非不卓犖，而行文傷於平直；發則有之，俊於何有？而延之則文質相宜，體裁明密之中，自有抑揚爽朗之致。《赭白馬賦》窮態极妍，曲終雅奏而歸之祇慎：則相如《上林》、子雲《羽獵》

之嗣音也；雖不及相如之雄麗，子雲之琢練，而安行徐步之中，自具頓挫。《陽給事誄》，蒼雄古健；《祭屈原文》，凄麗沈鬱；辭與事稱，各肖其人之生平；亦何嘗以雕文纂組，有害俊發？《武帝謚議》亦腴暢。《庭誥》雅意深篤，善貽厥謀，可謂有德之言，不得以文章工拙論。人謂顏不如謝，吾謂謝定遜顏，可與知者道，難爲尋聲逐響之士談也。延之疏誕，不能取容權要，辭意激揚，乃作《五君詠》以述竹林七賢；而山濤、王戎，乃以貴顯被黜。其詞曰：

阮步兵籍

阮公雖淪跡。識密鑒亦洞。沈醉似埋照。寓辭類託諷。長嘯若懷人，越禮自驚衆。物故不可論，途窮能無慟。

嵇中散康

中散不偶世，本自餐霞人。形解驗默仙，吐論知凝神。立俗忤流議，尋山洽隠淪。鸞翮有時鎩，龍性誰能馴？

劉參軍伶

劉伶善閉關，懷情滅聞見。鼓鐘不足歡，榮色豈能眩。韜精日沈飲，誰知非荒宴。頌酒雖短章，深衷自此見。

阮始平咸

仲容青雲器，實稟生民秀。達音何用深，識微在金奏。郭奕已心醉，山公非虛覯。屢薦不入官，一麾乃出守。

向常侍秀

向秀甘淡薄，深心託毫素。探道好淵玄，觀書鄙章句。交吕既鴻軒，攀嵇亦鳳舉。流連河裏遊，惻愴山陽賦。

調響意圓，每首中四句排偶，已開後世之律體，然明密足爲模楷；以其字字稱量而出，無一苟下也。左太沖《咏史》似論體，顏延之《五君詠》似傳體；而要之託古人以寄意，其原出《詩》三百之比興。嘗問鮑照，己與謝靈運優劣，照曰："謝五言如初發芙蓉，自然可愛。君詩若鋪錦列繡，亦雕繢滿眼。"延之終身病之。延之詩體裁綺密：四言五言，動無虛散，尤不工發端；四言如《應詔讌曲水作》詩，五言如《拜陵廟作》、《贈王太常》、《夏夜呈從兄散騎車長沙》，中權儘多警麗，發唱未能透快；有餘於辭華，不足於風力；氣無奇類，文有異彩。《詩品》謂"其源出於陸機"，信然。然如《北使洛還至梁城作》及《五君詠》，則擅陸機之華美，協左思之風力，儷對而饒有遒變，雄快而出以凝厚；沈鬱頓挫，亦何曾以體裁綺密而乖秀逸。其《北使洛還至梁城作》一首曰：

眇然軌路長，憔悴征戍勤。昔邁先徂師，今來後歸軍。振策眷東路，傾側不及羣。息徒顧將夕，極望梁陳分。故國多喬木，空城凝寒雲。丘壟塡郛郭，銘誌滅無文。木石扃幽闥，黍苗延高墳。惟彼雍門子，吁嗟孟嘗君！愚賤同堙滅，尊貴誰獨聞。曷爲久遊客，憂念坐自殷。

延之詩喜作壯麗語，而失之重滯晦澀，此篇獨見悲涼。以壯麗之意，寫悲涼之態，流動酣適，則何嘗以"鋪錦列繡"爲病。它所爲文章，世所傳誦者：《三月三日曲水詩序》，麗而傷縟，則滯於機。《陶徵士誄》，和而未茂，故懦於筆。振采無力，與詩同譏。獨《代湘州刺史張邵祭屈原文》，文采高麗，工於發端。其辭曰：

惟有宋五年月日，湘州刺史吴郡張邵，恭承帝命，建旟舊楚；訪懷沙之淵，得捐佩之浦，弭節羅潭，艤舟汨渚。乃遣户曹掾某敬祭故楚三閭大夫屈君之靈：蘭薰而摧，玉縝則折，物忌堅芳，人諱明潔。曰若先生，逢辰之缺。温風怠時，飛霜急節。嬴芈遘紛，昭懷不端。謀折儀尚，貞蔑椒蘭。身絶郢闕，跡遍湘干。比物荃蓀，連類龍鸞。聲溢金石，志華日月。如彼樹芳，實穎實發。望汨心欷。瞻羅思越。藉用可塵，昭忠難闕。

結尾兩句，意涉晦，雖工發端，而躓末篇。大抵謝靈運密於爲對而辭未俊，顔延之工於造辭而機或滯。若夫追琢之辭，出以俊逸，慷慨任氣，磊落使才，要不得不推照出一頭地。嗟其才秀人微，故取湮當代。

鮑照字明遠，東海人。嘗謁臨川王義慶，未見知，欲貢詩言志，人或止之。照勃然曰："千載上有英才異士，沉没而不聞者，安可數哉！大丈夫豈可遂蘊知能，使蘭艾不辨，終日碌碌與燕雀相隨乎！"於是奏詩。義慶奇之，甚見知賞。文帝以爲中書舍人。帝好文章，自謂人莫能及；照悟其旨，爲文章，多鄙言累句；咸謂照才盡，實不然也。所爲詩文，以俊逸之筆，寫豪壯之情，發唱驚挺，操調險急，而模山範水，情文駿發，尤推《登大雷岸與妹書》；其辭曰：

吾自發寒雨，全行日少。加秋潦浩汗，山谿猥至，渡泝無邊，險徑遊歷；棧石星飯，結荷水宿。旅客貧辛，波路壯闊。始以今日食時，僅及大雷。塗登千里，日踰十晨。嚴霜慘節，悲風斷肌；去親爲客，如何如何！向因涉頓，憑觀川陸，遨神清渚，流睇方曛，東顧五洲之隔，西眺九派之分，窺地門之絶景，望天際之孤雲，長途大念，隱心者久矣。

南則積山萬狀，争氣負高，含霞飲景，參差代雄；凌跨長隴，前後相屬，帶天有匝，横地無窮。東則砥原遠隰，亡端靡際。寒蓬夕卷，古樹雲平。旋風四起，思鳥羣歸。靜聽無聞，極視不見。北則陂池潛演，湖脈通連；苧蒿攸積，菰蘆所繁，棲波之鳥，水化之蟲，智吞愚，强捕小，號噪驚聒，紛牣其中。西則迴江永指，長波天合；滔滔何窮，漫漫安竭。創古迄今，舳艫相接。思盡波濤，悲滿潭壑，煙歸八表。終爲野塵；而是注集，長寫不測，修靈浩蕩，知其何故哉！西南望廬山，又特驚異，基壓江潮，峰與辰漢連接。上常積雲霞，雕錦縟，若華夕曜，巖澤氣通，傳明散綵，赫似絳天，左右青靄，表裏紫霄，從嶺而上，氣盡金光，半山以下，純爲黛色。信可以神居帝郊，鎮控湘漢者也。若潨洞所積，谿壑所射，鼓怒之所豗擊，涌澓之所宕滌，則上窮荻浦，下至狶洲，南薄燕爪，北極雷澱，削長埤短；可數百里，其中騰波觸天，高浪灌日；吞吐百川，寫泄萬壑；輕煙不流，華鼎振沸；弱草朱靡，洪漣隴蹙；散涣長驚，電透箭疾；穹溘崩聚，坻飛嶺覆；回沫冠山，奔濤空谷，碪石爲之摧碎，碕岸爲之整落。仰視大火，俯聽波聲，愁魄脅息，心驚慄矣。

至於繁化殊育，詭質怪章，則有江鵝海鴨魚鮫水虎之類，豚首象鼻芒鬚鍼尾之族，石蟹土蚌燕箕雀蛤之儔，折甲曲牙逆鱗反舌之屬，掩沙漲，被草渚，浴雨排風，吹澇弄翮。夕景欲沈，曉霧將合，孤鶴寒嘯，游鴻遠吟。樵蘇一歎，舟子再泣，誠足悲憂，不可説也！風吹雷飈，夜戒前路，下弦内外，望達所届。寒暑難適，汝專自慎。夙夜戒護，勿爲我念。恐欲知之，聊書所睹。臨塗草蹙，辭意不周。

驅邁蒼涼之氣，驚心動魄之辭，運意深婉，融情於景，無句不錘鍊，無句不俊逸；頗喜巧琢，與顔延之同。然延之巧琢而或傷堆砌，照則巧琢而出以噴薄。延之采縟而肌沉，負聲無力，照則骨勁而氣猛，振藻高翔。麗而能遒，此其所爲與延之異也。謝靈運文不警切，以不知扣題；而照則巧於馭題，隨事賦形；如賦《舞鶴》，不呆寫鶴，而寫舞之窮態極妍；賦《蕪城》，不泛寫蕪，而扣定城字寫蕪；賦《野鵝》，不呆寫鵝，而寫鵝之意欲適野；《飛白書勢銘》，不泛寫書，而刻意寫飛白之勢；題面題神，一絲不走，此其所爲與靈運殊也。

詩則以警麗發悲涼，故彩有餘遒；以排奡出險急，斯句無懦響；氣警而骨奇，調響而語峭，俊而能發，不如謝靈運之發而不俊，腴而能鍊，亦異顏延之之麗而或縟。顏謝揚聲，而照以才秀人微，驂駕而三；其詩亦如顏謝之多偶對以開唐律，而特善自發詩端，氣有奇類；尤自長於夸飾，故光焰騰於紙墨之表。《詩品》謂："得景陽之俶詭，含茂先之靡嫚，骨節强於謝混，驅邁疾於顏延，總四家而擅美，跨兩代而孤出。"信然。吾則謂模山範水以發理趣，靈運所長；抒情造事以出警調，則照特快。靈運語排意排，只是律體，不免平板；而照錯綜震盪，奇偶無跡，綽見警遒。樂府尤俊逸，如《東門行》、《京洛篇》、《東武吟》、《別鶴操》、《出自薊北門行》、《升天行》、《苦熱行》、《結客少年場行》、《邊居行》、《行路難》諸篇，孚甲新意，雕畫奇辭；儘是贍麗，儘是對偶，而氣最勁，語最峭，調最響，不以繁采損風力，惟藻耀而高翔，所以才鋒峻立，符采克炳；異於靈運之采乏風骨也。五言詩如《贈故人馬子喬》之"躑躅城上羊"、"松生隴坂上"、"雙劍將別離"三章，《擬古》之"魯客事楚王"、"十五諷詩書"、"幽并重騎射"三章，《學劉公幹體》之"胡風吹朔雪"一章及《詠史》，抑揚爽朗，高風跨俗，亦以樂府之體爲之，而《上潯陽還都道中作》，《行京口至竹里》兩篇，語偶而勢遒，雖儷辭不碌碌也，按眼前景，字字新雋，頗得陶潛之一體，特有遒響而無遠韻，光焰長而意味不長，所以不如陶之吐言淵永，有絃外音也。陶詩如璞玉，渾成天然，而照則如錯采鏤金，非不絢爛光耀，却少温潤之意；特多健句而出以追逐，句含金石，字挾風霜，録樂府四篇：

代東武吟

主人且勿諠，賤子歌一言。僕本寒鄉士，出身蒙漢恩。始隨張校尉，占募到河源；後逐李輕車，追虜窮塞垣；密途亙萬里，寧歲猶七奔。肌力盡鞍甲，心思歷涼温。將軍既下世，部曲亦罕存。時事一朝異，功績復誰論？少壯辭家去，窮老還入門。腰鐮刈葵藿，倚杖牧雞豚。昔如韝上鷹，今似檻中猿。徒結千載恨，空負百年怨。棄席思君幄，疲馬戀君軒。願垂晉主惠，不愧田子魂。

代出自薊北門行

羽檄起邊亭，烽火入咸陽。徵騎屯廣武，分兵救朔方。嚴秋筋竿勁，虜陣精且强。天子按劍怒，使者遥相望。雁行緣石徑，魚貫度飛梁。簫鼓流漢思，旌甲被胡霜。疾風衝塞起，沙礫自飄揚。馬毛縮如蝟，角弓不可張。時危見臣節，世亂識忠良。投軀報明主，身死爲國殤。

代結客少年場行

驄馬金絡頭，錦帶佩吴鈎。失意杯酒間，白刃起相讐。追兵一旦至，負劍遠行遊。去鄉三十載，復得還舊丘。升高臨四關，表裹望皇州：九塗平若水，雙闕似雲浮；扶宫羅將相，夾道列王侯。日中市朝滿，車馬若川流；擊鐘陳鼎食，方駕自相求。今我獨何爲，埳壈懷百憂！

代東門行

傷禽惡弦驚，倦客惡離聲。離聲斷客情，賓御皆涕零。涕零心斷絶，將去復還訣；一息不相知，何況異鄉别？遥遥征駕遠，杳杳落日晚。居人掩閨卧，行子夜中飯。野風吹草木，行子心腸斷。食梅常苦酸，衣葛常苦寒。絲竹徒滿坐，憂人不解顔。長歌欲自慰，彌起長恨端。

晉宋以還，五言詩全體對偶，惟陶潛篇中時時以單行出之；而鮑照則以單運偶，而出以琢鍊。凡琢鍊，對語不難，單語難；奇語不難，常語難；而潛與照特以單語常語見妙。但陶多淡宕之言，鮑多陵厲之筆。唐詩蹊徑，不出二家：陶開王維、孟浩然、儲光曦、韋應物先路，鮑闢岑參、高适、韓愈、孟郊一派。而郊首聯多對起，多警闢語，皆從鮑來也。只是操調險急，故下句無懦響；雖温厚之意稍衰，然却奇俊。湯惠休詩淫靡，情過其才；世遂匹之鮑照，恐殊商周矣。羊曜璠云："是顔公忌鮑之文，故立休鮑之論。"顔延之每薄湯惠休詩，謂人曰："惠休製作，委巷中歌謡耳。"寧足與鮑照頡頏？傳有《鮑參軍集》十卷。

此外如袁淑、謝莊，亦有稱於時。袁淑效古詩，效曹植《白馬篇》，皆爲時誦，遒勁差似太沖，典腴亦仿士雲，在顔謝之間。而謝莊爲靈運族子，善賦誄；所謂《月賦》，與謝惠連《雪賦》麗句清辭，同一格調。然惠連賦雪，刻意描寫，不免著跡；而莊之《月賦》，則意趣灑然；如云："氣霁地表，雲斂天末；洞庭始波，木葉微脱。"又曰："凉夜自凄，風篁成韻。"又曰："隔千里兮共明月。"大致只寫月下之情，非爲賦月也；看似平淡而實精縟，所謂寫神則生，寫貌則死。而駢辭偶句，如貫珠聯璧，遂開初唐四六之先；則兩賦如出一轍，此其較也。

第三節　范曄　劉義慶附裴松之

鮑照爲詩，寓奇於偶，磊落以使才；范曄論史，化偶爲排，跌宕以盡勢；而一爲詩人之變格，一爲史論之別調，俳體之盛，略可覩已。

范曄，字蔚宗，順陽人。父泰，累官侍中左光禄大夫國子祭酒，博覽篇籍，好爲文章，撰《古今善言》二十四篇及文集，傳於世。曄少懶學問，晚成人，年三十許，政始有向耳。自爾以來，轉爲心化，往往有微解，口機不調利，言乃不能自盡，以此無談功；至於所通解處，皆自得之於胸懷，文章轉進。常恥作文士，患其事盡於形，情急於藻，義牽其旨，韻移其意；雖時有能者，大較多不免此累。常謂："年少中，謝莊最有其分，手筆差易，文不拘韻故也。情志所託，故當以意爲主，以文傳意。以意爲主，則其旨必見；以文傳意，則其辭不流；然後抽其芬芳，振其金石耳。"此中情性旨趣，千條百品，屈曲有成理，自謂頗識其數；嘗爲人言，多不能賞，意或異故也。累爲尚書吏部郎；以得罪彭城王義康，出爲宣城太守，不得志，乃刪衆家《後漢書》爲一家之作，《本紀》十卷，《列傳》八十卷，別有《後漢書論贊》五卷，後人以論贊散於紀傳之後；至於屈伸榮辱之際，未嘗不致意焉。文帝以爲左衛將軍，太子詹事；尋以謀反係獄，將誅，與諸甥姪書，自叙作《後漢書》之意，謂："自古體大而思精，未有此也。吾雜傳諸序論，皆有精意深旨；筆勢放縱，實天下之奇作；其中合者往往不減《過秦篇》；比方班氏所作，非但不愧之而已。贊自是吾文之傑思，殆無一字空設，奇變不窮，同含異體，乃自不知所以稱之。"其自得意如此。而世尤傳誦者，《皇后紀序論》、《宦者傳序論》、《逸民傳序論》、《二十八將傳論》；然細籀所作，平平叙去，腴暢有之；而排體貶跌宕之致，此班氏稍如典縟，而蒼勁不及。獨《左雄傳論》依仿《漢書·公孫宏傳贊》，抑揚爽朗，差似放縱。其辭曰：

> 古者諸侯歲貢士，進賢受上賞，非賢貶爵土；升之司馬，辨論其才；論定然後官之，任官司然後禄之。故王者得其人，進仕勸其行，經邦弘務，所由久矣。漢初，詔舉賢良方正，州郡察考廉秀才，斯亦貢士之方也。中興以後，復增敦樸、有道、賢能、直言、獨行、

高節、質直、清白、敦厚之屬。榮路既廣，觖望難裁；自是竊名僞服，浸以流競；權門貴仕，請謁繁興。

自左雄任事，限年試才，雖頗有不密，固亦因識時宜。而黄瓊、胡廣、張衡、崔瑗之徒，泥滯舊方，互相詭駁；循名者屈其短，算實者挺其效。故雄在尚書，天下不敢妄選；十餘年間，稱爲得人；斯亦效實之徵乎！順帝始以童弱反政，而號令自出，知能任使；故士得用情。天下喁喁，仰其风采，遂乃備玄纁玉帛以聘南陽樊英；天子降寢殿，設壇席；尚書奉引，延問失得；急登賢之舉，虚降己之禮。於是處士鄙生，忘其拘儒，拂巾衽褐以企旌車之招矣。至乃英能承風，俊乂咸事：若李固、周舉之淵謨弘深，左雄、黄瓊之政事貞固，桓焉、楊厚以儒學進，崔瑗、馬融以文章顯，吴祐、蘇章、种皓、栾巴，牧民之良幹，龐參、虞詡，將帥之宏規，王龔、張皓，虚心以推士，張綱、杜喬，直道以糾違；郎顗陰陽詳密，張衡機術特妙。東京之士，於兹盛焉。向使廟堂納其高謀，疆埸宣其智力，帷幄容其謇辭，舉措稟其成式，則武宣之軌，豈其遠而。《詩》云“靡不有初，鮮克有終”，可爲恨哉！

及孝桓之時，碩德繼興。陳蕃、楊秉處稱賢宰，皇甫、張、段出號名將，王暢、李膺彌縫衮闕，朱穆、劉陶獻替匡時，郭有道獎鑒人倫，陳仲弓弘道下邑；其餘宏儒遠智，高心絜行，激揚風流者，不可勝言。而斯道莫振，文武陵墜，在朝者以正議嬰戮，謝事者以黨錮致災；往車雖折而來軫方遒，所以傾而未顛，决而未潰，豈非仁人君子心力之爲乎！嗚呼！

其爲文章，奇偶錯綜，與班固同，然班固體密而氣尚疏，范曄偶勝而機則滯；班固《漢書》諸序論，思能入微，而才復足以籠鉅；而曄《後漢》諸序論，文欲放筆，而氣不足以運辭；一則傑然自樹質幹，一則隤然不復振起。班固贍茂而能遒肆，其力勁；而曄整贍而未駿發，其氣窳。衡厥得失，曄實愧班。而論者乃以蔚宗參蹤於賈誼（劉知幾《史通》語），豈以自道筆勢放縱，不減《過秦》耶？何其借譽之甚也！

劉義慶《世説新語》，散朗得陳壽之筆；而范曄《後漢書》，特整贍衍班固之遺。《世説新語》者，臨川王義慶所撰也。義慶性簡素，寡嗜欲，愛好文義，爲宋宗室之令；歷官平西將軍，荆州、江州、南兖州刺史，並帶都督；所著有《徐州先賢傳》十卷，《世説新語》十卷，《集林》二百卷；而《世説》尤傳誦人人。《世説》之名，肇於劉向，其書已亡；故義慶所集名《世説新書》，不知何人改爲《新語》。其書取漢至晉軼事瑣語，分爲三十八門；叙述名雋，爲清言之淵藪。録其五事：

> 管寧、華歆，共園中鋤菜，見地有片金。管揮鋤與瓦石不異，華捉而擲去之。又嘗同席讀書，有乘軒冕過門者，寧讀如故；歆廢書出看。寧割席分坐曰："子非吾友也！"原卷上之上《德行》
>
> 趙母嫁女。女臨去，敕之曰："愼勿爲好。"女曰："不爲好，可爲惡邪？"母曰："好尚不可爲，其況惡乎！"原卷下之上《賢媛》
>
> 鄧艾口吃，語稱艾艾。晉文王戲之曰："卿云艾艾，定是幾艾？"對曰："鳳兮鳳兮，故是一鳳。"原卷上之上《言語》
>
> 王戎喪兒萬子。山簡往省之，王悲不自勝。簡曰："孩抱中物，何至於此？"王曰："聖人忘情。最下不及情。情之所鍾，正在我輩。"簡服其言，更爲之慟。原卷下之上《傷逝》
>
> 竺法深在簡文坐。劉尹問："道人何以游朱門？"答曰："君自見其朱門，貧道如遊蓬户。"原卷上之上《言語》

其事多爲范曄《後漢書》、陳壽《三國志》所不采者，拾遺補闕，頗廣異聞。又有聞喜裴松之者，字世期，博覽墳籍。文帝即位，官中書侍郎；詔使注陳壽《三國志》。松之鳩集傳記，掇三國軼事，其壽所不載，事宜在録者，則罔不畢取以補其闕；或同説一事，而辭有乖雜；或出事本異，疑不能判，并皆抄内以備異聞；若乃紕繆顯然，言不附理，則隨違矯正以懲其妄。書奏，文帝曰："裴世期爲不朽矣！"其書嗜奇愛博，而辭筆散朗，麗典新事，絡繹奔會，不爲峻整，亦《世説》之流也；惟簡雋遜之，頗以繁富爲累耳。

第四節　齊　王融　謝朓　沈約附范雲、何遜

宋自明帝以下，文理替矣。明帝雅好文學，每讌集賦詩，武人或買以應詔；雖多藻繢，而無勝韻。及齊武帝建元永明，而後文章復盛。其時吴興沈約、陳郡謝朓、琅邪王融，以氣類相推轂。汝南周顒善識聲韻。約等文皆用

宫商，以平上去入爲四聲，以此制韻，不可增減；世呼爲永明體。永明體者，承元嘉之流風，而更鑽研聲律者也；於是四聲八病之説始起，八病一曰平頭，第一第二字不得與第六第七字同聲，如“今日良宴會，歡樂莫具陳”；“今”“歡”皆平聲。二曰上尾，第五字不得與第十字同聲，如“青青河畔草，鬱鬱園中柳”，“草”“柳”皆上聲。三曰蜂腰，第二字不得與第五字同聲，如“聞君愛我甘，竊欲自修飾”，“君”“甘”皆平聲，“欲”“飾”皆入聲。四曰鶴膝，第五字不得與第十五字同聲，如“客從遠方來，遺我一書札，上言長相思，下言久離别”，“來”“思”皆平聲。五曰大韻，如“聲”“鳴”爲韻，上九字不得用“驚”“傾”“平”“榮”字。六曰小韻，除第一字外，九字中不得有兩字同韻。七曰旁紐，八曰正紐；十字内兩字疊韻爲正紐，若不共一紐而有雙聲爲旁紐。如“流”“久”焉正紐，“流”“柳”爲旁紐。立駢文之鴻軌，啓律詩之先路。當時竟陵王子良實有提獎之功。竟陵王者，齊武帝次子也；禮士好文，天下詞客，多集其門。而梁武帝與王融、謝朓、任昉、沈約、陸倕、范雲、蕭琛八人，尤見敬異，號曰竟陵八友。八人之中，謝朓長於詩，任昉長於筆，沈約則文筆兼美；而聲律之説，則發之王融。

王融，字元長，博涉有文才；以父宦不通，弱年便欲紹興家業，啓齊武帝求自試。永明九年，芳林園禊宴，使融爲《曲水詩序》；又奉詔爲《策秀才文》，咸以文藻富麗，爲時所稱。然麗而傷縟，贍而未宏；未若《求自試啓》之倜儻駿發，奕奕顧盼也。其辭曰：

> 臣聞春庚秋蟀，集候相悲；露木風螢，臨年共悦。夫惟動植，且或有心；況在生靈，而能無感？臣自奉望宫闕，沐浴恩私；拔跡庸虚，參名盛列；纓劍紫複，趨步丹墀；歲時歸來，誇榮邑里。然無勤而官，昔賢曾議；不任而禄，有識必譏。臣所用慷慨憤懣，不遑自安。誠以深恩鮮報，聖主難逢。蒲柳先秋，光陰不待。貪及明時，展悉愚效，以酬陛下不世之仁。若微誠獲信，短才見序，文武吏法。唯所施用，夫君道含弘，臣術無隱。翁歸乃居中自見，充國曰莫若老臣；竊景前修，敢蹈輕節，以冒不媒之鄙，式罄奉公之誠。抑又唐堯在上，不參二八，管夷吾恥之，臣亦恥之。願陛下裁覽。

雖文體已成駢偶，而抑揚爽朗，未爲拘攣。至所爲《策秀才文》前後十首，則通體排偶；然寓意微婉，實有散語所不能盡者；不僅以隸事見巧，縟句爲工也。唐碑序，宋表啓，多依仿其格；録其一首，辭曰：

> 問秀才：联聞上智利民，不述於禮。大賢强國，罔圖惟舊。豈

非療饑不期於鼎食，拯溺無待於規行？是以三王異道而共昌，五霸殊風而并烈。今農戰不修，文儒是競。棄本徇末，厥弊滋多。昔宋臣以禮樂爲殘賊，漢主比文章於鄭衛；豈欲非聖無法，將以既道而權。今欲專士女於耕桑，習鄉閭以弓騎，五都復而事庠序，四民富而歸文學，其道奚若？爾無面從。

其它九首，格調大略相同；麗而能朗，故足尚也。獨《三月三日曲水詩序》，最有盛名；而最平板滯拙，依仿顏延之作，全無活潑頓挫之致；而益之以浮靡膚庸，抛荒本題，若不看其首尾，竟不知中間是爲曲水該序而作；其藻愈肥而其味愈瘠。至於五言之作，調彩葱菁，舉體華美，接武顏延之，而源出於陸機。然陸機慷慨身世，猶有沈鬱之意；而融巧用文字，務極華貴之態；所以有結藻而無流韻，辭彩儘華茂，情喻不淵深；特其華彩而臻俊逸，遠勝謝靈運之綺密而乖秀逸；麗典新聲，絡繹奔會，雄於謝靈運，靡於顏延之。樂府如《巫山高》、《芳樹》，詩如《棲玄寺聽講畢游邸園應司徒教》、雜體《報范通直》、《古意》、《詠琵琶》、《詠池上梨花》，皆可誦覽。《詩品》謂“詞美英淨”，則信然矣；而謂“五言之作，尺有所短”，則今所傳録，莫非五言，誠亦未見其然。而融之所自得意，乃在通曉聲律；嘗謂穎川鍾嶸曰：“宫商與二儀俱生，自古詞人不知之。惟顏憲子乃云律吕音調，而其實大謬。惟見范曄、謝莊，頗識之耳。嘗欲進《知音論》未就。”王融創其首，謝朓、沈約揚其波。三賢或貴公子孫，幼有文辯；於是士流景慕，務爲精密，襞積細微，專相陵架，故使文多拘忌，傷其真美。然則永明體之鑽研聲律，實發於王融，而成於謝朓、沈約也。

謝朓，字玄暉。文章清麗，詩尤有名，快語響調，獨以清迥變謝靈運之沈鬱，氣變而韶，體變而靈，觉筆墨之中，筆墨之外，别有一種深情妙悟。王融詩，辭有餘藻，而氣無逸韻，未齊肩背。爲齊隨王子隆鎮西功曹，轉文學。子隆在荆州，好辭賦；朓尤被賞，不捨日夕。長史王秀之以朓年少相動，欲以啓聞。朓知，因事求還，道中爲詩《暫使下都夜發新林至京邑贈西府同僚》一首曰：

大江流日夜，客心悲未央。徒念關山近，終知返路長。秋河曙耿耿，寒渚夜蒼蒼。引領見京室，宫雉正相望；金波麗鳷鵲，玉繩低建章。驅車鼎門外，思見昭丘陽。馳暉不可接，何況隔兩鄉。風雲有鳥路，江漢限無梁。常恐鷹隼擊，時菊委嚴霜。寄言罻羅者，寥廓已高翔。

《詩品》頗譏朓詩，以爲：“善自發端而末篇多躓，此意鋭而才弱也。”然如此篇感激頓挫，起“大江流日夜”固遒絶；而末勁快，亦何嘗躓？所云鷹隼，云罻羅，蓋以致怨於王秀之也。既至京邑，除新安王中軍記室，因箋辭子隆曰：

故吏文學謝朓死罪死罪。即日被尚書召，以朓補中軍新安王記室參軍。朓聞潢汙之水，願朝宗而每竭；駑蹇之乘，希沃若而中疲。何則，皋壤摇落，對之惆悵；歧路西東，或以嗚唈。況乃服義徒擁，歸志莫從；邈若墜雨，翩似秋蒂。朓實庸流，行能無算。屬天地休明，山川受納，褒采一介，抽揚小善；故捨耒場圃，奉筆兔園。東亂三江，西浮七澤，契闊戎旃，從容讌語；長裾日曳，後乘載脂；榮立府庭，恩加顔色。沐髮晞陽，未測涯涘；撫臆論報，早誓肌骨。不寤滄溟未運，波臣自蕩；渤澥方春，旅翮先謝。清切藩房，寂寥舊蓽。輕舟反溯，吊影獨留。白雲在天，龍門不見。去德滋永，思德滋深。唯待青江可望，候歸艎於春渚；朱邸方開，效蓬心於秋實。如其簪履或存，衽席無改；雖復身填溝壑，猶望妻子知歸。攬涕告辭，悲來横集；不任犬馬之誠。

時荆州信去倚待，朓執筆便成，姿采幽茂，驅思入眇，抑聲歸細，絶去紛飾肥艷之習，而古力蟠注，情思宛妙。王融藻麗而縟，不如謝朓體艷以清。

明帝輔政，領記室；及即位，掌中書詔誥；敬皇后遷祔山陵。朓撰《哀策文》，齊世莫有及者。累官尚書吏部郎，被誅。然詩人皆以謝宣城稱之，則以其爲宣城太守時，吟詠最盛耳。其《之宣城出新林浦向板橋》一詩曰：

江路西南永，歸流東北騖。天際識歸舟，雲中辨江樹。旅思倦摇摇，孤遊昔已屢。既懽懷禄情，復協滄洲趣。囂塵自兹隔，賞心於此遇。雖無玄豹姿，終隱南山霧。

此篇亦發端勢壯，如千里來龍；而篇末句勁，如懸崖勒馬；首尾匀稱，不見所謂意鋭而才弱也。凡爲詩，必能狀難寫之景，如在目前；含不盡之意，見於言外，乃能爲至。千古詩人，惟陶潛融意於境，造境以意，獨爲其至。其次則謝朓，如《登山曲》云：“風盪飄鶯亂，雲行芳樹低。”《游敬亭山》云：“兹山亘百里，合沓與雲齊。”《游東田》云：“魚戲新荷動，鳥散餘花落。”《郡内高齋閒望答吕法曹》云：“日出衆鳥散，山暝孤猿吟。”《晚登三山還望京邑》云："白日麗飛甍，參差皆可見。餘霞散成綺，澄江靜如練。"《直中書省》云："紅藥當階翻，蒼苔依砌上。"《宣城郡内登望》云："寒城一以眺，平楚正蒼然。"《移病還園示親屬》云："葉低知露密，崖斷識雲重。"《和王著作融八公山》云："日映澗疑空，雲聚岫如複。"《新治北窗和何從事》云："池北樹如浮，竹外山猶影。"《和徐都曹出新亭渚》云："日華川上動，風光草際浮。"《和徐都曹出新亭渚》云："日華川上動，風光草際浮。"《和蕭中書直石頭》云："川霞旦上薄，山光晚餘照。"《奉和隋王殿下》云："四面寒飆舉，千里白雲來。"此所謂"狀難寫之景，如在目前"者也。《詠邯鄲才人嫁爲廝養卒婦》云："惟悴不自識，嬌羞餘故姿。夢中忽彷彿，猶言承燕私。"《銅雀臺同謝諮議賦》云："玉座猶寂寂，況乃妾身輕。"《懷故人》云："清風動簾夜，孤月照窗時。"《觀朝雨》云："朔風吹飛雨，蕭條江上來。"《夜聽妓》云："情多舞態遲，意傾歌弄緩。"又云："歡樂夜方靜，翠帳垂沈沈。"此所謂"含不盡之意，見於言外"者也。至《休沐重還丹陽道中》云："雲端楚山見，林表吴岫微。試與征徒望，鄉淚盡沾衣!"《和劉西曹望海臺》云："滄波不可望，望極與天平。往往孤山映，處處春雲生。"《和宋記室省中》云："落日飛鳥遠，憂來不可極。竹樹澄遠陰，雲霞成異色。"則又所謂"融意於境，造境以意"者也。

其詩調彩葱菁，辭無虛散；然亦有沈鬱頓挫，氣有奇纇者；如《暫使下都夜發新林至京邑贈西府同僚》、《之宣城郡出新林浦向板橋》及《銅雀臺同謝諮議賦》、《别王丞僧孺》、《懷故人》、《觀朝雨》、《宣城郡内遙望》、《和劉西曹望海台》、《和宋記室省中》諸篇，仗氣愛奇，動多振絶。然亦有通體整麗，而混成一氣，滅盡針線迹者；如《詠邯鄲才人嫁爲廝養卒婦》、《臨高臺》、《郡内高齋閑望答吕法曹》、《新亭渚别范零陵雲》、《和伏武昌登孫權故城》、《和王主簿季哲怨情》、《和徐都曹出新亭渚》、《夜聽妓》、《詠竹》諸篇，開閤動盪，自然警麗；唐李白律絶，往往似之；細針密縷，何害高視闊步。鮑照《贈故人馬子喬》、《詠史》、《擬古》、《學劉公幹體》諸篇，沈雄俊逸，五言詩如樂府；而朓《入朝》《登山》諸曲，清麗工整，樂府如五言律。鮑照、王融及朓，同一才思富捷，句偶藻麗，然鮑照麗而俶詭，王融麗而高華，謝朓麗而清迴。總三家而擅譽，跨兩代以鼎峙。其後李白、杜甫，運古於律，唐稱兩雄；然而杜媲於王，李則學謝。鮑之縱橫俊發，謝之感激頓挫，王所不逮也。大抵宋之顔延年、謝靈運，語鍊法整，然拘於偶對，明而未融；王融、謝朓一脈相承，而融化顔延之之鋪張以雍容，朓化謝靈運之板重以秀逸；意態有餘，風調可誦，運古於律，自然開闔；唐賢三昧，由此而出。朓傳有《謝宣城集》五卷。沈約常歎曰："二百年來無此詩也。"

沈約，字休文；幼孤貧，篤志好學，不捨晝夜；母恐其以勞生疾，嘗遣減油滅火；而晝之所讀，夜輒誦之，遂博通羣籍。齊永明之世，累遷太子家令，甚爲文惠太子所遇。嘗被敕撰《宋書》；遂增删何承天、徐爰諸家書，成百卷，喜造奇説，以誣前代，頗爲時譏。獨所爲《宋書・謝靈運傳論》，以靈運五言之冠冕，因藉以揚榷詩家，究悉利鈍；而要歸於宫羽相變，低昂舛節。五言始於蘇李，倡於東京，至建安而遒，至太康而麗，至元嘉而綺密；至約而後，研切聲病，駸駸乎律矣。亦詩家升降之數也。初，梁武帝在竟陵王邸，與約遊舊，遂居佐命。入梁，爲尚書僕射，封建昌縣侯。約左目重瞳子，腰有紫志，聰明過人，而雅意聲律之論，又撰《四聲譜》，以爲在昔詞人，累千載而不悟；而獨得胸衿，自謂入神之作。梁武帝雅不好焉；嘗問周捨曰："何謂四聲？"捨曰："天子聖哲，是也。"然帝竟不甚遵用約也。約論四聲，妙有詮辯；而諸賦亦往往與聲韻乖，然曼聲柔調，顧盼有情，自是六朝之俊。詩則有餘於婉秀，不足於遒麗。謝朓以清迴變大謝之沉鬱，而約以清婉變鮑照之驚挺；機杼不同，而要歸於清以砭俗，靈以藥滯。《别范安成》詩，最是壓卷之作。其辭曰：

> 生平少年日，分手易前期。及爾同衰暮，非復别離時。勿言一樽酒，明日難重持。夢中不識路，何以慰相思？

一味説意，清空澈骨；此篇及《詠杜若》，一筆旋轉而不爲危仄，是唐詩孟浩然所祖。其他《早發定山》，《宿東園》、《游鐘山詩應西陽王教》、《新安江至清淺深見底貽京邑游好》諸篇，造語婉秀，寄意清曠，而模山範水，不爲謝靈運之質悶落滯相，則又秀麗疏朗，開王維蹊徑。録《早發定山》、《宿東園》。

早發定山

> 夙齡愛遠壑，晚莅見奇山。標峯綵虹外，置嶺白雲間。傾壁忽斜豎，絶頂復孤圓。歸海流漫漫，出浦水濺濺。野棠開未落，山櫻發欲然。忘歸屬蘭桂，懷禄寄芳荃。眷言采三秀，徘徊望九仙。

宿東園

> 陳王鬥雞道，安仁采樵路。東郊豈異昔，聊可閑余步。野徑既

盤紆，荒阡亦交互。槿籬疏復密，荆扉新且故。樹頂鳴風飆，草根積霜露。驚麏去不息，征鳥時相顧。茅棟嘯愁鴟，平岡走寒兔。夕陰帶層阜，長煙引輕素。飛光忽我遒，豈止歲云暮。若蒙西山藥，頹齡倘能度。

沈約詩佳處斲削，清瘦可愛；其音韻如閶闔疏鐘，建章清漏，自有節度；唐諸家聲律，皆出於此。《詩品》云："觀休文衆製，五言最優；詳其文體，察其餘論，固知憲章鮑明遠也；所以不閑於經綸，而長於清怨。"今觀約所爲樂府《江籬生幽渚》、《却出東西門行》，華美而出以沉鬱。《四時白紵歌》，靡曼而自有抗墜。《臨碣石》、《襄陽蹋銅蹄歌》，寂寥短章，獨臻高渾。名章迥句，處處間起，并有英篇，何啻五言最優？又詳其氣體，字句組麗，才調勁拔；不爲顔延之之體裁綺密，動無虚散；亦異鮑照之氣調險急，不避危仄，所以鮑氏俶詭，而約清遒。五言如《古意》與《冬節後至丞相第詣世子車中》作兩篇，同一感激頓挫，而一妍美，一沈鬱。《悼亡》一篇，出辭華藻而峭促，庶幾所謂憲章鮑明遠者乎。《懷舊》詩以傷王融，傷謝朓，傷王諶，傷劉渢四章爲沈鬱頓挫；偶對而出以勁快，調響意警，其源出顔延之《五君詠》也。及其爲文，辭稱調諧，結藻清英，署開徐庾蹊徑，然不如徐庾之縱横俊發，才力苦弱，故務於綺密，未得遒變之意。其《麗人賦》曰：

有客弱冠未仕，締交戚里，馳騖王室，遨遊許史。歸而稱曰：狹邪才女，銅街麗人。亭亭似月，嬿婉如春。凝情待價，思尚衣巾。芳逾散麝，色茂開蓮。陸離羽佩，雜錯花鈿。響羅衣而不進，隱明鐙而未前。中步檐而一息，順長廊而迴歸。池翻荷而納影。風動竹而吹衣。薄暮延佇，宵分乃至。出闇入光，含羞隱媚。垂羅曳錦，鳴瑶動翠。來脱薄妝，去留餘膩。霑粉委露，理鬢清渠。落花入領，微風動裾。

柔聲曼態，顧盼有情，而不免淫靡之譏，獨《與約法師書悼周捨》，話念平生，於軼麗中出質慤，哀婉動人，脱胎魏文帝《與朝歌令吴質書》，而蹊徑盡化。《齊故安陸昭王碑》，風標秀舉，聲調鏗訇，綺密之體，難在疏俊；不徒以藻麗相矜也。至《奏彈王源》，以儷語道俗情，夾叙夾議，跌宕昭彰。而《與徐勉書》，自道病苦，呻吟如聞；以質爲雋，所謂古情鄙事，每佇新奇，爛然總至，何必蘭揮玉振哉。是魏晉之逸調，非齊梁之靡靡也。

范雲，舞陰人。詩有律意，與沈約同；而清便宛轉，亦差彷彿；雖體質之厚，不如顔謝；而鬆秀過之。梁武帝受禪，雲與沈約同心翊贊，名位相亞，而文章不如。然誦其《贈張徐州謖》、《效古》、《之零陵郡次新亭》三詩，破空而來，磊落恣肆，驅以豪氣，有飛沙走石之勢，不止清便宛轉。《之零陵郡次新亭》一詩，尤高渾，脱盡畦徑。丘遲則沈約同郡後生，其爲詩步趨謝靈運，好爲模範而短興象，同其利，亦同其病；然叙致窈折而秀爽，不如謝靈運之鋪叙而滯板也。東海何遜詩，窮力追新，刻畫清峻，則謝朓之嗣音。沈約謂曰："吾每讀卿詩，一日三復，獲不能已"。倘亦以清麗見賞乎？詩境至此，又一變矣。由整而律，其勢相因。由麗而清，其意相矯。汰膚存液，琢縟爲削，祛其拙重，而雄茂亦遜焉。

第五節　江淹　任昉　劉峻　孔稚珪附吴均、丘遲

王融麗而縟，謝朓艷而輕，沈約綺而靡，雕畫奇辭，未能滂沛軼氣。而求其骨騰肉飛，字響句堅，極離績之能，而不落於沈膇；盡馳騁之勢，而不入於輕肆；才鋒峻立；符采克炳者，厥惟江淹、任昉；其次劉峻、孔穉珪也。

江淹，字文通，濟陽考城人。少而沉敏，六歲能屬詩；自以孤賤，厲志篤學。及長，愛奇尚異，不事章句之學，留情於文章。早爲宋建平王景素鎮軍參軍，領南東海郡丞，得罪黜。及齊高帝輔政，聞其才，召爲尚書駕部郎，驃騎參軍事；相府建，補記室參軍。高帝讓九錫及諸章表，皆淹筆也。齊受禪，累官祕書監侍中衛尉卿。同一儷體行文，淹骨力開張，氣遒而筆拗；遠勝沈約之盼睞弄姿，調靡而節平。詩則沈約研於聲律，故詩篇婉秀，而氣骨已衰，清便宛轉，不如淹之直筆茂藻，厚重有古意。蓋詩至劉宋，體變而整，句變而琢，不無沈悶；謝靈運固拘偶對，顔延之亦嫌重厚。沈約以清削祛顔謝之膚縟，幽艷而韻。而淹以朗麗救顔謝之拙重，疏爽以遒。然淹有古意也。晚節才思減退，云："爲宣城太守時罷歸，始泊禪靈寺渚，夜夢一人自稱張景陽，謂曰：'前以一匹錦相寄，今可見還.'淹探懷中，得數尺與之。此人大恚曰：'那得割截都盡!'顧見丘遲，謂曰：'餘此數尺，既無所用，以遺君。'"自爾淹文章躓矣。故不與永明聲氣之中。梁武帝革代，累遷金紫光禄大夫，封醴陵侯。傳有《江文通集》十卷。淹仕歷三朝，辭該衆體；《恨》、《别》二賦，音制一變，狀景寫物，縷縷入情，氣舒而詞麗，發唱尤警挺。《别賦》猶柔婉，而《恨賦》特激抗，通篇奇峭有韻，語法俱自千錘百煉中

來；然而靈氣遒骨，渾化一片；慷慨悲歌，讀之英雄雪涕。其辭曰：

> 試望平原，蔓草縈骨，拱木斂魂。人生到此，天道寧論！於是僕本恨人，心驚不已；直念古者，伏恨而死。至如秦帝按劍，諸侯西馳。削平天下，同文共規；華山爲城，紫淵爲池。雄圖既溢，武力未畢；方架黿鼉以爲梁，巡海右以送日。一旦魂斷，宫車晚出。若乃趙王既虜，遷於房陵。薄暮心動，昧旦神興。别艷姬與美女，喪金輿及玉乘。置酒欲飲，悲來填膺。千秋萬歲，爲怨難勝。至於李君降北，名辱身冤；拔劍擊柱，吊影慚魂。情往上郡，心留雁門。裂帛繫書，誓還漢恩。朝露溘至，握手何言。若夫明妃去時，仰天太息。紫臺稍遠，關山無極；摇風忽起，白日西匿，隴雁少飛，代雲寡色。望君王兮何期，終蕪絶兮異域。至乃敬通見抵，罷歸田里，閉關却掃，塞門不仕；左封孺人，右弄稚子。脱略公卿，跌宕文史。齎志殁地，長懷無已。及夫中散下獄，神氣激揚。濁醪夕引，素琴晨張；秋日蕭索，浮雲無光。鬱青霞之奇意，入修夜之不暘。
>
> 或有孤臣危涕，孽子墜心。遷客海上，流戍隴陰。此人但聞悲風汩起，血下霑襟。亦復含酸茹歎，銷落湮沉。若乃騎疊跡，車同軌。黄塵匝地，歌吹四起。無不煙斷火絶，閉骨泉裏。已矣哉！春草暮兮秋風驚，秋風罷兮春草生；綺羅畢兮池館盡，琴瑟滅兮丘隴平。自古皆有死，莫不飲恨而吞聲。

情喻淵深，氣奇卓犖，入後陡落，有天驥下峻阪之勢。至於長短篇什，情遠而辭麗，才思有餘，能寫胸臆。《雜擬》三十首，曲盡心手之妙。爰自漢京，迄於宋齊，學一人，像一人，信可品藻淵流，窮五言之變也。又傳淹罷宣城郡，遂宿冶亭，夢一美丈夫，自稱郭璞，謂淹曰："我有筆在卿處多年矣，可以見還。"淹探懷中，得五色筆以授之，爾後爲詩不復成語，故世傳江淹才盡。任昉則少年爲詩不工，故世稱沈詩任筆。昉深恨之，晚節愛好雖篤，而無補遒變；倘亦性之所限。獨長載筆，才思無窮。當時王公表奏，莫不請焉。昉起草而成，不加點竄；沈約一代辭宗，深所推挹。

任昉，字彦昇，樂安博昌人。幼而聰盟神悟，四歲誦詩數十篇，八歲能屬文。身長七尺五寸。聲聞藉甚。爲竟陵王記室參軍。時王融自以才俊無對，當時見昉之文，怳然自失。書記翩翩，齊明帝深加器異，欲相擢引，會齊明帝廢鬱林王，始爲侍中中書監，驃騎大將軍，開府儀同三司，揚州刺史，録尚書事，封宣城郡公，使昉具讓表。其辭曰：

臣本庸才，智力淺短。太祖高皇帝篤猶子之愛，降家人之慈。世祖武皇帝情等布衣，寄深同氣。武帝大漸，實奉話言。雖自見之明，庸近所蔽；愚夫一至，偶識量己，實不忍自固於綴衣之辰，拒違於玉几之側；遂荷顧託，導揚末命。雖嗣君棄常，獲罪宣德；王室不造，職臣之由。何者，親則東牟，任惟博陸；徒懷子孟社稷之對，何救昌邑爭臣之譏；四海之議，於何逃責？且陵土未乾，訓誓在耳；家國之事，一至於斯；非臣之尤，誰任其咎。將何以肅拜高寢，虔奉武園？悼心失圖，泣血待旦；寧容復徼榮於家恥，宴安於國危。

驃騎，上將之元勳；神州，儀形之列岳；尚書，古稱司會；中書，實管王言。且虛飾寵章，委成禦侮。臣知不愜，物誰謂宜。但命輕鴻毛，責重山岳。存没同歸，毁譽一貫。辭一官，不減身累；增一職，已黷朝經。便當自同體國，不爲飾讓。至於功均一匡，賞同千室，光宅近甸，奄有全邦，殞越爲期，不敢聞命。亦願曲留降鑒，即垂順許。鉅平之懇誠必固，永昌之丹慊獲申，乃知君臣之道，綽有餘裕；苟曰易昭，敢守難奪；故可庶心宏議，酌己親物者矣。不勝荷懼屏營之誠。謹附某官某甲，奉表以聞。

昉既博物，動輒用事，所以詩不得奇，見譏於當代。而箋表則屬辭比事，特爲工巧；大約撮得事切，鍊得意警，議論以經，性情以緯，點得明，應得響，以用事見姿態，而不以用事見堆鋪，故能使人循諷不倦。又昉箋表當時所推，特以婉切如人意之所欲出；而此爲《明帝讓表》，感慨激發，則特峻遒。明帝惡其辭斥，遂黜不用也。至《爲卞彬謝修卞忠貞墓啓》、《上蕭太傅固辭奪禮啓》，則又出以儷語，而特避不用事，淺意淡寫，卻極濃至；鍊而能淨，是有意摹東漢崔蔡者。特其少年不工爲詩，《詩品》稱："晚節愛好既篤，文章遒變，若銓事理，拓體淵雅，有國士之風。但昉既博物，動輒用事，所以詩不得奇。"則亦未見其然。蓋昉祈嚮在謝靈運，心摹力追，苦於琢鍊，短於興會，所以有辭無筆，不能驅遣；長篇苦於機滯，短又嫌於幅窘，語有雅練，而味不淵永；以其興會不能飆舉，情喻亦未淵深，死著句下，體何能拓？而其詩不得奇，非關用事；昉詩亦不見多用事，衹是滯運筆耳。梁武帝霸府初開，以爲驃騎記室參軍，專主文翰，每制書草，沈約輒求同署。嘗被急召，昉出而約在，是後文筆，約參製焉。始梁武與昉遇於竟陵王西邸，從容謂昉曰："我登三府，當以卿爲記室。"至是引昉，符昔言焉。及踐帝位，禪讓文誥，多昉所具；累官御史中丞，祕書監，出爲新安太守。

昉好交結，獎進後生，得其延譽者，多見升擢。坐上客桓有數十，時人慕之，號曰任君，言如漢之三君也。彭城到溉與弟洽俱知名，有二到之譽。昉大相賞好。先是梁天監初，昉出守義興，要溉、洽之郡，爲山澤之遊。及還，爲御史中丞，益爲後進所附。時有彭城劉孝綽、劉苞、劉孺，吴郡陸倕、張率，陳郡殷蕓，沛國劉顯及溉、治，車軌日至，號曰蘭臺聚。既而昉死新安，有子東里、西華、南容、北叟，并無術業，不能自振；生平舊交，莫有收恤。西華冬月著葛帔練裙，道逢平原劉孝標，泫然矜之。

劉峻字孝標，乃著《廣絶交論》，辭曰：

客問主人曰："朱公叔《絶交論》爲是乎，爲非乎？"主人曰："客奚此之問？"客曰："夫草蟲鳴則阜螽躍，雕虎嘯而清風起；故絪緼相感，霧涌雲蒸，嚶鳴相召，星流電激。是以王陽登則貢公喜，罕生逝而國子悲。且心同琴瑟，言鬱郁於蘭茝；道葉膠漆，志婉孌於塤篪。聖賢以此鏤金版而鐫盤盂，書玉牒而刻鐘鼎。若乃匠人輟成風之妙巧，伯子息流波之雅引，范張款款於下泉，殷班陶陶於永夕。駱驛縱横，煙霏雨散，巧歷所不知；心計莫能測。而朱益州汩彝叙，粤謨訓，捶直切，絶交遊，比黔首以鷹鸇，媲人靈於豺虎。蒙有猜焉，請辨其惑。"

主人忻然而笑曰："客所謂撫絃徽音，未達燥濕變響；張羅沮澤，不覩鴻雁雲飛。蓋聖人握金鏡，闡風烈。龍驤蠖屈。從道汙隆。日月聯璧，亹亹之宏致，雲飛電薄，顯棣華之微旨。若五音之變化；濟九成之妙曲。此朱生得玄珠於赤水，謨神睿而爲言。至夫組織仁義，琢磨道德；歡其愉樂，恤其陵夷，寄通靈臺之下，遺跡江湖之上，風雨急而不輟其音，霜霄寒而不渝其色，斯賢達之素交，歷萬古而一遇。逮叔世民訛，狙詐飆起，谿谷不能踰其險，鬼神無以究其變；競毛雨之輕，趨錐刀之末；於是素交盡，利交興。天下蚩蚩，鳥驚雷駭。然利交同源，派流則異；較言其畧，有五術焉。

“若其寵鈞董石，權壓梁竇，雕刻百工，鑪捶萬物；吐漱興雲雨，呼噏下霜露。九域聳其風塵，四海迭其熏灼，靡不望影星奔，藉響川鶩。雞人始唱，鶴蓋成陰；高門旦開，流水接軫；皆願摩頂至踵，隳膽抽腸，約同要離焚妻子，誓同荊卿湛七族。是曰勢交，其流一也。富埒陶白，貲巨程羅，山擅銅陵，家藏金穴，出平原而聯騎，居里閈而鳴鐘。則有窮巷之賓，繩樞之士，冀宵燭之末光，邀潤屋之微澤，魚貫鳧躍，颯沓鱗萃，分雁鶩之稻粱，霑玉斝之餘瀝；銜恩遇，進款誠，援青松以示心，指白水而旌信。是曰賄交，其流二也。陸大夫燕喜西都，郭有道人倫東國；公卿貴其籍甚，搢紳羨其登仙。加以顩頤蹙頞，涕唾流沫，騁黄馬之劇談，縱碧雞之雄辨，叙温郁則寒谷成暄，論嚴苦則春叢零葉；飛沈出其顧指，榮辱定其一言。於是有弱冠王孫，綺紈公子，道不掛於通人，聲未遒於雲閣，攀其鱗翼，丐其餘論，附駔驥之旄端，軼歸鴻於碣石。是曰談交，其流三也。陽舒陰慘，生民大情；憂合歡離，品物恒性。故魚以泉涸而煦沫，鳥因將死而鳴哀。同病相憐，綴河上之悲曲；恐懼置懷，昭《谷風》之盛典。斯則斷金由於湫隘，刎頸起於苫蓋，是以伍員濯溉於宰嚭，張王撫翼於陳相。是曰窮交，其流四也。馳騖之俗，澆薄之倫，無不操權衡，秉纖纊；衡所以揣其輕重；纊所以屬其鼻息；若衡不能舉，纊不能飛，雖顔冉龍幹鳳雛，曾史蘭薰雪白，舒向金玉淵海，卿雲黼黻河漢，視若游塵，遇同土梗，莫肯費其半菽，罕有落其一毛！若衡重錙銖，纊微影撇，雖共工之蒐慝，驩兜之掩義，南荆之跋扈，東陵之巨猾，皆爲匍匐逶迤，折枝舐痔，金膏翠羽將其意，脂韋便辟導其誠。故輪蓋所游，必非夷惠之室，苞苴所入，實行張霍之家；謀而後動，毫芒寡忒。是曰量交，其流五也。

“凡斯五交，義同賈鬻；故桓譚譬之於闤闠，林回喻之於甘醴。夫寒暑遞進。盛衰相襲；或前榮而後悴，或始富而終貧；或初存而後亡，或古約而今泰；循環翻覆，迅若波瀾；此則殉利之情未嘗異，變化之道不得一。由是觀之，張陳所以兇終，蕭朱所以隙末，斷焉可知矣。而翟公方規規然勒門以箴客，何所見之晚乎！因此五交，是生三釁：敗德殄義，禽獸相若，一釁也。難固易攜，仇訟所聚，二釁也。名陷饕餮，貞介所羞，三釁也。古人知三釁之爲梗，懼五交之速尤；故王丹威子以檟楚，朱穆昌言而示絶，有旨哉，有旨哉！

"近世有樂安任昉，海内髦傑，早綰銀黄，夙昭民譽。遒文麗藻，方駕曹王；英跱俊邁，聯横許郭。類田文之愛客，同鄭莊之好賢；見一善，則盱衡扼腕；遇一才，則揚眉抵掌；雌黄出其脣吻，朱紫由其月旦。於是冠蓋輻湊，衣裳雲合，輜軿擊轊，坐客恒滿。蹈其閫閾，若升闕里之堂；入其隩隅，謂登龍門之阪。至於顧盼增其倍價，翦拂使其長鳴，彯組雲臺者摩肩，趍走丹墀者迭迹；莫不締恩狎，結綢繆，想惠莊之清塵，庶羊左之徽烈。及瞑目東粤，歸骸洛浦，繐帳猶懸，門罕漬酒之彦；墳未宿草，野絶動輪之賓。藐爾諸孤，朝不謀夕，流離大海之南，寄命瘴癘之地。自昔把臂之英，金蘭之友，曾無羊舌下泣之仁，寧慕郈成分宅之德。嗚乎，世路險巇，一至於此！太行孟門，豈云嶄絶？是以耿介之士，疾其若斯，裂裳裹足，棄之長騖；獨立高山之頂，歡與麋鹿同羣，皦皦然絶其雰濁，誠恥之也！誠畏之也！"

到溉見其論，抵之於地。其文刻畫世態，亦但平平叙去；而點注有情，轉折中節，遂覺意狀踴躍，顧盼多姿。其摭事修辭，亦非有非常新奇，蓋其得力處，乃在煉意煉調；疏宕清越，雕縟中有激韻，便覺態濃而骨峻也。

孝標本名法武，宋泰始初，魏剋青州，孝標年八歲，爲人所掠爲奴：齊永明中，奔江南，更改名峻，孝標其字也。自以少時未開悟，晚更厲精，明慧過人。聞有異書，必往祈借，於是有書淫之目。文藻秀出。竟陵王子良招學生，孝標因人求爲國職，吏部尚書徐孝嗣抑而不許用。及梁武帝招文學之士，有高才者，多被引進。孝標率性而動，不能隨衆沉浮。武帝每集文士，策經史事。時范雲沈約之徒，皆引短推長。帝乃悦，加其賞賚。曾策錦被事，咸言已罄。帝試呼問孝標。孝標時貧悴，登請紙筆，疏十餘事。坐客皆驚，帝不覺失色，自是惡之，竟不見用。乃著《辯命論》以寄其懷。論成，中山劉沼致書難之，凡再反。孝標申析以答。會沼卒，不見孝標後報之書，孝標乃爲書以序之。孝標雖不得志，然節亮慷慨，溢於文墨，而發唱警挺，操調險急，以之驂駕江淹、任昉，仿佛宋之有鮑照，齊駢顔謝；不徒以贍麗爲工，故是齊梁之飛將，不同江任之雅步也。《辯命論》、《廣絶交論》，綢繆世故，抑揚爽朗，不徒氣勢騰驤；而細筋入骨，似緩而實勁。《答郭峙書》，不過五十字，亦自氣流墨中，卓犖偏人。《追答劉秣陵沼書》，甚是創格。風流郁烈，莫之逮也。然刻縷畫態，煉詞煉格；孝標猶遜孔稚珪之精能。

孔稚珪，字德璋，會稽山陰人。少涉學，有美譽。齊高帝輔政，取爲記室參軍，與江淹對掌辭筆。入齊累遷太子詹事；而風韻清流，好文詠，不樂世務。居宅盛營山水，憑几獨酌，傍無雜事。門庭之内，草萊不剪，中有蛙鳴；笑曰："以此當兩部鼓吹。"汝南周顒舊隱鍾山，既而應詔出爲海鹽令，秋滿入京，欲却過此山。稚珪乃假山靈意，爲《北山移文》；其辭曰：

鍾山之英，草堂之靈，馳煙驛路，勒移山庭。夫以耿介拔俗之標，瀟灑出塵之想，度白雪以方潔，干青雲而直上，吾方知之矣。若其亭亭物表，皎皎霞外，芥千金而不盼，屣萬乘其如脱；聞鳳吹於洛浦，值薪歌於延瀨；固亦有焉。豈期終始參差，蒼黄翻覆，淚翟子之悲，慟朱公之哭；乍迴跡以心染，或先貞而後黷；何其謬哉！嗚呼，尚生不存，仲氏既往；山阿寂寥，千載誰賞。

世有周子，俊俗之士，既文既博，亦玄亦史。然而學遁東魯，習隱南郭；偶吹草堂，濫巾北岳；誘我松桂，欺我雲壑。雖假容於江皋，乃纓情於好爵。其始至也，將欲排巢父，拉許由，傲百氏，蔑王侯。風情張日，霜氣横秋。或歎幽人長往，或怨王孫不遊。談空空於釋部，覈玄玄於道流，務光何足比，涓子不能儔。及其鳴騶入谷，鶴書赴隴，形馳魄散，志變神動。爾乃眉軒席次，袂聳筵上，焚芰製而裂荷衣，抗塵容而走俗狀；風雲悽其帶憤，石泉咽而下愴，望林巒而有失，顧草木而如喪。至其紐金章，綰墨綬，跨屬城之雄，冠百里之首。張英風於海甸，馳妙譽於浙右。道帙長擯，法筵久埋，敲撲諠囂犯其慮，牒訴倥傯裝其懷。琴歌既斷，酒賦無續。常綢繆於結課，每紛綸於折獄；籠張趙於往圖，架卓魯於前籙，希蹤三輔豪，馳聲九州牧。使我高霞孤映，明月獨舉，青松落陰，白雲誰侶。澗户摧絶無與歸，石徑荒涼徒延佇。至於還飈入幕，寫霧出楹。蕙帳空兮夜鶴怨，山人去兮曉猿驚。昔聞投簪逸海岸，今見解蘭縛塵纓。於是南岳獻嘲，北隴騰笑；列壑争譏，攢峯竦誚。慨游子之我歎，悲無人以赴吊。故其林慙無盡，澗愧不歇。秋桂遣風，春蘿罷月。騁西山之逸議，馳東皋之素謁。

今又促裝下邑，浪栧上京。雖情殷於魏闕，或假步於山扃。豈可使芳杜厚顔，薜荔蒙恥；碧嶺再辱，丹崖重滓。塵游躅於蕙路，汙淥池以洗耳。宜扃岫幌，掩雲關，斂輕霧，藏鳴湍，截來轅於谷口，杜妄轡於郊端。於是叢條瞋膽，疊穎怒魄，或飛柯以折輪，乍低枝而掃迹。請迴俗士駕，爲君謝逋客。

煉詞煉格，骨勁氣完，意則深嚴，筆則飛舞。若論精神喚應，全在虚字旋轉上，轉折愈多，節脈愈緊，鏗鏘鼓舞，極駢文聲調之能事矣。

吴均，字叔庠，吴興人。文章爲沈約所賞；而文特清拔，世效之爲吴均體，不如約之涉綺靡也。《與宋元思書》、《與顧章書》，模山範水，亦矜刻鏤；而特以清句戛造見遒，不以虚字旋轉爲妍。其《與宋元思書》曰：

風煙俱淨，天山共色。從流飄蕩，任意東西。自富陽至桐廬，一百許里，奇山異水，天下獨絶。水皆縹碧；千丈見底，游魚細石，直視無礙。急湍甚箭，猛浪若奔。夾岸高山，皆生寒樹，負勢競上，互相軒邈，争高直指，千百成峯。泉水激石，泠泠作響；好鳥相鳴，嚶嚶成韻。蟬則千轉不窮，猨則百叫無絶。鳶飛戾天者，望峯息心，經綸世務者，窺谷忘反。横柯上蔽，在晝猶昏；疎條交映，有時見日。

此書體勢模擬，則鮑照《登大雷岸與妹書》波瀾尚存；而不極雕藻，出以清迴，故遜鮑氏之驅邁，亦無鮑氏之危仄。簡澹高素，絶去餖飣之習，其麗可及，其清不可及也。

丘遲，字希範，吴均同郡人。詩筆秀爽，仿佛沈約；而文特感慨頓挫，有軼宕之勢。會平南將軍陳伯之降魏，而遲《與陳伯之書》，尤其卓卓者，辭曰：

遲頓首。陳將軍足下無恙，幸甚幸甚。將軍勇冠三軍，才爲世出，棄燕雀之小志，慕鴻鵠以高翔。昔因機變化，遭遇明主，主功立事，開國稱孤，朱輪華轂，擁旄萬里，何其壯也！如何一旦爲奔亡之虜，聞鳴鏑而股戰，對穹廬以屈膝，又何劣邪！尋君去就之際，非有他故，直以不能内審諸己，外受流言，沈迷猖獗，以至於此。聖朝赦罪責功，棄瑕録用，推赤心於天下，安反側於萬物，將軍之所知，不假僕一二談也。朱鮪喋血於友于，張繡剚刃於愛子，漢主不以爲疑，魏君待之若舊。況將軍無昔人之罪，而勳重於當世。夫迷塗知反，往哲是與，不遠而復，先典攸高。主上屈法申恩，吞舟是漏。將軍松柏不剪，親戚安居，高臺未傾，愛妾尚在，悠悠爾心，亦何可言。今功臣名將，雁行有序，佩紫懷黄，讚帷幄之謀，乘軺建節，奉疆埸之任；并刑馬作誓，傳之子孫。將軍獨靦顔借命，驅馳氈裘之長，寧不哀哉！夫以慕容超之强，身送東市，姚泓之盛，面縛西都。故知霜露所均，不育異類，姬漢舊邦，無取雜種。北虜僭盜中原，多歷年所，惡積禍盈，理至焦爛。況僞孽昏狡，自相夷戮，部落攜離，酋豪猜貳。方當繫頸蠻邸，懸首藁街。而將軍魚游於沸鼎之中，燕巢於飛幕之上，不亦惑乎！

暮春三月，江南草長，雜花生樹，羣鶯亂飛。見故國之旗鼓，感平生於疇日，撫絃登陴，豈不愴恨？所以廉公之思趙將，吴子之泣西河，人之情也，將軍獨無情哉？相早勵良規，自求多福。當今皇帝盛明，天下安樂，白環西獻，楛矢東來，夜郎滇池，解辮請職，朝鮮昌海，蹶角受化；惟北狄野心，倔强沙塞之間，欲延歲月之命耳。中軍臨川殿下，明德茂親，總茲戎重，吊民洛汭，伐罪秦中。若遂不改，方思僕言。聊布往懷，君其詳之。丘遲頓首。

辭氣鏗訇，侃侃而道，難在伉健中出婉媚，回腸盪氣，不能不令人移情耳。丘遲《與陳伯之書》，以激壯出婉媚；吴均《與宋元思書》，以清新得遒麗；亦六朝之秀，綺而不靡者已。

第六節　梁武帝　昭明太子　簡文帝　元帝附裴子野

自古剛健婀娜，而以梟雄擅藻采，父子兄弟，一門卓犖者，前有魏武父子，後有梁武父子。然魏武父子風骨騰驤，氣餘於彩；梁武父子麗采照映，辭勝其理；才爲之，亦時爲之。蓋魏武承兩漢而後，去古未遠；而梁武襲六朝之盛，大璞已雕也。

梁武帝蕭衍，本與沈約、任昉、范雲同與竟陵八友之列；既受齊禪，諸賢并在輔佐，文讌侍從，郁郁乎文，雖建安鄴下之盛，不是過也。少而篤學，能事畢究，萬機多務，卷不輟手；爲文下筆成章，雅不喜四聲，而所作自合麗則。千賦百詩，直疏便就，雖怒徐摛之宫體，而其詩亦漸染艷情，不能遂革靡靡之習。世所傳《子夜歌》、《白紵辭》、《東飛伯勞歌》、《河中之水歌》

諸篇，是也。録《子夜歌》、《白紵辭》。

子夜歌

恃愛如欲進，含羞未肯前。朱口發艷歌，玉指弄嬌絃。

白紵辭

朱絲玉柱羅象筵，飛琯促節舞少年。短歌流目未肯前，含笑一轉私自憐。

纖腰嫋嫋不任衣，嬌怨獨立特爲誰？赴曲君前未忍歸，上聲急調中心飛。

有餘於婉媚，不足於雄直，有淫思而無古意，以視沈約《麗人賦》，可謂君君臣臣。爲文章工於書牘，《手書與蕭寶夤》，隨激兩化，辭令之美，宏獎文藝。

昭明太子蕭統，生長典訓，幼而聰睿。既冠，引納才學之士，賞愛無倦；築文選樓，與劉孝威、庾肩吾討論墳籍，含咀英華，成《文選》三十卷，是總集傳於今之最古者也。既成書而序其義類曰：

式觀元始，眇覿玄風，冬穴夏巢之時，茹毛飲血之世，世質民淳，斯文未作。逮乎伏羲氏之王天下也，始畫八卦，造書契，以代結繩之政，由是文籍生焉。《易》曰："觀乎天文，以察時變，觀乎人文，以化成天下。"文之時義遠矣哉！若夫椎輪爲大輅之始，大輅寧有椎輪之質；增冰爲積水所成，積水曾微增冰之凜。何哉？蓋踵其事而增華，變其本而加厲。物既有之，文亦宜然。隨時變改，難可詳悉。嘗試論之曰：《詩序》云："詩有六義焉：一曰風，二曰賦；三曰比，四曰興，五曰雅，六曰頌。"至於今之作者，異乎古昔。古詩之體，今則全取賦名，荀宋表之於前，賈馬繼之於末。言兹以降，源流寔繁，述邑居則有"憑虚""亡是"之作，戒畋遊，則有《長楊》《羽獵》之制。若其紀一事，詠一物，風雲草木之興，魚蟲禽獸之流，推而廣之，不可勝載矣。又楚人屈原，含忠履潔，君匪從流，臣進逆耳，深思遠慮，遂放湘南。耿介之意既傷，抑鬱之懷靡訴，臨淵有懷沙之志，吟澤有憔悴之容。騷人之文，自兹而作。詩者，蓋志之所之也，情動於中而形於言。《關雎》《麟趾》，正始之道著；桑間濮上，亡國之音表，故風雅之道，粲然可觀。自炎漢中葉，厥塗漸異，退傅有"在鄒"之作，降將著"河梁"之篇，四言五言，區以別矣。又少則三字，多則九言，各體互興，分鑣并驅。頌者所以游揚德業，褒讚成功，吉甫有“穆若”之談，季子有“至矣”之歎。舒布爲詩，既言如彼；總成爲頌，又亦如此。次則箴興於補闕，戒出於弼匡，論則析理精微，銘則叙事清潤，美終則誄發，圖像則讚興。又詔誥教令之流，表奏箋記之列，書誓符檄之品，吊祭悲哀之作，答客指事之制，三言八字之文，篇辭引序，碑碣誌狀，衆制鋒起，源流間出。譬陶匏異器，并爲入耳之娱；黼黻不同，俱爲悦目之玩。作者之致，蓋云備矣。

余監撫餘閒，居多暇日，歷觀文囿，泛覽辭林，未嘗不心遊目想，移晷忘倦。自姬漢以來，眇焉悠邈，時更七代，數逾千祀。詞人才子，則名溢於縹囊；飛文染翰，則卷盈乎緗帙。自非略其蕪穢，集其清英，蓋欲兼功，大半難矣。若夫姬公之籍，孔父之書，與日月俱懸，鬼神争奥，孝敬之准式，人倫之師友，豈可重以芟夷，加之剪截？老莊之作，管孟之流，蓋以立意爲宗，不以能文爲本，今之所撰，又以略諸。若賢人之美辭，忠臣之抗直，謀夫之話，辯士之端，冰釋泉涌，金相玉振，所謂坐狙丘，議稷下，仲連之卻秦軍，食其之下齊國，留侯之發八難，曲逆之吐六奇，蓋乃事美一時，語流千載，概見墳籍，旁出子史；若斯之流，又亦繁博，雖傳之簡牘，而事異篇章，今之所集，亦所不取，至於記事之史，繫年之書，所以褒貶是非，紀别異同，方之篇翰，亦已不同。若其讚論之綜緝辭采；序述之錯比文華，事出於沈思，義歸乎翰藻，故與夫篇什雜而集之。遠自周室，迄於聖代，都爲三十卷，名曰《文選》云耳。凡次文之體，各以彙聚。詩賦體既不一，又以類分。類分之中各以時代相次。

籀統所選，名曰《文選》，蓋必文而後選，非文則不選也。凡以言語著之簡策，不必以文爲本者，皆經也，子也，史也，非可專名之爲文也。專名爲文，必“事出於沈思，義歸乎翰藻”而後可也。南朝常言，有文有筆。無韻者筆，有韻者文。而所謂韻者，乃沈約《宋書·謝靈運傳論》之所云：“欲使宫羽相變，低昂舛節。若前者浮聲，則後須切響。一簡之内，音韻盡殊，兩句之中，輕重悉異。妙達此旨，始可言文。”乃以句中之同爲犯而求其不齊，非如後世所謂韻脚之以句末之同爲叶而求其大齊也。梁元帝《金樓子·立言》篇以揚榷前言，抵掌多識者謂之筆；咏歎風謡，流連哀思者謂之文。又曰：“至如文者，惟須綺縠紛披，宮徵靡曼，脣吻摇會，情靈摇蕩。”此之謂“有韻者文”；亦此之爲統之所欲選也。統美姿容，善舉止，讀書數行并下，過目皆憶；文章著述，屬思便成；無所點易。嘗《答弟湘東王後即位爲梁元帝求文集書》曰：“夫文，典則累野，麗亦傷浮。能麗而不浮，典而不野，文質彬彬，有君子之致；吾嘗欲爲之，但恨未逎耳。”其意趣如此。彭城到洽、劉孝綽、琅邪王筠、吴郡陸倕，皆名士爲宫僚；而筠爲文能壓强韻，每公宴并作，辭必妍美。嘗遊宴玄圃，統執筠袖，撫孝綽肩而言曰：“所謂左把浮丘袖，右拍洪崖肩。”其好士有如此者。先武帝薨，帝臨哭盡哀，謚曰昭明。傳有《昭明太子集》六卷。集中樂府多襲前人辭意，而柔肌脆骨，風力不飛，盡失古直之意。五言詩音靡節平，而又不如乃翁之婉媚；惟爲排比，又好讚佛而無理趣；特文章春容大雅，如《陶淵明集序》、《陶淵明傳》及《文選序》，俊逸自然，特出以散朗，不必以辭彩精拔勝也；蓋襲東漢蔡邕之規，有魏文《典論》之風焉。

簡文帝蕭綱，武帝第三子，昭明太子母弟也。六歲能屬文，武帝弗之信，於前面試，綱攬筆便成文。武帝歎曰：“常以東阿爲虚，今則信矣。”初封晉安王。昭明太子既早死，遂代爲皇太子也。齊永明中，王融、謝朓、沈約文章，始用四聲以爲新變，至是經生拘牵，酷不入情，雖矯麗靡，而轉懦鈍。簡文乃《與湘東王書》論曰：

> 吾輩亦無所遊賞，止事披閲；性既好文，時復短詠，雖是庸音，不能閣筆，有慚伎癢，更同故態。比見京師文體，懦鈍殊常，競學浮疏，争事闡緩，玄冬修夜，思所不得，既殊比與，正背風騷。若夫六典三禮，所施則有地；吉凶嘉賓，用之則有所。未聞吟詠情性，反擬《内則》之篇，操筆寫志，更摹《酒誥》之作；遲遲春日，翻學《歸藏》，湛湛江水，遂同《大傳》。吾既拙於爲文，不敢輕有掎摭，但以當世之作，歷方古之才人，遠則揚、馬、曹、王，近則潘、陸、顔、謝，而觀其遣辭用心，了不相似。若以今文爲是，則古文爲非；若昔賢可稱，則今體宜棄。俱爲盍各，則未之敢許。
>
> 又時有效謝康樂、裴鴻臚文者，亦頗有惑焉。何者？謝客吐言天拔，出於自然，時有不拘，是其糟粕。裴氏乃是良史之才，了無篇什之美。是爲學謝，則不屆其精華，但得其冗長；師裴，則蔑絶其所長，惟得其所短。謝故巧不可階，裴亦質不宜慕。故胸馳臆斷之侣，好名忘實之類，方分肉於仁獸，逞却步於邯鄲，入鮑忘臭，

效尤致禍。決羽謝生，豈三千之可及；伏膺裴氏，懼兩唐之不傳。故玉徽金銑，反爲拙目所嗤；《巴人下里》，更合郢中之聽。《陽春》高而不和，妙聲絶而不尋，竟不精討錙銖，覈量文質，有異巧心，終愧妍手。是以握瑜懷玉之士，瞻鄭邦而知退；章甫翠履之人，望閩鄉而歎息。詩既若此，筆又如之。徒以煙墨不言，受其驅染；紙札無情，任其摇襞。甚矣哉，文章横流，一至於此。至如近世謝朓、沈約之詩，任昉、陸倕之筆，斯實文章之冠冕，述作之楷模。張士簡之賦，周升逸之辯，亦成佳手，難可復遇。文章未墜，必有英絶；領袖之者，非弟而誰？每欲論之，無可與語，晤思子建，一共商榷，辯兹清濁，使如涇渭；論兹月旦，類彼汝南。朱白既定，雌黄有别，使夫懷鼠知慚，濫竽自恥。譬斯袁紹，畏見子將；同彼盗牛，遥羞三烈。相思不見，我勞如何。

揚榷利病，雅逸婉亮；其它文章，未能稱是。所爲《悔賦》，鋪叙前史，吊古傷今，而卒之以“已矣哉”，悲歌慷慨，似仿江淹《恨賦》；然跌宕昭彰，不如淹之奇調間發，神氣激揚，體製可以貌襲，而骨力不可僞爲也。《箏賦》生材，製器、奏曲，逐層鋪寫，體製亦自王褒《洞簫賦》、馬融《長笛賦》以來，陳陳相因；然王褒蒼鬱閎肆，馬融腴鍊縝密，有鋪排處，便有提掇頓挫處；而鋪排以凝厚出流動，提掇以頓挫見跌盪；而帝《箏賦》，風調流俊，全不見凝厚之意；蓋其律調圓諧，辭筆綿麗，所以開唐四六之機調也。詩則調彩葱菁，彌近唐律，而往往遒變，出以清迴，骨節强於昭明，驅邁疾於武帝。情思婉妙，融之入景；如《雁門太守行》云：“輕霜中夜下，黄葉遠辭枝。寒苦春難覺，邊城秋易知。”又云：“隴暮風恒急，關寒霜自濃。”《臨高臺》云：“高臺半行雲，望望高不極。草樹無參差，山河同一色。”《折楊柳》云：“葉密鳥飛礙，風輕花落遲。”《侍游新亭應令》云：“柳葉帶風轉，桃花含雨開。”《經琵琶峽》云：“夕波照孤月，山枝斂夜煙。”《旦出興業寺講詩》云：“水照柳初碧，煙含桃半紅。”《秋夜》云：“檐重月没早，樹密風聲饒。”《送别》云：“水苔隨纜聚，岸柳拂舟垂。”《春日》云：“落花隨燕入，游絲帶蝶驚。”名章迥句，處處間起。五言詩如《經琵琶峽》、《往虎窟山寺》，模山範水，刻意琢鍊，特出以秀朗，而不爲謝靈運之質悶。樂府如《從軍行》之“雲中亭障羽檄驚”一章、《隴西行》之“邊秋胡馬肥”一章、《雁門太守行》二章，勁氣駿發，語無懦響，頗得鮑照之一體。《臨高臺》、《怨詩》，特高渾入古，不激不靡。《折楊柳》、《當置酒》，氣爽辭華，於精縟中出生秀，雅似謝朓。《東飛伯勞歌》二章，及《烏棲曲》之“織成屛風金屈膝”一章，歌聲靡曼而有抗墜之節，則厥考武帝之繩徽矣。爲詩千言立成，尤好作艷曲；江左化之，稱曰宮體；其爲《烏棲曲》曰：

織成屛風金屈膝，朱脣玉面燈前出。相看氣息望君憐，誰能含羞不自前。

晉之永嘉，詩崇黄老。至宋元嘉，則雕山水。極乎梁武父子，宕而不返；男女好會，古詩託之比興；今乃侈其歡娛，傾側宮體，風斯下矣。簡文帝晚而悔之，敕徐陵撰玉臺集以大厥體；今傳《玉臺新詠》十卷是也；是詩之第一部總集矣；與《昭明文選》輝映一世者也。新野庾肩吾、肩吾子信，與東海徐摛、摛子陵、彭城劉遵、劉孝儀孝威兄弟，同被賞接，亦一時之妙也。

元帝蕭繹之於簡文，其猶陳思之於魏文乎。同一雕麗，而簡文之氣緩散，元帝之筆警秀。簡文語縟而勢篤，故不矜於先鳴；元帝意警而辭秀，時卓出以偏驤。特是簡文之縟而詞滯，不如魏文之弱而氣清；元帝之秀以警發，亦遜陳思之遒而雄出。此由世有升降，遂致氣有厚薄耳。元帝，武帝第七子，簡文帝異母弟也。初封湘東王，爲鎮西將軍都督荆州刺史。及武帝爲侯景所困，餓死臺城，簡文帝即位；帝以簡文制於賊臣，不用其命。既而簡文被弒，四方征鎮王公卿士屢勸進，遂稱帝。帝聰悟俊朗，天才英發，稱其家兒；而屬辭儘是典覈，意趣仍復灑然；葩采迅發，情韻欲流；以古詩有“昔爲倡家女，今爲蕩子婦，蕩子行不歸，空牀難獨守”之句，因依仿其意，爲《蕩婦秋思賦》曰：

蕩子之别十年，倡婦之居自憐。登樓一望，惟見遠樹含煙；平原如此，不知道路幾千。天與水兮相連，山與雲兮共色。山則蒼蒼入漢，水則涓涓不測。誰復堪見鳥飛，悲鳴隻翼？秋何月而不清，月何秋而不明；況乃倡樓蕩婦，對此傷情。於時露萎庭蕙，霜封階砌。坐視帶長，轉看腰細。重以秋水文波，秋雲似羅。日黯黯而將暮，風騷騷而渡河。妾怨迴文之錦，君思出塞之歌。相思相望，路遠如何。鬢飄蓬而漸亂，心懷疑而轉歎。愁縈翠眉斂，啼多紅粉漫。已矣哉，秋風起兮秋葉飛，春花落兮春日暉；春日遲遲猶可至，客子行行終不歸。

志不出於淫蕩，辭不離於哀思；雖南朝之正聲，實三百之鄭曲也。然不好聲色，頗慕高名，自號金樓子，因以名所著書；與河東裴子野、蘭陵蕭子雲爲布衣之交。然二人文章，頗乖時制，不與元帝同。子雲依敕撰定《梁郊廟歌辭》，云用五經爲本，已開復古之先河。

裴子野爲文典而遠，不尚靡麗，制多法古，與今文體異。當時或有詆訶者，及其末，皆翕然重之。嘗刪沈約《宋書》爲《宋略》二十卷。約見而歎曰："吾弗逮也。"又爲《雕蟲論》，論宋以來文章之敝曰：

> 宋明帝博好文章，才思朗捷，嘗讀書奏，號稱七行俱下。每有禎祥及幸讌集，輒陳詩展義，且以命朝臣。其戎士武夫，則請託不暇，困於課限，或買以應詔焉。於是天下向風，人自藻飾；雕蟲之藝，盛於時矣。梁鴻臚卿裴子野論曰：
>
> 古者四始六藝，總而爲詩，既形四方之氣，且彰君子之志；勸美懲惡，王化本焉。後之作者，思存枝葉，繁華蘊藻，用以自通。若悱惻芬芳，楚騷爲之祖；靡漫容與，相如和其音。由是隨聲逐影之儔，棄指歸而無執。賦詩歌頌，百帙五車，蔡邕等之俳優，揚雄悔爲童子，聖人不作，雅鄭誰分。其五言爲家，則蘇李自出；曹劉偉其風力，潘陸固其枝葉。爰及江左，稱彼顔謝，箴繡鞶帨，無取廟堂。宋初迄於元嘉，多爲經史。大明之代，實好斯文，高才逸韻，頗謝前哲。波流相尚，滋有篤焉。
>
> 自是閭閻年少，貴遊總角，罔不擯落六藝，吟詠情性。學者以博依爲急務，章句爲專魯，淫文破典，斐爾爲功；無被於管絃，非止乎禮義，深心主卉木，遠致極風雲；其興浮，其志弱，巧而不要，隱而不深，討其宗途，亦有宋之遺風也。若季子聆音，則非興國；鯉也趨庭，必有不敢。荀卿有言："亂代之徵，文章匿而采。"斯豈近之乎！

其大指歸於裁浮靡而崇六藝，物極必反，徵聖宗經，其來有漸焉。裴子野，字幾原，裴松之之曾孫也，累官鴻臚卿。簡文帝與湘東王書所稱"裴鴻臚，乃是良史之才"者也。

第七節　劉勰　鍾嶸

雕藻之文既盛，非難之聲亦起。齊劉勰評"言貴浮詭"，梁簡文以"懦鈍殊常”爲病，子野有“淫文破典”之譏；雖所蔽不同，而爲文敝一也，淳澆救靡，必出復古。“遷雄之體格”可以起殊常之懦鈍，“經誥之指歸”庶幾式破典之淫文。止禮義以敷章，矯風骨而振靡，此唐之韓愈所以起八代之衰也。若夫雕琢性情，揚榷利病，而發其英議，導之前路者，厥有劉勰之《文心雕龍》、鍾嶸之《詩品》，此吾國文學批評之開山也。

劉勰，字彦和，東莞莒人。早孤，篤志好學，家貧不婚娶，依沙門僧祐居，遂博通經論。年踰三十，則嘗夜夢執丹漆之禮器，隨仲尼而南行，寤而喜曰：“大哉聖人之難見也，乃小子之垂夢歟！自生人以來，未有如夫子者也。敷讚聖旨，莫若注經；而馬鄭諸儒，宏之已精；就有深解，未足立家。惟文章之用，實經典枝條；五禮資之以成，六典因之致用，君臣所以炳焕，軍國所以昭明，詳其本源，莫非經典；而去聖久遠，文體解散；辭人愛奇，言貴浮詭，飾羽尚畫，文繡鞶帨，離本彌甚，將遂訛濫。”於是撰《文心雕龍》五十篇，論古今文體，推闡文心，而冠以《原道》、《徵聖》、《宗經》、《正緯》、《辨騷》爲文之樞紐，自謂：“本乎道，師乎聖，體乎經，酌乎緯，變乎騷。”《序志》第五十而聖文之雅麗，精理以爲文，秀氣而成采，固銜華而佩實者也《徵聖》第二。《楚辭》者，體慢於三代，風雜於戰國，所貴酌奇而不失其真；翫華而不墜其實也。《辨騷》第五此論文之樞紐也。詩者持也，持人情性。三百之蔽，義歸無邪。《明詩》第六至於魏之三祖，氣爽才麗，宰割辭調，音靡節平，觀其“北上”衆引、“秋風”列篇，或述酣宴，或傷羈戍，志不出於淫蕩，辭不離於哀思，雖三調之正聲，實《韶》《夏》之鄭曲也。《樂府》第七至於賦者鋪也，鋪采摛文，體物寫志也。文雖新而有質，色雖糅而有本，此立賦之大體也。然逐末之儔，蔑棄其本；雖讀千賦，愈惑體要，遂使繁華損枝，膏腴害骨，無貴風軌，莫益勸戒；此揚子所以追悔於雕蟲，貽誚於霧穀者也《詮賦》第八。此論文體者也。又以：怊悵述情，必始乎風。沉吟鋪辭，莫先於骨。若豐藻克贍，風骨不飛，則振采失鮮，負聲無力《風骨》第二十八。碌碌麗辭，昏睡耳目。何者？氣無奇類，文乏異采故也《麗辭》第三十五。榷而論之：則黄唐淳而質，虞夏質而辨，商周麗而雅，楚漢侈而豔，魏晉淺而綺，宋初訛而新。從質及訛，彌近彌澹。何則？競今疏古，風末氣衰也。矯訛翻淺，還宗經誥《通變》第二十九。此論文心者也。持論大率類此；録《宗經》一篇以見指。

三極彝訓，其書言經。經也者，恒久之至道，不刊之鴻教也。

故象天地，效鬼神，參物序，制人紀，洞性靈之奥區，極文章之骨髓者也。皇世《三墳》，帝代《五典》，重以《八索》，申以《九丘》，歲歷緜曖，條流紛糅。自夫子刪述而大寶咸耀。於是《易》張《十翼》，《書》標七觀，《詩》列四始，《禮》正五經，《春秋》五例。義既極乎性情，辭亦匠於文理，故能開學養正，昭明有融。然而道心惟微，聖謨卓絶，牆宇重峻，而吐納自深；譬萬鈞之洪鐘，無錚錚之細響矣。

夫《易》惟談天，入神致用；故《繫》稱“旨遠辭文”；言中事隱，韋編三絶，固哲人之驪淵也。《書》實記言；而訓詁茫昧，通乎爾雅，則文意曉然；故子夏歎《書》昭昭若日月之明，離離如星辰之行；言昭灼也。《詩》主言志，詁訓同《書》，摛風裁興，藻辭譎喻，温柔在誦，故最附深衷矣。《禮》以立體，據事剬範，章條纖曲，執而後顯，采掇片言，莫非寶也。《春秋》辨理，一字見義；五石六鷁，以詳略成文；雉門兩觀，以先後顯旨；其婉章志晦，諒以邃矣。《尚書》則覽文如詭，而尋理即暢。《春秋》則觀辭立曉，而訪義方隱。此聖人之殊致，表裏之異體者也。至根柢槃深，枝葉峻茂，辭約而旨豐，事近而喻遠，是以往者雖舊，餘味日新。後進追取而非晚，前修文用而未先，可謂太山遍雨，河潤千里者也。

故論説辭序，則《易》統其首。詔策章奏，則《書》發其源。賦頌歌詩，則《詩》立其本。銘誄箴祝，則《禮》總其端。紀傳銘檄，則《春秋》爲根。并窮高以樹表，極遠以啓疆；所以百家騰躍，終入環内者也。若禀經以製式，酌雅以富言，是仰山而鑄銅，煑海而爲鹽也。故文能宗經，體有六義，一則情深而不詭，二則風清而不雜，三則事信而不誕，四則義直而不回，五則體約而不蕪，六則文麗而不淫。揚子比雕玉以作器，謂《五經》之含文也。夫文以行立，行以文傳，四教所先，符采相濟。勵德樹聲，莫不師聖；而建言修辭，鮮克宗經。是以楚豔漢侈，流弊不還；正末歸本，不其懿歟。

贊曰：“三極彝道，訓深稽古。致化歸一，分教斯五。性靈鎔匠，文章奥府。淵哉鑠乎，羣言之祖!”

昭明所選，名曰《文選》；蓋必文而後選，非文則不選也；其曰：“老莊之作，管孟之流，蓋以立意爲宗，不以能文爲本”，斯所以立“文”與非文之畦封。

所謂“文”者，“事出於沈思，義歸乎翰藻”，“綜緝辭采，錯比文華”也；而勰揭《原道》以昭文心，論藻采而崇風骨，斯實昭明選文之諍臣，而爲文章特起之異軍。然而儷字不隻，偶句成雙，使事遣言，雕藻爲甚；寧必本心如此，殆不免風氣所囿乎？讀者勿以辭害志可也。既成書，未爲時流所稱，欲取定於沈約，無由自達；乃負書候約於車前，狀若貨鬻者。約取讀，大重之，謂深得文理，常陳諸几案。梁天監中，兼東宫通事舍人，遷步兵校尉，兼舍人如故；深被昭明太子愛接，而論文與昭明不同。

鍾嶸，字仲偉，潁川長社人；與兄岏，弟嶼，并好學有思理。嶸於梁天監中，累爲諸王記室。劉勰《徵聖》《宗經》以論文；而嶸出風入雅以評詩，撰成《詩品》三卷，論古詩十九首以下，上品十一人，中品三十九人，下品七十二人；而發揮論旨，冠以三序。囊括其義，大端有四：一曰賦比興不偏廢，二曰不墮理障，三曰不用事，四曰不拘聲病。以爲：“《詩》有三義，日賦比興。文已盡而意有餘，興也。因物喻志，比也。直書其事，寓言寫物，賦也。宏斯三義，酌而用之，幹之以風力，潤之以丹采；使味之者無極，聞之者動心，是詩之至也。若專用比興，患在意深，意深則辭躓。若但用賦體，患在意浮，意浮則文散。”此賦、比、興不偏廢之説也。又謂：“永嘉時，貴黄老，稍尚虚談。於時篇什，理過其辭，淡乎寡味。爰及江表，微波尚傳，孫綽、許詢、桓、庾諸公詩，皆平典似道德論；建安風力盡矣。”獨郭璞憲章潘岳，文體相輝，彪炳可玩，始變永嘉平淡之體，故稱中興第一。此不墮理障之説也。又曰：“屬辭比事，乃爲通談。若乃經國文符，應資博古，撰德駁奏，宜窮往烈。至乎吟咏情性，亦何貴乎用事？‘思君如流水’，既是即目。‘高臺多悲風’，亦惟所見。‘清晨登隴首’，羌無故實。‘明月照積雪’，詎出經史。觀古今勝語，皆由直尋。顔延、謝莊，尤爲繁密，於時化之；故大明泰始間，文章殆同書抄。近任昉、王元長等辭不貴奇，競須新事，爾來作者，寖以成俗，遂乃句無虚語，語無虚字，拘攣補衲，蠹文已甚。但自然英旨，罕值其人。”此不貴乎用事之説也。又曰：“昔曹劉殆文章之聖，陸謝爲體貳之才，鋭精研思，千百年中，而不聞宫商之辨，四聲之論。齊有王元長，嘗欲進《知音論》，謝朓、沈約揚其波。三賢或貴公子孫，幼有文辨；於是士流景慕，務爲精密，襞積細微，專相陵架；故使文多拘忌，傷其真美。余謂文製本須諷讀，不可蹇礙；但令清俗通流，口吻調利，斯爲足矣。至平上去入，則余病未能。蜂腰鶴膝，閭里已具。此不拘聲病之説也。”

至於品藻衆家，則以骨氣爲主，以辭采爲輔。兩者駢茂，上也，次之氣過其文，又次文勝於氣。如論魏陳思王植曰：“骨氣奇高，辭采華茂，情兼雅怨，體被文質，譬人倫之有周孔。”論宋臨川太守謝靈運曰：“原出陳思，雜有景陽。興多才高，寓目輒書，内無乏思，外無遺物。名章迥句，處處間起；麗典新聲，絡繹奔會。”論宋參軍鮑照曰：“得景陽之俶詭，含茂先之靡曼，骨節强於謝混，驅邁疾於顔延；總四家而擅美，跨兩代而孤出。”此皆骨氣辭采，兩俱駢茂者也。又如魏文學劉楨曰：“仗氣愛奇，動多振絶；真骨凌霜，高風跨俗；但氣過其文，雕潤恨少。”晉處士郭泰機、晉常侍顧愷之、宋謝世基、宋參軍顧邁、戴凱曰：“觀此五子，文雖不多，氣調警拔，吾許其進，則鮑照江淹，未足逮止。越居中品，僉曰宜哉。”此氣過其文者也。又如魏侍中王粲曰：“文秀而質羸。”晉司空張華曰：“其體華艷，興託不奇。巧用文字，務爲妍冶。雖名高曩代，而疏亮之士，猶恨其兒女情多，風雲氣少。”此文勝於氣者也。與其文勝，毋寧氣過。氣過，則厥旨淵放，忘其鄙近。文勝，則務爲妍冶，流入淫靡。此其較也。匡時砭俗，頗曰知言，所以謂篇章之繩墨，文采之權量。然魏武悲壯，范曄華贍，屈居下第；元亮清遠，鮑照遒麗，不列上品，銓次未允，頗有遺議。又所推原出於誰何，加之抑揚，第出以臆，而不必衷於情實，亦既隨事糾正而明其疏；然其旨不可没也。

嶸嘗求譽於沈約，約拒之。而詳其文體，散朗任自然，如魏武帝臨陣，意思安閒，如不欲戰；又如太原公子，不衫不履，風神儁逸；在齊梁雕藻之中，另是一種蹊徑。劉勰《文心》，句無虚散，齊梁之縟采也；鍾嶸《詩品》，體任自然，魏晉之逸調也；宜約之賞勰而不賞嶸也。觀約所製，體裁綺密，而嶸之作，風神朗照；蓋體之疏密不同，故拒之而不與耶？

第八節　庾信　徐陵附江總、姚察

劉勰《文心》，鍾嶸《詩品》，力崇氣骨而薄藻采，貴自然而棄刻鏤；然而彼衆我寡，未能動俗。雕畫奇辭，日競於繁采；而能者爲之，殊别在氣，幹以風力，藻耀高翔，大雅不羣，是則庾信、徐陵其人也。徐陵，字孝穆，東海郯人。梁簡文爲太子時，與父摛并在東宫，得恩寵。時庾信亦與其父肩吾出入東宫，當時稱爲雙俊。梁禪於陳，陵歷事武帝、文帝、宣帝，盛被禮遇。凡梁陳禪讓之詔策，及陳初之檄書誥命，皆出其手筆，蓋猶任昉之於齊梁之際也。爲文瑰麗，世與庾信并稱徐庾體。一時後進之士，競相仿效，隱爲一代文宗。而庾信後入周，以南人而雄視北方，啓隋唐之四六，所繫者尤匪細焉。

庾信，字子山，南陽新野人，庾肩吾之子也。幼而俊邁聰敏，博覽羣書，尤精《春秋左氏》；及聘東魏，鄴下文人學者皆盛稱其文辭。梁亡，入西魏，遂仕於周。陳周通好，南北流寓之士，各歸其鄉，周武帝獨留信與王褒，惜其人才，不放還。而信雖位望通顯，常作鄉關之思，居桓鬱鬱，此《哀江南賦》所由作也。然其才華富有，綺麗之作，本自青年漸染南朝數百年之靡。及其流轉入周，重以飄泊之感，調以北方清健之音，故中年以後之作，能湔灑宫體之綺豔，而特見蒼涼。隨事著色，善於敷揚，流邊篇章，感慨興廢，景自衰颯，語必清華；發愀愴之詞，擅雕蟲之功。尤善用事，據古況今，屬辭比事，而出之以沈鬱頓挫，所以堆砌化爲煙雲。才藻宏富，自然健舉，植骨不高而氣則雄。舉止軒昂，動多振絶，所以麗典新聲，絡繹奔會，而不傷於襞積。余嘗謂韓愈之古文，於渾灝中見矜重；而信之駢文，於整麗中出疏蕩。韓愈雄而不快，而信密而能疏，組織出以流美，健筆寓於綺錯。蓋上摩漢魏辭賦之壘，下啓唐宋四六之塗，實以信管其樞也。其《哀江南賦并序》曰：

粤以戊辰之年，建亥之月，大盗移國，金陵瓦解。余乃竄身荒谷，公私塗炭；華陽奔命，有去無歸。中興道銷，窮於甲戌，三日哭於都亭，三年囚於别館；天道周星，物極不反。傅燮之但悲身世，無處求生；袁安之每念王室，自然流涕。昔恒君山之志事，杜元凱之平生，并有著書，咸能自叙。潘岳之文彩，始述家風；陸機之辭賦，先陳世德。信年始二毛，即逢喪亂，藐是流離，至於暮齒。燕歌遠别，悲不自勝；楚老相逢，泣將何及。畏南山之雨，忽踐秦庭；讓東海之濱，遂餐周粟。下亭漂泊，高橋羈旅。楚歌非取樂之方，魯酒無忘憂之用；追爲此賦，聊以記言；不無危苦之辭，惟以悲哀爲主。日暮途遠，人間何世！將軍一去，大樹飄零；壯士不還，寒風蕭瑟。荆璧睨柱，受連城而見欺；載書横階，捧珠槃而不定。鍾儀君子，入就南冠之囚；季孫行人，留守西河之館。申包胥之頓地，碎之以首；蔡威公之淚盡，加之以血。釣臺移柳，非玉關之可望；華亭鶴唳，豈河橋之可聞。孫策以天下爲三分，衆纔一旅；項籍用江東之子弟，人惟八千。遂乃分裂山河，宰割天下。豈有百萬義師，一朝卷甲，芟夷斬伐，如草木焉！江淮無涯岸之阻，亭壁無藩離之固。頭會箕斂者，合從締交；鋤耰棘矜者，因利乘便。將非江表王氣，終於三百年乎！是知并吞六合，不免軹道之災；混一車書，無救平陽之禍。嗚呼，山岳崩頹，既履危亡之運；春秋迭代，必有去故之悲；天意人事，可以悽愴傷心者矣。況復舟楫路窮，星漢非乘槎可上；風飆道阻，蓬萊無可到之期。窮者欲達其言，勞者須歌其事。陸士衡聞而撫掌，是所甘心；張平子見而陋之，固其宜矣。

我之掌庾承周，以世功而爲族；經邦佐漢，用論道而當官。禀嵩華之玉石，潤河洛之波瀾。居負洛而重世，邑臨河而晏安。逮永嘉之艱虞，始中原之乏主；民枕倚於牆壁，路交横於豺虎。值五馬之南奔，逢三星之東聚，彼淩江而建國，始播遷於吾祖 。分南陽而賜田，裂東嶽而胙土，誅茅宋玉之宅，穿徑臨江之府。水木交運，山川崩竭，家有直道，人多全節。訓子見於淳深，事君彰於義烈。新野有生祠之廟，河南有胡書之碣。況乃少微真人，天山逸民，階庭空谷，門巷蒲輪；移談講樹，就簡書筠。降生世德，載誕貞臣，文辭高於甲觀，模楷盛於漳濱。嗟有道而無鳳，歎非時而有麟。既奸回之奰逆，終不悦於仁人。

王子洛濱之歲，蘭成射策之年；始含香於建禮，仍矯翼於崇賢。游洊雷之講肆，齒明離之冑筵，既傾蠡而酌海，遂測管以窺天。方塘水白，釣渚池圓。侍戎韜於武帳，聽雅曲於文絃。乃解懸而通籍，遂崇文而會武，居笠轂而掌兵，出蘭池而典午。論兵於江漢之君，拭玉於西河之主。於是朝野歡娱，池臺鐘鼓，里爲冠蓋，門成鄒魯。連茂苑於海陵，跨横塘於江浦。東門則鞭石成橋，南極則鑄銅爲柱。橘則園植萬株，竹則家封千户。西賮浮玉，南琛没羽。吴歈越吟，荆豔楚舞。草木之遇陽春，魚龍之逢風雨。五十年中，江表無事，王歙爲和親之侯，班超爲定遠之使。馬武無預於甲兵，馮唐不論於將帥。

豈知山嶽闇然，江湖潛沸，漁陽有閭左戍卒，離石有將兵都尉。天子方删《詩》《書》，定禮樂，設重雲之講，開士林之學。談劫燼之灰飛，辨常星之夜落。地平魚齒，城危獸角。臥刁斗於滎陽，絆龍媒於平樂。宰衡以干戈爲兒戲，搢紳以清談爲廟略。乘漬水以膠船，馭奔駒以朽索。小人則將及水火，君子則方成猿鶴。敝箄不能救鹽池之鹹，阿膠不能止黄河之濁。既而魴魚赬尾，四郊多壘。殿狎江鷗，宫鳴野雉。湛盧去國，艅艎失水。見披髮於伊川，知百年而爲戎矣。彼奸逆之熾盛，久遊魂而放命，大則有鯨有鯢，小則爲梟爲獍，負其牛羊之力，凶其水草之性。非玉燭之能調，豈璿璣之可正。值天下之無爲，尚有欲於羈縻，飲其琉璃之酒，賞其虎豹之皮。見胡柯於大夏，識鳥卵於條枝。豺牙密厲，虺毒潛吹，輕九鼎而欲問，聞三川而遂窺。

始則王子召戎，奸臣介胄，既官政而離逷，遂師言而泄漏。望廷尉之逋囚，反淮南之窮寇，出狄泉之蒼鳥，起横江之困獸。地則石鼓鳴山，天則金精動宿，北闕龍吟，東陵麟鬬。爾乃桀黠構扇，馮陵畿甸，擁狼望於黄圖，填盧山於赤縣。青袍如草，白馬如練。天子履端廢朝，單于長圍高宴。兩觀當戟，千門受箭。白虹貫日，蒼鷹擊殿。竟遭夏臺之禍，終視堯城之變。官守無奔問之人，干戚非平戎之戰。陶侃空爭米船，顧榮虛摇羽扇。將軍死綏，路絶長圍，烽隨星落，書逐鳶飛。遂乃韓分趙裂，鼓臥旗折，失羣班馬，迷輪亂轍。猛士嬰城，謀臣卷舌。昆陽之戰象走林，常山之陣蛇奔穴。五郡則兄弟相悲，三州則父子離别。

護軍慷慨，忠能死節；三世爲將，終於此滅。濟陽忠壯，身參末將，兄弟三人，義聲俱倡，主辱臣死，名存身喪，敵人歸元，三軍淒愴。尚書多算，守備是長，雲梯可拒，地道能防。有齊將之閉壁，無燕師之臥牆。大事去矣，人之云亡。申子奮發，勇氣咆勃，實總元戎，身先士卒。胄落魚門，兵填馬窟，屢犯通中，頻遭刮骨。功業夭枉，身名埋没。或以隼翼鷃披，虎威狐假，沾漬鋒鏑，脂膏原野。兵弱虜强，城孤氣寡。聞鶴唳而心驚，聽胡笳而淚下。據神亭而忘戟，臨横江而棄馬。崩於鉅鹿之沙，碎於長平之瓦。於是桂林顛覆，長洲麋鹿。潰潰沸騰，茫茫墋黷。天地離阻，神人慘酷。晉鄭靡依，魯衛不睦。競動天關，爭迴地軸。探雀鷇而未飽，待熊蹯而詎熟，乃有車側郭門，筋懸廟屋。鬼同曹社之謀，人有秦庭之哭。

爾乃假刻璽於關塞，稱使者之酬對。逢鄂坂之譏嫌，值彤門之征稅。乘白馬而不前，策青騾而轉礙。吹落葉之扁舟，飄長風於上游。彼鋸牙而鉤爪，又循江而習流。排青龍之戰艦，鬬飛燕之船樓。張遼臨於赤壁，王濬下於巴邱。乍風驚而射火，或箭重而回舟。未辨聲於黄蓋，已先沈於杜侯。落帆黄鶴之浦，藏船鸚鵡之洲。路已分於湘漢，星猶看於斗牛。若乃陰陵路絶，釣臺斜趣。望赤壁而沾衣，艤烏江而不渡。雷池柵浦，鵲陵焚戍。施舍無煙，巢禽失樹。謂荆衡之杞梓，庶江漢之可恃。淮海維揚，三千餘里，過漂渚而寄食，託蘆中而渡水。届於七澤，濱於十死。嗟天保之未定，見殷憂之方始。本不達於危行，又無情於禄仕；謬掌衛於中軍，濫尸丞於御史。信生世等於龍門，辭親同於河洛。奉立身之遺訓，受成書之顧託。昔三世而無慚，今七葉而方落。泣風雨於梁山，惟枯魚之銜索。入欹斜之小徑，掩蓬藋之荒扉，就汀洲之杜若，待蘆葦之單衣。

於時，西楚霸王，劍及繁陽，鏖兵金匱，校戰玉堂。蒼鷹赤雀，鐵軸牙檣。沈白馬而誓衆，負黄龍而渡江。海潮迎艦，江萍送王。戎車屯於石城，戈船掩於淮泗。諸侯則鄭伯前驅，盟主則荀罃暮至。剖巢熏穴，奔魑走魅，埋長狄於駒門，斬蚩尤於中冀，燃腹爲燈，飲頭爲器。直虹貫壘，長星屬地。昔之虎踞龍蟠，加以黄旗紫氣，莫不隨狐兔而窟穴，與風塵而殄瘁。西瞻博望，北臨玄圃，月榭風臺，池平樹古。倚弓於玉女窗扉，繫馬於鳳凰樓柱。仁壽之鏡徙懸，茂陵之書空聚。

若夫立德立言，謨明寅亮，聲超於繫表，道高於河上。更不遇於浮丘，遂無言於師曠。以愛子而託人，知西陵而誰望。非無北闕之兵，猶有雲臺之仗。司徒之表裏經綸，狐偃之惟王實勤。横雕戈而對霸主，執金鼓而問賊臣。平吴之功，壯於杜元凱；王室是賴，深於温太真。始則地名全節，終則山稱枉人。南陽校書，去之已遠，上蔡逐獵，知之何晚。鎮北之負譽矜前，風飆凜然。水神遭箭，山靈見鞭。是以蟄熊傷馬，浮蛟没翥，才子并命，俱非百年。

中宗之夷凶靖亂，大雪冤恥。去代邸而承基，遷唐郊而纂祀。反舊章於司隸，歸餘風於正始。沈猜則方逞其欲，藏疾則自矜於已。

天下之事没焉，諸侯之心摇矣。既而齊交北絶，秦患西起。況背關而懷楚，異端委而開吴。驅緑林之散卒，拒驪山之叛徒。營軍梁溠，蒐乘巴渝。問諸淫昏之鬼，求諸厭劾之巫。荆門遭廩延之戮，夏口濫逵泉之誅。蔑因親以教愛，忍和樂於彎弧，既無謀於肉食，非所望於論都。未深思於五難，先自擅於三端。登陽城而避險，卧砥柱而求安。既言多於忌刻，實志勇而形殘。但坐觀於時變，本無情於急難。地惟黑子，城猶彈丸。其怨則黷，其盟則寒。豈冤禽之能塞海，非愚叟之可移山。況以沴氣朝浮，妖精夜殞。赤烏則三朝夾日，蒼雲則七重圍軫。亡吴之歲既窮，入郢之年斯盡。周含鄭怒，楚結秦冤。有南風之不競，值西鄰之責言。餓而梯衝亂舞，冀馬雲屯。俴秦車於暢轂，沓漢鼓於雷門。下陳倉而连弩。渡臨晉而横船。雖復楚有七澤，人稱三户。箭不麗於六麇，雷無驚於九虎。辭洞庭兮落木，去涔陽兮極浦。熾火兮焚旗，貞風兮害蠱。乃使玉軸揚灰，龍文折柱。下江餘城，長林故營。徒思拑馬之秣，未見燒牛之兵。章曼支以轂走，宫之奇以族行。河無冰而馬渡，關未曉而鷄鳴。忠臣解骨，君子吞聲。章華望祭之所，雲夢僞遊之地。荒谷縊於莫敖，治父囚於羣帥。硎谷摺拉，鷹鸇批擸。冤霜夏零，憤泉秋沸。城崩杞婦之哭，竹染湘妃之淚。

水毒秦涇，山高趙陘，十里五里，長亭短亭。飢隨蟄燕，暗逐流螢。秦中水黑，關上泥青。於時，瓦解冰泮，風飛電散。渾然千里，淄澠一亂。雪暗如沙，冰横似岸。逢赴洛之陸機，見離家之王粲，莫不聞隴水而掩泣，向關山而長歎。況復君在交河，妾在青波，石望夫而逾遠，山望子而逾多。才人之憶代郡，公主之去清河。栩楊亭有離别之賦，臨江王有愁思之歌。别有飄颻武威，羈旅金微，班超生而望返，温序死而思歸。李陵之雙鳧永去，蘇武之一雁空飛。

若江陵之中否，乃金陵之禍始。雖借人之外力，實蕭牆之内起。撥亂之主忽焉，中興之宗不祀。伯兮叔兮，同見戮於猶子。荆山鵲飛而玉碎，隨岸蛇生而珠死。鬼火亂於平林，殤魂游於新市。

梁故豐徙，楚實秦亡。不有所廢，其何以昌？有嬀之後，將育於姜。輸我神器，居爲讓王。天地之大德曰生，聖人之大寶曰位。用無賴之子弟，舉江東而全棄。惜天下之一家，遭東南之反氣。以鶉首而賜秦，天何爲而此醉？

且夫天道廻旋，生民預焉。余烈祖於西晉，始流播於東川。洎余身而七葉，又遭時而北遷。提挈老幼，關河累年。死生契闊，不可問天。況復零落將盡，靈光巋然。日窮於紀，歲將復始。逼迫危慮，端憂暮齒。踐長樂之神皋，望宣平之貴里。渭水貫於天門，驪山迴於地市。幕府大將軍之愛客。丞相平津侯之待士。見鐘鼎於金張，聞絃歌於許史。豈知灞陵夜獵，猶是故時將軍；咸陽布衣，非獨思歸王子。

信以碑版之文擅名一代，然數篇以後，落調多同，用事多複，習見不鮮，遂成窠臼。不如賦之往往遒變，篇各有意。而賦有二種：一種綺情豔思，風光旖旎，如《春賦》、《蕩子賦》是也。一種楚調哀歌，聲調激越，如《哀江南賦》、《小園賦》、《枯樹賦》是也。信之在周也，明帝、武帝，雅好文學，特蒙恩禮；至於趙、滕諸王，周旋款至，有若布衣之交。王公碑誌，咸相託焉。然多興朝貴人，雍容揄揚，獨所爲《大將軍懷德公吴明徹墓誌》，英雄失路，志士拊心，慷慨悲歌，自抒寥落之感焉。其辭曰：

公諱明徹，字通昭，兗州秦郡人也。西都列國，長沙王功被山河；東京貴臣，大司馬名高西漢。豈直西河有守，智足抗秦；建平有城，威能動晉而已也。祖尚，南譙太守。父標，右軍將軍。抗拒淮沂，平夷濟漯，代爲名將，見於斯矣。

公志氣縱横，風情倜儻。圯橋取履，早見兵書；竹林逢猿，遍知劍術。故得勇爵登朝，材官入選。起家東宫司直，後除左軍。葛瞻始嗣兵戈，仍遭蜀滅；陸機纔論功業，即值吴亡。公之仕梁，未爲達也。自梁受終，齊卿得政。禮樂征伐，咸歸舜後；是以威加四海，德教諸侯，蕭索煙雲，光華日月。公以明略佐時，雄圖贊務，鱗翼更張，風飆遂遠。冠軍侯之用兵，未必師古；武安君之養士，能得人心。擬於其倫，公之謂矣。爲左衛將軍，尋遷鎮軍丹陽尹，北軍中堠，總政六師；河南京尹，冠冕百郡。文武是寄，公無愧焉。瀟湘之役，憑陵島嶼。風船火艦，周瑜有赤壁之兵；蓋軸襜艫，魏齊有横江之戰。仍爲平南將軍，開府儀同三司，都督湘衡桂武四州刺史，遂得左廣廻扃，轔車反暢。長沙楚鐵，更入兵欄；洞浦藏犀，還輸甲庫。雖復戎歌屢凱，軍幕猶張；淮南望廷尉之囚，合淝稱將軍之寇，莫不失穴驚巢，沉水陷火。爲使持節待中、司空、車騎大將軍、都督南北兖青譙五州諸軍事、南兖州刺史、南平郡開國公，食邑八千户，鼓吹一部。中臺在玄武之宫，上將列文昌之宿。高蟬臨鬢，吟鷺陪軒。平陽之邑萬家，臨淄之馬千駟。坐則玉案推食，行則中分麾下。生平若此，功業是憑。既而金精氣壯，師出有名；石鼓聲高，兵交可遠。故得艫舳所臨，蓋於淮泗；旌旂所襲，奄有龜蒙。魏將已奔，猶書馬陵之樹；齊師其遁，空望平陰之烏。

俄而南仲出車，方叔涖止，暢轂文茵，鉤膺鞗革。遂以天道在北，南風不競。昔者裨將失律，衛將軍於是待罪；中軍爭濟，荀桓子於焉受戮。心之憂矣，胡以事君。宣政元年，届於東都之亭。有詔釋其鸞鑣，蠲其釁社。始弘就館之禮，即受登壇之策，拜持節大將軍、懷德郡開國公，邑二千户。歸平津之館，時聞櫪馬之嘶；舍廣城之傳，裁見諸侯之客。廉頗眷戀，寧聞更用之期；李廣盤桓，無復前驅之望。霸陵醉尉，侵辱可知；東陵故侯，生平已矣。大象二年七月二十八日，氣疾暴增，奄然賓館，春秋七十七，即以其年八月十九日，寄瘞於京兆萬年之縣東郊，詔贈某官，謚某，禮也。江東八千子弟，從項籍而不歸；海島五百軍人，爲田横而俱死焉。嗚呼哀哉！毛脩之埋於塞表，流落不存；陸平原敗於河橋，死生慚恨。反公孫之柩，方且未期；歸連尹之尸，竟知何日。游魂羈旅，是傷温序之心；玄夜思歸，終有蘇韶之夢。遂使廣平之里，永滯冤魂；汝南之亭，長聞夜哭。嗚呼哀哉！乃爲銘曰：

九河宅土，三江貢職。彼美中邦，君之封殖。負才矜智，乘危恃力。浮磬戢鱗，孤桐垂翼。五兵早竭，一鼓前衰；移營減竈，空幕禽飛。羊皮詎贖，畫馬何追？荀罃永去，隨會無歸。存没俄頃，光陰凄愴，岳裂中臺，星空上將。眷言妻子，悠然亭障。魂或可招，喪何可望。壯志沈淪，雄圖埋没；西隴足抵，黄塵碎骨。何處池臺，誰家風月？墳隧羈遠，營魂流寓。霸岸無封，平陵不樹。壯士之垅，將軍之墓，何代何年，還成武庫？

碑誌之文，自蔡邕後，皆逐節敷寫；至有唐韓愈，乃變其體。若庾信則猶守蔡氏矩矱；特蔡氏駢語雅潤，而信則四六鏗鏘耳。觀其每叙一事，多用單行，先將事略説明，然後援引故實，作成聯語；皆可爲駢散不能偏廢之證。夫駢文之中，苟無散句，則意理不顯，故信爲碑誌諸文，述及行履，出之以散，而駢儷諸句，則接於其下。如是則氣既舒緩，不傷平滯，而辭義亦復軒爽。偶意共逸韻俱發，麗句與實事并流，必使理圓事密，迭用奇偶，清暢奕奕，所以貴耳。傳有《庾子山集》十六卷。

徐陵字孝穆，東海郯人。庾信麗而能閎，碑誌有名。徐陵遒而能婉，書記爲美。梁太清中，以陵兼通直散騎常侍，使魏。齊文襄爲相，留不遣。及侯景入寇，陵父摛先在圍城之内。陵不奉家信，蔬食布衣。會齊受魏禪，梁元帝承制於江陵，復通使於齊，陵累求復命，終拘留不遣，乃致書於僕射楊遵彦，危心警露，哀響聞天，造懷指事，頗爲時誦。及西魏平江陵，齊送貞陽侯明爲梁嗣，乃遣陵隨還，太尉王僧辯初拒境不納。明往復致書，皆陵辭也。及明入，僧辯大喜得陵，以爲尚書吏部，兼掌詔誥。其年陳武帝誅僧辯，於是廢貞陽侯，而任約、徐嗣徽乘虚襲石頭。陵感僧辯舊恩，往赴約。約平，武帝釋陵不問，以爲尚書左丞；文檄軍書，壹以相委。齊人以納貞陽侯不得志，而據廣陵以臨江，屢告入寇。陵《爲武帝作相時與齊廣陵城主書》曰：

……辱告承上黨殿下及匹婁領軍應來江右，師出無名，此是何義？小之事大，差無違禮；彼之陵我，自是乖言。玄天所伐，匹馬無還。翻見怨尤，一何非理。若彼鬼神有志，寧可斯背？鬼神無知，何用盟歃？去歲抑達磨等石頭天井，連月亢陽；三子纔降，連冬大雪，黄袍盡没，白帳皆浮。既因之以泥塗，兼加之以疾疫。蕭裴既退，雲務便除。從爾以來，稍成災旱。定知衣冠之國，禮樂相承，天道不言，不容都滅。長江渺渺，巨浪湯湯，如鬭艦舟師，詎有深利？近梁山之戰，即是前車；蕪湖之役，可爲明鏡。昔晉侯不能乘鄭馬；趙將不能用楚兵；一非水土，難爲騁力。揚州卑濕，厥土塗泥，如遇秋霖，杳同江漢。假令蚩尤重出，白起還生，控代馬而陵波，躡胡靴而湔水，終難逞效，詎有成功。六州勇士，雖有百萬；十姓豪傑，徒勞千億；不能爲患，斷可知矣。

昔我平世，天下乂安，人不識於干戈，時無聞於桴鼓；故得凶人侯景，濟我横江；天步中危，實由忘戰。自亂離已久，人解用兵，女子無愧於韓彭，童兒不殊於衛霍；吴鈎甚利，蜀甲殊輕；槊動風霜，弩穿金石。高樓大艦，概日陵雲；叱咤而起風雷，吹嘘如倒山嶽。侯車騎國家重將，分陝上流，近隔以邊塵，時虧表疏。王途既泰，貢賦相望，尋令子弟侍奉京邑。蕭太保龍驤於賁海，王儀同虎視於洞庭，若望高峰，便當投袂。何則？凡諸將帥，各護家鄉，非直吾人，獨憂宗社。日者頻辱司馬行臺及諸公有告，裴行臺當今方召，此諸賢莫非英傑；其餘軍士，悉是驍雄。庸蜀氐羌之兵，烏丸百虜之騎，以此衆戰，誰能禦之。來告以細柳之軍，踰於灞上；吾恐今之趙括，不及廉頗也。足下既未知始末，容有疑怪。大軍多士，希惠矜弘，量非此失，時騰表疏。幸停師旅，已存盟信；庶其小國，永申藩禮。天心無爽，遐邇一同。投筆慷慨，不復多白。陳諱頓首。

叙事盡情，辯言中理，隨激兩化；文質互宣，不徒以婉媚綺錯見長；與阮瑀《爲曹公作書與孫權》同一機杼。所不同者，阮當敗軍之後，語無慚怍；此乘新勝之氣，辭不矜張。阮妙婉曲，出以情真理實；此爲辯裁，告以形格勢禁；辭令絶品，無獨有偶，信辭令之美也。其它《勸進元帝表》，《與代貞陽侯致王僧辯、陳武帝》諸書，感慨興亡，聲淚并發。至羈旅篇牘，親朋報章，蘇李悲歌，猶見遺則；代馬越鳥，能不悽然。《左氏傳》曰："好整以暇。"陵與庾信稱爲駢體之宗，同於好整，而陵特以暇。雖更喪亂，慷慨傷懷，而出以沈吟嗚咽，不爲信之悲涼遒激；雖使辭之文質相稱，再秉氣之剛柔攸異，一柔婉，一雄麗也。傳有《徐孝穆集》十卷。

漢文雄傑，故多大篇；論者每以齊梁小文鄙之，爲才氣薄弱，爲用事不得奇，其説似矣。然庾信《哀江南賦》，徐陵《與楊僕射書》，驅舊典以入新杼，隱時蹤於攬古躅，極衰颯事，寫得奕奕，内無乏思，外無遺物。如此等篇，亦復氣體恢宏，從漢文出，但類此者無多耳。若以唐文較之，唐代駢文，無不壯麗，其源出於徐庾兩家。徐庾文體，亦極藻艷調暢，然皆有遒逸之致，非僅如唐文之能爲博肆也。庾信《小園賦》，選聲鍊色，著意修飾而仍不黏滯。徐陵《玉臺新詠序》，旖語閑情，極盡聲偶而中有跌宕。五色相宣，八音迭奏，可謂六朝之渤澥，四傑之津梁。

庾信之詩，曼聲協律，開初唐沈宋之前河；然句多矜貴，篇欠遒鍊。文秀而質羸。方李杜不足於風力，比沈宋有餘於妍媚，而五言勝於七言。其中流連光景，模山範水，出以清新，不爲雕藻，綺而不縟。王摩詰詩中有畫，自此而胎。徐陵詩有警句而無遒篇，體裁綺密，同於庾信；而逸宕轉遜，雕文織彩，失之繁靡板垛，乃以傷格。而七言樂府，辭興婉愜，風華清靡，則開長慶元白之先路，兩人一也。録其一二以當舉隅。

怨歌行

家住金陵縣前，嫁得長安少年。回頭望鄉淚落，不知何處天邊。胡塵幾日應盡？漢月何時更圓？爲君能歌此曲，不覺心隨斷絃。

雜曲

傾城得意已無儔，洞房連閣未消愁。宫中本造鴛鴦殿，爲誰新起鳳凰樓？緑黛紅顔兩相發，千嬌百態情無歇。舞衫回袖勝春風，歌扇當窗似秋月。碧玉宫妓自翩妍，絳樹新聲最可憐。張星舊在天河上，從來張姓本連天。二八年時不憂度，傍邊得寵誰相妬？立春曆日自當新，正月春幡底舊故。流蘇錦帳掛香囊，織成羅幔隱燈光。祇應私將琥珀枕，暝暝來上珊瑚牀。

大抵調諧而響圓，音靡則節平。兒女情多，風雲氣少；有琴瑟之安節，無鼙鼓之激響。俯眺隋唐律體，開其諧暢；上視漢魏樂府，遜其氣骨。美贍可玩，未云大雅。

徐庾而外，一時以文章名者，南有陰鏗，北有王褒。陰鏗仕於陳代，與何遜并稱陰何；然陰專工琢句，實不逮何。王褒與庾信齊名，留周不返，往往有感愴之句。大抵文自齊梁以來，其辭概綺豔而失於輕浮，其情則多哀思，幾如聽亡國之音，南風之不競，是豈無故哉。而陳後主遂以《玉樹後庭花》、《臨春樂》等曲，酣歌淫舞，結江左偏安之局，而江總實爲之相。

江總，字總持，濟陽考城人也。篤學有文辭，尤工五言七言，溺於浮靡。陳宣帝時，爲太子詹事，與後主爲長夜之飲。後主即位，歷吏部尚書、僕射、尚書令。既當權任宰，不持政務，但日與後主遊宴後庭，有狎客之目。其爲《陳六宫謝表》曰：

鶴籥晨啓，雀釵曉映。恭承盛典，肅荷徽章。步動雲袿，香飄霧縠。媿纏艷粉，無情拂鏡；愁縈巧黛，息意臨窗。妾聞漢水贈珠，人間絶世；洛川拾翠，仙處無雙。或有風流行雨，窈窕初日，聲高一笑，價起兩環；乃可桂殿迎春，蘭房侍寵。借班姬之扇，未掩驚羞；假蔡琰之文，寧披悚戴。

態冶思柔，一意雕繪；蓋得徐陵之一體者也。然有餘於塗澤，不足於清新。

吴興姚察，字伯審，蹈履清直，仕陳後主，累官祕書監，領著作，知撰《梁史》；入隋，未及成書，戒子思廉續成之。而思廉憑其舊稿，加以新録，爲《梁書》五十六卷；父子紹述，世濟其美，媲於司馬之談遷班氏之彪固。而行文則矯然特出，不逐風氣，無意於班氏之典贍，而欲力追太史公之俶儻者。蓋其時争尚駢儷，即序事之文，亦多四字爲句，罕有用散文單行者，沈約之《宋書》，其尤著者也。而《梁書》則多以疏蕩出之，如《韋叡傳》序合肥等處之功，《昌義之傳》叙鍾離之戰，《康絢傳》叙淮堰之作，皆勁氣鋭筆，曲折明暢，一洗六朝蕪冗之習。唐李延壽撰《南史》，力求簡淨，然不能增損《梁書》一字也。至諸傳論亦皆抒以散文。唐太宗撰《晉書·陸機、王羲之傳論》，魏徵撰《梁書·總論》，掞藻振葩，猶用駢偶；而《梁書》獨卓然傑出於駢四儷六之上，則姚察爲不可及也。世但知六朝之後，古文自唐韓愈倡之，而豈知姚察已振於陳隋之際也哉。

第七章　北朝

第一節　發凡

五胡遞興，典午南渡，河淮以北，鞠爲戰場；禮樂文章，蕩然以盡。拓拔崛起，力征經營，日尋干戈，不遑文事。崔浩、高允，字義典正，未焕乎文也。孝文遷洛，慕尚文雅，用夏變夷，故能振起人文，革粗鄙之舊，揚雍容之風。自此而後，洛下江左，日競於文，彼此好尚，雅有異同。江左宫商發越，貴於清綺；河朔辭義貞剛，重乎氣質。氣質則理勝其辭，清綺則文過其意，此其南北詞人得失之大較也。濟陰温子昇，爲北方之英，起自孤寒，鬱然有文。而河間邢劭、鉅鹿魏收，後先接踵，咸能綜采繁縟，興屬雅清。比於建安之徐、陳、應、劉，太康之潘、陸、張、左，各一時也。有齊霸業云啓，廣延髦俊，而軍國文翰，多是魏收作之。琅琊顔之推辭情典麗，自梁入齊，尤工尺牘，大爲齊人所重，則猶庾信之在周乎。周文輔魏，欲革華靡，而參贊機密，厥云蘇綽。然綽之建言，務存質樸，遂糠粃魏晉，憲章虞夏，雖屬辭有師古之美，矯枉非適時之用，故莫能常行焉。既而革車電邁，渚宫雲撤，梁荆之風扇於關右，狂簡之徒斐然成俗；流宕忘返，無所取裁，詞尚輕險，情多哀思，革以延陵之聽，蓋亦亡國之音也。隋文帝初統萬機，每念斲雕爲樸；發號施令，咸去浮華；然時俗辭藻，猶多淫麗。故憲臺執法，屢飛霜簡。煬帝初習藝文，有非輕側之論，暨乎即位，一變其體；《與越公書》、《建東都詔》、《冬至受朝》詩及《擬飲馬長城窟》，并存雅體，雖意在驕淫，而詞無浮蕩，故當時綴文之士，遂得依而取正焉。物極則反，文勝之弊，欲救以樸，心同理同，其機然也。

第二節　魏　温子昇附邢劭、魏收

温子昇，字鵬舉，自云太原人，晉大將軍嶠之後也。博覽百家，足有才藻。爲《寒陵山寺碑》，雖篇幅不閎，而鏗訇有勢。至《代孝莊帝殺爾朱榮大赦詔》，歷叙本末，情事都到，而儷體行文，不害遒亮。既而事魏孝武帝，爲侍讀兼中書舍人。會齊神武帝輔政，孝武内欲相圖，神武舉兵南嚮，上表自明，謂："臣若敢負陛下，則使身受天殃，子孫殄絶。陛下若垂信赤心，使干戈不動，佞臣一二人，願斟量廢出。"子昇爲孝武草敕，以答神武曰：

> 前持心血，遠以示王，深冀彼此共相體悉。而不良之徒，坐生間貳。今得王啓，言誓懇惻，反覆思之，猶所未解。以朕眇身，遇王武略，不勞尺刃，坐爲天下；所謂生我者父母，貴我者高王。今若無事背王，規相攻討，則使身及子孫，還如王誓；皇天后土，實聞此言！朕既闇昧，不知佞人是誰；可列其姓名，令朕知也。如聞庫狄干語王云："本欲取懦弱者爲主，無事立此長君，使其不可駕御。今但作十五日行，自可廢之，更立餘者。"如此議論，自是王間勳人，豈出佞臣之口。王若守誠不貳，晏然居北，在此雖有百萬之衆，終無圖彼之心。王脱信邪棄義，舉旗南指，縱無匹馬隻輪，猶欲奮空拳而鹿死。朕本寡德，王已立之，百姓無知，或謂實可。若爲他人所圖，則彰朕之惡；假令還爲王殺，幽辱虀粉，了無遺恨。何者？王既以德見推，以義見舉，一朝背德舍義，便是過有所歸。本望君臣一體，若合符契，不圖今日分疏到此。古語云："越人射我，笑而道之。吾兄射我，泣而道之。"朕既親王，情如兄弟，所以投筆拊膺，不覺歔欷。

不爲藻麗，亦不馳騁，而以怨到發憤怒，於委婉見氣勁，弓燥手柔，力雖不逮漢魏，格已高出齊梁，此固風會使然，抑亦地氣所致。梁使張皐寫子昇文筆，傳於江外。梁武稱之曰："曹植、陸機，復生北土，恨我辭人，數窮百六。"而濟陰王暉業嘗云："江右文人，宋有顔延之、謝靈運；梁有沈約、任昉。我子昇，足以陵顔轢謝，含任吐沈。"子昇每謂人曰："詩章易作，逋峭難爲。"辭致宏遠，獨步當時，與邢劭爲文士之冠；世論謂之温邢。

邢劭，字子才，河間人。雅有才思。然劭氣無奇類，文乏異采；獨《賀平石頭》一表，抑揚爽朗，小臻遒變，不如子昇也。魏收，字伯起，鉅鹿人。天才豔發，而年事在二人之後，子昇死後，亦稱邢魏焉。然子昇辭義貞剛，風氣河朔；邢魏文采贍麗，希慕江左。而二人者又異所好。邢劭規模沈約，魏收私淑任昉。及兩人互争名而相訾毁也，邢劭云："江南任昉，文體本疏。魏收非直模擬，亦大偷竊。"收聞，乃曰："伊常於沈約集中作賊，何意道我偷任。"任沈俱有重名，而邢魏好尚不同。黄門郎顔之推以二公意問僕射祖珽，珽答曰："見邢魏之臧否，即是任沈之優劣。"然任昉隸事精切，書記翩翩，全在點得明，應得響，而經以議論，緯以情性，所以不覺其鋪砌，但見其圓潤；而魏收則情性不真，議論不宏，點不明，應不響，所以不覺其茂典，但見其膚廓。沈約調圓語響，態有餘妍；邢劭則辭啞意常，文乏遺韻。邢之所以不如沈者，有章句而無姿致，所以妝點與妍媚攸異。魏之所以不如任者，有排比而無筋節，所以癡肥與雄贍不同。魏收名蓋齊代。文譽翔洽；然觀其文章，惟《魏書》諸序論佳耳，他未能稱。大抵氣欲壯而筆不遒，所以振不起；意欲發而辭不警，所以透不足也。侯景叛入梁，寇南境。齊文襄令收爲檄，五十餘紙，不日而就。又檄梁朝，令送侯景，初夜執筆，三更便了，文過七紙。文襄善之，顧謂人曰："在朝今有魏收，便是國之光采，雅俗文墨，通達縱横。我亦使子才、子昇，時有所作，至於辭氣，並不及之。"文宣面貶劭曰："爾空字子才，然才不及魏收！"及禪魏國，詔收撰《魏書》，成一百三十卷；其史三十五例，二十五序，九十四論，前後二表一啓，皆獨出於收；而序論辭氣鏗訇，出以反覆低昂，尤使人精神振發，興趣悠長也。惟時論不以爲允，謂"收祖宗姻戚，多被書録，飾以美言"，而有穢史之目。然尋《魏書・恩倖傳》首列王叡，其子椿即收之姑夫；而傳稱"魏撫兄子收，情同己子"，乃不以舊恩曲回史筆，直道如此；縱被書録，豈必美言。而互考諸書，參證所記，亦未甚遠於是非。婉而有章，繁而不蕪，志存實録；穢史之稱，無乃恩怨之辭乎？收歷事齊文襄、文宣、孝昭、武成諸帝，累官尚書右僕射，位特進；以文章顯，世稱大邢小魏；蓋收少邢劭十歲也。劭事文襄、文宣；累官太常卿，兼中書監，攝國子祭酒。劭與收雖并仕齊；然魏朝已有重名，蓋與温子昇驂駕先後云。

第三節　齊　顔之推

顔之推，字介，琅邪臨沂人也。九世祖含，從晉元東渡，官至侍中、右光禄、西平侯；世善《周官》《左氏》學。之推早傳家業，不好虚談，還習《禮》《傳》；而博覽羣書，無不該洽。事梁元帝爲散騎侍郎，江陵陷，入周，尋奔齊，累官黄門侍郎。齊亡，踵入周。自傷身歷三朝，撰《觀我生賦》，感慨廢興，亦如庾信之賦《哀江南》也。振筆直書，氣過其文，雕潤恨少，而粗樸入古。又述立身治家之法，成《顔氏家訓》二十篇；大抵辨析世故，闡明人情，而衷於古道，文以經訓，辭情典麗。録《文章篇》曰：

夫文章者，原出《五經》：詔命策檄，生於《書》者也；序述論議，生於《易》者也；歌詠賦頌，生於《詩》者也；祭祀哀誄，生於《禮》者也；書、奏、箴、銘，生於《春秋》者也。朝廷憲章，軍旅誓誥，敷顯仁義，發明功德，牧民建國，施用多途。至於陶冶性靈，從容諷諫，入其滋味，亦樂事也。行有餘力，則可習之。

然而自古文人，多陷輕薄；屈原露才揚己，顯暴君過，宋玉體貌容冶、見遇俳優，東方曼倩滑稽不雅，司馬長卿竊貲無操，王褒過章《僮約》，揚雄德敗《美新》，李陵降辱夷虜，劉歆反覆莽世，傅毅黨附權門，班固盜竊父史，趙元叔抗竦過度，馮敬通浮華擯壓，馬季長佞媚獲誚，蔡伯喈同惡受誅，吴質詆忤鄉里，曹植悖慢犯法，杜篤乞假無厭，路粹隘狹已甚，陳琳實號粗疏，繁欽性無檢格，劉楨屈强輸作，王粲率躁見嫌，孔融、禰衡誕傲致殞，楊修、丁廙扇動取斃，阮籍無禮敗俗，嵇康陵物凶終，傅玄忿鬬免官，孫楚矜誇陵上，陸機犯順履險，潘岳乾没取危，顔延年負氣摧黜，謝靈運空疏亂紀，王元長凶賊自貽，謝玄暉侮慢見及。凡此諸人，皆其翹秀者，不能悉紀，大較如此。至於帝王，亦或未免。自昔天子而有才華者，惟漢武、魏太祖、文帝、明帝、宋孝武帝，皆負世議，非懿德之君也。自子游、子夏、荀況、孟軻、枚乘、賈誼、蘇武、張衡、左思之儔，有盛名而免過患者，時復聞之，但其損敗居多耳。每嘗思之，原其所積：文章之體，標舉興會，發引性靈，使人矜伐；故忽於持操，果於進取。今世文士，此患彌切。一事愜當，一句清巧，神厲九霄，志凌千載，自吟自賞，不覺更有傍人。加以砂礫所傷，慘於矛戟；諷刺之禍，速乎風塵。深宜防慮，以保元吉。

凡爲文章，猶人乘騏驥，雖有逸氣，當以銜勒制之，勿使流亂軌躅，放意填坑岸也。文章當以理致爲心腎，氣調爲筋骨，事義爲皮膚，華麗爲冠冕。今世相承，趨末棄本，率多浮豔。辭與理競，辭勝而理伏；事與才爭，事繁而才損。放逸者流宕而忘歸，穿鑿者補綴而不足。時俗如此，安能獨違，但務去泰去甚耳。必有盛才重譽，改革體裁者，實吾所希。古人之文，宏才逸氣，體度風格，去今實遠。但緝綴疏朴，未爲密緻耳。今世音律諧靡，章句偶對，諱避精詳，賢於往昔者多矣。宜以古之製裁爲本，今之辭調爲末，并須兩存，不可偏棄也。

邢、魏爲文，咸以北人而希江左之麗；而之推論文，欲以古製而裁今調之豔；窺其論鋒，頗不慊於時製也。然古之製裁，今之辭調，猶云兩存，不欲偏棄；而有裁古製以革今調者，則自周蘇綽始。

第四節　周　蘇綽　宇文護

蘇綽，字令綽，武功人。少好學，博覽羣書。宇文泰輔魏，乃召爲行臺郎中，在官歲餘，諸曹疑事，皆詢於綽而後定。所行公文，綽又爲之條式，臺中咸稱其能。僕射周惠達稱其有王佐才。泰曰："吾聞之久矣。"尋除著作佐郎，遂留綽。至夜，問以政道，臥而聽之。綽既有口辯，於是指陳帝王之道，兼述申韓之要。泰乃起整衣危坐，不覺膝之前席，語遂達曙。詰朝，謂周惠達曰："蘇綽真奇士。吾方任之以政。"累授大行臺度支尚書，領著作，兼司農卿，參典機密。綽奏行六條詔書以勵守令，周詳委悉，仁人之言，起衰救弊，而端其本於先治心。泰方欲革易時政，務弘强國富民之道，故綽得盡其知能，反本修古，政典依仿《周官》，文章規橅《尚書》，而以有晉之季，文章競爲浮華；泰欲革其弊，因魏帝祭廟，羣臣畢至，乃命綽爲《大誥》以式多士，其辭曰：

惟中興十有一年仲夏，庶邦百辟，咸會於王庭。柱國泰洎羣公列將，罔不來朝。時迺大稽百憲，敷於庶邦，用綏我王度。皇帝若曰："昔堯命羲和，允釐百工。舜命九官，庶績咸熙。武丁命説，克號高宗。時休哉，朕其欽若。格爾有位，胥曁我太祖之庭。朕將丕命汝以厥官。"六月丁巳，皇帝朝格於太廟；凡厥具僚，罔不在位。皇帝若曰："咨我元輔、羣公、列將、百辟卿士、庶尹御事，朕惟寅敷祖宗之靈命，稽於先王之典，以大誥乎爾在位：昔我太祖神皇，肇膺明命，以創我皇基。列祖景宗，廓開四表，底定武功。曁乎文祖，誕敷文德。龔惟孝武，不實其舊。自時厥後，陵夷之弊，用興大難於彼東土，則我黎庶咸墜塗炭。惟台一人纘戎下武，夙夜祗畏，若涉大川，罔識攸濟；是用稽於帝典，揆於王度，拯我民瘼。惟彼哲王，示我通訓曰：'天生黎蒸，罔克自乂；上帝降鑒叡聖，植元后以乂之。時惟元后，弗克獨乂；博求明德，命百辟羣吏以佐之。肆天之命辟，辟之命官，惟以恤民，弗惟逸豫。'辟惟元首，庶黎惟趾，股肱惟弼，上下一體，各勤攸司，茲用克臻於皇極。故皇其彝訓曰：'后克艱厥后，臣克艱厥臣，政乃乂。'今台一人膺天之嘏，既陟元后，股肱百辟，乂服我國家之命，罔不咸守厥職。嗟！后弗艱厥后，臣弗艱厥臣，政於何弗斁？嗚呼艱哉！凡爾在位，其敬聽命。"

皇帝若曰："柱國，惟四海之不造，載繇二紀。我大祖、烈祖之命，用錫我以元輔。國家將墜，公惟棟梁；皇之弗極，公惟作相；百揆愆度，公惟大録；公其允文允武，克明克乂，迪七德，敷九功，龕暴除亂，下綏我蒼生，傍施於九正；若伊之在商，周之有吕，説之相丁，用保我無疆之祚！"皇帝若曰："羣公太宰、太尉、司徒、司空，惟公作朕鼎足，以弼乎朕躬。宰惟天官，克諧六職。尉惟司武，武在止戈。徒惟司衆，敬敷五教。空惟司土，利用厚生。惟時三事，若三階之在天。惟茲四輔，若四時之成歲。天工，人其代諸！"皇帝若曰："列將，汝惟鷹揚，作朕爪牙。寇賊奸宄，蠻夷猾夏，汝徂征。綏之以惠，董之以威。刑期無刑，萬邦咸寧，俾八表之内莫違朕命，時汝功。"皇帝若曰："庶邦列辟，汝惟守土作民父母。民惟不勝其饑，故先王重農；不勝其寒，故先王貴女工。民之不率於孝慈，則骨肉之恩薄；弗惇於禮讓，則爭奪之萌生。惟兹六物，實爲教本。嗚呼！爲上在寬；寬則人怠，齊之以禮；不剛不柔，稽極於道。”皇帝若曰：“卿士庶尹，凡百御事，王省惟歲，卿士惟月，庶尹惟日，御事惟時。歲月日時，罔易其度。百憲咸貞，庶績其凝。嗚呼！惟若王官，陶君萬國，若天之有斗，斟元氣，酌陰陽。弗失其和，蒼生永賴；悖其序，萬物以傷。時惟艱哉！”皇帝若曰：“惟天地之道，一陰一陽；禮俗之變，一文一質。爰自三五，以迄於兹，匪惟相革，惟其救弊。匪惟相襲，惟其可久。惟我有魏，承乎周之末流，接秦漢之遺弊，襲魏晉之華誕；五代澆風，因而未革；將以穆俗興化，庸可暨乎！嗟我公輔、庶僚、列辟，朕惟否德，其一朕心力，祗慎厥艱，克遵前王之丕顯休烈，弗敢怠荒。咨爾在位，亦叶於朕心；惇德允元，惟厥艱是務。克捐厥華，即厥實，背厥僞，崇厥誠。勿愆勿忘，一乎三代之彝典，歸於道德仁義，用保我祖宗之丕命。荷天之休，克綏我萬方，永康我黎庶。戒之哉，朕言不再。”

柱國泰洎庶僚百辟拜手稽首曰：“亶聰明作元后，元后作民父母。惟三五之王，率繇此道，用臻於刑措。自時厥後，歷千載未聞。惟帝念功，將及叔世，逖致於雍熙，庸錫降丕命於我羣臣。博哉王言，非言之難，行之實難。臣聞靡不有初，鮮克有終。《商書》曰：‘終始惟一，德乃日新。’惟帝敬厥始，慎厥終，以躋日新之德。則我羣臣，敢不夙夜對揚休哉！惟兹大誼，未光於四表，以邁種德；俾九域幽遐，咸昭奉元后之明訓，率遷於道，永膺無疆之休。”帝曰：“欽哉！”

自是之後，文筆皆依此體。新莽而還，點竄《堯典》、《舜典》字，摹誥範謨，此爲第二次矣。然新莽以經、誥之遲重，革七雄之縱横；而宇文以經誥之古樸，救六朝之浮豔；規模略同；而所救異也。於時王褒、庾信，南國麗人，棲遲周京；而世宗雅詞雲委，滕趙二王雕藻間發，咸築宫虚館，有如布衣之交。由是朝廷之人，閭閻之士，莫不忘味於遺韻，眩精於末光；而滕王之序庾信文，低昂往復，即似信筆。李昶之《答徐陵書》，婉轉抑揚，亦具陵體。濡染南藻，式縠似之。大抵北齊依仿任沈，而周宗仰徐庾。綽創制一代，乃欲以謨誥變儷偶，而效之者，惟一盧辯，可謂吾道不行。然則綽之師古，亦何補於矯枉哉。顧相其筆勢，如鎔鑄而成，佶屈聱牙，出之自然，而往復百折，惟骨勁而氣猛，固辭筆之鷙翰也。前之王莽，有其辭而無其氣；後之王通，得其理而遺其筆；神氣索莫，負聲無力，同一摹古，生死攸別矣。然而至情勝韻，自然英美，不得不推宇文護爲第一手，則又吞吐漢魏，固非憲章虞夏者也。

宇文護，字薩保，泰兄子也。方泰輔魏之日，諸子沖幼，遂委任焉；每歎曰："此子志度類我。"泰之薨也，屬以後事。護綱紀内外，撫循文武，於是諷魏帝行禪代之事。孝閔帝踐阼，拜大司馬，封晉國公，累拜大冢宰、太師、雍州牧。高祖即位，百官總己以聽焉。初護母閻姬及諸戚屬，并没在齊，被幽縶。護居宰相之後，每遣間使尋求，莫知音息；既而齊人許還朝，令人爲閻作書報護曰：

天地隔塞，子母異所，三十餘年，存亡斷絶。肝腸之痛，不能自勝。想汝悲思之懷，復何可處。吾自念十九入汝家，今已八十矣；既逢喪亂，備嘗艱阻，桓冀汝等長成，得見一日安樂。何期罪釁深重，存没分離。吾凡生汝輩三男三女，今日目下不覩一人；舆言及此，悲纏肌骨。賴皇齊恩恤，差安衰暮。又得汝楊氏姑及汝叔母紇干、汝嫂劉、新婦等同居，頗亦自適。但爲微有耳疾，大語方聞；行動飲食，幸無多恙。今大齊聖德遠被，特降鴻慈，既許歸吾於汝，又聽先致音耗，積稔長悲，豁然獲展。此乃仁侔造化，將何報德。

汝與吾别之時，年尚幼小，以前家事，或不委曲。昔在武川鎮，生汝兄弟，大者屬鼠，次者屬兔，汝身屬蛇。鮮于修禮起日，吾之闔家大小，先在博陵郡住，相將欲向左人城行。至唐河之北，被定州官軍打敗，汝祖及二叔時俱戰亡。汝叔母賀拔及兒元寶，汝叔母紇干及兒菩提，并吾與汝六人，同被擒捉，入定州城。未幾間將吾及汝送與元寶掌，賀拔、紇干，各别分散。寶掌見汝云："我識其祖翁，形狀相似。"時寶掌營在唐城内，經停三日，寶掌所掠得男夫婦女，可六七十人，悉送向京。吾時與汝同被送，限至定州城南，夜宿同鄉人姬庫根家。茹茹奴望見鮮于修禮營火，語吾云："我今走向本軍。"既至營，遂告吾輩在此。明旦日出，汝叔將兵邀截吾及汝等還得向營。汝時年十二，共吾并乘馬隨軍，可不記此事緣由也。於後，吾共汝在受陽住。時元寶、菩提及汝姑兒賀蘭盛洛并汝身四人同學。博士姓成，爲人嚴惡，淩汝四人，謀欲加害。吾共汝叔母等聞知，各捉其兒打之，惟盛洛無母，獨不被打。其後爾朱天柱亡歲，賀拔阿斗泥在關西遣人迎家累。時汝叔亦遣奴來富迎汝及盛洛等。汝時著緋綾袍，銀裝帶；盛洛著紫織成纈，通身袍黄綾裏，并乘騾同去。盛洛小於汝，汝等三人并呼吾作阿摩敦。如此之事，當分明記之耳。今又寄汝小時所著錦袍表一領至，宜檢看；知吾含悲戚，多歷年祀。

屬千載之運，逢大齊之德，矜老開恩，許得相見。一聞此言，死猶不朽。況如今者，勢必聚集，禽獸草木，母子相依。吾有何罪，與汝分離，今復何福，還望見汝。言此悲喜，死而更蘇。世間所有，求皆可得，母子異國，何處可求？假汝貴極王公，富過山海，有一老母，八十之年，飄然千里，死亡旦夕，不得一朝暫見，不得一日同處，寒不得汝衣，饑不得汝食，汝雖窮榮極盛，光耀世間，汝何用爲，於吾何益。吾今日之前，汝既不得申其供食，事往何論。今日以後，吾之殘命，惟繫於汝。爾戴天履地，中有鬼神，勿云冥昧而可欺負。汝楊氏姑今雖炎暑，猶能先發。關河阻遠，隔絶多年。書依常體，慮汝致惑，是以每存款質，兼亦載吾姓名，當識此理，不以爲怪。

護性至孝，得書，悲不自勝，左右莫能仰視；報書曰：

區宇分崩，遭遇災禍，違離膝下，三十五年。受形稟氣，皆知母子，誰同薩保，如此不孝。宿殃積戾，惟應賜鍾，豈悟網羅，上嬰慈母。但立身立行，不負一物，明神有識，宜見哀憐。而子爲公侯，母爲俘隸，熱不見母熱，寒不見母寒，衣不知有無，食不知饑飽，泯如天地之外，無由暫聞，晝夜悲號，繼之以血。分懷冤酷，終此一生，死若有知，冀奉見於泉下爾。不謂齊朝解網，惠以德音，摩敦、四姑，并許矜放。初聞此旨，魂爽飛越，號天叩地，不能自勝。四姑即蒙禮送，平安入境，以今月十八日，於河東拜見，遙奉顏色，崩動肝腸。但離絶多年，存亡阻隔，相見之始，口未忍言。惟敘齊朝寬弘，每存大德，云與摩敦，雖處宫禁，常蒙優禮。今者來鄴，思遇彌隆；矜哀聽許摩敦垂敕，曲盡悲酷，備述家事。伏讀未周，五情屠割。

書中所道，無事敢忘。摩敦年尊，又加憂苦，常謂寢膳貶損，或多遺漏；伏奉論述，次第分明，一則以悲，一則以喜。當鄉里破敗之日，薩保年已十餘歲，鄰曲舊事，猶自記憶。況家門禍難，親戚流離，奉辭時節，先後慈訓，刻肌刻骨，常纏心腑。天長喪亂，四海横流。太祖乘時，齊朝撫運，兩河三輔，各值神機，原其事跡，非相負背。太祖升遐，未定天保，薩保屬當猶子之長，親受顧命。雖身居重任，職當憂責，至於歲時稱慶，子孫在庭，顧視悲摧，心情斷絶。胡顔履戴，負愧神明。霈然之恩，既以霑洽，愛敬之至，施及旁人。草木有心，禽魚感澤，況在人倫，而不銘戴。有家有國，信義爲本，伏度來期，已應有日。一得奉見慈顔，永畢生願，生死肉骨，豈過今恩。負山戴岳，未足勝荷。二國分隔，理無書信。主上以彼朝不絶子母之恩，亦賜許奉答。不期今日，得通家問。伏紙嗚咽，言不宣心。蒙寄薩保别時所留錦袍表，年歲雖久，宛然猶識，抱此悲泣。至於拜見，事歸忍死，知復何心。

一味情真，字字滴淚，而精神愷惻，爲北朝第一篇文字，足與李密《陳情表》并垂千古。然李表全以質意勝，却正於質處具風度；宇文亦以質意勝，則轉於質處見遒變；一則意儘迫切，而辭則優游緩節；一則筆極緊健，而意則歷亂多端；李表之氣舒，宇文之情激。而閻姬先報一書，不知何人代筆，家常絮語，的是老嫗口吻；然以絮碎出神雋，以懇惻發岸異；雖不如護之遒練，然篇碎而神完，語絮而情切，蓋脱胎《史記·外戚世家》叙竇皇后弟竇廣國一段文字者乎？足與護書稱珠聯璧合矣。其時人之論文體者有古今之異，而河東柳虯以爲時有古今，非文有古今，爲《文質論》，文佚不見。

第五節　隋　李諤　王通

李諤字士恢，趙郡人也。博學解屬文，事隋文帝，累遷治書侍御史。諤以時文體尚輕薄，文帝革之而未能，因上書論正文體曰：

臣聞古先哲王之化民也，必變其視聽，防其嗜欲，塞其邪放之心，示以淳和之路。五教六行，爲訓民之本；《詩》《書》《禮》《易》，爲道義之門；故能家復孝慈，人知禮讓，正俗調風，莫大於此。其有上書獻賦，制誄鐫銘，皆以褒德序賢，明勳證理，苟非懲勸，義不徒然。降及後代，風教漸落。魏之三祖，更尚文詞，忽君臣之大道，好雕蟲之小藝。下之從上，有同影響，競騁文華，遂成風俗。江左齊梁，其弊彌甚。貴賤賢愚，惟矜吟詠，遂復遺理存異，尋虛逐微，競一韻之奇，争一字之巧。連篇累牘，不出月露之形；積案盈箱，惟是風雲之狀。世俗以此相高，朝廷據茲擢士。禄利之路既開，愛尚之情愈篤；於是閭里童昏，貴遊總丱，未窺六甲，先製五言。至如羲皇舜禹之典，伊傅周孔之説，不復關心，何嘗入耳。以傲誕爲清虛，以緣情爲勳績，指儒素爲古拙，用詞賦爲君子；故文筆日繁，其政日亂。良由棄大聖之軌模，構無用以爲用也。損本逐末，流遍華壤；遞相師祖，久而愈扇。

及大隋受命，聖道聿興，屏黜輕浮，遏止華僞。自非懷經抱質，志道依仁，不得引領搢紳，參厠纓冕。開皇四年，普詔天下公私文翰，并宜實録。其年九月，泗州刺史司馬幼之文表華艷，付所司治罪。自是公卿大臣，咸知正路，莫不鑽仰墳索，棄絶華綺，擇先王之令典，行大道於茲世。如聞外州遠縣，仍踵弊風，選吏舉人，未遵典則。至有宗黨稱孝，鄉曲歸仁，學必典謨，交不苟合；則擯落私門，不加收齒。其學不稽古，逐俗隨時，作輕薄之篇章，結朋黨而求譽；則選充吏職，舉送天朝，蓋縣令刺史，未行風教，猶挾私情，不存公道。臣既忝憲司，職當糾察；若聞風即劾，恐掛網者多。請勒諸司普加搜訪，有如此者，具狀送臺。

雖志存於典謨，而詞不離於偶對；碌碌麗詞，不免風氣所囿乎。文帝以諤所奏頒示天下，四海靡然嚮風，深革其弊。是時王通講學河汾之間，門人自遠而至，號文中子，乃續《詩》、《書》，論《禮》、《樂》，依《春秋》而修《元經》，籀《易》義而有贊《易》，述作多依經典，其言純於儒術。方舉世溺於華采，而通之作周情孔思。蘇綽爲文依仿《尚書》，而通則於六經無所不仿，無所不似。通之於隋，如揚雄之於新焉。惟雄之文奥麗，而通之辭易良。雄撰《法言》，而通有《中説》，即以擬《論語》者也。其論文曰："吾師也，辭達而已矣。"或問揚雄張衡，曰："古之振奇人也。其思苦，其言艱。"謂"荀悦史乎史乎，陸機文乎文乎，皆思過半矣"。子謂："文士之行可見。謝靈運小人哉，其文傲；君子則謹。沈休文小人哉，其文冶；君子則典。鮑照、江淹，古之狷者也，其文急以怨。吴筠、孔珪，古之狂者也，其文怪以怒。謝莊、王融，古之纖人也，其文碎。徐陵、庾信，古之夸人也，其文誕。"或問孝綽兄弟。子曰："鄙人也，其文淫。"或問湘東王兄弟。子曰："貪人也，其文繁。謝脁，淺人也，其文捷。江總，詭人也；其文虚。皆古之不利人也。”子謂：“顔延之、王儉、任昉，有君子之心焉；其文約以則。”房玄齡問史。子曰：“古之史也辯道，今之史也耀文。”子曰：“古之文也約以達，今之文也繁以塞。”掎摭利病，歸於典則，明其義曰辯道，挈其要曰辭達。經誥之旨，於是復振；而復古之運，積久漸熟焉。然而文章未能遒變也。通字仲淹。仁壽三年，通冠矣；慨然有濟蒼生之心。西遊長安，見隋文帝。帝坐太極殿，召見；因奏太平十二策，其大要歸於尊王道，推霸略。文帝大悦曰：“天以生賜朕也。”既而通覩禍難未已，吾謀不用；遂歸隱不仕云。

隋之文章，牛弘雅步儒服，氣度舂容；楊素深文峻筆，自然英遒；一代大手筆，而皆不脱儷偶。楊素《謝煬帝手詔問勞表》，有曰：“陛下拔臣於凡流，授臣以戎律。蒙心膂之寄，稟平亂之規。蕭王赤心，人皆以死；漢祖大度，天下知歸。妖寇廓清，豈臣之力。”辭筆撝謙，而顧盼岸異。至牛弘奏言雅樂定，其中謂：“永嘉之後，九服崩離。燕石苻姚，遞據華土。此其戎乎，何必伊川之上；吾其左衽，無復微管之功。”開閤動宕，已開宋四六之蹊徑矣。

詩則北朝齊周沾濡齊梁之綺豔，未能拔戟自成一隊。隋煬帝焯有氣調，稍救齊梁之靡；而楊素、孫萬壽、王胄、胡師耽諸人出，沈鬱頓挫，雖不脱排比之格，而託體高渾，一變纖靡，爲盛唐風格之濫觴焉。

第四編　近古文學上

第一章　發凡

第二章　唐

第一章　發凡

由唐至元，文章遷變，昭然可徵者，約有三焉。

唐之興也，文章承江左遺風，陷於雕章繪句之敝。貞元、元和之際，韓愈、柳宗元出，倡爲先秦之古文；一時才傑如李觀、李翱、皇甫湜等應之，遂能破駢儷而爲散體，洗塗澤而崇質素，上踵孟、荀、馬、班，下啓歐、蘇、曾、王，蓋古文之名始此。古文者，韓愈厭棄六朝駢儷之文，而返之於六經兩漢，從而名焉者也。而其所以爲變，由文體駢散之不同。方駢體大盛之世，劉宋范曄增損東漢一代，成《後漢書》，自謂無慚良直。而編字不隻，捶句必雙，修短取均，奇偶相配；故應以一言蔽之者，輒足爲二言；應以三句成文者，必分爲四句；瀰漫緟沓，不知所裁。初唐襲南朝之餘，《晉書》作者，并擅雕飾，遠棄史班，近宗徐庾。夫以琢彼輕薄之句，編爲史籍之文；無異加粉黛於壯夫，服綺紈於高士；劉知幾著譏于《史通》，非虐謔也。及古文之既興，而韓愈則以文爲詩。至蘇軾益大放厥詞，別開生面；天生一枝健筆，有必達之隱，無難顯之情。其門下客有江西黄庭堅者，得其疏宕豪俊之致，而益出之以奇崛，遂開江西詩派。詩勢之成傾瀉，亦由文體之已解散。六朝之駢文，一變而爲唐宋之古文，又一轉而爲宋元之語録及平話小説，文之破整爲散則然也。唐之律詩絶句，一變而爲宋之詞，又一轉而爲元之劇曲，詩之破整爲散則然也。詩有六義，其二曰賦。賦者鋪也，鋪采摛文，體物寫志，濫觴於詩人，而拓宇於文境者也。然而駢體之盛，不嫌賦媲於詩；及其古文之興，則又賦同於文。試觀徐、庾諸賦，多類詩句；而王勃《春思賦》，則直七字之長歌耳。此駢體之盛，賦媲於詩也。若歐陽修之《秋聲賦》，蘇軾之前、後《赤壁賦》，則又體勢略同於散文；蓋宋襲韓柳之古文而歸於質，重散之世也。由駢趨散，由華反質，其遷變者一也。

六朝之文，託風采，散鬱陶；惟須綺縠紛披，宫徵靡曼，脣吻翕會，性靈揺蕩，其文主於抒情，其義歸乎翰藻，楚豔漢侈，一往不返。迄於唐代，韓愈以《原道》倡爲古文，由情入理，行之乎仁義之途，遊之乎詩書之源。或問爲文宜何師？必謹對曰："宜師古聖賢人。"曰："古聖賢人所爲書具存，辭皆不同；宜何師?"必謹對曰："師其意，不師其辭。"又問曰："文宜易宜難?"必謹對曰："無難易，惟其是爾。"而李翱更以創義造言不相師闡發師説。正義明道，排斥佛老。歐曾繼之，以文載道。而程朱諸儒變本加厲，明心見性，出入儒釋，極力以求道體之所在，而不屑屑於文；以爲徒雕琢其辭，亦末乎云爾。於是真德秀輯録《文章正宗》以模楷斯文，理在則然。蓋以立意爲宗，而義不歸於翰藻者也。詩則漢魏以前，五言簡古，不過寫景抒情，一切細事猥語，皆著不得。即李白詩酒軼蕩，懷奇負氣，亦不屑意世故。獨杜甫抒所欲言，雜以叙事，緯以議論，意到筆隨，以盡天下之情事，逢原而泛應，而歸之忠君愛國。至蘇軾妙善玄言，濟以曠世之逸氣高情，驅駕萬象，往復卷舒，一如意中所欲出，而屬詞比事，翻空易奇。及邵雍《擊壤集》出，語不嫌俚，境務造悟，而以後元明之講學家言詩者宗焉。獨朱熹深於古詩，其效漢魏，至字字句句，平側高下，亦相依仿；而命意託興，必以經史事理，播之吟詠；豈徒苟爲彬彬琅琅而已，仍是文以載道之旨。由情入理，由奥趨顯，其遷變者二也。

六朝之文，義歸翰藻，而辭尚焉，以聲色相矜，以藻繪相飾。及韓愈古文之以單行易排偶，由奥趨顯，由簡入繁，由駢儷相偶之詞，易爲長短相生之體；而所以充其體，運其詞者，則有養氣之説焉。其説曰："氣，水也；言，浮物也；水大而物之浮者大小畢浮。氣之與言猶是也。氣盛，則言之短長與聲之高下者皆宜。"世稱韓潮蘇海，亦狀其氣之盛，辭之沛爾。蘇轍導揚其指，以爲："文者氣之所形；然文不可以學而能，氣可以養而致。孟子曰：'我善養吾浩然之氣。'今觀其文章，寬厚宏博，充乎天地之間，稱其氣之小大。太史公行天下，周覽四海名山大川，與燕趙間豪俊交遊，故其文疏蕩頗有奇氣。此二子者，豈嘗執筆學爲如此之文哉？其氣充乎其中而溢乎其貌，動乎其言而見乎其文，而不自知也。"萬言上書，數見不鮮；尚氣縱横，下筆纚纚不能自休。秦漢之文，辭簡理足，風氣未開；後世文明日進，理欲其顯，故格變而平；事繁於昔，故語演而長；此亦天演自然之理。詩則杜甫，唐稱詩聖，運古於律，縱横揮斥，仗氣愛奇，動多振絶；而五七言古之宏傑奔放，尤所不論。宋賢繼之，才氣所溢，遂成傾瀉。詞之興也，本稱詩餘，以悠揚婉麗爲宗；而蘇軾一洗綺羅薌澤之態，擺脱綢繆婉轉之度，使人高瞻遠矚，舉首高歌，逸懷浩氣，超乎塵埃之表，或以其音律小不諧，自是横放傑出，曲子内縛不住者；比之詩家之有韓愈，遂開南宋辛棄疾一派。棄疾才氣俊邁，好爲豪壯語，即法蘇軾，爲南宋詞家大宗。由辭尚氣，由斂趨肆，其遷變者三也。

雖然，近古文學之破整爲散，由斂趨肆；特爲社會士夫言之耳，要非所論於朝廷功令。唐以詩賦取士，宋元以經義取士，皆儷體也，遂爲近代取士模楷。然則近古而後，社會士夫，即厭儷體之極敝，而救之以散行；而朝廷功令，方挽儷體之末運，而欣之以禄利。顧禄利既得，則又遁而之他，酣嬉顛倒而不厭；朝廷之禄利，豈足以易士夫之好尚？不可不察也。

第二章　唐

第一節　發凡

唐有天下三百年，文章無慮三變：高祖太宗大難始夷，沿江左餘風，絺句繪章，揣合低昂，而王勃、楊炯爲之俊。玄宗好經術，羣臣稍厭雕琢，索理政，崇雅黜浮；蘇頲、張説，波瀾漸暢，而駢儷猶存。篤意真古，則元結、獨孤及開其端。是時唐興已百年，諸儒争自名家。大曆、貞元間，才美輩出，擩嚌道真，涵泳聖涯；於是韓愈以古文爲天下倡；柳宗元、李翱、皇甫湜和之；經、誥之指歸，遷、雄之體格，自以爲文起八代之衰，非三代、兩漢之書不敢觀，抵轢晉魏，上軋漢周。然惟愈爲之沛然若有餘。而裴度與李翱書，遽詆愈"以文爲戲"。度則與段文昌、白居易、令狐楚之倫，好整以暇，依然排偶。而楚才思俊麗，尤工爲章奏；遂以其道傳李商隱，始有四六之名，爲儷文之極靡矣，此實唐文之正統。而如愈之肆而不制，近於草野，則所以求辭體之解放，而爲文學之革新者爾。

然唐代文學，最盛者莫如詩；由靡而健，積健爲雄，有初、盛、中、晚之分。大抵高祖武德元年以後百年間，謂之初唐。玄宗開元元年以後五十年間，謂之盛唐。代宗大曆元年以後八十年間，謂之中唐。宣宗大中元年以後，至於唐亡，謂之晚唐。初唐詩人，王勃、楊炯、沈佺期、宋之問承陳隋之後，風氣漸轉，而骨格未完。齊梁濃豔，尚有沾濡；排比之跡，蓋益精整。而陳子昂特起於王、楊、沈、宋之間，始以高雅冲淡之音，奪魏晉之風骨，變齊梁之俳優，力追古意；後代因之，古體之名以立。杜審言、張説、張九齡亦各全渾厚之氣，於音節疏暢之中；而張説辭彩精拔，跌宕昭彰，獨超衆類，尤開盛唐之具體。盛唐益臻雄變。儲光羲、王維、孟浩然之清逸，王昌齡、高適之閑遠，常建、岑參、李頎之秀拔，李白之豪俊，元結之奥卓，咸殊絶寡倫。而杜甫獨以渾雄高古，創開風氣，夾叙夾議，可以爲史傳，可以爲奏議，稱盛唐之宗焉。中唐乃矜琢鍊。大曆諸賢，劉長卿以古樸開宗；錢起、韋應物以秀雋擅勝。迄於元和，則有韓愈之雄怪，白居易之暢易，孟郊、賈島之瘦鍊，李賀之詭麗，尤稱一時之傑也。晚唐體返雕鏤，獨杜牧欲以高華追老杜。而温庭筠、李商隱，綺靡自喜，開宋初西崑酬唱之體；司空圖、方干，清迥獨拔，亦西江清新之所自昉；斯皆晚唐之勝矣。晚唐詩單辭片語，一聯數句之間，不乏精制；然格局未完，而雕鏤愈工，真氣彌傷，此所以不如中盛唐也。

詞稱詩餘，相傳創於李白，而盛於晚唐五代。顧相傳李白之詞，聲情悲壯，豈同靡靡之音。晚唐五代，惟以婉麗相高，風骨亦少隤矣；所謂亡國之音哀以思者乎。然而晚唐五代之詩，不及其詞。詩極盛難爲繼，詞草創易爲妍也，固亦有其美焉。

第二節　唐太宗附虞世南　魏徵附馬周　王績

唐太宗李世民智勇橫絶，好文學。高祖世封秦王，加號天策上將，陝東道大行臺，開文學館，有友于志寧，記室參軍事房玄齡、虞世南，兵曹杜如晦，參軍事薛玄敬、蔡允恭，主簿薛收、李道玄，文學姚思廉、褚亮，軍諮祭酒蘇世長，倉曹李守素，參軍事顔相時，及陸德明、孔穎達、許敬宗、蓋文達、蘇勖等，號十八學士。既即位，殿左置弘文館，悉引學士更番直宿；聽朝之閒，則與討論典籍，雜以文詠。操筆成章，體沿六代而出以和雅。所作如《臨層臺賦》、《感舊賦》、《建玉華宫手詔》、《述聖賦序》，文温以麗，意悲而遠，華而不縟，雄而不矜，逶迤而不靡。其他詔令如《備北寇詔》、《諭崇篤實詔》、《爲戰陣處立寺詔》、《答虞世南上聖德論手詔》、《薦舉賢能詔》、《答魏徵手詔》、《親征高麗手詔》、《追贈殷太師比干謚詔》、《答有司請忌日仍理軍務詔》、《克高麗遼東城詔》、《克高麗白巖城詔》、《破高麗賜酺詔》、《征遼還宴賜父老詔》、《存問并州父老璽書》、《帝範後序》，茂美淵懿而出以沉詳整肅；訓詞深厚，而指事曲以盡，述意深而婉；澤以比興，斯詞不迫切；資以故籍，故言爲典章也。詩則調采葱菁，舉體華美，而又不同梁陳之輕豔；其源蓋出於陸機。録詩二篇：

經破薛舉戰地

昔年懷壯氣，提戈初仗節。心隨朗日高，志與秋霜潔。移鋒驚電起，轉戰長河決。營碎落星沉，陣卷横雲裂。一揮氛沴静，再舉鯨鯢滅。於兹俯舊原，屬目駐華軒。沈沙無故跡，減竈有殘痕。浪霞穿水净，峯霧抱蓮昏。世途亟流易，人事殊今昔。長想眺前蹤，撫躬聊自適。

秋日

菊散金風起，荷疏玉露圓。將秋數行雁，離夏幾林蟬。雲凝愁半嶺，霞碎纈高天。還似成都望，直見峨眉前。

渾脱瀏亮，麗而不滯，密而能壯。其他如《過舊宅之新豐停翠輦》、《還陝述懷》、《於北平作》、《望終南山》、《初秋夜坐》諸詩，大都稱是。《帝京篇》十首，鋪張揚厲，而引之於節儉，洋洋清綺，盛世德音。摘句如《重幸武功》云："孤嶼含霜白，遥山帶日紅。"《出獵》云："寒野霜氛白，平原燒火紅。"絢爛。《賦得夏首啓節》云："早荷向心卷，長楊就影舒。"幽秀。詩筆草隸，卓越前古。唐三百年風雅之盛，帝實啓之。帝謂侍臣曰："朕戲作豔詩。"虞世南便諫曰："聖作雖工，體製非雅；上之所好，下必隨之；此文一行，恐致風靡。而今而後，請不奉詔。"帝曰："卿誠懇若此，朕用嘉之。"乃賜絹五十疋。

虞世南爲十八學士中文章第一；自少篤志勤學，善屬文，常祖述徐陵。陵亦言世南得己之意。又同郡沙門智永善王羲之書；世南師焉，妙得其體，於是聲名藉甚。入唐，爲秦府記室。及帝踐祚，歷宏文館學士、祕書監。帝稱其德行、忠直、博學、文詞、書翰爲五絶。其爲詩多擬古之作，如《從軍行》、《擬飲馬長城窟》、《出塞》、《結客少年場行》、《中婦織流黄》、《飛來雙白鵠》等篇，調采葱菁，辭意倜儻。録《結客少年場行》，辭曰：

> 韓魏多奇節，倜儻遺聲利；共矜然諾心，各負縱横志。結交一言重，相期千里至。緑沉明月弦，金絡浮雲轡。吹簫入吴市，擊筑游燕肆。尋源博望侯，結客遠相求。少年懷一顧，長驅背隴頭。焰焰戈霜動，耿耿劍虹浮。天山冬夏雪，交河南北流。雲起龍沙暗，木落雁門秋。輕生殉知己，非是爲身謀。

才高詞贍，以鋪叙出頓挫，其源出陸機，與太宗格調略同，而倜儻過之。文亦儷體結篇，不蹈困躓，如《獅子賦》、《孔子廟堂碑》，不爲徐庾之靡麗，亦異揚班之博奥；而特以鬆秀輕爽，開宋四六一派；然機利太過，轉不如詩之沈厚有鬱意也。太宗詩文，綺麗之習未湔；世南雖諫諍豔詩，而風調無改。臣工賡和，其流益靡；而長孫無忌之《新曲》，李義府之《堂堂詞》，音節靡靡，殆有甚焉。

魏徵氣有奇類，不逐時趨；其詩之傳者，有《賦西漢》、《暮秋言懷》、《述懷》、《奉和正日臨朝應詔》四首；而《述懷》一首，意尤駿爽，文明以健，骨遒而響圓，負聲有力，高亮入古。其辭曰：

> 中原還逐鹿，投筆事戎軒，縱横計不就，慷慨志猶存。仗策謁天子，驅馬出關門，請纓繫南越，憑軾下東藩。鬱紆陟高岫，出没望平原。古木鳴寒鳥，空山啼夜猿。既傷千里目，還驚九折魂。豈不憚艱險，深懷國士恩。季布無二諾，侯嬴重一言。人生感意氣，功名復誰論！

氣骨奇高，一變六朝綺豔之習，而出以安雅，不爲馳騁，盛唐風格，發源於此。其云“縱横計不就，慷慨志猶存”；夫子自道，足概生平。徵，字玄成，鉅鹿曲城人；少孤貧落拓，有大志，不事生業，出家爲道士。好讀書，多所通涉，見天下漸亂，尤屬意縱横之説。李密以魏公起兵，徵典書記，干以十策，密雖奇之而不能用。及密爲王世充所敗，徵隨密降唐，至京師，久不見知，自請安輯山東，乃授秘書丞。驅傳出關，此《述懷》一詩之所爲作也。時徐世勣尚爲密守黎陽，擁衆不下。徵與以書曰：

> 自隋末亂離，羣雄競逐，跨州連郡，不可勝數。魏公起自叛徒，

> 奮臂大呼，四方響應，萬里風馳，雲合霧聚，衆數十萬。威之所被，將半天下。破世充於洛口，摧化及於黎山，方欲西踏咸陽，北凌玄闕，揚旌瀚海，飲馬渭川。翻以百勝之威，敗於奔亡之虜。固知神器之重，自有所歸，不可以力爭。是以魏公思皇天之乃眷，入函谷而不疑。公生於擾攘之時，感知己之遇，根本已拔，確乎不動，鳩合遺散，據守一隅。世充以乘勝餘勇，息其東略；建德因侮亡之勢，不敢南叛。公之英聲，足以振於今古。然誰無善始，終之慮難。去就之機，安危大節。若策名得地，則九族蔭其餘輝；委質非人，則一身不能自保。殷鑒不遠，公所聞見。孟賁猶豫，童子先之。知幾其神，不俟終日。今公處必爭之地，乘宜速之機，更事遲疑，坐觀成敗，恐凶狡之輩，先人生心，則公之事去矣。

世勣乃定計歸唐，則徵之説也。隱太子聞其名，引直洗馬。徵見太宗勳業日隆，勸早爲之計。及太子敗死，太宗召徵，謂曰："汝離間我兄弟，何也?"徵曰："太子若從徵言，必無今日。"太宗壯之，引爲詹事主簿。及踐祚，累拜特進，知門下省事，封鄭國公。徵雅有經國之才，性又抗直，無所屈撓。太宗與之言，未嘗不欣然接受；每曰："人言魏徵舉動疏慢，我但覺嫵媚。"徵亦感激知己，知無不言。而太宗之作飛山宫也，徵以爲不可，乃上疏曰：

> 臣觀自古受圖膺運，繼體守文，控御英傑，南面臨下，皆欲配厚德於天地，齊高明於日月，本枝百代，傳祚無窮。然而克終者鮮，敗亡相繼，其故何哉? 所以求之失其道也。殷鑒不遠，可得而言。昔在有隋，統一寰宇，甲兵强盛，四十餘年，風行萬里，感動殊俗。一旦舉而棄之，盡爲他人之有。彼煬帝豈惡天下之治安，不欲社稷之長久，故行桀虐以就滅亡哉? 恃其富强，不虞後患。驅天下以從欲，罄萬物以自奉；采域中之子女，求遠方之奇異。宫宇是飾，臺榭是崇，徭役無時，干戈不戢。外示威重，内多險忌，讒邪者必受其福，忠正者莫保其生。上下相蒙，君臣道隔，人不堪命，率土分崩。遂以四海之尊，殞於匹夫之手；子孫殄滅，爲天下笑。深可痛哉!
>
> 聖哲乘機，拯其危溺，八柱傾而復正，四維絶而更張；遠肅邇安，不逾於期月，勝殘去殺，無待於百年。今宫觀臺榭，盡居之

矣；奇珍異物，盡收之矣；姬姜淑媛，盡侍於側矣；四海九州，盡爲臣妾矣。若能鑒彼之所以亡，念我之所以得，日慎一日，雖休勿休。焚鹿臺之寶衣，毁阿房之廣殿，懼危亡於峻宇，思安處於卑宫，則神化潛通，無爲而理，德之上也。若成功不毁，即仍其舊，除其不急，損之又損，雜茅茨於桂棟，參玉砌以土階。悦以使人，不竭其力，常念居之者逸，作之者勞；億兆悦以子來，羣生仰而遂性，德之次也。若惟聖罔念，不慎厥終，忘締構之艱難，謂天命之可恃；忽采椽之恭儉，追雕牆之侈靡，因其基以廣之，因其舊而飾之，觸類而長，不思止足，人不見德，而勞役是聞，斯爲下矣。譬之負薪救火，揚湯止沸，以亂易亂，與亂同道，莫可則也，後嗣何觀。夫事無可觀，則人怨神怒。人怨神怒，則災害必下，而禍亂必作；禍亂既作，而能以身名令終者鮮矣。順天革命之后，將隆七百之祚，貽厥孫謀，傳之萬世，難得易失，可不念哉！

議論證據今古，獨深切喜往復，而以儷偶出縱横，辭意鏗訇，饒有西漢賈生《過秦》，賈山《至言》之風焉。其他如《論時政第二疏》、《爲李密檄滎陽守郇王慶文》，儘有儷辭；而鏗訇之氣，感慨之意，騰躍篇章；蓋戰國蘇張之枝流，而非南朝徐庾之嗣響也。當時茌平馬周，亦工書疏；以爲中郎將常何草奏陳便宜；太宗賞異，授監察御史，累進中書令；而有機辨，能敷奏。中書侍郎岑文本稱其如蘇張終賈，謂“援引事類，揚搉古今，聽之靡靡，令人忘倦”。觀周《上太宗疏》、《陳時政疏》，軒豁洞爽，特以訐直出嫵媚，與魏徵同一機杼；惟周則辞益坦迤，而魏徵不免雕藻耳！古文之作，此其先路也。徵以李密舊臣，顯仕於唐；而其爲《唐故邢國公李密墓志銘》也，歌詠功德，不加貶絶；匪惟推崇故主，抑亦深見卓識！昔太史公爲《項羽本紀》，以“非戰之罪，天也”爲一篇結穴；既以天命攸歸致頌漢高；又以“非戰之罪”斡旋項王；兩不相礙，語妙天下。而徵此志，暗襲其意，特爲儷體，抒以盛藻，抑揚爽朗，健筆凌雲，殊曠代之高手矣。

魏徵詩文，雖富有才氣，而未脱縟麗。惟絳州王績，詞義疏曠，文體省静，其源一出陶淵明；力湔南朝俳偶縟膚之習，庶幾所謂篤意真古者。績，字無功，王通之弟；而天性真率，不隨通聚徒講學，獻策干進。隋末，授祕書省正字，出爲六合丞。嗜酒不任事。入唐，以前官待詔門下省。時太樂署史焦革家善釀，績求爲丞。革死，棄官歸東皋，著書；傳有《東皋子集》三卷。其中《醉鄉記》，爲韓愈、蘇軾所誦説，而遒宕爲一集之冠。辭曰：

醉之鄉，去中國不知幾千里也。其土曠然無涯，無丘陵阪險。其氣和平一揆，無晦明寒暑。其俗大同，無邑居聚落。其人甚精，無愛憎喜怒。吸風飲露，不食五穀。其寢于于，其行徐徐，與鳥獸魚鼈雜處，不知有舟車器械之用。昔者黄帝氏嘗獲游其都，歸而杳然喪其天下，以爲結繩之政已薄矣。降及堯舜，作爲千鍾百壺之獻，因姑射神人以假道，蓋至其邊鄙，終身太平。禹湯立法，禮繁樂雜，數十代與醉鄉隔。其臣羲和，棄甲子而逃，冀臻其鄉，失路而道夭，故天下遂不寧。至乎末孫桀紂，怒而升其糟丘，階級千仞，南向而望，卒不見醉鄉。武王得志於世，乃命公旦立酒人氏之職，典司五齊，拓土七千里，僅與醉鄉達焉。三十年，刑措不用。下逮幽厲，迄乎秦漢，中國喪亂，遂與醉鄉絶。而臣下之愛道者，往往竊至焉。阮嗣宗、陶淵明等十數人，并游於醉鄉，没身不返，死葬其壤，中國以爲酒仙云。嗟乎！醉鄉氏之俗，豈古華胥氏之國乎，何其淳寂也如是。余將游焉，故爲之記。

亦陶淵明《桃花源記》之流也。其他如《游北山賦》，仿《歸去來辭》，而少傷冗絮。然如《答馮子華處士書》、《答陳道士書》、《答刺史杜之松書》，辭興婉愜，風華清靡。《無心子傳》、《負苓者傳》、《五斗先生傳》、《自撰墓誌銘》，理趣淵永，神志湛然。《荆軻刺秦王贊》、《祭關龍逄文》、《登箕山祭巢許文》，感慨傷懷，獨有激響。詩則綽有風力，無礙儷體；《郊望》一首，最傳人口。辭曰：

東皋薄暮望，徙倚欲何依。樹樹皆秋色，山山惟落暉。牧童驅犢返，獵馬帶禽歸。相顧無相識，長歌懷采薇。

五律遂已具體，難在使筆如舌，絶不拘於偶對。而古意六首，則又陳子昂、張九齡《感遇》之先導也。録其二首。辭曰：

松生北巖下，由來人徑絶。布葉捎雲煙，插根擁巖穴。自言生得地，獨負凌雲潔。何曾畏斤斧，幾度經霜雪。風驚西北枝，雹隕東南節。不知歲月久，稍覺枝幹折，藤蘿上下碎，枝幹縱横裂；行當糜爛盡，坐共灰塵滅。寧關匠石顧，豈爲王孫折。盛衰自有時，聖賢未嘗屑。寄言悠悠者，無爲嗟大耋。

桂樹何蒼蒼，秋來花更芳。自言歲寒性，不知露與霜。幽人重其德，徙植臨前堂。連蜷八九樹，偃蹇二三行。枝枝自相糾，葉葉還相當。去來雙鴻鵠，棲息兩鴛鴦。榮蔭誠不厚，斤斧亦勿傷。赤心許君時，此意那可忘。

格能遒健，境造古澹，而後南朝之脂紛塗澤，始一變以清迥焉。大抵績之文，有陶淵明之蕭閒曠逸，而遜其抑揚爽朗；詩則同陶淵明之跌宕昭彰，而異在綺練華整，此其較也。

第三節　王勃　楊炯　盧照鄰　駱賓王

王勃與楊炯、盧照鄰、駱賓王四人，號初唐四傑。承江左之風流，會六朝之華采，屬辭綺錯，可以代表初唐之體格，而勃爲之冠。

王勃，字子安，王通之孫也。六歲，善文辭。九歲，得顔師古注《漢書》讀之，作指瑕以摘其失。高宗之世，右相劉祥道巡行關内，勃上書自陳曰：

蓋聞聖人以四海爲家，英宰與千齡合契。用能不行而至，春霆仗天地之威；以息相推，時雨鬱山川之兆。故有玄蛟晚集，憑鶴鼎而先鳴；蒼兕晨驚，運龍韜而首出。并能風騰霧躍，指麾成烈士之致①；蠖屈虬奔，談笑坐羣卿之右。未如越蒼海，棄行間，排紫微，謁天子。於是遭不諱之主，擁非常之位，龍章鳳篆照其前，鏘金鳴玉疊其後。三靈叶贊，超然奉天下之圖；四海承平，高步取寰中之託。君侯之富貴足矣，聖朝之付遇深矣。故知陽侯息浪，長鯨卧横海之鱗；風伯停機，大鵬息垂天之翼。及其投形巨壑，觸丹浦而雷奔；假勢靈飆，指青霄而電擊。神氣洋洋，謂鱗翮使之然也。殊不知兩儀超忽，動止繫於無垠；萬化糾紛，舒卷存乎非我。是以陳平，昔之智士也，俯同降卒；百里奚，曩之達人也，親爲餓隸。當其背强敵，轉康衢，雄慮耿於風雲，危途迫於朝夕。豈自期榮稱相府，西藩專虎據之圖；寵冠齋壇，東向舉熊飛之策。顧盼可以蕩

① “致”《全唐文》作“功”。

山岳，咄嗟可以降雷雨。遂令用與不用，是非於楚漢之間；知與不知，得失於虞秦之際。故死生有數，審窮達者繫於天；材運相符，決行藏者定於己。君侯足下，可不謂然乎？

借如勃者，眇小之一書生耳，曾無擊鐘鼎石之榮，非有南隘北閣之援，山野悖其心跡，煙霧養其神爽。未嘗降身摧氣，逡巡於列相之門；竊譽干時，匍匐於羣公之室。所以慷慨於君侯者，有氣存乎心耳。實以四海兄弟，齊遠契於蕭韓；千載風雲，託神知於管鮑。不然，則荷裳桂楫，拂衣於東海之東；菌閣松楹，高枕於北山之北。焉復區區屑屑，踐名利之門哉？至尊以搖河徙岳之威，當立地開天之運。聖人有作，羣材畢舉。星辰入仕，揖讓朱鳥之門；風雨稱臣，奔走蒼龍之闕。方欲停旒金室，引成康於已往①；闢廣瑶林，復堯舜於茲日。可謂明明穆穆，盡天子之容貌矣。抑嘗聞之：丹山九仞，煙峯非數簣之功；紫極千門，雲臺俟萬楹之力。故天下至曠，神器不可獨專；天道無私，玄勳有待而立。《書》曰："元首明哉，股肱良哉。""好問則裕，自用則小。"況掌萬國之權，受一人之寵，動見臧否，言知利害，君侯足下，何時易耶？雖有大命，不資童子之言；而恭此小心，敢進狂夫之説。

伏見遼陽未靖，大軍頻進，有識寒心，羣黎破膽。昔明王之制國也，自近而至遠，先仁而後罰，徵實則效存，徇名則功淺。是以農疏千里，僅踰重石之鄉；禹截九州，不敘流沙之境。豈才不及而智有遺哉？將以辨離方而存正功也。雖至人無外，甲兵曜天子之威；王事有征，金鼓發將軍之氣。而長城在界，秦漢所以失全昌；巨海横流，天地所以限殊俗。闢土數千里，無益神封；勤兵十八萬，空疲帝卒。驚烽走傳，駭秦鹿之甿；飛芻輓粟，竭淮海之費。於是乘奸放命者，出繩纆以生威；因公挾私者，入閭閻而競法。雖一物失所，泰階延旰食之憂；而百戰方雄，中國鮮終年之樂。圖得而不圖失，知利而不知害，移手足之病，成②腹心之疾。征税屈於

① 原引作"已任"，今據《全唐文》改正。

② 原引作"戒"，今據《全唐文》改正。

東西，威信寒於表裏。語曰："勝之不武，不勝爲辱。"天下之責，四面至矣。誠可遠凝高策，上薦忠言，决人事於去就，合天情於終始，遂令回麾轉檄，背青丘而鶩，列障分亭，巡蒼波而守。

昔者齊侯以力，方城爲楚國之辭；虞帝崇文，苗人失洞庭之險。況乎仗德綏亂，以直乘邪，明逆順之端，聳華夷之望。雖復舳艫沸海，旌旗觸天，鐵山四面，金城千里，亦不能爲敵人計矣。此君侯之未諭一也。

蓋聞《易》曰："拔茅連茹，以其彙征吉。"豈非順物不若招類，報國不如進賢？陽事升而雨露歸，陰駕凝而風霜厲，莫不觀時有記，撫氣相求。窮則獨善其私，達則兼善天下。而利己疵物者，以自任爲身謀；知進忘退者，謂專榮而得計。豈知夫尺波易謝，寸晷難留，陵谷好遷，乾坤忌滿。君侯足下，出納王命，升降天衢，激揚鳳扆之前，趨步麟臺之上，亦復知天下有遺俊乎？夫心之精微，口不能言也；言之微妙，書不能文也。伏願闢東閣，開北堂，待之以上賓，期之以國士，使得披肝膽，布腹心，大論古今之利害，高談帝王之綱紀。然後鷹揚豹變，出蓬户而拜青墀；附景搏風，捨臺衣而見絳闕。幸甚，斯不爲難矣。庶幾乎麑卵不棄，終感玄枵之精；駿骨時收，或致飛黄之錫。書生王勃死罪死罪再拜。

高麗自太宗用兵，而民疲於征戰，故勃書及之。祥道以表於朝，對策高第，年未及冠，授朝散郎，數獻頌闕下。沛王聞其名，召署府修撰。諸王鬬雞，勃戲爲文檄；高宗見之，怒，以爲兄弟構釁之漸也，坐罪廢斥。父雍州司功參軍福畤，亦以勃故，謫交阯令。勃往省，度海溺水，悸而卒，年二十九。初，道出鍾陵，九月九日，洪州牧閻伯嶼大宴滕王閣；有壻，才子也，宿命之作序以出夸客。因命紙筆遍請客，莫敢當。至勃，抗筆不辭。閻怒起更衣，遣吏伺其文輒報；一再報，至"落霞與孤鶩齊飛，秋水共長天一色"句，矍然曰："天才也！"遂極歡罷。勃作文初不精思，先磨墨數升，則酣飲，引被覆而卧；及寤援筆成篇，不易一字，時人謂勃爲腹稿。傳有《王子安集》十六卷。其爲詩文，發愀愴之詞，怨者之流，文秀而質羸，其原出於庾信。詩七言古如《秋夜長》、《采蓮曲》、《臨高臺》、《滕王閣》諸篇，五言古如《銅雀伎》二首，音韻鏗鏘，文體相輝，得開府之清新。五言律興託不奇，未能宏贍；然體物頗有工語；如《詠風》結語云："日落山水靜，爲君起松聲。"《麻平晚行》結語云："羈心何處盡，風急暮猿清。"悠然不盡，篇有餘韻。又《餞韋兵曹》云："川霽浮煙斂，山明落照移。"《仲春郊外》云："鳥飛村覺曙，魚戲水知春。"《郊興》云："雨去花光溼，風歸葉影疏。"《秋日別王長史》云："野色籠寒霧，山光斂暮煙。"融情於景，風味雋永。文則書疏之文，志氣盤桓，頗含殊采。如《上右相劉祥道書》及《上絳州上官司馬書》、《爲人與蜀城父老兩書》、《上從舅侍郎啓》、《上吏部裴侍郎啓》，託風采，散鬱陶，詭麗輻湊，杼軸尺素。賦則如《游廟山賦》、《馴鳶賦》、《江曲孤鳧賦》、《澗底寒松賦》、《青苔賦》，雖是律體，而體物寫志，頗臻遒亮。《九成宮頌》，規模雖宏，波瀾未壯。序如《游冀州韓家園序》、《山亭興序》、《山亭思友人序》、《秋晚入洛於畢公宅別道王宴序》，雖多寂寥短章，而情高以會采，瀏亮頓挫；其後李白多學之。而《滕王閣餞別》一序，鏗鏘鼓舞，辭筆紛紜，獨爲傳誦。碑則鋪張排比，只此一格；殊遜開府之驅邁蒼涼，獨臻遒變也。

華陰楊炯聞時人以四傑稱，乃自言曰："吾愧在盧前，恥居王後。"炯自幼聰敏博學，善屬文。年十一，舉神童，授校書郎，爲崇文館學士。武后時，左轉梓州司法參軍。秩滿，遷婺州盈川令，卒於官。傳有《盈川集》十卷。其爲詩仗氣卓犖，如《廣溪峽》、《西陵峽》、《從軍行》諸篇，俱可誦。録《從軍行》，辭曰：

> 烽火照西京，心中自不平。牙璋辭鳳闕，鐵騎繞龍城。雪暗雕旗畫，風多雜鼓聲。寧爲百夫長，勝作一書生。

語與興驅，勢逐情起，不申作意，氣格自高，文則承庾信一脈，與王勃同調，而布局頗謹，馳篇未遒，不如勃之奕奕清暢。

盧照鄰，字昇之，范陽人。十歲，從曹憲、王義方授蒼雅；調鄧王府典籤。王有書十二車，照鄰總披覽，略能記憶。王愛重，比之相如。調新都尉，染風疾，去官；居太白山，以服餌爲事。又客東龍門山，疾甚足攣，一手又廢；乃去陽翟具茨山下，買園數十畝，疏潁水周舍；復豫爲墓偃臥其中。後不堪其苦，與親屬訣，投潁水死，年四十。嘗著《五悲文》《釋疾文》以自明；傳有《幽憂子集》七卷。其詩文皆儷偶而頗臻遒變；雖波瀾不大，然鮮明緊健，去凡俗遠矣。雖調采葱菁，不如王勃；而風骨則照鄰爲俊拔。勃流韻清綺，承南朝之遺，爲時體；而照鄰則造語奇偉，駸駸逮古；特文則不免危仄，頗傷清雅之調。《窮魚賦》仗氣愛奇，最爲卓犖入古。辭曰：

余曾有横事被拘，爲羣小所使，將致之深議，友人救護得免。竊感趙壹窮鳥之事，遂作《窮魚賦》，常思報德，故冠之篇首云。

有一巨鱗，東海波臣。洗静月浦，涵丹錦津。映紅蓮而得性，戲碧浪以全身。宕而失水，屆於陽瀕。漁者觀焉，乃具竿索，集朋黨，凫趨雀躍，風馳電往，競下任公之釣，争陳豫且之網。螻蟻見而甘心，獱獺聞而抵掌。於是長舌利嘴，曳綸争鉤；拖鬐挫鬛，撫背扼喉。動摇不可，騰躍無由。有懷纖潤，寧望洪流。大鵬過而哀之曰："昔予爲鯤也，與爾遊乎？自余羽化之後，子其遺孤。"俄撫翼而下，負之而趨，南浮七澤，東汎五湖。是魚也，已相望於江海；而漁者猶悵望於泥塗。

其他如《病梨樹賦》、《秋霖賦》、《楊明府過訪詩序》、《宴鳳泉石翁神祠詩序》，詞圓調響，流韻清綺。《五悲文》、《釋疾文》，錯綜震蕩，以寫幽憂；然悲涼而少沈鬱之意，氣過其文，遂成傾瀉，攬之無餘味。詩則雅壯而多風，以開府之華整，協參軍之俊逸，氣調警拔。録《長安古意》，辭曰：

長安大道連狹斜，青牛白馬七香車，玉輦縱横過主第，金鞭絡繹向侯家。龍銜寶蓋承朝日，鳳吐流蘇帶晚霞。百丈游絲争遶樹，一羣嬌鳥共啼花。游蜂戲蝶千門側，碧樹銀臺萬種色，複道交窗作合歡，雙闕連甍垂鳳翼。梁家畫閣天中起，漢帝金莖雲外直。樓前相望不相知；陌上相逢詎相識。借問吹簫向紫煙，曾經學舞度芳年。得成比目何辭死，愿作鴛鴦不羨仙。比目鴛鴦真可羨，雙去雙來君不見。生憎帳額繡孤鸞，好取門簾帖雙燕。雙燕雙飛繞畫梁，羅幃翠被鬱金香。片片行雲著蟬鬢，纖纖初月上鴉黄。鴉黄粉白車中出，含嬌含態情非一。妖童寶馬鐵連錢，娼婦盤龍金屈膝。

御史府中烏夜啼，廷尉門前雀欲棲。隱隱朱城臨玉道，遥遥翠幰没金隄。挾彈飛鷹杜陵北，探丸借客渭橋西。俱邀俠客芙蓉劍，共宿娼家桃李蹊。娼家日暮紫羅裙，清歌一囀口氛氲。北堂夜夜人如月，南陌朝朝騎似雲。南陌北堂連北里，五劇三條控三市。弱柳青槐拂地垂，佳氣紅塵暗天起。漢代金吾千騎來，翡翠屠蘇鸚鵡杯。羅襦寶帶爲君解，燕歌趙舞爲君開。别有豪華稱將相，轉日回天不相讓。意氣由來排灌夫，專權判不容蕭相。專權意氣本豪雄，青虬紫燕坐春風。自言歌舞長千載，自謂驕奢凌五公。

節物風光不相待，桑田碧海須臾改；昔時金階白玉堂，即今惟見青松在。寂寂寥寥揚子居，年年歲歲一牀書。獨有南山桂花發，飛來飛去襲人裾。

態濃而致遠，蓋本曹植《名都篇》而別出一格。長安大道，豪貴驕奢，狹邪豔冶，無所不有。自嬖寵而俠客；而金吾，而權臣，皆向娼家遊宿，自謂可永保富貴矣；然轉瞬滄桑，徒存墟墓，不如讀書自守者之爲得也。借言子雲，即以自況云爾。其他如《關山月》、《紫騮馬》、《梅花落》、《結客少年場行》、《詠史》四首、《早度分水嶺》、《三月曲水宴得尊字》、《於時春也慨然有江湖之思寄贈柳九隴》、《贈益府羣官》、《同臨津紀明府孤雁》、《失羣雁》、《行路難》、《劉生》、《芳樹》、《昭君怨》、《入秦川界》、《春晚山莊率題》、《初夏日幽莊》、《羈臥山中》、《送幽州陳參軍赴任寄呈鄉曲父老》、《曲池荷》、《含風蟬》諸篇，善爲淒戾之詞，自有清拔之氣。

駱賓王，義烏人。七歲能賦詩。初爲道王府屬，歷武功主簿，調長安主簿。作《帝京篇》，亦盧照鄰《長安古意》之流，而特感慨以抒牢鬱。辭曰：

山河千里國，城闕九重門；不覩皇居壯，安知天子尊。皇居帝里崤函谷，鶉野龍山侯甸服；五緯連影集星躔，八水分流橫地軸。秦塞重關一百二，漢家離宮三十六；桂殿嶔崟對玉樓，椒房窈窕連金屋。三條九陌麗城隈，萬户千門平旦開。複道斜通鳷鵲觀，交衢直指鳳凰臺。劍履南宫入，簪纓北闕來；聲名冠寰宇，文物象昭回。鉤陳肅蘭戺，璧沼浮槐市；銅羽應風迴，金莖承露起。校文天祿閣，習戰昆明水。朱邸抗平臺，黄扉通戚里。平臺戚里帶崇墉，炊金饌玉待鳴鐘。小堂綺帳三千户，大道青樓十二重。寶蓋雕鞍金絡馬，蘭窗繡柱玉盤龍。繡柱璇題粉壁影，鏘金鳴玉王侯盛。王侯貴人多近臣，朝游北里暮南鄰。陸賈分金將讌喜，陳遵投轄正留賓。趙李經過密，蕭朱結交親。

丹鳳朱城白日暮，青牛紺幰紅塵度。俠客珠彈垂楊道，娼婦銀鉤采桑路。娼家桃李自芳菲，京華游俠盛輕肥。延年女弟雙飛入，羅敷使君千騎歸。同心結縷帶，連理織成衣。春朝桂樽樽百味，秋夜蘭燈燈九微。翠幌珠簾不獨映，清歌寶瑟自相依。且論三萬六千是，寧知四十九年非。

古來榮利若浮雲，人生倚伏信難分。始見田、竇相傾奪，俄聞衛、霍有功勳。未厭金陵氣，先開石槨文。朱門無復張公子，灞亭誰畏李將軍。相顧百齡皆有待，居然萬化咸應改；桂枝芳氣已銷亡，柏梁高宴今何在！春去春來苦自馳，争名争利徒爾爲。久留郎署終難過，空掃相門誰見知。當時一旦擅豪華，自言千載常驕奢。倏忽摶風生羽翼，須臾失浪賤泥沙。黄雀徒巢桂，青門遂種瓜。黄金銷鑠素絲變，一貴一賤交情見。紅顔夙昔白頭新，脱粟布衣輕故人。故人有湮淪，新知無意氣；灰死韓安國，羅傷翟廷尉。

已矣哉，歸去來！馬卿辭蜀多文藻，揚雄仕漢乏良媒。三冬自矜誠足用，十年不調幾邅迴。汲黯薪逾積，孫弘閣未開。誰惜長沙傅，獨負洛陽才。

當時以爲絶唱。武后時，數上疏言事，下除臨海丞，鞅鞅不得志，棄官去。既而武后稱制，改唐爲周。徐敬業以揚州起兵，署賓王爲府屬；爲敬業傳檄天下，斥武后罪。辭曰：

僞周武氏者，人非温順，地實寒微。昔充太宗下陳，曾以更衣入侍。洎乎晚節，穢亂春宫；密隱先帝之私，陰圖後房之嬖。入門見嫉，蛾眉不肯讓人；掩袖工讒，狐媚偏能惑主。陷元后於翬翟，致吾君於聚麀。加以虺蜴爲心，豺狼成性；近狎邪佞，殘害忠良；殺姊屠兄，弑君鴆母。人神之所共棄，天地之所不容。猶復包藏禍心，窺竊神器。君之愛子，幽在别宫；賊之宗盟，委之重任。嗚呼，霍子孟之不作，朱虚侯之已亡。燕啄皇孫，知漢祚之將盡；龍漦帝后，識夏庭之遽衰。

敬業，皇唐舊臣，公侯冢子；奉先君之成業，荷本朝之厚恩。宋微子之興悲，良有以也；袁君山之流涕，豈徒然哉。是用氣憤風雲，志安社稷；因天下之失望，順宇内之推心，爰舉義旗，以清妖孽。南連百越，北盡三河，鐵騎成羣，玉軸相接。海陵紅粟，倉儲之積靡窮；江浦黄旗，匡復之功何遠。班聲動而北風起，劍氣衝而星斗平；喑嗚則山嶽崩頹，叱咤則風雲變色。以斯制敵，何敵不摧；

以斯圖功，何功不克。

公等或居漢地，或叶周親；或膺重寄於話言，或受顧命於宣室。言猶在耳，忠豈忘心？一抔之土未乾，六尺之孤安在！儻能轉禍爲福，送往事居，共立勤王之師①，無廢大君之命，凡諸爵賞，同指山河。若或眷戀窮城，徘徊歧路，坐昧先幾之兆，必貽後至之誅。請看今日之域中，竟是誰家之天下。

武后讀檄，至“一抔之土未乾，六尺之孤安在”，矍然曰：“誰爲之？”或以賓王對。后曰：“宰相安得失此人！”敬業敗，賓王亡命，不知所之。傳有《駱賓王集》十卷。初唐四傑，駱稱殿軍；今誦其詩才高詞贍，以儷偶出排蕩，上承王粲、陸機，下開杜陵、香山，如《帝京篇》及《夏日遊德州贈高四》、《詠懷古意上裴侍郎》、《從軍中行路難》、豔情《代郭氏答盧照鄰》、《渡瓜步江》、《在獄詠蟬》、《邊夜有懷》、《詠懷》諸篇，沈鬱頓挫，不僅天才綺練；於四傑中最爲卓犖。王勃則氣少於盧，文劣於駱；駱俳而氣古，王俳而氣今。文則調彩蔥菁，音韻鏗鏘，承庾信之枝脈，與王勃爲同工，而異盧之危仄；辭筆紛紜，書記尤工，如《上吏部裴侍郎書》、《與程將軍書》、《上瑕丘韋明府啓》、《上司刑太常伯啓》、《上李少常啓》、《上兗州刺史啓》、《上兗州崔長史啓》、《上兗州張司馬啓》、《上齊州張司馬啓》、《上廉使啓》、《上梁明府啓》、《上吏部侍郎帝京篇啓》，急於呈身，不免露才揚己；而以南朝徐庾之體，得西京枚馬之筆，語儘排偶，意涉縱横。《代徐敬業討武氏檄》，氣激而詞腴，味態無窮，最爲傳作。《兵部奏姚州破逆賊兩露布》，指畫形勢，跌宕昭彰。《爲齊州父老請陪封禪表》，以造語見姿態，隸事精切，而出以頓挫，彌見遒警。《答員半千書》，憤發而託志。《與博昌父老書》，情高以會彩。《自叙狀》、《釣磯應詰文》，獨爲散朗，不矜組練，於集中爲别裁矣。

第四節　沈佺期　宋之問附李嶠、蘇味道、崔融、杜審言等

王、楊、盧、駱，皆不得志於武后。然武后染翰流麗，宏獎文學，先諷

① “師”，《全唐文》《古文觀止》作“勲”。

高宗廣召詞章之士入禁中修撰，謂之北門學士。及改周以後，大搜遺逸；天下嚮風。蘇、李、沈、宋，接聲并騖。而詩五言至沈佺期、宋之問，始可稱律；律爲音律、法律，天下無嚴於是者；知虛實平仄不得任情，而律體備矣。建安以後，詩律屢變；至王融、沈約，始以音韻相婉附，屬對精整；及佺期、之問，又加密焉，回忌聲病，約句準篇，學者宗之，號爲沈宋。

沈佺期，字雲卿，相州内黄人。武后時，與宋之問預修《三教珠英》。之問，字延清，一名少連，汾州人。之問偉儀貌，雄於辯。甫冠，武后召與楊炯分直習藝館，累轉尚方監丞、左奉宸内供奉。武后遊洛南龍門，召從臣賦詩。左史東方虬詩先成，后賜錦袍。之問俄頃獻詩，后覽之嗟賞，更奪袍以賜。於時，張易之等烝昵寵甚；之問、佺期傾心媚附。易之所賦諸篇，多之問代爲；至爲易之奉溺器，大爲士論所薄，而因詆其詩文俳體輕靡。傳有《宋之問集》二卷。今誦其詩，雅壯多風，往往清拔，固不爲俳體輕靡。五言古如《夜飲東亭》、《題張老松樹》、《浣紗篇贈陸上人》、《雨從箕山來》、《入崖口五渡寄李適》、《温泉莊臥病寄楊七炯》、《答田徵君》、《見南山夕陽召監師不至》、《遊陸渾南山自歇馬嶺到楓香林以詩代書答李舍人適》、《早發大庾嶺》、《自洪府舟行直書其事》、《下桂江縣黎壁》、《奉使嵩山途經緱嶺》、《使至嵩山尋杜四不遇慨然復傷田洗馬韓觀主因以題壁贈杜侯杜四》、《翫郡齋海榴》等篇，解散辭體，體物寫志。録《題張老松樹》、《奉使嵩山途經緱嶺》兩首。

題張老松樹

歲晚東巖下，周顧何悽惻。日落西山陰，衆草起寒色。中有喬松樹，使我長嘆息，百尺無寸枝，一生自孤直。

奉使嵩山途經緱嶺

使星發洛城，城中歌吹聲。畢景至緱嶺，嶺上煙霞生。草樹饒野意，山川多古情。大隱德所薄，歸來可退耕。

以高雅沖澹之韻，爲跌宕昭彰之體，蜕蘇李之風骨，畢齊梁之俳優。七言古如《寒食還陸渾別業》、《寒食江州滿塘驛》、《明河篇》、《龍門應制》、《桂州三月三日》、《有所思》諸詩，抑揚爽朗，音靡而節不平。録《寒食還陸渾別業》、《有所思》二首。

寒食還陸渾別業

洛陽城裏花如雪，陸渾山中今始發。旦別河橋楊柳風，夕臥伊川桃李月。伊川桃李正芳新，寒食山中酒復春。野老不知堯舜力，酣歌一曲太平人。

有所思

洛陽城東桃李花，飛來飛去落誰家？幽閨女兒惜顏色，坐見落花長歎息：今年花落顏色改，明年花開復誰在！已見松柏摧爲薪，更聞桑田變成海。古人無復洛城東，今人還對落花風；年年歲歲花相似，歲歲年年人不同。寄言全盛紅顏子，須憐半死白頭翁。此翁白頭真可憐，伊昔紅顏美少年。公子王孫芳樹下，清歌妙舞落花前。光禄池臺交錦繡，將軍樓閣畫神仙。一朝臥病無相識，三春行樂在誰邊？婉轉蛾眉能幾時，須臾鶴髮亂如絲；但看古來歌舞地，惟有黄昏鳥雀飛。

圓美流轉，辭清而體潤，則婉媚而不爲綺錯。五言律如《扈從登封途中作》、《陸渾山莊》、《奉和幸長安故城未央宫應制》、《送楊六望赴金水》、《登粵王臺》、《靈隱寺》、《早入清遠峽》、《發端州初入西江》、《留別之望舍弟》、《題大庾嶺北驛》諸詩，氣體深穩，遒宕天成。録《扈從登封途中作》、《陸渾山莊》、《早入清遠峽》三首。

扈從登封途中作

帳殿鬱崔嵬，仙游實壯哉。曉雲連幕捲，夜火雜星回。谷暗千騎出，山鳴萬乘來。扈從良可賦，終乏掞天才。

陸渾山莊

歸來物外情，負杖閱巖耕。源水看花入，幽林采藥行。野人相問姓，山鳥自呼名。去去獨吾樂，無能愧此生。

早入清遠峽

傳聞峽山好，旭日棹前沂。雨色摇丹嶂，泉聲聒翠微。兩巖天作帶，萬壑樹披衣。秋菊迎霜序，春藤礙日輝。翳潭花似織，緣嶺竹成圍。寂歷環沙浦，葱蘢轉石圻。露餘江未熱，風落瘴初稀。猿飲排虚上，禽驚掠水飛。榜童夷唱合，樵女越吟歸。良候斯爲美，邊愁自有違。誰言望鄉國，流涕失芳菲。

《扈從》之作，沈雄渾脱；而《陸渾山莊》、《清遠峽》兩篇，則傳音振逸，鳴節疏韻，一洗南朝脂粉塗澤之習，何嘗彩麗競繁而興寄都絶？文則囿於時習，氣無奇類；而《爲梁王武三思妃讓封表》、《爲定王武攸暨請降王位》兩表，《在桂州與修史學士吴兢書》，深切往復，獨爲感激頓挫。《爲長安馬明府亡母請邑號狀》、《祭王城門文》、《祭楊盈川文》，雅意深篤，其辭惻怛，使人味之亹亹不倦；亦非縹渺浮音，麗辭碌碌之比也。

沈佺期文婉諧而或傷俗濫，警遒又不免危仄，殊無足觀。詩極有名，今誦其七言《古鳳簫曲》、《七夕曝衣篇》，七言律《古意呈補闕喬知之》，調采葱蒨，音韻鏗鏘，的是徐庾之遺。録《鳳簫曲》。辭曰：

八月涼風動高閣，千金麗人捲綃幕。已憐池上歇芳菲，不念君恩坐摇落。世上榮華如轉蓬，朝隨阡陌暮雲中。飛燕侍寢昭陽殿，班姬飲恨長信宫。長信宫，昭陽殿，春來歌舞妾自知，秋至簾櫳君不見。昔時嬴女厭世紛，學吹鳳簫乘彩雲。含情轉睞向簫史，千載紅顔持贈君。

誠不免緣情綺靡。然如五言古《鳳笙曲》、《擬古别離》、《别侍御嚴凝》、《同工部李侍郎適訪司馬子微》、《自昌樂郡泝流至白石嶺下行入郴州》、《過蜀龍門》、《杜繫》二首、《黄鶴》、《古鏡》、《銅雀臺》、《巫山高》二首，《隴頭水》、《紫騮馬》諸篇，風骨遒高，或同阮籍之《詠懷》，或爲左思之《詠史》，或效郭璞之《游仙》，或擬謝靈運之山水，不拘一格，自寫胸懷。録《鳳笙曲》、《銅雀臺》、《隴頭水》、《紫騮馬》四首：

鳳笙曲

憶昔王子晉，鳳笙遊雲空。揮手弄白日，安能戀青宫。豈無嬋娟子，結念羅幃中？憐壽不貴色，身世兩無窮。

銅雀臺

昔年分鼎地，今日望陵臺。一旦雄圖盡，千秋遺令開。綺羅君不見，歌舞妾空來。恩共漳河水，東流無重回。

隴頭水

隴山飛落葉，隴雁度寒天。愁見三秋水，分爲兩地泉。西流入羌郡，東下向秦川。征客重回首，肝腸空自憐。

紫騮馬

青玉紫騮鞍，驕多影屢盤。荷君能剪拂，躞蹀噴桑乾。踠足追奔易，長鳴遇賞難。摐金一萬里，霜露不辭寒。

沈鬱頓挫，不止流靡自妍而已。其它五言律如《樂城白鶴寺》、《游少林寺》、《夜宿七盤嶺》、《十三四時嘗從巫峽過他日偶然有思》、《秦州薛都督挽詞》、《初冬從幸漢故青門應制》、《仙蕚池亭侍宴應制》、《三日獨坐驩州思憶舊游》、《從驩州廨宅移住山間水亭贈蘇使君》、《赦到不得歸題江上石》、《答魑魅代書寄家人》諸詩，跌宕昭彰，格律渾成。録《遊少林寺》、《秦州薛都督挽詞》、《初冬從幸漢故青門應制》三首：

游少林寺

長歌遊寶地，徙倚對珠林。雁塔風霜古，龍池歲月深。紺園澄夕霽，碧殿下秋陰。歸路煙霞晚，山蟬處處吟。

秦州薛都督挽詞

十里絳山幽，千年汾水流。碑傳門客建，劍是故人留。隴樹煙含夕，山門月對秋。古來鐘鼎盛，共盡一蒿丘！

初冬從幸漢故青門應制

漢王建都邑，渭水對青門。朝市俱東逝，墳陵共北原。荒涼蕭相闕，蕪没邵平園。全盛今何在？英雄難重論。故基仍嶽立，遺堞尚雲屯。當極土功壯，安知人力煩。天遊戒東首，懷昔駐龍軒。何必金湯固，無如道德藩。微臣諒多幸，參乘偶殊恩；預此陳古事，敢奏興亡言。

不尚浮華，自饒風力，亦非巧用文字，務爲研冶之作。則繼沈、宋之所以爲詩者，承初唐四傑之律體，精研韻律，使永明宫商之論，發展而爲唐代之律詩，而力湔藻縟，固非南朝靡麗之遺。然後知風氣之變也，有開必先。王勃、駱賓王，文爲徐、庾，而以排偶出縱横，化以西京之枚、馬；沈佺期、宋之問，詩繼永明而加以律化，以清遒發宫商，不爲南朝之靡麗，氣調猶是也，而神明已非；固有莫之爲而爲，不自知其所以者。

趙州李嶠，與沈佺期、宋之問同修《三教珠英》，而嶠實爲修書使。嶠本與同里蘇味道齊名，號蘇、李；又與齊州崔融、襄陽杜審言，并號文章四友。

崔融爲文，辭尚雅切，麗典新聲，當時稱未有輩者；朝廷大筆，多手敕委之。特以雕文織綵，過爲精密，遂致氣不逮文，辭過於意。而《代皇太子請給庶人衣服表》、《爲宗監請停政事表》、《爲温給事請致仕歸侍表》，指事殷勤，雅意深篤；《拔四鎮議》、《報三原李少府書》，氣調卓犖，頗爲振絶；綜觀所作，此爲秀拔。

杜審言詩筆整栗，小讓沈、宋；而氣度高逸，神情圓暢，自開盛唐之音。

李嶠富才思，有所屬詞，人多傳誦。武后時，汜水獲瑞石；嶠爲御史，上《皇符》一篇，爲世譏薄。然其仕前與王勃、楊炯接，中與崔融、蘇味道齊名，晚諸人没而爲文章老宿，一時學者取法焉。今誦其詩，穩稱有餘，遒變未臻。惟《鵲鳩》、《汾陰行》兩詩，感慨蒼涼，倜儻有古意。其餘摘句，如“雨餘林氣靜，山空夜響哀”，亦復情景兩融。文則惟《秋望賦》，自傷牢落，頗脱胎江淹《恨》《别》二賦，而遜其標致；《上雍州高長史書》、《與夏縣崔少府書》、《答李清河書》，感激頓挫，氣調警拔；《攀龍臺碑》，錯綜震蕩，才章富健，斯則集中之勝。其它四六表章，頗傷冗濫；中以《爲百寮賀恩制表》、《讓鸞臺侍郎表》、《爲公主辭家人畜產官給料表》、《自叙表》，頓挫瀏亮，不同琭琭。要之拘於偶律，詩文同病；視王勃遜其流韻清綺，比楊炯又嫌體氣駑緩；王楊才人吐屬；李嶠達官能文，未能驂駕也。然而玄宗讀嶠《汾陰行》，歎曰：“李嶠真才子也!”武后之世，武三思奉敕修《三教珠英》一千三百卷，薈萃一時文人，得四十七人；崔融彙集其所賦詩，爲《珠英學士集》，各題爵里，以官班爲次，而嶠爲首。其它可考見者，嶠而外，有員半千、崔湜、張説、徐堅、閻朝隱、徐彦伯、宋之問、沈佺期、富嘉謨、劉知幾、劉元濟、李適、王無競、尹元凱、喬備等十餘人而已。武后在高宗時，已獎進文學；始則以北門學士諸人，纂集羣書；至是《三教珠英》之集，引拔尤衆；一時文士如蘇、李、沈、宋詩篇，陳子昂、盧藏用之古文，富嘉謨、吴少微之經典，劉知幾之史學，以及張説之詞筆，徐堅之博洽，并騰譽文壇，上總初唐之麗則，下啓開元之極盛 。有唐一代，律詩與古文之體，度越前代，而皆發於武后時，可謂彬彬焉。

第五節　陳子昂附富嘉謨、吴少微、盧藏用

唐興，文章承徐庾餘風，競爲綺麗。射洪陳子昂始奮發自爲，追古作者。子昂，字伯玉；家世富豪，而苦志讀書。善屬文，而詩尤首唱平淡清雅之音，

力排雕鏤凡近之氣。初爲《感遇詩》三十八①首，録其九首。辭曰：

蘭若生春夏，芊蔚何青青。幽獨空林色，朱蕤冒紫莖。遲遲白日晚，嫋嫋秋風生。歲華盡摇落，芳意竟何成。

蒼蒼丁零塞，今古緬荒途。亭堠何摧兀，暴骨無全軀。黄沙漠南起，白日隱西隅。漢甲三十萬，曾以事匈奴。但見沙場死，誰憐塞上孤。

樂羊爲魏將，食子殉軍功。骨肉且相薄，他人安得忠。吾聞中山相，乃屬放麑翁。孤獸猶不忍，況以奉君終。

吾愛鬼谷子，青谿無垢氛。囊括經世道，遺身在白雲。七雄方龍鬬，天下久無君。浮榮不足貴，遵養晦時文。舒可彌宇宙，卷之不盈分，豈徒山木壽，空與麋鹿群。

聖人不利己，憂濟在元元。黄屋非堯意，瑶臺安可論。吾聞西方化，清淨道彌敦。奈何窮金玉，雕刻以爲尊？雲構山林盡，瑶圖珠翠煩。鬼工尚未可，人力安能存。夸愚適增累，矜智道逾昏。

蜻蛉遊天地，與世本無患。飛飛未能止，黄雀來相干。穰侯富秦寵，金石比交歡。出入咸陽裏，諸侯莫敢言。寧知山東客，激怒秦王肝。布衣取丞相，千載爲辛酸。

翡翠巢南海，雄雌珠樹林。何知美人意，驕愛比黄金。殺身炎州裏，委羽玉堂陰。旖旎光首飾，葳蕤爛錦衾。豈不在遐遠，虞羅忽見尋。多材信爲累，歎息此珍禽。

可憐瑶臺樹，灼灼佳人姿。碧華映朱實，攀折青春時。豈不盛光寵，榮君白玉墀。但恨紅芳歇，凋傷感所思。

朔風吹海樹，蕭條邊已秋。亭上誰家子，哀哀明月樓。自言幽燕客，結髮事遠遊。赤丸殺公吏，白刃報私仇。避仇至海上，被役此邊州。故鄉三千里，遼水復悠悠。每憤胡兵入，常爲漢國羞。何知七十戰，白首未封侯。

京兆司功王適讀而驚曰：“此子必爲天下文宗矣。”年二十一，遊京師。始至，

---

① 原脱“八”字，今補正。

不爲人知。有賣胡琴者價百萬，豪貴傳視，無辨者。子昂突出，顧左右以千緡市之。衆驚問，答曰："余善此樂。"皆曰："可得聞乎?"曰："明日可集宣陽里。"如期偕往，則酒肴畢具，置胡琴於前；食畢，捧琴語曰："蜀人陳子昂有文百軸。馳走京轂，碌碌塵土，不爲人知。此樂賤工之役，豈宜留心。"舉而碎之，以其文軸遍贈會者；一日之間，聲華溢都。以進士對策高第。屬唐高宗崩於洛陽，靈駕將西歸，子昂乃獻書闕下。武后覽其書而壯之，召見問狀。子昂貌寢寡援，然言王霸大略，君臣之際，甚慷慨焉。特其所作《大周受命頌》及《進表》、《請追上太原王帝號表》、《大崇福觀記》諸篇，以文字獻媚女主，大爲儒林所薄。官至右拾遺，傳有《陳拾遺集》十卷。

詩則五言古如《感遇》、《登幽州臺歌》，寄興無端，詞氣鏗訇，追建安之風骨，變齊梁之綺靡；而《感遇》尤世所傳誦。其它如《度峽口山贈喬補闕知之王二無競》、《答韓使同在邊》、《送别出塞》、《登薊丘樓送賈兵曹入都》、《登澤州城北樓讌》、《晚次樂鄉縣》、《送魏大從軍》、《和陸明府贈將軍重出塞》、《還至張掖古城聞東軍告捷贈韋五虚己》諸詩，倜儻昭彰，舉止岸異，語儘偶對，氣自横傑。

至文則風氣將變，體格未純。有駢儷仍徐庾之餘風者，如《爲陳御史上奉和秋景觀競渡詩表》、《爲河内王等論軍功表》、《爲永昌父老勸追尊中山王表》、《爲副大總管屯營大將軍蘇宏暉謝表》、《薛大夫山亭宴序》、《别中岳二三真人序》、《送吉州杜司户審言序》、《暉上人房餞齊少府使入京府序》、《送麴郎將使默啜序》、《窅冥君古墳記銘序》等篇，雖是儷體而抑揚爽朗，亦臻英奇。有雅練摹崔蔡之逸調者，如《大周受命頌》、《爲人陳情表》、《爲程處弼辭放流表》、《爲將軍程處弼謝放流表》、《爲義興公求拜掃表》、《爲義興公陳請終喪第二表》、《謝免罪表》、《爲金吾將軍陳令英請免官表》、《唐故朝議大夫梓州長史楊府君碑銘》、《上殤高氏墓誌銘》、《唐陳州宛丘縣令高君夫人河南宇文氏墓誌銘》、《館陶郭公薛氏墓誌銘》、《我府君有周居士文林郎陳公墓誌銘》等篇，不加雕削而曲寫毫介，文潔體清。然亦有論議疏快，詞直義暢，上承賈董，下開蘇王者，當以論事書疏如《爲喬補闕論突厥表》、《上軍國機要事》、《上軍國利害事》、《諫靈駕入京書》、《諫雅州討生羌書》、《諫刑書》、《諫用刑書》、《申宗人冤獄書》、《復讎議狀》諸篇；爲八家之前導、六朝之驅除焉！録《復讎議狀》。辭曰：

先王立禮，所以進人也；明罰，所以齊政也。夫枕干讎敵，人子之義；誅罪禁亂，王政之綱。然則無義不可以訓人，亂綱不可以明法。故聖人修禮理内，飭法防外，使夫守法者不以禮廢刑，居禮者不以法傷義；然後暴亂不作，廉恥以興，天下所以直道而行也。竊見同州下邽人徐元慶，先時，父爲縣吏趙師蘊所殺；遂鬻身庸保，爲父報讎，手刃師蘊，束身歸罪。雖古烈者，亦何以多。誠足以激清名教，立懦夫之志，振下士之靡者也。然按之國章，殺人者死，則國家畫一之法也。法之不二，元慶宜伏辜。又按《禮》經，父讎不同天，亦國家勸人之教也。教之不苟，元慶不宜誅。

然臣聞在古，刑之所生，本以遏亂。仁之所利，蓋以崇德。今元慶報父之仇，意非亂也；行子之道，義能仁也。仁而無利，與亂同誅，是曰能刑，未可以訓。元慶之可宥，顯於此矣。然而邪由正生，理必亂作。昔禮防至密，其弊不勝；先王所以明刑，本實由此。今儻義元慶之節，廢國之刑，將爲後圖，政必多難；則元慶之罪，不可廢也。何者？人必有子，子必有親，親親相讎，其亂誰救？故聖人作始，必圖其終，非一朝一夕之故，所以全其政也。故曰："信人之義，其政不行。"且夫以私義而害公法，仁者不爲；以公法而徇私節，王道不設。元慶之所以仁高振古，義伏當時，以其能忘生而及於德也。今若釋元慶之罪以利其生，是奪其德而虧其義；非所謂殺身成仁，全死無生之節也。如臣等所見，謂宜正國之法，置之以刑，然後旌其閭墓，嘉其徽烈，可使天下直道而行。編之於令，永爲國典。謹議。

殺其身，旌其人，如何説得通，極是不情不理，而偏有本有原，清空辨折，筆有斷制；固與徐庾之以詞采見珍者異矣。當時議者咸以子昂爲是。子昂父在鄉，爲縣令段簡所辱。子昂聞之歸省，簡乃因事收繫獄，發憤死，年四十餘。友人黄門侍郎盧藏用哀之而爲序其詩文，盛行於世。

同時武功富嘉謨，與新安吴少微以文章同官友善。先是文士撰碑頌，皆以徐庾爲宗，氣調漸劣。嘉謨與少微屬詞皆以經典爲本，時人欽慕之，文體一變，稱爲富吴體。今觀所傳嘉謨之文，殊未稱意；麗辭琭琭，時涉淫靡，不脱南朝窠臼。少微名亞嘉謨，而詩文勝之。《爲任虚白陳情表》，意激而辭婉，得《小雅》怨誹不怒之旨；而《唐北京崇福寺銅鐘銘》，創語新特，錯綜震蕩，最爲時誦。詩則五言古《長門怨》、七言古《古意》等篇，緣情綺靡，徐庾之遺，不脱南朝窠臼；而文格則蕲於遒變以自名家，然不如子昂之吐辭天拔，浩落有致也。

盧藏用與子昂交游，觀其所爲子昂《文集序》及《諫營興泰宫疏》、《答毛傑書》，感激頓挫，頗以疏樸見倜儻，不以儷體自限。《析滯論》，雖是儷辭，而有理致，醇茂痛快，指歸經誥。有開必先，亦韓愈之陳項，而子昂之流亞也。

第六節　劉知幾

劉知幾揚榷史家，謂徐、庾不宜以載筆；然而《史通》之作，藻去縟浮而辭仍偶儷，亦囿於時習也。知幾，字子玄，彭城人。自稱年在紈綺，便受《古文尚書》，每苦其辭艱瑣，難爲諷讀，雖屢捶撻而業不成。聞父爲諸兄講《春秋左氏傳》，每廢書而聽；逮講畢，即爲諸兄説之，因竊歎曰："若使書皆如此，吾不復怠矣。"父奇其意，於是授以《左傳》；於時年十有二，大義略舉，乞觀餘部以廣異聞。讀班、謝兩《漢書》，便怪《前書》不應有《古今人表》，《後書》宜爲更始立紀。既欲知古今沿革，歷數相承；於是觸類而觀，不假師訓，自漢中興已降，迄乎本朝實録，年十有七而窺覽略周。洎年弱冠，射策登朝。武后時，官獲嘉主簿。時吏横酷，公卿冤誅；知幾悼士無良而甘於禍，作《思慎賦》以刺時。蘇味道、李嶠見之賞歎，比之陸機《豪士賦》。亦預《珠英》學士之列，累遷鳳閣舍人，兼修國史。中宗時，遷祕書少監，仍領史事。

凡所著述，常欲行其舊議；而當時同作諸士及監修貴臣，多與鑿枘，抑不施用。乃撰《史通》五十二篇以伸其意；其書《内篇》論史家體例，凡三十九篇，今佚其三篇；《外篇》述史籍源流與古人得失，凡十三篇。每謂："文之與史，較然異轍。故以張衡之文，而不閑於史；以陳壽之史，而不習於文。其有賦述兩都，詩裁八詠，而能編次漢册，勒成宋典，若斯人者，其流幾何。是以略觀近代，有齒跡文章而兼修史傳，其爲式也，羅含、謝客，宛爲歌頌之文，蕭繹、江淹，直成銘讚之序，温子昇尤喜複語，盧思道雅好麗詞，江總猖獗以沈迷，庾信輕薄而流宕。此其大較也。然向之數子，所撰者，蓋不過偏記雜説，小卷短書而已；猶且乖濫踳駁，一至於斯；而況責之以刊勒一家，彌綸一代，使其始末圓備，表裏無咎，蓋亦難矣。但自世重文藻，詞宗麗淫；於是沮誦失路，靈均當軸。每西省虛職，東觀佇才，凡所拜授，必推文士，遂使握管懷鉛，多無銓綜之職；連章累牘，罕逢微婉之言（《覆才》第三十一）。而大唐修《晉書》，作者皆當代詞人，遠棄史、班，近宗徐、庾。夫以飾彼輕薄之句，而編爲史籍之文，無異加粉黛於壯夫，服綺紈於高士。（《論贊》第九）”

蓋魏文《典論》，始評文章；迄梁劉勰繼之，遂著《文心雕龍》，大放厥辭；而撰其所論，多詳於詞筆，而略於史記。至知幾乃揚搉前言，括囊史例，其所剽剝，雖馬班不能自解免，以成一家之言；古所未有也。獨恨任當其職而吾道不行，見用於時而美志不遂，忽忽不樂，於是發憤《與監修國史蕭至忠等書》曰：

僕幼聞《詩》《禮》，長涉藝文；至於史傳之言，尤所耽悦。尋夫左史、右史，是曰《春秋》《尚書》；素王、素臣，斯稱微婉志晦。兩京三國，班、謝、陳、習闡其謨；六朝江左，王、陸、干、孫紀其曆。劉石僭號，方策委於和張；宋齊應録，惇史歸於蕭沈。亦有汲冢古篆，禹穴殘編，孟堅所亡，葛洪刊其雜記；休文所缺，荀綽裁其拾遺。凡此諸家，其流蓋廣。莫不賾彼泉藪，尋其枝葉；原始要終，備知之矣。若乃劉峻作傳，自述長於論才；范曄爲書，盛言矜其賛體。斯又當仁不讓，庶幾前哲者焉。

然自策名仕伍，待罪朝列，三爲史臣，再入東觀，竟不能勒成國典，貽彼後來者，何哉？靜言思之，其不可有五故也。

何者？古之國史，皆出自一家，如魯、漢之丘明、子長，晉、齊之董狐、南史，咸能立言不朽，藏諸名山。未聞藉以衆功，方云絶筆。唯後漢東觀，大集羣儒，著述無主，條章靡立。由是伯度譏其不實，公理以爲可焚。張蔡二子，糾之於當代；傅范兩家，嗤之於後葉。今者史司取士，有倍東京，人自以爲荀袁，家自稱爲政駿。每欲記一事，載一言，皆閣筆相視，含毫不斷；故首白可期，而汗青無日。其不可一也。

前漢郡國計書，先上太史，副上丞相；後漢公卿所撰，始集公府，乃上蘭臺。由是史官所修，載事爲博。爰自近古，此道不行。史臣編録，唯自詢采，而左右二史，闕注起居；衣冠百家，罕通行狀。求風俗於州郡，視聽不該；討沿革於臺閣，簿籍難見。雖使尼父再出，猶且成其管窺；況僕限以中才，安能遂其博物。其不可二也。

昔董狐之書法也，以示於朝；南史之書弑也，執簡以往。而近代史局，皆通籍禁門，深居九重，欲人不見；尋其義者，蓋由杜彼顔面，防諸請謁故也。然今館中作者，多士如林，皆願長喈，無聞齰舌。儻有五始初成，一字加貶，言未絶口而朝野具知，筆未棲毫而搢紳咸誦。夫孫盛紀實，取嫉權門，王劭直書，見讎貴族，人之情也，能無畏乎？其不可三也。

古者刊定一史，纂成一家，體統各殊，指歸咸別。夫《尚書》之教也，以疏通致遠爲主；《春秋》之義也，以懲惡勸善爲先；《史記》則退處士而進奸雄；《漢書》則抑忠臣而飾主闕。斯并曩時得失之例，良史是非之準，作者言之詳矣。頃史官注記，多取稟監修，楊令公則云必須直詞，宗尚書則云宜多隱惡。十羊九牧，其令難行；一國三公，適從何在。其不可四也。

竊以史置監修，雖古無式，尋其名號，可得而言。夫言監者，蓋總領之義耳。如創立紀年，則年有斷限；草傳叙事，則事有豐約；或可略而不略，或應書而不書，此刊削之務也。屬辭比事，勞逸宜均；揮毫奮墨，勤惰須等。某表某篇，付之此職；某傳某志，歸之彼官。此銓配之理也。斯并宜明立科條，審定區域。儻人思自勉，則書可立成。今監之者既不指授，修之者又無遵奉，用使争學苟且，務相推避，坐變炎涼，徒延歲月。其不可五也。

凡此不可，其流實多；一言以蔽，三隅自反。而時談物議，安得笑僕編次無聞者哉。

比者伏見明公每汲汲於勸誘，勤勤於課責，或云墳籍事重，努力用心；或云歲序已淹，何時輟手。竊以綱維不舉，而督課徒勤，雖威以刺骨之刑，勖以懸金之賞，終不可得也。必謂諸賢載削非其所長，以僕鎗鎗鋑鋑，推爲首最；就如斯理，亦有其説。何者？僕少小從仕，早躡通班。當皇上初臨萬邦，未親庶務，而以守茲介直，

> 不附奸臣；遂使官若土牛，棄同芻狗。逮鑾輿西幸，百寮畢從，自惟官曹務簡，求以留後居臺；常謂朝廷不知，國家於我已矣。豈謂一旦忽承恩旨，州司臨門，使者結轍；既而驅馹馬，入函關，排千門，謁天子，引賈生於宣室，雖歎其才；召季布於河東，反增其愧。明公既位居端揆，望重臺衡，飛沉屬其顧盼，榮辱由其俯仰。曾不上祈辰極，申之以寵光；僉議搢紳，縻我以好爵。其相見也，直云："史筆闕書，爲日已久；石渠掃第，思子爲勞。今之仰追，惟此而已。"抑明公足下，獨不聞劉炫、蜀王之説乎？
>
> 昔劉炫仕隋，爲蜀王侍讀。尚書牛弘嘗問之曰："君王遇子，其禮如何？"曰："相期高於周孔，見待下於奴僕。"弘不悟其言。炫曰："吾王每有所疑，必先見訪；是相期高於周孔。酒食，左右皆饜，而我餘瀝不霑；是見待下於奴僕也。"僕亦竊不自揆，輒敢方於鄙宗。何者？求史才，則千里降追；語宦途，則十年不進。意者得非相期高於班馬，見待下於兵卒乎？又人之品藻，貴識其性。明公視僕，於名利何如哉？當其坐嘯洛城，非隱非仕，惟以守愚自得，寧以充詘攖心。但今者黽勉從事，攣拘就役，朝廷厚用其才，竟不薄加其禮；求諸隗始，其義安施？儻使士有澹雅若嚴君平，清廉如段干木，與僕易地而處，亦將彈鋏告老，積薪爲恨。況僕未能免俗，能不蔕芥於心者乎！當今朝號得人，國稱多士。蓬山之下，良直差肩；芸閣之中，英奇接武。僕既功虧刻鵠，筆未獲麟，徒殫太官之膳，虛索長安之米。乞已本職，還其舊居；多謝簡書，請避賢路。惟明公足下哀而許之。

至忠得書大慚，無以酬答。其它文章亦不脱儷體，而辭筆騰躍；如《思慎賦》困心橫慮；《孝經》《老子》注，《易傳議》，辨析疏通。而《史通·自叙》，自道生平；與《上蕭至忠》此書之急言竭論，境界不同；而氣流墨中，聲動簡外，雖不免露才揚己，要是才人之筆已。

第七節　蘇頲　張説附薛稷、閻朝隱、韓休等　張九齡

唐代文章，莫盛於開元、天寶。而開風氣之先，成一王之法，則有燕國

公張說，許國公蘇頲，以輔相之重，擅述作之才，佐佑王化，粉澤典章，駢稱燕、許。而張說詩兼李、杜、王、孟之長，文開唐代小説之局，雄辭逸氣，聳動羣聽；郁郁之文，於是乎在。顧蘇頲稍先起。

蘇頲，字廷碩，武功人，宰相許國公瓌之子也；武后時，拜中書舍人。時瓌同中書門下三品，父子同坐禁管。玄宗初平内難，書詔填委，頲在太極後閣，口占授書史。書史白曰："丐公徐之；不然，手腕脱矣！"李嶠曰："舍人思若涌泉，吾不及。"帝謂頲曰："卿所爲詔令，别録副本，署臣某撰；朕當留中。"後世傳其制敕代言，採入《文苑英華》及《全唐文》者，乃至五卷；然麗詞珠琭，絶鮮異彩，惟《幸新豐及同州敕》清新不膚；其它《上開元神武皇帝冊文》、《右僕射太子少師唐璿神道碑》、《高安長公主神道碑》、《唐紫微侍郎贈黄門監李乂神道碑》，雖文體未遒，而篇章贍肆；《太陽虧爲宰臣乞退表》、《謝弟詵除給事中自求改職表》，指事殷勤，感激頓挫，亦爲佳作。而《雙白鷹贊》，弈弈清暢而躋英逸，最爲一集之勝。辭曰：

開元乙卯歲，東夷君長自肅慎、扶餘而貢白鷹一雙，其一重三斤有四兩，其一重三斤有二兩，皆皓如練色，斑若彩章，積雪全映，飛花碎點，所以金氣之英，瑶光之精，高髻偉臆，長距秀頸，奮發而鋭，堅剛則厲，摩天絶海，雷擊飆逝。觀其行時令，順秋殺，指麾應捷，顧眄餘雄，當落雕之賞，蔑仇鶡之敵，實稀代之尤也。皇上祇膺聖圖，欽若王道，方寶賢重穀，尊儒食艾；後宫撤繡綺，前殿焚珠玉；與王侯卿士朝夕論思。異無所貴，輕衛公之好鶴；奇無所珍，同漢皇之卻馬。畋豈務於馳騁，獵以存乎蒐狩；未嘗合圍掩羣，載羽灑血，乃强不攫而猛不噬矣。然以萬方入貢，懷其來也；三年重譯，嘉其至也。故仁爲之心，有仁則勇；威爲之力，有威則重。況此鳥猛過於衆，重倍於凡；禮於君則勸忠。祭於祖則立敬，壯其體則用武，綷其翼則成文。彼寵而服之，鶡也能果；榮而戴之，蟬也能潔。矧乎職命司寇，師惟尚武，聞箴刺奸，擇善爲吏，蓋選士之是式，非從禽之足云。此謂備於圖而儆在位也。微臣奉制，敢稱贊曰：

鷹之大者，精明竦峻。勁而横絶，雄則遠振。錦文素彩，珠聯玉潤。往乃奮威，將軍所徇。鷹之次者，勇鋭光芒。截海而至，乘鳳載揚。絡以紅點，文其彩章。下鞲必中，惟吏之良。

辭不脱於儷偶，而六朝浮藻，湔洗盡矣。然它文未能稱是。頲襲封許國公，以制詔碑頌稱大手筆。張説稍後起，封燕國公，亦能文章，品望與頲略等。今誦頲所傳詩文，動無虚散，頗乖秀逸，遠不如説之倜儻卓犖，風力遒矯；又喜用古事，彌見拘束。詩則披沙揀金，惟五言律《小園納涼即事》，七言律《景龍觀送裴士曹》，五言絶《汾上驚秋》、《山驛閒臥即事》四首，詞興婉愜，殊得風流媚趣；而才力苦弱，故務其清淺。以視説之詞采華茂，風流調達，亦何異跛鼈之與騏驥哉。

張説，字道濟，洛陽人。武后初革命，大搜遺逸，四方之士，應制者向萬人。武后御洛陽城南門，親自臨試，而説對策爲天下第一。其警語曰："昔三監玩常，有司既糾之以猛。今四罪咸服，陛下宜濟之以寬。"拜太子校書，仍令寫策本於尚書省。玄宗時，累官中書令，封燕國公，朝廷大述作，多出其手。帝好文辭，有所爲，必使視草。傳有《張燕公集》三十卷，今佚五卷。唐詩自陳子昂奪魏晉之風骨，變梁陳之俳優，力追古意，而規模未大。説則材力標舉，尤臻宏肆；或遒壯抑揚以導李杜之前驅，或清拔孤秀以開王孟之先河，而觸景生悟，有會象外，則又似謝靈運，得其理趣而袪其質悶；不名一格，而變化極焉，不可不爲盛唐之具體也。五言古如《贈崔公》、《憶郡》、《過漢南城歎古墳》、《巡邊在河北作》、《岳州作》、《岳陽早霽南樓》、《聞雨》、《山夜聞鐘》、《雜詩》四首、《岳州夜坐》，五言律如《蜀路》二首、《岳州宴别潭州王熊》二首、《過庾信宅》、《奉和聖製過王濬墓應制》、《巴丘春作》、《清遠江峽山寺》諸詩，以偶對出跌宕，以感慨見抱負。録十首：

贈崔公

我聞西漢日，四老南山幽；長歌紫芝秀，高臥白雲浮。朝野光塵絶，榛蕪年貌秋。一朝驅駟馬，連轡入龍樓。昔遁高皇去，今從太子遊。行藏惟聖節，福禍在人謀。卒能匡惠帝，豈不賴留侯。事隨年代遠，名與圖籍留。平生欽淳德，慷慨景前修。蜯蛤伺陰兔，蛟龍望斗牛。無嗟異飛伏，同氣幸相求。

巡邊在河北作

撫劍空餘勇，彎弧遂無力。老去事如何，據鞍長歎息。故交索將盡，後進稀相識。獨憐半死心，尚有寒松直。

聞雨

多雨絶塵事，寥寥入太玄。城陰疏復合，簷滴斷還連。念我勞造化，從來五十年。誤將心徇物，近得還自然。閒居草木侍，虚室鬼神憐。有時進美酒，有時泛清絃。聲真不世識，心醉豈言詮。

山夜聞鐘

夜卧聞夜鐘，夜靜山更響。霜風吹寒月，窈窱虚中上。前聲既春容，後聲復晃盪。聽之如可見，尋之定無像。信知本際空，徒掛生滅想。

蜀路

雲埃夜澄廓，山日曉晴鮮。葉落蒼江岸，鴻飛白露天。磷磷含水石，冪冪覆林煙。客心久無緒，秋風殊未然。

岳州宴别潭州王熊二首

絲管清且哀，一曲傾一杯。氣將然諾重，心向友朋開。古木無生意，寒雲若死灰。贈君芳杜草，爲植建章臺。

縉雲連省閣，溝水遽西東。然諾心猶在，榮華歲不同。孤城臨楚塞，遠樹入秦宫。誰念三千里，江潭一老翁。

過庾信宅

蘭成追宋玉，舊宅偶詞人。筆湧江山氣，文驕雲雨神。包胥非救楚，隨會反留秦。獨有東陽守，來嗟古樹春。

奉和聖製過王濬墓應制

牛斗三分國，龍驤一統年。智高寧受制，風急肯迴船。有策擒吴皓，無言讓范宣。援孤因勢屈，功重爲讒偏。舊跡灰塵散，枯墳古老傳。百代逢明主，何辭死道邊。

清遠江峽山寺

流落經荒外，逍遥此梵宫。雲峯吐月白，石壁淡烟紅。寶塔靈仙湧，懸龕造化功。天香涵竹氣，虚唄引松風。簷牖飛花入，廊房激水通。猿鳴知谷靜，魚戲辨江空。靜默將何貴，惟應心境同。

沈鬱頓挫，寓縱横顛倒於整密中，上承顔延之、謝朓，下開李、杜、王、孟，馳騁有餘，安詳合度。七言古變動閎闊，亦驍風力。録兩首。

鄴都引

君不見魏武草創爭天禄，羣雄睚眦相馳逐，晝攜壯士破堅陣，夜接詞人賦華屋。都邑繚繞西山陽，桑榆汗漫漳河曲。城郭爲虚人代改，但有西園明月在。鄴傍高塚多貴臣，娥眉曼睩共灰塵。試上銅臺歌舞處，惟有秋風愁殺人。

同趙侍御乾湖作

江南湖水咽山川，春江溢入共湖連。氣色紛淪横罩海，波濤鼓怒上漫天。鱗宗殼族嬉爲府，弋叟罛師利焉聚。欹帆側柁弄風口，赴險臨深繞灣浦。一灣一浦悵邅迴，千曲千溠怳迷哉。乍見靈妃含笑往，復聞游女怨歌來。暑來寒往運洄洑，潭生水落移陵谷。雲間墜翮散泥沙，波上浮查棲樹木。昨暮飛霜下北津，今朝行雁度南濱。處處溝洚清源竭，年年舊葦白頭新。天地盈虚尚難保，人間倚伏何須道；秋月皛皛泛澄瀾，冬景青青步纖草。念君宿昔觀物變，安得躊躕不衰老！

縱横揮霍，已非徐、庾闡緩之音，而悽惋得江山之助。觀其《過庾信宅》詩云："筆湧江山氣，文驕雲雨神。"蓋不啻夫子自道矣。文則仍是徐庾儷體，而血脈動宕，意度春容，亦健筆有凌雲意。尤工爲詔表碑頌，而《大唐封祀壇頌》、《論神兵軍大總管功狀》、《唐開元十三年隴西監牧頌德碑》、《兵部尚書代國公贈少保郭公行狀》四篇，局陣開張，筆情踔厲，尤爲卓犖入奇。獨所爲《虬髯客傳》，集中不收，盛傳於世，事儘謬悠而情辭雄麗，寫英雄美人，栩栩如生，刻意構畫，以别出於魏晉散記，異軍突起，而開唐代小説之局，尤爲偉觀。辭曰：

隋煬帝之幸江都，命司空楊素守西京。素驕貴，又以時亂，天下之權重望崇者，莫我若也；奢貴自奉，禮異人臣。每公卿入言，賓客上謁，未嘗不踞牀而見，令美人捧出，侍婢羅列，頗僭於上。末年愈甚，無復知所負荷，有扶危扶傾之心。一日，衛公李靖以布衣上謁，獻奇策。素亦踞見。公前揖曰："天下方亂，英雄競起。公爲帝室重臣，須以收羅豪傑爲心，不宜踞見賓客。"素斂容而起，謝公，與語，大悦，收其策而退。

當公之騁辯也，一妓有殊色，執紅拂立於前，獨目公。公既去，而執拂者臨軒指吏問曰：“去者處士第幾？住何處？”公具以對。妓領而去。公歸逆旅，其夜五更初，忽聞叩門而聲低者。公起問焉，乃紫衣帶帽人，杖一囊。公問誰，曰：“妾，楊家之執拂妓也。”公遽延入，脱衣去帽，乃十八九佳麗人也，素面畫衣而拜。公驚答拜。曰：“妾侍楊司空久，閱天下之人久矣，無如公者。絲蘿非獨生，願託喬木，故來奔耳。”公曰：“楊司空權重京師，如何？”曰：“彼屍居餘氣，不足畏也。諸妓知其無成，去者甚衆矣，彼亦不甚逐也。計之詳矣，幸無推焉。”問其姓，曰：“張。”問其伯仲之次，曰：“最長。”觀其肌膚儀狀，言詞氣語，真天人也。公不自意獲之，愈喜愈懼，瞬息萬慮不安，而窺户者無停履。數日，亦聞追討之聲，意亦非峻；乃雄服乘馬，排闥而去。將歸太原，行次靈石旅邸，既設牀；爐中烹肉且熟。

張氏以髮長委地，立梳牀前。公方刷馬；忽有一人，中形，赤髯而虬，乘蹇驢而來，投革囊於爐前，取枕欹臥，看張梳頭。公怒甚未決，猶親刷馬。張熟視其面，一手握髮，一手映身搖示公，令勿怒。急急梳頭畢，斂袵前問其姓，臥客答曰：“姓張。”對曰：“妾亦姓張，合是妹。”遽禮問“第幾？”曰：“第三。”因問“妹第幾？”曰：“最長。”遂喜曰：“今多幸逢一妹！”

張氏遥呼：“李郎且來見三兄。”公驟禮之；遂環坐。曰：“煑者何肉？”曰：“羊肉，計已熟矣。”客曰：“饑。”公出市胡餅。客抽腰匕首，切肉共食。食竟，餘肉亂切送驢前，食之甚速。客曰：“觀李郎之行，貧士也，何以致斯異人？”曰：“靖雖貧，亦有心者焉。他人見問，固不言；兄之問，則無隱耳。”具言其由。曰：“然則何之？”曰：“將避地太原。”曰：“然！故非君所致也。”曰：“有酒乎？”曰：“主人西則酒肆也。”公取酒一斗，既巡。客曰：“吾有少下酒物，李郎能同之乎？”曰：“不敢！”於是開革囊，取一人頭并心肝，却頭囊中，以匕首取心肝共食之，曰：“此人天下負心者，銜之十年。今始獲之，吾憾釋矣！”又曰：“觀李郎儀形器宇，真丈夫也。亦聞太原有異人乎？”曰：“嘗識一人，愚謂之真人也，其餘將帥而已。”曰：“何姓？”曰：“靖之同姓。”曰：“年幾?”曰:“僅二十。”曰:“今何爲?”曰:“州將之子也。”曰:“似矣,亦須見之。李郎能致吾一見乎?”曰:“靖之友劉文靜者與之狎。因文靜見之,可也。然兄何爲?”曰:“望氣者言太原有奇氣,使吾訪之。李郎何日到太原?”靖計之日,曰:“期達之明日,日方曙,候我於汾陽橋。”言訖,乘驢而去,其行若飛,回顧已失。

公與張氏且驚且喜,久之,曰:“烈士不欺人,固無畏。”促鞭而行。及期,入太原。候之,果相見;大喜,偕詣劉氏。詐謂文靜曰:“有善相者思見郎君,請迎之。”文靜素奇其人,一旦聞有客善相,遽遣使迎之。使迴而至,不衫不履,裼裘而來,神氣揚揚,貌與常異。虬髯默然居末坐,見之心死。飲數杯,招靖曰,“真天子也。”公以告劉。劉益喜自負。既出,而虬髯曰:“吾見之十八九定矣,亦須道兄見之。李郎宜與一妹復入京,某日午時,訪我於馬行東酒樓,樓下有此驢及瘦驢,即我與道兄俱在於上矣,到即登焉。”又別,而公與張氏復應之。

及期,訪焉,宛見二乘,攬衣登樓。虬髯與道士方對飲,見公驚喜,召坐同飲十數巡,曰:“樓下櫃中有錢十萬,擇一深穩安妹處。某日復會於汾陽橋。”如期至,即道士與虬髯已先到矣,俱謁文靜。時方弈棋,起揖而語。少焉,文靜飛書召文皇看棋。道士對文靜弈,虬髯與靖旁立而視。俄而文皇來,長揖就坐,神清氣朗,滿坐風生,顧盼煒如也。道士一見慘然,斂棋子曰:“此局全輸矣。於此失却局,奇哉,救無路矣。”罷弈,請去。既出,謂虬髯曰:“此世界,非公世界也。他方可勉圖之,勿以爲念!”因共入京。虬髯路語靖曰:“計李郎之程,某日方到。到之明日,可與一妹同詣某坊小宅。爲李郎往復相從,一妹懸然如磬,欲令新婦祗謁從容,無令前却。”言畢,吁嗟而去。

靖亦馳馬速征,俄即到京,與張氏同往。至一小板門,叩之,有應者,出拜曰:“三郎令候李郎一娘子久矣。”延入重門,門益壯麗;奴婢三十餘人,羅列於前;青衣二十人,引靖入東廳。廳之陳設,窮極珍異,巾箱妝奩冠鏡首飾之盛,非人間之物,巾櫛裝飾畢備。請更衣,衣又珍奇。甫畢,傳云:“三郎來!”乃虬髯也。紗帽紫衫，趨走有龍虎之狀，相見歡然；命妻出拜，亦天人也。遂延中堂，陳設盤筵之盛，雖王公亦不侔也。四人對坐陳饌，次出女樂二十人，旅奏於庭，似從天降，非人間之曲度。食畢，行酒，有蒼頭自西堂舁出二十牀，各覆以錦帕。既列，盡去其帕，乃文簿匙鑰之類。虬髯指告靖曰："此皆珍寶貨帛之數，吾之所有，悉以充贈。何者？某本欲於此世界求事，或當龍戰二三年，建少功業。今既有主，住亦何爲！太原李氏，真英主也；三五年内，即當太平。李郎以英特之才，輔清平之主，竭心盡力，必極人臣。一妹以天人之姿，蘊不世之藝，從夫之貴，榮及軒裳。非一妹不能識李郎，非李郎不能遇一妹。聖賢起陸之漸，際會如期，虎嘯風生，龍騰雲合，固非偶然也。將予之贈，以助真主，施功立業，勉之勉之！此後十餘年，東南數千裏外有異事，是吾得意之秋也。一妹與李郎，可瀝酒相賀。"復引家僮列拜曰："李郎，一妹，是汝主也，可善事之。"言訖，與其妻戎服乘馬，一奴從後，數步遂不復見。

靖據其宅，遂爲豪家，得以助文皇締構之資，遂匡大業。貞觀中，公以左僕射平章事，適東南蠻奏曰："有海船千艘，甲兵數十萬，入扶餘國，殺其主自立，國已定矣。"靖知虬髯成功也，歸告張氏，共瀝酒向東南拜賀之。乃知真人之興，非英雄所冀，況非英雄者乎！人臣之謬思亂者，乃螳臂之拒走輪耳。我皇家垂福萬葉，豈虚然哉！或曰："衛公之兵法，半是虬髯所傳也。"

抑英雄以明真主，其意本之班彪《王命論》，别出機杼而託之小説。小説家者流，蓋出於稗官，就所睹記，曲道人物風俗、學術、方伎以拾史官之遺，如虞初之周説九百，劉義慶之《世説新語》，多當時實事也。其下或及神怪，時有目睹，不乃得之風聞，而不刻意構畫其事，如干寶《搜神記》之倫，亦多記傳説，蓋不違於街談巷語，道聽塗説者所造；未有辭尚浮夸，事出意構者也。若乃以譎怪詭奇相尚，以驚世駭俗爲志，因物騁辭，事貴傳奇者，當自説《虬髯客傳》始。

開元中，説爲集賢殿大學士十餘年。常與學士徐堅論近代文士，悲其凋喪。堅曰："李趙公、崔文公之筆術，擅價一時，其間孰優？"説曰："李嶠、崔融、薛稷、宋之問之文，如良金美玉，無施不可。富嘉謨之文，如孤峯絶岸，壁立萬仞，濃雲鬱興，震雷俱發，誠可畏也；若施於廊廟，則駭矣。楊炯文思如懸河注水。酌之不竭，既優於盧，亦不減王，恥居王後，信然；愧在盧前，謙也。閻朝隱之文，如麗服靚妝，燕歌趙舞，觀者忘疲；若類之風雅，則罪人矣。”問後進詞人之優劣，説曰：“韓休之文，如太羹旨酒，雅有典則，而薄於滋味。許景先之文，如豐肌膩理，雖穠華可愛，可微少風骨。張九齡之文，如輕縑素練，實濟時用，而微窘邊幅。王翰之文，如瓊杯玉斝，雖爛然可珍，而多有玷缺。”堅以爲然。然余睹記所及，則亦有可信有不可信。薛稷，汾陽人，爲文不脱儷體，而詩如《早春魚亭山》、《秋日還京陝西十里作》、《春日登樓野望》三篇，清新遒亮，綽有古思。閻朝隱，趙州欒城人，詩頗遒爽而調欠沈鬱，文亦麗贍而韻未清迴，知爲華士而非正人也。韓休，京兆人，文亦儷體，而《許國文憲公蘇頲文集序》，辭筆朗暢，出之疏宕；《梁宣帝、明帝二陵碑》，才調警拔，發以頓挫；駢文得此，亦大手筆。而説謂如太羹旨酒，薄於滋味，殊未爲然也。

張九齡，字子壽，韶州曲江人。七歲知屬文，擢進士，官中書舍人，出爲洪州都督。張説以爲後出詞人之冠，薦爲集賢院學士。俄拜中書侍郎，同平章事。玄宗每謂侍臣曰：“張九齡文章，自有唐名公皆不如也。朕終身師之，不得其一二，此人真文場之元帥也。”傳有《曲江集》廿卷。其詩文大抵穩稱有餘，雄麗不足，而文尤窘邊幅，獨其代玄宗敕邊將夷酋諸書，隨事抒寫，不大聲色，而指示殷勤，吐屬矜貴，軍情虜勢，朗如列眉，可以上追西京，俯視南朝。録敕文六篇。

敕北庭將士書

敕北庭將士瀚海軍使蓋嘉運已下：逆胡忿戾，乘此猖狂，驅率匪人，圍犯邊鎮。皆如素慮，不出下策。卿等雖在絶境，且據堅城，將士一心，莫非義勇。觀釁而動，取亂在茲，宜臨事籌之，無失此便。但蘇禄本以奸詐，誑誘羣胡，無德在人，何能有國。今乃驅烏合之衆，作不義之舉，師曲在老，族滅其時。卿可因其不固之心，乘其已疲之衆，犄角歸路，翦滅逋醜，此亦天與，豈直人謀。仍熟料之，取萬全也。國之重賞，惟待奇功，豈在言之，自良圖耳。比秋氣已冷，卿及將士百姓並安好。遣書指不多及。

敕安西節度王斛斯書

敕王斛斯：得卿表，知諸將接勇，亦有克捷，是卿指麾，獲此兇醜。蘇禄背德，敢此寇讎，自斃犬馬之羣，我無毫釐之失。聞其狼狽，疲羸滿道，乘此翦撲，勢若摧枯。張義之等雖各行誅，猶恨其少。古之善用兵者，不必在衆；能制敵者，會在出奇。狂賊此來，真亦送死，衆既不整，心且非一；烏合之虜，持久氣衰，向有奇決，破之必矣。且如所奏，亦足申威。其將士立功，擒殺有狀，各據實聞奏，當加優賞。頃來諸軍奏請，所患在於不實。將既虚叙，人則妄求，如此相蒙，自然撓法。朕以信示下，以賞勸勞，豈於其間，亦容有詭？故委卿在遠，所寄則深，必取誠實，勿令致此。冬初已冷，卿等及將士以下並平安好。遣書指不多及。

敕幽州節度張守珪書

敕幽州節度副大使兼御史中丞張守珪：漁陽平盧，東北重鎮，匈奴斷臂，山戎扼喉。節制之權，莫不在此。朕所以雅仗才識，誠思遠圖，既膺此舉，當成本志。今奚賊殘破，固不足言。契丹餘孽，猶且爲梗，將遂掃蕩，懸賞須明。至如寇抄之來，邊境常事，苟非大敵，不勞我師。頃者偏小邀功，或亦附益其事。言而不實，示信何歸，賞而有虚，叙勞何勸。適使貪嗜小利之輩，不思翦滅大舉之策，則深謀重賞，更待何人；而革弊成功，當在卿爾。其有賊非大下，因有擒馘，灼然殊效者，可量事奏聞；其餘微勞，並任軍中賞賜，冀能自勉，令有後圖。若信其苟爲，終若成事，而綱紀不立，夷狄笑人。以卿之明，固在目擊也。秋氣已冷，卿及將吏以下並平安好。遣書指不多及。

敕平盧使烏知義書

敕烏知義：兩蕃既已歸我，突厥仍敢犯邊，此其不順，誠可殘滅。適聞契丹及奚等并力合謀，同破兇醜；卿亦繼進，相與成功；此之一捷，使其喪氣。然鬬防困獸，誘備羸師，兵家之難，慎在終始。卿是宿將，當自明之。若見可則行，務須靈敏，固在臨事，難用預言，必圖萬全，不可輕舉。已敕守珪與卿計會，可須觀釁裁之。秋涼，卿及將士已下並平安好。遣書指不多及。（以上敕邊將）

敕契丹都督泥禮書

敕契丹都督泥禮：往者屈烈突干凶惡，無心憂矜百姓，背叛於我，終日自防，丁壯不得耕耘，牛馬不得生養；及依附突厥而課稅又多，部落吁嗟，卿所見也。李過折因衆人之忿，誅頑凶之徒；諸部酋豪相率歸我，已令隨事賞賜，亦云且得安寧。過折封王，豈直賞功而已，亦爲百姓衆意賴其撫存。不知近日已來，若爲非理，亦聞殺害無罪，棒打又多，衆情不安，遂致非命。然卿彼之蕃法，多無義於君長，自昔如此，朕亦知之。然是卿蕃王，有惡徑殺，爲此王者，不亦難乎？但恐卿今爲王，後人亦常不自保，誰願作王？卿雖蕃人，是當土豪傑，亦須防慮後事，豈取快志目前。過折既亡，卿初知都督，百姓諸處分，復得安寧以否？卿應有官賞，即有處分。夏中甚熱，卿及首領百姓並安好。今賜卿錦衣一副，並細腰帶七事，至宜領取。遣書指不多及。

敕吐蕃贊普書

皇帝問贊普：緣國家先代公主，既是舅甥，以今日公主，即爲子婿；如是重姻，何待結約。遇事足以相信，隨情足以相親。不知彼心復同然否？近得四鎮節度使表，云“彼使人與突騎施交通”。但蘇禄小蕃，負恩逆命。贊普既是親好，即合同嫉頑凶，何爲却與惡人密相往來，又將器物交通賂遺？邊鎮守捉，防遏是常。彼使潛行，一皆警覺，夜中格拒，人或死傷，比及審知，亦不總損。所送金銀諸物及偷盜人等，並付悉諾勃藏卻將還。彼既與贊普親厚，豈復以此猜疑。自欲坦懷，略無所隱，縱通異域，何慮異心。至於邊將在遠，下人邀功，變好爲惡，誠亦有此。非獨相規，亦當自誡。如此覺察，更有何憂。萬事之間，一無所限隔，所以細故無不盡言，想所知之，體至懷也。晚春極暄，贊普及平章事首領並平安好。有少信物，别具委曲。遣書指不多及。（以上敕夷酋）

語無枝辭，意有餘誠，而經事綜物，指揮若定。大抵敕邊將書，機宜曲盡，於周詳中出英明，於温慰中見肅毅。敕夷酋書，雅意深篤，於宣慰中盡情僞，於誥誡中見體恤。自魏武、蜀相而後，諸爲教令，罕見如此之懇到周詳者也。其他《上姚令公書》，感慨激發，自臻英逸；《景龍觀山亭集送密縣高贊府序》、《歲除陪王司馬登薛公逍遥臺序》、《韋司馬别業集序》，頓挫瀏亮，亦昭倜儻；《獅子贊序》，胎息茂古，立言能見其大；《故瀛州司户參軍李府君碑銘》、《後漢徵君徐君碣銘》，載筆清暢，抒藻不免於縟；雖未瑰偉，而亦可誦。

張九齡詩則排律居多，而五言古《雜詩》五首，《感遇》十二首，獨盛傳於世。録詩三首：

雜詩

孤桐亦胡爲，百尺傍無枝。疏陰不自覆，修幹欲何施？高岡地復迥，弱植風屢吹。凡鳥已相噪，鳳凰安得知。

感遇

蘭葉春葳蕤，桂華秋皎潔。欣欣此生意，自爾爲佳節。誰知林棲者，聞風坐相悦。草木有本心，何求美人折！

孤鴻海上來，池潢不敢顧。側見雙翠鳥，巢在三珠樹。矯矯珍木巔，得無金丸懼？美服患人指，高明逼神惡。今我游冥冥，弋者何所慕。

跌宕昭彰，解散辭體，蔚彼風力，文明以健。而《望月懷遠》一律，文温以麗，淒愴怨者之流，又是一格。辭曰：

海上生明月，天涯共此時。情人怨遥夜，竟夕起相思。滅燭憐光滿，披衣覺露滋。不堪盈手贈，還寢夢佳期。

意悲而遠，情高會采，風味雋永，尤爲獨絶；其它碌碌，未能稱是。柳宗元謂張説擅著述，張九齡工比興；而不以比興許張説。然以我觀之，篇章之盛，體氣之完，以備盛唐之格，而開李杜之風者，張九齡何能及張説。而九齡之詩，《雜詩》《感遇》，古調僅彈，佗未能稱；雖是清拔以洗梁陳之綺靡，而未遒壯以樹李杜之風骨，所以不如張説也。

第八節　李白　杜甫　王維　孟浩然附儲光羲　崔顥　王昌齡附王之涣　李頎　高適　岑參　常建　錢起附郎士元　劉長卿

唐代文學，莫盛於詩，詩莫盛於開元、天寶。無詩，則唐文學不盛，無開元、天寶，則無盛唐。而李白、杜甫，獨爲盛唐之冠。先是太宗朝，魏徵、王績，首開草昧之風；而陳子昂特以雄麗遒茂振一代之勢；沈佺期、宋之問、張説、張九齡，運古於律，力湔藻縟，亦各擅清拔之氣於音節圓暢之中；旁薄鬱積，久而勢厚。至李白、杜甫，茹古涵今，獨以渾遒高亮，創開風氣，結漢魏六朝之局，而開唐以後詩家之派；而杜甫之體備，李白之氣奇。

李白，字太白，其先隴西成紀人，隋末，以罪徙西域，既而遁歸於蜀。白之生，母夢長庚星，因以命之。十歲，通詩書；既長，隱岷山，州舉有道，不應。蘇頲爲益州長史，見白，異之曰："此子天才奇特，可比相如。"然喜縱横術，擊劍爲任俠，而門多長者車，常欲一鳴驚人，慷慨自負。出游荆州，《與刺史韓朝宗書》曰：

白聞天下談士相聚而言曰："生不用封萬户侯，但願一識韓荆州。"何令人之景慕一至於此耶？豈不以有周公之風，躬吐握之事，使海内豪俊奔走而歸之。一登龍門，則聲價十倍。所以龍盤鳳逸之士，皆欲收名定價於君侯？願君侯不以富貴而驕之，貧賤而忽之，則三千賓中有毛遂，使白得脱穎而出，即其人焉。

白，隴西布衣，流落楚漢。十五好劍術，徧干諸侯；三十成文章，歷抵卿相。雖長不滿七尺，而心雄萬夫，王公大臣許與氣誼。此疇曩心跡，安敢不盡於君侯。惟君侯制作侔神明，德行動天地；筆參於造化，學究於天人。幸願開張心顔，不以長揖見拒。必若接之以高宴，縱之以清談，日試萬言，倚馬可待。今天下以君侯爲文章之司命，人物之權衡，一經品題，便作佳士；而君侯何惜階前盈尺之地，不使白揚眉吐氣，激昂青雲耶？

昔王子師爲豫章，未下車，即辟荀慈明；既下車，又辟孔文舉。山濤作冀州，甄拔三十餘人，或爲侍中尚書。先代所美。而君侯亦薦一嚴協律，入爲祕書郎；中間崔宗之、房習祖、黎昕、許瑩之徒，或以才名見知，或以清白見賞。白每觀其銜恩撫躬，忠義奮發。白以此感激，知君侯推赤心於諸賢腹中，所以不歸他人，而願委身國士。儻急難有用，敢効微軀。且人非堯舜，誰能盡善？白謨猷籌畫，安能盡矜；至於制作，積成卷軸，則欲塵穢視聽，恐雕蟲小伎，不合大人。若賜觀芻蕘，請給以紙墨兼之書人。然後退歸閒軒，繕寫呈上，庶青萍結緑，長價於薛卞之門。幸推下流，大開獎飾，惟君侯圖之。

朝宗延飲，白拜；朝宗讓以何不長揖，白曰："酒以成禮。"朝宗大悦。既而之京師，祕書監賀知章聞其名，首訪之，請所爲文。白出《蜀道難》，讀未竟，歎曰："子，謫仙人也！"白酷好酒，知章解金龜換酒，與傾盡醉。言於玄宗，召見，論當世事，賜食親爲調羹，有詔供奉翰林。開元中，禁中初重牡丹，得四本紅、紫、淺紅、通白者，植興慶池東，沉香亭前。花方繁開，玄宗攜太真妃宴賞。李龜年以歌擅一時之名，手捧檀板，押衆樂前，將歌。上曰："賞名花，對妃子，焉用舊辭！"命龜年持金花箋宣賜白立進《清平調辭》三章。白宿酲未解，乃欣然援筆，辭曰：

雲想衣裳花想容，春風拂檻露華濃。若非羣玉山頭見，會向瑶臺月下逢。

一枝紅豔露凝香，雲雨巫山枉斷腸。借問漢宫誰得似，可憐飛燕倚新妝。

名花傾國兩相歡，長得君王帶笑看。解釋春風無限恨，沈香亭北倚闌干。

龜年以歌辭進，上命調撫絲竹歌之。太真妃持頗梨七寶杯，酌西涼州葡萄酒，笑領歌辭，意甚厚。上因調玉笛以倚曲，每曲遍將换，則遲其聲以媚之。太真妃飲罷，斂繡巾重拜，顧不慊白之以飛燕相譬況。白自知不爲所容，益放於酒，與賀知章及汝陽王璡、崔宗之、蘇晉、張旭、焦遂，爲酒中八仙。懇求放還。安禄山反，轉側宿松匡廬間。永王璘起兵，辟爲僚佐。璘敗，詔長流白夜郎，會赦，還潯陽，再坐事下獄。尋依當塗令李陽冰，而卒於當塗。傳有《李太白集》三十卷。

白以詩歌爲一代宗，而誦其文章，不脱駢偶組儷之習，饒有縱横遒逸之意，如《與韓荆州書》及《春夜宴從弟桃李園序》、《暮春於江夏送張祖監丞之東都序》、《秋於敬亭送從姪耑遊廬山序》，磊落嶔崎，所謂卓卓有異氣，筆墨之性，殆不可勝。大抵以詞賦爲縱横，如漢枚乘、司馬相如一流人，具體而微，不僅靡密以閒暢也。詩則氣象高朗，風骨恢張。觀其抒寫，直取自然，初非琢鍊之勞，吐以匠心之感，《詠懷》同阮嗣宗，《遊仙》似郭景純，不爲淒戾，自臻清拔，仗氣愛奇，動多振絶；然而不貴綺錯，有傷直致。録五七言古、五七言律、五七言絶共十六首：

古風①

桃花開東園，含笑誇白日。偶蒙東風榮，生此豔陽質。豈無佳人色，但恐花不實。宛轉龍火飛，零落早相失。詎知南山松，獨立自蕭瑟。

長干行

妾髮初覆額，折花門前劇。郎騎竹馬來，繞牀弄青梅。同居長干里，兩小無嫌猜。十四爲君婦，羞顔未嘗開，低頭向暗壁，千喚不一回。十五始展眉，願同塵與灰；常存抱柱信，豈上望夫臺？十六君遠行，瞿塘灩預堆；五月不可觸，猿聲天上哀。門前遲行跡，一一生緑苔。苔深不能掃，落葉秋風早；八月蝴蝶來，雙飛西園草。感此傷妾心，坐愁紅顔老。早晚下三巴？預將書報家。相迎不道遠，直至長風沙。

月下獨酌

花間一壺酒，獨酌無相親，舉杯邀明月，對影成三人。月既不解飲，影徒隨我身。暫伴月將影，行樂須及春。我歌月徘徊，我舞影零亂。醒時同交歡，醉後各分散；永結無情遊，相期邈雲漢。

望終南山寄紫閣隱者

出門見南山，引領意無限，秀色難爲名，蒼翠日在眼。有時白雲起，天際自舒卷，心中與之然，託興每不淺。何當造幽人，滅跡棲絶巘。(以上五言古)

蜀道難

噫吁嚱，危乎高哉！蜀道之難難於上青天！蠶叢及魚鳧，開國何茫然。爾來四萬八千歲，不與秦塞通人煙。西當太白有鳥道，可以横絶峨眉巔。地崩山摧壯士死，然後天梯石棧方鉤連。上有六龍迴日之高標，下有衝波逆折之回川；黄鶴之飛尚不得過，猿猱欲度愁攀緣。青泥何盤盤，百步九折縈巖巒。捫參歷井仰脅息，以手撫膺坐長歎。問君西遊何時還，畏途巉巖不可攀。但見悲鳥號古木，雄飛雌從繞林間。又聞子規啼夜月，愁空山。蜀道之難難於上青

---

① 此爲《古風》五十九首的第四十七首。

天，使人聽此凋朱顔。連峯去天不盈尺，枯松倒掛倚絶壁。飛湍暴流争喧豗，砯崖轉石萬壑雷。其嶮也若此；嗟爾遠道之人胡爲乎來哉！劍閣崢嶸而崔嵬，一夫當關，萬夫莫開。所守或非親，化爲狼與豺。朝避猛虎，夕避長蛇。磨牙吮血，殺人如麻。錦城雖云樂，不如早還家。蜀道之難難於上青天，側身西望長咨嗟。

將進酒

君不見黄河之水天上來，奔流到海不復回。君不見高堂明鏡悲白髮，朝如青絲暮成雪。人生得意須盡歡，莫使金樽空對月。天生我材必有用，千金散盡還復來。烹羊宰牛且爲樂，會須一飲三百杯。岑夫子，丹丘生，將進酒，君莫停！與君歌一曲，請君爲我傾耳聽：鐘鼓饌玉不足貴，但願長醉不復醒。古來聖賢皆寂寞，惟有飲者留其名。陳王昔時宴平樂，斗酒十千恣歡謔。主人何爲言少錢，徑須沽取對君酌。五花馬，千金裘，呼兒將出换美酒，與爾同銷萬古愁。

夢遊天姥吟留别

海客談瀛洲，煙濤微茫信難求。越人語天姥，雲霓明滅或可覩。天姥連天向天横，勢拔五岳掩赤城。天台四萬八千丈，對此欲倒東南傾。我欲因之夢吴越，一夜飛渡鏡湖月。湖月照我影，送我至剡溪；謝公宿處今尚在，緑水蕩漾清猿啼。脚著謝公屐，身登青雲梯。半壁見海日，空中聞天雞。千巖萬壑路不定，迷花倚石忽已暝。熊咆龍吟殷巖泉。慄深林兮驚層巔。雲青青兮欲雨，水澹澹兮生煙。列缺霹靂，丘巒崩摧。洞天石室，訇然中開。青冥浩蕩不見底，日月照耀金銀臺。霓爲衣兮風爲馬，雲之君兮紛紛而來下；虎鼓瑟兮鸞迴車，仙之人兮列如麻。忽魂悸以魄動，怳驚起而長嗟。惟覺時之枕席，失向來之煙霞。世間行樂亦如此，古來萬事東流水。别君去兮何時還？且放白鹿青崖間，須行即騎訪名山。安能摧眉折腰事權貴，使我不得開心顔。（以上七言古）

送友人

青山橫北郭，白水繞東城。此地一爲别，孤蓬萬里征。浮雲游子意，落日故人情。揮手自茲去，蕭蕭班馬鳴。

訪戴天山道士不遇

犬吠水聲中，桃花帶雨濃。樹深時見鹿，溪午不聞鐘。野竹分青靄，飛泉挂碧峯。無人知所去，愁倚兩三松。（以上五言律）

登金陵鳳凰臺

鳳凰臺上鳳凰遊，鳳去臺空江自流。吴宫花草埋幽徑，晉代衣冠成古丘。三山半落青天外，二水中分白鷺洲。總爲浮雲能蔽日，長安不見使人愁。

鸚鵡洲

鸚鵡來過吴江水，江上洲傳鸚鵡名。鸚鵡西飛隴山去，芳洲之樹何青青。煙開蘭葉香風暖，岸夾桃花錦浪生。遷客此時徒極目，長洲孤月向誰明。（以上七言律）

靜夜思

牀前明月光，疑是地上霜。舉頭望明月，低頭思故鄉。

敬亭獨坐

衆鳥高飛盡，孤雲獨去閒。相看兩不厭，只有敬亭山。（以上五言絶）

越中覽古

越王句踐破吴歸，戰士還家盡錦衣。宫女如花滿春殿，祇今惟有鷓鴣飛。

送孟浩然之廣陵

故人西辭黄鶴樓，煙花三月下揚州。孤帆遠影碧空盡，惟見長江天際流。

望天門山

天門中斷楚江開，碧水東流向北迴。兩岸青山相對出，孤帆一

片日邊來。(以上七言絶)

大抵才雄而氣遒，筆力變化，極於七言歌行。語短而情長，詞意雋永，尤妙五七言絶。然余獨愛其五言古，能寓意思安閒於筆陣排宕之中，得明遠之俶詭，含元亮之曠真，風調高雅，筆力遒古，體被文質，爲莫尚已。於時，玄宗雅好聲樂，有《好時光》之詞，而太真妃有《阿那曲》；白則製《清平調》三章以娱媚之，婉麗精切；而玩其體，則七言絶也。徒以調或未諧，則用律絶詩體，裁爲長短句以就曲拍。而傳有《桂殿秋》兩闋，《連理枝》兩闋，《菩薩蠻》、《憶秦娥》各一闋，《清平樂》五闋；開後世填詞之風。録二首。

菩薩蠻

平林漠漠煙如織。寒山一帶傷心碧。暝色入高樓，有人樓上愁。玉階空佇立，宿鳥歸飛急。何處是歸程？長亭更短亭。

憶秦娥

簫聲咽，秦娥夢斷秦樓月。秦樓月，年年柳色，灞陵傷别。樂遊原上清秋節。咸陽古道音塵絶。音塵絶，西風殘照，漢家陵闕。

律絶莫盛於唐，然律絶盛而詞興。而詞者，則律絶之解散辭體，如《菩薩蠻》，合五言、七言而成；而《憶秦娥》長短句錯落，則裁之於七言，或有餘，或不足，皆以協和其調也，遂爲詞家之祖焉。

杜甫，字子美，杜審言之孫，本襄陽人，後徙河南鞏縣。初應進士不第，天寶末獻《三大禮賦》，玄宗奇之。會安禄山亂，陷賊中，脱身奔鳳翔，肅宗用爲左拾遺。後依嚴武居成都。武卒居夔州，旋至夔州，去夔出峽，下江陵，泝沅湘以登衡山，因客耒陽，卒。傳有《杜工部集》三十卷。

甫以詩歌與李白齊名，世稱李杜。誦其文章，殊不如白，同白之駢儷而異其遒逸，有白之靡密而無其閒暢。獨詩則别出於白以自名一家。白富於想像，運以逸氣，而甫工爲叙述，尤擅議論。白存古意，甫開今體。白才氣無雙，每論詩云：“梁陳以來，豔薄斯極。沈休文又尚以聲律。將復古道，非我而誰，況使束於聲調俳優哉！”肆意爲之，擺脱拘束。而甫不免苦吟，於古人詩無所不學，而學曹植，學陶潛，學大小謝，學鮑照，學庾信諸家者，轍跡尤顯然。每謂“讀書破萬卷，下筆如有神”，又曰：“別裁僞體親風雅，轉益多師是汝師。”顧白自負文格放達，譏以詩曰：“飯顆山頭逢杜甫，頭戴笠子日卓午。借問別來太瘦生，總爲從前作詩苦。”蓋白以才氣勝，甫以學養勝也。五七言古，同一跌宕昭彰，而白出以奔迸，甫抒以沈鬱。近體則白擅絶句，而甫工律體。漢魏以前，詩格簡古，世間一切瑣事猥語，皆著不得；即李白詩酒軼蕩，懷奇負氣，亦不屑意世故。獨杜甫抒所欲言，意到筆隨，以盡天下之情事，逢源而泛應。五言古如《贈衛八處士》曰：

人生不相見，動如參與商。今夕復何夕，共此燈燭光。少壯能幾時，鬢髮各已蒼。訪舊半爲鬼，驚呼熱中腸。焉知二十載，重上君子堂。昔別君未婚，兒女忽成行；怡然敬父執，問我來何方。問答乃未已，兒女羅酒漿，夜雨剪春韭，新炊間黄粱。主稱會面難，一舉累十觴。十觴亦不醉，感子故意長。明日隔山岳，世事兩茫茫。

深情摯語，不假雕琢，若不經意，而自然淵永，其源蓋出陶潛也。又如《石壕吏》曰：

暮投石壕村，有吏夜捉人。老翁踰牆走，老婦出門看。吏呼一何怒，婦啼一何苦；聽婦前致詞：“三男鄴城戍。一男附書至，二男新戰死。存者且偷生，死者長已矣！室中更無人，惟有乳下孫；有孫母未去，出入無完裙。老嫗力雖衰，請從吏夜歸。急應河陽役，猶得備晨炊。”夜久語聲絶，如聞泣幽咽。天明登前途，獨與老翁別。

直書其事，調響而意激；鮑明遠有其警挺，而無此古直。又如《新婚別》曰：

兔絲附蓬麻，引蔓故不長；嫁女與征夫，不如棄路旁。結髮爲妻子，席不暖君牀；暮昏晨告別，無乃太匆忙。君行雖不遠，守邊赴河陽。妾身未分明，何以拜姑嫜！父母養我時，日夜令我藏，生女有所歸，雞狗亦得將。君今往死地，沈痛迫中腸。誓欲隨君去，形勢反蒼黄。勿爲新婚念，努力事戎行。婦人在軍中，兵氣恐不揚。自嗟貧家女，久致羅襦裳；羅襦不復施，對君洗紅妝。仰視百鳥飛，大小必雙翔。人事多錯迕，與君永相望。

含羞難言之情，而出以放聲長號；盡情抉露之詞，而不礙新人羞口。筆力矯健，筆情警細。又如《贈友》① 曰：

元年己巳月，郎有焦校書。自誇足膂力，能騎生馬駒。一朝被馬踏，唇裂板齒無。壯心不肯已，欲得東擒胡。

戲也，而大筆如椽，寥寂短章，亦復雄奇倔强，此是少陵本色。七言古如《今夕行》曰：

今夕何夕歲云徂，更長燭明不可孤。咸陽客舍一事無，相與博塞爲歡娱；憑陵大叫呼五白，袒跣不肯成梟盧。英雄有時亦如此，邂逅豈即非良圖。君莫笑，劉毅從來布衣願，家無擔石輸百萬。

瑣細事寫得豪，尋常事寫得辭意鏗訇，所以爲雄。又如《哀王孫》曰：

長安城頭頭白烏，夜飛延秋門上呼。又向人家啄大屋，屋底達官走避胡。金鞭斷折九馬死，骨肉不得同馳驅。腰下寶玦青珊瑚，可憐王孫泣路隅。問之不肯道姓名，但道困苦乞爲奴。已經百日竄荆棘，身上無有完肌膚。高帝子孫盡隆準，龍種自與常人殊。豺狼在邑龍在野，王孫善保千金軀。不敢長語臨交衢，且爲王孫立斯須。昨夜東風吹血腥，東來橐駝滿舊都。朔方健兒好身手，昔何勇鋭今何愚。竊聞天子已傳位，聖德北服南單于。花門剺面請雪恥，慎勿出口他人狙。哀哉王孫慎勿疏，五陵佳氣無時無。

軒然而來，亂後情景，從烏寫起，真覺滿目淒涼，如聞如睹；中間“可憐王孫泣路隅”，折入正意；入後“哀哉王孫慎勿疏”，結醒題面；丁寧惻怛，曲盡眉語目視光景；而以跌宕昭彰之筆，寫路隅畏泣之情，道路以目，欲言不言，神妙直到秋毫巔。又如《茅屋爲秋風所破歌》曰：

八月秋高風怒號，卷我屋上三重茅。茅飛渡江灑江郊，高者掛罥長林梢，下者飄轉沈塘坳。南村羣童欺我老無力，忍能對面爲盜賊，公然抱茅入竹去；脣焦口燥呼不得，歸來倚杖自歎息。俄頃風定雲墨色，秋天漠漠向昏黑。布衾多年冷似鐵，嬌兒惡臥踏裏裂。牀頭屋漏無乾處，雨脚如麻未斷絶。自經喪亂少睡眠，長夜沾溼何

① 此爲《戲贈友》二首之一。

由徹。安得廣廈千萬間，大庇天下寒士俱歡顔，風雨不動安如山！嗚呼，何時眼前突兀見此屋，吾屋①獨破受凍死亦足！

放筆爲直幹，而筆筆駛轉，如獅跳虎臥，通身解數；儘是閭巷委瑣，到公筆下，無不俊邁跌宕；夾敍夾議，有識有筆，其氣足以舉之也。五言律如《得舍弟消息》曰：

亂後誰歸得，他鄉勝故鄉。直爲心厄苦，久念與存亡。汝書猶在壁，汝妾已辭房。舊犬知愁恨，垂頭傍我牀。

不假雕飾，自然沈哀。七言律如《早秋苦熱堆案相仍》曰：

七月六日苦炎蒸，對食暫餐還不能。每愁夜中自足蠍，況乃秋後轉多蠅。束帶發狂欲大叫；簿書何急來相仍。南望青松架短壑，安得赤脚踏層冰。

以粗樸臻老健，亦以粗樸見詼詭，後來韓愈、黄庭堅多學之。又如《客至》曰：

舍南舍北皆春水，但見羣鷗日日來。花徑不曾緣客掃，蓬門今始爲君開。盤飧市遠無兼味，樽酒家貧只舊醅。肯與鄰翁相對飲，隔籬呼取盡餘杯。

幽情逸調，得陶之意興婉愜。又如《聞官軍收河南河北》曰：

劍外忽傳收薊北，初聞涕淚滿衣裳。卻看妻子愁何在，漫卷詩書喜欲狂。白日放歌須縱酒，青春作伴好還鄉。即從巴峽穿巫峽，便下襄陽向洛陽。

筆能赴情，情來引文，自在流出，一筆揮灑；悲喜交集，聲情如繪。七言絶如《漫興》曰：

手種桃李非無主，野老牆低還是家。恰似春風相欺得，夜來吹折數枝花。

熟知茅齋絶低小，江上燕子故來頻。銜泥點污琴書内，更接飛蟲打著人。

二月已破三月來，漸老逢春能幾回。莫思身外無窮事，且盡生前有限杯。

---

① “屋”諸本多作“廬”。

> 腸斷江春欲盡頭，杖藜徐步立芳洲。顛狂柳絮隨風去，輕薄桃花逐水流。

天趣曠真，第一、二兩首借牆低屋矮生發，而罵春風相欺，怪燕子來頻，匪夷所思，筆情奇警。第三首以排遣爲悲涼。而第四首即景生情，妙在叱柳問桃；曰"隨風"，曰"逐水"，見得我儘腸斷，而桃柳自在，我有情而桃柳無情，此柳之所以爲"顛狂"，桃之所以爲"輕薄"也。造語奇而用思曲。其淺率平易處，有愚夫老嫗所欲言，所不盡能言者；難在極猥瑣之境，寫以極浩落之筆，造辭堅卓，立意渾大，遇物寫難狀之景，如在目前，抒情出不説之意，意在言外。而此筆人人所無，此境人人所歷，所以繼往開來而爲百世所宗也。

詩以言志。漢魏六朝人詩，多寫景抒情，而罕議論記事。杜甫天挺雄豪，境界獨開；叙事則氣勢排蕩，而出以沈鬱頓挫，如太史公書；議論則跌宕昭彰，而抒以流涕太息，似賈太傅疏。大力控摶，奇趣洋溢。五言古如《塞蘆子》曰：

> 五城何迢迢，迢迢隔河水。邊兵盡東征，城内空荆杞。思明割懷衛，秀巖西未已。迴略大荒來，崤函蓋虚爾。延州秦北户，關防猶可倚。焉得一萬人，疾驅塞蘆子。岐有薛大夫，旁制山賊起；近聞昆戎徒，爲退三百里。蘆關扼兩寇，深意實在此。誰能叫帝閽，胡行速如鬼。

地勢兵情，跌宕昭彰，不意詩人之篇什，而具兵家之形勢。以詩歌寫抱負，古人之所有；而以詩歌抒經綸，惟甫爲開山矣。又如《九成宫》曰：

> 蒼山八百里，崖斷如杵臼。曾宫憑風迴，岌嶪土囊口；立柱①扶棟梁，鑿翠開户牖。其陽産靈芝，其陰宿牛斗。紛披長松倒，揭巘怪石走。哀猿啼一聲，客淚迸林藪。荒哉隋家帝，製此今頽朽。向使國不亡，焉爲巨唐有！雖無新增修，尚置官居守。巡非瑶水遠，跡是雕牆後。我行屬時危，仰望嗟歎久。天王守太白，駐馬更搔首。

陳古以監今，於六義爲風人之比興，於論文爲賈生之《過秦》。入後"向使國不亡，焉爲巨唐有"一折，眼前指點，聳切動人。又如《義鶻行》曰：

① "柱"《全唐詩》作"神"。

陰崖有蒼鷹，養子黑柏顛。白蛇登其巢，吞噬恣朝餐。雄飛遠求食，雌者鳴辛酸，力强不可制，黄口無半存。其父從西歸，翻身入長煙。斯須領健鶻，痛憤寄所宣。斗上捩孤影，嗷哮來九天。修鱗脱遠枝，巨顙拆①老拳，高空得蹭蹬，短草辭蜿蜒。折尾能一掉，飽腸皆已穿。生雖滅衆雛，死亦垂千年。物情有報復，快意貴目前。兹實鷙鳥最，急難心炯然。功成失所在，用舍何其賢。近經潏水湄，此事樵夫傳。飄蕭覺素髮，凜欲衝儒冠。人生許與分，只在顧盼間，聊爲義鶻行，用激壯士肝。

奇情雄筆，夭矯滅没，極兔起鶻落之致，所謂巨刃摩天揚也。於文家中，惟太史公有此筆仗，亦惟太史公有此胸襟。又如《留花門》曰：

花門天驕子，飽肉氣勇決，高秋馬肥健，挾矢射漢月。自古以爲患，詩人厭薄伐。修德使其來，羈縻固不絶。胡爲傾國至，出入竆②金闕。中原有驅除，隱忍用此物。公主歌《黄鵠》，君王指白日。連雲屯左輔，百里見積雪。長戟鳥休飛，哀笳曙幽咽。田家最恐懼，麥倒桑枝折。沙苑臨清渭，泉香草豐潔。渡河不用船，千騎常撇烈。胡塵踰太行，雜種抵京室。花門既須留，原野轉蕭瑟。

急言竭論，而出以具體描繪，形象鮮明，含意深刻，如賈誼《陳政事疏》；跌宕昭彰，辭無不達，亦正似之。又如《佳人》曰：

絶代有佳人，幽居在空谷。自云良家子，零落依草木。關中昔喪敗，兄弟遭殺戮。官高何足論，不得收骨肉。世情惡衰歇，萬事隨轉燭；夫婿輕薄兒，新人美如玉。合昏尚知時，鴛鴦不獨宿；但見新人笑，那聞舊人哭。在山泉水清，出山泉水濁。侍婢賣珠回，牽蘿補茅屋。摘花不插鬢，采柏動盈掬。天寒翠袖薄，日暮倚修竹。

靜女如姝，天然愛好；乃知曹子建《美人篇》故作身分之不免誨淫；而沖澹深粹之情事，出以太史公之沈鬱嗚咽，慨當以慷，則是甫本色如此。又如《送重表姪王砅評事使南海》曰：

我之曾祖姑，爾之高祖母。爾祖（王珪）未顯時，歸爲尚書婦。

① 原引作“折”，據《全唐詩》改。

② “竆”《全唐詩》作“暗”。

隋朝大業末，房杜俱交友。長者來在門，荒年自餬口。家貧無供給，客位但箕帚，俄頃羞頗珍，寂寥人散後；入怪鬢髮空，吁嗟爲之久。自陳翦髻鬟，鬻市充沽酒。上云“天下亂，宜與英俊厚。向竊窺數公，經綸亦俱有”。次問“最少年，虬髯十八九。子等成大名，皆因此人手”。下云“風雲合，龍虎一吟吼。願展丈夫雄，得辭兒女醜”！秦王時在坐，真氣驚户牖。及乎貞觀初，尚書踐台斗。夫人常肩輿，上殿稱萬壽。六宫師柔順，法則化妃后。至尊呼嫂叔，盛事垂不朽。

鳳雛無凡毛，五色非爾曹。往者胡作逆，乾坤沸嗷嗷。吾客左馮翊，爾家同遁逃。争奪至徒步，塊獨委蓬蒿。逗留熱爾腸，十里卻呼號。自下所騎馬，右持腰間刀。左牽紫遊繮，飛走使我高。苟活到今日，寸心銘佩牢。亂離又聚散，宿昔恨滔滔。水花笑白首，春草隨青袍。廷評近要津，節制收英髦。北驅漢陽傳，南泛上瀧舠。家聲肯墜地，利器當秋毫。番禺親賢領，籌運神功操。大夫出盧宋，寶貝休脂膏。洞主降接武，海胡舶千艘。我欲就丹砂，跋涉覺身勞。安能陷糞土，有志乘鯨鼇。或驂鸞騰天，聊作鶴鳴皋。

只是親戚情話，追念舊事；而文章不羣，骨飛肉騰，如讀太史公《項羽本紀》、《李廣列傳》，此之謂大手筆。七言古如《兵車行》曰：

車轔轔，馬蕭蕭，行人弓箭各在腰，耶孃妻子走相送，塵埃不見咸陽橋。牽衣頓足攔道哭，哭聲直上干雲霄。道旁過者問行人，行人但云“點行頻。或從十五北防河，便至四十西營田。去時里正與裹頭，歸來頭白還戍邊。邊亭流血成海水，武皇開邊意未已。君不聞漢家山東二百州，千村萬落生荆杞。縱有健婦把鋤犂，禾生隴畝無東西。況復秦兵耐苦戰，被驅不異犬與雞！長者雖有問，役夫敢申恨。且如今年冬，未休關西卒。縣官急索租，租稅從何出？信知生男惡，反是生女好。生女猶得嫁比鄰，生男埋没隨百草”。君不見，青海頭，古來白骨無人收；新鬼煩冤舊鬼哭，天陰雨溼聲啾啾。

長歌當哭，何啻賈生痛哭流涕長太息；惟賈發以議論，而甫託於叙述，只就目睹抒寫，不著一些議論；而役民以逞，意溢言表。跌宕頓挫，捫之有芒。又如《飲中八仙歌》曰：

知章騎馬似乘船，眼花落井水底眠。汝陽三斗始朝天，道逢麴

> 車口流涎，恨不移封向酒泉。左相日興費萬錢，飲如長鯨吸百川，銜杯樂聖稱避賢。宗之瀟灑美少年，舉觴白眼望青天，皎如玉樹臨風前。蘇晉長齋繡佛前，醉中往往愛逃禪。李白一斗詩百篇，長安市上酒家眠，天子呼來不上船，自稱臣是酒中仙。張旭三杯草聖傳，脱帽露頂王公前；揮毫落紙如雲煙。焦遂五斗方卓然，高談雄辯驚四筵。

類叙八人，直起直落，就“飲中”二字生發，描寫八人性情，繪影繪聲，各極其妙。寫八人同而不同，不類而類，此太史公《游俠》《滑稽》諸傳體也。尤難大筆淋漓，如酒氣拂拂之從十指中出；此之謂景與人稱，人與事稱。又如《麗人行》曰：

> 三月三日天氣新，長安水邊多麗人，態濃意遠淑且真，肌理細膩骨肉匀。繡羅衣裳照暮春，蹙金孔雀銀麒麟。頭上何所有？翠微㔩葉垂鬢脣。背後何所有？珠壓腰衱穩稱身。就中雲幕椒房親，賜名大國虢與秦。紫駝之峯出翠釜，水精之盤行素鱗。犀筯饜飫久未下，鸞刀縷切空紛綸。黄門飛鞚不動塵，御廚絡繹送八珍。簫鼓哀吟感鬼神，賓從雜遝實要津。後來鞍馬何逡巡，當軒下馬入錦茵。楊花雪落覆白蘋，青鳥飛去銜紅巾。炙手可熱勢絶倫，慎莫近前丞相嗔。

柔聲曼調，意態曲盡，脱胎庾子山。而沈鬱頓挫，於濃腴中出奇峭，則少陵之所獨。結句云“炙手可熱勢絶倫，慎莫近前丞相嗔”，滿腹塊壘，只是如此戛然而止，令人意會言外。然同一傷心時事，悲歌慷慨；而《兵車行》以盡爲奇，《麗人行》以不盡爲奇；亦見逆鱗可犯，城狐難瞋。又如《丹青引贈曹將軍霸》曰：

> 將軍魏武之子孫，於今爲庶爲青門。英雄割據雖已矣，文彩風流猶尚存。學書初學衛夫人，但恨無過王右軍。丹青不知老將至，富貴於我如浮雲。開元之中常引見，承恩數上南熏殿。淩煙功臣少顔色，將軍下筆開生面。良相頭上進賢冠，猛將腰間大羽箭；褒公鄂公毛髮動，英姿颯爽來酣戰。先帝御馬玉花驄，畫工如山貌不同。是日牽來赤墀下，迥立閶闔生長風。詔謂將軍拂絹素，意匠慘澹經營中。斯須九重真龍出，一洗萬古凡馬空。玉花卻在御榻上，

榻上庭前屹相向。至尊含笑催賜金，圉人太僕皆惆悵。弟子韓幹早入室，亦能畫馬窮殊相。幹惟畫肉不畫骨，忍使驊騮氣凋喪。將軍畫善蓋有神，每逢佳士亦寫真。即今飄泊干戈際，屢貌尋常行路人。途窮反遭俗眼白，世上未有如公貧。但看古來盛名下，終日坎壈纏其身。

起段“丹青不知老將至”兩句，直注篇末，爲全文關鎖。中間寫其畫人畫馬，至尊含笑，圉人惆悵，真乃顯名當朝，一時煊赫。然後折到“即今漂泊干戈際”云云，盛衰相形；富貴浮雲，感喟蒼涼，極沈鬱頓挫之致。觀其跌宕昭彰，筆勢矯變，無一句落平直；然而章妥句適，前後照映，無一筆不深穩。又如《三絶句》曰：

前年渝州殺刺史，今年開州殺刺史；羣盜相隨劇虎狼，食人更肯留妻子！

二十一家同入蜀，惟殘一人出駱谷。自說二女齧臂時，回頭卻向秦雲哭。

殿前兵馬雖驍雄，縱暴略與羌渾同。聞道殺人漢水上，婦女多在官軍中！

絶句多以婉愜見蘊藉，而此獨以爽辣臻老到，驚心動魄，巨刃摩天揚，令人躲閃不得。語不驚人死不休，歎觀止矣！

模山範水，古稱謝客，然拘於偶對，差擬形似，未極山川之壯，刻畫之致；雖有興象，而未生動。至甫天生一枝雄筆，縋幽鑿險，力破餘地；篇章之磊落，稱山川之嵚崎，拔天倚地，劃然軒昂。而雲屬波委，官止神行，奇橫之趣，自然之致，二者兼擅其勝；雄矯而不爲生硬，妙造自然，此所以爲精能之至也。録《三川觀水漲》曰：

我經華原來，不復見平陸。北上惟土山，連天走窮谷。火雲出無時，飛電常在目。自多窮岫雨，行潦相豗蹙。蓊匌川氣黄，羣流會空曲。清晨望高浪，忽謂陰崖踣。恐泥竄蛟龍，登危聚麇鹿。枯查卷拔樹，礧磈共充塞。聲吹鬼神下，勢閲人代速。不有萬穴歸，何以尊四瀆。及觀泉源漲，反懼江海覆。漂沙坼岸去，漱壑松柏禿。乘陵破山門，迴斡裂地軸。交洛赴洪河，及關豈信宿。應沉數州没，如聽萬室哭。穢濁殊未清，風濤怒猶蓄。何時通舟車，陰氣不騶驥？浮生有蕩汩，吾道正羈束。人寰難容身，石壁滑側足；雲雷屯不已，艱險路更跼。普天無川梁，欲濟願水縮。因悲中林士，未脱衆魚腹。舉頭向蒼天，安得騎鴻鵠！

字錬語奇，而出以節短勢險，遂開昌黎一派。又如《石龕》曰：

熊羆咆我東，虎豹號我西。我後鬼長嘯，我前狨又啼。天寒昏無日，山遠道路迷。驅車石龕下，仲冬見虹蜺。伐竹者誰子，悲歌上雲梯；爲官采美箭，五歲供梁齊；苦云直簳盡，無以充提攜。奈何漁陽騎，颯颯驚烝黎！

又如《木皮嶺》曰：

首路栗亭西，尚想鳳凰村。季冬攜童稚，辛苦赴蜀門。南登木皮嶺，艱險不易論。汗流被我體，祁寒爲之暄。遠岫争輔佐，千巖自崩奔。始知五嶽外，別有他山尊。仰干塞①大明，俯入裂厚坤。再聞虎豹鬬，屢跼風水昏。高有廢閣道，摧折如短轅。下有冬青林，石上走長根。西崖特秀發，焕若靈芝繁。潤聚金碧氣，清無沙土痕。憶觀崑崙圖，目擊玄圃存。對此欲何適？默傷垂老魂。

又如《龍門閣》曰：

清江下龍門，絶壁無尺土。長風駕高浪，浩浩自太古。危途中縈盤，仰望垂綫縷。滑石攲誰鑿，浮梁裊相拄。目眩隕雜花，頭風吹過雨。百年不敢料，一墜那得取！飽聞驚瞿塘，足見度大庾；終身歷艱險，恐懼從此數。

三首雕琢山水，人駭鬼眩，而不害韻味深美。七言古如《渼陂行》曰：

岑參兄弟皆好奇，攜我遠來游渼陂。天地黤慘忽異色，波濤萬頃堆琉璃。琉璃汗漫泛舟入，事殊興極憂思集。鼉作鯨吞不復知，惡風白浪何嗟及。主人錦帆相爲開，舟子喜甚無氛埃；鳧鷖散亂棹歌發，絲管啁啾空翠來。沈竿續蔓深莫測，菱葉荷花淨如拭，宛在中流渤澥清，下歸無極終南黑。半陂以南純浸山，動影裊窕沖融間，船舷暝戛雲際寺，水面月出藍田關。此時驪龍亦吐珠，馮夷擊鼓羣龍趨。湘妃漢女出歌舞，金支翠旗光有無。咫尺但愁雷雨至，

① “塞”原訛作“寒”，現據《全唐詩》改。

蒼茫不曉神靈意。少壯幾時奈老何，向來哀樂何其多！

風波滅没，寫以游仙，奇情幻思，辭與景稱。五言律如《江亭》曰：

坦腹江亭暖，長吟野望時。水流心不競，雲在意俱遲。寂寂春將往，欣欣物自私。江東猶苦戰，回首一顰眉。

筆臻渾化，而不極意刻畫，純以神行。又如《客夜》曰：

客睡何曾著，秋天不肯明。卷簾殘月影，高枕遠江聲。計拙無衣食，途窮仗友生。老妻書數紙，應悉未歸情。

寫夜，寫客夜，融情於景，筆能赴情。又如《旅夜書懷》曰：

細草微風岸，危檣獨夜舟。星垂平野闊，月湧大江流。名豈文章著，官應老病休。飄飄何所似，天地一沙鷗。

四十字作一筆書，筆意高渾，波瀾老成。七言絶如《漫成》曰：

江月去人只數尺，風燈照夜欲三更。沙頭宿鷺聯拳靜，船尾跳魚撥剌鳴。

詩中有畫，此非畫之所能到也；而描寫如睹，神來之筆。至於集中《發秦州》以下至《成都府》五言古二十五首，歷記旅途山水，如柳宗元永州西山諸記，分之則各自結篇，合之則一氣相生，跌宕俊偉，轉换無跡。柳之筆清峭，甫之詩沈雄；同一融情於景，而柳寄意山水，以放曠爲牢騷；甫寄意山水，以險惡見況瘁。柳記淒神寒骨，悄愴幽邃，其音哀；甫則奇景雄筆，瑰瑋飛騰，其勢壯。而五言古《石龕》、《木皮嶺》、《龍門閣》三首，則《發秦州》以下之第九首、第十四首、第十九首云。

詩家重古體而輕近體。詩格尊五言而卑七言。杜甫間以七言近體供戲筆；至於五言古則如禮法之士，冠佩端紳，動作不苟，無竭言急詞，無弛筋懈骨，篇篇莊重。七古别有敧嶇拗折之調；而無篇不著歌"行"字，其不著此字者，晚作短篇三五首而已。李白則多用"吟"字，皆本樂府古歌之意，要使可以協律歌唱；與五言之敘事稱古詩者，體意趣致爲不同。蓋歌行自有體，須句句得長言詠歎之意；不比五言古詩可以逐細敘事。然敘事即不能無，觀其融裁無跡，出以渾化；雖敘事，而以唱歎行乎其間。惟李杜最得此意，而李豪宕，杜沈鬱，聲調各極其變。然李尚是别調，如杜乃成絶唱。杜甫峭調拗對，所以折常語使見標格也。韓愈硬句驁字，所以壓强韻使其調伏也。至於五言律，則甫純以意勝，無所謂鍊字鍊句者；其沈鬱頓挫處，無非精意所結撰；而詞句略無新異。七律則不鍊句而鍊格，鍊句則傷其渾融之氣，鍊格則存其卓簡之風。貞元元和以後，鍊句轉工，而氣日趨於薄，故其格益遜。合觀《杜集》，未嘗有一句鍊處；乃知鍊句非大家所貴；至於鍊字，抑末矣。

昔嘗謂李白得明遠之俶詭，含元亮之曠真，風調高渾，格力遒古。甫則協子建之風力，擅開府之靡漫，骨氣奇高，辭采華茂；而後來韓愈、黄庭堅得其拗怒，白居易、蘇軾得其疏宕，杜牧、李商隱得其贍麗，皆衍甫之一體者也。盛唐詩宗，駢稱李杜；而繼往開來，厥推杜甫。一傳而爲元和，得韓愈、白居易焉，皆學杜甫者也。特韓更欲高，白更欲卑；韓得其峻，白得其平。自白衍而益爲綺，則爲温庭筠、李商隱，爲宋之西崑。自韓流而入於拗，則爲孟郊、賈島，爲宋之西江焉。

李白、杜甫，既以雄渾高奇爲盛唐之宗；而王維、孟浩然，生與同時，又以清微蕭遠别張一軍，而自開蹊徑，其源蓋出陶潛也。然王維朗而能麗，孟浩然澹而入古，則又同而不同。

王維，河東人，好釋氏，故字摩詰。開元九年，擢進士第一，累官尚書右丞。而立性高致，得宋之問輞川别業，嘯吟其中，山水勝絶。傳有《王右丞集》六卷。其爲詩通於繪畫、音樂之理，摛藻軼麗，措思沖曠，而出以莊重閒雅，渾然天成。柔厚而不爲華靡，簡澹而不傷寒儉。格調高渾，而寄興復遠。録五言古詩、律詩、絶詩六首。

青溪

言入黄花川，每逐青溪水。隨山將萬轉，趣途無百里。聲喧亂石中，色靜深松裏。漾漾泛菱荇，澄澄映葭葦。我心素已閒，清川澹如此。請留盤石上，垂釣將已矣！（以上五言古）

輞川閑居贈裴秀才迪

寒山轉蒼翠，秋水日潺湲。倚杖柴門外，臨風聽暮蟬。渡頭餘落日，墟里上孤煙。復值接輿醉，狂歌五柳前。

山居秋暝

空山新雨後，天氣晚來秋。明月松間照，清泉石上流。竹喧歸浣女，蓮動下漁舟。隨意春芳歇，王孫自可留。（以上五言律）

鹿柴

空山不見人，但聞人語響。返景入深林，復照青苔上。

竹里館

獨坐幽篁裏，彈琴復長嘯。深林人不知，明月來相照。

辛夷塢

木末芙蓉花，山中發紅萼。澗户寂無人，紛紛開且落。

一字一句，皆出常境。往往意興發端，神情傅合，由工入微，不犯痕跡，所以爲佳。而意太深，氣太雄，色太濃，亦是詩家一病；維則行所無事，轉以不著力臻於高渾，此所以異於李杜也。然亦有沈鬱頓挫者，五言古如《獻始興公》曰：

身棲野樹林，寧飲澗水流；不用食粱肉，崎嶇見王侯。鄙哉匹夫節，布褐將白頭。任智誠則短，守仁固其優。側聞大君子，安問黨與讎；所不賣公器，動爲蒼生謀。賤子跪自陳，可爲帳下不？感激有公議，曲私非所求。

概當以慷，氣有餘激。七言古如《老將行》曰：

少年十五二十時，步行奪取胡馬騎。射殺山中白額虎，肯數鄴下黄鬚兒。一身轉戰三千里，一劍曾當百萬師。漢兵奮迅如霹靂，虜騎崩騰畏蒺藜。衛青不敗由天幸，李廣無功緣數奇。自從棄置便衰朽，世事蹉跎成白首。昔時飛箭無全目，今日垂楊生左肘。路旁時賣故侯瓜，門前學種先生柳。茫茫古木連窮巷，遼落寒山對虚牖。誓令疏勒出飛泉，不似潁川空使酒。賀蘭山下陣如雲，羽檄交馳日夕聞。節使三河募年少，詔書五道出將軍。試拂鐵衣如雪色，聊持寶劍動星文。願得燕弓射大將，恥令越甲鳴吾君。莫嫌舊日雲中守，猶堪一戰立功勳。

此詩純以隊仗勝，而寓疏蕩於隊仗之中，賣瓜種柳，極形落寞；而烈士暮年，壯心未已，躍躍欲試，是何意態雄且傑耶！亦有清揚婉麗者，如七言古《洛陽女兒行》曰：

洛陽女兒對門居，纔可顏容十五餘。良人玉勒乘驄馬，侍女金盤鱠鯉魚。畫閣朱樓盡相望，紅桃綠柳垂簷向。羅帷送上七香車，寶扇迎歸九華帳。狂夫富貴在青春，意氣驕奢劇季倫！自憐碧玉親歌①舞，不惜珊瑚持與人。春窗曙滅九微火，九微片片飛花瑣。戲罷曾無理曲時，妝成衹是薰香坐。城中相識盡繁華，日夜經過趙李家。誰憐越女顔如玉，貧賤江頭自浣紗。

詞儘儷語，氣有奇類。然而論王維詩者，多稱其清微澹遠，罕道其雄奇蒼鬱；喜言其蕭散曠真，不知其精整華麗；是所謂知其一而不知其二。大抵意寄清曠，而出以跌宕昭彰，上承陶潛之血脈；格調高亮，而發以沈鬱頓挫，近媲杜陵之氣體；法度森嚴，神情俱詣，馳邁前桀，雄概名雋矣。

孟浩然，襄陽人。少時隱居鹿門山。後入長安，應進士試，失意歸。相傳王維私邀之入内署，俄而玄宗至，浩然匿牀下。維以實對。帝喜曰："朕聞其人而未見也。"詔浩然出。帝問其詩，再拜自誦所爲，至"不才明主棄"之句。帝曰："卿不求仕，而朕未嘗棄卿，奈何誣朕。"恐不可信。傳有《孟浩然集》四卷。浩然之詩，不鉤奇鬬靡，隨景入詠，語參禪悦，出以排比，其原出謝靈運；而沖淡得陶公之婉愜，秀爽有小謝之清迴，而會心不遠，清空拗折，行乎自在，理趣灑然。五言律絶，尤匠心獨妙，儘是偶對，而出以渾化，不煩繩削而自合；純以神行，不爲巧琢。録五言律絶五首。

晚春②

二月湖水清，家家春鳥鳴。林花掃更落，徑草踏還生。酒伴來相命，開樽共解酲。當杯已入手，歌妓莫停聲。

遇故人莊

故人具雞黍，邀我至田家。緑樹村邊合，青山郭外斜。開筵面場圃，把酒話桑麻。待到重陽日，還來就菊花！

望洞庭湖贈張丞相

八月湖水平，涵虛混太清。氣蒸雲夢澤，波撼岳陽城。欲濟無舟楫，端居恥聖明。坐觀垂釣者，徒有羡魚情。（以上五言律）

春曉

春眠不覺曉，處處聞啼鳥。夜來風雨聲，花落知多少？

尋菊花潭主人不遇

行至菊花潭，村西日已斜。主人登高去，雞犬空在家。（以上五

① "歌"，一作"教"。

② 《晚春》，一題作《春中喜王九相尋》。

言絶）

隨事抒懷，由靜入語，而悠遠深厚，超以象外。王維朗秀而不華靡，浩然則專心古澹，佇興造思，自然超妙。惟詠洞庭詩，一起高渾，三四雄濶，爲難得之作。

儲光羲，兗州人。官監察御史。安禄山陷長安，任僞職，後貶死嶺南。儲詩以寫山水田園著稱，與王維、孟浩然同工異曲。有《儲光羲詩》五卷。録五言古絶各一首。

田家雜興八首之二

衆人恥貧賤，相與尚膏腴，我情既浩蕩，所樂在畋漁。山澤時晦冥，歸家暫閒居。滿園植葵藿，繞屋樹桑榆。禽雀知我閒，翔集依我廬。所願在優游，州縣莫相呼。日與南山老，兀然傾一壺。

江南曲四首之三

日暮長江裏，相邀歸渡頭。落花如有意，來去逐輕舟。

儲詩寫隱士歸田園之閒適，兼及樂府民歌之情味。

崔顥，汴州人。官至尚書司勳員外郎，以《黄鶴樓》詩著名。録七言律與五言絶三首。

黄鶴樓

昔人已乘黄鶴去，此地空餘黄鶴樓。黄鶴一去不復返，白雲千載空悠悠。晴川歷歷漢陽樹，芳草萋萋鸚鵡洲。日暮鄉關何處是？煙波江上使人愁。

長干曲（四首之一二）

“君家住何處？妾住在横塘。停船暫借問，或恐是同鄉。”

“家臨九江水，來去九江側。同是長干人，自少不相識。”

《唐詩紀事》崔顥下注稱：“世傳太白云：‘眼前有景道不得，崔顥題詩在上頭。’遂作《鳳凰臺》詩以較勝負。”《鳳凰臺》詩起首實仿《黄鶴樓》。《長干曲》寫情真摯，本于民歌。

王昌齡，字少伯，長安人。官至校書郎，後貶龍標尉。以七言絶句著名，録七絶七首。

從軍行七首之四五

青海長雲暗雪山，孤城遥望玉門關。黄沙百戰穿金甲，不破樓蘭終不還。

大漠風塵日色昏，紅旗半捲出轅門。前軍夜渡洮河北，已報生擒吐谷渾。

出塞二首之一

秦時明月漢時關，萬里長征人未還。但使龍城飛將在，不教胡馬度陰山。

閨怨

閨中少婦不知愁，春日凝妝上翠樓。忽見陌頭楊柳色，悔教夫壻覓封侯。

長信秋詞五首之三

奉帚平明金殿開，暫將團扇共徘徊。玉顏不及寒鴉色，猶帶昭陽日影來。

采蓮曲二首之一

荷葉羅裙一色裁，芙蓉向臉兩邊開。亂入池中看不見，聞歌始覺有人來。

芙蓉樓送辛漸二首之一

寒雨連江夜入吴，平明送客楚山孤。洛陽親友如相問，一片冰心在玉壺。

王昌齡《從軍》之作，意氣飛揚，《出塞》之作用思深遠，《閨怨》及《長信秋詞》體貼入微，《采蓮曲》本于民歌而别出新意，《芙蓉樓》表達志事，皆語言精練，形象鮮明，爲七絶中傑出之作。

王之涣，并州人。與高適、王昌齡相唱和，有“旗亭畫壁”事。録五七言絶各一首。

登鸛雀樓

白日依山盡，黄河入海流。欲窮千里目，更上一層樓。

涼州詞

黄河遠上白雲間，一片孤城萬仞山。羌笛何須怨楊柳，春風不度玉門關。

王之涣《登鸛雀樓》以雄渾之筆，發深邃之思，不但以情韻取勝。其《涼州詞》，境界闊大，而以孤城相映照，借羌笛以抒戰士之情。

李頎，趙郡人，寄籍潁川。官新鄉尉。以《古從軍行》著稱。録七言古律各一首。

古從軍行

白日登山望烽火，黄昏飲馬傍交河。行人刁斗風沙暗，公主琵琶幽怨多。野雲萬里無城郭，雨雪紛紛連大漠。胡雁哀鳴夜夜飛，胡兒眼淚雙雙落。聞道玉門猶被遮，應將性命逐輕車。年年戰骨埋荒外，空見蒲桃入漢家。

送魏萬之京

朝聞遊子唱離歌，昨夜微霜初渡河。鴻雁不堪愁裏聽，雲山況是客中過。關城樹色催寒近，御苑砧聲向晚多。莫見長安行樂處，空令歲月易蹉跎。

李頎之《古從軍行》于雄奇中寓戰士之幽怨，借玉門被遮，蒲桃入漢以作諷，寓意深沉。送别詩一起倒裝，發唱驚挺。中間既點送别，又點到京。一結出以勖勉，措辭得體。

高適，字達夫，一字仲武，渤海蓨人。曾參河西節度幕府，有從軍邊塞生活。安史亂起，任淮南節度使、西川節度使，官終散騎常侍。以邊塞詩著名，有《高常侍集》。録七言古絶各一首。

燕歌行

漢家煙塵在東北，漢將辭家破殘賊。男兒本自重横行，天子非常賜顔色。摐金伐鼓下榆關，旌旆逶迤碣石間。校尉羽書飛瀚海，單于獵火照狼山。山川蕭條極邊土，胡騎憑陵雜風雨。戰士軍前半死生，美人帳下猶歌舞。大漠窮秋塞草腓，孤城落日鬬兵稀。身當恩遇恒輕敵，力盡關山未解圍。鐵衣遠戍辛勤久，玉筯應啼别離後，少婦城南欲斷腸，征人薊北空回首。邊庭飄摇那可度，絶域蒼茫無所有。殺氣三時作陣雲，寒聲一夜傳刁斗。相看白刃血紛紛，死節從來豈顧勳？君不見沙場征戰苦，至今猶憶李將軍。

别董大

千里黄雲白日曛，北風吹雁雪紛紛。莫愁前路無知己，天下誰人不識君。

高適《燕歌行》暗指營州都督張守珪，命裨將逼平盧軍使烏知義邀擊叛奚，戰敗，高適諱敗爲功。詩既贊戰士爲國奮戰，又譏將領之貪戀歌舞，高亢之音與憂傷之情，交互並作，一結婉諷。送别詩，結合塞外荒涼以表達友情，情意深摯。

岑參，南陽人，遷居江陵。曾充安西節度使府掌書記及安西北庭節度判官，有出塞從軍之生活經歷。最後官嘉州刺史，有《岑嘉州集》。以邊塞詩著稱，録七言古一首。

走馬川行奉送封大夫出師西征

君不見走馬川，雪海邊，平沙莽莽黄入天。輪臺九月風夜吼，一川碎石大如斗，隨風滿地石亂走。匈奴草黄馬正肥，金山西見煙塵飛，漢家大將西出師。將軍金甲夜不脱，半夜行軍戈相撥，風頭如刀面如割。馬毛帶雪汗氣蒸，五花連錢旋作冰，幕中草檄硯水凝。虜騎聞之應膽慴，料知短兵不敢接，車師西門佇獻捷。

天寶十三載，岑參爲安西北庭節度判官，在輪臺，送北庭都護封常清出兵西征。詩寫輪臺風光奇險，大軍意氣飛揚，瑰奇壯麗，爲邊塞詩中名篇。與《白雪歌送武判官歸京》，稱："北風卷地白草折，胡天八月即飛雪。忽如一夜春風來，千樹萬樹梨花開。"比喻奇麗，同爲名作。

常建，長安人，曾任盱眙尉。詩寫景抒情，皆極警闢。選五言古律各一首。

弔王將軍墓

嫖姚北伐時，深入强千里。戰餘落日黄，軍敗鼓聲死。嘗聞漢飛將，可奪單于壘。今與山鬼鄰，殘兵哭遼水。

題破山寺後禪院

清晨入古寺，初日照高林。曲徑通幽處，禪房花木深。山光悦鳥性，潭影空人心。萬籟此俱寂，但餘鐘磬音。

《弔王將軍墓》詩，既工於叙悲，又借霍嫖姚與漢飛將寫王將軍之深入善戰，悲壯警切。題禪院詩，工於寫景，"曲徑"一聯，歐陽修嘗欲效之而不得（見《題青州山齋》），亦爲傳誦之作。

錢起，字仲文，吴興人。官終考功郎中。與郎士元齊名，爲大曆時代詩人。清詞麗句，頗饒韻味。有《錢仲文集》。録七絶一首。

歸雁

瀟湘何事等閒回？水碧沙明兩岸苔。二十五絃彈夜月，不勝清怨卻飛來。

一起于提問中暗含歸雁，歸結到湘靈鼓瑟之不勝清怨，情思含蓄，意境淒迷，爲創新之作。

郎士元，字君胄，中山人。官終郢州刺史，有《郎士元集》。録七絶一首。

柏林寺南望

溪上遥聞精舍鐘，泊舟微徑度深松。青山霽後雲猶在，畫出東南四五峯。

此詩詩中有畫，從聞鐘至微徑度深松，至青山，用以襯託柏林寺，則又畫中有詩。

劉長卿，字文房，河間人。曾官監察御史及隨州刺史。工于五言律，七言律亦精。深婉不迫，富有情味。録五七言律及五絶三首。

秋日登吴公臺上寺遠眺

古臺摇落後，秋入望鄉心。野寺人來少，雲峰水隔深。夕陽依舊壘，寒磬滿空林。惆悵南朝事，長江獨至今。

過賈誼宅

三年謫宦此棲遲，萬古長留楚客悲。秋草獨尋人去後，寒林空見日斜時。漢文有道恩猶薄，湘水無情弔豈知？寂寞江山摇落處，憐君何事到天涯。

逢雪宿芙蓉山主人

日暮蒼山遠，天寒白屋貧。柴門聞犬吠，風雪夜歸人。

登吴公臺是懷古，臺爲陳將吴明澈弩臺，用以攻江都城者，今則唯有夕陽依舊壘，從而傷今，惟有寒磬滿空林，因有望鄉之心，飄泊之感，情景交融。過賈誼宅，弔賈誼遠貶，亦所以自傷。漢文一聯，感慨尤深。宿芙蓉山，工於寫景，情事如繪。

上列高適、岑參與李、杜、王、孟唱酬。適五十學詩，以氣質自高，感激頓挫，騰踴篇章，得杜甫之一體。參則遒勁少遜高，而屬辭尚清，用意尚切，其有得意，迥拔孤秀。近體融情入景，以清迴出朗麗，毗於右丞。古體運筆如舌，以軼蕩見沈鬱，亦似杜陵，語逸體俊，尤長於邊塞也。儲光羲有孟浩然之古，而無其深遠。岑參有王維之秀，而或流華靡。而李頎則以工七言律與王岑驂駕，然李有風調而不甚麗，岑參才甚麗而情不足，惟王差備美爾。至於常建好以拗峭警鍊之筆，寫杳冥變幻之境，氣以沈鬱出頓挫，筆以清迥出幽秀，而饒生拗之氣，無輕靡之態，則又於王、孟、李、杜外別出一格。迄於大曆，遂矜卓鍊，而爲中唐。劉長卿以高秀得韻，錢起、韋應物以曠真寄趣。而應物五言，閒澹簡遠，差似王維；特應物詩韻高而氣清，維則詩格老而辭麗爾。

韋應物，長安人。少以三衛郎事明皇，晚更折節讀書。德宗之世，累官左司郎中，拜蘇州刺史，傳有《韋蘇州集》十卷。其詩近體不如古體，五言勝於七言。録五言古絶四首：

寄全椒山中道士

今朝郡齋冷，忽念山中客。澗底束荆薪，歸來煮白石。欲持一瓢酒，遠慰風雨夕。落葉滿空山，何處尋行跡?

春遊南亭

川明氣已變，巖寒雲尚擁。南亭草心緑，春塘泉脈動。景煦聽禽響，雨餘看柳重。逍遥池館華，益媿專城寵。

宿永陽寄璨律師

遥知郡齋夜，凍雪封松竹。時有山僧來，懸燈獨自宿。

秋夜寄邱員外

懷君屬秋夜，散步詠涼天。山空松子落，幽人應未眠。

大抵源出於陶，而參以大小謝，故真而不樸，秀而不綺；超然出於畦徑之外，辭不迫切，而語甚鍊，味甚長也。

第九節　蕭穎士　李華　元結　獨孤及

唐詩至開元、天寶而新變已極，唐文至開元、天寶而新變方始，於是蘭陵蕭穎士、趙州李華，乃奮起崇尚古文。穎士，字茂挺，華，字遐叔；兩人同開元二十三年進士，而穎士對策第一，以文章與華相切磨，世稱蕭李。穎士有《蕭茂挺文集》一卷，華有《李遐叔文集》四卷，並傳於世。穎士《贈韋司業書》，自稱："平生屬文，格不近俗，凡所擬議，必希古人，魏晉以來，未嘗留意。"今觀其文，波瀾暢矣；然駢儷猶存；惟《爲邵翼作上張兵部書》，仗氣愛奇，拓體卓犖，一變初唐雕采之辭，而於風氣有創變之功。至於李華解散辭體，亦復明而未融；有意拗折而未臻爽朗，時爲雅練而或乏温潤；惟《吊古戰場文》，感激頓挫，雖是詞賦，而健筆有縱横之意。辭曰：

浩浩乎平沙無垠，敻不見人。河水縈帶，羣山糾紛。黯兮慘悴，風悲日曛。蓬斷草枯，凜若霜晨。鳥飛不下，獸挺亡羣。亭長告余曰："此古戰場也，常覆三軍。往往鬼哭，天陰則聞。"傷心哉！秦歟漢歟？將近代歟？吾聞夫齊魏徭戍，荆韓召募，萬里奔走，連年暴露。沙草晨牧，河冰夜渡。地闊地長，不知歸路。寄身鋒刃，腷臆誰訴。秦漢而還，多事四夷，中州耗斁，無世無之。古稱戎夏，不抗王師。文教失宣，武臣用奇。奇兵有異於仁義，王道迂闊而莫爲。嗚呼噫嘻！

吾想夫北風振漠，胡兵伺便。主將驕敵，期門受戰。野豎旄旗，川迴組練。法重心駭，威尊命賤。利鏃穿骨，驚沙入面。主客相搏，山川震眩，聲析江河，勢奔雷電。至若窮陰凝閉，凜冽海隅；積雪没脛，堅冰在鬚。鷙鳥休巢，征馬踟躕，繒纊無温，墮指裂膚。當此苦寒，天假强胡，憑陵殺氣，以相剪屠。徑截輜重，横攻士卒。都尉新降，將軍覆没。屍填巨港之岸，血滿長城之窟。無貴無賤，同爲枯骨。可勝言哉！鼓衰兮力盡，矢竭兮弦絶，白刃交兮寶刀折，兩軍蹙兮生死决。降矣哉，終身夷狄；戰矣哉，暴骨沙礫。鳥無聲兮山寂寂，夜正長兮風淅淅，魂魄結兮天沉沉，鬼神聚兮雲羃羃。日光寒兮草短，月色黄兮霜白。傷心慘目，有如是耶！

吾聞之：牧用趙卒，大破林胡，開地千里，遁逃匈奴。漢傾天下，財殫力痡，任人而已，其在多乎。周逐獫狁，北至太原，既城朔方，全師而還；飲至策勛，和樂且閒，穆穆棣棣，君臣之間。秦起長城，竟海爲關，荼毒生人，萬里朱殷。漢擊匈奴，雖得陰山，枕骸徧野，功不補患。蒼蒼蒸民，誰無父母？提攜捧負，畏其不壽。誰無兄弟，如足如手？誰無夫婦，如賓如友？生也何恩，殺之何咎？其存其没，家莫聞知；人或有言，將信將疑。悁悁心目，寢寐見之。布奠傾觴，哭望天涯。天地爲愁，草木凄悲。弔祭不至，精魂無依。必有凶年，人其流離。嗚呼噫嘻！時耶命耶，從古如斯！爲之奈何？

守在四夷。

華文辭綿麗，少宏傑之氣；而潁士則倜儻自喜，時謂華所不及。而華自疑過之，因作《弔古戰場文》，極思研榷，已成，污爲古書，雜置梵書之皮。他日，與潁士讀之，稱工。華問今誰可及。潁士曰："君加精思，便能至矣!"華愕然而服。然潁士及華，碌碌麗辭，猶嫌湔洗不盡；不如元結之瘦硬通神，範經鑄子，務劃綺靡以臻於簡古不蹈襲。

元結，字次山，河南魯山人。天寶十二年進士。禮部侍郎陽浚曰："一第污元子耳，有司得元子是賴。"遂登高第。及安禄山反，逃難於猗玗洞，因招集鄰里二百餘家奔襄陽。玄宗異而徵之，值結移居瀼溪，乃寢。乾元二年，李光弼拒史思明於河陽；肅宗欲幸河東，聞結有謀略，虛懷召問。結陳兵勢，獻《時議》三篇。上大悦曰："卿果破朕憂!"遂止不行。乃拜結右金吾兵曹參軍，攝監察御史，充山南西道節度參謀，仍於唐鄧、汝、蔡等州招輯義軍。方在軍旅，與瀼溪鄰里不得如往時相見遊，又知其人困於力役，故作詩①與之曰：

昔年苦逆亂，舉族來南奔。日行幾十里，愛君此山村。峯谷呀回映，誰家無泉源；修竹多夾路，扁舟皆到門。瀼溪有曲濱，其陽有閒園。鄰里昔贈我，許之及子孫。我嘗有匱乏，鄰里能相分。我嘗有不安，鄰里能相存。斯人轉貧弱，力役非無冤。終以瀼濱訟，無令天下論。

又《喻瀼溪鄉舊遊》曰：

往年在瀼濱，瀼人皆忘情。今來遊瀼鄉，瀼人見我驚。我心與瀼人，豈有辱與榮？瀼人異其心，應爲我冠纓。昔賢惡如此，所以辭公卿。貧窮老鄉里，自休還力耕。況曾經逆亂，日厭聞戰爭；尤愛一溪水，而能存讓名（瀼溪亦名讓溪）。終當來其濱，飲啄全此生。

其爲詩自寫胸次，不欲規橅古人，振筆而書，遂開韓愈以文爲詩一脈；特韓愈發之以雄鶩，結則出之以坦迤，不爲豪曲快語而爲奇響逸趣，不爲蒼堅而爲幽秀，近開元和之郊、島，遠則明季之鍾、譚，色夷氣清，在中唐别開蹊

① 其詩題爲《與瀼溪鄰里》。

徑。而以討賊功，拜水部員外郎兼殿中侍御史，又參山南東道，知節度觀察使事。代宗登極，例加封邑。結遜讓不受，遂歸養親。特蒙褒嘉，乃拜著作郎；遂家於武昌之樊口，名其湖曰捂湖，名其谷曰退谷；而作《退谷銘》，指曰"干進之客，不能遊之"，作《捂湖銘》，指曰"爲人厭者，勿泛捂湖"；以孟士源嘗黜官，無情干進，而守武昌，不爲人厭，可遊退谷，可泛捂湖；故作詩招①之曰：

風霜枯萬物，退谷如春時；窮冬涸江海，捂湖澄清漪。湖盡到谷口，單船近階墀。湖中更何好？坐見大江水；攲石爲水涯，半山在湖裏。谷口更何好？絶壑流寒泉，松桂蔭茅舍，白雲生坐邊。武昌不干進，武昌人不厭。退谷正可遊，捂湖任來泛。湖上有水鳥，見人不飛鳴；谷口有山獸，往往隨人行。莫將車馬來，令我鳥獸驚。

意到筆隨，自然清遒，其素所蓄積也。尋起家爲道州刺史。先是西原賊入道州，焚燒殺掠幾盡而去；既而賊又攻永破邵，獨不犯道州，蓋知州之瘠也。顧民苦徵斂，有司莫恤，而結哀之，乃作《賊退示官吏》曰：

昔歲逢太平，山林二十年。泉源在庭户，洞壑當門前。井税有常期，日宴猶得眠。忽然遭世變，數歲親戎旃②。今來典斯郡，山夷又紛然。城小賊不屠，人貧傷可憐；是以陷鄰境，此州獨見全。使臣將王命，豈不如賊焉？今何徵斂者，迫之如火煎。誰能絶人命，以作時世賢！思欲委符節，引竿自刺船；將家就魚麥，歸老江湖邊。

性不諧俗，制行高潔，而閔時憂國，忠誠之意，形於紙墨。尋轉容府都督兼侍御史本管經略使，傳有《元次山文集》十卷。而碑頌開昌黎之肅括，山水有柳州之刻鏤。如《大唐中興頌》曰：

天寶十四年，安禄山陷洛陽；明年，陷長安。天子幸蜀，太子即位於靈武。明年，皇帝移軍鳳翔。其年復兩京，上皇還京師。於戲！前代帝王有盛德大業者，必見於歌頌。若今歌頌大業，刻之金石，非老於文學，其誰宜爲？頌曰：

---

① 詩題爲《招孟武昌》。

② "旃"爲"旃"之異文。

> 噫嘻前朝，孽臣奸驕，爲昏爲妖。邊將騁兵，毒亂國經，羣生失寧。大駕南巡，百僚竄身，奉賊稱臣。天將昌唐，緊睨我皇，匹馬北方。獨立一呼，千麾萬旗，戎卒前驅。我師其東，儲皇撫戎，蕩攘羣兇。復服指期，曾不逾時，有國無之。事有至難，宗廟再安，二聖重歡。地闢天開，蠲除妖災，瑞慶大來！兇徒逆儔，涵濡天休，死生堪羞。功勞位尊，忠烈名尊，澤流子孫。盛德之興，山高日昇，萬福是膺。能令大君，聲容沄沄，不在斯文？湘江東西，中直浯溪，石崖天齊。可磨可鐫，刊此頌焉，何千萬年！

又如《峿臺銘》曰：

> 浯溪東北二十餘丈，得怪石焉，周行三百餘步，從未申至丑寅，崖壁斗絶，左屬回鮮，前有磴道，高八九十尺，下當洄潭；其勢碊礴，半出水底，蒼然泛泛，若在波上。石巔勝異之處，悉爲亭堂。小峯嵌竇，宜間松竹，掩映軒户，畢皆幽奇。於戲！古人有蓄憤悶，與病於時俗者，力不能築高臺以瞻眺，則必山巔海畔，伸頸歌吟以自暢達。今取茲石，將爲峿臺；蓋非愁怨，乃所好也。銘曰：
>
> 湘淵清深，峿臺峭峻。登臨長望，無遠不盡。誰厭朝市，羈牽局促？借君此臺，一縱心目。陽崖礱琢，如瑾如珉。作銘刻之，彰示後人。

浯溪者，吾溪也；峿臺者，吾臺也；愛其勝異，彰所獨有，而名之曰浯溪、峿臺。其爲文章，寧樸無華，寧瘦無腴，寧拙無巧，而微傷削薄，未能雄渾。長於使勁，短於運氣，以故遒而寡變，清而不宏，然戛戛自異。唐文在韓柳以前，力掃雕藻綺靡之習，而出之以清剛簡質者，不得不推結爲俶落權輿。韓愈、柳宗元之有元結，猶陳涉之開漢高、項羽乎？所惜頓宕而波瀾不大，拗折而筋節太露。韓愈文雄而茂，筆險以渾；結則不能雄而爲遒，不能渾而爲削。柳宗元文雅而健，筆廉以悍；結則不同雅而同健，不同悍而同廉。此結之所爲具體而微也。獨孤及與結並世能文，而亦以開韓柳之前茅。然元結之筆遒峭，獨孤及之勢寬衍；結之規模狹，而及之波瀾平。

獨孤及，字至之，河南洛陽人。少孤，母長孫氏高行明識，訓導甚至。及以漸教成器，卓然有立，著《延陵論》，誦者謂評議之精，在古人右。天寶十三年，應詔至京師。時玄宗好道，黄老列於學官。及以洞曉玄經對策高第，解褐，拜華陰尉。同縣房琯方有重名而貳憲都，請及相見，及因論三代之質。又問六經之指歸，王政之根源。琯大駭曰："非常之才也!"李華、蘇源明並許詞宗。由是聲名日起。累拜常州刺史，本州都團練使，卒謚憲。傳有《毗陵集》二十卷，立言遣辭，有古風格，辨論裁正，昭德塞違，濬波瀾而去流蕩，得菁華而無枝葉；最稱傑作者，《仙堂》《函谷》二銘、《瑯琊溪述序》、《風后八陣圖記》，爲世所誦。録《瑯琊溪述序》曰：

隴西李幼卿，字長夫，以右庶子領滁州，而滁人之飢者粒，流者召，乃至無訟以聽。故居多暇日，常寄傲此山之下，因鑿石引泉，釃其流以爲溪。溪左右建上下坊，作禪堂琴臺以環之，探異好古故也。按《圖經》，晉元帝之居瑯琊邸而爲鎮東也，嘗遊息是山，厥跡猶存，故長夫名溪曰瑯琊。他日，賦八題於岸石。及亦狀而述之。是歲大曆六年，歲次辛亥春三月丙午日。述曰：

自有此山，便有此泉；不濬不刊，幾萬斯年。造物遺功，若俟後賢。天鍾靈奇，公潤色之；疏爲迴溪，削成崇臺。山不過十仞，意擬衡霍；溪不袤數丈，趣侔江海。知足造適，境不在大。怪石皚皚，涌湍潺潺；洞壑無底，雲輿其間。仲春氣至，萬木華發，亘陵被坂；吐火噴云。公登山乐，乐者畢同；無小無大，乘輿從公。公舉二觴，酒酣氣振，溪水爲主，而身爲賓。捨瑟詠歌，同風舞雩。時時醉歸，與夕鳥俱。明月滿山，朱轓徐驅。石門松風，聲類笙竽。於戲！人實弘道，物不自美。向微羊公，遊漢之涘，峴山寂寞，千祀誰紀？彼美新溪，維公嗣之；念兹疲人，繄公其肥。後之聆清風而歎息者，抯我於泉乎而已。

刻鏤山水，字鑄語鍊，蓋有柳州之雅健焉。然亦有坦迤出之，辭明而理昭，如宋人之隨事抒論者；如《慧山寺新泉記》曰：

此寺居吴西神山之足，山小多泉，其高可憑而上。山下靈池異花，載在方志。山上有真僧隱客，遺事故跡；而披勝録異者，賤近不書。無錫令敬澄，字深源，以割雞之餘，考古索圖，葺而築之，乃飾乃圬。有客竟陵陸羽，多識名山大川之名，與此峯白雲相與爲賓主，乃稽厥創始之所以而志之；談者然後知此山之方廣，勝掩他境。其泉伏涌潛洩，潗滀舍下，無沚無竇，蓄而不注。深源因地勢以順水性，始雙墾袤丈之沼，疏爲懸流，使瀑布下鍾，甘溜湍激，若釃醴乳，噴發於禪牀，周於僧房；灌注於德地，經營於法堂，潺潺有聲，聆之耳清。濯其源，飲其泉，能使貪者讓，躁者靜，靜者勤道，道者堅固，境淨故也。夫物不自美，因人美之。泉出於山，發於自然，非夫人疏之鑿之之功，則水之時用不廣；亦猶無錫之政煩民貧，深源導之，則千室襦袴；仁智之所及，功用之所格，動若響答，其揆一也。予飲其泉而悦之，乃志美於石。

工文章，尤長論議；大抵以立憲誡世，褒賢遏惡爲用，非特以詞采爲勝，而韓愈爲古文之所師焉。

第十節　陸贄

古文者，唐文之所以別樹一幟，而湔六朝之浮濫。然朝廷大制作，必以駢文，而駢文厥爲文章之正統；古文者，不過欲以革駢文之命，而篡其統焉爾。特古文之機構，未能驟備以濟於用；而駢文之浮濫，不可不湔以制其宜。則有陸贄崛起中唐，模楷一代，仍駢文之體，而不用典，不雕藻，辭欲其清，筆欲其暢，跌宕昭彰，意無不達，盡泯排比堆垛之跡焉。

陸贄，字敬輿，吴郡蘇人。年十八，登進士第，應博學鴻辭，授鄭縣尉，以書判拔萃調渭南簿，御史府以監察换之。德宗爲太子時，知名；及即位，召對翰林，即日爲學士，由祠部員外郎轉考功郎中。朱泚以涇原帥居京師，爲涇原卒所擁，逐德宗，幸奉天。時車駕播遷，詔書旁午，贄灑翰即成，不復起草；初若不經思慮，及成而奏，無不曲盡事情，中於機會；倉卒填委，同職者無不拱手嘆伏。而天下叛亂，詔大赦以安人心。贄乃上《論赦書事條狀》曰：

奉宣聖旨，并以中書所撰赦文示臣，令臣“審看可否。如有須改張處，及事宜不盡，條録奏來”者。臣謹如詔旨，詳省再三，猶懼所見不周，兼與諸學士等參考得失，僉以爲綱條粗舉，文理亦通，事多循常，辭不失舊；用於平昔，頗亦可行，施之當今，則恐未稱。何則？履非常之危者，不可以常道安；解非常之紛者，不可以常語諭。

自陛下嗣承大寶，志壹中區，窮用甲兵，竭取財賦。甿庶未達於暫勞之旨，而怨咨已深；昊穹不假以悔禍之期，而患難繼起。復以刑譴太峻，禁防傷嚴，上下不親，情志多壅。乃至變生都輦，盜據宫闈，九廟鞠陷於匪人，六師出次於郊邑；奔逼憂厄，言之痛心。自古禍亂所鍾，罕有若此之暴。今重圍雖解，逋寇尚存，裂土假王者四兇，滔天僭帝者二豎；又有顧瞻懷貳，叛援黨奸，其流實繁，不可悉數。皇輿未復，國柄未歸，勞者未獲休，功者未及賞，困窮者未暇恤，滯抑者未克申。將欲紓多難而收羣心，惟在赦令誠言而已。安危所屬，其可忽諸！動人以言，所感已淺，言又不切，人誰肯懷？

昔成湯遇災，禱於桑林，躬自虍剔以爲犧牲。古人所謂割髮宜及膚，剪爪宜侵體；良以誠不至者物不感，損不極者益不臻。今茲德音，亦類於是。悔過之意，不得不深，引咎之辭，不得不盡；招延不可以不廣，潤澤不可以不弘；宣暢鬱堙，不可不洞開襟抱；洗刷疵垢，不可不盪去瘢痕。使天下聞之，廓然一變，若披重昏而睹朗曜，人人得其所欲，則何有不從者乎？應須改革事條，謹具别狀同進。除此之外，尚有所虞：竊以知過非難，改過爲難；言善非難，行善爲難。假使赦文至精，止於知過言善，猶願聖慮，更思所難。《易》曰："聖人感人心而天下和平。"夫感者，誠發於心而形於事。人或未諭，故宣之以言，言必顧心，心必副事，三者符合，不相越踰，本於至誠，乃可求感。事或未致，則如勿言；一虧其誠，終莫之信。伏惟陛下先斷厥志，乃施於辭，度其可行而宣之，其不可者措之，無苟於言以重其悔。言克誠而人心必感，人心既感而天下必平。事何可不詳，言何可不務？罄輸愚懇，伏聽聖裁。謹奏。

上從之；故行在詔書始下，雖武人悍卒，無不揮涕激發。議者以德宗克平寇亂，不惟師武臣之力，蓋亦資贊文章之助焉。德宗果於自任，將帥進退，必稟廟算；而贄不以爲可，乃上奏曰：

臣聞將貴專謀，兵以奇勝。軍機遥制則失變，戎帥稟命則不威。是以古之賢君，選將而任；分之於閫，誓莫干也；授之以鉞，俾專斷也。夫然，故軍敗則死衆，戰勝則策勳，不用刑而師律貞，不勞慮而武功立。其於委任之體，豈不博大哉；其於責成之利，豈不精覈哉。自昔帝王之所以夷大難、成大業者，由此道也。其或疑於委任，以制斷由己爲大權；昧於責任，以指麾順旨爲良將。鋒鏑交於原野，而決策於九重之中；機會變於斯須，而定計於千里之外。違令則失順，從令則失宜；失順則挫君之嚴，失宜則敗君之衆。用捨相礙，否臧皆凶，上有掣肘之譏，下無死綏之志，其於分畫之道，豈不兩傷哉，其於經綸之術，豈不都謬哉。自昔帝王之所以長亂繁刑，喪師戚國者，由此道也。

今四夷之最强盛，爲中國甚患者，莫大於土蕃。舉國勝兵之徒，纔當中國十數大郡而已；其於内虞外患，亦與中國不殊；所能寇邊，數則蓋寡，且又器非犀利，甲不堅完，識迷韜鈐，藝乏趫敏。動則中國懼其衆而不敢抗，靜則中國憚其强而不敢侵，厥理何哉？良以中國之節制多門，蕃醜之統帥專一故也。夫統帥專一則人心不分，人心不分則號令不貳，號令不貳入則進退可齊；進退可齊則疾徐如意，疾徐如意則機會靡愆，機會靡愆則氣勢自壯；斯乃以少爲衆，以弱爲强。變化翕闢，在於反掌之内，是由臂之使指，心之制形。若所任得人，則何敵之有！夫節制多門則人心不一，人心不一則號令不行，號令不行則進退難必，進退難必則疾徐失宜，疾徐失宜則機會不及，機會不及則氣勢自衰；斯乃勇廢爲尫，衆散爲弱，逗撓離析，兆乎戰陣之前；是猶一國三公，十羊九牧，欲令齊肅，其可得乎！彼攻有餘，我守不足；蓋彼之號令由將，而我之節制在朝；彼之兵衆合并，而我之部分離析。夫部分離析則紀律不一，而氣勢不全。節制在朝則謀議多端，而機權多失。兹道得失，兵家大樞；當今事宜，所繫尤切。蓋以寇盗内發，乘輿播遷，人心有觀變之摇，王室無自固之重。秦梁迴繚，千里而遥。臨之以威，則力勢不制；授之以策，則阻遠不精。

頃者驟降詔書，教諭羣帥，事無大小，悉爲規裁。及乎章表陳誠，使臣復命，進退遲速，率乖聖謀。豈皆樂於違忤哉？亦由傳聞與指實不同，懸算與臨事有異故也。設使其中或有肆情奸命者，陛

> 下能於此時戮其違詔之罪乎？臣竊恐未能也。陛下復能奪其兵而易其將帥乎？臣亦恐未能也。是則違命者既不果行罰，從命者又未必合宜。徒費空言，祇勞睿慮；匪惟無益，其損實多。何則？時方艱屯，下陵上替，凡在執干戈而衛社稷者，皆自謂勳業由己，義烈發心，安於專行，病於羈制。陛下宜俯徇斯意，因而委之，遂其所安，護其所病；敦以付授之義，固以親信之恩，假以便宜之權，待以殊常之賞；其餘細故，悉勿關言。所賜詔書，務從簡要，慎其言以取重，深其託以示誠；言見重則君道尊，託以誠則人心感；尊則不嚴而衆服，感則不令而事成。其勢當令智者騁謀，勇者奮力，小大咸極其分，賢愚各適其懷，將自効忠，兵自樂戰。與夫迫於驅制，不得已而從之者，志氣何啻百倍哉。夫君上之權，特異臣下者，惟不自用乃能用人，其要在順於物情，其契在通於時變，今之要契，頗具於茲。儻蒙究思，或有可取。謹奏。

啓沃謀猷，物所親信；艱難扈從，行在輒隨。有時宴語，不以公卿指名，但呼“陸九”而已。累拜中書侍郎平章事。敷陳治道，尤善奏議，上以格君心之非，下以通天下之志；論深切於事情，言不離於道德。德宗以苛刻爲能，而贄諫之以忠厚；德宗以猜疑爲術，而贄勸之以推誠；德宗好用兵，而贄以消兵爲先；德宗好聚財，而贄以散財爲急。至於用人聽言之法，治邊馭將之方，罪己以收人心，改過以應天道，去小人以除民患，惜名器以待有功，如此之流，未易悉數。傳有《翰苑集》二十二卷。其爲文章，仍是儷體；然不貴雕藻而能曲達，力袪堆垛而爲清暢；紆餘委備，往復百折，而條達疏暢，無所間斷；氣盡語極，急言竭論，而無艱難勞苦之態。其文體儘是南朝之排比，而辭筆則開宋人之機調，此所以斷然自爲一家之文，而不同於徐庾也。”

第十一節　韓愈附李翺、皇甫湜、孫樵、孟郊、賈島、姚合、李賀　柳宗元附劉禹錫

唐代文學之所以異軍突起，而陵駕魏晉，繼述周秦者，以詩有李杜，繼往開來以盡其變，而文有韓柳，錯偶用奇以復於古。蓋唐之文，無慮三變：太宗經文緯武以夷大難，沿江左餘風，絺句繪章，揣合低昂，故王、楊（王

勃、楊炯）爲之伯，如麗服靚妝，燕歌趙舞，雖綺麗盈前，而殊乏風骨，一也。及玄宗好經術，羣臣稍嫌雕琢，索理致，崇雅裁濫，不懈而及於古，則蕭、李（蕭穎士、李華）擅其譽，波瀾暢矣，然駢儷猶存，二也。元結力湔浮濫，駢儷袪矣，而規模未宏。及韓愈宏中肆外，務反近體，經誥之指歸，遷雄之氣格，抒意立言，自成一家。柳宗元翼之，茹古涵今，齊梁綺豔，毫髮都捐，而後古文之體以立。三也。

韓愈，字退之，河内修武人。三歲而孤；七歲好學，言出成文。自以孤子，幼刻苦學儒，不俟獎勵，日記數千百言；比長，盡能通六經百家學。大曆、貞元之間，文字多尚古學，效揚雄、董仲舒之述作，而獨孤及最稱淵奧。愈從其徒游，鋭意鑽仰，欲自振於一代。貞元八年，宰相陸贄知貢舉，擢愈進士第，時年二十五；而故相鄭餘慶亦爲延譽，由是知名。然屢試博學宏詞，不第，乃與韋舍人書曰：

> 應博學宏詞前進士韓愈謹再拜上書舍人閣下：天池之濱，大江之濆，曰有怪物焉，蓋非常鱗凡介之品彙匹儔也。其得水，變化風雨，上下於天，不難也。其不及水，蓋尋常尺寸之間耳，無高山大陵、曠途絶險爲之關隔也；然其窮涸不能自致乎水，爲猵獺之笑者，蓋十八九矣。如有力者哀其窮而運轉之，蓋一舉手、一投足之勞也。然是物也，負其異於衆也，且曰“爛死於沙泥，吾寧樂之；若俛首帖耳，摇尾而乞憐者，非我之志也。”是以有力者遇之，熟視之，若無睹也；其死其生，固不可知也。今又有有力者當其前矣；聊試仰首一鳴號焉，庸詎知有力者不哀其窮，而忘一舉手一投足之勞，而轉之清波乎？其哀之，命也。其不哀之，亦命也。知其在命而且鳴號之者，亦命也。愈今者實有類於是，是以忘其疏愚之罪而有是説焉。閣下其亦憐察之！

此愈二十六歲少作也。八代之衰，其文内竭而外侈；愈則易之以萬怪惶惑，抑遏蔽掩，而指歸本之六經，氣格融蜕兩漢，議論學賈誼、董仲舒，序跋似劉氏向、歆，傳記橅《國策》、《史記》，碑誌參班固、蔡邕；而運以司馬遷之逸氣浩致，以上窺周秦諸子之宏肆，綴以揚子雲之奇字瑰句，以下概班、范二書之雅健；所以起八代之衰，只是集兩漢之成。累官考功郎中，知制誥。彰義軍節度使吴元濟以淮西叛。憲宗詔裴度以宰相節度彰義軍，宣慰淮西，請愈以行。於是以愈兼御史中丞，參度軍事，爲行軍司馬。淮西之平，愈有力焉；遷刑部侍郎。詔撰《平淮西碑》，辭曰：

天以唐克肖其德，聖子神孫繼繼承承，於千萬年，敬戒不怠。全付所覆，四海九州，罔有内外，悉主悉臣。高祖、太宗既除既治。高宗、中、睿休養生息。至於玄宗，受報收功，極熾而豐，物衆地大，孽牙其間。肅宗、代宗、德祖、順考，以勤以容；大慝適去，稂莠不薅。相臣將臣，文恬武嬉，習熟見聞，以爲當然。睿聖文武皇帝既受羣臣朝，乃考圖數貢曰："嗚呼！天既全付予有家。今傳次在予，予不能事事，其何以見於郊廟。"羣臣震懾，奔走率職。明年平夏，又明年平蜀，又明年平江東，又明年平澤潞，遂定易定，致魏、博、貝、衛、澶、相，無不從志。皇帝曰："不可究武，予其少息。"

九年，蔡將死，蔡人立其子元濟以請。不許。遂燒舞陽，犯葉、襄城，以動東都，放兵四刦。皇帝歷問於朝，一二臣外，皆曰："蔡帥之不廷授，於今五十年，傳三姓四將，其樹本堅，兵利卒頑，不與他等。因撫而有，順且無事。"大官臆决唱聲，萬口附和，并爲一談，牢不可破。皇帝曰："惟天惟祖宗所以付任予者，庶其在此；予何敢不力？況一二臣同，不爲無助。"曰："光顔！汝爲陳、許帥，維是河東、魏博、郃陽三軍之在行者，汝皆將之！"曰："重胤！汝故有河陽、懷，今益以汝；維是朔方、義成、陝、益、鳳翔、延、慶七軍之在行者，汝皆將之！"曰："弘！汝以卒萬二千，屬而子公武往討之！"曰："文通！汝守壽，維是宣武、淮南、宣歙、浙西四軍之行于壽者，汝皆將之！"曰："道古！汝其觀察鄂、岳！"曰："愬！汝帥唐、鄧、隨，各以其兵進戰！"曰："度！汝長御史，其往視師！"曰："度！惟汝予同，汝遂相予，以賞罰用命不用命！"曰："弘！汝其以節都統諸軍！"曰："守謙！汝出入左右，汝惟近臣，其往撫師！"曰："度！汝其往衣服飲食予士，無寒無飢，以既厥事，遂生蔡人。賜汝節斧、通天御帶、衛卒三百。凡兹廷臣，汝擇自從；惟其賢能，無憚大吏！庚申，予其臨門送汝。"曰："御史！予閔士大夫戰甚苦！自今以往，非郊廟祠祀，其無用樂!”

顏、胤、武合攻其北，大戰十六，得柵城縣二十三，降人卒四萬。道古攻其東南，八戰，降萬三千，再入申，破其外城。文通戰其東，十餘遇，降萬二千。愬入其西，得賊將，輒釋不殺，用其策，戰比有功。十二年八月，丞相度至師；都統弘責戰益急；顏、胤、武合戰益用命；元濟盡并其衆洄曲以備。十月壬申，愬用所得賊將，自文城，因天大雪，疾馳百二十里，用夜半到蔡，破其門，取元濟以獻，盡得其屬人卒。辛巳，丞相度入蔡，以皇帝命赦其人。淮西平，大饗賚功。師還之日，因以其食賜蔡人。凡蔡卒三萬五千，其不樂爲兵，願歸爲農者十九，悉縱之。斬元濟京師。冊功，弘加侍中；愬爲左僕射，帥山南東道；顏、胤皆加司空；公武以散騎常侍帥鄜、坊、丹、延；道古進大夫；文通加散騎常侍。丞相度朝京師，道封晉國公，進階金紫光禄大夫，以舊官①相；而以其副總爲工部尚書，領蔡任。既還奏，羣臣請紀聖功，被之金石。皇帝以命臣愈。臣愈再拜稽首而獻文曰：

唐承天命，遂臣萬邦。孰居近土，襲盗以狂。往在玄宗，崇極而圮，河北悍驕，河南附起。四聖不宥，屢興師征，有不能克，益戍以兵。夫耕不食，婦織不裳。輸之以車，爲卒賜糧。外多失朝，曠不嶽狩。百隸怠官，事忘其舊。帝時繼位，顧瞻咨嗟：“惟汝文武，孰恤予家!”既斬吴蜀，旋取山東。魏將首義，六州降從。

淮蔡不順，自以爲强；提兵叫讙，欲事故常。始命討之，遂連奸鄰；陰遣刺客，來賊相臣。方戰未利，内驚京師。羣公上言：“莫若惠來!”帝爲不聞，與神爲謀；乃相同德，以訖天誅。乃敕“顏、胤，愬、武、古、通，咸統于弘，各奏汝功”！三方分攻，五萬其師。大軍北乘，厥數倍之。常兵時曲，軍士蠢蠢。既翦陵雲，蔡卒大窘。勝之邵陵，郾城來降。自夏入秋，復屯相望。兵頓不勵，告功不時。帝哀征夫，命相往釐。士飽而歌，馬騰於槽，試之新城，賊遇敗逃；盡抽其有，聚以防我，西師躍入，道無留者。頟

① “官”原誤作“宫”，今據《全唐文》改正。

> 額蔡城，其疆千里。既入而有，莫不順俟。帝有恩言，相度來宣："誅止其魁，釋其下人。"蔡之卒夫，投甲呼舞。蔡之婦女，迎門笑語。蔡人告飢，船粟往哺。蔡人告寒，賜以繒布。
>
> 始時蔡人，禁不往來；今相從嬉，里門夜開。始時蔡人，進戰退戮；今旰而起，左飧右粥。爲之擇人，以收餘憊。選吏賜牛，教而不稅。蔡人有言："始迷不知。今乃大覺，羞前之爲。"蔡人有言："天子明聖。不順族誅，順保性命！汝不吾信，視此蔡方：孰爲不順，往斧其吭。"凡叛有數，聲勢相倚；吾强不支，汝弱奚恃？其告而長，而父而兄。奔走偕來，同我太平！淮蔡爲亂，天子伐之。既伐而飢，天子活之。始議伐蔡，卿士莫隨；既伐四年，小大並疑。不赦不疑，由天子明。凡此蔡功，惟斷乃成。既定淮蔡，四夷畢來。遂開明堂，坐以治之。

其辭主裴度，而著李愬入蔡之功，列於諸將。顧愬自以先入蔡州，擒吴元濟，爲首功，特不平之。愬妻出入禁中，因訴碑辭不實。詔磨愈文，而命翰林學士段文昌重撰勒石，辭曰：

> 夫五兵之設，本以助文德而成教化，故聖人不專任之。其有桀驁暴邪，干紀作孽；道德不服，則兵以威之；文告不諭，則兵以静之；在禁暴除害而已。自黄帝堯舜，不能無誅；至湯武受命，武功寖盛，其本之以仁義，行之以弔伐，惟帝與王，率由茲道。於戲！創業之君，勞而後定。守文之主，安而忘戰。故三代之衰，功在五伯。未有中葉之後，再安生靈；前古所無，歸於聖代。
>
> 我唐運之興也，高祖太宗，以仁義之兵，除暴隋之亂，戎功祖武，百代丕承。玄宗嘗亦内翦奸邪，外清夷狄；所以繼文之代，協帝之明。既而禍起於微，亂生於理；由是髖髀之衆，結固於兩河；斤斧不用，綿歷於五代。肅宗、代宗，親翦大憝，且務生育。德宗、順宗，觀於天象，察於人事，以理運未至，沴氣猶凝，運啓昇平，以俟後聖。
>
> 惟我后握樞出震，端扆向明，考上玄之心，思祖宗之意，掃滌區宇，光啓帝圖。不以萬乘爲尊，四海爲富；尊大禹櫛風之志，有光武乙夜之勤。以爲景擒七國而漢民安，成翦三監而周化洽。焉有

患難未去，而德教可興。日者惠琳恃近狄之固，劉闢憑坤維之險，李錡保長江之衝，從史資太行之阻，四兇相扇，繼爲亂常；三數年間，盡膏鈇鑕。太尉茂昭以中山之地，盡室來朝；司空弘正以全魏之邦，舉宗向闕；義風所激，莫不歸心。況彭城從折簡之召，横海展執珪之勤；向之談虞虢之存亡，議輔車之形勢，莫不刳心斷臂，繼踵爲忠。既而麟見於巴、賨之間，河清於鄘、衛之際，固同本之貺，昭聖祚之符，廓清寰海，兆於此矣。而長淮右地，連山四起，控扼吴楚，密邇轘轅；有上帝濯龍之池，同冀方多馬之國，戈鋋雪照，駔駿雲屯，二姓三凶，憑阻作孽。歲在甲午，吴少誠積禍而斃，餘殃聚於逆嗣，氛祲淮瀆。我后方弔人省冤，塈災除穢；猶命使者持節往申寵賻，以柔服之義，示含弘之仁。

元濟劫衆拒境，滔天肆逆，剽葉縣，燒舞陽，侵襄城，伊洛之間，騷然震恐。乃詢廷議，咸願假以墨絰，授以兵符。天子淵默以思，霆馳以斷，獨發宸慮，不詢衆謀；漢宣從屯田之議，晉武決平吴之計，至聖不惑，羣議自消。於是會皐藻之師，得鷹揚之帥：以中軍帥李光顔，往者平朔邊，静庸蜀；雙矛電激，孤劍飆馳，亦猶馮異之總軍鋒，子顔之將突騎，才氣雄武，可掃欃槍；總魏博、河陽、郃陽，凡三軍，自臨潁而前。以河陽軍帥烏重允，當從史内訹邪謀，外阻兵勢，精誠奮發，密應王師，故得虜魏豹於軍中，縛吕布於麾下，識慮中正，可革梟音；益以汝海之地、總朔方、義成、陝虢、劍南、西川、鳳翔、延州、寧慶，凡七軍，由襄陽而進。宣武帥韓弘請以子公武領精卒一萬二千，時集洄曲。欒書作帥，鍼爲戎右；充國討虜，卬統支軍；是能從帥之命，成父之志。又以壽春守李文通，夙精戎韜，累習軍旅，明於守備，可保金湯；總宣武、淮南、宣歙、浙西、徐泗，凡五軍，扼固始之險。以鄂岳都團練使李道古，以先曹王皋有任城之武，昔征兇渠，嘗取安陸，授以戎柄，嗣其家聲；乘五關之隘。以唐鄧隨帥李愬，温敏能斷，静深有謀；昔趙孟慕成季之勳，復能霸晉；亞夫紹絳侯之武，亦克擒吴；想其英徽，必有以似；總山南東道、荆南，凡兩軍，自文成而東。乃命御史中丞裴度布挾纊之恩，奉如絲之命，以諭羣帥，以撫輿師。且以古之會兵，必謀元帥，令歸於一，勢不欲分；令宣武軍帥韓弘爲諸道行營都統，假陸遜之鉞，拜韓信之壇，指蹤晝奇正之機，發號申嚴凝之令，然後有司馬之法，申節制之師。而寒暑再罹，賊巢未下。又命内掌樞密之臣梁守謙肅將天威，盡護諸將，懸白日於千里，推赤心於萬人。由是甘寧奮升城之勇，君文勵擊郾之志，焚上蔡以翦其翼，拔郾城以扼其吭。以軒后攻蚩尤之亂，殷宗伐鬼方之罪，周公誅淮夷之叛，雖以聖討逆，皆三年後定。百辟之議，且謂久勞；將決其機，以安海内。復命丞相裴度擁淮蔡之節，撫將帥之臣，分鄧禹之麾旆，盛竇憲之幕府，四牡業業，于蕃于宣。

先是光顔、重允、公武，戎旅同心，壘垣齊列；常蛇之勢，首尾相從；胡騎之雄，紛紜縱擊；逐餘孽如鳥雀，獵殘寇似狐狸，干矛如林，行次於洄曲。丞相之來也，羣帥之志氣逾勵，統制之號令益明，勢如雷霆，功在漏刻。賊乃悉其精鋭以備洄曲之師。唐隨帥李愬新總傷痍之軍，稍勵奔北之氣，城孤援絶，地逼勢危；而能養貔虎之威，未嘗矍視；屈鷙鳥之勢，不使露形；是以收文城柵而降吴秀琳，下興橋而擒李祐。祐果敢多略，衆以留之或謂蓄患，不利吾軍。愬誠明在躬，秉信不撓；爰命釋縛，授之親兵。祐感慨之心，出於九死，縱横之計，果効六奇。粤十月既望，陰凝雪飛，天地盡閉；愬乃遣其將史旻、仇良輔，留鎮文城，備其侵軼；命李祐領突騎三千以爲嚮導；自領中權三千，與監軍使李誠義繼進；又遣其將田進誠領馬步三千以殿後。郊雲晦冥，寒可墮指；一夕卷旆，凌晨破關。鋪敦淮瀆，仍執醜虜。雖魏軍得田疇爲道，潛出盧龍；鄧艾得田章先登，長驅緜竹；用奇制勝，與古爲儔。四紀逋誅，一朝蕩定，攄宗廟之宿憤，致黎庶之大安，周漢以還，莫斯爲盛！

帝命策勳，進弘爲侍中；光顔、重允，並爲司空；愬爲左僕射，帥山南東道；公武加散騎常侍，節制鄜、坊、丹、延；道古進御史大夫，文通加散騎常侍。王師獲金爵之賞，環境蒙優復之恩；掩骼埋胔，除瑕宥罪，躋羣生於壽域，還比户於可封；東西南北，無思不服。丞相旋請來朝，後加金紫光禄大夫，封晉國公；乃眷淮瀆，烝人生殖，俾擇循吏，撫其疾傷；以宣慰副使刑部侍郎馬總領淮蔡之任。天子議功雲臺，追美將帥，俾刻金石，以揚休勳。而百辟僉謀，羣帥克讓，推義士之志，敢貪天功；徵賢臣之言，實在君德。於是搢紳之士，暨侯服之臣，上獻鴻名，式昭徽冊，然後光輝千古，聲名百蠻。詔命掌文之臣文昌勒銘淮浦，庶乎閱《周雅》者，美宣王之中興；觀《劍銘》者，戒蜀川之恃險。銘曰：

天有肅殺，萬物以感；雷風爲令，霜霰爲刑。君有武節，四海以寧。陳之原野，阻以甲兵。在昔聖主，恪寧邦國；武以禁暴，刑以助德。牧除害馬，農去蟊賊。苟非戎功，孰靜羣慝？明明我后，神算精微；九重獨運，千里不違。宵衣旰食，再安中宇。始翦朔漠，旋梟蜀虜。丹徒鏦濞，白門縛布。服茲四罪，豈勞一旅。

淮夷怙亂，四十餘年；長蛇未翦，寰宇騷然。逮於孽童，逆志滔天。懷柔匪及，告諭罔悛。帝念生人，乃申薄伐；飛將鷹揚，前鋒電發。齊壇命信，靈旗指越。我武惟揚，祆氛未滅。集於洄曲，決戰摧兇。豹略臨晉，維留沓中。桓桓襄帥，奇謀成功；浮罌暗渡，束馬潛攻。合以長圍，絶其飛走，布德滅妖，升城獲醜。商不易肆，農安其畝。洄曲殘兵，投戈束手。帝嘉羣帥，賞不踰時。畫社啓封，珪組陸離。洎於蠻貊，服我英威。刻之金石，作戒淮夷。

其辭主李愬，與愈之主裴度者異趣；然張皇六師，歸美廟算，則與愈同一機杼。特愈以古文，文昌以駢，豈徒將相之争功，抑亦駢散之競爽乎？

段文昌，字墨卿，一字景初，西河人。元和中，累轉祠部郎中，知制誥，名輩於裴度爲後，而與愈差比肩；然好儷體以持斯文之統，則與愈異，與度同。度《與皇甫湜書》，論唐中葉以前文家，而於愈獨致貶詞。至《寄李翺書》，則曰："文人之異，在氣格之高下，思致之淺深，不在其磔裂章句，隳廢聲韻也。昌黎韓愈恃其捷足，往往奔放，不以文立制，而以文爲戲，可乎？"於時，愈之倡古文也，雖欲以振六朝之懦緩，而未以饜時人之觀聽，持異議者正大有人，而度特其矯矯者耳。然愈不以爲意，而爲之益力，語於人曰："僕爲文久，每自測，意中以爲好，則人必以爲惡矣。小稱意，人亦小怪之；大稱意，即人必大怪之也。時時應事作俗下文字，下筆令人慚；及示人，則人以爲好矣。小慚者，亦蒙謂之小好；大慚者，即必以爲大好矣。然百物，朝夕所見者，人皆不注視也；及睹其異者，則共觀而言之；夫文，豈異於是乎？漢朝人莫不能爲文，獨司馬相如、太史公、劉向、揚雄爲之最；然則用功深者，其收名也遠；若皆與世浮沉，不自樹立，雖不爲當時所怪，亦必無後世之傳也。”嘗自道其所以用功者，以《答李翊書》曰：

愈白李生足下：生之書辭甚高，而其問何下而恭也？能如是，誰不欲告生以其道，道德之歸也有日矣，況其外之文乎？抑愈所謂望孔子之門牆而不入於其宫者，焉足以知是且非耶？雖然，不可不爲生言之，生所謂立言者是也。生所爲者與所期者甚似而幾矣，抑不知生之志，蘄勝於人而取於人耶？將蘄至於古之立言者耶？蘄勝於人而取於人，則固勝於人而可取於人矣。將蘄至於古之立言者，則無望其速成，無誘於勢利，養其根而俟其實，加其膏而希其光；根之茂者其實遂，膏之沃者其光曄；仁義之人，其言藹如也。

抑又有難者，愈之所爲，不自知其至猶未也？雖然，學之二十餘年矣。始者非三代兩漢之書不敢觀，非聖人之志不敢存，處若忘，行若遺，儼乎其若思，茫乎其若迷；當其取於心而注於手也，惟陳言之務去，戛戛乎其難哉。其觀於人，不知其非笑之爲非笑也。如是者亦有年，猶不改；然後識古書之正僞，與雖正而不至焉者，昭昭然白黑分矣，而務去之，乃徐有得也。當其取於心而注於手也，汩汩然來矣。其觀於人也，笑之則以爲喜，譽之則以爲憂，以其猶有人之説者存也。如是者亦有年，然後浩乎其沛然矣。吾又懼其雜也，迎而距之，平心而察之，其皆醇也，然後肆焉。雖然，不可以不養也。行之乎仁義之途，游之乎詩書之源，無迷其途，無絶其源，終吾身而已矣。

氣，水也；言，浮物也；水大而物之浮者大小畢浮，氣之與言猶是也，氣盛，則言之短長與聲之高下者皆宜。雖如是，其敢自謂幾於成乎？雖幾於成，其用於人也奚取焉？雖然，待用於人者，其肖於器耶？用與舍屬諸人。君子則不然。處心有道，行己有方，用則施諸人，舍則傳諸其徒，垂諸文而爲後世法，如是者其亦足樂乎，其無足樂也？有志乎古者希矣。志乎古，必遺乎今；吾誠樂而悲之。亟稱其人，所以勸之，非敢褒其可褒而貶其可貶也。問於愈者多矣，念生之言，不志乎利，聊相爲言之。愈白。

自道所得，理足而辭沛。愈自謂於文章“宏其中而肆其外”，“上窺姚姒，渾渾無涯；周誥殷盤，詰屈聱牙；《春秋》謹嚴，《左氏》浮誇；《易》奇而法，《詩》正而葩，下逮《莊》、《騷》，太史所録；子雲相如，同工異曲”；“沈浸醲郁，含英咀華”。此其所謂“非三代兩漢之書不敢觀”也。當其所得，粹然一出於正，刊落陳言，横騖别驅；汪洋大肆，自詡因文見道。累官吏部侍郎，卒謚曰文。傳有《昌黎先生集》四十卷，乃其姪女壻隴西李漢所編。後人蒐其闕遺，爲《昌黎先生外集》十卷，《遺文》一卷。

愈之爲文，論説記事，兼能並擅；而相其論説，不外二端：其一託物取譬，抑揚諷諭，爲詩教比興之遺；如《雜説》、《獲麟解》、《師説》、《伯夷頌》是也。録《雜説》、《伯夷頌》。

雜説

龍噓氣成雲，雲固弗靈於龍也。然龍乘是氣，茫洋窮乎玄間，薄日月，伏光景，感震電，神變化，水下土，汩陵谷；雲亦靈怪矣哉。雲，龍之所能使爲靈也。若龍之靈，則非雲之所能使爲靈也。然龍弗得雲，無以神其靈矣；失其所憑依，信不可歟。異哉！其所憑依，乃其所自爲也！《易》曰：“雲從龍。”既曰龍，雲從之矣。

世有伯樂，然後有千里馬。千里馬常有，而伯樂不常有；故雖有名馬，祇辱於奴隸人之手，駢死於槽櫪之間；不以千里稱也。馬之千里者，一食或盡粟一石；食馬者，不知其能千里而食也。是馬也，雖有千里之能，食不飽，力不足，才美不外見，且欲與常馬等不可得，安求其能千里也？策之不以其道，食之不能盡其材，鳴之而不能通其意，執策而臨之曰天下無馬。嗚呼！其真無馬耶？其真不知馬也！

伯夷頌

士之特立獨行，適於義而已，不顧人之是非；皆豪傑之士，信道篤而自知明者也。一家非之，力行而不惑者寡矣；至於一國一州非之，力行而不惑者，蓋天下一人而已矣。若至於舉世非之，力行而不惑者，則千百年乃一人而已耳。若伯夷者，窮天地，亘萬世而不顧者也。昭乎日月不足爲明，崒乎泰山不足爲高，巍乎天地不足爲容也。當殷之亡，周之興，微子，賢也，抱祭器而去之。武王、周公，聖也，從天下之賢士，與天下之諸侯，而往攻之，未嘗聞有非之者也。彼伯夷叔齊者，乃獨以爲不可。殷既滅矣，天下宗周；彼二子乃獨恥食其粟，餓死而不顧。由是而言，夫豈有求而爲哉？信道篤而自知明也。今世之所謂士者，一凡人譽之，則自以爲有餘；一凡人沮之，則自以爲不足；彼獨非聖人而自是如此。夫聖人，乃萬世之標準也。余故曰若伯夷者，特立獨行，窮天地，亘萬世而不顧者也。雖然，微二子，亂臣賊子接跡於後世矣。

此論説之一種也。其一論事析理，軒昂洞豁，汲《孟子》七篇之流；如《原道》、《原性》、《原毁》、《原人》、《原鬼》、《對禹問》、《守戒》是也。録《對禹問》、《守戒》。

對禹問

或問曰："堯舜傳諸賢，禹傳諸子，信乎？"曰："然。""然則禹之賢，不及於堯與舜也歟？"曰："不然。堯舜之傳賢也，欲天下之得其所也。禹之傳子也，憂後世争之之亂也。堯舜之利民也大，禹之慮民也深。"曰："然則堯舜何以不憂後世？"曰："舜如堯，堯傳之；禹如舜，舜傳之。得其人而傳之，堯舜也。無其人，慮其患而不傳者，禹也。舜不能以傳禹，堯爲不知人。禹不能以傳子，舜爲不知人。堯以傳舜爲憂後世，禹以傳子爲慮後世。"

曰："禹之慮也則深矣，傳之子而當不淑，則奈何？"曰："時益以難理，傳之人則争，未前定也。傳之子則不争，前定也。前定雖不當賢，猶可以守法。不前定而不遇賢，則争且亂。天之生大聖也不數，其生大惡也亦不數。傳諸人，得大聖，然後人莫敢争。傳諸子，得大惡，然後人受其亂。禹之後四百年，然後得桀；亦四百年，然後得湯與伊尹。湯與伊尹，不可待而傳也。與其傳不得聖人而争且亂，孰若傳諸子？雖不得賢，猶可守法。"

守戒

《詩》曰："大邦維翰。"《書》曰："以蕃王室。"諸侯之於天子，不惟守土地、奉職貢而已，固將有以翰蕃之也。今人有宅於山者，知猛獸之爲害，則必高其柴楥而外施窞穽以待之。宅於都者，知穿窬之爲盜，則必峻其垣牆而内固扃鐍以防之。此野人鄙夫之所及，非有過人之智而後能也。今之通都大邑，介於屈强之間，而不知爲之備，噫，亦惑矣，野人鄙夫能之，而王公大人反不能焉；豈材力爲有不足歟？蓋以謂不足爲而不爲耳。

天下之禍，莫大於不足爲；材力不足者次之。不足爲者，敵至而不知。材力不足者，先事而思，則其於禍也有間矣。彼之屈强者，帶甲荷戈，不知其多少；其緜地則千里，而與我壤地相錯，無有丘陵、江河、洞庭、孟門之關其間；又自知其不得與天下齒，朝夕舉踵引頸，冀天下之有事以乘吾之便；此其暴於猛獸穿窬也甚矣。嗚呼，胡知而不爲之備乎哉！賁育之不戒，童子之不抗；魯雞之不期，蜀雞之不支。今夫鹿之與豹，非不巍然大矣；然而卒爲之禽者，爪牙之材不同，猛怯之資殊也。曰："然則如之何而備之？"曰："在得人。"

此論説之又一種也。而細意籀誦，蓋有兩種筆力：《雜説》、《守戒》，筆能奔放，如風發雲涌，筆力之能雄肆者也。《伯夷頌》、《對禹問》，語有斷制，如刀斬斧截，筆力之能嶄峭者也。其後王安石嶄峭而不雄肆，蘇軾奔放而欠嶄峭，各得韓愈之一體。

記事之文，愈尤所擅，或詼詭以發奇趣，或直書以垂監戒。如《藍田縣丞廳壁記》曰：

丞之職，所以貳令，於一邑無所不當問。其下主簿尉，主簿尉乃有分職。丞位高而偪，例以嫌不可否事。文事行，吏抱成案詣丞，卷其前，鉗以左手，右手摘紙尾，雁鶩行以進，平立睨丞曰"當署"。丞涉筆占位署惟謹，目吏問："可不可？"吏曰"得"，則退；不敢略省，漫不知何事。官雖尊，力勢反出主簿尉下。諺數慢必曰丞，至以相訾謷。丞之設，豈端使然哉？

博陵崔斯立，種學積文以蓄其有，泓涵演迤，日大以肆。貞元初，挾其能戰藝於京師，再進再屈于人。元和初，以前大理評事言得失，黜官；再轉而爲丞茲邑。始至，喟曰："官無卑，顧材不足塞職。”既噤不得施用，又喟曰：“丞哉丞哉，余不負丞而丞負余！”則盡枿去牙角，一躡故跡，破崖岸而爲之。丞廳故有記，壞漏污不可讀。斯立易桷與瓦，墁治壁，悉書前任人名氏。庭有老槐四行，南牆鉅竹千挺，儼立若相持。水灇灇循除鳴。斯立痛掃溉，對樹二松，日哦其間；有問者，輒對曰：“余方有公事；子姑去！”

此詼詭以發奇趣者，而《試大理評事王君墓誌銘》，亦其比也。又如《故太學博士李君墓誌銘》曰：

太學博士頓丘李于，余兄孫女壻也，年四十八，長慶三年正月五日卒；其月二十六日，穿其妻墓而合葬之，在某縣某地。子三人，皆幼。初于以進士爲鄂岳從事，遇方士柳泌，從受藥法。服之，往往下血；比四年，病益急，乃死。其法以鉛滿一鼎，按中爲空，實以水銀，蓋封四際，燒爲丹砂云。余不知服食說自何世起，殺人不可計，而世慕尚之益至，此其惑也。

在文書所記，及耳聞相傳者不說，今直取目見，親與之游，而以藥敗者六七公以爲世誡。工部尚書歸登、殿中御史李虚中、刑部尚書李遜、遜弟刑部侍郎建，襄陽節度使工部尚書孟簡、東川節度御史大夫盧坦、金吾將軍李道古，此其人皆有名位，世所共識。工部既食水銀得病，自說若有燒鐵杖，自顛貫其下者，摧而爲火，射竅節以出，狂痛號呼乞絶。其茵席常得水銀，發且止，唾血十數年①以斃。殿中疽發其背死。刑部且死，謂余曰：“我爲藥誤！”其季建一旦無病死。襄陽黜爲吉州司馬。余自袁州還京師，襄陽乘舸邀我於蕭洲，屏人曰：“我得祕藥，不可獨不死。今遺子一器，可用棗肉爲丸服之。”别一年而病。其家人至，訊之，曰：“前所服藥誤，方且下之；下則平矣！”病二歲，竟卒。盧大夫死時，溺出血，肉痛不可忍，乞死，乃死。金吾以柳泌得罪，食泌藥，五十死海上。此可以爲誡者也。蘄不死，乃速得死，謂之智，可不可也？五穀三牲，鹽醯果蔬，人所常御。人相厚勉，必曰强食。

今惑者皆曰：“五穀令人夭，不能無食，當務減節。”鹽醯以濟

① 《全唐文》作“數十升”。

百味，豚魚雞三者古以養老，反曰："是皆殺人，不可食！"一筵之饌，禁忌十常不食二三。不信常道而務鬼怪，臨死，乃悔。後之好者又曰："彼死者，皆不得其道也。我則不然。"始病，曰："藥動故病；病去，藥行，乃不死矣。"及且死，又悔。嗚呼，可哀也已，可哀也已！

此直書以見事實者，而《鄆州谿堂詩序》、《贈太傅董公行狀》，亦其比也。碑傳文有兩體：其一蔡邕體，語多虛讚而緯以事歷，魏、晉、宋、齊、梁、陳、隋、唐人碑多宗之；其一韓愈體，事尚實叙而裁如史傳，唐以下歐、蘇、曾、王諸人碑多宗之。而愈之所以爲文者有二：有鍊語拗舌，而故爲遲重生奥者。有振筆直書，而發以坦迤爽朗者。如《貞曜先生墓誌銘》曰：

唐元和九年，歲在甲午八月己亥，貞曜先生孟氏卒；無子，其配鄭氏以告。愈走位哭，且召張籍會哭。明日，使以錢如東都供葬事。諸嘗與往來者，咸來哭弔。韓氏遂以書告興元尹故相餘慶。閏月，樊宗師使來弔，告葬期，徵銘。愈哭曰："嗚呼，吾尚忍銘吾友也夫！"興元人以幣如孟氏賻，且來商家事。樊子使來速銘曰："不則無以掩諸幽。"乃序而銘之。

先生，諱郊，字東野。父庭玢，娶裴氏女，而選爲崑山尉，生先生及二季酆郢而卒。先生生六七年，端序則見。長而愈騫，涵而揉之，内外完好，色夷氣清，可畏而親。及其爲詩，劌目鉥心，刃迎縷解，鉤章棘句，掐擢胃腎，神施鬼設，間見層出。惟其大玩於詞而與世抹摋，人皆劫劫，我獨有餘。有以後時開先生者，曰："吾既擠而與之矣，其猶足存耶？"年幾五十，始以尊夫人之命，來集京師，從進士試，既得即去。間四年，又命來選；爲溧陽尉，迎侍溧上。去尉二年，而故相鄭公尹河南，奏爲水陸運從事，試協律郎；親拜其母於門内。母卒五年，而鄭公以節領興元軍，奏爲其軍參謀，試大理評事；挈其妻行，之興元。次於閿鄉，暴疾卒，年六十四。買棺以斂，以二人輿歸。酆、郢皆在江南。十月庚申，樊子合凡贈賻，而葬之洛陽東，其先人墓左，以餘財附其家而供祀。將葬，張籍曰："先生揭德振華，於古有光。賢者故事有易名，況士哉？如曰貞曜先生，則姓名字行有載，不待講説而明。"皆曰

"然。"遂用之。初先生所與俱學同姓簡，於世次爲叔父，由給事中觀察浙東；曰："生吾不能舉。死吾知恤其家。"銘曰：

於戲貞曜，維執不猗，維出不訾，維卒不施，以昌其詩。

此鍊語拗舌而故爲遲重生奥者，而《平淮西碑》、《施先生墓[1]銘》、《贈司勳員外郎孔君墓誌銘》、《清河郡公房公墓碣銘》、《曹成王碑》、《唐故相權公墓碑》、《柳州羅池廟碑》、《贈太尉許國公神道碑銘》，亦其比也。

又如《乳母墓銘》曰：

乳母李，徐州人，號正真。入韓氏，乳其兒愈。愈生未再周月孤，失怙恃。李憐不忍棄去，視保益謹，遂老韓氏。及見所乳兒愈舉進士第，歷佐汴徐軍，入朝爲御史、國子博士、尚書都官員外郎、河南令，娶婦，生二男五女。時節慶賀，輒率婦孫，列拜進壽。年六十四，元和六年三月十八日疾卒。卒三日，葬河南縣北十五里。愈率婦孫視窆封，且刻其語於石，納諸墓，爲銘。

此振筆直書而出以坦迤爽朗者，而《柳子厚墓誌銘》、《殿中少監馬君墓誌》、《太學博士李君墓誌銘》、《贈太傅董公行狀》亦其比也。綜愈所爲碑誌，其中人物，如《清邊郡王楊燕奇碑文》、《曹成王碑》、《劉統軍碑》、《唐故檢校尚書左僕射右龍武統軍劉公墓誌銘》、《唐故相權公墓碑》、《贈太尉許國公神道碑銘》，王侯將相也。《唐故江西觀察使韋公墓誌銘》、《唐故虞部員外郎張府君墓誌銘》、《唐故河南令張君墓誌銘》、《唐故江南西道觀察使太原王公神道碑銘》[2]、《唐故朝散大夫尚書庫部郎中鄭君墓誌銘》、《唐故國子司業竇公墓誌銘》、《故江南西道觀察使贈散騎常侍太原王公墓誌銘》，文武具寮也。《施先生墓銘》、《貞曜先生墓誌銘》、《南陽樊紹述墓誌銘》，經生文儒也。《國子助教河東薛君墓誌銘》、《贈司勳員外郎孔君墓誌銘》、《試大理評事王君墓誌銘》、《殿中侍御史李君墓誌銘》、《故幽州節度判官贈給事中清河張君墓誌銘》，忠臣畸士也。《殿中侍御史李君墓誌銘》、《唐故監察御史衛府君墓誌銘》、《故太學博士李君墓誌銘》，服食方士也。《李元賓墓誌銘》、《柳州羅池廟碑》、《柳子厚墓誌銘》、《河南府法曹參軍盧

① "墓"原文誤作"慕"，今據《全唐文》改正。

② 《全唐文》題作《唐故江南西道觀察使中大夫洪州刺史兼御史中丞上柱國賜紫金魚袋贈左散騎常侍太原王公神道碑銘》。

府君夫人苗氏墓誌銘》、《韓滂墓誌銘》、《女挐壙銘》、《乳母墓銘》，至親好友也。隨事賦形，各肖其人；其氣渾灝以轉，其辭鑄鍊以嶷，氣載其辭，辭凝其氣；奇詞奥句，不見滯筆，豪曲快字，不見佻意，骨重氣駛，章安句適，各體之中，此爲第一。

愈文起八代之衰，而詩亦參李杜之長，融裁以别開一派。蓋杜甫詩有二種：一種氣調高渾，珠圓玉潤，而出以雍容。一種筆力拗怒，獅跳虎卧，而故爲雄矯。愈則斅其拗怒而袪其雍容，以想像出詼詭，以生劖爲刻畫，以單駛見奔迸，以排奡臻妥帖，斅杜而亦參李。觀其《調張籍》曰："李杜文章在，光焰萬丈長。""伊我生其後，舉頸遥相望。夜夢多見之，晝思反微茫。徒觀斧鑿痕，不矚治水航。想當施手時，巨刃摩天揚。垠岸劃崩豁，乾坤擺雷硠。""我願生兩翅，捕逐出八荒。精誠忽交通，百怪入我腸。刺手拔鯨牙，舉瓢酌天漿。騰身跨汗漫，不著織女襄。"即此可以見生平蘄尚及功力之所在焉。

蓋以想像出詼詭，以單駛見奔迸，其源自李；而以生劖爲刻畫，以排奡臻妥帖，則得之杜也。杜工於刻畫，而李富有想像。李任性自然，初非琢鍊；而愈則以生劖爲雕鎸；此其得之於杜，所以殊於李也。杜物態曲盡，工爲寫實之篇；而愈則以想像融事實，此其得之於李，所以異於杜也。李天懷坦蕩，不爲淒厲；而愈則淒厲而有殊坦蕩。杜身世迍邅，多爲沈鬱；而愈則恣肆而不爲沈鬱。劉勰籀文心，而愈則尚詩膽；其《送無本師歸范陽》曰："無本於爲文，身大不及膽。吾嘗示之難，勇往無不敢。蛟龍弄牙角，造次欲手攬；衆鬼囚大幽，下覷襲玄窞。天陽熙四海，注視首不頷。鯨鵬相摩窣，兩舉快一噉。夫豈能必然，固已謝黯黮。狂詞肆滂葩，低昂見舒慘。奸窮變怪得，往往造平澹。"此詩貴有膽，然後有筆之説也。詩之體，至杜甫而備。詩之膽，至韓愈乃大。顧觀愈《薦士》一詩，所以稱孟郊者，則曰："横空盤硬語，妥帖力排奡。敷柔肆紆餘，奮猛卷海潦。榮華肖天秀，捷疾逾響報。"則先敷柔而後奮猛，由榮華而出捷疾，似與《送無本》之説不同，而意實相發。

蓋變怪必造於平澹，妥帖而後出排奡；奇横之趣，自然之致，二者並進，乃爲成體。今誦其詩，萬怪惶惑，往往盛氣噴薄而出，跌宕淋漓，曲折如意，不復知其爲有韻之文；不惟五七言古猖狂恣睢，肆意有作；而律絶近體，寂寥短章，亦復拔天倚地，句句欲活；是所謂"狂詞肆滂葩，低昂見舒慘；奸窮變怪得，往往造平澹”；亦即“横空盤硬語，妥帖力排奡”之説也。大抵愈之爲詩，筆力蘄於雄矯，意境務爲詼詭。顧有力造詼詭而詼詭者；五言古如《慰孟東野失子》曰：

失子將何尤，吾將上尤天：“女實主下人，與奪一何偏？彼於女何有，乃令蕃且延？此獨何罪辜，生死旬日間？”上呼無時聞，滴地淚到泉。地祇爲之悲，瑟縮久不安；乃呼大靈龜，騎雲款天門。問“天主下人，薄厚胡不均”？

天曰“天地人，由來不相關。吾懸日與月，吾繫星與辰。日月相噬齧，星辰踣而顛。吾不女之罪，知非女由因。且物各有分，孰能使之然？有子與無子，禍福未可原。魚子滿母腹，一一欲誰憐？細腰不自乳，舉族常孤鰥。鴟梟啄母腦，母死子始翻。蝮蛇生子時，坼裂腸與肝。好子雖云好，未還恩與勤。惡子不可説，鴟梟蝮蛇然。有子且勿喜，無子固勿歎！上聖不待教，賢聞語而遷。下愚聞語惑，雖教無由悛”！大靈頓頭受，即日以命還。地祇謂大靈：“女往告其人”。東野夜得夢，有夫玄衣巾。闖然入其户，三稱天之言。再拜謝玄夫，收悲以歡欣。

又如《雙鳥詩》曰：

雙鳥海外來，飛飛到中州。一鳥落城市，一鳥集巖幽。（朱子以雙鳥指己與孟郊而作，落城市者己也，集巖幽者孟也。《韻語陽秋》已有此説。）不得相伴鳴，爾來三千秋。兩鳥各閉口，萬象銜口頭。春風捲地起，百鳥皆飄浮。兩鳥忽相逢，百日鳴不休；有耳聒皆聾，有口反自羞。百舌舊饒聲，從此恒低頭；得病不呻喚，泯默至死休。

雷公告天公：“百物須膏油。自從兩鳥鳴，聒亂雷聲收。鬼神怕嘲詠，造化皆停留。草木有微情，挑抉示九州。蟲鼠誠微物，不堪苦誅求。不停兩鳥鳴，百物皆生愁。不停兩鳥鳴，自此無春秋。不停兩鳥鳴，日月難旋輈。不停兩鳥鳴，大法失九疇；周公不爲公，孔丘不爲丘。”

天公怪兩鳥，各捉一處囚；百蟲與百鳥，然後鳴啾啾。兩鳥既别處，閉聲省愆尤。朝食千頭龍，暮食千頭牛。朝飲河生塵，暮飲海絶流。還當三千秋，更起鳴相酬。

又如《嘲魯連子》曰：

魯連細而黠，有似黄鷂子。田巴兀老蒼，憐汝矜爪觜。開端要驚人，雄跨吾厭矣。高拱禪鴻聲，若輟一杯水。獨稱唐虞賢，顧未知之耳。（按此當有與公争名者，而公甘以名讓之。禪，讓也，鴻聲乃名也。）

七言古如《月蝕詩效玉川子作》曰：

元和庚寅斗插子，月十四日三更中。森森萬木夜僵立，寒氣屓奰頑無風。月形如白盤，完完上天東。忽然有物來噉之，不知是何蟲。如何至神物，遭此狼狽凶！星如撒沙出，攢集争强雄。油燈不照席，是夕吐燄如長虹。玉川子，涕泗下，中庭獨行，念此日月者，爲天之眼睛。此猶不自保，吾道何由行？嘗聞古老言，疑是蝦蟆精，徑圓千里納女腹，何處養女百醜形？杷沙腳手鈍，誰使女解緣青冥？黄帝有四目，帝舜重其明；今天祇兩目，何故許食使偏盲？堯呼大水浸十日，不惜萬國赤子魚頭生；女於此時若食日，雖食八九無饞名。赤龍黑烏燒口熱，翎鬣倒側相搪撑。婪酣大肚遭一飽，飢腸徹死無由鳴。後時食月罪當死，天羅磕帀何處逃汝形！

玉川子立於庭而言曰："地行賤臣仝，再拜敢告上天公：臣有一寸刃，可刳凶蟇腸。無梯可上天，天階無由有臣蹤。寄箋東南風，天門西北祈風通。丁寧附耳莫漏洩，薄命正值飛廉慵。東方青色龍，牙角何呀呀；從官百餘座，嚼啜煩官家。月蝕汝不知，安用爲龍窟天河？赤鳥司南方，尾秃翅觰沙。月蝕於汝頭，汝口開呀呀；蝦蟆掠汝兩吻過，忍學省事不以汝觜啄蝦蟆？於菟蹲於西，旗旄衛毰毸。既從白帝祠，又食於褶禮有加。忍令月被惡物食，枉於汝口插齒牙？烏龜怯奸，怕寒縮頸，以殼自遮。終令夸蛾抉汝出，卜師燒錐鑽灼滿板如星羅。此外内外官，瑣細不足科。臣請悉掃除，慎勿許語令啾譁，并光全耀歸我月，盲眼鏡淨無纖瑕。弊蛙拘送主府官，帝箸下腹嘗其皤。依前使兔操杵臼，玉階桂樹閒婆娑。嫦娥還宫室，太陽有室家。天雖高，耳屬地，感臣赤心，使臣知意。"雖無明言，潛喻厥旨，有氣有形，皆吾赤子。雖忿大傷，忍殺孩稚。還女月明，安行于次。盡釋衆罪，以蛙磔死。

他如五言古《南山》、《駑驥》、《三星行》、《苦寒》、《雜詩》、《初南食貽元十八協律》、《猛虎行》、《讀東方朔雜事》、《送張道士》、《嘲鼾睡》兩首，七言古《陸渾山火和皇甫湜用其韻》、《記夢》，奇趣横生，人駭鬼眩，皆力造詼詭而詼詭者也。亦有無意詼詭而詼詭者，瑣碎事物而恢張之使奇，尋常山水而刻畫之使詭。五言古如《醉後》曰：

煌煌東方星，奈此衆客醉。初喧或忿争，中静雜嘲戲；淋漓身上衣，顛倒筆下字。人生如此少，酒賤且勤置。

又如《醉贈張祕書》曰：

人皆勸我酒，我若耳不聞。今日到君家，呼酒持勸君。爲此座上客，及余各能文。君詩多態度，藹藹春空雲。東野動驚俗，天葩吐奇芬。張籍學古淡，軒鶴避雞羣。阿買不識字，頗知書八分。詩成使之寫，亦足張吾軍。所以欲得酒，爲文俟其醺。酒味既冷冽，酒氣又氛氲，性情漸浩浩，諧笑方云云。此誠得酒意，餘外徒繽紛。長安衆富兒，盤饌羅羶葷，不解文字飲，惟能醉紅裙，雖得一餉樂，有如聚飛蚊。今我及數子，固無蕕與薰；險語破鬼膽，高詞媲皇墳，至寶不雕琢，神功謝鋤耘。方今向太平，元凱承華勳。（《左傳》文十二年有才子八元八愷。《書》稱堯曰放勳，舜曰重華。）吾徒幸無事，庶以窮朝曛。

又如《符讀書城南》曰：

木之就規矩，在梓匠輪輿。人之能爲人，由腹有詩書。詩書勤乃有，不勤腹空虚。欲知學之力，賢愚同一初；由其不能學，所入遂異閭。兩家各生子，提孩巧相如；少長聚嬉戲，不殊同隊魚。年至十二三，頭角稍相疏。二十漸乖張，清溝映汙渠。三十骨骼成，乃一龍一豬。飛黄騰踏去，不能顧蟾蜍。一爲馬前卒，鞭背生蟲蛆。一爲公與相，潭潭府中居。問之何因爾，學與不學歟。

金璧雖重寶，費用難貯儲。學問藏之身，身在則有餘。君子與小人，不繫父母且。不見公與相，起身自犂鉏？不見三公後，寒飢出無驢？文章豈不貴，經訓乃菑畬。潢潦無根源，朝滿夕已除。人不通古今，馬牛而襟裾；行身陷不義，況望多名譽。時秋積雨霽，新涼入郊墟。燈火稍可親，簡編可卷舒。豈不旦夕念？爲爾惜居諸。恩義有相奪，作詩勸躊躇。

七言古如《雉帶箭》曰：

原頭火燒靜兀兀，野雉畏鷹出復没。將軍欲以巧伏人，盤馬彎弓惜不發。地形漸窄觀者多，雉驚弓滿勁箭加。衝人決起百餘尺，紅翎白鏃隨傾斜。將軍仰笑軍吏賀，五色離披馬前墮。

又如《汴泗交流贈張僕射》曰：

汴泗交流郡城角，築場千步平如削。短垣三面繚逶迤，擊鼓騰騰樹赤旗。新秋朝涼未見日，公早結束來何爲？分曹決勝約前定，百馬攢蹄近相映。毬驚杖奮合且離，紅牛（“牛”一作“氂”）纓紱黄金羈，側身轉臂著馬腹，霹靂應手神珠馳。超遥散漫兩閒暇，揮霍紛紜爭變化；發難得巧意氣粗，歡聲四合壯士呼。此誠習戰非爲劇，豈若安坐行良圖。當今忠臣不可得，公馬莫走須殺賊！

又如《贈侯喜》曰：

吾黨侯生字叔起，呼我持竿釣温水。平明鞭馬出都門，盡日行行荆棘裏。温水微茫絶又流，深如車轍闊容輈。蝦蟆跳過雀兒浴，此縱有魚何足求。我爲侯生不能已，盤針擘粒投泥滓。晡時堅坐到黄昏，手倦目勞方一起。暫動還休未可期，蝦行蛭渡似皆疑。舉竿引線忽有得，一寸纔分鱗與鬐。是日侯生與韓子，良久歎息相看悲。我今行事盡如此，此事正好爲吾規。半世遑遑就舉選，一名始得紅顔衰。人間事勢豈不見，徒自辛苦終何爲！便當提攜妻與子，南入箕潁無還時。叔起君今氣方鋭，我言至切君勿嗤。君欲釣魚須遠去，大魚豈肯居沮洳？

又如《贈劉師服》曰：

羡君齒牙牢且潔，大肉硬餅如刀截。我今呀豁落者多，所存十餘皆兀臲。匙抄爛飯穩送之，合口軟嚼如牛呞。妻兒恐我生悵望，盤中不飣粟與梨。衹今年纔四十五，後日懸知漸莽鹵。朱顔皓頸訝莫親，此外諸餘誰更數。憶昔太公仕進初，口含兩齒無贏餘。虞翻十三比豈少，遂自惋恨形於書。丈夫命存百無害，誰能檢點形骸外？巨緡東釣儻可期，與子共飽鯨魚膾。

此瑣碎事物而恢張之使奇者也。五言古如《陪杜侍御遊湘西兩寺獨宿有題一首因獻楊常侍》曰：

長沙十里平，勝地猶在險；況當江闊處，斗起勢匪漸。深林高玲瓏，青山上琬琰。路窮臺殿闢，佛事煥且儼。剖竹走泉源，開廊架崖广。是時秋之殘，暑氣尚未斂。羣行忘後先，朋息棄拘檢。客堂喜空涼，華榻有清簟。澗蔬煑蒿芹，水果剥菱芡。伊余夙所慕，陪賞亦云忝。幸逢車馬歸，獨宿門不掩。

山樓黑無月，漁火燦星點。夜風一何喧，杉檜屢磨颭。猶疑在波濤，怵惕夢成魘。靜思屈原沈，遠憶賈誼貶；椒蘭爭妬忌，絳灌共讒諂。誰令悲生腸，坐使淚盈臉。翻飛乏羽翼，指摘因瑕玷。珥貂藩維重，政化類分陝；禮賢道何優，奉己事苦儉。大厦棟方隆，巨川檝行剡。經營誠少暇，遊宴固已歉。旅程愧淹留，徂歲嗟荏苒。平生每多感，柔翰遇頻染。展轉嶺猿鳴，曙燈青睒睒（祝本魏本作"錟錟"）。

又如《洞庭湖阻風贈張十一署》曰：

十月陰氣盛，北風無時休。蒼茫洞庭岸，與子維雙舟。霧雨晦爭泄，波濤怒相投。犬雞斷四聽，糧絶誰與謀！相去不容步，險如礙山丘。清談可以飽，夢想接無由。男女喧左右，飢啼但啾啾。非懷北歸興，何用勝羈愁。雲外有白日，寒光自悠悠；能令暫開霽，過是吾無求（廖本作"無"，魏本作"何"）。

又如《庭楸》曰：

庭楸止五株，共生十步間。各有藤繞之，上各相鉤聯；下葉各垂地，樹顛各雲連。朝日出其東，我常坐西偏；夕日在其西，我常坐東邊；當晝日在上，我在中央間。仰視何青青，上不見纖穿。朝暮無日時，我且八九旋。濯濯晨露香，明珠何聯聯。夜月來照之，蒨蒨自生煙。我已自頑鈍，重遭五楸牽。客來尚不見，肯到權門前？權門衆所趨，有客動百千；九牛亡一毛，未在多少間。往既無可顧，不往自可憐。

七言古如《山石》曰：

山石犖确行徑微，黄昏到寺蝙蝠飛。升堂坐階新雨足，芭蕉葉大支子肥。僧言古壁佛畫好，以火來照所見稀。鋪牀拂席置羹飯，疏糲亦足飽我飢。夜深靜臥百蟲絶，清月出嶺光入扉。天明獨去無道路，出入高下窮煙霏。山紅澗碧紛爛漫，時見松櫪皆十圍。當流赤足蹋澗石，水聲激激風吹衣。人生如此自可樂，豈必局束爲人鞿！嗟哉吾黨二三子，安得至老不更歸。

又如《李花》二首曰：

平旦入西園，梨花數株若矜夸。旁有一株李，顏色慘慘似含嗟；問之不肯道所以，獨繞百匝至日斜。忽憶前時經此樹，正見芳意初萌芽。奈何趁酒不省録，不見玉枝攢霜葩。泫然爲汝下雨淚，無由反旆羲和車。東風來吹不解顏，蒼茫夜氣生相遮。冰盤夏薦碧實脆，斥去不御慚其花。

當春天地爭奢華，洛陽園苑尤紛拏。誰將平地萬堆雪，剪刻作此連天花？日光赤色照未好，明月暫入都交加。夜領張徹投盧仝，乘雲共至玉皇家。長姬香御四羅列，縞裙練帨無等差。靜濯明妝有所奉，顧我未肯置齒牙。清寒瑩骨肝膽醒，一生思慮無由邪。

七言絶如《盆池》① 曰：

老翁真箇似童兒，汲水埋盆作小池。一夜青蛙鳴到曉，恰如方口釣魚時。

莫道盆池作不成，藕梢初種已齊生。從今有雨君須記，來聽蕭蕭打葉聲。

池光天影共青青，拍岸纔添水數缾。且待夜深明月去，試看涵泳幾多星。

又如《晚春》曰：

草樹知春不久歸，百般紅紫鬭芳菲。楊花榆莢無才思，惟解漫天作雪飛。

誰②收春色將歸去？慢緑妖紅半不存。榆莢祇能隨柳絮，等閑

---

① 此爲《盆池》五首之一、二和第五首。

② 这裏所録的是韓愈两首同一題目的《晚春》，前一首是《遊城南十六首》中的第三首，後一首是單獨所作的。分别刊于曹寅所编的《全唐詩》綫裝本第五函第十册的第八卷和第九卷中。

撩亂走空園。

此尋常風景而刻畫之使詭者也。他如五言古《歸彭城》、《縣齋有懷》、《岳陽樓別竇司直》、《齪齪》、《落齒》、《崔十六少府攝伊陽以詩及書見投因酬三十韻》、《送侯參謀赴河中幕》、《東都遇春》、《送進士劉師服東歸①》、《贈張籍》、《答孟郊》、《瀧吏》、《鬭雞聯句》，七言古《贈鄭兵曹》、《八月十五夜贈張功曹》、《謁衡嶽遂宿嶽寺題門樓》、《杏花》、《鄭羣贈簟》、《游青龍寺贈崔大補闕》、《贈崔立之評事》、《醉留東野》、《酬司門盧四兄雲夫院長望秋作》、《聽穎師彈琴》、《短燈檠歌》，五言排律《叉魚贈張功曹》，七言絶《和歸工部送僧約》、《遣興》、《鎮州初歸》、《同水部張員外籍曲江春游寄白二十二舍人》；粗話説得細，俗語説得俊，無不可詠之景物，無不可抒之情懷，愈粗樸，愈嫵媚，戲笑怒駡，皆成文章。

李白詩工爲比興，杜甫有賦有比興；而愈則賦多而比興少，如《駑驥》、《苦寒》、《雙鳥詩》、《月蝕詩效玉川子作》、《猛虎行》、《記夢》等篇，儘是託物寄興，而盡情刻畫，如實有其事；則是比興之意而賦之體也。杜詩有叙事，有寫景，有議論，而愈則叙事多而議論少；尤善叙人物，跌宕昭彰，以史筆爲詩篇；七言古如《永貞行》，是一篇《順宗實録》；而五言古如《送惠師》、《送靈師》、《寄崔二十六立之》、《孟生詩》，七言古如《劉生詩》、《寄盧仝》等篇，不惟其人之聲音笑貌，躍躍紙上，呼之欲出；而詳次生平，夾叙夾議，則是以詩篇爲史傳也。奇辭大句，得瑰瑋飛騰之氣驅之以行，其辭俊邁跌宕而不可以方物。惟《秋懷》十一首，感慨身世，託物寄興，獨爲《文選》體，斂而不肆，蓋集中之别調；然而氣有奇類，力澥浮藻，殆同建安之風骨，而非齊梁之縟麗也。從愈遊者，皇甫湜，李翱，雄於文；孟郊、賈島，工爲詩；而張籍獨以樂府著名。

張籍，字文昌，和州烏江人。孟郊嘗爲愈言籍有文章，而愈延見，開懷聽説，稱以詩曰："張籍學古淡，軒鶴避雞羣。"遂爲薦

① 原脱"東歸"二字，現據《全唐詩》補正。

揚，登貞元十五年進士第，累官國子司業。顧籍性狷直，方始締交，連兩書抵愈，責以不宜博塞，及爲駁雜之説，論議好勝人而不能著書。愈無以難也。傳有《張司業集》八卷。其文多佚，獨與愈兩書存。屬詞詰難，易爲駿快，而畜以頓挫；相其筆力，奇崛不如皇甫湜，而矜慎略似；安雅遜於李翺，而遲重勝之。尤喜爲詩，而樂府稱絶。同時白居易有詩稱之曰："張公何爲者，業文三十春。尤工樂府詞，舉代少其倫。"録兩首。

節婦吟寄東平李司空

君知妾有夫，贈妾雙明珠；感君纏綿意，繫在紅羅襦。妾家高樓連苑起，良人執戟明光裏。知君用心如日月，事夫誓擬同生死。還君明珠雙淚垂，恨不相逢未嫁時！

讌客詞

上客不用顧金羈，主人有酒君莫違。請君看取園中花，地上漸多枝上稀。山頭樹影不見石，谿水無風應更碧。人人齊醉起舞時，誰覺翻衣與倒幘。明朝花盡人已去，此地獨來空繞樹。

清麗深婉，與元稹白居易一律，專以道得人心中事爲工；但白才多而意切，元體輕而詞躁，籍則思深而語婉爾。

李翺，隴西成紀人。娶韓愈從兄弇之女，從愈學爲文。而年少於籍，博雅好古。登貞元十四年進士第，累官檢校户部尚書，襄州刺史，充山南東道節度。亦以文章見推當時，卒謚曰文，與愈同。

生平持論，以爲："人號文章爲一藝者，乃時世所好之文，或有盛名於近代者是也。其能到古人者，則仁義之辭也，惡得以一藝而名之哉。列天地，立君臣，親父子，別夫婦，明長幼，浹朋友，六經之旨矣。浩乎若江海，高乎若丘山，赫然若日火，包乎若天地，掇章稱詠，津潤怪麗，六經之詞也。創意造言，皆不相師；故其讀《春秋》也，如未嘗有《詩》也；其讀《詩》也，如未嘗有《易》也；其讀《易》也，如未嘗有《書》也；其讀屈原莊周也，如未嘗有六經也；故義深則意遠，意遠則理辯，理辯則氣直，氣直則詞盛，詞盛則文工。"

“天下之語文章，有六説焉：其尚異者，則曰文章辭句奇險而已；其好理者，則曰文章叙意茍通而已；其溺於時者，則曰文章必當對；其病於時者，則曰文章不當對；其愛難者，則曰文章宜深不當易；其愛易者，則曰文章宜通不當難。此皆情有所偏，滯而不流，未識文章之所主也。古之人能極於工而已，不知其詞之對與否，易與難也。《詩》曰：‘憂心悄悄，愠於羣小。’此非對也。又曰：‘遘閔既多，受侮不少。’此非不對也。《書》曰：‘朕聖讒説殄行，震驚朕師。’《詩》曰：‘菀彼柔桑，其下侯旬。將采其劉，瘼此下人。’此非易也。《書》曰：‘允恭克讓，光被四表，格於上下。’《詩》曰：‘十畝之間兮，桑柘閑閑兮，行與子旋兮。’此非難也。學者不知其方，而稱説云云，如前所陳者，非吾之敢聞也。六經之後，百家之言，與老聃、列禦寇、莊周、鶡冠、田穰苴、孫武、屈原、宋玉、孟軻、吴起、商鞅、墨翟、鬼谷子、荀況、韓非、李斯、賈誼、枚乘、司馬遷、相如、劉向、楊雄，皆足以自成一家之文，學者之所師歸也。故義雖深，理雖當，詞不工者不成文，宜不能傳也。文、理、義三者兼并，乃能獨立於一時，而不泯滅於後代，能必傳也。陸機曰：‘怵他人之我先。’韓退之曰：‘惟陳言之務去。’假令述笑哂之狀曰‘莞爾’，則《論語》言之矣；曰‘啞啞’，則《易》言之矣；曰‘粲然’，則《穀梁子》言之矣；曰‘攸爾’，則班固言之矣；曰‘囅然’，則左思言之矣；吾復言之，與前文何以異也？此創意造言之大歸。然吾所以不協於時而學古文者，悦古人之行也；悦古人之行者，愛古人之道也。故學其言，不可以不行其行；行其行，不可以不重其道；重其道，不可以不循其禮。”又自言“所叙《高愍女碑》、《楊列婦傳》，不在班孟堅、蔡伯喈下。”傳有《李文公集》十八卷。

其文章弈弈清暢，俯仰有度，不似愈之猖狂恣睢，肆意有所作。而所爲《韓愈行狀》，當爲集中第一篇文字；只是從幼到老，順次叙去，而提挈頓挫，自然起伏，明歸有光論《史記》如平地忽見高山，如地高高下下相因，乃去得長，如水平平流去，忽然遇石激起來。而讀翱《韓愈行狀》，波瀾意境，乃真如此。其他如《故東川節度使盧公傳》、《贈司空柏公神道碑》、《贈左僕射傅公神道碑》、《贈司空楊公墓誌銘》、《贈工部尚書武公墓誌銘》，凝重而不傷板滯，平直而致有波瀾，亦爲集中之勝。

大抵翺之文，不宜馳騁，不適鋪排，祇宜順理成章，自然安而得遒。

《故處士侯君墓誌》、《叔氏墓誌銘》、《昌黎韓君夫人京兆韋氏墓誌銘》，則又拗峭之筆，饒有嫵媚，别出機杼，而脱胎愈《贈司勳員外郎孔君》、《試大理評事王君》兩墓誌筆意者也。至《高愍女碑》、《楊烈婦傳》，翺自詡不在班孟堅、蔡伯喈下；然以議論爲波瀾，既太著跡；而尤病在不能强，又不安於弱；既不能爲孟軻、太史公之勇猛健舉，又不如班固、蔡邕之優游緩節，一振不起，便覺聲嘶力竭；此如秦武王無烏獲之力，而爲烏獲之舉鼎，不免絶臏；天分所限，無可如何。《楊烈婦傳》以議論作結，而緟系以《贊曰》，更疊牀架屋，不免劉子玄所譏矣。

皇甫湜，字持正，睦州新安人。元和元年擢進士第，累官工部郎中，傳有《皇甫持正集》六卷。其爲文章，與李翺同出韓愈。翺得愈之醇雅，而湜得愈之奇崛。翺文章貴平正，而湜議論務爲奇怪；翺文章求潔淨，而湜詞筆不湔縟藻。

集中答翺三書，盛氣攻辨，其大指以爲："意新則異於常，異於常則怪矣。詞高則出衆，出衆則奇矣。虎豹之文，不得不炳於犬羊；鸞鳳之音，不得不鏘於烏鵲；金玉之光，不得不炫於瓦石；非有意先之也，乃自然也。夫文者非他，言之華者也。其用在通理而已，固不務奇。然言亦可以通理矣，而以文爲貴者，無他，文則遠，無文即不遠也。以非常之文，通至正之理，是所以不朽也！《書》之文不奇，《易》之文可謂奇矣，豈礙理傷聖乎！如"龍戰於野，其血玄黄"，"見豖負塗，載鬼一車"，"突如其來如，焚如，死如，棄如"，此何等語也！"

今觀所作，欲學韓愈之怪怪奇奇而不能；識議文筆，不如李翺遠甚；而矜己自足過之。李翺《帝王所尚問》，仿韓愈《對禹問》；《知鳳》仿《獲麟解》；尚是仿其體格。而湜則《孟荀言性論》，直襲《原性》三品之説；《上江西李大夫書》，直襲《與于襄陽書》"上之人負其位，下之人負其才"之辭；不憚公然抄襲。然愈縱筆一揮，如兔起鶻落，捉拿不住；而湜則跬步左次，無一句活脱；駑之視雄，何啻跛鼈之與騏驥。徒以氣矜之隆，有意奥奇，襞積字句，而無大力控摶，轉成拙累。叙事不見端委，而拗調澀句，剌口棘舌；議論亦無本末，而矜氣夸調，連篇累章；惟《韓文公墓銘》，字鑄句練，斆韓愈《曹成王碑》、《貞曜先生墓誌銘》筆意，無一率語。字字如履危崖而下；然骨重而神流，遥逸横生。他未能稱也。

夫韓愈之文，所以開八家之宗而不爲傖野者，在運氣以馭辭，又鑄辭以凝氣，所以疏而能密，雄而不快。李翺得其筆而辭未雄，皇甫湜斅其辭而氣不疏。迄唐之末也，關東孫樵，自稱“得爲文真訣於來無擇，來無擇得之於皇甫持正，皇甫持正得之於韓吏部退之。”其論文一主於奇，承皇甫湜之緒。然清言奥旨，出以融鑄，筆峭而韻流，不以削薄爲嫌，遠勝皇甫之膚字縟句，硬砌生填，無裨文采，徒爲冗累。皇甫以文句澀艱爲奇，樵則以筆勢緊健爲奇。皇甫之學韓，不能古健而爲艱澀；而樵之學韓，不能雄茂而爲峻削。皇甫不免於滯，樵則往往遒變，可謂青出於藍矣。有集十卷行世。

孟郊與韓愈友善，愈文至高而郊長於五言，時號孟詩韓筆。郊，字東野，湖州武康人。愈賦《薦士詩》以稱之；又曰：“郊以其詩鳴，其高出魏晉，不懈而及於古。”傳有《孟東野集》十卷。其爲詩，工於淒寂之音，比興之詞，獨長五言。如《遣興》曰：

> 絃貞五條音，松直百尺心。貞絃含古風，直松凌高岑。浮聲與狂葩，胡爲欲相侵？

又如《寓言》曰：

> 誰言碧山曲，不廢青松直。誰言濁水泥，不污明月色。我有松月心，俗騁風霜力；貞明既如此，摧折安可得。

又如《偶作》曰：

> 利劍不可近，美人不可親。利劍近傷手，美人近傷身。道險不在廣，十步能摧輪。情憂不在多，一夕能傷神。

以質出鍊，拗直成峭，短於蓄勢，而善使勁；不能運氣，而爲鍊格；詩骨甚遒，詩濤未壯。昔人稱陶潛詩跌宕昭彰，獨超衆類；而吾觀郊之詩抑遏蔽掩，乃見孤詣。觀其《戲贈無本》，有句云：“詩骨聳東野，詩濤湧退之”，所以自許者固自有在。愈之詩，猖狂恣睢，肆意有所作；而郊則斂雄爲遒，出之矜鍊，欲以少許勝多許，此詩濤之所以湧退之，而郊欲避所短而不犯者也。他如《長安羈旅行》、《送遠吟》、《古薄命妾》、《古怨别》、《傷春》、《夜感自遣》、《秋懷》、《夢澤行》、《京山行》、《贈崔純亮》、《峽哀》諸篇，淒戾之詞，清拔之氣，固是情與景稱，辭與題稱。然亦有風物妍華，不害古直，而出以淒戾者；如《古樂府》① 曰：

天桃花清晨，游女紅粉新。天桃花薄暮，游女紅粉故。樹有百年花，人無一定顔；花送人老盡，人悲花自閑。

亦有風物妍華，不爲淒戾，而抒以婉媚者；如《邀人賞薔薇》曰：

蜀色庶可比，楚叢亦應無。醉紅不自力，狂豔如索扶。麗蕊惜未掃，宛枝長更紆。何人是花侯，詩老强相呼。

亦有辭氣清拔，不爲淒戾，而發爲蕭曠者；如《游終南龍池寺》曰：

飛鳥不到處，僧房終南巔。龍在水長碧，雨開山更鮮。步出白日上，坐依清溪邊。地寒松桂短，石險道路偏。晚磬送歸客，數聲落遥天。

又如《送豆盧策歸别墅》曰：

短松鶴不巢，高石雲不棲。君今瀟湘去，意與雲鶴齊。力買奇險地，手開清淺溪；身披薜荔衣，山陟莓苔梯。一卷冰雪文，避俗常自攜。

亦有辭氣敦厚，不爲淒戾，而出以深摯者；如《静女吟》曰：

豔女皆妬色，静女獨檢蹤。任禮恥任妝，嫁德不嫁容。君子易求聘②，小人難自從。此志誰與諒，琴絃幽韻重。

又如《遊子吟》曰：

慈母手中綫，遊子身上衣。臨行密密縫，意恐遲遲歸。誰言寸草心，報得三春暉！

又如《山中送從叔簡》曰：

莫以手中瓊，言邀世上名；莫以山中跡，永向人間行。松柏有霜操，風泉無俗聲。應憐枯朽質，驚此别離情。

又如《送丹霞子阮芳顔上人歸山》曰：

松色不肯秋，玉性不可柔。登山須正路，飲水須直流。倩鶴附書信，索雲作衣裘。仙村莫道遠，枉策招交遊。

韓愈之詩，粗語説得樸，常情寫得詭；而郊之詩，直筆拗之曲，淺意抑之

① 原題《雜怨》，一作《古樂府雜怨》，此所録爲三首之二。
② “聘”原作“品”，今據《全唐詩》改。

深。及郊之死，而愈極稱賈島，有詩云："孟郊死葬北邙山，日月風雲頓覺閒①。天恐文章渾斷絶，再生賈島在人間。"蓋二人幽峭之致有相同也。"郊寒島瘦"遂以駢稱。

賈島，字浪仙，范陽人。應試不第，遂爲僧，即無本也。旋去浮屠，舉進士，官遂州長江主簿。傳有《長江集》十卷。其爲詩力剗浮豔，刻意生鍊，淒戾之音，清拔之氣，與孟郊聲氣應求。而郊工五古，島工五律；五古則意不如郊之鍊得深，格不如郊之鍊得遒，差可誦者，如《朝飢》，有遒格而意不淵永；《望山》、《寄跡》、《翫月》、《客喜》四篇，有生意而篇不遒發。其他語雖瘦硬，意未通神，所以郊筆峭而味永，島體拗而意率也。五言律如《山中道士》、《寄白閣默公》、《題李凝幽居》、《題青龍寺鏡公房》、《送金州鑒周上人》、《送譚遠上人》、《寄山友長孫棲嶠》、《馬戴居華山因寄》、《宿山寺》九篇，融情入景，鍊語歸凝，不爲淒苦，自臻幽秀，戛戛獨造，南宋永嘉四靈徐照、徐璣、翁卷、趙師秀之所由出也。録五律三首：

寄白閣默公

已知歸白閣，山遠晚晴看。石室人心靜，冰潭月影殘。微雲分片滅，古木落薪乾。後夜誰聞磬，西峯絶頂寒。

馬戴居華山因寄

玉女洗頭盆，孤高不可言；瀑流蓮嶽頂，河注華山根。絶雀林藏鶻，無人境有猿。秋蟾纔過雨，石上古松門。

宿山寺

衆岫聳寒色，精廬向此分。流星透疏木，走月逆行雲。絶頂人來少，高松鶴不羣。一僧年八十，世事未曾聞。

同一生鍊，而孟郊直筆拗之曲；島則舒筆欲爲直。同一幽僻，而孟郊淺意抑之深；島則幽境欲爲顯。蘇絳爲《島墓誌》，稱："所著文篇，不以新句綺靡爲意，淡然躡陶謝之蹤，片雲獨鶴，高躡塵表。"然島以質出新，以瘦救靡，略同元亮之簡澹，而非康樂之排比。特元亮跌宕昭彰，氣舒而骨勁，味厚而神和；島則瘦硬局促，貌癯而骨削，境幽而神鬱；此其所以異也。

姚合，陝州人。《長江集》中《酬姚合校書》所謂"美酒易傾盡，好詩

① 此爲韓愈《贈賈島》詩，《全唐詩》作："從此風雲得暫閒"。

難卒酬”者也；舉元和十一年進士，調武功主簿；以《武功縣詩》① 三十首，爲世傳誦，後官至祕書少監，詩家終謂之姚武功，相習而不改也。傳有《姚少監詩集》十卷。其詩亦即稱武功體，不如島之爲淒苦；而務爲瘦鍊，抒以清拔，冥搜物象，刻意苦吟，則與島爲同調。五古不如五律，而五律尤刻意於中二聯，亦與島如一轍。集中《別賈島》云：“野客狂無過，詩仙瘦始真。”《寄賈島》云：“狂發吟如哭，愁來坐似禪。新詩有幾首，旋被世人傳。”《寄賈島時任普州司倉》云：“吟寒應齒落，才峭自名垂。”傾倒可知已；宜其詩之吟寒而才峭以與同調也。五言古如《寄狄拾遺時魏州從事》曰：

少在兵馬間，長還繫戎職。雞飛不得遠，豈要生羽翼。三年城中遊，與君最相識，應知我中腸，不苟念衣食。主人樹勳名，欲滅天下賊。愚雖乏智謀，願陳一人力。人生須氣健，飢凍縛不得。睡當一席寬，覺乃千里窄。古人不懼死，所懼死無益。至交不可合，一合難離坼。君嘗相勸勉，苦語毒胸臆。百年心如披，誰限河南北。

生峭而出以警發，志氣盤桓，勝孟郊之逼仄。而五言律如《送殷堯藩侍御遊山南》曰：

詩境西南好，秋深晝夜蛩。人家連水影，驛路在山峯。谷靜雲生石，天寒雪覆松。我爲公府繫，不得此相從。

又如《過無可上人院》曰：

寥寥聽不盡，孤磬與疏鐘，煩惱師長別，清涼我暫逢。蟻行經古蘚，鶴毳落深松。自想歸時路，塵埃復幾重。

七言律如《送別友人》曰：

獨向山中覓紫芝，山人勾引住多時。摘花浸酒春愁盡，燒竹煎茶夜臥遲。泉落林梢多碎滴，松生石底足旁枝。明朝卻欲歸城市，問我來時總不知。

則又警鍊之語，幽秀之格，而皆工於發端。南宋四靈，奉以爲宗；而鍊意鍊格之未能，遂鍊字句，可惋在碎；而有警語，罕遒篇矣。

---

① 原文爲《武功縣中作》三十首，一作《武功縣閒居》。

李賀，字長吉，昌谷人。於時孟郊、賈島詩，以幽峭變韓愈；而李賀則以詭麗變韓愈。賀七歲能辭章，名動京邑。韓愈、皇甫湜覽其作，奇之而未信；遂相過其家，使賦詩。賀欣然援筆，賦《高軒過》，辭曰：

華裾織翠青如蔥，金環壓轡摇玲瓏，馬蹄殷耳聲隆隆，入門下馬氣如虹。云是東京才子，文章鉅公。二十八宿羅心胸，九精照耀貫當中。殿前作賦聲摩空，筆補造化天無功。龐眉書客感秋蓬，誰知死草生華風，我今垂翅附冥鴻，他日不羞蛇作龍。

二人大驚，自是有名。以父名晉肅，或以爲不得舉進士；愈爲作《諱辯》，然亦卒不就舉。辭尚奇詭，而工樂府，爲數十篇，合之絃管；官協律郎。傳有《歌詩編》四卷，附《集外詩》一卷。其爲詩亦如郊、島之衍韓愈而别出一體；不能爲愈之雄怪，而出以詭奇；不能如愈之縱恣，而斂爲矜鍊，淒戾之音，危仄之體，與郊、島不同而同；不同者，辭有華樸；而同者，筆之拗澀也。惟郊、島五言，賀則樂府。郊、島以清峭爲鑄鍊，不貴綺錯；賀則以雕藻爲鑄鍊，務求詭麗。郊、島取意眼前之情景，而出以精思；賀則好爲慮表之誕幻，而語必生造。如《雁門太守行》曰：

黑雲壓城城欲摧，甲光向日金鱗開。角聲滿天秋色裏，塞上燕脂凝夜紫。半卷紅旗臨易水，霜重鼓寒聲不起。報君黄金臺上意，提攜玉龍爲君死！

又如《苦晝短》曰：

飛光，飛光，勸爾一杯酒。吾不識青天高，黄地厚。惟見月寒日暖，來煎人壽。食熊則肥，食蛙則瘦。神君何在？太一安有？天東有若木，下置銜燭龍。吾將斬龍足，嚼龍肉；使之朝不得迴，夜不得伏；自然老者不死，少者不哭。何爲餌黄金，吞白玉？誰似任公子，雲中騎碧驢。劉徹茂陵多滯骨，嬴政梓棺費鮑魚。

無一筆肯坦迤，無一語不綺錯，其辭若可解，若不可解，其意有可測，有不可測。五言如《詠懷》、《走馬引》、《贈陳商》、《緑水詞》、《休洗紅》，七言如《雁門太守行》、《苦晝短》及《南山田中行》、《宫娃辭》、《致酒行》、《開愁歌》、《公無出門》、《官不來》、《江樓曲》、《野歌》、《將進酒》、《美人梳頭歌》諸篇，辭若可解，意有可測；然而跌宕俊邁，不可方物。其中五言之《贈陳商》、七言之《致酒行》、《官不來》，不爲雕藻而特廉悍，直是

《昌黎集》中詩篇；而《苦晝短》，奇想天開，亦昌黎《雙鳥》、《月蝕》之流亞也。其它所作，飾夷以艱，襲昭以幽，易常以異，有意爲之，不免意以辭奪，務爲艱深，猝未易曉。

宋劉辰翁好賀詩，謂“可以意會而不可以言詮”；然細籀其意，亦無甚深微妙。吴正子箋註，無可推詳，亦只不解解之；此與樊宗師之文，好爲險僻，同一舍康莊而走羊腸。蓋唐至元和，詩勢已盡！杜甫力破餘地，韓愈彌以奇險；後來者欲居其上，而無可陵駕，不得不曲逕通幽，別出奇兵，郊、島然，而賀亦然。元張樞《跋樊宗師絳守居園池記》，謂：“宗師與韓柳同時，又相好也，視二氏之逸駕絶足，瞠乎若恐後之；將掉鞅争先，則力之不及，欲俯仰襲沿，則恥爲之下。於是瘁心竭液，恢詭險僻，務奇以掩之。”而賀之詩，與宗師之文，同一務奇。惟賀氣詞警邁，爲勝宗師；而宗師文落滞相，氣不足以運其辭，徒爲詭僻。及至詭無可詭，詩境窮而必變；於是元稹、白居易，以樂易廣博救危仄，以切近的當變詭異，詩格不能不謂之卑，而詩體不得不謂之大也。

樊宗師，字紹述，南陽人。爲文吊詭，與常人不同；韓愈所爲誌其墓，謂“必以已出爲貴，不襲蹈前人一字一句”者也。元和之後，文筆則學奇於韓愈，學澀於樊宗師。而愈之子昶，讀宗師文而慕之；一旦爲文，宗師大奇；其文中字或出於經史之外，宗師讀不能通，昶以自喜也。宗師傳有《蜀綿州越王樓詩并序》及《絳守居園池記》；而《絳守居園池記》，播誦人間，注家紛紜，推測鈎貫，罔適定論焉。

柳宗元，字子厚，其先蓋河東人。與韓愈同時，而文章差頡頏者，蓋莫如柳宗元。宗元少聰警絶衆，尤精西漢詩騷，下筆構思，與古爲侔。貞元九年，登進士第，舉博學鴻辭科，授校書郎，調藍田尉。議論證據今古。爲監察御史裏行，善王叔文、韋執誼。二人者奇其才。及得政，引内禁近，與計事；轉尚書禮部員外郎。俄而叔文敗，與同輩劉禹錫、吕温等七人俱貶，而宗元爲邵州刺史，在道，再貶永州司馬。既罹竄逐，益自刻苦，務記覽，爲詞章，汎濫渟蓄，爲深博無涯涘，而自肆於山水間。乃作《始得西山宴遊記》曰：

> 自余爲僇人，居是州，恒惴慄。其隙也則施施而行，漫漫而遊。日與其徒上高山，入深林，窮迴谿，幽泉怪石，無遠不到。到

則披草而坐，傾壺而醉；醉則更相枕以臥。意有所極，夢亦同趣。覺而起，起而歸；以爲凡是州之山有異態者，皆我有也；而未始知西山之怪特。

今年九月二十八日，因坐法華西亭，望西山，始指異之。遂命僕過湘江，緣染谿，斫榛莽，焚茅茷，窮山之高而止。攀援而登，箕踞而遨，則凡數州之土壤，皆在衽席之下。其高下之勢，岈然窪然，若垤若穴，尺寸千里，攢蹙累積，莫得遯隱，縈青繚白，外與天際，四望如一。然後知是山之特出，不與培塿爲類，悠悠乎與灝氣俱，而莫得其涯；洋洋乎與造物者遊，而不知其所窮。引觴滿酌，頹然就醉，不知日之入；蒼然暮色，自遠而至，至無所見，而猶不欲歸。心凝形釋，與萬化冥合。然後知吾嚮之未始遊，遊於是乎始，故爲之文以志。是歲元和四年也。

鈷鉧潭記

鈷鉧潭在西山西，其始蓋冉水自南奔注，抵山石，屈折東流，其顛委勢峻，盪擊益暴，齧其涯，故旁廣而中深，畢至石乃止。流沫成輪，然後徐行。其清而平者且十畝，有樹環焉，有泉懸焉。其上有居者，以予之亟游也，一旦款門來告曰："不勝官租私券之委積，既芟山而更居；願以潭上田，貿財以緩禍。"予樂而如其言。則崇其臺，延其檻，行其泉於高者墜之潭，有聲潀然；尤與中秋觀月爲宜，於以見天之高，氣之迥。孰使予樂居夷而忘故土者，非茲潭也歟?

鈷鉧潭西小丘記

得西山後八日，尋山口西北，道二百步，又得鈷鉧潭。西二十五步，當湍而浚者爲魚梁。梁之上有丘焉，生竹樹。其石之突怒偃蹇，負土而出，争爲奇狀者，殆不可數。其嶔然相累而下者，若牛馬之飲於溪；其衝然角列而上者，若熊羆之登於山。丘之小不能一畝，可以籠而有之。問其主，曰："唐氏之棄地，貨而不售。"問其價，曰："止四百。"余憐而售之。李深源、元克己時同游，皆大喜，出自意外。即更取器用，剷刈穢草，伐去惡木，烈火而焚之；嘉木立，美竹露，奇石顯。由其中以望，則山之高，雲之浮，溪之流，鳥獸之遨遊，舉熙熙然迴巧獻技，以效茲丘之下。枕席而卧，則清泠之狀與目謀，瀯瀯之聲與耳謀，悠然而虚者與神謀，淵然而静者與心謀。不匝旬而得異地者二，雖古好事之士，或未能至焉。

噫！以茲丘之勝，致之灃鎬鄠杜，則貴游之士争買者，日增千金而愈不可得。今棄是州也，農夫漁夫過而陋之；價四百，連歲不能售。而我與深源克己獨喜得之，是其果有遭乎？書於石，所以賀茲丘之遭也。

至小丘西小石潭記

從小丘西行百二十步，隔篁竹，聞水聲，如鳴珮環，心樂之。伐竹取道，下見小潭，水尤清冽；全石以爲底，近岸卷石底以出，爲坻，爲嶼，爲嵁，爲巖。青樹翠蔓，蒙絡摇綴，參差披拂。潭中魚可百許頭，皆若空游無所依，日光下澈，影布石上，佁然不動，俶爾遠逝，往來翕忽，似與游者相樂。潭西南而望，斗折蛇行，明滅可見。其岸勢犬牙差互，不可知其源。

坐潭上，四面竹樹環合，寂寥無人，凄神寒骨，悄愴幽邃。以其境過清，不可久居，乃記之而去。同游者吴武陵、龔古，余弟宗玄。隸而從者，崔氏二小生，曰恕己，曰奉壹。

袁家渴記

由冉溪西南，水行十里，山水之可取者五，莫若鈷鉧潭。由溪口而西，陸行，可取者八九，莫若西山。由朝陽巖東南，水行至蕪江，可取者三，莫若袁家渴。皆永中幽麗奇處也。楚越之間，方言謂水之反流者爲渴，音若衣褐之褐。渴上與南館高嶂合，下與百家瀨合。其中重洲小溪，澄潭淺渚，間厠曲折；平者深黑，峻者沸白。舟行若窮，忽又無際。

有小山出水中，山皆美石，石上生青叢，冬夏常蔚然。其旁多巖洞，其下多白礫。其樹多楓柟石楠，楩櫧樟柚；草則蘭芷。又有異卉，類合歡而蔓生，轇轕水石。每風自四山而下，振動大木，掩苒衆草，紛紅駭緑，蓊勃香氣，衝濤旋瀨，退貯溪谷，摇颺葳蕤，與時推移。其大都如此，余無以窮其狀。永之人未嘗游焉。余得之不敢專也，出而傳於世。其地世主袁氏，故以名焉。

石渠記

自渴西南行不能百步，得石渠，民橋其上。有泉幽幽然，其鳴乍大乍細。渠之廣，或咫尺，或倍尺；其長可十許步。其流抵大石，伏出其下。踰石而往，有石泓，菖蒲被之，青鮮環周。又折西行，旁陷巖石下，北墮小潭。潭幅員減百尺，清①深多儵魚。又北曲行紆餘，睨若無窮，然卒入於渴。其側皆詭石怪木，奇卉美箭，可列坐而休焉。風摇其巔，韻動崖谷，視之既靜，其聽始遠。

予從州牧得之，攬去翳朽，決疏土石，既崇而焚，既釃而盈。惜其未始有傳焉者，故累記其所屬，遺之其人，書之其陽；俾後好事者，求之得以易。元和七年正月八日，蠲渠至大石；十月十九日，踰石得石泓小潭，渠之美於是始窮也。

石澗記

石渠之事既窮，上由橋西北，下土山之陰，民又橋焉；其水之大，倍石渠三之一②。巨石爲底，達於兩涯，若牀若堂，若陳筵席，若限閫奧。水平布其上，流若織文，響若操琴。揭跣而往，折竹掃陳葉，排腐木，可羅胡牀十八九居之，交絡之流，觸激之音，皆在牀下。翠羽之木，龍鱗之石，均蔭其上。古之人其有樂於此邪？後之來者有能追余之踐履邪？得意之日，與石渠同。

由渴而來者，先石渠，後石澗。由百家瀨上而來者，先石澗，後石渠。澗之可窮者，皆出石城村東南，其間可樂者數焉。其上深山幽林，逾峭險，道狹，不可窮也。

小石城山記

自西山道口徑北，踰黄茅嶺而下，有二道：其一西出，尋之無所得；其一少北而東，不過四十丈，土斷而川分，有積石横當其垠。其上爲睥睨梁欐之形；其旁出堡塢，有若門焉，窺之正黑，投以小石，洞然有水聲，其響之激越，良久乃已。環之可上，望甚遠；無土壤而生嘉樹美箭，益奇而堅。其疏數偃仰，類智者所施設也。

---

① “清”原作“情”，今據《全唐文》改。
② “之”後脱“一”字，茲據《全唐文》補。

> 噫！吾疑造物者之有無久矣。及是，愈以爲誠有。又怪其不爲之於中州，而列是夷狄，更千百年不得一售其伎，是固勞而無用，神者儻不宜如是，則其果無乎？或曰：以“慰夫賢而辱於此者”；或曰：“其氣之靈，不爲偉人，而獨爲是物；故楚之南，少人而多石。”是二者，余未信之。

其堙厄感鬱，一寓諸文，讀者咸悲惻。然衆畏其才高，懲刈復進，無爲用力者。雅善京兆尹許孟容、翰林蕭俛、李建，詒書言情，沈鬱頓挫，不亞太史公《報任少卿書》也。既而移柳州刺史；其爲文思益深，嘗著書一篇，號《貞符》。宗元少時嗜進，謂功業可就；既坐廢，遂不振，然其才實高。所爲《封建論》，囊括古今，筆勢縱放，惟賈生《過秦論》足與相當，體大而思精，實天下之奇作；而原本生人之初，義與《貞符》相發；惟《貞符》雅健，而《封建論》則雄深；《貞符》肅穆，而《封建論》則恣肆；奥如曠如，各臻其妙。宗元爲《永州龍興州東丘記》曰：“遊之適，大率有二，曠如也，奥如也。”可以喻其文境。《貞符》，奥如也；《封建論》，曠如也。衡湘以南爲進士者，皆以宗元爲師；其經承宗元口講指畫，爲文詞者皆有法度可觀。宗元有《答韋中立論師道書》曰：

> 二十一日，宗元白：辱書云欲相師。僕道不篤，業甚淺近，環顧其中，未見可師者。雖嘗好言論爲文章，甚不自是也。不意吾子自京師來蠻夷間，乃幸見取。僕自卜固無取，假令有取，亦不敢爲人師。爲衆人師且不敢，況敢爲吾子師乎？孟子稱“人之患，在好爲人師”。由魏晉氏以下，人益不事師。今之世不聞有師，有輒嘩笑之，以爲狂人。獨韓愈奮不顧流俗，犯笑侮，收召後學，作《師説》，因抗顔而爲師。世果羣怪聚罵，指目牽引，而增與爲言辭。愈以是得狂名，居長安，炊不暇熟，又挈挈而東，如是者數矣。屈子賦曰：“邑犬羣吠，吠所怪也。”僕往聞庸蜀之南，恒雨少日，日出則犬吠。余以爲過言。前六七年，僕來南二年，冬幸大雪，踰嶺，被南越中數州，數州之犬，皆蒼黄吠噬，狂走者累日，至無雪乃已。然後始信前所聞者。今韓愈既自以爲蜀之日，而吾子又欲使吾爲越之雪，不以病乎？非獨見病，亦以病吾子。然雪與日豈有過哉？顧吠者犬耳。度今天下不吠者幾人，而誰敢衒怪於羣目，以召

鬧取怒乎?

僕自謫過以來,益少志慮。居南中九年,增腳氣病,漸不喜鬧,豈可使呶呶者早暮咈吾耳,騷吾心;則固僵僕煩憒,愈不可過矣。平居望外,遭齒舌不少,獨欠爲人師耳。抑又聞之,古者重冠禮,將以責成人之道,是聖人所尤用心者也。數百年來,人不復行。近有孫昌允者,獨發憤行之。既成禮,明日造朝,至外廷,薦笏言於卿士曰:“某子冠畢。”應之者咸憮然。京兆尹鄭叔,則怫然曳笏卻立曰:“何預我耶?”廷中皆大笑。天下不以非鄭尹而快孫子,何哉?獨爲所不爲也。今之命師者大類此。

吾子行厚而辭深,凡所作皆恢恢然有古人形貌,雖僕敢爲師,亦何所增加也?假而以僕年先吾子,聞道著書之日不後,誠欲往來言所聞,則僕固願悉陳中所得者,吾子苟自擇之,取某事,去某事,則可矣。若定是非以教吾子,僕材不足,而又畏前所陳者,其爲不敢也決矣。吾子前所欲見吾文,既悉以陳之,非以耀明於子,聊欲以觀子氣色,誠好惡何如也。今書來言者皆大過。吾子誠非佞譽誣諛之徒,直見愛甚故然耳。

始吾幼且少,爲文章以辭爲工;及長,乃知文者以明道,是固不苟爲炳炳烺烺,務采色,誇聲音而以爲能也。凡吾所陳皆自謂近道,而不知道之果近乎遠乎?吾子好道而可吾文,或者其於道不遠矣?故吾每爲文章,未嘗敢以輕心掉之,懼其剽而不留也;未嘗敢以怠心易之,懼其弛而不嚴也;未嘗敢以昏氣出之,懼其昧沒而雜也;未嘗敢以矜氣作之,懼其偃蹇而驕也。抑之欲其奧,揚之欲其明,疏之欲其通,廉之欲其節,激而發之欲其清,固而存之欲其重,此吾所以羽翼夫道也。本之《書》以求其質,本之《詩》以求其恒,本之《禮》以求其宜,本之《春秋》以求其斷,本之《易》以求其動,此吾所以取道之原也。參之《穀梁》氏以厲其氣,參之《孟》《荀》以暢其支,參之《莊》《老》以肆其端,參之《國語》以博其趣,參之《離騷》以致其幽,參之太史公以著其潔,此吾所以旁推交通而以爲之文也。凡若此者,果是耶,非耶?有取乎,抑其無取乎?吾子幸觀焉擇焉,有餘以告焉;苟亟來以廣是道,子不有得焉，則我得矣，又何以師云爾哉！取其實而去其名，無招越、蜀吠怪，而爲外廷所笑，則幸矣。宗元復白。

蓋所以自道者如此。傳有《柳先生集》四十三卷，《别集》二卷，《外集》二卷。韓愈評其文曰："雄深雅健似司馬子長，崔蔡不足多也。"而宗元之論韓愈，則謂："退之所敬者，司馬遷、揚雄。遷於退之，固相上下。若雄者，如《太玄》、《法言》及《四愁賦》，退之獨未作耳；決作之，加恢奇。至他文過揚雄遠甚。雄文遣言措意，頗短局滯澀；不若退之猖狂恣睢，肆意有所作。"互相推挹；而愈所窮年孜兀者，爲《尚書》、《詩》三百篇、《莊子》、《離騷》、《太史公》、揚雄諸家；宗元之所致力，則在《尚書》、《詩》三百篇、《左傳》、《國語》、《離騷》、《漢書》、揚雄之書。

議論之文，韓愈雄肆而盡，宗元辯覈而裁；若論持之有故，言之成理，則韓不如柳。何者？韓愈善用奇以暢氣勢，宗元工爲偶以相比勘。韓愈急言竭論，孤行一意以發其辭；宗元比事屬辭，巧設兩端以盡其理。韓愈辭勝於理，宗元理勝於辭。昔賢以爲辯者，别殊類，使不相害；序異端，使不相亂：柳子有焉。若韓公則煩辭以相假，飾辭以相惇，巧譬以相移，引人聲使不得及其意爾。碑誌之文，韓愈事多實叙而駛以奇，乃用太史公之傳體；宗元語爲虚美而凝以駢，厥承蔡伯喈之碑製；顧亦有襲徐庾體者，《南府君霽雲睢陽廟碑》、《張公舟墓誌銘》，是也。而《南府君廟碑》特奇偉；入後震蕩以議論，堆砌化爲煙雲，筆力横恣，徐庾之所未逮者焉。韓愈服膺儒者，而宗元兼通佛學，於《南嶽大明寺律和尚碑》之《碑陰》，稱："凡葬大浮圖，其徒廣則能爲碑。晉宋尚法，故爲碑者多法。梁尚禪，故碑多禪。法不周施，禪不大行，而律存焉，故近世碑多律。"於時，禪宗衰而律代興也。其爲《龍安海禪師碑》曰：

佛之生也，遠中國僅二萬里；其没也，距今兹僅二千歲；故傳道益微，而言禪最病。拘則泥乎物；誕則離乎真，真離而誕益勝。故今之空愚失惑，縱傲自我者，皆誣禪以亂其教，冒於噐昬，放於淫荒。其異是者，長沙之南曰龍安師。

師之言曰："由迦葉至師子，二十三世而離，離而爲達摩；由達摩至忍，五世而益離，離而爲秀、爲能，南北相訾，反戾鬬狠，其道遂隱。嗚呼，吾將合焉！且世之傳書，皆馬鳴、龍樹道也；二師之道，其書具存。徵其書，合於志，可以不恩。”於是北學於惠隱，南求於馬素，咸黜其異以蹈乎中，乖離而愈同，空洞而益實；作《安禪通明論》，推一而適萬，則事無非真；混萬而歸一，則真無非事；推而未嘗推，故無適；混而未嘗混，故無歸。塊然趣定，至於旬時，是之謂施用；茫然同俗，極乎流動，是之謂真常。居長沙，在定十四日，人即其處而成室宇，遂爲寶應寺。去於湘之西，人又從之，負大木，礱密石，以益其居，又爲龍安寺焉。尚書裴公某、李公某，侍郎吕公某、楊公某，御史中丞房公某，咸尊師之道，執弟子禮。凡年八十一，爲僧五十三，元和三年二月九日而没。

其弟子玄覺洎懷直、浩初等狀其師之行，謁余爲碑。曰：師，周姓，如海，名也，世爲士。父曰擇交，同州録事參軍。叔曰擇從，尚書禮部侍郎。師始爲釋，其父違之志，使仕，至成都主簿，不樂也。天寶之亂，復其初心。嘗居京師西明寺，又居岣嶁山，終龍安寺，葬其原。銘曰：

浮圖之修，其奥爲禪。殊區異世，誰得其傳？遁隱乖離，浮游散遷；莫徵旁行，徒聽浮言。空有互鬭，南北相殘。誰其會之，楚有龍安。龍安之德，惟覺是則，苞并絶異，表正失惑。貌昧形静，功流無極，動言有爲，彌寂而默。祠廟之嚴，我居不飾。貴賤之來，我道無得。逝耶匪追，至耶誰抑？惟世之幾，惟道之微；既陳而明，乃去而歸。象物徒設，真源無依。後學誰師，嗚呼兹碑。

又爲《南嶽雲峯寺和尚碑》曰：

乾元元年某月日，皇帝曰："予欲俾慈仁怡愉，洽①于生人，惟浮圖道允迪。”乃命五嶽求厥元德，以儀于下。惟兹嶽上於尚書，其首曰雲峰大師法證，凡莅事五十年，貞元十七年乃没。其徒曰詮、曰遠、曰振、曰巽、曰素，凡三千餘人。其長老咸來言曰："吾師軌行峻特，器宇弘大。有來受律者，吾師示之以爲尊嚴整齊，明列義類，而人知其所不爲。有來求道者，吾師示之以爲高廣通

① “洽”原訛作“怡”，今據《全唐文》校改。

達，一其空有，而人知其所必至。元臣碩老，稽首受教，髫童毁齒，踴躍執役，故從吾師之命而度者凡五萬人。吾師冬不爗裘，飢不豐食；每歲會其類讀羣經，俾聖言畢出，有以見其大。又率其伻，伐木輦土，作佛塔廟，洎刊經典，俾像法益廣，有以見其用。將没，告門人曰："吾自始學至去世，未嘗有作焉。"然後知其動無不虚，静無不爲，生而未始來，殁而未始往也。其道備矣。願刻山石，知教之所以大。"其詞曰：

師之教，尊嚴有耀。恭天子之詔，維大中以告，後學是效。師之德，簡峻淵默，柔惠以直；涣焉而不積，同焉而皆得，兹道惟則。師之功，勤勞以庸，維奥祕必通，以興祠宫，遐邇攸從。師之族，由虢而郭，世德有奕，從佛於釋。師之壽，七十有八，惟終始罔缺，丕冒遺烈。厥徒蒸蒸，維大教是膺，維憲言是徵。溥博恢弘，如川之增，如雲之興，如嶽之不崩，終古其承之。

又爲《南嶽大明寺律和尚碑》曰：

儒以禮立仁義，無之則壞。佛以律持定慧，去之則喪。是故離禮於仁義者，不可與言儒。異律於定慧者，不可與言佛。達是道者，惟大明師。師姓歐陽氏，號曰惠開，唐開元二十一年始生，天寶十一載始爲浮圖，大曆十一年始登壇爲大律師，貞元十三年十一月十一日卒。元和九年正月，其弟子懷信、道嵩、尼無染等，命高道僧靈嶼爲行狀，列其行事，願刊之兹碑。

宗元今掇其大者言曰：師先因官，世家潭州，爲大姓，有勳烈爵位。今不言，大浮圖也。凡浮圖之道衰，其徒必小律而去經。大明恐焉，於是從峻洎侃以究戒律，而大法以立；又從秀洎昱以通經教，而奥義以修。由是二道，出入隱顯，後學以不惑，來求以有得。廣德二年始立大明寺於衡山，詔選居寺僧二十一人，師爲之首。乾元元年又命衡山立毗尼藏，詔選講律僧七人，師應其數。凡其衣服器用，動有師法；言語行止，皆爲物軌。執巾匜，奉杖屨，爲侍者數百；剪髮髦，被教戒，爲學者數萬，得衆若獨，居尊若卑；晦而光，介而大，灝灝焉無以加也。其塔在祝融峯西趾下，碑在塔東。其辭曰：

> 儒以禮行，覺以律興。一歸真源，無大小乘。大明之律，是定是慧。丕窮經教，爲法出世。化人無疆，垂裕無際。詔尊碩德，威儀有繼。道徧大州，徽音勿替。祝融西麓，洞庭南裔。金石刻辭，彌億千歲。

談空顯有，深入理奥，難在虚無寂滅之教，寫以宏深肅括之文。其氣安重以徐，其筆辨析而肆，鉤賾索隱，得未曾有，此固韓愈之所不屑爲，而亦韓愈之所不能爲者也。

然宗元之文，有有意與韓愈争能者：韓愈有《元和聖德詩》、《平淮西碑》，而宗元則爲《平淮西雅表》、《平淮西雅》及《貞符》，皆仿《詩》、《書》。韓愈有《感二鳥賦》、《復志賦》、《閔己賦》、《别知賦》，而宗元則爲《佩韋》、《解祟》、《懲咎》、《閔生》諸賦，皆仿《離騷》。韓愈有《進學解》、《送窮文》，而宗元則爲《瓶賦》、《牛賦》、《乞巧文》、《駡尸蟲文》，皆學揚雄。韓愈有《争臣論》、《鄆州谿堂詩序》，而宗元則爲《館驛使壁記》、《嶺南節度使饗軍堂記》、《邠寧進奏院記》、《興州江運記》、《賀進士王參元失火書》，皆脱胎《左傳》、《國語》。韓愈有《答崔立之書》、《與崔羣書》，而宗元則爲《寄許京兆孟容書》、《與楊京兆憑書》、《與蕭翰林俛書》，皆脱胎太史公《報任少卿書》。韓愈有《伯夷頌》，而宗元則爲《伊尹五就桀贊》，皆以自喻。韓愈有《五箴》，而宗元則爲《戒懼箴》、《憂箴》，皆以自箴。韓愈有《雜説》、《獲麟解》，而宗元則爲《羆説》、《蝜蝂傳》、《臨江之麋》、《黔之驢》、《永某氏之鼠》、《鞭賈》，比物連類，抑揚諷諭，皆以諸子之議論，而託詩人之比興；韓愈有《圬者王承福傳》，而宗元則爲《捕蛇者説》、《種樹郭橐駝傳》、《梓人傳》，借題抒慨，抑揚諷諭，又以諸子之議論，而爲史家之傳記；同爲諸子之支與流裔也。

他如韓愈有《師説》，宗元則有《答韋中立論師道書》；韓愈有《張中丞傳後序》，宗元則有《段太尉逸事狀》；韓愈有《驅鱷魚文》，宗元則有《宥蝮蛇文》；韓愈有《後十九日復上宰相書》、《應科目時與人書》，宗元則有《上門下李夷簡相公書》；辭意即異，蹊徑儘似；若有意，若無意，或不及，或過之。韓愈軼蕩雄肆，氣運而化；宗元雋傑廉悍，辭辨以覈。韓愈刻畫人物，工於叙事；宗元冥搜物象，獨擅寫景。韓愈碑傳，隨事肖形，萬怪惶惑，非宗元所能。而宗元記永柳山水，博攬物態，逸趣横生，而字矜句鍊，語語如鑄；窮態極妍，刻意鏤畫，而清曠自怡，蕭閒出之；心凝形釋，有在筆墨蹊徑之外；亦豈韓愈所及哉！至其識古書之真僞，如《論語辨》、《辨列子》、《辨文子》、《辨鬼谷子》、《辨晏子春秋》、《辨鶡冠子》諸篇，讀書得間，辨折拗峭之筆，清深曠逸之致，意緒風規，亦非韓愈《讀儀禮》、《讀荀子》、《讀墨子》所能及也。

詩工五言，往往融情入景，而託之禪悦，發揮理趣；鋪張排比，其源出謝靈運，而祛其滯悶，出以秀朗。五言古如《晨詣超師院讀禪經》曰：

> 汲井漱寒齒，清心拂塵服。閒持貝葉書，步出東齋讀。真源了無取，妄跡世所逐；遺言冀可冥，繕性何由熟？道人庭宇靜，苔色連深竹；日出霧露餘，青松如膏沐。澹然離言説，悟悦心自足。

又如《秋曉行南谷經荒村》曰：

> 杪秋霜露重，晨起行幽谷。黄葉覆溪橋，荒村惟古木。寒花疏寂歷，幽泉微斷續。機心久已忘，何事驚麇鹿。

以陶之疏宕，運謝之排比，可謂智過其師。其它有古淡婉愜，徑似陶者，五言古如《酬賈鵬山人郡内新栽松寓興見贈》二首、《覺衰》。有沈鬱頓挫，頗似杜者，五言古如《韋道安》、《掩役夫張進骸》，七言律如《登柳州城樓寄漳汀封連四州》、《别舍弟宗一》。然宗元詩有不經意出之，而以淡得厚，以質得綺，極耐人尋味者。五言古如《江雪》曰：

> 千山鳥飛絶，萬徑人蹤滅。孤舟簑笠翁，獨釣寒江雪。

七言古如《漁翁》曰：

> 漁翁夜傍西巖宿，曉汲清湘然楚竹。煙銷日出不見人，欸乃一聲山水緑。迴看天際下中流，巖上無心雲相逐。

文章天成，妙手偶得，看似容易卻艱辛。韓愈詩以想像出詭誺，以生剗爲琢鍊；而宗元則以排遣爲悲涼，以雅潤出秀爽，此其較也。

劉禹錫，字夢得，彭城人。與宗元同登貞元九年進士，而以才名同官御史，爲王叔文引進。元和初，又同貶官，爲朗州司馬。而發爲歌詠，形之詩什，感慨沈鬱，跌蕩詼詭，上追杜陵，近媲昌黎，可驚可喜，可歌可泣，承風氣之已開，而健筆有陵雲意焉。其仿民歌所作《竹枝詞》，尤爲生面别開。録近體詩四首。

西塞山懷古

王濬樓船下益州，金陵王氣黯然收。千尋鐵鎖沉江底，一片降幡出石頭。人世幾回傷往事，山形依舊枕寒流。今逢四海爲家日，故壘蕭蕭蘆荻秋。

金陵五首之一、二　石頭城　烏衣巷

山圍故國周遭在，潮打空城寂寞回。淮水東邊舊時月，夜深還過女牆來。

朱雀橋邊野草花，烏衣巷口夕陽斜。舊時王謝堂前燕，飛入尋常百姓家。

竹枝詞

山桃紅花滿上頭，蜀江春水拍山流。花紅易衰似郎意，水流無限似儂愁。①

楊柳青青江水平，聞郎江上唱歌聲。東邊日出西邊雨，道是無情還有情。②

禹錫文則斂筆爲遒，拓體以宏，遒健而不爲肆，矜莊而不傷滯；不爲昌黎之肆而得其重，略同柳州之廉而遜其悍；警闢以發奥，徐重以凝氣，此所以卓犖爲傑，别出於韓柳之外，而自名一家者也。《天論》上中下，縱横博辯；《上杜司徒書》，激昂慷慨，亦殊肆筆爲之。而爲人詩文集序，詳次生平，約其歸趣；叙録之文，而用傳狀之法，蓋唐人文體如此；而不同唐以後序人詩文之發議論，抒交情；託體甚古，其源出於太史公《老莊》、《孟荀》諸傳及《自序》，而《漢書・叙傳》亦復如此。孟子所謂"誦其詩，讀其書，不知其人，可乎，是以論其世也"。其中《唐故中書侍郎平章事韋公集紀》、《唐故相國贈司空令狐公集紀》兩篇，骨峻重而氣疏古。至於《天平軍節度使廳壁記》、《山南西道節度使廳壁記》、《汴州刺史廳壁記》，雋傑廉悍，似昌黎《鄆州谿堂詩序》；《代郡開國公王氏先廟碑》、《彭陽侯令狐氏先廟碑》，樸重茂典，似昌黎《烏氏廟》、《沂國公先廟》、《袁氏先廟》諸碑；《贈太師崔公神道碑》、《贈左散騎常侍王公神道碑》、《贈右僕射史公神道碑》，淵懿宏放，似昌黎《贈太尉許國公神道碑》、《唐故相權公墓碑》，皆得昌黎之一體。

---

① 《竹枝词九首》之二。

② 《竹枝詞二首》之一。

而尤深明佛法，曉暢禪機，以爲："天生人而不能使情欲有節，君牧人而不能去威勢以理。至有乘天工之隙以補其化，釋王者之位以遷其人，則素王立中樞之教，懋建大中；慈氏起西方之教，習登正覺。然儒以中道御羣生，罕言性命，故世衰而寖息；佛以大慈救諸苦，廣起因業，故劫濁而益尊。自白馬東來而人知像教，佛衣始傳而人知心法，宏以權實，示其攝修，味真實者，即清淨以觀空，存相好者，怖威神而遷善，厚於求者植因以覬福，罹於苦者證業以銷冤，革盜心於冥昧之間，泯愛緣於死生之際，陰助教化，總持人天，所謂生成之外，别有陶冶；刑政不及，曲爲調柔。始由見性，終得自在。機有淺深，法無高下。分二宗者，衆生存頓漸之見，説三乘者，如來開方便之門。名自外得，故生分别；道由内證，則無異同。"遂爲《牛頭山第一祖融大師新塔記》曰：

初，摩訶迦葉受佛心印，得其人而傳之，至師子比丘，凡二十五葉，而達摩得焉。東來中華，華人奉之爲第一祖。又三傳至雙峯信公。雙峯廣其道而歧之：一爲東山宗，能、秀、寂，其後也。一爲牛頭宗，巖、持、威、鶴林、徑山，其後也。分慈氏之一支，爲如來之别子，咸有祖稱，粲然貫珠。大師，號法融，姓韋氏，延陵人。少爲儒，博極羣書；既而歎曰："此仁義言耳，吾志求出世間法。"遂入句曲，依僧炅，改逢掖而緇之。徙居是山，宴坐石室；以慧力感通，故旱麓泉涌；以神功示現，故皓雪蓮生。巨蛇摧伏，羣鹿聽法。貞觀中，雙峯過江，望牛頭，頓錫曰："此山有道氣，宜有得之者！"乃東，果與大師相遇，性合神契，至於無言，同躋智地，密付真印；揭立江左，名聞九圍。學徒百千，如水歸海。由其門而爲天人師者，皆脈分焉。顯慶二年，報身示滅。道在後覺，神依故山；戒香不絶，龕座未飾，夫豈不思乎！蓋神期冥數，必有所待。

大和三年，潤州牧浙江西道觀察使檢校禮部尚書趙郡李公在鎮三閏，百爲大備，尚理信古，儒玄交修；始下令禁桑門販佛以眩人者，而於真實相深達焉。嘗謂大師像設，宜從本教；言自我啓，因自我成。乃召主吏籍我月入，得緡錢二十萬，俾秣陵令如符經營之。三月甲子，新塔成；事嚴而工人盡藝，誠達而山神來護；願力既從，衆心知歸，撞鐘告白，龍象大會，諸天聲香之藴，如見如聞；即相生敬，明幽同感。尚書欲傳信於後，遠命愚志之。夫上士解空而離相，中士著空而嫉有。不因相，何以示覺？不因有，何以悟無？彼達真諦而得中道者，當知爲而不有，賢乎以不修爲無也。

又《唐故衡嶽律大師湘潭唐興寺儼公碑》曰：

佛法在九州間，隨其方而化。中夏之人汩於榮利，破榮莫若妙覺，故言禪寂者宗嵩山。北方之人鋭以武力，攝武莫若示現，故言神通者宗清涼山。南方之人剽而輕，制輕莫若威儀，故言律藏者宗衡山。是三名山，爲莊嚴國；必有達者，與山比崇。南嶽律門，以津公爲上首；津公之後，雲峯證公承之；證公之後，湘潭儼公承之。星月麗天，珠璣同貫，由其門者爲正法焉。

公，號智儼，曹氏子，世爲柳之右姓。兆形在孕，母不嗜葷，成童在侶，獨不嗜戲，其夙植固厚者歟。生九年，樂爲僧，父不能奪其志。抱經笥，入峋嶁山，從名師執業。凡進品受具，聞經傳印，皆當時大長老。我入名門，不住諸乘。我得覺路，徑入智地。居室方丈，名聞大千。護法大臣，多所賓禮。嗣曹王皋之鎮湖南，請爲人師，自是登壇涖事，三十有八載；由我得度者萬有餘人，人持寶衣，奉瓔珞爲禮。公色受之，謂門弟子曰："彼以有相求我，我以有爲應之。"凡建寶幢，修廢寺，飾大像，皆極其工，應物故也。元和十三年九月二十七日。中夜，具湯沐，剃頤頂，與門人告別。既即寂，而視身與色，無有壞相。嗚呼！豈生能全吾真，故死不速朽，將有願力耶？予不得而知也。問年八十二，問臘六十一。葬於寺東北隅。傳律弟子中巽、道準，傳經弟子圓皎、貞璨，與其徒圓靜、文外、惠榮、明素、存政等，欲其師之道光且遠，故咨予乞辭。乃作長句以偈銘之曰：

祝融靈山禹所治，非夫有道不可止。中有毗尼出塵士，以津①視儼猶孫子。登壇人師四十紀，南方學徒宗奥旨。幼無童心至兒齒，識滅形全異凡死。長沙潭西逾五里，陶侃故居石頭寺。門前一帶湘江水，吁嗟律席之名兮，與湘流而不已。

緊健洞爽，理無障翳，語必遒雅，此固與宗元爲同工，而爲韓愈所不屑者也。

---

① "津"原作"律"，今據《全唐文》改正。

傳有《劉夢得文集》三十卷,《外集》十卷。

第十二節　白居易　元稹

元和以後，士大夫流風所被，文則學雄肆於韓愈，學奇澀於樊宗師；詩則學瘦硬於孟郊，學淺切於白居易，學淫靡於元稹，俱名爲元和體也。

白居易，字樂天，其先太原人，徙下邽。貞元十四年進士，元和元年制策乙等，累官左贊善，以言事貶江州司馬；後入爲中書舍人，累轉主客郎中，知制誥；外遷杭州刺史，又爲蘇州刺史。文宗立，召遷刑部侍郎。以朝多黨禍，移病。還，起拜河南尹，尋以刑部尚書致仕。居易敏悟絶人；其始生七月，能展拇指書之無兩字，雖試百數不差。九歲諳識聲律，其篤於文章，蓋天稟然。未冠，入京師，謁顧況。況，吴人，恃才少所許可，出見曰："長安居大不易!"既而獻詩篇，有《賦得古原草送别》一章，辭曰：

> 離離原上草，一歲一枯榮。野火燒不盡，春風吹又生。遠芳侵古道，晴翠接荒城。又送王孫去，萋萋滿别情。

況讀，歎曰："得此，居長安亦易矣!"遂以知名。居易於文章精切，然所自得意者在詩。與元稹爲文字交，每下筆時，輒相顧語："患其意太切而理太周。理太周，則辭繁；意太切，則言激。然與足下爲文所長在於此，所病亦在於此。"

既而與稹書曰："聖人感人心而天下和平。感人心者，莫先乎情，莫始乎言，莫切乎聲，莫深乎義。詩者，根情苗言，華聲實義。上自賢聖，下至愚騃，微及豚魚，幽及鬼神，羣分而氣同，形異而情一；未有聲入而不應，情交而不感者。聖人知其然；因其言，經之以六義；緣其聲，緯之以五音；音有韻，義有類；韻協則言順，言順則聲易入；類舉則情見，情見則感易交。五帝三王，所以直道而行，揭此以爲大柄；言者無罪，聞者足戒。洎周衰秦興，採詩官廢，上不以詩補察時政，下不以歌洩導人情；乃至於諂成之風動，救失之道缺，於時，六義始刓矣。國風變爲騷辭，五言始於蘇李；蘇李騷人，皆不遇者，各繫其志，發而爲文。故河梁之句，止於傷别；澤畔之吟，歸於怨思；彷徨抑鬱，不可及他耳。然去《詩》未遠，梗概尚存；故興感離别，則引雙鳧一雁爲喻；諷君子小人，則引香草惡鳥爲比。雖義類不具，猶得風人之十二三焉，於時，六義始缺矣。晉宋以還，得者蓋寡，以淵明之高古，偏放於田園，江鮑之流，又狹於此。如梁鴻《五噫》之例者，百無一二焉；於時，六義寖微矣，陵夷矣。至於梁陳間，率不過嘲風雪，戀花草而已。噫！風雪花草之物，三百篇中豈捨之哉，顧所用何如耳。設如“北風其涼”，假風以刺威虐也；“雨雪霏霏”，因雪以愍征役也；“常棣之華”，感華以諷兄弟也；“采采芣苢”，美草以樂有子也。皆興發於此而義起於彼，反是者，可乎哉？然則“餘霞散成綺，澄江淨如練”，“離花先委露，别葉乍辭風”之什，麗則麗矣，吾不知其所諷焉。故僕所謂嘲風雪，弄花草而已。於時，六義盡去矣。唐興二百年，其間詩人不可勝數。所可舉者，陳子昂有《感遇》詩二十首，鮑魴有《感興詩》十五首。又詩之豪者，世稱李杜。李之作，才矣，奇矣，人不逮矣；索其風雅比興，十無一焉。杜詩最多，可傳者千餘首；至於貫穿金石，觀縷格律，盡工盡善，又過於李；然撮其《新安吏》、《石壕吏》、《潼關吏》、《蘆子關》、《花門》之章，“朱門酒肉臭，路有凍死骨”之句，亦不過十三四；杜尚如此，況不逮杜者乎！自登朝來，年齒漸長，閱事漸多，每與人言，多詢時務；每讀書史，多求理道。始知文章合爲時而著，歌詩合爲事而作。僕當此日，擢在翰林，身是諫官，手請諫紙，啓奏之外，有可以救濟人病，拾補時闕，而難於直言者，輒詠歌之，欲稍稍遞進聞於上；上以廣宸聰，副憂勤；次亦酬恩獎，塞言責；下以復吾平生之志。凡所適所感，關於美刺興比，因事立題，題爲《新樂府》者，謂之《諷諭詩》。又或退公獨處，或移病閒居，知足保和，吟玩情性者，謂之《閒適詩》。又有事物牽於外，情理動於内，隨感遇而形於歎詠者，謂之《感傷詩》。又有五言七言，長句絶句，自一百韻至兩韻者，謂之《雜律詩》。古人云：“窮則獨善其身，達則兼善天下。”僕雖不肖，常師此語，奉而始終之則爲道，言而發明之則爲詩，謂之《諷諭詩》，兼濟之志也。謂之《閒適詩》，獨善之義也。故覽僕詩，知僕之道焉。其餘《雜律詩》，或誘於一時一物，發於一笑一吟，率然成章，非平生所尚者。今僕之詩，人所愛者，悉不過《雜律詩》與《長恨歌》已下耳。時之所重，僕之所輕。至於《諷諭》者，意激而言質；《閒適》者，思澹而詞迂；以質合迂，宜人之不愛也！”

然《編集詩成因題卷末戲贈元九李二十》，有句曰：“一篇《長恨》有風情，十首《秦吟》近正聲，每被老元偷格律，苦教短李伏歌行。”則《長恨歌》，亦爲得意之作可知，其辭曰：

漢皇重色思傾國，御宇多年求不得。楊家有女初長成，養在深閨人未識。天生麗質難自棄，一朝選在君王側。迴眸一笑百媚生，六宫粉黛無顏色。春寒賜浴華清池，温泉水滑洗凝脂。侍兒扶起嬌無力，始是新承恩澤時。雲鬢花顔金步摇，芙蓉帳暖度春宵；春宵苦短日高起，從此君王不早朝。承歡侍宴無閒暇，春從春遊夜專夜。後宫佳麗三千人，三千寵愛在一身；金屋妝成嬌侍夜，玉樓宴罷醉和春。姊妹弟兄皆列土，可憐光彩生門户，遂令天下父母心，不重生男重生女。驪宫高處入青雲，仙樂風飄處處聞。緩歌慢舞凝絲竹，盡日君王看不足。漁陽鼙鼓動地來，驚破霓裳羽衣曲。九重城闕煙塵生，千乘萬騎西南行。翠華摇摇行復止，西出都門百餘里。六軍不發無奈何，宛轉蛾眉馬前死。花鈿委地無人收，翠翹金雀玉搔頭。君王掩面救不得，回看血淚相和流。

黄埃散漫風蕭索，雲棧縈紆登劍閣，峨嵋山下少人行，旌旗無光日色薄。蜀江水碧蜀山青，聖主朝朝暮暮情，行宫見月傷心色，夜雨聞鈴腸斷聲。天旋地轉迴龍馭，到此躊躇不能去。馬嵬坡下泥土中，不見玉顔空死處。君臣相顧盡沾衣，東望都門信馬歸。歸來池苑皆依舊，太液芙蓉未央柳，芙蓉如面柳如眉，對此如何不淚垂。春風桃李花開日，秋雨梧桐葉落時。西宫南内多秋草，落葉滿階紅不掃。梨園弟子白髮新，椒房阿監青娥老。夕殿螢飛思悄然，孤燈挑盡未成眠，遲遲鐘鼓初長夜，耿耿星河欲曙天。鴛鴦瓦冷霜華重，翡翠衾寒誰與共，悠悠生死别經年，魂魄不曾來入夢。

臨邛道士鴻都客，能以精誠致魂魄。爲感君王展轉思，遂教方士殷勤覓。排雲馭氣奔如電，升天入地求之遍，上窮碧落下黄泉，兩處茫茫皆不見。忽聞海上有仙山，山在虚無縹渺閒，樓閣玲瓏五雲起，其中綽約多仙子。中有一人字太真，雪膚花貌參差是。金闕西廂叩玉扃，轉教小玉報雙成。聞道漢家天子使，九華帳裏夢魂驚。攬衣推枕起徘徊，珠箔銀屏迤邐開。雲髻半偏新睡覺，花冠不整下堂來。風吹仙袂飄飄舉，猶似《霓裳羽衣舞》。玉容寂寞淚闌干，梨花一枝春帶雨。含情凝睇謝君王，一别音容兩渺茫。昭陽殿裏恩愛絶，蓬萊宫中日月長。回頭下望人寰處，不見長安見塵霧。惟將舊物表深情，鈿合金釵寄將去。釵留一股合一扇，釵擘黄金合分鈿；

但教心似金鈿堅，天上人間會相見。臨别殷勤重寄詞，詞中有誓兩心知，七月七日長生殿，夜半無人私語時，“在天願作比翼鳥，在地願爲連理枝。”天長地久有時盡，此恨緜緜無絶期。

情文相生，沈鬱頓挫，哀艷之中，具有諷刺：“漢皇重色思傾國”，“從此君王不早朝”，皆微詞也。明皇踐阼，開元厲精，幾致太平；天寶以後，溺情床第；而太真專寵，“六宫粉黛無顔色”，如有佳麗，輒配别宫幽錮焉；上陽，其一也；貞元中，尚有存者。居易著《新樂府·上陽白髮人》以愍之曰：

上陽人，上陽人，紅顔暗老白髮新。綠衣監使守宫門，一閉上陽多少春！玄宗末歲初選入，入時十六今六十。同時採擇百餘人，零落年深殘此身。

憶昔吞悲别親族，扶入車中不教哭。皆云入内便承恩，臉似芙蓉胸似玉。未容君王得見面，已被楊妃遥側目；妒令潛配上陽宫，一生遂向空房宿。宿空房，秋夜長，夜長無寐天不明。耿耿殘燈背壁影，蕭蕭暗雨打窗聲。春日遲，日遲獨坐天難暮。宫鶯百囀愁厭聞，梁燕雙棲老休妒。鶯歸燕去長悄然，春往秋來不記年。惟向深宫望明月，東西四五百回圓。今日宫中年最老，大家遥賜尚書號。小頭鞋履窄衣裳，青黛點眉眉細長。外人不見見應笑，天寶末年時世妝。上陽人，苦最多，少亦苦，老亦苦，少苦老苦兩如何。君不見昔時吕向《美人賦》，又不見今日上陽宫人白髮歌。

只“惟向深宫望明月，東西四五百回圓”二語，宫人怨曠心事如繪。而“六宫粉黛無顔色”，非無顔色也，太真之嫉妒專寵，不許有顔色。居易天性惻怛，耳目所及，往往感時傷懷，播之歌詠，如《秦中吟》、《新樂府》，其辭質而徑，欲見之者易諭也；其言直而切，欲聞之者深戒也；其事覈而實，欲採之者傳信也。《秦中吟》如《輕肥》曰：

意氣驕滿路，鞍馬光照塵。借問何爲者，人稱是内臣。朱紱皆大夫，紫綬或將軍。誇赴軍中宴，走馬去如雲。罇罍溢九醖，水陸羅八珍。果擘洞庭橘，膾切天池鱗。食飽心自若，酒酣氣益振。是歲江南旱，衢州人食人。

又如《買花》曰：

帝城春欲暮，喧喧車馬度。共道牡丹時，相隨買花去。貴賤無常價，酬直看花數。灼灼百朵紅，戔戔五束素。上張幄幕庇，旁織笆籬護。水灑復泥封，移來色如故。家家習爲俗，人人迷不悟。有一田舍翁，偶來買花處。低頭獨長歎，此歎無人諭。一叢深色花，十户中人賦。

《新樂府》如《杜陵叟》曰：

杜陵叟，杜陵居，歲種薄田一頃餘。三月無雨旱風起，麥苗不秀多黄死。九月降霜秋早寒，禾穗未熟皆青乾。長吏明知不申破，急斂暴徵求考課。典桑賣地納官租，明年衣食將何如。剝我身上帛，奪我口中粟。虐人害物即豺狼，何必鉤爪鋸牙食人肉。不知何人奏皇帝，帝心惻隱知人弊；白麻紙上書德音，京畿盡放今年税。昨日里胥方到門，手持尺牒榜鄉村。十家租税九家畢，虚受吾君蠲免恩。

又如《母别子》曰：

母别子，子别母，白日無光哭聲苦。關西驃騎大將軍，去年破虜新策勳，敕賜金錢二百萬，洛陽迎得如花人。新人迎來舊人棄，掌上蓮花眼中刺。迎新棄舊未足悲，悲在君家留兩兒：一始扶行一初坐，坐啼行哭牽人衣。以汝夫婦新嬿婉，使我母子生别離。不如林中烏與鵲，母不失雛雄伴雌。應似園中桃李樹，花落隨風子在枝。新人新人聽我語，洛陽無限紅樓女；但願將軍重立功，更有新人勝於汝！

皆得《小雅》怨悱之旨焉。此外五言古如《燕詩示劉叟》曰：

梁上有雙燕，翩翩雄與雌；銜泥兩椽間，一巢生四兒。四兒日夜長，索食聲孜孜。青蟲不易捕①，黄口無飽期。觜爪雖欲敝，心力不知疲；須臾十來往，猶恐巢中飢。辛勤三十日，母瘦雛漸肥。喃喃教言語，一一刷毛衣。一旦羽翼成，引上庭樹枝。舉翅不迴顧，隨風四散飛。雌雄空中鳴，聲盡呼不歸。卻入空巢裏，啁啾終夜悲。燕燕爾勿悲，爾當反自思：思爾爲雛日，高飛背母時。當時父母念，今日爾應知。

讀之油然生仁孝之情。又如《婦人苦》曰：

蟬鬢加意梳，蛾眉用心掃。幾度曉妝成，君看不言好。妾身重

---

① 原引作"哺"，今據《全唐詩》改。

同穴，君意輕偕老。惆悵去年來，心知未能道。今朝一開口，語少意何深。願引他時事，移君此日心。人言夫婦親，義合如一身。及至死生際，何曾苦樂均？婦人一喪夫，終身守孤子，有如林中竹，忽被風吹折，一折不重生，枯死猶抱節。男兒若喪婦，能不暫傷情？應似門前柳，逢春易發榮。風吹一枝折，還有一枝生。爲君委曲言，願君再三聽。須知婦人苦，從此莫相輕。

讀之惻然篤伉儷之誼。至於《納粟》詩曰：

有吏夜叩門，高聲催納粟。家人不待曉，場上張燈燭。揚簸浄如珠，一車三十斛。猶憂納不中，鞭責及僮僕。昔余謬從事，内愧才不足。連授四命官，坐尸十年禄。常聞古人語，損益周必復。今日諒甘心，還他太倉穀。

又《新製布裘》詩曰：

桂布白似雪，吴緜軟於雲；布重緜且厚，爲裘有餘温。朝擁坐至暮，夜覆眠達晨。誰知嚴冬月，支體暖如春。中夕忽有念，撫裘起逡巡，丈夫貴兼濟；豈獨善一身？安得萬里裘，蓋裹周四垠，穩暖皆如我，天下無寒人！

則尤現身説法，君子愷悌，發之以跌宕昭彰，本之於温柔敦厚；蓋根柢六義之旨，而上欲以補察時政，下亦以宣導民隱，謂之《諷諭詩》者也。然仁於及物，曠以自怡，行吟躑躅，蕭然塵外，不戚勞生，獨欣暫閒。其形於詩者，五言古如《病假中南亭閒望》曰：

欹枕不視事，兩日門掩關。始知吏役身，不病不得閒。閒意不在遠，小亭方丈間；西簷竹梢上，坐見太白山。遥愧峯上雲，對此塵中顔。

又如《秋山》曰：

久病曠心賞，今朝一登山。山秋雲物冷，稱我清羸顔。白石卧可枕，青蘿行可攀。意中如有得，盡日不欲還。人生無幾何，如寄天地間。心有千載憂，身無一日閒。何時解塵網，此地來掩關。

又如《山中獨吟》曰：

人各有一癖，我癖在章句。萬緣皆已銷，此病獨未去。每逢美風景，或對好親故。高聲詠一篇，怳若與神遇。自爲江上客，半在山中住。有時新詩成，獨上東巖路。身依白石崖，手攀青桂樹；狂吟驚林壑，猨鳥皆窺覷。恐爲世所嗤，故就無人處。

又如《負冬日》曰：

杲杲冬日出，照我屋南隅。負暄閉目坐，和氣生肌膚。初似飲醇醪，又如蟄者蘇。外融百骸暢，中適一念無，曠然忘所在，心與虛空俱。

又如《日長》曰：

日長晝加餐，夜短朝餘睡。春來寢食間，雖老猶有味。林塘得芳景，園曲生幽致。愛水多棹舟，惜花不掃地。幸無眼下病，且向樽前醉。身外何足言，人間本無事。

逸趣橫生，讀之栩栩焉神愉而體輕。其見於文者，如《池上篇》曰：

十畝之宅，五畝之園，有水一池，有竹千竿。勿謂土狹，勿謂地偏，足以容膝，足以息肩。有堂有庭，有橋有船，有書有酒，有歌有絃。有叟在中，白鬚飄然，識分知足，外無求焉。如鳥擇木，姑務巢安。如龜居坎，不知海寬。靈鶴怪石，紫菱白蓮，皆吾所好，盡在吾前。時飲一杯，或吟一篇。妻孥熙熙，雞犬閒閒。優哉游哉，吾將終老乎其間。

又如《齒落辭》曰：

嗟嗟乎雙齒！自吾有爾，俾爾嚼肉咀蔬，銜杯漱水；豐吾膚革，滋吾血髓，從幼逮老，勤亦至矣。幸有輔車，非無斷齶，胡然捨我，一旦雙落？齒雖無情，吾豈無情？老與齒別，齒隨涕零。我老日來，爾去不回。嗟嗟乎雙齒，孰謂而來哉，孰謂而去哉？

齒不能言，請以意宣："爲口中之物，忽乎六十餘年！昔君之壯也，血剛齒堅；今君之老矣，血衰齒寒。輔車斷齶，日削月朘，上參差而下𪘏䶣，曾何①以少安？嘻！君其聽哉。女長辭姥，臣老辭主，髮衰辭頭，葉枯辭樹；物無細大，功成者去。君何嗟嗟，獨不聞諸道經，我身非我有也，蓋天地之委形？君何嗟嗟，又不聞諸佛說，是身如浮雲，須臾變滅？由是而言，君何有焉？所宜委百骸而順萬化；胡

① "何"下脱"足"字。

爲乎嗟嗟於一牙一齒之間?”吾應曰:“吾過矣,爾之言然!”

游戲名通,無營無待,胸次悠然,筆下灑然。而外形骸,齊得喪,每以長生爲不足學。五言古《夢仙詩》及《新樂府》之《海漫漫》,戒求仙也。而五言古之《贈王山人》,及《和微之詩二十三首》之《和晨霞》、《和送劉道士游天台》,則謂長生不如無生,求仙不如學佛也。《贈王山人》曰:

聞君減寢食,日聽神仙説。暗待非常人,潛求長生訣。言長本對短,未離生死轍;假使得長生,才能勝夭折。松樹千年朽,槿花一日歇。畢竟共虚空,何須誇歲月?彭殤①徒自異,生死終無别。不如學無生,無生終無滅。

又《和微之晨霞》曰:

君歌仙氏真,我歌慈氏真。慈氏發真念,念此閻浮人。左命大迦葉,右召桓提因,千萬化菩薩,百億諸鬼神。上自非想頂,下及風水輪;胎卵溼化類,蠢蠢難具陳。弘願在救拔,大悲忘辛勤。無論善不善,豈間冤與親;抉開生盲眼,擺去煩惱塵,獨以智慧日,灑之甘露津。千界一時度,萬法無與鄰。借問晨霞子,何如朝玉宸?

又《和送劉道士遊天台》曰:

聞君夢遊仙,輕舉超世雰。握持尊皇節,統衛吏兵軍。靈旂星月象,天衣龍鳳紋。佩服交帶籙,諷吟蕊珠文。閶宫縹緲間,鈞樂依稀聞。齋心謁西母,暝拜朝東君。煙霏子晉裾,霞爛麻姑裙。倏忽别真侣,悵望隨歸雲。

人生同大夢,夢與覺誰分?況此夢中夢,悠哉何足云。假如金闕頂,設使銀河濆。既未出三界,猶應在五蘊。飲嘯日月精,茹嚼沆瀣芬。尚是色香味,六塵之所薰。仙中有大仙,首出夢幻羣。慈光一照燭,奥法相煙熅。不知萬齡暮,不見三光曛,一性自了了,萬緣徒紛紛。苦海不能漂,刦火不能焚。此是竺乾教,先生垂典墳。

又七言絶《客有説》、《答客説》曰:

近有人從海上回,海山深處見樓臺。中有仙龕虚一室,多傳此待樂天來。

① “殤”原作“生”,今據《全唐詩》改正。

吾學空門非學仙，今君此說是虛傳。海上不是吾歸處，歸即應歸兜率天。

棲神虛漠，超乎象外；而以視魏晉之貴黄老、賦遊仙者異趣矣，亦文章得失之林也。然居易詩，亦有嗚咽蕭瑟，悽楚欲絶者，以情深也。《琵琶行》，一彈再三歎，慷慨有餘哀，最爲大篇傳作。其他五言古如《秋涼閒卧》曰：

殘暑晝猶長，早涼秋尚嫩。露荷散清香，風竹含疏韻。幽閒竟日卧，衰病無人問。薄暮宅門前，槐花深一寸。

五言絶如《勤政樓西老柳》曰：

半朽臨風樹，多情立馬人。開元一株柳，長慶二年春。

七言律如《縣西郊秋寄贈馬造》曰：

紫閣峯西清渭東，野煙深處夕陽中。風荷落葉蕭條緑，水蓼殘花寂寞紅。我厭宦遊君失意，可憐秋思兩心同。

又《杪秋獨夜》曰：

無限少年非我伴，可憐清夜與誰同？歡娱牢落中心少，親故凋零四面空。紅葉樹飄風起後，白鬚人立月明中。前頭更有蕭條物，老菊衰蘭三兩叢。

七言絶如《村夜》曰：

霜草蒼蒼蟲切切，村南村北行人絶。獨出門前望野田，月明蕎麥花如雪。

又《舊房》曰：

繞壁秋聲蟲絡絲，入檐新影月低眉。牀帷半故簾旌斷，仍是初寒欲夜時。

又《暮江吟》曰：

一道斜陽鋪水中，半江瑟瑟半江紅。可憐九月初三夜，露似真珠月似弓。

上二句絢麗，下二句淒清，反正相生。又《歎春風兼贈李二十侍郎》曰：

樹根雪盡催花發，池岸冰銷放草生。惟有鬚霜依舊白，春風於我獨無情。

上二句興會，下二句凄咽，反正相生。然居易詩，有在凄寒之境，而爲興會之句者，如五言絶《問劉十九》曰：

緑蟻新醅酒，紅泥小火爐。晚來天欲雪，能飲一杯無？

又七言絶《衰荷》曰：

白露凋花花不殘，涼風吹葉葉初乾。無人解愛蕭條境，更繞衰叢一匝看。

此篇意境，與《杪秋獨夜》同，而正言若反。居易詩，亦有風華婉媚，眷戀無已者，亦以情深也。如七言絶《春詞》曰：

低花樹映小妝樓，春入眉心兩點愁。斜倚欄杆背鸚鵡，思量何事不回頭？

菱葉縈波荷颭風，荷花深處小船通。逢郎欲語低頭笑，碧玉搔頭落水中。

婉孌如繪，豔語妙於蘊藉。又《下邽莊南桃花》曰：

村南無限桃花發，惟我多情獨自來。日暮風吹紅滿地，無人解惜爲誰開。

風流誰賞，顧影自憐。至《邯鄲除夜思家》一絶曰：

邯鄲驛裏逢冬至，抱膝燈前影對身。想得家中夜深坐，還應説著遠行人。

則更語淺而情摯矣。然其詩又有微言諷刺，語極尖冷者。七言絶如《過天門街》曰：

雪盡終南又欲春，遥憐翠色對紅塵。千車萬馬九衢上，回首看山無一人。

又《夜題玉泉寺》曰：

遇客多言愛山水，逢僧盡道厭囂塵。玉泉潭畔松間宿，要且經年無一人。

其爲詩洞爽顯豁，隨意抒寫，一一如所欲出；而渾成熨貼，無一點安排痕跡，亦絶不假一字纖巧雕琢，此居易之所長也。居易以長慶四年，始排纘所著詩文，因題曰《長慶集》；傳有《前集》五十卷，《後集》二十卷，又《續》一卷。今誦所作，大抵《閒適詩》之融情入景，意興婉愜，其源出於陶潛，得其曠真而遜其鬱厚。《諷諭詩》之驚心動魄，辭筆倜儻，其源出於杜甫，有其昭彰而無其變化。而與人有情，於物無著，雜以詼戲，出之坦迤，則尤開從前未有之蹊徑，而爲宋詩蘇軾之所自出。大抵古體多以鋪叙暢達見長，而入後警發以出遒。短篇間以含蓄藴藉生姿，而起筆鋪張以立局。材力標舉，篇幅恢張，而議論瀾翻不竭。以行文之法，施之詩什，以瑣俗之情，發爲文言，與韓愈同出於杜；而韓愈奥如，居易曠如。韓愈怪怪奇奇，欲爲其難，開宋之黄庭堅，力避俗熟。居易尋尋常常，務爲其易，開宋之蘇軾，力避生澀。韓愈拗筆以出，居易脱口如生。見理透，體物精，此韓之所爲不如白也；取境曠，寓意適，此白之所爲異於杜也；所以詩境無杜之鬱厚，而曠真過之；詩筆無韓之雄偉，而透快過之。無不盡之情，無不達之辭，胸無罣礙，觸手明通，涉筆游戲，得大自在；此所以異軍突起，而成一家之言也。

長安有軍使高霞寓，欲聘妓。妓大誇曰："我誦得白學士《長恨歌》，豈同他妓哉!"由是增價。而居易之過漢南也，適主人集衆樂娱他賓。諸妓見居易來，指而相顧曰："此是《秦中吟》、《長恨歌》主耳。"凡禁省觀寺郵候牆壁之上，無不寫居易之詩；自王公妾婦牛童馬走之口，無不道居易之詞；至於繕寫模勒，衒賣於市井，或持之以交酒茗者，處處皆是。自篇章以來，未有流傳如是之廣者。而與元稹齊名。稹嘗出行，見村中兒童競習詩，即而問之。曰："先生教我樂天、微之詩。"固不知問者之爲微之也。一時謂之元白。居易每戲語曰："僕與足下二十年來爲文友詩敵，幸也，亦不幸也。吟詠情性，播揚名聲，其適遺形，其樂忘老，幸也。然江南士女，語才子者，多云"元白"；以吾子之故，僕不得獨步；亦不幸也。"

白居易文則學《尚書》，學《左傳》，學陶潛，鋪張排比，而出以坦迤，不爲鉤棘，掉臂游行，紆徐委備，此亦所以爲白氏之文也。箴如《箴言》，傳如《醉吟先生傳》，碑碣如《和州刺史吴郡張公神道碑》、《故饒州刺史吴府君神道碑》、《贈尚書左僕射河南元公墓誌銘》，《趙郡李公家廟碑》；叙記如《江州司馬廳記》、《養竹》、《冷泉亭記》、《池上篇并序》、《白蘋洲五亭記》、奏狀如《初授拾遺獻書》、《論制科人狀》、《論頔裴均狀》，書如《與楊虞卿》、《與元九書》、《與濟法師書》，雜文如《落齒辭》，咸可誦覽，而詩最有名。

元稹，字微之，河南人。九歲，學爲賦詩。十六歲，讀陳子昂《感遇詩》，吟玩激烈，即日爲《寄思玄子詩》二十首，爲長老所驚。既而得杜甫詩數百首，愛其浩蕩津涯；乃病沈宋之不存寄興，而訝子昂之未暇該備也。擢明經，判入等，補校書郎。始與白居易同官，詩章相贈答，氣類相許與。而稹累官同中書門下平章事，拜武昌節度使。居易亦歷官中外，而篇什酬寄。居易驅駕文字，窮極聲韻，或爲千言，或爲五百言律詩以投稹。稹自度不能過之，往往戲排舊韻，别創新詞，名爲次韻相酬，自詡韻同意異，蓋詩之和韻創於稹也。然居易酬和，則稱："大凡依次用韻，韻同而意殊；約體爲文，文成而理勝；此足下素所長者。然所見同者固不能自異，異者亦不能强同，同者謂之"和"，異者謂之'答'。"則謂"和"不妨韻同意等；而題"答"則必韻同意異矣。盛唐詩宗，李杜駢稱。居易與稹書，始推杜以爲過李；而稹撰《唐故工部員外郎杜君墓係銘并序》，更上下古今而推極言之，以申其指曰：

敘曰：予讀詩至杜子美，而知古人之才有所總萃焉。始堯舜時，君臣以賡歌相和。是後詩人繼作，歷夏、殷、周千餘年，仲尼緝拾選練，取其與於教化之尤者三百，餘無聞焉。騷人作而怨憤之態繁；然猶去風雅日近，差相比擬。秦漢以還，採詩之官既廢；天下妖謡民謳、歌頌諷賦、曲度嬉戲之詞，亦隨時間作。逮至漢武賦《柏梁詩》而七言之體具。蘇子卿、李少卿之徒，尤工爲五言，雖句讀、文律各異，雅鄭之音亦雜，而詞意簡遠，指事言情，自非有爲而爲，則文不妄作。建安之後，天下文士遭罹兵戰；曹氏父子鞍馬間爲文，往往横槊賦詩，故其遒文壯節，抑揚冤哀悲離之作，尤極於古。晉世，風概稍存。宋齊之間，教失根本，士以簡慢、歙習、舒徐相尚，文章以風容色澤、放曠精清爲高；蓋吟寫性靈，流連光景之文也，意義、格力無取焉。陵遲至於梁陳，淫豔刻飾、佻巧小碎之詞劇，又宋齊之所不取也。

唐興，官學大振，歷世之文，能者互出。而又沈宋之流，研練精切，穩順聲勢，謂之爲律詩，由是而後文體之變極焉。然而莫不好古者遺近，務華者去實，效齊梁則不逮於魏晉，工樂府則力屈於五言，律切則骨格不存，閒暇則纖穠莫備。

至於子美，蓋所謂上薄風騷，下該沈宋，言奪蘇李，氣吞曹劉，掩顔謝之孤高，雜徐庚之流麗，盡得古今之體勢，而兼人人之所獨專矣。使仲尼考鍛其旨要，尚不知貴其多乎哉。苟以爲能所不能，無可不可，則詩人以來，未有如子美者。時山東人李白，亦以奇文取稱，時人謂之李杜。予觀其壯浪縱恣，擺去拘束，模寫物象，及樂府歌詩，誠亦差肩於子美矣。至若鋪陳終始，排比聲韻，大或千言，次猶數百，詞氣豪邁而風調清深，屬對律切而脱棄凡近，則李尚不能歷其藩翰，況堂奧乎？予嘗欲條析其文，體别相附，與來者爲之準；特病懶未就。適子美之孫嗣業，啓子美之柩，襄祔事於偃師，次於荆楚。雅知予愛言其大父爲文，拜予爲誌。辭不可絶，予因係其官閥而銘其卒葬云。

係曰：晉當陽成侯姓杜氏，下十世而生依藝，令於鞏。依藝生審言，善詩，官至膳部員外郎。審言生閑。閑生甫。閑爲奉天令。甫，字子美！天寶中，獻《三大禮賦》。明皇帝奇之，命宰相試文；文善，授率府曹屬。京師亂，步謁行在，拜左拾遺。歲餘以直言失官，出爲華州司功；尋遷京兆功曹。劍南節度使嚴武拔爲工部員外郎，參謀軍事。旋又棄去，扁舟下荆楚間；竟以寓卒，旋殯岳陽，享年五十九。夫人，弘農楊氏女，父曰司農少卿怡，四十九年而終。嗣子曰宗武，病不克葬，殁命其子嗣業。嗣業以家貧無以給喪，收拾乞丐，焦勞晝夜，去子美殁後餘四十年，然後卒先人之志，亦足爲難矣。銘曰：

維元和之癸巳，粤某月某日之佳晨。合窆我杜子美於首陽之前山。嗚呼！千歲而下，曰此文先生之古墳。

《舊唐書》、《新唐書》傳杜甫，咸采其説；而繼往開來，杜甫集詩家之大成，遂以論定，則自稹之説也。稹又有詩曰："杜甫天材頗絶倫，每尋詩卷似情親。憐渠直道當時語，不著心源傍古人。"而稹尤推甫歌行以爲後世法，謂："詩之流爲二十四名，賦、頌、銘、贊①、誄、箴、詩、行、詠、吟、題、怨、歎、章、篇、操、引、謡、謳、歌、曲、詞、調，皆詩人六義之餘。

① "贊"下脱"文"字。

而由操而下八名，皆起於郊祭軍賓，吉兇苦樂之際，在音聲者因聲以度詞，審調以節唱，句度短長之數，聲韻平上之差，莫不由之準度；而又别其在琴瑟者爲操、引，採民氓者爲謳、謡，備曲度者總得謂之歌、曲、詞、調；斯皆由樂以定詞，非選調以配樂也。由詩而下九名，皆屬事而作，雖題號不同，而悉謂之爲詩，可也。後之審樂者，往往采取其詞，度爲歌曲；蓋由詞以配樂，非選樂以定詞也。自風雅至於樂流，莫非諷興當時之事，以貽後代之人。而後之文人，達樂者少，沿襲古題，唱和重複，於文或有短長，於義咸爲贅賸；尚不知寓意古題，刺美見事，猶有詩人引古以諷之義焉。曹、劉、沈、鮑之徒，時得如此，亦復稀少。近代惟詩人杜甫《悲陳陶》、《哀江頭》、《兵車》、《麗人》等，凡所歌行，率皆即事名篇，無復倚傍。予少時與友人樂天謂是爲當，遂不復擬賦古題。”此居易之所爲作《新樂府》也。

稹以詩章與居易酬唱，天下傳諷，號元和體。穆宗在東宫，妃嬪近習皆誦之，宫中呼元才子。而帝讀《連昌宫詞》，尤稱歎；及即位，即擢祠部郎中，知制誥；變詔書體，務爲純厚明切，如《崔適等可翊麾校尉守左千牛備身制》曰：

敕三品子崔適等：左右備身，在吾旒扆之側；非貴遊子弟之可親信者，不在選中。爾等閥閲甚崇，教誨斯至；事我如事父，畏法猶畏師，勿惰勿佻，以期無悔；斯可與成人並行於朝廷矣。

又《許天平軍節度使劉總出家制》曰：

門下：朕聞西方有金仙子，自著書云：“昔我於無量劫中，捨國城、妻子以求法要。”朕嘗聞其語，未見其人；安知股肱之中，目驗兹事。脱身羈網，誠樂所從，捨我縶維，能無永歎。遂其高尚，良用憮然。

具官劉總五嶽孕靈，三臺降瑞，位兼將相，代襲勳庸。視軒冕若浮雲，棄妻孥猶脱屣，屢陳章表，懇願捨家。勉喻再三，終然不奪。朕又移之重鎮，寵以上公，莫顧中人之情；遂超開士之跡。於戲！張良卻粒，尚想高蹤；范蠡登舟，空瞻遺象。功留鼎鼐，誓著山河。長存魚水之歡，勿忘香火之願。宜賜法號大覺，仍賜僧臘五十夏。主者施行！

又《授李絳檢校右僕射兼兵部尚書制》曰：

敕中大夫守御史大夫賜紫金魚袋李絳：昔先皇帝誨予小子曰："堯時有神羊在廷，屈軼指佞，汝知之乎？夫邪正在人，焉有異物？朕有臣李絳，猶漢臣之汲黯也。我百歲後，爾其用之爲神羊屈軼，斯可矣。"

予小子銘鏤丕訓，夙夜求思，是用致理之初，付授邦憲，且欲吾丞相以降，皆卑下之，以示優遇。朕亦常命安其步武，無爲屑屑之儀。而絳屢以疾辭，不寧其職；又焉敢以勞倦之故，煩先帝舊臣？昔晉僕射何季元病足求免，猶命坐家視事。張子儒拜大司馬，仍令兼録尚書。則臥理不獨專於郡符，端右可以旁綏戎政，由古道也。爾其處議持平，勉居喉舌，慎所觀聽，爲人司南。可檢校尚書右僕射，兼兵部尚書，散官、勳封如故。

又《授劉士涇太僕卿制》曰：

敕：卿寺甚重，不易其人；其或以勳以親，以報以勸，又何愛焉。檢校大理少卿駙馬都尉劉士涇，去歲西戎跳入涇上，京師戒嚴，朕慨然有思廉頗、李牧之志。而習事者言：爾父之在涇也，築平涼等八城二堡，保定平原，使涇人益樹麥禾以復后稷、公劉之教，十有六年，犬戎不敢東顧。朕聞其人，思見其後。果有令子，在吾懿親；與之討論，自亦奇士，鋪陳將略，殊有父風。訪其班資，則曰："亞諸卿之間，嘗十年矣。"今乃除其憂服，命以大僚。豈惟報爾先臣，榮吾戚里，亦欲使緣邊諸將，視其愛子，爲我竭誠。可守太僕卿駙馬都尉，餘如故。

又《駱怡等復職制》曰：

敕前江州司馬員外同正員駱怡等：一眚而去其人，則改行自新之徒，蔑由進矣。況吏議不一，負累多門。原陟不必終於廉夫，而周處卒爲名士，此亦曩時之明驗也。爾等受譴既久，省宥斯頻，各勵日新，以期天秩；並復資品，宜乎慎終。

其它稱是。大抵積之制誥文，茹古涵今，愜理饜情，而抒之以感激頓挫，不漫爲鋪張排比，自詡"不拘屬對，追用古道"；匪追《尚書》之誥體，蓋用韓愈之古文。意必切覈，語尚遒健，而於陸贄之外，足以別張一軍焉。白居易之文，不廢排比，而出以坦迤，陸贄之枝流乎？元積之筆，力躋遒古，而出之峻重，韓愈之别子也。碑誌文生峭奥衍，不懈而出以矯厲，尤得韓愈之彷彿，如《沂國公魏博德政碑》、《故中書令贈太尉沂國公墓誌銘》，蹈厲發越，足追愈《曹成王》、《許國公》諸碑；《故萬州刺史劉君墓誌銘》，權奇倜儻，頗似愈《張徹》、《王適》諸誌；筆力老健，當在韓門弟子皇甫湜之上。而《唐故工部員外郎杜君墓係銘并序》，則尤排蕩頓挫而措之於章安句適，栗密窈眇而發之以鯨鏗春麗；一筆揮灑，精能之至。其體格非韓愈，其氣調則韓愈也。論者莫知，而盛傳其詩以配白居易稱爲元白。然白不爲刻鏤，元頗務組麗。白機利而元筆重，白氣直而元語澀。同一學杜，而白坦以出新，元遒以追古。白以坦爲易，於顯見微，意警而語淺；元以鍊爲雅，於遒見重，氣激而旨浮。白情深而文明，元辭繁而情隱。元白齊名，元不如白；獨悼亡之什，絶去雕飾，情事惻惻，多潘岳所未道。五言律如《夜閒》曰：

感極都無夢，魂銷轉易驚。風簾半鉤落，秋月滿牀明。悵望臨階坐，沉吟繞樹行。孤琴在幽匣，時迸斷絃聲。

又《除夜》曰：

憶昔歲除夜，見君花燭前。今宵祝文上，重疊叙新年。閒處低聲哭，空堂背月眠。傷心小兒女，撩亂火堆邊。

七言律如《遣悲懷三首》曰：

謝公最小偏憐女，自嫁黔婁百事乖。顧我無衣搜藎篋，泥他沽酒拔金釵；野蔬充膳甘長藿，落葉添薪仰古槐。今日俸錢過十萬，與君營奠復營齋。

昔日戲言身後意，今朝都到眼前來。衣裳已施行看盡，針綫猶存未忍開。尚想舊情憐婢僕，也曾因夢送錢財。誠知此恨人人有，貧賤夫妻百事哀。

閒坐悲君亦自悲，百年能是幾多時。鄧攸無子尋知命，潘岳悼亡猶費詞。同穴窅冥何所望，他生緣會更難期。惟將終夜長開眼，報答平生未展眉。

七言絶如《六年春遣懷》① 曰：

婢僕曬君餘服用，嬌癡稚女繞牀行。玉梳鈿朵香膠解，盡日風

① 八首中之四、五。

吹璹琄箏。

伴客銷愁長日飲，偶然乘興便醺醺。怪來醒後傍人泣，醉裏時時錯問君。

又《哭子》① 曰：

纔能辨别東西位，未解分明管帶身。自食自眠猶未得，九重泉路託何人!

爾母溺情連夜哭，我身因事有時悲。鐘聲欲絶東方動，便是尋常上學時。

節量梨栗愁生疾，教示詩書望早成。鞭扑較多憐較少，又緣遺恨哭三聲。

平生瑣細，歷歷話念，自然淒惋，惟其情之真也。傳有《元氏長慶集》六十卷。時人傳誦篇什，而亦頗以淫靡相詆。稹自稱："近世婦人暈淡眉目，綰約頭鬢，衣服修廣之度，及匹配色澤，尤劇怪豔，因爲《豔詩》百餘首。"其詞或流淫靡，爲當時之所好，然檢集中不得；而就其存者，意固非淫，格亦未靡；特語以鍊而不免滯，意以奥而轉欠警爾。蘇軾謂"元輕白俗"。然白淺切而非俗，元遒古而不輕；蘇軾之論，亦未爲得實也。荆州街子葛清，勇不膚撓，自頸已下，遍刺白居易詩。臨淄段成式嘗客荆州，呼觀之，令其自解；背上亦能闇記，反手指其劄處；至"不是此花遍愛菊"，則有一人持杯臨菊叢。又"黄夾纈林寒有葉"，則指一樹，樹上掛纈，纈窩鏁勝絶細。凡刻三十除處，首體無完膚，呼爲白舍人行詩圖。蓋白詩之風行一代如此。

第十三節　杜牧　李商隱　温庭筠附唐彦謙、韓偓、吴融　皮日休　陸龜蒙　段成式

元白之詩，海内傳諷。稍晚出而睥睨之者，杜牧而已。杜牧，字牧之，京兆萬年人。太和二年，擢進士第，累官中書舍人。家世貴仕，不喜齪齪小謹，敢爲激發之論。先是寶曆中，敬宗大起宫室；而牧進士未第，年二十餘，乃作《阿房宫賦》以譏之曰：

① 十首中之二、三、五。

六王畢，四海一。蜀山兀，阿房出。覆壓三百餘里，隔離天日。驪山北構而西折，直走咸陽。二川溶溶，流入宫牆。五步一樓，十步一閣。廊腰縵迴，簷牙高啄；各抱地勢，鉤心鬬角。盤盤焉，囷囷焉，蜂房水渦，矗不知其幾千萬落。長橋臥波，未雲何龍？複道行空，不霽何虹？高低冥迷，不知西東。歌臺暖響，春光融融；舞殿冷袖，風雨凄凄；一日之内，一宫之間，而氣候不齊。妃嬪媵嬙，王子皇孫，辭樓下殿，輦來於秦。朝歌夜絃，爲秦宫人。明星熒熒，開粧鏡也；緑雲擾擾，梳曉鬟也；渭流漲膩，棄脂水也；煙斜霧横，焚椒蘭也；雷霆乍驚，宫車過也；轆轆遠聽，杳不知其所之也。一肌一容，盡態極妍，縵立遠視，而望幸焉；有不得見者三十六年。燕趙之收藏，韓魏之經營，齊楚之精英，幾世幾年，摽掠其人，倚叠如山。一旦不能有，輸來其間。鼎鐺玉石，金塊珠礫，棄擲邐迤，秦人視之，亦不甚惜。

嗟呼！一人之心，千萬人之心也。秦愛紛奢，人亦念其家。奈何取之盡錙銖，用之如泥沙！使負棟之柱，多於南畝之農夫；架梁之椽，多於機上之工女；釘頭磷磷，多於在庾之粟粒；瓦縫參差，多於周身之帛縷；直欄横檻，多於九土之城郭；管絃嘔啞，多於市人之言語。使天下之人，不敢言而敢怒，獨夫之心日益驕固。戍卒叫，函谷舉，楚人一炬，可憐焦土。嗚呼！滅六國者，六國也，非秦也。族秦者，秦也，非天下也。嗟夫！使六國各愛其人，則足以拒秦。使秦復愛六國之人，則遞三世可至萬世而爲君，誰得而族滅也。秦人不暇自哀而後人哀之；後人哀之而不鑑之，亦使後人而復哀後人也！

雖不甚琢鍊，而急言竭論，出之以鏗鏘鼓舞；鋪采摛文，不害爲抑揚爽朗。傳有《樊川文集》二十卷，《外集》一卷，《别集》一卷。詩出杜甫，得其風調而遜其沈鬱。文開蘇軾，有其疏快而無其警切。集中《答莊充書》曰："凡爲文以意爲主，氣爲輔，以辭彩章句爲之兵衛。未有主强盛，而輔不飄逸者，兵衛不華赫而輔莊整者。四者高下，圓折步驟，隨主所指，無不如意。苟意不先立，止以文彩辭句，繞前捧後，是言愈多而理愈亂。意能遣辭，辭不能成意。"其持論歸於先意氣而後辭句。今觀其文，指陳利病，敢論列大事，務肆以盡，欲以文章經世，厥爲宋儒蘇軾之先河。而宋祁修《新唐書》，録牧

《罪言》以爲《藩鎮傳叙》。歐陽修讀之，歎曰："筆力亦不可及!"然辭暢而意不足，氣盛而理轉浮，苦於有筆力而無筆意。同於蘇者，氣之暢，辭之盡；而不如蘇者，意之透，理之足也。論説然，書疏亦然。《阿房宫賦》陳古以監今，筆勢放縱，而意特警發，集中之勝。其他所爲如《燕將録》、《贈太尉牛公墓誌銘》、《贈司徒周公墓誌銘》、《唐故岐陽公主墓誌銘》、《唐故歙州邢君墓誌銘》、《唐故平盧軍節度巡官隴西李府君墓誌銘》、《贈吏部尚書沈公行狀》，傳誌雜記之文，渾涵光芒，如行雲流水，隨筆曲注，而情事都盡；蓋得韓公之雄直，而力袪澀艱；開宋人之機利，而妙盡頓挫；波有餘渟，筆無滯機。叙事如此，乃蘇軾之所難能；而世人顧以議論稱之，亦妄已。晚唐學韓文而得其雄直者，杜牧也。學韓文而似其峻拗者，孫樵也。杜牧開蘇軾，孫樵開王安石。

於時，詩多柔靡，語尚矜鍊，而牧則幹之以風力，抒之爲豪蕩。五言古如《贈宣州元處士》曰：

> 陵陽北郭隱，身世兩忘者。蓬蒿三畝居，寬於一天下。樽酒對不酌，默與玄相話。人生自不足，愛歎遭逢寡。

又《村行》曰：

> 春半南陽西，柔桑過村塢。娉娉垂柳風，點點迴塘雨。蓑唱牧牛兒，籬窺蒨裙女。半溼解征衫，主人饋雞黍。

七言律如《九日齊山登高》曰：

> 江涵秋影雁初飛，與客攜壺上翠微。塵世難逢開口笑，菊花須插滿頭歸。但將酩酊酬佳節，不用登臨恨落暉。古往今來只如此，牛山何必獨霑衣。

七言絶如《江南春》曰：

> 千里鶯啼緑映紅，水村山郭酒旗風。南朝四百八十寺，多少樓臺煙雨中。

又《泊秦淮》曰：

> 煙籠寒水月籠沙，夜泊秦淮近酒家。商女不知亡國恨，隔江猶唱《後庭花》。

又《宫詞》曰：

> 蟬翼輕綃傅體紅，玉膚如醉向春風。深宫鎖閉猶疑惑，更取丹

砂試辟官。

監官引出暫開門，隨例須朝不是恩。銀鑰卻收金鎖合，月明花落又黄昏。

又《山行》曰：

遠上寒山石徑斜，白雲生處有人家。停車坐愛楓林晚，霜葉紅於二月花。

華而有風，抑揚爽朗。其他五言古如《感懷詩》、《杜秋娘詩》、《郡齋獨酌》、《張好好詩》、《冬至日寄小姪阿宜詩》、《洛中送冀處士東遊》、《送沈處士赴蘇州李中丞招以詩贈行》、《雪中書懷》，五言律如《長安夜月》；五言長律如《昔事文皇帝三十二韻》、《春末題池州弄水亭》，七言古如《池州送孟遲先輩》、《大雨行》，七言律如《河湟》、《聞慶州趙縱使君與黨項戰中箭身死長句》、《潤州》第一首、《湖南正初招李郢秀才》，七言絶如《齊安郡後池》、《寄揚州韓綽判官》、《贈別》二首、《遣懷》、《秋夕》、《有感》諸作，藻麗茂典之什，而有感喟蒼涼之意，所以麗而不縟，氣能運藻；蓋得杜甫之風調，而衍其贍麗者也。然有才調而無骨力，氣不如甫之沈，骨不如甫之堅，所以麗而不雄，朗而傷易。人稱小杜，以别於甫；嘗爲《唐故平盧軍節度巡官隴西李府君戡墓誌》，述戡之言："嘗痛自元和已來，有元、白詩者，纖豔不逞，非莊士雅人，多爲破壞，流於民間，疏於屏壁，子父女母，交口教授，淫言媟語，冬寒夏熱，入人肌骨，不可除去。"蓋牧平日持論如此，而特假戡以發其意。文人相輕，苦不自知；其實元、白不多纖豔，而牧詩儘有纖豔。集中《冬至日寄小姪阿宜》詩曰："李杜泛浩浩，韓柳摩蒼蒼。近者四君子，與古争强梁。"《讀韓杜集》曰："杜詩韓集愁來讀，似倩麻姑癢處抓"；蓋詩學杜而文宗韓也。牧之詩與白居易同出杜甫，特居易爲甫之浩浩，而出以淺切，令人易曉；牧則爲甫之浩浩，而得其贍麗，令人愛讀；學焉而皆得性之所近。居易才大而繁不制，牧則風華而骨不植。元稹情隱而文澤，牧則辭達而旨浮。而思不窺深，骨未造堅，三人者不同病而同蔽。李商隱與牧之同時，亦稱李杜；然牧同李之頓挫，而遜其沈鬱；李有牧之圓潤，而無其爽健。此牧之所以異於李商隱也。

李商隱，字義山，懷州河内人。開成二年進士，歷佐節鎮幕府，終於東川節度判官，檢校工部郎中。傳有《李義山詩集》六卷，《文集》五卷，論者頗以卑靡少之。然商隱詩，屬對律切而不害抑揚，造詞麗縟而儘有寄託。大抵杜甫詩有兩種：一種氣象高華，而出以圓潤。其一辭筆拗怒，而故爲雄矯。韓愈、孟郊，斅其拗怒。杜牧、李商隱，出以圓潤。觀商隱《漫成》絶句曰："沈宋裁辭矜變律，王楊落筆得良朋。當時自謂宗師妙，今日惟觀對屬能。"則固自詡屬對之外，別有能事。而論者徒誦其《錦瑟》、《碧城》諸律，以爲巧用文字，務爲妍冶；又疑其動輒用事，曲爲箋注。然五言律如《蟬》曰：

本以高難飽，徒勞恨費聲。五更疏欲斷，一樹碧無情。薄宦梗猶泛，故園蕪已平。煩君最相警，我亦舉家清。

又《桂林》曰：

城窄山將壓，江寬地共浮。東南通絶域，西北有高樓。神護青楓岸，龍移白石湫。殊鄉竟何禱？簫鼓不曾休。

七言律如《隋宫》曰：

紫泉宫殿鎖煙霞，欲取蕪城作帝家。玉璽不緣歸日角，錦帆應是到天涯。於今腐草無螢火，終古垂楊有暮鴉。地下若逢陳後主，豈宜重問《後庭花》。

又《馬嵬》曰：

海外徒聞更九州，他生未卜此生休。空聞虎旅傳宵柝，無復雞人報曉籌。此日六軍同駐馬，當時七夕笑牽牛。如何四紀爲天子，不及盧家有莫愁。

五言絶如《樂遊原》曰：

向晚意不適，驅車登古原。夕陽無限好，只是近黄昏。

七言絶如《夜雨寄北》曰：

君問歸期未有期，巴山夜雨漲秋池。何當共剪西窗燭，卻話巴山夜雨時。

又《賈生》曰：

宣室求賢訪逐臣，賈生才調更無倫。可憐夜半虛前席，不問蒼生問鬼神。

使事而不用典，律切而爲渾脱，沈鬱頓挫，抱負殊常。其他五言古如《驕兒詩》、《行次西郊作一百韻》，七言古如《偶成轉韻七十二句贈四同舍》、《安平公詩》，五言律如《風雨》、《桂林路中作》、《寓興》、《登霍山驛樓》，五言長律如《詠懷寄秘閣舊僚二十六韻》、《有感》二首、《摇落》、《戲贈張書記》，七言律如《荆門西下》，《籌筆驛》、《重有感》、《七月二十九日崇讓宅讌作》、《春日寄懷》，七言絶如《南朝》諸作，悲歌慷慨，何曾巧爲妍冶？跌宕昭彰，何用曲爲箋注？即有巧爲妍冶，如五言古《春風》曰：

春風雖自好，春物太昌昌。若教春有意，惟遣一枝芳。我意殊春意，先春已斷腸。

又七言古《七月二十八日夜與王鄭二秀才聽雨後夢作》曰：

初夢龍宫寶焰燃，瑞霞明麗滿晴天；旋成醉倚蓬萊樹，有個仙人拍我肩。少頃遠聞吹細管，聞聲不見隔飛煙；逡巡又遇瀟湘雨，雨打湘靈五十絃。瞥見馮夷殊悵望，鮫綃休賣海爲田，亦逢毛女無憀極，龍伯擎將華岳蓮。恍惚無倪明又暗，低迷不已斷還連。覺來正是平階雨，未背寒燈枕手眠。

又七言律《無題》曰：

來是空言去絶蹤，月斜樓上五更鐘。夢爲遠别啼難喚，書被催成墨未濃。蠟照半籠金翡翠，麝薰微度繡芙蓉。劉郎已恨蓬山遠，更隔蓬山一萬重。

相見時難别亦難，東風無力百花殘。春蠶到死絲方盡，蠟炬成灰淚始乾。曉鏡但愁雲鬢改，夜吟應覺月光寒。蓬山此去無多路，青鳥殷勤爲探看。

又七言絶《爲有》曰：

爲有雲屏無限嬌，鳳城寒盡怕春宵。無端嫁得金龜壻，辜負香衾事早朝。

其他如五言律《柳》、《贈柳》、《謔柳》、《僧院牡丹》、《清夜怨》，五言長律《賦得桃李無言》，七言律《辛未七夕》、《春雨》、《漢宫》①，七言絶《日射》、《花下醉》諸作，即景生情，雖是巧爲妍冶，而亦頓挫瀏亮，無待曲爲箋注也。七言古如《韓碑》，生嶄而力爲雄矯，仿佛韓愈。而《七月二十八日夜與

① 集中僅一首《漢宫》爲七绝，只有一首《深宫》爲七律，故疑“漢”爲“深”之誤文。

王鄭二秀才聽雨後夢作》，及《無愁果有愁曲北齊歌》、《射魚曲》、《日高》、《海上謡》、《景陽宫井雙桐》、《燕臺》四首，《河内詩》二首、《燒香曲》，又七言律《錦瑟》、《碧城》諸作，奇麗而出以誕幻，又似李賀；可以意會而不可以跡求，雖箋注，亦不易解也。至如五言律《裴明府居止》曰：

愛君茅屋下，向晚水溶溶。試墨書新竹，張琴和古松。坐來聞好鳥，歸去度疏鐘。明日還相見，橋南貰酒醲。

又《北青蘿》曰：

殘陽西入崦，茅屋訪孤僧。落葉人何在？寒雲路幾層？獨敲初夜磬，閒倚一枝藤。世界微塵裏，吾寧愛與憎。

會心不遠，隨景入詠，清微淡遠，意興婉愜，則又王孟之逸調矣，寧得香草美人，概以綺靡論之哉！

商隱初爲古文，不喜偶對。令狐楚帥河陽，辟置之幕。楚才思俊麗，於箋奏制令尤善。商隱從受學，始爲今體章奏，博學强記，下筆不能自休。王茂元鎮河陽，愛其才，妻以女，而表掌書記。會文宗以楊賢妃譖，欲廢太子永；宰相及羣臣諫阻，不聽。商隱《爲濮陽公（茂元）論皇太子表》上奏，乃止，其辭曰：

臣某言：今月日，得本道進奏院狀，報今月六日，宰臣鄭覃等率三省官屬入論皇太子事者。褫魄疆場，馳魂輦轂；莫知本末，伏用驚惶。臣聞《禮》贊元良，《易》標明兩，是司匕鬯，以奉宗祧；華夏式瞻，邦家大本。自昔質文或異，步驟雖殊，既立之以賢，則輔之有道。北宫養德，東序承榮，務近正人，用光繼體。周則周公爲太傅，太公爲太師；漢則疏氏二賢，商山四老，内揚孝道，外盡忠規。尤在去彼猜嫌，辨其疑似；不由微細，輕致動摇。乃得守三十代之丕圖，延四百年之景祚，著於史冊，焕若丹青。

伏惟皇帝陛下道冠百王，功高三古，事窺化本，謀動機先。皇太子自正春坊，傳輝望苑。陛下旁延俊乂，以贊温文，並學探淵源，氣壓浮競。嗜魚不進，求玦莫從。有王褒之獻箴，無卞蘭之奉賦。今縱粗乖睿旨，微慊聖心，當以猶屬妙齡，未加元服，或攜徒御，時縱逸游。樂野夏儲，亦常觀舞；南皮魏副，屢見飛觴。陛下濬發慈仁，殷勤指教，稍踰規戒，即振威靈。雖伐木析薪，必循其理；

而逝粱發笱，亦有可虞。抑臣又聞父之於子也，有嚴訓而無責善；君之於臣也，有掩惡而復録功。故得各務日新，並從夕改，同置於道，不傷其慈。倘犯在斯須，必遺天性；過當造次，遽抵國章，則以古以今，孰爲令子？在朝在野，誰曰全臣？虚牽復之至言，失不貳之深旨。

伏惟陛下侔覆育於天地，霽赫怒於雷霆，復許省勵宫闈，卑謝師傅，蹈殊休於列聖，尉欽矚於兆人。臣才則荒凉，志惟樸騃。因緣代業，蒙被官榮；竊諸侯之土田，領大將之旗鼓。當車折檻，合首他人；瀝膽刺心，正當今日。而名非朝籍，務切軍機，道阻且修，佇立以泣。龍樓獻真，戴逵之辭翰蔑聞；鳳闕拜章，張儼之精誠未泯。干冒宸極，無任隕涕祈恩之至。

又《爲濮陽公謝罰俸狀》曰：

右，臣伏準御史臺牒，奉恩旨，以臣不先覺察妖賊賀蘭進興等，宜罰兩月俸者。伏以霧市微妖，潢池小寇，有乖先覺，上黷宸聰。昔漢以捕盗不嚴，猶加黜削。晉以發奸無狀，亦峻科條。豈若皇帝陛下恩極好生，德惟宥過；與其漏網，止以罰金。臣與僚屬等無任戴恩省罪屏營之至。

凡所草奏，氣調警拔，有議論，有波瀾，乃以古文之法，而運儷體之辭。其它如《爲汝南公華州賀赦表》、《爲京兆公陝州賀南郊赦表》、《爲汝南公賀彗星不見復御正殿表》、《爲柳州鄭郎中上表》、《爲濮陽公陳情表》、《爲懷州李中丞謝上表》、《爲滎陽公賀幽州破奚寇表》、《爲汝南公賀元日御正殿受朝賀表》、《代僕射濮陽公遺表》、《代彭陽公（令狐楚）遺表》、《代安平公遺表》、《爲滎陽公謝賜冬衣狀》、《爲濮陽公檄劉稹文》、《賀相國汝南公啓》、《爲河東公謝相國京兆公第二啓》、《爲柳珪謝京兆公第二啓》、《獻河東公啓》二首、《上尚書范陽公啓》第一第二兩首、《爲白從事上陳許李尚書啓》、《謝河南公和詩啓》、《爲張周封上楊相公啓》、《爲李貽孫上李相公啓》、《爲賀拔員外上李相公啓》、《爲舉人上翰林蕭侍郎啓》、《上時相啓》、《上河東公啓》第一首諸作，鋪陳形勢，指畫天人；筆能健舉，意必警發。陸贄奏議，不貴綺錯，而妙能曲暢；商隱啓奏，儘有綺錯，而不害曲暢；意義則古茹今切，氣調則大含細入，議論以緯，身世以經，卓然一家之言；足以上承庾信之健筆，近媲陸贄之奏議。至集中書、序、傳、碑、雜著之文，則所謂“爲古文，不喜偶對”者；然解散辭體，而氣不足以舉，辭不能以達；惟《李賀小傳》、《記齊魯二生》、《宜都内人》三四篇，生拗而能見本末，如孫樵之學韓愈耳。蓋古文多少年之作，而不如今體章奏之殫畢生精力也。與太原温庭筠、南郡段成式齊名，三人者，並兄弟次十六，時號三十六體。

温庭筠，本名岐，字飛卿。數舉進士不中第。然敏悟工辭章，與李商隱齊名，而文思清麗，庭筠且過之，故有温李之目也。然就世所傳文三十四篇，録入《全唐文》者，與商隱同爲四六，顧窘邊幅，而不如商隱之波瀾長；薄滋味，而不如商隱之議論多；徒爲律切，未見才調。詩則與商隱抗手，傳有《温庭筠詩集》七卷，《别集》一卷。特庭筠刻意奇麗，不免意以詞奪；而商隱則自抒抱負，不徒才藻。庭筠則兒女情長，商隱亦風雲意多。氣調以商隱爲暢肆，字句則庭筠爲警麗。五七言律，商隱爲勝；五七言古，庭筠則遒。而究其所以警麗，不在隸事之博奥，而在造語之鑄鍊；讀書多，積理富，融裁生新，戛戛獨造，亦自不知所以然；而箋注者必欲一字一句，求其來歷，則亦可謂誣古人而失之鑿也。商隱之律，善學杜甫；而庭筠之古，原本李賀。五言古如《碌碌古詞》曰：

左亦不碌碌，右亦不碌碌！野草自根肥，羸牛生健犢。融蠟作杏蒂，男兒不戀家；春風破紅意，女頰如桃花。忠言未見信，巧語翻咨嗟。一鞘無兩刃，徒勞油壁車。

七言古如《塞寒行》曰：

燕弓絃勁霜封瓦，樸蔌寒鵰睇平野。一點黄塵起雁喧，白龍堆下千蹄馬。河源怒觸風如刀，剪斷朔雲天更高；晚出榆關逐征北，驚沙飛迸衝貂袍。心許凌煙名不滅，年年錦字傷離别，彩毫一畫竟何榮，空使青樓淚成血。

其它五言古如《故城曲》、《江南曲》、《俠客行》，七言古如《雞鳴埭曲》、《織錦詞》、《夜宴謡》、《蓮浦謡》、《遐水謡》、《曉仙謡》、《錦城曲》、《舞衣曲》、《張静婉採蓮曲》、《拂舞詞》、《吴苑行》、《蘭塘詞》、《達摩支曲》、《水仙謡》、《醉歌》、《惜春詞》、《蘇小小歌》、《懊惱曲》、《三洲詞》諸作，以雕藻爲鑄鍊，以弔詭出新麗，語必生撰，意造惝怳，置之李賀歌詩編，直是一手；此在商隱爲别調，而於庭筠則慣見也。然庭筠之律，則不以雕藻爲鑄鍊，而以琢鍊出清新。五言律如《題盧處士山居》曰：

西溪問樵客，遥指楚人家。古樹老連石，急泉清露沙；千峯隨雨暗，一徑入雲斜。日暮鳥飛散，滿庭蕎麥花。

又《商山早行》曰：

晨起動征鐸，客行悲故鄉。雞聲茅店月，人跡板橋霜。槲葉落山路，枳花明驛牆。因思杜陵夢，鳧雁滿迴塘。

七言律如《和趙嘏題岳寺》曰：

疏鐘細響亂鳴泉，客省高臨似水天。嵐翠暗來空覺潤，澗泉餘爽不成眠。越僧寒立孤燈外，岳月秋當萬木前。張邴宦情何太薄，遠公窗外有池蓮。

他如五言律《巫山神女廟》、《早秋山居》、《江岸即事》、《西遊書懷》、《題造微禪師院》，七言律《春日偶作》、《春日訪李十四處士》諸作，融情入景，託物寄與，上追盛唐之王孟，下開晚明之鍾譚，衹見以清遠出生鍊，何嘗以側豔爲妍冶耶？至七言律如《過陳琳墓》、《過五丈原》、《蘇武廟》、《寒食前有懷》，七言絶如《蔡中郎墳》、《瑶瑟怨》諸作，沈鬱蒼涼，亦出杜甫。而世論漫以側豔輕之，亦尋聲逐響之談已。特薄於行，無檢幅，而與公卿家無賴子弟遊，能逐絃吹之音，唱側豔之詞，好爲妍冶，遂成口實。

五代後蜀趙崇祚編《花間集》，選温庭筠詞六十六首，列於卷首。首爲《菩薩蠻》詞十四首，尤著名，録一首。

小山重疊金明滅，鬢雲欲度香腮雪。懶起畫蛾眉，弄粧梳洗遲。照花前後鏡，花面交相映。新貼繡羅襦，雙雙金鷓鴣。

庭筠之詞亦有清麗而情深者，如《憶江南》曰：

千萬恨，恨極在天涯。山月不知心裏事，水風空落眼前花。摇曳碧雲斜。

梳洗罷，獨倚望江樓。過盡千帆皆不是，斜暉脈脈水悠悠。腸斷白蘋洲！

又《更漏子》曰：

玉爐香，紅蠟淚，偏照畫堂秋思。眉翠薄①，鬢雲殘，夜長衾枕寒。梧桐樹，三更雨，不道離情正苦。一葉葉，一聲聲，空階滴到明。

---

① “薄”原作“滿”，今據《花間集》改。

境以靜而情幽，情以深而景融，此中有人，呼之欲出。於疏處運追琢，於幽處見神致，而曲折如志，瀟灑疏俊，意以運詞，固不在繪章飾句之末也。

唐彦謙，字茂業，并州晉陽人。少師温庭筠，而爲詩慕李商隱，得其温麗感愴，後學杜甫。傳有《鹿門先生集》三卷。録《采桑女》：

春風吹蠶細如蟻，桑芽才努青鴉嘴。侵晨采桑誰家女，手挽長條淚如雨："去歲初春當此時，今歲春寒葉放遲。愁聽門外催里胥：官家二月收新絲。"

韓偓，字致堯，小名冬郎，京兆萬年人。十歲即作詩送李商隱，商隱寄酬，稱"桐花萬里丹山路，雛鳳清於老鳳聲"。後官至翰林承旨，受朱温排擠，全家入閩。録《春盡》。

惜春連日醉昏昏，醒後衣裳見酒痕。細水浮花歸别澗，斷雲含雨入孤村。人閒易得芳時恨，地迥難招自古魂。慚愧流鶯相厚意，清晨尤爲到西園。

韓偓爲李商隱所賞，稱其句有老成之風；傳有《香奩集》一卷，《韓内翰别集》一卷。而《别集》感時傷事之作，頗有變風變雅之遺；不徒以《香奩》豔曲傳誦一時也。

吴融，字子華，山陰人。與偓同年進士，又同爲翰林院學士，多相唱和；而融有《唐英歌詩》三卷，音節諧雅，有中唐遺風，與偓正復勁敵也。録《金橋感事》：

太行和雪疊晴空，二月春郊尚朔風。飲馬早聞臨渭北，射雕今欲過山東。百年徒有伊川歎，五利寧無魏絳功？日暮長亭正愁絶，哀笳一曲戍煙中。

晚唐婉麗，蓋以温李結一代詩人之局焉。

皮日休，字襲美，襄陽人，爲蘇州刺史崔璞從事。陸龜蒙，字魯望，長洲人，居松江甫里，稱甫里先生，號天隨子。亦來謁璞，與日休唱和，因得《松陵唱和集》十卷；而日休爲之序曰："近代稱温飛卿、李義山爲之最，以陸生參之，烏知其孰先孰後也？"是皮陸近體詩祈向温李，但古體詩多承韓愈體，趨向鋪張奇崛。選皮陸近體古體詩各一首。

館娃宫懷古　皮日休

豔骨已成蘭麝土，宫牆依舊壓層崖。弩臺雨壞逢金鏃，香徑泥銷露玉釵。硯沼只留谿鳥浴，屧廊空信野花埋。姑蘇麋鹿真閒事，須爲當時一愴懷。

又　正樂府之二　橡媪歎

秋深橡子熟，散落榛蕪岡。傴僂黄髮媪，拾之踐晨霜。移時始盈掬，盡日方滿筐。幾曝復幾蒸，用作三冬糧。山前有熟稻，紫穗襲人香。細穫又精舂，粒粒如玉璫。持之納於官，私室無倉箱。如何一石餘，只作五斗量。狡吏不畏刑，貪官不避贓。農時作私債，農畢歸官倉。自冬及於春，橡實誑饑腸。吾聞田成子，詐仁猶自王。吁嗟逢橡媪，不覺淚沾裳。

白蓮　陸龜蒙

素蘤多蒙别豔欺，此花端合在瑶池。無情有恨何人覺，月曉風清欲墮時。

又　五歌之一 放牛

江草秋窮似秋半，十角吴牛放江岸。鄰肩抵尾乍①依偎，横去斜奔忽分散。荒陂斷塹無端入，背上時時孤鳥立。日暮相將帶雨歸，田家煙火微茫溼。

段成式，字柯古，臨淄人，宰相文昌子也；以文思清麗，與温庭筠、李商隱齊名，三人皆排行十六，故稱其詩爲三十六體。《全唐文》録其文十八首。然駢文麗典絡繹，而失之碎，不成體段；不惟不能追李，抑亦遠遜於温。獨所爲《酉陽雜俎》二十卷，《續集》十卷；古來佚文祕典，往往而在。而宋以後小説、劇曲，多取其材爲本事，獨爲説部之宗匠，而爲談苑所不廢。録其數事。

太和中，鄭仁本表弟不記姓名，嘗與一王秀才遊嵩山，捫蘿越澗，境極幽敻，遂迷歸路。將暮，不知所之。徙倚間，忽覺叢中鼾睡聲；披蓁窺之，見一人布衣甚潔白，枕一襆，方眠熟。即呼之曰："某偶入此徑迷路；君知向官道否?"其人舉首略視，不應，復寢。又再三呼之，乃起坐，顧曰："來此!"二人因就之，且問其所自。其人笑曰："君知月乃七寶合成乎? 月勢如丸，其影，日爍其凸處也。常

① "乍"原訛爲"作"，今依《全唐詩》改。

有八萬二千户修之，予即一數。”因開襆，有斤鑿數事，玉屑飯兩裹，授二人曰：“分食此，雖不足長生，可一生無疾耳!”乃起，與二人指一支徑：“但由此自合官道矣。”言已，不見。(原《前集》卷一)

玄宗學隱形於羅公遠，或衣帶，或巾脚，不能隱。上詰之，公遠極言曰：“陛下未能脱屣天下，而以道爲戲。若盡臣術，必懷璽入人家，將困於魚服也。”玄宗怒，嫚罵之。公遠遂走入殿柱中，極疏上失。上愈怒，令易柱破之。復大言於柱礎中，乃易礎觀之，礎明瑩，見公遠形在其中，長寸餘。因碎爲十數段，悉有公遠形。上懼，謝焉，忽不復見。後中使於蜀道見之，公遠笑曰：“爲我謝陛下。”(原《前集》卷二)

梵僧不空得總持門，能役百神。玄宗敬之。歲常旱，上令祈雨。不空言：“可過某日。今祈之，必暴雨。”上乃令金剛三藏設壇請雨，連日暴雨不止，坊市有漂溺者；遽召不空令止之。不空遂於寺庭中捏泥龍五六，當溜水，胡言罵之。良久，復置之，乃大笑。有頃，雨霽。邙山有大蛇，樵者常見，頭若丘陵，夜常承露氣。見不空，作人語曰：“弟子惡報！和尚何以見度？常欲翻河水，陷洛陽城以快所居也。”不空爲授戒説苦空，且曰：“汝以瞋心受此苦，復忿恨，吾力何及？當思吾言，此身自捨。”後旬月，樵者見蛇死於澗中，臭達數十里。不空每祈雨，無他軌則，但設數繡座，手簸旋數寸木神，念呪擲之，自立於座上；伺木神吻角牙出，目瞚，則雨至。(原《前集》卷三)

長壽寺僧誓言：他時在衡山，村人爲毒蛇所噬，須臾而死，髮解，腫起尺餘。其子曰：“昝者若在，何慮?”遂迎昝至，乃以灰圍屍，開四門。先曰：“若從足入，則不救矣。”遂踏步握固，久而蛇不至。昝大怒，乃取飯數升，擣蛇形，詛之。忽蠕動出門。有頃，飯蛇引一蛇從死者頭入，徑吸其瘡，屍漸低；蛇疱縮而死。村人乃活。(原《前集》卷五)

韋行規自言：少時遊京西，暮止店中，更欲前進。店前老人方工作，謂曰：“客勿夜行，此中多盜。”韋曰：“某留心弧矢，無所患也。”因進發，行數十里，天黑，有人起草中尾之。韋叱不應；連發矢中之，復不退；矢盡，韋懼奔馬。有頃，風雷總至。韋下馬負一樹，見空中有電光相逐如鞠杖，勢漸逼樹杪，覺物紛紛墜其前，韋視之，乃木札也。須臾，積札埋至膝。韋驚懼，投弓矢仰空乞命，拜數十。電光漸高而滅，風雷亦息。韋顧大枝幹童矣。鞍馱已失，遂返前店，見老人方箍箭。韋意其異人，拜之，且謝有誤也。老人笑曰："客勿恃弓矢，須知劍術！"引韋入院後，指鞍馱言："卻須取相試耳。"又出桶板一片，昨夜之箭，悉中其上。韋請役力汲湯，不許，微露擊劍事，韋亦得其一二焉。(原《前集》卷九)

建中末，書生何諷常買得黄紙古書一卷，讀之。卷中得髮卷，規四寸，如環無端。何因絶之，斷處兩頭滴水升餘。燒之，作髮氣。諷偶言於道者，吁曰："君固俗骨，遇此不能羽化，命也！據仙經曰：'蠹魚三食神仙字，則化爲此物，名曰脈望。夜以規映當天中星，星使立降，可求還丹，取此水和而服之，即時換骨上賓。'"因取古書閱之，數處蠹漏。尋義讀之，皆"神仙"字；諷方哭伏。(原《續集》卷二)

石首縣有沙彌道蔭，常持念《金剛經》。寶曆初，因他出，夜歸，中路忽遇虎，吼擲而前。沙彌知不免，乃閉目而坐，但默念經，心期救護。虎遂伏草守之。及曙，村人來往，虎乃去。視其蹲處，涎流於地。(原《續集》卷七)

所記多荒怪不經，而一以坦迤出之，不刻意構畫其事，隨抒聞見，不爲摛華掞藻，亦非範史仿子。辭筆高簡而意態具足，足與干寶《搜神記》後先媲美，乃魏晉文章之枝流，而非唐人説部之浮濫。然記仙佛，記劍俠，記物異，則又唐人之意象，而擴魏晉之所未及。其曰《酉陽雜俎》者，取梁元帝"訪酉陽之逸典"語，謂二酉山也。文章不朽，别有千秋，固不必以三十六體與温李分一席矣。

第十四節　司空圖　方干附杜荀鶴、羅隱、徐鉉

司空圖，字表聖，河中虞鄉人。咸通末擢進士第，僖宗行在用爲知制誥中書舍人，歸隱中條山王官谷。昭宗即位，徵拜舊官，以户兵二部侍郎召，皆不起。朱温篡唐爲梁，召拜禮部尚書，不食而死。傳有《司空表聖詩集》五卷，《文集》十卷。圖少學於張籍，生值唐季，感時傷亂，發之詩篇，清音泠然，而務爲秀鍊，實承韓門弟子之賈島一派，而上以清遠希中盛唐之王維、

韋應物，下以幽瘦開南宋之四靈。嘗自列其詩之有得於文字之表者，爲《詩品》二十四首，辭曰：

雄渾

大用外腓，真體内充。返虚入渾，積健爲雄。具備萬物，横絶太空。荒荒油雲，寥寥長風。超以象外，得其環中。持之非强，來之無窮。

沖淡

素處以默，妙機其微。飲之太和，獨鶴與飛。猶之惠風，荏苒在衣。閲音修篁，美曰載歸。遇之匪深，即之愈稀。脱有形似，握手已違。

纖穠

采采流水，蓬蓬遠春。窈窕深谷，時見美人。碧桃滿樹，風日水濱。柳陰路曲，流鶯比鄰。乘之愈往，識之愈真。如將不盡，與古爲新。

沉著

緑杉野屋，落日氣清。脱巾獨步，時聞鳥聲。鴻雁不來，之子遠行。所思不遠，若爲平生。海風碧雲，夜渚月明。如有佳語，大河前横。

高古

畸人乘真，手把芙蓉。泛彼浩劫，窅然空蹤。月出東斗，好風相從。太華夜碧，人聞清鐘。虚佇神素，脱然畦封。黄唐在獨，落落玄宗！

典雅

玉壺買春，賞雨茆屋。坐中佳士，左右修竹。白雲初晴，幽鳥相逐。眠琴緑陰，上有飛瀑。落花無言，人淡如菊。書之歲華，其曰可讀。

洗鍊

猶鑛出金，如鉛出銀。超心鍊冶，絶愛淄磷。空潭瀉春，古鏡照神。體素儲潔，乘月返真。載瞻星氣①，載歌幽人。流水今日，

---

① “星氣”一本作“星辰”。

明月前身。

勁健

行神如空，行氣如虹。巫峽千尋，走雲連風。飲真茹强，蓄素守中。喻彼行健，是謂存雄。天地與立，神化攸同。期之以實，御之以終。

綺麗

神存富貴，始輕黄金。濃盡必枯，淺者屢深。霧餘水畔，紅杏在林。月明華屋，畫橋碧陰。金尊酒滿，伴客彈琴。取之自足，良殫美襟。

自然

俯拾即是，不取諸鄰。俱道適往，著手成春。如逢花開，如瞻歲新。真予不奪，强得易貧。幽人空山，過水采蘋。薄言情晤，悠悠天鈞。

含蓄

不著一字，盡得風流。語不涉己，若不堪憂。是有真宰，與之沉浮。如淥滿酒，花時返秋。悠悠空塵，忽忽海漚。淺深聚散，萬取一收。

豪放

觀化匪禁，吞吐大荒。由道返氣，處得以狂。天風浪浪，海山蒼蒼。真力彌滿，萬象在旁。前招三辰，後引鳳凰。曉策六鼇，濯足扶桑。

精神

欲返不盡，相期與來。明漪絶底，奇花初胎。青春鸚鵡，楊柳池臺。碧山人來，清酒滿杯。生氣遠出，不著死灰。妙造自然，伊誰與裁。

縝密

是有真跡，如不可知。意象欲生，造化已奇。水流花開，清露未晞。要路愈遠，幽行爲遲。語不欲犯，思不欲癡。猶春於綠，明月雪時。

疏野

惟性所宅，真取弗羈。控物自富，與率爲期。築屋松下，脱帽看詩。但知旦暮，不辨何時。倘然適意，豈必有爲？若其天放，如是得之。

清奇

娟娟羣松，下有漪流。晴雪滿汀，隔溪漁舟。可人如玉，步屧尋幽。載行載止，空碧悠悠。神出古異，淡不可收。如月之曙，如氣之秋。

委曲

登彼太行，翠遶羊腸。杳靄流玉，悠悠花香。力之於時，聲之於羌。似往已迴，如幽匪藏。水理漩洑，鵬風翱翔。道不自器，與之圓方。

實境

取語甚直，計思匪深。忽逢幽人，如見道心。晴澗之曲，碧松之陰。一客荷樵，一客聽琴。情性所至，妙不自尋。遇之自天，泠然希音。

悲慨

大風捲水，林木爲摧，適苦若死，招憩不來。百歲如流，富貴冷灰。大道日喪，若爲雄才。壯士拂劍，浩然彌哀。蕭蕭落葉，漏雨蒼苔。

形容

絶佇靈素，少迴清真。如覓水影，如寫陽春。風雲變態，花草精神。海之波瀾，山之嶙峋。俱似大道，妙契同塵。離形得似，庶幾斯人。

超詣

匪神之靈，匪機之微。如將白雲，清風與歸。遠引若至，臨之已非。少有道契，終與俗違。亂山喬木，碧苔芳暉。誦之思之，其聲愈稀。

飄逸

落落欲往，矯矯不羣。緱山之鶴，華頂之雲。高人惠中，令色絪緼。御風蓬葉，泛彼無垠。如不可執，如將有聞。識者已領，期之愈分。

曠達

生者百歲，相去幾何。歡樂苦短，憂愁實多。何如尊酒，日往煙蘿？花覆茆簷，疏雨相過。倒酒既盡，杖藜行歌。孰不有古，南山峨峨。

流動

若納水輨，如轉丸珠。夫豈可道，假體如愚。荒荒坤軸，悠悠天樞。載要其端，載聞其符。超超神明，返返冥無。來往千載，是之謂乎？

鍾嶸《詩品》，以人爲主；而圖則以境爲主。每論詩，以爲："文之難，而詩之難尤難！古今之喻多矣，而愚以爲辨於味，而後可以言詩也。江嶺之南，凡是資於適口者，若醯，非不酸也，止於酸而已。若鹾，非不鹹也，止於鹹而已。華之人以充饑而遽輟者，知其酸鹹之外，醇美者有所乏耳。彼江嶺之人，習之而不知辨也，宜哉。《詩》貫六義，則諷諭抑揚，渟蓄温雅，皆在其間矣。然直致所得，以格自奇；前輩編集亦不專工於此。國初，上好文章，風雅特盛。沈宋始興之後，宏思於李杜，極矣。左丞、蘇州，趣味澄夐，若清流之貫達。大曆十數公，抑又其次。元白力勁而氣孱，乃都市豪估耳。王右丞、韋蘇州，澄澹精緻，格在其中，豈妨於遒舉哉。賈浪仙誠有警句，視其全篇，意思殊餒；大抵附於蹇澀，方可致才，亦爲體之不備也。愚嘗覽韓吏部歌詩數百首，其驅駕氣勢，若掀雷挾電，撐抉於天地之間，物狀奇怪，不得不鼓舞而徇其呼吸也。其次《皇甫祠部文集》所作，亦爲遒逸；非無意於淵密，蓋或未遑耳。方得柳詩，味其深搜之致，亦深遠矣。噫！近而不浮，遠而不盡，然後可以言韻外之致耳。"細籀圖之所以爲言者有二：曰格，曰味。蓋以雄直立格，以淵永出味。格貴遒逸而不蹇，有矯舉之奇；味宜深遠而不盡，有韻外之致。王維、韋應物，韻不害格。韓愈、柳宗元，格能流韻。賈島句警而思餒；元稹、白居易力勁而氣孱；殆皆健於格而嗇於韻者乎。與其格健而韻短，不如味幽而格瘦。今誦其詩，五言古如《秋思》曰：

身病時亦危，逢秋多慟哭。風波一摇蕩，天地幾翻覆！孤螢出荒池，落葉穿破屋。勢利長草草，何人訪幽獨？

五言律如《塞上》曰：

萬里隋城在，三邊虜氣衰。沙填孤障角，燒斷故關碑。馬色經寒慘，鵰聲帶晚悲。將軍正閒暇，留客換歌辭。

七言絶如《河湟有感》曰：

一自蕭關起戰塵，河湟隔斷異鄉春。漢兒盡作胡兒語，卻向城頭罵漢人。

又《南北史感遇》① 曰：

雨淋麟閣名臣畫，雪臥龍庭猛將碑。不用黄金鑄侯印，盡輸公子買蛾眉。

兵圍梁殿金甌破，火發陳宫玉樹摧。姦佞豈能慚誤國，空令懷古更徘徊。

其他五言古如《感時》，七言古如《馮燕歌》，七言律如《丁未歲歸王官谷》、《退棲》，五言絶如《避亂》，七言絶如《洛中》三首之“不用頻嗟世路難”一首、《狂題》十八首之“交疏自古戒言深”、“南華落筆似荒唐”二首，及《修史亭》三首諸作，感激頓挫，格遒而句警。至七言律如《歸王官次年作》曰：

亂後燒殘數架書，峰前猶自戀吾廬。忘機漸喜逢人少，覽鏡空憐待鶴疏。孤嶼池痕春漲滿，小闌花韻午晴初。酣歌自適逃名久，不必門多長者車。

五言絶如《雜題》曰：

孤枕聞鶯起，幽懷獨悄然。地融春力潤，花泛曉光鮮。

又《偶書》② 曰：

衰謝當何懺，惟應悔壯圖。磬聲花外遠，人影塔前孤。

七言絶如《白菊雜書》③ 曰：

黄昏寒立更披襟，露浥清香悦道心。卻笑誰家扃繡户，正薰龍麝暖鴛衾。

又《敷溪橋院有感》曰：

昔歲攀遊景物同，藥爐今在鶴歸空。青山滿眼淚堪碧，絳帳無人花自紅。

其他五言律如《下方》兩首、《華下送文浦》、《早春》、《贈圓昉公》，七言律如《争名》，五言絶如《春中》、《獨望》、《退居漫題》七首之“花缺傷難綴”、

---

① 所録是《南北史感遇》十首之一、五。

② 五首之一。

③ 四首之一。

“身外都無事”二首、《即事》九首之“衰鬢閒生少”、“林鳥頻窺靜”二首，七言絶如《閒夜》兩首、《武陵路》、《偶題》三首之“小池隨事有風荷”一首、《漫書》五首之“長擬求閒未得閒”、“溪邊隨事有桑麻”二首，秀麗疏朗，辭簡而韻流。不爲賈長江之蹇澀，亦異白香山之率易。大抵香山風靡，其末流爲率易，爲俚淺。温庭筠、李商隱，卻以雕藻救香山之俚淺，而圖則以秀鍊矯香山之易，以清遠救香山之盡。香山力勁而氣孱，圖則格老而韻遠；此其較也。所爲文章，碑誌一皆儷體，而論説、序跋、書牘、傳狀之文，則爲古文。蓋筆爲拗勁，如孫樵之斆韓愈；而意之曲而能盡，筆之勁而以達，不如樵也。惟《題東漢傳後》、《與惠生書》，陳古以諷，議論既好，筆亦曲暢，斯爲一集之勝。至《詩品》二十四首，抒以四言，語句精鍊，趣味澄敻；窮態極妍，蹊徑别開，可謂清音獨遠者矣。

於時有以不第進士，而詩特有名；亦以味幽格瘦，自湔拔於晚唐纖靡俚俗之中，而與司空圖似者，方干也。干，字雄飛，桐廬人。始舉進士，謁錢唐太守姚合。合視其貌陋，甚卑之。坐定，覽詩卷，駭目變容，館之數日，登山臨水，無不與焉。咸通中，屢舉進士不第，遂遁會稽，漁於鑑湖。然自咸通得名，迄文德，江以南，無有及者。既殁，宰相張文蔚奏名儒不第者五人，乞賜一官以慰英魂，干其一也。後進私謚曰玄英先生。傳有《玄英集》八卷。其爲詩冥搜物象，刻意瘦鍊，故與姚合同調；而七言律之氣格清迥，意度閒遠，則於杜甫以外，自開一徑，而爲姚合之所未有。姚合特工五言，刻意苦吟，務求古人體貌所未到；而干則以其清瘦刻鍊，并施之七言；以承元、白、温、李之後，如饜肥魚大肉，餉之蔬筍，入口清脆。五言律如《冬夜泊僧舍》曰：

> 江東寒近臘，野寺水天昏。無酒能消夜，隨僧早閉門。照牆燈焰細，著瓦雨聲繁。漂泊仍千里，清冷欲斷魂！

又《詹碏山居》曰：

> 愛此棲心靜，風塵路已賒。十餘莖野竹，一兩樹山花。遶石開泉細，穿蘿引徑斜。無人會幽意，來往在煙霞。

又《山中》曰：

> 散拙亦自遂，粗將猿鳥同。飛泉高瀉月，獨樹迥含風。果落盤盂上，雲生篋笥中。未甘明聖日，終作釣漁翁。

七言律如《再題路支使南亭》曰：

行處避松兼礙石，即須門徑落斜開。愛邀舊友看漁釣，貪聽新禽駐酒杯。樹影不隨明月去，溪流常送落花來。睡時分得江淹夢，五色毫端弄逸才。

又《旅次洋州寓居郝氏林亭》曰：

舉目縱然非我有，思量似在故山時。鶴盤遠勢投孤嶼，蟬曳殘聲過別枝。涼月照窗欹枕倦，澄泉遶石泛觴遲。青雲未得平行去，夢到江南身旅羈。

又《題故人廢宅》① 曰：

舉目凄涼入破門，鮫人一飯尚知恩。閒花舊識猶含笑，怪石無情更不言；樵叟和巢伐桃李，牧童兼草踏蘭蓀。壺觴笑詠隨風去，惟有聲聲蜀帝魂。

又《水墨松石》曰：

三世精能舉世無，筆端狼藉見工夫。添來勢逸陰崖黑，潑處痕輕灌木枯。垂地寒雲吞大漠，過江春雨入全吴。蘭堂坐久心彌惑，不道山川是畫圖。

七言排律如《山中言事八韻寄李支使》曰：

豈知經史深相誤，兩鬢垂絲百事休。受業幾多爲弟子，成名一半作公侯。前時射鵠徒抛箭，此日求魚未上鉤。竹裏斷雲來枕上，巖邊片月在牀頭。過庭急雨和花落，遶舍澄泉帶葉流。緬想遠書聆鵲喜，窺尋嘉果覺猿偷。舊詩改處空留韻，新醖嘗來不滿蒭。阮瑀如能問寒餒，風光當日入滄洲。

其它警句：五言如“野渡波摇月，空城雨翳鐘”；“閒雲低覆草，片水靜涵空”；“凍雲愁暮色，寒色淡斜暉”；“木葉怨先老，江雲愁暮寒”；“空窗閒月色，幽壁靜蟲聲”；“暝雪細聲積，晨鐘寒韻疏”；“衆木隨僧老，高泉盡日飛”；“坐月何曾夜，聽松不似晴”；“曙月落松翠，石泉流梵聲”。七言如“曳響露蟬穿樹去，斜行沙鳥向池來”；“豈惟啼鳥催人醉，更有繁花笑客愁”；“仰瞻青壁開天罅，斗轉寒灣避石稜”；“細泉出石飛難盡，孤燭和雲溼不明”；

① 二首之一。

“稚子遮門留熟客，驚蟬入座避遊禽”；“遶砌紫鱗欹枕釣，垂簷野果隔窗攀”；“泉迸幽音離石底，松含細韻在霜枝”；“孤雲戀石尋常住，落絮縈風特地飛”；“古樹含風長帶雨，寒巖四月始知春”；“碎花若入樽中去，清氣應歸筆底來”；“滿閣白雲隨雨去，一池寒月逐潮來”。體物寫懷，融情入景。意境深而靜，所以異元白之枵響而俚；氣格清以鍊，可以湔温李之綺麗而縟。然其清鍊可爲，其秀爽不可及也。宋蘇軾手寫方干七律，時自省覽。以此殿温李之後，而結晚唐之局，如一服清涼散，亦可謂落莫而不落莫也已。

朱温篡唐爲梁，天下大亂，遞禪而爲後唐，爲石晉，爲劉漢，爲柴周，謂之五代。四海鼎沸，儒風不振。晚唐詩人，廑有存者，而負盛名，當推杜荀鶴、羅隱。

杜荀鶴，字彥之，號九華山人，池州石埭人。後依朱温，入梁爲翰林學士，五日而死；其人品不足道。而詩律自成一家，世號晚唐格；傳有《唐風集》三卷。其詩兼有白居易之俚，李商隱之纖，而獨擅其弊者也；惟《春宫怨》一律，温麗得風人之意，或者以爲赤城周樸作也。荀鶴以律體作詩而明白如話，此爲難能。餘律詩二首。

春宫怨

早被嬋娟誤，欲妝臨鏡慵。承恩不在貌，教妾若爲容。風暖鳥聲碎，日高花影重。年年越溪女，相憶采芙蓉。

山中寡婦

夫因兵死守蓬茅，麻紵衣衫鬢髮焦。桑柘廢來猶納税，田園荒後尚徵苗。時挑野菜和根煮，旋斫生柴帶葉燒。任是深山更深處，也應無計避征徭。

羅隱，字昭諫，餘杭人。羅隱不事朱温，而出依吴越王錢鏐；及温稱帝，以諫議大夫召，不行，傳有《羅昭諫集》八卷。其爲詩諷刺鑱刻，而好爲俚俗，與荀鶴同。録七律二首。

曲江春感

江頭日暖花又開，江東行客心悠哉。高陽酒徒半凋落，終南山色空崔嵬。聖代也知無棄物，侯門未必用非才。一船明月一竿竹，家住五湖歸去來。

緜谷迴寄蔡氏昆仲

一年兩度錦江遊，前值東風後值秋。芳草有情皆礙馬，好雲無處不遮樓。山將別恨和心斷，水帶離聲入夢流。今日因君試回首，淡煙喬木隔綿州。

荀鶴詩，如曰“只恐爲僧僧不了，爲僧得了盡輸僧”；曰“乍可百年無稱意，難教一日不吟詩”；曰“啼得血流無用處，不如緘口過殘春”；曰“舉世盡從愁裏老，誰人肯向死前閒”；曰“世間多少能言①客，誰是無愁行②睡人”；曰“逢人不説人間事，便是人間無事人”。而隱之詩，如曰“今宵有酒今宵醉，明日愁來明日愁”；曰“只知事逐眼前去，不覺老從頭上來”；曰“時來天地皆同力，運去英雄不自由”；曰“采得百花成蜜後，不知辛苦爲誰甜”；脱口而出，明白如話，此則白話詩之權輿，而汲白居易之末流者也。文體尤浮淺猥俗。宣城蒯鼇，在南唐時，頗有意矯唐末纖麗之弊，而所作不概見。

徐鉉，字鼎臣，會稽人。才思敏捷，下筆即成，故其詩流易有餘，深警不足。録一首。

登甘露寺北望

京口潮來曲岸平，海門風起浪花生。人行沙上見日影，舟過江中聞櫓聲。芳草遠迷揚子渡，宿煙深映廣陵城。遊人鄉思應如橘，相望須含兩地情。

徐鉉文亦沿溯燕許，不能嗣韓柳之音；然在五季之中，則迴然孤秀矣。傳有《騎省集》三十卷，實以文學侍從，爲南唐後主信臣；除禮部侍郎，翰林學士，御史大夫，吏部尚書。既而宋師東討，遂隨後主入宋，歷左散騎常侍。

第十五節　蜀　韋莊　馮延巳　南唐二主

五代詩詞，以蜀與南唐爲最盛。南唐諸詞，往往見於《尊前集》，有二卷，不著編者名氏。蜀有趙崇祚，編《花間集》十卷，著録詞人，自中唐以迄五代，而蜀士爲多，有韋莊、牛嶠、毛文錫、牛希濟、薛昭蘊、顧敻、魏

① “言”《全唐詩》作“詩”。
② “行”《全唐詩》作“得”。

承運、毛希震、李珣、歐陽炯、孫光憲等，當推韋莊爲弁冕。

韋莊，字端己，杜陵人。乾寧元年，第進士；以中原多故，依蜀王建，掌書記，及建僭號，遂以爲平章事。其詞似直而紆，似達而鬱，最爲詞中勝境。如《女冠子》曰：

四月十七，正是去年今日，别君時。忍淚佯低面，含羞半斂眉。　不知魂已斷，空有夢相隨。除卻天邊月，沒人知。

昨夜夜半，枕上分明夢見，語多時。依舊桃花面，頻低柳葉眉。　半羞還半喜，欲去又依依。覺來知是夢，不勝悲。

又如《菩薩蠻》曰：

勸君今夜須沉醉，尊前莫話明朝事。珍重主人心，酒深情亦深。　須愁春漏短，莫訴金杯滿。遇酒且呵呵，人生能幾何。

又如《謁金門》曰：

空相憶，無計得傳消息。天上嫦娥人不識，寄書何處覓？

新睡覺來無力，不忍把君書跡。滿院落花春寂寂，斷腸芳草碧。

南唐諸主多善爲詞，而後主尤工。詞之有後主，猶詩之有杜，文之有韓；宋初詞家，靡不祖述，五代文學之馨烈所扇，有開必先者，莫如詞；而後主，則詞家之宗也。

南唐自先主李昪以徐温養子，柄政而受吴禪，重開唐祚。嗣主李璟，足有才藻，有《浣溪沙》一詞、《攤破浣溪沙》兩詞，爲世所誦。其《攤破浣溪沙》第一詞曰：

菡萏香銷翠葉殘，西風愁起緑波間。還與韶光共顦顇，不堪看。　細雨夢回雞塞遠，小樓吹徹玉笙寒。多少淚珠何限恨，倚蘭干。

沈以抒鬱，淒咽欲絶，尤妙在“還與韶光共憔悴，不堪看”。沈之至，鬱之至。詞境要深静，詞筆貴沈鬱；惟沈斯深，惟鬱乃静。所謂鬱者，意在筆先，神餘言外，以香草美人之思，寓體物寫志之感。凡世態之炎涼，國事之艱虞，皆可於一草一木發之；而發之必若隱若見，欲露不露，反復纏綿，終不一語道破，令人會之於意象之表，此其所以爲沈，此其所以爲鬱也。

南唐後主李煜詞華足以承家，而廟謨未能經國。淫情豔思，恣意歡娱。如《一斛珠》曰：

晚妝初過，沈檀輕注些兒箇。向人微露丁香顆。一曲清歌，暫引櫻桃破。　羅袖裛殘殷色可。杯深旋被香醪涴。繡牀斜凭嬌無那。爛嚼紅茸，笑向檀郎唾。

又如《菩薩蠻》① 曰：

花明月暗籠輕霧，今宵好向郎邊去。剗襪步香階，手提金縷鞋。　畫堂南畔見，一晌偎人顫。奴爲出來難，教郎恣意憐。

銅簧韻脆鏘寒竹，新聲慢奏移纖玉。眼色暗相鉤，秋波横欲流。　雨雲深繡户，來便諧衷素。宴罷又成空，夢迷春睡中。

蓋爲昭惠后之妹作也。昭惠感疾，其妹入視，因留幸，故有"教君恣意憐"、"來便諧衷素"之語，聲傳外庭。昭惠既薨，遂冊爲后，備禮而已。志不出於淫蕩，詞何能沉鬱。昔賢以香草美人，寄其君國之思，後主以香草美人，恣爲慆淫之樂，亡也忽焉，固其宜也。及爲宋俘以抵汴京，封違命侯，愴懷家國，而又噤不敢發，一託之詞，乃臻沉鬱頓挫之境矣。如《浪淘沙》② 曰：

簾外雨潺潺，春意闌珊。羅衾不耐五更寒。夢裏不知身是客，一晌貪歡。　獨自莫凭闌，無限江山。别時容易見時難。流水落花春去也，天上人間。

又如《虞美人》③ 曰：

春花秋月何時了，往事知多少？小樓昨夜又東風，故國不堪回首月明中。　雕闌玉砌應猶在，只是朱顔改。問君能有幾多愁？恰似一江春水向東流。

語多嗚咽，誠有不堪回首者已。

廣陵馮延巳，字正中，事嗣主、後主，累官中書侍郎門下平章事。嗣主嘗戲延巳曰："吹皺一池春水，干卿底事？"延巳曰："未如陛下小樓吹徹玉笙寒！"嗣主悦。蓋一池春水，爲延巳《謁金門》④ 詞語也；其全篇曰：

風乍起，吹皺一池春水。閒引鴛鴦芳徑裏，手挼紅杏蕊。

---

① 四首之一、三。

② 二首之一。

③ 二首之二。

④ 所録爲《謁金門》二首之一。

鬭鴨闌干獨倚，碧玉搔頭斜墜。終日望君君不至。舉頭聞鵲喜。

又《歸國謡》① 曰：

何處笛？深夜夢回情脈脈，竹风簷雨寒窗隔。　離人幾歲無消息。今頭白，不眠特地重相憶。

又《點絳唇》曰：

蔭緑圍紅，夢瓊家在桃源住。畫橋當路，臨水開朱户。　春徑深深，行到關情處。顰不語，意憑風絮，吹向郎邊去。

又《薄命妾》曰：

春日宴，緑酒一杯歌一遍，再拜陳三願：一願郎君千歲。二願妾身長健。三願如同梁上燕，歲歲長相見。

其詞極沈鬱之致，頓挫之妙，能以怨悱出忠厚，含疏俊於綿麗。宋初詞家，得其綿麗者，晏殊也；得其疏俊者，歐陽修也。宋初諸家言詞，靡不祖述二主，憲章延巳，譬之歐蘇曾王之文，皆出昌黎。南唐君臣，其詞多濃豔而隱秀，罕有清空辨折，以機利勝；蓋温庭筠以來，一脈相承如此也。獨韋莊運筆空靈，意婉辭直，遂變温氏面目，而宋詞蘇軾之濫觴也。

---

① 三首之一。

第五编　近古文学下

IGWX

第三章　北宋

第四章　南宋

第三章　北宋

第一節　發凡

宋之文章，大端不出二者，而推其原皆出於唐：其一原出李商隱；自宋初西崑之楊億、劉筠、錢惟演以迄宋氏庠、祁兄弟、夏竦、胡宿、王珪，詞取妍華而不免庸膚，此承唐人之頹波，而未能出新意者也。其一原本韓愈；自宋初柳開、穆修以迄石介、尹洙、蘇舜欽、歐陽修、梅堯臣、王安石、曾鞏、蘇洵及其子軾、轍兄弟、秦觀、張耒、黄庭堅、陳師道，氣必疏快而力祛茂興，此發宋文之機利，而以殊於唐格者也。詩古文然，推之於四六及詞，亦無不然。其中歐、蘇、曾、王，與唐之韓、柳，併稱唐宋八大家，爲後世言古文者之所宗。然惟歐陽修，碑傳議論，兼能并擅。蘇氏軾、轍，策論得歐陽之明快，而碑傳殊無體要。曾鞏、王安石，碑傳同歐陽之峻潔，而議論未能警發。曾鞏、王安石，以平實發浩瀚，得西漢董仲舒、劉向之意；此宋人之學漢人文也。蘇洵以廉悍爲疏縱，有先秦孟軻、韓非之風；此宋人之學周人文也。學焉而皆得古人之所近。惟歐陽修之容與閒易，蘇軾之條達疏暢，雖是急言竭論，而無艱難勞苦之態；大而萬言之書，短則數行之記，一以自在出之，抑揚爽朗，行所無事；此則宋人之所特長，而開前古未有之蹊徑者也。然歐陽修早習四六以取科第，而排比綺靡，心有不慊；遂以古文之頓挫，用之儷體之整對，而異軍別張，語必老到，無一毫嫵媚之態；妙造自然，無用事用句之癖。他日見蘇軾四六，亦謂其不減古文。蓋尚議論，有氣焰，與古文同一機杼也，而於是宋四六之體以成。詩則歐陽修以韓學杜，以文爲詩，仗氣愛奇。而蘇軾抑揚爽朗，天生一枝健筆，有必達之辭，無難顯之情，意到筆隨，無不如己所欲出。而以俗爲雅，以故爲新，蘇軾爲其易，黃庭堅爲其難；蘇軾抒以疏快，黃庭堅欲爲生拗；而要之以文爲詩，以韓學杜，則固一脈相衍。於是宋詩之體以成。詞則歐陽修以蜀詞化南唐，抒深婉以疏俊，清新閑逸。而蘇軾抗首高歌，蹊徑盡脱，以散行縱横之筆，盤屈而爲詞，跌宕俊邁，不可以方物，一變唐五代之舊格，而寖寖乎以文爲詞，於是宋詞之體以成。然則有宋文學之所以繼往開來，而自成一代者，歐陽修、蘇軾，或推之，或挽之，後先濟美以有成功也。特是詩古文詞，雖代變生新，而體猶襲唐。獨經義之體，前無所因，始王安石，實爲創格。蓋古人説經，漢注唐疏，誦數以爲功，援引以有據，或傷破碎，罕會其旨。而安石則以古文闡經義，清空辨折，緯以論議，不爲訓詁章句，通而已。蓋元明清三朝科舉取士之所昉，而八股文之開山也。俯仰千古，洵足以睥睨漢唐而無怍。以金人南下以牧馬，高宗渡江而偏安，不競於南風，而王業替矣。然而文章未衰，濟濟多士，有文士，有學者，而斐然述作，不離蘇軾。文士自汪藻、綦崇禮、孫覿以迄洪氏适、邁、周必大，皆以四六擅聲；而開閤動盪，雖謹四六之格令，而以議論爲波瀾；蓋衍歐蘇而不同西崑。而汪藻之奏議雜記，綦崇禮之論兵，抑揚爽朗，尤見其用力於蘇者深也。學者則朱熹斆曾鞏之平實，而微傷緩懦；陸九淵有蘇軾之明快，而無其警闢。其他如金華、永康、永嘉學者之吕祖謙、陳亮、陳傅良、葉適輩，不談心性，而侈經世，考古今成敗，議論波瀾，全是蘇門法脈矣；固不僅詞之有辛棄疾，詩之有陸游也。朱熹尤惡蘇學，然辭而闢之，未能廓如也。一時學者翕然風從，而蜀士尤盛，至爲之語曰："蘇文熟，喫羊肉；蘇文生，喫菜羹。"播誦人口，施及蠻貊。女真崛起，騎射縱横，亦既蕩覆神州，奄有河洛；顧以能篡宋朝之治統，而不能奪蘇氏之文統，一道同風，詩則蘇詩，文則蘇文，詞則蘇詞，潤色傖荒，波瀾莫二也。於戲，異已。

第二節　楊億附劉筠、錢惟演、夏竦 宋氏庠、祁　晏氏殊、幾道附胡宿、王珪

宋太祖少時受學於辛文悦，詠日有詩曰："欲出未出光辣達，千山萬山如火發。須臾走向天上來，趕卻流星趕卻月。"國史潤色之作兩語曰："未離海嶠千山黑，纔到天心萬國明。"詞氣卑弱，不如原作雄老多矣。及以武人爲於大君，首用文吏而奪武臣之權，欲以文治銷兵氣。尤好讀書，每曰："宰相須用讀書人。"其後太宗、真宗在藩邸，已有好學之名。而太宗崇尚儒術，聽政之暇，以觀書爲樂，置翰林侍講學士以備顧問。真宗克紹先志，兼置侍讀學士，且因内閣以設職名，俾鴻碩之士，更直迭宿，相與從容講論。自來儒臣顯榮，未有越於宋代者也。楊億宏詞博學，首出冠時；遂揚温李之餘藻，而稱一代之宗匠焉。

楊億，字大年，建州浦城人。七歲，能屬文，對客談論，有老成風。十一歲，太宗聞其名，召對，試詩賦五篇，下筆立成。太宗深加賞異，授秘書省正字，謂曰："卿久離鄉井，得無念父母乎?"對曰："臣見陛下，一如見父母。"上歎賞久之，令讀書秘閣，獻《二京賦》，命試翰林，賜進士第，遷光禄寺丞，時年二十一歲。以啓謝執政曰："朝無絳灌，不妨賈誼之少年。坐有鄒枚，未害相如之末至。"辭翻空而易奇，誦者稱其警切。屬三月後苑曲宴，而億不得預，以詩貽同館諸公曰："閒戴宫花滿鬢紅，上林絲管侍重瞳。蓬萊咫尺無由到，始信仙凡自不同。"諸公不敢匿，即時進呈。上訝有司不即召。宰相言："舊制：未貼職者不預。"即以億直集賢院，免謝，令預曲宴。真宗以皇太子尹開封，邸中書疏，悉億草定。及即位，累拜左司諫，知制誥，爲翰林學士；作内外制，當時制誥，蓋少其比。朝之近臣，凡有除命，願出其手，俟其當直，即乞降命，故潤筆之人，多於衆人，蓋故事爲當筆者專得。億以傷廉，乃乞與同列均分。才思敏捷，及其作文，則與門人賓客飲博，投壺弈棋，笑語喧嘩，而不妨構思。以小方紙細書，揮翰如飛，文不加點；每盈一紙，則令門人傳録，往往疲於奔命，頃刻數千言。真宗以遼人入寇，禦之澶淵；而億守處州，未之從也，乃上《駕幸河北起居表》曰：

毳幕稽誅，鑾輿順動。羽衛方離於象魏，天威已震於龍荒。慰邊氓徯后之心，增壯士平戎之氣。臣聞涿鹿之野，軒皇所以親征；單于之臺，漢帝因之耀武。用殲夷於兇醜，遂底定於邊陲。五材并陳，蓋去兵之未可；六龍時邁，固犯順以必誅。矧朔漠餘妖，腥膻雜類，敢因膠折之候，輒爲鳥舉之謀。固已命將出師，擒俘獻馘。雖奪名王之帳，未焚老上之庭；是用親御戎車，躬行天討，勞軍細柳之壁，巡狩常山之陽。師人多寒，感恩而皆同挾纊；匈奴未滅，受命而孰不忘家。行當肅靜塞垣，削平夷落，梟冒頓之首，收督亢之圖；使遼陽八州之民，得聞聲教；榆關千里之地，盡入提封。蛇豕之穴悉降，干戈之事永戢。然後登臨瀚海，刻石以銘功；陟降云亭，泥金而典禮；遠追八九之跡，永垂億萬之年。臣忝守方州，莫參法從，空勵請纓之志，慚無扈蹕之勞，唯聆三捷之音，遠同百獸之舞。

其爲文，一以李商隱爲宗，傳有《武夷新集》二十卷，鋪張排比，妍鍊穩稱，好用事，而深警不足。惟《論靈州事宜疏》，纚纚千言，感慨激切，雖駢儷猶存，而波瀾儘遒。《駕幸河北起居表》，《賀刁秘閣啓》，亦於妍鍊穩稱之中，有抑揚爽朗之致，不徒爲麗詞碌碌。詩亦取材務博贍，鍊辭務精整；而在兩禁之日，與同館劉筠、錢惟演、惟濟、張詠、丁謂等十七人，以新詩更相屬和；而億編叙之，題曰《西崑酬唱集》，分上下二卷，得五七言律絶詩二百四十七首。大抵音節圓諧而不取高亮，字句妍華而未能清新，其源出李商隱。然商隱詞爲妍華，而儘有寄託；此則巧用文字而務爲整鍊；動輒用事，興托不奇，號西崑體。而後進效之，乃至多竊取商隱詩句以爲夸飾。嘗内宴，優人有爲商隱者，衣服敗裂，告人曰："吾爲諸館職撏撦至此。"聞者大噱。然如億七言律《詠漢武》一詩曰：

蓬萊金闕浪漫漫，弱水回風欲到難。光照竹宫勞夜拜，露溥金掌費朝飡。力通青海求龍種，死諱文成食馬肝。待詔先生齒編貝，那教索米向長安。

言外寄托，不僅善於用事，雖商隱無以過也。其他摘句，如億《代意》曰："易變肯隨南地橘，忘憂虛對北堂萱。"《館中新蟬》曰："貴伴金貂尊漢相，清含珠露怨齊王。"《明皇》曰："河朔畔臣驚舞馬，渭橋遺老識真龍。"《無題》曰："只待傾城終未笑，不曾亡國自無言。"《成都》曰："漫傳西漢祠神馬，已見南陽起卧龍。"劉筠《南朝》曰："鐘聲但恐嚴妝晚，衣帶那知敵國輕。"《詠鶴》曰："養氣自憐鷄善勝，全身卻許雁能鳴。"《詠荷》曰："已有萬絲能結怨，不須千蓋强障羞。"借事抒慨而不乏興象，雖用故事，何害爲佳也。又如劉筠《夕陽》曰："塞迥横烟紫，江清照葉丹。"錢惟演《秋夕池上》曰："叢暗禽棲密，松疏露下涼。"并不用事，而自然妍華。三人者，領袖西崑，名章迥句，處處間起；豈必死著商隱句下討生活。而億《武夷集》中詩，亦儘有不用事而高渾警切者；如五言律《至郡累旬惡風》，有句曰："大木行將拔，繁雲黯不開。"可謂樸老。而五言排律《到郡滿歲自遣》一詩曰：

> 迢遞分符竹，因循度歲華。地將鯨海接，路與鳳城賒。觸石雲頻起，銜山日易斜。潮平聚漁市，木落見人家。吏隱偏知幸，民謡豈敢誇。無嫌句漏僻，且得養丹砂。

尤極清曠秀爽之致；豈得以浮華纂組一筆抹殺之哉。億以文章幸於真宗；而在學士院，忽夜召見於一小閣，既見，賜茶，從容顧問。久之，出文稿數篋以示曰："卿識朕書跡，皆朕自起草，未嘗命人代作也。"億惶然不知所對，頓首再拜而出，乃知爲人所譖，由是佯狂。當時學者翕然宗之。而博覽强記，尤長典章制度；時多取正，喜誨誘後進，以成名者甚衆。人有片辭可記，必爲諷誦，手集當時之作，爲《筆苑時文録》數千篇。

劉筠，字子儀，大名人。舉進士，累官翰林學士承旨，兼龍圖閣直學士。文善對偶，尤工爲詩，初爲楊億所識拔，後遂與齊名，時號楊劉。歷事真宗、仁宗，三入翰林，意不懌，賦詩曰："蟠桃三竊成何味，上盡鼇峰跡轉孤。"移疾不出。朝士問候者繼至，詢之，曰："虚熱上攻。"一客笑曰："只消一服清涼散。"意謂擢兩府始得用青涼傘也。夏竦與筠同在翰林，而筠爲先達。仁宗即位，擢竦爲樞密副使，驟登兩府。筠益不平，作《堠子詩》曰："空呈厚貌臨官道，更有人從捷徑過。"

夏竦，字子喬，江州德安人。父承皓，與遼人戰死；録竦爲潤州丹陽縣主簿。竦資性明敏，爲文章典雅藻麗，舉賢良方正，尋擢中書舍人。奉詔使遼，辭不行，其表曰："義不戴天，難下穹廬之拜；禮當枕塊，忍聞夷樂之聲。"既以文學起家有名，一時朝廷大典策，累以屬之；而挾數傾側，世以爲奸邪，屢遭抨彈；因作詩《寄知諫院張昇》曰：“弱羽驚弦勢未安，孤飛殊不礙鵷鸞。黄金自有雙南價，莫與遊人作彈丸。”累官樞密使，封英國公，卒謚文莊；傳有《文莊集》三十六卷。清人《四庫提要》稱“其文章詞藻贍逸，風骨高秀，饒有燕許氣象。”今觀其詩藻麗而乏興象；文則典雅而不警切；一同楊億之西崑，而病亦如之；風骨不飛，何能高秀，所以詞藻贍而不逸。詩之差有興象而耐吟諷者，如七言古《黄鶴樓歌》；五言律《野步》、《鑑湖晚望》、《舟行即事》、《桐柏觀》、《虎丘僧舍閒壁》；五言長律《晚晴》；七言律《江城秋思》、《金陵》、《題東林寺》、《話道》十一篇，特爲秀爽，於集中爲别調。文則《上章聖皇帝乞應制舉書》、《上開封府廉憲書》，氣調岸異。《曹參守職論》、《開東閣論》，議論警快。《瓊臺雙闕銘》、《三井銘》，辭意深警。而駢文如《青州到任謝上表》、《辭刑部尚書表》、《謝授刑部尚書表》、《孟州到任謝上表》、《辭兼侍中表》、《謝男安期加職表》、《乞依諫官抗議表》，差能於典雅出感慨，以偶對爲頓挫。其他碌碌，未能稱是也。

錢惟演，字希聖，吴越忠懿王錢俶之子也，從俶歸朝。以博學能文辭，召試學士院。真宗稱善，命直祕閣，修《冊府元龜》，詔與楊億分爲之序。累官樞密使，加同中書門下平章事，卒謚文僖。所著《典懿集》三十卷，文辭清麗，名與楊億、劉筠相上下。而楊劉之後，兄弟競爽，迥翔館閣，以演西崑之緒者，莫如宋氏庠、祁爲一時之秀焉。

宋庠，原名郊，字公序；弟祁，字子京；安州安陸人。夏竦守安州，庠、祁兄弟尚布衣，竦異待之，命作《落花》詩。庠一聯曰：“漢皋佩冷臨江失，金谷樓空到地香。”祁一聯曰：“將飛更作迴風舞，已落猶存半面妝。”竦曰：“詠落花而不言落，大宋當狀元及第，又風骨秀重，異日當作宰相。小宋非所及，然亦須登嚴近。”庠，天聖初，舉進士，開封試，禮部，皆第一。祁與兄庠同舉進士；而禮部奏名，祁第一，庠第三。章獻太后方稱制，不欲以弟先兄，乃擢庠第一，而置祁第十。人呼曰二宋，以大小别之。庠累官樞密使，封莒國公，卒謚元憲；傳有《元憲集》三十六卷，妍鍊穩稱，其詩蓋出楊億。惟楊億華貴之詞，一味雍容。庠則温雅之中，饒有淒惋。録五言古及五言律。

五言古如《秋晚禁廬獨坐》曰：

霜日薄西牖，境寂趣自閒。風篁宿天籟，海碧沈雲山。宫樹未全落，棲烏相與還。心疑蹈虛宇，跡乃塵清班。自顧丘壑志，何施軒冕顔？終當謝緋服，戢翼榆枋間。

又《登大明寺塔》曰：

故歲摇落時，憑高望揚越。流光不我與，復此值凋節。孤塔踞層岡，仙盤湧寥穴。病足攀危梯，寸晷或三歇。浩蕩佛界寬，凌兢客心折。遠岫幾培塿，空江一明滅。海日棲檐題，霜風語鈴舌。荒墟自今古，大塊靡封埒。豁若醯覆開，醒如豆聰撤。哀哉人間世，小智互紛結；豕蝨論是非，蠻蝸定雄傑。倀倀百代俗，唧唧九流説；推致無窮中，秋毫共飄瞥。聖人小天下，樂意遺來哲。矧余蒙鄙姿，輕蹈榮利轍；溷濁六塵并，讙呶太和泄。薄言真境游，追悟生理缺。洗心刻來哲，回步懲曩跌。甘露多餘滋，聖闕有幽鐍。咄嗟朝市人，此路非爾躡。

五言律如《相州春日》曰：

北土無繁卉，空亭有暝陰。狂飛憎野絮，多舌恨春禽。地燥山如朽，池寒水不深。生平箕潁志，軒冕獨何心。

耐人咀詠，轉有在悵惘不甘中者。其他五言古如《正月望夕供養太阿羅漢畫像作》、《嘯臺》、《海外遇寒食因發家書想望松楸不能自理偶成此詩示兒子》、《左散騎常侍東海徐公》、《歲晚許昌城隅登樓作》、《歲晏出沐感事内訟》一首、《京師故僚以余退居近畿數賜存問因叙懷自感》、《念衰》二首、《湖山》、《壬子歲四月甲申夜紀夢》、《過曹氏墳庵在瀠睆間蜀僧修靜自天柱退居於此》、《去年三月禊飲池上歲月易得忽復暮春因再宴僚屬作》、《漢將》三首，七言古如《正月望夜聞影燈之盛齋中孤坐因寫所懷》，五言律如《過璨師房》、《秋日小雨後作》、《小圃雨霽》、《淮上》、《秋圃感物》、《秋湖上晚景》四首、《和中丞晏尚書西園晚秋懷寄》、《孟津歲晚》十首之五、《春晦小雨》、《春夕》，七言律如《晚坐觀風亭》三首之一、《府齋秋日》、《北臺》、《新春雪霽坐郡圃池上》二首之二、《晚春出郭游北山佛寺》、《晚泊白村登舟回望因成拙句寄淮陽龍圖王給事》、《題高明堂後池雜景》二首之一、《秋出近郊》，五首長律如《都下燈夕》、《游大明寺郡樓望嵩少作》、《宿鹿門寺》、《後園秋物》、《東園吏隱》、《登龜山上方寺》、《夏日對雨》、《訪宋氏溪園》、《夜出芙蓉堂》，五言絶如《坐池上看水偶成五絶》之一之三，七言絶如《和中丞晏尚書憶譙渦》二首之一、《讀史》二首、《新歲霽雪到西湖作》三首，皆含清迥於瑰麗，以絢爛出淒愴。大抵七言不脱西崑之窠臼，五言能嗣盛唐之遒渾。其他摘句：五言如“岸闊煙無著，窗虚日易明”，“斜日紅初斂，晴山翠欲流”，“露濃蟬始罷，風急燕猶飛”，“不雨雲中薄，澄沙水自微”，“江柳寒陰瘦，畦菘晚葉肥”，“蓬亂將風野，禽稀欲雪天”，“霧來燈似濕，螢過草疑燃”，“春色無情老，宵雲有恨低”，“曉山天外紫，秋日霧中寒”，“木老争侵日，花寒各媚秋”，“竹雨無情碧，荷烟底事深”，“高雲收雨意，淡日作秋光”，“山晴巖獨霧，林暑澗常秋”，“亂流横掠野，殘日倒穿林”，“野鳥千聲異，江蕪一色匀”，“左手螯初美，東籬菊尚開”，七言如“林間幽鳥自相語，水上落花何處來”，“風徑舞花催暮色，雨梁歸燕説春愁”，“風定草煙還闕殿，雲開山色始歸樓”，“壓岸晚陰雲著野，藴渠春色柳隨人”，“新筍偶隨枯條出，野花閒抱老藤開”，“戲蝶有時飛自遠，野禽終日語無情”，無不造語新警，體物瀏亮；而抒以温麗，不爲寒瘦。所爲文如賦、頌、表、狀、内外制詔、祭文、祝文、連珠等體，皆駢文，幾佔集之十八；而劄子、答内降手詔、行狀、墓誌、序、記、碑銘、論、説之屬，則寓駢於散，頗臻遒變。賦如《幽窗賦》、《登應州古城賦》，頌如《乾元節作聖壽頌》、《維摩經諸品頌》，表如《揚州謝到任表》、《再入參乞罷免重任表》、《乞致仕表》、《乞罷樞相表》、《乞罷相表》，劄子如《賢良等科廷試設次劄子》、《封畿劄子》、《論蠲除雜税劄子》，詔如《賜西平王趙元昊詔》，墓誌銘如《宋故推誠翊戴功臣贈侍中曹公墓表》、《故朝奉郎濟陽江府君墓誌銘》、《宋故朝請大夫尚書工部郎中彭城劉府君墓誌銘》，序如《送河南法掾張子野序》、《諸山留題王氏中隱堂詩序》，或以排比出軼宕，或含頓挫於温潤。而《宋故推誠翊戴功臣贈侍中曹公墓誌銘》，駢儷猶存，波瀾極遒。其辭曰：

宋有忠勳之臣曰武威曹公，在天聖中，以宿將持節，分督河北軍事，屯中山。庚午春正月乙卯，寢疾，薨于位，壽五十八。訃聞，天子震悼，不視崇德朝兩日。以黄門監璽書告第，走命中謁者護其柩還京師。後九年，寶元之己卯，其孤等始以龜筮之吉，歸窆封樹。有詔鴻臚亞卿典喪事，奉常易其名曰武穆。冬十月乙酉，具鹵簿鼓吹，葬公及其嫡馮掖夫人潘氏於南洛陽之金谷鄉尹村原，從大墓，且言順也。先是其家合官牒世譜，以狀咨史氏，請辭刻石。讓不遂，乃紬而敘焉。

公諱瑋，字寶臣。其先，晉有清河太守泓，去官寄孥，始爲郡姓。後裔再徙，占數真定之靈壽。曾祖諱業，祖諱芸，并遭時俶擾，仕本州爲牙門大校，職以世及，功緣地偏，陰邁德美，儲爲慶靈。以至烈考樞密使累贈太師尚書令謚武惠諱彬，以明允篤誠，道參運始，禽吴馘蜀，助平天下，翊亮三聖，卒爲元老。諗謀帷幄，溢勳旂常，生極師臣之尊，没從大享之配，顯揚追賁，爲時第一。逮公之克濟世美，及昆弟宗門之貴，交荷恤典，叢于先報；故今繇祖而上，皆贈太師尚書令；又封曾祖于滎，大父于越，俱爲國公；曾祖妣張氏，祖妣李氏，皆累封齊韓二國太夫人。禰廟自始甍飾以濟陽郡，再易冀魯，并爲真王；妣高氏及二劉氏，又别以秦齊陳三國爲湯沐。

公即武惠王之第四子也，承是休烈，生而岐嶷，童齔英發，雅爲先王所器。至道初，以任爲西頭供奉官，閤門祗候。黨項餘種李繼遷，盗弄朔方兵，穿塞首鼠，疆吏不能制。時武惠握機政，太宗面訪雄俊以置邊瑣。久之，輒以公應詔。帝喜曰：“卿有祁午，安遑遑更索耶?”即日召見，命有司加顯秩以侯遣。武惠固辭，乃以本職試守隴西郡，年甫十九。公自以見知于父子之際，又爲明主所適拔，感激忠孝，遂攄才藴；由廷臣凡八遷至客省使。其間帶高英康三州刺史、團練防禦使各一，洊領華州，一降容州，皆爲觀察使，進主鎮國彰化二軍節度觀察留後，昭武彰武兩軍節度使。其化條所涖，則戍鎮戎軍，守渭、邠、秦、萊、青、天雄、孟、兖七藩；而渭、天雄皆再。其瑞璋之總，則環慶、真定、涇原三路皆爲兵馬都鈐轄，鄜延路爲副都部署，環慶、真定兩路，并爲都部署。國論所咨，則領宣徽南北院使，署樞密院事。命秩之備，則階三品，勳二品，視官帝傅，兼亞丞相，書社六千三百，實幹一千六百，以四字爲功號，烜赫光耀，冠映侯籍。跡公之策名展體，服勞中外，爲國方召，多本西略。

初，繼遷逋誅寖久，劫羣羌爲支輔，苛征暴戮，人思自拔。公之扞蕭關也，盡條恩詔綏懷之意，以檄諸部。部人得書，皆東向感泣，或率衆内屬，奸黨始離。冠略河湟，諸戎歸重弗戒。公短兵鏖石門川上，狡衆殆殲。趙德明初喪兇父，有首罪稱藩之請。公以天厭餘孽，宜時平蕩，願帥一隊，縛豎子以釁鼓，驛書言狀，慮密計周。時朝議前已許降，謀弗果用。揚珠瑪哈之族，合萬餘落，乞援内徙。諸將惶惑，未知所受。公獨撫其使，自將勁騎薄天都山，凡三日，盡擁其衆，按道徐還，中外服其勇。再守渭也，古哩羌寇掠不已；公率所部合支軍趣武延鹹泊川，鼓行夾擊；諸帳皆潰，係牛縶馬以萬計，遂破滅之。又襲叛姓巴勒臧于平涼，剪其巢窟；自是屬國者倚漢與天等矣。鎮天水也，植罝勒斯賚初盛，挾李遵妖妄，自謂吐蕃貴重，當雄西域，稍并他部，恣睢塞外；遵乃傍緣故事，上書求贊普之號。公密疏以《春秋》許外夷者不一而足。今二羌烏合，而所希無法；宜黜桀驁以尊國防。真宗納焉，但授遵保順節度制。後果窺伺邊隙，包藏禍心，迫脅小種，扇動豪帥，連營方陣，號稱十萬，乘虛内奰，浸淫于三都之谷。公率軍整旅，背城逆戰，斬首千級，獲利器雜畜三萬計，追北至敦煌。驍將馬布扎爾恥敗負力，復屯野吴。公遣死士數百，夜擣其壘，自相蹂殪；羣醜遂奔。古哩羌陰謀累年，規敗疆事；先其未發，掃平廬柵；因是西南諸姓，皆納款轅門。遵賚震怖，遁還故磧，不敢彎弓而取當。此式遏制勝之大較。

故事，邊民挾弓矢，皆應募爲奔命，鬭勞賞薄，人情弗愜。公建言能墾境上曠土者蠲其租，春秋耕斂，出州兵以護作；而戰者忘死矣。渠率内屬，恩隆無等；公請百帳以上比古帕主，次比營司馬贊書，拜授列爲王官；而來者知勸矣。黠羌殺人，輒以羊馬自贖；公按律令除其弊，犯華人者，論殺之，餘從其俗，而刑無頗矣。秦人田訟，彌歲不解，曹吏投隙，竄易版書。公審其宿奸，一取質劑爲驗；亡契者，貸其負，使得自占，收脱户千六百，租錢四百萬。臺符宣告州郡以爲後式，而文無害矣。此威懷安利之凡最。若其按秦漢舊跡，因長城之塹，稍築塢堠以殊内外，斥境千里，建籠竿之壁，列弓門十寨，迭爲藩蔽。班賞格，飾門具，繕梁表道，屯田足食，迄今爲保障之利者，不可悉紀。

公之在關隴，以威名莊重，淵回山立，累功懋賞，皆即拜稍遷，倚而不召者，歲踰二紀。至於丁外内艱，泣血委印綬，率以墨縗奪服。天禧中，始有下邽觀風之拜，猶副戎柄。時三陲寧晏，外虞訖息，僉以公壯猷盛烈，當敷及天下，于是有留使宣猷之授，入管樞極。公既踐修世範，知無不爲，秉義據正，勤勞夙夜，海内抗頌，歸《緇衣》之美。終以勳高地逼，更由總管之任，出臨西夏。讒黨乘勝，又以容山之拜，徙守東藩。聖上始初清明，誅放憸猾，不俟辯謗，寖還舊物，奠營丘，藩全魏，養成明律，興護北方。再陟齋壇，終屏王室。洪棱勁節，久而彌厲。方且桓圭皂馬，竚來朝之儀，彤弓雕戈，將蕃錫之典；昊天不吊，殲良奄及，此哲侯所以深聞鼙之悼，邦人所以寄成蹊之泣者已。

嗚呼！公之材之劭，本沈雄而施事幹；然承藉先訓，濟之謙愨，保功約己，未嘗有過。臨政精悍，不獨以軍旅從事，故數佩州組，皆以最聞。大指道威信，必賞罰，以軍之嚴移于郡則肅然畏，以郡之愛移于軍則薰然和。伍符吏牘，參行不悤，古名將之烈，公優爲之。前後褒勤賞捷，受方底書者以數十。若其詢逮兵策，則寶跗細劄，委曲纖悉，甚者手詔往反，如宣帝問後將軍故事，決而後已。在常趙感疾方革，營卒以常過干軍禁，左右勸寬其罰。公曰："以病易守，非吾節也！"卒置殊死。故公之約，所守如介石；公之重，所至爲長城；言料敵，則焞龜；語應變，則奏刀。用能英聲茂績，超蓋前代，行均椒蘭之芬，威無藜藿之采，有由然也。論者猶以羌渾右鄙，事微敵脆，不足暢桓桓之舉；睥睨幽朔，悲歌慷慨，常謂禪姑衍、銘燕然者，復何人哉！時方弭兵，公亦賫志，此又謀夫壯士擊劍長懷而不能已也。

繼室曰沈氏，今號吴興郡夫人，故相僕射倫之孫，光禄少卿繼宗之女。三子：長曰僖，任禮賓副使。次曰倚，終内殿崇班。曰①

① 前脱"季"字。

俣，爲供備庫副使。噫，門閥隆貴，蟬聯魚貫，以功名世家者，今無偶矣。游談故老，尚將傳而不泯，又況圖金刻，期陵岸，則公之終譽，其有既乎！銘曰：

巖巖常山，靈氣磅礴。植爲豪英，拔秀遼廓。洸洸侍中，實本渾熊；纂服肖善，自箕而弓。武惠知子，獻之天扆。弗啬家寶，用參國器。党項猖狂，擾我西疆。公冠未升，戍于秦涼。治兵剌部，或征或撫。游魂殘孽，莫敢余侮。婪婪大酋，交兵結仇。率爾蕃部，搏我邊州。公計先定，聊秉武節。螳臂蛙跗，卒染車轍。蕃族震攝，款塞就羈。滅烽卧龍，帝曰來歸。計功酬績，大使方伯。乃幹鴻樞，柔惠正直。間因讒廢，旋陟舊勳。三偃大藩，再帥中軍。屏于北道，威聲偃草。公侯干城，宜壽宜考。耳順未踰，與世長違；徹我金湯，帝曰予思。貂蔽衮襚，哀榮并至。寵葬周原，陪先洛涘。儼畫柳兮彷徉，公將傣兮幽堂。惟松楸兮嗣世，尚橋梓于家王。

夾叙夾議，隨提隨頓，奇偶錯綜，而無偶不奇，複語單勢，厚集其氣，而聲彩炳焕，尤爲一集之勝焉。

祁與兄庠，皆以文學顯，而祁尤能文，善議論，然清約莊重不及庠。庠天資忠厚，近之，和氣拂然襲人；而祁則英采秀發。累官工部尚書，翰林學士承旨，卒謚景文，傳有《景文集》六十二卷。其詩文温文爾雅，以典麗出清新，近同西崑，上追温李，以遠溯燕許，而推本徐庾。集中爲《石太傅墓誌》曰："天子好文學，而虢略楊億以雄渾革五代之弊。公與中山劉筠，潁川陳越，推而肆之，故天下靡然變風。"又《石少師行狀》曰："億工文章，采縟閎肆，彙類古今，氣象魁然如貞元、元和，以此倡天下而爲之師。公與劉陳諸公推轂趣和之，既乃大變，景德、祥符間，號令彬彬，謂之爾雅；而五代之氣盡矣。"推挹如不容口，平日蕲尚可知；所以詩好用事，詞取妍華，亦如兄庠之同西崑；顧不如庠之惻愴有味外味。五言古如《長葛道中作寄侍讀梅給事》、《秋香亭》、《清漣亭》、《春集東園詩賦得筍字》、《和登山城望京邑》、《次陝郊》、《雜咏》三首之二三、《湖山》、《楊秘校秋懷》三首之三、《度飛石嶺》、《曉過二里山》、《常山楊氏有二怪石》、《風雨》、《秋興》、《雜興》四首之一二三、《攬鏡》、《歲豐》，七言古如《擬東武曲》二首、《少年行》，五言律如《學舍直歸晚霽》三首之三、《同張子春淮上作》、《東亭》、《遊海雲寺》、《閏月晦日舟中》三首之一、《晚眺城隅》、《晚意》、《黄花道》，七言律如《假節》，五言長律如《上春晦日到西湖呈轉運叔文學士》、《三泉縣龍洞》、《晚秋西園》，七言絶如《郡圃》諸作，語警而意闢，不徒爲浮音飄渺。其他摘句，五言如"林靜來晨燎，江喧入夜濤"，"樹花紅暗淡，城草緑陂陀"，"天缺雲來暗，風微鳥去輕"，"岸石危相倚，橋嘶暮不流"，"斜陽掛高柳，落日淡遥城"，"林煙昏午日，柳影壓池天"，"灘聲逢石怒，山氣附林昏"，"翠沈遥嶺樹，紅斂瞑蘘花"，"暫雲消樹影，驟雨發荷香"，"斷煙隨鳥遠，寒葉向人疏"，"影深天在底，紅亂日摇痕"，"茂草平無際，殘花慘更妍"，"荒藤依樹老，殘芡聽波浮"，"輕風生樹態，暖日淡雲容"，"高樹足危響，寒花無媚姿"，"林暖樹改色，山晴雲弄姿"，"水繞溪初浪，林乾籟自聲"，"鈿崒峰頭碧，霞皴荔子丹"，"澄江限天闊，孤鶩透霞來"，"岸靜魚跳月，林喧鳥避蒿"，"樹合天疑窄，川回地忽平"，"寒雲終不雨，危葉自多聲"，"樹老經唐日，碑殘刻漢年"，"歸舟一葉小，秋水兩崖深"，"草平天一色，風暖燕雙高"，"喬柯寒自籟，荒菊晚猶花"，"春容來迥野，天脚入平蕪"，"世態同波蕩，交情敵酒濃"。七言如"頭白羞論天下事，眼青欣舉故人杯"，"天上有星寧免客，人間無地可埋憂"，"萬里碧雲隨望合，半規紅日有情低"，"驟生溪水迎人遠，自喜林花索露開"，"溪態澄明初畢雨，日痕清澹不成霞"，"曉風遞暖何妨細，宿雨留雲未許高"，"翠含山氣猶疑夜，紫動林梢已放春"，"故園叢菊無人賞，露壓風欺只有花"諸句；言外有寄托，事外有興象。文則駢文如《圜丘賦》、《皇帝後苑燕射賦》、《右史苑蒲桃賦》、《代章集賢讓拜相第二表》、《代楊太尉讓加節度使第一表》、《代楊大尉讓樞密使第一表》、《第二表》、《代楊樞密讓上皇太后第一表》、《代孫侍郎謝加龍圖閣學士表》第二首、《代昭文爲飛蝗乞罷第一表》、《代人陳情表》、《和戎論》、《送張都官知兖州序》、《春日同趙侍禁遊白兆山寺序》、《凝碧堂記》、《蜀人李仲元贊并序》、《對太學諸生文》、《回鄭資政書》、《上張太傅書》、《上吕相公書》、《回吕太傅書》二首、《上侍講孫貳卿書》、《上端公啓》，《代人求薦》、《代張相公乞致仕第四表》、《第六表》、《謝御筆批表》、《代昭文相公乞罷免第三表》、《代楊樞密讓邑封第二表》、《代薛參政乞致仕上皇帝第一表》諸作，撮得事切，錬得意警；偶對之中，儘有頓挫。古文如《郭正不應爲嫁母持服狀》、《上便宜札子》、《送刁君績序》、《送杜偁罷舉北歸序》、《送同年吴昌卿之上元序》、《送英州理掾詩序》、《相國張公聽普印昕師彈琴詩序》、《慶曆兵録序》、《山東德州重修鼓角樓記》、《壽州重修浮橋記》、《許州長葛縣尉廳壁記》、《西齋休偃記》、《君山養猿記》、《故丞相文正王公碑陰記》、《魯兩生贊》、《平津侯東閣贊并序》、《嚴遵贊》、《論文帝不能用頗牧》、《蕭望之論》、《酺説》、《王杲卿字説》、《楊太尉神道碑》、《范陽張公神道碑銘》、《張文懿公士遜舊德之碑》、《荆王墓誌銘》、《防禦使進封饒陽侯墓誌銘》、《皇從兄贈虔州觀察使墓誌銘》、《李郡王墓誌銘》、《文正王公墓誌銘》、《僕射孫宣公墓誌銘》、《文憲章公墓誌銘》、《石太傅墓誌銘》、《高觀文墓誌銘》、《楊太尉墓誌銘》、《胡府君墓誌銘》、《隴西郡君李氏墓誌銘》、《故贈太師章公夫人張氏墓誌銘》、《李郡王行狀》、《孫僕射行狀》、《楊太尉行狀》、《石少師行狀》、《馮侍講行狀》諸作，典制詳覈而不爲誦數；辭筆疏快而能爲和雅。碑誌之作，尤爲擅勝；如《張文懿公士遜舊德之碑》、《皇從兄贈虔州觀察使墓誌銘》、《李郡王墓誌銘》，議叙兼行，奇偶錯綜。録《皇從兄贈虔州觀察使墓誌銘》曰：

秦悼王之穆曰廣陵郡王，王之合曰南陽郡君張夫人，有子八房。嫡房曰贈虔州觀察使。曾禰不書，尊帝也。王諱不書，著也。公名承睦，以皇根之茂，天跗之華，芳酣烈飪，遂用蕃衍。直質而不跲，遜志而自修，斤斤奉法，日以飭厲，守貴而無驕色，處樂而無流心。自右侍禁，踐八官，而至左領軍彭州團練使。朝家厚宗室，悉留京師；雖疏爵而王，列藩而侯，揭節而使，佩印而相，未有就國而操事也。不就國，則親親之誼，戚而弗疏；不操事，則優優之禄，肆而弗畏。有如公高冠大帶，朝殿戺之下；量幣黄流，祀家寢之庭；資忠移孝，靡有罪悔，奚其爲政而後謂之功業哉？命之弗諶，享年四十有八。天子輟朝，行臨吊之禮；中人奉詔，護喪窆之事；出中帑以襚之，歛廉車以飾之。棺于寢階，殯于蘭若，須時也。後三年，藏直甲申，分遣使者啓菆柩，卜夏四月癸卯，還葬汝州之梁縣，以夫人隴西郡君董氏祔焉。男六人：克順，克戒，太子右衛率府率。克協，克凝，克伸，右監門衛率府副率。克纛，右内率府副率。有詔史臣銘其壙。銘曰：

鬱鬱芊芊，惟汝陽兮。若斧若堂，從家王兮。子也承祀，其代昌兮。

矜重而躋雄矯，排奡而兼温潤。《張文懿公士遜舊德之碑》，大篇泱泱，雄茂蟠注，筆力足與庠《宋故推誠翊戴功臣贈侍中曹公墓誌銘》相配，弟兄競爽；蓋兼權於庾信、韓愈兩家碑誌，交袪所蔽，而力湔縟藻，亦排獷氣，不競不絿以别出隊仗者也。顧祁語於人曰："余少爲學，無師友，家貧無書，計粟米養親，紹門閥耳。年二十四，以文投故相夏公，公奇之以爲必取甲科，吾亦不知果是歟。天聖甲子，從鄉貢試禮部；故龍圖劉公歎所試辭賦，大稱之朝；吾始自淬厲。年過五十，被詔作《唐書》，盡見前世諸著，乃知文章之難。取視五十以前所爲文，赧然汗下，必欲燒棄。"撰《唐書》，務爲艱澀，又删除駢體，一字不登。大抵祁之爲文，有《唐書》之文，有本集之文。本集之文，楊億之後勁也；《唐書》之文，韓愈之嗣響也；固未可等眸齊觀。如《唐書・外戚列傳叙》曰：

凡外戚成敗，視主德何如。主賢，則共其榮；主否，則先受其禍。故太宗檢貴倖，裁賞賜，貞觀時内里無敗家。高中二宗，柄移豔私，産亂朝廷；武韋諸族，耄嬰頸血，一日同汗鈇刃。玄宗初年，法行近親，裏表修敕。天寶奪明，委政妃宗，階召反虜，遂喪天下；楊氏之誅，噍類不遺。蓋數十年之寵，不償一日之慘；甲第厚貲，無救同坎之悲，寧不哀哉！代德而降，閹尹參嬖；後宫雖多，無赫赫顯門，亦無刀鋸大戮。故用福甚者得禍酷，取名少者蒙責輕，理所固然。若乃長孫无忌之功，武平一之識，吴溆之忠，弗緣内寵者，自見别傳云。

又《酷吏列傳叙》曰：

太宗定天下，留心聽斷，著令州縣論死三覆奏，京師五覆奏。獄已決，尚芉然爲徹膳止樂；至晚節，天下刑幾措。是時州縣有良吏，無酷吏。武后乘高、中懦庸，盗攘天權，畏下異己，欲脅制羣臣，椔剪宗支，故縱使上飛變、構大獄。時四方上變事者，皆給公乘，所在護送，至京師，稟於客館；高者蒙封爵，下者被賚賜，以勸天下。於是索元禮、來俊臣之徒，揣后密旨，紛紛并興，澤吻磨牙，噬紳纓若狗豚然；至叛嚙臭達道路，冤血流離刀鋸；忠鯁貴强之臣，朝不保昏，而后因以自肆，不出幃闥，而天命已遷，猶慮臣下弗懲，而六道使始出矣。

至載初，右臺御史周矩諫后曰："凶人告訐，遂以爲常。推劾之吏，以嶮責痛詆爲功；鑿空投隙，相矜以殘，泥耳籠首，枷楔兼暴，拉脅籤爪，縣髮熏目，號曰獄持。晝禁食，夜禁寐，敲撲撼搖，使不得瞑，號曰宿囚。人苟賒死，何求不得。陛下不諒，試取告牒判無驗者，使推其情，有司必上下其手，希合盛旨。今舉朝脅息，謂陛下朝與爲密，夕與爲讎，一罹攝逮，便與妻子決。且周用仁昌，秦用刑亡，惟陛下察之。"后寤，獄乃稍息，而酷吏寖寖以罪去。天寶後，至肅代間，政纇事叢，姦臣作威，渠憸宿狡，頗用慘刻奮；然不得如武后時敢搏鷙殺戮矣。嗚呼！非吏敢酷，時誘之爲酷。觀俊臣輩怵利放命，内懷滔天，又張湯郅都之土苴云。

造辭措以生拗，用字不嫌澀僻，務爲劖削，以蘄矜重；其原出於韓愈《曹成王》、《許國公》、《貞曜先生》諸碑誌，蓋衍韓愈之一體；而與集中文之麗典同楊億者異趣。但好用奇字，往往以更易舊文。歐陽修與共修撰，病之而不敢言，乃書"宵寐匪禎，扎闥洪庥"八字以戲之。祁不知其戲己，問此二語何出？當作何解？修言："此即公撰《唐書》法也。宵寐匪禎者，謂夜夢不祥也；扎闥洪庥者，謂闔宅大吉也。"祁不覺大笑。祁晚年知成都，帶《唐書》於本任刊修；每宴罷，開寢門，垂簾燃二椽燭，媵婢夾侍，和墨伸紙，遠近皆知爲尚書修《唐書》，望之如神仙焉。顧性輕俠，方仁宗時，祁爲翰林學士；而晏殊當國，愛祁之才，欲朝夕相見，遂稅一宅於旁近，延居之，其親密如此。遇中秋啓宴，召祁，出妓樂，飲酒賦詩，達旦方罷。翌日罷相，而祁草制，頗極詆斥，至云"廣營産以殖貲，多役兵而規利"。方其得意疾書，昨夕餘酲猶在。左右觀者皆駭歎。而殊出知潁州，每憤士風凋落。嘗妓劉蘇哥有所誓約，而其母禁之；方春物暄妍，馳馬出郊，登高塚瞻望，長痛遂卒。殊得報，以詩吊之曰："蘇哥風味逼天真，恐是文君向上人。何日九原芳草緑，大家攜酒哭青春①。"而繫以序曰："士大夫受人眄睞，隨燥溼變渝如翻覆手，曾狂女子②不若。"蓋意指祁云。

① 一本爲"一盃絮酒哭青春"。

② 一本爲"一女子"。

晏殊，字同叔，撫州臨川人。七歲能屬文。真宗以神童召，與進士千餘人并試殿廷。殊神氣不慴，援筆立成。賜同進士出身，累拜集賢殿學士，同平章事，兼樞密使。爲文章贍麗，應用不窮，尤工爲詩，閑雅有情思。卒謚元獻，傳有《晏元獻遺文》一卷，《珠玉詞》一卷。其文姸練穩稱，大抵衍楊億之西崑；而喜歌馮延巳詞，及所自作，得其綿麗。如《浣溪沙》曰：

一曲新詞酒一杯，去年天氣舊亭臺。夕陽西下幾時迴。　無可奈何花落去，似曾相識燕歸來。小園香徑獨徘徊。

又《雨中花》曰：

剪翠妝紅欲就，折得清香滿袖。一對鴛鴦眠未足，葉下長相守。莫傍細條尋嫩藕，怕緑刺罥衣傷手。可惜許月明風露好，恰在人歸後。

融情入景，秀極成韻，馨烈所扇，遂爲北宋倚聲家開山。而殊愛才如不及。相傳遊大明寺，見王琪詩，大賞之，召至同步池上。時春晚有落花；殊曰："每得句或彌年不能對；即如'無可奈何花落去'，至今未能對。"琪應聲曰："似曾相識燕歸來。"遂辟薦館職也。兩語亦見賦所七言律《假中示判官張寺丞王校勘》詩；不厭緟出，可想見其得意；然婉麗自是詞境，入詩不如入詞也。

晏幾道，字叔原，晏殊幼子。以能詞象賢，傳有《小山詞》一卷；而視乃翁，深婉同，而所以爲深婉者不同：殊之體輕，而幾道之體重；殊之語秀，而幾道之語摯；殊之筆直，而幾道之筆曲。如《臨江仙》曰：

夢後樓臺高鎖，酒醒簾幕低垂。去年春恨却來時，落花人獨立，微雨燕雙飛。　記得小蘋初見，兩重心字羅衣。琵琶絃上説相思。當時明月在，曾照彩雲歸。

又《南鄉子》曰：

花落未須悲，紅蕊明年又滿枝。唯有花間人别後，無期，水闊山長雁字遲。　今日最相思。記得攀條話别離。共説春來春去事，多時，一點愁心入翠眉。

皆極鄭重殷勤之筆，而有綽約輕盈之致，化堆垛爲煙雲，以沈著爲閑雅。如《更漏子》曰：

欲論心，先掩淚，零落去年風味。閒卧處，不言時，愁多只自知。　到情深，俱是怨，惟有夢中相見。猶似舊，奈人禁。偎人説寸心。

又《菩薩蠻》曰：

相逢欲話相思苦，淺情肯信相思否？還恐謾相思，淺情人不知。　憶曾攜手處，月滿窗前路。長到月來時，不眠猶待伊。

皆極渾脱瀏亮之筆，而抒宛轉難言之隱，掬肺肝如話言，以淺率爲真摯。至如《鷓鴣天》曰：

十里樓臺倚翠微，百花深處杜鵑啼。殷勤自與行人語，不似流鶯取次飛。　驚夢覺，弄晴時。聲聲只道不如歸。天涯豈是無歸意？争奈歸期未可期。

又《阮郎歸》曰：

舊香殘粉似當初，人情恨不如。一春猶有數行書，秋來書更疏。　衾鳳冷，枕鸞孤，愁腸待酒舒。夢魂縱有也成虚，那堪和夢無。

皆極生拗曲折之筆，而傳細意熨貼之情，意以折而深，筆以拗而警。大抵幾道之所以勝乃翁者，在以沈著爲閑雅，則凝而不佻；以淺率爲真摯，則淡而可味；以曲折爲深婉，則遒而能警。後出居上，父不如子；詞之有晏氏父子，猶古文之有蘇氏父子矣。

晏殊工臺閣之文，顧特以詞著。晉陵胡宿、華陽王珪稍後出，亦工臺閣之文，而名與宋氏庠祁相參伍。仁宗朝，相繼知制誥，朝廷大典册，多出兩人手，而宿輩行爲先。

胡宿，字武平，晉陵人。英宗朝累拜樞密副使，卒謚文恭，有《文恭集》四十卷。《四庫提要》稱："當時文格未變，尚沿四六駢偶之習。而宿於是體尤工，所爲朝廷大制作，典重贍麗，上法六朝。於韻語最長五、七言律，其波瀾壯闊，而結響宏遠，亦可直造盛唐閫閾；洵足雄視一時，迥出楊億、錢惟演諸人之上。"今觀其詩文，咸尚整對，而好爲姸練，不脱楊億、錢惟演諸人之窠臼；然必謂其"典重贍麗，上法六朝；五、七言詩直造盛唐閫閾，雄視一時"，則爲譽過其實。其詩風骨高秀勝於夏竦，差爲贍而能逸；而不如宋庠之耐人咀咏。宋庠以温麗出淒愴；宿則含清迥於姸華，故當警於夏竦，淺於大宋。五言古如《雜興》、《怨詩初調示龐主簿及鄧治中》；五言律如《山居》，力躋清遒，一洗鉛華；然必譽其"波瀾壯闊，而結響宏遠"，則殊未能。文則獨工碑誌行狀，運偶於奇，寓議於叙，如《贈太尉文肅鄭公墓誌銘》、《太傅致仕鄧國公張公行狀》，泱泱大篇，語繁不殺，而其氣安雅，其筆遒重，足與宋氏庠、祁駢美，而當"波瀾壯闊，結響宏遠"之譽。其他《宋故奉直郎守侍御史王公墓誌銘》、《贈吏部侍郎蔣公神道碑》，亦皆叙次有法，生平如睹，而以軼蕩頓挫之筆出之，洵足雄視一代矣。至於四六駢偶之文，占集之十九，或鋪張而失之駑蹇，或寂寥而窘於邊幅，典而不重，麗亦未贍，警切尚遜夏竦，雍容不如二宋，更何能望六朝，未見於是體尤工也。

王珪，字禹玉，華陽人，仁宗以知制誥，爲翰林學士；歷英宗至神宗，遷學士承旨，典内外制十八年，累拜參知政事，進同中書門下平章事，集賢殿大學士，封岐國公。卒謚文。珪以文學進，流輩咸共推許其文宏侈瑰麗，自成一家，有《華陽集》四十卷。《四庫提要》謂："其文章氣象宏達，詞筆典贍，足繼二宋後塵。至其詩以富麗爲主，掞藻敷華，細潤熨貼。"而《四庫簡明目録》則曰："珪不出國門，坐致卿相，無壯遊勝覽，拓其心胸；亦無羈恨哀吟，形於筆墨，故其文多臺閣之體，其詩善言富貴。"晏殊嘗覽李慶孫富貴詩，有"軸裝曲譜金書字，樹記花名玉篆牌"之句，笑曰："此乞兒相。余每言富貴，不言金玉錦繡，唯説氣象。"而好事者傳珪爲詩，喜用金玉珠璧字，以爲富貴，謂之至寶丹。乃至有人云："詩能窮人，且試作些富貴語看，如何?"思索數日，得一聯云："脛脡化爲紅玳瑁，眼睛變作碧琉璃。"談者以爲笑也。今觀珪詩之言富貴者，莫如七言《宫詞百絶》，掞藻敷華，極是細潤熨貼。録十二絶，辭曰：

小雨霏微潤緑苔，石欄紅杏傍池開。一枝插向銀瓶裏，捧進君王玉殿來。

燕子初來語更新，一聲聲報内家春。遥聞春苑櫻桃熟，先進金盤奉紫宸。

選進仙韶第一人，纔勝羅綺不勝春。重教按舞桃花下，只踏殘紅作地裀。

禁籞春來報踏青，御池波漾碧漣輕。内人争送鞦韆急，風隔桃花聞笑聲。

碧桃花下試枰棋，誤算籌先一著低。輸卻鈿釵雙翡翠，可勝重勸玉東西？

禁裏春濃蝶自飛，御蠶眠處弄新絲。碧窗盡日教鸚鵡，念得君王數首詩。

鬬草深宮玉檻前，青蒲如箭荇如錢。不知紅藥欄杆曲，日暮何人落翠鈿。

夜深獨倚欄干角，玉笛橫吹弄月明。餘響度雲無處覓，人間聞得兩三聲。

數騎紅妝曉獵還，銷金羅襪鏤金環。佯佯走馬穿花過，拂拭雕弓對御彎。

釣綫沈波漾翠舟，魚争芳餌上龍鈎。内人急捧金盤接，撥剌紅鱗躍未休。

大家裝著鬬時宜，獨自尋常拂淡眉。爲染淺黄衫子色，金盆添水看鵝兒。

鑾輿昨夜宿郊壇，月淡風低綵内寒。密寫銷金紅榜字，宫中日日報平安。

歌舞昇平，寫得皇家富貴氣象出；而傳神阿堵，不在金玉珠璧字也。其他五言古如《和景彝誚扶出者》，七言古如《和梅聖俞感李花》，五言律如《梅花》、《喜雪》、《郊外》、《發會同館》、《和人聞雁》二首，七言律如《書四望亭》、《金陵懷古》二首、《三鄉懷古》、《工部尚書致仕王懿敏公輓詞》、《贈侍中李良定公輓詞》諸作；所以耐人咀誦者，乃不在典重高華，細意妍練；而在沈鬱頓挫，老筆紛披。至於摘句如七言律《瓊林苑御筵奉送致政太師潞國文公歸西洛》，有句云“古來少有三師退，天下曾將大器安”，如椽之筆，正不必以“掞藻敷華”爲貴。而“星薄漏稀猶不寐，寒聲通夕戰疏桐”，“枕上月華清到曉，簟間風意冷如秋”，“舟中月白寒江闊，馬上風酸紫塞長”，“霜天夕霽丹楓老，水國秋深紫蟹肥”，“今日對花不成飲，春愁已與草俱長”等句，儘有“羈恨哀吟，形於筆墨”，而惻惻動人，正不必以善言富貴爲至寶丹也。文則奏表、内外制、册文、祝文、祭文、賀詞、啓，皆駢文，自是臺閣之體；然多寂寥短章，不見所謂“閎侈瑰麗”。而内外制不拘屬對，頗如元稹之“追用古道”。如《賜臺諫官詔》、《皇長子穎王項乞班在富弼允弼允良下不允詔》、《宰臣韓琦免恩命不允詔》、《起復文彦博免恩命不允詔》、《翰林學士歐陽修乞洪州不允詔》、《知定州張方平免恩命乞侍養不允詔》、《邵亢乞外郡第二劄子不允詔》、《賜歐陽修乞退不允批答》、《賜曾公亮免南郊恩命第二表不允斷來章批答》、《右正言知制誥蔡襄可起居舍人制》、《屯田郎中詹庠可都官郎中制》、《降授朝奉郎徐嶤特復朝散郎致仕制》，皆以古文出之；其辭簡切，其氣疏宕，豈必以"閎侈瑰麗"爲大手筆。及其爲古文，如《御製龍圖天章觀三聖御書詩序》、《送太子少保致仕李柬之歸西京詩序》、《送刑部侍郎致仕李受歸廬山詩序》，雍容揄揚而出以跌宕昭彰。其他如《追封成國程公坦神道碑》、《夏文莊公竦神道碑》、《狄武襄公青神道碑》、《龐莊敏公籍神道碑》、《高烈武王瓊神道碑》、《高穆武王繼勳神道碑》、《賈文元公昌朝墓誌銘》、《唐質肅公介墓誌銘》、《邵安簡公亢墓誌銘》、《梁莊肅公適墓誌銘》、《王懿敏公素墓誌銘》、《趙康靖公概墓誌銘》、《贈左諫議大夫吕公公綽墓誌銘》、《翰林侍讀學士賈君黯墓誌銘》、《朝奉郎蒲君慎密墓誌銘》、《朝散大夫晁君仲衍墓誌銘》、《朝請大夫薛公季卿墓誌銘》、《朝奉郎鄭君民度墓誌銘》、《知鄭州寇公平墓誌銘》、《朝奉郎李君丕旦墓誌銘》、《祕書省著作佐郎鄭君民彝墓誌銘》、《宗室贈右領軍衛將軍墓誌銘》、《宗室南陽侯墓誌銘》、《宗室追封宣城郡公墓誌銘》、《宗室博陵侯墓誌銘》、《宗室廣平侯墓誌銘》、《宗室追封楚國公墓誌銘》、《宗室洋州侯墓誌銘》、《宗室高密郡公墓誌銘》、《宗室追封博平郡王謚安恭墓誌銘》、《宗室追封彭城郡公墓誌銘》、《宗室追封相王謚孝定墓誌銘》、《宗室左武衛大將軍均州防禦使殤子墓記》、《丹陽郡夫人李氏墓誌銘》、《壽安縣太君吕氏墓誌銘》、《趙宗旦妻賈氏墓誌銘》、《永壽郡太君朱氏墓誌銘》，紆徐委備而能爲條達疏暢。辭達而情昭，氣舒而韻流，雖不如歐陽修之風神駘蕩，而實同歐陽修之意思安閒、隨筆曲注，若無意爲文，而引物連類，不煩繩削而自合。而碑誌之作，尤爲冠絶；所叙皆同時朝貴，雖諛墓之文，而得失互見；其有事涉數人，往往事略於此而文著於彼，是非較然不掩，焯有史法；其言詳而覈，信而達。讀《宋史》夏竦、狄青、龐籍、宋庠、高瓊、賈昌朝、邵亢、梁適、王素、趙概、賈黯諸傳，皆襲珪碑誌之文。乃知珪之所爲焯然自成一家者，在當日流輩之所推，雖是臺閣體之"閎侈瑰麗"，而千古信史之所繫，實在碑誌文之詳暢練覈。《四庫提要》

及《簡明目録》云云，特囿於一時流輩之所推許，而不免尋聲逐響之談也。如以臺閣體之“閎侈瑰麗”而論，則膚詞濫調，不如二宋警切多矣。

第三節　林逋附潘閬、种放、魏野　寇凖附趙湘

宋初之詩，一爲臺閣貴人之詩。潤色昇平，詞取妍華，楊億爲之弁冕，而劉筠、錢惟演以盛羽翼。一爲江湖散人之詩，裝點山林，格尚清迥；潘閬開其前路，而种放、魏野、林逋以播聲氣。而逋妻梅子鶴，尤以擅譽千古云。

潘閬，自號逍遥子，太谷人，既而移家錢唐。生於五代，及見宋興，賦詩曰：“莫嗟黑鬢從頭白，終見黄河到底清。”爲時所誦。翰林學士宋白贈以詩曰：“宋朝歸聖主，潘閬是詩人”，其見許也如是。傳有《逍遥集》一卷；其爲詩以清鍊出幽峭，五言律尤工。如《夏日宿西禪》曰：

> 此地絶炎蒸，深疑到不能。夜凉如有雨，院静若無僧。枕潤連雲石，窗明照佛燈。浮生多賤骨，時日恐難勝。

又《歲暮自桐廬歸錢唐晚泊漁浦》曰：

> 久客見華髮，孤櫂桐廬歸。新月無朗照，落日有餘輝。漁浦風水急，龍山烟火微。時驚沙上雁，一一背南飛。

凄神寒境；觀集中《叙吟》曰：“髮任莖莖白，詩須字字清”，宗旨可見。王禹偁叙其詩，以“寒苦清奇”贊之。顧狂放不羈，仍五代遊士之餘習，嘗爲詩曰：“散拽醉僧來蹴踘，亂拖遊女上鞦韆”，此其自叙之實也。後以附會奸相盧多遜，太宗既逐多遜，購捕閬甚急，乃變姓名，僧服入中條山。有友許洞，亦狂士也，嘲以歌曰：“潘逍遥，平生志氣如天高；倚天大笑無所懼，天公嗔爾口呶呶。罰教臨老頭，補衲歸中條。我願中條山神鎮常在，驅雷叱電依前趕出這老怪。”會赦出，送信州安置。潘閬才氣自喜，奔走公卿而不得富貴；種放肥遁鳴高，嘯傲山林而卒躋顯仕；亦有遇有不遇也。

种放，字明逸，河南洛陽人；往來嵩華間，慨然有山林意；既而隱終南豹林谷之東明峰，多爲歌詩，有句云“看雲時獨坐”。太宗徵之，令本州給裝錢三萬赴闕。放詣府受金治行，過友人張賀。賀曰：“君今赴召，不過得一簿尉耳；不如稱疾，俟再召而行，當得好官。”即託賀草章奏稱疾，轉居

窮僻，而名益高。至真宗特詔徵起，以幅巾見，長揖宰相。楊億嘲曰："不把一言裨萬乘，衹叉雙手揖三公。"即日授左司諫，直昭文館，累拜工部侍郎。禄賜既優，晚節頗飾輿服，於長安廣置良田，門人族屬，依倚恣横。時議寖薄之，乃求還山。上命設筵禁廷，命廷臣賦詩以寵其行。翰林學士杜鎬辭不能詩，誦《北山移文》一過。放不懌曰："野人焉知大丈夫之出處哉！"种放既以膴仕而墮高節，魏野遂終遁放而稱貞隱。真宗祀汾陰，登山，望林麓間有亭檻，問曰："何所？"左右對："隱士魏野草堂。"遣往召。野方鼓琴，教鶴舞，聞使至，遂抱琴踰垣遁去。而王嗣宗守長安，以放驕倨，遂上疏言："陛下召魏野，野閉門避匿；而放陰結權貴以自薦達"，以爲放不如野也。

魏野，字仲先，陜州人。嗜吟咏，不求聞達。居州之東郊，手植竹樹，清泉環繞，傍對雲山，鑿土袤丈，曰樂天洞，前爲草堂，彈琴其中。好事者多載酒肴從之遊，嘯咏終日。宰相王旦從東封泰山回過陜，野獻詩曰："聖朝宰相年年出，公在中書十二秋。西祀東封俱已了，好來相伴赤松遊。"旦遂袖此詩求退。寇凖以宰相出知陜州，敦先施之禮。野獻詩曰："有官居鼎鼐，無地起樓臺。未暇瞻珪璧，先蒙話草萊。"其詩傳播漠北。真宗末年，契丹使至，詢譯者曰："那箇是'無地起樓臺'相公？"時凖方居散地，即起鎮北都，而延野爲上客。北都有妓女，美貌而舉止生硬，人謂之生張八。因府會，凖令乞詩於野。野援筆曰："君爲北道生張八，我是西州熟魏三。莫怪樽前無笑語，半生半熟未相諳。"誦者大笑。傳有《東觀集》十卷。觀其五言律上寇凖，以謁廬見下士；七言絶上王旦，以招隱爲頌德。其辭若亢，其心則諛。即五言律《閑居書事》"無才動聖君，養拙住山村"，《述懷》"有名閑富貴，無事小神仙"之句，愈説脱屣富貴，愈見縈情好爵；口角津津，如見肺肝。惟《尋隱者不遇》一絶曰：

> 尋真誤入蓬萊島，香風不動松花老。采芝何處未歸來，白雲滿地無人掃。

辭意灑然，令人神往。其他如《書友人屋壁》有"洗硯魚吞墨，烹茶鶴避烟"之句，别致逸情，殊亦雋語。野在日，名重於林逋；而身後裝點湖山，流風餘韻，供人題咏，則不及逋。逋詩筆之清，過於魏野；而言下清，言外俗，則無不同。

林逋，字君復，杭州錢唐人。結廬西湖之孤山。常畜兩鶴，縱之則飛入雲霄，盤旋久之，復入籠内。逋常泛小艇遊西湖諸寺。有客至，則一童子出應門，延客；爲開籠放鶴，良久，逋必棹小舟返，蓋常以鶴飛爲驗也。性愛梅花，有“疏影横斜水清淺，暗香浮動月黄昏”之句；又曰：“幸有微吟可相狎，不須檀板共金樽。”人謂其妻梅子鶴，以狀高致。真宗聞其名，賜粟帛，詔長吏歲時勞問。自爲墓於其廬側，臨終爲詩，有“茂陵他日求遺稿，猶喜曾無封禪書”之句。州爲上聞，仁宗嗟悼，賜謚和靖先生。傳有《和靖詩集》四卷。而檢集中篇什，以詩與一時名公酬唱，往往以物外鴻冥之人，而作世故周旋之語；如《送僧休復之京師》云“到京當衲刺，館閣盡名公”，《寄吴肅秀才》云“明年重訪舊，身帶桂枝香”，《知縣李太博替》云“相門如有相，他日願持衡”，《送范仲淹寺丞》云“黼座垂精正求治，何時條對召公車”，《送史宫贊蘭溪解印歸闕》云“東南出宰才居最，疇爲言揚向玉階”，《送楚執中隨侍入蜀》云“他日林間無所望，只求金榜看嘉名”，如此之類，不可勝舉；口角津津，令人作嘔。而《雜興》四首之三云“一闋兼是和雲掩，敢道門無卿相車”，《小隱》云“魯望無來已百年，又生吾輩在林泉。誰知隱遁爲高尚，敢道文章到聖賢”，沾沾自喜，情溢紙墨。長揖公卿，妝點湖山，而誦其詩，想見其爲人；身冷眼熱，遂開後來山人無數法門；而逋其典型也。其詩工於寫景，趣味澄夐，特衍司空圖、方干一脈，以上追賈島、姚合；下開晚宋四靈。七言不如五言。五言律如《湖樓晚望》曰：

湖水混空碧，憑闌凝睇勞。夕寒山翠重，秋淨鳥行高。遠意極千里，浮生輕一毫。叢林數未遍，杳靄隔漁舠。

又《秋日西湖閒泛》曰：

水氣并山影，蒼茫已作秋。林深望見寺，岸静惜移舟。疏葦先寒折，殘虹帶夕收。吾廬在何處？歸興起漁謳。

又《湖村晚興》曰：

滄州白鳥飛，山影落晴暉。映竹犬初吠，弄舡人合歸。水波隨月動，林翠帶烟微。寺近疏鐘起，蕭然還掩扉。

七言絶如《水亭秋日偶書》曰：

巾子峰頭烏臼樹，微霜未下已先紅。憑闌高看復低看，半在石池波影中。

又《竹林》曰：

> 寺籬斜夾千梢翠，山徑深穿萬籜乾。卻憶貴家廳館裏，妝牆時畫數莖看。

又《送易師還金華》曰：

> 吟卷田衣歲向殘，孤舟夜泊大江寒。前巖百本長松色，及早還來帶雪看。

又《小舟》曰：

> 舷低冷戛荷千柄，底鈔斜穿月半輪。一笠一蓑人穩坐，晚風蕭颯弄青蘋。

興象清遠，格律老成。而頗善發端，讀之神往。如五言《上湖閒泛艤舟石函因過下湖小墅》曰："平皐望不極，雲樹遠依依"，《中峯》曰"中峯一徑斜，盤折上幽雲"，《山中冬日》曰"殘雲照籬落，空山無俗喧"，《西湖與性上人話別》曰"秋山與湖山，遠近如相送"，七言《溪上春日》曰"一池春水綠於苔，水上花枝竹間開"，意趣灑然，起得渾脫。其他摘句，五言如"片月通蘿徑，幽雲在石牀"，"鶴閒臨水久，蜂懶采花疏"，"秋階響松子，雨壁上苔衣"，"南廊一聲磬，斜照獨凝思"，"早煙村意遠，春漲岸痕深"，"破林霜後月，孤寺水邊山"，"靜鐘浮野水，深寺隔春城"，"石莎無雨瘦，秋竹共蟬清"，七言如"春水淨於僧眼碧，晚山濃似佛頭青"，"秋稜瘦出無多寺，古翠濃連一半雲"，"魚覺船行沈草岸，犬聞人語出柴扉"，"林藏野路秋偏靜，水映漁家晚自寒"，又如五言"樵當雲外見"，"一徑草盤青"，"溪寒石色深"，七言"雨敲松子落琴牀"，"蒼烟和樹晚來濃"，"屋檐斜入一枝低"，皆幽而得趣，淡而不枯。獨以"疏影橫斜水清淺，暗香浮動月黃昏"詠梅得名；王居卿謂："詠杏與桃李皆可。"蘇軾應曰："可則可，但桃杏李不敢承當耳。"

魏野、林逋身棲山林，而詩多世故周旋之語，令人作嘔；不如寇準位兼將相而詩含悵惘不甘之意，耐人咀咏。

寇準，字平仲，華州下邽人。太平興國間舉進士，累拜參知政事，年三十餘。太宗語人曰："寇準，好宰相；但太少耳。"歷相太宗、真宗，官至尚書右僕射、集賢殿大學士；尋得罪貶竄以死，追謚忠愍。傳有《寇忠愍詩集》三卷。元方回作《羅壽可詩序》，稱宋剗五代舊習，有白體、崑體、晚唐體；而列準於晚唐，與潘閬、魏野、林逋、趙湘并稱。今按魏野、林逋以秀鍊出澄夐，頗近姚合；而準則以婉麗爲惻愴，差似杜牧。五言律如《秋思》曰：

秋氣動天地，恍然情未窮。故園應墜葉，昨夜又西風。白草侵危堞，寒濤接遠空。搘頤當此景，無語夕陽中。

七言律如《秋日》曰：

江天物候潛衰變，氣爽初疑夏景餘。雨漬亂苔侵古壁，風飄紅葉滿荒渠。晚雲連嶽幽藏寺，秋水澄江靜見魚。蟬驚一鳴無所恨，緑槐金蕊任蕭疏。

五言絶如《春晝》曰：

午晝花陰靜，春風數蝶飛。坐來生遠思，深院燕初歸。

七言絶如《書河上亭壁》曰：

堤草惹煙連野緑，岸花輕雨壓枝紅。年來多病辜春醉，惆悵河橋酒斾風。

又《早春》曰：

溪水覺暖微函碧，山杏經春半吐紅。不向此時拌一醉，到頭無計奈春風。

又《柳》曰：

絲翠最宜經宿雨，絮飛争忍逐香塵。簾垂獨院無人處，一樹風摇日午春。

又《江上》曰：

古岸蕭蕭聞去雁，平蕪杳杳更斜暉。空江極目望不盡，楓葉半紅人未歸。

其他五言律如《春日登樓懷歸》、《書山館壁》、《暮秋感興》、《夜坐有懷寄張士遜》、《題巴東寺》，七言律如《秋晚閑書》，五言絶如《偶書》、《杜陵》、《有寄》，七言絶如《南陽春日》、《秋日晚晴池上作》、《秋霽》，無不詩情淒婉，風華掩映。大抵準之同於楊億者妍華，而不同者惻愴；異於魏野、林逋者惻愴，而不異者清澈。至於摘句，五言如“寒沙明夕照，敗葉驚秋風”，“沙溪瀦細流，庭木驚疏翠”，“暖覺寒冰銷，靜聞檐溜滴”，“河流經陝狹，山色入秦高”，“村迴遥峯出，溪明返照侵”，“衆木彫寒色，空江噴暮聲”，“泉聲飛石壁，星影動林梢”，“梧桐疏影老，蟋蟀亂聲秋”，“灘急舟難渡，山高日易斜”，“水淨澄秋色，山高見夕陽”，“蟬稀疏葉蓋，雨歇片雲閑”，七言如“深秋寒氣侵燈影，半夜疏林起雨聲”，“牢愁聞雨眠疏屋，歸夢隨雲澈故林”，“白鳥靜投沙浦去，落花閑逐野泉來”，“人靜獨聞幽鳥語，風來時有好花香”。同一寫景，而魏野、林逋幽適，準則淒惋；魏野、林逋清削，準則壯闊。野、逋刻鍊爲晚唐之遺，而準温麗有盛唐之意，未可以一例視之也。其門生范雍集録準詩，序稱其平昔酷愛王右丞、韋蘇州詩吟味。然酷愛之，吟味之，而不必即似之。王右丞、韋蘇州詩清適無牢愁之意，情景兩閑，林逋差爲得似；而準則綺靡緣情，風華含淒，蓋得杜甫之一體，而於杜牧爲近者焉。

趙湘，字巨源，華州人。進士甲科，累官集賢院學士。傳有《南陽集》六卷。其文力掃排偶而抒以瑰瑋，如皇甫湜之斅韓愈。詩則優贍婉淒，不如魏野之清適，而亦不同其寒瘦。五言律如《寄楊填》曰：

> 閉門苔自長，春恨極天涯。落日山横水，空城雨過花。斷狂曾避蝶，多病更聞蛙。江上無消息，風吹渡柳斜。

《答徐本》曰：

> 天遠草離離，秋霖寄信遲。相思逢葉盡，獨坐聽蟬悲。岳色寒前見，松心雪後知。頻招猶未至，時復見清辭。

風情淒惋，格律高渾，頗有盛唐之風；而於寇準爲近。大約宋初詩人，西崑而外，寇準、趙湘爲一類，以温麗爲惻愴，杜牧之遺音也。潘閬、种放、魏野、林逋爲一類，以瘦鍊出清新，姚合之嗣響也。

第四節　王禹偁附柳開　尹洙附穆修　蘇舜欽　石介

方楊億以西崑一體，窮態極妍，揚聲臺閣；而異軍突起以開古文之風者，管城梁周翰，虞鄉高錫，大名柳開，宗城范杲，習尚淳古，齊名友善，當時有高梁柳范之稱；而開尤篤意真古。

柳開，字仲塗，幼穎鋭。天水趙生，老儒也，持韓愈文數十篇相授曰：“質而不麗，意若難曉，子詳之何如?”開一覽不能捨，歎曰：“唐有斯文哉！其餘不足觀也。”因名肩愈，字紹元；肩愈者，肩隨韓愈也，紹元者，紹柳宗元也。乃以撰述爲志，博采世之逸事，居魏郭之東，著《野史》，自號東郊野夫，作《東郊野夫傳》。年踰二十，慕文中子王通續經，且不得見，故經籍之篇，有亡其辭者，輒補之，自號補亡先生，作《補亡先生傳》；乃改名開，字仲塗，意謂開古聖賢之塗，繫之已也。應舉時，以文章投主司於簾下，凡千軸，載以獨輪車，引試衣襴，自擁車入，欲以此駭衆取舉。時張景能文有名，唯袖一書簾前獻之。主司大稱賞，擢優等。時人爲之語曰："柳開千軸，不如張景一書"。而開舉開寶六年進士，歷典州郡。至真宗朝，官至如京使。傳有《河東先生集》十六卷。雖氣矜之隆，文未能稱；氣欲以馳其辭，辭未能達其意，叙事不具本末，議論難尋意緒，氣儘雄矯，語轉晦盲。惟碑誌之文，皆學韓愈之澀體，尚有端緒可尋，而不失盤硬之致；故當雄於皇甫湜，駑於孫樵。雄於皇甫者，以字句不襞積，而氣足以馳其辭也。駑於孫樵者，以意緒欠分曉，而辭未足副其意也。開尚氣自信，好談兵，其人頗似杜牧。特牧倜儻，而開矜誕；牧之文肆以暢，開之文肆以澀耳。開才不如牧之大，氣不如牧之華。嚮以爲駢文之繪章飾句者，意或不達；古文之氣充辭沛者，理無不足；觀於杜牧、柳開而知其不然。杜牧辭暢而意不足，有筆仗而無精意。開則筆峭而辭不透，有勁氣而無達識；氣爽語澀，三反難曉。然有宋一代，首倡韓愈，而以振五代之懦靡者，開實爲之先導也。開之以盤硬拗澀學韓愈而傷於晦也，不如王禹偁之以明白曉暢學韓愈而爲其易。

王禹偁，字元之，濟州鉅野人。七歲能文。宰相畢士安爲州從事，聞其家以磨麪爲生，呼令作磨詩。禹偁不思，即應曰："但存心裏正，無愁眼下遲。若人輕著力，便是轉身時。"士安大奇之，留於子弟間講學。一日，太守席上出詩句"鸚鵡能言爭似鳳"。坐客皆未有對，士安寫之屏間；禹偁書其下"蜘蛛雖巧不如蠶"。士安歎曰："經綸之才也。"遂加以衣冠，呼爲小友。太平興國間舉進士，歷事太宗、真宗，累官翰林學士，工部刑部郎中，知制誥，出知黄州。傳有《小畜集》三十卷，《外集》七卷。其詩不爲西崑之妍華，亦非韓孟之生拗；而五言古抑揚諷谕，頗参香山之容易；七言古放浪縱恣，亦得太白之俊逸；五七言律絶，則以秀爽爲坦迤，與司空圖、方干一脈相承；不苟爲雕縟，而亦力矯澀艱。古文則一宗韓愈，不能斅其閎深奥衍，而特出以平易疏暢，蓋衍李翺之一體，俯仰雍容，不似柳開有矜心作意之態。如《送李學士序》曰：

唐韋處厚由考功員外郎出刺盛山，爲詩十二章。當時名士自元白而下皆和之。韓文公爲之序，以爲考功顯曹，盛山僻郡，非處厚道勝自遣，不能樂於詩什，流播編簡，以爲美談。司封李學士當以文行策名江左。上即位之二祀，鎖廳舉進士，中甲科，在館殿十餘年；其間司外計，典大郡，亦多矣。又以名曹史職，出佐廬江；而怡然自得，何道勝之若是耶？將見乎吟詠江山，傳聞輦轂，俾朝之名士若元白者，屬和成集。某，希韓者也，願爲序以繼其美。告行有期，聊以爲送。

又《黃州新建小竹樓記》曰：

黃岡之地多竹，大者如椽。竹工破之，刳去其節，用代陶瓦；比屋皆然，以其價廉而工省也。予城西北隅，雉堞圮毁，蓁莽荒穢；因作小樓二間，與月波樓通。遠吞山光，平挹江瀨，幽闃遼敻，不可具狀。夏宜急雨，有瀑布聲；冬宜密雪，有碎玉聲；宜鼓琴，琴調虛暢；宜詠詩，詩韻清絶；宜圍棋，子聲丁丁然。宜投壺，矢聲錚錚然；皆竹樓之所助也。

公退之暇，披鶴氅衣，戴華陽巾，手執《周易》一卷，焚香默坐，銷遣世慮；江山之外，第見風帆沙鳥，煙雲竹樹而已。待其酒力醒，茶煙歇，送夕陽，迎素月，亦謫居之勝概也。彼齊雲落星，高則高矣；井榦麗譙，華則華矣；止於貯妓女、藏歌舞，非騷人之事，吾所不取。

吾聞竹工云："竹之爲瓦，僅十稔；若重覆之，得二十稔。"噫！吾以至道乙未歲自翰林出滁上，丙申移廣陵，丁酉又入西掖，戊戌歲除日有齊安之命，己亥閏三月到郡。四年之間，奔走不暇，未知明年又在何處，豈懼竹樓之易朽乎？幸後之人與我同志，嗣而葺之，庶斯樓之不朽也。咸平二年八月十五日記。

造端置辭，焯有意度，一唱三歎，敷腴温潤。其他碑傳有《有巢氏碑》、《前普州刺史康公預撰神道碑》、《宣徽南院使鎮州都部署郭公墓誌銘》、《諫議大夫臧公墓誌銘》、《故侍御史累贈太子少師李公墓誌銘》、《殿中丞贈太常少卿桑公神道碑銘》、《右衛將軍秦公墓誌銘》、《殿中丞贈户部員外郎孫府君墓誌銘》、《監察御史朱府君墓誌銘》、《唐河店嫗傳》、《滁州伍伯馬進傳》，雜記如《待漏院記》、《野興亭記》，書如《薦丁謂與薛太保書》、《上許殿丞論榷酒書》、《與馮伉書》，贈序如《送牛冕序》、《送柳宜通判全州序》、《送翟驤序》，箴如《端拱箴》；急言竭論，而容與閑易，有一唱三歎之致；往復百折，而條達疏暢，無艱難勞苦之態；此歐陽修之所擅長，抑王禹偁爲之前導。而生平持論，欲以易道易曉學韓愈，不貴語艱而義奥；謂："文，傳道而明心也；古聖人不得已而爲之也。其人能一乎心，至乎道，修身則無咎，事君則有立。及其無位也，懼乎心之所有，不得明乎外；道之所蓄，不得傳乎後；於是乎有言焉；又懼乎言之易泯也，於是乎有文焉。信哉，不得已而爲之也。既不得已而爲之，又欲乎句之難道耶？又欲乎義之難曉耶？必不然矣。請以六經明之：《詩》三百篇，皆儷其句，諧其音，可以播管絃，薦宗廟；人人之所熟也。《書》者，上古之書，二帝三王之世之文也，言古文者無出於此；則曰'惠迪吉，從逆凶'，又曰'德日新，萬邦惟懷；志自滿，九族乃離'。在《禮·儒行》者，夫子之文也；則曰：'衣冠中，動作慎，大讓如慢，小讓如僞。'在樂，則曰：'鼓無當於五聲，五聲不得不和；水無當於五色，五色不得不彰。'在《春秋》，則全以屬辭比事爲教，不可備引焉。在《易》，則曰：'乾道成男，坤道成女。日月運行，一寒一暑。'夫豈句之難道耶？夫豈義之難曉耶？今爲文而舍六經，又何法焉？若第取其《書》之所謂'吊由靈'，易之所謂'朋合簪'者，模其語而謂之古，亦文之弊也。近世爲古文之主者，韓吏部而已；吾觀吏部之文，未始句之難道也，未始義之難曉也。吏部曰'僕之爲文，意中以爲好者，人必以爲惡焉。或時應事作俗，下筆令人慚，及示人，人即以爲好'者；此蓋唐初之文，有六朝淫風，有四子艷格。至貞元、元和間，吏部首唱古文，人未之從；故吏部意中自是，而人能是之者，百不一二；下筆自慚，而人是之者，十有八九；故吏部有是歎也。今吏部自是者，著之於集矣；自慚者，棄之無遺矣。僕獨意《祭裴少卿文》在焉。其略云'儋石爲之儲，不供於私室；方丈之食，每盛於賓筵'，此必吏部自慚，而當時人好之者也。又謂'漢朝人莫不能文，獨司馬相如、劉向、揚雄爲之最'，是謂用功深，其收名遠者。數子之文，班固取之，列於《漢書》，若相如《上林賦》、《喻蜀》、《封禪文》，劉向《諫山陵》，揚雄《議邊事》，曷嘗語艱而義奥乎！謂功用深者，取其理之當爾；非語迂義暗而謂之功用也。"然而韓愈之文，亦自有難有易：如《原道》、《原性》、《原毁》、《雜説》、《師説》、《諱辨》、《張中丞傳後序》、《祭十二郎文》、《柳子厚墓誌銘》、《殿中少監馬君墓誌》、《南陽樊紹述墓誌銘》、《祭鱷魚文》，振筆直書，跌宕昭彰；謂之易也，不亦宜乎！如《汴州東西水門記》、《鄆州谿堂詩序》、《祭河南張員外文》、《曹成王碑》、《試大理評事王君墓誌銘》、《貞曜先生墓誌銘》、《平淮西碑》、《南海神廟碑》、《柳州羅池廟碑》、《許國公神道碑銘》、《送窮文》，硬語盤空，生峭拗捩；謂之難者，則亦有焉。韓門弟子，學焉而皆得其性之所近，皇甫湜、孫樵爲其難，李翺爲其易。原遠而末益分，柳開爲其難，穆修爲其易；宋祁爲其難，歐陽修爲其易；而首倡易之一説，以開歐、蘇、曾、王之風者，不得不推禹偁爲開山。自稱希韓；而駢文亦間爲之，集中《右衛上將贈侍中宋公神道碑》，奉敕撰，纚纚五千言，儘是偶對，不害縱放；陵雲健筆，往往振絶；頓挫清壯，亦傑製乎！顧獨以韓文爲天下倡焉。

於時，天下之言文章者，方爲楊億之學，務於言語聲偶摘裂號爲時文以相誇尚，未知爲古文。鄆州穆修乃繼柳開而起，爲詩古文，傳有《河南穆公集》三卷。詩以清鍊爲工，不以妍華爲美，與司空圖、方干一脈相承；然遜其冥搜物象，有爽致而無遠韻。文則與柳開同出韓愈；而柳開之筆生拗，媲於孫樵；穆修之氣清暢，差似李翺；然不能創意造言，筆似達而意不達，兩人者不同病而同蔽；所以明而未融，陳理義不能明當，存置取捨繁簡廉肉不能不失法，吐辭雅馴不能不蕪也。

穆修，字伯長。真宗東封，詔舉齊魯經行之士，賜修進士出身，調泰州司理參軍。負才與衆齟齬，人欲與交，往往拒斥，遂窮以死。然一時士大夫稱能文者，必曰穆參軍。開封蘇舜元、舜欽，河南尹源、洙，兄弟從修遊，爲古歌詩雜文；而尹源以古文，蘇舜欽以詩，尤爲歐陽修所稱，有盛譽。

尹洙，字師魯；少與兄源俱以儒學知名。天聖二年進士，累官右司諫，知渭州。仁宗在位十餘年，天下久太平無事，以兵言者爲妄人。獨洙論兵，作《敘燕》、《息戍》二篇，以爲武備不可弛也。既而元昊以西夏僭號爲寇，凡五六歲，洙未嘗不在兵間，故其議論益精密，而於西邊尤習，述戰守勝敗，盡當時利害，無靡詞，無溢氣，而不同杜牧之浮誇。傳有《河南先生集》廿七卷。宋之爲古文而學韓愈者，至王禹偁而辭以舒，逮於洙而體以嚴。王禹偁不能學愈之閎深奥衍，而出以平易疏暢，開歐陽修之逸；洙則不能爲愈之雄怪矯變，而特爲簡直峭拗，開王安石之峻；各得愈之一體。集中詩五七言樸率無味；惟四言《皇雅》十首，叙次昭代之文治武烈，體峻而辭簡，如《天監》曰：

《天監》，受命也。自梁至於周，兵難不息；宋受命，統一萬方焉。

天監下民，亂靡有定。甚武且仁，祚厥真聖。仁實懷徠，武以執競。匪虔匪劉，拯我大命。

自昔外禪，月經日營。令以挾制，政以陰傾。帝初治兵，志勤於征。奄受神器，匪謀而成。

淮潞弗虔，卒汙叛跡。戎輅戒嚴，皇威有赫。彼寇詿民，吾勇其百。殄厥渠魁，貸其反側。

帝朝法官，左右宗公。忮夫悍士，以雍以容。爾居爾室，爾工爾農。既息既養，惟天子功。

又《耆武》曰：

《耆武》，受俘也。命將伐南海，平金陵，俘二主以獻。

耆武定功，時惟二方。淮服其義，海南遂荒。孰孱而戾，孰暴而猖？自底不諶，乃終滅亡。

帝戒二俘，同即爾誅！予惟民無辜，休息是圖。時其輯矣，寧威獨夫！

帝嗟汙邦，久罹於兵。或暴下以征，或斆虐以刑。予命中典，協於國經。民服德音，室家以寧。

模雅範頌而語能樸老，筆臻遒變，足以追配韓愈之《元和聖德詩》、《平淮西碑》，而别出一格。至於《送光化縣李庠序》曰：

自西師之興，金帛糧糗之積，凡資於兵者，其費益廣；鐵革幹羽之用，凡須於兵者，其取益夥。費之廣，則吏之聚斂者進焉；取之夥，則吏之幹力者進焉。上任其能，下收其功；自監司所部及於郡縣，由初仕至於久吏宿官，莫不以是爲吏之優，爲政之先。於是吏之强者益肆，弱者亦趨；甚者不恤困窮，不察有無，殫利以夸精，嚴期以名勤。有以治體爲言者，必詆之曰："方事之艱，當求所以富國强兵之要；烏體之爲哉！"故吏益材而民益愁；爲吏者寧當然耶？

連君，君子人也，其仕五歲矣。予質其爲吏之術，大概本於仁而達下之情。其於民也，知利之與寬之而已，職事無廢也，期會無失也。考於古之爲吏者，當以良稱，而於今未得以材名也。噫！沿古未嘗無兵也，國家仁育天下幾百年；今一方兵興，其資於民、役於民者，必視其貨力，與之約束，豈重擾哉。而下之愁歎者，吏爲之也。吏豈喜擾耶？亦欲以材自名而利其進也。是故奬材吏，則士益偷；貴良吏，則民遂其生。惟君子不可以利同；故樂與連君盡其説。

理達辭舉，瘦硬而綽有議論，健舉而不爲肆快。其他論説如《兵制》，奏議如《論命令恩寵賜與三事疏》、《論朝政宜務大體疏》、《論朋黨疏》、書啓如《答黄祕丞書》、《上京兆杜侍郎啓》、《上吕相公書》、《賀樞密副使富諫議啓》、《賀兗州杜相公書啓》，序如《送王勝之贊善序》、《浮圖祕演詩集序》、《送隨縣尉李康侯序》、《送浮圖迴光序》諸篇，仿此。又如《題祥符縣尉廳壁記》曰：

夏侯之純爲祥符尉。尹某嘗至其治舍，觀其決事，慮精而氣果。凡事可否，當在己，無細大必行；行之，未嘗報挫。縣治都門外，所部多貴臣家。尉小官，能指置一如志，且有治稱；難乎哉！前世赤縣治京師，不以城内外爲限，制事廣而勢任亦重。尉主大盗，又於縣爲劇官。今京城中，禁軍大將領兵徼巡，衢市之民，不復知有赤縣，此乃因循儀制，豈前世法哉？予既美之純之政，且歎其不得盡其官之所掌，故書之於壁。

體峻辭足，簡嚴而畢見情事，約舉而不爲疏漏。其他傳狀如《中大夫守太子賓客分司西京謝公行狀》，碑誌如《故龍圖閣直學士朝散大夫劉公墓表》、《故大中大夫王公墓誌銘》、《故三班奉職尹府墓誌銘》、《故將作監主簿陳君墓誌銘》、《故永安縣君李氏墓誌銘》、《故夫人王氏墓誌銘》、《故鄉貢進士謝君墓誌銘》、《贈太常博士趙公墓誌銘》、《故供備庫使銀青光禄大夫張公墓誌銘》、《故朝散大夫陳公墓誌銘》、《故夫人黄氏墓誌銘》、《故金紫光禄大夫李公墓誌銘》、《故大中大夫贈太傅韓公墓誌銘》、《故西京左藏庫使銀青光禄大夫王公墓誌銘》、《故金紫光禄大夫張公墓誌銘》、《故朝奉郎司封員外郎張公墓誌銘》、《故將仕郎任君墓誌銘》諸篇，仿此。

洙少有高識，不逐時輩，從穆修遊，力爲古文；而洙深於《春秋》，故其文簡嚴，精於耦，核於事。方錢惟演之爲西京留守也，歐陽修爲推官，而洙爲户曹參軍。惟演起雙桂樓，命二人爲記。修文先成，凡千餘言。洙曰："某止用五百字。"修服其簡古，自此始學爲古文。而修之得韓文，自洙。洙歿，修爲誌墓，論其文曰："簡而有法"。或疑"師魯文章，不合衹著一句道了"。修辨之曰："簡而有法，在孔子六經中，惟《春秋》可當之；其他經非孔子自作，文章雖有法而不簡也。修於師魯之文不薄矣。"洙之爲文，與修同出韓愈，而修之神圓，洙之體方；修之意茹，洙之氣斂。修之爲文，其辭舒，其意茹，以涵泳見致；然涵泳中有其簡老，如《尹師魯墓誌銘》及《五代史》，是也。洙之爲文，其辭盡，其氣斂，以峭簡見勁；然峭簡中不廢唱歎，如《浮圖祕演詩集序》、《送隨縣尉李康侯序》、《題祥符縣尉廳壁記》，是也。洙之爲《浮圖祕演詩集序》，似有意與修争能；而修撰《尹師魯墓誌銘》，亦有意乎洙之簡而斆其所爲；古賢以文會友之相觀而善如此。

蘇舜欽，字子美，狀貌瑰偉，與兄舜元亦從穆修遊，爲古歌詩雜文；時人頗共非笑之，而舜欽不顧也。仁宗初，玉清昭應宫災；舜欽年二十一，詣登聞鼓，上《火疏》。尋舉進士，以極言時政得失，貴臣側目。累官集賢校理，監進奏院。會祀神，輒用鬻故紙公錢，召妓樂，會賓客，御史劾，除名。寓蘇州，買水石，作滄浪亭，卒以廢死。有《蘇學士集》十六卷。歐陽修序其端曰："子美之齒少於余，而余學古文，反在其後。"集中書如《應制科上省使葉道卿書》、《答馬永書》、《答杜公書》，奏議如《乞納諫書》、《代杜公謝官表》、《代杜公求退第二表》、《第四表》，記如《并州新修永濟橋記》、《滄浪亭記》、《蘇州洞庭山水月禪院記》，碑誌如《處士崔君墓誌》、《太原郡太君王氏墓誌》、《兩浙路轉運使司封郎中王公墓表》，行狀如《贈太子太保韓公行狀》、《朝奉大夫賜紫金魚袋王公行狀》，祭文如《哀穆先生文》；峭直同尹洙，而峻潔不如；清暢似穆修，而深切過之，其原出於李翺。而《宋史·穆修傳》，則節用舜欽《哀穆先生文》也。至其《代杜公謝官》、《求退》諸表，雖鋪張排比，語仍儷體；而明白曉暢，力湔縟語，一味清勁，特爲深切，其原出於陸贄。録《代杜公謝官表》曰：

兩貢露奏，乞回命書；沓降玉音，不諒血懇。勉爾璽紱，安敢爲榮。竊以宰相之任，臣實知之：蓋以師表外廷，丹青萬務，天下之所想望，王者之所仰成。上則調陰陽之慘舒，外則鎮蠻夷之桀猾；置大器於顛危之外，納生民於仁壽之中。必惟其人，乃可致此。是故峻其名數，寵之等威，黄閣黑旛，葱珩赤紱，或延登受策，或御坐爲起，是國之所委者大，則禮之所屬也隆。遇任既殊，責望宜厚。

臣立性褊直，有不可移之資；臨事迂疏，必無能成之策。塵污近輔，貽誚多方；績效不揚，譏議上徹。居常悚栗，日俟竄投。而陛下收臣於賤朽之中，拔臣於毀謗之内；以謂石慶老而彌謹，趙禹孤而能立，掩闕失而不問，惟忠鯁之是稱。屢於中闈，親被盛指；退自省閲，但增震驚。日月之光，下燭於蔀室；雲雷之澤，遽發於枯荄；雖至糜軀，何報厚渥。敢不盡疲駑之力，宣寬大之恩；絶纖介之私回，講長久之利疚。不敢惜死，唯知自公。苟晚節之或渝，必神明之所殛。上陳天覽，安敢空言。

杜公者，其婦翁宰相杜衍也。唐人作四六者，多用古人語及廣引故事以炫博學、誇多聞；而不思述事不暢，抒意不透；汲其流者，西崑也。其間陸贄始變格爲清空辨折；至宋蘇軾波瀾遂暢，委曲旁達，成宋四六之一體；而首開風氣以發其機者舜欽。舜欽既放廢不用，則發憤爲歌詩；其原出於李白，湔西崑臺閣之妍靡，而返之渾；異江湖散人之瘦鍊，而放以豪；感激頓挫，發其鬱積。五言古如《感興》曰：

瞽説聖所擇，愚謀帝不罪。況乎言有文，白黑時利害。前日林書生，自謂胸臆大，潛心摭世病，榮成謂可賣，投匭觸諫函，獻言何耿介？云："昨見凶星，上帝下警戒。意若日昏瘃，出處恣蜂蠆。安坐弄神器，開門納珍賄。宗支若縶囚，親親禮日殺。大臣尸其柄，咋舌希龍拜。速速伐虎叢，無使自沉瘵。陛下幸察之，聰明即不壞。如忽賤臣言，不瞬防禍敗。"一封朝飛入，羣目已睚眦。力夫暮塞門，執縛不容喟，十手捽其胡，如負殺人債。幽諸死牢中，縶灼若龜蔡，亦既下風指，黥而播諸海，長途萬餘里，一錢不得帶，必令朝夕間，渴飢死於械。從前有口者，蹜脰氣如鞴。獨夫已去除，易若吹糠粃。奈何上帝明，非德不可蓋。倏忽未十旬，炎官下其怪，乙夜紫禁中，一燎不存芥。天王下牀走，倉猝畏挂礙，連延舊寢廷，頑失若空塞。明朝黄紙出，大赦遍中外。嗟乎林書生，生命不可再；翻令兇惡囚，纍纍受恩貸。

七言古如《城南歸值大風雪》曰：

一夜大雪風喧豗，未明跨馬城南回。四方迷惑共一色，揮鞭欲進還徘徊。舊時崖谷不復見，縱有直道令人猜。低頭搶朔風，兩眼不敢開。時時偷看問南北，但見白羽之箭紛紛來。既以脂粉傅我面，又以珠玉綴我腮。天公似憐我貌古，巧意裝點使莫偕。欲令學此兒女態，免使埋没隨灰埃。據鞍照水失舊惡，容質潔白如嬰孩。雖然外飾得暫好，自覺面目如刀裁。又不知胸中肝膽掛鐵石，安能柔軟隨良媒？世人飾詐我尚笑，今乃復見天公乖。應時降雪故大好，慎勿改易吾形骸。

又《往王順山值暴雨雷霆》曰：

蒼崖六月陰氣舒，一霆淫雨如繩粗。霹靂飛出大壑底，烈火黑霧相奔趨。人皆喘汗抱樹立，紫藤翠蔓皆焦枯。逡巡已在天中吼，有如上帝來追呼。震摇巨石當道落，驚嗥時聞虎與貙。俄而青巔吐赤日，行到平地晴如初。回首絶壁尚可畏，吁嗟神怪何所無。

七言絶如《初晴遊滄浪亭》曰：

夜雨連明春水生，嬌雲濃暖弄陰晴。簾虚日薄花竹静，時有乳鳩相對鳴。

跌蕩昭彰而不爲鈎棘，風華曠真而出以感慨，自謂宗李白，而實同白居易之學杜。其他五言古如《蜀士》、《舟中感懷寄館中諸君》、《送安素處士高文悦》、《依韻和勝之暑飲》、《和鄰幾登繁臺塔》、《滯舟》、《夏熱晝寢感詠》、《遊山》、《金山寺》，七言古如《慶州敗》、《藍田悟真寺作》、《贈釋祕演》、《中秋夜吴江亭上對月懷前宰張子野及寄君謨蔡大》、《越州雲門寺》、《依韻和伯鎮中秋見月九日遇雨之作》、《和子履雍家園》、《和永叔琅琊山庶子泉陽冰石篆詩》、《黄雍於西安修水之側起佚老亭以奉親》、《永叔石月屏圖》、《演化琴德素高因爲作歌以寫其意》，五言律如《春日晚晴》、《獨遊輞川》，七言律如《遊洛中内》、《宿華嚴寺與友生會話》、《夏中》、《答和叔春日舟行》、《和彦猷晚宴明月樓》二首、《晚泊龜山》，七言絶如《夏意》、《淮中晚泊犢頭》、《暑中閑詠》諸篇，咸可誦覽。蓋宋詩至舜欽而後矯靡爲雄，變仄以大，其氣疏，其辭放。善草書，每酒酣落筆，争爲人所傳。而斥死，士論惜焉。

尹洙以文，蘇舜欽以詩文，固爲於舉世不爲之時，挽西崑之頽波，導歐蘇之前驅，而未及有所議論。獨爲放言高論，誦説韓愈以盛斥楊億者，石介也。

石介，字守道，兗州奉符人。學《春秋》於泰山孫復；復坐則立，升降則扶。二十六歲，舉進士甲科，垢面跣足，躬耕徂徠山之麓，世稱之曰徂徠先生。召入國子監直講。是時兵討元昊久無功，海内重困，仁宗奮然，思欲振起威德，宰相吕夷簡、樞密使夏竦先後罷；而杜衍、章得象、晏殊、賈昌朝、范仲淹、富弼、韓琦，俱起執政；歐陽修、余靖、王素、蔡襄，并爲諫官。介躍然喜曰："此盛事也！"乃作《慶曆聖德頌》曰：

三月二十一日，大昕，皇帝御紫宸殿，朝百官，相是象、殊；拜竦樞密使；夷簡以司徒歸第。二十二日，制命昌朝參知政事，弼樞密副使。二十六日，敕除修、靖、素并充諫官。四月八日，皇帝御紫宸殿，朝百官，拜衍樞密使；仲淹、琦樞密副使；乃用御史中丞拱宸，御史邈，御史平，諫官修、靖十一疏，追竦樞密使敕。十三日，敕又除襄爲諫官。天地人神，昆蟲草木，無不歡喜皇帝退奸進賢，發於至聰，動於至誠，奮於睿斷，見於剛克，陟黜之明，賞罰之公也。上視漢、魏、隋、唐、五代，凡千五百年，其間非無聖神之主，盛明之時；未有如此選人之精，得人之多，進人之速，用人之盡。實爲希闊殊尤，曠絶盛事。在皇帝之德之功，爲卓犖瑰偉，神明魁大。古者一雲氣之祥，一草木之異，一蹄角之怪，一羽毛之瑞，當時羣臣猶且濃墨大字，金頭鈿軸以稱述頌美時君功德，以爲無前之休，丕天之績。如仲淹、弼，實爲不世出之賢；求之於古，堯則夔龍，舜則稷契，周則閎散，漢則蕭曹，唐則房魏；陛下有之。諸臣亦皆今天下之人，望爲宰相諫官者；陛下盡用之。此比雲氣、草木、蹄角、羽毛之異，萬萬不侔；豈可翻無歌詩雅頌以播吾君之休聲烈光，神功聖德，刻于琬琰，流于金石，告于天地，奏于宗廟，存于萬千年而無窮盡哉？臣實羞之。

臣嘗愛慕唐大儒韓愈爲博士日，作《元和聖德頌》千二百言，使憲宗功德赫奕煒燁，照於千古。至今觀之，如在當日。陛下今日功德，無讓憲宗。臣文學雖不逮韓愈，而亦官於太學，領博士職；歌詩讚頌，乃其職業；竊擬於愈，輒作《慶曆聖德頌》一首，四言，凡九百六十字；文辭鄙俚，固不足以發揚臣子之心，亦欲使陛下功德赫奕煒燁，照于千古，萬千年後觀之如在今日也。臣不勝死罪。臣賤無路以進，姑藏諸家以待樂府之采焉。

於維慶曆，三年三月。皇帝龍興，徐出闈闥，晨坐太極，晝開閶闔，躬攬賢英，手鋤奸枿。大聲渢渢，震摇六合。如乾之動，如雷之發。昆蟲蹢蠋，妖怪藏滅。同明道初，天地嘉吉。初聞皇帝，蹙然言曰："予父予祖，付予大業。予恐失墜，實賴輔弼。汝得象、殊，重慎徽密。君相予久，予嘉君伐。君仍相予，笙鏞斯協。昌朝儒者，學聞該洽。與予論政，傅以經術。汝貳二相，庶績咸秩。

"惟汝仲淹，汝誠予察。太后乘勢，湯沸火熱。汝時小臣，危言業業；爲予司諫，正予門闑；爲予京兆，堲予讒説。賊叛于夏，往予式遏。六月酷日，大冬積雪；汝暑汝寒，同於士卒。予聞心酸，汝不告乏。

"予明得弼，予心弼悦。弼每見余，無有私謁；以道輔予，弼言深切。予不堯舜，弼自笞罰。諫官一年，奏疏滿篋。侍從周歲，忠力盡竭。契丹亡義，檮杌饕餮，敢侮大國，其辭慢悖。弼將予命，不畏不慴。卒復舊好，民得食褐。沙磧萬里，死生一節。視弼之膚，霜剥風裂；觀弼之心，鍊金鍛鐵。寵名大官，以酬勞渴。弼辭不受，其志莫奪。惟仲淹、弼，一夔一契。天實賫予，予其敢忽？并來弼予，民無瘥札。"

曰："衍汝來，汝予黄髮。事予二紀，毛秃齒豁。心如一兮，率履弗越。遂長樞府，兵政毋蹶。予早識琦，琦有奇骨。其器魁礧，豈視店楔；其人渾樸，不施剞劂。可屬大事，敦厚如勃，琦汝副衍，知人予哲。"

"惟修、惟靖，立朝讞讞，言論磥砢，忠誠特達。禄微身賤，其志不怯。嘗詆大臣，亟遭貶黜，萬里歸來，剛氣不折；屢進直言，以補予闕。素相之後，含忠履潔。昔爲御史，幾叩予榻。至今諫疏，在予箱匣。襄雖小臣，名聞予徹。亦嘗獻言，箴予之失。剛守粹慤，與修儔匹。并爲諫官，正色在列。予過汝言，無鉗汝舌。"

皇帝明聖，忠邪辨别。舉擢俊良，掃除妖魃。衆賢之進，如茅斯拔；大奸之去，如距斯脱。"上倚輔弼，司予調燮；下賴諫諍，維予紀法；左右正人，無有邪孽。予望太平，日不逾浹。"皇帝嗣位，二十二年。神武不殺，其默如淵。聖人不測，其動以天。賞罰在予，不失其權。恭己南面，退奸進賢。知賢不易，非明不得。去邪惟艱，惟斷乃克。明則不貳，斷則不惑。既明且斷，惟皇之德。羣下踧踖，重足屏息；交相告語，曰："惟正直；毋作側僻，皇帝汝殛!"諸侯危慄，墮玉失舄；交相告語："皇帝神明。四時朝覲，謹修臣職。"四夷走馬，墜鐙遺策，交相告語："皇帝神武。解兵修貢，永爲屬國。"皇帝一舉，羣臣懾焉，諸侯畏焉，四夷服焉。臣願陛下，壽萬千年。

衆賢尤頌范仲淹、富弼；大奸以斥夏竦；而斥竦一節文一百九十二字，以時忌删去；序稱"九百六十字"，遂餘七百六十八字也。頌出，竦切齒恨。而孫復見之曰："子禍始此矣!"於是黨論起，而人多側目。范仲淹謂韓琦曰："爲此怪鬼壞事也。"顧仁宗方信用，思有以撼而未得其機；以蘇舜欽、范仲淹之所薦，而杜衍婿也；乃以事中舜欽，坐監進奏院祀神，奏用市故紙錢會客爲自盗，除名。舜欽負才望，所會客皆一時名士，悉坐貶逐；而後側目者喜曰："一網盡之矣!"介以杜衍、韓琦薦，累遷太子中允，直集賢院；而亦不安其位，求出通判濮州，未赴，反徂徠以死。夏竦言於仁宗曰："介實不死，北走契丹矣。"尋有旨編管介妻子於江淮；又出中使與京東部刺史發介棺以驗虚實；而吕夷簡不可，乃止。傳有《徂徠集》二十卷。

介之學，出於孫復，而加以迂僻。介之文，原於韓愈，而益爲狂傲；訐以爲直，敢發高論，以聖賢自許，亦以聖賢許人；以矜誕爲頌諛，以排偶利馳驟，時縱恣而不儻，煩文以相假，盛氣以相陵，烈於情，疏於理，語無檢制，漫爲糅雜，而縱横排奡，氣矜之隆，其原出於韓門弟子之皇甫湜；

方其得意疾書，亦儘有兀傲排蕩之致，洋溢行墨，令人意移。如《怪説》中、《録微者言》、《辨惑》、《賢李》、《慶曆聖德頌》、《祭孔中丞文》、《趙延嗣傳》，錯綜震蕩，獨以勁語蟠泊，會而終於篇；而宋一代鈎黨之禍，遂以《慶曆聖德頌》階之厲焉。

於時，穆修、尹洙、蘇舜欽、歐陽修，相繼倡古文以變西崑體，學者翕然從之；其有爲楊億、劉筠之西崑體者，人戲之曰："莫太崑否?"石介深嫉楊劉，以爲文章之弊，作《怪説》三篇以與佛老并排。其持論以爲：

唐之初，承陳、隋剥亂之後，餘人薄俗，尚染齊梁流風，文體卑弱，氣質叢脞，猶未足以鼓舞萬物，聲明六合。逮章武皇帝負羲軒之姿，懷唐虞之材，卓然起立於軒墀之上；以武功戡定海内，刮疵剔瑕，乾清坤寧；以文德化成天下，驚蟄燭幽，雷動日烜。韓吏部愈應期會而生，學獨去常俗，直以古道在己，乃《空桑》《雲和》千數百年希闊泯滅已亡之曲，獨唱於千萬人間；衆人耳慣所聽，惟鄭衛浤濃之聲；忽然聞其太古之上，無爲之世，雅頌正始之音；恍惚茫昧，如喪聰，如失明，有駭而急走，有陋而竊笑，有怒而大罵，叢聚嘲噪，萬口應答，聲無窮休。愛而喜，前而聽，隨而和者，惟柳宗元、皇甫湜、李翺、李觀、李漢、孟郊、張籍、元稹、白樂天，數十子而已。吏部志復古道，奮不顧死，雖擯斥摧毀，日百千端，曾不少改所守；數十子亦皆協贊附會，能窮精畢力，效吏部之所爲；故以一吏部，數十子力，能勝百萬千人之衆人，能起三數百年之弊。唐之文章，所以坦然明白，揭於日月，渾渾灝灝，浸如江海，同於三代，駕於兩漢者，吏部與數十子之力也。

本朝文章，視唐差劣。自翰林楊公唱淫辭哇聲，變天下正音；四十年眩迷盲惑，天下聵聵晦晦，不聞有雅聲。今之爲文，其主者，不過句讀妍巧，對偶的當而已；極美者，不過事實繁多，聲律調諧而已。雕鎪篆刻傷其本，浮華緣飾喪其真，於教化仁義，禮樂刑政，則缺然無仿佛者。昔楊翰林欲以文章爲宗於天下，窮態極妍，綴風月，弄花草，淫巧侈麗，浮華纂組，刓鏤聖人之經，破碎聖人之言，離析聖人之意，蠹傷聖人之道，使天下不爲《書》之典謨，《詩》之雅頌，《春秋》之經，《易》之十翼，而爲楊億之窮妍極態，綴風月，弄花草，淫巧侈麗，浮華纂組，其爲怪也大矣。

於是新進後學，不敢復爲楊劉體；則介之力也。翰林學士張方平者，嘗劾罷夏竦，以高節爲直臣；而雅不喜介，謂狂譎盜名。過友人，見案頭有介書，曰："何爲與此狂生遊！"問："前日狂生以羔雁聘之不受；何不喫了羊，著了絹，一任作怪？何足與之較辭受義理也。"獨歐陽修極口稱之，屢形文墨，歿誌其墓，至以孔孟爲況。顧以介作書狂怪，點畫任意，直者爲斜，方者爲圓；而曰我第行堯舜周孔之道，不妨自我作古，獨貽書相規，謂："居太學，以教人爲師，當履中道，秉常德；不宜好異取高，以驚世人而惑後生"云。

第五節　歐陽修　梅堯臣　張先　柳永　劉氏敞、攽

柳開、穆修、尹洙、石介，後先接踵，誦説韓文，然未能變韓文之格而爲宋文也。若其創意造言，變韓文之格以自名家，而開宋文者，蓋造端於王禹偁，而大成於歐陽修。

歐陽修，字永叔，廬陵人。四歲而孤；叔父曄任隨州推官，而侍母往依焉。母氏鄭，以荻畫地，教以作字。及其稍長而家無書讀，就閭里士人借而抄讀，往往抄未畢而已成誦。過隨州大姓李氏家，見有弊筐貯故書在壁間，發而視，乃《韓愈文集》六卷也，然顛倒脱落無次序，乞諸李氏而董理之。見其雄博而深厚，歎曰："學者當至於是而止爾！"天聖七年，補國子監生，是年取解，明年南省試皆第一；擢進士甲科，充西京留守推官。時錢惟演爲西京留守，以文學仕至貴顯，所至多招集文士；而尹洙、梅堯臣，皆在幕府，未嘗責以吏職，遂以詩古文日夕與修礱切。因出所藏《昌黎集》而補綴之，求人家所有舊本而校定之，篤嗜不厭。已而有詔戒天下學者盡爲古文，獨修古文傳播四方，模楷羣倫；皆以爲兩漢後五六百年，有韓愈；愈而後又數百年而修繼出；柳宗元、李翺、皇甫湜之徒；不足多也。仁宗擢修以諫官知制誥；故事，必試而後命。帝曰："修之文章何待試。"累遷翰林學士。其學推韓愈、孟軻以達於孔氏，著禮樂仁義之實，以合於大道。其文引物連類，折之於至理，辨明而曲暢，峻潔而舒遲，變動往來，有馳有止，而皆中於節，使人喜慕而不厭，天下翕然推服以爲宗師。

眉山蘇洵以文爲贄，而先以書至曰："孟子之文，語約而意盡，不爲巉刻斬絶之言，而其鋒不可犯。韓子之文，如長江大河，渾浩流轉，魚黿蛟龍，萬怪惶惑，而抑遏蔽掩，不使自露，而人自見其淵然之光，蒼然之色，亦自畏避不敢逼視。執事之文，紆餘委備，往復百折，而條達疏暢，無所間斷；氣盡語極，急言竭論，而容與閑易，無艱難勞苦之態。此三者，皆斷然自爲一家之文也。惟李翺之文，其味黯然而長，其光油然而幽，俯仰揖讓，有執事之態。陸贄之文，遣言措意，切近的當，有執事之實。而執事之才，又自有過人者；蓋執事之文，非孟子、韓子之文，而歐陽子之文也。"論者以爲允。

於時，士子尚爲險怪奇澀之文，號太學體；擬爲石介而過也。及修以翰林學士知嘉祐二年貢舉，痛排抑之，務求平淡典要。蘇氏軾、轍，洵之子也，出於西川，人無知者，一旦拔在高等。榜出，士人紛然驚怒，聚譟於馬首。其後稍稍信，而五六年間，文格遂變而復古，則修之力也。累拜樞密副使，參知政事，與韓琦同心輔政。初奉敕撰《唐書》，成紀十卷，志五十卷，表十五卷。而列傳則宋祁撰，詔以體例不一而命修看詳改定。修受命，退而曰："宋公於我爲前輩。且人所見不同，豈可悉如己意!"於是一無竄易。書成奏御。舊制，惟署官最高者一人，修官高當署。修曰："宋公於傳功深日久，豈可掩奪!"於是紀、志、表署修，而列傳署祁。宋庠聞之，歎曰："自古文人好相陵掩。此事前所未有也。"生平於物無所嗜，獨好收蓄古文圖書，集三代以來金石銘刻而爲之考題，成《集古録》一千卷，以校正史傳百家之訛謬。晚年自號六一居士，曰："吾《集古録》一千卷，藏書一萬卷，有琴一張，有棋一局，而當置酒一壺，吾一人老於其間，是謂六一。"自爲傳以刻石。卒，謚文忠，傳有《歐陽文忠公集》一百五十三卷，又撰《五代史記》七十四卷，并行於世。

其爲文章，蒼堅雄遒，力橅韓愈者，集中如《本論上》、《集古録目序》、《與張秀才第一書》、《送曾鞏秀才序》、《送田晝秀才寧親萬州序》、《送陳經秀才序》、《送楊子聰户曹序》、《送廖倚歸衡山序》、《王彦章畫象記》、《菱溪石記》、《叢翠亭記》、《祭蘇子美文》，皆是。而《本論上》橅韓愈《原道》，《與張秀才第一書》橅《答竇秀才書》，《送廖倚歸衡山序》橅《送廖道士序》，《王彦章畫象記》橅《張中丞傳後序》，《祭蘇子美文》橅

《祭柳子厚文》，尤其轍跡顯然者。特其文學韓愈而能自出變化。韓愈之不可及者，在雄快而發以重難；而修之不可及者，在俊邁而出之容易。韓愈雄其辭，沛其氣，舉重若輕，修則舒其氣，暇其神，以重馭輕。韓愈風力高騫，修則風神駘蕩；然備盡衆體，變化開闔，因物命意，各極其工，而不可以一格拘，此所以不可及也。

碑傳之文，隨事曲注，而工爲提掇，跌宕昭彰，大含細入，不矜愈之奇辭奧句。集中如《桑懌傳》、《司封員外郎許公逖行狀》、《贈兵部侍郎閻公象神道碑銘》、《贈司空兼侍中文惠陳公堯佐神道碑銘》、《資政殿學士户部侍郎文正范公仲淹神道碑銘》、《贈太師中書令程公天球神道碑銘》、《太尉文正王公旦神道碑銘》、《贈司空兼侍中晏公殊神道碑銘》、《忠武軍節度使同中書門下平章事武恭王公德用神道碑銘》、《石曼卿延年墓表》、《胡先生瑗墓表》、《集賢校理丁君寶臣墓表》、《孫明復先生復墓誌銘》、《尹師魯洙墓誌銘》、《贈中書令謚文簡程公琳墓誌銘》、《贈吏部尚書正肅吴公育墓誌銘》、《贈右諫議大夫孫公甫墓誌銘》、《梅聖俞堯臣墓誌銘》、《徂徠石先生介墓誌銘》、《集賢院學士劉公敞墓誌銘》，及《五代史記》謝彦章、郭崇韜、安重誨、周德威、孔謙、張延朗、劉延朗、任圜、趙鳳、桑維翰、景延光、范延光、安重榮、安從進、楊光遠、馮道、李琪、盧文紀、馬裔孫、劉岳、和凝諸傳，《伶官傳》，其可誦者也。録《石曼卿墓表》曰：

> 曼卿，諱延年，姓石氏，其上世爲幽州人。幽州入于契丹，其祖自成，始以其族间走南歸。天子嘉其來，將禄之；不可，乃家于宋州之宋城。父諱補之，官至太常博士。幽燕俗勁武，而曼卿少亦以氣自豪，讀書不治章句，獨慕古人奇節偉行非常之功，視世俗屑屑，無足動其意者。自顧不合於時，乃一混於酒，然好劇飲大醉，頹然自放，由是益與時不合。而人之從其遊者，皆知愛曼卿落落可奇，而不知其才之有以用也。年四十八，康定二年二月四日，以太子中允祕閣校理，卒于京師。曼卿少舉進士不第，真宗推恩三舉進士，皆補奉職。曼卿初不肯就。張文節公素奇之，謂曰："母老，乃擇禄耶？"曼卿矍然起就之，遷殿直。久之，改太常寺太祝，知濟州金鄉縣。歎曰："此亦可以爲政也。"縣有治聲。通判乾寧軍。丁母永安縣君李氏憂，服除，通判永靜軍，皆有能名。充館閣校

勘，累遷大理寺丞，通判海州，還爲校理。莊獻明肅太后臨朝，曼卿上書請還政天子。其後太后崩，范諷以言見幸，引嘗言太后事者遽得顯官，欲引曼卿，曼卿固止之，乃已。

自契丹通中國，德明盡有河南而臣屬，遂務休兵養息，天下晏然，内外弛武三十餘年。曼卿上書言十事，不報。已而元昊反，西方用兵，始思其言，召見，稍用其説，籍河北、河東、陝西之民，得鄉兵數十萬。曼卿奉使籍兵河東，還，稱旨，賜緋衣銀魚。天子方思盡其才，而且病矣。既而聞邊將有欲以鄉兵捍賊者，笑曰："此得吾粗也。夫不教之兵，勇怯相雜；若怯者見敵而動，則勇者亦率而潰矣。今或不暇教，不若募其敢行者，則人人皆勝兵也。"其視世事，蔑若不足爲；及聽其施設之方，雖精思深慮，不能過也。狀貌偉然，喜酒自豪，若不可繩以法度。退而質其平生趣舍大節，無一悖於理者。遇人無賢愚，皆盡忻歡；及間而可否天下是非善惡，當其意者無幾人。其爲文章，勁健稱其意氣。有子濟、滋。天子聞其喪，官其一子，使禄其家。既卒之三十七日，葬于太清之先塋。其友歐陽修表於其墓曰：

嗚呼曼卿！寧自混以爲高，不少屈以合世，可謂自重之士矣。士之所負者愈大，則其自顧也愈重；自顧愈重，則其合愈難。然欲與共大事，立奇功，非得難合自重之士，不可爲也。古之魁雄之人，未始不負高世之志，故寧或毁身污跡，卒困於無聞；或老且死而幸一遇，猶克少施於世。若曼卿者，非徒與世難合，而不克少有所施，亦其不幸不得至乎中壽，其命也夫，其可哀也夫！

韓愈碑誌，蒼堅邁古，然文而非史。獨修據事直書，詞無鉤棘，不乖傳體，而可入史；特出筆雖坦易，而下語極矜慎。集中《與杜訢論祁公墓誌書》云："修文字簡略，止記大節，期於久遠，恐難滿孝子意。范公家神刻，爲其子擅自增損；尹氏子卒請韓太尉别爲墓表；以此見朋友門生故吏，與孝子用心常異。然能有意於傳久，則須紀大而略小，所紀事皆録實有稽據，皆大節，與人之所難者。其他常人所能者，在他人更無巨美，不可不書；於公爲可略者，皆不暇書。"又《與澠池徐宰書》云："《范文正公神道碑》述吕公夷簡事，於范公見德量包宇宙，忠義先國家；於吕公事各紀實，則萬世取信。非如兩仇相訟，各過其實，使後世不信，以爲偏辭也。”又有《論尹師魯墓誌》一文，闡所以作誌之意，中有云：“述其文，則曰‘簡而有法’；此一句，在孔子六經，惟《春秋》可當之，其他經非孔子自作文章，故雖有法而不簡也，修於師魯之文不薄矣。而世之無識者，不考文之輕重，但責言之多少，云‘師魯文章，不合著一句道了’。若言古文自師魯始；則前有穆修輩先達甚多，不敢斷自師魯始也。偶儷之文，苟合於理，未必爲非，故不是此而非彼也。”可以想見下筆慎重，稱量以出，不苟徇子孫之意，以爲諛墓之文。《宋史》將相大臣如王旦、陳堯佐、晏殊、胡宿、范仲淹、王德用、杜衍、王堯臣、吴育、余靖、杜杞、蔡襄；儒林宿學如孫復、石介、胡瑗、石延年、尹源、尹洙、劉敞、蘇舜欽諸傳，多採修文。而薄物細故，隨事賦形，如《硯譜》之簡而流韻，《洛陽牡丹記》之瑣而成章，老筆紛披，亦復卓然史裁，如網在綱，有倫有脊，不下《五代史記》也。

論説之文，因事抒議，而工於辨析，條達疏暢，理愜情饜，不同愈之盛氣强辯；如《朋黨論》、《爲君難論》上下、《言西邊事宜第一狀》、《論契丹争地界狀》、《論臺諫官唐介等宜早牽復劄子》、《上范司諫書》及《五代史宦者傳論》，其可誦者也。録《朋黨論》曰：

> 臣聞朋黨之説，自古有之，惟幸人君辨其君子小人而已。大凡君子與君子以同道爲朋，小人與小人以同利爲朋，此自然之理也。然臣謂小人無朋，惟君子則有之，其故何哉？小人所好者禄利也，所貪者財貨也，當其同利之時，暫相黨引以爲朋者，僞也；及其見利而争先，或利盡而交疏，則反相賊害，雖其兄弟親戚，不能相保；故臣謂小人無朋，其暫爲朋者僞也。君子則不然：所守者道義，所行者忠信，所惜者名節。以之修身，則同道而相益，以之事國，則同心而共濟，終始如一，此君子之朋也。故爲人君者，但當退小人之僞朋，用君子之真朋，則天下治矣。
>
> 堯之時，小人共工驩兜等四人爲一朋，君子八元八凱十六人爲一朋。舜佐堯，退四凶小人之朋，而進元凱君子之朋，堯之天下大治。及舜自爲天子，而皋、夔、稷、契等二十二人，並列於朝，更相稱美，更相推讓，凡二十二人爲一朋；而舜皆用之，天下亦大治。《書》曰：“紂有臣億萬，惟億萬心。周有臣三千，惟一心。”

紂之時，億萬人各異心，可謂不爲朋矣，然紂以亡國。周武王之臣，三千人爲一大朋，而周用以興。後漢獻帝時，盡取天下名士囚禁之，目爲黨人；及黄巾賊起，漢室大亂，後方悔悟，盡解黨人而釋之，然已無救矣。唐之晚年，漸起朋黨之論；及昭宗時，盡殺朝之名士，咸投之黄河，曰："此輩清流，可投濁流。"而唐遂亡矣。

夫前世之主，能使人人異心不爲朋，莫如紂；能禁絶善人爲朋，莫如漢獻帝；能誅戮清流之朋，莫如唐昭宗之世；然皆亂亡其國。更相稱美推讓而不自疑，莫如舜之二十二臣，舜亦不疑而皆用之；然而後世不誚舜爲二十二人朋黨所欺，而稱舜爲聰明之聖者，以能辨君子與小人也。周武之世，舉其國之臣，三千人共爲一朋；自古爲朋之多且大，莫如周，然周用此以興者，善人雖多而不厭也。夫興亡治亂之跡，爲人君者可以鑒矣。

修之爲論，互殊類使之相勘，序異端使不相亂。而韓愈則煩辭以相假，盛氣以相陵，巧譬以相炫，關人之口，奪人之心，使不及思。韓愈以雄肆騁意氣，辯之强，争之疾；修則寓辨折於激昂，辯之明，引之達。韓愈汲孟軻七篇之流；修則爲眉山三蘇之宗。如《鑒畫》曰：

蕭條淡泊，此難畫之意，畫者得之，覽者未必識也。故飛走遲速，意淺之物易見，而閑和嚴靜，趣遠之心難形。若乃高下嚮背，遠近重複，此畫工之藝爾，非精鑒者之事也。善言畫者，多云鬼神易爲工，以爲畫以形似爲難，鬼神人不見也。然至其陰威慘淡，變化超騰，而窮奇極怪，使人見輒驚絶；及徐而定視，則千狀萬態，筆簡而意足，是不亦爲難哉。

宋畫貴形似，元畫尚寫意；"筆簡而意足"，此元畫之所以别開生面，而殊於宋也，其義乃自修發之。他如論《易》不信《繫辭》，論《詩》不徇《大、小序》，論《春秋》不信三《傳》，雖論議不必盡是，而意到筆隨，無不理達辭舉，足以自伸其説。蘇洵稱其"急言竭論，而容與閒易，無艱難勞苦之態"。又謂"遣言措意，切近的當"。此蘇氏父子之所長，而實導源於修也。然修之爲文，尤工唱歎。或低徊往復，發人深慨，如《五代史記・伶官傳序》曰：

嗚呼，盛衰之理，雖曰天命，豈非人事哉！原莊宗之所以得天下，與其所以失之者，可以知之矣。世言晉王之將終也，以三矢賜莊宗而告之曰："梁，吾仇也。燕王，吾所立，契丹與吾約爲兄弟；而皆背晉而歸梁。此三者，吾遺恨也。與爾三矢，爾其無忘乃父之志!"莊宗受而藏之於廟。其後用兵，則遣從事以一少牢告廟，請其矢，盛以錦囊，負而前驅，及凱旋而納之。方其係燕父子以組，函梁君臣之首，入於太廟，還矢先王而告以成功，其意氣之盛，可謂壯哉！及仇讎已滅，天下已定，一夫夜呼，亂者四應，倉皇東出，未及見賊，而士卒離散；君臣相顧，不知所歸，至於誓天斷髮，泣下沾襟，何其衰也！豈得之難而失之易歟，抑本其成敗之跡而皆自於人歟?

《書》曰："滿招損。謙受益。"憂勞可以興國，逸豫可以亡身，自然之理也。故方其盛也，舉天下之豪傑，莫能與之爭；及其衰也，數十伶人困之，而身死國滅，爲天下笑。夫禍患常積於忽微，而智勇多困於所溺，豈獨伶人也哉！

其他如集中《釋祕演詩集序》、《釋惟儼文集序》、《江鄰幾文集序》、《尚書屯田員外郎張君谷墓表》、《河南府司録張君汝士墓表》、《張子野墓誌銘》、《黄夢升墓誌銘》、《送楊寘序》、《秋聲賦》、《祭石曼卿文》，皆是也。然亦有抑揚詠歎之作，優游緩節，而特出於樵韓愈者；如《渤海縣太君高氏墓碣》之樵韓愈《殿中少監馬君墓誌》，是也。或雍容揄揚，繫人思慕；如《豐樂亭記》曰：

修既治滁之明年夏，始飲滁水而甘；問諸滁人，得於州南百步之近。其上①豐山，聳然而特立；下則幽谷，窈然而深藏；中有清泉，滃然而仰出。俯仰左右，顧而樂之。於是疏泉鑿石，闢地以爲亭，而與滁人往遊其間。滁於五代干戈之際，用武之地也。昔太祖皇帝，嘗以周師破李景兵十五萬於清流山下，生擒其將皇甫暉、姚鳳於滁東門之外，遂以平滁。修嘗考其山川，按其圖記，升高以望清流之關，欲求暉鳳就擒之所，而故老皆無在者，蓋天下之平久矣。

自唐失其政，海內分裂，豪傑並起而爭，所在爲敵國者，何可

① 後脱"則"字。

勝數。及宋受天命，聖人出而四海一，嚮之憑恃險阻，刬削消磨，百年之漠，漠然徒見山高而水清，欲問其事而遺老盡矣。今滁介於江淮之間，舟車商賈四方賓客之所不至；民生不見外事，而安於畎畝衣食，以樂生送死，而孰知上之功德，休養生息，涵煦①百年之深也？修之來此，樂其地僻而事簡，又愛其俗之安閒。既得斯泉於山谷之間，乃日與滁人仰而望山，俯而聽泉，掇幽芳而蔭喬木，風霜冰雪，刻露清秀，四時之景，無不可愛。又幸其民樂其歲物之豊成，而喜與予游也。因爲本其山川，道其風俗之美，使民知所以安此豊年之樂者，幸生無事之時也。夫宣上恩德以與民共樂，刺史之事也，遂書以名其亭焉。

其他如《醉翁亭記》、《有美堂記》、《相州晝錦堂記》、《洛陽牡丹記》、《瀧岡阡表》，皆是也。悲愉如量，因事抒感，神韻欲流，最曠而逸。至其於《五代史記》，發論必以“嗚呼”，曰：“此治亂世之書也!”作文成，揭之壁間，朝夕改定；手寫《秋聲賦》凡數本。而韓琦索爲《相州晝錦堂記》，起“仕宦至將相，富貴歸故鄉。”琦得之大喜。後數日，修復遣使别以本至，曰：“前有未是!”琦再三玩之，但於“仕宦”“富貴”下，各添一“而”字。每詔學者曰：“著撰苟多，他日更自精擇，少去其繁，則峻潔矣。然不必勉强。勉强簡節之，則不流暢；須待自然之至。然作文之體，初欲奔馳，久當收節，使簡重嚴正；或時肆放以自舒，勿爲一體，則盡善矣。”晚年自竄定平生所爲文，用思甚苦。其夫人止之曰：“何自苦如此。尚畏先生嗔耶?”修笑曰：“不畏先生嗔，却怕後生笑。”自謂：“平生作文，多在三上，乃馬上、枕上、厠上也；蓋惟此尤可以屬思爾。”文章擅天下，而樂成人之美；謂：“所作古文，惟師魯一見，展卷疾讀，五行俱下，便曉人深處。”一時朋儕，論文推服尹洙；而論詩則推蘇舜欽、梅堯臣，以謂：“子美筆力豪儁，以超邁横絶爲奇；聖俞覃思精微，以深遠閑澹爲意，各極其長。”而堯臣爲難知。賦詩讚之曰：“子美氣尤雄，萬竅號一噫。有時肆顛狂，醉墨灑滂沛，譬如千里馬，已發不可殺。盈前盡珠璣，一一難揀汰。梅翁事精切，石齒漱寒瀨。作詩三十年，視我猶後輩。文辭愈清新，心意雖②老大。有如妖韶女，老自有餘態。近詩

① 後脱“於”字。

② “雖”为“難”之誤字。

尤古硬，咀嚼苦難嘬。又如食橄欖，真味久愈在。蘇豪以氣轢，舉世徒驚駭。梅窮獨我知，古貨難今賣。”所以稱許之者如此。

梅堯臣，宣城人，聖俞其字也。工詩而未爲人知，以叔父學士詢蔭爲河南主簿。錢惟演留守西京，特嗟賞之，爲忘年交，引與酬唱，一府盡傾。歐陽修特以詩相切礴。堯臣語之曰：“詩家雖主意，而造語亦難。若意新語工，得前人所未道者，爲①善也；必也狀難寫之景，如在目前；含不盡之意，見於言外，然後爲至矣。賈島云：‘竹籠拾山果，瓦鉢擔石泉’，姚合云：‘馬隨山鹿放，雞逐野禽棲’等。是山邑荒僻，官況蕭條，不如‘縣古槐根出，官清馬骨高’爲工也。”修曰：“語之工者固如是；狀難寫之景，含不盡之意，何詩爲然?”堯臣曰：“作者得於心，覽者會以意，殆難指陳以言也，雖然，亦可略道仿佛。若嚴維‘柳塘春水慢，花塢夕陽遲’，則天容時態，融和駘蕩，豈不如在目前乎？又若温庭筠‘雞聲茅店月，人跡板橋霜’，賈島‘怪禽啼曠野，落日恐行人’，則道途辛苦，羈旅愁思，豈不見於言外乎?”修曰：“韓退之筆力無施不可；而嘗以詩爲文章末事，有句云‘餘事作詩人’。然其資談笑，助諧謔，叙人情，狀物態，一寓於詩而曲盡其妙；此在雄文大手，固不足論。而余獨愛其工於用韻。蓋其得韻寬，則波瀾横溢，泛入旁韻，乍還乍離，出入四合，殆不可拘以常格；如《此日足可惜》之類。得韻窄，則不復旁出，而因難見巧；愈險愈奇，如《病中贈張十八》之類。譬之善馭良馬者，通衢廣陌，縱横馳逐，惟意所之；至於水曲蟻封，疾徐中節，而不少蹉跌，乃天下之至工也。”堯臣戲曰：“史言退之爲人木强；若寬韻可自足而輒旁出；窄韻難獨用而反不出，豈非拗强而然歟!”坐客皆爲之笑也。大臣屢薦堯臣宜在館閣；召試，賜進士出身，累官尚書都官員外郎，預修《唐書》。爲人仁厚樂易，未嘗忤於物；至其窮愁感憤，有所罵譏笑謔，一發於詩；然用以爲歡而不怨懟。篇章流傳；有人得西南夷布弓衣，餽修；而視其織文，乃堯臣詩句也，大喜，製爲琴囊。修賦詩有曰：“韓孟於文詞，兩雄力相當。寂寥二百年，至寶埋無光。郊死不爲島，聖俞發其藏。患世不愈出，孤吟在號霜。”蓋以其詩原出孟郊也。傳有《宛陵先生集》六十卷，而《詩集》佔五十九卷。五言瘦硬而腴，其原自出孟郊；而悍怒以詭，則上攀韓愈；跌宕而

① “爲”前脱“斯”字。

昭，旁參白居易。五言古如《夏夜小亭有懷》曰：

西南雨氣濃，林上昏月色。寒影不隨人，寥寥空露白。

又《過小石潭》曰：

樹老石連潭，潭深煙翠入。羣魚石下游，獨鳥潭上立。泉暖草長緑，山高風自急。徘徊興不窮，苔屐雲霑濕。

此則拗瘦清腴，原出孟郊。其他五言古如《嶺雲》、《林翠》、《少林寺》、《轘轅道》、《自峻極中院步登太室中峯》、《登太室中峯》、《往東流江口寄内》、《寓言》、《雲外菴》、《和持國石蘚》、《擬水西寺東峯亭九詠》之《垂澗藤》《林中翠》《陰崖竹》三首，五言律如《田家》、《魯山山行》，五言絶如《和資政侍郎湖亭雜詠絶句》十首之《遠山》《蓮塘》《漁潭》三絶、《雜詩絶句》十七首，皆是也。至於五言古如《同謝師厚宿胥氏書齋聞鼠甚患之》曰：

燈青人已眠，饑鼠稍出穴。掀翻盤盂響，驚聒夢寐輟；唯愁几硯撲，又恐架書齧。痴兒效貓鳴，此計誠已拙。

七言古如《秋雨篇》曰：

秋雨一向不解休，連昏接晨終窮秋。梅生不量仰天問，神官夜夢言語周：日月是天之兩目，忽然生翳無藥瘳；只知淚滴爲赤子，赤子豈勞天公憂？天公哭霫霫，灑涕落九州。地祇不敢安，泥潦已没頭。乃因從容告神官：后稷今在帝所不？從前后稷知稼穡，曾以筋力親田疇。曷不告帝且輟泣，九穀正熟容其收？早時不泣此時泣，憂我欲活反扼喉。神官發怒髭奮虬，下土小臣安預謀！翻然驚覺汗交流，樹上已聽鳴鵂鶹。

此則悍肆傲詭，上攀韓愈。其他五言古如《希深惠書言與師魯永叔子聰幾道遊嵩因誦而韻之》、《猛虎行》、《范饒州坐中客語食河豚魚》、《春雪》、《飲劉原父家原父懷二古錢勸酒》、《送下第親舊》、《依韻和原父新置盆池》、《初冬夜坐憶桐城山行》、《兩日苦風思江南》、《飲韓仲文家》、《送韓八太祝歸京師求醫》、《裴如晦自河陽至同韓玉汝謁之》、《戊子三月二十一日殤小女稱稱》三首、《夜泊虹縣同施景仁太博河上納涼書事》、《淮岸》、《和晚花》、《答宣城張主簿遺鴉山茶次其韻》、《雜興》二首、《寄李獻甫》、《西施》、《閔冢》、《五月十日雨中飲》、《答孫直言都官卷》、《觀邵不疑學士所藏名書古畫》、《表臣齋中閲畫而飲》、《送王介甫知昆陵》、《永叔内翰見索謝公遊嵩書感歎》、《永叔内翰見過》，七言古如《永叔寄澄心堂紙二幅》、《送師厚歸南陽會天大風遂宿高陽山寺》、《醉中留别永叔子履》、《迴自青龍呈謝師直》、《寄題千步院兼示諲上人》、《同蔡君謨江鄰幾觀宋中道書畫》、《觀何君寶畫》、《觀楊之美畫》、《二十四日江鄰幾邀觀三館書畫》、《答宋學士次道寄澄心堂紙百幅》、《睡意》、《詠歐陽永叔文石硯屏》第一首、《依韻和永叔澄心堂紙答劉原父》、《送通判黄國博入浙》、《潘歙州寄紙三百番石硯一枚》、《送方進士遊廬山》、《設膾示坐客》、《胡公疏示祖擇之盧氏石詩和之》、《贈張伯益》、《高車再過謝永叔内翰》、《重賦白兔》、《和江鄰幾學士畫鬼拔河篇》，五言律如《入瀟浦》、《淮陰侯廟》，七言律如《東溪》，皆是也。五言古如《子美次道師厚登天清寺塔》曰：

> 二三君少壯，走上浮圖巔。何爲苦思我，平步猶不前？苟得從而登，兩股應已攣。復想下時險，喘汗頭目旋。不如且安坐，休用窺雲煙。

七言古如《十一日垂拱殿起居聞南捷》曰：

> 二月雪飛雞狗狂，錦衣走馬回大梁。入奏邕州破蠻賊，絳袍玉座開明堂。腰佩金魚服金帶，榻前拜跪稱聖皇。一朝嚴氣變和氣，泮涣大號詔四方。將軍曰青才且武，先斬逗撓兵後强。從來儒帥空賣舌，未到已愁茆葉黄。徘徊嶺下自稱疾，詔書切責强起當。因人成功喜受賞，親戚便擬封侯王。昔日苦病今不病，銅鼓棄擲無鏢槍。

此則跌宕昭彰，旁參白居易。其他五言古如《遊龍門自潛溪過寶應精舍》、《望芒碭山》、《一日曲》、《桓妒妻》、《寄題梵才大士台州安隱堂》、《相逢》、《送劉定賢良下第赴廣陵令》、《送周介之學士通判定州》、《贈狄梁公十二代孫國賓》、《汝州王待制以長篇勸予復飲酒因謝之》、《許發運待制見過夜話》，七言古如《妾薄命》、《啼烏》、《送羅職方知秀州》、《次韻奉和永叔謝王尚書惠牡丹》，五言律如《新晴》，皆是也。宋初詩人，臺閣之崑體，專宗李商隱，其氣靡。山林之處士，不出姚合，其勢仄。自蘇舜欽始窺李杜，而宋詩之勢始雄，氣始舒。至梅堯臣專攻韓孟，而宋詩之體始峻，筆始遒。

歐陽修與蘇梅過從久，其詩出入二家；則以舜欽豪放之筆，抒堯臣瘦鍊之句；而斅李白之振奇，同韓愈之俶詭；非不欲爲李也，欲爲李而僅得韓也；人巧可階，天才難爲也。五言古如《自菩提步月歸廣化寺》曰：

春巖瀑泉響，夜久山已寂。明月淨松林，千峯同一色。

五言絶如《和聖俞百花洲》曰：

野岸溪幾曲，松蹊穿翠陰。不知芳渚遠，但愛緑荷深。

荷深水風闊，雨過清香發。暮角起城頭，歸橈帶明月。

此清鍊似梅堯臣，而原出郊島之寒瘦。其他五言古如《上方閣》、《宿廣化寺》、《下牢溪》、《遊瑯琊山》、《幽谷泉》、《秋晚凝翠亭》、《秋懷》第二首、《寄聖俞彈琴效賈島體》、《折刑部海棠戲聖俞》二首、《寄題劉羲叟家園效聖俞體》、《聚星堂前紫微花》、《夜聞風聲有感奉呈原父聖俞》、《奉答原父九月八日見過會飲之作》、《二室道》、《自峻極中院步登太室中峯》、《玉女窗》、《天門泉峻極寺中峯》、《庭前兩好樹》、《新開棋軒呈元珍表臣》、《行次葉縣》、《古瓦硯》、《送蟾上人遊天台》、《幽谷晚飲》、《竹間亭》第二首、《拒霜花》、《晚步緑陰園遂登凝翠亭》，七言古如《歸雲洞》、《瑯琊溪》、《石屏路》、《二月雪》、《雙井茶》、《寄聖俞》，五言律如《廣愛寺》、《勞停驛》、《初春》，七言律如《冬後三日陪丁元珍遊東山寺》，五言長律如《初晴獨遊東山寺五言六韻》、《定力院七葉木》，七言長律如《夷陵書事定謝三舍人》、《寄梅聖俞夷陵作》，皆是也。五言古如《題滁州醉翁亭》曰：

四十未爲老，醉翁偶題篇。醉中遺萬物，豈復記吾年。但愛亭下水，來從亂峯間，聲如自空落，瀉向兩簷前；流入巖下溪，幽泉助涓涓。響不亂人語，其清非管絃。豈不美絲竹？絲竹不勝繁。所以屢攜酒，遠步就潺湲。野鳥窺我醉，溪雲留我眠，山花徒能笑，不解與我言。惟有巖風來，吹我還醒然。

七言古如《嘲少年惜花》曰：

紛紛紅蕊落泥沙，少年何用苦咨嗟。春風自是無情物，肯爲汝惜無情花？今年花落明年好，但見花開人自老。人老不復少，花開還更新。使花如解語，應笑惜花人。

又《晉祠》曰：

古城南出十里間，鳴渠夾路何潺潺。行人望祠下馬謁，退即祠下竊①水源。地靈草木得餘潤，鬱鬱古柏含蒼煙。并兒自古事豪

① “竊”爲“窺”之誤字。

俠，戰争五代幾百年；天開地闢真主出，猶須再駕方凱旋。頑民盡遷高壘削，秋草自緑埋空垣。并人昔遊晉水上，清鏡照耀涵朱顔。晉水今入并州裏，稻花漠漠澆平田。廢興髣髴無舊老，氣象寂寞餘山川。惟存祖宗聖功業，干戈象舞被管絃。我來覽登爲歎息，暫照白髮臨清泉。鳥啼人去廟門闔，還有山月來娟娟。

此俊逸似蘇舜欽，而原出李杜之豪放。其他五言古如《哭曼卿》、《送楊闢秀才》、《班班林間鳩寄内》、《暮春有感》、《留題鎮陽潭園》、《讀聖俞蟠桃詩寄子美》、《懷嵩樓晚飲示徐無黨無逸》、《飛蓋橋翫月》、《送張洞推官赴永興經略司》、《感興》五首、《感事》四首、《南獠》、《送李太傅知冀州》、《讀梅氏詩有感示徐生》、《偶書》，七言古如《鎮陽殘杏》、《洛陽牡丹圖》、《滄浪亭》、《新霜》二首、《豐樂亭小飲》、《四月九日幽谷見緋桃盛開》、《希真堂東手種菊花十月始開》、《贈無爲軍李道士》二首、《食糟民》、《寄聖俞》、《贈沈遵》、《答聖俞莫飲酒》、《思白兔雜言戲答公儀憶鶴之作》、《戲答聖俞》、《醉翁吟贈沈博士》、《謝觀文王尚書惠西京牡丹》、《奉答原父見過寵示之作》、《明妃曲和王介甫作》、《再和明妃曲》、《哭舜①俞》、《鵯鵊詞》、《明妃小引》、《憶焦陂》、《贈許道人》、《戲贈》、《春日西湖寄謝法曹歌》、《答謝景山遺古瓦硯歌》、《和對雪憶梅花》、《送韓子華》、《壽樓》，七言律如《戲答元珍》、《答通判李太博》、《和韓學士襄州聞喜亭置酒》、《唐崇徽公主手痕和韓内翰》、《送潤州通判屯田》、《和劉原父平山堂見寄》，皆是也。至五言古如《憶山示聖俞》曰：

吾思夷陵山，山亂不可究，東城一堠餘，高下漸岡阜。羣峯迤邐接，四顧無前後。憶嘗祇吏役，鉅細悉經覯。是時秋卉紅，嶺谷堆纈繡。林枯松鱗皴，山老石脊瘦。斷徑履頹崖，孤泉聽清溜。深行得平川，古俗見耕耨。澗荒驚麏奔，日出飛雉鷇。盤石屢欹眠，緑巖堪解綬。幽尋歎獨往，清興思誰侑。其西乃三峽，險怪愈奇富：江如自天傾，岸立兩崖鬭。黔巫望西屬，越嶺通南奏；時時縣樓對，雲霧昏白晝。荒煙下牢戍，百仞寒溪漱。蝦蟆噴水簾，甘液勝飲酎。亦嘗到黄牛，泊舟聽猿狖。巉巉起絶壁，蒼翠非刻鏤。陰

① 疑“舜”爲“聖”之誤字。

巖下攢叢，岫穴忽空透。遥岑聳孤出，可愛欣欲就。惟思得君詩，古健寫奇秀。

今來會京師，車馬逐塵瞀。頹冠各白髮，舉酒無翠袖；繁華不可慕，幽賞亦難遘。徒爲憶山吟，耳熱助嘲詬。

七言古如《黄牛峽祠》曰：

大川雖有神，淫祀①亦其俗。石馬繫祠門，山鴉噪叢木。潭潭村鼓隔溪聞，楚巫歌舞送迎神。畫船百丈山前路，上灘下峽長來去。江水東流不暫停，黄牛千古長如故。峽山侵天起青嶂，崖崩路絶無由上；黄牛不下江頭飲，行人惟向舟中望。朝朝暮暮見黄牛，徒使行人過此愁。山高更遠望猶見；不是黄牛滯客舟。（語曰："朝見黄牛，暮見黄牛；一朝一暮，黄牛如故。"言江惡難行，久不能過也。）

此以舜欽之俊邁，而抒梅氏之瘦峭。其他五言古如《登絳州富公嵩巫亭示同行者》、《水谷夜行寄子美聖俞》、《清明風雨三日不出因書所見呈聖俞》、《書懷感事寄梅聖俞》、《會峰亭》，七言古如《會飲聖俞家有作兼呈原父景仁聖從》、《歸雁亭》，皆是也。五言古如《猛虎》曰：

猛虎白日行，心閑貌揚揚。當路擇人肉，羆豬不形相。頭垂尾不掉，百獸自然降。暗禍發所忽，有機埋路傍；徐行自踏之，機翻矢穿腸。怒吼震林丘，瓦落兒墮牀。已死不敢近，目睛射餘光。虎猛恃其外，爪牙利鈎鋩。人形雖羸弱，智巧乃中藏。恃外可摧折，藏中難測量。英心多決烈，自信不猜防。老狐足奸計，安居穴垣牆。窮冬聽冰渡，思慮豈不長？引身入扱中，將死猶跳踉。狐奸固堪笑，猛虎誠可傷。

七言古如《百子坑賽龍》曰：

嗟龍之智誰可拘，出入變化何須臾。壇平樹古潭水黑，沈沈影響疑有無。四山雲霧忽晝合，瞥起直上拏空虛。龜魚帶去半空落，雷輷電走先後驅。傾崖倒澗聊一戲，頃刻萬物皆涵濡。青天却掃萬里靜，但見緑野如雲敷。明朝老農拜潭側，鼓聲坎坎鳴山隅。野巫

① "祀"爲"祠"之誤字。

醉飽廟門闔，狼藉烏鳥爭殘餘。

此爲李白之振奇，而同韓愈之俶詭。其他五言古如《金雞五言十四韻》、《送滎陽魏主簿》、《自枝江山行至平陸驛五言二十四韻》、《答蘇子美離京見寄》、《思二亭送光祿謝寺丞歸滁陽》、《和徐生假山》，七言古如《絳守居園池》、《啼鳥》、《菱溪大石》、《紫石屏歌》、《葛氏鼎》、《吴學士石屏歌》、《盤車圖》、《於劉功曹家見楊直講女奴彈琵琶戲作呈聖俞》、《有贈端溪緑石枕蘄州竹簟呈原父聖俞》、《盆池》、《鬼車》、《感二子》、《送子野》、《石篆詩》，皆是也。七言絶則不爲韓愈之拗强俶詭，而同白居易之樂易曠真；如《豐樂遊春》三首、《畫眉鳥》、《寄謝晏尚書二絶》、《魚》、《鷺鷥》是也。録《魚》曰：

秋水澄清見髮毛，錦鱗行處水紋摇。岸邊人影驚還去，時向緑荷深處跳。

又《鷺鷥》曰：

激石灘聲如戰鼓，翻天浪色似銀山。灘驚浪打風兼雨，獨立亭亭意愈閑。

以其才大而功深，無所不學，無所不似。大抵以中唐、晚唐之清鍊，祛盛唐之浮廓；而以盛唐、中唐之豪蕩，舒晚唐之危仄。由修而拗怒，則爲黄庭堅，爲陳師道；由修而舒坦，則爲蘇軾，爲陸游。詩之由唐而宋，惟修管其樞也。修於唐詩最推李白，以謂："杜甫於白，得其一節而精强過之，至於天才自放，非甫可到也。"特文則宗韓愈而能變韓愈，詩亦推李白而不似李白。文雖力矯崑體，而詩不廢崑體。集中詩如《雙桂樓》、《錢相中伏日池亭宴會分韻》、《留守相公移鎮漢東》五言長律三篇，皆爲錢惟演酬唱而作，依然崑體，然猶少作也。及其與王珪同爲翰林學士，故事，進春帖子，自皇后貴妃以下諸閣皆有。是時張貴妃薨，封溫成皇后，而閣未廢。詞臣闕而不進。仁宗不懌，宣索。珪倉卒不知所措。修曰："某有一首。"從容揮翰，辭曰：

忽聞海上有仙山，煙鎖樓臺日月閑。花下玉容長不老，只應春色勝人間。

既進，上大喜。珪拊修背曰："君文章真含香丸子也！"顧此首集中不見。而集中載《春帖子》、《端午帖子》之作，無不詞取妍華而有興象，知用力於崑體者深爾。

修詩文皆變當時舊格，惟詞爲小技，與晏殊同出南唐，蹊徑已變，而規模未大。然思路甚雋，而筆意有二：有冶麗同晏殊，而特爲深婉以開秦觀者。如《生查子》曰：

去年元夜時，花市燈如晝。月到柳梢頭，人約黄昏後。　今年元夜時，月與燈依舊。不見去年人，淚滿春衫袖。

又《南歌子》曰：

鳳髻金泥帶，龍紋玉掌梳，走來窗下笑相扶，愛道："畫眉深淺入時無?"　弄筆偎人久，描花試手初，等閑妨了繡工夫，笑問："雙鴛鴦字怎生書?"

有空靈出韋莊，而抒以疏俊以開蘇軾者，如《長相思》曰：

花似伊，柳似伊，花柳青春人别離，低頭雙淚垂。　長江東，長江西，兩岸鴛鴦兩處飛，相逢知幾時!

又《漁家傲》曰：

花底忽聞敲兩槳，逡巡女伴來尋訪。酒盞旋將荷葉當。蓮舟蕩，時時盞棄①生紅浪。　花氣酒香清厮釀，花腮酒面紅相向。醉倚緑陰眠一晌。驚起望，船頭擱在沙灘上。

大抵晏詞婉麗，尚是晚唐之風流；而歐筆屈折，已開蘇詞之跌宕。蓋以南唐而參《花間》，此風氣之有開必先也。

張先，字子野，吴興人。爲都官郎中，從修及晏殊遊。嘗爲殊序《珠玉詞》，而亦以詞自喜。有客謂先曰："人皆謂公張三中，即'心中事'，'眼中淚'，'意中人'也。"先笑曰："何不目我爲張三影?"客不曉。先曰："'雲破月來花弄影'，'嬌柔懶起，簾壓捲花影'，'柳徑無人，墮飛絮無影'；此皆余平生所得意也。"傳有《張子野詞》二卷。所爲麗而能朗，疏而不快，不失修及晏殊之温婉，而以開柳永、蘇軾之警新；宋詞之變，先管其樞。如《菩薩蠻》曰：

牡丹含露真珠顆，美人折向簾前過。含笑問檀郎："花强妾貌强?"　檀郎故相惱，剛道花枝好。"花若勝如奴，花還解語無?"

又《更漏子》曰：

---

① "棄"爲"裹"之誤字。

> 錦筵紅，羅幕翠，侍燕美人姝麗。十五六，解憐才，勸人深酒杯。　黛眉長，檀口小。耳畔向人輕道："柳陰曲，是兒家。門前紅杏花。"

其詞有醖藉處，亦有警發處；然醖藉不減晏歐，而警發處卻俊雅耐吟味，不如蘇軾之豪放，亦異柳永之褻諢。

柳永，初名三變；崇安人，景祐元年進士，官至屯田員外郎，世號柳屯田。而永爲舉子時，好狹斜遊，善爲歌詞。教坊樂工，每得新腔，必求永爲詞，諧婉動人，有井水處，即能歌諷。蘇軾拈出"霜風凄緊，關河冷落，殘照當樓。"曰："唐人佳處，不過如此！"傳有《樂章集》一卷。其詞善於鋪叙，羈旅行役，情文相生，尤爲悱惻！如《晝夜樂》曰：

> 洞房記得初相遇，便只合長相聚。何期小會幽歡，變作別離情緒。況值闌珊春色暮，對滿目亂花狂絮。直恐好風光，盡隨伊歸去。　一場寂寞憑誰訴，算前言總輕負。早知恁地難拚，悔不當初留住。其奈風流端正好，更別有繫人心處。一旦不思量，也攢眉千度。

又《定風波》曰：

> 自春來、慘緑愁紅，芳心是事可可。日上花梢，鶯穿柳帶，猶壓香衾卧。暖酥銷，膩雲嚲。終日厭厭倦梳裹。無那。恨薄情一去，音書無個。　早知恁般麽。悔當初、不把雕鞍鎖。向雞窗，只與蠻箋象管，拘束教吟哦。鎮相隨，莫拋躲。針綫閑拈伴伊坐。和我。免使少年光陰虚過。

又《少年遊》曰：

> 日高花謝懶梳頭。無語倚妝樓。修眉斂黛，遥山横翠，相對結春愁。　王孫走馬長秋陌，貪迷戀少年遊。似恁疏狂，費人拘管，争似不風流。

此爲思婦樓頭設想也。如《雨霖鈴》曰：

> 寒蟬凄切，對長亭晚，驟雨初歇。都門帳飲無緒，方留戀處，蘭舟催發。執手相看淚眼，竟無語凝噎。念去去，千里烟波，暮靄沉沉楚天闊。　多情自古傷離别，更那堪，冷落清秋節。今宵酒醒何處？楊柳岸，曉風殘月。此去經年，應是良辰好景虚設。便總

有千種風情，更與何人説。

又《六幺令》曰：

澹煙殘照，揺曳溪光碧；溪邊淺桃深杏，迤邐染春色。昨夜扁舟泊處，枕展當灘磧。波聲漁笛，驚回好夢，夢裏欲歸歸不得。

展轉翻成無寐，因此傷行役。思念多媚多嬌，咫尺千山隔。都爲深情密愛，不忍輕離拆。好天良夕，鴛帷寂靜，算得也應暗相憶。

又《鳳銜杯》曰：

追悔當初辜深願，經年價，兩成幽怨。任越山吴水，似屏如障，堪遊玩。奈獨自慵擡眼。　　賞煙花，聽絃管，圖歡笑，轉加腸斷。總時展丹青，强拈書信，頻頻看，又争似，親相見。

又《八聲甘州》曰：

對蕭蕭暮雨灑江天，一番洗清秋。漸霜風凄緊，關河冷落，殘照當樓。是處紅衰緑減，苒苒物華休。惟有長江水，無語東流。

不忍登高臨遠，望故鄉渺邈，歸思難休。歎年來蹤跡，何事苦淹留。想佳人妝樓顒望，誤幾回天際識歸舟。争知我倚欄杆處，正恁凝眸。

此以行役羈旅言之也。如怨如慕，只是實説；語語本色，卻是字字旖旎。宜其流傳人口，一時稱俊。然閨房狎媟，不宜實説，而有本色描寫，跡近誨淫者。如《鬬百花》曰：

滿搦宫腰纖細。年紀方當笄歲。剛被風流沾惹。與合垂楊雙髻。初學嚴妝，如描似削身材，怯雨羞雲情意。舉措多嬌媚。

争奈心性，未會先憐佳婿。長是夜深，不肯便入鴛被。與解羅裳，盈盈背立銀釭，却道你但先睡。

又《菊花新》曰：

欲掩香帷論繾綣，先斂雙蛾愁夜短。催促少年郎，先去睡鴛衾圖暖。　　須臾放了殘針綫，脱羅裳恣情無限。留著帳前燈，待時時看伊嬌面。

儘是實話，殊嫌穢口。以視歐陽修詞之閨情冶思，猶託之興象，而出以醖藉者，殊爲好色而淫也。相傳蘇軾在玉堂日，有士善歌，因問我詞何如柳七。對曰："柳郎中詞，只合十七八女郎，執紅牙板，歌'楊柳岸，曉風殘月'。

學士詞，須關東大漢，銅琵琶，鐵綽板，唱‘大江東去’。”軾爲之絶倒。其實軾寓意高遠，運筆雄矯，一洗綺羅香澤之態，寄慨無端，豈可與永之詞相提並論。永之詞，有軾之警新而遜其豪放；永不過浪子狹斜，軾自有才人抱負。而如永《鬬百花》、《菊花新》等詞，亦豈可以付十七八女郎，執紅牙板歌，得無羞口耶？風斯下矣。張先與永齊名，而時以先不及永。然永筆警而意佻，不如先之詞雅而韻高！雖同一閨帷婉孌之詞，然先風情而無傷雅道，疏俊而饒能醞藉，意思安閑，於歐陽修爲近，豈如永之好色而淫者哉。

劉敞，字原父，號公是，新喻人。登慶曆六年進士上第。望歐陽修稍後出，而同爲仁宗侍臣，學問文章，勢不相下，然相重也。修稱敞“議論宏博，詞章爛然”。而敞亦謂修“學該古今，窮極貫變。”及修參知政事，言於宰相韓琦，欲以敞爲翰林學士，而仁宗大漸，未之果也。敞累官集賢院學士，傳有《公是集》五十四卷。其詩五七言古，跌宕昭彰而嫌未鬱厚；五言律，五七言絶，凄惋清新而未臻老健。辭筆之豪放，意趣之淵永，未足與歐陽修頡頏以拔幟易幟。而近體不如古體，七律尤遜五律，大抵五七言古亦出杜甫，五七言絶頗參王韋，而渾脱瀏亮，不如東坡；生拗遒變，又異山谷；在宋詞中，不足名家。文則波瀾氣象，遠勝於詩，亦以無意與歐蘇争能，氣平而文緩，意度安閒。如《送福州文學蜀人范宗韓序》曰：

> 蓋君子之仕也，辭貴不辭賤，辭富不辭貧。夫文學之位，可謂賤矣，其禄可謂貧矣，是范生所不得辭也。范生，蜀人，爲古文章有名。或薦於上，上以福州文學處之。於是攜其妻東南出巴峽以趨海濱。嗚呼！太平以來，治貴和同，四方之士，未有特超而起者也。及其多事，而年少羣不逞之人，逃奔蠻夷，爲之謀主，以病中國。由是隱居之賢，以名高見疑，稍稍就吏矣。其禄雖寵，囚之實也。其籍雖仕，竄之實也；豈可謂非命也哉！
>
> 吾嘗遊福州，識張宜，太和詡詡，老儒也。其爲人介而不别，同而不流；是以不爲世俗知，而不爲世俗患。子往從之乎，又何陋哉？

渟泓含蓄，波瀾自然。又《先秦古器記》曰：

> 先秦古器十有一物，制作精巧，有款識，皆科斗書，爲古學者莫能盡通。以他書參之，迺十得五六。就其可知者，校其世，或出

周文武時，於今蓋二千有餘歲矣。嗟乎！三王之事，萬不存一；《詩》、《書》所記，聖王所立，有可長太息者矣，獨器也乎哉！兑之戈，和之弓，離磬崇鼎，三代傳以爲寶，非賴其用也，亦云上古而已矣。孔子曰："多見而識之，知之次也。"衆不可概，安知天下無能盡辨之者哉？使工模其文，刻於石，又并圖其象，以俟好古博雅君子焉。終此意者，禮家明其制度，小學正其文字，譜牒次其世謚，乃爲能盡之。

歐陽修纂《集古録》，以史傳證碑石；敞作《先秦古器記》，以經學辨彝器；遂爲金石之學所託始。而敞言"禮家明其制度，小學明其文字，譜牒次其世謚"，遂發鐘鼎考證之閫奥矣。又《皇侄孫故右内率府副率叔舍石記》曰：

太子右内率府副率叔舍，上之再從侄孫。曾祖曰德彝，昭德軍節度使兼中書令，潁川郡王。祖曰承錫，左屯衛大將軍，楚州團練使。父克闢，右千牛衛將軍。母曰吴氏，陳留縣君。嘉祐元年十一月己丑，生於官邸；二年四月，以宗室長子賜名，爲太子右内率府副率；四年六月甲子，以疾卒，厝奉先佛寺。五年十月，葬汝州梁縣。

古之道，天下無生而貴者，故雖王者之子，猶勝衣冠而後爵之。然亦任以事，責以職，時有不能以恩全者矣。國朝變此制，公族雖疏遠，皆以官禄富貴之，而終不任以事，使之必全，其待長嫡又加異。故叔舍未至能言而官矣。然亦夭閼早死，豈固有命耶？謹記。

不過一宗室之四歲下殤耳，而今古異制，即於言下見得，可當一篇《宋史·宗室傳序》讀，絶大史識，而全篇不足二百言。其他如《處士號議》、《爲政》、《言畏》、《上仁宗論睦親不當建神御殿》、《上仁宗論温成立忌》、《論讓官疏》、《論契丹告哀》、《送江鄰幾序》、《送蘇安上序》、《送王生序》、《送楊鬱林序》、《送邵賢良序》、《送焦千之序》、《送潘況序》、《送從兄赴選序》、《送新安尉張詵序》、《皇兄贈昭化軍節度使追封祁國公承裔墓誌銘》、《皇侄孫贈右武衛大將軍叔詹墓誌銘》、《皇侄孫故内率府副率叔聞石記》、《皇侄曾孫太子右内率府副率持之石記》、《貞觀刀記》、《雜録》，辭不鏗訇，而自然朗暢，愜理饜心，其原蓋出於《禮記》。大抵風神不如歐陽修之駘宕，議論不如蘇氏父子之瀾翻，體氣不如曾王之峻茂，而特以從容中道，不大聲以色。碑傳之叙次有史裁，制誥之懇懃得古意，賦表書啓四六之爽切無膚辭，足以抗行歐陽修而無愧色。至於設《侯公説辭》、《寓辯》之檃《戰國策》，《擬朝廷報契丹書》之檃漢文《與趙佗書》，《諭客》之檃東方朔《客難》，揚雄《解嘲》，《王配于京賦》之雍容揄揚，仿佛漢賦；《送王舒序》、《送湖南運使慎學士序》之遒茂古健，依仿漢文；似自振厲，若欲以警發時人憒憒者。然其議論亦欲匡時拂俗，以礲切當世士大夫；特出以從容諷議，而不爲急言竭論耳。

劉攽，字貢父，號公非，敞弟，與敞同年登進士第。詩學中唐，出入劉白，爽朗有時似香山，警鍊亦或似夢得；然氣體差似，而秀發不足，蓋才有以限之。文亦醇粹明白，不爲雄夸澶漫之談，亦無摇曳側媚之態。而才調特勝乃兄，然亦以才調勝乃兄，而不安於平實，轉不如乃兄之意度安詳；其爲得失與蘇氏軾轍相反。轍之所以不如軾者，爲才調不如，而不足於警快也。攽之所以不如敞者，以才調稍勝，而不安於平實也。傳有《彭城集》四十卷。至南宋吕祖謙纂《宋文鑑》，多録劉氏敞、攽文，寖媲歐、蘇、曾、王。朱熹、葉適，咸亟稱之；於是敞、攽之文大顯。今觀敞、攽之文，抑遏掩蔽，伏其光氣，自於歐、蘇、曾、王以外，别一蹊徑；然必欲抗之，以爲突過歐、蘇、曾、王，私心殊未謂然。何者？歐陽修神暇而趣永，二劉則度安而韻不流。三蘇氣駿而才雄，二劉則氣駑而才亦遜。曾王體舒而氣峻，二劉則體舒而不氣峻。特自以才力之不如，知所短而不犯，不能淵永而爲明白，不能雄駿而爲平正，不能峻遒而爲委備；所以韻不如歐陽之流，才不如三蘇之大，體不如曾王之峻，而無害爲善用其短。歐、蘇、曾、王善用其長，而二劉善用其短，此所以别出蹊徑，而卒無以相勝也。

第六節　蘇洵　蘇軾附秦觀、黄庭堅、陳師道張耒、晁補之、李廌　蘇轍附子孫

蘇洵，字明允，眉山人。以文章遊歐陽修之門，而二子軾、轍，受知爲弟子。顧文章體勢，與修不同。修好爲不盡，而蘇洵父子則肆爲盡。洵尤峻健，不同修之優遊。洵兄涣，登進士第。而洵放廢，至二十五歲，始

發憤爲學。舉進士及茂才異等，皆不中程。乃悉焚曩所爲文，閉户讀書，遂通六經百家之説，而大肆其力於文章。詩人之優柔，騷人之精深，孟韓之温淳，遷固之雄剛，孫吴之簡切，投之所嚮，無不如志。常以爲："董生得聖人之經，其失也流而爲迂。鼂錯得聖人之權，其失也流而爲詐。有二子之才而不流者，其惟賈生乎。"蓋以賈生自許也。下筆千言，而未爲世知。知雅州雷太簡獨知之，以書薦之成都尹張方平。方平讀其文，以爲似司馬子長，資之攜二子軾、轍遊京師。以文謁歐陽修，且自叙生平而媵以書曰："洵少年不學，生二十五歲，始知讀書從士君子遊。年既已晚，而又不遂刻意厲行，以古人自期；而視與己同列者皆不勝己，則遂以爲可矣。其後困益甚，然後取古人之文而讀之，始覺其出言用意，與己大別。時復内顧自思其才，則又似夫不遂止於是而已者。由是盡燒曩時所爲文數百篇，取《論語》、《孟子》、韓子及其他聖人賢人之文，而兀然端坐，終日以讀之者七八年矣。方其始也，入其中而惶然，博觀於其外而駭然以驚。及其久也，讀之益精，而其胸中豁然以明，若人之言固當然者。然猶未敢自出其言也。時既久，胸中之言日益多，不能自制，試出而書之，已而再三讀之，渾渾乎覺其來之易矣。然猶未敢自以爲是也，近所爲《洪範篇》、《史論》凡七篇，執事觀其如何？"修以爲賈誼、劉向不能過，且語之曰："子之《六經論》，荀卿子之文也。"上其所著《幾策》、《權書》、《衡論》二十二篇。既出，士大夫争傳之，一時學者競效蘇氏爲文章，其名翕然！羣公執政待以上客。會重陽，韓琦置酒私第，惟修與一二執政，洵以布衣參其間，都人以爲異禮。席間作詩，洵有"佳節已從愁裏過，壯心時向醉中來"，其意氣尤不少衰。而琦方爲樞密使。時軍政久弛，將驕卒惰，欲裁以法。洵探琦意，乃上書曰：

> 太尉執事：洵著書無他長，及言兵事，論古今形勢，至自比賈誼。所獻《權書》，雖古人已往成敗之跡，苟深曉其義，施之於今，無所不可。昨因請見，求進末議，太尉許諾。謹撰其説，言語朴直，非有驚世絶俗之談，甚高難行之論。太尉取其大綱，而無責其纖悉。
>
> 蓋古者非用兵決勝之爲難，而養兵不用之可畏。今夫水，激之山，放之海，決之爲溝塍，壅之爲沼沚，是天下之人能之。委江河，注淮泗，匯爲洪波，瀦爲太湖，萬世而不溢者，自禹之後，未

之見也。夫兵者，聚天下不義之徒，授之以不仁之器，而教之以殺人之事。夫惟天下之未安，盗賊之未殄，然後有以施其不義之心，用其不仁之器，而試其殺人之事。當是之時，勇者無餘力，智者無餘謀，巧者無餘技，故其不義之心，變而爲忠，不仁之器，加之於不仁，而殺人之事，施之於當殺。及夫天下既平，盗賊既殄，不義之徒聚而不散，勇者有餘力，則思以爲亂。智者有餘謀，則思以爲奸；巧者有餘技，則思以爲詐；於是天下之患雜然出矣。蓋虎豹終日而不殺，則跳踉大叫以發其怒；蝮蝎終日而不螫，則噬齧草木以致其毒；其理固然，無足怪者。

昔者劉項奮臂於草莽之間，秦楚無賴子弟千百爲輩，争起而應者，不可勝數；轉鬬五六年，天下厭兵，項籍死而高祖亦已老矣。方是時，分王諸侯，改定律令，與天下休息；而韓信黥布之徒，相繼而起者七國；高祖死於介胄之間，而莫能止也；連延及於吕氏之禍，訖孝文而後定。是何起之易而收之難也？劉項之勢，初若決河，順流而下，誠有可喜；及其崩潰四出，放乎數百里之間，拱手而莫能救也。嗚呼！不有聖人，何以善其後？

太祖太宗躬擐甲胄，跋涉險阻，以斬刈四方之蓬蒿；用兵數十年，謀臣猛將滿天下。一旦卷甲而休之，傳四世而天下無變。此何術也？荆楚九江之地，不分於諸將；而韓信黥布之徒，無以啓其心也。雖然，天下無變，而兵久不用，則其不義之心，蓄而無所發，飽食優游，求逞於良民，觀其平居無事，出怨言以邀其上；一日有急，是非人得千金，不可使也。往年詔天下繕完城池，西川之事，洵實親見。凡郡縣之富民，舉而籍其名，得錢數百萬，以爲酒食餽餉之費。杵聲未絶，城輒隨壞，如此者數年而後定。卒事，官吏相賀，卒徒相矜，若戰勝凱旋而待賞者。比來京師，遊阡陌間，其曹往往偶語無所諱忌。聞之土人，方春時尤不忍聞，蓋時五六月矣！會京師憂大水，鉏耰畚築，列於兩河之壖；縣官日費千萬。傳呼勞問之聲，不絶者數十里，猶且睊睊狼顧，莫肯效用。且夫内之如京師之所聞，外之如西川之所親見，天下之勢，今何如也。

御將者，天子之事也。御兵者，將之職也。天子者，養尊而處優，樹恩而收名，與天下爲喜樂者也，故其道不可以御兵。人臣執法而不求情，盡心而不求名，出死力以捍社稷，使天下之心繫於一人，而己不與焉；故御兵者人臣之事，不可以累天子也。今之所患，大臣好名而懼謗，好名則多樹私恩，懼謗則執法不堅。是以天下之兵豪縱至此，而莫之或制也。頃者狄公在樞府，號爲寬厚愛人，狎昵士卒，得其歡心，而太尉適承其後。彼狄公者，知御外之術，而不知治内之道，此邊將才也。古者兵在外，愛將軍而忘天子；在内，愛天子而忘將軍；愛將軍，所以戰；愛天子，所以守。狄公以其御外之心，而施諸其内。太尉不反其道，而何以爲治？或者以爲兵久驕不治，一旦繩以法，恐因以生亂。昔者郭子儀去河南，李光弼實代之，將至之日，張用濟斬於轅門，三軍股慄。夫以臨淮之悍，而代汾陽之長者；三軍之士竦然如赤子之脱慈母之懷，而立乎嚴師之側，何亂之敢生？且夫天子者，天下之父母也。將相者，天下之師也。師雖嚴，赤子不敢以怨其父母；將相雖厲，天下不敢以咎其君，其勢然也。天子者，可以生人，可以殺人。故天下望其生。及其殺之也，天下曰是天子殺之，故天子不可以多殺。人臣奉天子之法，雖多殺，天下無所歸怨，此先王所以威懷天下之術也。

伏惟太尉思天下所以長久之道，而無幸一時之名；盡至公之心，而無恤三軍之多言。夫天子推深仁以結其心，太尉厲威武以振其惰。彼其思天子之深仁，則畏而不至於怨；思太尉之威武，則愛而不至於驕。君臣之體順，而畏愛之道立。非太尉，吾誰望耶？

琦見之大駭，懼其文播而三軍譁也，謝不欲再見，微以咎修。而富弼當國，尤不樂之，曰："此君專勸人殺戮立威，豈得直如此要官做!"久之無成而歸。累年始得召試策論舍人院，辭不至。而《上皇帝書》，指陳政事得失，纚纚五千言。執政欲不次用之。富弼持不可曰："姑少待之!"乃除試祕書省校書郎。時韓琦已爲相，洵上書琦，訴貧且老，不能從州縣待改官，譬豫章橘柚，非老人所種；且言："天下官，豈以某故而冗耶?"修亦爲言，乃以爲霸州文安縣主簿，與陳州項城令姚闢，同修太常因革禮。而王安石亦以修薦爲知制誥，議論高奇，方談經術，見洵文，詆曰："此戰國之文爾。"洵聞之，大恨。會張方平亦爲安石所排，二人者，素相善也，洵乃作

《辨奸論》，謂：“今有人口誦孔老之言，身履夷齊之行，收召好名之士、不得志之人，相與造作言語，私立名字，以爲顔淵、孟軻復出；而陰賊險狠，與人異趣。夫面垢不忘洗，衣垢不忘澣，人之情也。今也①，衣臣虜之衣，食犬彘之食，囚首喪面而談詩書，此豈其情也哉！凡事之不近人情者，鮮不爲大奸慝！”蓋以斥安石，獻之方平，而不以示修。安石微知之，益不快，而兩家之隙，遂不可解也。洵有《嘉祐集》二十卷；爲文章特工議論，如《幾策》之《審勢》、《審敵》，《權書》之《心術》、《法制》、《强弱》、《攻守》、《六國》、《項籍》，《衡論》之《御將》、《廣士》、《養才》、《申法》、《議法》，六經之《易》、《樂》、《詩》、《春秋》四論，《史論》上中下，《諫論》上下，《管仲論》、《明論》、《上韓樞密書》、《上田樞密書》、《上王長安書》、《上歐陽内翰第一書》、《蘇氏族譜引》，指事類情，婀娜百折，煙波無限，令人往復而不厭。其學原本兵家之權謀，法家之刑名，而抒以縱横家之捭闔，切事情，明是非，其筆力一出一入，王安石目爲戰國之文，可謂知言。特以清暢肆辨折，而不爲《國策》蘇張之瑰奓。同一抵掌而談，縱横跌宕，而一雄麗，一清遒；縱筆所之，風馳雨驟，極揮斥之致，而機勢圓轉如轆轤。同韓愈之馳騁雄邁，而無其沉浸醲郁；此所以爲宋人之文也。然洵之文，有學韓愈而極神似者：《張益州畫像記》，有意爲愈之峻重而不爲馳騁，仿佛《柳州羅池廟碑》、《鄆州谿堂詩序》筆意。《木假山記》，有意爲愈之盤鬱而力躋詭變，仿佛《送廖道士序》、《藍田縣丞廳壁記》筆意。而《送石昌言爲北使引》、《名二子説》，亦得韓愈嶔崎之致；知其用力於韓者深也。特其所以異軍突起而成一家之言者，自在《策論》；觀之上古，驗之當世，參以人事，而察盛衰之理，審權勢之宜，洞爽軒闢。而曉暢戎機，尤善論兵；如《權書》之《心術》曰：

爲將之道，當先治心；泰山崩於前而色不變，麋鹿興於左而目不瞬，然後可以制利害，可以待敵。凡兵上義，不義，雖利勿動；非一動之爲害，而他日將有所不可措手足也。夫惟義，可以怒士，士以義怒，可與百戰。凡戰之道：未戰養其財，將戰養其力，既戰養其氣，既勝養其心。謹烽燧，嚴斥堠，使耕者無所顧忌，所以養

---

① 後脱“不然”二字。

其財。豐犒而優游之，所以養其力。小勝益急，小挫益厲，所以養其氣。用人不盡其所欲爲，所以養其心。故士常蓄其怒，懷其欲而不盡；怒不盡，則有餘勇；欲不盡，則有餘貪。故雖并天下而士不厭兵，此黄帝之所以七十戰而兵不殆也。不養其心，一戰而勝，不可用矣。凡將欲智而嚴，凡士欲愚。智則不可測，嚴則不可犯，故士皆委己而聽命，夫安得不愚？夫惟士愚而後可與之皆死。凡兵之動，知敵之主，知敵之將，而後可以動於險。鄧艾縱①兵於穴中，非劉禪之庸，則百萬之師，可以坐縛，彼固有所侮而動也。故古之賢將，能以兵嘗敵，而又以敵自嘗，故去就可以決。

凡爲將之道：知理而後可以舉兵，知勢而後可以加兵，知節而後可以用兵。知理則不屈，知勢則不沮，知節則不窮。見小利不動，見小患不避，小利小患不足以辱吾技也，夫然後可以支大利大患。有以養技而自愛者，無敵於天下，故一忍可以支百勇，一靜可以制百動。兵有長短，敵我一也。敢問：吾之所長，吾出而用之，彼將不與吾校；吾之所短，吾蔽而置之，彼將强與吾角，奈何？曰：吾之所短，吾抗而暴之，使之疑而卻；吾之所長，吾陰而養之，使之狎而墮其中。此用長短之術也。善用兵者，使之無所顧，有所恃。無所顧，則知死之不足惜；有所恃，則知不至於必敗。尺棰當猛虎，奮呼而操擊；徒手遇蜥蜴，變色而却步，人之情也；知此者可以將矣。袒裼而按劍，則烏獲不敢逼；冠冑衣甲據兵而寢，則童子彎弓殺之矣。故善用兵者以形固。夫能以形固，則力有餘矣。

詞約而意賅，天下之兵説，皆歸其中，蓋孫武以來所未見也。《六經論》，於經術甚疏，而《易》《樂》《詩》三論，持論不根，一説以臆，讀之娓娓，若人之言固當然者。特以洞明世故，愜理饜情，而行文縱横，往往空中布景，絶處逢生，令人有陵雲御風之意。歐陽修態有餘妍，洵則筆有餘勁。而《上韓樞密書》、《上歐陽内翰第一書》，得《國策》之雄詼，參《韓非》之峭勁，肆意有所作，而語有斷制，出入西漢賈、晁，雄放當爲宋人書中第一云。洵爲人聰明辨智，遇人氣和而色温，而好爲策謀，務一出己見，不肯躡故跡。

① 一本为“縋”，疑“縱”为“縋”之誤字。

談兵尤喜自負，慨然有志於功名者也。顧不遇而肆之爲文章，每於其窮達得喪，憂歎哀樂，念有所屬，必發之於此。於古今治亂興壞，是非可否之際，意有所擇，亦必發之於此。於應接酬酢萬事之變者，雖錯出於外，而用心於內者，未嘗不在此也。蓋少或百字，多或千言，其指事析理，引物託喻，侈能盡之約，遠能見之近，大能使之微，小能使之著，煩能不亂，肆能不流，而要由於筆力之勁以躋乎此。二子軾、轍，兄弟競爽，以濟厥美；而軾之才尤大。

蘇軾，字子瞻，聰明天成。父遊學四方，而母氏程親授以書；聞古今成敗，輒能語其要，讀《後漢書》，至《范滂傳》，問於母曰："兒若爲滂，夫人亦許之乎?"母曰："兒爲滂，吾獨不能爲滂母耶!"因撫軾喜曰："吾有子矣。"既而父命從同學劉巨學。巨賦《鷺鷥詩》，末云："漁人忽驚起，雪片逐風斜。"軾曰："斷章無歸宿，曷若'雪片落蒹葭'?"巨，宿儒也，乃驚謝曰："吾非若師。"及冠，學通經史，屬文日數千言。嘉祐二年，試禮部。歐陽修實知貢舉，而梅聖俞爲之佐。疾時文之磔裂，士風之詭異，乃擢軾、轍高第以式多士。而聖俞得軾卷《刑賞忠厚之至論》，以爲其文似孟子，呈修。修誦至"皋陶曰殺之三，堯曰宥之三"，按曰："此出何書?"聖俞曰："何須出處!"欲置第一，而修疑其客曾鞏所爲，抑爲第二。復以《春秋》對義，擢第一。軾詣謝。聖俞問："皋陶三殺，堯三宥，出何書也?"軾徐曰："想當然耳!"既而詣修，修亦問，軾曰："事在《三國志·孔融傳》注。"修檢之無有，再問，軾曰："曹操以袁熙妻賜子丕。孔融曰：'昔武王以妲己賜周公。'操問何經見？融曰：'以今日之事觀之，意其如此!'堯、皋陶之事，某亦意其如此。"修退而大驚曰："此人可謂善讀書，善用書，吾當避此人出一頭地。"顧軾終身服膺於修，每語人："歐陽公，天人也，恐未易過。非獨不肖所不敢當也。天之生斯人，意其甚不易；非且使之休息千百年，恐未能復生斯人也。"及修以直言薦軾兄弟，而同召試者甚多。宰相韓琦語客曰："二蘇在比，而諸人亦敢與之較試，何也?"其言傳，而不試去者，蓋十八九矣。時仁宗春秋高，策試舉人罷朝，而色喜，告皇后曹氏曰："朕今日得才士二人，曰蘇氏軾、轍；然吾老矣，慮不能用。將以遺子孫，不亦可乎!"歷事仁宗、英宗、神宗、哲宗，累官端明殿翰林侍讀學士。中間以與王安石議論不合，乃作《荀卿論》以相譏切，又發憤言："文字之衰，未有如今日者也，其源實出於王氏。王氏之文未必不善也，而患在於好使人同己。自孔子不能使人同，顔淵之仁，子路之勇，不能以相移，而王氏欲以其學同天下。地之美者，同於生物，不同於所生；惟荒瘠斥鹵之地，彌望皆黄茅白葦，此則王氏之同也。”遂遘黨禍，屢遭貶逐，纔起而卒仆；至哲宗紹聖改元，貶知英州，移惠州、瓊州；赦還，提舉玉局觀，故有蘇學士、蘇玉局之稱。傳有《東坡全集》一百十五卷。初好賈誼、陸贄書，論古今治亂，不爲空言。既而讀《莊子》，喟然歎曰：“吾昔有見於中，口未能言；今見《莊子》，得吾心矣!”既以刺新法流弊而謫居黄州，杜門深居，馳騁翰墨，其文一變，如川之方至。而後讀釋氏書，深悟實相，參之孔孟，博辯無礙，浩然其無涯也。其思想出入佛老，旁參名法縱横。而爲文章不拘一格，大體可得而論者有二：

其一調適而鬯遂，抒其胸次之高曠；如《灧澦堆賦》、《黠鼠賦》、《前、後赤壁賦》、《醉白堂記》、《喜雨亭記》、《超然臺記》、《寶繪堂記》、《墨寶堂記》、《放鶴亭記》、《思堂記》、《文與可篔簹谷偃竹記》、《石鐘山記》、《遊桓山記》、《睡鄉記》、《畫水記》、《方山子傳》、《韓幹畫馬贊》、《石室先生畫竹贊》、《答李廌書》第二首、《日喻》、《怪石供》等篇，博攬物態，清曠自怡。而短札小記，涉筆成趣，著墨不多，自然韻流；如《與毛維瞻尺牘》曰：

> 歲行盡矣，風雨凄然。紙窗竹屋，燈火青熒，時於此間，得少佳趣。無由持獻，獨享爲愧。想當一笑也。

又如《題鳳翔東院王畫壁》曰：

> 嘉祐癸卯上元夜，來觀王維摩詰筆。時夜已闌，殘燈耿然，畫僧躊躊欲動，恍然久之。

又如《記承天寺夜遊》曰：

> 元豐六年十月十二日夜，解衣欲睡，月色入户，欣然起行。念無與爲樂者，遂至承天寺，尋張懷民。懷民亦未寢，相與步於中庭。庭下如積水空明，水中藻荇交横，蓋竹柏影也。何夜無月？何處無竹柏？但少閒人如吾兩人耳。

蓋歐陽修工於唱歎，雖頌美之文，亦發以唱歎；而軾則好爲嬉笑，雖羈愁之文，亦出以嬉笑；蕭然物外，逸趣横生，栩栩焉神愉而體輕，令人欲棄百事而從之遊焉。

其一深切以往復，發其議論之宏辯，如《秦始皇帝論》、《魏武帝論》、《伊尹論》、《管仲論》、《孫武論》上下、《樂毅論》、《荀卿論》、《韓非論》、《留侯論》、《賈誼論》、《鼂錯論》、《霍光論》、《大臣論》上下、《論武王》、《屈到嗜芰①論》、《論戰國養士》、《論秦》、《論魯隱公》、《論隱公里克李斯鄭小同王允之》、《論孔子》、《論周東遷》、《論商鞅》、《論始皇漢宣李斯》、《策略》、《策別》之《課百官》《決壅蔽》《專任使》《無責難》《無沮善》《均户口》《教戰守》《去奸民》《倡勇敢》九篇、《策斷》、《上神宗皇帝書》、《徐州上皇帝書》、《代張方平諫用兵書》、《代李琮論京東盜賊狀》、《上富丞相書》、《上韓太尉書》、《上劉侍讀書》、《應制舉上兩制書》等篇，指陳利害，議論出入今古，事覈理當，而筆力雄偉，抒詞高朗，極縱蕩變化之能，不可羈勒；而落韻甚輕，若行所無事；如《論戰國養士》曰：

春秋之末，至於戰國，諸侯卿相，皆爭養士；自謀夫説客談天雕龍堅白同異之流，下至擊劍扛鼎雞鳴狗盜之徒，莫不賓禮；靡衣玉食，以館於上者，何可勝數。越王勾踐有君子六千人。魏無忌、齊田文、趙勝、黄歇、吕不韋皆有客三千人，而田文招致任俠奸人六萬家於薛，齊稷下談者亦千人，魏文侯、燕昭王、太子丹皆致客無數。下至秦漢之間，張耳、陳餘號多士，賓客廝養，皆天下豪傑，而田横亦有士五百人，其略見於傳記者如此。度其餘，當倍官吏而半農夫也。此皆奸民蠹國者，民何以支，而國何以堪乎？蘇子曰：此先王之所不能免也。國之有奸也，猶鳥獸之有猛鷙，昆蟲之有毒螫也。區處條理，使各安其處，則有之矣；鋤而盡去之，則無是道也。吾考之世變，知六國之所以久存，而秦之所以速亡者，蓋出於此，不可以不察也。

夫智、勇、辨、力，此四者，皆天民之秀傑者也，類不能惡衣食以養人，皆役人以自養者也。故先王分天下之富貴，與此四者共之。此四者不失職，則民靖矣。四者雖異，先王因俗設法，使出於一：三代以上出於學，戰國至秦出於客，漢以後出於郡縣吏，魏晉以來出於九品中正，隋唐至今出於科舉。雖不盡然，取其多者論

① “芰”原訛作“芝”，今改正。

之。六國之君虐用其民，不減始皇二世。然當是時，百姓無一人叛者，以凡民之秀傑者，皆以客養之，不失職也。其力耕以奉上，皆椎魯無能爲者，雖欲怨叛而莫爲之先，此其所以少安而不即亡也。始皇初欲逐客，用李斯之言而止。既并天下，則以客爲無用；於是任法而不任人，謂民可以恃法而治；謂吏不必才，取能守吾法而已。故墮名城，殺豪傑；民之秀異者散而歸田畝。向之食於四公子、吕不韋之徒者，皆安歸哉？不知其能槁項黄馘以老死於布褐乎？抑將輟耕太息以俟時也？秦之亂雖成於二世，然使始皇知畏此四人者，有以處之，使不失職；秦之亡，不至若是速也。縱百萬虎狼於山林而飢渴之，不知其將噬人，世以始皇爲智，吾不信也。

楚漢之禍，生民盡矣，豪傑宜無幾。而代相陳豨，從車千乘；蕭曹爲政，莫之禁也。至文景武之世，法令至密，然吴濞、淮南、梁王、魏其、武安之流，皆争致賓客；世主不問也。豈懲秦之禍，以爲爵禄不能盡縻天下士，故少寬之，使得或出於此也邪？若夫先王之政則不然，曰：君子學道則愛人，小人學道則易使也。嗚呼，此豈秦漢之所及也哉！

又如《策别》之《倡勇敢》曰：

臣聞戰以勇爲主，以氣爲決。天子無皆勇之將，而將軍無皆勇之士。是故致勇有術。致勇莫先乎倡，倡莫善乎私。此二者，兵之微權；英雄豪傑之士所以陰用而不言於人，而人亦莫之識也。臣請得以備言之。

夫倡者何也？氣之先也。有人人之勇怯，有三軍之勇怯。人人而較之，則勇怯之相去，若莛與楹。至於三軍之勇怯則一也，出於反覆之間，而差於毫釐之際，故其權在將與君。人固有暴猛獸而不操兵，出入於白刃之中而色不變者，有見虺蜴而卻走，聞鐘鼓之聲而戰慄者，是勇怯之不齊至於如此。然閭閻之小民，争鬬戲笑，卒然之間，而或至於殺人。當其發也，其心翻然，其色勃然，若不可以已者；雖天下之勇夫，無以過之。及其退而思其身，顧其妻子，未始不惻然悔也。此非必勇者也，氣之所乘，則奪其性而忘其故。故古之善用兵者，用其翻然勃然於未悔之間；而其不善者，沮其翻然勃然之心，而開其自悔之意，則是不戰而先自敗也。故曰致勇有術，致勇莫先乎倡。均是人也，皆食其食，皆任其事。天下有急，而有一人焉，奮而争先，而致其死，則翻然者衆矣。弓矢相及，劍楯相搏，勝負之勢，未有所決，而三軍之士，屬目於一夫之先登，則勃然者相繼矣。天下之大，可以名劫也；三軍之衆，可以氣使也。諺曰："一人善射，百夫決拾。"苟有以發之，及其翻然勃然之間而用其鋒，是之謂倡。

倡莫善乎私，天下之人，怯者居其百，勇者居其一，是勇者難得也。捐其妻子，棄其身以蹈白刃，是勇者難能也。以難得之人，行難能之事，此必有難報之恩者矣。天子必有所私之將，將軍必有所私之士，視其勇者而陰厚之。人之有異材者，雖未有功，而其心莫不自異；自異而上不異之，則緩急不可以望其爲倡。故凡緩急而肯爲倡者，必其上之所異也。昔漢武帝欲觀兵於四夷，以逞其無厭之求，不愛通侯之賞，以招勇士；風告天下，以求奮擊之人，卒然無有應者。於是嚴刑峻法，致之死地，而聽其以深入贖罪，使勉强不得已之人，馳驟於死亡之地；是故其將降而兵破敗，而天下幾至於不測。何者？先無所異之人，而望其爲倡，不亦難乎？私者，天下之所惡也，然而爲己而私之，則私不可用；爲其賢於人而私之，則非私無以濟。蓋有無功而可賞，有罪而可赦者，凡所以愧其心而責其爲倡也。

天下之禍莫大於上作而下不應，上作而下不應，則上亦將窮而自止。方西戎之叛也，天子非不欲赫然誅之；而將帥之臣，謹守封略，外視内顧，莫有一人先奮而致命，而士卒亦循循焉莫肯盡力。不得已而出，争先而歸。故西戎得以肆其猖狂，而吾無以應，則其勢不得不重賂而求和。其患起於天子無同憂患之臣，而將軍無腹心之士。西師之休十有餘年矣，用法益密，而進人益難；賢者不見異，勇者不見私，天下務爲奉法循令，要以如式而止。臣不知其緩急，將誰爲之倡哉！

其長處在援引史實，屬辭比事，尤善譬喻，巧於構想。他人所百思不到者，既讀之，而適爲人人意中所有。軒爽洞達，如與曉事人語，表裏粲然，中邊俱澈。蘇洵以申韓之峭刻，變蘇張之縱橫，其氣放，其筆拗；軾則以莊生之駘宕，化孟子之激切，其辭達，其勢曠。蘇洵瘦硬通神，軾則瀟灑自得。

所爲駢文委曲旁達，亦有議論波瀾；内外制如《范子淵知峽州敕》、《楊王子二人荆王子七人並遠州團練使敕》、《賜新除依前中大夫尚書右丞王存辭免恩命不允斷來章批答》第二首、《賜新除知樞密安燾辭免恩命不許斷來章批答》第一首，表奏如《謝中書舍人表》第二首、《代滕達道湖州謝上表》、《乞校正陸贄奏議上進札子》，書啓如《謝制科啓》二首、《謝王内翰啓》、《賀歐陽少師致仕啓》、《答王幼安宣德啟》，祭文如《祭歐陽文忠公文》、《祭歐陽仲純父文》，抑揚爽朗，一變西崑楊劉拘對組儷之習，歐陽修稱其“四六述敘，委曲精盡，始得斯人，及見爲幸”。其原出於陸贄。雖是四六述敘，而明切事情，卷舒自在，則與策論波瀾莫二。

若其書牘之不爲四六者有二：其一急言竭論，有識有筆，同策論之氣體，如《上富丞相書》、《上韓太尉書》、《上王兵部書》、《上劉侍讀書》、《上知府王龍圖書》、《上梅直講書》、《應制舉上兩制書》，抗其氣，振其辭，於文章爲健筆，於書簡實非體；而唐宋八家書之入文集者皆如此；雖似有識有筆，而實不情不理。其一隨事抒懷，不衫不履，乃書簡之正宗；如《與謝民師推官書》、《答張文潛縣丞書》、《答李廌書》第二首、《答舒堯文尺牘》第二首、《答畢仲舉尺牘》第一首是也。如《答謝民師書》：

> 文理自然，姿態横生。孔子曰：“言之不文，行之不遠。”又曰：“辭達而已矣。”夫言止於達意，疑若不文；是大不然。求物之妙，如繫風捕影，能使是物了然於心者，蓋千萬人而不一遇也；而況能使了然於口與手者乎？是之謂辭達。辭至於能達，則文不可勝用矣。揚雄好爲艱深之詞，以文淺易之説；若正言之，則人人知之矣。此正所謂“雕蟲篆刻”者。其《太玄》、《法言》，皆是類也；而獨悔於賦，何哉？

昔韓愈喜稱揚雄，爲文章力摹心追；而軾則以“艱深”“文淺易”譏之，不以奇字奥句爲尚，此宋文之所以異於唐文，而軾之别出於韓愈以自名家者也。然軾之文，工於策論，疏於碑傳。策論則横放側出，實能以條鬯臻雄恣，焯有波瀾。碑傳則平鋪直叙，未能以振提出精神，實傷冗絮。惟《表忠觀碑》氣蹟蒼堅，辭能勁斂，卓犖爲傑，集中之冠；其次《萬石君羅文傳》，仿韓愈《毛穎傳》，雖遜其古茂而得其波瀾。又次則《富鄭公神道碑》、《代張文定公作故龍圖閣學士滕公墓誌銘》、《代張文定公作趙康靖公神道碑》，雖差有振提，而已傷爛漫。至於《陳公弼傳》、《司馬温公行狀》、《范景仁墓誌銘》、《張文定公墓誌銘》、《趙清獻公神道碑》，雖爲《宋史》諸傳所本，而辭繁不殺，不知所以裁之，刺刺生厭。獨《亡妻王氏墓誌銘》，絜而不冗，澹而能摯。《雜記》記先夫人不殘鳥雀，亦臻簡永。條達是其所長，簡老獨爲所短，可以抒議論，而不可以作碑傳。嘗自詡："作文如行雲流水，行乎所不得不行，止乎所不得不止；嬉笑怒罵，皆成文章。""凡人文字，務使平和，至足之餘，溢爲奇怪，蓋出於不得已爾。""昔之爲文者，非能爲之爲工，而不能不爲之爲工。"而誡："少年爲學，每讀一書，當作數過盡之。書富如入海，百貨皆有之；人之精力，不能兼收盡取，但得其所欲求者耳。故願學者每次作一意求之，如欲求古人興亡治亂，聖賢作用，但作此意求之，勿生餘念。又别作一次求事跡故實，典章文物之類，亦如之。他皆仿此。此雖迂鈍，而他日學成，八面受敵，與涉獵者不可同日而語。"蓋亦自道所得焉。

詩於宋爲一代宗。陳師道謂："其詩初學劉禹錫，晚學李太白。"朱弁《曲洧舊聞》則引《參寥子》語，亦稱軾早年致力禹錫。今觀其詩學陶潛，學李白，學杜甫，學王維，學韋應物，學韓愈，學孟郊，學柳宗元，學白居易，皆有轍跡可尋；獨不見所謂學劉禹錫。而按之軾生平議論，詩推陶潛，推杜甫，推韋應物、柳宗元；而亦不及劉禹錫。以謂：

> 吾於詩人無所好，獨好淵明詩。淵明作詩不多，然質而實綺，癯而實腴；自曹、劉、鮑、謝、李、杜諸人，皆莫及也。予嘗論書：以謂鍾王之跡，蕭散簡遠，妙在筆畫之外。至唐顔柳，始集古今筆法而盡發之，極書之變；天下翕然以爲宗師，而鍾王之法益微。至於詩亦然：蘇李之天成，曹劉之自得，陶謝之超然，蓋亦至矣。而李太白、杜子美，以英瑋絶世之姿，陵跨百代，古今詩人盡廢；然魏晉以來，高風絶塵，亦少衰矣。李杜之後，詩人繼作，雖間有遠韻，而才不逮意。獨韋應物、柳宗元，發纖穠於簡古，寄至味於澹泊，非餘子所及也。唐末司空圖崎嶇兵亂之間，而詩文高雅，猶有承平之遺風。自論其詩以爲得味外味。"緑樹連村暗，黄

花入麥稀。”此句最好。又云“棋聲花院静，幡影石壇高”；吾嘗遊五老峯，入白鶴院，松陰滿庭，不見一人，惟聞棋聲；然後知此句之工也，但恨其寒儉有僧態。杜子美云“暗飛螢自照，水宿鳥相呼”，“四更山吐月，殘夜水明樓”，則才力富健，去表聖之流遠矣。今《太白集》中有《歸來乎》、《笑矣乎》及《贈懷艸書》數詩，决非太白作；蓋唐末五代間，貫休、齊己輩詩也。余舊在富陽，見國清院太白詩，絶凡近；過彭澤唐興院，又見太白詩，亦非是。良由太白豪俊，語不甚擇，集中往往有臨時卒然之句，故使妄庸敢爾。若杜子美，世豈有僞撰者耶？李白詩飄逸絶塵而傷於易，學之者又不至，玉川子是也；然猶有可觀者。詩須要有爲而作。用事當以故爲新，以俗爲雅。好奇務新，乃詩之病。柳子厚詩，晚年極似陶淵明，知詩病者也。柳子厚詩在陶淵明下，韋蘇州上。退之豪放奇險則過之，而温麗靜深不及也。所貴乎枯澹者，謂其外枯而中膏，似澹而實美；淵明、子厚之流是也。若中邊皆枯澹，亦何足道？佛云：“如人食密①，中邊皆甜。”人食五味，知其甘苦者皆是；能分别其中邊者，百無一二也。（按以上引文見《書黄子思詩集後》，《書司空圖詩》、《書李白集》等合編。）

天性灑脱，清曠自怡，及自爲詩，學杜不得其沈鬱，學韓又難爲生剗，而以白香山之容易，抒柳子厚之秀澹，上窺陶彭澤之曠真，旁參李太白之豪俊，其辭則跌宕昭彰，其境則清深曠邈，而託之禪悦，焯有理趣。五言古如《書焦山綸長老壁》曰：

法師住焦山，而實未嘗住。我來輒問法，法師了無語②。法師非無語，不知所答故。君看頭與足，本自安冠屨。譬如長鬣人，不以長爲苦；一旦或人問，每睡安所措，歸來被上下，一夜無著處。展轉遂達晨，意欲盡鑷去。此言雖鄙淺，故自有深趣。持此問法師，法師一笑許。

又《開先漱玉亭》曰：

高巖下赤日，深谷來悲風。擘開青玉峽，飛出兩白龍；亂沫散

① “密”为“蜜”之誤字。
② 一本作“乃至無語言”。

霜雪，古潭摇清空。餘流滑無聲，快瀉雙石硔。我來不忍去，月出飛橋東。蕩蕩白銀闕，沉沉水晶宫。願隨琴高生，腳踏赤鯶公。手持白芙蕖，跳下清泠中。

又《書晁補之所藏與可畫竹》三首曰：

與可畫竹時，見竹不見人。豈獨不見人，嗒然遺其身。其身與竹化，無窮出清新。莊周世無有，誰知此凝神！

若人今已無，此竹寧復有？那將春蚓筆，畫作風中柳。君看斷崖上，瘦節蛟蛇走。何時此霜竿，復入江湖手？

晁子拙生事，舉家聞食粥。朝來又絶倒，諛墓得霜竹。可憐先生盤，朝日照苜蓿。吾詩固云爾，可使食無肉。

又《書鄢陵王主簿所畫折枝》二首曰：

論畫以形似，見與兒童鄰。賦詩必此詩，定非知詩人。詩畫本一律，天工與清新。邊鸞雀寫生，趙昌花傳神。何如此兩幅，疏淡含清①匀。誰言一點紅，解寄無邊春。

瘦竹如幽人，幽花如處女。低昂枝上雀，摇蕩花間雨。雙翎決將起，衆葉紛自舉。可憐采花蜂，清蜜寄兩股。若人富天巧，春色入毫楮。懸知君能詩，寄聲求妙語。

七言古如《泗州僧伽塔》曰：

我昔南行舟繫汴，逆風三日沙吹面。舟人共勸禱靈塔，香火未收旗脚轉。回頭頃刻失長橋，卻到龜山未朝飯。至人無心何厚薄，我自懷私欣所便。耕田欲雨刈欲晴，去得順風來者怨；若使人人禱輒遂，造物應須日千變。我今身世兩悠悠，去無所逐來無戀。得行固願留不惡，每到有求神亦倦。退之舊云三百尺，澄觀所營今已换。不嫌俗土污丹梯，一看雲山繞淮甸。

又《舟中夜起》曰：

微風蕭蕭吹菰蒲，開門看雨月滿湖。舟人水鳥兩同夢，大魚驚竄如奔狐。夜深人物不相管，我獨形影相嬉娱。暗潮生渚吊寒蚓，落月掛柳看懸蛛。此生忽忽憂患裏，清境過眼能須臾。雞鳴鐘動百

① 疑“清”爲“精”之誤字。

烏散，船頭擊鼓還相呼。

又《大風留金山兩日》曰：

塔上一鈴獨自語，明日顛風當斷渡。朝來白浪打蒼崖，倒射軒窗作飛雨。龍驤萬斛不敢過，漁艇一葉從掀舞。細思城市有底忙，卻笑蛟龍爲誰怒。無事久留童僕怪，此風聊得妻孥許。灊山道人獨何事，半夜①不眠聽粥鼓。

五言律如《大秦寺》曰：

晃蕩平川盡，坡陁翠麓横。忽逢孤塔迥，獨向亂山明。信足幽尋遠，臨風卻立驚。原田浩如海，滚滚盡東傾。

七言律如《與毛令方尉遊西菩提寺》曰：

路轉山腰足未移，山清石瘦便能奇。白雲自占東西嶺，明月誰分上下池。黑黍黄粱初熟後，朱柑緑橘半甜時。人生此樂須天付，莫遣兒郎取次知。

又《書普慈長老壁》曰：

普慈寺後千竿竹，醉裏曾看碧玉椽。倦客再遊行老矣，高僧一笑故依然。久參白足知禪味，苦厭黄公聒晝眠。惟有兩株紅百葉，晚來猶得向人妍。

七言絶如《題西林壁》曰：

横看成嶺側成峰，遠近高低各不同；不識廬山真面目，只緣身在此山中。

又《春日》曰：

鳴鳩乳燕寂無聲，日射西窗潑眼明。午醉醒來無一事，只將春醉②賞春晴。

又《惠崇春江晚景》曰：

竹外桃花三兩枝，春江水暖鴨先知。蔞蒿滿地蘆芽短，正是河豚欲上時。

又《書李世南所畫秋景》曰：

野水參差落漲痕，疏林欹倒出霜根。扁舟一棹歸何處？家在江

---

① “半夜”係倒文，應爲“夜半”。

② “醉”爲“睡”之誤字。

南黄葉村。

其他五言古如《李氏園》、《和子由聞子瞻將如終南太平宮谿堂讀書》、《扶風天和寺》、《和子由記園中草木》十首、《別歲寄子由》、《許州西湖廣陵會三同舍劉莘老》、《送岑著作》、《宿臨安淨土寺》、《自淨土寺步至功臣寺》、《焦千之求惠山泉詩》、《秋懷》二首、《九日湖上尋周李二君不見君亦見尋於湖上以詩見寄明日乃次其韻》、《金山寺與柳子玉飲大醉卧寶覺禪榻夜分方醒書其壁》、《僧惠勤初罷僧職》、《遊靈隱高峯塔》、《新城陳氏園次晁補之韻》、《出城送客不及步至溪上》第一首、《廬山盧敖洞》、《和頓教授見寄用除夜韻》、《西齋》、《京師哭任遵聖》、《答任師中家漢公》、《雨中過舒教授》、《中秋月》三首、《送參寥師》、《人日獵城南會者十人以"身輕一鳥過槍急萬人呼"爲韻得鳥字》、《罷徐州往南京馬上走筆寄子由》五首、《遊惠山》三首、《贈錢道人端午徧遊諸寺得禪字》、《與客遊道場何山得鳥字》、《送孫著作赴考城兼寄錢醇老李邦直二君於孫處有書見及》、《與王郎昆仲及兒子邁繞城觀荷花登峴山晚入飛英寺分韻得月明星稀》四首、《御史臺榆槐竹柏》四首、《定惠院顒師爲余竹下開嘯軒》、《冬至日贈安節》、《棲賢三峽橋》、《建昌李野夫公擇故居》、《初別子由至奉新作》、《徐大正閑軒》、《金山妙高臺》、《書王定國所藏王晉卿畫著色山》二首、《文登蓬萊閣下彈子渦作詩遺垂慈堂老人》、《故周茂叔先生濂溪》、《題楊次公春蘭》、《袁公濟和劉景文登介亭詩復次韻答之》、《熙寧中軾通守此郡除夜直都廳囚繫皆日暮不得返舍因題一詩於壁》、《九月十五日觀月聽琴西湖示坐客》、《泛潁》、《歐陽季默以油煙墨二丸見餉各長寸許戲作小詩》、《送運判朱朝奉入蜀》、《和陶飲酒》之第一、三、四、八、十三五首、《送蔣潁叔帥熙河》、《東府雨中別子由》、《謝運使仲適座送王敏仲北使》、《過廬山下》、《廉泉》、《碧落洞》、《峽山寺》、《白水山佛跡巖》、《和陶歸園田居》六首、《雨後行菜圃》、《行瓊儋間肩輿坐睡夢中得句云"千山動鱗甲萬谷酣笙鐘"覺而遇清風急雨戲作》、《安期生》、《午窗坐睡》、《藤州江下夜起對月贈邵道士》，七言古如《王維吳道子畫》、《謝蘇自之惠酒》、《臘日遊孤山訪惠勤惠思二僧》、《雨中遊天竺靈感觀音院》、《和蔡準郎中見邀遊西湖》第二首、《遊徑山》、《和歐陽少師寄趙少師次韻》、《往富陽新城李節推先行三日留風水洞見待》、《法惠寺橫翠閣自普照遊二庵》、《和錢安道寄惠建茶》、《青牛嶺高絶處有小寺人跡罕到》、《聽賢師琴》、《留别釋迦院牡丹呈趙倅》、《次韻僧潛見贈》、《次韻答舒教授觀余所藏墨》、《九日黄樓作》、《李思訓畫長江絶島圖》、《登雲龍山》、《百步洪》二首、《次韻秦大虚見戲耳聾》、《定惠院寓居月夜偶出》、《寓居定惠院之東雜花滿山有海棠一株土人不知貴也》、《和蔡景繁海州石室》、《自興國往筠宿石田驛南二十五里野人舍》、《寄吴德仁兼簡陳季常》、《送楊傑登州海市》、《送陳睦知潭州》、《送表弟程六知楚州》、《趙令宴崔白大圖幅徑三丈》、《次韻子由書李伯時所藏韓幹馬》、《慶源宣義王丈以累舉得官爲洪雅主簿雅州户掾有書來求紅帶作詩爲戲》、《書王定國所藏煙江疊嶂圖》、《寄蔡子華》、《喜劉景文至》、《次前韻送劉景文》、《軾在潁州與趙德麟同治西湖未成改揚州三月十六日湖成德麟有詩見懷次其韻》、《召還至都門先寄子由》、《次韻吴傳正枯木歌》、《書晁説之考牧圖後》、《鶴歎》、《子由新修汝州龍興寺吴畫壁》、《清遠舟中寄耘老》、《寓居合江樓》、《十一月二十六日松風亭下梅花盛開》、《荔枝歎》、《獨覺》，五言律如《遊鶴林招隱》二首、《雨晴後步至四望亭下魚池上遂自乾明寺東岡上歸》二首、《倦夜》，七言律如《和子由澠池懷舊》、《樓觀》、《是日宿水陸寺寄北山清順僧》第二首、《秀州報本禪院鄉僧文長老方丈》、《夜至永樂文長老院文時卧病退院》、《過永樂文長老已卒》、《寄黎眉州》、《同年王中甫挽詞》、《和晁同年九日見寄》、《予以事繫御史臺獄作詩遺子由》、《初到黄州》、《正月二十日往岐亭郡人潘古郭三人送余於女王城東禪莊院》、《太守徐君猷通守孟亨之皆不飲酒以詩戲之》、《正月二十日與潘郭二生出郊尋春忽記去年是日同至女王城作詩乃和前韻紅梅》第一首、《次韻子由送千之侄》、《送賈訥倅眉》第二首、《次韻劉景文見寄》，七言絶如《陌上花》等篇；言景如畫，言情如話，不須矜才使氣，興會所到，險境發以雄，精理透之顯；而行所無事，意思閒暇，舒以養氣，顯以發奥，四通六闢，使人心神融釋；凡經史傳記百家之言，信手拈來，無不貫穿協合，儘是毫飛墨噴，自然水到渠成，脱然畦對，似不經意而出；然句如堅城，而氣極和厚；盤硬而不入於生澀，流宕而不落於率易，此所以卓然名家爲不可及也。然亦有頓挫沈鬱，酷似杜甫者，五言古如《八陣磧》、《白帝廟》、《神女廟》、《夜行觀星》、《峴山》、《潁大夫廟》、《次韻子由論書》、《真興寺閣》、《是日至下馬磧憩於北山僧舍有閣曰懷賢南直斜谷西臨五丈原諸葛孔明所從出師也》、《登常山絶頂廣麗亭》、《贈狄崇班季子》、《冬至日贈安節》，七言古如《辛丑十一月十九日既與子由别於鄭州西門之外馬上賦詩一篇寄之》、《秦穆公墓》、《歐陽少師令賦所蓄石屏》、《遊金山寺》、《自金山放船至焦山》、《孫莘老求墨妙亭詩》、《鐵溝復贈喬太博》、《韓幹馬十四匹》、《贈寫御容妙善師》、《次韻答劉涇》、《攜妓樂遊張山人園》、《答范淳甫》、《虢國夫人夜遊圖》，五言律如《過巴東縣不泊聞頗有萊公遺蹟》、《鯿魚》、《中隱堂詩》第二首，七言律如《次韻顔長道送傅倅》、《次韻穆父尚書侍祠郊丘引滿醉吟》，是也。亦有詼詭生拗，頗學韓愈者，五言古如《詛楚文》，七言古如《石鼓歌》、《無錫道中賦水車》、《和李邦直沂山祈雨有應》、《郭祥正家醉畫竹石壁上郭作詩爲謝且遺二古銅劍》，是也。亦有瘦硬峭鍊，偶似孟郊者，五言古如《讀孟郊詩》二首、《次韻仲殊雪中遊西湖》第一首，是也。三者皆集中之變體，而要非軾樂易坦蕩之本來云。

宋詞自晏殊婉麗開宗，瓣香南唐。歐陽修雖有疏俊，而未極豪放。至軾出，始擺脱婉轉綢繆之態，創爲激越之聲調，抗首高歌，横放傑出。如《水龍吟》曰：

古來雲海茫茫，蓬山絳闕知何處？人間自有赤城居士，龍蟠鳳舉。清净無爲，坐忘遺照，八篇奇語。向玉霄東望，蓬萊晻靄，有雲駕，驂風馭。　行盡九州四海，笑紛紛落花飛絮。臨江一見謫仙風采，無言心許。八表神遊，浩然相對，酒甜箕踞。待垂天賦就，騎鯨路穩，約相將去。

又《水調歌頭》曰：

明月幾時有？把酒問青天。不知天上宫闕，今夕是何年？我欲乘風歸去，又恐瓊樓玉宇，高處不勝寒。起舞弄清影，何似在人間！　轉朱閣，低綺户，照無眠。不應有恨，何事長向别時圓？人有悲歡離合，月有陰晴圓缺，此事古難全。但願人長久，千里共嬋娟。

又《念奴嬌》之《赤壁懷古》曰：

大江東去，浪淘盡千古風流人物。故壘西邊，人道是三國周郎赤壁。亂石穿空，驚濤拍岸，捲起千堆雪。江山如畫，一時多少豪傑。　遥想公瑾當年，小喬初嫁了，雄姿英發，羽扇綸巾，談笑間强虜灰飛烟滅。故國神遊，多情應笑我早生華髮。人間如夢，一樽還酹江月。

又《念奴嬌》之《中秋》曰：

憑高眺遠，見長江萬里雲無留跡。桂魄飛來，光射處，冷浸一天秋碧。玉宇瓊樓，乘鸞來去，人在清涼國。江山如畫，望中煙樹歷歷。　　我醉拍手狂歌，舉杯邀月，對影成三客。起舞徘徊風露下，今夕不知何夕。便欲乘風翻然歸去，何用騎鯨翼。水晶宫裏，一聲吹斷橫笛。

又《哨遍》之《春詞》曰：

睡起。畫堂銀蒜押簾，珠幕雲垂地。初雨歇，洗出碧羅天，正溶溶養花天氣。一霎晴風迴芳草，榮光浮動，卷皺銀塘水。方杏靨匀酥，花鬚吐繡，園林翠紅排比。見乳燕捎蝶過繁枝，忽一線爐香逐遊絲。晝永人閒，獨立斜陽，晚來情味。　　便乘興攜將佳麗，深入芳菲裏。撥胡琴語，輕攏慢撚總伶俐。看緊約羅裙，急趣檀板，霓裳入破驚鴻起。顰月臨眉，醉霞橫臉，歌聲悠揚雲際。任滿頭紅雨落花飛墜，漸鳷鵲樓西玉蟾低，尚徘徊未盡歡意。君看今古悠悠，浮幻人間世，這些百歲光陰幾日？三萬六千而已。醉鄉路穩不妨行，人生但要適情耳。

蘇軾之於歐陽修，猶歐陽修之於晏殊，皆由門下開拓，不拘師法。而歐之境，去晏未遠；蘇之筆，視歐益豪。詞之有蘇軾，猶詩之有李白，往往高舉無前，以歌行縱横之筆，盤屈而爲詞，跌宕排奡，一變晚唐五代之舊格，遂爲辛棄疾一派開山。而清人劉熙載《詞概》，則謂："太白《憶秦娥》聲悲壯。晚唐五代惟趨婉麗，至東坡始能復古。後世論詞者或轉以東坡爲變調，不知晚唐五代，乃變調也。"然軾之詞，非盡大筆淋漓，亦有賦情婀娜。如《定風波》之《感舊》曰：

莫怪鴛鴦繡帶長，腰輕不勝舞衣裳。薄倖只貪遊冶去，何處？垂楊繫馬恣輕狂。　　花謝絮飛春又盡，堪恨，斷絃塵管伴啼妝。不信歸來但自看，怕見，爲郎憔悴卻羞郎。

又《江城子》之《悼亡》曰：

十年生死兩茫茫。不思量，自難忘，千里孤墳無處話凄涼。縱使相逢應不識，塵滿面，鬢如霜。　　夜來幽夢忽還鄉。小軒窗，正梳妝；相顧無言，惟有淚千行。料得年年腸斷處，明月夜，短松岡。

又《虞美人》曰：

冰肌自是生來瘦，那更分飛後。日長簾幕望黄昏，及至黄昏時候轉銷魂。　　君還知道相思苦，怎忍抛奴去？不辭迢遞過關山，只恐别郎容易見郎難。

又《賀新郎》之《夏景》曰：

乳燕飛華屋。悄無人桐陰轉午，晚涼新浴。手弄生綃白團扇，扇手一時似玉。漸困倚孤眠清熟。簾外誰來推繡户，枉教人夢斷瑶臺曲。又却是、風敲竹。　　石榴半吐紅巾蹙。待浮花浪蕊都盡，伴君幽獨。濃豔一枝細看取，芳心千重似束。又恐被秋風驚緑。若待得君來，向此花前對酒不忍觸。共粉淚，兩蔌蔌。

雖是情辭纏綿，依舊陣仗縱横；天生一枝健筆，有必達之辭，無難顯之情。而性喜宏獎，一時文士，多遊其門。分寧黄庭堅、高郵秦觀、淮陰張耒、鉅野晁補之，稱蘇門四學士；益以彭城陳師道、濟南李廌，稱蘇門六君子。黄庭堅年最長，少東坡九歲，秦觀少庭堅三歲，張耒少觀三歲，陳師道、晁補之皆少耒一歲，諸子年齡才調皆相伯仲。而秦觀之詩之詞，黄庭堅之文之詩，皆欲别出於軾以自名一家。

秦觀，字少游，一字太虚。少豪俊慷慨，溢於文詞，舉進士不第。强志盛氣，二十四歲讀兵家書，以爲與己意合也。聞蘇軾爲時文宗，欲往遊其門，未果，會軾自杭倅移知密州，道經揚州；觀預作軾筆語題一寺中。軾見之，大驚，自念："無此也，而何辭筆之似也？"大惑不解。及晤知廬州孫覺，出觀詩詞數百篇，讀之曰："向書壁者，必此郎也。"遂結神交。二十九歲謁軾於彭城。軾每歎"少游文章如美玉無瑕。琢磨之功，殆未有出其右者"。三十七歲始登元豐八年進士第，調定海主簿，蔡州教授。元祐初，以賢良方正薦於朝，除太學博士，校正祕書省書籍，遷正字，而復爲兼國史院編修官。紹聖改元，軾既貶逐；觀坐黨籍，累謫郴州，編管横州，又徙雷州。徽宗立，復官宣德郎，放還，至藤州，遊華光亭，爲客道夢中長短句，索水欲飲；水至，笑視而死。先自製輓詞，其語甚哀。年五十三。

軾聞歎曰："哀哉，世豈復有斯人乎！"傳有《淮海集》十七卷，《後集》二卷，《詞》一卷，《補遺》一卷，《續補遺》一卷。

秦觀久從軾遊，而詩與詞皆别於軾以自成家。文則議論得軾之疏快，而碑傳勝軾之冗絮；如《鮮于子駿行狀》、《故龍圖閣直學士中大夫賜紫金魚袋李公常行狀》、《陳偕傳》、《魏景傳》、《李狀元墓誌銘》、《慶禪師塔銘》、《葛宣德墓銘》、《瀘州使君任公墓表》，不矜奇字奥語，亦不刻意構畫其事；而用筆有提挈，叙事有裁斷，潔淨而具本末，坦迤而有波瀾，儼然歐陽修義法；而不似軾之平鋪直叙，徒亂人意。至於《高無悔所藏尺牘跋》、《録壯愍劉公遺事》，則尤生氣奮動，筆力嶄然，足稱其人之生平，卓犖爲傑，不懈而能追古，如韓愈《張中丞傳後序》、歐陽修《王彦章畫像記》之所爲，看似莽蒼而實瘦鍊，尤非軾所能及也。雖其游戲之作，如《眇倡傳》、《清和先生傳》，亦復含茹吞吐，滂沛寸心；雖氣溢墨外，筆力不敢望韓愈，而韻流簡中，辭意庶幾希歐陽。然觀之文，有刻意橅韓愈者，如《清和先生傳》橅韓愈《毛穎傳》，《五百羅漢圖記》橅韓愈《畫記》，其轍跡顯然者也。其後吕本中嘗言："少游嘗從東坡游，而其文字乃自學西漢。"今觀其文雖不及西漢，而要非軾一家所能限。惟其爲賦，爲四六，以議論出波瀾，以跌宕爲昭彰；爲書，爲策論，以往復盡情事，以明快蹐深切，洞爽軒闢，此則軾之家法，而觀衍其氣體。賦如《寄老庵賦》、《歎二鶴賦》，四六如《代答范相公堯夫啓》，書如《上王岐公論薦士書》，策如《安都》、《官制上》、《財用上》，論如《石慶論》、《李陵論》、《司馬遷論》、《韓愈論》，其尤可誦者也。觀其陳古以監今，愜理而饜情，策論一體，尤嗣軾法。而辭主於達，氣異其激；俊邁軼蕩，雖不如軾之瀾翻不竭，而醇粹明白，意盡則言止，亦無軾好盡之累。至於《龍井題名記》，瀟灑自得；《閒軒記》，倜儻不羣，樂易曠真，亦得軾之一體。而《祖氏先塋芝記》，低徊詠慕，唱歎盡致；《送錢秀才序》，紆徐委備，自在流韻；則又優游緩節，歐陽之逸調焉。其論文以爲：

> 有論理之文，有論事之文，有叙事之文，有託詞之文，有成體之文。探道德之原，述性命之情，發天人之奥，明死生之變，此論理之文，如列禦寇、莊周之所作是也。别白黑，切事情，要其歸宿，決其嫌疑，此論事之文，如蘇秦、張儀之所作是也。考同異，次舊聞，不虚美，不隱惡，人以爲實録，此叙事之文，如司馬遷、

> 班固之所作是也。原本山川，極命草木，比物屬事，駭耳目，變心意，此託詞之文，如屈原、宋玉之所作是也。鈎列莊之微，挾蘇張之勢，摭班馬之實，獵屈宋之英，本之以《詩》《書》，折之以孔氏，以成體之文，韓愈之所作是也。蓋前之作者多矣，而莫有備於愈。後之作者亦多矣，而無以加於愈。然則列、莊、蘇、張、班、馬、屈、宋之流，其學術才氣皆出於愈之文；猶杜子美之於詩，積衆家之長，適當其時而已。昔蘇武、李陵之詩長於高妙，曹植、劉楨之詩長於豪逸，陶潛、阮籍之詩長於沖澹，謝靈運、鮑照之詩長於峻潔，徐陵、庾信之詩長於藻麗。於是杜子美者，窮高妙之格，極豪逸之氣，包沖澹之趣，兼峻潔之姿，備藻麗之態，而諸家之作所不及；然不集諸家之長，杜氏亦不能獨至於斯也，豈非適當其時故耶？孟子曰："伯夷，聖之清者也。伊尹，聖之任者也。柳下惠，聖之和者也。孔子，聖之時者也。孔子之謂集大成。"嗚呼，杜氏、韓氏，亦集詩文之大成者也！

聰明天生，而學成於自力。自稱："少時讀書，一見輒能誦。暗疏之，亦不甚失。然負此自放，喜從滑稽飲酒者游，旬朔之間，把卷無幾日，故雖有强記之力，而常廢於不勤。比數年來，發憤自懲艾，悔前所爲，而聰明衰耗，殆不如曩時十一二。每閲一事，必尋繹數終，掩卷茫然，輒復不省。故雖有勤苦之勞，而常廢於善忘。比讀齊史，見孫騫《答邢詞》云'我精騎數千，足敵君羸卒數萬'，心善其説，因取經傳子史事之可爲文用者，得若干條，勒爲若干卷，題曰《精騎集》。既從軾兄弟游，而深窺其學，得其所以爲人；謂：蘇氏之道，最深於性命自得之際；其次則器足以任重，識足以致遠；至於議論文章，乃其與世周旋至粗者也。中書軾之道，如日月星辰，經緯天地，有生之類，皆知仰其高明。補闕轍則不然，其道如元氣行於混淪之中，萬物由之而不自知也；故中書自謂'吾不及子由'，僕竊以爲知言。"顧觀之策論，最爲類軾；而觀之詩詞，則絶異軾。詩律體不如古體，七古不如五古。律詩盡有妍麗，而氣調少騫。七古綽有氣調，而意思不警。七古惟《贈女冠暢師》、《送喬希聖》、《宿金山》三篇，可誦。五古如《泊吴興觀音院》、《寄曾逢原》、《田居》四首、《送李端叔從辟中山》、《和王忠玉提刑》、《病犬》、《幽眠》、《次韻參寥莘老》、《荷花》，多可誦者；而蹊徑與軾五古絶不同。軾以疏澹爲曠真，以坦迤出跌宕，由韋以希陶；觀則以妍麗爲清新，以追琢出秀爽，學柳以變謝；此其較也。至於詞則思路之儁，略似歐；陣仗之雄，不如蘇；而特寓深婉於疏俊，以妍媚出沈鬱。如《搗練子》曰：

心耿耿，淚雙雙。皓月清風冷透窗。人去秋來宮漏永，夜深無語對銀釭。

又《如夢令》曰：

門外綠陰千頃，兩兩黃鸝相應。睡起不勝情，月到碧梧金井。人靜人靜，風弄一枝花影。

又《虞美人》曰：

行行信馬橫塘畔，煙水秋平岸。綠荷多少夕陽中，知爲阿誰凝恨背西風。　紅裝艇子來何處？蕩槳偷相顧。鴛鴦驚起不無愁，柳外一雙飛去卻回頭。

又《南歌子》曰：

香墨彎彎畫，燕脂淡淡勻。揉藍衫子杏黃裙，獨倚玉闌無語點檀唇。　人去空流水，花飛半掩門。亂山何處覓行雲，又是一鉤新月照黃昏。

境由靜而得深，情以婉而得摯，此中有人，呼之欲出。特晏歐有豔詞而無村語，東坡有豪語而無俚詞，而村語俚詞，不嫌入詞，自秦觀始。如《品令》曰：

幸自得。一分索强，教人難吃。好好地惡了十來日。恰而今、較些不？　須管啜持教笑，又也何須肐織。衡倚賴臉兒得人惜。放軟頑、道不得。

又《品令》曰：

掉又臞。天然個品格。於中壓一。簾兒下時把鞋兒踢。語低低，笑咭咭。　每每秦樓相見，見了無限憐惜。人前强不欲相沾識。把不定、臉兒赤。

又《滿園花》曰：

一向沉吟久。淚珠盈襟袖。我當初不合苦撋就。慣縱得軟頑，見底心先有。行待痴心守。甚捻著脈子，倒把人來僝僽！　近日來非常羅皂醜。佛也須眉皺。怎掩得衆人口。待收了孛羅，罷了從來斗。從今後。休道共我，夢見也不能够。

語不諱俗，融裁一片，縱筆揮灑，如彈丸脱手，幾開元曲之蹊徑矣。此自來詞家所無，而軾雖豪放，未嘗有此也。然觀之於軾，終身服膺。而黄庭堅則頗樹赤幟，每曰“蓋有文章妙一世，而詩句不逮古人者”，以譏軾也。及軾之歿，庭堅在南康落星寺，聞之痛惜。已而顧寺僧，拈几上香合在手曰：“此香匾子，自此卻屬老夫矣。”

黄庭堅，字魯直；舉進士，調葉縣尉。熙寧初，舉四京學官，第文爲優，教授北京國子監。留守文彦博才之，留再任。蘇軾嘗見其詩文，以爲“超軼絶塵，獨立萬物之表；世久無此作”。由是聲名始振。及軾爲侍從，舉庭堅自代，至云：“瓌偉之文，妙絶當世。孝友之行，追配古人。”哲宗即位，以祕書省校書召至京師；尋除神宗實録院檢討官，集賢校理；累遷著作佐郎、起居舍人。軾知貢舉，舉庭堅爲佐，亦如歐陽修之於梅堯臣也。既坐黨籍，以修史失實謫涪州别駕，黔州安置，移戎州。徽宗即位，召起吏部員外郎，未赴，再貶宜州，卒以斥死。

生而奇逸通脱，五歲已誦五經。一日，問其師曰：“人言六經，何獨讀其五?”師曰：“《春秋》不足讀。”庭堅曰：“是何言也? 既曰經，何得不讀!”十日成誦，無一字遺。七歲，能作《牧童》詩；八歲，作詩送人赴舉曰：“送君歸去玉帝前。若問舊時黄庭堅，謫在人間今八年。”二十二歲，以英宗治平三年丙午，赴鄉舉。詩題《野無遺賢》，主文衡者廬陵李詢讀其詩，有句云：“渭水空藏月，傅巖深鎖煙。”批云：“此人不惟文理冠場，異日當以詩名擅四海。”既而之京師，於相國寺得宋祁《唐書》稿一册，歸而熟觀之，由是文章日進；此無他，見其竄易句字，與初造意不同，而識其用意所起故也。三十六歲，官太和令，將之任，而其舅氏李常以提點淮南西道刑獄自同安來，相見於舒州之皖口，遂遊三祖山山谷寺，而愛其石牛洞之勝，有詩云：“司命無心播物，祖師有記傳衣。白雲横而不度，高鳥倦而猶飛。”因自號山谷道人。傳有《山谷内集》三十卷，《外集》十四卷，《别集》二十卷，《詞》一卷，《簡尺》二卷。其文以樸老而臻密栗，誠學韓愈而遺貌取神者也。顧詩獨爲世傳誦，以與軾相配，稱曰蘇黄。顧軾則謂：“每見魯直詩，無不絶倒；然能絶倒者，已是可人。如蝤蛑江珧柱格韻高絶，盤餐盡廢。然不可多食。多食，則發風動氣。”而庭堅獨自負詩人之奇，詔人作詩，以謂：“舉一綱而張萬目，蓋以俗爲雅，以故爲新；百戰百勝，如孫吴之兵；棘端可以破鏃，如甘蠅飛衛之射，此詩人之奇也。”蓋自道功力所到，以俗爲雅，以故爲新；鍛鍊勤苦，尤工用事，剪裁鎔鑄，點化無痕。其文有《寄洪甥駒父》一書，謂：“自作語最難。老杜作詩，退之作文，無一字無來處。蓋後人讀書少，故謂韓杜自作此語。古之能爲文章者，真能陶冶萬物；雖取古人之陳言，入於翰墨，如靈丹一粒，點鐵成金者也。”然畢生功力，盡於下語；鍊句而未能鍊意，語新而意傷木；用事而或艱用筆，事融而筆未渾；所以勢峻而或仄，筆老而不到。大抵古人文字，有辭達而意不警者，杜牧之古文是也。有筆老而意欠到者，黄庭堅之詩是也。就其可誦，筆老而到者，五言古如《阻風銅陵》曰：

頓舟古銅官，晝夜風雨黑。洪波湔奔去，天地無限隔。船人謹維笮，何暇思掛席。憑江裂嵌空，中有暗水滴；洞視不敢前，潭潭蛟龍宅。網師登長鱣，賈我腥釜鬲；斑斑被文章，突兀喙三尺；言語竟不通，噞喁亦何益；魁梧類長者，卒以筌餌得；浮沉江湖中，波友永相失。有生甚苦相，細大更噉食。安得無垢稱，對榻忘語默。

又《勞坑入前城》曰：

刀坑石如刀，勞坑人馬勞。窈窕篁竹陰，是常主逋逃。白狐跳梁去，豪豬森怒嘷。雲黄覺日瘦，木落知風饕。輕軒息源口，飯羹煮溪毛。山農驚長吏，出拜家騷騷。借問淡食民，祖孫甘餔糟；賴官得鹽喫，正苦無錢刀。

又《題竹石牧牛》曰：

野次山峥嶸，幽篁相倚緑。阿童三尺箠，御此老觳觫。石吾甚愛之，勿遣牛礪角。牛礪角尚可，牛鬬殘我竹。

七言古如《上大蒙籠》曰：

黄霧冥冥小石門，苔衣草路無人跡。苦竹參天大石門，虎远兔蹊聊倚息。陰風搜林山鬼嘯，千丈寒藤繞崩石。清風源裏有人家，牛羊在山亦桑麻。向來陸梁嫚官府，試呼使前問其故。衣冠漢儀民父子，吏曹擾之至如此。窮鄉有米無食鹽，今日有田無米食（史注云：無米食，當作無食米）。但願官清不愛錢，長養兒孫聽驅使。

又《常父答詩有“煎點徑須煩緑珠”之句復次韻戲答》曰：

小鬟雖醜巧妝梳，掃地如鏡能檢書。欲買娉婷供煮茗，我無一斛明月珠。知公家亦闕掃除，但有文君對相如。政當爲公乞如願，作箋遠寄宫亭湖。

又《贈送張叔和》曰：

張侯温如鄒子律，能令陰谷黍生春。有齊先君之季女（塤字叔和，洛中人張燾龍圖之後，娶山谷季妹），十年擇對無可人。箕帚掃公堂上塵，家風孝友故相親；廟中時薦南澗蘋，兒女衣袴得補紉。兩家俱爲白頭計，察公與人意甚真。吏能束縛老奸手，要使鰥寡無顰呻。但廻此光還照已，平生倦學皆日新。我提養生之四印，君家所有更贈君。百戰百勝，不如一忍；萬言萬當，不如一默。無可簡擇眼界平，不藏秋毫心地直。我肱三折得此醫，自覺兩踵生光輝。團蒲日靜鳥吟時，鑪薰一炷試觀之。

又《薄薄酒》二章曰：

薄酒可與忘憂，醜婦可與白頭。徐行不必駟馬，稱身不必狐裘。無禍不必受福，甘餐不必食肉。富貴於我如浮雲，小者譴訶大戮辱。一身畏首復畏尾，門多賓客飽僮僕。美物必甚惡，厚味生五兵；匹夫懷璧死，百鬼瞰高明。醜婦千秋萬歲同室，萬金良藥不如無疾。薄酒一談一笑勝茶，萬里封侯不如還家。

薄酒終勝飲茶，醜婦不是無家；醇醪養生等刀鋸，深山大澤生龍蛇。秦時東陵千户食，何如青門五色瓜？傳呼鼓吹擁部曲，何如春雨一池蛙？性剛太傅促和藥，何如羊裘釣煙沙？綺席象牀琱玉枕，重門夜鼓不停撾；何如一身無四壁，滿船明月卧蘆花？吾聞食人之肉，可隨以鞭朴之戮；乘人之車，可加以鈇鉞之誅。不如薄酒醉眠牛背上，醜婦自能搔背癢。

五言律如《謝王炳之惠石香鼎》曰：

薰爐宜小寢，鼎製琢晴嵐。香潤雲生礎，煙明虹貫巖。法從空處起，人向鼻頭參。一炷聽秋雨，何時許對談？

又《嘲小德》曰：

中年舉兒子，漫種老生涯。學語囀春鳥，塗窗行暮鴉。欲嗔王母惜，稍慧女史誇。解著《潛夫論》，不妨無外家。

七言律如《次韻裴仲謀同年》曰：

傾蓋春風汝水邊，客牀相對卧僧氈。舞陽去葉纔百里，賤子與公俱少年。白髮齊生如有種，青山好去坐無錢。煙沙篁竹江南岸，輸與鸕鷀取次眠。

又《宿廣惠寺》曰：

鴉啼殘照下層城，僧舍初寒夜氣清。風亂竹枝垂地影，霜乾桐葉落階聲。不違將母傷今日，無以爲家笑此生。都下苦無書信到，數行歸雁月邊横。

又《次韻元翁從王夔玉借書》曰：

爲吏三年弄文墨，草萊心徑失耕鋤。常思天下無雙祖，得讀人間未見書（《後漢書·黄香傳》京師號曰："天下無雙，江夏黄童"。肅宗詔香詣東觀讀所未嘗見書）。公子藏山真富有，小儒捫腹直空虚。何時管鑰入吾手，爲理籤題撲蠹魚。

又《和高仲本喜相見》曰：

雨昏南浦曾相對，雪滿荆州喜再逢。有子才如不羈馬，知公心是後彫松。閒尋書册應多味，老傍人門似更慵。何日晴軒觀筆硯，一尊相屬要從容。

庭堅七言律，中二聯多兀傲不調平仄；然其筆端，實無絲毫俗韻，蓋學杜得其一體。在杜如"愛汝玉山草堂静，高秋爽氣相鮮新；有時自發鐘磬響，落日時見漁樵人"，"錦官城西生事微，烏皮几在還思歸。昔去爲憂亂兵入，今來惟恐鄰人非"，不過百首之一二。而在庭堅，則十首之三四焉。七言絶如《上蕭家峽》曰：

玉笥峯前幾百家，山明松雪水明沙。趁墟人集春蔬好，桑菌竹萌烟蕨芽。

又《考試局與孫元忠博士竹間對窗夜聞元忠誦書聲調悲壯戲作竹枝歌三章和之》曰：

南窗讀書聲吾伊，北窗見月歌竹枝。我家白髮問烏鵲，他家紅妝占蛛絲。

屋山啼烏兒當歸，玉釵罥蛛郎馬嘶。去時燈火正月半，階前雪銷萱草齊。

勃姑夫婦喜相喚，街頭雪泥即漸乾。已放遊絲高百尺，不應桃李尚春寒。

又《戲答陳季常寄黃州山中連理松枝》二首曰：

故人折松寄千里，想聽萬壑風泉音。誰言五鬣蒼煙面，猶作人間兒女心。

老松連枝亦偶然，紅紫事退獨參天。金沙灘頭鎖子骨，不妨隨俗暫嬋娟。

其他五言古如《溪上吟》、《次韻時進叔二十六韻》、《薛樂道自南陽來入都留宿會飲作詩餞飲》、《奉答子高見贈十韻》、《奉和王世弼寄上七兄先生用其韻》、《古詩二首上蘇子瞻》、《丙寅十四首效韋蘇州》、《次韻謝外舅病不能拜復官夏雨眠起之什》、《次韻奉送公定》、《次韻公定世弼登北都東樓》四首、《寄南陽謝外舅》、《賦未見君子憂心靡樂八韻寄李師載》之見心靡三韻、《以同心之言其臭如蘭爲韻寄李子先》之同心臭如蘭五韻、《見子瞻粲字韻詩和答三人四返不困而愈崛奇輒次韻寄彭門》三首之二、《再和寄子瞻聞得湖州》、《春遊》、《次韻感春》五首之三四五、《聖柬將寓於衛將乞食於齊有可憐之色再次韻感春五首贈之》之一二五、《送張沙河遊齊魯諸邦》、《再和答爲之》（君勿嘲廣文起句）、《次韻叔父夷仲送夏君玉赴零陵主簿》、《次韻伯氏長蘆寺下》、《贈别李端叔》、《貴池》、《庚寅乙未猶泊大雷口》、《乙未移舟出口》、《靈龜泉上》、《發舒州向皖口道中作寄李德叟》、《過致政屯田劉公隱廬》、《次韻章禹直開元寺觀畫壁》、《寄陳適用》、《和孫公善李仲同金櫻餌唱酬》二首之一、《題高君正適軒》、《癸丑宿早禾渡僧舍》、《宿觀山》、《乙卯宿清泉寺》、《己未過太湖僧寺得宗汝爲書寄山蕷白酒長韻詩寄答》、《庚申宿觀音院》、《金刀坑迎將家待追漿坑十餘户山農不至因題其壁》、《和答魏道輔寄懷》十首、《食筍》十韻、《讀方言》、《送彦孚主簿》、《過家》、《明叔知縣和示過家復次韻》、《銅官縣望五松山集句》、《寄耿令幾父過新堂邑作乃幾父舊治之地》、《奉和文潛贈无咎篇末多見及以既見君子云胡不喜爲韻》、《次韻答邢惇夫》、《和邢惇夫秋懷》十首之七八、《謝公定和二范秋懷五首邀余同作》之一三四、《子瞻詩句妙一世乃云效庭堅體蓋退之喜效孟郊樊宗師之比以文滑稽恐後生不解故次韻道之》、《次韻張仲謀過酺池寺齋》、《次韻子瞻送顧子敦河北都運》二首、《送張天覺得登字》、《詠伯時畫太初所獲大宛虎脊天馬圖》、《詠伯時畫馮登世所畫大宛象龍圖》、《清人怨戲效徐庾慢體》三首、《戲答俞清老道人寒夜》三首、《贈秦少儀》、《次韻謝黄斌老送墨竹十二韻》、《用前韻謝子舟爲余作風雨竹》、《次韻答斌老病起獨遊東園》二首、《又和》二首、《又答斌老病愈遣悶》二首、《次韻楊明叔見餞》十首、《以古銅壺送王觀復》、《次前韻謝與迪惠所作五幅》、《題李亮功戴嵩牛圖》、《次韻徐仲車喜董元達訪之作南郭篇四韻》、《次韻仲車爲元達置酒四韻》、《顔徒貧樂齋》二首、《道中聞松聲》、《遊愚溪》、《以柳子茶瓶寄德孺》二首，七言古如《清江引》、《還家呈伯氏》、《次韻謝子高讀淵明傳》、《次韻子瞻春菜》、《和謝公定征南謡》、《戲贈彦深》、《次韻晁補之廖正一贈答詩》、《贈張仲謀》、《阻水泊舟竹山下》、《長句謝陳適用惠送吴南雄所贈紙》、《送范德孺知慶州》、《送謝公定作竟陵主簿》、《答王道濟寺丞觀許道寧山水圖》、《次韻子瞻和子由觀韓幹馬因論伯時畫天馬》、《送劉道純》、《送薛樂道知鄖鄉》、《次韻王炳之惠玉版紙》、《博士王揚休碾密雲龍同事十三人飲之戲作》、《答黄冕仲索煎雙井并簡揚休》、《戲答陳元興》、《戲答趙伯充勸莫學書及爲席子澤解嘲》、《觀伯時畫馬》、《次韻子瞻以紅帶寄王宣義》、《聽宋宗儒摘阮歌》、《和子瞻戲書伯時畫好頭赤》、《姨母李夫人墨竹》二首、《老杜浣花溪圖引》、《送曹子方福建路運判兼簡運使張仲謀》、《送少章從翰林蘇公餘杭》、《戲詠子舟畫兩竹兩鸜鵒》、《送石長卿太學秋補》、《和王觀復洪駒父謁陳無己長句》、《題子瞻畫竹石》、《題蓮華寺》、《武昌松風閣》、《次韻文潛》、《書磨厓碑後》、《明遠庵》、《和范信中寓居崇寧遇雨》二首之二、《對酒歌答謝公静》、《走答明略適堯民來相約奉謁故篇末及之》、《答明略并寄无咎》、《贈趙言》、《再用舊韻寄孔毅父》、《寄題安福李令愛竹堂》、《戲和于寺丞乞王醇老米》、《送王郎以團茶洮州緑石硯贈无咎文潛》、《再答元輿》、《次韻答曹子方雜言》、《戲答歐陽誠發奉議謝余送茶歌》，五言律如《呻吟齋睡起五首呈世弼》、《次韻劉景文登鄴王臺見思》五首，七言律如《寄懷公壽》、《閏月訪同年李夷伯子真於河上子真以詩謝次韻》、《次韻寅庵》四首之三四、《贈答晁次膺》、《題落星寺》四首之一二三、《登快閣》、《送劉季展從軍雁門》二首之一、《寄黄幾復》、《懋宗奉議有佳句詠冷庭叟野居庭堅於庭叟有十八年之舊故次韻贈之》、《次韻黄斌老晚游池亭》二首、《河舟晚飲呈陳説道》、《次韻李任道晚飲鎖江亭》、《再次韻兼簡履中南玉》三首、《次韻楊君全送酒》、《追和東坡壺中九華》、《夢中和觴字韻》、《次韻德孺惠貺秋字之句》，五言絶如《和涼軒》二首，七言絶如《和陳君儀讀太真外傳》五首、《和李才甫先輩快閣》五首、《酴醾》、《戲和舍弟船場探春》二首、《自門下後省歸卧酺池寺觀盧鴻草堂圖》、《六月十七日晝寢夢李白誦竹枝詞三疊》、《上南陵陂》、《次韻任道食荔支有感》三首、《病起荆江亭即事》十首之二五六七八、《謝答聞善二兄九絶句》、《病來十日不舉酒》二首、《題小景扇》、《鄂州南樓書事》四首、《寄黄龍清老》三首、《戲簡朱公武劉邦直田子平等篇》，避熟避易，力求生嶄，而時出妍媚，雖籍蘇門而不用蘇法。蘇軾以曠見真，以坦爲激，以透能警；庭堅則以清爲奥，以生出新，以澀作健；而“以故爲新，以俗爲雅”，其説實本蘇軾而别出蹊徑。蘇近於歐，黄則似梅。蘇軾以韋學陶，以白學杜，而間參以韓孟；庭堅以謝化孟，以韓學杜，而亦或用韋白。庭堅與秦觀五言皆致力於二謝，而秦媲於柳，黄化以孟。嘗曰：“寧律不諧而不使句弱，用字不工，不使語俗；此庾開府之所長也。然有意於爲詩也，猶恨雕琢功多耳。但熟觀杜子美到夔州後古律詩，便得句法，簡易而大巧出焉，平淡而山高水深，似欲不可企及。文章成就，更無斧鑿痕，乃爲佳耳。”然庭堅未泯斧鑿，實傷雕琢；而其好用事以語僻難曉，則與西崑不同體而同蔽。西崑麗典新用，特以比興爲妍；庭堅整語碎用，欲以翦裁出奇。西崑比引有跡，庭堅點化無痕；此其所自得意而能勝一籌者也。

惟庭堅之詩出杜甫，以融裁爲捃摭，不免巧琢；而庭堅之文斆韓愈，以瘦硬出老成，卻能渾化。序跋如《小山集序》、《龐安常傷寒論後序》、《道臻師畫墨竹後序》、《題自書卷後》、《題東坡書道術後》、《題東坡所作馬券》、《跋相鶴經》、《跋陷蕃王太尉家書》、《跋王荆公書陶隱居墓中文》、《跋張龍閣家問》、《跋秦氏所置法帖》、《書陶淵明責子詩後》、《跋劉夢得竹枝歌》、《跋子瞻木山詩》、《跋子瞻送二姪歸眉詩》、《書王元之竹樓記後》、《書筠州學記後》、《題韓忠獻詩杜正獻草書》、《書劉景文詩後》、《書歐陽子傳後》、《書所作官題詩後》、《跋招清公詩》、《題意可詩後》、《書林和靖詩》、《書邢居實南征賦後》、《跋王慎中胡笳集句》、《跋高子勉詩》、《題王觀復所作文後》、《跋王介甫帖》、《書王荆公贈俞秀老詩後》、《跋俞秀老清老詩頌》、《書陳亞之詩後》、《書鮮洪範長江詩後》、《跋元聖庾清水巖記》、

《題校詩圖後》、《題渡水羅漢畫》、《跋浴室院畫六祖》、《題七才子畫》、《題濟南伏勝圖》、《題趙公佑畫》、《題摹燕郭尚父圖》、《題明皇真妃圖》、《題輞川圖》、《書王荆公騎驢圖》、《書劉壯輿漫浪圖》、《題李伯時畫天女》、《題崔白畫風竹上鸜鵒》、《題東坡像》、《題畫山水圖》、《問畫娘子軍胡騎後》、《跋仁上座橘洲圖》、《題惠崇九鹿圖》、《題陳自然畫》、《題徐巨魚》、《書土星畫》、《題畫醉僧圖》、《題宗室大年畫小山叢竹永年畫狗》、《題太宗皇帝御書》、《又跋蘭亭》、《書右軍文賦後》、《題瘞鶴銘後》、《題樂毅論後》、《題東方朔畫讚後》、《題法帖》、《題絳本法帖》、《書遺教經後》、《題蔡致君家廟堂碑》、《題徐浩碑》、《題楊凝式書》、《跋張長史千字文》、《題顔魯公帖》、《題顔魯公麻姑仙壇記》、《書徐浩題經後》、《跋翟公巽所藏石刻》、《跋王立之諸家書》、《跋李後主書》、《跋李伯時所藏篆戟文》、《跋洪駒父諸家書》、《題東坡字後》、《跋東坡水陸贊》、《跋東坡書》、《跋東坡墨跡》、《題東坡小字兩軸卷尾》、《跋東坡帖後》、《跋東坡書帖後》、《跋東坡論筆》、《跋東坡書遠景樓賦後》、《書摹搨東坡書後》、《跋爲王聖予作字》、《書繒卷後》、《跋自臨東坡和陶淵明詩》、《跋自所書與宗室景道》、《跋與徐德修草書後》、《書自作草後》、《自評元祐間字》、《跋與張載熙書卷尾》、《跋舊書詩卷論黔州時字》、《跋湘帖羣公書》、《跋五宰相書》、《跋常山公書》、《跋舅氏李公達所寶二帖》、《跋周子發帖》、《題王荆公書後》、《跋王才叔書》、《跋米元章書》、《跋王晉卿書》、《跋李康年篆》、《書家弟幼安作草後》、《跋淡墨硯銘》、《題傳神》、《跋范文正公帖》、《跋范文正公書伯夷頌》、《書徐德占題壁後》、《跋王荆公禪簡》、《跋匹紙》、《書枯木道人賦後》、《書梵志翻著韈詩》、《題刀鑷民傳後》，贈序如《李大耕大獵字序》、《書藥説遺族弟友諒》、《書贈俞清老四首》、《書贈韓瓊秀才》、《書贈福州陳繼月》、《書贈晁師》，書如《答王子飛書》、《與王子予書》、《答洪駒父書》三首之二三，碑誌如《朝請郎知吉州畢公墓誌銘》、《西頭供奉官潮州兵馬監押尹君墓誌銘》、《左藏庫使知宣州党君墓誌銘》、《太子中允致仕陳君墓誌銘》、《蕭濟父墓誌銘》、《王力道墓誌銘》、《劉道原墓誌銘》、《張大中墓誌銘》、《劉咸臨墓誌銘》、《楊寬之墓誌銘》、《全州盤石廟碑》、《圜明大師塔銘》、《法安大師塔銘》、《非熊墓銘》、《叔父和叔墓碣》、《章明揚墓碣》，雜記如《自然堂記》、《書吴無至筆》、《書侍其瑛筆二則》、《書小宗香》、

《書幽芳亭》、《書壺中九華山石》，頌贊如《具茨頌》、《曹侯善政頌》、《清閑處士頌》，祭文如《代趙樞密祭韓康公文》、《祭姚大夫文》、《祭李承議文》，咸可誦覽。其中碑誌同昌黎之堅卓，而力祛奥僻；短題小記似東坡之詼詭，而特爲簡峻。東坡文章疏快，而骨力不免緩懦；庭堅骨力堅卓，而辭筆特以峻重；蓋亦有意異軍突起，而以自别於蘇門者也。生平讀書作文，用力甚劬，所以詔學者曰：

> 古人有言："并敵一向，千里殺將。"要須心地收汗馬之功，讀書乃有味；棄書策而游息，書味猶在胸中，久之，乃見古人用心處；如此則盡心於一兩書，其餘如破竹節，皆迎刃而解也。自作語最難。老杜作詩，退之作文，無一字無來處；蓋後人讀書少，故謂韓杜自作此語耳。古之能爲文章者，真能陶冶萬物，雖取古人之陳言，入於翰墨，如靈丹一粒，點鐵成金也。文章爲儒者末事，然素學之，不可不知其曲折。至於推之使高，如泰山之崇崛，如垂天之雲；作之使雄壯，如滄江八月之濤，海運吞舟之魚，又不可守繩墨，令儉陋也。凡作一文，皆須有宗有趣；終始關鍵，有開有闔；如四瀆雖納百川，或匯而爲廣澤，汪洋千里，要自發源注海耳。劉勰論文章之難，云"意翻空而易奇，文徵實而難工"，此語亦是。沈謝輩爲儒林宗主時，好作奇語，故後生立論如此。好作奇語，自是文章病；但當以理爲主，理得而辭順，文章自然出羣拔萃。觀杜子美到夔州後詩，韓退之自潮州還朝後文章，皆不煩繩削而自合矣。往年嘗問東坡作文章之法，東坡云："但熟讀《禮記・檀弓》，當得之。"既而取《檀弓》讀數百過，然後知後世作文章不及古人之病，如觀日月也。文章自建安以來，好作奇語，故其氣象衰薾，其病至今猶在。唐惟陳伯玉、韓退之、李習之，近世惟歐陽永叔、王介甫、蘇子瞻、秦少游，乃免此病耳。東坡文章妙天下，其短處在好駡，慎勿襲其軌也。

蓋洞明古今文章利鈍，所以不懈而及於古如此。然而自來論庭堅者，多稱其詩，揚之不免過譽，毁之亦嫌敓實；而要皆未明其淵源自出，利鈍之由。陳師道獨以謂："其學博矣，而得法於少陵；其學少陵而不爲者也，故其詩近之，而其進則未也。"若有不足於意者，而揄揚庭堅實已溢量。詩至少陵而體備矣，而力雄矣，譚何容易進於少陵耶？師道固有“人言我語勝黄語”之句，殆自以爲進於庭堅者也。庭堅之詩，有奇而無妙，有斬截而無横放，鋪張學問以爲富，點化陳腐以爲新，而渾然天成，如肺肝中流出者不足也。特以元祐諸賢，才氣横溢，往往爛漫；而一時獨有此一種拗瘦之作，見者遂以爲高不可攀耳。師道以爲“其學少陵而不爲”，吾則謂其學少陵而未至者也。師道謂之“其進則未”者，尚以其拗怒有餘勁，而未極逼仄之至，如己所爲耳；此所以有“人道我語勝黄語”之句也。遂承庭堅以爲江西詩派繼别之宗云。

陳師道，字履常，一字無己，彭城人，與鉅野晁説之俱學文於曾鞏；既而師道得詩法於黄庭堅。他日，二人論文。説之曰：“吾曹不可負曾南豐。”既而論詩，師道曰：“吾此一瓣香，須爲山谷老人燒也。”師道初攜文卷見鞏。鞏覽之，問曰：“曾讀《史記》否?”師道對曰：“自幼年即讀之矣。”鞏曰：“不然！要當且置他書，熟讀《史記》三兩年爾。”師道如其言。及鞏自明守亳，師道走泗州間，攜文謁之，甚懽，曰：“讀《史記》有味乎?”鞏過荆襄，師道攜所作以謁，因留款語，欲作一文字，事多，託師道爲之，且授以意。師道窮日之力，僅數百言，以呈鞏。鞏曰：“大略也好，只是冗字多。”遂取筆抹數處，每抹處連一兩行，凡削去一二百字，讀之則其意尤完。師道歎服，遂以爲法。每謂：“善爲文者，因事以出奇。如江河之行，順下而已；至其觸山赴谷，風搏物激，然後盡天下之至奇也。”少好爲詩，老而不厭，數以千計；及一見黄庭堅，盡焚其稿而學焉。庭堅以爲：“譬之弈焉，弟子高師一著，僅能及之；争先則後矣。”世家彭城，後生從之遊者常數十人。所居近城，有隙地林木；閒則與諸生徜徉林下。或愀然而歸，徑登榻引被自覆，呻吟久之，矍然而興，取筆疾書，則一詩成矣。因揭之壁間，坐卧吟詠，有竄易至數十日乃定，有終不如意者，則棄去之。每登覽得句，即急歸卧一榻，以被蒙首，惡聞人聲，謂之吟榻。家人知之，即貓犬皆逐去，嬰兒稚子，抱寄鄰家。呻吟累日，乃能成章。同時秦觀則杯觴流行，篇詠錯出，略不經意。故庭堅爲賦詩曰：“閉門覓句陳無己，對客揮毫秦少游。”師道生平惡人節書，以爲：“苟能盡記不忘，固善；不然，徒費日力而已。”夜與諸生會宿，忽思一事，必明燭翻閱，得之乃已。或以爲可待旦者，師道曰：“不然。人情樂因循，一放過，則不復省矣。”故其學甚博而精。以薦充徐州學教授，移潁州、棣州，隨除祕書省正字。館中會茶，自祕監至正字咸集。或以謂少陵拙於爲文，退之窘於作詩，申難紛然。獨師道默無語，衆乃詰之。師道曰："二子得名，自古未易定價。若以爲拙於文，窘於詩；或以爲詩文初無優劣；則皆不可。少陵不合以文章似吟詩樣做，退之不合以詩似做文樣做。"於是議論始定，衆乃服膺。每謂："詩欲其好，則不能好；王介甫以工，蘇子瞻以新，黄魯直以奇。獨子美之詩，奇常工，新易陳，無不好者。"又謂："寧拙，毋巧。寧樸，毋華。寧粗，毋弱。寧僻，毋俗。"傳有《後山集》二十四卷。其古文筆意峭健，不減孫樵；而名不甚著，特以詩掩。然詩境至師道而益仄，時境至師道而已窮，辭藻既以力湔，才氣又不敢騁，無才無華，衹見瘦硬。蓋師道運思欲幽，造語欲僻，而倡爲"寧拙""寧樸""寧粗""寧僻"之論；又謂："學者不由黄韓而爲老杜，則失之淺。"余謂老杜詩探懷以出，無心於"好""不好"，而剛健婀娜，自然妙造。白居易，蘇軾，能爲"好"者也；逸趣横生，寓怨悱於風情，以警快出閑暇。韓愈，能爲"不好"者也；硬語盤空，發嫵媚於粗樸，以遲重出雄矯。至於黄庭堅、陳師道，欲爲"不好"者也；枯其筆，僻其句，而趣不足以發奧，氣不能以運辭。然庭堅危仄之中，自有驅邁；而師道瘦硬以外，別無興會。庭堅尚致力二謝而得其雋致，師道則一味韓黄而益爲瘦硬。庭堅疏影横斜，尚有暗香浮動；師道枯株槎枒，衹見瘦骨崚嶒。庭堅有奇而無妙，有斬截而無横放；師道雖僻而不奇，雖瘦硬而不斬截；欲爲拙而不免巧，斯弄巧以成拙；欲爲粗而不免弱，時再衰而三竭；所以樸而爲傖，僻而爲澀。庭堅欲爲"不好"而尚能"好"者也；師道欲爲"不好"而不討"好"者也。而師道乃自揚詡，以爲"人言我語勝黄語"。其然耶？其不然也。然師道五律詩之佳者，清深峭健，極瘦有骨，盡力無痕，學杜直到聖處，實非庭堅可比。如《寄外舅郭大夫》曰：

巴蜀通歸使，妻孥且舊居。深知報消息，不敢問何如。身健何妨遠，情親未肯疏。功名欺老病，淚盡數行書。

《示三子》曰：

去遠即相忘，歸近不可忍。兒女已在眼，眉目略不省。喜極不得語，淚盡方一哂。了知不是夢，忽忽心未穩。

《登快哉亭》曰：

城與清江曲，泉流亂石間。夕陽初隱地，暮藹已依山。度鳥欲何向？奔雲亦自閒。登臨興不盡，稚子故須還。

《野望》曰：

山開兩岸柳，水繞數家村。地勢傾崖口，風濤齧石根。平林霜著色，沙岸水留痕。賸寄還鄉泣，難招去國魄。

《山口》曰：

湖闊疑無地，河回忽見山。登臨聊自試，衰疾致身閒。四壁寧虞盜，千方莫駐顔。無風回遠笛，有月待人還。

《登城樓》曰：

城郭春容晚，因行可當遊。飛來雙蛺蝶，自去一浮鷗。峽險山將合，江平水卻流。同來端興盡，且爲小遲留。

字字鍛鍊，直以萬鈞九鼎之力，束於八句四十字之間。其他如《送外舅郭大夫夔路提刑》、《放懷》、《次韻觀月》、《春夜》、《別叔父崑山丞》、《住雁》、《寓目》、《除夜對酒贈少章》、《和賈明叔秋晚見懷》、《沈道院有水墨壁畫奇筆也惜其窮年無賞之者賈明叔請余同賦》、《和彦詹題遠軒》，亦皆渾脱瀏亮，最爲一集之勝也。次則七言絶如《次韻答邢居實》二首、《次韻答學者》四首之一、三、四，《東阡》、《即事》、《絶句》、《春興》、《何郎中出示黄公草書》四首之一、《絶句》四首之四、《徐僊書》三首之二、《和黄生出遊三絶句》之三、《酬顔生惠茶庫紙》，瘦鐵屈蟠，以乾老出清新，亦得老杜之深趣。如《次韻答邢居實》二首曰：

漢庭用少公何在，不使羣飛接羽翰。今代貴人須白髮，掛冠高處未宜彈。

秋來爲客意何如？千里河山信不疏。異①日老人今則少，不妨紅葉閉門書。

《次韻答學者》曰：

津津爽氣貫眉目，十五男兒萬里身。筆下倒傾三峽水，胸中別作一家春。

暗中摸索不難知，眼裏輪囷卻見稀。行地徑須先八駿，刺天終不羨羣飛。

① 一本爲“昔”。

> 太阿無前鋒不缺，鉛刀不堪供一切。至柔繞指剛則折，善而藏之光奪月。

《絶句四首》之四曰：

> 書當快意讀易盡，客有可人期不來。世事相違每如此，好懷百歲幾回開。

《酬顏生惠茶庫紙》曰：

> 破卵剥膜肌理滑，削玉作版光氣薰。老子尚堪哦七字，阿買頗能書八分。

其尤可誦者也。七言律詩如《送趙教授》、《次韻蘇公督兩歐陽詩》、《答顏生》、《上趙使君》、《題王平甫帖》，抑揚爽朗，語無枝葉，亦得杜之一體；而無沉鬱頓挫之致，失之太快太盡。七言古如《贈二蘇公》、《嗚呼行》、《送杜侍御純陝西轉運》、《次韻蘇公湖上徙魚》第一首、《古墨行》、《蠅虎》、《寄鄧州杜侍郎》、《答魏衍黄預勉余作詩》、《和魏衍聞鶯》、《答黄生》、《謝寇十一惠端硯》、《五子相送至湖陵》、《湖陵與劉生别》、《大風》、《贈知命》、《贈黄氏子小德》，生嶄盤硬，時出詼詭，乃學韓愈，學黄庭堅，轍跡顯然。五言古如《妾薄命》二首、《送内》、《别三子》、《次韻蘇公觀月聽琴》、《次韻蘇公涉潁》、《寄参寥》、《寄答王直方》、《還里》、《送魏衍移沛》、《寄黄允》、《咸平讀書堂》、《與魏衍寇國寶田從先二姪分韻得坐字》、《次韻答秦少章》、《次韻應物有歎》、《黄樓》、《次韻蘇公獨酌》、《次韻德麟吴越山水》、《送李奉議亳州判官》四首之一、三、四、《答无咎》、《畫苑》，抑遏掩蔽，往往遒警，乃學孟郊，亦有孤詣。其他摘句：五言如“月到千家静，林昏一鳥歸”，“雪餘蓋地白，春淺著梢紅”，“鳥語催春事，窗明報夕陽”，“時要平安報，反愁消息真”，“歸懷屬有思，棄世不待怒，老境厭逶遲，人情費將護”，“庭梧自黄隕，風過成夜語”，“鷗没輕春水，舟横著淺沙”，“草與遥山碧，花欺晚照紅”，“山斷開平野，河回殺急流”，“衝風窗自語，涴壁蟲成字”，“過雨作秋清，歸雲放月明”，“齒脱心猶壯，秋清意自悲”，“地平宜落日，野曠自多風”，“寒燈挑不焰，殘火撥成灰”，“霜葉深於染，秋花晚自春”，“山静雲盤髻，江空月印眉”，七言如“早年著眼覷文字，萬卷初無一言契，多生綺語未經懺，半世虚名足爲累”，“冷眼尚能看細字，白頭寧復要時名”，“欲傍江山看日落，不堪花鳥已春深”，“閒處著身容我老，忙中見記識君情”，“年侵身要兼人健，節近花須滿意黄”，“水兼汴泗浮天闊，山入青齊焕眼明”；亦皆情真格老，下字如鑄。綜觀所作，學杜，學韓，學孟，學黄，而要之學杜而得其性之所近，尚未躋於具體而微。然杜、韓、孟無不自造語；而黄庭堅及師道不能自造語。往往撏撦古人詩句，强改一二字，而美其名曰點化，其實仍是餖飣。西崑之楊劉餖飣，西江之黄陳，何嘗不餖飣？惟西崑以故事爲餖飣，託爲比語；而黄陳以成語爲餖飣，欲如己出；此其較也。然師道刻意鍊句，而有極拙，往往意枯而不淡永，筆瘦而不峭勁，語硬而不老靠；一生用死力鍊句，而不能創意造言，只是捃摭古人語，餖飣成章；多讀古人詩而不能自己做詩，食古不化，無句能活，有詩功而無詩情，無詩才，雖有善焉者寡矣。詩之爲白蘇者，務達務適；及其蔽也，調滑而語膚；爲黄陳者，避俗避熟，及其蔽也，句僵而神木；爲蔽不同，而不警不切，其境界之隔一也。其後婺州吕本中在南宋時以詩得名，傳有《東萊詩集》二十卷，自言傳衣江西，作《江西宗派圖》，黄庭堅以降，列陳師道等二十五人，而己居其末以爲法嗣，謂其源皆出庭堅也。庭堅嘗與蘇軾論書。軾曰：“魯直近字雖清勁，而筆勢有時太瘦，幾如樹梢掛蛇。”庭堅亦曰：“公之字固不敢輕議，然間覺扁淺，亦甚似石壓蝦蟆。”庭堅以《神宗實録》除起居舍人。蘇轍方在政府，不悦，曰：“庭堅除日，爲尚書右丞，不預聞也。”蓋不樂庭堅也。

黄庭堅之詞，師道尤極稱之，謂：“子瞻以詩爲詞，雖工，非本色；今代詞手，只秦七黄九耳。”以爲媲秦觀而勝蘇軾也。其實庭堅之詞，只是學蘇軾而未至，而與秦觀異趣。觀所作，疏俊令人喜；而庭堅惡賴令人嘔。觀作間有俚詞；庭堅連翩村語。如《歸田樂引》曰：

> 對景還銷瘦。被箇人把人調戲，我也心兒有。憶我又喚我，見我嗔我，天甚教人怎生受！　看承幸廝勾，又是樽前眉峰皺。是人驚怪冤我，忒撋就。拚了又捨了，定是這回休了，及至相逢又依舊。

其他如《憶帝京》、《江城子》、《少年心》、《少年心添字》、《鼓笛令》、《歸田樂令》，連篇累紙，刺刺不休。吊膀子，拆姘頭，無不可恣情做，不奇；無不可對人説，大奇。劇而淫濫，尚干禁令；詞而褻譁，更乖雅道。庭堅論詩，蘄於以俗爲雅，以故爲新；儻亦欲以施之於詞，而穢語村言，滿紙胡柴，俗則俗矣，風雅何存？吊膀拆姘，信筆拈寫，新則新矣，文章掃地。《四庫提要》乃謂“造語高妙，脱盡畦町”。然意鄙而不高，語俚而不妙；畦町儘是脱盡，造語實爲惡賴；豈祇如所稱《沁園春》等十餘首，褻諢不可名狀也耶。其有志不出於淫蕩，而詞無害爲俊雅者；如《定風波》曰：

小院難圖雲雨期，幽歡渾待賞花時。到得春來君卻去，相誤，不須言語淚雙垂。　密約樽前難囑付，偷顧，手搓金橘斂雙眉。庭榭清風明月媚，須記，歸時莫待杏花飛。

又《採桑子》曰：

城南城北看桃李，依倚年華。楊柳藏鴉，又是無言颭落花。　春風一面長含笑，偷顧羞遮，分付誰家，把酒花前試問他。

含羞映媚，尚婉孌有致。然而屈原香草美人，祇託比興。宋玉《高唐》《神女》，亦止禮義。而女子偷漢，男人調情，庭堅乃作正經事做，當正經話説，長言歌詠，此正詞人之孽，文章之妖也。相傳庭堅少時好爲纖淫之詞。法秀道人誡曰：“筆墨勸淫，應墮犁舌地獄。”庭堅答：“空中語耳。”晚年作詞，往往用禪和子語，借題棒喝，如効寶寧勇禪師等《漁家傲》五首，是也；但又墮入理障，而絶無理境理趣，發人深思。庭堅之詞，蓋欲學蘇軾而不能者也，欲爲蘇軾之豪邁而不能，故爲倔强，出以鄙倍；欲爲蘇軾之超詣而不能，拈弄禪機，不免和障。學我者僵，似我者死，蓋性分所限而無如何。惟《清平樂》曰：

春歸何處？寂寞無行路。若有人知春去處，唤取歸來同住。　春無蹤跡誰知。除非問取黄鸝；百囀無人能解，因風吹過薔薇。

又《南歌子》曰：

槐緑低窗暗，榴紅照眼明。玉人邀我少留行，無奈一帆煙雨畫船輕。　柳葉隨歌皺，梨花與淚傾。别時不似見時情，今夜月明江上酒初醒。

綿麗而能爽朗，疏俊而爲凄惋，頗得秦觀之一體；然庭堅之所自負，而師道之所稱許者，不在此也。師道亟稱庭堅《西江月》“斷送一生惟有，破除萬事無過”之語；謂：“韓詩有‘斷送一生惟有酒’，‘破除萬事無過酒’。才去一字，遂爲切對而語益峻。”今按其詞全闋曰：

斷送一生惟有，破除萬事無過；遠山微影蘸横波，不飲傍人笑我。　　花病等閒瘦惡，春來没箇遮闌。杯行到手莫留殘，不道月明人散。

不過倔强作態，鎔鑄韓語作縮脚耳，然而篇外無餘味，句中無餘勢，言盡則意止，猶是假蘇軾也。而師道乃以蘇詞非本色，庭堅爲詞宗，其然，豈其然乎？傳有《山谷詞》一卷。

陳師道亦有《後山詞》一卷，其詞婉愜有文，不如詩之瘦硬無澤；然字句典雅，風味索莫，其病只在無興象，無寄託。山谷詞外强中乾，師道則貌澤神索，惟不如庭堅之穢詞可鄙，而亦無庭堅之警句可採。庭堅脱盡畦町，師道不乖矩矱；然言盡則意止，與庭堅不同而同也。庭堅早出蘇軾門下，或曰後自名家，類相失云。

蘇門六君子之三，得軾之筆，爲文章波瀾莫二者，曰晁補之、張耒、李廌。李廌，字方叔，濟南人，傳有《濟南集》八卷。其文才辨縱横，去軾最近。軾亦最賞之，稱其筆墨瀾翻，有飛砂走石之勢也。晁補之，字无咎，鉅野人。初軾通判杭州；補之年甫十七，隨父端友宰杭州之新城；軾見所作《錢塘七述》，大爲稱賞；由是知名。傳有《雞肋集》七十卷。今觀其文，大抵好馳騁議論，有軾之體者也。張耒，字文潛，楚州淮陰人。初與秦觀同學於軾。軾以爲："秦得吾工，張得吾易。"而世謂"工可致，易不可致"；以耒爲難云。耒幼而穎異，十三歲能爲文；十七時作《函關賦》，傳誦人口。遊學於陳。而蘇轍爲學官，愛異之；因得從軾遊。軾曰："无咎雄健峻拔，筆力欲挽千鈞。文潛容衍靖深，若不得已於書者。"傳有《宛丘集》七十六卷。

蘇轍，字子由；十九歲，與軾同舉登進士科，又同策制舉，能文章，稱大小蘇。累拜尚書右丞，進門下侍郎；已而落職，累貶筠州、雷州、循州，再復大中大夫致仕。築室於許，號潁濱遺老，自作傳萬餘言。卒，追復端明殿學士，謚文定。自稱："始學，得一書，伏而讀之，不求其博，而惟其書之知；求之而莫得，則反覆而思之，至於終日而莫見，而後退而求其得，懼其入於心之易，而守之不堅也。及既長，乃觀百家之書，縱横顛倒，可喜可愕，無所不讀，泛然無所適從；蓋晚而讀《孟子》，而後徧觀乎百家而不亂也。轍才術技藝，無以大過於中人，而何敢自附於孟子？然其所以泛觀天下之異説，三代以來興亡治亂之際，而皎然其有以折之者，蓋其學出於孟子，而不可誣也。""轍生好爲文，思之至深，以爲文者氣之所形；然文不可以學而能，氣可以養而致！孟子曰：‘我善養吾浩然之氣。’今觀其文章，寬厚宏博；充乎天地之間，稱其氣之小大。太史公行天下，周覽四海名山大川，與燕趙間豪俊交遊，故其文疏蕩頗有奇氣。此二子者，豈嘗執筆學爲如此之文哉？其氣充乎其中而溢乎其貌，動乎其言而見乎其文，而不自知也。”傳有《欒城集》五十卷，《後集》二十四卷，《三集》十卷，《應詔集》十二卷。今觀其文疏於叙事，而善議論，辨明古今治亂得失，出以坦迤，抑揚爽朗，語無含茹，而亦不爲鈎棘；策論特其所長，碑傳則其所短，與軾蹊徑略同，而波瀾不如；氣不如軾之舒，筆不如軾之透。集中論如《商論》、《周論》、《六國論》、《三國論》、《晉論》、《七代論》、《隋論》、《唐論》、《五代論》、《老聃論》上下、《蜀論》、《北狄論》、《西戎論》、《西南夷論》、《燕趙論》，策如《君術策》一、二、《臣事策上》一、三、五、《臣事策下》三、《民政策上》二、四、五、《民政策下》一、二，叙如《元祐會計録叙》、《民賦叙》書如《上神宗皇帝書》、《上昭文富丞相書》、《上劉長安書》、《陳州爲張安道論時事書》。按之上古，驗之當世，參以人事，深切喜往復，洞明得失，如《三國論》曰：

天下皆怯而獨勇，則勇者勝；皆闇而獨智，則智者勝。勇而遇勇，則勇者不足恃也；智而遇智，則智者不足用也。夫唯智勇之不足以定天下，是以天下之難，蜂起而難平。蓋嘗聞之：古者英雄之君，其遇智勇也以不智不勇，而後真智大勇乃可得而見也。悲夫！世之英雄，其處於世，亦有幸不幸耶！漢高祖、唐太宗，是以智勇獨過天下而得之者也。曹公、孫、劉，是以智勇相遇而失之者也。以智攻智，以勇擊勇，此譬如兩虎相捽，齒牙氣力，無以相勝，其勢足以相擾而不足以相斃。當此之時，惜乎無有以漢高帝之事制之者也。

昔者項籍乘百戰勝之威，而執諸侯之柄，咄嗟叱咤，奮其暴怒，西向以逆高祖，其勢飄忽震蕩，如風雨之至。天下之人以爲遂無漢矣。然高帝以其不智不勇之身，横塞其衝，徘徊而不得進；其頑鈍椎魯，足以爲笑於天下，而卒能摧折項氏而待其死。此其故何也？夫人之勇力，用而不已，則必有所耗竭；而其智慧久而無成，則亦必有所倦怠而不舉。彼欲用其所長以制我於一時，而我閉門而拒之，使之失其所求，逡巡求去而不能去，而項籍固已憊矣。

今夫曹公、孫權、劉備，此三人者，皆知以其才自取，而未知以不才取人也。世之言者曰：孫不如曹，而劉不如孫。劉備惟智短而勇不足，故有所不若於二人者；而不知因其所不足以求勝，則亦已惑矣。蓋劉備之才，近似於高祖，而不知所以用之之術。

昔高祖之所以自用其才者，其道有三焉耳：先據勢勝之地，以示天下之形。廣收信越出奇之將，以自輔其所不逮。有果銳剛猛之氣而不用，以深折項籍猖狂之勢。此三事者，三國之君，其才皆無有能行之者。獨有一劉備近之而未至。其中猶有翹然自喜之心，欲爲椎魯而不能純，欲爲果銳而不能達，二者交戰於中而未有所定，是故所爲而不成，所欲而不遂。棄天下而入巴蜀，則非地也；用諸葛孔明治國之才，而當紛紜征伐之衝，則非將也；不忍忿忿之心，犯其所短而自將以攻人，則是其氣不足尚也。嗟夫！方其奔走於二袁之間，困於吕布而狼狽於荆州，百敗而其志不折，不可謂無高祖之風矣，而終不知所以自用之才。夫古之英雄，惟漢高帝爲不可及也夫！

策論至蘇氏父子，原原本本，述往事，思來者，有以見天下之賾，古今之變，而觀其會通，持之有故，言之成理，直與周秦諸子同爲一家之言，固不僅文章之工。而觀轍之所爲，其學兼綜兵農儒法，其文出入莊、孟、蘇、張，雖不如洵之峭勁廉悍，而頗追軾之條達疏暢，意到筆隨，無愧難弟也。軾嘗稱轍，以爲："其文如其爲人，故汪洋澹泊，有一唱三歎之聲；而其秀傑之氣，亦不可没。作《黄樓賦》，乃稍自振厲，若欲以警發憒憒者。"然軾轍之文，有餘於汪洋，不足於澹泊；工於用盡，而不善於用有餘；可振厲以警發憒憒之意，而未能唱歎以發人悠悠之思。惟轍《上樞密韓太尉書》，乃所謂"汪洋澹泊，有一唱三歎之聲"，而亦不没其"秀傑之氣"者，此於轍文爲逸調，而可以弁冕全集。次則《王氏清虚堂記》、《武昌九曲亭記》，寄意曠真而出以渾融，頗得歐陽修之閒逸；《京西北路轉運使題名記》，落筆駿重而抒以盤奡，則學韓愈之雄矯；亦一集之勝也。駢文如《郭逵自致仕起知潞州》、《姚兕磨勘轉東上閤門使》、《劉摯右丞》、《曾肇中書舍人》、《曹誦遥團知保州》、《韓忠彦樞密直學士知定州》、《李之純寶文閣直學士知成都府》、《太皇太后父遵甫唐王諸敕》、《尚書左丞韓忠彦免弟嘉彦尚主不允詔》第二首、《韓忠彦乞外任不許詔》第一首、《辭尚書右丞》第四狀、《謝除中書舍人表》第一首、《除中書舍人謝執政啓》、《賀歐陽副樞啓》、《賀歐陽少師致仕啓》，不漫爲雕文綺錯，而綽有議論波瀾，其原出於陸摯，與軾同。至《田子諒湖南運判》，《錢瞬知慎州》及《吕陶京西運副上官均比部員外郎》三敕，則又以古文行之，感慨肫摯，辭簡而意足；同於元積之純厚明切，追用古道者也。

蘇轍詩則五言古如《郭綸》、《夜泊牛口江上早起》、《入峽》、《寄題清溪寺在硤州鬼谷子故居》、《子瞻寄示岐陽十五碑》、《次韻子瞻凌虚臺》、《和子瞻自淨土寺步至功臣寺》、《登嵩山》十首之《玉女窗》、《峰頂寺》、《將軍柏》三首、《遊泰山》四首之《四禪寺》、《靈巖寺》兩首、《和韓宗弼暴雨》、《和鮮于子駿益昌官舍八詠》之《桐軒》、《竹軒》、《柏軒》、《巽堂》、《山齋》、《閒燕亭》、《會景亭》七首、《和文與可洋州園亭》三十詠之《霜筠亭》一首、《吕希道少卿松局圖》、《子瞻惠雙刀》、《次韻子瞻繫御史獄賦獄中榆》、《黄州陪子瞻游武昌西山》、《除夜泊彭蠡湖遇大風雨》、《次韻侯宣城壘障樓雙溪閣長篇》、《顧子敦奉使河上席上再送》、《題王生畫三蠶蜻蜓》二首、《程之元表弟奉使江西次前年送赴楚州韻戲别》、《燕山》、《木葉山》、《夏夜對月》，七言古如《江上看山》、《嚴顔碑》、《竹枝歌忠州作》、《襄陽古樂府野鷹來》、《王維吴道子畫在普門及開元寺》、《次韻子瞻宿南山蟠龍寺》、《柳湖感物》、《和子瞻金山》、《和子瞻焦山》、《次韻子瞻游徑山》、《和子瞻煎茶》、《次韻子瞻游道場山何山》、《西湖二詠》之《食雞頭》一首、《贈淨因臻長老》、《游鍾山》、《次韻孔武仲三舍人省上》、《韓幹三馬》、《次韻子瞻好頭赤》、《出山》、《虜帳》、《求黄家紫竹杖》、《任氏閱世堂前大檜》、《夢中詠醉人》、《種松》，五言律如《次韻子瞻題長安王氏中隱堂》之三四，七言絶如《次韻子瞻望湖樓上》五絶之一五、《次韻子瞻登望海樓》五絶之四、《和毛君州宅八詠》之《翠樾亭》一首、《南齋竹》三絶之一二等篇，咸可誦覽。大抵意趣以婉愜出曠真，斆韋以希陶；波瀾以坦迤爲跌宕，由白以窺杜；而造語時參以王維之清麗，韓愈之生刿，跌宕昭彰，亦自成其爲蘇門之詩，與軾同一機杼；而筆不如軾之靈，意不如軾之警。獨轍論詩，極推杜而不甚許李，以爲："李白詩類其爲人，駿發豪放，華而不實，好事喜名，不知理義之所在也。唐詩人李杜稱首，今其詩皆在；杜甫有好義之心，白所不及也。”然杜詩奇横，轍亦盡見得；每曰：“事不接，文不屬，如連山斷嶺，雖相去絶遠，而氣象聯絡，觀者知其脈理之爲一也；蓋附麗不以鑿枘，此最爲文之高致耳。老杜詩長篇紀事，予特愛其詞氣如百金戰馬，注坡驀澗，如履平地。如白樂天詩詞甚工；然拙於紀事，寸步不遺，猶恐失之；此所以望老杜之藩垣而不及也！”亦可謂知言矣。

蘇軾有子過，轍有孫籀，翰墨文章，咸擅家學。過，字叔黨，軾之第三子也。軾謫知英州，貶惠州，遷儋耳，旋徙廉永，諸子中獨過隨侍，凡生理晝夜寒暑所需者，一身百爲，口不言瘁。初至海上，爲文曰《志隱》；軾覽而善之，曰：“吾可以安於島夷矣。”因命作《孔子弟子傳》。轍言：“吾兄遠居海上，惟成就此兒能文也。”既而軾卒於常州，過扶櫬葬汝州頬城小峨眉山；遂家潁昌，營湖陰水竹數畝，名曰小斜川，自號斜川居士，傳有《斜川集》六卷。碑傳叙事，本非蘇門所長。而過得父之筆，亦長於議論；如《論海南黎事書》、《蕭何論》、《書張騫傳後》、《書周亞夫傳後》，雖不如乃翁之俊邁，而曲盡情事，辭能爽朗，一時以小坡目之。晚而遊大閹梁師成之門；師成自謂軾遺腹子，待過如親兄弟也。士論醜之。蘇籀者，轍之孫，遲之子也；傳有《雙溪集》十五卷。集中《上秦檜》二書，獻諛干進，亦殊不稱家兒。其文則雄駿疏暢，猶不失蘇門矩矱云。

第七節　曾鞏　王安石附司馬光

歐陽修之風神駘宕，蘇氏父子之辭筆雄駿，咸以所能擅雄宋代。其有駿爽不如蘇，淵永尤遜歐；而特以醇粹明白，得西漢董仲舒、劉向之意；而開南宋朱熹理學之文者，曾鞏、王安石也。

曾鞏，字子固，建昌南豐人。生而警敏，讀書數百言，脱口輒誦；年十二，試作六論，援筆而成，辭甚偉。甫冠，名聞四方。歐陽修見其文而奇之。登嘉祐二年進士第，調太平州司户。守張伯玉，前輩人也。歐陽修、王安石咸譽鞏能文，伯玉殊不顧，一日語鞏：“吾方作六經閣，其爲之記。”鞏易稿六七，而伯玉意不當，則謂鞏曰：“吾自爲之。”乃援筆曰：“六經閣者，諸子百家皆在焉，不書，尊經也”云云。鞏大服，自此益自勵於峻潔。如《送劉希聲序》曰：

> 東明劉希聲來臨川。見之，其貌勉於禮，其言勉於義，其行亦然，其久益堅，其讀書爲辭章日盛。從予遊三年，予愛之。今年慶曆五年，還其鄉，過予别。與之言曰：“東明，汴邑也，子之行，問道之所嚮者，以告子。子也一趨焉而不息，至乎？爾也。苟爲一從焉，一違焉，雖不息，決不至也。”
>
> 子也好問聖人之道，亦如是而已矣。五月四日序。

又《鵝湖院佛殿記》曰：

> 慶曆某年某月日，信州鉛山縣鵝湖院佛殿成，僧紹元來請記。遂爲之記曰：自西方用兵，天子宰相與士大夫勞於議謀，材武之士勞於力，農工商之民勞於賦斂。而天子嘗減乘輿掖庭諸費，大臣亦往往辭賜錢，士大夫或暴露其身，材武之士或秉義而死，農工商之民或失其業。惟學佛之人，不勞於謀議，不用其力，不出賦斂，食與寢自如也；資其宫之侈，非國則民力焉；而天下皆以爲當然。予不知其何以然也。今是殿之費，十萬不已，必百萬也；百萬不已，必千萬也；或累累而千萬之，不可知也。其費如是廣，欲勿記其日時，其得耶？而請余文者，又紹元也；故云爾。

短章寂寥，而一出一入，筆力嶄然。召編校史館書籍，遷館閣校勘、集賢校理，爲實録檢討官，通判越州，知齊州，歷襄州、洪州、福州、明州、亳州、滄州。鞏負才名，久勞於外，世頗謂偃蹇不偶。一時後生輩鋒出，鞏視之泊如也。神宗召見，勞問甚寵。帝以太祖、太宗、真宗三朝與仁宗、英宗兩朝國史，各自爲書，宜合而爲一；加鞏史館修撰，專典之，不以大臣監總。詔自擇屬官。鞏以陳師道薦，朝廷以布衣難之。未幾，撰《太祖皇帝總叙》一篇以進，請繫之《太祖本紀》篇末，其説以爲太祖大度豁如，知人善任使，與漢高祖同；而漢高祖所不及者其事有十，因具論之，累二千餘言。神宗讀之不悦曰：“爲史但當實録以示後世，亦何必與先代帝王較優劣乎？且一篇之贊如許之多，成書將復幾何？”既而不克成。會官制行，拜中書舍人，時自三省百執事，選授除書，日至十數，人人舉其職，史稱其訓辭典約而盡也。爲文章原本六經，紆徐而不煩，簡奥而不晦，傳有《元豐類稿》五十卷。其文欲爲果鋭而不達，所以不如蘇之發人意；欲爲茹涵而不沉，所以不如歐之耐人味。方其肆意有所作，隨筆曲注，從容渾涵，不大聲以色，而波瀾老成，自然鬱厚；如《宜黄縣縣學記》曰：

古之人，自家至於天子之國，皆有學。自幼至於長，未嘗去於學之中。學有《詩》《書》六藝，絃歌洗爵，俯仰之容，升降之節，以習其心體耳目手足之舉措；又有祭祀鄉射養老之禮，以習其恭讓；進材論獄出兵授捷之法，以習其從事。師友以解其惑，勸懲以勉其進，戒其不率。其所以爲具如此。而其大要，則務使人人學其性，不獨防其邪僻放肆也；雖有剛柔緩急之異，皆可以進之於中。而無過不及；使其識之明，氣之充於其心，則用之於進退語默之際，而無不得其宜；臨之以禍福死生之故，而無足動其意者。爲天下之士，而所以養其身之備如此。則又使知天地事物之變，古今治亂之理。至於損益廢置，先後終始之要，無所不知。其在堂户之上，而四海九州之業，萬世之策皆得。及出而履天下之任，列百官之中，則隨所施爲，無不可者。何則？其素所學問然也。蓋凡人之起居飲食動作之小事，至於修身爲國家天下之大體，皆自學出，而無斯須去於教也。其動於視聽四支者，必使其洽於内；其謹於初者，必使其要於終；馴之以自然，而待之以積久。噫，何其至也！故其俗之成，則刑罰措；其材之成，則三公百官得其士；其爲法之永，則中材可以守；其入人之深，則雖更衰世而不亂。爲教之極至此。鼓舞天下而人不知其從之，豈用力也哉。

及三代衰，聖人之制作盡壞。千餘年之間，學有存者，亦非古法。人之體性之舉動，惟其所自肆；而臨政治人之方，固不素講，士有聰明樸茂之質，而無教養之漸，則其材之不成，夫其固然。蓋以不學未成之材，而爲天下之吏，又承衰敝之後，而治不教之民。嗚呼！仁政之所以不行，盜賊刑罰之所以積，其不以此也歟？

宋興幾百年矣。慶曆三年，天子圖當世之務，而以學爲先，於是天下之學乃得立。而方此之時，撫州之宜黄，猶不能有學。士之學者皆相率而寓於州，以羣聚講習。其明年，天下之學復廢，士亦皆散去；而春秋釋奠之事，以著於令，則常以廟祀孔氏，廟廢不復理。皇祐元年，會令李君詳至，始議立學。而縣之士某某與其徒，皆自以謂得發憤於此，莫不相勵而趨爲之；故其材不賦而羡，匠不發而多。其成也，積屋之區若干，而門序正位，講藝之堂、棲士之舍皆足；積器之數若干，而祀飲寢食之用皆具。其像孔氏而下，從祭之士皆備。其書經史百氏翰林子墨之文章，無外求者。其相基會作之本末，總爲日若干而已，何其周且速也！

當四方學廢之初，有司之議，固以爲學者人情之所不樂。及觀此學之作，在其廢學數年之後，惟其令之一唱，而四境之内，響應而圖之，如恐不及，則夫言人之情不樂於學者，其果然也歟？宜黄之學者固多良士，而李君之爲令，威行愛立，訟清事舉，其政又良也。夫及良令之時，而順其慕學發憤之俗，作爲宫室教肄之所，以至圖書器用之須，莫不皆有以養其良材之士。雖古之去今遠矣，然聖人之典籍皆在，其言可考，其法可求，使其相與學而明之。禮樂節文之詳，固有所不得爲者；若夫正心修身，爲國家天下之大務，則在其進之而已。使一人之行修，移之於一家；一家之行修，移之於鄉鄰族黨；則一縣之風俗成、人材出矣。教化之行，道德之歸，非遠人也，可不勉歟！縣之士來請曰："願有記。"故記之。十二月某日也。

渾雄博厚。而記事之作，取舍廉肉不失法，尤善部勒，簡以馭繁，詳而有紀，三蘇之所不及，而足與歐陽相頡頏；特有筆法而無筆情，不能如歐之餘味曲包，風神駘宕耳。集中議論如《唐論》、《爲人後議》、《救災議》，序跋如《太祖皇帝總叙》、《列女傳目録序》、《禮閣新儀目録序》、《戰國策目録序》、《梁書目録序》、《陳書目録序》、《先大夫集後序》、《范貫之奏議集序》、《越州鑑湖圖序》，奏疏如《移滄州過闕上殿劄子》、《乞賜唐六典狀》、《乞登對狀》，書牘如《上歐陽學士第二書》、《上蔡學士書》、《上杜相公書》、《與孫司封書》、《再與歐陽舍人書》、《寄歐陽舍人書》，贈序如《送劉希聲序》、《贈黎安二生序》、《送周屯田序》、《送江任序》、《送李材叔知柳州序》、《送趙宏序》、《送王希序》、《送蔡元振序》，碑誌如《虞部郎中戚公墓誌銘》、《戚元魯墓誌銘》、《尚書都官員外郎陳君墓誌銘》、《都官員外郎曾君墓誌銘》、《王容季墓誌銘》、《都官員外郎胥君墓誌銘》、《司封員外郎蔡公墓誌銘》、《贈職方員外郎蘇君墓誌銘》、《庫部員外郎知臨江軍范君墓誌銘》、《贈大理寺丞致仕杜君墓誌銘》、《胡君墓誌銘》、《殿中丞監揚州税徐君墓誌銘》、《永州軍事推官孫君墓誌銘》、《尚書都官員外郎王公墓誌銘》、《衛尉寺丞致仕金君墓誌銘》、《撫州金谿縣主簿徐洪墓誌銘》、《金華縣君曾氏墓誌銘》、《壽安縣君錢氏墓誌銘》、《天長縣君黄氏墓誌銘》、《仁壽縣太君吴氏墓誌銘》、《壽昌縣太君許氏墓誌銘》、《夫人周氏墓誌銘》、《永安縣君謝氏墓誌銘》、《永安縣君李氏墓誌銘》、《試祕書省校書郎李君墓誌銘》、《池州貴池縣主簿沈君夫人元氏墓誌銘》、《雙君夫人邢氏墓誌銘》、《旌德縣太君薛氏墓誌銘》、《永興尉章佑妻夫人張氏墓誌銘》、《福昌縣君傅氏墓誌銘》、《壽安縣太君張氏墓誌銘》、《江都縣主簿王君夫人曾氏墓誌銘》、《知處州青田縣朱君夫人戴氏墓誌銘》、《光禄少卿晁公墓誌銘》、《天長朱君墓誌銘》、《亡妻宜興縣君文柔晁氏墓誌銘》、《仙源縣君曾氏墓誌銘》、《二女墓誌銘》、《祕書少監贈吏部尚書陳公神道碑銘》，傳狀如《故朝散大夫尚書刑部郎中賜紫金魚袋孫公行狀》，雜記如《鵝湖院佛殿記》、《宜黄縣縣學記》及《筠州學記》、《分寧縣雲峰院記》、《仙都觀三門記》、《墨池記》、《撫州顔魯公祠堂記》、《齊州二堂記》、《齊州北水門記》、《雜識》二首等篇；咸可誦覽。

自韓愈因文以見道，而未探心性之微。至歐陽修乃爲之説曰："君子之於學也，務爲道，爲道必求知古，知古明道而後履之以身，施之於事，而又見之於文章而發之以信後世。若夫性非學者之所急，而聖人之所罕言也。"獨曾鞏原本大學，窮理致知；而《宜黄》、《筠州》兩《學記》，尤爲後世言理學者所宗。朱熹愛慕其文，以爲："文字依傍道理做，不爲空言。"又曰："《宜黄》、《筠州》兩《學記》好，説得古人教學意出。"屢見《語類》。於是理學家之古文仿焉；亦以其不矜才使氣，醇實明白，易爲依仿也。蘇氏父子善於論兵，而曾鞏獨明水利荒政，如《救災議》、《越州鑑湖圖序》、《襄州宜城縣長渠記》、《越州趙公救災記》，語繁不殺，詳悉如畫，可以爲後世法。仁人之言，其利溥哉！

碑誌如蔡邕《郭有道》、《陳太丘》諸碑，皆虚摹風采，不詳叙事實，令讀者想見其生平於事爲功業之外。至韓愈、歐陽修，始抒以史傳之體，稱美不稱惡，祇以詳略見意爲斡旋。鞏之爲碑誌，其文格自承韓歐一脈，而特多摹想風采之作，與韓歐攸異。如《贈大理寺丞致仕杜君墓誌銘》曰：

君姓杜氏，澶州濮陽人，卒於皇祐元年十月庚申，葬於熙寧八年十月丁酉。其墓在濮陽縣桂枝里之欒邨，以夫人仙居縣太君潘氏祔。君曾王考祐，王考延嗣，考珣。子男三人：曰言，曰宗諫，皆蚤世；曰宗誨，殿中丞。女二人，嫁馬氏，欒氏。孫男二人，曰良輔；餘未名也。

君諱瑩，字德温，贈大理評事，又贈大理寺丞。爲人孝友温良，以清靜爲學，而以淡泊自足，行修於家，而譽聞於鄉。其自得者，壽考見於身；其有餘者，流澤見於後。故其年至於八十，而有子能大其門；言理之士，以此多君也。

宗晦①爲人質厚恬夷，世俗之所爲，有不爲者。余爲襄陽，宗晦②實僉書節度判官公事。愛其所守而知其有所受也；其以君之墓乞於余，故不辭。銘曰：

有以養其内，克遐者壽。有以行於遠，克昌者後。帝原厥初，追錫命書。余與此銘；賁於幽墟。

此虚摹耆德以稱其福壽者也。又《胡君墓誌銘》曰：

君名敏，生於天禧之戊午，卒時皇祐之辛卯也。既卒之明年，葬於其所家撫州金谿縣之東某里某原。字某，姓胡氏。父名晏，教君學，已爲之求師，又爲之求四方善人君子與之接，致其力，不敢懈；至於老以死，不敢變。君亦能奉其意。故君之爲進士，其强學，其廣記，其能文辭，於其業可以謂之修。其事親，其居家，其與人遊，不見其缺虧，其約，其質，其不苟，其寡言，於其行可以謂之修。夫積其勤以至於業之修，而止薦於鄉；積其謹以至於行之修，而不克顯於世；此世之所以哀君也。然君有可以慰其親而不疚於其内，比於得其欲，富貴於一時，而有愧於其心者，其得失何如，固易知也。母某氏，妻某氏，子某，弟某。君嘗學於余也，故銘之。銘曰：

慰其親，學也勤。短而屯，塞不伸。震無垠，琢斯珉。

此虚摹才俊以悼其不遇者也。他如《戚元魯墓誌銘》、《都官員外郎曾君墓誌銘》、《王容季墓誌銘》、《都官員外郎胥君墓誌銘》、《司封員外郎蔡公墓

①② “晦”爲“誨”之誤字。

誌銘》、《衛尉寺丞致仕金君墓誌銘》、《撫州金谿縣主簿徐洪墓誌銘》、《金華縣君曾氏墓誌銘》、《永興尉張佑妻夫人張氏墓誌銘》，只爲其人未有功業可見，寫其生平，正於虛處著神；每從諸人旁襯見身分，不以細瑣事刻畫，卓然大方，正與蔡邕《郭有道》、《陳太丘》兩碑同一機杼。惟蔡邕以雅練勝，以淡遠見風度；鞏則以跌宕勝，以議論爲波瀾；即有叙事，亦如畫龍之一鱗一爪，出以烘託，無取鋪排。王安石碑誌亦多乃爾，亦文章得失之林也。

曾鞏爲詩則又語質而意警，氣雄而格老，不爲東坡之爛漫，亦異山谷之生僻；而跌宕昭彰，自然遒變，遠紹杜陵，近追歐公。五言古如《雜詩》四首之一二、《至荷湖》二首、《送徐竑著作知康州》、《寫懷》二首、《茅亭閑坐》、《靖安縣幽谷亭》、《青雲亭閒望》、《答裴煜》二首、《寄王介卿》、《游瑯琊山》、《高松》、《庭木》、《李節推亭子》、《答葛蘊》、《北湖》、《秋懷》二首、《招隱寺》、《漢陽泊舟》，七言古如《一鶚》、《里社》、《南源莊》、《論交》、《種園》、《歎嗟》、《俟荆》、《黄金》、《初夏有感》、《東津歸催吴秀才寄酒》、《泝河》、《邊將》、《麻姑山送南城尉羅君》、《明妃曲》二首、《南湖行》二首，五言律如《和鄭微之》，七言律如《閒行》、《送覺祖院明上人》、《甘露寺多景樓》、《大乘寺》，七言絶如《城南》二首、《夜出過利涉門》、《西樓》，縱横開闔，韓筆杜勢，雖大家不過；而世論謂鞏短於韻語，非其實也。鞏與王安石少年交好。安石聲譽未振，鞏導之於歐陽修而與以書曰："鞏之友王安石，文甚古，行甚稱文。雖已得科名，居今知安石者尚少也。彼誠自重，不願知於人；嘗與鞏言：'非先生，無足知我也。'如此人，古今不常有。如今時所急，雖無常人千萬，不害也；顧如安石，千萬不可失也。先生儻言焉，進之朝廷，其有補於天下。"蓋推重之如此，而安石之名乃著。

王安石，字介甫，撫州臨川人。晚年居金陵之鍾山，自山距城道里適相半，因號半山。登慶曆三年進士上第，歷仕仁宗、英宗、神宗三朝。神宗以爲參知政事，厲行新法，謗議朋興。罷而再起，封舒國公，改封荆，卒謚曰文，配食孔廟，追封舒王。傳有《臨川先生集》一百卷。少好讀書，一過目，終身不忘。其屬文動筆如飛，初若不經意，既成，見者服其精妙。曾鞏以視歐陽修。修得之，愛歎誦寫，而傳語曰："更少開廓其文，勿用造語及模擬前人。孟韓文雖高，不必似之也，取其自然耳。"鞏作書以告安石。安石作許氏世譜，寫致修。修一日曝書見之，取看，不記是誰作，意以爲安石作，既而曰："介甫不能如此，其曾子固之文乎?"蓋氣體略相似也。曾鞏與安石，以文章相賞會，亦以學術相契合。安石有《洪範傳》，而鞏亦有《洪範傳》；安石喜揚雄書，而鞏亦喜揚雄書；安石以《周官》行新法，而鞏亦欲以《周官》明職掌，有《請以近更官制如周官六典爲書劄子》、《乞賜唐六典狀》、《乞登對狀》，皆論建官制理之方，宜上稽《周禮》，旁求六典也。韓愈《原道》而不言心性，歐陽修則曰："君子之於學也，務於道，而性非學者之所急。"蓋以性與道爲二事，與程朱理學不合。至曾鞏始以《熙寧轉對疏》言："大學之道，在致知，在得之於心。"而爲《宜黄縣縣學記》，以謂："其大要，則務使人人學其性。"至安石《虔州學記》，則直曰："先王所謂道德者，性命之理而已。而性命之理，出於人心，《詩》《書》能循而達之，非能奪其所有而予之以其所無也。"蓋揭率性爲道之義，而合於程朱之説焉。朱熹謂："南豐文却通質，他初亦只是學爲文，卻因爲文漸見些子道理，故文字依傍道理做，不爲空言。歐公文字敷腴温潤，曾南豐文字又更峻潔，雖議論有淺近處，然卻平正好。到得東坡，便傷於巧，議論有不正當處。老蘇尤甚。荆公之文，他卻似南豐文。"説見《語類》。大抵安石與曾鞏學術相同，意氣相投，文章不期而似。人祇知南豐文字平正，而朱熹卻道"更峻潔"；人盡説荆公文字精悍，而朱熹卻道"似南豐"；驟聽不解，而朱熹實見其深。讀鞏之集，如《送劉希聲序》、《送趙宏序》、《送蔡元振序》、《鵝湖院佛殿記》、《胡君墓誌銘》、《永州軍事推官墓誌銘》，寂寥短章，而一出一入，筆力嶄然；何減安石《原過》、《傷仲永》、《讀孟嘗君傳》、《讀柳宗元傳》、《書刺客傳後》、《讀孔子世家》、《答司馬諫議書》、《答錢公輔學士書》、《度支副使廳壁題名記》、《撫州祥符觀三清殿記》、《送李著作之官高郵序》、《石仲卿字序》、《祭王回深甫文》、《寶文閣待制常公墓表》、《長安縣太君王氏墓誌》、《鄞女墓誌銘》諸文之氣峻體潔。録安石《度支副使廳壁題名記》曰：

> 三司副使，不書前人名姓。嘉祐五年，尚書户部員外郎吕君沖之始稽之衆史，而自李紘已上至查道，得其名；自楊偕已上，得其官；自郭勸已下，又得其在事之歲時。於是書石而鑱之東壁。夫合天下之衆者財，理天下之財者法，守天下之法者吏也。吏不良，則

有法而莫守；法不善，則有財而莫理；有財而莫理，則阡陌閭巷之賤人，皆能私取予之勢，擅萬物之利，以與人主爭黔首，而放其無窮之欲，非必貴强桀大而後能如是。而天子猶爲不失其民者，蓋特號而已耳。雖欲食蔬衣敝，憔悴其身，愁思其心，以幸天下之給足而安吾政，吾知其猶不得也。然則善吾法而擇吏以守之，以理天下之財；雖上古堯舜猶不能毋以此爲急務，而況於後世之紛紛乎？

三司副使，方今之大吏，朝廷所以尊寵之甚備。蓋今理財之法有不善者，其勢皆得以議於上而改爲之；非特當守成法，吝出入，以從有司之事而已。其職事如此，則其人之賢不肖，利害施於天下如何也！觀其人，以其在事之歲時，以求其政事之見於今者，而考其所以佐上理財之方，則其人之賢不肖，與世之治否，吾可以坐而得矣。此蓋吕君之志也。

又《祭王回深甫文》曰：

嗟嗟深甫，真棄我而先乎？孰謂深甫之壯以死，而吾可以長年乎？維吾昔日，執子之手，歸言予之所爲，實受命于吾母。曰："如此人，乃與爲友。"吾母知子，過於予初。終子成德，多吾不如。嗚呼天乎！既喪吾母，又奪吾友；雖不即死，吾何能久？搏胸一痛，心摧志朽。泣涕爲文，以薦食酒。嗟嗟深甫，子尚知否？

又《寶文閣待制常公墓表》曰：

右正言寶文閣待制特贈右諫議大夫汝陰常公，以熙寧十年二月己酉卒；以五月壬申葬。臨川王某誌其墓曰：公學不期言也，正其行而已。行不期聞也，信其義而已。所不取也，可使貪者矜焉，而非雕斲以爲廉。所不爲也，可使弱者立焉，而非矯抗以爲勇。官之而不事，召之而不赴；或曰："必退者也，終此而已矣。"及爲今天子所禮，則出而應焉。於是天子悦其至，虚已而問焉；使涖諫職，以觀其迪已也；使董學政，以觀其造士也。公所言乎上者無傳，然皆知其忠而不阿；所施乎下者無助，然皆見其正而不苟。詩曰："胡不萬年。"惜乎既病而歸死也！自周道隱，觀學者所取舍，大抵時所好也。違俗而適已，獨行而待起，嗚呼！公賢遠矣！傳載公久，莫如以石！石可磨也，亦可泐也！謂公且朽，不可得也。

其他稱是，而所以爲難能者，爲其簡老嚴重，而無害於筆力天縱，以折爲峭，特峻而曲，辭簡而意無不到，格峻而筆能駛轉，愈峭緊，愈頓挫；此其似於鞏者一也。

至鞏所爲《戰國策目録序》、《范貫之奏議集序》、《先大夫集後序》、《上杜相公書》、《與孫司封書》、《宜黄縣縣學記》、《移滄州過闕上殿劄子》諸文，長篇大論，紆徐委備之作，而運以雋傑廉悍之筆，隨事曲注，而渾雄博厚之氣，鬱然紙上，沉著頓挫，乃深得西漢賈董筆意。亦豈苟爲平正，而提不起，放不下，失其所以爲峻者耶？

安石之文，亦有洋洋大篇，渾灝流轉，而抒以雋傑廉悍之筆，沉著頓挫者，如《答韶州張殿丞書》曰：

某啓：伏蒙再賜書，示及先君韶州之政，爲吏民稱頌，至今不絶；傷今之士大夫不盡知，又恐史官不能記載，以次前世良吏之後。此皆不肖之孤，言行不足信於天下，不能推揚先人之功緒餘烈，使人人得聞知之，所以夙夜愁痛，疚心疾首而不敢息者以此也。先人之存，某尚少，不得備聞爲政之跡。然嘗侍左右，尚能記誦教誨之餘。蓋先君所存，嘗欲大潤澤於天下，一物枯槁，以爲身羞。大者既不得試，已試，乃其小者耳，小者又將泯没而無傳。則不肖之孤，罪大釁厚矣，尚何以自立於天地之間耶？閣下勤勤惻惻，以不傳爲念，非夫仁人君子樂道人之善，安能以及此？

自三代之時，國各有史，而當時之史多世其家，往往以身死職，不負其意，蓋其所傳皆可考據。後既無諸侯之史，而近世非尊爵盛位，雖雄奇俊烈，道德滿衍，不幸不爲朝廷所稱，輒不得見於史。而執筆者，又雜出一時之貴人。觀其在廷論議之時，人人得講其然不，尚或以忠爲邪，以異爲同，誅當前而不慄，訕在後而不羞，苟以饜其忿好之心而止耳；而況陰挾翰墨，以裁前人之善惡，疑可以貸褒，似可以附毁，往者不能訟當否，生者不得論曲直，賞罰謗譽，又不施其間，以彼其私，獨安能無欺於冥昧之間耶？善既不盡傳，而傳者又不可盡信如此。唯能言之君子，有大公至正之道，名實足以信後世者，耳目所遇，一以言載之，則遂以不朽於無窮耳。伏惟閣下於先人非有一日之雅，餘論所及，無黨私之嫌。苟以發潛德爲己事，務推所聞，告世之能言而足信者，使得論次以傳焉；則先君之不得列於史官，豈有恨哉！

其行文遒以婉，鑱以刻，曲折淋漓，字句亦覺鋒稜隱起。又如《給事中贈尚書工部侍郎孔公墓誌銘》曰：

宋故朝請大夫給事中知鄆州軍州事兼管内河堤勸農同羣牧使上護軍魯郡開國侯食邑一千六百户實封二百户賜紫金魚袋孔公者，尚書工部侍郎贈尚書吏部侍郎諱勗之子，兖州曲阜縣令襲封文宣公贈兵部尚書諱仁玉之孫，兖州泗水縣主簿諱光嗣之曾孫，而孔子之四十五世孫也。其仕當今天子天聖、寶元之間，以剛毅諒直，名聞天下。嘗知諫院矣，上書請明肅太后歸政天子，而廷奏樞密使曹利用、尚御藥羅崇勛罪狀。當是時，崇勛操權利，與士大夫爲市；而利用悍强不遜，内外憚之。嘗爲御史中丞矣，皇后郭氏廢，引諫官御史伏閤以争，又求見，上皆不許，而固争之，得罪然後已。蓋公事君之大節如此，此其所以名聞天下，而士大夫多以公不終於大位，爲天下惜者也。

公，諱道輔，字原魯，初以進士釋褐，補寧州軍事推官，年少耳；然斷獄議事，已能使老吏憚驚。遂遷大理寺丞，知兖州仙源縣事，又有能名。其後嘗直史館，待制龍圖閣，判三司理欠憑由司，登聞檢院，吏部流内銓，糾察在京刑獄，知許、徐、兖、鄆、泰五州，留守南京，而兖、鄆，御史中丞皆再至，所至官治；數以争職不阿，或絀或遷；而公持一節以終身，蓋未嘗自絀也。其在兖州也，近臣有獻詩百篇者，執政請除龍圖閣直學士。上曰："是詩雖多，不如孔道輔一言。"乃以公爲龍圖閣直學士。於是人度公爲上所思，且不久於外矣。未幾，果復召以爲中丞。而宰相使人説公稍折節以待遷，公乃告以不能，於是人又度公且不得久居中，而公果出。初開封府吏馮士元坐獄，語連大臣數人，故移其獄御史。御史劾士元罪止於杖，又多更赦。公見上。上固怪士元以小吏與大臣交私，污朝廷，而所坐如此；而執政又以謂公爲大臣道地，故出知鄆州。公以寶元二年如鄆，道得疾，以十二月壬申卒於滑州之韋城驛，享年五十四。其後詔追復郭皇后位號，而近臣有爲上言公明肅太后時事者，上亦記公平生所爲，故特贈公尚書工部侍郎。公夫人金城郡君尚氏，尚書都官員外郎諱賓之女。生二男子：曰淘，今爲尚書屯田員外郎；曰宗翰，今爲太常博士；皆有行治世其家。累贈公金紫光禄大夫，尚書兵部侍郎，而以嘉祐七年十月壬寅，葬公孔子墓之西南百步。

公廉於財，樂振施，遇故人子，恩厚尤篤。而尤不好鬼神禨祥事。在寧州，道士治真武像，有蛇穿其前，數出近人，人傳以爲神。州將欲視驗以聞，故率其屬往拜之，而蛇果出，公即舉笏擊蛇殺之。自州將以下皆大驚，已而又皆大服。公由此始知名。然余觀公數處朝廷大議，視禍福無所擇，其智勇有過人者，勝一蛇之妖，何足道哉？世多以此稱公者，故余亦不得而略也。銘曰：

展也孔公，維志之求。行有險夷，不改其輈。權强所忌，讒諂所讎。考終厥位，寵禄優優。維皇好直，是錫公休。序行納銘，爲識諸幽。

筆筆騰涌，句句逆折，故峭勁百倍。其他如《上仁宗皇帝言事書》、《上時政疏》、《復讎解》、《太子太傅致仕田公墓誌銘》、《廣西轉運使屯田員外郎蘇君墓誌銘》、《太常博士曾公墓誌銘》、《兵部員外郎馬君墓誌銘》、《度支郎中葛公墓誌銘》，勢盡寬衍，氣自峻遒；此其似於鞏者又一也。安石之文，亦有平正而不甚峻遒者；如《周禮義序》曰：

士弊於俗學久矣。聖上閔焉，以經術造之，乃集儒臣訓釋厥旨，將播之校學。而臣某實董《周官》。惟道之在政事，其貴賤有位，其後先有序，其多寡有數，其遲速有時。制而用之存乎法，推而行之存乎人。其人足以任官，其官足以行法，莫盛乎成周之時。其法可施於後世，其文有見於載籍，莫具乎《周官》之書。蓋其因習以崇之，賡續以終之，至於後世，無以復加。則豈特文武周公之力哉？猶四時之運，陰陽積而成寒暑，非一日也。自周之衰以至於今，歷歲千數百矣。太平之遺跡，掃蕩幾盡。學者所見，無復全經。於是時也，乃欲訓而發之。臣誠不自揆，然知其難也。以訓而發之之爲難，則又以知夫立政造事，追而復之之爲難。然竊觀聖上，致法就功，取成於心；訓迪在位，有馮有翼，亹亹乎鄉六服承德之世矣。以所觀乎今，考所學乎古，所謂見而知之者。臣誠不自揆，妄以爲庶幾焉；故遂冒昧自竭，而忘其材之弗及也。謹列其書爲二十有二卷，凡十餘萬言，上之御府，副在有司，以待制詔頒焉。謹序。

又《書義序》曰：

熙寧二年，臣某以尚書入侍，遂與政，而子雱實嗣講事，有旨爲之説以獻。八年，下其説太學班焉。惟虞、夏、商、周之遺文，更秦而幾亡，遭漢而僅存，賴學士大夫誦説，以故不泯。而世主或莫知其可用。天縱皇帝大知，實始操之以驗物，考之以決事。又命訓其義，兼明天下後世。而臣父子，以區區所聞承乏與榮焉。然言之淵懿，而釋以淺陋，命之重大，而承以輕眇，茲榮也，祇所以爲愧也歟。謹序。

無意高奇而自然雅馴。其他如《進戒疏》、《本朝百年無事札子》、《易泛論》、《卦名解》、《周公》、《楊墨》、《老子》、《莊周》上下、《答曾子固論讀經書》、《上邵學士書》、《上人書》、《虔州學記》、《君子齋記》、《餘姚縣海塘記》、《遊褒禪山記》、《慈溪縣學記》、《揚州龍興講院記》、《送陳升之序》、《送孫正之序》、《許氏世譜》、《先大夫述》、《尚書兵部員外郎謝公行狀》、《叔父臨川王君墓誌銘》、《亡兄王常甫墓誌》、《金溪吴君墓誌銘》、《節度推官陳君墓誌銘》、《曾公夫人萬年太君黄氏墓誌銘》、《永安縣太君蔣氏墓誌銘》、《金太君徐氏墓誌銘》、《仁壽縣君楊氏墓誌銘》，醇粹明白，而出之以優游緩節，不爲險仄，而亦不爲支蔓，意盡言止；則似曾鞏之平正矣。朱熹所謂“似南豐文”者，蓋指此。然安石之文，亦有低徊感慕，風神駘宕，而不徒爲峻潔者；如《芝閣記》、《大中祥符觀新修九曜閣記》、《靈閣詩序》、《王深父墓誌銘》、《泰州海陵縣主簿許君墓誌銘》、《王逢原墓誌銘》、《祭歐陽文忠公文》、《祭李省副文》，情文相生，餘味曲包，則又歐陽修之唱歎矣。歐陽修樂易長者，蘇軾名士放曠，獨曾鞏、王安石嚴氣正性，而所爲文，莊厲謹潔，類其爲人。

安石以爲：“文者，禮教政治云爾；其書之策而傳之人，大體巍然而已。而曰‘言之不文，行之不遠’云者，徒謂辭之不可以已也，非聖人作文之本意也。自孔子之死久，韓子作，望聖人於千百年中，卓然也。獨子厚名與韓并，亦豪傑可畏者也。韓子嘗語人以文矣，曰云云，子厚亦曰云云；疑二子者，徒語人以其辭耳。作文之本意，不如是也。孟子曰：‘君子欲其自得之也；自得之，則居之安；居之安，則資之深；資之深，則取諸左右逢其原。’孟子之云，非直施於文而已；然亦可託以爲作文之本意。且所謂文者，務爲有補於世而已矣。所謂辭者，猶器之有刻鏤繪畫也。誠使巧且華，不必適用。誠使適用，亦不必巧且華。要之以適用爲本，以刻鏤繪畫爲之容而已。不適用，非所以爲器也；然容亦未可已也，勿先之，其可也。”是其論文直以孟子爲宗，而韓柳尚非屑；以二人斷斷於辭，而非聖人作文之本意也。

安石所爲四六文，跌宕昭彰，亦不苟爲炳炳琅琅，如《答呂吉甫書》曰：

> 某啓：與公同心，以至異意，皆緣國事，豈有他哉。同朝紛紛，公獨助我，則我何憾於公。人或言公，吾無與焉，則公何尤於我。趣時便事，吾不知其説焉；考實論情，公宜昭其如此。開喻重悉，覽之悵然。伏以昔之在我者，誠無細故之可疑；然則今之在公者，尚何舊惡之足念？惟公以壯烈，方進爲於聖世；而某則衰疢，特待盡於山林。趣舍異路，則相呴以濕，不如相忘之愈也。想趣召在朝夕，惟良食爲時自愛。

其他如《辭免平章事監修國史表》之二、《除平章事監修國史謝表》、《辭免除平章事昭文館大學士表》二道之二、《辭免使相判江寧府表》二道之二、《李舜舉賜詔書藥物謝表》、《乞罷政事表》三道之一、《乞退表》四道之三四、《手詔令視事謝表》、《代王魯公乞致仕表》三道之二、《賀韓魏公啓》、《賀韓史館相公啓》、《謝知制誥啓》、《回謝館職啓》、《知常州上中書啓》、《謝孫龍圖啓》，深切遒舉，使人讀之激昂，諷詠不厭。時論四六，以歐陽修第一，蘇軾、王安石次之。然宋朝四六，以楊億、劉筠爲體，必謹四字六字律令，故曰四六。首變其體者蘇舜欽，而歐陽修和之，謂：“四六非修所好。少爲進士時，不免作；自及第，遂棄不作。”然歐陽修本工時文，早年所爲，排比綺靡，仍是四六；及爲古文，方一洗去；如曰：“造謗於下者，初若含沙之射影，但冀陰以中人；宣言於庭者，遂肆鳴梟之惡音，孰不聞而掩耳。”遂與初作迥然不同。既而見蘇氏軾轍之作，歎賞以爲不減古文。而軾四六，有曰：“禹治兖州之野，十有三載乃同；漢築宣防之宮，三十餘年而定。方其決也，本吏失其防，而非天意；及其復也，蓋天助有德，而非人功。”其排宕頓挫，蓋與古文同一波瀾，而四六之法則亡矣。然二蘇四六，尚議論，有氣焰；而王安石則以辭趣婉切爲主；兼之者，惟歐陽修耳。則是四六之變，惟歐陽修兼蘇王之長，而古文亦惟歐陽修碑傳、議論，兼能并擅。蘇氏軾轍，策論得歐陽修之明快，而碑傳殊無體要。曾鞏、王安石，碑傳同歐陽修之峻潔，而議論未極警發。曾鞏、王安石以平實發灝瀚，得西漢董仲舒、劉向之意，此宋人之學漢人文也；蘇洵以廉悍爲疏縱，有先秦孟軻、韓非之風，此宋人之學周人文也；學焉而皆得古人之所近。惟歐陽修之容與閒易，蘇軾之條達疏暢，雖是急言竭論，而無艱難勞苦之態，以自在出之，行所無事；是則宋人之所特長，而開前古未有之蹊徑者也。然安石之四言祭文，詼詭發趣，矯厲落筆，如《祭范潁州文》、《祭丁元珍學士文》、《祭高師雄主簿文》、《祭曾博士易占文》、《祭周幾道文》，峻潔直上，語經百鍊；其源出韓愈《祭河南張員外》、《柳子厚》、《侯主簿》、《穆員外》諸人文，知用力於韓文者深矣。而安石則譏韓文以爲“可憐無補費精神”也。

安石初不識歐陽修，曾鞏力薦之，而安石終不肯自通。及爲羣牧判官，修還朝，始見知，遂有“翰林風月三千首，吏部文章二百年”之句。然安石不以爲知己，酬之曰：“他日倘能窺孟子，此身安敢望韓公”，自期以孟子，處修以韓公。修亦不以爲嫌。及在政府，薦可以爲相者三人，同一劄子，吕公著、司馬光及安石也。安石議論高奇，慨然有矯世變俗之志；於是《上仁宗皇帝言事書》以爲：“今天下之財力日以困窮，風俗日以衰壞，患在不知法度，不法先王之政故也。法先王之政者，法其意而已。方今雖欲改易更革天下之事，合於先王之意，其勢必不能。何也？以方今天下之人材不足故也，而不患財之不足。蓋因天下之力以生天下之財，取天下之財以供天下之費；自古治世，未嘗以不足爲天下之公患也。所患者，異時欲有所施行變革，顧有一流俗僥幸之人，不悦而非之，則遂止而不敢。夫法度立，則人無獨蒙其幸者；故先王之政雖足以利天下，而當其承弊壞之後，僥幸之時，其創法立制，未嘗不艱難也。惟其創法立制之艱難，而僥幸之人不肯順説而趨之。故古之人欲有所爲，未嘗不先之以征誅而後得其意。詩曰：‘是伐是肆，是絕是忽，四方以無拂。’此言文王先征誅而後得意於天下也。”及相神宗以行新法，其所注措，大較不外此書，乃爲時賢詆排。而蘇氏軾轍擅文章議論，管其喉舌，雖曾鞏不能無微辭。而司馬光亦與安石素厚善也，三貽書規之。而安石欲以自明其意，乃答書曰：

> 某啓：昨日蒙教。竊以爲與君實游處，相好之日久，而議事每不合，所操之術多異故也。雖欲强聒，終必不蒙見察，故略上報，不復一一自辨。重念蒙君實視遇厚，於反覆不宜鹵莽，故今具道所以，冀君實或見恕也。
>
> 蓋儒者所争，尤在於名實，名實已明，而天下之理得矣。今君實所以見教者，以爲侵官生事，征利拒諫，以致天下怨謗也。某則以爲受命於人主，議法度而修之於朝廷，以授之於有司，不爲侵官。舉先王之政以興利除弊，不爲生事。爲天下理財，不爲征利。闢邪説，難任人，不爲拒諫。至於怨誹之多，則固前知其如此也。人習於苟且非一日，士大夫多以不恤國事、同俗自媚於衆爲善。上乃欲變此；而某不量敵之衆寡，欲出力助上以抗之，則衆何爲而不洶洶然？盤庚之遷，胥怨者民也，非特朝廷士大夫而已。盤庚不爲怨者故改其度，度義而後動，是而不見可悔故也。如君實責我以在位久，末①能助上大有爲，以膏澤斯民，則某知罪矣。如曰今日當一切不事事，守前所爲而已；則非某之所敢知。無由會晤，不任區區向往之至。

辭意侃侃，一心奉公，以天下爲己任；而於世俗之毁譽，私人之恩怨，漫不措意。雖伊尹、周公，何以加焉。然而憎茲多口。朱熹《語類》謂："新法之行，諸公實共謀之，雖明道先生程灝不以爲不是，蓋那時也是合變時節。但後來人情洶洶，明道勸之以不可做逆人情底事。吕氏家傳載荆公當時與申公吕公著極相好，新法亦皆商量來，故行新法時，甚望申公相助。又用明道作條例司，皆是望諸賢之助。當時神宗令介甫行《三經義》，意思本好。所以王介甫行《三經》、《字説》，是一道德，同風俗；是他真箇使天下學者盡只念這物事，更不敢别走、别胡説；上下都有箇據守。東坡之德行，那裏得似荆公？東坡初年若得用，未必其患不甚於荆公。但東坡後來見得荆公狼狽，所以都自改了。初年論甚生財，後來見青苗法行得狼狽，便不

① "末"爲"未"之誤字。

言生財。初年論甚用兵，如曰‘用臣之言，雖北取契丹，可也’；後來見荆公用兵用得狼狽，更不復言兵。他分明有兩截的議論。”當時情實如此。

安石以進士沉溺詩賦而疏於經術，習爲浮華而無當大道，欲試經義以革士風，而自爲之程文：或潔淨精微，附題詮釋；或震蕩排奡，獨抒己見。一則制義之祖也，一則古文之遺也。如《論語五十以學易》曰：

有是心而後可以觀是書。書具一天理，必待天其心者，始足以契之；不然，非惟齟齬不合而適以自病。五十以學《易》，洙泗之教。何其詳而有節，從容而不驟也？設教之時，自十五至三十，至四十時而不惑，猶未足以語天命。聖人何吝如此？此非聖人所能吝也。力未壯，不可以語舉搏。年未至，不可以講冠婚。此天理不可强，不可勉。使其欲以不然之心，而讀夫自然之書；三多凶，五多功，始冀其功，而且以獲凶；四多懼，二多譽，始望其譽，而且以致懼；吉未居其一，凶悔吝吾已備其二。信乎，書之天，不可强契以心之人。雖然，畫於羲，重於文，繫於孔，非人乎？使三聖人之心不天，則畫可增，重可減，而繫可去矣。人能遲是心以待其天之全，其三聖人之天可以觸，一書之天可以會。若夫躐等之學，試一語之。

著眼做“以”字，而力闡五十學《易》之所以；此附題詮釋，制義之祖，而特爲潔淨精微者也。又《參也魯》曰：

所學有遲敏，所悟無昏明。聖人之於學者，豈以不敏之害道也哉？造道有在，不在於機慧，而在於一念之覺；則今日之魯，未必非他日之大智也。參也魯，夫子取之。刃刺之芒，不如緩綆之可以入堅；竹箭之利，不如緩綆之可以達石。大抵進銳者其退速，而鈍者乃所以爲利也。善觀人者，不於其遲速之間而優劣之。蓋易曉者亦易昏，而難入者必難忘。遽得者亦遽失，而久成者必久安。故窒者未通則已，如其通也，必異於人之通之也。晦者未明則已，如其明也，必異乎人之明之也。

夫子之論仁也，不與巧言而與木訥；於禮樂也，亦進野人而退君子。何哉？木訥非巧言之可求，而野人或君子之過也。人之得道，固在樸拙而不在儇巧也。參也之魯，其聖人之深取乎？觀其辨

> 速朽速貧之言，不如有若；辨襲裘裼裘之禮，不如子游；而一貫之妙，自子貢不能領其旨，而曾子會一唯之間，果何謂者耶？以魯得之矣。雖然，以參之魯，視回之愚何如也？參也不魯之魯，回也不愚之愚也。惟不愚以愚處之，茲所以爲盛德者也。宜乎曾子之守約，不如顏子之坐忘。

不呆詮“魯”字，而深發“魯”之何以可造道，此獨抒議論，古文之遺，而發以震蕩排奡者也。制義之興始於安石，安石之作，大較不出二者：觀其詁經析義，苦心分明，瘦硬而出以辨析，駿快而務爲曲達，往復百折，筆筆駛轉，而筆以折而入深，義以顯而發奥；議論之文，必從此下手，而後辭祛庸膚，理必明當，無模糊影響之談，亦無餖飣瑣碎之習；所謂文理密察，足以有别；斯誠説理之示範，豈特制義之開山。制者，學士之制，義者，詁經之義。制義云者，謂士應舉之經義也。

蘇氏軾轍尤不快於安石之變法，而於貢舉亦有違議。然二蘇經義，頗多傳誦，而轍爲勝。蓋論與經義同原。論，才氣勝者也；經義，理法勝者也。軾則長於才者疏於理，雄於氣者軼於法；轍之經義，亦論也，而其理較醇，其法較密。蘇轍經義，如《孟子其爲氣也至大至剛以直養而無害則塞乎天地之間》曰：

> 天下之人莫不有氣，氣者，心之發而已。行道之人，一朝之忿，而鬭焉以忘其身，是亦氣也。方其鬭也，不知其身之爲小也，不知天地之大，禍福之可畏也，然而是氣之不養者也。不養之氣，横行於中，則無所不爲而不自知；於是有進而爲勇，有退而爲怯。其進而爲勇也，非吾欲勇，不養之氣盛而莫禁也。其退而爲怯也，非吾欲怯也，不養之氣衰而不敢也。夫志意既修，志盛奪氣，則氣無能爲而惟志之從。志意不修，氣盛奪志，則志無能爲而惟氣之聽。故氣易致也，而難在於養。昔之君子，以其眇然之身而臨天下，言未發而衆先喻，功未見而志先信，力不及而勢先之者，以有是氣而已。故曰：“志，氣之帥也；氣，體之充也。”養志以致氣，盛氣而充體，體充而物莫敢逆，然後其氣塞於天地之間。

觀其所作，篇無冗句，句無冗意，以瘦硬祛膚辭，以層析抉奥義，筆筆駛轉，一層深似一層，題藴畢宣，與安石同一機杼，遂爲元明兩代舉業之所託始焉。

唐宋八家，惟安石爲人風裁峻整，絶去一切聲色綺紈之好，尤爲素樸而純實，所以見於文章，醇粹明白，語無枝葉。及其形之詩什，峻潔深婉，態有餘妍，峻於風裁，摯於性情，其素所蓄積然也。

王安石詩，五言古如《示元度營居半山園作》、《月夜》二首之二、《兩山間》、《洊亭》、《新花》、《再用前韻示蔡天啓》、《用前韻戲贈葉致遠直講》、《與僧道昇》二首之一、《獨卧有懷》、《同沈道源遊八功德水》、《雜詠》三首、《即事》三首、《送李宣叔倅漳州》、《思王逢原》、《登景德塔》、《兩馬齒俱壯》、《結屋山澗曲》、《少年見青春》、《秋枝如殘人》、《山田久欲坼》、《今日非昨日》、《秋日不可見》、《騏驥在霜野》、《日出堂上飲》、《遊章義寺》、《答瑞新十遠》、《別孫莘老》、《乙巳九月登冶城作》、《寓言》九首之二、《答陳正叔》、《和平甫舟中望九華山》二首、《有感自舒州追送朱氏女弟憩獨山館宿木瘤僧舍明日度長安嶺至皖口》、《白紵山》、《泊舟姑蘇》、《崑山慧聚寺次孟郊韻》、《禿山》、《寄虔州江陰二妹》，七言古如《元豐行示德逢》、《後元豐行》、《純甫出釋惠崇畫要予作詩》、《陶縝菜》、《同王濬賢良賦龜得升字》、《法雲》、《春日晚行》、《白鶴吟示覺海元公》、《和王微之登高齋》三首、《和吴沖卿鵶鳴樹石屏》、《和劉貢父燕集之作》、《陰漫漫行》、《一日歸行》、《陰山畫虎圖》、《杜甫畫像》、《估玉》、《和王樂道烘蝨》、《贈曾子固》。五言律如《欣會亭》、《歲晚》、《半山春晚即事》、《欹眠》、《秋夜》二首之一、《即事》、《旅思》、《將次洺州憩漳上》、《游賞心亭寄虔州女弟》、《自白土村入北寺》二首之二、《次韻沖卿過睢陽》、《崑山慧聚寺張祜韻》、《吴江》、《游杭州聖果寺》，七言律如《送陳舜俞制科東歸》、《和楊樂道見寄》、《寄友人》三首之二、《法喜寺》、《長干寺》、《清風閣》、《留題微之廨中清輝閣》、《金明池》、《次韻舍弟賞心亭即事》二首之二、《寄友人》、《太湖恬亭》、《自金陵至丹陽道中有感》，五言絶如《聊行》、《溝港》、《霹靂溝》、《臺上示吴愿》、《山中》、《南浦》、《雜詠》四首之四、《春晴》、《浦葉》，七言絶如《初夏》、《竹裏》、《與道原自何氏宅步至景德寺》、《北山》、《楊柳》、《寄蔡天啓》、《同熊伯通自定林過悟真》二首、《書湖陰先生壁》二首之一、《望淮口》、《泊船瓜州》、《贈外孫》、《烏塘》、《城北》、《午枕》、《鍾山即事》、《暮春》、《雨晴》、《邵平》、《王章》、《重將》、《若耶溪歸興》、《烏石》、《定林所居》、《遊鍾山》、《松間被召將行作》、《題張司業詩》、《崇政殿後春晴即事》、《夜直》、《後殿牡丹未開》、《春日》、《和惠思歲二日》二絶、《赴召道中》、《夜聞流水》、《次韻杏花》三首、《訪隱者》、《山前》、《江雨》、《獨卧》二首之二、《賈生》、《杏花》、《又遊鍾山》、《天童山溪上》諸篇，原本杜甫，旁逮諸家而兼擷其長。大抵五言古，五言律絶，曠真參盛唐王維，妙有悵惘不甘之意，抒其微喟。七言古奇崛出中唐韓愈，頗得硬語盤空之致，發其詼詭。七言律絶清遒似晚唐司空圖、方干，不乏絃外澄敻之韻，寄其深致。知用力於唐詩者深矣。獨不爲白居易之樂易，李商隱之綺靡，匪惟體格不相近，抑亦性行有不類也。其他摘句，五言如“春風取花去，酬我以清陰”，“微風淡水竹，浄日暖煙蘿”，“朝隨雲暫出，暮與鳥争還”，“坐對青燈落，松風咽夜泉”，“鄰雞生午寂，幽草弄秋妍”，“花發蜂遞繞，果垂猿對攀”，“城雲漏日晚，樹凍裹春深”，“水漾青天暖，沙吹白日陰”，“紫莧凌風怯，青苔挾雨驕”，“水遠浮秋色，河空洗夜氛”，“日轉山河暖，風含草木葩”，“樹疏啼鳥遠，水静落花深”，“雨過雲收嶺，天空月上灣”，“煙雲藏古意，猿鶴弄秋聲”，七言如“江月轉空爲白晝，嶺雲分暝與黄昏”，“露鶴聲中江月白，一燈岑寂擁書眠”，“繚繞山如涌翠波，人家一半在煙蘿”，“直以文章供潤色，未應風月負登臨”，“高論頗隨衰俗廢，壯懷難值故人傾”，“盡取繁華供俠少，衹分牢落與衰翁”，“背城野色雲邊盡，隔屋春聲樹外深”，“北城紅出高枝靚，南浦青回老樹圓”，“殘紅已落香猶在，覊客多傷涕自揮”，“野林細錯黄金日，溪岸寬圍碧玉天”，“雲歸山去當簷静，風過溪來滿坐涼”，“山從樹外青争出，水向沙邊緑半涵”，“病身最覺風露早，歸夢不知山水長”等語；凄婉深秀，咸耐諷味。乃袁枚《隨園詩話》，以謂：“昔人言白香山詩無一句不自在；故其爲人和平樂易。王荆公詩無一句自在，故其爲人拗强乖張。愚謂王荆公作文，落筆便古；王荆公論詩，開口便錯。何也？文忌平衍，而公天性拗執，故琢句選詞，迴不猶人。詩貴温柔，而公性情刻酷，故鑿險縋幽，自墮魔障。其平生最得意句云：‘青山捫虱坐，黄鳥挾書眠。’余以爲首句是乞兒向陽，次句是村童逃學。”辭極揶揄。其實安石詩什，名章迥句，處處間起；正不必得意青山兩語；而檢集中亦不見也。自我論之：安石之詩，妙能以凄婉出深秀，寓悲涼於夷曠，正合詩教温柔敦厚之旨，非如枚所云“鑿險縋幽，自墮魔障”。至七言古學韓，“鑿險縋幽”，務爲奇崛，又固其所。安石之文，尤能以平正爲通達，寓頓挫於委備，深得漢文雄直渾灝之致；非如枚所云“琢句選詞，迥不猶人”；至碑志刻石，“琢句選詞”，力求峻潔，亦體之宜。袁枚所以誚安石之詩者固謬；而世論所以稱安石之文者亦非也。祇緣“拗相公”三字，横梗在人胸中，牢不可破。不知相公當官盡拗，而行己自厚；人固不易知，知人亦未易也。昔李翱狀韓愈，謂其氣厚而性通；吾論安石以謂行峻而情摯。人豈可以一端盡？而君子立身自有本末，亦未易以成敗論英雄也。余故特著而辨之。

司馬光，字君實，陝州夏縣人。仁宗時，與安石同官侍從，特相友善，暇日多會於僧坊，往往談讌終日，他人莫與。及兩人同差修起居注，安石辭，而光亦辭，上疏謂：“王安石文辭宏富，當世少倫；如臣空疏，何足稱道，乃與同被選擢，豈不玷朝廷之舉，爲士大夫所羞哉？”所以推崇之如此。及神宗下詔起安石爲翰林學士兼侍講，安石未赴召。先遣其子雱之京師尋宅，謂：“須與司馬君實相近。此人家居，事事可法。”既而安石行新法，光不謂然，三以書規，謂：“其失在於用心太過，自信太厚，欲求非常之功，而忽常人之所知。古者國有大事，謀及卿士，謀及庶人。《詩》曰：‘詢於芻蕘。’自古立功立事，未有專欲違衆，而能有濟者。”安石復書以自解，而光不以爲可也，再三上疏論之。推安石變法之初衷，亦欲以福國利民，顧自用太過，施行未善。而論新法之害，未有如光之指事類情，深切著明者也。累官尚書左僕射兼門下侍郎。卒，贈太師温國公，謚文正。爲人直諒多聞，不以文章自許，獨以忠誠爲天下倡；與人書札，謙不能文，而以爲：“古之所謂文者，乃《詩》《書》禮樂之文，升降進退之容，絃歌雅頌之聲，非今之所謂文也。今之所謂文者，古之辭也。孔子曰：‘辭達而已矣。’明其足以通意，斯止矣；無事於華藻鴻辯也。”及爲文章，探懷以抒，文彩不豔，亦不矜才使氣；而經事綜物，公誠之心形於文墨，乃似蜀漢諸葛亮。傳有《傳家集》八十卷，中如《進交趾獻奇獸賦表》、《爲文相公許州謝上表》、《論張堯佐除宣徽使狀》、《請建儲副或進用宗室》第一狀、第三狀、《論麥允言給鹵簿狀》、《論正家上殿劄子》、《辭知制誥》第二狀、第六狀、《治平元年五月二十八日上皇太后疏》、《言任守忠》第三劄子、《乞罷剌陝西義勇上殿》第二劄子、第四劄子、第五劄子、《治平二年八月十一日上皇帝疏》、《論風俗劄子》、《上體要疏》、《乞罷條例司常平使疏》、

《應詔言朝政闕失狀》、《起請科場劄子》、《回狀元第二第三先輩書》、《答謝公儀書》、《與范景仁書》、《答劉賢良蒙書》、《答周同年源書》、《范景仁傳》，宅心平實，發言懇到，辭直而不訐，識明而不炫。是則光之所獨至，而爲歐、蘇、曾、王之所莫逮，不於文章論工拙也。

第八節　周邦彦

方新法紛紜，蘇王角張之日，而有一士焉，蕭然塵外，模寫物態，雖文章議論無裨於治道，而聲律揣摩有補於詞學者，是則周邦彦也。邦彦，字美成，錢唐人。神宗時，以獻《汴都賦》，召爲太學正；歷哲宗、徽宗，仕至徽猷閣待制，出知順昌府，徙處州。好音樂，能自度曲。徽宗嘗以提舉大晟樂府，比切聲律，十二律各有篇目。詞韻清蔚，所製諸調，不獨音之平仄宜遵，即仄字中上去入三音，亦不容混。而用唐人詩句，隱栝入調，渾然天成；長篇富豔，尤善鋪叙。自號清真居士，傳有《清真詞》二卷，亦名《片玉詞》。一時貴人學士，倡妓市井，無不愛誦，以爲深美閎約，二百年來，樂府獨步也。其實密而不閎，美而未深，鋪叙有餘，深秀不足；工於造語，而未融於造境；渾於入律，而不遒於運筆；諧於歌諷，而不耐於味詠；不知何以推崇之過也。獨長調《六醜》之《薔薇謝後作》，尤爲有口能誦。其詞曰：

正單衣試酒，恨①客裏光陰虛擲。願春暫留，春歸如過翼，一去無跡。爲問花何在？夜來風雨，葬楚宫傾國。釵鈿墮處遺香澤。亂點桃蹊，輕翻柳陌。多情最②誰追惜。但蜂媒蝶使，時叩窗槅。東園岑寂。漸蒙籠暗碧，靜遶珍叢底，成嘆息。長條故惹行客，似牽衣待話，别情無極。殘英小，强簪巾幘。終不似一朵釵頭顫裊，向人欹側。漂流處莫趁潮汐，恐斷紅尚有相思字，何由見得？

此闋一筆駛折，有轉無竭，頗得歌行以氣承轉之意。至中調小令如《玉團兒》曰：

---

① 多本爲“悵”。
② 多本爲“爲”。

鉛華淡竚新妝束，好風韻天然異俗。彼此知名，雖然初見，情分先熟。　　爐煙淡淡雲屏曲，睡半醒生香透肉。賴得相逢，若還虛過，生世不足。

又《紅窗迥》曰：

幾日來真箇醉，不知道窗外亂紅已深半指，花影被風搖碎。擁春醒①乍起，有箇人人生得濟楚，來向耳畔問道，今朝醒未？情性兒慢騰騰地，惱得人又醉。

又《意難忘》曰：

衣染鶯黄，停歌駐拍，勸酒持觴。低鬟蟬影動，私語口脂香。簷露滴，竹風涼。拚劇飲淋浪。夜漸深，籠燈就月，子細端相。知音見説無雙，解移宫換羽，未怕周郎。長顰知有恨，貪耍不成妝。些箇事惱人腸，試説與何妨。又恐伊尋消聽息，瘦損容光。

渾脱瀏亮，俚處得雋，異黄庭堅之鄙。《訴衷情·殘杏》曰：

出林杏子落金盤，齒軟怕嘗酸。可惜半殘青子猶印小唇丹。南陌上，落花間，雨斑斑。不言不語，一段傷春，都在眉間。

又《一落索》曰：

眉共春山爭秀。可憐長皺。莫將清淚濕花枝，恐花也如人瘦。清潤玉簫閒久，知音稀有。欲日日倚欄愁，但問取庭前柳。

又《南柯子》曰：

寶合分時果，金盤弄賜冰。曉來階下按新聲，恰有一方明月可中庭。　　露下天如水，風來夜氣清。嬌羞不肯傍人行。颺下扇兒拍手引流螢。

婉媚清新，麗處能朗，得張先之意。然志不出於淫蕩，詞不免於哀思，既無晏歐高秀超詣之境，亦不如東坡之辭鋒横溢，以其無抱負，無意境也。雖是當行，未見出色。至於《青玉案》、《花心動》、《鳳來朝》等詞，床笫之言，不羞踰閾；好色而淫，以視柳永，尤爲變本加厲矣。然自來論詞者，胥推邦彦爲一代詞宗，而以結北宋之局云。

---

① 多本爲“酲”，意指酒醒之後。